MIRA®

Der Preis dieses Bandes versteht sich einschließlich der gesetzlichen Mehrwertsteuer.

Umwelthinweis:
Dieses Buch wurde auf chlor- und säurefreiem Papier gedruckt.

Susan Wiggs

Liebeszauber am Willow Lake

MIRA® TASCHENBUCH
Band 95046
1. Auflage: Dezember 2013

MIRA® TASCHENBÜCHER
erscheinen in der Harlequin Enterprises GmbH,
Valentinskamp 24, 20354 Hamburg
Geschäftsführer: Thomas Beckmann

Titel der nordamerikanischen Originalausgaben:

Published by arrangement with
HARLEQUIN ENTERPRISES II B.V./S.àr.l.

Konzeption / Reihengestaltung: fredebold&partner GmbH, Köln
Umschlaggestaltung: pecher und soiron, Köln
Redaktion: Mareike Müller
Titelabbildung: Harlequin Enterprises S.A., Schweiz
Satz: GGP Media GmbH, Pößneck
Druck und Bindearbeiten: CPI – Ebner & Spiegel, Ulm
Printed in Germany
Dieses Buch wurde auf FSC®-zertifiziertem Papier gedruckt.
ISBN 978-3-86278-846-0

www.mira-taschenbuch.de

Susan Wiggs

Versprechen eines Sommers

Roman

Aus dem Amerikanischen von
Ivonne Senn

MIRA®

Für das echte goldene Hochzeitspaar,
Nick und Lou Klist.

Danksagung

Meine tiefste Verehrung für Elsa Watson,
Suzanne Selfors, Sheila Rabe und Anjali Banerjee;
außerdem einen großen Dank an Kysteen Seelen,
Susan Plunkett, Rose Marie Harris, Lois Faye Dyer und Kate Breslin
für ihr enormes Durchhaltevermögen und ihre Geduld beim
Lesen der frühen Manuskriptauszüge.

Dank an Dale Berg und Mike Sack dafür, dass sie ihre
Erinnerungen an die Campingausflüge in die Catskills mit mir geteilt
haben.

Ein besonderer Dank geht an Meg Ruley und Annelise Robey von
der Jane Rotrosen Agency und an meine fabelhafte Lektorin
Margaret O'Neill Marbury.

Willkommen im Camp Kioga

Franklin Delano Roosevelt sagte einmal: „Amerikas größter Beitrag in der Welt sind die Sommercamps." Jeder, der Camp Kioga besucht, kann sich persönlich davon überzeugen. Camp Kioga ist ein Ort, wo Träume lebendig sind und atmen, wo man in das kristallklare Wasser eines Sees eintauchen, auf einen Berg klettern und den Blick gen Himmel erheben, nachts verträumt in die glühende Asche eines Lagerfeuers schauen und sich der Vorstellung hingeben kann, was das Leben noch für einen bereithält.

Regeln im Camp Kioga

Camp Kioga hat drei Flaggen: die offizielle Campflagge, die Flagge des Staates New York und die Fahne der Vereinigten Staaten. Alle drei werden jeden Tag bei Sonnenaufgang gehisst und beim Morgenappell von allen Campern gegrüßt. Wenn die Flaggen am gleichen Mast wie die Fahne der Vereinigten Staaten gehisst werden, so hat Letztere immer ganz oben zu sein. Wenn die Flaggen an nebeneinanderstehenden Masten wehen, wird die Fahne der Vereinigten Staaten als erste gehisst und als letzte eingeholt. Keine Flagge und kein Wimpel darf oberhalb der Fahne der Vereinigten Staaten oder zu ihrer Rechten gehisst werden. Wenn die Fahnen auf halbmast gesetzt werden, wird die Fahne der Vereinigten Staaten genau auf die Mitte gesenkt. Die anderen beiden Flaggen befinden sich unterhalb von ihr.

PROLOG

Olivia Bellamy konnte sich nicht entscheiden, was schlimmer war: ohne Hilfe in Sicht auf der Spitze eines Fahnenmastes gefangen zu sein … oder Unterstützung von einem Hells Angel zu bekommen.

Ihr Plan, das erste Mal seit zehn Jahren die Flaggen über Camp Kioga zu hissen, war ihr so einfach vorgekommen. Dann war das Seil von der Rolle gerutscht, aber Olivia hatte sich davon nicht aufhalten lassen. Sie hatte die Aluminiumleiter gegen den Mast gelehnt und war bis ganz nach oben geklettert, nur um dort festzustellen, dass sie den Haken nicht erreichen konnte. Das kleine Stück den Mast hinaufzuklettern konnte ja nicht so schwer sein, hatte sie sich gesagt – bis sie dann aus Versehen mit einem Fuß die Leiter umgestoßen hatte.

Dumme Kuh, schimpfte sie sich und klammerte sich mit aller Kraft an den Fahnenmast. Der Weg nach unten war weit, und das hier war nicht gerade die Rutschstange einer Feuerwache. Der galvanisierte Stahl war alt und rostig, und wenn sie daran herunterrutschte, würde sie sich die Haut an Oberschenkeln und Händen aufreißen.

Sie hatte gerade angefangen, sich ganz langsam in Richtung Boden vorzutasten, als von der Straße her das tiefe Dröhnen eines ungedämpften Auspuffs herüberschallte. Sie war so überrascht, dass sie beinahe ihren Griff gelockert hätte. Instinktiv klammerte sie sich fester an den Fahnenmast und schloss die Augen. Geh weg, dachte sie. *Wer auch immer du bist, ich kann mich gerade nicht mit dir beschäftigen.*

Das Motorengeräusch wurde lauter, und sie öffnete ihre Augen. Der Eindringling entpuppte sich als Motorradfahrer in schwarzer Lederkluft. Sein Gesicht wurde von einem bedrohlich aussehenden Helm und einer Sonnenbrille verdeckt. Hinter dem in schwarzem Lack und Chrom gehaltenen Motorrad erhob sich eine Staubwolke in die Luft.

Was hab ich nur wieder für ein Glück, dachte Olivia. *Hier stecke ich mitten im Niemandsland, und der Easy Rider eilt zu meiner Rettung.*

Ihre Arme und Schultern fingen unter der ungewohnten Anstrengung an zu zittern. So viel zu den vielen Stunden Krafttraining im Fitnesscenter.

Der Motorradfahrer hielt am Fuß des Fahnenmastes an, stieg ab und stellte sein Motorrad auf den Ständer. Dann lehnte er sich zurück, um zu ihr hochzuschauen.

Trotz der widrigen Umstände machte sich Olivia Gedanken, wie ihr Po wohl von da unten aussah. So wie sie aufgewachsen war – als Kind, das sich mit Essen tröstete und sich dadurch in der Schule eine ganze

Reihe von wenig schmeichelhaften Spottnamen verdient hatte –, war sie nie ganz darüber hinweggekommen, sich Gedanken über ihre Figur zu machen.

Bleib ganz cool, sprach sie sich Mut zu. Laut sagte sie: „Hey."

„Hey. Wie steht's?" Auch wenn sie sein Gesicht nicht sehen konnte, vermeinte Olivia ein Grinsen in seiner Stimme zu hören. Sicher war sie sich, als er hinzufügte: „Okay, tut mir leid. Das konnte ich mir nicht verkneifen."

Großartig. Ein Klugscheißer.

Sie musste ihm zugutehalten, dass er sie nicht lange leiden ließ. Er nahm die Leiter und lehnte sie gegen den Fahnenmast. „Machen Sie langsam", sagte er. „Ich halte hier unten fest."

Inzwischen schwitzte Olivia schon. Sie hatte das Ende ihrer Ausdauer erreicht. Langsam ließ sie sich Zentimeter für Zentimeter herunter, während ihre Shorts Zentimeter für Zentimeter hochkrabbelten. Sie hoffte, dass er es nicht bemerkte.

„Sie haben es gleich geschafft", rief der Fremde. „Nur noch ein kleines bisschen."

Je weiter sie nach unten kam, desto weniger klang er wie ein Fremder. Als sie endlich mit einem Fuß die oberste Sprosse der Leiter erreichte, hatte sie eine ganz fürchterliche Ahnung, um wen es sich bei dem Typen handelte. Sie war seit Jahren nicht mal mehr in der Nähe dieses Ortes gewesen, in diesem Camp, wo sie sowohl ihre wildesten Träume als auch ihre schlimmsten Albträume gefunden hatte. Heutzutage kannte sie doch niemanden mehr hier in der einsamen Wildnis nahe den Bergen ... oder doch?

Mit beinahe an Hysterie grenzender Neurotik konnte sie nicht aufhören, daran zu denken, dass sie heute Morgen nichts mit ihren Haaren gemacht hatte. Außerdem trug sie nicht ein Fitzelchen Make-up. Sie konnte sich noch nicht einmal daran erinnern, ob sie sich die Zähne geputzt hatte. Und die abgeschnittenen Jeans, die sie trug, waren definitiv zu kurz. Ganz zu schweigen von dem viel zu engen Tanktop.

Mit jedem Schritt, den sie die Leiter herunterkletterte, wurde die Gewissheit stärker, dass am Ende eine große Demütigung auf sie wartete. Um wieder sicheren Boden zu erreichen, musste sie direkt in seine wartenden Arme hinabsteigen, die die Leiter auf beiden Seiten festhielten. Er roch nach Leder und noch etwas anderem. Dem Wind vielleicht.

Ihre Muskeln, die noch vor wenigen Augenblicken protestierend aufgeschrien hatten, drohten nun vor Erschöpfung nachzugeben. Sie hatte ihre letzte Kraft darauf verwendet, seine Arme wegzuschieben, damit sie nicht zwischen ihnen gefangen wurde. Er ließ die Leiter los und streckte seine Hand mit der Handfläche nach oben aus, als wolle er zeigen, dass er in Frieden gekommen war. Seine Hände in den schwarzen Lederhandschuhen wirkten riesig. Darth-Vader-Hände. Terminator-Hände.

„Okay, jetzt sind Sie in Sicherheit“, sagte er.

Sie lehnte sich rückwärts gegen die Leiter. Als sie zu ihm aufschaute, fühlte sich der Boden unter ihr nicht mehr allzu sicher an. Nichts fühlte sich sicher an.

Er war groß. Das Leder betonte seine breiten Schultern. Dann sah sie die Chaps. Ein Motorradfahrer mit Chaps über einer ausgeblichenen Levi's, das Leder an den richtigen Stellen durchs Tragen ganz weich geworden. Durch die halb geöffnete Jacke erspähte sie ein geripptes T-Shirt. Seine abgetragenen Stiefel sahen aus wie von einem Mann, der in ihnen seiner täglichen Arbeit nachgeht. Abgesehen von den Ketten. Sie konnte sich keinen irdischen Grund für diesen Schmuck vorstellen, außer dass sie sexy waren. Und wie!

„Danke“, sagte sie und trat schnell einen Schritt zur Seite, um nicht länger zwischen Leiter und dem Mann gefangen zu sein. „Ich weiß nicht, was ich getan hätte, wenn Sie nicht vorbeigekommen wären.“ In den verspiegelten Gläsern seiner Sonnenbrille konnte sie sich selber sehen – gerötete Wangen, windzerzaustes Haar. Sie wischte sich die Hände an ihren Shorts ab. „Was, ähm ...“ Sie zögerte. Vielleicht war er es gar nicht. Vielleicht hatten die frische Luft und der Sonnenschein ihr Gehirn aufgeweicht. Sie bemühte sich um einen neutralen Tonfall und entschied sich, die Sache cool anzugehen. „Kann ich Ihnen irgendwie helfen?“

„Ich denke, andersherum wird ein Schuh draus. Sie haben eine Nachricht auf meinem Anrufbeantworter hinterlassen. Irgendetwas wegen eines Bauprojekts?“ Mit diesen Worten nahm er die Sonnenbrille ab, löste dann den Helm und nahm auch ihn herunter.

Oh, Gott, dachte Olivia. *Es sollte jeder sein, nur nicht du.*

Langsam zog er die Handschuhe aus, wobei er sie nicht aus den Augen ließ. Er blinzelte. „Müsste ich ... kennen wir uns irgendwoher?“

Macht er Witze? fragte sich Olivia. *Weiß er es wirklich nicht?*

Als sie nicht reagierte, drehte er sich um und hisste gekonnt die Fahne. Sofort flatterte sie wie ein Segel im Wind.

Olivia vergaß, sich zu bewegen, während sie ihn beobachtete. Zu atmen. Zu denken. Ein einziger Blick in diese Augen eines Herzensbrechers, und sie wurde in der Zeit zurückgeschleudert. Die Jahre fielen von ihr ab wie die Blätter eines Kalenders. Sie sah nicht Easy Rider. Sie schaute in das Gesicht eines Mannes, aber in diesen eisblauen Augen konnte sie den Jungen erkennen, der er vor so langer Zeit einmal gewesen war.

Und nicht nur irgendein Junge. *Der* Junge. Der eine, dem alle ersten Male gehörten, alle wichtigen Meilensteine ihrer aufgewühlten und schmerzhaften Jugend. Der erste Junge, den sie je geliebt hatte. Der erste, den sie geküsst hatte. Der erste, der ... Der erste, der ihr das Herz gebrochen hatte.

Eine brennende Hitze ließ sie am ganzen Körper erröten. Vielleicht kam daher der Begriff „alte Flamme". Irgendjemand wurde von ihr immer verbrannt.

„Connor Davis." Das erste Mal seit neun Jahren sprach sie den Namen wieder laut aus. „Interessant, dich hier wiederzutreffen." Innerlich will ich sterben, dachte sie. *Lieber Gott, lass mich gleich hier auf der Stelle sterben, und ich werde dich nie wieder um etwas bitten, solange ich lebe.*

„Ja, das bin ich", erwiderte er unnötigerweise.

Als wenn sie ihn hätte vergessen können. Das Versprechen des Jungen von damals war in dem vor ihr stehenden Mann erfüllt worden. Er müsste jetzt achtundzwanzig sein, ein Jahr älter als sie. Die etwas schlaksige Größe war mit entsprechender Breite ausgefüllt worden. Sein kokettes Grinsen und die funkelnden Augen waren immer noch gleich, auch wenn die harte Linie seines Kiefers von Bartstoppeln gemildert wurde. Und er trug – Olivia blinzelte, um sicherzugehen, dass sie es sich nicht nur einbildete –, ja, er trug immer noch den kleinen silbernen Ring im Ohr. Sie selbst hatte das Loch gestochen, das musste dreizehn Jahre her sein.

„Also sind Sie ..." Er studierte eindringlich den Rücken seiner linken Hand, auf den er, wie es aussah, etwas mit rotem Stift notiert hatte. „Sie sind also Olive Bellamy?"

„Olivia." Sie betete, dass er sie erkennen würde, so wie sie ihn erkannt hatte, als jemanden aus der Vergangenheit, jemand wichtigen, jemanden, der großen Einfluss auf sein zukünftiges Leben gehabt hatte. Gott, jemand, der riskiert hatte, aus dem Camp nach Hause geschickt zu werden, nur um ihm ein Ohrloch zu stechen.

„Ja, tut mir leid. Olivia." Er betrachtete sie mit unverhohlenem männlichem Interesse. Ihren entsetzten Gesichtsausdruck hatte er offensichtlich missverstanden. „Ich hatte kein Papier zur Hand, als ich meine Nachrichten abgehört habe", erklärte er, wobei er auf die rote Schrift auf seinem Handrücken zeigte. Dann runzelte er die Stirn. „Sind wir uns schon mal begegnet?"

Sie gab ein ersticktes Lachen von sich. „Du machst Witze, oder? Das muss ein Scherz sein." Hatte sie sich wirklich so sehr verändert? Nun ja, ehrlich gesagt, ja. Es waren beinahe zehn Jahre vergangen. Sie hatte Tonnen an Gewicht verloren. Ihre Haare von Nussbraun zu Honigblond gefärbt. Ihre Brille gegen Kontaktlinsen eingetauscht. Aber trotzdem …

Er starrte sie einfach nur an. Völlig ahnungslos. „Sollte ich Sie kennen?"

Sie verschränkte die Arme, schaute ihm in die Augen und rief sich einen Satz in Erinnerung, an den er sich vielleicht erinnerte, denn er war eine der ersten Lügen, die sie einander erzählt hatten. „Ich bin deine neue beste Freundin", sagte sie und sah zu, wie alle Farbe aus seinem sonnengebräunten Gesicht wich.

Seine göttlichen blauen Augen verengten sich zu Schlitzen und weiteten sich dann in langsamem Erkennen. Sein Adamsapfel hüpfte, als er schluckte. Dann räusperte er sich.

„Heilige Scheiße", murmelte er. Seine Hand fuhr in einer unwillkürlichen Geste hoch und berührte den silbernen Ohrring. „*Lolly?*"

Camp Kioga – Verhaltensregeln

Es wird erwartet, dass jeder an allen Aktivitäten, die auf dem Plan des Camps aufgeführt sind, teilnimmt. Dabei ist auf angemessene Kleidung zu achten. Die Betreuer sind dafür verantwortlich, dass die Camper an allen geplanten Aktivitäten teilnehmen, außer sie können eine Entschuldigung der Camp-Krankenschwester oder des Direktors vorweisen.

1. KAPITEL

Sommer 1991

„Lolly." Der große, schlaksige Junge, der hinter ihr den schmalen Weg am Berg hinaufkletterte, sprach zum ersten Mal, seitdem sie das Camp verlassen hatten. „Was zum Teufel soll das für ein Name sein? Lolly."

„Die Art Name, die hinten auf mein Shirt gestickt ist", antwortete sie und schnippte ihren braunen Zopf über die Schulter. Zu ihrer Bestürzung spürte sie, wie sie errötete. Verdammt, er war nur irgendein Junge, der nicht mehr getan hatte, als ihr eine harmlose Frage zu stellen.

Falsch, dachte sie und hörte förmlich das passende Geräusch eines Gameshow-Buzzers in ihrem Kopf. Er war der vermutlich süßeste Junge von Eagle Lodge, der Gruppe für die Zwölf- bis Vierzehnjährigen. Und es war auch keine Frage, sondern mehr eine Bemerkung gewesen, die zum Ziel hatte, sie zu verunsichern. Außerdem hatte er „zum Teufel" gesagt. Lolly würde es niemals zugeben, aber sie mochte es nicht, wenn jemand fluchte. Immer wenn sie selber es versuchte, fing sie an zu stottern und wurde rot, sodass gleich jeder sehen konnte, wie uncool sie war.

„Schon kapiert", murmelte der Junge. Sobald der Weg nach einer Kurve etwas breiter wurde, drängte er sich mit einem unverständlichen Gemurmel an ihr vorbei, das vermutlich „Entschuldige bitte" hatte heißen sollen. Er trottete davon, wobei er ein altes Lied von den Talking Heads vor sich hin pfiff.

Sie waren auf der Paar-Wanderung, der ersten Aktivität des Sommers. Sie war dazu gedacht, sich mit der Anlage des Camps und den anderen Mitcampern vertraut zu machen. Gleich nach dem Aussteigen aus dem Bus waren sie zu Paaren zusammengestellt worden, während ihre Seesäcke und anderen Habseligkeiten schon in die zugeteilten Hütten gebracht wurden. Sie war an diesen Jungen geraten, weil sie als Letzte ausgestiegen war. Sie hatte ihre Arme vor der Brust verschränkt und abschätzig gesagt: „Ich bin deine neue beste Freundin."

Er hatte einen Blick auf sie geworfen, die Schultern gezuckt und in Imitation der englischen Upperclass erwidert: „Barkis steht zu Ihren Diensten."

Der Angeber. Lolly hatte so getan, als wäre sie nicht davon beeindruckt, dass er aus *David Copperfield* zitiert hatte. Außerdem hatte sie vorgegeben, nicht zu bemerken, wie die anderen Jungs ihn piesackten und mit den Ellbogen anstießen, weil er ein Team mit Lolly Bellamy bilden musste.

Er war nicht der typische Kioga-Camper – sie musste es wissen, schließlich kam sie seit ihrem achten Lebensjahr hierher. Diesem Jungen – der zum ersten Mal dabei war – fehlte noch der letzte Schliff. Seine Haare waren ein wenig zu lang, die Cargoshorts saßen ein wenig zu tief auf seinen Hüften. Vielleicht sah er sogar ein wenig gefährlich aus mit diesen blassblauen Augen und den dunklen Haaren; eine Kombination, die zugleich anziehend und beunruhigend war.

Durch die Bäume hindurch sah sie Gruppen von zwei oder vier Leuten laufen, die miteinander quatschten und lachten. Es war erst der erste Tag vom Sommercamp, aber die Kinder fingen schon an, auszutarieren, mit wem sie sich dieses Jahr anfreunden würden. Lolly wusste, dass man sie bereits ausgemustert hatte. Natürlich, das taten sie immer. Wenn sie nicht ihre Cousinen hätte, würde sie ganz schön in der Patsche sitzen, so viel stand mal fest.

Sie schob ihre Brille auf der Nase hoch und spürte einen dumpfen Schlag der Eifersucht in ihrem Magen, als sie die anderen Camper betrachtete, die sich miteinander schon total wohlzufühlen schienen. Sogar die Neuen, wie der schlaksige Junge, gehörten bereits dazu. Gerade mal aus dem Bus ausgestiegen, gingen sie schon nebeneinanderher, quasselten in einer Tour und brachten sich gegenseitig zum Lachen. Einige der Mädchen trugen ihre Camp-Hoodies nonchalant um die Schultern geschlungen und schafften es so, selbst der Einheitskleidung des Camps einen modischen Stempel aufzudrücken. Die meisten Jungs hatten sich die Kioga-Bandanas im Rambo-Stil um den Kopf gebunden. Alle stolzierten umher, als gehöre der Ort ihnen.

Was irgendwie lustig war. Denn keinem der Kinder gehörte Kioga. Außer Lolly.

Zumindest auf gewisse Art. Das Sommercamp gehörte ihren Großeltern, Nana und Granddad. Als sie noch bei den Fledglings war, den Acht- bis Elfjährigen, hatte sie vor den anderen Kindern damit angegeben, aber das hatte auch nie richtig funktioniert. Den meisten Kindern war das völlig egal.

Der große Junge fand einen Hickory-Stock und benutzte ihn, um auf das Unterholz einzuschlagen oder sich beim Gehen darauf zu stützen. Sein Blick schweifte aufmerksam umher, als wenn er damit rechnete, dass ihn jederzeit etwas anspringen könnte.

„Ich nehme an, dein Name ist dann wohl Ronnoc", sagte Lolly schließlich.

Er machte ein finsteres Gesicht und warf ihr über die Schulter einen Blick zu. „Häh?"

„Das steht auf dem Rücken deines T-Shirts."

„Ich trage es auf links gedreht, du Genie."

„Das war auch nur ein Witz, Schlauberger."

„Ha, ha." Er steckte den Stock in den Boden.

Ihr Ziel war der Gipfel des Saddle Mountain, der eigentlich kein wirklicher Berg war, mehr ein großer Hügel. Einmal oben angekommen, würde ein Kreis aus Baumstämmen mit einer Feuerstelle in der Mitte sie erwarten. Das war der Ort vieler Camp-Traditionen. Nana hatte erzählt, dass Reisende in den Zeiten der ersten Siedler Signalfeuer auf solchen Erhöhungen anzündeten, um über weitere Strecken miteinander zu kommunizieren. Es lag Lolly schon auf der Zunge, diese Belanglosigkeit mit ihrem Wanderpartner zu teilen, aber dann überlegte sie es sich doch anders und presste die Lippen fest aufeinander.

Sie hatte sich bereits entschieden, den Jungen nicht zu mögen. Um ehrlich zu sein, hatte sie sich sogar entschieden, diesen Sommer keines der Kinder zu mögen. Ihre beiden liebsten Cousinen, Frankie – Kurzform für Francine – und Dare, begleiteten sie normalerweise, und sie schafften es immer, dass Lolly sich fühlte, als hätte sie echte Freunde. Aber dieses Jahr waren sie mit ihren Eltern Tante Peg und Onkel Clyde nach Kalifornien gefahren. Lollys Eltern machten solche Reisen nicht. Sie kannten nur welche, mit denen sie danach angeben konnten. Ihre Eltern mochten so ziemlich alles, womit es sich angeben ließ – Reisen, Immobilien, Antiquitäten, Kunst. Sie gaben sogar mit Lolly an, aber das fiel ihnen merklich schwer. Vor allem jetzt, nach der sechsten Klasse, wo ihre Noten sanken und ihr Gewicht stieg. Das Jahr der Scheidung.

Na, das ist doch mal was zum Prahlen, dachte sie.

„Wir sollen drei Sachen über den anderen lernen", sagte der Junge, der keinen Sinn für Humor hatte; der Junge, mit dem sie sich nicht anfreunden wollte. „Wenn wir oben angekommen sind, sollen wir den jeweils anderen der Gruppe vorstellen."

„Ich will keine drei Dinge über dich wissen", sagte sie leichthin.

„Tja, also ich auch nicht über dich."

Das Lagerfeuer zum Kennenlernen war immer langweilig. Was schade war, denn das müsste es nicht sein. Die kleinen Kinder waren besser darin, weil sie noch nicht wussten, was man besser für sich behielt und was man mit anderen teilen konnte. Lolly war ein perfektes Beispiel dafür. Vor einem Jahr war sie herausgeplatzt: „Meine Eltern lassen sich scheiden." Danach war sie in Tränen ausgebrochen, und seitdem war ihr Leben ein einziger Albtraum gewesen. Aber zumindest war ihr Geständnis damals echt gewesen. In dieser Altersgruppe, das wusste sie bereits, würden die Vorstellungen entweder total langweilig oder gestellt oder beides werden.

„Ich wünschte, wir könnten das überspringen", sagte sie. „Das wird total ätzend. Die jüngeren Kinder sind interessanter, die sagen wenigstens was."

„Wie meinst du das?"

„Na ja, dass die Geschäfte ihres Onkels von der Börsenaufsicht überprüft werden oder ihr Bruder eine dritte Brustwarze hat."

„Eine *was?*"

Lolly hätte das Thema vermutlich nicht aufbringen sollen, aber sie wusste, dass er sie so lange löchern würde, bis sie es ihm erklärte. „Du hast mich schon verstanden", sagte sie.

„Eine dritte Brustwarze. Das ist total bescheuert. So was hat niemand."

„Doch. Bebe Blackmun hat mal der ganzen Gruppe erzählt, dass ihr Bruder drei Nippel hat."

„Hast du sie gesehen?", forderte er sie heraus.

„Als wenn ich das gewollt hätte." Sie schüttelte sich. „Igitt."

„Also ist es doch Schwachsinn."

Sie schnaubte in dem Versuch, sich von seinem Fluchen nicht beeindrucken zu lassen. „Ich wette, du hast auch eine." Sie wusste nicht, warum sie das gesagt hatte. Sie wusste nur, die Chance, dass er ebenfalls drei Brustwarzen hatte, tendierte gen null.

„Ja, genau." Er hielt mitten auf dem Weg an und drehte sich um. In einer eleganten Bewegung zog er direkt hier im Wald und vor ihren Augen sein T-Shirt so schnell aus, dass sie keine Zeit hatte, zu reagieren.

„Willst du sie zählen?", wollte er wissen.

Ihr Gesicht wurde ganz heiß, und sie stapfte mit stur geradeaus gerichtetem Blick an ihm vorbei. Idiot, dachte sie. *Ich bin so ein Idiot. Was habe ich mir nur dabei gedacht?*

„Vielleicht hast *du* ja drei Nippel", zog er sie mit einem leichten Lachen in der Stimme auf. „Soll ich sie mal zählen?"

„Du bist verrückt." Sie marschierte weiter.

„Du hast das Thema doch aufgebracht."

„Ich habe nur versucht, ein wenig Konversation zu betreiben, weil du zu einhundert Prozent total laaangweilig bist."

„Hm-mh", bestätigte er. „So bin ich. Laaangweilig." Er marschierte an ihr vorbei und imitierte ihre Art zu gehen. Er hatte sein T-Shirt nicht wieder angezogen, sondern hinten in den Bund seiner Hose gesteckt. Mit dem Bandana und dem aus der Hose hängenden T-Shirt sah er wie ein Barbar aus. Mr *Herr der Fliegen*.

Er war ein totaler Angeber. Er …

Sie stolperte über eine Baumwurzel und musste nach dem nächsten Ast greifen, um nicht zu fallen. Er drehte sich um, und sie hätte schwören können, dass er ganz kurz den Arm ausgestreckt hatte, um sie aufzufangen, aber dann ging er schnell weiter, ohne sie zu berühren. Sie starrte ihn an, aber nicht, weil sie unhöflich oder neugierig sein wollte, sondern aus Sorge.

„Was ist das da auf deinem Rücken", fragte sie frei heraus.

„Was?" Mr Herr der Fliegen schaute sie grimmig an.

„Erst dachte ich, du hättest vergessen, zu baden, aber ich denke, du hast da einen riesigen blauen Fleck." Sie zeigte auf seine Rippen.

Er hielt an und drehte sich zu ihr um. Sein Gesicht war beinahe wie bei einer Comicfigur verzerrt. „Ich habe keinen verschissenen blauen Fleck, klar? Mann, du bist echt unheimlich. Erst Extra-Nippel und jetzt Phantom-Prellungen."

„Ich schau doch genau drauf." Obwohl sie so genervt von ihm war, verspürte sie auch einen Hauch Mitgefühl mit ihm. Die Prellung war am Abheilen. Das erkannte sie an der Art, wie die Farbe in der Mitte aufblühte und am Rand verblasste. Aber es musste ziemlich wehgetan haben.

Seine Augen verengten sich, und sein Gesichtsausdruck wurde hart. Eine Sekunde sah er wirklich Furcht einflößend aus. „Es ist nichts", sagte er. „Ich bin vom Fahrrad gefallen. Aufregend, was?" Er wirbelte auf dem Absatz herum und ging so schnell weiter, dass Lolly sich beeilen musste, um mit ihm Schritt zu halten.

„Ich wollte dich nicht verärgern."

„Das hast du auch nicht", brüllte er sie beinahe an. Dann ging er noch ein bisschen schneller.

Das ging fix, dachte sie. Der erste Feind des Sommers. Es würden gewiss noch eine ganze Menge folgen. Sie hatte ein Händchen dafür, Menschen gegen sich aufzubringen.

Auch wenn Connor sagte, dass er nicht böse auf sie war, war er trotzdem böse auf irgendwas anderes. Da war Wut in seinen angespannten Muskeln zu sehen, in den abgehackten Bewegungen. Er war vom Rad gefallen, na und? Normalerweise verletzte man sich dabei Ellbogen und Knie, vielleicht den Kopf. Aber auf keinen Fall den Rücken, außer man rollt einen Hügel herunter und schlägt hart auf. Oder man lügt über das, was wirklich geschehen ist.

Sie war sowohl fasziniert als auch enttäuscht von diesem Jungen. Enttäuscht, weil sie ihn verzweifelt nicht mögen wollte, um nicht den ganzen Sommer über an ihn denken zu müssen. Und fasziniert, weil er interessanter war, als ihm zustand. Er war auch ein wenig unangepasst mit seinen langen Haaren, der tief sitzenden Hose und den mit Klebeband reparierten Turnschuhen. Und in seinen Augen lag etwas anderes als nur der übliche Jungenkram. Diese gleichen Eiswürfel-Augen, die

David Copperfield gelesen hatten, hatten vermutlich Dinge gesehen, die sich ein Mädchen wie Lolly gar nicht vorstellen konnte.

Sie bogen um eine Haarnadelkurve und wurden von einem lauten, steten Wasserrauschen empfangen.

„Wow“, rief Connor aus und legte den Kopf in den Nacken, um den dreißig Meter hohen Wasserfall zu bestaunen. Er rauschte aus einer unsichtbaren Quelle hoch über ihnen herunter, stürzte über Steine und ließ einen feinen Nieselregen aufsteigen, der in allen Farben des Regenbogens glitzerte. „Das ist Wahnsinn.“ Seine schlechte Laune schien sich in Luft aufgelöst zu haben.

„Meerskill Falls“, erklärte Lolly, wobei sie beinahe brüllen musste, um das Rauschen des Wassers zu übertönen. „Einer der höchsten Wasserfälle im ganzen Staat. Komm mit, von der Brücke aus hat man den besten Blick.“

Die Meerskill Bridge war in den 1930er-Jahren von einer staatlichen Baukolonne erbaut worden. Schwindelerregend hoch, spannte sich der Betonbogen über die Schlucht. Unter ihr dröhnte der Wasserfall. „Die Einheimischen nennen das hier die Selbstmordbrücke, weil sich schon einige umgebracht haben, indem sie von hier heruntergesprungen sind.“

„Ja, sicher.“ Er schien von den Kaskaden angezogen zu werden, die den Weg auf beiden Seiten befeuchteten und so einen dicken Teppich aus Moos und Farn hervorgebracht hatten.

„Nein, ernsthaft. Deshalb ist die Brücke mit Maschendraht eingezäunt worden.“ Sie beeilte sich, zu ihm aufzuschließen. „Er wurde angeblich vor über fünfzig Jahren angebracht, nachdem zwei Teenager in den Tod gesprungen waren.“

„Woher weiß man, dass sie gesprungen sind?“

Der Sprühnebel hatte sich über seine dunklen Haare und seine Wimpern gelegt und ließ ihn noch süßer aussehen.

Lolly fragte sich, ob sie auch süßer aussah. Vermutlich nicht. Bei ihr sorgte der Nebel nur dafür, dass ihre Brillengläser beschlugen. „Ich schätze, das wusste man einfach.“ Sie erreichten den Anfang der Brücke und überquerten sie unter dem wie ein Baldachin geformten Maschendrahtzaun.

„Vielleicht sind sie ja auch aus Versehen hinuntergefallen. Oder sie sind geschubst worden. Vielleicht haben sie auch gar nicht existiert.“

„Bist du immer so skeptisch?“, wollte sie wissen.

„Nur wenn jemand mir blödsinnige Geschichten erzählt.“

„Das ist kein Blödsinn, da kannst du jeden fragen.“ Sie reckte ihre Nase in die Höhe und marschierte entschlossen zum Ende der Brücke und um die folgende Wegbiegung, ohne darauf zu achten, ob er hinterherkam. Eine ganze Weile gingen sie in Schweigen. Inzwischen waren sie weit hinter den anderen zurückgefallen, aber ihm schien es nichts auszumachen, und Lolly fand das eine gute Einstellung. Bei der heutigen Wanderung ging es sowieso nicht darum, als Erstes ins Ziel zu kommen.

Hin und wieder warf sie ihm verstohlene Blicke zu. Vielleicht könnte sie ja ein wenig damit experimentieren, diesen Jungen zu mögen. Nur ein kleines bisschen. „Hey, sieh mal da", flüsterte sie, als der Weg an einer Lichtung vorbeiführte, die von Birken umgeben war und auf der Wildblumen wuchsen. „Zwei Rehkitze und ihre Mutter."

„Wo?" Er reckte den Kopf.

„Pst. Du musst ganz still sein." Sie ging vor und verließ ganz leise den Weg. Rehe waren in diesem Teil des Waldes nicht gerade selten, aber es war immer wieder ein Ereignis, die Rehkitze mit ihrem weichen, weiß gefleckten Fell und den großen, scheuen Augen zu sehen. Die Rehe standen mitten auf der Wiese; die Kleinen hielten sich nah bei ihrer Mutter, die friedlich und in aller Ruhe äste. Lolly und Connor blieben am Rand der Lichtung stehen und beobachteten die drei.

Lolly bedeutete Connor, sich neben sie auf einen umgestürzten Baumstamm zu setzen. Sie nahm den Feldstecher aus ihrer Gürteltasche und hielt ihn ihm hin.

„Das ist toll", sagte er, als er durch das Fernglas schaute. „Ich habe noch nie zuvor frei lebende Rehe gesehen."

Sie fragte sich, wo er herkam. Rehe waren ja nun nicht gerade selten. „Ein Rehkitz isst alle vierundzwanzig Stunden das Äquivalent zu seinem eigenen Körpergewicht", dozierte sie.

„Woher weißt du das?"

„Aus einem Buch. Ich habe letztes Jahr sechzig Bücher gelesen."

„Puh", erwiderte er. „Warum?"

„Weil ich nicht genügend Zeit hatte, um mehr zu lesen." Sie gab ein kleines überhebliches Schnauben von sich. „Kaum zu glauben, dass Leute Rehe jagen, oder? Ich finde sie so wunderschön." Sie trank einen Schluck aus ihrer Wasserflasche. Das Bild, das sich vor ihren Augen entfaltete, sah aus wie ein altes Gemälde – das neue Gras so zart und grün, die in der leichten Brise wippenden Köpfe der Akeleien und blauen Binsenlilien, die äsenden Rehe.

„Ich kann bis hinunter zum See gucken", sagte Connor. „Das ist ein echt gutes Fernrohr."

„Mein Vater hat es mir geschenkt. Ein Schuldgeschenk."

Er nahm das Fernglas von den Augen. „Was ist ein Schuldgeschenk?"

„Wenn dein Dad es nicht zu deiner Klavieraufführung schafft und sich so schuldig fühlt, dass er dir ein extra teures Geschenk kauft."

„Oh. Na ja, es gibt Schlimmeres als einen Vater, der deine Klaviervorführung verpasst.“ Connor schaute wieder durch das Fernglas. „Ist das da eine Insel in der Mitte vom See?“

„Ja. Sie heißt Spruce Island. Da wird das Feuerwerk am vierten Juli gezündet. Letztes Jahr habe ich versucht, hinzuschwimmen, aber ich hab's nicht geschafft.“

„Was ist passiert?“

„Ich musste auf der Hälfte der Strecke nach Hilfe rufen. Als sie mich herausgezogen haben, hab ich so getan, als wäre ich beinahe ertrunken, damit sie nicht denken, ich wolle nur Aufmerksamkeit erregen. Sie haben meine Eltern angerufen.“ Was natürlich genau das war, was Lolly bezweckt hatte. Jetzt wünschte sie, sie hätte den Vorfall gar nicht erst erwähnt, aber da sie nun einmal angefangen hatte, darüber zu sprechen, konnte sie nicht mehr aufhören. „Meine Eltern haben sich letztes Jahr scheiden lassen, und ich dachte, sie müssten beide kommen und mich abholen.“ Dieses Eingeständnis laut auszusprechen schmerzte in ihrer Kehle.

„Hat's funktioniert?“, wollte er wissen.

„Überhaupt nicht. Die Vorstellung, irgendetwas als Familie zu unternehmen, ist Vergangenheit, futsch, steht überhaupt nicht mehr zur Debatte. Sie haben mich zu diesem Therapeuten geschickt, der mir gesagt hat, ich müsse mein ‚Konzept von Familie und meine Rolle darin neu definieren‘. Also ist es jetzt meine Aufgabe, so zu tun, als hätte ich mich damit abgefunden. Meine Eltern tun ihrerseits so, als wäre eine Scheidung vollkommen in Ordnung und heutzutage keine große Sache mehr.“ Sie zog ihre Knie an die Brust und starrte auf die Rehe, bis ihr Blick verschwamm. „Aber für mich ist es eine riesige Sache. Es ist, als wäre man aufs Meer hinausgeweht worden, und niemand glaubt dir, dass du ertrinkst.“

Erst dachte sie, er hätte ihr gar nicht mehr zugehört, weil er nichts sagte. Er blieb stumm, genau wie Dr. Schneider während der Therapiesitzungen. Dann sagte Connor mit einem Mal: „Wenn du wirklich ertrinkst und niemand dir glaubt, solltest du besser so schnell wie möglich herausfinden, wie man schwimmt.“

Sie schnaubte. „Klar, ich werd's mir merken.“

Er sah sie nicht an, als wisse er irgendwie, dass sie sich erst einmal sammeln musste. Er schaute weiter durch das Fernglas und pfiff dabei leise durch die Zähne. Lolly erkannte das Lied. „Stop Making Sense“ von den Talking Heads. Aus irgendeinem Grund fühlte sie sich mit einem Mal schwach und zerbrechlich, so wie damals, als man sie aus dem See gezogen hatte. Schlimmer noch, sie weinte sogar. Sie wusste nicht, wann genau sie damit angefangen hatte, aber sie musste jetzt all ihre Kraft einsetzen, um wieder damit aufzuhören.

„Wir sollten weitergehen“, sagte sie endlich. Mit dem Bandana wischte sie sich die Tränen ab und fühlte sich schrecklich dumm. Warum hatte sie diesem Jungen, den sie nicht einmal mochte, all diese Sachen erzählt?

„Okay.“ Er reichte ihr das Fernglas und kehrte auf den Weg zurück. Es war vorher ja schon nicht ganz einfach gewesen zwischen ihnen, aber ihr Zusammenbruch und das Heulen hatten eine Freundschaft zwischen ihnen wohl endgültig unmöglich gemacht.

Verzweifelt versuchte sie, das Thema zu wechseln. „Wusstest du, dass jeder Betreuer hier ein ehemaliger Camp-Teilnehmer ist?“

„Nö.“

Sie würde in der Gerüchteküche noch einiges dazulernen müssen, wenn sie den Jungen beeindrucken wollte. „Die Betreuer haben ein geheimes Leben“, sagte sie. „Nicht jeder weiß das, aber nachts feiern sie diese wilden Partys. Viel Alkohol und Rumgeknutsche und so.“

„Ach ne. Erzähl mir was, was ich noch nicht weiß.“

„Nun, wie wäre es damit, dass die Chefköchin Gertie Romano am Schönheitswettbewerb zur Miss New York State teilnehmen wollte, dann aber schwanger wurde und ihre Kandidatur zurückziehen musste? Und Gina Palumbo – die aus der Schlafbaracke – hat mir erzählt, dass ihr Vater ein echter Mafiaboss ist. Und Terry Davis, der Hausmeister, ist Alkoholiker.“

Connor wirbelte herum und funkelte sie an. Durch die heftige Bewegung fiel sein T-Shirt zu Boden. Sie hob es auf. „Hey, du hast was verloren.“ Auf der Vorderseite hatte es einen kleinen Ketchupfleck, und in den Kragen war ein Schild mit dem Namen Connor Davis eingenäht.

„Davis“, sagte sie leise, und die Erkenntnis überkam sie mit einem heißen Brennen wie ein böser Hautausschlag. „Ist das dein Nachname?“

„Bisschen neugierig, was?“, bemerkte er. Dann schnappte er sich das T-Shirt und zog es sich über den Kopf. „Natürlich ist das mein Nachname, du Genie, sonst hätte ich ja wohl kein Schild mit dem Namen in meinem Shirt, oder?“

Lolly vergaß zu atmen. Oh, verdammt. *Davis.* Wie in Terry Davis. Verdammter Müllmistdreck aber auch. „Also ist“, stotterte sie. „Steht Mr Davis in irgendeinem, äh, verwandtschaftlichen Verhältnis zu dir?“

Connor ging mit großen Schritten weiter. Seine Ohren waren feuerrot, und die Wut umgab ihn wie eine dunkle Wolke. „Ja, das tut er. Er ist mein Vater. Der Alkoholiker.“

Sie sprang ihm hinterher. „Hey, warte", rief sie. „Hey, es tut mir leid. Ich wusste nicht … mir war nicht klar … oh, Mann. Ich hätte das nicht sagen sollen. Es ist nur dummer Klatsch, den ich irgendwo aufgeschnappt habe."

„Ja, du bist 'ne echte Komikerin."

„Bin ich nicht. Ich bin fürchterlich. Ich *fühle* mich fürchterlich." Sie musste rennen, um mit ihm Schritt zu halten. Wie zäher Schweiß legte sich das Schuldgefühl über ihren ganzen Körper. Man sagt keine bösen Sachen über die Eltern anderer Leute. Das sollte sie doch wissen. Ihre Eltern waren auch ziemlich schrecklich, aber sie würde sich trotzdem angegriffen fühlen, wenn jemand eine entsprechende Bemerkung machte.

Aber wie hätte sie es wissen sollen? Wie standen die Chancen? Alle sagten immer, dass Terry Davis keine Familie hätte. Er bekam auch niemals Besuch, also wäre sie nie auf die Idee gekommen, dass er einen Sohn haben könnte. Trotzdem hätte sie ihren vorlauten Mund halten sollen.

Terry Davis hatte einen Sohn. Erstaunlich. In all den Jahren, die der stille, melancholische Mann schon im Camp arbeitete, hatte sie nichts davon geahnt. Sie wusste nur, dass sein Vater und ihr Großvater gemeinsam im Koreakrieg gekämpft hatten. Granddad sagte, sie hatten sich getroffen, als sie den Fluss Han bombardierten, und dass Mr Davis ein Held gewesen war. Aus diesem Grund würde er immer einen Platz im Camp Kioga haben, komme, was wolle. Sogar wenn er – wie sie so dumm herausposaunt hatte – ein Alkoholproblem hatte. Er gehörte inzwischen zum Inventar des Camps und lebte in einer der Hütten für die Angestellten am Rand des Camps. Diese Hütten boten den Köchen, Gärtnern, Hausmeistern, Fahrern und der Reinigungscrew Unterkunft. All den unsichtbaren Geistern, die rund um die Uhr arbeiteten, um dafür zu sorgen, dass Camp Kioga wie ein Stück unberührter Natur aussah.

Mr Davis war ein Einzelgänger. Er fuhr einen alten Jeep und sah oft müde aus, Anzeichen dafür, dass er bald wieder einen „freien Tag" einlegen würde, wie ihr Granddad es nannte.

„Es tut mir wirklich, wirklich leid", sagte sie zu Connor.

„Du musst kein Mitleid mit mir haben."

„Das hab ich auch nicht. Es tut mir leid, dass ich das über deinen Vater gesagt habe. Das ist ein Unterschied."

Connor schüttelte sich eine dunkle Haarsträhne aus dem Gesicht. „Gut zu wissen."

„Er hat nie erwähnt, dass er ein Kind hat." In der Sekunde, wo die Worte ausgesprochen waren, fiel ihr auf, dass alles nur noch schlimmer wurde, je öfter sie ihren Mund aufmachte. Ihr Mund war wie ein Bagger, der mit jeder Bewegung tiefer grub. „Ich meine, ich habe nie ..."

„Er wollte nicht, dass ich den Sommer über herkomme, aber meine Mutter hat wieder geheiratet, und ihr Mann wollte kein Kind bei sich haben", unterbrach Connor sie. „Er sagte, drei sind in unserem kleinen Trailer einer zu viel."

Lolly dachte an die Prellung, die sie gesehen hatte. Dieses Mal erinnerte sie sich rechtzeitig daran, den Mund zu halten.

„Ein Trailer bietet nicht viel Platz für drei Personen, aber ich schätze, von so was hast du keine Ahnung", fügte er hinzu. „Du lebst sehr wahrscheinlich irgendwo in einer riesigen Villa."

Zwei Villen, dachte sie. Eine für jedes Elternteil. Was nur bewies, dass man sich in der Fifth Avenue genauso schlecht fühlen konnte wie in einer Baracke. „Seit ich acht war, haben mich meine Eltern jeden Sommer weggeschickt", sagte sie. „Vielleicht, um mich aus dem Weg zu haben, damit sie streiten konnten. Denn ich habe sie nie streiten gehört." Wenn ich es getan hätte, überlegte Lolly, wäre die Scheidung vielleicht nicht so ein Schock für mich gewesen.

„Als meine Mutter herausfand, dass ich wegen meines Vaters kostenlos hierherkommen konnte", erklärte Connor, „war mein Schicksal besiegelt."

Lolly setzte die Fakten in ihrem Kopf zusammen, wie ein Detektiv. Wenn er umsonst hier war, hieß das, dass er ein sogenannter Stipendiumscamper war. Jedes Jahr konnten bedürftige Kinder dank eines von ihren Großeltern ins Leben gerufenen Programms kostenlos am Camp teilnehmen. Es waren Kinder, die ein hartes Leben hatten und „gefährdet" waren, auch wenn sie nicht genau wusste, was das bedeuten sollte.

Im Camp zogen sich alle gleich an, wohnten, schliefen und aßen gleich. Man sollte nicht wissen, ob das Kind neben dir am Tisch ein Crackbaby oder ein saudischer Prinz war. Manchmal war es trotzdem offensichtlich. Die Stipendiumskinder sprachen anders und sahen auch oft anders aus. Einige verrieten ihre schlechten Zähne, andere ihre mangelnden Umgangsformen. Manchmal war auch eines dabei, das wie Connor diesen harten, gefährlichen Ausdruck hatte, der die anderen warnte, dass er keine Almosen brauchte. An ihm war nichts Bedürftiges, kein Anzeichen dafür, dass er „gefährdet" war. Außer dieser Schmerz in seinen Augen, als sie seinen Vater einen Alkoholiker genannt hatte.

„Ich komme mir total bescheuert vor", wiederholte sie. „Und ich fühle mich schrecklich. Ich hätte nichts sagen sollen."

„Stimmt. Das hättest du nicht. Du verrücktes Huhn. Kein Wunder, dass du einen Therapeuten brauchst." Er stieß seinen Stock energisch in die Erde und zog das Tempo an. Es sah so aus, als wenn er nicht mehr mit ihr reden würde. Nie wieder.

Na gut, dachte sie. Sie hatte es vermasselt, so wie sie es immer tat, wenn es um andere Kinder ging. Und er würde sehr wahrscheinlich dafür sorgen, dass alle Welt davon erfuhr. Er würde vermutlich erzählen, dass sie wegen der Scheidung ihrer Eltern so sehr ausgeflippt war, dass sie zur Therapie musste. Und bestimmt würde er auch erzählen, dass er sie hatte weinen sehen. Sie hatte sich einen Feind fürs Leben geschaffen.

Sie trottete weiter und fühlte sich mit jedem Schritt verschrobener und verschwitzter. Du bist so eine Idiotin, Lolly Bellamy, verfluchte sie sich innerlich. Jedes Jahr kam sie mit lächerlich hohen Erwartungen ins Camp Kioga. *Dieses Jahr wird es anderes sein. Diesen Sommer werde ich Freunde finden, eine Sportart erlernen, mein eigenes Leben leben – nur dieses eine Mal.*

Aber sobald sie auf dem Weg hierher war, warf sich jedes Mal die Realität dazwischen. Einfach nur die Stadt zu verlassen bedeutete nicht, auch die Unzufriedenheit zurückzulassen. Die folgte ihr wie ein Schatten, der sich je nach Lichteinfall zusammenzog oder ausweitete.

Sie und Connor Davis waren die Letzten, die den Gipfel erreichten. Alle anderen hatten sich schon um die Feuerstelle versammelt, in der allerdings kein Feuer brannte, weil es noch sonnig und heiß war. Die Camper saßen auf den riesigen alten Baumstämmen. Einige davon lagen schon so lange hier, dass sich Sitzmulden gebildet hatten.

Die Chefbetreuer der Eagle Lodge waren dieses Jahr Rourke McKnight und Gabby Spaulding, die perfekt ins Camp Kioga passten. Sie waren süß und selbstbewusst, und beide waren ehemalige Camper. Jetzt, wo sie beide aufs College gingen, verkörperten sie das, was Nana und Granddad den „Kioga-Korpsgeist“ nannten. Sie kannten die Regeln des Camps, konnten Erste Hilfe leisten, einige Worte Algonquin sprechen und kannten alle der Menschheit bekannten Lagerfeuerlieder auswendig. Außerdem wussten sie, wie man einen Camper mit Heimweh tröstete. Vor allem unter den Fledglings war Heimweh eine wahre Seuche.

In der guten alten Zeit war Heimweh kein Problem gewesen, weil die Hütten da an Familien vermietet worden waren. So funktionierte das Camp damals. Sobald die Schule im Sommer aus war, zogen die Mütter mit ihren Kindern in die Bungalows, und an den Wochenenden kamen die Daddys mit dem Zug aus der Stadt zu Besuch. Daher stammt der Begriff „Bungalow-Kolonie“. Eine Kolonie bestand aus mehreren, nah beieinanderstehenden Bungalows. Nana hatte erzählt, dass viele Familien jedes Jahr wiedergekommen waren. Zwischen den Campfamilien entstanden teilweise tiefe Freundschaften, auch wenn sie sich nur im Sommer trafen, und man freute sich das ganze Jahr über auf die nächste Saison.

Nana hatte Fotos aus diesen Tagen, und es sah aus, als wäre es eine sehr glückliche Zeit gewesen, die da in schwarz-weißen Fotografien mit Büttenrand festgehalten worden waren. Die Bilder klebten in dicken Fotoalben, die bis zum Anfang aller Zeiten zurückreichten. Die Väter rauchten Pfeife und tranken Longdrinks, während sie sich lässig auf ihre Tennisschläger stützten. In der Nähe saßen die Frauen mit ihren Kopftüchern und Matrosenblusen und sonnten sich in den geflochtenen Liegestühlen, während die Kinder alle zusammen spielten.

Lolly wünschte, das echte Leben wäre so. Aber das ging heutzutage natürlich nicht mehr. Frauen hatten eigene Karrieren, und viele von ihnen hatten gar keinen Ehemann mehr.

Daher wohnten nun die Betreuer in den Bungalows. Frisch geschrubbte, enthusiastische Collegekids am Tag, wüste Partymacher in der Nacht. Letzten Sommer hatten Lolly und drei ihrer Cousinen – Ceci, Frankie und Dare – sich nach dem Lichtausschalten noch einmal rausgeschlichen, um die Betreuer zu beobachten. Erst wurde getrunken. Dann kam das Tanzen. Eine ganze Reihe Pärchen fing an, miteinander rumzumachen – auf der Veranda, in den Liegestühlen, sogar mitten auf der Tanzfläche. Ceci, die älteste der Cousinen, hatte einen tiefen Seufzer ausgestoßen und geflüstert: „Ich kann es kaum erwarten, bis ich alt genug bin, um auch Betreuerin zu sein."

„Igitt", hatten Lolly und die beiden jüngeren Cousinen gleichzeitig gesagt und ihren Blick abgewandt.

Jetzt war ein Jahr vergangen, und Lolly konnte den Seufzer etwas besser verstehen. Die Luft zwischen Rourke und Gabby schien zu knistern. Es war schwer zu erklären, aber leicht zu erkennen. Sie konnte sie sich gut gemeinsam in den Angestelltenunterkünften vorstellen, wie sie zusammen tanzten und flirteten und herummachten.

Sobald das Durchzählen ergeben hatte, dass alle anwesend waren, holte Rourke seine Gitarre heraus (es gab immer eine Gitarre), und sie sangen gemeinsam Lieder. Lolly war erstaunt, was für eine schöne Stimme Connor hatte. Die meisten Jungs nuschelten so vor sich hin und trafen kaum einen Ton, aber nicht so Connor. Er schmetterte „We Are the World" nicht gerade angeberisch, aber doch mit dem Selbstbewusstsein eines Popstars. Als einige der Kinder ihn anstarrten, zuckte er nur mit den Schultern und sang weiter.

Einige der Mädchen schauten ihn aus weit aufgerissenen Augen bewundernd an. Okay, also bildete Lolly sich das nicht nur ein. Er war so süß, wie sie dachte. Schade, dass er so ein Idiot war. Und noch mehr schade, dass sie es sich mit ihm so vermasselt hatte.

Dann war es an der Zeit für die Vorstellungen, die genauso langweilig verliefen, wie sie befürchtet hatte. Jeder Partner sollte aufstehen und drei Dinge über die Person sagen, mit der er den Berg hinaufgestiegen war. Die Idee dahinter war, dass Fremde durch ein gemeinsam erlebtes Abenteuer zu Freunden wurden.

Mist, dachte sie. Connor und sie hatten sich gar nicht erst die Mühe gemacht, irgendetwas über den anderen in Erfahrung zu bringen, außer dass sie Feinde waren. Sie wusste nicht, wo er lebte – okay, in einem Trailer, aber wo stand der? –, und auch nicht, ob er Geschwister hatte oder welche Eiscremesorte er am liebsten mochte.

In dieser Gruppe gab es keine Überraschungen. Jeder besuchte die exklusivste Schule der Welt, von den Vereinigten Staaten über England bis zur Schweiz. Jeder hatte ein Pferd oder eine Jacht oder ein Haus in den Hamptons.

Wie unglaublich originell, dachte sie. Wenn das Interessanteste an einem Kind war, welche Schule es besuchte, musste es sich um eine ziemlich langweilige Person handeln. Es war ein bisschen interessant, dass ein Junge namens Tarik auf eine muslimische Schule ging, und das Mädchen Stormy von ihren Eltern, die Zirkusartisten waren, zu Hause unterrichtet wurde. Aber alles andere war gähnend langweilig.

Die anderen dargebotenen Fakten waren genauso ermüdend oder überheblich, manchmal auch beides. Der Vater eines Kindes war ein Verleger, der sämtliche A-Promis als Kurzwahl in seinem Handy eingespeichert hatte. Ein anderes Mädchen hatte einen Tauchschein. Einige stammten aus Familien, die Preise gewonnen hatten – Pulitzer, Oscar, Clio. Die Kinder zeigten diese Auszeichnungen vor, als wären es Pfadfinderabzeichen. Es war unschwer zu erkennen, dass sie dabei auch gerne etwas dicker auftrugen, um die anderen zu übertrumpfen.

Während Lolly ihnen allen zuhörte, reifte in ihr ein Entschluss – eine Lüge funktionierte besser als die Wahrheit.

Nun war sie an der Reihe. Sie stand auf, und Connor und sie warfen sich durch zusammengekniffene Augen eine stumme Warnung zu. Er wusste genug über sie, um sie zu demütigen, wenn er wollte. Das war das Problem daran, jemandem etwas Privates und Wahres zu erzählen. Genauso gut konnte man ihm eine Waffe reichen und gucken, ob er den Abzug betätigen würde. Sie hatte keine Ahnung, was er der Gruppe erzählen würde. Sie wusste nur, dass sie ihm reichlich Munition geliefert hatte, die er gegen sie verwenden konnte.

Sie war als Erste an der Reihe. Nach einem tiefen Atemzug legte sie einfach los, ohne dass sie überhaupt wusste, was sie sagen wollte.

„Das hier ist Connor, und er ist das erste Mal im Camp Kioga. Er …" Sie dachte über das nach, was sie wusste. Er war aufgrund eines Stipendiums hier, und sein Vater trank. Seine Mutter hatte gerade neu geheiratet, und sein Stiefvater war gemein, weshalb Connor den Sommer über weggeschickt worden war. Lolly wusste, dass sie mit wenigen Worten die Waffe auf ihn richten könnte. Sie könnte aus ihm vielleicht sogar ein Kind machen, mit dem niemand befreundet sein wollte.

Sie fing seinen Blick auf und wusste, dass er das Gleiche über sie dachte.

„Er tut Ketchup auf alles, was er isst, sogar auf sein Frühstück", fuhr sie fort. „Seine Lieblingsband sind die Talking Heads. Und beim Basketball Mann gegen Mann gewinnt er immer." Das Letzte war geraten, aufgrund seiner Größe und weil er Chuck-Taylor-Turnschuhe trug. Und er schien schnell zu sein und hatte große Hände. Sie riet eigentlich bei allem, wenn sie ehrlich war, aber er widersprach ihr nicht.

Dann war Connor an der Reihe. „Das ist Lolly." Er ließ ihren Namen wie eine Beleidigung von seinen Lippen rollen.

Der Moment der Wahrheit, dachte sie und rückte ihre Brille zurecht. Er könnte sie ruinieren. Sie hatte auf dem Weg hier rauf zu viel von sich gezeigt. Er räusperte sich, strich sich das Haar aus den Augen und nahm eine trotzige Pose ein. Sein Blick wanderte über sie – wissend, verächtlich –, und er räusperte sich noch einmal. Die anderen Camper, die die meiste Zeit über unruhig gewesen waren, kamen langsam zur Ruhe. Es gab keinen Zweifel daran, dass der Junge Präsenz hatte und die Aufmerksamkeit einforderte, wie ein gebieterischer Lehrer oder ein Schauspieler im Theater.

Ich hasse das Camp, dachte sie mit einer Inbrunst, die ihr die Hitze in die Wangen trieb. Ich hasse es, und ich hasse diesen Jungen, und er steht kurz davor, mich zu zerstören.

Connor räusperte sich zum dritten Mal und ließ seinen Blick über die versammelten Kinder wandern.

„Sie liebt es zu lesen, spielt wirklich gut Klavier und will dieses Jahr besser schwimmen lernen."

Sie setzten sich wieder und schauten einander nicht mehr an – außer ein Mal. Und als ihre Blicke sich trafen, stellte sie überrascht fest, dass sie beide beinahe lächelten.

Okay, gestand sie sich ein, er hat sich also dafür entschieden, mich dieses Mal nicht zur Schlachtbank zu führen oder für Zielübungen zu missbrauchen. Sie war hin und her gerissen zwischen dem Gefühl, diesen Jungen zu mögen, und dem, ihn nicht leiden zu können. Aber einer Sache war sich Lolly sicher. Sie *hasste* das Sommercamp, und es war ihr sogar egal, dass es ihren Großeltern gehörte. Sie würde nie wieder hierherkommen, solange sie lebte. Niemals.

EINLADUNG

Um die Ehre Eurer Anwesenheit wird gebeten von
Jane und Charles Bellamy
aus Anlass ihres
50. Hochzeitstages.

Ihr habt unser Leben mit Eurer Freundschaft und Liebe bereichert.
Und nun möchten wir Euch einladen,
gemeinsam mit uns unsere
goldene Hochzeit zu feiern.

Am Samstag, den 26. August 2006
Camp Kioga, RR #47, Avalon,
Ulster County, New York

Für rustikale Unterbringung ist gesorgt.

2. KAPITEL

Olivia Bellamy legte die geprägte Einladung zur Seite und lächelte ihre Großmutter über den Tisch hinweg an. „Was für eine hübsche Idee", sagte sie. „Meinen herzlichsten Glückwunsch an dich und Granddad."

Nana drehte den Teller mit den sorgfältig gestapelten kleinen Sandwiches und Kuchen. Egal, was in ihrem Leben sonst los war, einmal im Monat trafen sich Großmutter und Enkeltochter zum Tee im Astor Court des Saint Regis Hotels in der Innenstadt. Sie taten das schon seit Jahren, seit Olivia eine pummelige, mürrische Zwölfjährige gewesen war, die dringend etwas Aufmerksamkeit benötigte. Und auch heute noch hatte es was Beruhigendes, in die luxuriöse Umgebung aus eleganten Möbeln, Topfpalmen und leiser Hafenmusik einzutauchen.

Nana entschied sich für eine Gurkenscheibe, garniert mit einem Röschen aus Lachsmousse. „Danke dir. Es sind noch drei Monate bis zum Hochzeitstag, aber ich bin schon ganz aufgeregt."

„Warum habt ihr euch für Camp Kioga entschieden?" Olivia spielte mit dem Tee-Ei. Sie war seit dem letzten Sommer vor dem College nicht mehr dort gewesen. Freiwillig hatte sie die ganzen Ängste und Dramen hinter sich gelassen.

„Camp Kioga ist für Charles und mich ein ganz besonderer Ort." Nun griff Nana nach einem klitzekleinen Sandwich mit Trüffelbutter. „Dort haben wir uns zum ersten Mal getroffen, und dort haben wir auch geheiratet, in dem kleinen Pavillon auf Spruce Island mitten im Willow Lake."

„Du machst Witze. Das wusste ich ja gar nicht. Warum hast du das nie erzählt?"

„Vertrau mir, mit dem, was du alles nicht über diese Familie weißt, könntest du Bände füllen. Charles und ich waren wie Romeo und Julia."

„Diese Geschichte hast du mir nie erzählt. Was ist damit los, Nana?"

„Nichts ist los. Die meisten jungen Leute interessieren sich doch nicht die Bohne dafür, wie ihre Großeltern sich getroffen und geheiratet haben. Das sollten sie auch gar nicht."

„Ich interessiere mich jetzt aber die Bohne dafür", erwiderte Olivia. „Also los, raus damit."

„Das ist alles schon so lange her und erscheint mir jetzt so trivial. Weißt du, meine Eltern – die Gordons – und die Bellamys kamen aus zwei verschiedenen Welten. Ich wuchs in Avalon auf und habe die Stadt das erste Mal besucht, als ich schon verheiratet war. Die Eltern deines Großvaters haben sogar damit gedroht, die Hochzeit zu boykottieren. Sie waren entschlossen, ihren Sohn eine gute Partie machen zu lassen.

Damals bedeutete das, jemanden mit einem gewissen Status zu heiraten. Nicht irgendein Mädchen aus den Bergen."

Olivia war überrascht, einen Hauch Schmerz in den Augen ihrer Großmutter aufblitzen zu sehen. Wie es aussah, verheilten manche Wunden nie. „Das tut mir leid", sagte sie.

Nana bemühte sich sichtlich, ihre Stimmung abzuschütteln. „Damals gab es noch ein stark ausgeprägtes Klassenbewusstsein."

„Das gibt es heute noch", sagte Olivia sanft.

Nana hob die Augenbrauen, und Olivia wusste, dass sie besser das Thema wechseln sollte, wenn sie nicht Gefahr laufen wollte, zu erklären, was sie mit ihrer Bemerkung gemeint hatte. Sie schaute demonstrativ auf die Teekanne. „Ist er jetzt fertig?"

Sie teilten sich traditionell eine Kanne Lady Grey, der einen Hauch Lavendel und Bergamotte mit sich trug. Olivias Großmutter nickte und schenkte ihnen ein. „Wie auch immer", fuhr sie dann fort. „Du hast wichtigere Themen als meine uralten Geschichten." Hinter den Gläsern ihrer modischen schwarz-pinken Brille funkelten ihre Augen, und für einen Moment sah sie um Jahre jünger aus. „Es ist allerdings eine wahrhaft prachtvolle Geschichte. Ich bin mir sicher, dass du sie diesen Sommer zu hören bekommst. Wir hoffen, dass alle kommen und schön lange bleiben. Charles und ich werden unser Gelöbnis in dem Pavillon erneuern, auf genau der gleichen Stelle, wo wir es zum ersten Mal gesprochen haben. Wir werden die Hochzeit soweit es geht nachstellen."

„Oh, Nana. Das ist ... so zauberhaft." Tief in ihrem Innern krümmte Olivia sich zusammen. Sie war sicher, dass das idyllische Bild, das ihre Großmutter im Kopf hatte, nicht mehr im Geringsten mit der Realität übereinstimmte. Das Camp hatte seinen Betrieb vor neun Jahren eingestellt und lag seitdem brach. Eine kleine Gruppe Menschen kümmerte sich gerade ausreichend darum, dass es erhalten blieb. Sie mähten den Rasen und sorgten dafür, dass die Gebäude nicht zusammenfielen. Einige der Bellamy-Cousinen nutzten den Ort für Familientreffen oder Ferien, aber Olivia nahm an, dass das Camp selber inzwischen zerfallen war. Ihre Großeltern wären von dem Ort der Feier ihrer goldenen Hochzeit sicherlich enttäuscht.

„Weißt du", Olivia beschloss, diplomatisch vorzugehen, „einige eurer Freunde sind nicht mehr die Jüngsten. Soweit ich mich erinnere, ist das Camp nicht für Rollstuhlfahrer ausgelegt. Ich denke, es würden mehr Menschen zusagen, wenn ihr im Waldorf Astoria oder hier im Saint Regis feiern würdet."

Nana nippte an ihrem Tee. „Darüber haben Charles und ich auch schon gesprochen, und wir sind zu dem Entschluss gekommen, es so zu machen, wie wir es gerne möchten. Sosehr wir unsere Familie und

Freunde lieben, unsere goldene Hochzeit soll so sein, wie wir sie uns vorstellen. So war unsere Hochzeit, und genau so wird es auch fünfzig Jahre später sein. Wir haben uns für Camp Kioga entschieden. Auf diese Weise wollen wir feiern, was wir in der Vergangenheit waren und was wir hoffentlich für den Rest unseres Lebens sein werden: ein glückliches Paar." Ihre Tasse klirrte leicht, als sie sie auf die Untertasse stellte. „Es wird unser Abschied vom Camp sein."

„Wie meinst du das?"

„Unsere goldene Hochzeit wird die letzte Veranstaltung im Camp Kioga. Danach müssen wir entscheiden, was mit dem Grundstück geschehen soll."

Olivia runzelte die Stirn. „Nana? Habe ich das gerade richtig verstanden?"

„Ich schätze ja. Es ist an der Zeit. Wir müssen uns etwas überlegen. Es handelt sich um vierzig Hektar erstklassiges Land, das sich seit 1932 im Besitz meiner Familie befindet. Wir hoffen, dass wir es irgendwie für die Familien unserer Kinder bewahren können." Sie schaute Olivia demonstrativ an. „Oder unserer Enkel. In diesem Leben ist nichts sicher, aber wir hoffen, dass das Grundstück nicht an einen Bauunternehmer verkauft wird, der darauf Straßen und Parkplätze baut und reihenweise diese grauenhaften Fertighäuser hinstellt."

Olivia wusste nicht, warum der Gedanke, dass ihre Großeltern sich von dem Land trennen wollten, sie so wehmütig stimmte. Sie mochte die Gegend noch nicht einmal. Sie mochte die *Vorstellung* vom Camp, aber nicht die Realität. Nanas Vater hatte das Grundstück während der Großen Depression als Bezahlung für eine Schuld erhalten und selber ausgebaut. Den Namen Kioga hatte er gewählt, weil er dachte, es wäre das Wort der Algonquin für „Ruhe", doch später erfuhr er, dass es gar keine Bedeutung hatte. Nachdem das Camp 1997 geschlossen worden war, war niemand der Bellamys mit dem Wunsch vorgetreten, es weiterführen zu wollen.

Ihre Großmutter nahm sich ein mit Schokoladencreme gefülltes Hörnchen. „Wir werden nach der Feier ausführlich darüber sprechen. Es ist besser, wenn wir alles rechtzeitig klären, damit niemand eine Entscheidung treffen muss, wenn wir mal nicht mehr sind."

„Ich hasse es, wenn du so redest. Du bist achtundsechzig Jahre alt und hast gerade an einem Senioren-Triathlon teilgenommen ..."

„Den ich nicht geschafft hätte, wenn du nicht gemeinsam mit mir trainiert hättest." Jane tätschelte die Hand ihrer Enkeltochter. Dann wurde ihr Blick mit einem Mal nachdenklich. „So viele wichtige Ereignisse meines Lebens haben dort stattgefunden. Das Camp hat meine Familie während der Großen Depression gerade so über Wasser gehalten. Nachdem Charles und ich geheiratet haben und das Camp übernahmen, wurde es ein Teil dessen, was wir waren."

Das ist so typisch für Nana, überlegte Olivia. *Sie sieht immer zu, wie sie an Dingen festhalten kann, selbst wenn sie besser daran täte, loszulassen.*

„Nun ja, das ist alles Zukunftsmusik." Nana schüttelte die düstere Stimmung ab und zog mit neuem Elan einige Seiten Papier hervor, die sie offensichtlich von Olivias Website ausgedruckt hatte. „Wir haben Geschäftliches zu besprechen. Ich möchte, dass du das Camp für die große Feier vorbereitest."

Olivia stieß ein kurzes Lachen aus. „Das kann ich nicht, Nana."

„Unsinn. Hier steht, dass du sämtliche Dienstleistungen anbietest, die man benötigt, um eine Immobilie für den optimalen Marktauftritt vorzubereiten."

„Das heißt doch nur, dass ich Häuser aufhübsche, damit man sie besser verkaufen kann", erwiderte Olivia. Einige der Designer in ihrem Betätigungsfeld sträubten sich gegen den Ausdruck, der tatsächlich ein wenig Würde vermissen ließ. Sie bevorzugten die Begriffe „Dekorateur" oder „Immobilienaufwerter". Aufhübscher klang … nun, ein wenig puffig.

Aber der Begriff erklärte ziemlich gut, was sie tat. Auf einem Gebiet, auf dem die Menschen versuchten, ihre Immobilien so gut wie möglich aussehen zu lassen, war Olivia die Meisterin der Illusion. Eine wahre Künstlerin der Täuschung. Eine Immobilie unwiderstehlich aussehen zu lassen war normalerweise eine einfache, wenig Kosten verursachende Angelegenheit. Sie nutzte dafür die Dinge, die der Verkäufer schon besaß, und stellte sie auf neue Art zusammen.

Sie liebte ihren Job und war gut darin. Langsam hatte sie sich einen Ruf aufgebaut, und in einigen Teilen Manhattans dachten Makler gar nicht mehr daran, eine Wohnung anzubieten, bevor sie nicht von Olivia Bellamy *aufgehübscht* worden war. Doch die Arbeit bot auch gewisse Herausforderungen. Seitdem Olivia ihre eigene Firma Transformations gegründet hatte, hatte sie gelernt, dass zu dem Job mehr gehörte, als nur die Blumen zu gießen, alles weiß zu streichen und die Brotbackmaschine anzuwerfen, um einen heimeligen Duft zu verbreiten.

Ein Projekt in der Größe von Camp Kioga jedoch gehörte bisher nicht zu ihrem Erfahrungsschatz.

„Du sprichst von Hunderten Quadratmetern Wildnis, die hundertfünfzig Meilen von hier entfernt liegen. Ich wüsste gar nicht, wo ich anfangen sollte."

„Ich schon." Jane schob ihr ein altmodisches, ledergebundenes Fotoalbum über den Tisch zu. „Jeder hat eine Vorstellung von einem Sommercamp im Kopf, egal, ob er früher selber eines besucht hat oder nicht. Du musst diese Illusion einfach nur zum Leben erwecken. Hier sind für den Anfang einige Bilder, die im Laufe der Jahre aufgenommen wurden."

Die meisten Fotos zeigten rustikale Hütten, die sich am Rande eines Sees inmitten eines unberührten Waldes drängten. Olivia musste zugeben, dass sie eine friedvolle Atmosphäre ausstrahlten. Nana hatte recht mit der Illusion – oder vielleicht handelte es sich eher um eine Irreführung. Olivia hatte schreckliche Zeiten im Sommercamp erlebt. Und doch steckte irgendwo in ihrem Hinterkopf das Bild eines idealisierten Sommers, ohne spottende Kinder, Sonnenbrände und Mücken.

Ihre Vorstellungskraft setzte ein, wie immer, wenn sie sich eine Immobilie ansah. Trotz ihrer anfänglichen Abneigung stiegen vor ihren Augen sofort Bilder auf, wie sie das Camp in Schuss bringen könnte.

Hör auf, schalt sie sich.

„Ich habe nicht gerade die besten Erinnerungen an meine Sommer dort", rief sie ihrer Großmutter in Erinnerung.

„Ich weiß, meine Liebe. Aber dieser Sommer könnte die Gelegenheit für dich sein, deine Dämonen auszutreiben. Schaffe dir neue Erinnerungen."

Interessant. Olivia hatte nie geahnt, dass ihre Großmutter von ihrem Leiden gewusst hatte. Warum hast du ihm nicht Einhalt geboten? wollte sie fragen.

„Dieses Projekt würde vermutlich den ganzen Sommer über dauern. Ich bin nicht sicher, ob ich so lange fort sein möchte."

Nana hob eine Augenbraue hoch über den Rand ihrer Brille. „Warum?"

Olivia konnte es nicht länger für sich behalten. Die nächsten Worte sprudelten nur so aus ihr heraus. „Weil ich glaube, dass ich einen Grund habe, zu bleiben."

„Könnte es sich bei diesem Grund um einen Brad-Pitt-Doppelgänger mit Harvard-Diplom handeln?"

Tief einatmen, Olivia, ermahnte sie sich. *Du hast das schon einmal erlebt, und du bist auch schon einmal enttäuscht worden. Geh es langsam an.* Aber das konnte sie natürlich nicht. Sie rutschte vor Aufregung beinahe vom Stuhl, als sie sagte: „Ich denke, Rand Whitney wird mich fragen, ob ich ihn heiraten will."

Nana setzte ihre Brille ab und legte sie auf den Tisch. „Oh, meine liebste Olivia." Sie tupfte sich mit der Serviette die Augenwinkel.

Olivia war froh, es Nana erzählt zu haben. Es gab einige Familienmitglieder, die skeptischer reagieren würden. Ihre Mutter hätte sie zum

Beispiel bestimmt schnell daran erinnert, dass Olivia in ihrem reifen Alter von siebenundzwanzig bereits zwei geplatzte Verlobungen vorweisen konnte.

Als wenn sie das je vergessen würde.

Sie schob den Gedanken beiseite und fügte hinzu: „Er verkauft sein Apartment in der Innenstadt. Das ist auch mein aktuellstes Projekt. Ich muss heute Nachmittag alles noch ein letztes Mal überprüfen, weil es morgen auf den Markt kommt. Wenn er vom Flughafen heimkommt, werde ich da sein und auf ihn warten. Er war die ganze Woche in der Zweigstelle seiner Firma in L. A. Er sagte, wenn er zurückkommt, wird er mich fragen."

„Ob du ihn heiraten willst."

„Das nehme ich an." Olivia spürte ein leichtes Unbehagen in ihrem Magen aufflackern. So genau hatte er es nicht gesagt.

„Dann ist es gut, dass er seine Wohnung verkaufen will?"

Olivia strahlte über das ganze Gesicht. „Er sucht nach etwas Passendem auf Long Island."

„Oh. Das klingt ganz so, als wäre er bereit, sesshaft zu werden."

Olivias Lächeln wurde noch breiter. „Du verstehst jetzt sicherlich, warum ich über dein Angebot nachdenken muss?"

„Natürlich, meine Liebe." Jane bedeutete dem Ober mit einer eleganten Geste, die jeden Kellner eilen ließ, dass sie zahlen wollte. „Ich hoffe, dass sich für dich alles perfekt entwickelt."

Als sie die Stufen zu Rands Apartment in der Nähe des Gramercy Parks hinaufeilte, fühlte Olivia sich wie das glücklichste Mädchen der Welt. Hier war sie nun und genoss das seltene Privileg, die Szenerie ihrer eigenen Verlobung bis ins kleinste Detail herzurichten. Wenn Randall Whitney sie fragen würde, ob sie ihn heiraten wolle, würde er das an einem Ort tun, den ihre Vorstellungskraft und harte Arbeit erschaffen hatten. Oft war es in diesen Situationen Aufgabe des Mannes, für den rechten Rahmen zu sorgen, und genauso oft versagte er darin.

Aber nicht dieses Mal, dachte Olivia und genoss das freudige Prickeln der Aufregung. Dieses Mal wäre alles genau richtig.

Anders als bei den anderen Malen. Die Verlobung mit Pierce hatte von Anfang an unter keinem guten Stern gestanden. Eine Tatsache, die Olivia so lange ignoriert hatte, bis sie ihn mit einem fremden Mädchen unter der Dusche vorfand. Mit Richard war der Moment der Demütigung gekommen, als sie ihn dabei erwischte, wie er mit ihrer Kreditkarte Geld von ihrem Konto stahl. Diese zwei Fehlschläge hatten sie an ihrem Urteilsvermögen zweifeln lassen … bis Rand gekommen war. Dieses Mal würde es nicht schiefgehen.

Sie öffnete die Eingangstür, drehte sich um und stellte sich vor, wie das Apartment durch Rands Augen betrachtet aussehen würde. Perfekt, dachte sie. Die Wohnung war der Inbegriff von Luxus, schlicht, aber nicht steril (auch wenn sie hier so gründlich sauber gemacht hatte, dass man ohne Bedenken eine Herztransplantation durchführen könnte), geschmackvoll, aber nicht zu offensichtlich dekoriert (obwohl sie Tage damit verbracht hatte, es genauso aussehen zu lassen).

Auf der Taxifahrt hierher war Olivia das Szenario in ihrem Kopf wieder und wieder durchgegangen, bis sie vor Erwartung ganz aufgeregt war. In weniger als einer Stunde würde Rand durch die Tür kommen und die ideale Kulisse betreten. Er würde sich vielleicht nicht auf ein Knie hinunterlassen, das war nicht sein Stil. Stattdessen würde er dieses verwegene „Ich hab ein Angebot für dich"-Grinsen tragen, in die Tasche seines Jacketts greifen und eine glänzend schwarze Schachtel mit dem smaragdförmigen Logo von Harry Winston hervorholen. Rand war immerhin ein Whitney.

Sie zwang sich, sich so würdevoll wie möglich zu bewegen, und ging zum Sideboard hinüber, um den Winkel der in einem mit Eis gefüllten Kühler steckenden Champagnerflasche zu überprüfen. Das Label musste man nicht zur Gänze sehen. Jedes geübte Auge erkannte die Marke Dom Perignon allein an der Silhouette.

Sie schenkte sich nur einen Blick – einen halben – in dem Spiegel über dem Sideboard, das eigentlich eine japanische Tansu-Kommode war, die sie von einem Möbelhaus geliehen hatte. Spiegel waren in ihrem Arbeitsgebiet wichtig. Nicht um sich selber darin zu betrachten, sondern um Licht, Weite und Ambiente in Räumen zu schaffen – und zwischendurch kurz zu überprüfen, ob man auch keinen Lippenstift auf den Zähnen hatte. Alles, was darüber hinausging, war reine Zeitverschwendung.

Dann sah sie es – den Hauch einer Bewegung im Spiegel. Noch während der Schrei sich in ihrer Kehle aufbaute, schnappte sie sich die Champagnerflasche und wirbelte herum, bereit, zuzuschlagen.

„Ich wollte schon immer mal eine Flasche Blubberwasser mit dir teilen, Darling", sagte Freddy Delago. „Aber vielleicht überlässt du das Öffnen lieber mir."

Ihr bester Freund, unglaublich gut aussehend, auch wenn er eine Schürze und einen Staubwedel trug, kam von der anderen Seite des Raumes auf sie zu und nahm ihr die Flasche ab.

Sie entriss sie ihm wieder und steckte sie zurück in den Eiskühler. „Was tust du hier?"

„Ich erledige nur die letzten Kleinigkeiten. Ich habe den Schlüssel aus deinem Büro und bin direkt hierhergekommen."

Ihr „Büro“ war eine Ecke ihres Wohnzimmers in ihrer Wohnung in Downtown Manhattan. Freddy hatte einen Schlüssel, aber das hier war das erste Mal, dass er dieses Privileg missbraucht hatte. Er nahm die Schürze ab. Darunter trug er eine Cargohose, Arbeitsstiefel und ein enges *Spamalot*-T-Shirt. Seine Haare hatten weißblonde Spitzen und einen stylischen Schnitt. Freddy war Bühnenbildner und angehender Schauspieler. Er war außerdem Single, wohlerzogen, und er hatte einen ausgezeichneten Geschmack, was Kleidung anging. Alles Gründe, um anzunehmen, dass er schwul war. Aber das war er nicht. Er war nur einsam.

„Ich verstehe. Du hast mal wieder deinen Job verloren.“ Sie schnappte sich das Tuch aus seiner hinteren Hosentasche und trocknete die Wassertropfen von dem verschütteten Eis.

„Woher weißt du das?“

„Du arbeitest für mich. Das machst du nur, wenn du nichts Besseres zu tun hast.“ Mit einem Blick durch das Apartment stellte sie fest, dass er einen fabelhaften Job gemacht hatte, ihrem Design den letzten Schliff zu verpassen. Das war immer so. Sie fragte sich, ob ihre Freundschaft sich verändern würde, sobald sie verheiratet wäre. Rand hatte Freddy von Anfang an nicht gemocht; ein Gefühl, das auf Gegenseitigkeit beruhte. Sie hasste es, dass ihre Loyalität zu dem einen sich wie ein Verrat an dem anderen anfühlte

„Die Finanzierung der Show, an der ich gearbeitet habe, ist zusammengebrochen. Ich hasse es, wenn das passiert.“ Auch wenn er ein talentierter Bühnenbildner war, neigte Freddy dazu, sich von Shows anwerben zu lassen, die nur ein geringes bis gar kein Budget hatten. Das führte dazu, dass er oft von jetzt auf gleich ohne Arbeit dastand. Was wiederum Glück für Olivia war, denn er war ein Weltklasse-Tischler, Maler und überhaupt rundum kreatives Talent. „Bevor ich es vergesse“, sagte er mit einem charmanten Lächeln. „Du hast dich mit dieser Wohnung selbst übertroffen. Sie sieht nach einer Million Dollar aus.“

„Eins Komma zwei Millionen, um genau zu sein.“

Er stieß einen leisen Pfiff aus. „Ambitioniert. Hups, Spinnenweben.“ Er ging zu dem eingebauten Mediaregal hinüber und strich mit seinem Staubwedel über eine der oberen Ecken. „Und noch mal hups“, fügte er hinzu. „Das hätte ich beinahe vergessen.“

„Was?“

„Die DVD-Sammlung.“

Die schmalen Hüllen und Boxen standen hübsch aufgereiht auf dem Regal. „Was ist damit?“, wollte sie wissen.

„Du machst wohl Witze. Du wirst dieses Apartment niemals verkaufen, wenn man einen direkten Blick auf *Moulin Rouge* hat.“

„Hey, ich mochte den Film. Er hat vielen Leuten gefallen."

Freddy war ein Filmfan. Seine Begeisterung für und sein Wissen über Kinofilme grenzte schon an nervtötenden Snobismus. Er hatte alles, was je auf Zelluloid gebannt worden war, gesehen. Und es vermutlich auch auswendig gelernt. Er machte kurzen Prozess mit dem DVD-Regal, verbannte *Moulin Rouge* in eine Schublade, zusammen mit *Phantom der Oper* und *Prêt-a-Porter*. „Die machen nicht an", sagte er. „Niemand will ein Geschäft mit einem Kerl abschließen, der sich so einen Müll anschaut." Er ging in die Hocke und schaute in das untere Regal, wo die restlichen Filme standen. „Aha, das ist schon besser."

„Die Nachtschwestern von Vegas?", fragte Olivia. *„Flug des Penis?* Auf keinen Fall. Du wirst keine Pornos dahin stellen, wo die Leute sie sehen können."

„Doch", beharrte Freddy. „Auf sehr subtile Weise sagt das, dass hier ein ganz normaler Typ wohnt, der keine große Show macht. Wieso triffst du dich überhaupt mit einem Mann, der Pornos guckt?"

Die DVDs waren Überbleibsel einer Junggesellenparty, aber sie hatte keine Lust, Freddy das zu erklären. Also lächelte sie nur mysteriös und sagte: „Wer sagt denn, dass Rand der Einzige ist, der hier Pornos guckt?"

„Oh, gönn mir mal 'ne Pause."

„Das tue ich", sagte sie. „Ob es mir nun gefällt oder nicht. Wenn du dich das nächste Mal entschließt, wieder für mich zu arbeiten, kläre es doch bitte vorher mit mir ab."

„Du hättest sowieso Ja gesagt." Er steckte den Stil des Staubwedels in seine hintere Hosentasche. „Du sagst immer Ja. Das ist der andere Grund, warum ich hier bin."

„Wie soll ich das denn verstehen."

Sein normalerweise sonniges Lächeln verschwand. Er richtete seinen ernsten Blick aus braunen Augen auf Olivia und sank vor ihr auf ein Knie. Dann griff er in seine Hosentasche und holte eine kleine schwarze Schachtel hervor. „Olivia, ich muss dich etwas fragen."

„Oh bitte. Soll das ein Witz sein?" Sie lachte, aber die Ernsthaftigkeit in seinem Blick verstörte sie.

„Ich meine es todernst."

„Dann steh auf. Ich kann dich nicht ernst nehmen, wenn du so auf dem Boden hockst."

„Gut. Was immer du willst." Mit einem tiefen Seufzer stand er auf und öffnete die Schmuckschachtel. Darin lag ein Paar silberner Ohrringe. An einem hing der Buchstabe N und an dem anderen ein O. „Eine freundliche Erinnerung daran, einfach Nein zu sagen."

„Komm schon, Freddy.“ Sie gab ihm einen spielerischen Schubs. „Du hast seit dem ersten Tag ein Problem mit Rand. Ich wünschte, du würdest darüber hinwegkommen.“

„Ich bitte dich, Livvy. Heirate ihn nicht.“ Er zog sie dramatisch in seine Arme. „Brenn stattdessen mit mir durch.“

„Du bist arbeitslos.“ Sie schob ihn von sich.

„Überhaupt nicht. Ich habe den besten Arbeitgeber der Stadt – dich. Und er ist zu spät, oder? Dieser Halunke. Was für ein Mann kommt zu spät, wenn er die Frage aller Fragen stellen will?“

„Ein Mann, der im Berufsverkehr vom Flughafen in die Stadt steckt.“ Olivia trat ans Fenster und schaute viele Stockwerke hinunter auf die Straße, auf der sich die Taxen so eng drängten, dass es aussah wie ein Fluss voller gelbem Schlamm. „Und niemand sagt heutzutage noch Halunke. Schreib ihn noch nicht ab, Freddy.“

„Entschuldige, du hast recht. Böser Freddy.“ Er tat so, als wolle er sich geißeln. „Ich will nur nicht, dass man dir wehtut.“

Wieder einmal. Er sprach es nicht aus, aber die Wörter hingen in dem Schweigen zwischen ihnen.

„Mir geht es gut“, sagte Olivia. „Rand ist nicht wie ...“ Sie versuchte, die emotionale Aufruhr in ihrem Innern zu unterdrücken. „Nein. Ich werde es nicht sagen. Ich werde sie nicht im gleichen Atemzug nennen.“

Sie schüttelte sich. *Begib dich gar nicht erst dorthin.* Das Problem war nur, *dort* war hier. Sie konnte ihrem eigenen Leben nicht entfliehen. Die Tatsache, dass sie zweimal verlobt und sitzen gelassen worden war, war genauso ein Teil von ihr wie ihre grauen Augen und ihre Schuhgröße. In ihrem Freundeskreis machte man Witze über ihr Pech mit Männern. Genauso, wie man früher Witze über ihr Gewicht gemacht hatte. Und genau wie damals lachte Olivia mit, obwohl sie innerlich blutete.

„Kluges Kind“, unterbrach Freddy ihre Gedanken. „Rand Whitney ist eine ganz eigene Katastrophe, die nichts mit den anderen gemein hat.“

„Oh mein Gott, jetzt wirst du aber melodramatisch.“

„Er ist der Falsche für dich, Sweetheart.“

„Weißt du was?“, sagte sie. „Ich brauche das nicht. Du bist gefeuert.“

„Du kannst mich nicht feuern, weil du mich gar nicht eingestellt hast.“

Sie tippte mit dem Fuß auf. „Falls du es noch nicht bemerkt hast, ich versuche, dich zum Gehen zu bewegen.“

„Und falls du es noch nicht bemerkt hast, ich versuche, dich davon zu überzeugen, Rand fallen zu lassen.“

Sie funkelten einander an, und die Belastung für ihre Freundschaft war beinahe greifbar. Sie hatten sich im letzten Jahr an der Columbia

University kennengelernt und waren seitdem beste Freunde. Am Tag vor der Abschlussfeier hatten sie sich sogar das gleiche Tattoo machen lassen. Mit einer Flasche Southern Comfort hatten sie sich Mut angetrunken, während Jorge, der Tätowierer, ihnen einen Schmetterling auf die Leiste tätowierte. Einen blauen für Freddy und einen pinkfarbenen für Olivia. Freddy glaubte, Olivia wäre schon immer fabelhaft gewesen. Das war eine Seite an ihm, die sie besonders mochte.

Unter gemurmelten Flüchen und unterdrückten Warnungen reichte er ihr die Schürze und den Staubwedel und verließ das Apartment. Olivia räumte die Sachen weg, holte ihr Telefon heraus und überprüfte ihre Nachrichten. Rand könnte wenigstens anrufen, um sie wissen zu lassen, dass er sich verspätete. Wenn er allerdings noch im Flugzeug saß, ging das schlecht, oder?

Sie könnte die Fluggesellschaft anrufen und sich nach dem Status des Fluges erkundigen, aber sie wusste weder die Fluglinie noch die Nummer seines Fluges. Was für eine Freundin weiß die Flugnummer ihres Freundes nicht? Eine beschäftigte, beschied sie. Eine, die es gewohnt ist, dass ihr Freund die Hälfte der Zeit auf Reisen ist. Er wird jede Minute hier sein, sagte sie sich. Sie steckte eine Hand in die Tasche und berührte die albernen Ohrringe, die Freddy ihr geschenkt hatte. Was wusste er schon? Das hier war richtig. Sie war bereit, mit Rand sesshaft zu werden, sich ein Leben aufzubauen, Kinder zu bekommen. Die Sehnsucht danach war so greifbar, dass sich ihr Magen zusammenzog.

Langsam drehte sie sich einmal im Kreis und unterzog das Apartment einer eingehenden Betrachtung. Stolz und Zufriedenheit erfüllten sie. Es ist erstaunlich, überlegte sie, dass kleine Details eine so große Wirkung haben konnten. Wie ein Hauch von Farbe oder eine im richtigen Winkel gesetzte Lichtquelle eine bestimmte Stimmung erzeugten. So etwas hatte einen großen Einfluss auf die Käufer. Eine Immobilie, die sorgfältig dekoriert war, erzielte beinahe immer einen höheren Preis.

Viele Menschen kratzten sich am Kopf, weil sie nicht wussten, was ein Paar wie zufällig im Bad stehende Flip-Flops oder eine aufgeschlagen auf dem Nachttisch liegende Taschenbuchausgabe von Tom Wolfes *Ein ganzer Kerl* für einen Unterschied machen sollten. Aber Olivia wusste es. Es hatte nichts mit Ästhetik, aber dafür umso mehr mit der menschlichen Natur zu tun.

Menschen liebten die Vorstellung, ihr Leben auf eine bestimmte Art zu führen und sich mit bestimmten Dingen zu umgeben, die für das standen, was ihnen wichtig war: das leibliche Wohl, Anzeichen einer gewissen Bildung, Beweise für den eigenen Erfolg und – vielleicht am wichtigsten, wenn auch am wenigsten greifbar – dieses Gefühl von Zuhause sein, von Sicherheit und Zugehörigkeit. Und auch wenn ihre Arbeit nur Rauch und doppelte Spiegel war, waren die Gefühle, die sie damit hervorrief, ganz real.

In ihrem Geschäft lautete die entscheidende Frage: Wenn ich diese Wohnung betrete, verspüre ich dann das Bedürfnis, meine Schuhe auszuziehen, mir an der Bar auf dem Sideboard ein Glas Sherry einzuschenken, mich mit einem guten Buch in den gemütlichen Sessel zu setzen und dankbar aus tiefstem Herzen zu seufzen: „Endlich zu Hause"?

Fünfundvierzig Minuten später probierte sie den gemütlichen Sessel aus und unterdrückte ein Gähnen. Sie versuchte, Rand auf seinem Handy zu erreichen, aber vor dem ersten Klingeln antwortete gleich die Mailbox, was ein Zeichen dafür war, dass er es ausgeschaltet hatte. Vermutlich war er immer noch in der Luft.

Sie wartete weitere einunddreißig Minuten, bevor sie in die Küche ging. Hier war auch alles aufs Feinste arrangiert, bis hin zu dem altmodischen Apfelmotiv auf den Geschirrtüchern, die sie aus dem Vintage-Laden für Tischwäsche hatte, in dem sie oft einkaufte. Einer der Tricks, in fremden Wohnungen ein heimeliges Gefühl zu erzeugen, lag darin, authentische Sachen zu finden, deren Glanz bereits durch leichte Gebrauchsspuren ermattet war. Die Geschirrtücher, etwas ausgeblichen, aber nicht schäbig, erfüllten diesen Anspruch perfekt.

Olivia trat an die Speisekammer, in der sich importierte Pasta von Dean & DeLuca, kalt gepresstes Olivenöl, Granatapfelsaft und Thunfisch aus Delfin-sicherem Fang befand. Das Zeug, was Rand normalerweise aß, wie Cornflakes und Dosenravioli, lag versteckt in einem der zugedeckten Weidenkörbe, die aussahen, als wenn sie nur darauf warteten, auf ein Picknick mitgenommen zu werden.

Sie holte einen der Körbe heraus und nahm sich eine Tüte Cheetos. Einer der vielen Ernährungsberater, zu denen sie als Kind geschickt worden war, hatte sie über den Zusammenhang zwischen ihren Stimmungen und Essen aufgeklärt.

Scheiß drauf, dachte sie und riss beherzt die Tüte mit den Chips auf, die ein nach Käse riechenden leisen Seufzer von sich gab. *Scheiß auf alles.*

Um das Maß vollzumachen, nahm sie sich eine Flasche Alsatian-Bier – auch eine kleine Schummelei, denn normalerweise trank Rand Bud – aus dem Edelstahlkühlschrank. Sie trank einen großen Schluck und stieß dann einen Rülpser aus.

Ungefähr zehn Minuten, nachdem sie ihre Cheetos-und-Bier-Party angefangen hatte, hörte sie, wie die Eingangstür geöffnet wurde.

„Hey?", rief eine Stimme aus dem Flur.

Oh-oh. Sie schaute auf die orangefarbenen Krümel, die an ihren Fingerspitzen klebten. Um ihren Mund sah es vermutlich ähnlich aus.

„Ich bin wieder da", sagte Rand überflüssigerweise. Dann: „Wow. Hey, das sieht ja fantastisch aus."

Olivia warf die Cheetos-Tüte und die Bierflasche in den Müll und eilte zur Spüle, um sich die Hände zu waschen. „Ich bin in der Küche", rief sie ihm zu. Ihre Stimme hatte einen leicht schrillen Unterton. „Bin gleich bei dir."

Sie beugte sich über die Spüle und ließ ihr Haar über die eine Schulter fallen, während sie sich den Mund ausspülte. Genau in dem Moment kam er herein.

„Olivia, du bist ein verdammtes Genie." Er breitete seine Arme aus.

Sie wischte sich hastig den Mund mit einem Geschirrtuch ab. „Ja, das bin ich, oder?", sagte sie und trat in seine Umarmung.

Er hielt sie einen Augenblick fest, dann gab er ihr einen Kuss auf die Stirn. „Du musst meinem Makler eine Rechnung für all die Arbeit stellen, die du hier geleistet hast."

Olivia versteifte sich. Ihr Herz wusste es, bevor ihr Kopf folgen konnte. Das Verstehen kribbelte ihre Wirbelsäule hinauf und über ihre Kopfhaut hinweg. Irgendetwas an der Art, wie ein Mann eine Frau hielt, bevor er sie gehen ließ. Das Wissen lag in seiner Körperhaltung und seinen Muskeln – ein spürbarer, steifer Widerstand. Sein Unbehagen umgab ihn wie eine Wolke.

Sie trat einen Schritt zurück und schaute in sein hübsches Gesicht. „Oh mein Gott", sagte sie. „Du machst mit mir Schluss."

„Was?" Mit ihrer unverblümten Beobachtung hatte er offensichtlich nicht gerechnet. „Hey, hör zu, Baby. Ich habe keine Ahnung, wovon du redest."

Der Protest unterstrich ihre Überzeugung nur noch. Sie hatte recht, und sie beide wussten es. Frauen mit stärkeren Verdrängungsmechanismen als Olivia konnten vor solchen Warnzeichen die Augen und Ohren verschließen, aber ihr gelang das nicht. Die zwei geplatzten Verlobungen hatten ihre Sinne geschärft. Sie war wie ein Hund, dem man beigebracht hatte, den unsichtbaren Elektrozaun zu meiden. Sie musste nur zweimal fallen gelassen werden, dann hatte sie es schon verstanden.

Die Cheetos und das Bier bildeten einen unangenehmen Knoten in ihrem Magen. Das passiert nicht schon wieder, dachte sie. „Ich habe dich vollkommen falsch verstanden", sagte sie. „Gott, was bin ich nur für ein Idiot." Sie trat noch einen Schritt zurück.

„Nun mal ganz langsam." Die Hand, die er ihr auf den Arm legte, war warm und zärtlich, und am liebsten hätte sie jetzt geweint.

„Mach es bitte schnell", gab sie angespannt zurück. „So wie man ein Pflaster abreißt. Bring es hinter uns."

„Du ziehst die falschen Schlüsse."

„Ach ja?" Sie verschränkte die Arme vor dem Bauch. Nicht weinen, sagte sich und blinzelte die Tränen weg, die hinter ihren Kontaktlinsen aufstiegen. *Spar dir das Heulen für später auf.* „Okay. Wie wäre es, wenn du mir ganz genau erklärst, was du vorhast, nachdem dieses Apartment verkauft worden ist."

Sein Blick glitt ganz kurz zu der Deckenlampe, die sie erst um zwei Uhr heute Nachmittag ausgetauscht hatte. Ein weiteres Zeichen für einen Mann auf dem Absprung. Er wollte ihrem Blick nicht begegnen. „Während ich in L. A. war, hat man mir ein Angebot unterbreitet", sagte er, und trotz seines offensichtlichen Unbehagens erhellte sich sein Gesicht bei dem Gedanken daran. „Sie wollen mich dort drüben haben, Liv."

Sie hielt die Luft an. *Er sollte jetzt sagen, ich habe ihnen gesagt, dass ich keine Entscheidung treffen kann, bevor ich nicht mit dir gesprochen habe.* Aber sie wusste es bereits. Mit einem ungläubigen Lachen sagte sie: „Du hast zugesagt, oder?"

Er leugnete es nicht. „Die Firma wird für mich extra eine neue Position schaffen."

„Was, als Vorsitzendes Arschloch?"

„Olivia, ich weiß, dass wir über eine gemeinsame Zukunft gesprochen haben. Das schließe ich ja auch gar nicht ganz aus. Du könntest mit mir kommen."

„Um was zu tun?"

„Das ist L. A., Liv. Dort kannst du alles tun, was du willst."

Heiraten? Kinder haben? Sie wusste, dass er das nicht meinte.

„Mein ganzes Leben, meine Familie, mein Zuhause, meine Firma, alles ist hier in New York. Ich habe die letzten fünf Jahre meines Lebens in Transformations gesteckt. Ich habe diese Firma aufgebaut. Ich kann hier nicht einfach so weg."

„L. A. braucht auch Firmen, die das tun, was du tust", behauptete er. „Der Markt ist genauso heiß wie hier, wenn nicht noch heißer."

Sie dachte darüber nach, noch einmal ganz von vorne anzufangen. Ein Netzwerk aufbauen, Kontakte knüpfen, PR machen, Mundpropaganda erzeugen. Allein der Gedanke daran erschöpfte sie. Sie hatte ihre Arbeitszeiten endlich auf ein erträgliches Maß zusammenstutzen können, aber es hatte Jahre gedauert, um dort anzukommen. In L. A. noch einmal ganz neu anzufangen wäre noch schwerer. Dort würden ihr Name und ihre Verbindungen ihr nicht so einfach die Türen öffnen wie hier in Manhattan. Das kann nicht wahr sein, dachte sie. *Ich glaube nicht, dass das schon wieder passiert.*

„Sag, dass du mich liebst“, forderte sie ihn heraus. „Sag, dass du ohne mich nicht leben kannst. Und meine es auch so.“

„Wann hast du dich zu so einer Drama-Queen entwickelt?“

„Weißt du was?“ Sie schüttelte ihr Haar und straffte die Schultern. „Wenn ich dich genug lieben würde, würde ich es tun. Es wäre mir egal. Ich würde auf der Stelle meine Sachen packen und dabei noch glücklich sein.“

„Was meinst du mit ‚wenn ich dich genug lieben würde‘?“, wollte er wissen.

„Genug, um dir überallhin zu folgen. Aber das tue ich nicht. Und das ist ein sehr befreiender Gedanke, Rand.“

„Ich verstehe dich nicht.“ Er fuhr sich mit der Hand durch das Haar. „Es handelt sich hier doch um eine ganz einfache Situation. Du kannst mit mir nach L. A. kommen oder nicht. Es ist deine Entscheidung.“

Meine Entscheidung, dachte Olivia. Überraschenderweise merkte sie, dass sie trotzdem gar keine Wahl hatte. „Okay.“ Es fiel ihr schwer, die Worte um den sich plötzlich in ihrem Hals festkrallenden Knoten herum herauszupressen. „Dann nicht.“

Und damit ging sie zur Tür. Sie hatte sich dieses Mal gut geschlagen – beim dritten Mal. Aber wenn sie noch eine Sekunde länger hierbliebe, könnte ihre mühsam aufrechterhaltene Kontrolle ins Wanken geraten. Sie durchquerte das Foyer und bemerkte das kunstvolle Arrangement der roten Zierpflaume, die dem Eingangsbereich ein gewisses *Je ne sais quoi* verlieh. Es war schwer, die Ironie dieser schönen, künstlich drapierten Umgebung nicht zu bemerken. Sie überlegte kurz, die Pflanze umzutreten, aber das wäre so … so gar nicht Bellamy.

Sie nahm die Treppe, weil sie nicht auf den Aufzug warten wollte. Den Fehler hatte sie beim ersten Mal gemacht, mit Pierce. Sie erinnerte sich noch gut daran, wie sie in der Lobby gestanden und darauf gewartet hatte, dass er aus der Tür stürmen und rufen würde: „Halt! Ich habe einen Fehler gemacht! Bitte, verzeih mir!“

Aber so funktionierte das nicht, außer für Frauen wie Kate Hudson oder Reese Witherspoon. Frauen wie Olivia nahmen die Treppe.

Sie hatte keinerlei Erinnerung mehr an die Heimfahrt mit dem Taxi. Blind gab sie dem Fahrer viel zu viel Trinkgeld, und wie in Trance stieg sie die Treppen zu ihrem Haus hinauf.

„Oh, das ist nicht gut“, sagte ihr Nachbar Earl, ohne sich mit einer Begrüßung aufzuhalten. „Du bist viel zu früh zu Hause.“

Anthony George Earl der Dritte war ein älterer grauhaariger Mann, der mit Olivias Vater zusammen in die Schule gegangen war. Ihm gehörte das Haus. Seitdem seine zweite Frau ihn verlassen hatte, behauptete er, Olivia wäre die einzige Frau, die er noch in seinem Leben haben wolle. In einem Anfall von durch die Midlife-Crises angestacheltem Ehrgeiz nahm er seit Neuestem Kochunterricht. Der verführerische Duft von Coq au Vin strömte aus seiner Küche in den kleinen Flur zwischen ihren Wohnungen, aber Olivia wurde davon nur übel. Sie wünschte, sie hätte ihm nicht erzählt, dass Rand ihr vermutlich heute die entscheidende Frage stellen würde.

Obwohl Earl geschieden war und alleine lebte, drehte er sich um und rief jemandem in seiner Wohnung zu: „Unser Mädchen ist zurück. Und es ist nicht gut gelaufen."

Unser Mädchen. So nannte er sie nur einer Person gegenüber – seinem besten Freund. Sie schaute Earl grimmig an. „Du hast es ihm erzählt?" Ohne auf eine Antwort zu warten, drängte sie sich an Earl vorbei und betrat sein Apartment. „Daddy?"

Philip Bellamy erhob sich aus dem Ohrensessel und breitete seine Arme aus. „Diese Ratte." Er zog sie in seine Umarmung. Ihr Vater war ihr Fels und vielleicht der einzige Grund, warum sie ihre turbulente Jugend überlebt hatte. Sie legte ihren Kopf an seine Brust und atmete den beruhigenden Duft seines Aftershaves ein. Aber nur kurz, denn wenn sie sich zu sehr auf ihn verließ, würde sie die Fähigkeit verlieren, auf eigenen Beinen zu stehen.

„Ach, Lolly", sagte er und benutzte den alten Kosenamen. „Es tut mir so leid."

In der Stimme ihres Vaters schwang ein falscher Unterton mit. Wusste er denn nicht, dass sie das hörte? Sie lehnte sich zurück und betrachtete sein Gesicht. Er sah aus wie Cary Grant. Das hatten alle schon immer gesagt, wegen der Kerbe in seinem Kinn und diesen wahnsinnigen Augen. Er war ein großer, eleganter Mann, wie man ihn auf Wohltätigkeitsveranstaltungen in Museen sah und auf privaten Partys in den Hamptons.

„Was ist los?", fragte sie.

„Muss denn was los sein, damit ich mal mein einziges Kind und meinen besten Freund besuche?"

„Du kommst nie hierher, ohne dich vorher anzukündigen." Olivia warf Earl einen wütenden Blick zu. „Ich kann nicht glauben, dass du es ihm erzählt hast." Ebenso konnte sie nicht glauben, dass Earl und ihr Vater beide gewusst hatten, dass es schlecht ausgehen würde und sie traurig und von dem Wunsch nach Trost erfüllt heimkehren würde. Andererseits war es das dritte Mal, und die beiden hatten wohl gelernt, Fehlalarme von ihr zu erwarten. „Ich muss nach Barkis sehen." Sie suchte nach ihren Schlüsseln und ging wieder hinaus auf den Flur.

Sie schloss ihre Wohnungstür auf, und trotz der Niederlage, die sie hatte einstecken müssen, war Barkis immer noch Barkis. Er schoss durch die kleine Hundeklappe und sprang ihr direkt in die Arme. Olivias Eltern meinten, die Hundeklappe wäre ein Sicherheitsrisiko, aber Olivia wusste, dass sie bei ihren verrückten Arbeitszeiten einfach notwendig war. Sie machte sich sowieso keine Gedanken über einen möglichen Einbruch. Earl war ein Theaterautor, der von zu Hause aus arbeitete und all die Instinkte eines guten Wachhundes zu haben schien, die Barkis fehlten.

Was der kleine Hund allerdings im Überfluss hatte, war seine Ausgelassenheit. Alleine ihr Anblick brachte ihn dazu, einen Freudentanz aufzuführen. Olivia wünschte sich oft, sie wäre so fabelhaft, wie ihr Hund von ihr dachte. Sie setzte ihn auf die Erde, um ihn zu streicheln, was ihn in eine wahre Ekstase trieb.

In ihren eigenen vier Wänden zu sein hob ihre Stimmung ein wenig. Ihre Wohnung war nichts Besonderes, aber sie gehörte ihr. Hier gab es Farbe und Licht und Stoffe im Überfluss, sorgfältig zusammengesammelt über die letzten drei Jahre, in denen sie hier lebte. Wenn sie ihrer Mutter glauben konnte, war diese Wohnung so wenig New York, wie eine Wohnung nur sein konnte. Und das war nicht als Kompliment gemeint. Sie war zu warm, beinahe gefährlich gemütlich, gestrichen in tiefen, leuchtenden Herbstfarben und angefüllt mit gepolsterten Möbeln, die eher der Bequemlichkeit dienten, anstatt zu beeindrucken.

„Du bist eine so gute Inneneinrichterin", sagte ihre Mutter oft. „Was ist hier nur schiefgelaufen?"

Auf jeder Fensterbank gediehen Pflanzen in bunten Übertöpfen. Nicht die schlichten, langblättrigen tropischen Pflanzen, die Geschmack und Raffinesse verkündeten, sondern Schwertfarne, afrikanische Veilchen, Primeln und Geranien. Der rückwärtige Garten, der die kleine, gepflasterte Terrasse umgab, war genauso. Die in allen Bonbonfarben blühenden Blumen erstrahlten an den drei gemauerten Wänden, die ihn umgaben. Manchmal saß sie hier draußen und stellte sich vor, der Verkehrslärm wäre das Rauschen eines Flusses und sie lebte in einem Haus, das Platz für ihr Klavier und alle ihre Lieblingssachen hatte. Ein Ort mit vielen grünen Bäumen und jeder Menge freier Fläche. Als die Beziehung zu Rand weiter fortschritt, waren übermütige Kinder lachend in ihre Fantasie gepurzelt. Es sollten mindestens drei oder vier sein. So viel dazu, dachte sie. *Richtiger Traum, falscher Mann.*

Ihr Vater und Earl kamen herein und gingen zu ihrer nicht sonderlich gut gefüllten Bar. „Was darf es sein?", fragte Earl.

„Campari Soda", sagte ihr Vater. „Auf Eis."

„Ich habe mit Olivia gesprochen."

„Sie nimmt das Gleiche." Ihr Vater hob eine Augenbraue, was ihn jung und verwegen aussehen ließ, und Olivia war zum ersten Mal dankbar, dass er kein sonderlich gefühlvoller Mann war. Wenn er ihr jetzt sein Mitleid anbieten würde, würde sie vermutlich zusammenbrechen. Aber so nickte sie nur und schenkte ihm ein blasses Lächeln. Dann sah sie sich in ihrer Wohnung um. Wenn heute alles so gelaufen wäre wie gedacht, wäre das jetzt ein ganz anderer Augenblick. Sie würde ihre Wohnung mit anderen Augen und einem bittersüßen Gefühl betrachten, weil sie in ihrem Leben weiterziehen und eine gemeinsame Zukunft mit Rand Whitney planen würde. Stattdessen sah sie jetzt das Apartment, in dem sie vermutlich den Rest ihres Lebens verbringen und zu einer schrulligen Alten werden würde.

Olivia und ihr Vater setzten sich an den Bistrotisch am Fenster, von dem aus man in den Garten schauen konnte. Earl zauberte von irgendwoher ein paar Stücke Pitabrot und etwas Hummus herbei.

Olivia hatte keinen Appetit. Sie fühlte sich wie die Überlebende einer Katastrophe. Geschockt und innerlich zitternd schätzte sie die Schwere ihrer Verletzungen ab. „Ich bin eine Idiotin." Das Eis klirrte, als sie das Glas heftig auf den schmiedeeisernen Tisch stellte.

„Du bist eine Süße. Und ‚wie heißt er doch gleich' ist ein Schurke der obersten Liga", erwiderte ihr Vater.

Sie schloss die Augen. „Gott, warum tu ich mir das nur an?"

„Weil du ein …" Ihr Vater war immer sehr umsichtig mit seinen Worten und legte auch jetzt eine Pause ein, um das richtige zu finden.

„… dreimaliger Loser bist", schlug Olivia vor.

„Ich wollte sagen, weil du hoffnungslos romantisch bist." Er lächelte sie liebevoll an.

Sie nahm einen großen Schluck von ihrem Drink. „Ich schätze, du hast fast recht. Wenn ich eines bin, dann hoffnungslos."

„Oh, jetzt geht es los", sagte Earl. „Lass mich schnell meine Geige holen."

„Komm schon. Darf ich mich nicht wenigstens einen Abend lang in Selbstmitleid suhlen?"

„Nicht seinetwegen", entschied ihr Vater.

„Er ist es nicht wert", bestätigte Earl. „Genauso wenig wie Pierce oder Richard es wert waren." Er sprach die Namen ihrer vorhergehenden Fehlschläge mit übertriebener Verachtung aus.

„Die Sache mit gebrochenen Herzen ist die", fing Philip an. „Man kann sie immer überleben. Immer. Egal, wie tief der Schmerz ist, die Fähigkeit, zu heilen und weiterzumachen, ist immer stärker."

Sie fragte sich, ob er über seine Scheidung von ihrer Mutter vor all den Jahren sprach. „Ich danke euch", sagte sie. „Die alte ‚Du bist zu gut für ihn'-Leier hat ein Mal funktioniert. Vielleicht auch zwei Mal. Aber das hier ist das dritte Mal, und ich muss in Betracht ziehen, dass der Fehler vielleicht doch bei mir liegt. Ich meine, wie stehen die Chancen, drei Mistkerle hintereinander kennenzulernen?"

„Honey, das hier ist Manhattan", sagte ihr Vater. „Die Stadt wimmelt nur so vor ihnen."

„Hör auf, dir die Schuld zu geben", empfahl Earl. „Damit redest du dir nur einen Komplex ein."

Sie streckte die Hand aus und streichelte Barkis hinter den Ohren; eine seiner Lieblingsstellen. „Ich fürchte, den habe ich schon."

„Nein", widersprach Earl. „Du hast gewisse … Themen. Das ist etwas anderes."

„Und eines dieser Themen ist, dass du deine Sehnsucht nach Liebe für echte Liebe hältst." Ihr Vater war ein eifriger Zuschauer von *Dr. Phil*, der Sendung des berühmten Therapeuten.

„Oh, das war gut." Earl und er klatschten sich ab.

„Hallo? Hier sitzt ein gebrochenes Herz", erinnerte Olivia die beiden. „Ihr solltet mir helfen und euch nicht in Küchentischpsychologie fortbilden."

Ihr Vater und Earl wurden ernst. „Willst du zuerst, oder soll ich?", fragte Earl.

Ihr Vater gab dem Hund noch einen kleinen Leckerbissen. Olivia bemerkte, dass er weder aß noch trank, und sie fühlte sich schuldig, weil sie ihn traurig gemacht hatte. „Mach nur, Maestro", erwiderte er.

„Nun, da gibt es eigentlich nicht viel zu sagen." Earl sah sie aus ernsten Augen an. „Außer, dass du Rand nicht geliebt hast. Oder die anderen. Du hast nur gedacht, dass Rand etwas Besonderes war, weil er so perfekt zu dir zu passen schien."

„Er zieht nach L. A.", gestand sie. „Er hat nicht einmal daran gedacht, zu fragen, ob das für mich in Ordnung wäre. Er hat einfach erwartet, dass ich mitgehe." Sie spürte den verstärkten Druck auf ihrer Brust und wusste, dass sie nur wenige Sekunden von einem Heulanfall trennten. Denn es stimmte, dass sie Rand nicht genug geliebt hatte … aber sie hatte ihn ein kleines bisschen geliebt.

„Du bist wie alt? Siebenundzwanzig?", fuhr Earl fort. „Du bist noch ein Baby. Gefühlsmäßig bist du ein Neugeborenes. Du hast noch nicht einmal die Oberfläche dessen angekratzt, was Liebe ist."

Ihr Vater nickte zustimmend. „Du bist nie über die Anfangsphase der Verliebtheit hinausgekommen. Ihr seid Hand in Hand durch den Central Park gelaufen und habt bei Kerzenlicht gegessen, und er hat dich vor seinen Freunden herumgezeigt. Das ist aber nicht Liebe, nicht die Art Liebe, die du verdienst. Das ist eher wie eine … Aufwärmübung."

„Woher weißt du das, Dad?“, wollte sie wissen. Sie war erschüttert, dass die beiden ihre Beziehung mit Rand so einfach zusammenfassen konnten. Dann sah sie den Ausdruck im Gesicht ihres Vaters und zog ihre Frage zurück. Auch wenn ihr Liebesleben quasi unter einem Mikroskop stattfand, wurden die Ehe und Scheidung ihrer Eltern durch ein ungeschriebenes Gesetz des Schweigens geschützt.

„Es gibt diese Art von Liebe, die die Kraft hat, dich zu retten, dir durchs Leben zu helfen“, erklärte ihr Vater. „Sie ist wie das Atmen. Du musst es tun, ansonsten stirbst du. Und wenn sie vorbei ist, fängt deine Seele an zu bluten, Livvy. Es gibt keinen vergleichbaren Schmerz auf der Welt, das schwöre ich. Wenn du das jetzt fühlen würdest, wärest du nicht mehr in der Lage, aufrecht zu sitzen oder eine vernünftige Unterhaltung zu führen.“

Sie fing den Blick ihres Vaters auf. Er sprach so selten zu ihr über Herzensangelegenheiten, dass sie bereit war, ihm zuzuhören. Seine Worte berührten etwas tief in ihrem Innern. So zu lieben ... das war unmöglich. Es war Angst einflößend. „Warum wollte man das erleben?“

„Weil es das ist, was im Leben zählt. Es ist der Grund, warum man durchs Leben geht. Nicht weil man zusammenpasst oder miteinander gut aussieht oder die Mütter zur gleichen Zeit das gleiche College besucht haben.“

Okay, jetzt war klar, dass die beiden Rands Werdegang gründlich durchleuchtet und besprochen hatten.

„Ich fühle mich immer noch schlecht.“ Aber sie wusste auch, dass die beiden recht hatten.

„Natürlich tust du das.“ Ihr Vater schenkte ihr ein Lächeln. „Und du darfst dich auch noch ein oder zwei Tage lang so fühlen. Aber verwechsle dieses Gefühl nicht mit der Trauer über eine verlorene Liebe. Du kannst nichts verlieren, was du nie gehabt hast.“ Er schwenkte seinen Drink, sodass die Eiswürfel leise gegen das Glas klirrten.

Olivia stützte das Kinn in die Hand. „Danke, dass du so toll bist, Dad.“

„Er ist die Mutter, die du niemals hattest.“ Earl machte kein Geheimnis aus seiner Abneigung gegen Pamela Lightsey Bellamy, die auch so viele Jahre nach der Scheidung immer noch ihren Ehenamen benutzte.

„Hey“, warnte Philip ihn.

„Aber es stimmt doch.“

Olivia trank ihren Campari aus und schüttete die Eiswürfel in den Topf eines durstig aussehenden afrikanischen Veilchens. „Und was jetzt?“

„Jetzt gibt es Coq au Vin zum Abendessen, und du wirst dich vermutlich eher an den *Vin* als an den *Coq* halten, aber das ist in Ordnung." Earl grinste.

„Mom wird es hassen", sagte Olivia. „Sie hatte große Hoffnungen in Rand gesetzt. Ich kann sie schon hören: ‚Was hast du getan, um ihn zu vertreiben?'"

„Pamela ist schon immer ein so warmherziger Mensch gewesen", seufzte Earl theatralisch. „Bist du sicher, dass du ein Einzelkind bist? Vielleicht hat sie die anderen gefressen, als du noch klein warst."

Olivia konnte ein Lächeln nicht unterdrücken. „So etwas würde sie nie tun. Dazu hat sie viel zu viel Spaß daran, andere in den Wahnsinn zu treiben. Ich wette, sie hätte gerne zehn von mir gehabt, wenn das möglich gewesen wäre."

Olivia hatte ihre ganze Jugend gebraucht, um endlich das Gewicht zu verlieren, das sie zum Ziel von Spott und Mobbing gemacht hatte. Genauso lange hatte es gedauert, die Anerkennung ihrer Mutter zu gewinnen. Wenig überraschend, aber dennoch ironisch, brauchte es dazu nicht mehr als den Verlust von zwanzig bis dreißig Kilo – das hing ganz davon ab, wie sehr sie sich selbst belog. Sobald die dünne, schicke Olivia aus ihrer Fetthülle gekrochen war, hatte Pamela gleich eine ganze Reihe neuer Ziele für ihre einzige Tochter gehabt. Es kam ihr nie in den Sinn, sich zu fragen, wieso Olivia erst dann Erfolg beim Abnehmen hatte, nachdem sie von zu Hause ausgezogen war, um aufs College zu gehen.

„Ich wünschte auch, es gäbe zehn von dir", sagte Earl loyal und stieß mit seinem Glas an ihres an. „Du bist bezaubernd, und mit Rand Whitney hätte es sowieso nie funktioniert."

„Aber es wäre trotzdem lustig gewesen, wenn sie einen Whitney geheiratet hätte", überlegte ihr Vater laut.

„Quatsch. Sie wäre so beschäftigt, Spendenveranstaltungen zu organisieren und Galerien zu eröffnen, dass wir sie nie mehr zu Gesicht bekommen hätten. Außerdem wäre sie dann in ein paar Jahren Alkoholikerin, und wo soll da der Spaß sein?"

„Ich glaube euch nicht", schaltete Olivia sich ein. „Wenn ihr so überzeugt davon wart, dass Rand nicht der Richtige für mich ist, wieso habt ihr mir das dann nicht schon vor Monaten gesagt?"

„Hättest du denn zugehört?" Ihr Vater hob eine Augenbraue.

„Machst du Witze? Er ist Rand Whitney. Er sieht aus wie Brad Pitt."

„Was dir eine erste Warnung hätte sein müssen." Earl zeigte mit dem Finger auf sie. „Traue niemals einem Mann, der sich Kollagen injizieren lässt."

„Er lässt sich kein …" Olivia unterbrach sich. „Das war nur das eine Mal für den Artikel in der *Vanity Fair*." Der Beitrag hatte sie nur noch verrückter nach ihm gemacht; wie die Fotos seine blonden Haare und sein hübsches Gesicht betonten, dazu sein unangestrengter Charme, seine Versicherung, dass er sich nicht darüber definiere, ein Whitney zu sein, sondern dass er genau wie jeder andere auch für seinen Lebensunterhalt arbeite. Nun ja, wie jeder andere, der einen üppigen Treuhandfonds im Hintergrund wusste.

In dem Artikel war Olivia nur in einer einzelnen Zeile erwähnt worden. „Rand Whitney ist sehr verschlossen, was sein Privatleben angeht. Nach seinem Beziehungsstatus gefragt, sagt er nur so viel: ‚Ich habe jemand Besonderes kennengelernt. Sie ist wundervoll, und mehr kann ich dazu nicht sagen.'"

Mit dieser Aussage gab es nur ein Problem: Ein Dutzend anderer Frauen dachte ebenfalls, dass sie auf sie gemünzt sei. Als die Ausgabe erschien, hatten Olivia und Rand sich köstlich darüber amüsiert, und es hatte sie berührt, zu sehen, wie stolz er war. Er litt genauso an Unsicherheiten wie jeder andere auch.

Und jetzt hatte er seine Freiheit.

Sie entschied sich, den Abend mit ihrem Vater und Earl zu verbringen. Es war einer der ersten warmen Frühlingsabende, und Earl bestand darauf, den Coq au Vin zu ihr hinüberzuholen, damit sie draußen auf der kleinen Terrasse essen konnten. Sie, ihr Dad und Earl spielten sogar das Toast-Spiel. Sie schritten um den Tisch und sagten abwechselnd, worauf sie trinken wollten. Es war wie ein Beweis, dass es, egal, was in der Welt passierte, immer etwas gab, wofür man dankbar sein konnte.

„Spracherkennungssoftware", sagte Earl und hob das Glas. „Ich hasse es zu tippen."

„Ich trinke auf Männer, die kochen können", sagte Philip. „Danke fürs Abendessen." Er wandte sich an Olivia. „Du bist dran."

„Auf monatliche Herzwurmtabletten", sagte sie mit einem liebevollen Blick auf Barkis.

Ihr Vater lächelte sie an. „Zu schade, dass es die nicht auch für Menschen gibt."

Er und Earl hatten sie schon zweimal durch diese Phase begleitet. Sie kannten den Ablauf. Und das Deprimierende war: Sie kannte ihn auch. Sie fühlte sich … gefangen. Irgendwo in ihrer Vergangenheit gab es einen Moment, der sie immer noch festhielt. Sie wusste, welcher Augenblick das war. Sie war siebzehn gewesen und hatte ihren letzten Sommer vor dem College als Betreuerin im Camp verbracht. Das war das einzige Mal, dass sie wirklich ihr ganzes Herz gegeben hatte – vollkommen, ohne Angst, ohne sich zurückzuhalten. Es hatte böse geendet, und auch wenn sie es damals noch nicht hatte wissen können, steckte sie immer noch in dieser Erfahrung fest wie in tiefem Treibsand. Sie hatte bis heute nicht herausgefunden, wie sie sich daraus befreien konnte.

Vielleicht bot ihre Großmutter ihr die Gelegenheit dazu. „Wisst ihr was?“, sagte sie und sprang vom Tisch auf. „Ich habe keine Zeit, herumzusitzen und zu jammern.“

„Also ziehen wir den ganzen Trennungsquatsch dieses Mal schneller durch?“

„Tut mir leid, aber ihr müsst mich bitte entschuldigen. Ich muss meine Koffer packen.“ Sie zog Nanas Fotoalbum aus ihrer Tasche. „Gleich morgen früh fange ich ein neues Projekt an.“ Sie atmete tief durch, ganz überrascht von der hoffnungsvollen Vorfreude, die sich in ihrem Herzen breitmachte. „Ich gehe den Sommer über fort.“

3. KAPITEL

Das ist eine schlechte Idee", sagte Pamela Bellamy, als sie die Tür öffnete, um Olivia einzulassen. Das opulente Apartment an der Fifth Avenue sah mit seinem auf Hochglanz gebohnerten Parkettfußboden und den ausgestellten Kunstwerken aus wie ein Museum. Für Olivia war es jedoch einfach nur der Ort, an dem sie aufgewachsen war. Der Renoir im Foyer war für sie nicht außergewöhnlicher als die Tupperdosen in der Küche.

Doch sogar als Kind hatte sie sich inmitten der scheinbar direkt aus dem goldenen Zeitalter zu stammenden Eleganz ihres Zuhauses wie eine Außerirdische auf Besuch gefühlt. Sie mochte es lieber etwas gemütlicher. Afrikanische Veilchen, dick gepolsterte Möbel, buntes Geschirr und kuschelige Decken. Das Einzige, was sie mit ihrer Mutter gemeinsam hatte, war, dass sie keine Gemeinsamkeiten hatten. Olivia war ein einsames Kind gewesen, das einzige Kind ihrer Eltern, und aus diesem Grund hatte sie auch immer den Druck verspürt, alles für sie sein zu müssen. Sie hatte sich mit großem Fleiß dem Lernen gewidmet, immer in der Hoffnung, eine gute Note oder ein gewonnener Musikpreis würde die Kälte vertreiben, die ihre Familie umfing, solange sie denken konnte.

„Dir auch ein herzliches Hallo, Mom." Olivia stellte ihre Tasche auf den Tisch in der Eingangshalle und umarmte ihre Mutter. Sie roch nach Chanel No. 5 und der Zigarette, für die sie sich jeden Morgen nach dem Frühstück auf den östlichen Balkon hinausstahl.

Bis jetzt wusste Pamela nur das, was Olivia ihr am Abend zuvor am Telefon erzählt hatte. Dass es zwischen ihr und Rand aus war und dass sie den Sommer damit verbringen würde, Camp Kioga zu renovieren. „Weil Nana mich darum gebeten hat", hatte sie sanft hinzugefügt. Das war die einfachste Erklärung, die sie geben konnte.

„Das ist absurd." Pamela richtete den Schalkragen an Olivias Pullover. „Es wird noch damit enden, dass du den ganzen Sommer in der Wildnis verbringst."

„Bei dir klingt das so, als wäre es was Schlimmes."

„Das ist es ja auch."

„Als Kind habe ich jedes Jahr versucht, das dir und Dad beizubringen, aber ihr habt nie zugehört."

„Ich dachte, dir hätte es gefallen, ins Sommercamp zu gehen." Ihre Mutter hob die Hände in einer hilflosen Geste.

Olivia wusste nicht, was sie darauf erwidern sollte. Dieses Missverständnis fasste ihre gesamte Kindheit in einem Satz zusammen.

„Ich nehme an, dass du bereits mit deinem Vater darüber gesprochen hast?", fragte Pamela mit Gleichgültigkeit in der Stimme.

„Ja. Nana und Granddad sind immerhin seine Eltern." Olivia merkte jetzt schon, wie sehr sie das Gespräch erschöpfte. Ihre Mutter hatte so eine Art, Worte auf sie herabregnen zu lassen, die sie schrecklich schnell ermüden ließ. Dennoch war Olivia entschlossen, sich die Sache nicht ausreden zu lassen. Zumindest ihr Vater hatte nicht versucht, ihr Steine in den Weg zu legen. Als sie ihm gestern Abend ihre plötzliche Entscheidung, das Camp-Kioga-Projekt anzunehmen, mitgeteilt hatte, hatte er sie unterstützt und ihr Mut zugesprochen. Und heute zur Mittagszeit waren die ersten Arrangements schon getroffen worden. Sie hatte sich für den Sommer ein großes Auto gemietet, ihr Büro für die Zeit ihrer Abwesenheit organisiert und mit einer anderen Firma, die auf dem gleichen Gebiet tätig war wie sie, vereinbart, dass diese in der Zeit ihre Kunden betreuen würde.

„Du läufst davon", sagte ihre Mutter. „Wieder einmal."

„Ich schätze, da könntest du recht haben." Olivia holte ihren Kalender heraus und schlug ihn auf der Seite mit der langen Liste auf, die sie auf der Taxifahrt hierher aufgestellt hatte.

„Darling, es tut mir so leid." Ihre Mutter sah wirklich geknickt aus.

„Ach, na ja, das passiert." Olivia wünschte sich, sie könnte sich nur ein Mal im Leben in die Arme ihrer Mutter kuscheln und sich an ihrer Schulter ausweinen. Aber so funktionierte ihre Beziehung nicht. „Es tut mir auch leid, Mom", sagte sie. „Ich weiß, dass du dieses Mal große Hoffnungen hattest."

„Oh, um Himmels willen, hier geht es doch nicht um mich." Sie schnalzte mit der Zunge. „Ich will einfach nur, dass du glücklich wirst, das ist meine einzige Sorge."

„Mir geht es gut", versicherte Olivia. Zu ihrem Erstaunen sah sie in den Augen ihrer Mutter Tränen aufblitzen. Ihr wurde bewusst, dass Pamela es viel schwerer nahm als sie. „Das ist nicht das Ende der Welt, richtig? Es gibt Schlimmeres im Leben, als von seinem Freund sitzen gelassen zu werden. Und wo ich so darüber nachdenke – ich bin noch nicht einmal sitzen gelassen worden."

„Bist du nicht?" Pamela tupfte sich Stirn und Wangen mit einem feinen Stofftaschentuch ab.

„Rand hat mich gefragt, ob ich mit ihm nach L. A. ziehe."

„Das wusste ich nicht. Meine Liebe, vielleicht solltest du in Erwägung ziehen …"

„Lass es einfach, Mom."

„Aber wenn ihr einmal den Schritt gemacht habt und das Leben miteinander teilt, werdet ihr sicher feststellen, dass ihr glücklich zusammen seid."

„Ich denke, ich habe eher festgestellt, dass ich getrennt sehr glücklich bin.“

„Unsinn. Rand Whitney ist perfekt für dich. Ich weiß wirklich nicht, wieso du ihn kampflos aufgibst.“

Olivias Herz wurde schwer. Das war es, was Pamela Lightsey Bellamy antrieb: das Streben danach, unter allen Umständen glücklich auszusehen, sogar, wenn man dafür kämpfen musste. Sogar, wenn man verstecken musste, dass man seine Scheidung von vor siebzehn Jahren immer noch nicht überwunden hatte.

Vor langer, langer Zeit hatte Olivia ihre Mutter mal gefragt, ob sie glücklich sei. Die Antwort war ein kurzes, ungläubiges Lachen gewesen. „Sei nicht töricht“, hatte Pamela gesagt. „Ich bin äußerst glücklich, und es wäre undankbar, irgendwie anders zu erscheinen.“

Was nicht mal in die Nähe der Antwort kam, nach der Olivia gesucht hatte, aber sie hatte das Thema trotzdem fallen lassen.

„Ich habe mit Rand Whitney abgeschlossen“, schloss sie, „und es ist süß, dass du dir Sorgen um mich machst. Aber mein Entschluss steht fest. Ich werde das für Nana tun. Ich will nur noch ein paar Sachen zusammensuchen, wo ich schon mal hier bin.“

„Das ist verrückt“, sagte ihre Mutter. „Ich weiß nicht, was Jane sich dabei gedacht hat, dich darum zu bitten.“

„Vielleicht hat sie gedacht, dass ich in meinem Job gut genug bin, um hieraus einen Erfolg zu machen.“

Pamela straffte die Schultern. „Natürlich hat sie das gedacht. Und sie kann sich sehr glücklich schätzen, denn wenn du erst einmal damit fertig bist, wird das Camp umwerfend aussehen.“

„Danke, Mom. Du hast ja so recht.“ Die Qual auf dem Gesicht ihrer Mutter hatte nicht nur mit Rand zu tun. Olivia wusste, dass die kommende Feier sie in eine unbequeme Position bringen würde. Pamelas Vater, Samuel Lightsey, war einer von Charles Bellamys besten Freunden. Das war vermutlich ein weiterer Grund, warum ihre Mutter die Scheidung zwar auf dem Papier, aber nie im Herzen vollzogen hatte. Den engen Banden zwischen ihrer Familie und den Bellamys konnte sie einfach nicht entkommen.

„Mom, denkst du, dass du kommen wirst?“

„Es wäre kleinkariert, es nicht zu tun.“

„Gut“, sagte Olivia. „Das wird schon. Hör mal, ich muss ein paar Sachen aus dem Keller holen.“ Sie betrachtete das Gesicht ihrer Mutter, die ihre Züge jetzt wieder vollkommen unter Kontrolle hatte. „Meinen Seesack und ein paar Sportsachen. Und ich brauche Dads alte Truhe“, fügte sie hinzu. Dann zog sich ihr Magen zusammen. „Sag mir nicht, dass du sie weggeworfen hast.“

„Ich werfe nichts weg. Niemals."

Was vieles an Pamela erklärte. Als wäre es gestern gewesen, erinnerte sich Olivia an den Tag, an dem ihr Vater ausgezogen war. Sie wusste immer noch, wie er durch den Tränenschleier hindurch ausgesehen hatte, als wenn er auf der anderen Seite einer von Regen verschmierten Glasscheibe gestanden hätte. Er hatte sich hingesetzt, damit er ihr in die Augen schauen konnte. „Ich muss jetzt los, Honey", hatte er gesagt.

„Nein, das musst du nicht. Aber du gehst trotzdem."

Er ließ sich nicht von seinem Vorhaben abbringen. Die unausgesprochene Spannung, die schon immer zwischen Olivias Eltern geherrscht hatte, hatte den Punkt erreicht, an dem sie nicht mehr zu ertragen war. Es hätte eine Erleichterung sein sollen, aber Olivia konnte sich nicht daran erinnern, sich je erleichtert gefühlt zu haben.

„Ich lasse ein paar meiner Sachen in Kartons im Keller", hatte ihr Vater ihr gesagt. „Inklusive meiner Sport- und der Campingausrüstung. Das gehört jetzt alles dir."

Ab und zu hatte sie sein altes Camp-Kioga-Sweatshirt herausgeholt und angezogen oder sich in die Hudson's-Bay-Decke gewickelt, die nach Mottenkugeln roch.

Sie nahm den Lieferantenfahrstuhl und stieg alleine in die Tiefen des alten Gebäudes hinab. In dem abgetrennten Kellerabteil, das zur Wohnung ihrer Mutter gehörte, fand sie sofort ihren alten Seesack. Das steife Segeltuch war über und über mit Aufnähern von Camp Kioga bedeckt; jeder stand für einen Sommer zwischen 1987 und 1994. Die meisten Camper sammelten die begehrten Aufnäher, die für magische Sommerferien weit weg von zu Hause standen. Nicht so Olivia. Obwohl sie sie pflichtbewusst aufgenäht hatte, um ihre Großeltern nicht zu beleidigen, hatten die bunten Stoffbilder für sie keine emotionale Bedeutung. Nana und Granddad waren überzeugt, dass Camp Kioga Shangri-La war, und etwas anderes zu behaupten hätte sie verletzt.

Olivia stellte den Seesack beiseite und schaute sich in dem vollgestellten, aber ordentlichen Kellerraum um. In jeder Ecke lauerten Schatten und alte Erinnerungen. Es gab gerahmte Fotos von Olivia und ihrem Vater und ledergebundene Alben mit der Prägung „Bellamy". Sie zog die alte, schwere Truhe hervor, die ihr Vater ihr vor all den Jahren hinterlassen hatte. Sobald sie den Deckel öffnete, stieg ihr ein leicht muffiger Geruch in die Nase, den sie sofort einordnen konnte: Camp. Es war eine unvergessliche Kombination aus Schimmel, Holzrauch und draußen, eine Essenz, die jeder Wäsche und Lüftung widerstand.

Sie ging die Sachen in der Truhe durch und nahm sich eine Laterne, ein Buch über das Überleben in der Wildnis und das Sweatshirt mit der eingestickten Aufschrift „Camp-Betreuer“ auf dem Rücken. In der Bellamy-Familie reichte es nicht, ein Camper zu sein. Sobald man das richtige Alter erreicht hatte, war es Teil des Rituals auf dem Weg zum Erwachsenwerden, mindestens einen Sommer lang als Betreuer zu arbeiten. Olivias Vater, alle ihre Tanten und Onkel hatten ihre College-Sommer dort verbracht, tagsüber die Campaktivitäten geleitet und nachts mit den anderen Angestellten gefeiert. Olivia und die nächste Generation an Cousins und Cousinen hatte das Gleiche getan, bis das Camp vor neun Jahren geschlossen worden war. Es war ein Sommer, der mit großen Versprechen begonnen und in einem Desaster geendet hatte. Sie war überrascht, wie lebhaft sie sich an die Geräusche und Gerüche erinnern konnte, an die Art des Lichts und die Unbeweglichkeit des Sees, die schwindelig machende Freude und die Übelkeit erregende Enttäuschung, die sie in dem Sommer erlebt hatte. Ich bin verrückt, dorthin zurückzukehren, dachte sie.

Sie stopfte ein paar Erinnerungsstücke in die Matchbeutel: die gestreifte Hudsons's-Bay-Decke, das Sweatshirt, einen alten Tennisschläger, der neu bespannt werden musste. Es gab Holznadeln, in die Namen von Campern eingebrannt waren, Kanupaddel, die mit erstaunlichem Kunstverstand bemalt worden waren und auf deren Blättern sich die anderen Camper mit ihren Unterschriften verewigt hatten. Gesangbücher, Freundschaftsarmbänder, selbst gezogene Kerzen und Selbstgeschnitztes – es war eine wahre Schatztruhe.

Der Schlüssel im Aufhübschen einer Immobilie lag in den Details. Je authentischer sie waren, desto besser. Sachen wie diese würden das Camp wieder aufleben lassen, und sie zählte auf ihre Onkel und Tanten, weitere Fundstücke zur Kollektion beizutragen. Auf dem Boden der Truhe fand sie einen zerbeulten und ganz matt gewordenen Tennispokal. Er hatte einen marmornen Fuß, einen gewölbten Deckel und zwei Handgriffe. Er würde sich gut in der Glasvitrine im Speisesaal des Camps machen – vorausgesetzt, sie existierte noch.

Als Olivia den Pokal in die Hände nahm, rollte darin etwas herum. Sie hob den Deckel, und etwas fiel heraus. Ein Knopf? Ein Manschettenknopf. Sein Silber war auch ganz dunkel angelaufen, und er hatte die Form eines Fischs – vielleicht ein Sternzeichen? Sie schaute sich nach dem passenden Gegenstück um, aber es schien nur diesen einen hier zu geben. Sie schob ihn in ihre Hosentasche und rieb dann über den Pokal, um die eingravierte Schrift wieder lesbar zu machen: Betreuer Classics. Erster Platz. Philip Bellamy. 1977. Offensichtlich hatte ihr Vater den Pokal beim jährlichen Mitarbeiterturnier im Camp Kioga gewonnen. Er musste da einundzwanzig Jahre alt gewesen sein, kurz vor dem letzten Schuljahr auf dem College.

Sie fand eine alte Fotografie, die tief in dem Pokal steckte. Die Ecken rollten sich schon, die Farben waren verblasst, aber beim Anblick des Bildes blieb ihr trotzdem der Atem stehen. Sie sah ihren Vater, wie sie ihn noch nie gesehen hatte. Er reckte die glänzende Trophäe stolz in die Luft und lachte aus vollem Hals. Den Kopf hatte er zurückgeworfen und einen Arm um die Schulter eines Mädchens gelegt. Nein, einer jungen Frau.

Olivia wischte den Staub mit dem Ärmel ihres Pullovers ab und hielt das Foto gegen das Licht. Auf der Rückseite stand ein Datum – August 1977, aber sonst nichts. Sie schaute sich die Frau genauer an. Lange, dunkle Haare, stufig geschnitten, fielen ihr lose über die in einem Camp-T-Shirt steckenden Schultern. Sie umrahmten ein hübsches Gesicht und ein Lächeln, in dem etwas Geheimnisvolles mitschwang. Mit ihren vollen Lippen, den hohen Wangenknochen und dunklen, mandelförmigen Augen war die Fremde eine exotische Schönheit, deren Aussehen einen scharfen Kontrast zu den einfachen Shorts und dem T-Shirt bildete, das sie anhatte.

Irgendetwas an der Art, wie der Mann und die Frau auf dem Foto miteinander verbunden zu sein schienen, jagte Olivia einen neugierigen Schauer über den Rücken. Ihre Pose zeugte von einer gewissen Vertrautheit, nein, Intimität. Vielleicht interpretierte sie aber auch zu viel hinein.

Olivia wusste, dass sie ihren Vater nach der Fremden fragen konnte. Er würde sich sicherlich an eine Frau erinnern, die ihn so zum Lachen gebracht hatte wie diese. Aber sie wollte keine traurigen Erinnerungen wecken, indem sie nach einer alten Freundin fragte. Vielleicht gab es einen guten Grund dafür, wieso dieses Mädchen für Olivia eine Fremde war.

Doch irgendetwas störte Olivia an dem Bild. Sie betrachtete es noch einen Moment länger, sah sich erneut das Datum an. August 1977. Das war's. Im August 1977 war ihr Vater bereits mit ihrer Mutter verlobt, und Weihnachten desselben Jahres hatten sie geheiratet.

Also was tat er dann mit dieser Frau auf dem Foto?

Camp Kioga – Verhaltensregeln

Die Zurschaustellung von übermäßig liebevoller Aufmerksamkeit zwischen männlichen und weiblichen Personen ist nicht erwünscht. Das gilt sowohl für die Camper als auch für die Betreuer und anderen Angestellten.

4. KAPITEL

August 1977

Philip, was machst du gerade?", fragte Mariska Majesky, als sie den Bungalow betrat.

Er hörte auf, hin und her zu gehen, und drehte sich um. Bei ihrem Anblick in dem leichten Chiffonkleid und den Plateauschuhen machte sein Herz einen kleinen Sprung. Er liebte es, wie ihr dunkles, welliges Haar über die sonnengebräunten nackten Schultern fiel.

„Üben", gestand er. In seiner Brust kämpften Freude und Furcht einen unerklärten Krieg.

Sie neigte ihren Kopf auf diese anbetungswürdige Art, wie sie es immer tat, wenn sie neugierig war. „Was übst du?"

„Ich übe, was ich zu Pamela sage, wenn sie aus Europa zurückkommt", erklärte er. „Ich versuche, die richtigen Worte zu finden, um unsere Verlobung zu lösen." Seit seine Verlobte nach Übersee gefahren war, hatte es nur einige kurze, unbefriedigende Telefonate zwischen ihnen gegeben, dazu eine ganze Reihe hastig dahingekritzelter Postkarten und Telegramme. Das italienische Telefonsystem war berühmt für seine Unzuverlässigkeit, und ihre Träume über eine knisternde Transatlantikverbindung oder einen Brief zu zerstören kam für ihn nicht infrage.

Nächste Woche sollte sie zurückkehren, und dann würde er es ihr persönlich sagen – und sich damit zum Schuft des Jahrhunderts machen.

Noch schlimmer wäre nur, den Rest seines Lebens mit jemandem zu verbringen, dem sein Herz nicht so gehörte wie Mariska.

Sie wurde jetzt ganz ernst, ihr voller Mund verzog sich zu einem traurigen Lächeln. Philip umarmte sie. Sie roch fantastisch, eine zu Kopf steigende Mischung aus Blumen und Früchten, und sie passte perfekt in seine Arme, als wenn der Himmel selber sie nur für ihn erschaffen hätte. Ihre Nähe ließ ihn seine Sorgen wegen Pamela für einen Moment vergessen.

„Ich habe die hier vorhin in dem Ein-Stunden-Fotolabor abgeholt." Mariska zog einen Umschlag aus ihrer Tasche. „Da ist auch ein Schnappschuss von uns dabei. Ich habe zwei Abzüge bestellt, damit du auch einen haben kannst." Sie blätterte schnell die Bilder der sportlichen Ereignisse des heutigen Tages durch und zog dann das von sich und Philip hervor. Er lachte triumphierend, während er die silber glänzende Trophäe in den Himmel streckte.

Sein Herz verkrampfte sich. Er sah so verdammt glücklich aus. Und in diesem Moment war er auch glücklich gewesen. Er nahm den Pokal vom Regal, öffnete den Deckel, legte das Bild hinein und setzte den Deckel wieder drauf. „Danke", sagte er.

Sie schaute zu ihm auf und gab ihm einen Kuss. „Wir sollten gehen. Es ist der letzte Tanzabend des Sommers, und du weißt, wie gerne ich tanze."

Jeder Sommer endete mit einer Serie von Ritualen. Gestern waren die ganzen Camper abgereist. Heute war der Abschiedsabend des Personals, ein Dinner mit Tanz, das um Mitternacht enden würde. Morgen um diese Zeit wären schon fast alle fort und die Betreuer wieder zurück auf dem College.

„Lass uns gehen", drängte sie und nahm seine Hand. „Ich will meine Frisur nicht durcheinanderbringen." Sie schaute ihn mit einem mutwilligen Funkeln in den Augen an. „Zumindest jetzt noch nicht."

Dieses kleine Versprechen reichte, um ihn in den Wahnsinn zu treiben. Als sie den Bungalow verließen, knöpfte er seinen Sportmantel zu und hoffte, dass seine körperliche Reaktion auf ihre Nähe nicht zu offensichtlich war. Wie seit Beginn des Sommers schaute er sich aufmerksam um, um zu sehen, ob sie beobachtet worden waren. Kioga hatte strenge Regeln, was die Verbrüderung zwischen Betreuern und den anderen Mitarbeitern anging, und nur weil das Camp seinen Eltern gehörte, bedeutete das nicht, dass für ihn eine Ausnahme gemacht wurde.

Mariska war keine Betreuerin, aber sie war trotzdem tabu. Sie und ihre Mutter Helen lieferten die Backwaren für das Camp. Seitdem sie vierzehn war, hatte Mariska den weißen Lieferwagen jeden Morgen nach Anbruch der Dämmerung die Straße zum Camp hinaufgesteuert und Brot, Gebäck, Muffins und Kekse in den Speisesaal gebracht. Die örtliche Polizei schaute in die andere Richtung, wenn der Lieferwagen vorbeirumpelte. Mariskas Mutter, eine polnische Immigrantin, hatte nie gelernt, ein Auto zu fahren. Ihr Vater arbeitete in Wechselschicht in der Glashütte in Kingston. Sie waren eine Arbeiterfamilie, und die örtlichen Behördenvertreter hatten Mitleid mit ihrer Notlage. Garantiert würden sie einem minderjährigen Mädchen keinen Strafzettel ausstellen, nur weil es versuchte, seiner Familie zu helfen.

Als Philip und Mariska in der Abenddämmerung durch den Wald gingen, konnte er nicht widerstehen, einen Arm um ihre Schultern zu legen. Sie lehnte ihren Kopf an seine Brust. „Vorsichtig", flüsterte sie. „Es könnte uns jemand sehen."

„Ich hasse diese Heimlichtuerei." Ein Anflug von Schuld flackerte in seinem Magen auf. Es war definitiv nicht cool, sich in ein anderes Mädchen zu verlieben, während die eigene Verlobte in Übersee weilte. Aber er hatte es nicht verhindern können. Auch wenn er nicht frei war, um mit ihr zusammen zu sein, konnte er ihr nicht widerstehen. Sie war so verständnisvoll, die Komplizin ihres gemeinsamen Geheimnisses, aber er nahm an, dass sie sich genauso sehr wie er danach sehnte, sich nicht mehr verstecken zu müssen. Sobald Pamela wieder zurück war, würde er die Beziehung zu ihr beenden. Dann könnte er der Welt endlich zeigen, wie es wirklich um sein Herz bestellt war.

„Du siehst mich so seltsam an", sagte Mariska. „Was bedeutet dieser Blick?"

„Ich versuchte mich an den genauen Zeitpunkt zu erinnern, an dem ich mich in dich verliebt habe."

„Das ist leicht. Es war dieser Abend im Juni, direkt nach dem Founder's Day."

Bei der Erinnerung stahl sich ein Lächeln auf sein Gesicht, auch wenn sie unrecht hatte. „Das war das erste Mal, dass wir miteinander geschlafen haben. Aber verliebt habe ich mich schon viel eher in dich."

Sie erreichten das Ende des Kieswegs und traten aus Gewohnheit jeder einen Schritt zur Seite, um etwas Abstand zwischen sich zu schaffen. In dem Pavillon auf der anderen Seite der Wiese war der Abschiedstanz schon in vollem Gange. Eine Discokugel drehte sich langsam in der Mitte der Decke und warf zuckende Lichtblitze auf die gefüllte Tanzfläche. Eine gewisse verzweifelte Wildheit schien die Menschen ergriffen zu haben, zumindest kam es Philip so vor. Vielleicht war das aber auch nur Einbildung.

Vor dem Pavillon blieb er stehen.

„Was ist los?", fragte Mariska.

„Tanz mit mir. Gleich hier."

„Diese Schuhe sind für den Rasen nicht geeignet", protestierte sie.

„Dann zieh sie aus. Ich will mit dir hier draußen tanzen, ganz allein, wo niemand uns sehen kann, sodass ich dich genauso in meinen Armen halten kann, wie ich will." Wenn sie den Pavillon erst einmal betreten hätten, würden sich ihre Wege trennen müssen, würden sie so tun, als seien sie nur Freunde. Aber in diesem Moment wollte er mit ihr so tanzen, wie es ein Liebhaber tat.

Mit einem seidigen Lachen schleuderte sie ihre Schuhe von den Füßen und glitt in seine Arme. Die Hausband spielte eine passable Version von „Stairway to Heaven", und sie tanzten im Dunkeln, wo niemand sie sehen konnte. Sie fühlte sich in seinen Armen wunderbar an, und bei dem Gedanken, dass er bald der ganzen Welt verkünden könnte, sie wäre die Seine, jubelte sein Herz.

Er zog sie näher an sich und wiegte sich im Rhythmus der Musik. Dicht an ihrem Ohr flüsterte er: „Es ist nicht von jetzt auf gleich passiert. Dass ich mich in dich verliebt habe, meine ich. Es hat vor vier

Jahren angefangen, als du das erste Mal die morgendliche Lieferung ausgefahren hast.“ Er konnte sie immer noch genau vor sich sehen, sonnengebräunt und mit ernster Miene, ein hart arbeitendes Mädchen, das seinen Neid auf die privilegierten Stadtkinder, deren Eltern sich das Sommercamp leisten konnten, nicht ganz zu verbergen vermochte. Sie hatte damals irgendetwas in ihm berührt, dieses hübsche Mädchen, das etwas haben wollte, was es nicht haben konnte. Und sie berührte ihn auch jetzt noch, diese wunderschöne Frau, deren Träume endlich kurz vor der Erfüllung standen.

„Und jeden Sommer, den ich herkam“, fuhr er fort, „habe ich mich mehr und mehr in dich verliebt.“

„Aber bis zu diesem Jahr hast du nie etwas in der Richtung erwähnt.“ In ihrer Stimme lag ein leicht scheltender Unterton.

„Ich dachte nicht, dass du es wolltest.“

„Oh, ich wollte. Ich wollte, dass du mich im Sturm eroberst.“

Er lachte, legte einen Arm an ihre Knie und einen um ihre Schultern und hob sie hoch. „Meinst du etwa so?“

Sie lachte überrascht auf und klammerte sich an ihm fest. „Genau so.“

Er küsste sie. Sein Kuss war langsam und hungrig, und er wünschte sich, schon vor diesem Sommer auf seine Gefühle gehört zu haben. Was für ein Idiot war er gewesen, zu glauben, dass das hier alles nicht echt war, jeden Sommer erneut zu hoffen, dass die Anziehungskraft verschwunden wäre. Vielleicht hatte er ein bisschen zu viel Zeit mit den Eltern seines Vaters verbracht, den gefürchteten Großeltern Bellamy, die behaupteten, es wäre unmöglich, jemanden aus einer anderen Gesellschaftsschicht zu lieben. Sie erinnerten Philip nur zu gerne daran, dass er ein Mann aus gutem Hause war, der eine erstklassige Ausbildung genossen hatte und vor dem eine strahlende Zukunft lag. Ein Mädchen wie Mariska, die die örtliche Highschool besucht hatte und in der Bäckerei ihrer Familie sowie Teilzeit im örtlichen Juwelierladen arbeitete, wäre in ihren Augen wahrlich keine passende Partie.

Pamela Lightsey hingegen schien wie geschaffen für ihn zu sein. Sie hatte alles, was die Frau eines Mannes in seiner Position haben sollte: einen klugen Kopf, Schönheit, Herz, sozialen Status. Ihre Eltern waren bestens mit seinen befreundet. Das Vermögen der Lightseys stammte aus einem Juwelen-Imperium, und sie hatten ihrer Tochter alle Vorteile zuteilwerden lassen, die auch Philip genossen hatte – Privatschulen, Nachhilfelehrer, Auslandsreisen, erstklassiges College. Sie war blond und hübsch und versiert, sprach zwei Sprachen fließend und spielte hinreißend Klavier. Diesen Sommer verbrachte sie in Positano, um ihr Italienisch zu verbessern.

Dennoch vermisste Philip etwas an ihr. Wenn er in Pamelas Augen schaute, wurde ihm vor Liebe nicht schwindelig. Das passierte nur mit Mariska.

Er zwang sich, den Kuss zu unterbrechen und sie wieder auf den Boden hinunterzulassen. „Wir sollten langsam hineingehen", sagte er. „Die Leute werden sich schon wundern, wo wir bleiben."

Mit *Leuten* meinte er seine Betreuer-Kollegen und die Angestellten. Die meisten waren Jungs, die wie er ihre Kindheitssommer im Camp Kioga verbracht hatten, Jungs, die eifersüchtig auf Philip waren, weil er Pamela Lightsey heiraten würde. Zumindest dachten sie das. Es machte ihm das Herz ein klitzekleines bisschen leichter, zu wissen, dass so viele bereitstünden, um Pamela aufzufangen, sobald er die Verlobung gelöst hätte.

Bei dem Gedanken daran drehte sich ihm jedes Mal der Magen um. Aber er hatte keine Wahl. Es wäre niemandem gegenüber fair – weder Pamela noch Mariska –, wenn er so tun würde, als hätte der Sommer nicht alles verändert. Es wäre nicht fair den Kindern gegenüber, die Pamela und er irgendwann einmal hatten haben wollen. Kinder sollten in einem Haushalt voller Liebe aufwachsen.

Er hätte ihr an ihrem Geburtstag im Frühling niemals einen Antrag machen dürfen. Aber sie hatte so sehr darauf gewartet. Einer der Designer, der für Lightsey Gold & Gem arbeitete, hatte einen einzigartigen Ring aus feinstem Gold entworfen, der einen 1,3-karätigen Diamantring im Marquise-Cut trug. Philip war mitten im New Haven Green auf dem Campus vor ihr auf die Knie gegangen – und hätte bei dem Blick in ihre leuchtenden Augen in dem Moment schwören können, sie zu lieben.

Was für ein Idiot er gewesen war. Es hatte Mariska Majeskys bedurft, um ihm zu zeigen, was Liebe wirklich bedeutete.

Kurz vor dem Eingang zum Pavillon blieb er noch einmal stehen und drückte ihre Hand. Dann beugte er sich vor und sagte: „Ich liebe dich."

Sie belohnte ihn mit einem Lächeln, bevor sie ihm ihre Hand entwand. Seite an Seite betraten sie das Fest, als wären sie einfach nur gute Freunde.

Die Feier war in vollem Gange. Seine Eltern drehten ihre Runden zwischen den Gästen, stets die perfekten Gastgeber. Und wie perfekt sie ihren Job machten, sah er daran, dass auch die Lightseys da waren. Pamelas Eltern und seine waren schon ein Leben lang miteinander befreundet – ein weiterer Faktor, der Philips Plan verkomplizierte. Mr Lightsey war der Trauzeuge auf der Hochzeit der Bellamys gewesen, und seitdem standen die beiden Paare sich sehr nahe. Es war beinahe so, als wenn die Hochzeit zwischen Philip und Pamela vorherbestimmt war. Jedes Jahr kam Pamelas Familie am Ende der Saison, um zu helfen, das Camp für den Winter abzuschließen, und sich noch ein paar letzte Sommertage zu stehlen, bevor es zurück in die Stadt ging.

In Gegenwart der Lightseys musste er besonders vorsichtig sein. Pamela sollte es von ihm persönlich erfahren. Wenn sie die Neuigkeiten von ihren Eltern hören würde ... daran wollte er nicht einmal denken. Und um die Sache noch komplizierter zu machen, stand Mariskas Mutter hinter dem Büfetttisch und sorgte dafür, dass die Desserttabletts stets gut gefüllt waren. Helen Majeskys Beerentörtchen und Kolaches waren legendär und fanden reißenden Absatz.

Als sie Mariska erblickte, winkte Helen ihr zu, wobei ihr Lächeln ein wenig gezwungen wirkte. Philip war sich ziemlich sicher, dass Helen eine Vermutung hatte, was ihn und ihre Tochter anging – und dass sie es nicht guthieß. Wie sollte sie auch. Jeder wusste von seiner Verlobung mit Pamela, und so musste sie natürlich annehmen, dass er ihrer Tochter das Herz brechen würde.

Er wollte Helen beruhigen, sie wissen lassen, dass er vorhatte, den Rest seines Lebens damit zu verbringen, ihre Tochter glücklich zu machen. Bald, dachte er. *Bald werde ich alles richtigstellen.*

Im Pavillon gingen Mariska und er getrennte Wege, auch wenn es ihm schwerfiel, den Blick von ihr zu wenden. Ein Strahlen schien sie zu umgeben, und auch wenn er wusste, dass es von den Lichtern entlang der Balustrade kam, fand er, dass es ihr einen überirdischen Glanz verlieh, als wäre sie nicht von dieser Welt.

„Hey, Phil." Earl, sein bester Freund und Mitbewohner im College, klopfte ihm auf den Rücken. „Du hast die Mitarbeiterversammlung am Bootshaus verpasst." Das war der Code fürs Haschischrauchen. Anthony George Earl der Dritte war ein großer Freund von Gras und gönnte sich das Vergnügen jeden Abend. Eine Bong zu rauchen war beinahe auch schon so etwas wie ein Camp-Ritual.

„Ich werde es überleben. Lass uns was zu essen besorgen."

„Guter Plan. Ich bin kurz vorm Verhungern." Seine Augen waren geschwollen und glänzend, ein Zeichen dafür, dass er das meiste aus der „Mitarbeiterversammlung" herausgeholt hatte.

Sie gingen am Büfett entlang und mussten relativ laut sprechen, um die Musik zu übertönen. „Ich nehme den Morgenzug zurück", sagte Earl mit dem Mund voll Maischips. „Mann, ich hasse es, von hier wegzumüssen."

„Ich auch." Philip schaute sich verstohlen nach Mariska um. Sie tanzte gerade mit Terry Davis, einem jungen Mann aus dem Dorf, der hier im Camp die Hausmeistertätigkeiten verrichtete. Wie üblich war

Davis leicht angetrunken. Er war gebaut wie ein Footballspieler und konnte ein Sixpack Bier binnen weniger Minuten leeren.

„Sie ist ganz schön heiß, was?", merkte Earl an, während er sich einen weiteren Löffel Kartoffelsalat auf den Teller häufte.

„Was? Wer?" Philip stellte sich dumm. So wie schon den ganzen Sommer über.

„Die süße Mariska. Verdammt. Sieh sie dir nur an."

Philip musste sich arg zusammennehmen, um Earl nicht den gierigen Ausdruck aus dem Gesicht zu schlagen. Auch wie schon den ganzen Sommer über. Jeder Kerl im Camp war scharf auf Mariska gewesen.

„Mann", fuhr Earl fort. „Für eine Nacht mit ihr würde ich töten."

„Das glaub ich dir unbesehen." Philips Geduldsfaden war kurz davor, zu reißen.

Earl schien es nicht zu bemerken. Ungestört balancierte er seinen Teller in der einen Hand, schnappte sich mit der anderen eine weitere Tüte Chips und setzte sich an einen der Tische, die um die Tanzfläche herum aufgestellt worden waren. „Tja", sagte er. „Ich würd's wirklich tun."

„Du bist so ein Schwachkopf." Philip setzte sich zu ihm.

„Nein, ich bin einfach nur geil. Ich denke, das beeinträchtigt meine mentale Gesundheit. Ich weiß nicht, wie du den ganzen Sommer über so ruhig bleiben konntest, ohne einmal flachgelegt worden zu sein." Earl schob sich eine Gabel voll Kartoffelsalat in den Mund. Genau wie Philip war er verlobt, und seine Verlobte verbrachte den Sommer in Afrika. Lydia war nach Biafra geflogen, um dort als Freiwillige beim Roten Kreuz zu helfen. Anders als Philip war Earl seiner Verlobten treu geblieben, auch wenn er sich bei jeder Gelegenheit über sein nobles Opfer beschwerte.

„Wann kommt Lydia zurück?", wollte Philip wissen.

„In zwei Wochen. Verdammt, ich kann es kaum erwarten. Was ist mit Miss America?" Earl nannte Pamela immer Miss America, weil sie alle Eigenschaften einer Schönheitskönigin hatte. Sie bewegte sich mit einer königlichen Selbstsicherheit, als wenn sie den Laufsteg bei einem Schönheitswettbewerb hinunterschritt. Und da war immer diese unsichtbare, aber trotzdem undurchdringliche Mauer zwischen ihr und dem Rest der Welt.

„Nächste Woche", erwiderte Philip.

„Das Warten ist schwer, oder?"

„Schwerer, als du ahnst", gab Philip zu.

Earl machte sich über die gegrillten Rippchen her. „Ich verstehe das nicht", sagte er. „Woher weiß man, dass man das richtige Mädchen gefunden hat? Ich meine, manchmal weiß ich, dass Lydia perfekt für mich ist. Aber manchmal sehe ich was wie …" Er zeigte in Richtung von Mariska, die jetzt mit einer Gruppe von Freundinnen tanzte. „… und kann mir nicht vorstellen, den Rest meines Lebens mit einer einzigen Frau zu verbringen."

Ich schon, dachte Philip. *Aber es ist nicht Pamela.*

„Bei deinen Eltern sieht es so einfach aus", bemerkte Earl und winkte ihnen zu.

Philip beobachtete, wie seine Mutter und sein Vater die Tanzfläche betraten. Obwohl sie behaupteten, keine Ahnung von Rock 'n' Roll zu haben, verloren sie sich in den Armen des anderen, während Eric Claptons raue Stimme aus den Lautsprechern drang.

„Niemand weiß es mit Sicherheit", kam er auf die frühere Bemerkung seines Freundes zurück. „Deshalb machen ja so viele Menschen Fehler. Nicht weil sie dumm sind, sondern weil sie nur hoffen können, die richtige Entscheidung getroffen zu haben."

Auch wenn seine Eltern wirklich eine glückliche Ehe führten, wusste Philip, dass der Anfang für die beiden nicht einfach gewesen war. Die Bellamys waren entschieden gegen die Hochzeit gewesen. Philips Vater Charles hatte sich seiner Familie widersetzt, um mit Jane Gordon zusammen zu sein, deren Familie Camp Kioga gegründet hatte. Er hatte sein Studium in Yale abgebrochen, Jane geheiratet und gemeinsam mit ihr die Leitung des Camps übernommen.

Irgendwann hatte er sich dann wieder mit seinen Eltern vertragen. Vielleicht lag es an den vier Kindern, die Jane kurz hintereinander in die Welt setzte. Oder vielleicht verstanden die Bellamys auch irgendwann einfach, dass die Liebe zwischen Charles und Jane zu groß war, um ihr nicht nachzugeben.

Genauso würde es mit ihm und Mariska sein, da war er sich sicher. Anfangs würden ihnen Skepsis und Zweifel entgegenschlagen, aber irgendwann würde die Welt verstehen, was er selber erst diesen Sommer begriffen hatte: Er und Mariska gehörten für immer zueinander.

„Tanzt mit uns." Die Nielsen-Mädchen traten an den Tisch und verlangten die Aufmerksamkeit der Jungen. „Auf keinen Fall könnt ihr doch wohl bei ‚Bohemian Rhapsody' ruhig sitzen bleiben."

„Okay, wenn du mir so den Arm auf den Rücken drehst." Earl erhob sich und wischte sich den Mund mit der Serviette ab.

Sally und Kirsten Nielsen waren eineiige Zwillinge. Die Jungen im Camp Kioga hatten sie wegen ihrer Größe, ihrer nordischen Gesichtszüge und ihrer furchtlosen Art, sich von den Jungen zu nehmen, was sie wollten, *die Walküren* getauft. Philip war froh über jede Gelegenheit, auf die Tanzfläche zu gehen, während Mariska sich noch darauf befand.

Er bemerkte, dass seine Eltern und die Lightseys ihn beobachteten, und spürte das Gewicht der Verantwortung auf seinen Schultern. Man erwartete so viel von ihm, wenn er erst mit dem College fertig war. Pamela heiraten. Jura oder Betriebswirtschaft studieren. Eine Familie gründen.

Mariska tanzte jetzt mit Matthew Alger. Philip spürte ein Gefühl von Besitzgier in sich aufsteigen, als er die beiden zusammen sah. Auch wenn Alger ein wenig untersetzt war und blonde, glatte Haare hatte, versuchte er, sein Idol John Travolta so gut es ging nachzumachen, bis zu der geföhnten Tolle und dem bis zum Bauchnabel aufgeknöpften Polyesterhemd. Was für ein Loser. Und doch schienen die Mädchen ihn zu mögen, wenn Philip auch keine Ahnung hatte, warum.

Die Musik wechselte zu einem ruhigen Lied, und Philip ergriff Mariskas Handgelenk und drängte sich zwischen sie und Matthew. „Mein Tanz."

„Geh weg", sagte Alger, der immer bereit für einen kleinen Kampf war. „Du bist hier überflüssig."

„Nun, die Entscheidung würde ich doch lieber der Lady überlassen."

„Ihr zwei", lachte Mariska und wandte sich dann an Alger. „Ich habe noch gar nicht mit Philip getanzt, und morgen fahrt ihr alle schon wieder."

„Ich nicht", informierte Alger sie und straffte seine Schulter. „Ich werde in Avalon wohnen. Ich arbeite an meiner Abschlussarbeit über Stadtverwaltungen, und Avalon ist mein Thema."

Alger entstammte keiner reichen Familie, aber offensichtlich hatte er einen klugen Kopf abbekommen. Plötzlich brannte Philip vor Eifersucht. Alger konnte in Avalon bleiben, während Philip für ein weiteres Jahr ins Exil auf dem College zurückmusste.

Mit gespielter Großzügigkeit zog Alger sich zurück. „Ich schätze, wir sehen uns in nächster Zeit sowieso, Mariska."

Alger war ein cleverer, ehrgeiziger Typ, wenn auch in Philips Augen ein bisschen daneben. Er hatte den ganzen Sommer über als Buchhalter und Berater im Camp gearbeitet, aber nie wirklich dazugehört. „Er ist ein komischer Typ", sagte Philip. „Du solltest dich von ihm fernhalten."

„Ich muss in diesem Ort leben", erinnerte Mariska ihn. „Ich kann es mir nicht leisten, mir Feinde zu machen."

„Sei nicht albern. Sobald ich mit der Schule fertig bin, ziehen wir, wohin du willst – New York, Chicago, San Francisco."

„Ich werde dich daran erinnern." Ihre Augen funkelten vor Aufregung. Dann fiel ihr Blick an den Rand der Tanzfläche. „Das sind also Pamelas Eltern. Sie sind Furcht einflößend."

Philip runzelte die Stirn. „Nein, das sind sie nicht. Sie sind nur …"

„Genau wie deine Familie", unterbrach sie ihn. „Sie sind aus Geld gemacht."

„Sie sind einfach nur Menschen wie alle anderen auch."

„Sicher. Wie jeder mit einem Gold & Gem hinter seinem Namen."

Er mochte es nicht, wenn sie so redete. Als wenn die Tatsache, dass sie aus einer Arbeiterfamilie stammte, sie irgendwie von ihm trennte. „Vergiss es", beendete er das Thema. „Du machst dir zu viele Gedanken."

Der DJ kündigte an, dass man sich jetzt für das finale Lagerfeuer am See versammeln sollte, und alle strömten aus dem Pavillon. Das Feuer hatte nicht nur einen rituellen, sondern auch einen ganz praktischen Grund. Auf diese Weise wurden alle Paletten und sonstiges Holz, das sich über den Sommer angesammelt hatte, verbrannt.

Während die Menschen sich auf den Weg zu der brennenden Pyramide machten, drückte Philip seine Hand gegen Mariskas Rücken und drängte sie ganz langsam vom Weg ab.

„Was machst du da?", fragte sie.

„Als wenn du das nicht wüsstest."

„Irgendjemand wird uns sehen." Den ganzen Sommer über hatte sie genauso viel Angst vor Entdeckung gehabt wie er. Sie wollte sich nicht den Ruf einhandeln, anderen Mädchen den Verlobten zu stehlen.

Er nahm ihre Hand und ging voran in Richtung der Schlafhütten. „Nein, niemand wird etwas merken."

Aber jemand sah sie doch. Als sie sich von dem See entfernten, flackerte ein Streichholz auf und erhellte die nachdenkliche Miene eines betrunkenen Terry Davis. Er hielt das Streichholz auf Armeslänge von sich, sodass sein schwaches Licht zu Philip und Mariska hinüberschien.

„Nacht, Kinder", sagte er mit einem ironischen Lächeln.

„Mist", fluchte Philip unterdrückt. „Ihr geht es nicht gut", erklärte er Davis. „Ich bringe sie nur zu … ihrem Auto."

Davis' Blick flackerte. „Hm-mh." Er führte das Streichholz an seine Zigarette.

Philip und Mariska gingen weiter. „Mach dir um ihn keine Sorgen", sagte er. „Er wird sich vermutlich morgen an nichts mehr erinnern können." Trotz des überzeugenden Klanges seiner Stimme spürte er eine Vorahnung in seiner Brust. Den Sommer über waren er und Mariska unglaublich kreativ gewesen, wenn es darum ging, Plätze zu finden, an denen sie sich ungestört lieben konnten. Sie hatten es nicht nur im Bootshaus getrieben, sondern auch in einigen der Boote. In dem Lieferwagen, mit dem Mariska das Gebäck ausfuhr. Auf der Brücke über den Meerskill Falls.

Heute Nacht jedoch wollten sie es riskieren, sich in einen der Bungalows zu schleichen. Als Senior-Betreuer hatte Philip ein eigenes Quartier, und dort, nur beleuchtet von einer einzelnen Nachttischlampe, nahm er sie in seine Arme und vergrub sein Gesicht in ihrem duftenden Haar. „Ich kann es nicht erwarten, für immer bei dir zu sein."

„Das wirst du aber müssen. Ich bleibe heute Nacht lieber nicht zu lange aus. Ich habe morgen ganz früh einen Arzttermin."

Er lehnte sich zurück und musterte sie genauer. „Ist alles in Ordnung?"

„Nur eine Routineuntersuchung."

Ihm entschlüpfte ein Seufzen. „Puh. Ich werde dich so sehr vermissen."

Mit zarten Fingern fing sie an, sein Hemd aufzuknöpfen. „Wie sehr?"

„Mehr, als du ahnst." Er hielt den Atem an, als sie das Hemd zur Seite schob und ihre Lippen an seinen Hals presste.

„Du wirst mich bestimmt schnell vergessen haben, wenn du erst einmal zurück auf dem College bist mit deiner reichen Verlobten und deinen ganzen High-Society-Freunden."

„Red nicht so. Du weißt, dass das nicht stimmt."

„Dafür habe ich nur dein Wort." Trotz der Anschuldigung lag ein spielerischer Unterton in ihrer Stimme. „Die Welt der reichen Jungen. Was machen reiche Mädchen eigentlich so den ganzen Tag über?"

„Sie lassen reiche Jungs mit ihnen Liebe machen", zog er sie auf. Mit einer fließenden Handbewegung strich er ihr das Kleid von den Schultern. Er war aufgeregt, zwang sich aber, langsam zu machen. Er löste einen Manschettenknopf an seinem Hemd und steckte ihn in seine Hosentasche.

„Die sind hübsch." Mariska bewunderte das glänzende Silber.

„Sie gehörten einst meinem Großvater." Er nahm auch den anderen Manschettenknopf ab und legte ihn in ihre Hand. „Ich sag dir was: Du behältst den einen, ich den anderen. Nachdem ich … wenn ich zu dir zurückkehre, werde ich sie auf unserer Hochzeit wieder tragen."

„Philip."

„Ich meine es ernst. Ich will dich heiraten. Ich gebe dir dieses kleine Stückchen Silber. Und sobald ich alles geklärt habe, werde ich es durch einen Diamantring ersetzen."

Ihre Augen funkelten, als sie zu ihm aufschaute und den Manschettenknopf in ihre Handtasche fallen ließ. „Ich nehme dich auch hierbei beim Wort. Wenn ich ehrlich sein soll, habe ich mir meinen Traumring schon längst ausgesucht."

„Bei Palmquist, wo du arbeitest?"

„Sehr lustig. Bei Tiffany's."

„Ha. Tiffany's kann ich mir nicht leisten."

„Natürlich kannst du das. Deine Eltern sind reich."

„Aber ich nicht. In dieser Familie muss jeder seinen Weg alleine gehen."

„Du machst Witze, oder?"

Er lachte und schob ihr Kleid noch weiter herunter, bis es in einem duftigen Haufen auf den Fußboden fiel. Dann griff er mit einer Hand um sie herum und öffnete den BH. „Du wirst die Braut eines armen, aber vornehmen Strafverteidigers."

„Okay, jetzt machst du mir Angst."

Er hielt den Atem an, als der BH zu Boden fiel. Dann fand er seine Stimme wieder. „Das Einzige, was mir Angst macht, ist, dich morgen zu verlassen."

Camp Kioga – Liederbuch

Der Bär lief über den Berg,
Der Bär lief über den Berg,
Der Bär lief über den Berg,
Und was, glaubst du, sah er da?

5. KAPITEL

Warum kommen mir immer wieder Szenen aus *The Shining* in den Sinn?", fragte Freddy Delago. Er summte eine ominöse Filmmusik vor sich hin, während Olivia den geliehenen Wagen die enge, holprige Straße in Richtung Avalon lenkte.

„Glaub mir", sagte sie, „das kann auf keinen Fall so schlimm sein wie die Erinnerungen, die mir die ganze Zeit kommen. Ich habe eine ganze Reihe entsetzlicher Sommer hier verbracht." Sie konnte immer noch nicht wirklich glauben, dass sie das hier tat. Selbst das Autofahren fühlte sich für sie seltsam an, weil sie in der Stadt nie ihr Auto benutzte. Ihre Mutter hatte bis zur letzten Minute versucht, ihr das Renovierungsprojekt auszureden, aber Olivia war zu entschlossen. Ihr Vater war da unterstützender. Als sie sich am Abend zuvor von ihm verabschiedet hatte, hatte er sie fest in den Arm genommen und ihr viel Glück gewünscht.

„Warum entsetzlich?", wollte Freddy wissen. „Es sieht doch wie der perfekte Ort für einen ebenso perfekten Sommer aus."

Sie nahm den Fuß ein wenig vom Gaspedal, als ein Streifenhörnchen über die Straße sauste. Es gab Dinge in ihrem Leben, von denen sie Freddy nie erzählt hatte – und auch sonst niemandem. „Ich hab nie so ganz dazugehört."

„Du?" Er stieß ein ungläubiges Schnauben aus, das ihr schmeichelte. „Was war das hier denn, ein Camp für Freaks und Computernerds?"

Sie zeigte auf das Fotoalbum, das zwischen ihnen auf dem Sitz lag. Der Gedanke, ihm einen Blick in ihre Vergangenheit zu gewähren, fühlte sich unangenehm an. Aber sie musste ihm vertrauen. Wer außer Freddy würde alles stehen und liegen lassen und sich bereit erklären, den Sommer in einem einsamen Camp in den Catskills zu verbringen, um zu versuchen, den Charme der guten alten Zeit wieder aufleben zu lassen? Natürlich half es, dass er arbeitslos war und keine Wohnung hatte. Nun war es sowieso zu spät, er blätterte bereits in dem Album.

„Such das Gruppenbild von 1993. Saratoga Cabin, Eagle Lodge", wies sie ihn an.

Er überflog die versammelten Bilder. „Sieht aus wie ein Zuchtprogramm der Aryan Nation. Meine Güte, ich wusste gar nicht, dass alle groß, blond und heiß sein mussten, um hierherzukommen."

„Sieh genauer hin. Letzte Reihe am Rand."

„Oh." Freddys Tonfall verriet, dass er sie gefunden hatte. „Du hast eine missliche Phase durchlaufen, was?"

„Ich würde es nicht eine Phase nennen. Ich denke, es war eher meine gesamte Jugend. Und ich war nicht misslich, ich war einfach fett. Die

Colaflaschenböden in der Brille und die Zahnspange waren nur das Sahnehäubchen obendrauf."

Freddy stieß einen leisen Pfiff aus. „Und sieh dich heute an. Das hässliche Entlein wurde zum schönen Schwan."

„Das hässliche Entlein trägt Kontaktlinsen, hat sich die Haare blond gefärbt und ist auf dem College jeden Tag geschwommen. Das hässliche Entlein hat zwei Jahre gekämpft, um ihr Idealgewicht zu erreichen. Und du musst nicht höflich sein. Ich war ein grauenhaftes Kind. Ich war so unglücklich und habe das an mir ausgelassen. Nachdem ich erst einmal herausgefunden hatte, wie man glücklich ist, wurde alles gleich viel besser."

„Kinder sollten nicht erst mühsam herausfinden müssen, wie man glücklich ist. Sie sind es einfach."

„Manche Familien sind anders", erklärte sie. „Und das ist alles, was ich über die Bellamys sagen werde, also bemüh dich gar nicht, noch mehr aus mir herauszulocken."

„Ha. Ich habe dich den ganzen Sommer über für mich. Ich werde alle deine Geheimnisse ergründen."

„Ich habe keine Geheimnisse."

„Quatsch. Ich glaube, du hast sogar welche vor dir."

„Na, das wird ja ein echtes Picknick, den Sommer mit Dr. Freud zu verbringen."

„Nun, ich bin froh, dass wir dieses Projekt gemeinsam angehen. Und ich bin noch froher, dass Rand Whitney endlich Geschichte ist."

„Danke", sagte sie mit Sarkasmus in der Stimme. „Das bedeutet mir viel, gerade wo es aus deinem Mund kommt, Freddy. Du wolltest doch, dass es nicht klappt."

„Olivia. Du sorgst selber jedes Mal dafür, dass es nicht funktionieren kann. Hast du dich jemals gefragt, wieso?"

Autsch.

„Du hast eine Gabe, dir immer den falschen Kerl auszusuchen", fuhr er fort. „Ich denke, das liegt daran, dass du gar nicht wüsstest, was du mit Mr Right anfangen solltest, würde er dir über den Weg laufen. Du hast eben gesagt, dass du herausgefunden hast, wie man glücklich ist. Warum kann ich das nur nicht glauben?"

Sie wollte darüber nicht diskutieren. „Ich denke, Barkis braucht mal eine Toilettenpause."

„Nein, braucht er nicht. Er hat sich gerade erst in Kingston erleichtert. Der Karte nach sind wir beinahe da. Ich halt ja schon den Mund, versprochen." Freddy wurde still und widmete seine Aufmerksamkeit wieder den Fotos. Olivia hatte sie sich bereits alle angeschaut, die alten Dias und Schwarz-Weiß-Fotos, die ihr zeigten, wie alles einmal ausgesehen hatte. Zum Glück hatte ihre Großmutter die Geschichte des Camps von seinen bescheidenen Anfängen in den 1930er-Jahren bis zu den Glanzzeiten um 1950 herum kurz und knapp dokumentiert, denn das war genau die Zeit, die sie zu Ehren der goldenen Hochzeit wieder aufleben lassen wollte. Sie hoffte, die einfachen Freuden vergangener Sommer zum Leben erwecken zu können. Camp Kioga sollte aussehen wie ein Ort, an den die Leute damals gereist sind – oder von dem sie sich zumindest wünschten, es getan zu haben.

Freddy klappte das Buch zu. „Bilder von dir als Kind zu sehen erklärt dich ein bisschen besser."

„Was meinst du damit?"

„Du bist eine Meisterin darin, Dinge zu verwandeln. Kein Wunder, dass du in deinem Job so gut bist."

Ja, Praxis hatte sie tatsächlich genügend sammeln können. Als Kind war sie davon besessen gewesen, Dinge zu verändern – ihr Zimmer in dem Apartment ihrer Mutter an der Fifth Avenue, ihren Spind an der Dalton School, sogar ihre Hütte im Camp Kioga jeden Sommer. Im Camp war das die einzige Sache, worin sie gut war. Einmal hatte sie einen alten Lagerraum über dem Speisesaal durchwühlt und einen Stapel alter Bett- und Tischwäsche gefunden. Als ihre Mitbewohnerinnen von einer Wanderung zurückkehrten, fanden sie auf ihren Betten handgemachte Quilts vor, ganz weich und verblasst vom Alter. Die Fenster hatten Vorhänge aus Baumwolle, und auf den Fensterbänken standen Einmachgläser mit frisch gepflückten Wildblumen.

„Wir werden sehen, wie gut ich wirklich bin", bremste sie Freddys Begeisterung. „Ich habe noch nie ein komplettes Camp in der Wildnis aufgehübscht."

„Deine Großmutter hat dir ein fettes Budget und einen ganzen Sommer lang Zeit gegeben, um das Projekt fertigzustellen. Das alleine ist doch schon ein fantastisches Abenteuer."

„Ich hoffe, dass du recht hast. Und danke, dass du mir dabei hilfst. Du bist ein Geschenk des Himmels, Freddy."

„Vertrau mir, Honey, ich brauche diesen Job", erwiderte er mit selbstironischer Offenheit. „Du brauchst für diese Renovierung aber mehr als nur mich. Wen hast du, um die schwere Arbeit zu erledigen?"

„Mein Budget beinhaltet die Kosten für einen Generalunternehmer. Den müssen wir so schnell wie möglich finden. Außerdem wirst du ein paar Bellamys kennenlernen. Dare hat gesagt, dass sie vorbeikommt. Sie ist meine engste Cousine. Außerdem kommt mein Onkel Greg mit seinen Kindern Daisy und Max. Greg ist Landschaftsarchitekt und wird sich um das Gelände kümmern. Er hat gerade eine schwere Zeit in seiner Ehe, weshalb es vielleicht ganz gut ist, wenn er und seine Kinder den Sommer hier oben verbringen."

„Siehst du, eine Ehe ist nichts Gutes."

„Also sollte ich mich gar nicht erst darum bemühen, willst du das damit sagen?"

Er ignorierte die Frage und widmete sich wieder den Fotos. „Was für ein Ort. Auf den älteren Bildern sieht es mehr nach einem Familientreffen als nach einem Sommercamp aus."

„Vor ganz, ganz langer Zeit, weit bevor ich geboren wurde, war das Camp auch für Familien", erklärte sie. „Manchmal war das die einzige Gelegenheit im Jahr, zu der sich alle Familienmitglieder trafen. Die Mütter und Kinder blieben die ganze Zeit, und die Väter kamen jeden Freitag mit dem Zug dazu. Komisch, oder?"

„Ich habe gehört, dass solche Familiencamps wieder in Mode kommen. Du weißt schon, Familien mit übervollen Terminkalendern, die auf der Suche nach ein wenig gemeinsam verbrachter Zeit sind, bla, bla, bla."

Sie warf ihm einen Blick zu. „Du scheinst von der Idee ja ganz hingerissen zu sein."

„Liebes, ich mache Ferien *von* meiner Familie, nicht mit ihr."

„Wow, wo kam das denn her?", fragte sie. „Ich wusste gar nicht, dass du Probleme mit deiner Familie hast."

„Ich habe keine Probleme. Ich habe keine Familie."

Sie biss die Zähne aufeinander. Auch wenn sie schon seit Jahren befreundet waren, hatte er ihr nie von seiner Familie erzählt, außer dass sie in Queens lebte und er seit seinem Auszug zu Hause keinen Kontakt mehr zu ihr hatte. „Du hast mich die letzten neunzig Meilen über mit Fragen gelöchert, jetzt bin ich mal dran."

„Glaub mir, es ist nicht interessant, außer du bist ein großer Eugene-O'Neill-Fan. Und jetzt halt den Mund, ich muss die Karte lesen."

Kurz bevor sie das Städtchen Avalon erreichten, senkten sich die Schranken am Bahnübergang. Olivia stellte den Motor aus und wartete geduldig, bis der Vorortzug vorbeifuhr.

„Ich habe immer diesen Zug aus der Stadt nach Avalon genommen." Sie erinnerte sich noch an den Lärm und das Gefühl der Aufregung, das in den Waggons in der Luft gelegen hatte. Einige der erfahreneren Camper stimmten traditionelle Lieder an oder gaben mit ihren vergangenen Erfolgen im Bogenschießen, Schwimmen oder Laufen an. Es wurde nervös darüber spekuliert, wer welcher Hütte zugeteilt würde, weil jeder wusste, dass die Mitbewohner einen entscheidenden Teil dazu beitrugen, ob der Sommer ein Erfolg oder ein Reinfall wurde. Als sie in der Gruppe der Acht- bis Elfjährigen gewesen war, hatte sie sich auf das Camp gefreut. Sie hatte drei Cousinen in ihrer Altersklasse, und die Zugfahrt und dann die Fahrt mit dem Van den Berg hinauf war eine magische Reise in eine verzauberte Welt.

Alles war anders geworden in dem Jahr, in dem ihre Eltern sich getrennt hatten. Sie war plump aus dem Kokon ihrer Kindheit geschlüpft, kein leichter Schmetterling, sondern ein missmutiger, übergewichtiger Teenager, der der ganzen Welt misstraute.

Der Zug fuhr vorbei, der letzte Waggon verschwand aus ihrem Blickfeld, und die Schranken hoben sich und gaben den Blick auf den perfekten Bergort Avalon frei.

„Süß", bemerkte Freddy. „Ist der Ort echt?"

Avalon war ein für die Catskills typisches Städtchen. Es sah genau so aus, wie die Touristen hofften, dass es aussehen würde – eine andere Welt, von der Realität abgetrennt durch die Eisenbahnschienen auf der einen und die überdachte Brücke auf der anderen Seite. Entlang der mit Ziegelsteinen gepflasterten Straßen wuchsen Schatten spendende Bäume, es gab einen Marktplatz mit Gerichtsgebäude und mindestens drei Kirchtürme. Die Stadt veränderte sich von Jahr zu Jahr kaum. Olivia erinnerte sich noch an Clark's Gemischtwarenladen und den Futter- und Baumarkt Agway. An den Juwelier Palmquist und die Sky River Bakery, die dem Schriftzug auf dem Schaufenster nach immer noch der Familie Majesky gehörte. Es gab Souvenirläden, die Kunsthandwerk anboten, und teure Boutiquen. Restaurants und Cafés mit gestreiften Markisen und bunt bepflanzten Blumenkästen säumten den Marktplatz. Antikgeschäfte stellten Spinnräder und alte Quilts aus, und in beinahe jedem Geschäft gab es selbst gemachten Ahornsirup und Apfel Cidre für die Touristen, die im Herbst kamen, um das bunte Schauspiel der sich verfärbenden Blätter zu bewundern.

Barkis wachte auf der Rückbank aus seinem Schläfchen auf und steckte seine Nase aus dem Fenster, als sie an dem Picknickplatz am Schuyler River vorbeifuhren. Die schönste Straße des Ortes war die Maple Street, auf der einige im gotischen Stil aus Holz gebaute Häuser aus der Edwardianischen Zeit standen. An vielen hingen Schilder der nationalen Denkmalbehörde.

„Sehr *Zeit der Unschuld*-mäßig", erklärte Freddy. Die in Pastellfarben gestrichenen Häuser waren zu Bed & Breakfast-Pensionen, Anwaltskanzleien, Kunstgalerien und sogar in ein Day Spa verwandelt worden. An dem letzten Haus der Straße hing ein handgemaltes Schild: Davis Construction.

„Olivia, pass auf", rief Freddy.

Sie trat so hart auf die Bremse, dass Barkis Mühe hatte, sich auf dem Sitz zu halten.

„An dieser Kreuzung gilt rechts vor links", sagte Freddy.

„Tut mir leid. Das Schild habe ich übersehen." Alleine der Anblick des Namens Davis erschütterte sie bis ins Mark.

Reiß dich zusammen, schalt sie sich. Es gibt Trillionen von Davis' in der Welt. Sicher gehörte die Baufirma nicht ... Nein, auf keinen Fall, dachte sie. *Das wäre zu verrückt.*

„Ich schreibe mal die Nummer des Bauunternehmers auf", sagte Freddy, der ihren Aufruhr nicht bemerkte.

„Warum?"

„Weil er vielleicht der Einzige hier im Ort ist und wir womöglich seine Hilfe benötigen?"

„Wir werden schon noch jemand anderes finden."

Er drehte sich im Vorbeifahren auf seinem Sitz um. „Auf dem Schild steht, dass sie versichert sind und kostenlose Kostenvoranschläge anbieten."

„Und das glaubst du?"

„Du nicht?" Er schnalzte mit der Zunge. „In so jungen Jahren schon so zynisch." Er schrieb die Nummer trotzdem auf.

Es war höchst unwahrscheinlich, dass Davis Construction irgendetwas mit Connor Davis zu tun hatte. Zumindest redete Olivia sich das ein. Und selbst wenn, was dann? Er erinnerte sich sicherlich nicht einmal mehr an sie. Was ein deprimierend tröstender Gedanke war, wenn man bedachte, was für einen Narren sie aus sich gemacht hatte.

„Okay, sag mir, dass das keine überdachte Brücke ist." Freddy griff aufgeregt nach seiner Kamera.

„Es ist eine überdachte Brücke."

„Ich kann es nicht glauben", sagte er. „Das ist besser als in *Die Brücken am Fluss.*"

„Eine Lobotomie ist besser als *Die Brücken am Fluss.*"

Er knipste drauflos und bekam sich gar nicht mehr ein über das Schild, das den Bau der Originalbrücke mit dem Jahr 1891 angab. Sie hatte sogar einen Namen – Sky River Bridge. Wie aus dem Bilderbuch überspannte sie die flachen Stromschnellen des Schuyler Rivers. Olivia erinnerte sich daran, dass der Camp-Bus auf der Fahrt vom Bahnhof zum Camp Kioga immer gehupt hatte, sobald er in den schattigen Tunnel einfuhr, der unter dem Gewicht knarrte. Und sie erinnerte sich an die ganzen Schwalbennester innen unter dem Dach. Die Brücke war die letzte von Menschenhand gefertigte Sehenswürdigkeit vor dem Camp.

Hinter der Brücke wand die Straße sich an einem Fluss entlang und an einer Bergkette vorbei, deren Namen und Höhen auf Schildern an der Straße kundgetan wurden. Freddy, durch und durch ein Stadtkind, war außer sich. „Das ist einfach unglaublich“, rief er aus. „Ich kann nicht glauben, dass eurer Familie so ein Ort gehört und du mir nie davon erzählt hast.“

„Das Camp ist schon seit acht, nein, neun Jahren geschlossen. Eine Grundstücksverwaltung kümmert sich um das Gelände. Einige Familienmitglieder kommen ab und zu in den Ferien oder für Familientreffen her.“ Olivia war zu einigen der Versammlungen eingeladen worden, aber nie hingegangen. Dieser Ort hielt zu viele schlechte Erinnerungen für sie bereit. „Im Winter“, fügte sie hinzu, „kommt die Familie meines Onkels Clyde oft hierher, um Langlaufski zu fahren und Schneewanderungen zu machen.“

„Verrückt“, murmelte Freddy. „Das weckt in mir fast den Wunsch nach einer normalen Familie.“

Sie warf ihm einen Blick zu. „Nun ja, wenn das, was du heute zu sehen bekommst, dich nicht schreiend zurück nach New York laufen lässt, wirst du einen Sommer inmitten der Bellamys vor dir haben.“

„Klingt gut. Und, äh, hatte ich die Sache mit meiner Wohnung erwähnt?“

„Oh, Freddy.“

„Da sagst du was. Ich bin arbeitslos *und* obdachlos. Ein echter Hauptgewinn.“

„Diesen Sommer über arbeitest du für mich und wohnst im Camp Kioga.“ Er war ihr bester Freund, was könnte sie sonst sagen?

Als sie aus dem Augenwinkel den weißen Schwanz eines Rehs aufblitzen sah, nahm sie den Fuß vom Gas. Einen Moment später erschien die Ricke samt ihrem Kitz, und Freddy war so aufgeregt, dass er beinahe seine Kamera hätte fallen lassen.

Vor Jahren in dem Shuttle-Bus hatten die erfahrenen Camper unterwegs immer die Wahrzeichen laut ausgerufen. Mit wachsender Begeisterung wurde jeder neue Meilenstein auf dem Weg ins Camp begrüßt, bis sie endlich da waren.

„Da ist der Lookout Rock“, rief jemand und sprang aufgeregt auf dem Sitz auf und ab. „Ich habe ihn zuerst gesehen.“

Andere riefen die Namen schnell hintereinander: Moss Creek, Watch Hill, Sentry Rock, Saddle Mountain, Sunrise Mountain und endlich Treaty Oak, eine uralte Eiche, von der man sagte, dass Chief Jesse Lyon sie persönlich gepflanzt hatte, in Erinnerung an den Vertrag, den er mit dem Kolonialgouverneur Peter Stuyvesant geschlossen hatte.

In ihrem zwölften Sommer hatte Olivia auf der ganzen Fahrt geschwiegen. Mit jedem weiteren Wahrzeichen hatte ihr Magen sich weiter zusammengezogen, bis die Furcht sich wie ein kaltes, totes Gewicht in ihrem Innern anfühlte. Und im Äußeren, erinnerte sie sich. Das Gewicht, das sie hinzugewonnen hatte, repräsentierte den Stress wegen der Sorgen um ihre Eltern, die Anforderungen der Schule, ihre eigenen, unausgesprochenen Ängste.

Ein kunstvolles Schild am Straßenrand wies auf eine Werkstatt für Glaskunst hin. Danach kamen sie an einer beinahe übernatürlich grünen Wiese und einem tiefen, mysteriösen Wald vorbei. Auf einer sonnigen Lichtung stand ein kleiner Wohnwagen, vor dem eine schwarze, chromverzierte Harley parkte.

„Interessanter Wald", bemerkte Freddy.

„Hier leben immer noch einige aus der Gegenkultur-Bewegung", erklärte Olivia. „Woodstock ist nicht so weit entfernt."

Ein weiteres skurriles Schild wies auf die Windy Ridge Farm hin, und dann kam auch schon die letzte Kurve, die in einer Schotterstraße endete, die mit dem Hinweis „Privatweg – Unbefugten kein Zutritt" markiert war. Diese Straße wand sich durch einen Wald, der mit jeder Meile dichter wurde. Endlich erreichten sie den selbst gezimmerten Torbogen, der den Schotterweg überspannte: das Eingangstor zum Camp Kioga. Aus massiven Baumstämmen errichtet, war der Bogen das Wahrzeichen des Camps. Eine Zeichnung von ihm befand sich auf dem Briefpapier, auf dem die Kinder ihre wöchentlichen Briefe nach Hause schrieben. Auf dem Bogen selber war in verschnörkelter Schrift zu lesen: Camp Kioga, gegr. 1932.

Im Bus war das der Moment, wo die Kinder den Atem anhielten und sich weigerten, Luft zu holen, bis sie unter dem Bogen hindurchgefahren waren. Sobald sie sich auf dem Gelände des Camps befanden, folgte ein kollektives Ausatmen, bevor die ersten aufgeregten Jubelschreie ertönten. *Wir sind da!*

„Alles in Ordnung mit dir?", fragte Freddy.

„Ja." Olivia klang angespannt. Sie verlangsamte das Tempo, als der trockene, scharfkantige Kies unter den Reifen knirschte. Während der Fahrt die alte Straße entlang, die im Schatten der großen Eichen und Ahornbäume lag, hatte sie das Gefühl gehabt, in der Zeit zurückzufahren, zu einem Ort, der für sie nicht sicher war.

Die Bäume und Büsche entlang der Auffahrt waren so wild gewachsen, dass ihre Äste an dem Wagen kratzten. Olivia stellte den SUV vor dem Haupthaus ab und ließ Barkis hinaus. Der Hund rannte aufgeregt von hier nach da, entschlossen, an jedem Grashalm zu riechen.

Das Herzstück des vierzig Hektar großen wild bewachsenen Grundstücks bildete der Willow Lake. Es gab einige rustikale Gebäude, ein paar Wiesen und Sportplätze. Hütten und Bungalows säumten den unberührt daliegenden See. Olivia zeigte auf die Bahn fürs Bogenschießen, die Tennis- und Pickleballplätze, das Amphitheater und die Wanderwege, die inzwischen vollkommen überwachsen waren. Bereits jetzt machte sie sich in ihrem Kopf Notizen und überschlug, was benötigt würde, um das Camp wiederherzustellen.

Im Hauptpavillon befand sich der Speisesaal. Seine Terrasse, auf der die abendlichen Tanzveranstaltungen und anderen Aktivitäten stattfanden, ragte auf den See hinaus. Das Untergeschoss beherbergte die Küche, den Gemeinschaftsraum und die Büros. Über allem lag ein Hauch von Vernachlässigung, von dem mit Unkraut überwachsenen Vorplatz bis zu dem Rosenbusch am Fuße der Fahnenmaste. Erstaunlicherweise hatte die Rose überlebt und wuchs in zügelloser Hülle auf ihren dünnen, dornigen Ästen.

Freddy ließ seinen Blick über den Hauptpavillon und einige der Hütten gleiten. „Ich hatte keine Ahnung, dass es so etwas noch gibt. Das ist ja wie in *Dirty Dancing*."

„Aber vor allem ist es jetzt eine Geisterstadt", sagte Olivia, auch wenn in ihren Gedanken Kinder in grauen T-Shirts mit dem Camp-Kioga-Logo darauf den Ort bevölkerten. „Bis in die frühen Sechzigerjahre hatte es hier jeden Abend einen Tanz gegeben. Oft sogar mit Livemusik."

„Hier, mitten im Nirgendwo?"

„Meine Großeltern behaupten, dass die Musiker gar nicht so schlecht waren. Man konnte immer das ein oder andere Talent entdecken, weil die Musiker und Schauspieler aus New York ständig auf der Suche nach einem Sommer-Engagement waren. Nachdem das hier in ein reines Kindercamp verwandelt worden war, gab es immer die gemeinsamen Singabende und Tanzunterricht." Bei der Erinnerung daran schüttelte sie sich. Sie war immer als Letzte aufgefordert worden, und meistens auch noch von einem Mädchen, einer ihrer Cousinen oder einem Jungen, der sich dann mit übertrieben angeekeltem Gesichtsausdruck vor seinen Freunden großtat, sobald er Lolly, dem „Trog Schweineschmalz", wie man sie auch nannte, gegenüberstand.

„Komm, ich zeig dir den Speisesaal", sagte Olivia.

Sie ging zum Pavillon und öffnete die Tür mit dem Schlüssel, den ihre Großmutter ihr gegeben hatte. Die schwere Doppeltür schwang auf. Die Vitrinen im Foyer waren mit Staubtüchern verhangen, und an den Wänden hingen glasäugige Jagdtrophäen – Köpfe von Elchen, Bären, Hirschen und Berglöwen.

„Das verstört mich", sagte Freddy.

Barkis schien ihm zuzustimmen. Er blieb nah bei ihnen und warf den Tieren mit den starr blickenden Augen und gefletschten Zähnen immer wieder misstrauische Blicke zu.

„Wir haben ihnen immer Namen gegeben“, erklärte Olivia, „und uns gegenseitig die Unterwäsche geklaut und sie an die Geweihe gehängt.“

„Das ist noch verstörender.“

Sie ging voran zum Speisesaal. Über ihnen spannte sich die holzgetäfelte Decke. An jedem Ende des Saals gab es einen riesigen, aus Flusssteinen erbauten Kamin, dazwischen standen lange Holztische und -bänke. Hohe Glastüren führten auf die Terrasse und auf einen mit einem Geländer versehenen Balkon. In der Luft lag noch ganz zart der Duft von verbranntem Holz.

„Puh, das ist ganz schön heruntergekommen“, sagte sie.

Freddy schien angesichts des Umfangs des Projekts die Sprache verloren zu haben. Seine Augen weiteten sich, als er sich einmal langsam im Kreis drehte und alles in Augenschein nahm.

„Hör mal“, sagte sie. „Wenn du meinst, wir sollten den Auftrag lieber nicht übernehmen, musst du es mir nur sagen. Wir können ihn vielleicht an einen Externen vergeben, oder …“

„Bist du verrückt?“ Er ging auf die Glastür zu, die zum See führte. „Ich werde hier nie wieder weggehen.“

Angesichts seiner Verzauberung konnte Olivia ein Lächeln nicht unterdrücken. Seine Begeisterung nahm ihren Erinnerungen ein wenig den Stachel.

Wie in Trance öffnete er die Tür und trat auf die große Veranda hinaus. „Mein Gott“, sagte er mit vor Wunder weicher Stimme. „Mein Gott, Livvy.“

Sie standen eine lange Zeit nebeneinander und schauten auf den See hinaus. Mit den sich graziös zum Wasser neigenden Weiden sah er aus wie ein goldener Spiegel, in dem sich die umliegenden Bergketten spiegelten. Es war wirklich schön. Sogar magisch. Das hatte sie vollkommen vergessen. Was nicht sonderlich überraschend war. Wenn dein Leben sich unter deinen Händen auflöst, neigt man selten dazu, sich auf den Charme seiner Umgebung zu konzentrieren.

„Da, in der Mitte“, sagte sie und zeigte mit dem ausgestreckten Arm in die Richtung, „das ist Spruce Island.“ Die Insel war groß genug für einen Pavillon, einen Anleger und eine Picknickstelle, und doch klein genug, um wie ein verzauberter Smaragd zu wirken, der sich in der Mitte eines Sees aus Gold erhob. „Dort haben meine Großeltern vor fünfzig Jahren geheiratet. Und dort wollen sie im August ihr Eheversprechen erneuern. Vorausgesetzt, wir kriegen den Laden bis dahin in Schuss.“

„Wie, hast du irgendwelche Zweifel daran?“

„Hey, mir gefällt deine Einstellung, aber wir müssen den Tatsachen ins Auge sehen. Das hier ist kein zweihundert Quadratmeter großes

Vorkriegshaus, das ein wenig Farbe und eine hübsche Beleuchtung braucht. Das hier sind vierzig Hektar Wildnis mit ein paar alten Gebäuden, die teilweise noch aus den Dreißigerjahren stammen."

„Ist mir egal. Wir schaffen das. Wir *müssen* das schaffen."

Sie umarmte ihn. „Und ich dachte, ich müsste dir den Arm auf den Rücken drehen."

Er hielt sie ein bisschen länger und ein bisschen fester, als notwendig gewesen wäre. Sie entzog sich der Umarmung als Erste, lächelte ihn an und tat so, als sähe sie nur Freundschaft in seinen Augen. Zum ersten Mal verstand sie, wie es sich anfühlen musste, Rand Whitney zu sein, der in ihre anbetend blickenden Augen schaute und sich nicht in der Lage fühlte, die Gefühle zu erwidern.

„Danke, dass du mitgekommen bist, Partner", sagte sie. Dann trat sie ans Geländer und genoss die leichte Brise, die vom Wasser aufstieg. Der Geruch des Sees und der Wälder brachte so viele Erinnerungen zurück, und überraschenderweise waren nicht alle davon schlecht.

„Ich glaube nicht, dass ich schon einmal an einem so einsamen Ort gewesen bin", sagte Freddy. „Es kommt mir vor, als wären wir die einzigen Menschen auf der Welt. Der erste Mann und die erste Frau. Adam und Eva."

„Werde mir aber jetzt ja nicht komisch", sagte sie.

„Was, keine ‚Hier ist Johnny'-Einlage mit der Axt?" Er schaute sie mit wildem Blick an.

„Ich denke, darauf kann ich verzichten. Danke."

„Okay. Aber wenn ich ein Buch in mir hätte, wäre dieses hier der perfekte Ort, um es zu schreiben."

Sie ging wieder hinein. „Lass uns mal sehen, wo wir heute Nacht schlafen können."

In der Nacht teilten Olivia und Freddy sich eine Hütte. Keinem von ihnen gefiel die Vorstellung, mitten in der Wildnis alleine in der höhlenartigen Koje zu liegen und auf jedes Rascheln und Schnüffeln zu horchen, das aus der undurchdringlichen Dunkelheit drang, die sich nach Sonnenuntergang über das Camp gelegt hatte. Wenn die anderen kämen, würden sie in die Bungalows ziehen, aber im Moment wollte keiner von ihnen alleine sein.

Die Hütten waren alle nach berühmten Forts und Schlachtfeldern benannt: Ticonderoga, Saratoga, Sanwix, Niagara. Olivia entschied sich für Ticonderoga, weil sie dem Speisesaal und den großen Gemeinschaftswaschräumen am nächsten lag.

Nachdem sie ihre Sachen und das Gepäck untergebracht und sich in der mit Spinnweben besetzten, aber ansonsten einwandfrei funktionierenden Küche der Hütte ein spärliches Abendessen aus Dosensuppe und Crackern zubereitet hatten, holten sie sich die elektrische Luftpumpe aus dem Geräteschuppen, um ihre Matratzen aufzublasen. Vor Jahren waren die normalen Matratzen im Camp gegen mit Stoff bezogene Luftmatratzen ausgetauscht worden, da diese über Winter nicht von den Mäusen angeknabbert wurden. Dann richteten Olivia und Freddy sich ihre Nachtlager an entgegengesetzten Enden der Hütte und machten sich daran, das gesamte Innere gründlich von Spinnweben, Staub und Dreck zu reinigen.

Langsam kroch der Abend über den Wald; der Himmel färbte sich von einem schillernden Pinkton zu Violett und wurde schließlich so dunkel, dass man das Gefühl hatte, sich in einer Höhle zu befinden. Sobald die Nacht hereingebrochen war, war Barkis total eingeschüchtert. Er zuckte vor jedem Rascheln im Gebüsch oder einsamen Ruf eines Vogels zusammen.

Nach einer erbitterten Schlacht mit zwei Spinnen in dem großen Gemeinschaftsbad wusch Olivia sich schnell und machte sich bettfertig. In ihrer lilafarbenen Schlafanzughose und einem passenden Tanktop kehrte sie in ihre Hütte zurück. Die nächtliche Brise strömte durch das geöffnete Fenster über ihren Körper.

Freddy starrte auf ihre Brüste. „Ich liebe Mutter Natur“, sagte er.

Sie schnappte sich schnell einen Pullover und zog ihn über.

„Okay, jetzt ist mir langweilig“, beschwerte er sich. „Das ist normalerweise der Abend in der Woche, an dem ich *Dog, der Kopfgeldjäger* gucke.“

„Ich habe dir doch gesagt, dass es hier kein Fernsehen gibt. Kein Telefon, kein Internet, kein Handysignal.“

„Was um Himmels willen wollen wir hier dann machen?“ Freddy klang leicht verzweifelt.

„Reden. Spiele spielen. Bücher lesen. Schlafen.“

„Töte mich bitte sofort.“

Sie saßen auf ihren jeweiligen Stockbetten und schauten einander an. Dann griff sie nach oben und machte die Leselampe aus. „Es ist komisch, keine Stadtgeräusche zu hören“, sagte sie, während sie sich unter das gestärkte Laken und die Wolldecke kuschelte. „Ich hab mich so daran gewöhnt, ständig Sirenen und Hupen zu hören.“

Barkis schien das Rauschen der Stadt ebenfalls zu vermissen. Das Geräusch von schlagenden Flügeln und die dumpfen Rufe der Eulen hatten ihn total eingeschüchtert. Er kroch unter Olivias Bett und rollte sich zu einem kleinen Ball zusammen.

Olivia starrte in die Dunkelheit und versuchte, sich zum Schlafen zu zwingen. Aber sie fühlte sich zu rastlos und unruhig. Die Minuten schienen nur so dahinzuschleichen, und anstatt müder zu werden, fühlte sie sich aufgekratzter als je zuvor. In ihrem Kopf überschlugen sich die Ideen und Gedanken zu dem neuen Projekt. „Freddy", flüsterte sie.

Keine Antwort.

„Freddy. Bist du wach?"

„Jetzt schon", ertönte eine körperlose Stimme. „Wo zum Teufel bist du? Es ist zu dunkel, um irgendetwas zu erkennen."

„Wir besorgen uns noch ein paar Taschenlampen", sagte Olivia.

„Gleich morgen", stimmte er zu.

Barkis winselte, und sie hörte den dringenden Unterton in seiner Stimme.

„Er muss noch mal raus." Olivia fand ihre Flip-Flops und eine Taschenlampe. „Komm mit uns."

„Mir wird gerade langsam warm."

„Angsthase."

Er stieß einen tiefen Seufzer aus, und sie richtete den Strahl der Taschenlampe auf ihn. In seinen Boxershorts und dem weißen T-Shirt sah er unerwartet süß aus. Vor allem mit dem zerzausten Haar. Er zog sich eine Jogginghose über, wobei er die ganze Zeit vor sich hin grummelte.

In der weiten Wildnis, die in der Dunkelheit ertrank, blieb Barkis lieber in der Nähe der Taschenlampe, während er auf der überwachsenen Wiese vor den Bungalows hin und her lief.

„Du bist hier so anders", sagte Freddy. „Du bist hier mehr zu Hause als in der Stadt."

„Ja, sicher." Sie verdrehte die Augen.

„Wirklich. Denk an meine Worte." Mit plötzlicher Dringlichkeit ergriff er ihre Hand. „Mach bitte mal für eine Sekunde das Licht aus."

„Was?"

„Gönn mir den Spaß. Mach einfach mal die Taschenlampe aus."

Sie zuckte die Schultern und knipste die Lampe aus. „Was zum ..."

„Pst. Sieh dir mal den Himmel an, Livvy."

Als sie den Kopf in den Nacken legte, schien eine Decke aus Sternen auf sie hinunterzufallen. Da war die Milchstraße, hell und klar und voller Geheimnisse. Neben sich konnte sie Freddy atmen hören, so still war es.

„Gefällt dir das?", fragte sie.

„So einen Himmel habe ich noch nie gesehen. Wo zum Teufel kommen die ganzen Sterne her?"

„Sie sind schon immer da. Du musst nur einen Ort finden, an dem es dunkel genug ist, um sie sehen zu können."

„Ich schätze, den haben wir gefunden." Er drückte ihre Hand.

„Mein Großvater hatte ein Teleskop", sagte sie. „Es steht hier vermutlich irgendwo noch herum. Wir können ja mal schauen, ob es noch funktioniert; dann können wir den Sternen noch näher kommen."

„Ich habe bereits das Gefühl, ich müsste nur den Arm ausstrecken, um sie berühren zu können." Ohne Vorwarnung legte er einen Arm um ihre Schulter und zog sie an sich.

Olivia war so überrascht, dass sie kicherte. „Freddy …"

„Pst." Trotz der Dunkelheit fanden seine Lippen ihre, und er küsste sie, ganz vorsichtig und sanft.

Der Kuss kam so unerwartet, dass sie sich ein wenig wehrte und ihre Hände gegen seine Brust drückte. „Wow", sagte sie. „Was soll das denn werden?"

„Jetzt, wo du ‚wie hieß er noch mal' endlich losgeworden bist, finde ich es an der Zeit, dass wir uns endlich um uns beide kümmern."

Sie entzog sich ihm weiter und merkte überrascht, wie eine leichte Panik in ihr aufstieg. „Freddy, du bist der beste Freund, den ich habe. Verdirb das nicht mit dem Versuch, eine wie auch immer geartete Romanze daraus zu machen."

„Warum nicht?"

„Ich bin auf dem Gebiet eine Katastrophe. Ich habe eine ganz miese Erfolgsbilanz. Du hast selbst gesagt, dass meine Beziehungen alle von Anfang an zum Scheitern verurteilt sind."

„Du wärest großartig, wenn du dir den richtigen Kerl aussuchen würdest." Er küsste sie erneut. Sein Mund war warm und süß, und die Freundlichkeit der Geste ließ ihr Tränen in die Augen steigen.

„Oh, verdammt", sagte er und zog sich zurück. „Jetzt weinst du."

„Tut mir leid. Ich wollte nicht … Gott, Freddy. Ich bin so ein Wrack." Sie hatte nicht wegen Rand Whitney geweint, aber hier stand sie nun, und die Tränen liefen ihr aus den Augen, weil Freddy sie geküsst hatte.

„Ich weiß. Mir geht es genauso. Vielleicht ist das eine Baustelle, an der wir diesen Sommer auch ein wenig arbeiten können." Er ließ sie los.

Sie fühlte sich gleichzeitig erleichtert und seiner Nähe beraubt. Freddy war wundervoll, sie betete ihn an. Aber eine Affäre? Sie wischte sich mit dem Pulloverärmel die Tränen aus dem Gesicht. Unmöglich.

Sie drehte sich von ihm weg und betrachtete das Spiegelbild der Sterne auf der glatten Seeoberfläche. „Wird es zwischen uns jetzt ganz komisch sein, weil wir versucht haben, uns zu küssen, und es nicht funktioniert hat?"

„Wer sagt denn, dass es nicht funktioniert hat?"

Oh Gott. „Freddy, ich …"

„Sei still, Livvy." Er tätschelte ihren Rücken. „Ich mach nur Witze. Ich hab von deiner Seite aus nichts gespürt." Er räusperte sich. „Aber ich hoffe, du verstehst, dass ich es wenigstens probieren musste."

Sie fragte sich, was sie wohl in seinem Gesicht sehen würde, wenn sie den Strahl der Taschenlampe auf ihn richtete. Aber sie war nicht sicher, ob sie es wissen wollte, daher ließ sie die Lampe aus.

Als die Sonne am nächsten Morgen aufging, erwähnten weder Olivia noch Freddy die Vorkommnisse der letzten Nacht. Glücklicherweise gab es auch genug für sie zu tun. Olivia zog sich eine abgeschnittene Jeans, ein Tanktop und ein Sweatshirt an und fasste ihre Haare in einem nachlässigen Pferdeschwanz zusammen. Heute war ein Arbeitstag.

Bei einem Becher Kaffee hielten sie ihre Besprechung ab, genau so, wie sie es auch in der Stadt taten, bevor sie ein neues Projekt angingen. Olivia erstellte Listen, und Freddy machte erste Zeichnungen auf großen Bögen Fleischerpapier. Sie arbeiteten im Speisesaal an einem langen Tisch aus geschrubbter Pinie mit Blick auf den See.

„Das wird einfach unglaublich", sagte sie und stand auf, um ihre gemeinsam entworfene Vision zu bewundern. „Jetzt brauchen wir nur noch einen Bauunternehmer, der die Arbeiten ausführen kann."

Freddy zog ein Stück Papier aus seinem Notizbuch. „Hier ist die Nummer, die ich gestern aufgeschrieben habe, als wir durch den Ort gefahren sind. Davis Construction."

„Ich höre mich mal nach anderen um." Als sie seinen Gesichtsausdruck sah, fügte sie hinzu: „Du weißt schon, um ein paar Vergleichsangebote einzuholen."

„Ich wäre nicht überrascht, wenn er der Einzige hier in der Gegend wäre. Und bei dem Budget, das deine Großmutter dir gegeben hat, müssen wir auch nicht jeden Penny zweimal umdrehen."

„Ich frag trotzdem mal rum", beharrte Olivia. „Wünsch mir Glück."

Sie hatte kein Glück. Hier oben gab es kein Handynetz, und der Festnetzanschluss im Büro war schon vor Jahren abgemeldet worden. Um einen Anruf zu tätigen, musste sie den Weg zur Straße hinunter nehmen und den antiquierten Münzfernsprecher am Pförtnerhäuschen benutzen. Bis sie das alte Büro im Haupthaus wieder instand gesetzt hätten, war das ihr einziges Telefon. Die Frau von der Auskunft bestätigte, dass es nur einen Bauunternehmer in Avalon gab, genau, wie Freddy vorhergesehen hatte.

Sie biss die Zähne zusammen und wählte die Nummer. Wie bei den meisten kleineren Unternehmen bestand der Anrufservice von Davis

Construction aus einer männlichen Stimme, die sagte: „Bitte hinterlassen Sie Ihre Nummer, und ich rufe zurück." Als sie die Nachricht das erste Mal hörte, legte sie auf, ohne etwas zu sagen.

Komm schon, Olivia, feuerte sie sich an. *Die Stimme klingt nicht wirklich wie er. Das konnte er nicht sein. Was sollte er mit einem Bauunternehmen in Avalon, New York?* Und selbst wenn er es war. Sie war eine gestandene Geschäftsfrau. Sie hatte alle naselang mit Bauunternehmern zu tun.

Allerdings hatte keiner von denen sie jemals hyperventilieren lassen, wenn sie seine Nummer wählte. Das war was Neues.

Mit grimmiger Entschlossenheit steckte sie einen weiteren Quarter ins Telefon und wählte die Nummer noch einmal. Und wieder ging nur der Anrufbeantworter an. Dieses Mal hinterließ sie eine eindeutige Nachricht: „Mein Name ist Olivia Bellamy, und ich rufe aus Camp Kioga an. Ich würde mit Ihnen gerne ein ... umfangreiches Renovierungsprojekt besprechen. Wenn Sie daran interessiert sind ..."

„Und, Glück gehabt?", rief Freddy ihr zu.

„Nein. Ich habe eine Nachricht auf dem Anrufbeantworter hinterlassen." Sie sah ihn nirgendwo und folgte seiner Stimme, um ihn zu finden. Er war in dem Lagerraum über dem Speisesaal. Die Galerie dort oben hatte ein beeindruckendes Geländer aus geschälten Baumstämmen, die dringend entstaubt werden mussten.

„Aber hier kann dich doch niemand zurückrufen."

„Ich habe eine Wegbeschreibung draufgesprochen und gesagt, er soll vorbeikommen, wenn er interessiert ist. Wenn bis morgen früh niemand auftaucht, müssen wir uns jemand anderes suchen." Den letzten Satz sagte sie mit einem Hauch Erleichterung in der Stimme. „Was tust du da?"

„Anfangen", erwiderte er einfach. „Ich habe hier oben alle möglichen Schätze gehoben."

„Was denn?"

„Zum Beispiel das Teleskop, von dem du mir erzählt hast." Das war der erste Hinweis auf die letzte Nacht, und Olivia tat so, als hätte sie ihn nicht gehört. Mit einem Mal übte die Sammlung bemalter Paddel, die sonst im Foyer ausgestellt waren, eine wahnsinnige Faszination auf sie aus.

„Und sieh dir die mal an." Freddy ließ etwas Sperriges über die Reling fallen. Ein großes Bündel landete auf dem Boden und wirbelte eine Staubwolke auf.

„Die Flaggen", sagte Olivia nach Luft schnappend. Nachdem der Staub sich etwas gelegt hatte, kniete sie sich hin und packte den alten, brüchigen Stoff aus. Als eine Spinne ihr entgegenkam, sprang sie schnell zur Seite. „Ich glaube nicht, dass es erlaubt ist, sie den Fußboden berühren zu lassen."

„Es gibt die Fünf-Sekunden-Regel", erwiderte er.

„Stimmt." Vorsichtig hob sie das Bündel an und legte es auf einen leeren Tisch. Es waren drei Fahnen: die vom Staat New York, die der Vereinigten Staaten und das Banner vom Camp Kioga. Der dünne Stoff war von Spinnweben und gruselig aussehenden Spinnennestern bedeckt. Sie rollte die Fahnen auf und brachte sie nach draußen zu dem Mülleimer, der morgens als Erstes geliefert worden war.

Allerdings sollte man Flaggen nicht in den Müll werfen. Daran erinnerte sie sich noch aus der Schule. Man sollte sie verbrennen, um ihnen die nötige Ehre zu erweisen – auch wenn Olivia nicht einleuchtete, wieso das ehrenvoller war, als sie in den Müll zu werfen.

Dann hatte sie einen anderen Gedanken. Vor dem Haupthaus standen in einem runden Beet drei Flaggenmasten, stark und nackt wie Bäume im Winter. Der Anblick der drei flatternden Fahnen würde bestimmt schon mal einen ganz anderen Eindruck machen.

Entschieden schlug sie die Fahnen aus. Die Seile an den Masten schienen noch in Ordnung zu sein. Innerhalb weniger Minuten hatte sie die Camp-Kioga-Flagge gehisst, auf der ein kitschiges Tipi an einem See zu sehen war. Dann kam die Staatsflagge mit den beiden Göttinnen, die ein Schild hielten. Zum Schluss folgte auf dem mittleren und höchsten Fahnenmast die Flagge der USA. Sie fühlte sich seltsam tugendhaft und patriotisch, wie sie so an dem Seil zog und leise die Nationalhymne vor sich hin summte. Diese Fahne war eine echte Antiquität, denn sie hatte nur achtundvierzig Sterne. Wie ihre Großeltern hatte sie ein halbes Jahrhundert Geschichte miterlebt – Kriege und die Geburt des Rock 'n' Roll, Katastrophen und Überfluss, soziale Bewegungen und nationale Krisen.

Diese Flagge … hing auf dem Kopf.

In ihrem patriotischen Eifer hatte Olivia sie verkehrt herum gehisst. Eine auf dem Kopf stehende Flagge war ein Zeichen für eine Notlage, und das war ein Eindruck, den sie weiß Gott nicht erwecken wollte.

Sie zog an der anderen Seite des Seils, aber die Rolle schien zu haken. Sie zog noch ein paarmal und verfluchte das dumme Ding, aber es half nicht.

„Eine Leiter", murmelte sie und machte sich auf den Weg zum Geräteschuppen. Sie fand eine, wischte die Spinnweben ab und marschierte zurück zu den Fahnenmasten. Inzwischen hatte die Sonne die Frische des Morgens vertrieben, und Olivia zog ihr Sweatshirt aus. Nach einigen ungeschickten Versuchen gelang es ihr, die Leiter ordentlich an den dünnen Mast zu lehnen. Es war zwar etwas wacklig, aber solange sie sich in der Mitte hielt, ging es.

Auf halber Höhe hörte sie den Wind in den Bäumen und hielt inne, um die Umgebung von diesem erhöhten Aussichtspunkt zu betrachten. Von hier aus konnte sie das gesamte Camp überblicken. Die idyllischen hölzernen Hütten in der Ferne, den in der Sonne glitzernden See und den Wind in den Bäumen. Es war ein majestätischer und etwas einschüchternder Anblick. In diesem Moment wurde ihr klar, dass dieses Projekt viel größer war, als sie es sich je vorgestellt hatte. Es wäre ein Wunder, wenn sie es schaffen würde.

Ich kann das, dachte sie und stieg entschlossen weiter hinauf. *Nana sagt gerne, dass alles aus einem bestimmten Grund geschieht und dass man nicht immer erfährt, aus welchem.*

Olivia kletterte so hoch, wie sie sich traute, und streckte dann den Arm aus. Gerade als sie nach der Rolle greifen wollte, spürte sie, wie die Leiter sich bewegte.

Nein, dachte sie. *Nein.* Aber bevor sie noch ihren Mund öffnen und um Hilfe rufen konnte, fiel die Leiter seitwärts um. Sie klammerte sich an den Mast und zuckte zusammen, als sie die Leiter auf dem Boden aufschlagen hörte.

6. KAPITEL

Connor Davis konnte sich nicht daran erinnern, Olivia Bellamy jemals zuvor getroffen zu haben. Es gab eine ganze Reihe von Bellamys, und in der Vergangenheit hatte er auch einige von ihnen kennengelernt, aber in letzter Zeit nicht. Gott sei Dank. Nervös und überzüchtet, waren die Bellamy-Frauen das menschliche Pendant zu französischen Pudeln. Zumindest die meisten von ihnen.

Trotzdem hatte ihre Nachricht ihn irgendwie fasziniert. Alleine schon die Aussicht auf ein Projekt an sich. Bisher war auf den harten Winter nämlich nur ein äußerst mäßiger Frühling gefolgt. Das Wetter, das die Landschaft in ein wahres Wintermärchen verwandelt hatte, hatte auch die meisten Bauprojekte eingefroren. Ein Ende des finanziellen Engpasses käme ihm jetzt gerade recht. Er hatte ein Dutzend Männer auf seiner Gehaltsliste stehen und nicht genug für sie zu tun.

Da eins seiner Teams mit dem Pick-up unterwegs war, fuhr er mit dem einzigen anderen Fahrzeug, das er besaß, zum Camp Kioga hinauf: mit seiner Harley. Auf jemanden, der seine Situation nicht kannte, wirkte das Motorrad ziemlich extravagant. Aber in Wahrheit hatte er es vor Jahren als Bezahlung von einem Klienten bekommen, der etwas knapp an Bargeld gewesen war.

Connor war dankbar, heute mit der Harley fahren zu können. Es war ein herrlicher Frühlingstag, der das Versprechen mit sich trug, dass der Winter nun endlich vorbei war. Der Himmel wölbte sich wie eine dunkelblaue Schüssel über die Landschaft. Sonnenstrahlen fielen durch die Äste der Bäume und malten goldene Muster auf die gewundene Straße. Es war allerdings noch ein wenig frisch. Zum Glück hatte Connor sich entschieden, die volle Montur anzuziehen: Jacke, Handschuhe, Stiefel, Chaps. Ach, zum Teufel, er konnte es ruhig zugeben: Leute wie die Bellamys schienen ihn mehr zu beachten, wenn er von Kopf bis Fuß in abgewetztes schwarzes Leder gekleidet war.

Er kam nicht mehr oft hier hoch. Niemand außer den ganz entschlossenen Indian-Summer-Guckern tat das. Als Kind jedoch hatte die Straße zum Camp Kioga einer emotionalen Achterbahn geglichen. Jeden Sommer, in dem er hergekommen war, war es das Gleiche gewesen. Er hatte die Reise mit einem von Hoffnung und Möglichkeiten gefüllten Herzen angetreten. Dieses Jahr würde es anders sein. Dieses Jahr würde sein Vater ihn nicht im Stich lassen. Dieses Jahr würde sein Vater ihn nicht demütigen und den Wunsch in ihm wecken, sich in Luft auflösen zu können. Dieses Jahr könnte er einfach nur ein Kind sein, anstatt sich um den Mann zu kümmern, der sich um *ihn* kümmern sollte.

Aber das war lange her. Jetzt war das Camp geschlossen, und an der Grundstücksgrenze stand ein Schild: „Privatgrundstück – Betreten verboten."

Der Bogen über der Auffahrt sah immer noch genauso aus wie früher. Vielleicht ein bisschen verwitterter, vielleicht ein wenig schiefer. Aber er war für die Ewigkeit gebaut worden und schien genauso Teil der Umgebung zu sein wie die Felsen und Bäume.

Die Zeit fiel von ihm ab, als er unter dem Bogen hindurchfuhr. Er war wieder ein Kind, das seinen Seesack umklammerte und schnell zum Eingang lief, in der Hoffnung, dieses Jahr eine gute Hütte zugeteilt zu bekommen.

Die drei Fahnen, die vor dem Haupthaus wehten, sahen ... Connor schob seine Sonnenbrille auf der Nase hoch. Irgendetwas stimmte nicht. An dem höchsten Mast hing die US-Flagge seltsam schief an einer Ecke. Und jemand – ein sehr blonder Jemand in extrem kurzen Shorts – klammerte sich verzweifelt an dem Mast fest.

Connor beschleunigte, und die Harley kündigte dröhnend seine Ankunft an. Das könnte interessant werden.

Camp Kioga – Verhaltensregeln

Der Missbrauch von Alkohol, Tabak und Drogen ist strengstens untersagt.

Bei der Kleiderwahl gelten Anstand und Bescheidenheit. Neckholder-Oberteile, kurze Shorts etc. werden nicht gestattet. Es sind stets Schuhe zu tragen. Die offizielle Kleiderordnung des Camps ist zu beachten.

Radios, Kassettenspieler, Zeitschriften, Comic-Bücher etc. sind Ablenkungen vom Camp. Der Dekan hat das Recht, sie, wenn nötig, zu konfiszieren.

Nach der Sperrstunde darf kein Camper mehr seine Hütte verlassen.

Essen ist in den Hütten zu keiner Zeit erlaubt; es zieht Käfer und andere Tiere an.

Außerhalb der Essenszeiten ist die Campküche tabu.

Die Betten dürfen *nicht* zusammengeschoben werden. Das ist ein Staatsgesetz.

7. KAPITEL

Sommer 1991

In seinem ersten Sommer im Camp Kioga, mitten während der Wasserrettungsübung, erfuhr Connor Davis aus erster Hand, was ein Steifer war. Sicher, die Jungs sprachen andauernd darüber, und eine Morgenlatte war für ihn auch nichts Neues, aber im wachen Zustand und bei vollem Bewusstsein war es … erschreckend. Es hatte nicht mehr als einen Blick auf Gina Palumbo in ihrem roten Badeanzug bedurft, damit sein kleiner Krieger sofort seinen eigenen Kopf durchsetzte. Seine dunkelblauen Schwimmshorts waren auf einmal viel zu eng und sahen aus, als hätte er ein Zelt aufgestellt.

Das Schlimmste allerdings war, dass Connor ihn nicht wieder wegbekam.

Er und eine Gruppe Kinder waren auf den Aussichtsturm hinaufgeschickt worden; eine Plattform, die zehn Meter über der Schwimm- und Sprungzone des Sees thronte. Sie sollten die anderen Schwimmer beobachten, was ein Teil ihrer Ausbildung zum Rettungsschwimmer war. Doch er konnte den Blick nicht von Gina Palumbo abwenden, deren Brüste einen Platz in der Hall of Fame verdient hätten.

Einer der Jungs in seiner Hütte hatte schmutzige Geschichten über sie erzählt. Connor bezweifelte, dass irgendetwas von dem stimmte, was sie angeblich hinter dem Bootshaus oder nachts auf der Schwimmplattform im See tat. Manchmal kam in den Geschichten sogar ein weiteres Mädchen vor, oder ein Deutscher Schäferhund, was einfach nur eklig war. Egal, er hatte nicht einmal an letzte Nacht und die geflüsterten Geschichten gedacht, als er Gina mit zwei ihrer Freundinnen zum Strand hinunterschlendern sah. Nichts hatte ihm ferngelegen. Aber sobald er sie und ihre Freundinnen erblickt hatte, konnte er an nichts anderes mehr denken als an die Gerüchte.

Warum laufen die heißen Mädchen immer in Dreiergruppen herum? fragte er sich und biss sich auf die Unterlippe, um ein Stöhnen zu unterdrücken. Das machte es dreimal so schwer, sie nicht anzustarren. *Platz, Simba.*

Aber es half alles nichts. Auch wenn es eine Regel gab – die von den Mädchen gehasst wurde –, dass sie die einteiligen Einheitsbadeanzüge des Camps tragen mussten, sah Gina immer noch aus wie direkt vom Cover einer Madonna-CD. Der dehnbare Stoff betonte die riesigen Melonen und spannte sich eng um ihre rückwärtigen Kurven.

Es ging das Gerücht, dass man als Junge Gina nicht einmal ansehen sollte. Ihr Vater war einer dieser reichen Mafiabosse, die ihre Handlanger schickten, um einem die Kniescheiben zu brechen, wenn sie Wind davon bekamen, dass man unkeusche Gedanken über ihre Töchter hatte. Wobei unkeusch noch nicht einmal ansatzweise beschrieb, was Connor dachte. Wenn ein Mafiaboss in der Nähe wäre, wäre Connor schon längst Geschichte.

Fordham, der Ausbilder, dröhnte weiter davon, wie man den Schwimmbereich methodisch in einem unsichtbaren Gittermuster absuchen sollte, um ja nichts zu übersehen. Ein guter Rettungsschwimmer sah sofort den Unterschied zwischen normalem Herumalbern und echter Lebensgefahr.

„Also, wo sieht es hier nach Problemen aus?“, fragte Fordham die Gruppe und deutete auf die gut gefüllte Schwimmzone.

In meiner verdammten Badehose, dachte Connor und trat noch ein wenig mehr in den Hintergrund, damit hoffentlich niemand merkte, was mit ihm los war. Sobald man es entdecken würde, bräche die Hölle los. Jungs waren da gnadenlos. Vor ein paar Tagen hatte J. J. Danforth in der Dusche einen Steifen bekommen, und seitdem nannten die Jungs ihn Fahnenmast und salutieren jedes Mal, wenn sie an ihm vorbeikamen.

Geh weg, flehte Connor. Er spürte, wie ihm auf der Stirn und unter den Armen der Schweiß ausbrach. Das war eine weitere komische Veränderung an seinem Körper – schwitzende Achseln. Schwitzende, behaarte Achseln.

Er sah Gina nicht einmal mehr an, aber der Schaden war angerichtet. Er versuchte, sich abzulenken, über Dinge nachzudenken, die ihn nicht erregten.

Wie die Hochzeit seiner Mutter mit ihrem Chef aus dem Club in Buffalo. Oder dass sein neuer Stiefvater Mel wollte, dass Connor den Sommer über verschwand. Oder die Tatsache, dass Connor einen Baby-Bruder in New Orleans hatte, den er nie zu sehen bekam, und einen komplett erbärmlichen Vater, der mit seinen Händen nahezu alles bauen konnte, wenn sie nicht so zittern würden, weil er einen Drink brauchte.

Aber selbst die Gedanken an seine verkorkste Familie halfen nicht. Nichts würde helfen. Ihm war jetzt schwindelig, er fühlte so einen Drang in sich, dass er beinahe nicht atmen konnte. Und – *Mist* – Fordham ging die Liste durch und fragte jeden nach den Sicherheitsvorkehrungen des Aussichtsturms. Plötzlich war alles um ihn herum nur noch Sex. Die runden Löcher der Rettungsringe. Mund-zu-Mund-Beatmung. Auf die Brust eines Opfers drücken. Oh Gott, alles war purer Sex. In einer Sekunde wäre er an der Reihe, und dann würden sie es sehen, und er wäre für den Rest des Sommers ruiniert.

Das konnte er nicht zulassen. Wie ein gefangenes Tier sah er sich um, versuchte, sich auf den Anblick des Sees zu konzentrieren, auf das Camp, die Hütten, die durch ein Netz aus Wegen miteinander verbunden waren, das Haupthaus, wo der weiße Lieferwagen der Sky River Bakery gerade seine tägliche Lieferung ablieferte. Ein bisschen weiter weg sah er inmitten von Bäumen die Bungalows und Häuschen der Betreuer und Angestellten, inklusive seines Vaters, der Connor gesagt hatte, wenn er wisse, was gut für ihn wäre, würde er so tun, als kennten sie sich nicht.

Und Connor hatte seinen Rat befolgt. Bislang wusste nur die dumme Lolly Bellamy davon, und sie redete nicht. Vielleicht war sie also doch gar nicht so dumm. Vielleicht war er der Dumme, mit seiner Badehose, die eine Meile abstand. Er musste weg, und zwar schnell.

Sein Blick heftete sich auf das Sprungbrett. Ihnen war eingebläut worden, es niemals zu benutzen, außer unter Aufsicht oder in einem extremen Notfall, zum Beispiel wenn jemand wirklich dringend Hilfe brauchte.

Also, wenn das hier kein Notfall war, dann wusste Connor auch nicht, was einer sein sollte. Er brauchte wirklich dringend Hilfe.

Da war nur das Problem, dass das Sprungbrett zehn Meter über der Sprungzone war. Also ungefähr in Hochhaushöhe. Okay, vielleicht war es nicht das Empire State Building, aber wenn man von hier aus auf den See hinunterschaute, sah es ewig hoch aus.

Verdammt. Er war gleich dran, und die Situation in seiner Hose hatte sich noch nicht verbessert. Eher war sie noch schlimmer geworden. Er hatte nur noch Sekunden, um sich zu entscheiden. Jetzt handeln oder den Rest des Sommers der Witz der Ticonderoga-Hütte sein.

Das war die entscheidende Botschaft. Ohne weiter darüber nachzudenken, drängte er sich zum Sprungbrett vor. Eine leichte Brise kühlte seinen Körper, während er an den anderen vorbeirannte. Rufe und Warnpfiffe dröhnten in seinen Ohren, als er das Ende des Sprungbretts erreichte, aber er ignorierte sie und lief weiter, auch wenn unter ihm gar nichts mehr war, worauf seine paddelnden Füße Halt finden konnten.

Natürlich machte er keinen Kopfsprung. Wer zum Teufel würde das aus dieser Höhe wagen?

Er vergaß, Angst zu haben, aber erinnerte sich daran, ein Knie anzuziehen – eine Position, die, so hatte man behauptet, seine Kronjuwelen schützen würde. Auch wenn die sich im Moment gar nicht so zerbrechlich anfühlten.

Der Sturz dauerte ewig. Er war ein Fallschirmspringer, der ohne Fallschirm auf die Erde zuraste. Er traf so hart auf dem Wasser auf, dass es in seine Nase drang und seinen Hals nach hinten riss. Er hatte das

Gefühl, sein Kopf würde explodieren. Er rauschte tiefer, tiefer, tiefer, als er dachte, dass der See überhaupt sei. So tief, dass er das Gefühl hatte, es nicht lebend zurück an die Oberfläche zu schaffen.

Dann fühlte er den weichen Sand und die Algen unter seinen Füßen und drückte sich mit aller Kraft nach oben. Er konnte sehen, wie die trübe Dunkelheit langsam heller wurde, und er folgte dem Schein der Sonne über sich. Es schien eine Ewigkeit zu dauern, aber endlich durchbrach er die Wasseroberfläche und holte sofort prustend und spuckend Luft.

Mit diesem Atemzug setzte auch sein Gehirn wieder ein. Jetzt steckte er wirklich im Schlamassel. Er hatte gerade wissentlich eine der Hauptregeln des Camps gebrochen. Sie würden ihm stundenlangen Stubenarrest geben. Schlimmer, sie würden ihn vermutlich rauswerfen. Er war ja nicht mal ein zahlender Kunde. Sie würden ihn in die erbärmliche Hausmeisterhütte seines Vaters schicken, und der Rest seiner Sommernächte wäre angefüllt von dem Knacken beim Öffnen einer Bierdose und seinem Vater, der sich jeden Abend betrank und dann endlos über alles und nichts redete.

Connor schwamm, als wäre ein riesiger Alligator hinter ihm her, und packte den ersten Schwimmer, den er finden konnte. Er wand seinen Arm in dem erlernten Rettungsgriff um das auserwählte Opfer.

„Ganz ruhig", rief er. „Ich hab dich. Ich bringe dich ans Ufer."

Der verdutzte Schwimmer kämpfte wie verrückt, wand sich und kratzte. Mist, dachte Connor. *Von allen Kindern im See musste ich ausgerechnet an Lolly Bellamy geraten.*

„Lass mich los, du Freak. Für wen hältst du dich?"

„Ich bin dein neuer bester Freund", wiederholte er die Worte, die sie einmal zu ihm gesagt hatte.

„Lass mich los", prustete sie erneut, wobei dicke Wassertropfen von ihrer Zahnspange wegspritzten. „Was machst du denn da?"

„Ich rette dich." Er kämpfte sich in Richtung Ufer weiter, wobei er sein Opfer mehr schlecht als recht hinter sich herzog. Mit ihrer Badekappe und der Schwimmbrille sah sie aus wie ein Teletubbie.

„Ich muss nicht gerettet werden." Sie wehrte sich weiter mit größter Entschlossenheit und einer Stärke, die ihn überraschte.

„Dein Pech", sagte er und versuchte, sie zu überwältigen. „Ich mache es trotzdem."

„Du bist verrückt. Jetzt lass mich endlich los, du Irrer."

„Sobald wir am Ufer sind."

Sie war das wahrscheinlich nervtötendste Mädchen im ganzen Camp. Und überhaupt das nervtötendste Mädchen, das er je getroffen hatte. Sie war schrecklich altklug und unerträglich in Dingen, in denen sie gut war, wie Scrabble und Cribbage und Klavierspielen und alle Fahnenregeln auswendig können. Wenn sie hingegen etwas nicht konnte, tat sie so, als wäre es unter ihrem Niveau.

Außer beim Schwimmen. Er sah sie jeden Tag üben. Sie zog ihre Bahnen vom Schwimmdock zum Ufer und zurück, hin und her. Das hatte sie definitiv stärker gemacht. Sie kämpfte die ganze Strecke zum Ufer gegen ihn an, prustete und beschimpfte ihn als verrückt, nannte ihn einen Freak und einen Idioten.

Aber sie tat ihm damit sogar einen Gefallen. Als er endlich am Ufer ankam und sich für seinen Sprung entschuldigen wollte – *ich dachte wirklich, dass sie ertrinkt* –, merkte er, dass Lolly Bellamy für noch etwas gut gewesen war: Sein Steifer war komplett verschwunden.

Camp Kioga – Chroniken, 1941

Camp Kioga ist auf den Prinzipien der Fairness, der Gleichheit, der Wertschätzung harter Arbeit und der Wichtigkeit eines guten Charakters gegründet worden.

8. KAPITEL

„Heilige Scheiße." Connor Davis' ungläubiger Ausruf dröhnte über den Vorplatz. „*Lolly?*"

Okay, dachte Olivia und wischte sich die Hände ab, die vom Klettern auf der Leiter ganz staubig waren. Vielleicht ist es ein wenig befriedigend, den Ausdruck auf seinem Gesicht zu sehen, diese Mischung aus Verwunderung und Verwirrung.

Die nun ordentlich gehissten Flaggen flatterten in der kühlen Morgenbrise, und irgendwo in den Wäldern rief eine Wachtel. Die Zeit schien wie eingefroren, wie irgendwo in den letzten neun Jahren hängen geblieben zu sein. Was wäre es für eine Befriedigung, ihn kurzerhand zu entlassen, ihm zu sagen, dass sie das Projekt seinem Mitbewerber gegeben hätte. Aber sie hatte keinen anderen Bauunternehmer in der Nähe finden können, und es sah auch nicht so aus, als wenn ihr das noch gelingen würde.

Außerdem musste Olivia ehrlich zu sich sein. Das hier war Connor Davis. Warum würde irgendein normales, atmendes Mädchen mit irgendjemand anderem arbeiten wollen?

Er stand tatsächlich vor ihr, in Fleisch und Blut – besser gesagt: in altem Leder und ausgeblichenen Jeans. Er sah immer noch unglaublich gut aus. Nicht auf diese geschniegelte, privilegierte Art wie zum Beispiel ein Rand Whitney. Connor Davis hatte nichts Hübsches. Seine Gesichtszüge waren zu kantig, sein schwarzes Haar etwas zu lang, die stechenden blauen Augen zu intensiv. Er war immer der gefährliche Junge von der falschen Seite der Stadt gewesen und hatte auch immer so ausgesehen. Sie fand seinen Anblick verwirrend, und entsetzt bemerkte sie, dass seine körperliche Nähe ein leichtes Flattern in ihrem Magen auslöste. Sie wollte sich von ihm nicht angezogen fühlen. Er ist ein Mitglied des gleichen Clubs wie Rand Whitney, Richard und Pierce, rief sie sich in Erinnerung. Die vier gehörten einer Bruderschaft an, deren Mitgliederzahl weiter wuchs: Männer, die sie sitzen gelassen hatten. Connor war nur der Erste gewesen – und zugegebenermaßen der Einfallsreichste.

„Kannst du mir kurz mit der Leiter helfen?" Sie brauchte eigentlich keine Hilfe, aber sie war verzweifelt bemüht, ihr inneres Gleichgewicht wiederzuerlangen. Ihn zu sehen war, wie die Erinnerung an einen Albtraum erneut durchzumachen. Wenn sie ihn anschaute, konnte sie immer noch dieselbe verrückte Anziehung spüren, das Gefühl, das sie dazu gebracht hatte, eine Idiotin aus sich zu machen, damals, in diesem einen Sommer.

Er ging ihr nicht zur Hand, sondern schnappte sich die Leiter und trug sie alleine zum Geräteschuppen. Olivia musste sich beeilen, um mit ihm Schritt zu halten.

„Du kannst die Leiter einfach hier gegen das Gebäude lehnen", sagte sie. „Das muss sowieso alles noch ausgeräumt und sauber gemacht werden."

Connor nickte. „Ich muss mich mal ein bisschen frei machen", sagte er. Auf dem Weg zurück zu seiner Harley öffnete er den Reißverschluss seiner Jacke. Die Ketten an seinen Stiefeln klirrten bei jedem Schritt. „Es ist heiß heute."

Sie stand nur da und sah zu, wie er die verschiedenen Schnallen an der Jacke öffnete und die Chaps auszog, die er dann über den Lenker des Motorrads legte. Unter der Jacke kam ein weißes T-Shirt zum Vorschein, das sich eng an seinen Körper schmiegte und seine muskulöse Brust betonte. Seine ebenfalls durchtrainierten Arme waren von der Arbeit an der frischen Luft schon gut gebräunt, obwohl der Sommer noch kaum angefangen hatte. Sie wand den Blick ab, entschlossen, nicht zu interessiert zu erscheinen.

Auf eine perverse Art befriedigte es sie, dass er sie nicht erkannt hatte. Auf der einen Seite war es gut zu wissen, dass sie keine Ähnlichkeit mehr mit dem ungeschickten, übergewichtigen Teenager von früher hatte. Auf der anderen Seite machte es sie wütend, wie angetan er von ihrem neuen Äußeren war. Denn egal, wie sie heutzutage aussah, das unglaublich unsichere Mädchen von damals war nie weit entfernt. Sie war ein Teil von Olivia und lebte direkt unter der hübschen, selbstsicheren Oberfläche.

Nur war sie jetzt älter und zeigte ihre Gefühle nicht mehr so offen. Sie trat einen Schritt zur Seite, um etwas mehr Distanz zwischen ihnen zu schaffen. „Weißt du, seit Jahren hat mich niemand mehr Lolly genannt." Ihre Stimme klang leicht amüsiert, locker, als wenn er einfach ein alter Bekannter wäre und nicht derjenige, der ihr das Herz herausgerissen und es blutend auf dem Boden hatte liegen lassen. „Als ich aufs College gegangen bin, habe ich nur noch meinen richtigen Namen verwendet."

„Ich wusste nicht, dass du eigentlich Olivia heißt."

Es gibt eine ganze Menge, von dem du dir nie die Mühe gemacht hast, es in Erfahrung zu bringen, dachte sie. „Ja, so wurde ich getauft. Olivia Jane Bellamy. Ganz schön hochtrabend, was? Nicht direkt ein Name für ein Kind. Eine meiner Cousinen hat mich immer Lolly genannt. Sie konnte noch nicht richtig sprechen, und Olivia war zu schwer für sie, also wurde Lolly daraus."

„Die Geschichte hast du mir nie erzählt. Als ich jung war, dachte ich, alle reichen Kinder hätten Namen wie Binky und Buffy und Lolly. Aber nachzufragen, wieso das so war, hätte mich nur wieder als Außenseiter dastehen lassen, also habe ich es nie getan."

„Wie bist du in Avalon gelandet?", wollte sie wissen.

„Irgendwo muss ein Mann ja leben."

„Das habe ich nicht gefragt."

„Ich weiß. Nach diesem Sommer ..."

Sie wusste, welchen Sommer er meinte, aber sie ließ es ihn nicht aussprechen – *der Sommer, in dem ich dich zerstört habe.*

„Nach diesem letzten Sommer ist mein Vater sehr ... krank geworden. Es ... es war einfach sinnvoll, hierzubleiben."

„Es tut mir leid, was du durchmachen musstest", sagte sie. Es muss fürchterlich sein, ein Elternteil zu verlieren, dachte sie. Vielleicht sollte sie es ihm sagen, aber die Wörter blieben ihr im Hals stecken.

„Wir haben alle so unsere Probleme."

„Tja, dann ...", sagte sie mit erzwungener Fröhlichkeit. „Wie wäre es, wenn wir uns mal umsehen und ich dir von meinem Projekt erzähle?" Sie war sich durchaus bewusst, dass er Camp Kioga vermutlich genauso gut kannte wie sie. „Wann warst du das letzte Mal hier?"

„Ich komme niemals hierher. Wieso sollte ich?"

Sie nahm an, dass das eine rhetorische Frage war, die keiner Antwort bedurfte. Schnell ging sie voran zur Terrasse am Speisesaal, die sich über den See hinausschob. Die verwitterten Holzstufen knarrten, und das Geländer fühlte sich so wacklig an wie ein loser Zahn. Connor holte ein kleines Notizbuch aus seiner hinteren Hosentasche und machte sich ein paar Notizen. Als sie das Deck erreichten, beschattete Olivia ihre Augen mit einer Hand und hielt nach Freddy und Barkis Ausschau, konnte aber keinen von beiden entdecken. Sie drehte sich zu Connor um und bemerkte erstaunt, wie unverfroren er sie musterte.

„Du starrst mich an", sagte sie und konnte fühlen, wie sein Blick über ihren Körper glitt. Sie versuchte, das Kribbeln, das er dabei hinterließ, zu ignorieren.

„Ja", sagte er nur und lehnte sich lässig gegen das Geländer. „Das tue ich."

Wenigstens gab er es zu. „Lass es lieber", sagte sie.

„Warum?"

Sie verschränkte die Arme. „Weil ich mich dann unwohl fühle."

„Wenn die Blicke eines Mannes dich unwohl fühlen lassen, muss es dir ja ganz schön oft schlecht gehen."

Diese Bemerkung sollte sie vermutlich als Kompliment auffassen, aber seltsamerweise fühlte sie sich überhaupt nicht geschmeichelt. Sie wusste, dass er überlegte, wie zum Teufel aus dieser fetten Kuh, die niemand hatte leiden können, so jemand wie sie geworden war.

„Was hast du vor?", wollte er wissen.

„Ich bin hier, um das Camp wieder instand zu setzen. Meine Großeltern wollen ihren fünfzigsten Hochzeitstag hier feiern." Sie deutete auf den See. „Sie haben auf der Insel geheiratet, unter einem Pavillon, den es heute nicht mehr gibt. Ich habe Zeit bis August, um diesen Ort so herzurichten, dass er hundert Gäste aufnehmen kann."

„Ich kann ihnen nicht verdenken, dass sie diesen Tag groß feiern wollen. Wer ist heutzutage schon noch fünfzig Jahre verheiratet?"

Diese Bemerkung ließ Olivia sehnsüchtig werden. Es war selten, dass sich zwei Menschen über einen so langen Zeitraum liebten. Und er hatte recht, das verdiente eine Feier. Von ihrem momentanen Platz im Leben schien eine eigene goldene Hochzeit ein Ding der Unmöglichkeit zu sein. Wie konnte es passieren, dass sich zwei Menschen ineinander verliebten und auch verliebt blieben, gemeinsam alt wurden und dabei nicht nur ihre Verbindung aufrechterhielten, sondern sie durch all die Triumphe und Tragödien des Lebens stärker und tiefer werden ließen? Sie fragte sich, ob sie jemals so einen Meilenstein feiern könnte, ob sie jemals einen Mann kennenlernen würde, mit dem sie alt werden wollte.

Ihrer bisherigen Erfolgsbilanz nach war das so wahrscheinlich wie ein eigenes Hotel auf dem Mond. Sie warf Connor einen Blick zu; er untersuchte gerade das Geländer auf Holzfäule. Sie sah etwas verräterisch zwischen seinen dunklen Haaren aufblitzen. Ja, sie hatte es sich nicht nur eingebildet, er trug tatsächlich noch den kleinen Silberring im Ohr. Meine Güte, dachte sie. *Er hat den Ohrring behalten.* Sie fragte sich, was das wohl bedeutete. Hatte er es getan, weil er es gut fand, einen Ohrring zu tragen, oder weil sie …

„Ich sehe hier nichts, was mir Sorgen macht", sagte er.

„Dann lass uns zum See hinuntergehen und uns dort einmal umschauen." Sie befahl sich, nicht weiter über den Ohrring nachzudenken und über die Sachen, die vor so vielen Jahren passiert waren. Sachen, die jetzt keine Rolle mehr spielten. Sie ging auf dem Fußweg voran, der vollkommen überwachsen war mit Dornensträuchern, die ihre nackten Beine zerkratzten.

„Lass mich vorgehen", sagte Connor mit einem Blick auf ihre Beine. Er schob sich an ihr vorbei, sodass er die langen, dornigen Äste für sie zur Seite halten konnte.

An jeder Ecke warteten Erinnerungen aus vergangenen Sommern: mitternächtliche Streiche, die strahlende Schönheit der voll erblühten Natur, die Anblicke und Geräusche von Campern, die singend und redend um ein knisterndes Lagerfeuer versammelt saßen. Sie musterte Connor, dessen große, breite Figur einen Weg durch die Wildnis bahnte, und sie fragte sich, welche Erinnerungen der Ort in ihm wohl hervorrief. Erlebte er die glorreichen Tage noch einmal, oder erinnerte er sich an die dunkleren, schwierigeren Zeiten?

Sie zeigte auf das zusammengesackte Bootshaus und das Schwimmdock sowie eine Holzhütte, die ein Stück entfernt am See stand. Es war die komfortabelste Hütte des Camps, in der ursprünglich die Camp-Besitzer gewohnt hatten. Sie hatte fließendes Wasser und konnte das ganze Jahr über benutzt werden. Außerdem hatte sie einen Kamin aus Flusssteinen und einen mit Holz zu befeuernden Herd in der Küche. Im Winter, wenn der Rest des Camps geschlossen war, konnte man mit dem Schneemobil bis vor die Tür fahren; und wenn der Schnee nicht zu hoch war, sogar mit dem Auto. „Das ist die Hütte, die ich speziell für meine Großeltern wiederherrichten will, damit sie im August darin wohnen können", erklärte sie Connor.

„Okay."

„Mein Onkel Greg hat hier einmal Weihnachten verbracht, nachdem ihn seine Frau rausgeschmissen hatte." Sie errötete und wünschte sich, das nicht hinausposaunt zu haben. „Entschuldige", sagte sie. „Zu viel Information, ich weiß."

„Wie kommt es, dass du für die ganze Renovierung verantwortlich bist?", wechselte er diplomatisch geschickt das Thema.

„Tja, du hast vermutlich gedacht, ich würde mein Leben damit verbringen, irgendwo herumzuliegen, Bonbons zu essen und *Town & Country* zu lesen."

„Das habe ich nie gesagt."

„Aber bestimmt gedacht." Sie war es gewohnt, dass die Leute nur geringe Erwartungen an sie hatten.

„Nein", sagte er schlicht. „Ich hatte angenommen, dass du inzwischen verheiratet wärst und deine Zeit damit verbringst, die Kinder zur Vorschule zu fahren."

Das dem nicht so war, lag nicht daran, dass sie es nicht versucht hatte. Aber das würde sie ihm nicht sagen. „Ich bin nicht verheiratet", gab sie zu. „Keine Kinder, kein Haus in den Vororten." Auch wenn sie nicht sicher war, ob sie die Antwort hören wollte, fragte sie: „Und du?"

„Ich habe nie geheiratet." Sein Blick berührte ihren auf eine seltsam intime Art, vor allem wenn man bedachte, dass er einfach nur neben ihr herging. „Ich habe auch keine Freundin."

Das war eine klare Einladung an sie, ihm die gleiche Information zukommen zu lassen. Was sie allerdings nicht tat.

„Wolltest du nicht eigentlich Lehrerin werden?", fragte er weiter.

Vor Überraschung wäre sie beinahe über eine Wurzel gestolpert. Sie konnte nicht glauben, dass er sich an diesen alten Traum von ihr erinnerte. Sie hatte ihn ja selber beinahe schon vergessen. Als sie sich neu erfunden und ihr Leben um die neue Olivia Bellamy herum aufgebaut hatte, war der Wunsch, in einer Schule zu unterrichten, in dem ganzen

Hin und Her untergegangen. „Ich habe eine Firma in Manhattan aufgemacht. Ich bin Immobilien-Aufhübscherin."

Er sah sie verständnislos an.

„Wenn ein Haus oder eine Wohnung verkauft werden soll, ist es mein Job, es so ansprechend wie möglich aussehen zu lassen. Normalerweise gehört es dazu, aufzuräumen, die Wände in frischen Farben zu streichen, die Möbel neu zu arrangieren oder gar neue Möbel zu besorgen."

„Und dafür bezahlen dich die Leute?"

„Du wärst überrascht. Ich zeige dir, was ich meine." Sie ging voran zurück zum Speisesaal, denn sie wusste, der beste Weg, seine Skepsis zu überwinden, war, es ihm zu zeigen. Im Speisesaal stellte sie sich an einen Ecktisch in der Nähe des Fensters. „Hilf mir mal, den anders hinzustellen. Wir wollen ihn so drehen, dass er das einfallende Morgenlicht auffängt." Sie schüttelte eine alte Wachstuchtischdecke aus, die sie in einem Regal gefunden hatte. „Ich versuche, Sachen einzusetzen, die den Besitzern gehören, weil das jedem Haus die nötige Authentizität verleiht. Manchmal miete ich auch Möbel und Accessoires. Diesen Sommer halte ich meine Augen nach geflochtener Weide und Möbeln im Adirondack-Stil offen. Ich besuche viele Flohmärkte und Räumungsverkäufe." Bei dem Gedanken an die antike Tansu-Truhe, die sie für Rands Wohnung gemietet hatte, wurde ihr ein wenig schwer ums Herz. Sie hatte als Sideboard so perfekt ausgesehen.

Sie breitete die Tischdecke ordentlich auf dem Tisch aus und fügte noch ein paar Kleinigkeiten hinzu – ein Einmachglas mit Wildblumen, die sie auf ihrem morgendlichen Spaziergang mit Barkis gepflückt hatte, ein paar Porzellanbecher und karierte Servietten.

„Es ist ein bisschen so wie ein Bühnenbild", erklärte sie Connor. „Ich versuche, mir für jede Immobilie den perfekten Besitzer vorzustellen und erwecke dann seine oder ihre Fantasie zum Leben." Sie faltete die Zeitung von gestern zusammen und legte sie ebenfalls auf den Tisch. „Vor gar nicht langer Zeit habe ich an einem Objekt in Greenburgh gearbeitet und hatte diese Vision, dass ein Spieler der Nicks es kaufen würde. Es hatte vier Meter hohe Decken, und überhaupt war alles an dem Haus überlebensgroß. Also habe ich es so eingerichtet, als wenn es einem erfolgreichen Sportler gehörte."

„Und?"

„Kwami Gilmer hat es noch in der Woche gekauft, in der es auf den Markt kam." Sie kletterte auf einen Stuhl und ließ die Vorhänge herunter. Der Stoff war dünn und brüchig vom Alter, und als sie an der Kordel zog, stieg eine Staubwolke auf und brachte Olivia zum Niesen.

„Vorsichtig“, sagte Connor. „Der Stuhl ist nicht sonderlich stabil.“ Er stand in der Nähe, bereit, sie jederzeit aufzufangen, sollte sie fallen.

Olivia räusperte sich. Sie war sich der Shorts und des Tanktops, das sie trug, nur zu bewusst. „Alles gut. Und danke, aber normalerweise muss ich nicht öfter als einmal am Tag gerettet werden.“ Ganz vorsichtig kletterte sie vom Stuhl herunter und ignorierte seine ritterlich dargebotene Hand. Dann stellte sie den Stuhl wieder ordentlich hin, richtete die Vorhänge und wartete, bis der Staub sich gelegt hatte. Das Arrangement glich jetzt einem Tisch in einem Café mit Blick auf den See. Vintage-Poster, dachte sie. Catskill-Poster aus der guten alten Zeit würden die Sehnsucht nach der Süße längst vergangener Sommer wecken. „Okay“, sagte sie. „Du verstehst, was ich meine?“

„Du entwirfst die Fantasien anderer Leute.“

„Ich schätze, so könnte man es sagen.“

„Wie steht es mit deinen eigenen?“

„Meine Fantasien?“ Sie versuchte, sich nicht zu verschlucken. „Darüber habe ich nie nachgedacht.“

Na, wenn das mal nicht gelogen ist, dachte sie. In ihrem Kopf existierte eine Fantasie, die so strahlend war wie der Himmel über den Bergen. Und die handelte nicht von dem sorgenlosen Luxusleben, das einige ihrer Freunde und Cousinen bevorzugten. Olivia träumte von einem großen Haus mit einer umlaufenden Veranda und knorrigen alten Rosenbüschen, einem Wintergarten und einem Musikzimmer, Keksen, die im alten Ofen buken, und im Garten lachenden und spielenden Kindern. Und natürlich von einem Ehemann. Ein großer, strahlender Mann, der sie herumwirbeln und seine Nase an ihrem Hals vergraben würde, wenn er abends nach Hause käme. Es war seltsam, aber in ihrer Fantasie war dieser Mann niemand Bestimmtes.

Er war einfach nur jemand, der sie liebte. Jemand, der sie nachts in den Armen hielt, sie zum Lachen brachte und sie beschützte. Der an ihrer Seite Zeuge wurde, wie die Jahre vergingen und sie beide alt wurden.

„Also was möchtest du?“, unterbrach Connor ihre Gedanken.

Das Blut schoss ihr in die Wangen, und sie fragte sich, ob man ihr die Sehnsucht, die sie empfand, vom Gesicht ablesen konnte. Dann erst wurde ihr klar, was er wirklich meinte.

„Schauen wir uns mal die Pläne an. Hier muss mehr getan werden, als nur ein wenig aufräumen und die alten Flaggen hissen. Und wir haben nur einen Sommer lang Zeit.“

Die Notizen und Zeichnungen, die sie und Freddy gemacht hatten, lagen auf einem langen Tisch und hingen an einer Wand. „Ein paar Mitglieder meiner Familie werden noch kommen, um zu helfen. Meine Cousine Dare ist eine professionelle Eventplanerin, also wird sie sich um die Feierlichkeiten an sich kümmern. Mein Onkel Greg ist Landschaftsarchitekt, er wird sich des Grundstücks annehmen. Seine Tochter Daisy hat gerade ihr Junior-Jahr in der Highschool fertig. Sie und ihr Bruder Max können tun, was auch immer getan werden muss. Das Ziel ist, dass dieses Camp am Ende so aussieht, wie sich jeder ein Sommercamp vorstellt. Die Art Ort, von dem die Leute träumen …"

„Im Gegensatz zu dem, was das Camp wirklich ist."

„Oh, ein Zyniker", sagte sie. „Ich dachte, du mochtest das Camp."

„Das habe ich auch. Zumindest meistens." Ein kleiner, kaum sichtbarer Muskel zuckte in seinem Kiefer.

Olivia versuchte, seinen Gesichtsausdruck zu deuten, aber sie kannte ihn einfach nicht mehr. „Sollte ich mich lieber nach einem anderen Bauunternehmer umsehen?"

„Das wäre total verrückt von dir."

Sie versuchte, sich von seiner Selbstsicherheit nicht beeindruckt zu geben. „Und warum?"

Er lehnte sich auf dem Stuhl zurück, schlug die langen Beine an den Knöcheln übereinander und hob die Hände hinter den Kopf. „Weil du erstens in einem Radius von fünfzig Meilen niemanden finden wirst. Und weil du zweitens", er lächelte, „mich brauchst und nicht irgendjemand anderen."

„Ich brauch dich. Und woher weißt du das?"

„Weil ich mich an dich erinnere, Lolly. Langsam kommt alles zurück, und ich weiß genau, was du willst."

9. KAPITEL

Das muss ich dir lassen", sagte Olivias Cousine Dare. „Ich hätte nicht gedacht, dass du das durchziehst, aber du tust es."

Die Komplettrenovierung des Camps war in vollem Gange. Genau, wie er gesagt hatte, wusste Connor Davis, was Olivia wollte. Er hatte schweres Gerät und ein erfahrenes Team mitgebracht, und sie hatten schon sichtbare Fortschritte erzielt. Er kannte außerdem jeden Subunternehmer im Bezirk: Installateure, Elektriker, Anstreicher, Dachdecker.

Dare stieg aus dem Mietwagen und betrachtete den Hauptteil des Camps. Ihre Augen strahlten vor Zufriedenheit. In Olivias Augen war Dare immer die etwas ältere, etwas besser angepasste Bellamy gewesen. Die Tochter von Tante Peg und Onkel Clyde war jemand, die es schaffte, das Leben immer einfach und fröhlich aussehen zu lassen. Sie war nur so durchs College gesegelt, hatte mühelos Verabredungen gefunden und dann eine erfolgreiche Karriere als Eventplanerin gestartet. Sie sah aus wie Barbies kleinere, nettere Schwester, und sie kleidete sich mit einer gewissen nachlässigen Eleganz. Es gab so viele Gründe, sie zu beneiden, doch Olivia betete Dare einfach nur an.

„Kommt schon, Jungs, schaut es euch an." Dare schob die Schiebetür des Vans auf, während Onkel Greg auf der Beifahrerseite ausstieg. Er hatte zwei eigene Kinder – den zehnjährigen Max und die siebzehnjährige Daisy. Die beiden waren Olivias jüngste Verwandte, und dass ihre Eltern kurz vor der Scheidung standen, war ein Gefühl, das Olivia nur zu gut nachempfinden konnte.

„Meine Güte", sagte sie und strahlte Max an. „Bist du groß geworden. Ich schätze, jetzt werde ich beim Basketball wohl keine Chance mehr gegen dich haben. Wo ist deine Schwester?"

Daisy tauchte in der Tür des Vans auf. So fröhlich und strahlend wie ihre Namensgeberin, die Gänseblume, lächelte sie Olivia an. Sie war unglaublich hübsch, mit seidigem, blondem Haar und kornblumenblauen Augen. Es war schwer, in ihr das verstörte Mädchen zu sehen, das Greg ihr am Telefon beschrieben hatte, als Olivia ihn angerufen und um Hilfe gebeten hatte. Die Daisy, die er schilderte, hatte Schwierigkeiten in der Schule, schlich sich nachts heimlich aus dem Haus und roch bei ihrer Wiederkehr nach Alkohol und Zigaretten. Seine Daisy hatte genauso große Schwierigkeiten mit der Trennung ihrer Eltern wie Olivia damals.

„Hey, du." Olivia zog das Mädchen in ihre Arme. Sie roch nach Jugend und einem trendigen Parfüm. „Ich bin so froh, dass ihr da seid." Barkis kam auf sie zugerannt, um alle zu begrüßen. Er überschlug sich beinahe vor Freude, als Max sich auf den Boden setzte, um mit ihm zu spielen.

„Was für ein süßer Hund!“, rief Daisy.

„Danke. Ich habe ihn aus dem Tierheim.“

Daisy sah sich auf dem Camp um und schien mit einem Mal überwältigt zu sein. „Das ist es also.“

„Jupp. Du hattest leider nie die Chance, herzukommen, als es noch in Betrieb war.“

„Was werden wir den ganzen Sommer über hier tun? Ich meine, außer es instand zu setzen?“

„Im Speisesaal steht ein Klavier“, sagte Olivia. „Es gibt eine Bücherei und einen Gemeinschaftsraum mit allen Brettspielen, die du dir nur wünschen kannst.“

Sie sah, wie sich Daisys Gesichtsausdruck verfinsterte. „Hast du ihnen nicht erklärt, dass sie den Sommer *analog* verbringen werden?“ Sie stieß ihrem Onkel in die Rippen.

„Doch, aber ich fürchte, sie haben mir nicht geglaubt.“

„Analog bedeutet, kein Fernsehen, kein Internet, kein Mobilfunknetz. Wir haben noch mindestens eine, vielleicht sogar zwei Wochen keinen Telefonanschluss. Sie vertrösten mich schon die ganze Zeit. Aber es gibt einen Radiosender, den man hier empfangen kann – zumindest wenn es windstill ist.“

Die Kinder starrten sie aus weit geöffneten Augen an. „Willkommen im Arbeitslager“, sagte Dare.

Max und Daisy machten sich auf, die Schlafhütten zu erkunden. Olivia und Dare blieben mit ihrem Onkel zurück und organisierten das Gepäck und die mitgebrachten Lebensmittel. Eines der elektrischen Golf-Karts funktionierte noch, und sie nahmen es, um die Koffer in die Hütten zu bringen. Greg war der jüngste Bruder von Olivias Vater, das Baby der Familie. Er war immer der lustige Onkel gewesen, der Streiche gespielt hatte und niemals etwas zu ernst nahm. Jetzt, wo er erwachsen und Vater von zwei Kindern war, nahm Olivia an, dass es nicht mehr so leicht für ihn lief. „Was meinst du, wie lange werden sie durchhalten?“

„Ich habe das Gefühl, dass sie uns überraschen werden. Sie kommen schon klar“, erwiderte er.

Olivia und Dare tauschten einen Blick. „Und du, Onkel Greg?“, fragte Dare. „Kommst du auch klar?“

„Ich brauche diese Zeit mit meinen Kindern.“ Er ballte die Hände zu Fäusten und löste sie wieder. Er war selber wie ein Teenager angezogen, mit Surfer-Shorts und einem bunt bedruckten T-Shirt. Die Baseballkappe trug er mit dem Schirm nach hinten auf dem Kopf. „Eure Tante Sophie … Sie, äh, ihre Pläne für den Sommer stehen immer noch nicht fest. Die Kinder sind von all dem so herumgewirbelt worden. Ich hoffe, dass ihnen der Aufenthalt hier helfen wird, sich nicht mehr so zerrissen zu fühlen."

Der Schmerz in seiner Stimme erschreckte Olivia. „Es tut mir so leid, Onkel Greg."

„Was ist passiert?", wollte Dare wissen.

„Das ist schwer zu sagen. Alles hat sich irgendwie einfach … aufgelöst, und wir waren alle zu beschäftigt, um es zu bemerken. Bis es zu spät war. Zwischen Sophies Arbeit und meiner, den Aktivitäten der Kinder, haben wir … den Kontakt zueinander verloren. Als Sophies Firma ihr einen riesigen Fall in Seattle angeboten hat, hat sie ihn angenommen, auch wenn er ein halbes oder gar ein ganzes Jahr dauern kann. Sie ist aber nicht einfach nur der Arbeit wegen gegangen, und wir alle wissen das."

„Wollt ihr euch für immer trennen?", fragte Dare.

„Offiziell haben wir es noch nicht gesagt. Aber es fühlt sich so an." Er steckte seine Hände in die Hosentaschen.

„Wie kommen Max und Daisy damit zurecht?" Olivia konnte so sehr mitfühlen, was die beiden durchmachten.

„Das ist schwer zu sagen. Sie sprechen nicht darüber."

„Diesen Sommer habt ihr mehr als genug Zeit, um miteinander zu reden", versicherte Olivia ihm. Es war eine besondere Art von Schmerz, die eine zersplitterte Familie überfiel. Sie kannte die Art, wie er sich unter dem Herzen einnistete und einen Schatten auf jeden hoffnungsvollen und glücklichen Augenblick warf. „Können wir irgendetwas tun?"

„Einfach hier zu sein wird uns schon helfen. Gott, ich hoffe es." Der Schleier der Trostlosigkeit vor seinem Gesicht lüftete sich ein wenig. „Wir brauchen diese Zeit. Max sollte lernen, wie man ein Kanu steuert. Er hat auch immer noch nicht seinen ersten Fisch gefangen."

„Dann seid ihr an den richtigen Ort gekommen", bestätigte Dare.

„Wieso hatte ich nur das Glück, zwei so tolle Nichten wie euch zu haben?"

„Du hast es selbst gesagt, reines Glück."

Er packte das ganze Gepäck auf den Golfwagen und setzte sich auf den Fahrersitz. Einen Moment lang sah er so verloren und verzweifelt aus wie ein ausgesetzter Hundewelpe. Dann klangen die Stimmen der Kinder, ihr Lachen und Reden, vom See herauf, und er richtete sich auf, straffte die Schultern, hob den Daumen und fuhr los.

Olivia und Dare machten sich auf in die Küche. Dare hatte sich angeboten, nicht nur die Planung der eigentlichen Feier zu übernehmen, sondern sich auch um die Versorgung aller Gäste während der Zeit, die sie hier im Camp weilen würden, zu kümmern. „Keine Dosenspaghettis mehr", sagte sie und organisierte die Küche mit den Industriemaßen mit wenigen Handgriffen um. „Keine Mandarinorangen in süßem Sirup und keine chinesischen Fertignudeln."

„Da gehen sie hin, meine drei Hauptmahlzeiten", seufzte Olivia gespielt.

Dare inspizierte die gesamte Küche: den begehbaren Kühlschrank, den großen Herd und Grill, die Arbeitsplatten aus Edelstahl und das gesamte Zubehör. Trotz seines fortgeschrittenen Alters funktionierte alles noch tadellos. Die Edelstahlarmaturen und -oberflächen glänzten. Das war Olivias und Freddys zweite Aufgabe nach der Reinigung der Duschräume gewesen. Damit der Rest des Sommers rundlaufen konnte, brauchten sie eine funktionierende Küche. Ein paar leichte Reparaturen und Einbauten durch Connors Leute hatten sie in einen funktionierenden Arbeitsraum verwandelt.

„Nana wird das lieben", sagte Dare. „Dein Bauunternehmer muss ein Gott sein."

„Nein", erwiderte Olivia schnell. „Er sieht nur wie einer aus."

Dare schaute sie forschend an. „Oh, wirklich? Jemand, den ich kennenlernen sollte?"

Olivia zwang sich, den Blick zu erwidern. „Du hast ihn bereits kennengelernt. Vor langer Zeit. Connor Davis."

Dare blieb der Mund offen stehen. Als Cousine, die Olivia am nächsten stand, kannte sie den Herzschmerz, den das unglückliche kleine Mädchen damals wegen Connor erlitten hatte.

„Er ist hier? In Avalon?"

„Ja." Olivia hatte ihn nicht gefragt, wieso er auch nach dem Tod seines Vaters hiergeblieben war. „Es funktioniert ganz gut." Das redete sie sich zumindest jeden Tag ein, und an der Oberfläche stimmte es auch. Sie zeigte Dare die bisher erzielten Fortschritte. Die Staubtücher über den Vitrinen und schweren, loungigen Möbeln im Foyer des Hauptpavillons hatte sie entfernt und Andenken aller Art ausgestellt und aufgehängt. Nun erinnerte der Raum wieder an die vergangene Zeit, die ihren Großeltern noch so im Gedächtnis geblieben war.

„Ist es komisch, ihn nach all der Zeit wiederzusehen?", fragte Dare. Sie weigerte sich, das Thema einfach fallen zu lassen.

„Was glaubst du?"

Dare lachte. „Okay, doofe Frage. Aber ... oh, mein Gott." Ihre Stimme verebbte, als sie aus dem Fenster sah.

Olivia folgte ihrem Blick, um zu sehen, was es da zu seufzen gab. Sie erblickte Freddy, der einen mit Holz gefüllten Handkarren zog.

Der Stadtjunge hatte sich mit erstaunlicher Leichtigkeit dem Campleben angepasst und sah aus, als gehörte er hierher. Die Nachmittagssonne erhellte die blonden Spitzen seiner Haare. Er trug ein Muskelshirt und Malerhosen, deren Bund von dem schweren Werkzeuggürtel heruntergezogen wurde.

Dare leckte sich die Lippen. „Das kann unmöglich Connor Davis sein."

„Nein, das ist Freddy. Ich habe dir von ihm erzählt."

„Das ist *der* Freddy? Der Theatertyp?"

„So nennt er sich selber manchmal noch, ja. Heutzutage ist er aber Bühnenbildner. Seine letzte Produktion wurde überraschend eingestellt, also arbeitet er den Sommer über für mich."

„Oh, Gott", sagte Dare erneut. Dann schien sie sich zu fangen. „Ich mein, er ist echt süß, aber ist er … schwul?"

„Das fragt jeder. Und die Antwort ist: Nein!"

„Und ihr beide …"

„Definitiv auch nein", versicherte Olivia ihr. Sie dachte an ihre erste Nacht hier. Sie hatten bald danach getrennte Hütten bezogen, und jetzt waren die Geschehnisse nur noch eine ferne Erinnerung. „Soweit ich weiß, ist Freddy ungebunden. Komm mit raus, dann kannst du ihn kennenlernen."

Draußen stellte sie die beiden einander vor und beobachtete, wie Freddy und ihre Cousine sofort voneinander angezogen waren. Warum auch nicht? Sie waren beide ganz entzückende Menschen, er mit seinem trendigen metrosexuellen Look und sie mit ihrem übersprudelnden Charme. Sie hatten sogar die passende Größe füreinander, weil sie beide nicht besonders groß waren. Bei Dare und Freddy sahen Dinge wie gegenseitige Anziehung, sich verabreden, ja sogar sich zu verlieben so einfach und natürlich aus, anstatt voller versteckter Gefahren. Olivia beneidete sie um diese Leichtigkeit im Umgang mit dem anderen.

Sie ließ sie einen Augenblick miteinander quatschen, dann warf sie einen Blick auf die Uhr. „Es tut mir leid, dass ich euch unterbrechen muss, aber ich muss ein paar Sachen aus dem Baumarkt in der Stadt abholen. Und hast du nicht einen Termin mit dem Caterer?"

„Worauf du wetten kannst", erwiderte Dare. „Ich liebe es, mich direkt in die Arbeit zu stürzen." Sie schaute Freddy mit einem tragischen Ausdruck im Gesicht an. „Tut mir leid. Wir müssen los. Können wir dir irgendwas aus der Stadt mitbringen? Ich treffe mich erst mit dem Caterer und gehe dann noch in die Sky-River-Bäckerei."

„Wie wäre es mit einem Cannoli?"

„Einem was?"

„Du weißt schon, diese länglichen Teigrollen, die mit dieser weißen Creme gefüllt sind. Wenn du sie nicht probiert hast, weißt du gar nicht, was du verpasst." Er zwinkerte ihr zu.

„Gehen wir." Olivia hakte sich bei Dare unter und marschierte in Richtung Parkplatz. „Gott, ich glaub es nicht."

„Was?", wollte Dare wissen.

„Er baggert dich an."

„Meinst du?"

„Eine längliche Teigrolle, gefüllt mit weißer Creme? Ich bitte dich."

„Gut. Ich hatte gehofft, dass er mich anmachen würde."

Genau wie Olivia. Dare und Freddy waren zwei ihrer liebsten Menschen auf der Welt, und sie freute sich, die Funken zwischen ihnen sprühen zu sehen.

Auf der Fahrt hinunter nach Avalon redeten die beiden Cousinen über alles und nichts. So war es immer zwischen ihnen. Egal, wie viel Zeit vergangen war, sie sprachen miteinander, als wenn sie sich erst gestern zum letzten Mal gesehen hätten. Als sie in Avalon ankamen, hatten sie die gescheiterte Beziehung mit Rand Whitney und Dares inzwischen überwundene Panik, schwanger zu sein, ausgiebig besprochen.

„Eines weiß ich sicher", sagte Dare. „Ich bin noch nicht bereit für Kinder."

Olivia lächelte, obwohl sie eine leichte Schwermut in ihrem Herzen spürte. „Lustig. Ich bin so unglaublich bereit für Kinder. Und zwar für mehr als nur eins."

„Du spinnst doch."

„Nein, ich meine es ehrlich. Es ist total bizarr. Aus dem Blauen heraus habe ich plötzlich diese … Sehnsüchte."

Dare zuckte mit den Schultern. „Mich überfällt höchstens der Drang, kiloweise Schokolade zu essen, aber das heißt nicht, dass es eine gute Idee ist."

Olivia schenkte ihr ein schwaches Lächeln. „Ich sollte mich besser erst einmal darauf konzentrieren, eine erste Verabredung auf die Beine zu stellen."

„Mit Connor Davis", stimmte Dare zu.

„Nicht in diesem Leben." Olivia runzelte die Stirn. „Und vermutlich auch nicht im nächsten. Ich kann gar nicht glauben, dass du das überhaupt vorgeschlagen hast."

„Ihr seid jetzt beide ganz andere Menschen. Vielleicht …"

„… oder vielleicht auch nicht", vollendete Olivia den Satz. Aber warum, fragte sie sich, verspüre ich dann immer so ein schmerzhaftes Sehnen, wenn ich an ihn denke?

Dare hatte die Gabe, zu wissen, wann sie ein Thema besser fallen lassen sollte. Also fuhren sie eine Weile schweigend und betrachteten die Szenerie, die vor den Fensterscheiben vorbeiflog. Der Sommer entfaltete sich in den Bergen mit einer lässigen Extravaganz. Der Waldboden wurde von Schatten liebenden Farnen bedeckt, die Bäume streckten ihre Äste der Sonne über den sanft gerundeten Hügeln entgegen. „Hat sich diese Gegend hier überhaupt verändert?", fragte Dare, als der Ort in Sichtweite kam.

„Nicht so, dass man es bemerken würde", antwortete Olivia. Sie fuhren an einem Maklerbüro vorbei. Das Schild auf dem Bürgersteig war mit dem Namen Alger Estate Properties beschriftet und bot in Brookwood Acres Häuser ab vierhundertfünfzigtausend Dollar an. „Die Immobilienpreise sind gestiegen."

„Also denkst du, dass Nana und Grandpa das Grundstück nach dem Sommer verkaufen?", fragte Dare.

„Das kann ich mir nicht vorstellen. Ich weiß, dass sie es gerne in der Familie behalten würden, wenn es irgendwie möglich ist. Vielleicht übernimmt Onkel Greg es. Er scheint im Moment nicht so recht zu wissen, was er mit sich anfangen soll."

„Ich schätze, er hat genug auf dem Teller, auch ohne sich so ein Objekt an den Fuß zu binden."

„Ich weiß nicht. Ich hatte ausreichend Zeit, mir alles genau anzusehen. Es ist eine Idylle, wie man sie heutzutage nirgendwo mehr findet. Vielleicht sind die Tage als Sommercamp vorbei, aber …" Sie winkte ab und lachte über sich. „Hör mich an. In letzter Zeit muss ich für alles und jedes einen neuen Zweck finden."

„Was wäre der denn in diesem Fall? Ein Konferenzzentrum? Eine Tagungsstätte? Das liegt im Moment schwer im Trend."

„Ich dachte eher an einen Ort für Familien. Du weißt schon, um mal richtig abzuspannen, sich wieder näherzukommen, sich neu kennenzulernen."

Dare lächelte. „Immer noch die alte Idealistin."

„Stimmt."

Als sie auf den Parkplatz von Camelot Catering einbogen, holte Dare eine Mappe heraus. „Kannst du mir einen Gefallen tun und den hier in der Sky-River-Bäckerei abgeben? Die Frau dort wird die Hochzeitstorte machen, und ich habe ihr versprochen, Bilder von der Originaltorte vorbeizubringen."

„Kein Problem. Wir treffen uns dann hier wieder." Olivia schnappte sich die Mappe und überquerte die Straße. Die Sky-River-Bäckerei war nach dem Zweiten Weltkrieg von Immigranten gegründet worden und war seitdem ein gutes Geschäft. Unter dem handgeschriebenen Schild stand: Leo & Helen Majesky, Eigentümer seit 1952. Olivia erinnerte sich, dass der weiße Lieferwagen mit dem gemalten Bild vom Fluss auf der Seite früher die Lieferungen ins Camp gebracht hatte. Ganz schwach hatte sie das Bild eines dunkelhaarigen Mädchens in einem weißen Overall und mit einer weißen Baseballkappe vor Augen, die die Regalwagen mit Brotlaiben in die Küche schob.

Auch wenn die Gerüchte besagten, dass dieses der beste Laden in der Stadt für Kaffee und Kuchen war, hatte Olivia ihn immer gemieden. Sie musste sich von Kuchen fernhalten oder die Folgen auf ihren Hüften mit sich herumtragen.

Das Bimmeln einer Glocke begrüßte sie, als sie die Tür aufstieß. Beinahe wäre sie über die erhöhte Türschwelle gestolpert. Sie konnte sich gerade noch an der Klinke festhalten. Ein handgeschriebenes Schild auf der Tür warnte: „Vorsicht, Stufe."

Olivia kam sich ein wenig tollpatschig vor, schüttelte das Gefühl aber schnell ab. Einen Augenblick später wurde sie beinahe ohnmächtig, als der Duft ihre Nase erreichte. Die Bäckerei roch nach allen leckeren Sünden dieser Welt: frisches Brot und Zimtröllchen, hausgemachte Kuchen und delikate Kolaches, pikante Teigtaschen und der schwindelerregend süße Duft von Donuts. Sie atmete tief ein und genoss den paradiesischen Geruch mit allen Sinnen. Hier komme ich her, wenn ich mal sterbe, dachte sie.

Die Bäckerei war altmodisch eingerichtet, mit Glasvitrinen und einer großen, schweren Kasse aus Messing. An der Wand hinter dem Tresen hingen gerahmte Fotografien und Andenken – eine Dollarnote, ein Gewerbeschein, Zeitungsausschnitte und eine Sammlung von Familienfotos, wie es schien. Ein schläfrig dreinschauender Teenager saß hinter der Kasse und schaute nur ungern vom Sportteil der Zeitung auf. Er hatte glattes, blondes Haar, einen missmutigen Gesichtsausdruck und ein Namensschild, das ihn als Zack Alger auswies.

„Kann ich Ihnen helfen?", fragte er.

„Ich soll hier etwas abgeben. Es geht um eine besondere Bestellung."

„Eine Sekunde." Er verschwand durch eine Tür im hinteren Bereich.

Ein paar Minuten später kam eine junge Frau um die dreißig nach vorne. Sie war attraktiv, mit dunklen Haaren, braunen Augen und vollen Lippen, auf denen jetzt ein Lächeln lag. „Guten Tag", sagte sie. „Wie kann ich Ihnen helfen?"

Olivia hatte flüchtig das Gefühl, die Frau schon einmal gesehen zu haben. Sie musterte das hübsche Gesicht – weiche Haut, hübsche, lebendige Gesichtszüge – und versuchte, sie einzuordnen. Vielleicht waren sie sich damals zu Campzeiten mal begegnet.

Olivia bemerkte, dass die Frau eine Menge Schmuck trug. Das bedeutete vermutlich, dass sie mit der Produktion in der Bäckerei nichts zu tun hatte. Zarte goldene Ringe hingen an ihren Ohren, und sie trug eine silberne Kette mit einem Anhänger. Kein Ehering. „Ich bin Jenny Majesky", stellte sie sich vor.

„Ich bin Olivia Bellamy", sagte Olivia. „Ich soll Ihnen etwas vorbeibringen – Bilder einer Hochzeitstorte."

Jenny strahlte. „Ah, die Spezialanfertigung. Ich habe am Telefon mit jemandem darüber gesprochen."

„Das war meine Cousine Dare. Sie ist die Eventplanerin. Wir hoffen, dass Sie diese Torte für unsere Großeltern nachbacken können. Sie feiern im August ihre goldene Hochzeit." Olivia öffnete die Mappe und enthüllte ein Schwarz-Weiß-Foto von ihren Großeltern an deren Hochzeitstag, wie sie die Torte anschnitten – ein mehrstöckiges Werk, das mit Blüten und Tauben aus Zucker dekoriert war. „Das ist ein Foto meiner Großeltern aus dem Jahr 1956", erklärte Olivia. „Sie haben oben im Camp Kioga geheiratet. Vielleicht kennen Sie sie? Jane und Charles Bellamy."

Ein amüsiertes Lächeln umspielte Jenny Majeskys Mundwinkel. „Ja, ich erinnere mich noch gut an sie. Wie geht es ihnen?"

„Sehr gut. Sie freuen sich auf die große Feier Ende August im Camp."

Jenny nahm das Foto vorsichtig in die Hand. „Sie sehen großartig aus. Wie Filmstars. Und so jung und glücklich. Ich liebe Hochzeitsfotos."

„Sie haben hier auch sehr viele Fotos hängen." Olivia zeigte auf die Fotos an der Wand.

„Oh ja. Meine Großeltern haben diesen Laden in den Fünfzigern aufgebaut."

Olivia betrachtete die Bilder genauer. Eine grinsende Frau, deren geflochtener Zopf wie eine Krone um ihren Kopf gewickelt war; ein Mann in einem Overall; ein junges, schlankes Mädchen und ... Olivia musste zweimal hinsehen. Eines der Fotos kam ihr seltsam bekannt vor. Es zeigte ein lachendes Mädchen in Shorts und T-Shirt, das den Kopf zurückgeworfen hatte und deren dunkles Haar in der Sonne glänzte. Dann fiel ihr ein, wo sie es schon einmal gesehen hatte. Es war das gleiche Bild, das sie zwischen den Sachen ihres Vaters gefunden hatte. Das Bild aus dem Jahr 1977. Nur dass bei dem Bild an der Wand etwas fehlte – der Mann war abgeschnitten worden, sodass nur das Mädchen zu sehen war. Sie schaute von dem Bild zu Jenny Majesky und erkannte eine starke Ähnlichkeit, nur dass Jenny ein kleines, sehr attraktives Grübchen im Kinn hatte.

Olivia fühlte sich seltsam abgetrennt von der Realität. Diese Frau. Jenny Majesky. Sie ... Reiß dich zusammen, Olivia, ermahnte sie sich.

„Miss Bellamy?", fragte Jenny, und Olivia bemerkte erst jetzt das lange Schweigen, das sich zwischen ihnen ausgebreitet hatte.

„Bitte nennen Sie mich Olivia." Sie hatte sich wieder gefasst, auch wenn sie wusste, dass ihre Wangen in einem tiefen, unattraktiven Rot brannten. „Wie auch immer, die Idee hinter der Feier ist, das Camp so herzurichten, wie es vor fünfzig Jahren ausgesehen hat. Dare und ich dachten, dass Sie vielleicht eine Kopie dieser Torte herstellen könnten." Sie drehte das Bild um. Auf die Rückseite hatte jemand per Hand geschrieben: „Torte von Mrs Majesky."

„Das muss meine Großmutter gewesen sein. Helen Majesky."

„Ja, das kann gut sein. Ist Ihre Großmutter inzwischen … in Rente?"

Jenny rettete sie davor, das Unvermeidliche sagen zu müssen. Traurigkeit stahl sich in ihre Augen, als sie antwortete. „Mein Großvater ist vor einigen Jahren gestorben, und meine Großmutter hatte einen Schlaganfall."

„Das tut mir leid."

„Sie ist beeinträchtigt, aber ich wette, dass sie mich und unseren Bäckermeister anleiten kann, wie die Torte damals gemacht war." Jenny lächelte, und wieder beschlich Olivia dieses seltsam vertraute Gefühl, beinahe wie ein Déjà-vu. Oder etwas anderes. Sie ertappte sich dabei, wie sie den Anhänger anstarrte, der an Jennys Kette hing. Er sah genauso aus wie der alte Manschettenknopf, den sie in dem Pokal ihres Vaters gefunden hatte. Ein kleiner, stilisierter Fisch.

„Das wäre wundervoll", sagte Olivia nun etwas nervös. „Dare wird sich freuen, dass sie meinen, es hinzubekommen. Und behalten Sie das Foto ruhig als Referenz. Es ist nur eine Kopie."

„Ich werde es meiner Großmutter zeigen." Jenny strahlte und schloss die Mappe. „Wissen Sie, Zacks Vater, Matthew Alger, könnte eine gute Quelle für nähere Informationen zum Camp sein. Er ist als Kind immer dort gewesen, und später hat er dort auch gearbeitet. Er lebt schon Ewigkeiten in Avalon."

„Das ist ein guter Tipp."

„Danke, dass Sie vorbeigeschaut haben."

Olivia verließ den Laden ein wenig aufgewühlt. Sie erwähnte Dare gegenüber jedoch nichts und war auch auf der Fahrt zurück ins Camp sehr still. Als sie vorfuhren, sahen sie Onkel Greg mit den Kindern und Barkis im Schlepptau die Gegend erkunden. Greg sah aus wie der Rattenfänger von Hameln und führte die Gruppe einmal um den See herum zum Bootshaus und Dock. Max stieß begeisterte Schreie aus. Er schien das alles aufregend zu finden. Sogar Daisy wirkte erwartungsvoll, als sie Steine über das Wasser hüpfen ließ.

„So weit, so gut", sagte Dare.

„Ja, aber sie sind erst einen halben Tag ohne Fernseher, Internet und Handy."

„Ich hab das Fernsehen nie vermisst, wenn ich hier im Camp war", überlegte Dare. „Ich denke, Kinder sind Kinder. Setze sie um ein Lagerfeuer und fange an, ihnen gruselige Geschichten zu erzählen, und sie haben eine tolle Zeit. Wenn man ihnen den Spaß nicht auf dem Silbertablett serviert, finden sie irgendwann selber heraus, wie man ihn sich schafft."

Beladen mit Päckchen, gingen sie ins Haupthaus. „Das sieht nach Ärger aus", murmelte Dare, als sie den Speisesaal betraten. Freddys Entwürfe lagen ausgebreitet auf den Tischen, und einige hingen an der Wand. Vor der Zeichnung einer kleinen Anhöhe standen sich Freddy und Connor gegenüber und starrten sich in die Augen.

Dare senkte ihre Stimme noch weiter. „Meine Güte", sagte sie, während sie ihren Blick über Connor schweifen ließ: von seinen schulterlangen Haaren bis zu seinen ausgetretenen Arbeitsstiefeln. „Das ist doch Conan der Barbar."

„Hey Jungs", rief Olivia fröhlich und ignorierte die grimmigen Mienen. „Was ist los?"

„Ich kündige, das ist los", gab Freddy kurz angebunden zurück. Dabei starrte er Connor weiter aus glühenden Augen an.

Sie hatten sich von Anfang an nicht leiden können, und Olivia vermutete, den Grund dafür zu kennen. Sie waren wie zwei aggressive Hunde, die ihr Territorium markierten.

„Du kannst nicht kündigen", erwiderte sie. „Du brauchst den Job, und ich brauche dich."

„Erzähl ihm das." Mit einer Geste seines Kopfs zeigte Freddy auf Connor.

Ganz ruhig sagte Olivia nur: „Ihn brauche ich auch."

Genauso ruhig erwiderte Connor: „Es scheint, dass wir beide nur exklusiv zu haben sind."

„Kommt schon", sagte Olivia. „Ihr seid aus ganz unterschiedlichen Gründen hier. Ich brauche euch beide. Also, was ist los?"

„Das habe ich doch schon gesagt. Ich höre auf. Meine Vision für den kleinen Pavillon hat er bereits ruiniert." Freddy zeigte mit einer fahrigen Geste auf seine Pläne. Dann schob er sich an Olivia vorbei und verließ den Raum.

„Ich geh schon", sagte Dare und tätschelte Olivias Arm.

10. KAPITEL

Connor war froh, den nervigen Spinner eine Zeit lang los zu sein. Freddy, mit seiner Stadtfrisur und den Zweihundert-Dollar-Jeans.

Olivia schien nicht zu bemerken, dass er nur Millimeter davon entfernt gewesen war, Freddys hübsches Gesicht neu zu arrangieren. Vermutlich war sie es gewohnt, mit so weibischen Kerlen zusammenzuarbeiten, die einen hysterischen Anfall bekamen, wenn jemand sich in ihre „Vision“ einmischte. Interessiert betrachtete sie die Zeichnung von Freddys leicht erhöht stehendem Pavillon, auf der mit wasserfestem Stift Connors Änderungen eingezeichnet waren. Ohne sich umzudrehen, sagte sie: „Ich nehme an, dir hat Freddys Vorschlag nicht gefallen?“

„Er ist nicht stabil. Beim ersten scharfen Windstoß würde uns das Ding davonwehen. Ich meine, er ist Bühnenbildner, um Himmels willen. Ich baue Sachen, die eine Weile Bestand haben.“

Sie dachte kurz nach, wobei sie mit dem Finger gegen ihre volle Unterlippe tippte – eine Geste, die Connor kurzfristig aus der Fassung brachte. „Wir nehmen dein Design, weil wir nicht wollen, dass es uns weggeweht wird. Aber tu mir einen Gefallen und versuche, mit Freddy klarzukommen. Er ist wichtig für mich.“

Wie wichtig? lag es Connor schon auf den Lippen, aber er biss die Zähne zusammen und nickte nur. Es war egal. Oder das sollte es zumindest sein.

Gemeinsam gingen sie raus, um nach den Mitarbeiterhütten am anderen Ende des Grundstücks zu sehen. Hier war bisher noch gar nichts gemacht worden. In diesen Unterkünften hatten die Helfer gewohnt, wenn das Camp geöffnet hatte. Es war eine Reihe einfacher Hütten, Heimat der Geschirrspüler und Gärtner, der Sicherheitsleute und Arbeiter. Und natürlich war auch der Hausmeister hier untergebracht gewesen, Terry Davis, der das ganze Jahr über im Camp gelebt hatte.

Der Anblick der Bungalows hatte einen seltsamen Effekt auf Connor. Er verlangsamte seinen Schritt, als ob sich etwas in ihm weigerte, weiterzugehen. Er wollte nicht hier sein. Hier gab es zu viele Erinnerungen an Dunkelheit, Erniedrigung und Verzweiflung.

Olivia hatte natürlich keine Ahnung von seinen Gedanken, als sie eifrig an ihrer Liste schrieb, die auf einem Klemmbrett steckte. Energisch ging sie auf den ersten Bungalow zu und die drei Stufen zur Tür hinauf. „Wir sollten diese Gebäude alle überprüfen und gucken, was an ihnen getan werden muss.“

Er blieb, wo er war. *Nein.*

Die Fliegengittertür quietschte in den Angeln, als Olivia sie aufmachte und dann mit dem Hauptschlüssel die Eingangstür aufschloss. „Ganz schön stickig hier drinnen." Sie drehte sich zu ihm um. „Kommst du?"

Mein Gott. Wusste sie denn nicht mehr, dass das der Bungalow war, in dem sein Vater gewohnt hatte?

Offensichtlich nicht. Connor zwang sich, sich zu bewegen, die Stufen hinaufzugehen, die Veranda zu überqueren und an Olivia vorbei die stickige Stube zu betreten. Sofort stürzten die Erinnerungen in albtraumhaften Bildern auf ihn ein. Da war der Kühlschrank, der meist nicht mehr als ein Stück Fleischwurst und ein paar Dosen Bier enthalten hatte. Das kaputte Sofa war nicht mehr da, aber ein helles Rechteck auf dem Linoleumfußboden zeigte an, wo es einmal gestanden hatte. Ohne es zu wollen, konnte er seinen Vater bewusstlos auf den grauen Kissen liegen sehen, ein Dutzend oder mehr leere Bierdosen vor sich auf dem Fußboden aufgereiht.

„Stimmt irgendetwas nicht?", fragte Olivia mit gespielter Unschuld. „Du bist heute so unleidlich."

„Was zum Teufel glaubst du, wie ich mich sonst fühlen sollte?"

Sie zuckte unter seinem Ton zusammen und trat einen Schritt zurück. „Lass mal sehen, vielleicht wie ein Bauunternehmer?"

Ihre Verwirrung brachte Connor auf den Boden zurück. Zu glauben, dass sie sich daran erinnerte, wer in diesem speziellen Bungalow gewohnt hatte, und anzunehmen, dass sie sensibel mit dem Effekt, den es auf ihn hatte, umgehen würde, war wirklich etwas weit hergeholt. Und doch hatte er irgendwie gedacht, dass er ihr wichtig genug war, um solch einen Gedankengang zu rechtfertigen.

Andererseits wusste sie vielleicht genau, was sie tat. Vielleicht sollte diese kleine geführte Tour eine Ermahnung an ihn sein, die ihm sagte: *Sieh genau hin, das hier bist du. Deshalb bin ich damals von dir gegangen und habe mich nicht einmal mehr umgedreht.*

„Stimmt", sagte er. „Ich bin der Bauunternehmer."

Die Falten auf ihrer Stirn wurden noch tiefer. „Also, wenn du willst, dass ich mit Freddy rede, kann ich das gerne tun, aber …"

Er stieß ein bitteres Lachen aus und fuhr sich mit der Hand durchs Haar. „Tu das, Olivia. Sprich mit Freddy."

Sie trat noch einen Schritt zur Seite, verwirrter als zuvor, und ging durch den Durchgang in die Küche, die leer war bis auf einen alten Kalender, der an der Wand hing und dessen Bilder bis zur Unkenntlichkeit verblasst waren. Sogar von hier aus konnte Connor in einigen Kästchen die zittrige Schrift seines Vaters erkennen. Bis zu seinem letzten Tag als Alkoholiker hatte Terry Davis immer versucht, normal zu funktionieren. Er war kein schlechter Mensch und auch kein schlechter Betrunkener. Er hatte nie seine Hand oder Stimme gegen Connor erhoben. Irgendwie wäre es einfacher für Connor, wenn sein Vater ihn geschlagen hätte. Dann hätte er ihn wenigstens hassen und aufhören können, sich zu wünschen, er würde endlich mit dem Trinken aufhören. Vielleicht wäre Connor dann in jener Nacht vor neun Jahren einfach weggegangen, anstatt sich zu opfern, um seinen Vater zu beschützen.

Olivia schaute sich um, öffnete hier einen Schrank und da eine Schublade. Irgendwann wurde ihr dann klar, wo sie war. Connor sah genau, wann sie zwei und zwei zusammenzählte. Irgendetwas, was auf dem verblassten, vergilbten Kalender stand, gab ihr den entscheidenden Hinweis. Sie drehte sich zu ihm um und legte ihr Klemmbrett auf die Arbeitsplatte. „Oh, Gott. Connor. Mir war nicht bewusst … Warum hast du nichts gesagt?“

„Was gesagt?“, fragte er mit neutraler Stimme. Dass das hier der Ort war, an dem er einige der schmerzhaftesten Stunden seiner Jugend verbracht hatte? Dass sein hilfloser, gebrochener Vater diese Hütte immer noch heimsuchte wie ein Geist?

„Es tut mir so leid.“ Sie durchquerte den Raum und nahm eine seiner Hände zwischen ihre. „Ich hatte wirklich keine Ahnung, dass das hier das Haus deines Vaters ist, das schwöre ich.“ Ihre Berührung war zart und gleichzeitig seltsam gefühlvoll.

Das hatte er nicht erwartet. Mitgefühl und sogar Verständnis. Jetzt erst wurde ihm klar, dass sie es wirklich nicht hatte wissen können. Als Jugendlicher hatte er große Anstrengungen unternommen, um sich von seinem Vater zu distanzieren, die Familiengeheimnisse zu bewahren, wie es alle guten Söhne von Alkoholikern versuchten.

Er schaute auf ihre miteinander verbundenen Hände hinunter. Ihre weich und seine rau. Dann schaute er sie direkt an. Seitdem er sie das letzte Mal gesehen hatte, hatte sie die lustige, ungeschickte, kluge Lolly effektiv verbannt, die er mal gekannt hatte. Die, in die er sich verliebt hatte. An ihre Stelle war eine schöne Fremde mit kühl blickenden Augen getreten, selbstsicher und erfolgreich. Doch in dem Moment, wo sie verstanden hatte, was mit ihm los war, war das Mitgefühl sofort wieder da.

„Bitte verzeih mir, Connor“, flüsterte sie. „Bitte.“

Sehr vorsichtig, ohne den Blick abzuwenden, befreite er seine Hand. Im gleichen Moment verflog sein Ärger. Alleine in ihre Augen zu schauen ließ sein Herz leichter werden. Sie war der einzige Mensch, der je diesen Effekt auf ihn gehabt hatte. „Da gibt es nichts zu verzeihen, Lolly.“

Sie stieß einen Seufzer aus. „Wirklich? Du wirst trotzdem weiter für mich arbeiten?"

„Klar. Alles andere scheint eine Spezialität deines Freundes Freddy zu sein."

„Es ist nur so, dass er wirklich mit Leidenschaft an seinen Entwürfen hängt. Ich, äh, ich brauche ihn, Connor. Er ist mit mir hierhergekommen, nachdem etwas … nachdem ich eine ziemlich schlimme Zeit durchgemacht hatte, und … ich brauche ihn", wiederholte sie.

Er hatte keine Ahnung, was er davon halten sollte. Eine schlimme Zeit? Er wartete, aber sie gab ihm keine weitere Erklärung. „Wir schaffen das schon", versicherte er ihr. „Und ich versuche, nett zu deinem Jungen zu sein."

„Freddy ist nicht mein Junge."

„Ist er eine Sie?"

Sie lachte und schüttelte den Kopf. „Du hast dich nicht sehr verändert", sagte sie.

„Du schon."

„Nicht so sehr, wie man meint." Wieder führte sie das nicht weiter aus, sondern nahm sich ihr Klemmbrett und verließ die Hütte.

Als Connor sie dabei beobachtete, wie sie den Bungalow abschloss, hatte er das seltsame Gefühl, etwas Falsches gesagt zu haben. Okay, dachte er. *Offensichtlich funktioniert unser Arrangement besser, wenn wir auf der unpersönlichen Ebene bleiben.*

Das war jedoch nicht möglich, wie er schnell feststellte. Durch ihre Arbeit hatten sie täglich miteinander zu tun, und es dabei auf das rein Berufliche zu beschränken funktionierte für sie einfach nicht. Sie konnten weder leugnen, was sie einander einmal bedeutet hatten, noch die gemeinsame Vergangenheit ignorieren.

Wie die Generäle in einer Schlacht hatten sie die verschiedenen Aufgaben auf die Helfer unterteilt. Jeder hatte einen Job, sogar Max. Er und seine Schwester waren dafür zuständig, das große Ponton-Boot auf Vordermann zu bringen, damit es für den Transport der Gäste zu und von der Insel im See eingesetzt werden konnte.

Connor hörte zu und machte sich Notizen, aber er ließ sich oft durch Olivia ablenken, diese selbstbewusste Sexbombe, die ihm gleichzeitig fremd und doch so vertraut war. Sie roch nach frischen Blumen, und er wollte sein Gesicht in ihrem glänzenden Haar vergraben. *Platz, Simba.* Er versuchte, sich wieder auf die Unterhaltung über den Pavillon, das Haupthaus, die Außengebäude und die Infrastruktur zu konzentrieren. Die meiste Zeit fand er es auf verstörende Art angenehm, Seite an Seite mit ihr zu arbeiten. Manchmal bemerkte er, wie sie ihn still musterte. So wie jetzt. Sie schien in Gedanken verloren, so wie sie die Arme auf den Arbeitstisch stützte und ihn ansah.

„Was?", fragte er.

„Ich habe vergessen, worüber wir gesprochen haben."

Er liebte es, wenn sie solche Sachen sagte. Es erinnerte ihn an die alte Lolly, die geradeheraus und ein wenig ungeschickt war. „Dann lass uns über etwas anderes reden", schlug er vor.

Sie sagte eine Weile nichts, sondern sah ihn nur weiter an. Ganz kurz biss sie sich auf die Unterlippe, dann wandte sie den Blick ab. „Kennst du Jenny Majesky von der Bäckerei?"

„Ich weiß, wer sie ist. Wieso?" Er versuchte, Olivias Gesichtsausdruck zu deuten, aber er konnte es nicht. Nicht mehr.

„Ich habe sie vor ein paar Tagen getroffen. Sie ... Also weißt du nichts über ihre Familie?"

„Ihre Großeltern haben seit Ewigkeiten die Bäckerei der Stadt. Vor ein paar Jahren gab es einen Zusammenschluss mit einem größeren Betrieb drüben in Kingston. Ich glaube, das passierte unter Jennys Leitung, aber ich bin sicher, dass sie es dir selber erzählen würde, wenn du sie fragst."

Sie stand auf und goss sich ein Glas Tee ein. „Tut mir leid. Ich klinge bestimmt schrecklich neugierig."

„Nein, nur ganz normal neugierig." Er grinste.

„Ich bin überrascht, dass du sie nicht besser kennst."

„Warum?"

Sie errötete und sah für eine Sekunde wieder aus wie das Kind, das er gekannt hatte. „Na ja, in einer so kleinen Stadt ... Ich dachte, dass du bestimmt mal mit ihr ausgegangen bist."

„Nein." Mehr würde er dazu nicht sagen.

„Du warst derjenige, der die Welt sehen, niemals mehr als eine Nacht am gleichen Ort verbringen wollte. Was ist aus diesen Plänen geworden?"

„Ich habe es gemacht", sagte er. „Zumindest eine Zeit lang."

Sie setzte sich ihm gegenüber. „Wirklich? Wo bist du überall gewesen?"

Er sah sie schweigend an. Meine Güte, es war kein Geheimnis. Aber er fühlte sich nicht danach, noch mehr Fragen zu beantworten.

Sie bemerkte, dass er nicht antworten würde, und wechselte das Thema. „Du hast deinen Ohrring behalten."

Er berührte den kleinen Silberring. „Hm-mh." Verdammt, sie musste doch wissen, wieso. Oder nicht? Jetzt war er an der Reihe. „Du hast deinen Hund Barkis genannt."

Sie verschränkte die Arme. Vielleicht als Schutz? Doch anstatt einen Schild zu bilden, betonte die Geste nur ihre weiblichen Kurven. „Das ist ein hervorragender Name für einen Hund."

„Ja. Sicher." Er lächelte, weil er annahm, dass sie den Namen aus den gleichen Gründen gewählt hatte, aus denen er seinen Ohrring behielt. Es war Teil ihrer gemeinsamen Geschichte. Für den Moment ließ er das Thema ruhen. Er stand auf und ging zu dem Podium, auf dem die Musiker gespielt hatten, damals, als es noch Livemusik gegeben hatte. Ein kleiner Flügel stand immer noch darauf, verborgen unter einem gefütterten Kunststoffüberzug, der mit Reißverschlüssen geschlossen wurde.

Er öffnete den Überzug und nahm ihn ab. „Wie stehen die Chancen, dass er noch funktioniert?"

„Ich werde den Klavierstimmer so schnell wie möglich herholen. Wir brauchen auf jeden Fall ein funktionierendes Klavier. Je eher, desto besser."

Sie trat zu ihm und klappte den Deckel auf. Eine Maus rannte heraus. Zumindest nahm er an, dass es eine Maus war. Aber das Vieh rannte so schnell, dass er es nicht mit Sicherheit sagen konnte. Er erwartete, dass Olivia das tun würde, was die meisten Frauen in so einem Fall täten: schreien, als wenn es sich um einen bewaffneten Raubüberfall handelte. Stattdessen ging sie jedoch nur zur Glastür und öffnete sie, sodass die panische Maus davonflitzen konnte.

Dann kehrte Olivia zu ihm zurück. „Mein Gott. Wie habe ich nur jemals denken können, es bis zum Ende des Sommers zu schaffen?"

„Zusammen packen wir das."

Sie ging vor ihm die Treppen zum Podium hinauf und gewährte ihm dabei einen hervorragenden Blick auf ihren Hintern. War das der natürliche Schwung ihrer Hüften, oder übertrieb sie es seinetwegen ein bisschen? Er konnte es nicht sagen, aber es war auch egal, denn es funktionierte. Da war etwas an der Art, wie das Licht der Nachmittagssonne durch die Fenster fiel und sie in einen sanften, goldenen Schimmer hüllte. Sie hatte ihre Jeans bis zur halben Wade aufgerollt, dazu trug sie eine ärmellose, roséfarbene Bluse und schlichte weiße Turnschuhe. Mit einem Mal überwältigte ihn der Drang, sie zu berühren. Sie nicht nur zufällig im Vorbeigehen zu streifen wie irgendein Loser in einem Edith-Wharton-Roman, sondern sie wirklich anzufassen.

„... war immer die Letzte, die ausgewählt wurde", sagte sie, und ihm fiel auf, dass er kaum ein Wort gehört hatte.

Er tat so, als wäre er ganz fasziniert von einem verschnörkelten hölzernen Notenständer. „Tut mir leid, was war?"

„Ist egal. Ich bin gerade nur noch einmal die entscheidenden Momente meiner Jugend durchgegangen." Sie lachte, als sie seinen Gesichtsausdruck sah. „Ich mach nur Witze. Ich habe über meine liebevollen Erinnerungen an die Tanzstunden im Camp gesprochen."

„Mir hat der Tanzunterricht gefallen."

Sie schnaubte. „Das sieht dir ähnlich."

„Ich fand ihn auf seltsame Art unterhaltend."

„Das überrascht mich nicht. Du hast auch immer den Talentwettbewerb gewonnen, du Angeber."

„Warum sollte man daran teilnehmen, wenn man nicht gewinnen will?"

Sie betrachtete ihn einen Augenblick, den Blick verschleiert von Erinnerungen. „Singst du noch?"

„Ständig."

„Vielleicht kannst du auf der Feier singen?" Sie strahlte ihn an.

Was das Stichwort gewesen wäre, ihr zu sagen, dass er nicht eingeladen war – und auch gar nicht eingeladen werden wollte. „Spielst du immer noch Klavier?"

„Fast nie."

Das war seltsam. Oder vielleicht auch nicht. Fakt war, dass er Musik in seinem Leben brauchte – er musste singen, so wie er atmen musste. Es war für ihn überlebenswichtig.

Miss Olivia Bellamy hingegen hatte in ihrem Leben offensichtlich ausreichend Erfüllung gefunden und musste die leeren Stellen in ihrem Innern nicht mehr mit Lärm und Licht füllen.

„Das überrascht mich", sagte er. „Du warst doch immer mit großer Begeisterung dabei."

„Es war eines der wenigen Dinge, die ich besser konnte als andere Kinder." Sie öffnete den Flügel und hustete, als der Staub aufstieg. „Heute muss ich mich nicht mehr konstant beweisen."

„Vielleicht hast du das nie gemusst."

„Du hast leicht reden, mit all deinen Siegen. Du hast immer den Quadrathalon gewonnen, und die Talentshow. Du warst so ein Streber."

„Nein, nur ehrgeizig", korrigierte er sie. „Und außerdem erinnere ich mich nicht daran."

„Was, dass du immer gewonnen hast?" Sie schüttelte grinsend den Kopf. „Ist das mit der Zeit nicht langweilig geworden?"

„Ja, sicher."

„Die Mädels in meiner Hütte sind immer die halbe Nacht aufgeblieben, um Pläne zu schmieden, wie sie es anstellen konnten, beim Tanzwettbewerb deine Partnerin zu sein."

Da musste er lachen. „Auf gar keinen Fall."

„Hah. Erinnerst du dich an Gina Palumbo?"

„Nein." Ehrlich gesagt hatte er seine Jungfräulichkeit an sie verloren, in seinem dritten und letzten Jahr als Camper, in dem Sommer nach der achten Klasse. Sie war sexy und Furcht einflößend und unglaublich aufregend.

„Gina hat jedem in meiner Hütte erzählt, dass du ihr jeden Tanz des Sommers versprochen hättest."

Was er vermutlich getan hatte. „Ach, wirklich?"

Olivia nickte. „Ich endete immer bei irgendeinem anderen Mädchen oder einem der Betreuer, der Mitleid mit mir hatte."

Er sah sie an, wie sie da im Licht der Nachmittagssonne stand, die Haare so weich und das Lächeln ein wenig schüchtern. Dann nahm er die Fernbedienung für die iPod-Dockingstation in die Hand und scrollte, bis er „Lying Awake" fand, einen alten Hit aus den Sechzigern von Nina Simone. „Okay. Ich habe auch Mitleid mit dir", sagte er. „Tanz mit mir."

„Ich habe das nicht gesagt, damit du …"

„Egal." Er nahm sie in die Arme. Es war eine Weile her, aber er wusste sofort wieder, die richtige Tanzhaltung einzunehmen. Sie passte perfekt zu ihm, auch wenn er spürte, wie sie sich zurückzog, ihm Widerstand leistete.

„Hey", sagte sie.

„Was?"

„Ich habe den Tanzabend so sehr gehasst. Jedes Jahr habe ich meine Eltern angefleht, ihn vom Plan zu nehmen."

„So schlimm war es doch gar nicht."

„Für dich vielleicht nicht. Für mich war es eine Qual. Ich zucke bei dem Gedanken daran immer noch zusammen. Die Partnerwahl war für mich immer die reinste Tortur."

„Weißt du, dafür, dass du so ein gequältes Kind warst, ist eine ganz schön normale, gut angepasste Erwachsene aus dir geworden."

„Danke."

„Um nicht zu sagen, eine ganz schön heiße Nummer."

„Schön. Dann sag es nicht. Aber jetzt mal ehrlich, wir haben eine ganze Menge Arbeit zu erledigen, also sollten wir vielleicht …"

„Halt den Mund und tanz, Lolly. Dann zeige ich dir, warum ich immer gewonnen habe." Zusätzlich zu der klassischen Haltung hatte er noch eine Reihe anderer Tricks auf Lager. Den Augenkontakt, den Blick, der sagte: „Ich wünschte, wir wären nackt." Tanzen hatte viel damit zu tun, gut vortäuschen zu können. Nur dass er im Moment nichts vortäuschen musste. Ihm gefiel es, in Olivias Augen zu schauen. Und er wünschte sich wirklich, dass sie nackt wären.

Sie hatte die Arme um seinen Hals geschlungen und zitterte. Was gut war, denn so merkte sie vielleicht nicht, dass Connor ebenfalls zitterte. Er fühlte ihren warmen, weichen Körper an seinem, atmete den Duft ihrer Haut ein, und es durchfuhr ihn wie ein Stromschlag. Auch wenn es ein langsamer Tanz war, ging ihr Atem schnell, sog sie kleine, panische Atemzüge ein. Ihr Mund war nur wenige Millimeter von seinem entfernt, und sie hatte die Lippen halb geöffnet.

Connor wollte sie so sehr küssen, dass es wehtat. Und noch bevor ihre Lippen sich trafen, hatte sie diesen Gesichtsausdruck, als würden sie sich bereits küssen – die Augen geschlossen, die Lippen geöffnet … oh Gott. „Lolly …"

Eine Tür schlug gegen eine Wand, und Freddy kam in den Saal. „Na, arbeitet ihr schwer, Kinder?"

Sie sprangen auseinander, und er konnte sehen, wie Olivia das Blut in die Wangen schoss. Connor grinste Freddy an. „Ach, so schwer war das gar nicht. Aber ich muss jetzt los." Er ging auf den Vorplatz, wo seine Harley stand, und bemerkte erstaunt, dass Olivia ihm folgte. Langsam zog er seine Motorradklamotten an, wobei er sie die ganze Zeit im Auge behielt.

„Was?", fragte sie.

„Ich habe nichts gesagt."

„Du hast mich angestarrt."

„Das tue ich immer noch." Er ließ ein Lächeln aufblitzen.

„Mir wäre es lieber, wenn du das nicht tätest."

Er schaute sie noch einen Moment länger an. Als sie errötete, sah sie jünger und verletzlicher aus und mehr so wie das Mädchen, das er einst gekannt hatte. „Denkst du jemals noch an uns, Lolly?", fragte er. „Daran, wie wir einmal waren?"

Die Färbung ihrer Wange vertiefte sich noch ein wenig. „Nein", sagte sie energisch. „Nicht mehr, als ich an alles andere denke, was vor neun Jahren gewesen ist."

Natürlich. Es war ein Hinweis, dass sie sich nicht mehr kannten. Mit ruhigen Bewegungen zog er den Reißverschluss seiner Lederjacke zu. „Ich mache mich mal lieber für meinen unerwarteten Besuch fertig."

„Ich hätte dich nie für einen Motorradtypen gehalten", sagte sie.

„Hättest du doch", sagte er und ließ den Motor an, um ihre Antwort zu übertönen.

Sommernachtsegeln im Camp Kioga

Eine der beliebtesten Traditionen im Camp Kioga ist das wöchentliche Sommernachtsegeln auf dem Willow Lake. Es gibt keine bessere Art, einen friedlichen Sonnenuntergang in den Catskills zu genießen. Camper versammeln sich bitte pünktlich um 19.30 Uhr am Dock.

11. KAPITEL

Sommer 1993

Es war Connor Davis' drittes Jahr im Camp, und er wusste, dass es auch sein letztes sein würde. Zum einen, weil er nach dem Sommer in die achte Klasse kam, und danach kam die Highschool. Seine Mutter und Mel hatten immer gesagt, dass Jungs in der Highschool sich einen Job suchen mussten, Punktum. Und zweitens wusste er nicht, was zum Teufel er mit seinem Vater machen sollte. Jeden Sommer hierherzukommen und zuzusehen, wie Terry Davis durch seine Tage stolperte und sich zur Witzfigur des gesamten Personals machte, ließ Connor auf die ganze Welt wütend werden.

Mit Mel und seiner Mom zusammenzuwohnen machte ihn auch wütend. Aber mit seinem Vater war es anders. Weil er der traurigste, kränkste Idiot von allen war. Connor liebte seinen Dad. Terry Davis war ein guter Mann mit einem schlimmen Problem, und Connor wusste einfach nicht, wie er alles für ihn wieder in Ordnung bringen konnte.

Ach, was soll's, dachte er. *Es ist mein letzter Sommer im Camp Kioga. Ich mach einfach das Beste draus.* Er erstellte eine mentale Liste mit Dingen, die er tun wollte. Den Quadrathalon gewinnen. In den Shawangunks klettern gehen. Die Überlebenswanderung in der Wildnis mitmachen, wo man zwei Tage alleine mit nichts als einem Kompass unterwegs war. Vielleicht Tarik in einem Schachturnier herausfordern. Sich ein Ohrloch stechen lassen, nur um seinen Stiefvater zu ärgern. Ein Mädchen küssen und mit ihr fummeln. Vielleicht sogar die dritte Base erreichen und einen Home-Run verbuchen.

Ja, all das wollte er tun und noch viel mehr. Wenn die Schule im Herbst wieder anfing und er den üblichen „Was hast du im Sommer gemacht"-Aufsatz schreiben musste, sollte der so cool klingen, dass sein Lehrer denken würde, er hätte es sich ausgedacht.

Auf dem Weg zum Speisesaal sah er Mr Bellamy, den Leiter und Besitzer des Camps, und einen älteren Mann mit einem markanten Gesicht und einer Stimme wie Laurence Olivier in einem dieser alten Schwarz-Weiß-Filme.

„Hallo, Sir." Er straffte die Schultern und streckte die Hand aus. „Connor Davis."

„Natürlich, Davis. Ich erinnere mich gut an dich. Wie geht es dir, mein Sohn?"

„Exzellent, Sir." Was sollte er auch sonst sagen? Dass sein Leben scheiße war, dass er seinen kleinen Bruder immer noch jeden Tag vermisste, dass er seinen Stiefvater hasste, es hasste, in einem Trailerpark im beschissenen Buffalo zu leben? Seine Mutter, die seine gesamte Kindheit über von einer Bühnenkarriere geträumt hatte, hatte ihm beigebracht, ein guter Schauspieler zu sein, und so setzte er jetzt ein breites Grinsen auf. „Es ist schön, wieder hier zu sein, Mr Bellamy. Ich möchte Ihnen und Mrs Bellamy herzlich dafür danken, dass ich hierherkommen darf."

„Unsinn, mein Sohn. Jane und ich empfinden es als Privileg, dich bei uns zu haben."

Ja, sicher. Egal.

„Nun, wie auch immer, ich bin Ihnen dankbar." Er wünschte, er wüsste, wie er den Bellamys seine Dankbarkeit zeigen könnte. Aber ihm fiel nichts ein. Diese Leute hatten alles. Da war zum einen das Familienvermögen der Bellamys. Dann hatten sie dieses Camp, diesen großartigen Ort in der Wildnis, wo man auf einem Berg stehen und die Sterne berühren konnte. Und sie hatten einander und einen ganzen Sack voll Enkelkinder, die ganz verrückt nach ihnen waren. Kurzum, sie hatten ein perfektes, schönes Leben. Es gab nichts, was Connor ihnen hätte anbieten können.

Das erste Abendessen der Saison war immer ein wahres Fest, und dieses Jahr war keine Ausnahme. Connor saß mit seinen Mitbewohnern an einem Tisch. Eine laute Gruppe Jungen in allen Größen und Formen. Sie vertilgten riesige Mengen von etwas, das sich Beef Wellington nannte, und tranken literweise Milch. Sogar Kinder, die normalerweise kein Gemüse mochten, stürzten sich im Camp auf gedünsteten Brokkoli und Salat. Zum Nachtisch gab es die berühmten Beerentörtchen aus der Sky-River-Bäckerei.

„Hast du den Ofen gesehen, der das Brot anliefert?", fragte Alex Dunbar, der das Bett unter Connor hatte.

Connor schüttelte den Kopf. Seiner Ansicht nach war beinahe jeder, der ein X-Chromosom besaß, ein Ofen. In letzter Zeit hatte er diese beinahe fieberartige Sex-Besessenheit, die ihn innerlich wie ein Verrückter fühlen ließ.

„Sie ist bestimmt schon auf der Highschool und sieht aus wie Winona Ryder." Dunbar nahm sich die Schüssel mit den gebutterten Kartoffeln. „Sie heißt Jenny Majesky, so viel habe ich schon herausgefunden. Jetzt muss ich nur noch einen Weg finden, wie ich sie …"

„Hey, Dunbar." Ihr Betreuer, Rourke McKnight, stellte seinen Fuß zwischen Dunbar und Connor auf die Bank. „Wenn ich dir einen Rat geben darf."

„Ja? Was sollte das sein?" Dunbar versuchte, sich cool zu geben, aber Connor wusste, dass er von McKnight eingeschüchtert war. Das war jeder in der Fort-Niagara-Hütte. McKnight hatte diese harte Art, eine

Furcht einflößende Seite, die vielleicht – vielleicht aber auch nicht – nur gespielt war. Niemand aus Fort Niagara wollte es sich mit ihm verscherzen.

„Denk den Gedanken nicht zu Ende“, sagte McKnight. „Weder über Miss Majesky noch über irgendjemand anderen weiblichen Geschlechts, okay?“

„Sicher.“ Dunbar blickte finster. „Hab’s verstanden.“

„Gut.“

Als McKnight weg war, kicherte Dunbar. „Er besorgt es ihr bestimmt selber.“

„Wenn er dich so reden hört“, sagte Cramer, der ihnen gegenübersaß, „wird er sich dich zur Brust nehmen. Und das wird bestimmt nicht angenehm.“

Die dummen Witze und Sticheleien wurden wieder aufgenommen, aber Connor hörte nicht zu. Wenn es um seinen Vater ging, hatte er den sechsten Sinn. Seine Kopfhaut fing an zu kribbeln, und er hatte das Gefühl, als wenn ein kühler Schatten über seinen Körper huschte. Dann hörte er es. Das Geräusch von zerbrechendem Glas.

Ohne darum zu bitten, aufstehen zu dürfen, warf er seine Serviette auf den Tisch und rannte zur Tür. Und tatsächlich, dort stand sein Vater im Foyer und sah verwirrt auf die gläserne Deckenlampe, die jetzt in Scherben zu Füßen einer Trittleiter lag.

„Dad, ist alles in Ordnung mit dir?“, murmelte Connor und packte ihn am Ärmel.

„Nur ein bisschen Blut.“ Terry Davis schwankte ganz leicht, während er seinen Handrücken inspizierte. „Ich wollte doch nur die verdammte Glühbirne wechseln.“

Connor wurde das Herz schwer. Er war so ein Idiot. Jedes Jahr hoffte er, dass es nicht passieren würde, aber jedes Jahr passierte es doch. Sein Vater roch wie eine Malzbrennerei, doch am schlimmsten war, dass er versuchte, so zu tun, als wäre alles in bester Ordnung.

Der Lärm der zerberstenden Lampe hatte die unvermeidlichen Gaffer angelockt. Die meisten von ihnen wussten nicht, dass Connor und Terry verwandt waren. Terry sagte Connor immer, dass er es nicht erzählen sollte, aber Connor kam sich auch doof vor, so zu tun, als würden sie sich nicht kennen.

„Hey, wie viele Betrunkene braucht man, um eine Glühbirne zu wechseln?“, fragte ein Kind. „Einen, um den Martini einzuschenken, und den anderen, um ihm die Anleitung in zwölf Schritten vorzulesen.“

Connor zuckte innerlich zusammen, aber er ließ es sich nicht anmerken, als er dem Kind einen tödlichen Blick zuwarf. Er wusste, dass er tödlich war, weil er die gesamte Zeit in der Mittelstufe damit verbracht hatte, ihn zu perfektionieren. Oft war er seine einzige Verteidigung. „Hört auf", sagte er.

„Was hast du denn hier zu sagen", forderte ihn ein anderes Kind heraus.

„Ja", fiel ein anderer ein. „Was hast du für ein Problem?"

„Setzt euch wieder hin." Der Befehl kam von Rourke McKnight, der jetzt im Türrahmen stand und sich zu seiner vollen Höhe von gut einem Meter neunzig aufrichtete. Bei seinem Anblick liefen die Kinder rasch zurück auf ihre Plätze. „Ich räum das hier auf."

„Nein, warte", protestierte Terry Davis. „Ich muss die Glühbirne wechseln, ich muss ..."

„Hey, Mr Davis, das ist ein ziemlich schlimmer Schnitt. Kommen Sie, ich bringe Sie ins Schwesternzimmer, damit wir ihn verbinden lassen können." Wie aus dem Nichts war Lolly Bellamy aufgetaucht. Vorhin hatte Connor keine Zeit gehabt, ihr Hallo zu sagen, aber er hatte ihr quer durch den Raum zugenickt. Er war froh, sie zu sehen. Sie war die letzte Person auf der Welt, mit der er sich hatte vorstellen können, befreundet zu sein, aber über die letzten Sommer waren sie tatsächlich so etwas wie Freunde geworden. Er mochte sie, weil sie lustig und klug und ehrlich war. Und weil sie die Art von Mensch war, die jetzt seinen Vater am Arm nahm und ihn aus der Tür zum Schwesternzimmer führte, wobei sie die ganze Zeit beruhigend auf ihn einredete.

Gedemütigt durch ihren einfachen Akt der Freundlichkeit und zu dankbar, um Worte dafür zu finden, folgte er ihnen in das ordentliche Büro, in dem es einen gut gefüllten Medizinschrank und viele Liegen, die mit knisternden Laken bezogen waren, gab. Energisch trat Lolly an das Waschbecken und drehte den Kaltwasserhahn auf. „Halten Sie Ihre Hand darunter, Mr Davis. Wir müssen sichergehen, dass sich kein Glas mehr in der Wunde befindet."

„Ja", sagte Connors Vater. „Das müssen wir."

Connor wusste, dass Lolly den Alkoholgeruch ihres Vaters riechen musste, aber sie zuckte nicht mal mit der Wimper, als sie die Wunde reinigte, ein Antiseptikum daraufsprühte und ein frisches Pflaster aufklebte.

„Ich danke dir", sagte Terry. „Du bist eine echte Florence Nightingale."

Lolly strahlte ihn an. „Ja, das bin ich."

Während sie die Sachen wieder wegräumte, sagte Connor: „Hör mal, Dad. Wieso gehst du nicht nach Hause? Soll ich dich begleiten?"

„Zum Teufel, nein." Terry schaute ihn mürrisch an. „Ich denke, nach all der Zeit kenne ich den Weg zu meinem Haus."

Das „Haus“ von Terry Davis war der Hausmeisterbungalow am Rande des Camps. Er hatte den Vorteil, sich auf dem Grundstück zu befinden, sodass er nicht mit dem Auto hin und her fahren musste. Eine Sorge weniger, die Connor sich heute Nacht machen musste. Sein Vater war bereits wegen Fahrens unter Alkoholeinfluss verurteilt worden, und ein weiteres Mal würde ihn direkt ins Gefängnis bringen.

„Soll ich trotzdem mitkommen?“, bot Connor an.

„Zum Teufel, nein“, wiederholte sein Dad. Er schien jetzt böse zu sein, und ohne ein weiteres Wort stapfte er aus dem Krankenzimmer und warf die Tür hinter sich zu.

Connor rührte sich nicht. Lolly auch nicht. Er sah sie nicht an, aber er spürte sie, merkte, dass sie wartete. Ihr Atem ging ganz leise. Mit einem Mal war alles zu viel – ihre Freundlichkeit, ihre Akzeptanz der Situation, ihre Weigerung, eine große Sache aus etwas zu machen, was so riesig war, dass es Connors ganzes Leben bestimmte. Connor fühlte das beschämende Brennen von Tränen in seinem Hals und seinen Augen, und er wusste, dass er kurz davor stand, zusammenzubrechen. „Ich muss los“, murmelte er und griff nach der Türklinke.

„Okay“, war alles, was sie sagte.

In diesem einen Wort steckte eine ganze Welt an Bedeutung. Connor war sicher, dass sie wusste, dass er es wusste. Immerhin war sie Lolly. Auch wenn sie nur Sommerfreunde waren, verstand sie ihn besser als jeder andere Mensch in seinem Leben, sogar als er selber. Bei diesem Gedanken ließ er seine Hand sinken. Er hatte seine Gefühle wieder im Griff. Vier Jahre des Zusammenlebens mit Mel hatten ihn gelehrt, wie man das machte. *Zeige niemals ein Gefühl, denn irgendein Arschloch wird dafür sorgen, dass du es bereust.*

Ich hasse das, dachte er. *Ich hasse es, wenn mein Vater trinkt.*

„Weißt du, wonach mir jetzt ist?“, fragte er Lolly überraschend.

„Mit der Hand eine Wand einzuschlagen?“, schlug sie vor.

Er konnte ein reuiges Lächeln nicht unterdrücken. Gott, sie kannte ihn wirklich. Dann verschwand das Grinsen, und Worte, die er niemals einer anderen Seele gegenüber äußern würde, sprudelten über seine Lippen, bevor er sie aufhalten konnte. „Ich wünschte, der Scheißkerl würde aufhören“, sagte er. „Ich wünschte, er würde trocken werden und wieder er selber sein. Wenn er das schaffen würde, wäre es mir egal, was er sonst in seinem Leben angestellt hat. Er kann den ganzen Tag Cribbage spielen und Vogelhäuser bauen, solange er nur aufhört zu trinken.“

„Vielleicht wird er das eines Tages.“ Sie schien völlig gelassen ob seiner Worte. „Meine Großmutter Lightsey – das ist die Mutter meiner

Mutter – ist auch Alkoholikerin, aber sie trinkt jetzt nicht mehr und geht zu diesen speziellen Treffen ihrer Kirche. Meine Mom tut so, als wäre es ein großes Familiengeheimnis, aber ich weiß nicht, warum. Ich bin stolz darauf, dass es meiner Großmutter besser geht."

Er wusste nicht, ob er froh darüber war, dass sie ihm das erzählt hatte, oder nicht. Auf der einen Seite gab es ihm Hoffnung, dass sein Dad sich vielleicht auch eines Tages ändern würde. Auf der anderen Seite erschien es so unwahrscheinlich, dass sein Vater sich irgendwann dafür entscheiden würde, mit dem Trinken aufzuhören und zu den Anonymen Alkoholikern zu gehen, dass Connor sich wie ein Idiot vorkam, auch nur daran zu denken.

„Ich weiß nicht, warum deine Großeltern ihn hierbehalten", murmelte Connor. „Er ist ja nicht gerade der zuverlässigste Mitarbeiter."

Lolly runzelte die Stirn. „Hat er dir das nie erzählt?"

„Mir was erzählt?"

„Guter Gott, Connor, du solltest es dir von ihm erzählen lassen. Oder von meinem Granddad. Dein Großvater und meiner waren gemeinsam im Koreakrieg. Dein Großvater hat das Leben meines Großvaters gerettet."

Connor kannte seinen Großvater, der Edward Davis geheißen hatte, nicht. „Ich wusste, dass er in Korea gefallen ist, als mein Dad noch ein Baby war, aber mehr hat mir mein Vater nicht erzählt."

„Dann solltest du meinen Granddad fragen. Es gibt da diese Geschichte, wie sie in einer ummauerten Stadt gekämpft haben und dein Großvater ein ganzes Platoon gerettet hat, meinen Granddad inklusive. Als er dann aus dem Krieg nach Hause kam, hat er versprochen, dass er sich immer um die Familie deines Großvaters kümmern wird, egal, was auch geschieht."

Sogar wenn Edward Davis' Sohn sich zu einem Trinker entwickelt, dachte Connor. Doch irgendwie fühlte er sich, nachdem Lolly ihm die Geschichte erzählt hatte, ein kleines bisschen besser.

„Wie auch immer", schloss sie in ihrer ein wenig nervigen, kommandierenden Art. „Du solltest meinen Granddad bitten, dir die ganze Geschichte zu erzählen."

„Vielleicht tue ich das", sagte er.

Dann schwiegen sie eine Weile. Er ging zu dem Schrank hinüber und öffnete eine weiße, emaillierte Schublade. „Ich habe darüber nachgedacht, mir ein Ohrloch zu stechen."

„Entschuldige mich?"

Jetzt musste er laut lachen. Sie war so lustig, wenn sie so förmlich war. „Ich habe darüber nachgedacht, mir ein Ohrloch zu stechen."

„Du bist doch total verrückt."

„Glaubst du nicht, dass ich mich traue?“ In der Schublade fand er ein steril verpacktes zweischneidiges Skalpell. „Damit sollte es gehen.“ Er fing an, die Packung mit seinen Zähnen aufzureißen.

„Warte.“ Mit vor Panik geweiteten Augen schaute sie ihn an. Ihre Brille saß schief auf der Nase. „Sei nicht dumm, Connor. Du brauchst nicht mehr Löcher in deinem Kopf, als du schon hast.“

„Wenn das so ist, macht eines mehr oder weniger auch nichts aus.“ Er hielt inne und suchte in seiner Tasche nach dem kleinen Silberring, den er seit Wochen mit sich herumtrug. Bislang hatte er jedoch noch nicht den Mut aufbringen können, sich das Ohrloch stechen zu lassen. Mary Lou Carruthers, die seit der zweiten Klasse in ihn verliebt war, hatte ihm den Ohrring letztes Jahr geschenkt. Er hing noch an einer schwarzen Plastikkarte. Connor machte ihn ab und legte ihn auf den Tresen.

„Das ist nicht dein Ernst.“ Lollys Wangen waren dunkelrot.

„So ernst wie ein Herzanfall.“

„Du holst dir eine Infektion. Dein Ohr wird abfallen.“

„Quatsch. Leute lassen sich alle naselang Ohrlöcher stechen.“

„Ja, beim Arzt oder bei einem Profi.“

„Oder sie kriegen ein neunmalkluges Mädchen dazu, es zu machen.“

„Auf gar keinen Fall.“ Sie trat einen Schritt zurück und schüttelte den Kopf. Sie trug ihr braunes Haar nicht länger in zwei Rattenschwänzen, sondern in einem Knoten, der von einem stoffbezogenen Gummiband gehalten wurde. Ein paar Strähnen hatten sich gelöst und tanzten um ihr Gesicht.

„Dann mach ich es eben selber.“

„Wir könnten beide des Camps verwiesen werden.“

„Nur, wenn man uns erwischt. Und wir lassen uns nicht erwischen, Lolly.“ Er nahm das Skalpell in die Hand und beugte sich zum Spiegel vor. Mist. Das war nicht so einfach, wie er gedacht hatte. Wenn er das Skalpell durch sein Ohrläppchen stieß, wie könnte er verhindern, es sich bis in den Kopf zu stoßen? Und würde es bluten? Und wie zum Teufel bekam man den Ohrring hinein?

Er sah im Spiegel, dass Lolly ihn beobachtete. Okay, jetzt gab es kein Zurück mehr. Er würde schnell zustoßen und das Beste hoffen. Er atmete tief ein und hielt die Luft an. Dabei kniff er die Augen zu. Keine gute Idee. Er musste sehen, was er tat.

Hinter ihm ertönte ein schnappendes Geräusch, und beinahe hätte er das Skalpell fallen lassen. Es kam von Lolly, die sich ein Paar OP-Handschuhe überzog. „Okay, du Wunderknabe“, sagte sie. „Aber gib mir nicht die Schuld, wenn dein Ohr schwarz wird und abfällt.“

Angeln im Willow Lake

Im Willow Lake lebt eine Kolonie besonders schmackhafter Forellen. Das Limit liegt bei drei Forellen pro lizenziertem Angler. Darüber hinausgehende Fänge müssen wieder freigelassen werden.

12. KAPITEL

„Komm schon, Lazy-Daisy! Zeit zum Aufstehen, du Faulpelz."

Als Daisy die falsche Fröhlichkeit in der Stimme ihres Vaters hörte, wusste sie, dass das nichts Gutes bedeutete. Er stand vor der Hütte, die er sich mit ihr und Max teilte, und es war immer noch dunkel. Sie hörte seine Schritte auf der Veranda, hörte, wie die Tür knarrend aufgestoßen wurde. „Daisy?", rief er. „Komm schon, Kleine, es ist an der Zeit."

„Nein", stöhnte sie sehr leise und vergrub ihren Kopf unter dem Kissen. Sah er nicht, dass noch nicht einmal der Morgen dämmerte? Was zum Teufel fanden Leute nur daran, so früh aufzustehen. Vielleicht würde er aufgeben und weggehen, wenn sie nicht reagierte.

Nein, so viel Glück hatte sie nicht. Das Klopfen wurde intensiver, und die Fliegengittertür quietschte in den Angeln, als er sie öffnete. Oh verdammt, dachte Daisy. *Er kommt rein. Er gibt nicht auf.*

„Mist", murmelte sie laut. Die angenehme Taubheit des Schlafes sickerte langsam aus ihrem Körper. Sie zwang sich, ganz aufzuwachen, kroch aus dem Bett und suchte sich ihren Weg um die auf dem Boden verstreut liegenden Klamotten, Bücher, Kartenspiele, Getränkedosen und Essensverpackungen.

„Ich bin ja schon auf, Dad. Mann, mach nicht so einen Lärm."

„Okay", sagte er. „Ich warte draußen."

„Toll."

„Beeil dich."

„Mir würde im Traum nichts anderes einfallen."

Das Letzte, worauf sie jetzt Lust hatte, war, mit ihrem Vater irgendeine Art nächtlicher Exkursion zu machen. Angeln. Igitt. Seitdem sie hier angekommen waren, war er ganz wild darauf, so blöde Familiensachen zu unternehmen, und ihr waren schnell die Ideen ausgegangen, wie sie ihm aus dem Weg gehen konnte. Im Camp Kioga gab es nur wenige Plätze, an denen man sich verstecken konnte, ohne sich im Wald zu verirren oder von Mücken aufgefressen zu werden.

Sie und ihre Cousinen Olivia und Dare waren letzte Nacht länger aufgeblieben und hatten mit Freddy Whist gespielt. Whist war ein Kartenspiel, das Bridge gefährlich ähnlich war. Wenn sie jemals Bridge lernen würde, wüsste Daisy, dass sie sich in den Deppen des Jahrhunderts verwandelt hätte. Whist. Wenn ihr Dad ihr vorher gesagt hatte, was sie im Camp Kioga erwartete, hätte sie jemanden gebeten, sie zu erschießen. Das wäre sicher angenehmer, als sich diesen Sommer zu Tode zu langweilen.

Sie hatte die Geschichten geglaubt, die ihr Dad und ihre Großeltern über Camp Kioga erzählt hatten; ein Ort, an dem der Spaß niemals endete. Vollkommen ahnungslos hatte sie die Bilder, die sie von dem idyllischen Rückzugsort an einem unberührten See malten, nie infrage gestellt. Es war ihr nicht in den Sinn gekommen, dass sie nach ihrer Ankunft hier irgendetwas finden musste, was sie – abgesehen von der täglichen Arbeit – *tun* konnte.

Doch wenn sie ehrlich war, war sie gar nicht so gelangweilt. Zum Glück hatten ihre Cousinen Sinn für Humor. Besonders Olivia schien sich bewusst zu sein, dass Daisys Familiensituation im Moment nicht die beste war, um es milde auszudrücken. Es war ermutigend, dass Olivia die Scheidung ihrer Eltern überlebt und sich inzwischen damit abgefunden hatte. Und als Daisys Langeweile und Frustration unerträglich zu werden drohten, hatte sie immer noch ein paar Asse im Ärmel, wie einen Beutel Gras unterm Bett und ein kleines, rot-goldenes Stückchen Haschisch aus dem Libanon. Einer der Vorteile, eine Schule mit einer internationalen Schülerschaft zu besuchen, lag darin, dass viele ihrer Freunde diplomatische Immunität genossen, die sie gut zu nutzen wussten.

Bei dem Gedanken an ihre Freunde in der Stadt stieß sie einen rastlosen Seufzer aus. Sie vermisste es, mit Leuten ihres Alters abzuhängen. Doch gleichzeitig verspürte sie jetzt, wo das letzte Schuljahr bevorstand, auch eine gewisse Erleichterung. Ihre Freunde waren alle so fokussiert und ehrgeizig. Einige von ihnen wussten seit dem Kindergarten genau, was sie einmal werden wollten. Sie alle wollten eine der Eliteuniversitäten oder die Julliard School besuchen oder gar auf eine der weltberühmten Unis in Übersee gehen, wie an die Sorbonne in Paris. Angesichts der Talente und Ambitionen ihrer Freunde fühlte Daisy sich wie eine totale Versagerin. Sicher, ihre Noten waren gut, sie ging auf eine der besten Schulen des Landes, spielte Klavier, Gitarre und Lacrosse. Aber trotz allem hatte sie kein klares Ziel vor Augen. Sie wusste nicht, wohin es in ihrem Leben gehen sollte. Sie hatte ein Gespräch zwischen ihrer Mom – einer hochkarätigen, internationalen Spitzenanwältin – und ihrer Großmutter belauscht, in dem ihre Mutter gesagt hatte, Daisy wäre wie ihr Vater. Das war kein Kompliment. Auch wenn ihr Vater ein wirklich talentierter Landschaftsplaner war, kam der Reichtum der Familie sicher nicht aus seiner Richtung. Es waren das Familienvermögen und das gigantische Gehalt ihrer Mutter, das die Wohnung in der Upper East Side und die Privatschulen möglich machten. Doch trotz all des Wohlstandes schafften es ihre Eltern nicht, gemeinsam glücklich zu bleiben.

Vielleicht würden sie zusammenbleiben, wenn ich etwas ehrgeiziger wäre, dachte sie. Oder wenn ich eine schreckliche Krankheit bekäme, würde die Familie vielleicht nicht auseinanderbrechen. Die Ideen schwirrten so nutzlos durch ihren Kopf wie Staubflocken. Tief im Innern wusste sie, dass es keinen Sinn hatte, die beiden zum Zusammenbleiben zu zwingen. Sie musste einfach ihr Ding durchziehen. Sie hatte einen ganzen Stapel College-Kataloge und -Broschüren. Man erwartete, dass sie diesen Sommer herausfand, bei welchem College sie sich bewerben wollte.

Daisy beugte sich vornüber, um sich die Haare zu kämmen. Dann nahm sie ein Haargummi und machte sich einen Zopf. Schnell schlüpfte sie in ein paar Baumwollshorts mit dem Wort „Pink" quer über den Hintern gedruckt, zog sich ein Tankshirt an und darüber das Kapuzenshirt ihres Lacrosse-Teams. Nach kurzem Suchen hatte sie auch ihre Flip-Flops gefunden und griff im Hinausgehen automatisch nach ihrem iPod. Dann hielt sie inne und legte ihn mit Bedauern wieder hin. Auch wenn ihr Dad behauptete, zu wissen, was er tat, riet ihr eine kleine warnende Stimme, das gute Stück lieber zu Hause zu lassen. Wenn sie kenterten, wäre ihre Musikquelle für den Sommer für immer versiegt, und dann würde sie sich wirklich erschießen müssen.

Als sie ihr Gesicht wusch und ihre Zähne putzte, bemerkte sie dankbar, dass über der Spüle in der Küche kein Spiegel hing. Es hing überhaupt nirgendwo in der Hütte ein Spiegel. Der Anblick von ihr wäre sicherlich deprimierend. Mit einem letzten, sehnsuchtsvollen Blick auf ihr warmes Bett trat sie hinaus in die Dunkelheit und blieb auf der obersten Treppenstufe der Veranda stehen. Ein bedrückender Nebel hing über dem Camp.

Unter der Treppe lag ein Päckchen Zigaretten, direkt neben dem alten Marmeladenglas, das sie als Aschenbecher nutzte. Auch wenn jeder mit ein paar funktionierenden Gehirnzellen wusste, wie schädlich Rauchen war, tat Daisy es trotzdem. Rauchen war so verboten, so unglaublich schockierend *böse*, dass sie es natürlich tun musste. Rauchen wurde von den Erwachsenen noch schlimmer als Sex oder Drogen angesehen. Deshalb war es das probate Mittel, um ihre Eltern in den Wahnsinn zu treiben.

Und natürlich war das Daisys Mission: sie wahnsinnig zu machen. Denn Gott wusste, das hatten sie umgekehrt seit Jahren schon gemacht.

Ihr Vater hatte ihr komischerweise noch nie gesagt, dass sie aufhören sollte. Verstand er denn nicht, dass er ihr *befehlen* sollte, aufzuhören, damit sie mit ihm streiten und sich verweigern konnte, und ihm vorwerfen, dass es ihr Leben war und ihre Lungen und ihre Gesundheit, mit der sie machen konnte, was sie wollte. Und dann würde er sagen, dass sie immer noch seine Tochter sei, und wenn sie nicht freiwillig aufhörte, würde er dafür sorgen, dass sie es täte. Das war alles, was er tun müsste. Sie würde sich mit ihm streiten, und dann würde sie aufhören.

„Guten Morgen, Merry Sunshine.“ Ihr Vater sang das alte Lied aus ihrer Kindheit. „Wie geht es uns heut'?“

„Ich gebe dir hundert Dollar, wenn du aufhörst zu singen“, grummelte sie.

„Du hast keine hundert Dollar.“

„Da sieht man mal, wie viel du von mir weißt. Nana hat Olivia gebeten, mich in bar zu bezahlen, und zwar jeden Freitag. Ich habe bisher fast sechshundert Dollar verdient.“

Ihr Dad stieß einen leisen Pfiff aus. „Okay, einverstanden. Ich werde keinen Ton mehr singen. Nicht mal, um meinem liebsten Mädchen Guten Morgen zu sagen.“

Sie wusste, dass er sie ihre Schulden nicht bezahlten lassen würde. Er ließ sie niemals irgendetwas tun. „Außerdem“, fügte sie hinzu. „Falls es dir noch nicht aufgefallen ist, die Sonne ist noch nicht mal aufgegangen. Technisch gesehen ist es also noch nicht Morgen.“

„Ich weiß.“ Er sog übertrieben die morgendliche Luft ein. „Ist es nicht großartig? Meine liebste Tageszeit.“

Sie schüttelte sich in der klammen Kühle. „Ich kann nicht glauben, dass wir das hier tun.“

„Ich hatte keine Wahl. Keines meiner Kinder hat jemals einen Fisch gefangen. Das ist eine heilige Aufgabe.“

„Ich verstehe das nicht“, sagte sie. „Was für einen Unterschied kann es machen, zu welcher Tageszeit wir diese großartige Aufgabe, einen Fisch zu fangen, erledigen? Erzähl mir nicht, dass Fische die Uhrzeit lesen können …“

„Es hat etwas mit dem Licht und der Wassertemperatur zu tun. Die Forellen beißen, wenn die Käfer draußen sind, also in der Morgen- und Abenddämmerung.“

„Ja, das ist auch meine liebste Zeit des Tages. Wenn die Käfer draußen sind.“

Es war etwas Gruseliges an der Stille, die sich über die Umgebung gelegt hatte. Der Nebel dämpfte ihre Stimmen und das Geräusch, wenn ihre Flip-Flops beim Gehen gegen ihre nackten Füße schlugen. Das Camp sah aus wie das Setting eines Horrorfilms, in dem der Axtmörder in den tiefen Wäldern lauerte.

„Wie hast du letzte Nacht geschlafen?“, fragte ihr Dad.

„Es ist immer noch letzte Nacht. Ich hab sehr gut geschlafen. Was anderes kann man hier ja auch nicht machen.“

„Oh, ich denke, du warst ganz gut darin, dich zu unterhalten." Er deutete zum Seeufer, wo die geschwärzten Überreste des gestrigen Lagerfeuers entfernt zu erkennen waren. „Das haben wir auch immer gemacht, wenn wir hierhergekommen sind. Wir haben ein Lagerfeuer gemacht und was geraucht."

„Ich habe nicht …" Daisy funkelte ihn wütend an und richtete sich abwehrend auf. Warum leugnen? Er wusste es offensichtlich, und genauso offensichtlich interessierte es ihn nicht, also warum sollte es sie interessieren? Ein Teil von ihr wünschte sich, er würde auf den Tisch hauen, ihr Einhalt gebieten, aber das tat er nicht. Stattdessen nahm er ihr den Spaß daran, high zu werden, indem er so tat, als wäre es nichts Besonderes, weil er es auch schon gemacht hatte. Sie anzuschreien, sich zu benehmen, war die Aufgabe ihrer Mutter, und ihre Mutter war nun mal nicht hier. Nur für den Sommer, hatte ihre Mom gesagt, eine Trennung auf Probe. Aber tief in ihrem Innern wusste Daisy es bereits.

„Ach, was soll's", murmelte sie und schob sich an ihm vorbei in Richtung Küche. „Was gibt es zum Frühstück?"

Max war bereits da. Ganz vertieft in den Text auf der Rückseite seiner Cornflakes-Packung, schob er sich mechanisch einen Löffel nach dem anderen in den Mund.

„Hey", grüßte ihn Daisy. „Wo hast du die Cap'n Crunch her?"

Er schaute nicht auf. „Dad und ich waren gestern Abend noch im Ort einkaufen. Dare hat eindeutig zu viel gesundes Zeug gekauft. Willst du auch welche?"

„Nein, danke. So viel Zucker macht süchtig, falls dir das noch nicht aufgefallen ist. Es ist so ziemlich das Schlimmste, was du deinem Körper antun kannst."

„Abgesehen von Zigarettenrauch", erwiderte Max. „Also hör auf, an mir herumzunörgeln."

„Halt den Mund." Sie nahm einen Becher fettarmen griechischen Joghurt aus dem Kühlschrank und schüttete ein wenig von Dares Müsli darauf.

„Dad, du solltest ihr sagen, dass sie mit dem Rauchen aufhören soll", sagte Max.

Ihr Vater fand eine große Schüssel und füllte sie mit Cap'n Crunch. „Sie sollte von alleine aufhören", sagte er.

„Sie sollte im Bett liegen und tief und fest schlafen, anstatt sich um diese frühe Stunde mit zwei Trotteln herumzuschlagen", sagte Daisy.

„Trottel", wiederholte Max und klatschte mit seinem Vater ab.

Daisy schnitt einen Pfirsich in Stücke und rührte diese in den Joghurt. Das konnte ja ein toller Morgen werden.

Sie frühstückten zu Ende und stellten ihr Geschirr ins Spülbecken. Ihr Dad und Max gingen zum Bootshaus, während Daisy sich eine Minute nahm und das Geschirr spülte. Das riesige Edelstahlbecken hatte eine duschähnliche Geschirrspülapparatur, mit deren Hilfe sie alles innerhalb einer halben Minute sauber hatte. Sie räumte die Cornflakes und die Milch weg – glaubten die Männer, die Sachen würden von alleine wieder auf ihre richtigen Plätze laufen? – und ging dann hinaus, um die Jungs zu suchen und ein wenig zu meckern, dass sie ihren Kram gefälligst selber wegräumen konnten. Sie waren nicht unhöflich. Sie dachten nur einfach nicht nach. Und diese Angewohnheit war weitaus schwieriger zu kurieren als Unhöflichkeit.

Sie trat aus dem Haupthaus und ging den Weg entlang Richtung Bootshaus und Dock. Okay, dachte sie, jetzt vollkommen wach. Ich gebe zu, dass dieser Ort am frühen Morgen was hat. Eine besondere Stille hing in der Luft, und der See bei Sonnenaufgang hatte etwas Mystisches. Der Nebel bewegte sich, als wäre er lebendig. Er kroch über das spiegelglatt daliegende Wasser. In dem Licht der aufgehenden Sonne hatte alles einen weichen, magischen Schimmer. Es roch so frisch nach klarem Wasser, wilden Blumen und feuchtem Gras, und der Gesang der Vögel wurde durch die schwere Luft gedämpft. Wenn die Herrin vom See sich jetzt erheben und Excalibur in die Luft recken würde, wäre Daisy nicht überrascht.

Ab und zu tauchte eine Forelle auf, um einen Käfer zu schnappen. Sie hinterließ kleine, perfekt runde Ringe, die langsam verebbten. Arme, nichts ahnende Forelle, dachte Daisy. Warum wollte jemand das arme Ding aus seinem friedvollen See reißen, es ausnehmen und in einer Pfanne braten?

Weil sie und ihr Bruder noch nie einen bescheuerten Fisch gefangen hatten und ihr dämlicher Vater fand, dass es wichtig wäre.

„Sie nur, Daisy!“ Max kam auf sie zugerannt. „Guck mal, was Dad und ich gestern Abend gekauft haben.“ Er hielt ihr eine große Kaffeekanne hin. Darin sah sie dunkle, feuchte Erde, durchzogen von fleischfarbenen Regenwürmern, die glänzten und sich gruselig wanden.

„Wow, das ist toll, Max“, sagte sie mit vorgetäuschter Fröhlichkeit. „Wenn du mich jetzt bitte entschuldigen würdest? Ich muss mich ins Gebüsch übergeben.“

„Was für ein Baby“, murmelte er. „Das sind doch nur Würmer.“

Sie schluckte und nahm ein paar tiefe Atemzüge. Jetzt, da sie die Kanne nicht mehr anschaute, schwand die Übelkeit langsam. *Würmer.*

Was ihr Vater an diesem ganzen „Familienbande stärken, also lasst uns angeln gehen“-Quatsch nicht sah, war, dass es alles großer Schwachsinn war. Oberflächlich betrachtet mochte er wie der Vater des Jahres wirken, der seine Kinder mit zum Angeln nahm. Aber die Sache hatte einen Haken. Es gab immer einen Haken.

Neben dem Bootshaus gab es einen Schuppen, der mit allerlei Sportgeräten vollgestopft war. „Boah“, sagte Max mit großen Augen. „Sieh dir nur all das Zeug an. Sie haben hier alles.“

„Das stimmt, Buddy.“ Dad hob einen staubigen Baumwollüberzug an und enthüllte eine Reihe Fahrräder.

„Fahrräder!“, rief Daisy. Sie liebte es, Rad zu fahren.

„Es gibt sogar Tandems“, sagte Dad. „Wir müssen später noch die Reifen aufpumpen.“

Es gab noch Unmengen von anderem Zeug, inklusive Netzen und Tennisschläger, Toren für Wasserpolo, Bogen, Pfeilen und Zielscheiben, Krocket-Sets, kurz, alles, was das Herz begehrt. Daisy entschloss sich, später noch einmal für eine genauere Bestandsaufnahme zurückzukommen. Da keine ihrer üblichen Unterhaltungsquellen vorhanden waren, lernten sie und Max gerade, kreativ zu sein, wenn es darum ging, ein wenig Spaß zu haben. Sie hätte nie gedacht, dass sie sich mal über den Anblick eines Badminton-Sets freuen würde, aber hier schien es ihr eine Überlegung wert zu sein.

Ein ganzer Bereich des Schuppens war für Angelzeug reserviert. Hier fanden sich Angeln und Spulen in jeder Größe, Kisten mit Haken und Ködern, Anglerstiefel und Westen mit mehr Taschen, als man zählen konnte. Es gab eine große Angelbox mit einer kompletten Ausstattung und eine noch größere Kiste mit dem Namen Majesky darauf.

„Was ist das für Zeug?“, fragte Max.

„Das ist eine Ausrüstung fürs Eisangeln“, erklärte sein Dad. „Der alte Mr Majesky aus dem Ort ist früher außerhalb der Saison zum Fischen hergekommen. Er und Granddad waren vor langer Zeit mal Angelkumpels. Ich schätze, deswegen steht das Zeug noch hier.“

„Was steht auf dem Schild, Dad?“, wollte Max wissen.

„Da steht ...“

Daisy stieß ihren Vater in die Seite. Sie sollten Max so oft wie möglich die Gelegenheit geben, sein Lesen zu üben. Seit der ersten Klasse hatte er damit Schwierigkeiten, und auch wenn er viele Tests und Nachhilfestunden gehabt hatte, war es bisher nicht besser geworden.

„Was ist?“, fragte ihr Vater stirnrunzelnd.

Wusste er es wirklich nicht? „Lies das Schild, Max“, sagte sie. „Sag uns, was darauf steht.“

„Ach, nicht so wichtig“, grummelte er mit jetzt deutlich schlechterer Laune. „Mann, du bist schon so bossy wie Mom.“

„Nein, bin ich nicht. Für Mom würdest du versuchen, es zu lesen."

Max stürmte an ihr vorbei nach draußen, wobei er irgendetwas davon murmelte, nach den Würmern sehen zu müssen.

Ihr Vater war total überrascht. „Warte mal. Auf dem Schild steht ‚Angelvorschriften für Anwohner'. Willst du mir sagen, dass Max es nicht lesen kann?"

Daisy verschränkte die Arme und reckte das Kinn. „Hallo? Das sind Neuigkeiten für dich?"

„Ich wusste, dass er ein paar Probleme in der Schule hat, aber ich dachte, dass sein Tutor sich darum kümmert."

Typisch, dachte sie. Ihr Dad dachte immer, die Lösung für jedes Problem war, jemanden anzuheuern, der das übernahm. Man sollte meinen, inzwischen hätte er bemerkt, dass diese Strategie nicht immer funktionierte. Ihre Mutter war allerdings nicht viel besser. Ihre Lösung war, jemanden anzuheuern und dann abzuhauen, in diesem Fall nach Seattle. Daisy hatte das Gefühl, das einzige Familienmitglied zu sein, das sah, dass Max Hilfe brauchte, und zwar nicht von irgendeinem Fremden. Oh ja, sie hatten alle diese blödsinnigen Familientherapiesitzungen gemacht, aber die haben auch nichts gebracht. Dr. Granville fragte immer nur: „Wie hast du dich dabei gefühlt?" Er hatte die Gabe, Leute dazu zu bringen, zusammenzubrechen und zu weinen, na und? Das Talent hatte Oprah auch, aber es schien nie die Lösung für irgendein Problem zu sein, also was sollte das?

„Hast du nie seinen IAP gelesen?" Anhand des Gesichtsausdrucks ihres Vaters erkannte Daisy, dass er auch Hilfe brauchte, und zwar beim Entschlüsseln der Abkürzung. Sein „Individueller Ausbildungsplan", sagte sie mit Betonung auf jedem einzelnen Wort. „Diesen Sommer besteht die Hauptaufgabe darin, dass du jeden Tag mindestens eine Stunde zusammen mit ihm liest. Ich kann nicht glauben, dass Mom es dir nicht gesagt hat."

„Du machst Witze", sagte ihr Dad.

„Genau", stimmte sie zu. „Ich mache Witze. Ich dachte, es wäre lustig, dir weiszumachen, dass Max nicht lesen kann, und dir dann noch Lügen darüber zu erzählen, wie du damit umzugehen hast."

Entweder verstand ihr Vater den Sarkasmus nicht, oder er ignorierte ihn. „Also soll ich ihm vorlesen? Das finde ich toll." Sein breites Grinsen reichte von einem Ohr zum anderen.

Daisy war sich nicht sicher, ob sie das richtig verstanden hatte. „Entschuldigung? Toll?"

Ein Ausdruck beinahe kindlichen Enthusiasmus breitete sich auf seinem Gesicht aus. „Es gibt so viele Bücher, die ich Max immer schon vorlesen wollte. Eigentlich sogar euch beiden."

Warum hast du es dann nicht getan? wollte sie fragen.

„Ich meine, ich weiß, dass du ganz gut lesen kannst, oder?"

„Das fragst du wirklich?" Sie schnappte sich die drei Kanupaddel von den Haken an der Wand. „Weißt du es wirklich nicht?" Er sah so geknickt aus, dass sie Mitleid mit ihm hatte. „Keine Sorge, Dad. Ich kann sehr gut lesen." Er tat so, als wäre er der coolste Vater der Welt, nur weil er nicht ausflippte, obwohl er wusste, dass sie Zigaretten und Gras rauchte. Aber er merkte nicht, wie wenig er wirklich über sie wusste – dass sie dieses Jahr den Dickinson-Preis für Poesie gewonnen und sich einen Schlüssel in der National Honor Society verdient hatte. Dass sie in der letzten Saison eine Menge Tore für ihr Lacrosse-Team geschossen hatte. Dass Keith Jarrett ihr Lieblingsjazzpianist war und dass sie auf einer Party Kokain probiert hatte.

„Es gibt so viel, was wir lesen können", sagte ihr Dad. *„Der König auf Camelot* und *Die Schatzinsel*. Früher hat es im Haupthaus neben dem Gemeinschaftsraum eine Camp-Bibliothek gegeben. Da können wir heute Abend ja mal gucken gehen."

Eines musste man ihrem Vater zugutehalten: An Enthusiasmus fehlte es ihm nie.

Sie suchten Angeln und Rollen, Senkbleie und rot-weiße Köder aus, und gingen zurück zum Dock.

Greg hatte ein großes Kanu zu Wasser gelassen, das sechs Holzbänke hatte. Außerdem hatte er eine Kühlbox mit ausreichend Getränken, Sandwiches und Snacks für eine ganze Armee mitgebracht. Daisy stellte sich vor, wie er mitten in der Nacht aufgestanden war und alles vorbereitet hatte, und ihr Herz zog sich zusammen. Er versuchte es. Er versuchte es wirklich.

Ihr fielen ein Haufen Handtücher und eine Tube Sonnencreme ins Auge. Sonnencreme? Dachte er wirklich daran, so lange auf dem Wasser zu bleiben, dass man Sonnencreme brauchte?

„Du hast gesagt, wir sollen Blumen rund um die Auffahrt und das Haupthaus pflanzen", erinnerte sie ihren Dad.

„Das stimmt." Er warf ihr eine Rettungsweste zu. „Blumen lassen alles gleich viel frischer aussehen. In meinem ursprünglichen Entwurf hatte ich rote und weiße Geranien vorgesehen."

„Also sollten wir nicht zu lange wegbleiben", fügte sie hinzu.

„Mach dir darüber keine Gedanken. Den Blumen ist es egal, an welchem Tag wir sie in die Erde setzen. Wozu soll ein Sommercamp gut sein, wenn man nicht ab und zu auch mal einen Tag faulenzt?" Er grinste. „Tja, sieht so aus, als säßest du mit Max und mir in der Falle."

„Super."

Das Kanu war wackeliger, als es aussah, wie es so friedlich neben dem Dock schwamm. Als sie an Bord gingen, taumelte es unheilvoll von einer Seite auf die andere, was Max unglaublich spaßig fand.

„Setz dich ruhig hin", wies Daisy ihn an und nahm sich ein Paddel. „Wenn du uns zum Kentern bringst, wirst du es bereuen, das schwöre ich dir."

„Ist doch nur Wasser."

„Ja, aber hast du mal 'ne Hand reingehalten?"

Max ließ seine Finger ins Wasser baumeln. „Ich finde, das fühlt sich großartig an."

„Paddel einfach, Taubnuss."

„Meine Nüsse sind nicht taub", protestierte er.

„Komm schon, Max. Nimm dir ein Paddel und fang an zu paddeln", sagte sie. „Oder weißt du nicht, wie das geht?"

„Natürlich weiß ich das." Streitlustig nahm er das Paddel, während ihr Vater das Kanu vom Steg abstieß.

Daisy tauchte das Blatt ein und gab von ihrem Platz vorne im Kanu den Takt vor. Sie wusste nicht genau, was sie da tat, aber sie hatte im Sportunterricht schon mal gepaddelt und machte es einfach genauso. Es war nicht schwer, auch wenn ihr Dad und Max hoffnungslos aus dem Takt waren. Ihre Paddel knallten in der Luft zusammen, sodass die Wassertropfen nur so spritzten und in den ersten Sonnenstrahlen wie Diamanten glitzerten. Daisy stellte sich vor, Dr. Granville von dem Ausflug zu erzählen. Er würde sagen, dass die mangelnde Koordination eine Metapher für die Probleme der Familie sei. Er liebte diesen ganzen Metapher-Kram. Er würde erklären, wie Dads Unreife und Bindungslosigkeit, Daisys Suche nach Grenzen und Max' Bedürfnis nach Bestätigung sich in der Art, wie sie zusammen paddelten, widerspiegelte.

„Als ich ein Kind war", sagte Dad, „gab es hier immer einen Mannschafts-Quadrathalon. Ein Rennen mit vier Teilen. Als Erstes mussten wir paddeln – einmal um die Insel und zurück. Dann mussten wir von den Startblöcken bis zu den Bojen und zurück schwimmen. Als Nächstes galt es, ungefähr drei Meilen mit dem Fahrrad zurückzulegen, und zum Schluss kam der Querfeldeinlauf, eine Meile bis zur Ziellinie. Der Erste, der das Ziel erreichte, bekam einen Preis."

„Und was war das für ein Preis?", wollte Max wissen.

„Komisch, daran kann ich mich gar nicht mehr erinnern. Sehr wahrscheinlich so was wie eine Extraportion Kekse."

„Ganz schön viel Arbeit für ein paar Kekse."

„Junge, wir haben es doch nicht für die Kekse gemacht."

„Warum denn dann?"

„Um zu gewinnen. Um das Recht, anzugeben, weil man das schnellste Team war.“

„Pft, das kapier ich nicht.“

„Komm schon, Max. Wo ist dein Wettbewerbsgeist?“

„Ich schätze, den habe ich vergessen einzupacken.“

„Wann fangen wir denn endlich mit dem Angeln an?“ Daisy hoffte, je eher sie anfingen, desto eher könnten sie wieder umkehren.

„Wir müssen die perfekte Stelle finden“, erklärte ihr Dad. „Sie nennt sich Blue Hole.“

Es dauerte ewig, bis sie den Ort erreichten, weil er ganz auf der anderen Seite des Sees lag und sie nur so langsam vorankamen. Das ganze Spritzen und Lärmen hatte aber vermutlich sowieso jeden Fisch verscheucht.

Endlich, kurz bevor sich an Daisys Händen Blasen zu bilden begannen, erklärte ihr Vater, dass sie die Stelle erreicht hatten. Daisy musste zugeben, dass es hier wunderschön war. Das tiefe Angelloch wurde von einer Mauer aus ins Wasser reichenden Felsen gebildet. Hier war der See so still wie ein Stück Glas.

„Und jetzt?“, fragte Max.

„Jetzt befestigen wir unsere Köder an den Haken und hoffen aufs Beste. Reich mir mal die Kanne mit den Würmern, Daisy.“

„Die würde ich nicht mal mit der Kneifzange anfassen“, erwiderte sie.

„Angsthase.“ Max kletterte zu ihr, wobei er das Kanu zum Schwanken brachte.

„Vorsichtig, Taubnuss“, sagte sie und hielt sich mit beiden Händen an den Seiten fest.

Zu ihrer Überraschung bewies Max sogar ein wenig Geschick, als er die Kanne schnappte und seinem Vater reichte. In wenigen Minuten waren ihre Haken präpariert – von ihrem Dad, der zu wissen schien, was er tat – und die Leinen ausgeworfen.

Und dann … nichts. Alle drei saßen da wie die Idioten, starrten auf ihre Köder, warteten auf einen Biss. Hin und wieder zog ihr Dad eine Leine ein und machte einen neuen Wurm an den Haken, als wenn die Forellen ihre Nase über die toten, aufgedunsenen Würmer rümpften. Ab und zu bewegte sich ein Blinker, tauchte ein wenig unter. Wenn das passierte, rollte einer von ihnen in wilder Aufregung die Leine ein, nur um festzustellen, dass ihnen der Köder vom Haken geklaut worden war.

„Clevere kleine Teufel“, bemerkte ihr Dad.

„Wer, die Forellen?“, fragte Daisy. „Seit wann sind Forellen clever?“

„Seit sie einen Wurm klauen können, ohne den Haken zu schlucken“, erklärte Max. „Ich finde das ziemlich clever. Du nicht?“

„Ja, wirklich toll."

Nach einer guten Stunde verwandelte sich die Langeweile in Alberei. Sie spielten Spiele, an die sie sich noch von früher erinnerten, wie „Ich sehe was, was du nicht siehst" und „Wer bin ich". Der Klang von Max' Gekicher perlte wie Vogelgesang über das Wasser, und Daisy überkam ein seltsames, unerwartetes Gefühl. Ein Gefühl von Ruhe und … Frieden.

Ein wenig später fing ihr Dad an, Geschichten zu erzählen. Er sprach von den alten Zeiten, als er noch ein Junge gewesen war und jeden Sommer seiner Kindheit hier verbracht hatte. „Es war das einzige Leben, das ich kannte", sagte er. „Und ich habe gar nicht bemerkt, wie wundervoll es war. Aber das tun Kinder nie."

Ja, aber sie bemerken, wenn ihr Leben den Bach runtergeht, dachte Daisy.

Max bekam Hunger und wickelte ein Sandwich aus. „Hm, mein Lieblingssandwich."

„Das hast du nicht getan", sagte Daisy zu ihrem Vater.

Der zuckte mit den Schultern. „Er mag es doch so gerne."

Ein entzückter Ausdruck legte sich über Max' Gesicht, als er in die eklige Mischung aus Fleischwurst und Erdnussbutter biss. „Erzähl uns die Geschichte, als Onkel Philip Seewolf-Köder in der Hütte der Mädchen versteckt hat", bat er, auch wenn er die Geschichte auswendig kannte.

Die Minuten flogen vorbei, während sie ihrem Vater zuhörten. Max puhlte die Kruste vom Brot und ließ sie über Bord ins Wasser fallen. Daisy sah zu, wie ein Schwarm Forellen angeschossen kam und die mit Erdnussbutter getränkte Kruste von der Wasseroberfläche schnappte. Wie hypnotisiert sah sie zu, wie ein Fisch kam, dann noch einer …

„Gib mir den Kescher", flüsterte sie.

„Hat bei dir eine angebissen?", fragte Max.

„Nein. Aber bei dir. Schau mal ins Wasser. Sie kommen wegen deines Sandwiches."

Seine Augen wurden riesig. „Wow, Dad, sieh doch nur."

Daisy nahm den Kescher und hielt ihn über zwei Forellen, die an einem Stück durchgeweichtem Brot knabberten. Sie musste das Netz nur senken und die beiden einfangen.

„Los, mach schon, Daisy", flüsterte Max. „Komm schon, du kannst das."

So schnell sie konnte tauchte sie den Kescher ins Wasser. Die Fische stoben davon.

„Verdammt." Sie ließ sich schwer auf ihre Bank zurückfallen. „Das war das Aufregendste am ganzen Tag."

„Schau!“, rief Max und warf ein weiteres Stück Brot ins Wasser. „Sie kommen zurück. Jetzt sind es drei.“

Daisy zögerte nicht, sondern stieß den Kescher direkt ins Wasser. „Ich habe einen, Daddy, sieh nur! Ich habe einen Fisch gefangen“, jubelte sie. Der silbrige Körper schlug im Netz wild hin und her.

„Fantastisch, Daisy“, sagte er. „Gut gemacht. Jetzt tu ihn hier in den Fischkorb ...“

„Eine Forelle! Daisy hat eine Forelle gefangen!“ Max sprang aufgeregt auf und ab.

„Langsam, mein Freund“, warnte sein Dad ihn. „Du willst doch nicht das Boot zum Kentern ...“

„Dad!“ Irgendwie hatte die Forelle es geschafft, aus dem Netz herauszuspringen. Daisy versuchte, sie noch zu packen.

Was natürlich ein fataler Fehler war. Sie fühlte, wie das Kanu sich zur Seite neigte, und konnte dennoch nichts dagegen tun. Mit wedelnden Armen stürzte sie kopfüber ins Wasser. Der Kälteschock und die Rettungsweste brachten sie sofort zurück an die Oberfläche, wo schon ein empörter Schrei auf ihren Lippen lag.

Doch sie schrie nicht. Sie tauchte gerade rechtzeitig auf, um Max strampeln zu sehen und ihren Vater, wie er versuchte, ihn zu halten. Dann fielen sie beide hinein. Die Sonnenstrahlen malten einen Regenbogen auf die hochspritzende Fontäne.

„Heilige Scheiße“, schnappte ihr Vater. „Ist das Wasser kalt.“

„Du hast Scheiße gesagt“, kicherte Max, dessen Lippen bereits blau anliefen.

„Falsch“, sagte sein Dad. „Ich habe *heilige* Scheiße gesagt.“ Er schwamm zum Kanu hinüber und rettete den Kescher, den Haufen pitschnasser Handtücher und zwei der Paddel, die auf dem See schwammen. Im Boot war zwar Wasser, aber nicht so viel, dass es zu sinken drohte.

Max lehnte seinen Kopf gegen den Kragen der Rettungsweste zurück und schaute in den Himmel. „Es ist k-k-k-kalt!“, sagte er lachend und drehte sich im Kreis. „Eiskalt. Jetzt sind meine Nüsse wirklich taub.“

Daisy zitterte, aber als sie losschwamm, um ihre auf dem Wasser treibenden Flip-Flops einzusammeln, merkte sie, dass sie Spaß an dem Gefühl der Schwerelosigkeit hatte. Sobald man sich bewegte, war es auch nicht mehr so kalt. Sie spielte eine Runde Fangen im Wasser mit ihrem Vater und Bruder, sie tauchten einander unter, riefen und lachten und vertrieben auch noch den letzten Fisch von dieser Seite des Sees. Nach einer Weile fing Max an, so sehr mit den Zähnen zu klappern, dass er nicht mehr sprechen konnte, und so entschlossen sie sich, zurückzukehren.

Was einfacher gesagt als getan war. Sie kamen nicht ins Kanu. Daisy und ihr Dad schafften es, Max hinaufzuhieven, aber sie selber konnten nicht hineinklettern, ohne Gefahr zu laufen, es wieder zum Kentern zu bringen. Es war wie verhext, und bald schon mussten sie so sehr lachen, dass ihre Hände und Arme sich wie Wackelpudding anfühlten und total nutzlos waren. Sie gaben die Versuche auf und zogen das Boot schwimmend ans nächste Ufer, an dem ein Dickicht aus Birkenschösslingen und hohem Gras wuchs. Inzwischen zitterten alle drei.

„Ich mache uns ein Feuer“, sagte Greg. „Dann können wir uns erst ein wenig aufwärmen, bevor wir zurückpaddeln.“

„Klar, ein Feuer“, sagte Daisy spöttisch. „Und womit?“

Ihr Dad überraschte sie. Verblüffte sie sogar. Wer hätte gedacht, dass er nur mit einem Schnürsenkel, zwei kurzen Ästen und etwas trockenem Gras ein Feuer entzünden könnte? Irgendwie hatte er alles so miteinander verbunden, dass ein schneller Zug an dem Band die Spitze des einen Astes schnell genug in den anderen drehte, sodass kleine Funken entstanden. Nach ein paar Versuchen fing das trockene Gras Feuer, was er dann mit sanftem Pusten zu einer richtigen Flamme anwachsen ließ. Am Ende hatten sie ein echtes kleines Lagerfeuer direkt am See. Die Wärme fühlte sich göttlich an, und sie schafften es, eine Tüte Chips und ein paar Weintrauben aus der unter Wasser stehenden Kühlbox zu retten und gönnten sich ein kleines Festmahl. Nach einer Weile waren sie aufgewärmt genug, um zum Camp zurückzupaddeln.

Als sie dort ankamen, waren sie alle drei erschöpft von der Anstrengung und vom Singen endloser neuer Strophen von „Ein Bär ging über den Berg“. Daisy fühlte sich nach dem Bad im klaren Seewasser wie frisch geduscht, und ihre Haut prickelte mit einem leichten Sonnenbrand.

Nachdem sie das Kanu festgebunden und ihre durchnässten Klamotten auf den Steg geholt hatten, kam Olivia zu ihnen. „Und, Glück gehabt?“, fragte sie.

Daisy, Max und Greg schauten einander an und brachen dann in herzhaftes Lachen aus.

An diesem Abend fiel Max praktisch in seinen Makkaroni mit Käse in den Schlaf, und Greg trug ihn in sein Bett hinüber. Daisy schlüpfte in die Bibliothek im Haupthaus. Es war ein gemütlicher Raum mit eingebauten Bänken und Leseecken und rustikalen Korbmöbeln. Die Regale bogen sich unter Büchern aller möglichen Genres: Romane mit so lustigen Namen wie „Das Ei und ich“, ein Naturführer und wie es aussah jedes Dr. Seuss-Buch, das je geschrieben worden war. Sie schnappte sich ein Buch und ging ihrem Vater und Bruder hinterher.

In ihrer Hütte war es unordentlich, und Max und ihr Dad lagen bereits gemeinsam in einem der Stockbetten. Daisy krabbelte neben Max und reichte ihrem Vater das Buch. „Wir sollten mit etwas Kurzem anfangen“, sagte sie.

Dad schaltete die Lampe ein und öffnete „Horton brütet ein Ei aus“. Er las so übertrieben dramatisch vor, dass Daisy in der Nähe blieb, um zuzuhören. „Ich meinte, was ich sagte, und ich sagte, was ich meinte“, las ihr Vater mit behäbiger Ernsthaftigkeit. „Ein Elefant ist zu einhundert Prozent verlässlich.“

13. KAPITEL

„Also was ist das zwischen dir und Olivia", wollte Connor von Freddy wissen. Er hatte erkannt, dass er ihn das einfach fragen musste, und jetzt war vielleicht ein guter Zeitpunkt dafür. Sie bauten den Pavillon nach, und bis jetzt hatten sie es geschafft, sich dabei nicht gegenseitig umzubringen.

Irgendwas war zwischen Freddy und Olivia, aber Connor konnte nicht sagen, was. Seitdem er sie in seine Arme gezogen und beinahe geküsst hatte, war nichts weiter passiert. Wollte er denn, dass etwas passierte? Also abgesehen vom Offensichtlichen? Er wusste es beim besten Willen nicht. Er wusste nur, dass er sie unglaublich gerne küssen würde, so viel stand fest.

Was Olivia anging, entweder wich sie ihm aus oder sie war wirklich zu beschäftigt.

Freddy maß ein Kantholz ab und markierte die Stelle mit einem flachen Zimmermannsbleistift. „Was soll zwischen uns sein?"

„Das habe ich dich gerade gefragt", nuschelte Connor um die Nägel herum, die er zwischen den Lippen stecken hatte.

„Warum willst du das wissen?" Er schaute ihn misstrauisch an, während er den Bleistift zur Seite legte. Dann ging er zu der rot-weißen Kühltasche hinüber und holte zwei Flaschen heraus.

„Ich frag mich nur, ob ihr beide was miteinander habt. Denn wenn ja, respektiere ich das."

„Und wenn nicht?" Freddy reichte ihm eine der Flaschen.

„Dann eröffnet mir das neue Möglichkeiten." Es war irgendein Designer-Wasser in kobaltblauen, tropfenförmigen Flaschen. Er nahm einen großen Schluck und verzog dann das Gesicht. Mit so viel Kohlensäure hatte er nicht gerechnet. „Was ist das für ein Zeug?"

„Tynant, aus einer Quelle in Wales." Freddy klang so, als wenn das jeder Idiot wissen müsste. „Alles, was du über Olivia und mich wissen musst, ist, dass sie die beste Freundin ist, die ich je hatte. Sie hat ein paar Tiefschläge einstecken müssen, weshalb ich mich schrecklich fühle, weil ich in der Lage sein sollte, sie davor zu beschützen."

„Was für Tiefschläge?"

Freddy funkelte ihn warnend an. „Die Art, vor der ich sie nicht beschützen kann."

Olivia stand auf der Veranda des Haupthauses, blickte über den See zu der kleinen Insel und beobachtete, wie Connor an dem Pavillon arbeitete. Sie hatte an diesem Nachmittag Hunderte Sachen zu tun, aber sie konnte nicht aufhören, an den Kuss zu denken. Den Kuss, der keiner war. Den Beinahe-Kuss, den Freddy gestört hatte und von dem Connor keinerlei Anstalten machte, ihn zu wiederholen, obwohl sie ihm mehr als ausreichend Gelegenheit dazu gegeben hatte. Ganz eindeutig bereute er, diesen Schritt gemacht zu haben. Sie konnte es ihm nicht verdenken. Als sie ihn zu dem Ort gezerrt hatte, an dem sein Vater einst wohnte, hatte er vermutlich gedacht, sie tue es, um ihn zu quälen. Trotzdem konnte sie immer noch die Frage hören, die er ihr gestellt hatte. *Denkst du jemals noch an uns, Lolly?*

„*Nicht mehr, als ich an alles andere denke, was vor neun Jahren gewesen ist*", hatte sie geantwortet. Das war eine so große Lüge gewesen, dass die Worte eigentlich ihre Zähne hätten schwarz verfärben müssen.

„Was glaubst du, worüber sie reden?" Dare gesellte sich zu Olivia. „Es sieht zur Abwechslung mal eher nach einer Unterhaltung als nach einem Streit aus."

„Wer, wie? Zumindest nimmt Nanas Pavillon langsam Züge an", erwiderte Olivia.

Nachdem sie den Männern eine Weile zugesehen hatten, entschieden sie, auf die Insel hinauszupaddeln und ihnen etwas zu Essen zu bringen. Dare stellte ein unglaubliches Picknick zusammen. Sandwiches, weiße Trauben, Mokka-Brownies, Limonade. Sie tat alles mit dieser gewissen Eleganz, mit der sie anscheinend schon auf die Welt gekommen war. In der Camp-Küche lagerten ausreichend Picknickkörbe, und sie wählte einen klassischen aus geflochtener Weide, der mit einem karierten Tuch ausgekleidet war. Sie kamen gerade rechtzeitig auf der Insel an, um zu sehen, wie Freddy sein T-Shirt auszog. Dare stieß ein kleines, sehnsüchtiges Wimmern aus.

„Er hat uns bestimmt kommen sehen und das mit Absicht gemacht", sagte Olivia, die Freddys Eitelkeit nur zu gut kannte. Was ihm an Größe mangelte, machte er mit körperlicher Fitness wieder wett. Seine Arm- und Bauchmuskeln waren durch eine Reihe täglicher Übungen, die unter anderem eine obszöne Anzahl von Liegestützen beinhaltete, sehr gut ausgebildet.

Als sie näher herankamen, trocknete sich Freddy Brust und Unterarme mit seinem Shirt ab.

„Nun ja, vielleicht auch nicht", sagte Olivia leicht angewidert.

Er schüttelte das T-Shirt aus und hängte es an einen Ast.

„Definitiv nicht", bestätigte Dare.

Gedankenverloren musterte Olivia ihre Cousine. Dare schien von Freddy sehr angetan zu sein. Sie wollte gerade etwas in der Richtung sagen, als Connor in Sicht kam, einen Stapel Bretter auf der Schulter balancierend.

Ihr eigenes sehnsüchtiges Wimmern war nicht ganz so klein.

Dare warf die Leine um die Klampe auf dem Dock. „Also bist du nach all den Jahren immer noch verrückt nach ihm, ja? Nach allem, was er dir angetan hat?“, fragte sie.

„Ich bin jetzt ein anderer Mensch. Ich wünsche mir so oft, dass ich die Dinge in jenem Sommer anders gehandhabt hätte.“

„Tja, hier ist deine Chance, es besser zu machen. Die bekommen nicht viele Leute.“

Freddy sah sie über das Dock gehen. Als er den Picknickkorb in Dares Hand erblickte, fasste er sich in einer dramatischen Geste ans Herz und sagte: „Ich glaube, ich bin verliebt.“

„Ein Mann der einfachen Bedürfnisse“, bemerkte sie.

„Einfach und wenig. Eine herzhafte Mahlzeit und ein williges Weib. Mehr braucht es praktisch nicht.“

„Dann ist heute dein Glückstag. Geh dir die Hände waschen und zieh dir dein T-Shirt wieder an.“

Olivia spürte Connors Blick auf sich, als sie den Flirt zwischen Dare und Freddy beobachtete. Sie nahm zwei kalte Flaschen Limonade aus dem Kühler und reichte ihm eine.

„Ihr habt eine Menge geschafft“, sagte sie.

„Komm, ich zeig’s dir. Pass auf, wo du hintrittst.“ Er streckte seine Hand aus, und vor ihren Augen erschien ein Bild von ihm vor vielen Jahren, an dem letzten Abend, an dem sie ihn gesehen hatte, als er herausgeputzt vor ihr stand und sie zum Tanzen aufforderte. Sie blinzelte, und das Bild verschwand. Sie war wieder in der Gegenwart. Er war der Connor Davis des Heute, in Levi’s und einem T-Shirt und mit einem Bandana, das aus seiner hinteren Hosentasche hing.

Sie schaute kurz auf seine Hand und fragte sich, ob sie alleine durch seine Berührung dahinschmelzen würde. Vielleicht, dachte sie. Viel fehlte ja nicht mehr.

Sie nahm seine Hand, und es war genauso wie an dem Tag, an dem er sie in seine Arme gezogen hatte. Eine besondere, unwiderstehliche Wärme durchflutete sie. Es war kein Gefühl, dem sie vertraute oder das sie unbedingt haben wollte, aber leugnen konnte sie es auch nicht.

Er zog sie auf die achteckige Plattform hinauf, die er und Freddy gebaut hatten. Sie legte ihren Kopf zurück und schaute hinauf zu den noch freiliegenden Dachsparren. „Ich fühle mich wie Aschenputtel auf dem Ball.“

„Klar. Und ich bin der Prinz.“

„Ein Mädchen wird ja wohl mal träumen dürfen.“

Er ließ ihre Hand los. „Aber so viel sie will.“

Sie lehnte sich gegen eine der Stützen des Pavillons und atmete den Geruch nach frischem Holz ein. Dann schirmte sie ihre Augen mit einer Hand ab und sagte: „Sie haben vermutlich an einem Tag wie dem heutigen geheiratet. Meine Großmutter sagt, es war ein perfekter Sommertag."

Ein altes Schwarz-Weiß-Foto war an einen Pfosten getackert. Es war ein Bild von ihren Großeltern, jung und bis über beide Ohren verliebt, inmitten ihrer Hochzeitsgäste unter dem alten Pavillon. Der Neubau schien eine exakte Kopie zu sein.

Connor missdeutete ihren Gesichtsausdruck. „Mach dir keine Sorgen. Das ist nur eine Kopie."

„Du hast das Bild hierhingehängt?"

„Überrascht dich das?"

„Es ist nur ... ja."

„Tja, ich war's. Was soll dieser Blick?"

„Nichts. Du hast dich zu einem coolen Kerl entwickelt, Connor. Das überrascht mich auch."

„Und du hast dich zu ... einer sexy Frau entwickelt", erwiderte er. „Was mich allerdings nicht im Geringsten überrascht."

Sie stieß ein unterdrücktes Schnauben aus. „Du hast mich ja nicht einmal erkannt, als du mich wiedergesehen hast."

„Du hingst an einem Fahnenmast. Unter solchen Umständen würde ich meine eigene Mutter nicht erkennen."

Sie spürte, wie sie sich ihm langsam öffnete. Ihm vertraute. War das nicht eine seltsame Entwicklung? Aus irgendeinem Grund trug sie ein beinahe greifbares Vertrauen für Connor in sich.

Sie betrachtete das Foto. Es zeigte einen Augenblick solcher Freude, die sowohl auf ihren Gesichtern als auch aus ihren Augen strahlte. Ihr Großvater sah in seinem Smoking so stolz und schick aus, und ihre Großmutter wirkte einfach nur selig. Ihre Freunde, die sich um sie versammelt hatten, trugen so perfekt geschnittene und gestärkte Anzüge und Kleider, dass sie wie gezeichnet aussahen. Ihre Großeltern waren auf dem Bild beide jünger, als Olivia es jetzt war. Und auch wenn das Foto eindeutig gestellt war, strahlte es eine Unschuld und Reinheit aus, die Olivias Herz zutiefst berührte. Das muss magisch sein, dachte sie, einen Moment so einfacher Freude und Hoffnung zu teilen, zu wissen, dass man die Person gefunden hatte, mit der man den Rest seines Lebens verbringen wollte.

Sie waren jung und total verliebt. Es gab keine Anzeichen der Kämpfe, die sie mit Granddads Familie hatten ausfechten müssen, die so erbittert gegen diese Hochzeit gewesen war. Es gab keine Vorboten der Ereignisse, die das Leben noch für sie bereithielt. Weder für die guten noch für die schlechten Zeiten. Der Vietnamkrieg und die Ölkrise. Unglaublicher Reichtum und unerträgliche Tragödien. In dem

Moment, in dem die Aufnahme gemacht wurde, existierten nur Unschuld und die rasende Vorfreude, endlich in das gemeinsame Leben zu starten.

Sie erkannte auf dem Foto auch ihre anderen Großeltern. Samuel Lightsey war der Trauzeuge gewesen. Ein paar Jahre später hatte er seine Begleitung geheiratet, Olivias Großmutter mütterlicherseits, Gwen.

Mit einem sehnsüchtigen Lächeln sagte sie: „Ich möchte, dass der Tag ihrer goldenen Hochzeit so schön wird wie die Hochzeit selber."

„Ich habe das Gefühl, dass Dare und du schon dafür sorgen werdet."

Sie sank tiefer in seinen Bann, vertraute ihm mit jedem Wort, das er sprach, mehr. Okay, dachte sie. *Tief durchatmen.* „Ich war auch verlobt", sagte sie sanft und behielt sein Gesicht im Auge. „Nur falls du dich das gefragt hast."

Sein Gesichtsausdruck veränderte sich nicht. „Ich nehme an, es hat nicht funktioniert."

„Das stimmt."

„Freddy hat mir gesagt, dass du verletzt worden bist, aber mehr auch nicht."

Sie scharrte mit den Füßen und räusperte sich. Warum nicht? Er würde die Geschichte irgendwann sowieso zu hören bekommen.

„Drei Mal."

„Ich verstehe nicht?"

„Drei Mal. So oft war ich verlobt. Mit drei verschiedenen Männern. Nun ja, das dritte Mal war nicht wirklich eine Verlobung. Das hat quasi ... schon kurz davor geendet." Und Freddy hatte recht. Sie *war* verletzt gewesen, und jeder weitere Fehlschlag hatte sie nur noch mehr davon überzeugt, dass es an ihr lag. Sie schien einen Hang dazu zu haben, sich die falschen Männer auszusuchen. Sie zwang sich, Connors Blick standzuhalten. In seinem Gesicht suchte sie nach Spuren einer Reaktion, aber sie sah nichts. „Und?"

„Und was?"

„Willst du nichts dazu sagen?"

„Was willst du denn hören?"

„Ich weiß nicht. Wie wäre es mit ‚Oh, das tut mir leid'?"

„Es tut mir aber nicht leid."

„Wie bitte?"

„Wenn eine dieser Verlobungen funktioniert hätte, wärst du jetzt verheiratet, was bedeutete, dass ich hier stehen und mich nach einer verheirateten Frau verzehren würde."

Seine Offenheit verschlug ihr die Sprache. „Du verzehrst dich nach mir?"

Er lachte. „Merkt man das nicht?“

„Und wer sagt heutzutage schon noch *verzehren*?“

„Ungefähr jeder Kerl, der ehrlich ist.“

„Verzehren.“ Sie schüttelte den Kopf. Ihre gesamte Haut kribbelte vor Verlegenheit. „Damit solltest du besser gleich aufhören.“

„Ja“, sagte er. „Damit fange ich sofort an.“ Er lachte. Lachte sie aus oder an? „Nein, das wird nicht passieren. Auf keinen Fall.“

„Du wirst aber nie Erfüllung finden“, sagte sie.

„Verdammt, Lolly, du fühlst dich so schnell angegriffen. Ich versuche nicht, mich mit dir zu verloben. Ich dachte nur, dass du vielleicht den Sommer über meine Freundin sein möchtest.“

Ihr lag schon eine freudige Antwort auf der Zunge, aber sie unterdrückte sie. „Was für ein verlockendes Angebot.“

„Ich nehme an, das heißt Nein.“

„Mit einem großen N. Gott, Connor. Warum sollte ich deine Freundin sein wollen?“

„Damit wir zusammen herumhängen können, gemeinsam lachen, auf jede nur erdenkliche Art Liebe machen und so.“

Sie hätte sich beinahe an ihrer Limonade verschluckt.

„Geht es dir gut?“ Er klopfte ihr auf den Rücken, und sie nickte, da sie noch nicht sprechen konnte. „Hab ich was Falsches gesagt?“, erkundigte er sich besorgt.

Ein weiteres Nicken. „Männer reden nicht so mit mir.“

„Ich schätze, das ist deren Problem. Kein Wunder, dass du die letzten drei hast sitzen lassen.“

„Es ist nett von dir, anzunehmen, dass ich diejenige war, die sitzen gelassen hat.“

„Ist doch auch egal. Die gute Nachricht ist, dass sie aus deinem Leben verschwunden sind.“

Widerstrebend musste sie ihm da zustimmen. Obwohl sie gedacht hatte, dass Rand perfekt zu ihr passte, vermisste sie ihn kein Stück. Sie hatte sich gegen mögliche Augenblicke der Schwäche gewappnet, in denen sie überlegte, seinen Anrufbeantworter anzurufen, nur um seine Stimme zu hören, aber diese Augenblicke kamen nicht. Sie lag nicht mit einem Loch im Herzen herum und vermisste ihn, wünschte sich, sie könnten immer noch Freunde sein, sehnte sich danach, seine Arme um sich zu spüren. Das waren keine guten Neuigkeiten für Olivia. Denn das bedeutete, dass sie ihr eigenes Herz nicht kannte. Der einzige Mann, nach dem sie sich je so sehr verzehrt hatte, war …

Connor reichte ihr sein Bandana. „Es ist sauber“, sagte er. „Du kannst dir damit ruhig dein Gesicht abwischen.“

14. KAPITEL

Die verstörendsten Erinnerungen hatten die Eigenschaft, Olivia in den dunkelsten Stunden der lauen Sommernächte zu überfallen. An den meisten Tagen arbeiteten sie alle bis zur Erschöpfung und gingen früh zu Bett – außer Olivia. Normalerweise hatte sie keine Probleme, einzuschlafen, aber hier, im Camp Kioga, lag sie nachts oft wach. In ihrem Kopf kreisten die unbeantworteten Fragen zu Jenny Majesky, die Aufregung, ob sie das herausfordernde Projekt wirklich schaffen konnte – und Erinnerungen. Sie trug sie hinaus in die Nacht, sah sie in den Sternen aufflackern, von denen es so viele gab, dass der Himmel aussah wie von Glitter überzogen. Durch den Dunst warf der Mond eine weiße Sichel auf die schwarze Oberfläche des Sees.

Eine Brise kräuselte das Wasser, und Olivia zitterte. Sie zog ihre Jeansjacke enger um sich. In der Stadt hatte sie ganz vergessen, dass es Orte wie diesen gab, Orte, wo sie ganz alleine sein konnte, während ihre Gedanken wie ein Schrei durch ihren Kopf wirbelten. Es war ungewohnt, nur das Rufen der Frösche und das Rascheln des Windes in den Bäumen zu hören. Ungewohnt und vielleicht ein wenig Unheil verkündend.

Sie sollte ins Bett zurückgehen. Morgen wartete viel Arbeit auf sie. Gleich morgens hatte sie ein Treffen mit Connor, dem Klempner und dem Elektriker. Nur ein Geschäftstermin, sagte sie sich. Alles rein geschäftlich. Doch in Gedanken überlegte sie bereits, was sie anziehen würde. Wie erbärmlich war das bitte?

Connor Davis. Warum konnte sie sich an jede Berührung, jeden Kuss erinnern? Warum konnte sie immer noch den Abdruck seiner Lippen auf ihren fühlen, ihn genau schmecken, den Rhythmus seines Herzens spüren? Es war verrückt. Das Leben hatte ihr so viel gegeben, seitdem sie hier im Camp Kioga den Kinderschuhen entwachsen war. Warum fühlte sie sich dann immer noch gefangen in den Momenten mit ihm?

Weil all die Gefühle an dem Tag zurückgekommen sind, als er sie im Haupthaus auf der Tanzfläche in seine Arme gezogen hatte.

Sie seufzte und wandte sich in Richtung Speisesaal, der jetzt als Kommandozentrale für ihr Projekt diente. Wenn der Schlaf schon nicht kommen wollte, konnte sie genauso gut etwas Arbeit erledigen. Sie schaltete das Licht an und ging die Zeichnungen und Pläne durch, die auf dem Tisch ausgebreitet lagen und an die Wand geheftet waren. Vielleicht sollte sie sich eine Kanne Tee machen und alles noch einmal gründlich durchdenken.

Sie schaute sich gerade den Plan ihres Onkels für die neue Gartenanlage an, als ein lautes Geräusch sie aus ihrer Träumerei riss. In weniger als einer Sekunde hatte sie es als den Motor eines Motorrads erkannt. Oje, dachte sie. Sie war nicht in der Lage, das aufgeregte Zittern ihrer Nerven zu unterdrücken, als sie zum Eingang des Gebäudes ging, um auf ihn zu warten. Sie sah auf die Uhr. Halb elf Uhr nachts. Was wollte er um diese Zeit hier?

Er fuhr vor, schaltete den Motor und das Licht ab und stellte das Motorrad auf den Ständer. „Ich hoffe, dass ich dich nicht geweckt habe", sagte er, nachdem er den Helm abgenommen hatte.

„Nein, ich war noch wach." Neugierig folgte sie ihm hinein. Er roch nach Leder und Wind, und seine Stiefel dröhnten dumpf auf dem Fußboden, als er zum Speisesaal hinüberging. „Es ist heute Nacht kälter, als ich gedacht habe", sagte er. „Hab mir auf der Fahrt hier rauf die Nüsse abgefroren."

„Das tut mir leid." Sie fühlte sich etwas unbehaglich.

„Hast du eigentlich vor, hier irgendwann in naher Zukunft ein Telefon installieren zu lassen?"

„Das soll nächste Woche kommen."

„Gut. Ich habe nämlich keine Lust, jedes Mal zehn Meilen in die Berge zu fahren, wenn ich mit dir reden muss."

„Also musst du mit mir reden?" Sie setzte sich auf eine Bank. „Was ist los?"

„Ich habe gerade erst erfahren, dass ich den Sommer über unerwarteten Besuch habe." Er setzte sich neben sie und legte die Fingerspitzen nachdenklich aneinander. „Mein Bruder, Julian."

„Du machst Witze. Ich erinnere mich an Julian." Und ob sie das tat. Er war Connors Halbbruder, und sie waren getrennt voneinander aufgewachsen. Connor bei seiner Mutter in Buffalo, und Julian … Gastineaux – sie erinnerte sich immer noch an den Namen – bei seinem Vater in New Orleans. „Das ist toll", sagte sie. „Oder nicht?"

„Wer weiß? Immerhin handelt es sich um Julian."

Er war gute zehn Jahre jünger als Connor, wenn sie sich recht erinnerte, und im Sommer 1997 war er auch im Camp Kioga gewesen. In dem gleichen Sommer, in dem sie und Connor als Betreuer gearbeitet hatten. „Ja, er war schon ein kleiner Teufelsbraten damals", stimmte sie zu.

„Jetzt ist er siebzehn und gerade mit dem Junior-Jahr an der Highschool fertig. Seitdem meine Mom sich von Mel hat scheiden lassen, lebt sie mit Julian in Kalifornien. Sein Vater ist vor ein paar Jahren gestorben."

Für Olivia war die Vorstellung, ihren Vater zu verlieren, etwas, das sie nicht überleben würde. „Wie macht er sich?"

„Er hat es schwergenommen, und ja, er ist immer noch ein wenig schwierig.“

„Also kommt er, um dich zu besuchen.“

„Den ganzen Sommer über. Er wird für mich arbeiten.“

„Das klingt doch gut. Ich bin sicher, dass wir ihn beschäftigt bekommen.“

„Es ist gerichtlich angeordnet worden“, sagte Connor.

„Wie bitte?“

„Julian neigt dazu, in Schwierigkeiten zu geraten. Eine Menge Schwierigkeiten. Nach seinem letzten Kunststückchen hat ihn das Jugendgericht vor die Wahl gestellt: entweder eine Haftstrafe im Jugendgefängnis absitzen oder sich für den Sommer eine andere Umgebung suchen. Und das hier ist so anders als Chino, Kalifornien, wie es nur geht.“

Sie konnte sich nicht vorstellen, einen Teenager mit Problemen aufzunehmen, sogar wenn es der Halbbruder war, den sie kaum kannte. Die Verantwortung musste schwer auf ihm lasten. „Das ist ... sehr nett von dir.“

„Tja, ich bin wohl einfach ein netter Kerl.“

„Das warst du schon immer.“ Beinahe hätte sie hinzugefügt, *bis du mich gedemütigt hast und weggegangen bist.*

„Er kommt mit dem Nachtflug nach La Guardia und nimmt von da den ersten Zug aus der Stadt. Ich muss ihn dann vom Bahnhof abholen.“

„Natürlich“, sagte sie.

„Ich habe nicht damit gerechnet.“ Er stieß erschöpft den Atem aus.

„Wie solltest du auch. Welche Art von Schwierigkeiten hat er denn? Wenn ich das fragen darf.“

Er schenkte ihr ein Lächeln. „Wie viel Zeit hast du?“

„Die ganze Nacht. Denk dran, hier oben gibt es kein Fernsehen.“

„Ich mache uns ein Feuer an.“

Jetzt war sie endgültig fasziniert. Und zum ersten Mal in ihrem Leben froh, dass es hier kein Telefon gab. Wenn er sie hätte anrufen können, wäre er jetzt nicht hier, würde kein kuscheliges Feuer anzünden und zwei Ohrensessel nah an den Kamin rücken. Vielleicht war das ein Erbe der Höhlenmenschen, aber sie fühlte sich schon immer zu Männern hingezogen, die wussten, wann sie ihr ein warmes Feuer machen sollten.

Die trockenen Scheite fingen schnell an zu brennen, und bald tanzten Flammen und Funken den Kamin hinauf. Olivia beobachtete das Spiel des Lichts auf Connors breiten Schultern. Die Flammen flackerten, und sie fühlte sich wie magisch von den Schatten angezogen, die das Feuer in sein Gesicht malte.

Nun gut, dachte sie. *Der erste Schritt ist, es zuzugeben.* Sie hatte Gefühle für Connor. Schon wieder. Immer noch. Und das war nicht gut.

Sie sollte sich reserviert geben, ihm zeigen, was er verpasst hatte, als er vor all den Jahren seine Chance bei ihr in den Wind geschossen hatte.

„Alles in Ordnung mit dir?" Er sah sie auf eigenartige Weise an.

Erst jetzt merkte sie, dass sie ihn angestarrt hatte. „Du wolltest mir von deinem Bruder erzählen."

„Stimmt." Er zog ein Portemonnaie aus der hinteren Hosentasche, das sich schon der Form seines Hinterns angepasst hatte. Ein Detail, das Olivia übersehen wollte, aber nicht konnte. Connor reichte ihr ein Foto. „Das ist das Schulfoto vom letzten Jahr."

Julian Gastineaux war zu einem der attraktivsten jungen Männer herangewachsen, den sie je gesehen hatte. Sein Gesicht war vollkommen symmetrisch, und sein Lächeln sah aus wie der Bogen Amors. Seine Haut hatte die für Mulatten so typische Farbe von Milchkaffee, lange Wimpern rahmten seine dunklen Augen, und die Haare waren zu einer Unmenge an Dreadlocks gedreht.

„Mein Gott, ist der hübsch", sagte sie. „Er sieht aus wie ein Engel."

Connor zog ein zusammengefaltetes Stück Papier aus seiner Jackentasche und strich es auf seinem Knie glatt. „Er ist angezeigt worden, weil er die spiralförmige Auffahrt eines Parkhauses mit dem Skateboard hinuntergefahren ist, was sich für mich nach einer Menge Spaß anhörte, abgesehen davon, dass ihm ein Auto entgegenkam und er einen Flug über Motorhaube und Dach gemacht hat."

„Wurde er verletzt?"

„Nein, aber er hat einen neuen Lexus demoliert und dem Fahrer einen Heidenschreck eingejagt. Er musste für den entstandenen Schaden aufkommen, also hat er sich einen Job als Rettungsschwimmer besorgt."

„Das klingt doch gut."

„Er ist gefeuert worden, als man ihn dabei erwischte, wie er Kopfsprünge vom Zehnmeterturm machte."

„Ich dachte, dafür wäre ein Zehnmeterturm da?"

„Ja, aber nicht nachts, außerhalb der Öffnungszeiten."

„Okay, das verstehe ich. Was noch?"

Er las eine Liste haarsträubender Abenteuer vor, jedes gefährlicher als das vorherige. Julian hatte sich einen Gleitschirm „geborgt" und sich von den Sansovino-Klippen gestürzt. Bei der Landung hatte er sich die Hüfte ausgekugelt. Er war in zwanzig Meter hohen Wellen surfen gegangen, hatte einen Bungee-Sprung von einer Brücke gewagt, seine Initialen auf einen Wasserturm gesprüht und war als Mutprobe mit einem geklauten Motorrad in die Teergruben von La Brea gefahren.

„Und das sind nur die Sachen, von denen wir wissen", schloss Connor. „Sobald er achtzehn wird, wird diese Akte gelöscht, aber nur, wenn er sich diesen Sommer über aus allen Schwierigkeiten heraushält. Und da komme ich ins Spiel."

„Der Richter denkt, dass er sich keinen Ärger mehr einhandeln kann, wenn er den Sommer bei dir verbringt." In Olivias Ohren klang das durchaus logisch.

„Ehrlich gesagt denke ich eher, der Richter will verhindern, dass meine Mutter Julian rausschmeißt." Er knüllte den Ausdruck zusammen und warf das Papier ins Feuer. „Egal wie, es sieht so aus, als hätte ich ein neues Projekt für den Sommer. Und du musst eine Entscheidung treffen."

„Worüber?"

„Über die Zusammenarbeit mit mir."

„Du meinst, du schaffst es nicht, für mich zu arbeiten und dich um Julian zu kümmern?"

„Ich werde es irgendwie schaffen müssen."

„Dann gibt es da nichts zu entscheiden. Womöglich wird es ihm hier sogar gefallen."

„Denk lieber noch einmal darüber nach. Dieser Junge liebt es, Risiken einzugehen."

„Das bekommen wir schon hin. Und für den Fall, dass seine Risikobereitschaft ihn in Schwierigkeiten bringt, haben wir eine Haftpflichtversicherung."

Connor sah überrascht aus, als wenn er nicht damit gerechnet hätte, dass sie so kooperativ sein würde. „Danke für dein Verständnis. Ich komme morgen zurück, sobald ich Julian vom Bahnhof abgeholt habe." Er runzelte die Stirn.

„Was?"

„Ich überlege, wo ich ihn am besten unterbringe."

„Er wird nicht bei dir wohnen?"

„Mein Platz ist ein bisschen zu klein für zwei Leute. Ich werde uns wohl was im Ort mieten."

„Wo ist denn ‚dein Platz'?"

„An der Straße, die am Fluss entlangläuft. Zwischen dem Glaskunstatelier und der Windy Ridge Farm."

Sie wusste genau, wo er lebte. Ein Stückchen Land am Fluss, eine hoch gelegene Wiese, die von Ahornbäumen und Birken umgeben war. Der winzige Wohnwagen im Wald. „Da wohnst du?"

„Hm-mh."

Sie versuchte vergebens, ihre Überraschung zu verbergen.

Er bemerkte ihren Gesichtsausdruck und ließ ein kurzes Grinsen aufblitzen. „Mein kleines Reich."

„Ich meinte nicht ..."

„Ich weiß."

Sie fühlte sich trotzdem schlecht und platzte heraus: „Dein Bruder kann hier wohnen. Wir haben Platz genug. Hütten, Mitarbeiterhäuschen, die ganzen Bungalows ..."

„Danke, aber er braucht eine strenge Überwachung."

„Du könntest doch mit ihm hier wohnen." Sie versuchte, so zu tun, als ginge es rein nur um die Unterbringung. Doch in Wahrheit ging es darum, Connor Davis dazu zu bewegen, den Sommer im Camp Kioga zu verbringen, anstatt jeden Tag bei Sonnenuntergang fortzufahren. „Das wäre doch perfekt. Du arbeitest sowieso jeden Tag hier, und so ersparst du dir die elendige Fahrerei." *Oh, clever, Olivia, unglaublich clever.*

„Das Camp ist für deine Familie", sagte er. „Du musst jetzt nicht auch noch den Arbeitern Unterkunft bieten."

Sie erkannte den Ausdruck auf seinem Gesicht. Es war der gleiche, den er schon als Kind hatte, wenn die Leute über seinen Vater sprachen. Terry Davis war der „Arbeiter" gewesen.

„Wenn du dich hören könntest", sagte sie leichthin. „Fühlst du dich mit diesem Arrangement wirklich so unwohl?"

Er lehnte sich in seinem Sessel zurück, streckte beide Beine in Richtung Feuer aus und überschlug sie an den Knöcheln. Schweigen breitete sich zwischen ihnen aus, das langsam unangenehm wurde. Jedes Knacken des Feuers klang wie ein Gewehrschuss.

„Ich schätze nein, Lolly", sagte Connor schließlich, und ein leicht amüsierter Ton schwang in seiner Stimme mit. „Und was soll dieser Blick?"

„Ich habe dich nicht angeschaut."

„Hast du doch."

Es stimmte – und er hatte sie dabei erwischt. „Du hättest deiner Mutter ja auch Nein sagen können", sagte sie. „Du musst deinen Bruder nicht den Sommer über bei dir aufnehmen. Weißt du, was ich glaube? Ich denke, dass du nur so hart tust und es reine Tarnung ist."

Er warf ihr einen finsteren Blick zu. „Tarnung für was?"

„Für dein süßes, weiches Inneres."

„Oh ja. Das bin ich. Süß."

Das ist er wirklich, dachte sie. *Auch wenn er eher sterben würde, als es zuzugeben.* Seitdem sie ihn kannte, hatte er ein untrügliches Gespür dafür, wenn es jemandem schlecht ging. „Julian ist im gleichen Alter wie Daisy", sagte sie. Sie war entschlossen, die Angelegenheit unter Dach und Fach zu bringen, bevor er es sich anders überlegen konnte. „Sie könnten sich gegenseitig davon abhalten, sich zu Tode zu langweilen. Dann wäre auch endlich wieder Leben in der Bungalow-Kolonie, genau wie damals, als wir so alt waren wie sie."

„Das ist es ja, was mir Angst macht."

„Hey, wir haben es überlebt, und die Teenies heutzutage scheinen mir weitaus erfahrener zu sein, als ich es war. Wenn du dir eine Hütte mit Julian teilst, kannst du ihn im Auge behalten. Vorausgesetzt", fügte sie schnell hinzu, „die Abmachung steht."

Er schaute sie einen Augenblick lang schweigend an. Sein Blick schien auf ihren Lippen zu verweilen und dann in ihren Augen zu versinken. Sie hatte beinahe sein Schweigen vergessen, vergessen, dass er eine Art hatte, sie zu mustern, als wenn es ihn tatsächlich interessierte, was in ihrem Kopf vorging. Sie spürte, wie ihr Hals und ihre Wangen langsam warm wurden.

„Ich denke, so werden wir es machen, Lolly. Die Abmachung steht."

Oh Gott, dachte sie. *Was hab ich nur getan?*

„Jetzt starrst du mich aber an", machte er sie aufmerksam.

„Oh." Sie blinzelte. „Tut mir leid."

Er stand auf und wandte sich in Richtung Tür.

„Connor?"

Er drehte sich um.

„Hast du …" Sie schluckte schwer und räusperte sich dann. „Ich habe die gleiche Frage, die du mir vor ein paar Tagen gestellt hast. Denkst du … äh, jemals an uns?"

„Nein", sagte er mit einem Schulterzucken. „Dinge passieren. Das Leben geht voran. Ich habe schon seit sehr langer Zeit nicht mehr an uns gedacht."

Nun gut. Sie hatte es nicht anders gewollt. Sie rutschte mit den Füßen hin und her, starrte auf den Fußboden, auf die Tür, suchte mit ihrem Blick neutrales Territorium.

Er grinste sie an und berührte sie leicht an der Schulter. „Aber ich tue es jetzt."

15. KAPITEL

Connor hatte Olivia nur die halbe Wahrheit erzählt. Vom ersten Moment an, als er sie gesehen hatte, wie sie da am Fahnenmast hing, war er fasziniert gewesen. Je mehr Zeit verstrich, desto öfter kamen Erinnerungen an die Vergangenheit hoch, an die guten und die schlechten Zeiten, die er mit ihr verbracht hatte.

Er war sich nicht sicher, warum er sich scheute, ihr gegenüber offen zu sein. Er hätte ihr den Wohnwagen und die Harley problemlos erklären können. Vielleicht hätte er ihr sogar erklären können, wieso er sie vor so vielen Jahren so verletzt hatte. Aber er hatte es nicht getan. Aus irgendeinem Grund dachte er, es wäre einfacher, wenn sie ihn für ein geborenes Arschloch hielt, einen Biker, der in einem Trailer lebte. Vielleicht würde sie sich so nicht in ihn verlieben. Denn auch wenn er sich danach sehnte, jeden verbotenen, sinnlichen Ort gemeinsam mit ihr zu entdecken, wusste er, dass ihre Chancen, zusammenzukommen, heute nicht besser standen als damals, als sie noch Kinder gewesen waren.

Gestern Abend hatte er ihr alles erklären wollen, aber es hätte zu intensiv, vielleicht sogar obsessiv geklungen.

Es hatte wirklich keinen Zweck, sich den Kopf darüber zu zerbrechen, warum sich ihre Wege vor all den Jahren getrennt hatten. Sie waren damals erst siebzehn und achtzehn Jahre alt gewesen, frisch aus der Highschool. Sie war verzweifelt unglücklich und er zu Tode verängstigt, weil er viel zu viel Verantwortung hatte tragen müssen. Nicht gerade die solideste Basis für eine Beziehung. Trotzdem, das war nicht der Grund, warum es mit ihnen nicht geklappt hatte.

In den letzten neun Jahren hatte sie alles an sich verändert. Ihr Aussehen, ihre Haare, ihre Art, sogar ihren Namen. Sie war nicht mehr einfach nur Lolly. Lolly könnte genauso gut eine Erfindung von ihm sein. Scheu, unsicher, eine Träumerin, die Lehrerin werden wollte. Ein Mädchen mit einem guten Herzen, ein Mädchen, das die einzige Person auf der Welt war, die ihn liebte.

Zum zehnten Mal schaute Connor auf sein Handy. Viertel nach elf. Keine neuen Nachrichten. Das ist gut, sagte er sich und steckte das Telefon wieder in seine Hemdtasche. Julian sollte mit dem Zug um halb zwölf ankommen.

Connor fragte sich, was Julian wohl von Avalon halten würde. Der Ort könnte als Double für Mayberry durchgehen, mit seiner Mischung aus Folkloristen, Exblumenkindern, ernsten Ökoaktivisten, Künstlern und Poeten. Connor hatte sich nie vorgestellt, hier einmal sesshaft zu werden, in einer Stadt zu leben, wo die Menschen sich nicht die Mühe machten, ihre Türen über Nacht abzuschließen. Doch als das Leben ihn an den Rand der Katastrophe geführt hatte, war es seine Verbindung nach Avalon gewesen – und insbesondere zur Familie Bellamy –, die ihn gerettet hatte.

Rourke McKnight, Polizeichef von Avalon, betrat den Bahnsteig. Connor wusste, dass er nicht im Dienst war, weil er seine liebsten Accessoires bei sich hatte: eine Frau, die wie ein Unterwäsche-Model aussah, und eine dunkle Pilotensonnenbrille, um die Folgen der letzten Nacht zu verbergen. Als er Connor erblickte, winkte er ihm kurz zu, und Connor erwiderte die Begrüßung mit einem Nicken.

Das Dessous-Model sagte etwas zu Rourke und ging dann in Richtung Waschräume im Bahnhofsgebäude. Connor entschied sich, die Gelegenheit zu nutzen, um Rourke über Julian zu unterrichten.

„Hey, Rourke“, sprach er ihn an.

„Connor.“ Sie schüttelten sich die Hände.

„Hast du eine Minute?“

Rourke warf einen Blick in Richtung Lobby. „Sicher. Du weißt ja, wie lange Frauen brauchen, um sich aufzuhübschen.“

Das wusste er zwar nicht, dennoch nickte Connor. Rourke war bekannt für seine wechselnden Damenbekanntschaften. Sie waren immer umwerfend, und sie kehrten alle nach kurzer Zeit in die Stadt zurück – normalerweise nach einem Wochenende – und kamen nie wieder. Einige der Klatschtanten in der Stadt fanden das ein ungebührliches Verhalten für den Chef der Polizei, aber die meisten waren der Meinung, solange es legal war, ging es sie nichts an, was Rourke in seiner Freizeit machte.

„Ich wollte dich nur wissen lassen, dass mein jüngerer Bruder den Sommer bei mir verbringen wird“, erklärte Connor. „Es ist eine etwas komplizierte Familiensituation. Wir beide werden oben auf der Baustelle im Camp Kioga wohnen.“

„Okay.“

„Er kommt auf Anordnung eines Richters her“, fügte Connor hinzu. „Er ist siebzehn und hat sich in Kalifornien ein paar kleinere Vergehen geleistet.“

„Was, hast du eine Wette verloren?“ In Rourkes Gesicht blitzte kurz ein Grinsen auf.

„So in der Art. Auf jeden Fall heißt er Julian Gastineaux, und er sollte mit dem nächsten Zug hier eintreffen.“

„Ich behalt’s im Hinterkopf.“ Rourke nahm seine Sonnenbrille ab und sah Connor ernst in die Augen. „Lass mich wissen, wenn ich dir irgendwie helfen kann.“

„Danke.“ Sie schüttelten einander noch einmal die Hände, teilten ein stillschweigendes Verständnis. Die meisten Leute in der Stadt – inklusive Rourke McKnight – wussten, dass Connor eine Zeit im Gefängnis gesessen hatte. Doch niemand wusste, was diese Zeit Connor angetan hatte.

Seit seine Mutter ihn in die Position gedrängt hatte, Julian den Sommer über bei sich aufzunehmen, war er fest entschlossen, seinem Bruder dieses Schicksal zu ersparen.

Als Julian damals zu seiner Mutter gezogen war, hatte Connor gehofft, dass er es besser machen würde als Connor selber damals. Doch nach der momentanen Lage zu urteilen war das wohl nur ein frommer Wunsch gewesen. Connor würde dem Jungen klarmachen, dass es nicht sein Fehler war. Dass es nicht seine Aufgabe war, seine Mutter dazu zu bringen, ihn zu lieben. Auf diesen Versuch hatte Connor selber unglaubliche Mengen seiner Zeit und seines Herzens verbraucht, nur um festzustellen, dass es einfach nicht möglich war.

Rourkes Verabredung kehrte zurück, und der Chief setzte die Sonnenbrille wieder auf. „Wir sehen uns, Connor."

„Darauf kannst du wetten." Connor nickte der Frau freundlich zu und ging wieder zurück zum Bahnsteig.

Der Zug in Richtung Stadt fuhr ein, und das Model gab Rourke einen sehnsüchtigen Kuss, dann stieg sie ein. Einen Augenblick später klingelte Connors Telefon. Er warf einen Blick auf die Nummer und ging dann ran. „Ma. Ich habe gerade an dich gedacht."

„Ist er schon da?"

„Sein Zug sollte jede Minute einfahren." Connor sah dem abfahrenden Zug nach, der schon bald in einer Kluft zwischen den sich gegen den Himmel erhebenden Bergen verschwand. Er versuchte, sich ihre Aussicht in Chino, Kalifornien, vorzustellen, wohin sie gezogen war, nachdem Mel sie verlassen hatte. Schnellstraßen, Schlachthöfe und Einkaufsmeilen.

„Bist du sicher, dass er darin sitzt?"

„Wieso, bist du es nicht?" Connor runzelte die Stirn. Hatte sie gerade einen Anfall mütterlicher Sorge? „Was ist los?"

Es folgte eine kleine Pause. „Manchmal läuft er weg", gab seine Mutter leise zu.

„Großartig. Danke, dass du mir das gesagt hast." Connors Kiefermuskel zuckte. Sie würde vermutlich eine deftige Strafe zahlen müssen, wenn der Junge weglief. Er war sich nicht sicher, was ihn mehr störte: die Tatsache, dass seine Mutter ihn überredet hatte, Julian den Sommer über bei sich aufzunehmen, oder dass er es zugelassen hatte. „Was hast du mir sonst noch verschwiegen, Ma?", fragte er.

„Guter Gott, Connor. Ich verschweige dir gar nichts. Ich erkundige mich nur nach deinem Bruder."

„Sicher."

„Also wirklich, wenn du wegen dieser Sache so genervt bist, dann hättest du mir das sagen sollen. Ich bin fast pleite, weil ich ihm von meinem letzten Geld das Flugticket gekauft habe."

„Wie kann es sein, dass dich ein Flugticket in den Ruin treibt?" Er fragte sich, ob sie Julian überhaupt genug Geld für die Zugfahrkarte mitgegeben hatte.

„Ich musste den vollen Preis zahlen."

Seine Mutter war fünfundfünfzig Jahre alt. Sie sollte genügend Geld für ein Flugticket von L. A. nach New York haben, ohne danach am Hungertuch zu nagen. Aber sie konnte ihr Geld einfach nicht zusammenhalten. Sie war so süchtig danach, es auszugeben, wie sein Vater es nach Alkohol gewesen war.

„Weißt du was", sagte er. „Julian wird dich anrufen, sobald er hier ist. Und wenn er nicht herkommt, rufe ich dich an."

Schweigen. Durch die Stille spürte er eine unausgesprochene Warnung. „Was verheimlichst du mir noch, Ma?"

Er hörte, wie sie tief einatmete. „Ich, äh, habe deinem Bruder nicht genau erklärt, wie lange er bei dir bleiben wird."

„Was denkt er denn, wie lange er bleibt?" Connor hätte die Frage gar nicht stellen müssen. Er wusste, dass seine Mutter gelogen hatte, um ihren Willen durchzusetzen. Das tat sie immer.

Er hörte ihrer langen, sich rechtfertigenden Erklärung nur mit halbem Ohr zu. Sie hatte Julian erzählt, dass es nur für ein oder zwei Wochen wäre, und wenn er nicht kooperierte, würden die Strafen, die sie für ihn zahlen müsste, sie in den Ruin treiben, und er müsste seine Strafe in der Jugendhaftanstalt absitzen.

Connor hatte das alles schon mal in der ein oder anderen Version gehört. Er blendete die Stimme seiner Mutter aus und konzentrierte sich auf den einfahrenden Zug. Eine Handvoll Passagiere stieg aus – eine Nonne mit einer kleinen Reisetasche, ein Lehrer der örtlichen Highschool, ein Geschäftsmann, eine Touristenfamilie, die direkt zum Mietwagenschalter ging.

Und das war's. Sonst stieg niemand aus.

Connor ging unruhig den Bahnsteig auf und ab. Ein Zugbegleiter stand an einer offenen Tür und schaute den Zug entlang. Er hob eine Pfeife an seinen Mund, bereit, das Abfahrtsignal zu geben.

Immer noch kein Zeichen von Julian. Connor fluchte unterdrückt und winkte dem Zugbegleiter zu, kurz zu warten.

Zur gleichen Zeit stieg ein großer, schlaksiger Teenager mit Dreadlocks aus dem Zug. *Julian.*

Er benutzte nicht den normalen Ausgang, sondern kam zwischen zwei Waggons heraus, hievte seinen schweren Matchbeutel und einen Rucksack auf den Bahnsteig und sprang dann hinterher.

Den Blick fest auf diesen unglaublich großen Jungen gerichtet, hob Connor das Telefon wieder an den Mund. „Ma, er ist hier. Wir rufen dich später an."

Er legte auf und steckte das Handy weg. „Hey", rief er seinem Bruder zu. „Hier bin ich."

Julian versteifte sich merklich und nahm eine defensive Haltung an, als wenn er einen körperlichen Angriff fürchtete. Es war die Haltung eines Menschen, der es gewohnt war, dass man ihm wehtat. Jemand, der vielleicht eine Nacht im Gefängnis verbracht hatte.

Das letzte Mal, als sie einander gesehen hatten, war Julian ungefähr vierzehn und immer noch auf der Kindheitsseite der Pubertät gewesen. Connor war nach Kalifornien gefahren, weil seine Mutter ihn in ihrer Verzweiflung nach der Scheidung darum gebeten hatte.

Der Julian in dem Jahr hatte einen gebrochenen Arm, ein schiefes Grinsen und ein von Trauer erfülltes Herz gehabt, da gerade erst sein Vater gestorben war.

Drei Jahre später erblickte Connor einen großen Fremden mit einem feindseligen Gesichtsausdruck. „Hey", sagte er und blieb ein paar Schritte vor Julian stehen.

Sein Bruder warf den Kopf nach hinten, um sich die überlangen Locken aus den Augen zu schütteln. „Hey." Er hatte die Stimme eines Mannes, und in seinen Augen brannte auch die Wut eines Mannes. Außerdem hatte er mehr Tätowierungen und Piercings als ein Matrose der Handelsmarine.

„Ich habe gerade mit Ma gesprochen", erklärte Connor. „Sie hat sich Sorgen gemacht, dass du vielleicht nicht auftauchst."

Julian setzte sich seinen Armee-Rucksack auf. „Tja, da bin ich. Du Glücklicher."

Sie gaben sich nicht die Hand. Und ganz sicher umarmten sie sich nicht wie zwei Brüder, die sich seit drei Jahren nicht gesehen hatten.

„Mein Truck steht da drüben." Connor zeigte auf den Dodge Power Wagon aus dem Jahr 1974. „Schmeiß dein Zeug hinten drauf und steig ein."

„Netter Schlitten."

„Halt den Mund."

Der Seesack landete mit einem dumpfen Rasseln. Connor fragte sich, wie Julian ihn durch die Sicherheitsschleusen am Flughafen bekommen hatte. Den Rucksack behielt der Junge bei sich. Er setzte sich breitbeinig auf die Sitzbank und stellte ihn zwischen seine Füße. Dann machte er den oberen Reißverschluss auf, nahm einen Müsliriegel heraus und ließ ihn mit zwei Bissen in seinem Mund verschwinden. Connor warf einen kurzen Blick auf den Inhalt des Rucksacks. Kleidung und eine erstaunliche Menge Bücher. Das Ding wog vermutlich eine Tonne, aber Julian trug ihn, als wenn er aus Luft wäre. Gut. Er würde seine Kraft diesen Sommer brauchen.

„Ich habe gute und schlechte Neuigkeiten für dich", sagte Connor. „Die gute Nachricht ist, dass du deinen Sommer nicht im Jugendknast verbringen musst."

„Und die schlechte?"

Connor legte einen Gang ein und ließ den Bahnhof hinter sich. „Die schlechte Nachricht ist, dass du den Sommer mit mir verbringst."

16. KAPITEL

Für Julian Gastineaux erreichte das Leben einen neuen Level der Unerträglichkeit, als er durch das Tor vom Camp Kioga fuhr. Camp Kioga, wohin sich die Sommer zum Sterben verziehen, dachte er und sah sich verächtlich um. Es sah hier aus wie das Set eines Disneyfilms, die Art Ort, wo die weißen Leute aus dem Nichts anfangen, ein Lied zu schmettern.

Er war bisher nur ein Mal hier gewesen, in dem Sommer, als er acht Jahre alt war. Damals hatte er das Camp sogar noch als aufregendes Abenteuer angesehen. Damals wie heute war er weggeschickt worden, weil seine Mutter andere Dinge zu tun hatte, als sich um ihn zu kümmern, und sein Vater … Er dachte eine Minute nach. In dem Jahr hatte sein Vater sich eine Auszeit genommen. Wenn Julian sich recht erinnerte, war er nach Italien gegangen.

Die Leute seines Vaters, wie er sie nannte, lebten in einem vergessenen Kaff mit Holzbaracken und Lotteriebuden im Süden Louisianas. Sie freuten sich immer darüber, auf Julian aufzupassen, aber sowohl er als auch sein Vater passten nicht so recht dazu. Ein Professor von der Tulane und sein Sohn hatten wenige Gemeinsamkeiten mit dem Rest der Gastineaux-Familie, und als sein Vater in dem Sommer wegfuhr, sollte Julian bei seiner Mutter bleiben. Doch damals wollte sie ihn genauso wenig bei sich haben wie heute, also wurde Camp Kioga seine vorübergehende Heimat. Die Geschichte wiederholt sich, dachte er, nur war er dieses Mal weitaus wütender deswegen.

Als kleines Kind hatte ihn das Sommercamp umgehauen. Er war in einem alten, muffig riechenden Haus in New Orleans aufgewachsen, und die stärkste Erinnerung an seine Kindheit waren Stapel von vergilbten Büchern, die überall im Haus herumlagen. Alle Schreib- und Esstische waren mit Zetteln, Notizen, Tagebüchern und Kalendern vollgemüllt. Es lag direkt auf der Grenze eines Viertels, das gerade so eben vornehm war, aber nur wenige Häuserlängen entfernt lag von einer Gegend, in der kluge Frauen nach Einbruch der Dämmerung nicht mehr alleine hinausgingen, einer Gegend, deren Besuch sein Vater ihm verbot – wenn er sich denn mal daran erinnerte, dass Julian ja auch noch da war.

Louis Gastineaux vergaß das oft, denn er war ein exzentrisches Genie. Er war ein gutgläubiger Streber, der seine Kugelschreiber in einem Etui in der Brusttasche trug, einen schlechten Haarschnitt und Brillengläser dick wie Flaschenböden hatte. Dazu hatte er einen brillanten Geist und die Persönlichkeit eines wahren Idioten. Das Einzige, was an Julians Vater nicht uncool war, waren seine schwarze Hautfarbe und seine Statur eines Footballspielers.

Julian hatte alles versucht, um die Aufmerksamkeit seines Vaters zu wecken, aber nichts hatte jemals funktioniert. Weder hervorragende Noten noch ständiges Schuleschwänzen. Wenn er versucht hatte, eine Krankheit oder Verletzung vorzutäuschen, war ihm die selbst verordnete Bettruhe meistens schon langweilig geworden, bevor sein Vater überhaupt etwas davon mitbekommen hatte.

„Ich bin gleich bei dir", pflegte Louis Gastineaux zu sagen, das Gesicht vom dumpfen Schein des Computermonitors erhellt. Obwohl seine wissenschaftlichen Berechnungen bis zur elften Nachkommastelle stimmten, hatte der Mann keine Ahnung davon, wie lange „gleich" sein sollte. Professor Gastineaux fühlte sich in dem Universum innerhalb seines Computers viel wohler als in der alltäglichen Welt, wo man an Pausenbrote und Elternabende, Geburtstage und den Einkauf von Lebensmitteln denken musste. Manchmal schien er komplett zu vergessen, dass er einen Sohn hatte.

Julian unterhielt sich selber, indem er das Abenteuer suchte. Er kletterte an die höchsten Orte – Baumwipfel und Feuerleitern, hohe Brücken und Schaukeln. Er lernte, das Gefühl der durch seinen Körper schießenden Angst zu genießen und sich nach dem schwerelosen Kitzel des Fliegens zu sehnen. Egal, ob er dazu mit seinem Skateboard einen schwierigen Sprung wagen oder im heißen Wind des Golfs von Mexiko Parasurfen musste.

Es wollte Julian einfach nicht gelingen, sich seine Eltern im gleichen Raum, geschweige denn zusammen im Bett vorzustellen. Seine Mutter, die blonde Sexbombe, und sein Vater, der verrückte Professor. Über das verhängnisvolle Treffen hatte sein Vater wenig zu sagen. „Es war auf einer Konferenz zum Thema Jet-Antrieb an den Niagarafällen", sagte er. „Sie trat in einem Club auf, und ich stellte mein Papier über den Durchbruch vor, den mein Team auf dem Gebiet der Solar- und Laser-Segeltechnik erzielt hatte. Wir hatten viel zu feiern."

Als Julian klein war, hatte ihm der Begriff „One-Night-Stand" nichts gesagt, und sein Vater hatte ihn auch nicht aufgeklärt. Julians Dad war peinliche fünfzehn Jahre jünger gewesen als seine Mutter. Alleine bei dem Gedanken daran musste Julian sich schütteln.

Später hatte seine Mutter ein paar weiße Flecken in der Geschichte gefüllt. „Nachdem du geboren warst, habe ich festgestellt, dass ich kein weiteres Kind unterhalten kann, also habe ich Louis das volle Sorgerecht übertragen." Julian nahm an, dass noch weitaus mehr dahintersteckte. Irgendwann war er zu der Schlussfolgerung gekommen, dass er ein Unfall gewesen war, ein ungewolltes Kind, das in die Hände des Elternteils gefallen war, das das kürzere Streichholz gezogen hatte.

Vor Jahren hatte sein Vater daran gedacht, ihn vor den Gefahren des ungeschützten Geschlechtsverkehrs zu warnen. Er hatte es mit der ihm eigenen Detailgenauigkeit getan, als wenn er eine Vorlesung zum Thema Raketenantrieb hielte. Zum Abschluss hatte er Julian eine Packung mit Kondomen übergeben.

Das Leben eines Collegeprofessors war nicht darauf ausgerichtet, gefährlich zu sein, aber ein exzentrisches Genie in einem total verrosteten Auto im Berufsverkehr war quasi ein vorprogrammierter Unfall.

Der Tag, an dem sich Julians Leben vollkommen veränderte, hatte ganz normal angefangen. Das Letzte, was Louis an dem Morgen zu ihm gesagt hatte, war nichts Tiefgründiges oder Vorahnendes gewesen. Er hatte Julian einfach nur gesagt, dass er zum Abendessen nicht zu Hause sein würde.

Erst am nächsten Morgen dachte jemand daran, ihn anzurufen. Louis Gastineaux war kaum noch lebend aus dem Wrack geborgen worden, und als er aus dem Koma erwachte, das durch eine Schwellung im Gehirn ausgelöst worden war, war er vom Hals ab gelähmt. Sein Körper war nicht mehr als ein lebenserhaltendes System für seinen brillanten Geist. Er war mit der Wendung der Ereignisse seltsam zufrieden, denn mit etwas Training konnte er wieder einen Computer bedienen und weiterhin denken wie ein Genie. Und einer der ersten Gedanken, der ihm kam, war, dass er sich nicht weiter um einen vierzehnjährigen Teenager kümmern konnte. Julian würde zu seiner Mutter ziehen müssen.

Sie stimmte dem Plan zu, und wieder vermutete Julian, dass mehr dahintersteckte. Er war sich ziemlich sicher, dass seiner Mutter ein größerer finanzieller Anreiz geboten worden war. Aber wie auch immer, bald fand er sich auf dem Weg nach Chino, Kalifornien, einer reizlosen Stadt an einer Schnellstraße, wo seine Mutter lebte und in einem Dinner-Theater als Kellnerin arbeitete. Sie hatte ihre Hoffnung auf eine Bühnenkarriere immer noch nicht ganz begraben. Hier schloss sich Julian einer Gruppe Skater und Kleinkrimineller an und verbrachte seine Tage damit, das Risiko zu suchen und sich dem Zugriff der Polizei zu entziehen. Als ein paar Monate später der Anruf kam, dass sein Vater aufgrund von Komplikationen gestorben war, war Julians Schicksal besiegelt. Er saß fest.

Jetzt brodelte Verbitterung in jeder einzelnen Zelle seines Körpers, als er zusammen mit seinem Bruder den Hauptbereich vom Camp Kioga überquerte. Connor-Schwachkopf-Davis. Abgesehen davon, dass sie die gleiche Größe hatten – knapp einen Meter neunzig –, sahen sie aus, als wenn sie von unterschiedlichen Planeten stammten und nicht von der gleichen Mutter. Connor war diese Mischung aus Biker und Holzfäller, während Julian seinen Hip-Hop-Look kultivierte. Es half ihm, sich in der Schule einzufügen, während es ihn gleichzeitig von seiner Nordlandkönigin einer Mutter abgrenzte.

Er konnte nicht glauben, dass sie ihn mit einem Trick dazu gebracht hatte, hierherzukommen. Nur eine Woche, hatte sie gejammert. Nur damit der Richter denkt, wir nehmen seinen Vorschlag an. Er hätte es besser wissen müssen.

Für einige Menschen mochte ein blauer See inmitten eines Waldes die Erfüllung des Paradieses sein, aber nicht für Julian. Nicht einmal annähernd. Ein Skateboardpark aus Beton wäre cool. Zuhause ging es ihm am besten, wenn er mit seinem Skateboard über die Mittelleitplanke einer Schnellstraße sprang oder im Sturm vor Huntington Beach surfte. Hier hatte er keine Ahnung, was er mit sich anfangen sollte. Bei seinem Glück würde sein Bruder ihn Latrinen ausheben lassen oder so. Denn das war das andere Problem mit Connor. Auch wenn Julian ihn kaum kannte, verstand er instinktiv, dass sein Bruder etwas besaß, was man „Arbeitsmoral" nannte. Im Sinne von: Je härter man arbeitet, desto moralisch einwandfreier wird man. Diese Logik erschloss sich Julian allerdings nicht. Er hätte sogar argumentieren können, wieso das nicht stimmte, aber jedes Mal, wenn er sein Gehirn in diese Richtung anstrengte, geriet er nur tiefer in den Schlamassel.

Sie kamen an den Meerskill Falls vorbei und der Brücke, die sich über den Abgrund schwang. Oh Mann, an diese Brücke erinnerte er sich. Von ihr hatte er im Alter von acht Jahren seinen ersten Bungeesprung gewagt. Es hatte danach zwar mächtig Ärger gegeben, aber das war es wert. Diese Nummer hatte ihm bei den anderen Kindern einen Spitznamen eingebracht: der Vogelmann der Meerskill Falls. Von seinem Bruder hatte er allerdings einen anderen Namen verpasst bekommen: schwachköpfiger Blödarsch. Connor hatte sich immer auf eine Art um Julian gesorgt, die er von seinen Eltern nicht kannte.

„Wir schlafen hier", sagte Connor und zeigte auf eine Reihe Hütten, die sich im Schatten einiger Hügel duckten und meilenweit von Wald umgeben waren. Die Hütten sahen alle gleich aus. Ihr Holz war inzwischen verwittert, die Fenster gingen zum See hinaus, sie hatten einen aus groben Steinen gebauten Kamin und Holzstufen, die zu einer kleinen Veranda vor der Haustür führten. „Das Camp ist einige Jahre geschlossen gewesen", erklärte Connor, während er die ganz am äußeren Rand stehende Hütte aufschloss. „Wir müssen hier also ein wenig sauber machen."

Mit einem Seufzen stellte Julian Rucksack und Matchbeutel ab. Staubwolken erhoben sich im leichten Wind, der in die Hütte blies. „Mann", sagte er in seiner besten Surferimitation. „Das ist ja hammermäßig."

„Stimmt." Connor ging zu dem größeren der beiden Schlafräume. „Ich nehme das Zimmer hier", sagte er. „Du bekommst das andere."

„Ich kann nicht glauben, dass du mich hier wohnen lassen willst."

„Hey, angesichts der Alternative hast du es doch gut getroffen." Connor schluckte den Köder nicht, ließ sich nicht provozieren. „Du kannst den Rest des Tages freinehmen. Mach dein Bett, fang an, etwas sauber zu machen. Ruh dich ein wenig aus nach der langen Reise, sieh dir das Camp an, hol dir was zu essen."

Wenn das seine Vorstellung von einem freien Tag ist, dachte Julian, würde die Arbeit hier echt anstrengend werden.

„Ma hat mir eine Liste mit Empfehlungen des Familiengerichts gemailt", fuhr Connor fort. Er holte ein paar zusammengefaltete Papiere aus seiner hinteren Hosentasche. „Es gibt ungefähr siebenundvierzig Regeln und Richtlinien." Er warf die Zettel auf ein Regal in Julians Zimmer. „Soweit es mich betrifft, musst du dich nur an eine Regel halten, solange du hier bist."

Julian sah ihn aus zusammengekniffenen Augen an. Er reckte sein Kinn und fragte: „Und die wäre?"

Connor steckte den Schlüsselbund tief in seine Tasche. „Bau keinen Scheiß!", sagte er.

Es war schon kurz vor Sonnenuntergang, als Julians Hunger seinen Stolz überwand. Traurigerweise bedurfte es dafür nicht viel. Er aß den ganzen Tag, sein Appetit war wie ein unersättliches Monster, das ständig nach neuer Nahrung verlangte. Ursprünglich hatte Julian geplant, die ganze Zeit für sich zu bleiben und hungrig ins Bett zu gehen, nur um Connor zu zeigen, was er von diesem beschissenen Sommer hielt.

Connor dachte vermutlich, es würde ihn cool erscheinen lassen, wenn er die ganzen Hausregeln zu nur einer zusammenfasste. *Bau keinen Scheiß!* Was Connor nicht wusste, war, dass er Julian damit das Einzige nahm, worin er gut war.

Jetzt, wo der Hunger in seinem Magen wütete, machte er sich auf den Weg zum Speisesaal, der sich im Haupthaus befand. Das seltsamerweise gar nicht mehr so groß und palastartig wirkte wie damals, als er noch kleiner gewesen war.

Eine Glocke kündigte die Essenszeiten an, genau wie damals, als das Camp noch in Betrieb war. Connor hatte gesagt, wenn er die Mahlzeiten verpasste, wäre er auf sich allein gestellt. Julian hatte fest vorgehabt, auf das bestimmt ungenießbare Essen zu verzichten, aber sein Magen hatte ihn im Stich gelassen. Als die Glocke zum Abendessen rief, lief er so schnurstracks zum Speisesaal wie ein Pawlow'scher Hund.

Connor stellte ihm alle vor: Olivia Bellamy, die Connors Firma angeheuert hatte, um das Camp zu renovieren, war eine heiße Blondine. Sie sagte, dass sie sich von damals an ihn erinnerte, aber er erinnerte sich nicht an sie. In seinem Kopf waren alle Betreuer von damals ein verschwommener Haufen langweiliger, ewig lächelnder Weißer, die schlechte Musik hörten und am Lagerfeuer noch schlechtere Lieder sangen. Dann gab es einen Kerl namens Freddy und ein paar Verwandte – Cousine Dare, die Eventplanerin, die auch die Mahlzeiten zubereitete; einen Mann namens Greg und seinen lästig aussehenden Sohn Max. Der Junge mit den Apfelbäckchen, der ungefähr zehn sein musste, erinnerte ihn an einen der Söhne der Trapp-Familie aus dem schlimmsten Film aller Zeiten.

„Daisy sollte jede Minute hier sein", sagte Olivia. „Geh ruhig schon vor und hol dir was zu essen."

Daisy? *Daisy?*

Er versuchte, seine Neugierde im Zaum zu halten und schlenderte zum Büfetttisch hinüber. Okay, er musste zugeben, dass Cousine Dare eine fabelhafte Köchin war. Er lud sich den Teller schamlos voll mit Hühnerpastete, Kartoffelpüree, Salat und Brötchen. Neben ihm stand Max und sah ihn mit vor Staunen geöffnetem Mund zu.

„Das willst du alles essen?", fragte der Junge.

„Als Vorspeise, ja", erwiderte Julian. „Als Hauptgericht esse ich kleine Jungs."

Das funktionierte bei Max nicht. Anstatt sich schnell in den Schutz seines Vaters zu flüchten, kicherte er nur. „Oh, da zittere ich aber."

Auch gut. Es war sowieso nur begrenzt witzig, kleinen Kindern Angst einzujagen. Julian stellte seinen Teller gerade in dem Moment auf einem Tisch ab, als Daisy den Raum betrat. Vielleicht lag es am Licht, vielleicht hörte Julian Stimmen, aber in dem Moment, wo sie im Eingang zum Speisesaal erschien, veränderte sich alles. Ein leichtes Raunen wie ein erwartungsvoller Seufzer hallte durch seinen Kopf.

Wie sie dastand, ihre weibliche Silhouette durch das von hinten einfallende Licht beleuchtet, hätte er schwören können, einen himmlischen Chor in perfekter Harmonie singen zu hören. *Halleluja.*

Normalweise musste er seine Augen schließen, um sich eine so gute Fantasie vorzustellen. Aber hier war sie, live und in Farbe, und kam direkt auf ihn zu. Der Chor in seinem Kopf wechselte zu „Pretty Woman", während sie mit dem Gang eines Supermodels immer näher kam, als würde sie die Musik ebenfalls hören.

Längst vergessene Manieren brachen sich Bahn, und Julian erhob sich, als sie einander vorgestellt wurden. Daisy war wie Julian aus New York und hatte gerade ihr Junior-Jahr an der Highschool vollendet. Sie schenkte ihm ein Lächeln, das die ganze Welt erhellte, und ihre faszinierenden blauen Augen funkelten. „Hast du was dagegen, wenn ich mich zu dir setze?“ Auch wenn es eine Frage war, wartete sie nicht auf die Antwort, sondern setzte sich neben ihn, als wenn sie ihm eine königliche Ehre erweisen würde.

Und er hatte nicht vor zu protestieren.

Daisys Ähnlichkeit mit ihrem Vater und Max war unverkennbar. Sie war auch eine der Trapps – blond und germanisch, mit so ansprechenden Gesichtszügen, dass man eine Barbiepuppe nach ihr formen sollte. Dennoch fiel Julian auf, dass sich hinter diesem süßen Aussehen noch etwas anderes verbarg. Etwas, das er noch nicht genau bestimmen konnte; wie der Schatten einer aufgewühlten Seele.

Während des Abendessens erfuhr er, dass sie auf eine großkotzig klingende Privatschule in New York ging, von der sie behauptete, jeder müsse schon mal von ihr gehört haben. Ihre Mutter war Anwältin für internationales Recht, und ihr Vater war Landschaftsarchitekt und hatte sich diesen Sommer freigenommen, um Camp Kioga herzurichten.

Okay, mit seinen Eltern anzugeben ist echt nervig, dachte Julian. Wer machte so was schon? Er bestimmt nicht, so viel war mal sicher, und überhaupt sollte die hochnäsige Blondine ihm lieber keine Fragen über seine Familie stellen.

Glücklicherweise ließ sie das Thema fallen, als Dare den Nachtisch hereinbrachte. Dicke Stücke Pfirsichkuchen mit Vanilleeis. Der Kuchen war so gut, dass Julian hätte weinen können. Er sah sich am Tisch um und merkte, dass es allen anderen genauso ging. Sie hatten die Augen geschlossen und den ekstatischen Gesichtsausdruck von Leuten, die gerade eine religiöse Erfahrung machen.

„Der Kuchen ist aus der Sky River Bakery“, sagte Dare.

„Nein, er kommt aus dem Himmel“, widersprach Greg.

Der einzige Makel an dem perfekten Abendessen war, dass Julian und Daisy den Abwasch machen mussten. Aber selbst das war nicht so schlimm. Die große, industrielle Küche hatte einen begehbaren Kühlraum, hohe Edelstahlregale und ein kommerzielles Geschirrspülsystem. Die Arbeit ging ihnen leicht von der Hand, und sie lachten und zogen sich gegenseitig auf, während sie die Essensreste von den Tellern kratzten, das Geschirr einseiften, spülten und abtrockneten. Als sie fertig waren, war es draußen bereits dunkel. Freddy ging mit Max und dem kleinen Hund namens Barkis in den Gemeinschaftsraum für eine Runde Tischtennis. Connor und die anderen saßen beisammen, tranken Kaffee und besprachen die Pläne und Zeichnungen. Es war alles so verdammt harmonisch, dass Julian am liebsten gekotzt hätte.

„Können wir ein Lagerfeuer am Strand machen?", fragte Daisy ihren Vater.

„Du und Julian?", wollte der wissen.

„Ja, Dad. Ich und Julian." Sie verdrehte die Augen.

Interessant, dachte Julian. Hier schien es einen Machtkampf zwischen Daisy und Greg Bellamy zu geben. Er entschied sich, auch etwas zu sagen. „Ich verspreche, mich tadellos zu benehmen, Sir."

Väter von Mädchen mochten es, wenn man sie „Sir" nannte. Eine kleine Silbe, und sie taten so, als wenn ihre Tochter sich mit dem Märchenprinzen verabreden würde.

„Das wird er", sagte Connor. Weiter sagte er nichts, aber das musste er auch nicht, denn die Botschaft kam klar und deutlich bei Julian an. *Bau keinen Scheiß!*

„Ich schätze, das geht in Ordnung", sagte Greg. „Ich komme vielleicht später mal vorbei."

„Sicher, Dad", sagte Daisy mit gezwungener Fröhlichkeit. „Das wäre super."

Olivia reichte ihr eine Packung Streichhölzer. „Macht das Feuer bitte auf der dafür vorgesehenen Stelle, ja?"

Ein Feuer zu entzünden war eindeutig schwerer, als es im Fernsehen immer aussah. Sie verbrauchten die ganzen Streichhölzer, bevor ihr Haufen Zweige endlich Feuer fing und mehr Rauch als Flammen produzierte. In dem Versuch, der dichten Qualmwolke auszuweichen, fand Julian sich plötzlich direkt neben Daisy sitzend wieder. *Strike.*

„Also, was ist deine Geschichte?", fragte sie.

Julian dachte daran, irgendein hochtrabend klingendes Internat zu erfinden, nur um sie zu beeindrucken. Aber er war zu müde, um sich eine Geschichte auszudenken und den Rest des Sommers über dabei zu bleiben.

„Meine Mutter ist eine arbeitslose Künstlerin – sie singt, tanzt, schauspielert", sagte er und entschied dann, nichts über seinen Vater zu sagen. Wenn die Leute erfuhren, was passiert ist, wurden sie immer ganz mitleidig und weich, und das hasste er.

„Im Mai bin ich mit dem Gesetz in Konflikt geraten", gestand er.

Die Wahrheit wirkte wie ein Aphrodisiakum. Er meinte sogar, Daisys Brüste gegen seinen Arm drücken zu fühlen, als sie sich zu ihm beugte und flüsterte: „Was hast du gemacht? Ein Auto geklaut? Mit Drogen gedealt?"

Natürlich. Das war es, was die Leute dachten, wenn sie Julian Gastineaux anschauten. Ein großer schwarzer Junge mit Dreadlocks und entsprechendem Verhalten. Was sollte er sonst sein als ein Möchtegern-Krimineller?

„Ich habe ein Mädchen vergewaltigt", sagte er. „Vielleicht sogar drei."

Daisy versuchte, nicht zu offensichtlich von ihm wegzurutschen, aber er bemerkte es trotzdem daran, dass der warme Druck an seinem Arm auf einmal fehlte.

„Du lügst." Sie schlang ihre Arme um die angezogenen Knie.

Verdammt, sie war aber auch ein nervtötendes Mädchen. Sie wusste nicht nur, dass er log, sie wusste auch, dass er es bereits bereute, sich als Vergewaltiger dargestellt zu haben. Es war aber auch wirklich blöd gewesen, so etwas zu behaupten. „Ich bin erwischt worden, wie ich an einem Bungeeseil von einer Highway-Brücke gesprungen bin."

„Wow. Warum machst du so was?", fragte sie entsetzt.

„Warum nicht?"

„Hm, lass mich überlegen. Weil man sich jeden Knochen im Leib brechen, querschnittsgelähmt oder gehirntot enden kann. Oder einfach nur tot."

„Jeden Tag sterben Menschen."

„Ja, aber von Brücken zu springen beschleunigt den Prozess." Daisy schüttelte sich.

„Es war großartig." Sein Blick folgte einem in den Himmel steigenden Funken. „Ich würde es sofort wieder tun. Ich mag es schon immer, zu fliegen." Alles, was nur entfernt mit Fliegen zu tun hatte, war, solange er denken konnte, ein Traum von ihm.

„Dann wird dir das gefallen." Daisy holte ein Brillenetui aus ihrer Tasche. Sie öffnete es und enthüllte einen dicken, leicht unförmigen Joint.

Mit dem glühenden Ende eines Zweigs zündete sie ihn an und inhalierte tief. „Das ist meine Art des Fliegens." Sie nahm einen zweiten gekonnten Zug und hielt Julian den Joint hin.

„Nein, danke", sagte er. „Ich muss vorsichtig sein. Weißt du, der Richter in Kalifornien hat meine Mutter vor die Wahl gestellt: Entweder ich verlasse die Stadt für den Sommer, oder ich sitze meine Strafe im Jugendknast ab. Indem ich hierhergekommen bin, habe ich die Chance, dass der Vorfall aus meiner Akte gestrichen wird."

„Klingt logisch. Aber du wirst hier nicht erwischt." Sie bot ihm den Joint erneut an.

Also musste er schon wieder die Wahrheit gestehen. Auch wenn er sich dabei fühlte wie ein Pfadfinder. „Ich nehme keine Drogen."

„Komm schon. Das ist wirklich gutes Gras", sagte Daisy. „Und hier wird uns keiner erwischen. Wir sind mitten im Nirgendwo."

„Deshalb mache ich mir keine Sorgen. Ich mag es einfach nur nicht, high zu sein."

„Du musst es wissen.“ Daisy legte noch einen Zweig ins Feuer und sah zu, wie er in Flammen aufging. „Ein Mädchen muss seinen Spaß finden, wo es nur kann.“

„Also hast du Spaß?“, fragte er.

Sie blinzelte ihn durch den Rauch an. „Bis jetzt ist dieser ganze Sommer … komisch. Er sollte viel mehr Spaß machen. Ich meine, denk mal darüber nach. Das ist unser letzter Sommer als einfache Kinder. Nächstes Jahr haben wir unseren Schulabschluss und müssen den Sommer damit verbringen, zu arbeiten und uns aufs College vorzubereiten.“

„College. Der war gut.“

„Willst du etwa nicht aufs College gehen?“

Er war so überrascht von ihrer Frage, dass er einfach nur lachte.

„Was?“ Sie schien den glühenden Joint ganz vergessen zu haben.

„Das hat mich noch nie jemand gefragt“, gab Julian zu.

„Du kommst doch nach dem Sommer auch ins Senior-Jahr, oder?“, hakte sie nach.

„Stimmt.“

„Und deine Lehrer und Berater liegen dir nicht schon seit der neunten Klasse in den Ohren?“

Er lachte wieder. „So etwas gibt es an meiner Schule nicht. Die Leute gehen nicht aufs College. An meiner Schule ist man der Meinung, einen guten Job gemacht zu haben, wenn ein Schüler es bis zum Abschluss schafft, ohne vorher abzubrechen, ein Baby zu kriegen oder zu sitzen.“

„Wo zu sitzen?“

„Das ist nur eine Redewendung. Sitzen heißt, in den Knast zu gehen.“

„Was für ein Albtraum.“ Daisy wirkte ehrlich schockiert. „Du solltest die Schule wechseln.“

Julian war erstaunt. Dieses Mädchen lebte nicht in der realen Welt. Sie verstand es einfach nicht. „Da, wo ich herkomme, geht man auf die öffentliche Schule, die am nächsten liegt. Und danach sucht man sich einen beschissenen Job in einer Autowaschanlage, spielt Lotto und hofft aufs Beste.“

Nun musste Daisy kichern. „Ich stehe auf Jungs mit Ambitionen.“

„Ich bin nur realistisch.“

„Ich sagte ja nicht, dass das College irgend so eine Art Nirwana oder so ist, aber es ist auf jeden Fall besser, als in einer Autowaschanlage zu arbeiten.“

„Das College kostet Geld. Sogar wenn man finanzielle Hilfe bekommt – für die ich mich dank der miesen Buchhaltungsunterlagen meiner Mutter niemals qualifizieren würde –, muss man trotzdem noch mit jeder Menge Kohle antanzen, die ich nicht habe.“

Sie zuckte mit den Schultern. „Dann wende dich ans ROTC. Meine Güte, das weiß ja sogar ich."

ROTC. Davon hatte er schon mal vage was gehört. Irgendein Typ war mal in seiner Schule gewesen und hatte Werbung dafür gemacht, aber Julian hatte die Gelegenheit genutzt, den Unterricht zu schwänzen und sich stattdessen auf der Cross-Country-Strecke mit dem Fahrrad auszutoben. Reserve-Offiziers-Training ... irgendwie so etwas.

„Das Militär übernimmt alle Kosten deiner Ausbildung", fuhr Daisy fort. „Du könntest dich sogar bei einer Militärakademie bewerben, aber das ist echt schwer. Da muss man über tausendfünfhundert Punkte im SAT-Test haben."

Obwohl er den Test, der Voraussetzung für die Aufnahme an einer Universität war, bereits gemacht und ein Ergebnis erzielt hatte, das die Schuloberen glauben ließ, er hätte geschummelt, fühlte Julian sich vollkommen unwissend.

„Militärakademie?"

„Diese Schulen sind umsonst", erklärte Daisy weiter. „Sie bezahlen dich sogar dafür, sie zu besuchen."

„Du spinnst."

„Nein. Wirklich."

„Nenn mir *eine*."

„West Point. Ha, ich habe recht. Du könntest nach West Point gehen."

„Ja, das wäre ungefähr so einfach wie ein Besuch auf dem Mond." Er hatte die Akademie mal in einem Film gesehen. West Point. Jungs, die wie Spielzeugsoldaten aufmarschierten und einander ins Gesicht schrien. Und das war ein College? „Du willst mir also erzählen, dass sie einem eine vierjährige Collegeausbildung für umsonst geben?"

„Du bekommst sogar ein monatliches Gehalt, solange du da bist. Dieser Junge aus meiner Schule, sein Vater ist ein Colonel in der Air Force oder so was. Er bewirbt sich gerade für einen Platz an der Air-Force-Akademie."

Air Force, dachte Julian. *Fliegen.* Die Idee packte ihn so lebhaft wie ein Tagtraum.

„Das klingt echt extrem." Daisy war es offensichtlich müde, zu versuchen, high zu werden. Sie steckte den kalten Joint in einen Gefrierbeutel. „Ich glaube, zusätzlich zu dem ganzen militärischen Zeug muss man Ingenieurswesen oder irgendwas Wissenschaftliches studieren. Und wer will das schon?"

Julian dachte an seinen Vater, und der Schmerz über seinen Verlust traf ihn mit einem Mal so hart, als hätte ihm jemand ein Messer ins Herz gerammt. Die Wissenschaft hatte Louis Gastineaux komplett vereinnahmt. Sie war seine Leidenschaft. Julian konnte das verstehen, denn er hatte auch diese Leidenschaft in sich. Nicht für die Wissenschaft, aber fürs Fliegen, für Gefahr und Geschwindigkeit. „Wo ist da der Haken?“, wollte er wissen.

„Man bezahlt keine Studiengebühren, aber definitiv ist man ihnen was schuldig. Du gibst ihnen mindestens fünf Jahre deines Lebens.“ Sie betrachtete Julian mit einem wissenden, mitfühlenden Blick. „Es muss komisch sein, auf eine Highschool zu gehen, auf der niemand einem hilft, sich aufs College vorzubereiten.“

„Ich habe da bisher nie wirklich drüber nachgedacht.“ Julian wusste nicht, was schlimmer war – dass es niemanden kümmerte oder dass die Möglichkeit, aufs College zu gehen, so weit entfernt lag, dass er sie für sich nie in Betracht gezogen hatte.

„Na ja, aber nur weil dir niemand hilft, heißt das ja nicht, dass du dir nicht selber helfen kannst.“

„Sicher“, sagte er und warf einen weiteren trockenen Ast aufs Feuer. „Danke für den Hinweis.“

„Du trägst die Nase aber ganz schön hoch“, sagte sie.

„Und du trägst deinen Kopf in den Wolken.“

Daisy lachte laut, und ihre Stimme war so leicht wie die Funken und der Rauch des Feuers. Er saß ganz still und genoss den Augenblick.

Okay, dachte er, vielleicht wird dieser Sommer doch nicht so schlecht wie befürchtet.

17. KAPITEL

Für Olivia begann jeder Tag mit einer magischen Stunde. Die Vögel weckten den Wald mit ihrem fröhlichen Gesang, und die Sonne tauchte die ganze Welt in einen goldenen Schimmer. Über dem See lag ein leichter Nebel, dessen Schwaden von der sanften Brise bewegt und schließlich von der stärker werdenden Sonne aufgelöst wurden. Sie joggte jeden Morgen, so wie sie es in der Stadt auch getan hatte. Nur war sie da auf einem Laufband gelaufen. Camp Kioga hingegen bot ihr eine fünf Meilen lange Strecke durch die Wälder, deren Weg gerade erst von der Gärtnercrew ihres Onkels freigelegt worden war.

Auf dem Laufband hörte sie immer Musik von ihrem iPod, damit ihr nicht langweilig wurde. Hier jedoch brauchte sie auf ihrer Joggingrunde keine künstliche Musik im Ohr. Das Trillern der erwachenden Vögel, das gelegentliche Brüllen eines Elchs und das Rauschen der morgendlichen Brise waren Unterhaltung genug.

Als sie aus dem Wald in Richtung Speisesaal lief, sah sie Connor Davis, der seinen Truck hinter einem Geräteschuppen abstellte, und wäre fast über ihre Füße gestolpert.

„Du bist aber früh auf den Beinen." Sie versuchte, nicht zu angestrengt zu atmen, als sie ihn begrüßte. Ihr Lächeln war freundlich, aber innerlich zuckte sie zusammen. Er hatte die Angewohnheit, sie immer in ihren schlimmsten Momenten zu überraschen. An einem Fahnenmast hängend. In ihrem unförmigen Maleroverall. Und jetzt in Jogging-BH, ohne T-Shirt und mit neon-orangefarbenen Shorts. Um ihren Look zu vervollständigen, war sie vollkommen in Schweiß gebadet und außer Atem, und ihr Pferdeschwanz hatte sich auch fast vollständig aufgelöst. Sie wünschte sich, dass er sie nur ein Mal so sehen würde, wie sie sich am liebsten sah: in Marc Jacobs gehüllt und mit Manolo-Slippern.

Er schien sich jedoch nicht auf den Schweiß und ihr ungewaschenes Haar zu konzentrieren. Vielmehr musterte er ihre Beine, ihre Brüste und ihren nackten Bauch. Und ja, sie sah den genauen Moment, in dem er es erblickte: ihr Bauchnabelpiercing.

„Das ist es also, was ich jeden Morgen verpasst habe?", sagte er.

„So ziemlich."

„Ich sollte anfangen, mir meinen Wecker früher zu stellen."

Sie war sich nicht sicher, ob er sie auf den Arm nehmen oder mit ihr flirten wollte. Davon abgesehen wünschte sie, es wäre nicht so unterhaltsam mit ihm. In dem Versuch, unbeeindruckt zu erscheinen, öffnete sie ihre Wasserflasche, nahm einen Schluck und tupfte sich dann den Mund mit dem Handrücken ab. „Wie geht es deinem Bruder?"

„Ganz gut."

Männersprache machte Olivia verrückt, und Connor war einer ihrer stärksten Vertreter. „Ganz gut" konnte alles heißen von „Er hat immer noch einen Puls" bis zu „Er hat gerade den Jackpot geknackt".

Vielleich war Connors unzweifelhafte Männlichkeit der Grund, warum sie ihn zu gleichen Teilen nervtötend und sexy fand. Sein Truck war ein perfektes Beispiel dafür. Sie nahm an, dass die Papiere und Rechnungen, die in seinem Innern verstreut waren, Connors Vorstellung von einer Ablage waren, aber gleichzeitig war seine CD-Kollektion perfekt organisiert, sodass er sein Lieblingsalbum von Rush während der Fahrt hervorholen konnte, ohne die Augen von der Straße zu wenden.

Als sie einen Blick auf die Ladefläche des Pick-up warf, war sie überrascht, nicht die erwarteten Werkzeuge und Maschinen zu sehen, sondern eine Ladung Vogelhäuser in allen möglichen Formen und Größen. Jedes sah einzigartig und handgemacht aus und hatte mehr Details, als ein durchschnittlicher Vogel brauchen würde. Eines hatte ein kleines Wasserrad an der Seite, ein anderes eine gestreifte Markise. Ein paar hatten viktorianische Verzierungen, und wieder andere waren perfekt bemalte Replikate alter Adirondack-Blockhäuser.

„Hast du die gemacht?", fragte sie.

„Klar", erwiderte er. „In meiner Freizeit." Er schüttelte den Kopf. „Ich habe sie aus dem Baumarkt in der Stadt." Er nahm vier gleichzeitig in die Hand und trug sie in den Schuppen.

„Darf ich fragen, was du mit diesen ganzen Vogelhäusern vorhast?" Sie schnappte sich auch welche und folgte ihm.

„Natürlich darfst du das. Wenn sie hier im Weg sind …"

„Nein, das sind sie nicht. Ich frage mich nur, ob du irgendeine besondere Idee dafür hast."

„Nein." Er fuhr fort, die Vogelhäuser säuberlich nebeneinander auf ein Regal im Schuppen zu stellen. „Vielleicht kann Dare sie nutzen, um irgendwas zu dekorieren."

„Du musst Vögel ja wirklich lieben." Verwundert half Olivia, ohne ihn weiter zu befragen. Er schien sie sowieso zu ignorieren. Langsam kühlte sie von ihrem Lauf ab und spürte die Kälte der morgendlichen Luft. Als sie zitterte, zog Connor sofort seine Jacke aus und hielt sie ihr hin. Na gut, dann ignorierte er sie offensichtlich doch nicht.

„Oh nein, lass das lieber. Ich bin ganz verschwitzt."

„Als ob mich das stören würde", sagte er. „Hände in die Ärmel."

Olivia zog die Jacke wie eine Umarmung um sich. Das sollte sich nicht so gut anfühlen, dachte sie und sog tief seinen Duft ein, der im Stoff hing. Und er sollte nicht so gut riechen.

„Wie ist es für dich, wieder im Camp Kioga zu sein?", fragte sie in dem Versuch, das unangenehme Schweigen, das sich zwischen ihnen ausgebreitet hatte, zu brechen.

„Gar nicht so anders als in meinem Wohnwagen."

„Wie lange wohnst du schon da? Hast du auch den Winter über da verbracht?" Sie bereute ihre Frage in dem Moment, in dem sie sie ausgesprochen hatte. Die Worte klangen irgendwie so wertend. „Entschuldigung", sagte sie. „Meine Neugierde hat sich nicht verändert."

„Ich hatte schon schlimmere Winter", sagte er leichthin, ohne es weiter auszuführen.

Treffer. Sie hatte ihn offensichtlich beleidigt. Eines Tages würde sie es auch verinnerlicht haben, dass es manchmal klüger war, den Mund zu halten. So wie sie es inzwischen schon schaffte, seinen Vater nicht zu erwähnen. Oder wirkte es eher seltsam, dass sie sich nicht nach ihm erkundigte? Sie wusste es nicht. Terry Davis war ein großer Faktor in Connors Leben gewesen, eine entscheidende Größe. Und um die beschämende Wahrheit zuzugeben: Olivia war ein Feigling. Sie hatte Angst, seine traurige Geschichte zu hören – dass sein Vater gestorben war. Sie wollte nicht hören, dass er sich schlussendlich zu Tode getrunken hatte. Sie hatte Angst vor Connors Traurigkeit, weil sie wusste, dass sie ihn nicht würde trösten können.

„Nun", sagte sie abrupt. „Ich hoffe, Julian und du hattet eine ruhige Nacht."

Er schloss die Tür zum Schuppen. „Ich hoffe nur, ich kann ihn diesen Sommer aus allem Ärger heraushalten."

„Das hast du doch schon einmal geschafft", rief sie ihm in Erinnerung. „In dem letzten Sommer, als wir …" Schlechte Wortwahl. „Er hat dir als Kind echt was für dein Geld geboten, aber du hast es immer geschafft, ihm einen Schritt voraus zu sein."

„Inzwischen kann er mich sehr wahrscheinlich mit Leichtigkeit überholen, aber ich versuche mein Bestes."

Connor war ein Mensch, der sich um andere kümmerte. Das wusste sie bereits. So wie er aufgewachsen war, war sein Charakter im Schmelztiegel zwischen der Sauferei seines Vaters und der Vernachlässigung seiner Mutter geschmiedet worden. Manchmal fragte sich Olivia, was für ein Mensch er geworden wäre, wenn seine Eltern sich um ihn gekümmert hätten, anstatt ihn für sich selbst sorgen zu lassen. Dann dachte sie an andere Menschen, die sie kannte, die alle Fürsorge und Vorteile des Lebens genossen hatten. Viele von ihnen hatten die Gelegenheiten, die sich ihnen boten, in den Wind geschossen und waren die Treuhandfonds-Barbies geworden, deren Leben das Futter für die Klatschpresse bot.

„Wie läuft es zwischen dir und Julian?“, fragte sie.

„Wir kennen einander kaum. Er ist nicht zu erpicht darauf, Anweisungen von mir anzunehmen.“

„Und was denkst du über ihn?“

„Er will nicht hier sein, und er benimmt sich wie ein kleines Arschloch.“

Sie senkte den Kopf, um ihr Lächeln zu verbergen.

„Was?“ Ihm war ihr Amüsement nicht entgangen.

„Es ist gut, dass du ehrlich bist. Ich hatte befürchtet, du könntest zu samariterhaft sein.“

„Das war nie mein Problem. Aber Julian gehört zur Familie. Ich war elf Jahre alt, als er geboren wurde, und er war das Beste, was mir je passiert ist. Sechs Monate lang durfte ich ein Bruder sein. Dann ist er weggeschickt worden, um bei seinem Dad zu leben, und alles war vorbei, einfach so. Niemand hat mich vorgewarnt, und Gott weiß, dass niemand mit mir darüber gesprochen hat. Ich kam einfach eines Tages von der Schule, und er war weg. Ich habe tage-, wenn nicht sogar wochenlang nicht mehr mit meiner Mutter gesprochen.“ Er starrte auf seine Hände, die rau und schwielig von der harten Arbeit waren, und streckte seine Finger. „Das habe ich noch nie jemandem erzählt.“

In diesem Augenblick erkannte Olivia den Schmerz, den er zu verbergen suchte. „Vielleicht kann ich mit Julian sprechen. Ich meine, wenn es dir nichts ausmacht …“

Er schüttelte den Kopf. „Wieso sollte es mir was ausmachen?“

„Ich mag es, mich mit ihm zu unterhalten.“ Letzte Nacht war sie lange wach geblieben, und als Julian und Daisy vom Strand zurückkamen, hatte sie sich lange mit ihm unterhalten. „Wusstest du, dass er letzten Frühling den SAT-Test gemacht und 1550 Punkte erreicht hat? 800 in Mathe, 750 im Mündlichen.“ Sie sah Überraschung in Connors Augen aufblitzen.

„1600 sind ein perfektes Ergebnis, oder?“, fragte er.

„Ja.“

„Er ist in der Hälfte seiner Schulfächer durchgefallen.“

„Das klingt für mich so, als wenn die Schule sich nicht um ihn kümmert.“ Es fühlte sich ganz komisch erwachsen an, mit ihm über seinen Teenager-Bruder zu sprechen. Das war neu – sich als Erwachsene mit einer Menge eigener Erfahrungen mit Connor auseinanderzusetzen. Mit einem Mal fühlte sich ihre Beziehung viel komplizierter an. Als sie ihm hier das erste Mal wieder begegnet war, hatte sie nur daran gedacht, sich vor ihm zu produzieren, ihm ihr neues Ich zu zeigen, ihn bereuen zu lassen, dass er sie vor all den Jahren aus seinem Leben ausgeschlossen hatte. Jetzt kam ihr dieses Verhalten kindisch und oberflächlich vor – und beneidenswert simpel. Auch wenn es nicht gehalten hat. Wie hätte es auch. Wenn es um Connor Davis ging, hatte ihr Herz keine Verteidigungslinie. Beinahe gegen ihren Willen veränderte und vertiefte sich ihre Beziehung zu Connor jedes Mal, wenn sie mit ihm zusammen war.

Gemeinsam gingen sie nun in die Küche. Während sie das Kaffeepulver in den Filter der Maschine füllte, spürte sie seinen Blick auf sich, tat aber so, als würde sie es nicht bemerken. „Erinnerst du dich an das Jahr, als wir nachts die Küche gestürmt und die Großpackung Erdnussbutter gefunden haben?“, fragte sie.

„Falk St. John versucht vermutlich immer noch, das Zeug aus seinen Haaren zu bekommen.“ Er nahm den angelaufenen Tennispokal ihres Vaters in die Hand, den sie mitgebracht hatte. „Was ist das?“

Olivia biss sich auf die Unterlippe. Sie hatte den Pokal offen stehen lassen, und jeden Tag hoffte sie, dass jemand sie darauf ansprechen würde. Falsch. Jeden Tag hoffte sie, dass *Connor* sie darauf ansprechen würde. Die unbeantworteten Fragen brannten ihr ein Loch in den Magen. „Eine alte Trophäe meines Dads. Ich vergesse immer wieder, etwas Silberpolitur dafür zu besorgen.“

Er fand das Foto und den Manschettenknopf, die in dem Pokal lagen. Den Manschettenknopf legte er beiseite, aber das Foto studierte er mit einem amüsierten Gesichtsausdruck.

„Das Bild“, sagte sie und versuchte, locker zu klingen, „ist der Grund, warum ich dich nach Jenny Majesky gefragt habe.“

„Ja, es sieht ihr sehr ähnlich. Eine jüngere Version von ihr“, stimmte er ihr zu. „Vermutlich ist das ihre Mutter.“

„Das ist sie. Das gleiche Bild hängt in der Bäckerei, allerdings ist da der Junge abgeschnitten worden. Erkennst du ihn?“ Ohne auf eine Antwort zu warten, sagte sie: „Das ist mein Vater. Damals, 1977. Ich sterbe vor Neugierde, die Geschichte hinter diesem Bild zu erfahren.“

„Dann frag ihn einfach nach dieser Frau“, schlug Connor vor.

„Lieber nicht.“

„Warum nicht? Du stehst ihm doch sehr nahe. Ihm macht es vermutlich nichts aus.“

Connor hatte recht, aber trotzdem konnte Olivia das nicht. Das Privatleben eines Elternteils war eine heikle Sache. Manchmal fragte sie ihren Dad, ob er sich mit jemandem verabredete oder daran dachte, irgendwann wieder zu heiraten. Er schaute sie dann jedes Mal mit seinem so bittersüßen Lächeln an und schüttelte den Kopf. Er hätte nicht so viel Glück in der romantischen Abteilung, behauptete er. Olivia fing an zu glauben, dass das in der Familie lag.

„Ich würde mir komisch vorkommen“, sagte sie. „Und sag nicht, dass ich es Jenny zeigen soll. Dabei würde ich mir auch komisch vorkommen.“

„Ich weiß jemanden, den wir fragen können.“

18. KAPITEL

Connor hoffte, dass er das Richtige tat, indem er Olivia half, der alten Geschichte auf die Spur zu kommen. Aber es war sowieso zu spät, seine Meinung zu ändern. Ein paar Tage später fuhren sie gemeinsam nach Avalon. Julian hatte darum gebeten, bei der Bücherei abgesetzt zu werden, doch selbst als er vor dem Gebäude seinen Rucksack schulterte und aus dem Auto ausstieg, gab er keine Erklärung, was er dort wollte.

„Ich hole dich in einer Stunde wieder ab", sagte Connor. Dann wandte er sich an Olivia, die wie ein nervöses Wrack auf dem Beifahrersitz saß. „Ich schätze, hier kann er nicht in allzu große Schwierigkeiten geraten."

„Ich denke auch, dass die Bücherei kein sonderlich gefährliches Gebiet ist. Er sucht vermutlich verzweifelt eine Internetverbindung", sagte sie. „Hat er dir viel über seine Freunde erzählt, die er zu Hause zurückgelassen hat?"

„Nein. Meinst du, ich sollte ihn danach fragen?"

„Nein", sagte sie schnell. „Wenn du anfängst, zu neugierig zu sein, wird er sofort zumachen."

Er betrachtete sie einen Moment lang. Sie schien großes Interesse an Julian zu haben, und er war sich nicht sicher, warum. Es fühlte sich so surreal an, wieder neben ihr zu sitzen. Seitdem sie zurückgekehrt war, hatte er eine Menge über die Vergangenheit nachgedacht, darüber, wie nah sie sich gewesen waren, wie viel sie miteinander geteilt hatten. Und wie sehr sie einander verletzt hatten.

Jetzt mussten sie sich anderen Fragen stellen, wie zum Beispiel der, ob sie sich wieder aufeinander einlassen wollten.

Hör auf, warnte er sich. Versuch nicht, daran zu denken, wie sie sich in deinen Armen angefühlt hatte. Ihre Wange an seiner Brust, hatte sie seinem Herzklopfen gelauscht. Er dachte, dass er sich kaum an sie erinnerte, aber mit jedem Augenblick, den er in ihrer Gegenwart verbrachte, kamen weitere Erinnerungen zurück. Inzwischen musste er nur noch seine Augen schließen und sich entspannen, um wieder zurück im damaligen Camp Kioga zu sein, als das Leben noch einfach war und alles möglich schien.

„Macht er in der Schule irgendwelchen Sport?", unterbrach Olivia seine Gedanken.

„Ich glaube, er macht Turmspringen."

„Das passt, wo er doch die Höhe so liebt. Er ist ein interessanter Junge. Ich bin froh, dass er den Sommer über hier ist." Sie lächelte und sah dabei immer noch sehr nervös aus.

„Du bist froh?"

„Klar. Ich mag Kinder. Vor allem Teenager, selbst mit ihren ganzen Ängsten und Traumata." Sie seufzte und schaute aus dem Fenster. „Vielleicht kommt das daher, weil ich mich so gut an diese Zeit erinnern kann. Daran, wie roh sich die Gefühle anfühlen, wie groß und wichtig alle Entscheidungen zu sein scheinen. Und wie niemand in der Welt einen versteht."

„Und trotzdem hast du es überlebt."

„Ja, das habe ich."

„Was ist aus deinem Wunsch geworden, Lehrerin zu werden?"

Olivia zuckte mit den Schultern. „Ich habe mich in den vier Jahren am College sehr verändert. Anfangs wollte ich wirklich gerne an einer Highschool unterrichten. Ich wollte an die Schule zurückkehren und alles richtig machen. Das war meine Chance, aus dieser Zeit etwas Positives zu machen, beliebt zu sein." Sie lächelte sanft. „Doch während des College brauchte ich das nicht mehr. Ich musste die Vergangenheit nicht neu schreiben."

Er beobachtete ihren Mund, während sie sprach. Bei dem Wort „neu" spitzten sich ihre Lippen, als wenn sie ihn küssen wollte.

Wunschträume, sagte er sich. Sie hatte es ja selbst gesagt. Sie musste die Vergangenheit nicht neu schreiben.

„Und du wolltest Trainer werden", erinnerte sie ihn.

„Du hast ein gutes Gedächtnis." Seine Gründe unterschieden sich allerdings grundlegend von Lollys. Schulen – und vor allem die Sportmannschaften – waren der einzige Ort, an dem er sich erfolgreich, akzeptiert und sicher fühlte. Trainer zu sein würde ihn für alle Zeiten zu einem Teil dieser Welt machen. Er wusste, warum er seinen Traum aufgegeben hatte, aber er war noch nicht bereit, mit Olivia darüber zu sprechen.

Er lenkte den Wagen zurück auf die Straße und fuhr in Richtung Indian Wells, das ein paar Meilen nördlich der Stadt lag. Hier lebte sein Vater in einer Seniorengemeinschaft. Terry Davis war nicht krank, und er war noch nicht einmal sehr alt, aber er schien sein Leben dort zu genießen. Er mochte die fürsorglichen Frauen, die in dem Haus das Sagen hatten, und als ehemaliger Alkoholiker mochte er auch die Zwölf-Schritte-Treffen, die jeden Tag stattfanden.

Olivia war wieder in Schweigen verfallen.

„Ist es in Ordnung für dich, wenn wir heute meinen Dad besuchen?", fragte Connor.

„Sicher. Natürlich. Als du mir erzählt hast, dass er immer noch … hier lebt, war ich überrascht. Du hast ihn nie erwähnt."

„Du hast nie nach ihm gefragt."

„Ich weiß. Das tut mir leid. Ich meine, ich freue mich ...“ Sie war durcheinander. „Ich habe mich nicht nach deinem Vater erkundigt, weil ich Angst hatte, dass ihm etwas Schlimmes zugestoßen ist. Ich wollte dich durch mein Nachfragen nicht traurig machen.“ Sie legte eine Pause ein. „Ich bin so ein Angsthase. Ich konnte noch nie gut mit der Traurigkeit anderer Menschen umgehen.“

Vielleicht spielte das in ihren drei geplatzten Verlobungen auch eine Rolle, dachte Connor. Er wollte keine Einzelheiten wissen, aber er nahm an, wenn man mit den Problemen eines anderen Menschen nicht umgehen konnte, kam man in einer Beziehung nicht sonderlich weit.

Er bog auf den Parkplatz ab. „Nur zu deiner Beruhigung, ihm geht es gut.“ Connor verspürte mehr als nur einen Anflug von Stolz und Erleichterung. Er wünschte sich, sein Vater hätte sich mit dem Entzug nicht so viel Zeit gelassen, aber es hatte keinen Zweck, sich darüber den Kopf zu zerbrechen. Tatsache war, dass die Probleme seiner Eltern ihn seiner Kindheit beraubt hatten, aber darüber zu brüten war sinnlos. Sein Vater erholte sich. Seine Mutter leugnete alles. Es könnte schlimmer sein.

„In letzter Zeit geht es ihm sogar richtig gut“, sagte Connor. „Er beschäftigt sich und geht zu den Treffen und wünscht, er hätte Enkelkinder, aber ich schätze, auf dem Gebiet war ich bisher eine Enttäuschung für ihn.“

Ups, dachte Connor, zu viele Informationen.

Olivia stieg aus dem Auto. „Lass mich raten“, sagte sie und ließ ihren Blick über die Reihenhäuser gleiten, die jedes eine kleine Veranda vor der Haustür hatten. „Dein Vater wohnt in dem Haus mit den ganzen Vogelhäuschen. Du kleiner Schelm. Er baut sie für den Baumarkt, und du kaufst sie alle auf.“

Erwischt, dachte Connor. „Tu mir einen Gefallen und sag ihm gegenüber nichts, ja?“

„Natürlich nicht.“ Ihr Blick wurde weich, und sein Herz schlug schneller. Vor langer, langer Zeit hatte sie ihn oft so angesehen. Und dieser Blick hatte ihm die Welt bedeutet.

Sein Vater empfing sie an der Haustür. „Hey, mein Sohn. Gut, dich zu sehen.“ Er streckte Olivia seine Hand hin. „Terry Davis, Ma'am.“

„Olivia Bellamy.“

„Miss Bellamy. Wie geht es Ihnen, Ma'am?“ Die kratzfüßige Art seines Vaters ließ Connor immer noch zusammenzucken. Als er es ihm gegenüber einmal erwähnt hatte, hatte sein Vater erklärt: „So bin ich aufgezogen worden. Man muss den Herrschaften gegenüber höflich sein.“

„Du bist doch kein Sklave, wieso sollte jemand deine Herrschaft sein?“

„Das sagt man nur so. Wenn jemand aus vermögendem Haus kommt, wenn er vielleicht sogar in der Position ist, dir etwas anzubieten, dann ist er dein Herr.“

„Das ist verrückt, Dad.“

„Aber so funktioniert die Welt nun einmal, mein Sohn.“

Und jetzt, wo Terry Davis Olivia begrüßte, packte er sie automatisch in die Welt der „Herrschaften“. Zugegeben, sie hatte dieses ordentliche, wie frisch aus dem Ei gepellte Aussehen. Man erkannte es an Kleinigkeiten: die schmalen, goldenen Ohrringe, das glatte Haar, die strahlend weiße Bluse mit dem aufgestellten Kragen, die Kaki-Shorts.

Connor erwartete, dass sie sich hier in dem kleinen, einfachen Häuschen unwohl fühlen würde. Doch als sie seinen Vater begrüßte, sah er in ihrem Lächeln nichts als aufrichtige Wärme. „Ich hoffte, dass wir Sie nicht bei irgendetwas stören.“

„Aber ganz und gar nicht.“ Er führte sie in die Küche und beeilte sich dann, das Radio abzuschalten. „Ich freue mich über die Gesellschaft.“ Er wuselte umher, räumte den Tisch frei von Post und ausgeschnittenen Coupons.

Olivia beobachtete ihn mit einer gewissen Nachdenklichkeit, aber auch Erleichterung, wie Connor vermutete. Er konnte ihr keinen Vorwurf machen. Der Terry Davis der Vergangenheit war in den Augen der Welt ein hoffnungsloser Säufer gewesen. Außer für Connor. Sogar als Kind hatte er sich geweigert, die Hoffnung aufzugeben. Das hatte ihm unzählige Male das Herz gebrochen, aber er war der einzige Verwandte, den sein Vater hatte. Aus dummer Loyalität oder Verzweiflung oder vielleicht auch aus der unerschütterlichen Liebe eines Sohnes hatte er immer fest daran geglaubt, dass sein Vater sich erholen könnte. Er hatte es so fest geglaubt, dass er, als er sich zwischen seinem Vater und Lolly hatte entscheiden müssen, ohne zu zögern seinen Vater gewählt hatte. Das war in dieser Sommernacht vor neun Jahren gewesen, einer Nacht, die sich für immer in Connors Gedächtnis gebrannt hatte.

„Ich bin froh, Sie wiederzusehen“, sagte Olivia höflich. „Sie erinnern sich vermutlich nicht mehr an mich. Früher haben mich alle Lolly genannt.“

„Ah, das ist ein Name, den ich noch kenne“, versicherte Terry ihr. „Sie waren diese Süße, Pummelige, mit der Connor immer herumgelaufen ist.“

Connor unterdrückte ein Stöhnen. Betrunken oder nüchtern, sein Vater nahm nie ein Blatt vor den Mund. „Dad …“

Olivia lächelte immer noch. „Ich weiß nicht, ob ich süß war, aber ich war definitiv pummelig."

„Wie ich sehe, haben Sie den Babyspeck verloren."

„*Dad.*"

„Wie wäre es mit einem Mineralwasser?", fragte Terry.

„Sehr gerne. Danke." Sie schien von seinen Aussagen nicht im Geringsten beleidigt zu sein, sondern schenkte ihm ein strahlendes Lächeln, als er ihr eine Flasche Mineralwasser reichte und sich dann zu ihnen an den runden Tisch setzte.

„So, hier sitzen Sie nun, ganz erwachsen", sagte Terry. „Wie lange ist es her, zehn Jahre?"

„Neun."

„Mann. Connor war definitiv verrückt nach Ihnen. Sind Sie immer noch Single?"

„Dad, um Himmels willen ..."

Terry winkte ab. „Schon gut, schon gut. Ich bin sicher, dass du nicht hergekommen bist, um dich wegen deiner alten Freundin aufziehen zu lassen."

„Ist schon gut", versicherte Olivia ihm. „Wirklich. Es macht mir gar nichts, zu hören, dass Connor verrückt nach mir war. Auch wenn das nicht ganz dem entspricht, an das ich mich erinnere."

Sie hierherzubringen war eine dumme Idee, dachte Connor. Wie zum Teufel war er nur darauf gekommen?

Terry kicherte. „Er hatte seitdem andere Freundinnen, aber mit keiner hat's gehalten."

„Mit mir auch nicht", erinnerte sie ihn.

„Ja, aber das lag nur daran ..."

„Hey, Dad." Zeit, das Thema zu wechseln. „Olivia hat dieses alte Foto gefunden, und wir haben uns gefragt, ob du uns etwas darüber erzählen kannst."

Olivia reichte den vergilbten Schnappschuss über den Tisch. „Es ist im August 1977 entwickelt worden. Der Mann auf dem Bild ist mein Vater."

Als Connors Vater das Bild sah, veränderte sich sein Gesichtsausdruck. Er wechselte von weich und sympathisch zu angespannt und gehetzt. Schnell gab er Olivia das Foto zurück. „Das ist ein Foto von Mariska Majesky", sagte er. „Sie ist Helen und Leos Tochter. Sie ist seit zwanzig, vielleicht dreißig Jahren fort."

„Sie meinen, sie ist gestorben?"

„Ich meine, sie ist weg. Eines Tages ist sie fortgegangen, und niemand hat sie mehr gesehen. Sie war immer ein rastloser Mensch", fügte er hinzu. „Hatte die Angewohnheit, für einige Zeit zu verschwinden, aber sie ist immer zurückgekommen, um nach ihrem Kind zu sehen. Bis auf dieses letzte Mal. Sie ist einfach gegangen und nie wieder zurückgekehrt."

„Sie hatte ein Kind." Connor schaute Olivia an, und beide hatten den gleichen Gedanken. *Jenny.*

„War sie verheiratet?", fragte Olivia mit zittriger Stimme. „Oder … in einer Beziehung?"

„Ich schätze, darüber sollten Sie mit Ihrem Vater reden, Ma'am", sagte Terry.

Als sie das kleine, vollgepackte Häuschen verließen, fühlte Olivia sich, als hätte man ihr die Lebensenergie ausgesaugt. Sie musste wohl auch so ausgesehen haben, denn Connor legte eine Hand auf ihren Rücken, um sie zu stützen. Sie war sich nicht sicher, woher dieser latente Hang zur Ritterlichkeit kam, aber er war so vorsichtig mit ihr, wie es noch kein Mann zuvor gewesen war.

„Ich denke die ganze Zeit, dass es eine Million Erklärungen geben muss", sagte sie, „aber das sind alles nur Ausreden."

„Es kann sein, dass wir die falschen Schlussfolgerungen ziehen", versuchte Connor, sie zu beruhigen. „Vielleicht gibt es gar kein Geheimnis um Jennys Vater."

„Dein Dad weiß es", beharrte Olivia. „Du hast seinen Gesichtsausdruck gesehen. Er wollte es nur nicht sagen." Sie hoffte, dass es irgendein Junge aus dem Ort war, jeder, nur nicht Philip Bellamy. Aber angesichts von Terry Davis' Unbehagen und seinem Beharren darauf, dass sie mit ihrem Vater sprechen sollte, wurde ihre Vermutung immer mehr zur Gewissheit. Sie blieb stehen und hielt Connor das Foto hin. „Sieh es dir genau an. Siehst du das Kinn meines Vaters?" Sie zeigte auf das Grübchen, das Cary Grant alle Ehre gemacht hätte. „Jenny hat auch so eins, aber ihre Mutter nicht."

Er lächelte. „Das ist nicht gerade etwas Einzigartiges."

„Aber es ist ein rezessives Merkmal, so wie blaue Augen. Gemäß der Vererbungslehre hat eine Person mit einem Grübchen im Kinn mindestens ein Elternteil, das auch eines hat."

„Du wirst es nicht mit Sicherheit wissen, bis du deinen Vater danach gefragt hast." Connor zog den Autoschlüssel aus der Hosentasche.

Olivia konnte nicht vergessen, wie Terry Davis ihrem Blick ausgewichen war. Sie schaute sich auf dem Parkplatz um, betrachtete die Welt, die sich in den letzten Minuten nicht ein Stückchen verändert hatte. Doch das war eine Illusion. Es hatte sich alles verändert. Die Erde hatte ihre Ketten abgeworfen und taumelte haltlos durchs All. „Ich muss ihn nicht fragen. Ich weiß es. Abgesehen von den Gesetzen der

Genetik, kann man anhand seines Blicks auf dem Foto erkennen, dass er … etwas mit dieser Mariska hatte, während er schon mit meiner Mutter verlobt war. Und Jenny Majesky ist …"

Sie schwankte ein wenig, und Connor half ihr, in den Pick-up einzusteigen. Sie fühlte sich wie das Opfer eines Verkehrsunfalls, als sie ihren nächsten Gedanken laut aussprach. „Ich habe eine Schwester." *Eine Schwester. Eine Schwester.* Das Wort hallte in ihrem Kopf nach.

„Das sind doch alles nur Spekulationen."

„Wir wissen beide, dass sie sich bestätigen werden."

„Und was dann? Wäre es so schlimm, eine Halbschwester zu haben?"

„Gott, nein. Der schlimmere Teil ist, dass wir nicht zusammen aufgewachsen sind." *Ich habe eine Schwester.* Sie fragte sich, wie ihr Leben verlaufen wäre, wenn sie Jenny die ganze Zeit über gekannt hätte. Jemand, mit dem sie Geheimnisse teilen, Witze erzählen, sich gegenseitig Ratschläge geben oder hätte streiten können. Vielleicht wäre Olivias Kindheit dann nicht so einsam gewesen. Vielleicht hätte sie dann mehr Selbstbewusstsein gehabt.

„Was mache ich denn jetzt?", überlegte sie laut. „Ist es möglich, dass Jenny nicht weiß, wer ihr Vater ist? Ich kann ja nicht einfach zu ihr gehen und sie fragen."

„Ruf deinen Vater an", schlug Connor vor. „Frag ihn."

„Das kann ich nicht am Telefon machen. Ich muss persönlich mit ihm sprechen. Ich muss sein Gesicht sehen."

Connor nickte. „Du hast recht." Er setzte den Blinker und fuhr dann die Straße am Fluss entlang hoch. „Um wie viel Uhr willst du fahren?"

„Wie bitte?"

„Morgen", sagte er. „In die Stadt. Ich denke, wir sollten gegen sieben Uhr los. Kannst du so früh fertig sein?"

„Wovon redest du?", fragte sie.

„Davon, dich zu deinem Vater zu bringen."

Olivia schaute ihn ungläubig an. „Warum solltest du das tun?"

„Weil ich ein guter Kerl bin. Schon immer gewesen, eine Tatsache, über die wir noch nicht wirklich gesprochen haben."

„Warte mal. Du willst mich in die Stadt fahren?"

„Gleich morgen früh. Dieses Geheimnis existiert schon so lange, da hat es noch eine weitere Nacht Zeit."

„Wir lassen einfach alles fallen und fahren in die Stadt?"

Er stützte seine Handballen auf dem Lenkrad auf. „Das ist das Schöne daran, selbstständig zu sein. Man kann einfach alles stehen und liegen lassen."

„Aber du musst mich nicht fahren. Ich kann doch den Zug nehmen."

„Nicht dieses Mal."

Sie wusste nicht, warum er ihr diesen Dienst anbot. Sie hatte sogar beinahe Angst, ihm zu vertrauen. Dennoch wurde ihr leicht ums Herz. „Das ist eine dreistündige Fahrt."

„Und du glaubst, dass wir nichts finden, worüber wir uns drei Stunden lang unterhalten können?" Auch wenn er seinen Blick stur auf die Straße gerichtet hielt, konnte sie das Grinsen sehen, das seine Mundwinkel umspielte. „Ich denke, wir haben genug, worüber wir reden können, Lolly."

Camp Kioga – Traditionen

Camp Kioga ist für junge Menschen im Alter zwischen acht und sechzehn Jahren geeignet. Eine der wichtigsten Kioga-Traditionen ist Kontinuität. Camper mit gutem Charakter sind eingeladen, als Betreuer zu arbeiten, sobald sie ihren Highschool-Abschluss haben und in Erster Hilfe und Wasserrettung ausgebildet sind.

19. KAPITEL

Sommer 1997

Nach der Feier zu ihrem Highschool-Abschluss hatte Lolly gemischte Gefühle, wenn sie an die Rückkehr ins Camp Kioga dachte, um dort als Betreuerin zu arbeiten. Aber als Bellamy hatte sie keine große Wahl. Es war eine Familientradition, dass alle Bellamys als Betreuer im Camp arbeiteten, und Lolly bildete da keine Ausnahme.

Vielleicht würde es ja auch gar nicht so schlimm. Nach dem Sommer, in dem sie zwölf geworden war, hatte sie gelernt, das Camp ein bisschen weniger zu hassen. Der Grund dafür konnte in zwei Worten zusammengefasst werden: Connor Davis. Was in diesem ersten Sommer Wurzeln geschlagen hatte, hatte sich zu einer unerwarteten Freundschaft entwickelt, die in den nächsten beiden Sommern noch weiter erblüht war. Auch wenn sie ihn ungehobelt fand und er sagte, sie wäre eine Besserwisserin, hatte es zwischen ihnen irgendwie klick gemacht.

Wenn sie mit ihm zusammen war, beim Wandern, Kajakfahren, beim Frühstücksdienst oder an einem regnerischen Tag im erbitterten Kampf übers Scrabble-Brett gebeugt, war sie einfach nur zufrieden. Mit Connor musste sie sich nicht verstellen. Er erwartete nicht, dass sie gute Noten oder wichtige Freunde hatte oder Preise für ihr Klavierspiel bekam. Er erwartete auch nicht, dass sie den Klassenclown gab. Sie konnte einfach nur sie selbst sein. Einfach nur Lolly.

Die folgenden Sommer – nach der siebten und der achten Klasse – bildeten da keine Ausnahme. Auch wenn sie einander vorsichtig umkreisten und sich gegenseitig Beleidigungen an den Kopf warfen, hatte dieses Aufziehen eine grundsolide Basis, dich sich auf gegenseitigem Respekt und unerwarteter Freundschaft gründete.

Es gab keine offensichtlichen Hinweise, dass sie Freunde werden würden. Er war dieser riesige Junge, ein Athlet, dessen schwierige Mutter mit seinem Stiefvater in einem Arbeiterviertel in Buffalo wohnte und dessen Vater ihm mit seiner Trinkerei jedes Jahr erneut das Herz brach. Sie war das unglückliche Mädchen mit einer viel zu großen Last auf den Schultern. In anderen Worten: Sie passten überhaupt nicht zusammen. Und trotzdem klickte es. Vom ersten Tag an, als sie sich mit zwölf Jahren getroffen und gleich viel zu viel über den anderen erfahren hatten, teilten sie diese seltsame Freundschaft.

Jeden Sommer trafen sie sich erneut und machten da weiter, wo sie im Jahr zuvor aufgehört hatten. Es war, als wären sie zwischendurch nie getrennt gewesen. Dann folgte ein Sommer voller mitternächtlicher Überfälle auf die Küchenvorräte, dummer, aber lustiger Streiche, die sie den Betreuern oder anderen Kindern spielten. Sie machten alles zusammen, wozu es Geschick und Gehirn bedurfte, denn er hatte das Geschick, und sie hatte das Gehirn.

Im Laufe der Zeit erzählten sie einander auch Geheimnisse. Connor gestand ihr seine Scham bezüglich der Trinkerei seines Vaters und seine unerwiderte Verliebtheit in Evelyn Waller. Lolly gab zu, dass ihr Lieblingsfach in der Schule Textilkunde war und sie gar nicht genug von ihrem Idol Martha Stewart bekommen konnte. Er forderte sie, besser, mutiger und selbstbewusster zu sein, als sie es eigentlich war, und er war für sie da, wenn sie traurig war. Er behandelte sie wie eine Gleichberechtigte. Wie eine von den Jungs. Sie mochte das, weil es ihr erlaubte, in seiner Nähe zu sein ohne dieses peinliche Junge-Mädchen-Getue.

Jedes Jahr am Labor Day kehrte Connor nach Buffalo zurück und sie nach New York, und sie sprachen oder sahen einander das ganze Jahr über nicht. Manchmal dachte sie daran, ihm einen Brief zu schreiben, aber sie wusste nie, was sie hätte schreiben sollen. *Lieber Connor. Mein Leben ist Scheiße.* Wer wollte so etwas schon lesen?

Sie hätte sich bestimmt irgendetwas ausdenken können, so wie einige Mädchen aus ihrer Schule es taten. Aber sie konnte sich nicht vorstellen, dass das Ausdenken von Geschichten über ihr fabelhaftes Leben die Realität weniger schlecht machen würde.

Und dann, von jetzt auf gleich, ohne Vorwarnung, endete ihre Freundschaft. Im Sommer nach der neunten Klasse traf Lolly mit der Erwartung im Camp ein, Connor wiederzusehen, aber er tauchte nicht auf. Als sie genug Mut gesammelt hatte, um seinen Vater nach ihm zu fragen, sagte Mr Davis nur: „Mein Junge hat diesen Sommer einen Job in Buffalo. Er wird nicht kommen."

Nach Beendigung der zehnten Klasse dachte ihre Mutter, es wäre an der Zeit, dass Lolly etwas von der Welt zu sehen bekäme. Also nahm sie sie auf eine Reise zu den Hauptstädten Europas mit. Um nicht zurückzustehen, beanspruchte ihr Vater den gesamten Sommer nach dem elften Schuljahr und entführte sie auf eine Kreuzfahrt durchs Mittelmeer.

Das klang alles fantastisch. Es hätte auch fantastisch sein sollen. Doch der Druck nahm den Erlebnissen etwas von ihrer Großartigkeit. Ihre Eltern erwarteten alles von ihr: perfekte Noten, perfekte Testergebnisse, Preise auf Musik- und Wissenschaftswettbewerben. „Ich möchte nur, dass du ein gutes College besuchen kannst", sagte ihre Mutter nur, ohne sich zu erklären. Soweit Lolly es beurteilen konnte, hatte es ihrer

Mutter kein Glück gebracht, nach Yale zu gehen und einen Yale-Absolventen zu heiraten; nur eine Menge Geld und eine Scheidung. Deshalb fragte Lolly sich, warum ihre Mutter so darauf beharrte, dass das richtige College der Schlüssel zum Himmelreich sei.

Nun war sie mit der Highschool fertig und an der Columbia University akzeptiert worden, was sie hoffen ließ, endlich alle Erwartungen ihrer Eltern an die Vorzeigetochter erfüllt zu haben. Das hier sollte der letzte Sommer ihrer Kindheit sein, und sie war ins Camp Kioga zurückgekehrt.

Sie hatte überlegt, nicht zu kommen. Ihre Großeltern hätten das verstanden. Doch ein Anruf von Nana hatte ihre Meinung geändert. „Connor Davis wird diesen Sommer im Camp arbeiten", hatte Nana gesagt. „Ich dachte, das würde dich interessieren."

„Dieses Jahr wird alles ganz anders", erklärte Dare Yates, Lollys engste Cousine.

„Was du nicht sagst, Sherlock", sagte Frankie, Dares ein Jahr ältere Schwester. „Jetzt haben wir die Macht."

„Ich hoffe nur, dass Betreuer zu sein so gut ist, wie es als Kind immer ausgesehen hat", überlegte Lolly, während sie auf die Veranda hinaustrat, um den Dreck von ihren Wanderstiefeln zu klopfen.

Frankie schaute sich in der Hütte um, die sie drei sich für den Sommer teilen würden. „Es ist nett hier", sagte sie. „Wie kommt das?"

„Dafür kannst du dich bei Lolly bedanken", erklärte Dare. „Sie ist einen Tag früher gekommen, um unser Häuschen herzurichten."

Lolly freute sich, dass es ihren Cousinen aufgefallen war. Es hatte so wenig bedurft, um aus der schlichten Hütte ein gemütliches Heim zu schaffen. Sie hatte die auf den Dachböden und in Schuppen gelagerten Schätze des Camps durchwühlt, die Stockbetten mit bunten Karodecken bedeckt, einen geflochtenen Teppich in den Wohnbereich gelegt und zwei alte Adirondack-Stühle und einen Tisch dazugestellt. Nana hatte sie ermutigt, sich ruhig an den kunsthandwerklichen Arbeiten zu bedienen, die im Laufe der Jahre im Camp zurückgelassen worden waren. Und so zierte nun ein Schild aus Birkenholz mit dem Schriftzug „Camp Kioga" die Eingangstür, einige Laternen mit Pergamentschirm würden abends gemütliches Licht auf der kleinen Veranda verbreiten, und sie hatte sogar eine handgewebte Fußmatte gefunden. Auf den Fensterbänken standen Einmachgläser mit kleinen Sträußen von Wildblumen.

„Das hast du wirklich toll gemacht, Lolly", rief Frankie ihr durch die Fliegentür zu. „Du hast wirklich ein Händchen für so etwas."

„Ja, das bin ich", sagte Lolly. „Das Mädchen mit dem Händchen."

Sie und ihre Cousinen waren als Betreuer für die Gruppe mit den jüngsten Kindern eingeteilt worden – die Fledglings. Die kleinen Mädchen waren am Tag zuvor angereist und hatten die erste Nacht mit nur wenigen Tränen und ohne Hysterie hinter sich gebracht. Lolly mochte es, wie die Mädchen kicherten und quietschten, wenn sie Spaß hatten. Sie mochte es sogar, sich um ihre kleinen Verletzungen zu kümmern und sie zu trösten, wenn sie Angst hatten – was für einige Kinder, wie sie fürchtete, jede Nacht sein würde. Sie dachte besonders an die kleine Ramona Fisher, die sich letzte Nacht in die Ecke ihres Stockbetts gedrückt hatte wie ein Soldat im Kugelhagel des Gefechts.

Dare trat zu Lolly auf die Veranda hinaus und hob einen Feldstecher an die Augen. Sie richtete ihn auf den See. „Gott, ich liebe diesen Ausblick." Lolly wusste, dass sie damit nicht den See meinte. Die Linsen waren direkt auf die Schwimmzone scharfgestellt, wo die Jungen der Fledglings unter den wachsamen Augen ihrer Betreuer gerade den ersten Schwimmtest durchführten, um danach in entsprechende Gruppen eingeteilt zu werden.

Die drei Cousinen stellten sich nebeneinander an die Brüstung ihrer Veranda und wechselten sich mit dem Fernglas ab. Die Betreuer trugen Shorts und Muskelshirts, und um ihre Hälse baumelten Trillerpfeifen. Sie alberten mit den Kindern herum und versuchten, ihnen das Einleben zu erleichtern.

Sogar aus der Entfernung und ohne Fernglas spürte Lolly auf einmal einen Schauer des Wiedererkennens. Der große, dunkelhaarige Junge dort war Connor Davis.

Sie hatte ihn noch nicht aus der Nähe gesehen. Die Ankunft der Camper war zu chaotisch gewesen und hatte ihre ganze Zeit und Aufmerksamkeit beansprucht. Als sie endlich mit dem Fernglas dran war, musste sie so tun, als würde sie alle Jungs der gleichen eindringlichen Betrachtung unterziehen. Was sie natürlich nicht tat.

Connor Davis war noch größer geworden, und auch wenn er immer noch dünn war, waren seine Schultern breiter als früher. Er war bereits leicht gebräunt, vielleicht vom draußen Arbeiten mit seinem Vater. Er sah total entspannt aus, als wenn er dazu geboren worden wäre, sich um Kinder zu kümmern.

Lolly unterdrückte ein Seufzen und fragte sich, was sich zwischen ihnen verändert hatte und was noch gleich war. Ob es überhaupt noch Überreste ihrer Freundschaft gab oder ob sie jetzt Fremde wären. Sie wusste, dass sie sich auf ziemlich offensichtliche Art verändert hatte. Sie war jetzt beinahe achtzehn und hatte viel von der Welt gesehen. Sie sprach Französisch und hatte fünf Extraprüfungen bestanden, die ihr noch bessere Einstiegsnoten am College verschafft hatten.

Doch die eigentliche Lolly hatte sich nicht verändert. Sie war immer noch der übergewichtige Sidekick der beliebteren Mädchen. Anstatt mit Jungen zu Schultänzen zu gehen, hatte sie sich immer freiwillig für das Dekorationsteam gemeldet – worin sie beinahe schon beschämend gut war. Während ihrer Highschool-Zeit hatte sie die Sporthalle in den Wilden Westen verwandelt, in eine Unterwasserfantasie, sogar in eine Szene aus dem Film *Men in Black*. Sie war gut darin geworden, zu verbergen, wie einsam und unglücklich sie war. Ihre gute Laune und die anpackende Art waren eine sorgfältig aufrechterhaltene Fassade. Die Leute dachten, sie wäre zufrieden damit, die Dekorateurin zu sein, die beste Freundin, die kluge, aber unattraktive Musterschülerin. Lolly versuchte, sich so zu akzeptieren. Sie versuchte, glücklich zu sein – oder wenigstens zufrieden. Manchmal funktionierte das sogar, und sie konnte sich eine Weile vergessen, aber dann passierte unweigerlich etwas, was sie wieder in die Wirklichkeit zurückholte.

Wie heute. Sie würde einen Badeanzug anziehen müssen, das vermutlich am wenigsten schmeichelhafte Kleidungsstück, das je erfunden worden war. Der ganze Vormittag war dem Training der Wasserrettung gewidmet, einer Schlüsselkomponente der Kioga-Erfahrung. Lollys Großeltern waren sehr stolz darauf, dass jeder Camper die Regeln zur Sicherheit am Wasser lernte, auch wenn das bedeutete, dass die Fetten sich wie Würstchen in enge Spandexdärme zwängen mussten.

Frankie stützte ihre Ellbogen auf dem Geländer auf, um das Fernglas ruhiger halten zu können. „Ist es sehr seltsam, die Beine eines Jungen attraktiv zu finden?“, fragte sie mit träumerischer Stimme.

„Vielleicht“, antwortete Dare genauso verträumt. „Gib mir das Fernglas und ich sag es dir.“

Lolly nahm ihr Klemmbrett in die Hand und schaute sich den Tagesplan an, wobei sie so tat, als würde sie der Unterhaltung der beiden Schwestern keine Beachtung schenken. Manchmal war es lustig, zuzuhören, wie die beiden von den verschiedenen Jungen schwärmten. Aber meistens war es einfach nur ermüdend. Sie verstand nicht, wie sie – oder jedes Mädchen in ihrem Alter – so total besessen vom Aussehen sein konnten. Ihr Blick schweifte hinüber zu dem großen, dunkelhaarigen Jungen am Seeufer, und sie verspürte ein leichtes Ziehen in der Magengegend. Vielleicht verstand sie es doch ein wenig.

„Wir sollten uns lieber fertig machen“, sagte Dare und schnappte sich ihr Make-up-Täschchen. „Wir müssen die Mädchen in die Schwimmgruppen einteilen, und nach dem Vormittagssnack möchte ich mich auf die Lesung am Freitagabend vorbereiten. Ich dachte, ‚Die kleine Meerjungfrau‘ wäre ein gutes Thema.“ Dare liebte es, aus allem eine Show zu machen. Und sie war gut darin, so wie Lolly gut war,

Dinge umzugestalten. Zusammen würden sie diesen Sommer ein gutes Team abgeben.

Frankie legte das Fernglas zur Seite und ging in die Hütte, wobei sie im Gehen ihr T-Shirt auszog. Lolly verspürte den bekannten Anflug von Eifersucht. Es muss nett sein, dachte sie, sich in seinem Körper so wohlzufühlen. Frankie und Dare konnten es sich aber auch leisten. Sie waren beide schlank, und Frankie hatte sich heimlich den Bauchnabel piercen lassen.

Lolly konnte ihre Cousinen im angrenzenden Zimmer lachen und reden hören, während sie sich fertig machten. Darum beneidete sie sie auch. Dass sie Schwestern waren. Auch wenn sie sich manchmal stritten, standen sie in allen wichtigen Dingen zueinander und teilten ein Band, das ein Leben lang halten würde.

Lolly zog sich im Badezimmer um. Sie machte sich nicht die Mühe, so zu tun, als wäre sie nicht genannt. Es war dumm, das hier waren ihre Cousinen, aber trotzdem, fett zu sein machte sie zu einer sehr abgeschotteten Person. So schnell wie möglich schlüpfte sie in ihren Camp-Badeanzug.

Connor. Ich werde Connor Davis wiedersehen. Sie versuchte, das Gefühl der Aufregung zu unterdrücken, das in ihrem Herzen aufstieg, schaffte es aber nicht. Alles gute Zureden, es langsam anzugehen, half nicht. Vielleicht war er nicht mehr so süß, wie sie ihn in Erinnerung hatte. Vielleicht war er ein mit Steroiden vollgestopfter Muskelberg oder hatte lauter Pickel im Gesicht, oder vielleicht hatte er sich in ein Ekel oder einen Widerling verwandelt. Während sie sich ein graues T-Shirt über ihren Badeanzug zog, dachte Lolly, dass es nur einen wirklichen Makel an der ansonsten perfekten Freundschaft gab, die sie jeden Sommer teilten. Und dieser Makel war ein so tief vergrabenes Geheimnis, dass sie manchmal sogar vergaß, dass sie es überhaupt hütete. Doch immer passierte irgendetwas, das sie daran erinnerte.

Und diese schreckliche, stechende, tief verborgene Wahrheit war, dass sie hoffnungslos in Connor Davis verliebt war.

Natürlich war sie das. Wie sollte sie es auch nicht sein? Er war stark und schnell und freundlich, und man wusste immer, woran man bei ihm war, weil er keine Spielchen spielte und nicht log. Er war der perfekte Freund und ihre Freundschaft die perfekte Sommerfreundschaft – abgesehen von der Tatsache, dass sie vollkommen und Hals über Kopf in ihn verknallt war.

Es war egal, dass sie ihn drei Sommer lang nicht gesehen hatte. Das machte ihn in ihren Gedanken höchstens noch perfekter. Manchmal versuchte sie, den genauen Moment zu bestimmen, in dem es passiert war. Hatte es einen Punkt gegeben, an dem ihre Gefühle von einfachem Mögen zur Schwärmerei über Prince Charming gewechselt hatten?

Wenn sie einen Moment benennen sollte, einen Vorfall, seitdem sie ohne Zweifel wusste, dass ihr Herz verloren war, wäre es die Nacht, in der sie ihm das Ohrloch gestochen hatte. An dem Abend hatte sie es noch nicht gewusst, aber es sollte ihr vorerst letzter gemeinsamer Sommer sein, und es lag etwas Symbolisches in diesem Akt, der ihn für immer zeichnete. Sein Wunsch nach einem Ohrring entsprang vermutlich seinem Drang, gegen seinen verhassten Stiefvater zu rebellieren. Connor hätte sich das Ohr selber durchstochen, aber sie wusste, dass er damit nur Chaos anrichten und sich womöglich verletzen würde. Sie war eingesprungen und hatte sich ungerührt gegeben, auch wenn sie die ganze Zeit kurz davor gewesen war, ohnmächtig zu werden. Im Krankenzimmer des Camps, mit einem sterilen Skalpell und einem Gummihämmerchen, hatte sie sein Ohr durchstochen und offen geweint, als sie sah, wie Tränen des Schmerzes sich durch seine fest zusammengepressten Lider drückten.

Er hatte den Silberring den ganzen Sommer über getragen, und jedes Mal, wenn sie ihn sah, verspürte sie eine geheime Freude. Sie zweifelte nicht daran, dass irgendein anderes Mädchen seine erste Liebe werden würde, aber auf eine merkwürdige Art hatte Lolly das Gefühl, ihn als den Ihren gekennzeichnet zu haben.

Sie mochte ihn so sehr, dass ihre Hand zitterte, wenn sie über ihn in ihr Tagebuch schrieb. Die Zeit, die seitdem vergangen war, schien dieses Gefühl nur noch verstärkt zu haben. Sie zitterte auch jetzt, während sie sich bereit machte, zum Schwimmdock hinunterzugehen.

Als sie aus der Tür eilte, schnappte sie sich schnell ihre dünne Jacke und band sie sich um die Hüften, sodass sie ihren Hintern bedeckte. Natürlich konnte sie damit niemandem etwas vormachen. Am wenigsten sich selber.

Sie wanderten hinunter zur Saratoga-Hütte und sammelten die Fledgling-Mädchen ein.

„Sollten wir nicht in einer Reihe gehen?“, fragte eine der Camperinnen, ein kleines Mädchen namens Flossie.

„Vermutlich.“ Dare zerzauste ihr die blonden Haare. „Meinst du, es gibt Ärger, wenn wir es nicht tun?“

Lolly betrachtete die Mädchen, die aufgeregte, kichernde Menge aus allen Größen und Formen. „Sie sollten definitiv in einer Reihe gehen, zumindest, bis ich sie einmal durchgezählt habe.“

Unter leise gemurmelten Protesten stellten die Mädchen sich in Zweierreihen auf, und wie gedacht fehlte eine.

„Ich gehe schon“, sagte Lolly und ging auf die Schlafbaracke zu. An der Tür begrüßte sie der bekannte Duft – Shampoo, Kaugummi und der stets präsente, leichte Modergeruch. Sie hatte ein Gespür für die Außenseiter, und sie wusste genau, wo sie nachschauen musste, denn sie kannte alle Verstecke. Sie fand die fehlende Camperin zusammengerollt auf einem unteren Bett, das Gesicht zur Wand gedreht, an der ein Kalender hing. Der erste Tag des Camps war abgestrichen worden, aber die restlichen Kästchen erstreckten sich in einer endlos erscheinenden Reihe über das Blatt.

„Ramona?“, sprach Lolly das Mädchen vorsichtig an. „Wir gehen jetzt alle zum See hinunter.“

Ramona stieß ein theatralisches Schniefen aus. „Ich habe Bauchschmerzen.“

„Das tut mir leid. Wusstest du, dass Bauchschmerzen laut dem Handbuch für Betreuer die bei den Campbewohnern am häufigsten vorkommenden Schmerzen sind?“

„Es sind die am meisten bei *mir* vorkommenden Schmerzen“, sagte sie unglücklich.

„Wenn ich Angst habe, fängt mein Bauch auch immer an, wehzutun“, gab Lolly zu. „Das Gute ist, es geht sofort weg, sobald man aufhört, Angst zu haben.“

„Das sind keine guten Neuigkeiten“, sagte Ramona. „Ich habe Angst vorm Camp, und ich hänge den ganzen Sommer über hier fest, also werden die Bauchschmerzen wohl gar nicht mehr weggehen.“

„Oh doch, das werden sie.“ Vorsichtig löste Lolly die fest um den Bettrahmen gekrallten Finger des Mädchens. „Es gibt hundert Wege, seine Angst zu verlieren. Glaub mir, ich kenne sie alle, weil ich ein Experte darin bin, vor Sachen Angst zu haben.“

Ramona sah sie unsicher an. „Ich hab Angst zu schwimmen.“

„Ich auch“, sagte Lolly. „Aber ich tue es trotzdem. Und je öfter ich schwimme, desto weniger Angst habe ich. Ich hab bereits beschlossen, wenn ich im Herbst aufs College gehe, werde ich mich dem dortigen Schwimmteam anschließen.“

„Auf gar keinen Fall.“

„Aber logisch.“

„Warum willst du im Schwimmteam mitmachen?“

„Weil es schwer ist. Und mir Angst macht.“

„Aber warum tust du es dann?“

„Gute Frage. Ich habe gehört, dass man sich seinen Ängsten stellen soll. Das lässt einen als Person wachsen. Für mich wäre das also der Beitritt ins Schwimmteam.“ Sie schenkte Ramona ein verschwörerisches Lächeln. „Du bist der erste Mensch, dem ich das erzählt habe.“

„Ich verstehe nicht, was gut daran sein soll, etwas Schweres zu tun."

Lolly streckte ihr die Hand hin. „Komm, wir ziehen dir einen Badeanzug an und gehen hinunter zum See, um zu sehen, ob wir eine Antwort darauf finden."

„Gehst du mit mir zusammen ins Wasser?", fragte Ramona.

„Natürlich, wenn du das möchtest."

„Oh ja, das möchte ich auf jeden Fall."

Super, dachte Lolly. Während alle anderen Betreuer auf dem Dock stehen und miteinander flirten würden, würde sie mit den Kindern zusammen im Wasser herumpaddeln.

Sie und Ramona gesellten sich als Letzte zu der Gruppe aus Campern, Betreuern und Rettungsschwimmern. Das lange Dock hatte einige Startblöcke, und der Schwimmbereich war alle fünfundzwanzig Meter mit Bojen markiert. In der Ferne stand der Sprungturm, dessen höchstes Sprungbrett zehn Meter hoch war. Ramonas Hand festhaltend schaute Lolly sich in der Menge um. Berater bliesen in ihre Trillerpfeifen und riefen den Kindern zu, sich in Reihen hinter den Startblöcken aufzustellen. Und da, inmitten einer Gruppe wilder Jungs, war Connor Davis und sah aus wie etwas aus einem Traum.

Anfangs war alles zu chaotisch, als dass man sich mehr als ein Winken über die Köpfe der Kids hinweg schenken konnte. Dennoch spürte Lolly, wie sie dahinschmolz, sobald er sie ansah. Es war ein Wunder, dass sie überhaupt noch aufrecht stehen konnte. Er war weit und breit der attraktivste Junge, den sie je gesehen hatte.

Das Interessante an Connor war, dass er keine Ahnung zu haben schien, wie gut er aussah. Vielleicht war diese natürliche Bescheidenheit Ergebnis seiner schweren Jugend und Kindheit. Vielleicht hielten ihn Dinge wie sein Vater davon ab, sich nur auf Äußerlichkeiten zu konzentrieren.

Die Mädchen hingegen konzentrierten sich nur zu gerne auf sein Aussehen, das wusste Lolly. Sie konnte es sogar jetzt wieder sehen. Die Betreuerinnen kreisten schon wieder wie Lippenstift-Geier, musterten sein dunkles, glänzendes Haar, seine saphirblauen Augen, die breiten Schultern und das leichte, attraktive Grinsen. Einige von ihnen entwarfen unzweifelhaft bereits Pläne, wie sie ihn verführen könnten.

Als er sich endlich einen Weg durch die Menge gebahnt und nahe genug herangekommen war, um Lolly begrüßen zu können, war es bereits zu spät. Die Mädchen stießen einander an, zeigten auf ihn und steckten ihren Claim ab. Doch Connor interessierte sich nur für Lolly.

„Hey", sagte er. Seine Stimme war viel tiefer, als sie sie in Erinnerung hatte, aber trotzdem noch melodisch. Sie fragte sich, ob er immer noch so ein guter Sänger war.

„Selber hey.“ Lolly wusste, dass ihre Freude ihr klar vom Gesicht abzulesen war, aber es machte ihr nichts aus.

„Ich hatte gehofft, dass du diesen Sommer hier sein würdest“, sagte er mit gewohnter Offenheit.

„Schade, dass ich deine E-Mail-Adresse nicht hatte, sonst hätte ich dir eine Nachricht geschickt.“

„Ich habe keine E-Mail-Adresse. Ich habe gehört, dass man für so was die Bücherei benutzen kann, aber da komme ich nicht so oft hin.“

Lolly gab sich einen mentalen Tritt. Sie machte das immer. Nahm immer an, dass jeder einen Computer, ein Handy und so etwas besaß.

„E-Mails sind sowieso nicht sonderlich zuverlässig“, beeilte sie sich zu sagen. Aber wenn sie ehrlich war, musste sie zugeben, dass sie diese Methode der Kommunikation sehr mochte. E-Mails waren eine gute Mischung aus einem handgeschriebenen Brief – wozu es eines gewissen Vorsatzes bedurfte – und einem Anruf, der eine besondere Art der Intimität zwischen zwei Personen voraussetzte. Für Lolly wäre eine E-Mail daher der perfekte Weg gewesen, mit ihm in Kontakt zu treten. Abgesehen davon, dass er diese E-Mail nie empfangen hätte.

Ein Pfiff ertönte, und der Chef der Rettungsschwimmer rief den Kindern zu, sich in Reihen am Rand des Schwimmdocks aufzustellen. Ramona Fisher packte Lollys Hand und klammerte sich verzweifelt daran fest.

Connor ließ ein Lächeln aufblitzen. Er schien immer noch nicht zu bemerken, dass sämtliche Betreuerinnen in Sichtweite nur Augen für ihn hatten. Konnte er wirklich so ahnungslos sein, oder tat er nur so?

„Wir treffen uns später“, sagte er zu Lolly.

„Ja. Später.“ Sie sah, dass er immer noch seinen Ohrring hatte. Oh, Gott. Er hatte ihn behalten. Das musste doch etwas bedeuten, oder nicht?

„Hey, hilf mir mal hier“, rief jemand.

„Julian“, stieß Connor unterdrückt aus und rief den Namen dann laut, als er losrannte. Der kleine Junge namens Julian war auf einen Baum am Seeufer geklettert und krabbelte gerade über einen Ast, der quer über dem Wasser hing. Er war ein bemerkenswert aussehender Junge, drahtig und schnell und ganz offensichtlich mit einer Menge Flausen im Kopf. Er hatte das Ende des Astes erreicht, stellte sich vorsichtig hin und schlug sich dann mit den Fäusten auf die Brust, wie Tarzan. Dann stieß er einen markerschütternden Schrei aus und sprang wie ein Frosch ins Wasser.

Lolly hatte auch genug damit zu tun, die Mädchen in die verschiedenen Gruppen aufzuteilen. Ramona stand zitternd auf dem Dock und sah das wunderschöne, klare Wasser mit einem Ausdruck des Entsetzens an.

„Ich kann nicht", flüsterte sie.

„Du wirst überrascht sein, was du alles kannst", widersprach Lolly.

„Ich werde da nicht reingehen."

„Wenn du es heute aufschiebst, wird es morgen nur umso schwerer."

„Das Risiko geh ich ein", sagte Ramona.

„Ich sag dir was. Wie wäre es, wenn ich zuerst ins Wasser gehe und du dann hineinspringst und zu mir schwimmst? Meinst du, das könntest du tun?"

Ramona zuckte mit den Schultern. Zumindest war das keine vollkommene Verweigerung.

Wunderbar, dachte Lolly und ließ erst ihre Jacke fallen, um dann das T-Shirt auszuziehen. *Ich werde die erste Betreuerin im Wasser sein.* Ramona sah sie allerdings so dankbar an, dass Lolly ganz vergaß, gehemmt zu sein. Sie zeigte ihr, wie einfach es war, ins Wasser zu springen.

„Komm zu mir", ermutigte sie das Mädchen. „Komm schon, Ramona. Stell dir vor, wie stolz du auf dich sein wirst."

„Und du versprichst, mich aufzufangen?"

„Ich versprech's."

Ramona kniff die Augen zusammen, verzog ihr Gesicht und stürzte sich vom Dock. Für so ein kleines, vogelgleiches Mädchen verursachte sie eine ganz schöne Welle, die Lolly von Kopf bis Fuß durchtränkte. Aber sie hatte Erfolg. Sie versank bis über den Kopf im Wasser und kam wie ein Hund paddelnd und prustend wieder hoch. Übers ganze Gesicht strahlend rief sie: „Ich hab's getan! Lolly! Ich hab's getan!"

Und ich auch, dachte Lolly, als sie Connor auf dem Deck anschaute. Er wurde wieder einmal gemustert und angemacht und schien Lolly komplett zu ignorieren. Fein, dachte sie. Sie brauchte oder wollte seine Aufmerksamkeit auch gar nicht.

„Wir schwimmen jetzt zu der Leiter da drüben", sagte sie zu Ramona und machte sich auf in die Richtung.

„Das ist zu weit. Da ertrinke ich."

„Ich bin die ganze Zeit bei dir", versicherte ihr Lolly.

Die hölzerne Leiter, die zum Dock hinaufführte, hatte schon bessere Tage gesehen, und die Stufen waren schleimig und wasserdurchtränkt. Ramona kletterte aus dem See und führte einen kleinen Freudentanz auf. Hinter ihr rutschte Lolly aus und wäre fast auf ihr Gesicht gefallen, konnte sich aber gerade noch abstützen, sodass sie nur platt auf dem Bauch landete.

„Wie elegant", sagte jemand und kicherte. Lolly erkannte die Stimme von Jazzy Simmons, einer der anderen Betreuerinnen.

Mit vor Scham rot glühenden Wangen ignorierte Lolly sie und rappelte sich auf die Beine. Eine große Hand griff nach ihr und half ihr auf, und ihr Gesicht brannte noch mehr, als sie sich in Connors Augen schauen sah.

„Alles okay?“, fragte er.

„Ja.“ Sie konnte es nicht ertragen, ihn anzusehen. Nachdem er weg war, schaute sie Ramona an, die sich zitternd in ein Handtuch gehüllt hatte. „Siehst du? Es ist nicht das Ende der Welt.“

20. KAPITEL

Inoffiziell war der Gemeinschaftsraum der Mitarbeiter im Camp Kioga auch als die Party-Hütte bekannt. Es handelte sich um einen großen Allzweckraum, in dem sich die Betreuer und Mitarbeiter nach der Arbeit trafen, um auszuspannen und ein wenig Musik zu hören. Als Connor sich der Hütte näherte, spürte er den Bass, der die Wände erzittern ließ, und wusste, dass die Party bereits in vollem Gange war.

Er trat ein und brauchte einen Moment, bis seine Augen sich an die Dunkelheit gewöhnt hatten. Das einzige Licht kam von den Lämpchen an der Stereoanlage und einigen Kerzen, die auf einem mit Chips und Salsa-Schüsseln vollgestellten Tisch standen. Eine Menge Menschen hatte sich in der Mitte des Raumes versammelt und hüpfte und sprang zur Musik wild auf und ab. Andere standen an den Wänden entlang, tranken geschmuggeltes Bier und versuchten, sich trotz der lauten Musik zu unterhalten. Connor ließ seinen Blick auf der Suche nach Lolly durch den Raum schweifen, fand sie aber nicht.

Vielleicht war sie ... böse auf ihn? Er konnte sich zwar nicht vorstellen, warum, aber als er ihr auf dem Dock aufgeholfen hatte, schien sie verärgert gewesen zu sein und hatte ihn nur mit einem knappen „Ja" abgespeist. Mädchen, dachte er. Wer zum Teufel würde sie jemals verstehen?

Eine langbeinige Blonde in einer Windjacke, deren Reißverschluss bis zum Bauchnabel offenstand, schlängelte sich an seine Seite. In der Hand hielt sie eine Flasche Bier. Die Musik verebbte kurz, als die CD gewechselt wurde. „Ich trinke auf einen weiteren überstandenen Tag mit den Wadenbeißern", sagte sie mit tiefer, verführerischer Stimme. Mit der Zunge befeuchtete sie sich ihre Lippen. „Ich hatte keine Ahnung, dass kleine Kinder so viel Arbeit machen." Sie hob die Flasche an den Mund und nahm einen Schluck. Dann löste sie die Flasche mit einem schmatzenden Geräusch von ihren Lippen und bot sie ihm an.

Die Musik setzte wieder ein. Der metallische Beat von „Do It With A Stranger" dröhnte hart gegen die Wände der Hütte.

„Willst du 'nen Schluck?" Sie beugte sich ganz nah heran, um sich über die laute Musik hinweg verständlich zu machen.

„Nein, danke."

„Die Leute nennen mich übrigens Jazzy", sagte sie mit einem Lächeln.

Vielleicht solltest du ihnen sagen, dass sie damit aufhören sollen, dachte er. „Ich bin Connor."

„Ich weiß." Sie zwinkerte. „Ich habe mich nach dir erkundigt. Hast du eine Freundin, Connor?"

Er sah Lolly mit ihren beiden Cousinen hereinkommen, und die drei fingen an, Leuten zuzuwinken und alte Bekannte zu begrüßen. „Nein", sagte er.

„Sehr gut. Das wird ein fantastischer Sommer. Ich komme aus L. A."

„Buffalo", erwiderte er. *Und wennschon.*

Sie lachte, als hätte er etwas Witziges gesagt. Dann fing sie mit diesem dummen Mädchenkram an und tat so, als wäre sie angetrunken und würde gegen ihn taumeln. Sie roch nach Bier und Fruchtshampoo. Ihre Brüste fühlten sich unnatürlich fest an – was, wie er gehört hatte, ein Anzeichen dafür war, dass sie sie hatte machen lassen. Er legte einen Arm um ihre Schulter und führte sie zu einer Bank. Sie nahm an, dass er mit ihr rummachen wollte und schlang ihre Arme um seinen Hals.

„Ich hol mir mal was zu trinken", brüllte er ihr ins Ohr. „Nett, dich kennengelernt zu haben, Jazzy."

Er sah sich um. Ein Teil von ihm wollte fliehen, ein anderer Teil wollte bleiben und feiern, und noch ein weiterer Teil von ihm wollte natürlich mit ihr vögeln. Aber nein. Nicht mit Jazzy aus L. A. Oder mit dem anderen Mädchen – Mindy? Mandy? –, die ihn auf seinem Weg zu dem Tisch mit den Getränken ansprach.

Es war nicht so, dass er etwas gegen eine lockere Beziehung einzuwenden hätte. Ganz im Gegenteil. Allein der Gedanke daran, wie Jazzy sich an ihn gelehnt hatte, bescherte ihm einen Steifen. Aber er wollte den Sommer nicht damit beginnen, dass er sich mit dem erstbesten Mädchen einließ. Erst wollte er das Angebot auschecken.

Zwei weitere Mädchen machten sich an ihn heran. Die eine mit den großen Titten und dem Mount-Holyoke-Tanktop und ihre kichernde Freundin, deren Vater überteuerte Klamotten herstellte.

Da erblickte er seine Rettungsleine in Form von Lolly Bellamy. Sie stand am Rand der Menge und schaute gelangweilt drein. Connor bahnte sich einen Weg quer durch die Menge, die nun ausgelassen zu Metalopolis tanzte.

„Hey", grüßte er lässig.

„Hey." Ihr Lächeln blitzte nur kurz auf, und er fragte sich, ob sie immer noch wegen irgendetwas sauer war.

„Wir hatten ja gesagt, dass wir uns später treffen", rief er ihr in Erinnerung.

„Wie bitte?" Sie hielt sich eine Hand hinters Ohr, um ihm zu verdeutlichen, dass sie ihn nicht verstanden hatte.

„Komm mit!", rief er und bedeutete ihr, ihm in eine ruhigere Ecke zu folgen, wo keine Lautsprecher standen. Sie lächelte ihn mit einem

Ausdruck im Gesicht an, der zugleich weich und ehrlich war. Er hatte ihr Gesicht schon immer gemocht. Sie hatte schöne Haut, und hinter den Brillengläsern versteckten sich schöne Augen.

„Ich war überrascht zu hören, dass du diesen Sommer hier bist", sagte sie.

„Ich hatte auch nicht vor, zurückzukommen", erklärte Connor. Er war jetzt ein Mann, wie Mel nicht müde wurde zu erwähnen. Alt genug, um auszuziehen und das Leben seines Stiefvaters zu verlassen. Es war nicht so, dass es ihm gefiel, bei seiner Mutter zu leben. Es war einfach nur die einzige Möglichkeit, die er hatte, um jeden Penny fürs College zu sparen. Denn es war klar, dass er von seiner Mutter und Mel keine Unterstützung erhalten würde – und von seinem Vater auch nicht.

Was für Connor vollkommen in Ordnung war. Es machte ihm nichts aus, seinen eigenen Weg zu gehen. Er wäre schon in dem Moment gegangen, in dem er auf der Abschlussfeier der Highschool seinen Hut in die Luft geworfen hatte, aber seine Mutter hatte andere Pläne für ihn.

„Und wieso bist du dann doch hier?", wollte Lolly wissen.

Er zögerte und überlegte, wie viel er ihr erzählen sollte. „Ich dachte, nach dem Schulabschluss würde ich mir einen Job und eine Wohnung suchen. Ich dachte, ich könnte endlich ein eigenes Leben haben."

„Und nun bist du hier."

„Ich konnte einfach nicht wegbleiben." Er hätte noch so viel mehr sagen können, und vielleicht würde er das auch noch tun, aber es war unmöglich, inmitten all des Lärms hier eine vernünftige Unterhaltung zu führen. Vielleicht war das auch ganz gut so. Vielleicht musste Lolly gar nicht den wahren Grund erfahren, wieso er zurückgekommen war. Der Sohn seiner Mutter, der achtjährige Julian, war für den Sommer aus Louisiana hierhergekommen. Und Connor sollte auf ihn aufpassen.

Was nichts anderes bedeutete, als dass er ihr den Jungen von den Füßen und außerhalb der Reichweite von Mels Fäusten halten sollte.

Connor hatte seinen Bruder nur als Baby gekannt. Dann hatte seine Mutter ihn wie einen unerwünschten Welpen weggegeben. Connor hatte Jahre gebraucht, um darüber hinwegzukommen, und vielleicht war das auch der Grund dafür, dass Julian ein wenig seltsam war. Mit seinen acht Jahren war er ein wahres Energiebündel, das nur so vor dummen Ideen sprühte – dummen Ideen, die er meistens auch ausführte. Seiner Schulakte nach zu urteilen bedurfte es einer gesonderten Untersuchung, um Julians besondere Bedürfnisse herauszufinden, aber diese Untersuchung hatte nie stattgefunden.

Das andere, was durch die Schulakten ans Licht kam, war eine Reihe an Verfehlungen verschiedenster Art. Dabei handelte es sich nicht um harmlose Schülerstreiche oder Lehrerbeschimpfungen, sondern meistens waren es bizarre, gefährliche Aktionen, die nur eine Person betrafen: Julian selbst.

Connors Mutter behauptete, der Junge würde sie in den Wahnsinn treiben. Die Lösung des Problems war von ungewöhnlicher Seite gekommen, nämlich von Connors Vater, der immer noch im Camp Kioga arbeitete. Die Bellamys boten Connor einen Sommerjob an und luden auch Julian ins Camp ein. Er fragte sich, ob sie Lolly erzählt hatten, dass es dank Terry Davis noch einen weiteren Stipendiumscamper gab. Vermutlich nicht. Charles und Jane Bellamy waren sehr diskret, wenn es um solche Dinge ging.

„Also, was hast du so gemacht?", erkundigte sich Lolly. „Warum bist du erst jetzt wieder hergekommen?"

„Mein Stiefvater war der Meinung, dass ich alt genug bin, um Geld nach Hause zu bringen." Connor bot ihr eine perfekte Imitation von seinem aus der Arbeiterklasse stammenden Stiefvater. „Du suchst dir einen Job, mein Sohn. Ich will dich nicht den ganzen Tag hier herumsitzen und uns die Haare vom Kopf essen sehen, bis wir Haus und Hof verlieren."

Eine Aussage, die auf so vielen Ebenen ironisch war. Da war zum einen die Tatsache, dass er nicht Mels Sohn war. Ob es ihm gefiel oder nicht, Connor hatte einen Vater. „Dieser Spruch von Haus und Hof", schnaubte er, „der setzt voraus, dass wir beides haben – Haus und Hof. Die Wahrheit ist jedoch, dass wir in einem Trailerpark leben, was niemandes Zuhause ist. Nur ein Ort, an dem man eine Weile lebt."

Er versuchte, den Ausdruck auf ihrem Gesicht zu entziffern. War das Abscheu? Überlegenheit? Was dachte jemand wie sie, wenn sie hörte, wie jemand wie er lebte?

„Das klingt erstaunlich", sagte sie.

„Tut es das?"

„Verdammt noch mal, ja. Denk doch mal drüber nach. Du kannst jederzeit gehen, wann immer du willst. Einfach ... weggehen. Glaub mir, wenn meine Eltern das gekonnt hätten, als sie sich getrennt haben, wäre ihre Scheidung nicht so hässlich und schmerzhaft verlaufen."

„Die Scheidung war hässlich und schmerzhaft?"

„Ha. Sie war die Lexikonabbildung zu ‚hässlich und schmerzhaft'. Und das Ding ist, alle ihre Kämpfe – die Jahre des Kalten Krieges, wie ich sie nenne – drehten sich um Sachen. Zeug. Wie ein Bild oder eine Lampe oder eine Antiquität, weißt du?"

„Sie haben sich nicht um das Sorgerecht für dich gestritten?"

„Pf, schön wär's. Auf gar keinen Fall hätte meine Mutter auch nur darüber nachgedacht, mich aufzugeben. Das war das Einzige, worüber sie nicht gestritten haben. Es war einfach Gesetz, dass meine Mutter mich behalten würde, so wie sie ihre Eierstöcke behalten hat."

Noch mehr Ironie, dachte er. Lolly konnte den Erwartungen ihrer Eltern nicht entfliehen, und er konnte sich nicht vorstellen, Eltern zu haben, die irgendwas von ihm erwarteten.

„Wie steht's mit dir?", fragte er. „Was hast du so getrieben?"

„Die letzten beiden Sommer bin ich ein wenig gereist."

„Wohin?"

„Übersee."

„Du könntest ruhig etwas genauer sein. Ich denke, ich erinnere mich noch an ein paar Sachen aus dem Geografieunterricht."

Sie schenkte ihm ein humorloses Lächeln. „Lass mich überlegen. Den vorletzten Sommer habe ich mit meiner Mutter und ihrer Mutter – meine Großmutter Gwen – in London, Paris und Prag verbracht. Um nicht ausgestochen zu werden, hat mein Vater mich dann im letzten Sommer nach Alexandria, Athen und Istanbul mitgenommen."

„Das klingt toll", sagte er. „Mann, Istanbul. Und Ägypten. Hast du die Pyramiden gesehen?"

„Ja. Und sie waren genau so, wie man sie sich vorstellt. Nein, noch besser. Diese Sommer, diese Orte, die ich gesehen habe … das war wie ein Traum."

„Du bist ein glückliches Mädchen, Lolly. Lucky Lolly. Das klingt wie ein Rennpferd oben in Saratoga."

„Ja, das bin ich. Glücklich."

„Wieso, findest du, dass du eine schlechte Zeit hattest?"

„Nein. Glaub mir, man kann nicht nach Paris fahren und eine schlechte Zeit haben. Aber … es war sehr einsam und anstrengend. Ich habe mich die ganze Zeit so gefühlt, wie ich mich seit der Scheidung fühle. Als ob ich mich auf eine bestimmte Art verhalten oder benehmen müsste. Gott, ich klinge wie ein nörgeliges Kleinkind, mich so zu beschweren."

„Mach dir keine Sorgen", sagte er. „Ich werde nicht allzu viel Mitleid mit dir haben."

„Gut, denn ich habe auch keines mit dir."

„Ich weiß. Das hattest du noch nie." Noch etwas, was er an ihr mochte.

„Wie sind deine weiteren Pläne?", fragte Lolly.

„Ich wünschte, ich bekäme jedes Mal einen Nickel, wenn mich jemand das fragt." Was er sich wirklich wünschte, war, eine Antwort zu haben, die ihm gefiel. Wie zu reisen, aufs College zu gehen oder seinen Traumjob endlich anzufangen. Aber die Realität war weit weniger ansprechend. Er würde sich einen Job suchen müssen, um sich gerade eben so durchbringen und halbtags auf ein staatliches College gehen zu können. „Ich habe mich noch nicht entschieden. Und du? Ich wette, du hast schon Pläne, seitdem du in der Grundschule warst."

„Warum sagst du das?"

„Du bist eine Planerin. Zumindest kamst du mir immer so vor."

„Tja, nun, da ich die Highschool überlebt habe, werde ich die Welt mit einem ungeahnten Schritt schockieren", sagte sie mit übertriebener Dramatik in der Stimme.

„Und das wäre?"

„Halt die Luft an. Ich werde aufs College gehen."

„Du hast recht, ich bin schockiert." Natürlich war das College der nächste logische Schritt für Leute wie die Bellamys und die meisten hier im Camp. Reiche Kinder lernten, wie man ein reicher Erwachsener wurde, damit ihre Spezies nicht ausstarb.

„Ich denke, mir würde es gefallen, Lehrerin zu werden", sagte sie. „Kunstlehrerin an der Highschool." Ihr schüchternes Lächeln blitzte in den Schatten des Raumes auf. „Du bist der Erste, dem ich das erzählt habe."

„Ist es ein Geheimnis?"

„Nein, aber auch nichts, was meine Mutter zu Begeisterungsstürmen hinreißen würde. Sie würde mich lieber im diplomatischen Dienst oder so sehen, irgendetwas Aufregendes."

„Es ist doch aber dein Leben und damit auch deine Entscheidung."

„Na ja, nicht so ganz. Ich hasse es, meine Mutter zu enttäuschen. Ich hab's noch nicht mal meinem Therapeuten erzählt."

Er kicherte. „Du hast immer noch einen Therapeuten?"

„Immer. Und wie du sicher schon bemerkt hast, liebe ich es, zu reden. Dr. Schneider ist wie ein Freund, der stundenweise bezahlt wird."

„Ich würde umsonst dein Freund sein", sagte er.

Da war es wieder, dieses Lächeln. Es blitzte ihn durch die Dunkelheit an, ein wenig schüchtern, ein wenig süß. „Danke", sagte sie. „Das bedeutet mir eine Menge, Connor. Ich hatte nie viele Freunde."

Auch wenn ein paar Jahre vergangen waren, hatte Connor immer noch das Gefühl, mit ihr reden zu können. Als sie jünger waren, fand er sie herrisch und nervig, aber er hatte schnell gelernt, dass ihre herrische Art nur Fassade war. Darunter hatte sie ein gutes Herz und einen umwerfenden Sinn für Humor. Er wusste aus eigener Erfahrung, dass man davon nicht genug haben konnte.

Er mochte auch ihr Schweigen. Er hatte nie das Gefühl, als müsste er die Lücken in ihren Unterhaltungen mit Small Talk füllen. Mit Lolly konnte er still sein, und sie gab ihm nie das Gefühl, er müsse versuchen, sie zu küssen oder an ihr Höschen zu kommen. Er hatte nichts dagegen, zu küssen und flachgelegt zu werden, ganz im Gegenteil. Auf dem Gebiet hatte er bisher viel Glück gehabt. Aus welchem Grund auch immer, war es ihm nie schwergefallen, bei den Mädchen gut anzukommen.

Die Herausforderung lag vielmehr darin, etwas mit Bedeutung zu finden.

Vielleicht sollte es aber auch keine Bedeutung haben. Vielleicht war das einfach nur Schwachsinn aus Büchern und Filmen.

Er mochte es, dass Lolly ehrlich zu ihm war. Und dass er ihr gegenüber genauso ehrlich sein konnte. Es gab nicht viele Menschen in seinem Leben, mit denen er reden konnte, aber sie war eine davon. „Ich habe noch einen Grund, warum ich diesen Sommer wieder hier bin“, gestand er.

„Und der wäre?“

„Mein kleiner Bruder.“

Er hörte, wie sie überrascht einatmete. „Ich wusste gar nicht, dass du einen Bruder hast.“

„Julian ist acht. Er ist bei den Fledglings. Julian Gastineaux.“

Ihr Gesichtsausdruck war drollig. „Den Jungen habe ich heute gesehen – er ist vom Baum aus ins Wasser gesprungen.“

„Das ist er.“ Connor nickte. Julian kletterte immerzu auf Sachen, wo er nicht hingehörte. Kein Wunder, dass er seine Mutter wahnsinnig machte. Connor nahm an, dass diese Taktik genauso viel Sinn ergab wie seine Versuche, der gute Junge zu sein, keinen Ärger zu machen, gute Noten zu kriegen. Keine der beiden Methoden war geeignet, ihre Liebe zu gewinnen. Er hatte sich vor einer ganzen Weile damit abgefunden, aber er erinnerte sich noch gut daran, wie sehr es wehgetan hat, damals, als er noch dachte, es wäre möglich, sie dazu zu bringen, ihn zu lieben. Julian war vermutlich immer noch in diesem Stadium, und ganz offensichtlich machte ihn das verrückt.

„Ich hätte euch nie für Brüder gehalten“, gab Lolly zu.

Er grinste. „Das hören wir oft.“

„Ihr seht euch gar nicht ähnlich.“ Lolly versuchte offensichtlich, diplomatisch zu sein. „Ihr müsst … Halbbrüder sein?“

„Stimmt. Sein Dad ist Afroamerikaner, meiner ist …“ *Ein Säufer.* „Meiner nicht.“

Sie knuffte ihn in den Oberarm. „Ich kann nicht glauben, dass du nie etwas gesagt hast.“

„Ich war elf, als Julian geboren wurde“, erzählte er. „Für mich war nichts Ungewöhnliches an ihm. Er war nur ein Baby, weißt du? Dann tauchte Julians biologischer Vater auf, und ich dachte, verdammt. Das Kind ist ja halb Afroamerikaner.“

„Was ist passiert?“, hakte Lolly nach. „Warum hat deine Mutter euch nicht zusammen aufwachsen lassen?“

„Mir hat das damals keiner erklärt. Als Julian ungefähr sechs Monate alt war, hat meine Mutter angefangen, sich mit Mel zu treffen. Er hat sie überzeugt, dass sie sich kein zweites Kind leisten könnte und Julian besser dran wäre, wenn er bei seinem Vater aufwüchse.“

Connor merkte, dass die Erinnerung daran immer noch die Macht hatte, ihm wehzutun. Als Gastineaux kam, um Julian abzuholen, war der Kleine alt genug, um herumzurobben und Connor anzulachen und Geräusche von sich zu geben. Und Connor hatte ihn mit einer stürmischen, intensiven Freude geliebt. Nachdem Julian weg war, hatte Connor das Gefühl, man hätte ihm das Herz herausgerissen. „Wie konntest du nur?“, hatte er seine Mutter wieder und wieder gefragt. „Er ist mein Bruder. Wie konntest du nur?“

„Es zahlt sich nicht aus, sich an jemanden zu binden“, hatte sie nur mit vom Weinen rot geränderten Augen erwidert. „Außerdem wird Julian es bei Louis besser haben.“

Vielleicht hatte sie damit recht. Gastineaux war kein reicher Mann, aber er hatte ein Stadthäuschen und einen ernsthaften Job, was mehr war, als die meisten Väter vorweisen konnten.

„Jetzt lebt Julian also bei seinem Vater in New Orleans“, schloss Connor. „Er ist Collegeprofessor oder so, Raketenwissenschaftler, und diesen Sommer hat er sich freigenommen, um nach Europa zu reisen. Deshalb ist Julian zu uns gekommen. Meine Mutter hätte ihn den ganzen Sommer über herumsitzen und fernsehen lassen, aber vermutlich hätte Julian sich trotzdem wieder irgendwelche Schwierigkeiten eingebrockt. Also hat Mom meinen Dad angerufen und ihm gesagt, dass wir beide kommen. Ich kann mir ungefähr vorstellen, was mein alter Herr darüber gedacht hat. Sein Sohn und das andere Kind seiner Ex kommen den Sommer über zu ihm.“ Connors Beziehung zu seinem Dad wurde dadurch erschwert, dass Terry Davis ein Mann war, der niemanden verurteilte, und er würde alles tun, um Connor bei sich zu haben. Wenn Connors Vater nüchtern war, war er der beste Kerl der Welt. Es wäre einfacher, wenn mein Dad ein Arschloch wäre, dachte Connor oft. Dann könnte er ihn wenigstens einfach immer hassen, egal, ob er nüchtern oder besoffen war.

„Also kommt dein Vater klar damit, dass …“ Lollys Stimme verstummte allmählich, als wenn sie spürte, dass sie sich auf unbekanntes Terrain begab.

„Er und meine Mutter reden nicht mehr miteinander, aber er würde Julian niemals das Gefühl geben, nicht willkommen zu sein.“

„Er muss ein unglaublich toleranter Mensch sein.“

Sehr diplomatisch ausgedrückt, dachte Connor. Um die Wahrheit zu sagen, hatten Julian und sein Vater sich auf Anhieb verstanden. Connor nahm an, dass die beiden, auch wenn sie keine Blutsverwandten waren, irgendetwas Elementares gemeinsam hatten. Sie waren beide darauf aus, sich zu zerstören. Terry mit dem Saufen und Julian, indem er von hohen Sachen sprang.

„Ich muss mich für den Sommer bei deinen Großeltern bedanken. Sie haben mir den Job gegeben und Julian ins Camp eingeladen. Das war ganz schön cool von ihnen." Er fragte sich, ob Julian die Chance zu schätzen wusste, die ihm gewährt wurde. Und er fragte sich, ob ein Sommer am Willow Lake Julians Sicht auf die Welt so verändern würde, wie es damals bei ihm passiert ist.

Als Connor damals als Camper hier gewesen war und alle Rechte und Privilegien eines Campers genossen hatte, hatte er gewusst, dass das eine einmalige Gelegenheit war. Die Bellamys hatten keine Ahnung, wie viel diese Sommer ihm bedeuteten. Mit anderen Jungs in einer Hütte zu wohnen, die am Ende der ersten Woche bereits roch wie ein Hamsterkäfig, klang nicht nach viel. Aber für Connor war es riesig. Es war die Chance, ein anderes Leben zu leben, wenn auch nur einen Sommer lang. Zehn ganze Wochen konnte er die Art Sommer erleben, die ein Kind haben sollte: eine Reihe sonniger Tage, angefüllt mit Spaß und Gelächter, Streichen, Sport, der Muskeln und Kondition aufbaute, unglaubliches Essen, peinliche Talentshows und geflüsterte Geistergeschichten am nächtlichen Lagerfeuer. Das war die Art Sommer, die jedes Kind irgendwo tief in seinem Kopf vergraben hatte, egal, ob er sie schon einmal erlebt hatte oder nicht. Und diese drei Jahre lang waren Connors Sommer wie ein Traum gewesen.

Es war zu idyllisch, um zu halten. Die Vergnügen des Sommers waren flüchtig, und so war die Kindheit.

Calvin, der Oberbetreuer, kam an ihren Tisch. „Ich brauche einen Freiwilligen zum Lichtausmachen." Er hielt ihnen eine polizeiähnliche Taschenlampe hin. „Lolly, ich ernenne dich zur Freiwilligen."

„Ha-ha", sagte sie, nahm die Taschenlampe aber trotzdem und ging zur Tür.

Connor schaute ihr ein paar Sekunden hinterher. Dann sah er Jazzy mit ihren prallen Lippen und den gemachten Brüsten auf sich zukommen.

„Ich komme mit", sagte er und schaffte es rechtzeitig raus, bevor Jazzy zum Sprung ansetzen konnte.

Trotz der lauten Musik hörte er, wie jemand sagte: „Er hat einfach keinen Geschmack."

Idioten, dachte er. Als er Lolly einholte, war er ein wenig außer Atem. „Hey, warte auf mich."

Sie sah überrascht aus. Ihre Augen wurden von dem sanften Licht der Sterne erhellt. „Du hättest die Party nicht meinetwegen verlassen müssen."

„Davon wird es diesen Sommer noch genügend geben. Und ehrlich gesagt, wenn du lieber auf der Party bleiben möchtest, kann ich die Runde gerne für dich übernehmen."

„Nein, ich mach das schon. Es war mir da drinnen eh zu laut. Und zu heiß."

„Genau meine Gedanken." Sie gingen den schmalen Pfad entlang und suchten sich ihren Weg durch die Schatten. Die Milchstraße erstreckte sich in einem Bogen über den nächtlichen Himmel, und sie blieben stehen, um das Wunder einen Moment zu bestaunen. In diesem Moment spürte Connor endlich die alte Verbindung zu Lolly, die Freundschaft, die ihm immer so viel bedeutet hatte.

„Echt?", fragte sie. „Es hat dir keinen Spaß gemacht, alle fünf Minuten von einem anderen Mädchen angemacht zu werden?"

„Ich bin nicht …"

Sie kicherte. „Komm schon, es war kaum zu übersehen."

Er war dankbar für die Dunkelheit, die sein Erröten verbarg. „Viele haben sich gegenseitig angemacht."

„Ich nicht."

„Tja, du bist ja auch klug", sagte er. „Ich weiß nicht, warum alle alles immer so überstürzen müssen."

„Weil sie nicht wollen, dass die ganzen heißen Typen schon weg sind, wenn sie sich endlich entschieden haben. Hast du daran schon mal gedacht?"

„Ehrlich gesagt, nein", erwiderte er.

„Ich weiß von wenigstens drei Mädchen, die es auf dich abgesehen haben. Niemand will nachher bei einem Loser enden."

„Willst du damit sagen, dass du ein Loser bist?"

„Hast du irgendjemanden gesehen, der versucht hat, bei mir zu landen?"

Nein, dachte er, aber ich hätte ihn auch umgehend verscheucht.

„Ich finde es ätzend, dass alle nur nach dem Aussehen gehen." Sie atmete tief aus. „Du nicht auch?"

„Die Leute sagen, dass meine Mom aussieht wie Sharon Stone, und trotzdem hat ihr das bisher immer nur Arschlöcher eingebracht, die sie wie den letzten Dreck behandelt haben."

„Connor, bitte", ermahnte ihn Lolly.

Sie brachte ihn einfach zum Lächeln. Er mochte es, bei ihr zu sein, und wenn die anderen Betreuer sich darüber wunderten, zeigte das nur, was für Idioten sie waren. Er war vollkommen zufrieden, mit ihr zusammen über den Kiesweg zu gehen, den schon Generationen von Campern vor ihnen entlanggegangen waren. Es war eine Stunde nach Beginn der Schlafenszeit, und durch die Fliegengitter der geöffneten Fenster in den Schlafbaracken konnte sie das aufgeregte Flüstern der Fledgling-Gruppe hören. Lolly blieb unter dem Fenster der Saratoga-Hütte stehen, und Connor ging, um nach seinen Jungs zu sehen. Sie gingen nicht hinein, weil das die Kinder nur noch aufgeregter gemacht hätte. Sie sollten nur hineingehen, wenn ihnen irgendetwas komisch vorkam. Als Connor zur ihr zurückkehrte, hielt Lolly sich einen Finger an die Lippen.

Sie hörten das Kichern und Zischen von kleinen Mädchen, die dachten, sie kämen mit etwas durch. Was natürlich nicht stimmte. Lolly zögerte einen Augenblick, dann bedeutete sie Connor, weiterzugehen.

„In meiner Gruppe ist dieses kleine Mädchen, Ramona. Ich behalte sie ein wenig im Auge. Sie leidet unter fürchterlichem Heimweh", erklärte sie.

Das war etwas, das Connor vollkommen unbekannt war. Er hatte keine Ahnung, wie es war, ein Zuhause zu haben, das man tatsächlich vermisste. Er fragte sich, ob Julian seinen Dad und New Orleans vermisste. Von dem wenigen, was er über das Leben des Jungen wusste, schien es nicht schlecht zu sein. Louis Gastineaux hatte nie geheiratet, und wenn man Julian glaubte, traf er sich auch nie mit Frauen. Soweit Connor es beurteilen konnte, lebten die beiden wie ein Paar Junggesellen.

Lolly schien keine Eile zu haben, zur Party zurückzukehren, und Connor konnte es ihr nicht verdenken. Ihm gefiel es hier draußen, wo es so dunkel war, dass man Sterne erkennen konnte, die man in der Stadt nicht sah. Und es war so still. Die einzigen Geräusche waren das leise Surren von Eulenflügeln, das gegen das Ufer plätschernde Wasser des Sees und das Knarren der Kanus am Dock. Die Geräusche der Party klangen angenehm gedämpft über den See zu ihnen herüber.

Der Mond war aufgegangen und tauchte die Anlage in ein seltsam farbloses Licht. Das entfernte Rauschen der Wasserfälle klang wie die jubelnde Menge bei einem Footballspiel. Durch die Bäume blitzten die Lichter in den Hütten der Mitarbeiter, und Connor dachte an seinen Vater, der einen weiteren Abend damit verbrachte, Bier zu trinken und sich alte Lieder im Radio anzuhören. Wie schon die letzten zwei Jahrzehnte lebte Terry Davis alleine in einem der Ganzjahresbungalows am Rande des Camps und verlor nach und nach immer mehr von sich, während das Leben an ihm vorbeizog.

Connor schob die deprimierenden Gedanken entschlossen beiseite und schaute einer Eule hinterher, die über sie hinwegflog. Dabei fiel ihm etwas anderes ins Auge. Ein aufflackerndes Licht. Vielleicht eine Taschenlampe.

Er packte Lolly am Arm. „Schau mal zur Brücke über die Meerskill Falls“, sagte er. „Siehst du da etwas?“

„Nein, nur Schatten, aber … wow, ich denke, du hast recht. Da oben ist jemand.“ Sie schaltete ihre Maglite ein und eilte den Weg entlang, so furchtlos und konzentriert wie ein Polizist auf Patrouille. „Komm, wir gehen mal nachsehen.“

Der Weg stieg neben der steinigen Schlucht steil an. Die Wasserfälle rauschten über die Felsblöcke und warfen dabei einen nadelfeinen Wasserschleier in die Luft, der überall, wo er aufkam, dichtes grünes Moos wachsen ließ.

Während sie hinaufkletterten, Spitzkehren und Felszungen überwanden, raschelten die nachtaktiven Tiere im Gebüsch. Connor hörte, das Lolly stolperte. „Alles okay?“, fragte er.

„Ja. Ich habe nur Flip-Flops an. Ich hatte nicht erwartet, heute Abend noch eine Wanderung machen zu müssen.“

„Du musst nicht mitkommen.“

„Glaubst du, ich wollte das verpassen?“ Sie stieß ihr vertrautes schnaubendes Lachen aus.

Er wusste, dass sie das sagen würde. Lolly Bellamy wusste, wie man anderen Leuten auf die Nerven ging, aber sie war niemand, der aufgab. „Halt dich an mir fest, falls du das Gefühl hast, zu fallen.“

„Hah“, sagte sie. „Du willst doch nur, dass ich dir an den Hintern packe.“

„Ja, das war mein Plan.“ Mit Leichtigkeit verfielen sie in ihre alten Neckereien, ein Muster, das sich vor Jahren herausgebildet hatte, als sie zwölf Jahre alt waren. Es fühlte sich vertraut an. Wie ein altes Lieblings-T-Shirt.

Connor konnte jetzt zwei dunkle Silhouetten auf der Brücke erkennen. Eine davon schien sich außerhalb des Sicherheitszaunes aufzuhalten. Ein ganz schlechtes Gefühl erfasste ihn. „Du dummer kleiner Idiot“, fluchte er unterdrückt.

„Was?“, fragte Lolly.

„Julian!“ Connor rannte los.

Zur gleichen Zeit zerriss ein ausgelassener Schrei die Stille der Nacht. „Geee-ronimo!“

Lolly richtete den Strahl ihrer Taschenlampe auf die Brücke und sah entsetzt zu, wie eine kleine Gestalt sich von der Brücke löste und durch die Dunkelheit flog. Ihrer Kehle entrang sich ein fürchterliches Geräusch irgendwo zwischen einem Keuchen und einem Schrei.

Der weitreichende Strahl der Maglite erhellte eine weitere weglaufende Figur auf der Brücke. Nicht Julian, sondern ein anderer Junge, den Connor allerdings nicht erkannte. Dann fing der Strahl an zu zittern, als Lolly ihn auf die Region unterhalb der Brücke richtete.

„Julian", sagte er und versuchte, wieder zu Atem zu kommen.

Das Licht waberte durch den Wald, als Lolly ihn suchte. Die Panik hämmerte so stark in Connors Ohren, dass er nichts anderes hören konnte. Dann fiel ihm auf, dass sie mit ihm sprach, seinen Arm packte, um ihn zu halten, und endlich verstand er, was sie versuchte, ihm zu erklären.

„Okay", keuchte sie. „Ich denke, es geht ihm gut."

Schreie jungenhafter Freude hallten durch den Wald. Lolly nahm Connors Hand und ließ den Strahl der Taschenlampe an einem Seil entlanggleiten, das von der Brücke hing.

Connors Herzschlag normalisierte sich langsam, auch wenn sein Blut zu kochen schien. „Dieser kleine Mistkerl", sagte er und legte mit wenigen großen Schritten den Rest des Weges zurück. „Dieser dumme kleine Hurensohn."

Einen Herzschlag später hatte er die Brücke erreicht und sich den Komplizen geschnappt, einen Jungen namens George aus Texas, der wie ein kleiner Feigling vor sich hin brabbelte, dass er damit nichts zu tun hätte und von Julian gezwungen worden wäre, mitzukommen.

„Halt den Mund", befahl Connor ihm, und der kleine George gehorchte. Lolly leuchtete auf die Stelle, wo der Sicherheitszaun durchtrennt worden war. Dann ließ sie den Strahl zu der kleinen, hin und her schwingenden Gestalt wandern, die am Ende eines Bungeeseils hing.

„Du bist so was von fällig", sagte Connor an seinen baumelnden Bruder gerichtet.

Doch Julian lachte nur.

Eine halbe Stunde später hatten sie Julian wieder heraufgeholt und waren mit ihm und seinem Komplizen den Berg hinuntergegangen. „Du wahnsinniger kleiner Irrer." Wütend löste Connor das ausgefeilte Gurtsystem, mit dem Julian sich an dem Bungeeseil gesichert hatte.

„Ich denke nicht, dass du mich hier so nennen darfst", erwiderte Julian. „Kioga-Regel elf: ‚Unter gar keinen Umständen werden Kraftausdrücke oder vulgäre Sprache weder von Campern noch vom Personal toleriert.'"

„Und? Welche Regel verbietet es Idioten, sich von Brücken zu stürzen?", wollte Connor wissen.

„Was hast du dir nur dabei gedacht?", fragte Lolly.

Julian schaute sie an, und in dem Mondlicht sah er so unschuldig und engelhaft wie ein Chorknabe aus. Er schenkte ihr ein süßes, verletzliches Lächeln, und Connor konnte sich vorstellen, wie Lollys Herz zu einer kleinen Lache auf dem Boden zerschmolz.

„Ma'am", sagte Julian mit vor Ernst zitternder Stimme. „Ich wollte wissen, wie es sich anfühlt, zu fliegen."

Connor erwartete, dass Lolly sich von dem ansteckenden Charme seines kleinen Bruders um den Finger wickeln lassen würde. Doch stattdessen sagte sie: „Das war nicht fliegen. Das war ein freier Fall."

Eine halbe Stunde später hatten sie die Jungs endlich wieder sicher in ihre Betten gebracht und sie gewarnt, dass sie mit disziplinarischen Maßnahmen, vielleicht sogar dem Ausschluss aus dem Camp rechnen mussten. Na toll, dachte Connor. Er wusste, wenn sein Bruder ginge, würde er auch gehen müssen. Der Sommer wäre vorbei, ehe er überhaupt angefangen hatte. Als er und Lolly die Schlafbaracke verließen, sagte er: „Das tut mir leid. Du hättest doch lieber auf der Party bleiben sollen."

„Machst du Witze? Es passiert nicht jede Nacht, dass ich zusehen kann, wie jemand von der Meerskill-Brücke springt. Ich hätte es um nichts auf der Welt verpassen wollen."

„Was zum Teufel soll ich denn nur tun?"

„Sprich mit ihm über eine Karriere als Stuntman."

Die Betreuer waren angewiesen, jeden Regelverstoß der Camper dem Dekan zu melden. Connor versuchte, Lollys Gesicht zu erkennen, aber es war zu dunkel, um zu sagen, was sie dachte.

„Ich habe nichts gesehen", sagte sie. „Du musst zugeben, er war sehr kreativ und einfallsreich."

Das stimmte. Julian und George hatten sich mit Kletter-Geschirren, Tauen, Schlaufen und Bungeeseilen aus dem Camp eingedeckt. Anhand einer Zeichnung in einem Buch hatten sie daraus eine funktionierende Apparatur gebaut. Connors Bruder war eine seltsame Mischung aus Wunderkind, Stuntman und Idiot. „Seinem Vater nach hat er schon angefangen, von Dingen herunterzuspringen, als er noch ein Kleinkind war", erzählte Connor. „Er ist seit jeher von Höhe besessen."

„Dann lass ihn uns morgen in die Sprunggruppe stecken. Wenn er schon von Sachen herunterspringen muss, dann wenigstens unter Beobachtung. Es gibt außerdem noch die Seilrutsche und einen Kurs in Bergsteigen."

Süße Erleichterung wirbelte durch seinen Körper. Connor war versucht, Lolly in diesem Moment zu küssen. Das Letzte, was er wollte, war, seinen Bruder noch einmal zu verlieren. „Das wäre einfach … großartig", sagte er.

Sie zuckte mit den Schultern. „Keine große Sache. Ich glaube daran, dass man seinen Impulsen folgen soll, auch wenn sie einen auf seltsame Wege führen."

„Ich sorge dafür, dass er nicht noch einmal Mist baut."

„Okay."

Er zeigte in Richtung Speisesaal. „Hey, hast du Lust auf eine Küchenrazzia?"

„Immer."

Die Küche wurde jede Nacht verschlossen, um die Waschbären und Braunbären fernzuhalten. Aber der Schlüssel lag oben auf dem Türrahmen, und innerhalb von Sekunden waren sie drinnen. Die Campküche mit ihren Gerüchen nach Kräutern und frischem Hefebrot, ihren Dosenstapeln und dem vollgepackten begehbaren Kühlschrank erschien wie ein Ort des endlosen Überflusses.

Connor schnappte sich einen Laib Weißbrot aus der Sky River Bakery, das es schon gegeben hatte, als er hier noch Camper war. Das war eines der Dinge, die er im Laufe der Jahre am Camp zu schätzen gelernt hatte. Nichts änderte sich. Ein ums andere Jahr blieb alles gleich. Man konnte sich immer auf das Brot der örtlichen Bäckerei, Milch in wiederverwertbaren Glasflaschen und frisches Obst und Gemüse von den lokalen Bauern der Ulster County verlassen.

Lolly öffnete ein riesiges Glas Erdnussbutter und schob es ihm über den Tresen zu. Er strich die Butter dick auf die Brotscheiben, quetschte Honig aus einer Plastikflasche darauf und schob ein fertiges Sandwich zu Lolly zurück. Dann goss er ein Glas Milch ein und bot es ihr an. Sie schüttelte den Kopf.

„Du hast eine interessante Familie, Connor", sagte sie. „Ich finde es toll, dass du den Sommer mit Julian verbringen kannst." Sie leckte einen Tropfen Honig von einer Ecke ihres Sandwiches.

Sie das sagen zu hören ließ Connor sich besser fühlen in Bezug auf Julian. Er war ein kleiner verrückter Junge, aber Connor war auch froh, dass es ihn gab. Sie aßen ihre Sandwiches auf und beseitigten dann alle Spuren ihrer Anwesenheit.

„Es ist schon spät", bemerkte Connor. Er streckte eine Hand aus, um Lolly vom Tisch herunterzuhelfen. Sie brauchte zwar keine Hilfe, aber es schien ihm irgendwie höflich zu sein. Nachdem sie die Lichter ausgeschaltet hatten, zog er die Küchentür hinter ihnen zu und schloss ab. Gemeinsam traten sie hinaus in die vom Zirpen der Grillen erfüllte Nacht.

„Ich begleite dich noch zu deiner Hütte."

„Ich finde den Weg auch alleine", sagte Lolly.

„Du solltest eigentlich wissen, dass das nur ein Code ist", sagte er und nahm wieder ihre Hand.

„Ein Code für was?", fragte sie.

„Wenn ein Junge einem Mädchen anbietet, sie nach Hause zu bringen, dann bedeutet das, dass er ihr noch einen Gutenachtkuss geben will."

„Sehr lustig.“ Sie ließ wieder ihr schnaubendes Lachen hören, das ihn so genervt hatte, als sie noch jünger gewesen waren. „Du willst mir keinen Gutenachtkuss geben, Connor“, sagte sie.

„Du hast recht“, stimmte er zu und blieb mitten auf dem Weg stehen. Er schlang seine Arme um sie. „Ich will dich gleich hier und jetzt küssen.“

Pfadfindermesse (traditionell)

Sanft fällt das Licht des Tages auf die erlöschenden Lagerfeuer.

Still fragt sich jeder Pfadfinder: Habe ich heute meine Pflicht erfüllt?

Habe ich mich ehrenvoll verhalten? Kann ich schuldlos schlafen gehen?

Habe ich alles getan und alles gewagt, um allzeit bereit zu sein?

21. KAPITEL

Was zieht man an, wenn man seinen Vater mit seinem unehelichen Kind konfrontieren will?", wandte Olivia sich fragend an Barkis. Der kleine Hund war in die Hütte gejagt, als sie gerade ihre frisch lackierten Fußnägel trocknete.

„Lilly Pulitzer", entschied sie und griff in den Kleiderschrank. Das war ein frisches Sommerkleid mit einem kühlen türkis-limonenfarbenen Druck, das sowohl bequem für die lange Fahrt als auch schick genug für die Stadt war. Als sie in ihre Wedges-Sandalen schlüpfte, sich die Longchamps-Tasche schnappte und schnell noch Ohrringe ansteckte, merkte sie, dass es sich absurd gut anfühlte, sich mal wieder herauszuputzen, selbst morgens um halb sieben. Die Wochen der dreckigen Renovierungsarbeiten hatten sie in eine Vogelscheuche verwandelt. Jetzt, mit lackierten Nägeln, gemachten Haaren und etwas Makeup fühlte sie sich wie ein neuer Mensch.

Was sie jedoch nicht erwartet hatte, war, dass Connor sich ebenfalls für die Stadt anziehen würde. Als er sie abholte, hätte sie ihn beinahe nicht erkannt. Er trug Hosen, die aussahen, als wären sie ihm auf die schmalen Hüften geschneidert worden. Dazu hatte er ein weißes Hemd mit aufgerollten Ärmeln an, und im Fond des Autos hingen ein Jackett und eine Krawatte. Seine übliche Baseballkappe hatte er daheim gelassen und irgendetwas mit seinen Haaren angestellt, was etwas mit Gel und Kämmen mit den Fingern zu tun hatte, wie sie vermutete. In seinem frisch rasierten, sonnengebräunten Gesicht strahlten seine Augen blauer als der See bei klarem Himmel.

„Wow." Überrascht bemerkte sie, wie sie sich von ihm angezogen fühlte. „Sieh dich nur an. Du siehst fabelhaft aus."

„Selber wow", sagte er. „Du könntest glatt aus einer Folge von *Sex and the City* entsprungen sein."

Komplimente von Männern waren Olivia immer suspekt. Guckten Kerle sich die Sendung wirklich an? fragte sie sich. Dann dachte sie an Freddy. Ja, ganz eindeutig.

Julian kam aus der Richtung der Hütte, die er mit Connor teilte, auf sie zu. In einer weiten Jogginghose und ohne T-Shirt sah er aus wie jemand, den sein älterer Bruder gerade aus einem tiefen Schlaf geweckt hatte. „Morgen", sagte er zu Olivia.

„Du bist aber früh auf." Sie schenkte ihm ein Lächeln.

„Nicht freiwillig."

„Ich wollte sichergehen, dass er wach ist, wenn mein Dad herkommt", erklärte Connor. „Er will hier heute ein paar kleine Arbeiten erledigen."

„Huh", sagte Julian. „Er soll mich überwachen."

„Nimm's mir nicht krumm, aber so, wie du dich in letzter Zeit verhalten hast, brauchst du auch ein wenig Bewachung."

„Das ist so ein Bullshit. Als wir hierhergekommen sind, hast du gesagt, die einzige Regel lautet: Bau keinen Mist! Und, hab ich mich daran gehalten?" Er funkelte erst Connor, dann Olivia an. „Habe ich verdammten Mist gebaut?"

„Achte auf deine Wortwahl", verwarnte ihn Connor.

„Du warst bisher eine große Hilfe", sagte Olivia. „Und ich bin dir sehr dankbar."

„Wir kommen gegen Einbruch der Dunkelheit zurück", sagte Connor. „Vielleicht auch später."

„Ich versuche, dich nicht allzu sehr zu vermissen."

„Ich meine doch nur …"

„Ich weiß." Julian winkte ab und ließ ein kurzes Lächeln aufblitzen.

Olivia befestigte die Leine an Barkis' Halsband. „Kann du ihn mitnehmen? Er bekommt eine Schüssel Futter zur Mittagszeit und eine am Abend."

„Kein Problem." Julian nahm ihr die Leine ab. „Äh, funktioniert das Fax im Büro?"

„Da die Telefonleitung jetzt steht, müsste es eigentlich gehen. Musst du etwas faxen?"

„Nur ein bisschen Papierkram." Er mied Connors Blick. Olivia verbarg ein Lächeln. Sie hatte mit Julian über ein paar Möglichkeiten für seine Zukunft gesprochen, und der Junge war ihren Vorschlägen gegenüber erstaunlich offen gewesen. Die Idee mit dem ROTC und der Air Force Academy war von ihm gekommen, und Olivia hatte ihn ermutigt, sich zu erkundigen, welche Voraussetzungen man für eine Aufnahme erfüllen musste. Nachdem er herausgefunden hatte, dass man dort vielleicht sogar die Möglichkeit erhielt, High-Tech-Kampfjets zu fliegen, hatte ihn die Idee nicht mehr losgelassen.

„Du kannst so viel faxen, wie du willst." Sie schlüpfte auf den Beifahrersitz des Autos, schlang ihren Pullover über die Kopfstütze und setzte ihre Sonnenbrille auf. „Ich bin dann so weit", sagte sie an Connor gewandt.

Er setzte sich hinters Lenkrad, ließ den Motor an und fuhr los.

„Sieh mal", sagte er nach einer Weile. „Ich bin echt froh, dass du dich so gut mit Julian verstehst. Aber ich bin für ihn verantwortlich. Es gibt keinen Anlass, dass du dich um … seine Rehabilitation kümmerst, oder was immer es auch ist, das du da tust."

„Mich einmischen", sagte sie. „Ich nenne es einfach *mich einmischen*. Ich habe ihm gesagt, dass es nicht völlig unmöglich für ihn ist, aufs

College zu gehen.“ Zu spät bemerkte Olivia, welche Wirkung ihre Worte auf Connor hatten. Sie wusste, dass er einst davon geträumt hatte, aufs College zu gehen. Aber das war nicht geschehen, und sie wusste nicht, wie sie ihn nach dem Warum fragen sollte.

„Er hat weder das Geld noch die entsprechenden Noten“, sagte Connor mit ausdrucksloser Stimme.

„Gab es da nicht einen Vergleich nach dem Unfall seines Vaters? Eine Sozialversicherung? Eine Rente von der Tulane?“

„Ich kenne nicht alle Einzelheiten, aber soweit ich weiß, spielte Fahrlässigkeit in dem Unfall keine Rolle. Julians Anteil an dem Vergleich war schon weg, nachdem sich die Anwälte, die Verwandten und unsere Mutter ihren Anteil genommen hatten. Aber selbst wenn er das Geld hätte, glaube ich nicht, dass ein College eine Option für ihn ist. Dazu fehlt ihm die richtige Einstellung.“

„Gib ihn nicht auf“, bat Olivia. „Er ist doch erst siebzehn.“ Sie mochte Julian, den Jungen mit dem Gesicht eines Engels und dem Gehirn eines Nobelpreisgewinners, mochte seine Besessenheit mit Höhen und Gefahr. „Und verwirf ein ROTC-Stipendium nicht zu schnell. Vielleicht könnte er mit all seiner Energie endlich mal was Vernünftiges anfangen.“

Connor warf ihr einen skeptischen Blick zu. „Dazu braucht es aber eine gehörige Portion Motivation.“

„Vielleicht hat er die ja.“ Sie musterte Connor. Er war aber auch ein gut aussehender Mann. Dieses klare, männliche Profil, die stechenden Augen, die auf die Straße gerichtet waren. „Du findest, dass er nicht zum Militär gehen sollte, oder?“

„Ich denke, er versteht die Risiken nicht, die damit einhergehen.“

„Wie könnte zum Militär zu gehen gefährlicher sein als das, was er jetzt tut?“

Connor runzelte die Stirn. „Guter Punkt.“

„Bist du böse, weil ich mit ihm über diese Möglichkeiten gesprochen habe?“

„Nein, ganz und gar nicht. Es kommt mir nur so weit hergeholt vor.“ Was nur natürlich war für jemanden, der so aufgewachsen war wie Connor. In seiner Welt war es vermutlich schon eine weit hergeholte Vorstellung gewesen, einen ordentlichen Platz zum Leben zu haben. Aber Olivia hatte das Gefühl, dass noch mehr dahintersteckte. „Du machst dir Sorgen um ihn, oder?“, fragte sie. „Um deinen Bruder.“

„Manchmal denke ich, dass ich der Einzige bin, der das tut.“

„Er hat Glück, dich zu haben.“ Sie hatte den Schmerz in seiner Stimme gehört. „Meinst du, mit ihm geht alles in Ordnung?“

„Das kommt darauf an, ob er sich aus Schwierigkeiten heraushalten und etwas finden kann, was er mit seinem Leben anstellen will."

Was genau der Grund dafür war, dass Olivia versuchte, dem Jungen zu helfen. Es schien nur so, als wären ihre Anstrengungen nicht wirklich willkommen. Sie war eine geborene Einmischerin, und sie befand sich gerade auf dem Weg in die Stadt, um sich noch ein bisschen mehr einzumischen. So surreal es ihr auch vorkam, aber sie würde ihren Vater fragen, ob er zu College-Zeiten ein uneheliches Kind gezeugt hatte. Bei dem Gedanken daran zog sich ihr Magen zusammen, und sie versuchte, sich auf die vorbeifliegende Landschaft zu konzentrieren. Es war wie eine schnelle Diashow, in der pittoreske Dörfer sich mit in grünen Hügeln liegenden Farmen abwechselten, um dann schnell von Tankstellen und Einkaufszonen vertrieben zu werden.

„Du bist viel zu still", sagte er. „Du hast auf den letzten vierzig Meilen kaum ein Wort gesagt. Versuch, nicht so angespannt zu sein."

„Ich kann so angespannt sein, wie ich will", sagte sie. „Meinst du, es ist einfach, meinen Vater zu fragen, ob er eine Tochter hat, von der er mir nichts erzählt hat?"

„Vielleicht weiß er gar nichts von Jenny Majesky."

Olivia wollte sich am liebsten übergeben. Es war so bizarr, sich dieses alternative Leben ihres Vaters vorzustellen, von dem sie immer dachte, ihn so gut zu kennen. Nachdem sie die Puzzleteile zusammengefügt hatte – das Bild, den silbernen Anhänger, die Informationen von Terry Davis –, schien alles, was sie zu wissen geglaubt hatte, sich in Luft aufzulösen.

„Ich bin wegen dieser Sache total durcheinander", gab sie zu. „Wenn ich recht habe und Jenny Majesky meine Schwester ist, dann hat sie die ganze Zeit in meinem Leben gefehlt, obwohl sie doch ein Teil davon hätte sein können."

„Es ist besser, dass du es nicht gewusst hast", sagte Connor leise. „Zu wissen, dass ich einen kleinen Bruder hatte, der nicht bei uns lebte … tat einfach nur weh."

Oh Gott. Sie versuchte, ihn sich als kleinen Jungen vorzustellen, der in der einen Minute noch einen kleinen Bruder hatte und in der nächsten wieder ein Einzelkind war. Vielleicht hatte er recht. Vielleicht tat es zu sehr weh, wenn man es wusste.

Er fuhr mit erstaunlicher Gelassenheit in die Stadt und suchte sich ruhig und geschickt den Weg durch den dichten Verkehr. Unter anderen Umständen hätte sie ihm vielleicht eine kleine Führung durch das Viertel ihres Vaters gegeben – ihm das Deli und den Zeitungskiosk, die Gärten und die skurrilen Nachbarn gezeigt. Doch ihr Magen war nur noch ein fester Knoten, und ihre Kehle tat ihr weh. Als sie vor dem

Baldachin am Bürgersteig des Hauses hielten, in dem ihr Vater wohnte, sagte sie: „Ich habe eine große Bitte an dich."

Er grinste und schüttelte den Kopf. „Äh-äh."

„Bitte ..."

„Du willst mich nicht dabei haben, Lolly. Glaub mir."

Er hatte natürlich recht. Sie konnte ihn nicht bitten, sie zu begleiten. Es war so schon unangenehm genug mit den Fragen, die sie stellen musste, und den Antworten, die sie nicht hören wollte. „Du bist stärker, als du denkst", ermutigte Connor sie.

Olivia konnte kaum glauben, wie gut es sich anfühlte, dass jemand an sie glaubte. Nicht hohe Erwartungen an sie hatte, sondern einfach mit felsenfester Sicherheit an ihre Fähigkeiten glaubte. Eine Welle der Zärtlichkeit für ihn ergriff sie und löste ihre Anspannung ein wenig. Das war neu – mit einem Mann zusammen zu sein, bei dem sie sich entspannt und kompetent fühlte.

„Ruf mich an, wenn du hier fertig bist", sagte er. „Ich fahre solange nach Downtown."

„Downtown?" Sie versuchte, sich ihn auf Sightseeingtour durch das Village vorzustellen, vielleicht sogar am Chelsea Piers. „Hast du etwas Bestimmtes im Sinn, oder bist du offen für Vorschläge?"

„Ich habe nicht vor, Tourist zu spielen", sagte er. „Ich habe einen Termin bei Greenwich und Rector."

„Oh. Ist es was ... Meine Güte, ich sollte mir mal zuhören. Ich bin ja fürchterlich. Total neugierig."

„Das ist mein Broker."

Sie musste überrascht ausgesehen haben, denn er lachte unterdrückt. „Sogar hinterwäldlerische Bauunternehmer haben Aktienfonds."

„Ich wollte nicht ..."

„Natürlich wolltest du. Und es ist okay. Jetzt geh, Olivia. Mach dir eine schöne Zeit mit deinem Vater."

Er drehte sich vollständig zu ihr um, und wieder einmal war sie hingerissen von seinen blauen Augen, den dunklen Haaren, dem am Hals offen stehenden Hemd. Sie hätte schwören können, dass er sie küssen wollte. Es gab einen kurzen Moment der Anspannung, so viel mehr, was noch gesagt werden müsste, aber nicht jetzt. Sie löste den Sicherheitsgurt. Dann gab sie einem Impuls nach, beugte sich vor und gab ihm einen Kuss auf die Wange. Tja, Mist, dachte sie. Sie wollte einen Kuss. In dem Moment, wo ihre Lippen seine warme Wange berührten und sie den Duft seines Aftershaves einatmete, wollte sie mehr als nur einen Wangenkuss.

„Fürs Glück", sagte sie hastig und stieg schnell aus. Falls er noch etwas gesagt hatte, hörte sie es nicht mehr.

Sich des Blicks des Portiers sehr bewusst, stand sie auf dem Bürgersteig und sah Connor nach, der in Richtung Downtown fuhr. Zu seinem Broker. Es sollte sie nicht wundern, dass er in seinem Alter schon ein Portfolio hatte. Für jemanden, der ohne jegliche Sicherheit oder Kontrolle aufgewachsen war, war es vermutlich lebensnotwendig, die Kontrolle über seine Finanzen zu wahren. Seitdem sie ihn jeden Tag im Camp sah, fiel es ihr schwer, sich vorzustellen, dass er ein komplett eigenes Leben führte, über das sie nichts wusste, und andere Kunden hatte, die sie nicht kannte. Nach allem, was sie wusste, hatte er vielleicht sogar eine Freundin – auch wenn ein Teil von ihr dann total am Boden zerstört wäre.

Wem wollte sie was vormachen? *Alles* von ihr wäre am Boden zerstört, wenn er eine Freundin hätte. Nein, das konnte nicht sein, sagte sie sich. Auf keinen Fall könnte er sie so ansehen, wie er es eben getan hatte, wenn er eine Freundin hätte. Die Hitze in seinem Blick wäre schon Betrug an ihr gewesen.

Sie schob ihre Handtasche zurecht, drehte sich um und betrat das Gebäude. „Miss Bellamy.“ Der Portier nickte ihr zu.

Ihr Vater war hier nach der Scheidung eingezogen. Als Kind hatte Olivia ab und zu hier übernachtet, meistens, nachdem sie ein Spiel der Yankees besucht hatten, in der Oper gewesen waren oder am nächsten Tag zu einer gemeinsamen Reise aufbrechen wollten. Aber generell war man schweigend übereingekommen, dass ihr Platz bei ihrer Mutter war, inmitten des Luxus ihrer Wohnung an der Fifth Avenue. Dort hatte sie alle ihre Sachen, inklusive ihrem Klavier, ihren geliebten Büchern und ihrer seelenverwandten Katze Degas. Trotzdem hatte ihr Vater sich Mühe gegeben, ihr einen Platz in seinem Leben zu schaffen. Sein schlichtes, modernes Apartment hatte ein kleines Zimmer nur für sie, in dem ein eingebauter Schreibtisch und ein Stockbett standen und ein weißer Teppich lag.

Sie ließ den Fahrstuhl links liegen und nahm die Treppen. Ihr Vater, der vom Portier über ihr Eintreffen informiert worden war, erwartete sie bereits an der Wohnungstür. Obwohl der Tag warm genug war, dass man die Fenster geöffnet lassen konnte, trug er eine leichte Strickjacke. Es war lustig, sie hatte ihn noch nie in einer Strickjacke gesehen. Sie ließ ihn älter aussehen. Olivia wollte an ihren Vater aber nicht als alten Mann denken. Bis vor sehr Kurzem war er für sie einfach „Dad“ gewesen. Jetzt aber machte sie sich Gedanken um ihn als Person mit all den Drängen und Leidenschaften und Motivationen, über die sie nie nachgedacht hatte. Was bewegte ihn? Er war ein erfolgreicher Anwalt, pflichtbewusster Sohn, hingebungsvoller Vater, aber was noch? Er hatte immer schreiben wollen.

Das wusste sie, aber sie hatten nicht darüber gesprochen, was sie nun sehr bedauerte. Sie wünschte, sie würden über noch so viel mehr reden.

„Hey, Dad.“ Sie stellte sich auf die Zehenspitzen, um ihm einen Kuss auf die Wange zu geben.

„Wie geht es meiner Lieblingstochter?“, fragte er.

„Erstaunlich gut“, erwiderte sie. „Wenn man bedenkt, dass ich derzeit im Camp Kioga wohne. Dem Camp eine Komplettsanierung zu verpassen macht viel mehr Spaß, als die Sommerferien dort zu verbringen.“

„Kann ich dir was zu trinken anbieten? Limonade? Wasser?“

„Ich würde mich gerne kurz frisch machen, und dann hole ich mir etwas.“ Sie ging ins Bad und machte auf dem Rückweg einen Abstecher in die Küche, um die Getränkeauswahl im Kühlschrank in Augenschein zu nehmen. Sie entschied sich für ein einfaches Mineralwasser. Dann gesellte sie sich zu ihrem Vater ins Schlafzimmer.

Er saß in seinem liebsten Sessel. „Also, raus damit. Irgendwas am Camp Kioga muss dir gut bekommen. Du strahlst ja förmlich.“

Drei Stunden mit Connor Davis in einem Auto haben diesen Effekt, dachte sie. Sie trank einen Schluck und brachte ihren Vater auf den neuesten Stand der letzten Wochen. „Es ist erstaunlich, Dad“, sagte sie, „wie dieser Ort so viele Erinnerungen freisetzt. Und zwar für uns alle. Vielleicht ist es das Fehlen jeglicher Unterhaltungselektronik. Wir müssen uns auf die gute alte Art gegenseitig unterhalten.“

„Wie geht es Greg?“

„Anfangs ging es ihm nicht so gut.“ Sie sah, wie sich Enttäuschung auf dem Gesicht ihres Vaters ausbreitete. Auch wenn Greg viele Jahre jünger war als Philip, standen die beiden Brüder sich sehr nahe. Schnell fügte sie hinzu: „Aber es wird mit jedem Tag besser. Für alle drei. Ich denke, eines der Probleme von Greg war, dass er den Kontakt zu seinen Kindern verloren hatte. Als sie ins Camp gekommen sind, haben er und Daisy kaum miteinander gesprochen, und er und Max waren wie zwei Fremde. Jetzt paddeln sie gemeinsam in Kanus herum, gehen angeln, spielen Spiele und lesen sich gegenseitig Bücher vor. Es sieht so aus, als wenn alles wieder gut wird, Dad.“

„Und du?“, fragte er. „Wie geht es dir?“

Sie stellte ihr Getränk ab. „Weißt du, es ist schon seltsam. Ich war ziemlich schnell über Rand hinweg. Zu schnell. Es war wie ein echt fieser Nietnagel. Erst tut es so höllisch weh, dass man an nichts anderes denken kann. Aber wenn man die richtige Salbe daraufmacht, vergeht der Schmerz so schnell, dass man ganz vergisst, ihn überhaupt mal gespürt zu haben.“

„Dann ist die Renovierung also die richtige Art von Salbe für dich. Entweder das, oder er war von Anfang an nicht der Richtige für dich."

„Warum habe ich dann gedacht, dass er es wäre?"

„Wunschträume sind eine sehr mächtige Sache."

Olivia fragte sich, ob vielleicht nur ihr Stolz verletzt worden war. Konnte sie wirklich so oberflächlich sein? Sie hatte sich ein Leben für sich vorgestellt und Entscheidungen getroffen, die zu dieser Vision passten – das Haus, der Ehemann, die Familie. Aber war das alles nur ein Wunschtraum gewesen, wie ihr Vater sagte?

„Hast du deine Großeltern schon besucht?", fragte ihr Vater.

„Ich bin nicht sicher, ob ich heute Zeit dafür haben werde. Ich dachte, ich rufe sie an. Und Mom auch", fügte sie vorsichtig hinzu. Sie hatte kurz überlegt, ob sie an ihrer Wohnung anhalten sollte, aber dafür gab es keinen Grund. Earl kümmerte sich um alles, goss die Blumen und sah nach dem Rechten. Und wenn sie ehrlich war, war sie sich nicht ganz sicher, ob sie Connor dort mit hinnehmen und ihm einen Einblick in ihr Leben gewähren wollte.

Sie merkte, wie sie um das eigentliche Thema, das sie heute hierhergebracht hatte, herumschlich. Sag es einfach, drängte sie sich. Sie atmete tief ein … und traute sich wieder nicht. „Ich weiß nicht, ob ich dir das erzählt habe, aber der Bauunternehmer, der die ganzen Arbeiten macht, ist Connor Davis."

Ihr Vater runzelte nachdenklich die Stirn und rieb sich das Kinn. „Connor … das muss dann Terry Davis' Junge sein."

„Nur dass er kein Junge mehr ist."

„Du glaubst, dass ich mich nicht mehr daran erinnere", sagte Philip.

„Was, das tust du wirklich?" Sie war überrascht.

„Was für ein Vater wäre ich, wenn ich mich nicht an das erste gebrochene Herz meines einzigen Kindes erinnern würde? Ich hätte den kleinen Scheißer umbringen können."

„Dad, das habe ich ja gar nicht gewusst." Der Ausdruck „einziges Kind" schwirrte ihr durch den Kopf. „Na ja, ich habe es überlebt, wie alle, die danach kamen, auch", sagte sie. Lügnerin. Sie war nicht über Connor Davis hinweg. Teile von ihr – wichtige Teile – waren bei ihm geblieben, und das merkte sie erst jetzt. Ein hervorragender Zeitpunkt, um das Thema zu wechseln. „Wo du gerade *einziges Kind* sagst. Ich muss dich etwas fragen. Es ist allerdings ziemlich persönlich."

„Du kannst mich alles fragen. Mein Leben ist ein offenes Buch."

Er schien es wirklich so zu meinen. Sie hatte ihren Vater nie als jemanden kennengelernt, der andere absichtlich täuschte. Dennoch umschwirrten ihn Geheimnisse, Geheimnisse und Lügen. Okay, feuerte sie sich an, jetzt spuck es einfach aus. „Ich habe mir so meine Gedanken gemacht, Dad. Über deine Zeiten im Camp."

Er grinste. „Da musst du schon etwas spezifischer werden. Ich habe verdammt viel Zeit dort verbracht."

Sie atmete tief durch. Die Pause fühlte sich größer und schwerer an, als sie war. „Erzähl mir vom Sommer des Jahres 1977."

Sein Gesichtsausdruck wurde ganz weich, als er versuchte, sich zu erinnern. „Lass mal sehen. In dem Jahr muss ich Betreuer gewesen sein. Warum fragst du?"

„Ich habe einen alten Schnappschuss von dir aus dem August des Jahres gefunden, und der hat mich neugierig gemacht." Sie nahm einen Umschlag aus ihrer Handtasche und zog ein Foto hervor, das sie ihm reichte.

Seine Hand zitterte ein wenig, als er seine Lesebrille aufsetzte und das verblasste Foto entgegennahm. „Tja, das wäre ich auch. Ich hatte es beinahe vergessen ..."

Irgendetwas – vielleicht die Weichheit in seiner Stimme oder der feuchte Schleier über seinen Augen – sagte Olivia, dass er log.

„Was vergessen?", hakte sie nach.

„Dass ich diesen Pokal gewonnen habe. Ich mag Tennis immer noch. Vielleicht sollte ich wieder anfangen, zu spielen."

„In der Sky River Bakery hängt eine Kopie dieses Bildes. Allerdings bist du da abgeschnitten worden."

„Das ... das wusste ich nicht."

„Wie nah haben du und Mariska Majesky euch gestanden?" Olivia beobachtete sein Gesicht genau, als sie diese Frage stellte.

Er drehte den Schnappschuss um. Sie wusste, dass auf der Rückseite lediglich das Datum vermerkt war.

„Terry Davis hat mir erzählt, dass ihr zwei zusammen wart", erklärte Olivia.

„Du hast Terry Davis dieses Foto gezeigt?"

„Ja. Er lebt heute in Indian Wells." Olivia wollte nicht von Mariska ablenken. „Sie war sehr schön", äußerte sie vorsichtig. „Seid ihr ein ... Paar gewesen?"

Er seufzte und lehnte sich in seinem Sessel zurück. „Ich schätze, so könnte man es sagen."

„Du warst im Sommer 1977 mit ihr zusammen", wiederholte Olivia. „Und später in dem gleichen Jahr hast du meine Mutter geheiratet."

Er wurde blass und wich ihrem Blick aus.

„Oh Gott, Daddy." Sie wollte, dass er es leugnete, sich verteidigte.

„Olivia, das ist doch alles ewig lange her. Das ist passiert, bevor du geboren wurdest. Ich sehe nicht, was das heute noch für eine Rolle spielt."

Sie holte ein weiteres Foto hervor, das sie in der Bücherei von Avalon ausgedruckt hatte. Es war ihr bei den Recherchen im Archiv des *Avalon Troubadour* untergekommen. Die Überschrift lautete: *Die Sky River Bakery feiert ihr 50. Jubiläum.* Dazu gab es ein Foto von den aktuellen Besitzern: Mrs Helen Majesky und ihre Enkeltochter Jennifer Majesky.

Jenny war auf dem Bild hervorragend getroffen. Ihr dunkler Typ kam gut zur Geltung. Die Ähnlichkeit zwischen ihr und Mariska auf dem alten Foto war unübersehbar die zwischen Mutter und Tochter.

Olivia behielt ihren Vater genau im Auge. Er wurde aschfahl, und leichte Schweißperlen standen auf seiner Stirn. Sie sah, dass er ehrlich schockiert war. Er hatte bis zu diesem Augenblick keine Ahnung gehabt, so viel war sicher.

„Sie heißt Jennifer Anastasia Majesky", erzählte Olivia ihrem Vater leise. „Sie wurde am 23. März 1978 geboren." Es war leicht gewesen, an diese Daten heranzukommen. Connor hatte einfach den Polizeichef Rourke McKnight gefragt, der ein Freund von ihm war. „Siehst du die Kette, die sie trägt? Man kann es aus dem Bild nicht erkennen, aber daran hängt ein Anhänger, der hierzu passt." Sie reichte ihrem Vater den silbernen Manschettenknopf.

Dann zwang sie sich, ruhig sitzen zu bleiben, während er alles verdaute.

Langsam senkte er die Hände, als wenn er alle Kraft aufbringen müsste, um sie anzuschauen. „Bist du dir sicher?", fragte er.

Sie wusste, was er damit meinte. *Bist du dir sicher, dass sie mein Kind ist?* „Nein. Das … also sicherzugehen … ist deine Aufgabe."

Er holte ein Taschentuch heraus und tupfte sich die Stirn ab. „Und Mariska?", fragte er. „Ist sie wieder zurück in Avalon?"

„Nein. Chief McKnight, dem Polizeichef, zufolge, ist sie fortgegangen, als Jenny drei oder vier Jahre alt war, und nie wiedergekommen."

„Mein Gott, Mariska", flüsterte ihr Vater. Er ließ seinen Kopf in seine Hände sinken und stützte die Ellbogen schwer auf die Knie. Er sah mit einem Mal so winzig aus, als wenn die Enthüllung einen wichtigen Teil seines Selbst zerstört hätte.

Sky-River-Bakery-Marmeladen-Kolaches

120 g flüssige Butter
85 g geschmeidig gerührter Philadelphiakäse
140 g Mehl
1 kleines Glas Marmelade – Aprikose, Himbeere oder Apfel
ein Hauch Puderzucker

Butter und Philadelphia verschlagen, bis die Masse leicht und schaumig ist. Mehl dazugeben, gut verrühren. Den Teig auf einer bemehlten Oberfläche ausrollen. Mit einem scharfen Messer in Quadrate mit 5 Zentimeter Seitenlänge zerteilen. Diese Quadrate auf ein leicht gebuttertes Backblech oder Backpapier legen. Auf jedes Teigeck einen Löffel Marmelade geben, die gegenüberliegenden Ecken lose überschlagen und zusammenkneifen. Bei 190 °C auf mittlerer Schiene 15 Minuten backen. Gut abkühlen lassen und mit Puderzucker bestäuben. Dieses Rezept reicht für ungefähr zwei Dutzend Kekse.

22. *KAPITEL*

September 1977

Camp Kioga war offiziell für das Jahr geschlossen worden. Philip Bellamy war einer der letzten Betreuer, die abreisten. Seine Eltern hatten ihn am Bahnhof in der Stadt abgesetzt, und zur Abendbrotzeit würde er bereits in New Haven sein. Er ging zu dem Zug, der in Richtung New York fuhr. Matthew Alger war ebenfalls auf dem Bahnsteig. Er saß auf einer Bank neben seiner Freundin, einer Studentin vom Barnard College, die den Sommer über in der Küche des Camps gearbeitet hatte.

„Hey, Alger", rief Philip ihnen zu. „Hey, Shelley. Fahrt ihr auch zurück in die Stadt?"

„Ich ja", antwortete Shelley. „Matt bleibt für sein Praktikum in der Stadtverwaltung noch in Avalon."

Alger schüttelte sich die blonden, im Bee-Gees-Stil geschnittenen Haare aus dem Gesicht. „Ich bin nur hier am Bahnhof, um mein Mädchen zu verabschieden." Er legte einen Arm um Shelleys Schultern.

Philip fühlte einen Stich der Eifersucht, als er die beiden so sah. Er hatte Mariska ganz still und heimlich schon letzte Nacht Auf Wiedersehen sagen müssen. Auch wenn er seine Liebe für sie am liebsten in die ganze Welt hinausgerufen hätte, musste sie ein Geheimnis bleiben, bis er sein Leben entwirrt und sich von Pamela befreit hatte. Er war seinen Plan im Kopf tausendmal durchgegangen. Erst die Einschreibung fürs Herbstsemester hinter sich bringen. Dann Pamela erklären, dass ihre Verlobung geplatzt war. Danach nach Avalon zurückkehren und Mariska einen Antrag machen. Alles ganz einfach, dachte er. *Aber nicht leicht.*

Er machte sich nichts vor. Die Dinge würden sich radikal für ihn ändern. Sicher, man erwartete, dass er Jura studierte, aber das war nicht das, was er wirklich tun wollte. Er wollte schreiben. Er hatte den Sommer über zwei Kurzgeschichten verfasst und überlegte ernsthaft, sie bei der *Yale Literary Review* einzureichen, der Literaturzeitschrift seiner Uni.

Er erhaschte einen Blick auf sein Spiegelbild in dem großen glasgerahmten Poster für den neuen Kinofilm *Der Stadtneurotiker.* Er trug ein gutes Hemd und seine Schulkrawatte, weil er heute Abend keine Zeit mehr hätte, sich umzuziehen, bevor er zu dem offiziellen Dinner musste, zu dem er eingeladen war. Als Kassenwart seiner Klasse durfte er das auf keinen Fall verpassen.

Er steckte seine Hände in die Hosentaschen und klimperte nervös mit seinem Kleingeld. Seine Finger berührten einen silbernen Manschettenknopf, und es tröstete ihn, zu wissen, dass Mariska den zweiten davon hatte. Unruhig tigerte er den Bahnsteig auf und ab und beugte sich über die Schienen, als wenn er dadurch den Zug dazu bewegen könnte, früher einzufahren. Er schaute auf seine Uhr und ging noch ein wenig mehr hin und her. Weitere Fahrgäste trafen ein, Urlauber, die nach dem Labor-Day-Wochenende zurück in die Stadt fuhren, Familien mit Kindern und Gepäck und rosafarbenen Flecken von Galmei-Salbe auf ihren Mückenstichen.

Inmitten der wachsenden Menge sah er eine schlanke Frau mit dunklen, glänzenden Haaren, die auf ihn zueilte. Sein Herz machte einen Satz. „Mariska?"

„Philip", sagte sie ein wenig außer Atem.

Sie sah blass aus, müde und trotzdem so unglaublich schön. Sofort schaute er sich wachsam um, ob irgendjemand sie beobachtete. Es war zu riskant. Er konnte sie nicht in seine Arme ziehen, sosehr er sich auch danach sehnte. Er behielt die Hände eng an die Hosennaht gedrückt und sagte: „Ich wusste gar nicht, dass du herkommen wolltest."

„Ich kann das nicht länger aufschieben", sagte sie. „Ich muss dir etwas sagen."

Ihr Gesichtsausdruck jagte ihm einen eisigen Schauer über das Herz. Er wusste es bereits. Bevor sie noch ein Wort sagte, wusste er es. „Mariska …"

„Setzen wir uns." Sie zeigte auf eine Bank am Ende des Bahnsteigs, direkt neben den Zeitungsautomaten. Die Schlagzeile der *New York Times* bezog sich auf die zweite Sonde im All, während der *Avalon Troubadour* das Ende der fünfundvierzigsten Saison für Camp Kioga verkündete.

„Was ist los?" Seine Brust fühlte sich komisch an, als ob er gerade einen Eiswürfel im Ganzen heruntergeschluckt hätte.

Sie setzte sich so, dass ihre Knie in seine Richtung zeigten. „Ich denke, es ist an der Zeit, dass wir beide den Tatsachen ins Auge sehen."

Der Eiszapfen in seinem Herzen strahlte einen kalten Schmerz aus. Obwohl der Bahnsteig von der Morgensonne erwärmt wurde, musste Philip ein Zittern unterdrücken. „Baby, wir haben den ganzen Sommer über der Tatsache ins Auge gesehen, und die heißt, dass wir uns ineinander verliebt haben."

Ihr Gesicht war eine ruhige Maske, das Gesicht einer Fremden. „Ich schätze, das haben wir. Wir hatten eine gute Zeit zusammen, Philip. Aber wir haben die Dinge zu weit gehen lassen."

„Das ist verrückt", sagte er.

Sie zuckte unter der Lautstärke seiner Stimme zusammen und schaute sich schnell um, als ob sie sichergehen wollte, dass niemand ihn gehört hatte. „Es ist nicht verrückt“, beharrte sie. Ihre Stimme war beinahe nur ein Flüstern. „Es ist verrückt, so zu tun, als ob das hier funktionieren könnte. Verrückt, vorzugeben, das mit uns könnte funktionieren.“

„Was willst du damit sagen? Natürlich wird es funktionieren. Wir haben einen Plan.“

„Es ist ein schlechter Plan, und es war dumm von mir, mich überhaupt damit einverstanden zu erklären. Wir gehören nicht zusammen, Philip. Das haben wir nie. Es fühlte sich nur den Sommer über so an.“

Ihre Worte trafen ihn wie Hammerschläge. „Ich glaube dir nicht.“ Er griff nach ihrer Hand, aber sie entzog sie ihm. „Irgendetwas ist passiert“, sagte er. „Gestern Nacht warst du … wir …“ Er fand keine Worte, um zu beschreiben, wie nah sie sich gewesen waren, ohne dass es billig klang.

„Letzte Nacht habe ich noch gelogen“, sagte sie und schaute ihm mit unglaublicher Ruhe direkt in die Augen. „Ich habe dich angelogen und mich auch.“

„Nein. *Jetzt* lügst du. Du hast Angst, weil ich gehe. Aber Baby, das musst du nicht. Ich habe dir ein Versprechen gegeben, und ich habe vor, es einzuhalten. Natürlich komme ich zu dir zurück.“

Ihr Blick wankte nicht ein einziges Mal. „Deshalb bitte ich dich, meine Wünsche zu respektieren und nicht wiederzukommen. Ich will nicht mehr deine Freundin sein, Philip. Ich hatte diesen Sommer viel Spaß mit dir, aber die Sache ist einfach zu weit gegangen.“

„Wir haben uns verliebt.“

„Das habe ich nur so gesagt. Das haben wir beide nur so gesagt.“ Sie klang viel älter, als sie wirklich war. „Aber wir hatten beide unrecht. Es war etwas, das niemals Bestand hatte, und jetzt ist es vorbei. Ich habe andere Pläne für mein Leben. Ich werde reisen, neue Orte und Menschen kennenlernen …“

„Natürlich wirst du das, Baby. Gemeinsam mit mir. Habe ich dir nicht gesagt, dass wir überall hingehen können, wohin du willst?“ Philip konnte die Verzweiflung in seiner eigenen Stimme hören. Er hasste diesen Klang, hasste es, sie anzubetteln, aber er wusste nicht, was er sonst hätte tun können.

„Du hörst mir nicht zu“, sagte Mariska. „Ich will die Welt nicht gemeinsam mit dir sehen. Du bist ein netter Junge, Philip, und dieser Sommer war toll, aber jetzt ist er um. Ich hätte den Mut haben sollen, es dir eher zu sagen. Der Sommer ist vorbei und mit ihm auch die Geschichte zwischen uns. Du musst in dein Leben zurückkehren, und ich muss mit meinem weitermachen.“

„Ohne dich habe ich kein Leben", sagte er, und seine Stimme klang angespannt vor unterdrückten Gefühlen.

„Nun wirst du aber dramatisch." Sie drückte ihre Handtasche gegen ihren Bauch. Ihre Daumen mit den heruntergekauten Fingernägeln spielten mit dem Griff, während sie weitersprach. „Du hast deine Schule und deine Freunde und jede Zukunft, die du dir wünschst. Und deine Verlobte, Pamela."

„Ich habe dir doch bereits gesagt, dass das mit Pamela und mir vorbei ist." Ihm war schlecht. „Ich weiß, was das hier soll. Du bist sauer, weil wir uns den ganzen Sommer über verstecken mussten."

„Ich bin nicht sauer. Du und ich, wir kommen aus zwei komplett unterschiedlichen Welten, und wir müssen aufhören, so zu tun, als wäre das egal." Sie stieß ein harsches, humorloses Lachen aus. „Kannst du dir unsere Familien zusammen vorstellen? Meine Leute sind polnische Immigranten, deine sind Bellamys, um Himmels willen."

„Guter Gott, Mariska. Wo kommen diese ganzen Gedanken her?" Dann traf ihn die Erkenntnis, und er schlug sich gegen die Stirn. „Das klingt alles so, als hättest du es auswendig gelernt. Nichts hiervon kommt wirklich von dir. Irgendjemand hat dir diesen Blödsinn eingeredet."

„Siehst du, dass meine Lippen sich bewegen? Hörst du meine Stimme? Ich spreche endlich aus, was schon lange hätte gesagt werden müssen. Das Einzige, worüber ich den ganzen Sommer über gelogen habe, waren wir. Ich hatte es geschafft, mich davon zu überzeugen, dass ich mit dir zusammen sein wollte, auch wenn ich tief in meinem Inneren wusste, dass wir nicht zusammenpassen. Das ist jetzt vorbei. Ich will mir nichts mehr vormachen."

Er kannte dieses Mädchen nicht mehr. Sie war eine Fremde.

Sie stand auf und hielt ihre Tasche wie ein Schutzschild vor sich. „Es tut mir leid, dir so wehzutun, aber ich verspreche, der Schmerz vergeht. Mach's gut, Philip."

„Geh nicht." Er konnte nicht anders. Er stand auf, packte ihren Arm und zog sie an sich. „Ich werde dich nicht gehen lassen. Nicht jetzt und überhaupt niemals."

„Genug." Sie machte eine schneidende Handbewegung. „Ich mache mit dir Schluss, okay? Das passiert in jeder Beziehung, außer in einer. In *der* einen."

„Das hier ist *die eine*." Seine Verzweiflung ließ ihn langsam wütend werden.

„Wir beide wissen es doch besser." Sie schaute ihn aus kalten, leeren Augen an. Diesen Ausdruck hatte er noch nie zuvor an ihr gesehen. „Ich will keine hässliche Szene, Philip, wirklich nicht. Aber wenn du mich nicht auf der Stelle loslässt, werde ich um Hilfe rufen."

Ihre Stimme klang hart wie Stahl. Langsam ließ er seine Hand sinken und trat einen Schritt zurück. „Ich komme zu dir zurück."

„Dann werde ich nicht mehr hier sein." Sie drehte sich auf dem Absatz um und ging mit kerzengeradem Rücken den Bahnsteig entlang in Richtung Ausgang.

Er rannte ihr nach, griff erneut nach ihrer Hand. „Komm schon, Mariska, wirf das nicht weg."

Sie blieb stehen, entriss ihm ihre Hand und schaute ihn aus zu Schlitzen verengten Augen an. „Weißt du, ich hatte gehofft, nicht gemein werden zu müssen, aber du gehst mir jetzt gewaltig auf die Nerven. Mit uns ist es vorbei, Punktum. Ich gehe jetzt, und wenn du versuchst, mir zu folgen, werde ich dich wegen Belästigung verklagen. Wenn du versuchst, Kontakt mit mir aufzunehmen, werde ich weder deine Anrufe entgegennehmen noch deine Briefe lesen. Nichts mehr, Philip. Das schwöre ich bei Gott." Mit einer knappen Drehung wandte sie ihm den Rücken zu und ging mit seltsam steifer Würde auf die Betonstufen zu, die vom Bahnhof nach draußen führten.

Er ging ihr ein paar Schritte hinterher, wie von einer unsichtbaren Macht gezogen. *Mit uns ist es vorbei, Punktum.* Ihre Worte klangen in seinem Kopf nach, und er blieb stehen. Er konnte nicht nach ihr rufen, weil seine Kehle mit Tränen des Schocks und der Verzweiflung verstopft war. Er fühlte, wie er immer tauber wurde, je kleiner ihre sich entfernende Gestalt wurde. Sie beeilte sich nicht, schaute aber auch nicht zurück, als sie die Treppen hinunterstieg und im Fußgängertunnel verschwand, der unter der Main Street entlangführte. Dann war sie aus seinem Sichtfeld verschwunden.

Das Kreischen des einfahrenden Zuges durchschnitt die Luft und ließ ihn zusammenzucken. Die Lok kam unter lautem Zischen und Knarzen der Bremsen zum Stehen. Mit ungelenken, mechanischen Bewegungen hob Philip seinen Seesack auf und wartete, dass die Türen sich öffneten. Am anderen Ende des Bahnsteigs küsste Matthew Alger seine Freundin. Leute hoben ihr Gepäck auf und drängten sich an den Bahnsteigrand. Philip zögerte, bereit zu fliehen. Er musste Mariska hinterherlaufen, ihr erklären, dass sie einen großen Fehler machte, sie überzeugen, dass sie zusammengehörten.

Ein hübsches Pärchen trat aus dem Bahnhofsgebäude und mischte sich unter die wartenden Fahrgäste.

Die Lightseys, wie Philip mit dumpfer Resignation erkannte. Was für ein lausiges Timing.

Gwen Lightsey sah ihn sofort. „Philip, wie schön", sagte sie. „Da bist du ja. Deine Mutter hat mir gesagt, dass du den heutigen Zug nehmen würdest."

„Hallo, Madam", sagte er mit einer leichten Neigung des Kopfes. Auch wenn er am Boden zerstört war, ließen ihn seine guten Manieren dennoch nicht im Stich, und er schüttelte Samuel Lightsey die Hand. „Wie geht es Ihnen, Sir?"

„Exzellent, Philip."

Das erneute Zischen der Bremsen machte jegliche Unterhaltung für einen Moment unmöglich. Philip wartete ab, bis Mrs Lightsey eingestiegen war, gefolgt von ihrem Ehemann und dem Gepäck.

„Leiste uns doch Gesellschaft, mein Lieber", rief Mrs Lightsey durch ein halb geöffnetes Abteilfenster. „Ich habe dir einen Platz frei gehalten. Da können wir uns auf der Fahrt schön unterhalten und sind in null Komma nichts in der Stadt."

Mariskas Worte hallten in seinen Ohren nach. *Es ist vorbei. Ich habe andere Pläne für mein Leben.*

Die Trillerpfeife des Schaffners riss ihn aus seinen Gedanken.

„Philip, steig doch ein, mein Sohn." Mr Lightsey sah ihn unter gerunzelten Brauen an. „Hast du etwas vergessen?"

Meine Leute sind polnische Immigranten, deine sind Bellamys, um Himmels willen.

Die Pfeife ertönte erneut. Er umklammerte den Haltegriff und zwang sich, einen Fuß vor den anderen zu setzen. Wie betäubt verstaute er dann sein Gepäck im Gepäcknetz und ließ sich schließlich gegenüber von den Lightseys auf seinen Sitz fallen.

Pamelas Eltern waren die letzten Menschen, die er im Moment sehen wollte. Um ehrlich zu sein, wollte er gerade niemanden sehen. Wie ein verwundetes Tier hätte er sich am liebsten alleine irgendwo in der Dunkelheit zusammengerollt und versucht, wieder gesund zu werden.

Er funktionierte auf Autopilot, und anscheinend gar nicht mal schlecht, denn den Lightseys schien nichts an ihm aufzufallen. Offensichtlich hatte es nicht unbedingt körperliche Auswirkungen, wenn einem das Herz herausgerissen wurde und die Zukunft in tausend Scherben zerbrochen zu Füßen lag.

Er hörte einen Fremden, der über Yale sprach und über seine Pläne und Hoffnungen für die Zukunft. Und dann bemerkte er, dass dieser Fremde er selber war.

Mrs Lightsey – „Nenn mich doch Gwen", hatte sie ihn aufgefordert – strahlte ihn an. Ihre schlanke, elegante Silhouette bewegte sich im Rhythmus des Zuges leicht hin und her. Ihr Schmuck war dezent und geschmackvoll. Eine schmale Golduhr. Ein einfacher Diamantring, eine Perlenkette. Mehr nicht. Pamela hatte ihm mal erzählt, dass ihre Mutter sich angesichts des Juwelenvermögens der Lightseys in Gold und Brillanten kleiden könnte, aber natürlich wäre das vulgär.

Nur weil man es konnte, bedeutete es nicht, dass man es auch tun sollte.

Er lehnte sich zurück und setzte ein freundliches Gesicht auf, während sie mit ihm sprachen.

„Wir könnten nicht glücklicher sein, wie die Dinge sich entwickelt haben“, erklärte sie.

„Ja, Ma'am.“ Er wusste nicht, was er sonst hätte sagen sollen.

„Pamela wird sich so freuen, dich zu sehen.“

Philip lächelte, denn ihm fiel nichts Besseres ein. „Ja, Ma'am“, sagte er erneut.

Ich schlief und träumte, das Leben wäre Licht,
dann wachte ich auf – und stellte fest, das Leben ist Pflicht.

Ellen Sturgis Hooper, amerikanischer Dichter

23. KAPITEL

Das war das letzte Mal, dass ich Mariska gesehen habe", schloss Olivias Vater mit müder, verzweifelter Stimme. „Sie ging an diesem Tag von mir fort, und ich habe sie nie wiedergesehen, habe nie wieder mit ihr gesprochen."

„Unglaublich." Olivia versuchte, sich ihren Vater vorzustellen, jung und verzweifelt, nachdem das Mädchen, das er liebte, ihn verlassen hatte. „Wenn du sie so sehr geliebt hast, wieso hast du nicht versucht, wieder Verbindung mit ihr aufzunehmen? Warum hast du nicht einfach den Zug an dem Tag ohne dich fahren lassen?"

Er rieb sich die Stirn, als wenn sie ihm wehtäte. „Schock, nehme ich an. Und irgendetwas an ihrer Art … sie hat mich überzeugt, dass sie mit mir fertig war. Natürlich habe ich sie immer wieder versucht anzurufen, nachdem ich wieder in der Schule war. Ich habe Briefe geschrieben, ein Telegramm geschickt, bin sogar an einem Wochenende mal mit dem Zug zurück nach Avalon gefahren. Irgendwann hat ihre Mutter mir dann gesagt, dass Mariska fort war und ich aufhören sollte, Kontakt mit ihr aufzunehmen."

„Also wusste Mariskas Mutter, was los war?"

„Vielleicht. Ich weiß es nicht. Ich schätze, ich werde niemals wissen, ob Mariska zu dem Zeitpunkt wusste, dass sie schwanger war oder ob sie wirklich fertig mit mir war." Er schüttelte den Kopf. „Ich hätte ihr die Sachen niemals glauben dürfen, die sie mir an dem Tag gesagt hat. Ich hätte nur die Dinge glauben dürfen, die sie *nicht* gesagt hat. Ihre Körpersprache, ihre Nervosität, die Art, wie sie alle ihre Fingernägel heruntergeknabbert hatte."

In Olivias Kopf drehte sich alles. Sie wusste, dass er ihr nur das Gröbste der Geschichte erzählte und viele Einzelheiten ausließ. Aber Tatsache war, dass er in Mariska Majesky verliebt gewesen war.

„Also hast du die Verlobung mit Mom nur aufrechterhalten, um dich abzusichern?"

„Nein, so war das nicht." Er starrte in den Himmel vor dem Fenster seiner Wohnung. „Ich bin nicht stolz darauf, wie ich mit der Situation umgegangen bin, und jung zu sein ist keine Ausrede dafür, sich dumm zu verhalten."

„Was hast du Mom erzählt, als du sie wiedergesehen hast?"

„Ich habe gesagt, dass wir die Verlobung lösen sollten. Dass ich nicht glaubte, noch mit vollem Herzen dabei zu sein."

„Du glaubtest es nicht mehr?", hakte Olivia nach. Jetzt war sie wütend. „Du hattest den ganzen Sommer über Zeit, darüber nachzudenken. Zu dem Zeitpunkt, als du mit meiner Mutter darüber gesprochen hast, hättest du es wissen müssen."

„Ich wusste es ja auch“, gab er zu.

Sie warf einen Blick auf das auf dem Tisch liegende Foto und zuckte zusammen. Was sie am meisten schmerzte, war nicht die Tatsache, dass er eine andere gehabt hatte, während er noch mit ihrer Mutter verlobt gewesen war. Was sie am meisten schmerzte, war zu sehen, wie glücklich er mit Mariska gewesen war. Olivia hatte ihn niemals so glücklich gesehen.

„Süße“, sagte er. „Sag mir, was du denkst.“

„Glaub mir, das möchtest du nicht wissen.“

„Überlass es mir, das zu entscheiden. Es gibt bereits zu viele Geheimnisse.“

„Fein“, sagte sie. „Wenn du es unbedingt wissen willst. Ich bin neidisch, wenn ich dieses Foto sehe. Ich wünschte, du hättest mit Mom so glücklich sein können.“

„Du liest zu viel in diesen Schnappschuss hinein“, sagte er. „Jeder sieht so aus, wenn er jung ist und das ganze Leben noch vor sich liegen hat.“ Er legte eine Hand auf ihre. „Ich habe es versucht, wir beide, deine Mutter und ich, haben es lange Zeit versucht.“

Sie entzog ihm ihre Hand. Trotz der Wärme des Sommertages waren seine Finger kalt. „Nachdem du Mutter erzählt hast, dass du die Verlobung lösen willst … was hat sie da getan? Dich gezwungen, sie trotzdem zu heiraten? Ich verstehe es nicht, Dad. Irgendetwas lässt du doch hier aus.“

Er schaute wieder aus dem Fenster. „Deine Mutter war nicht … einverstanden damit, die Verlobung zu lösen. Auf ihren Wunsch hin sind wir ans College zurückgekehrt und haben so getan, als wären wir immer noch ein Paar. Nur für ein paar Tage, hatte sie mir versichert. Aber dann veränderte sich etwas zwischen uns. Es wurde besser. Ich erinnerte mich wieder, warum ich überhaupt angefangen hatte, mit deiner Mutter auszugehen, warum ich ihr den Antrag gemacht hatte. Sie war – und ist es immer noch – wunderschön und intelligent und aufmerksam.“

„Nicht zu vergessen, sie stand bequemerweise zur Verfügung“, warf Olivia ein.

„Ich bin damals nicht gerne alleine gewesen“, gab ihr Vater zu.

„Ist aber immer noch besser, als mit der falschen Person zusammen zu sein.“

„Du bist klüger, als ich es war.“ Er sah sie direkt an. „Hör zu. Es tut mir leid, dass deine Verlobungen nicht funktioniert haben, es tut mir leid, dass dir wehgetan worden ist. Aber ich bin stolz auf dich. Stolz, dass du wusstest, wann du einen Schlussstrich ziehen musst. Und stolz, dass du den Mut hast, auf das Richtige zu warten, auf etwas, das tief genug ist, um ein Leben lang zu halten.“

Trotz ihrer Wut auf ihn konnte Olivia ihn auch ein wenig verstehen. An dem Tag, an dem sie und Rand sich getrennt hatten, hatte ihr Vater mit überraschender Einsicht zu ihr gesprochen. *Es gibt diese Art von Liebe, die die Kraft hat, dich zu retten, dir durchs Leben zu helfen. Sie ist wie das Atmen. Du musst es tun, ansonsten stirbst du. Und wenn sie vorbei ist, fängt deine Seele an zu bluten, Livvy. Es gibt keinen vergleichbaren Schmerz auf der Welt, das schwöre ich.*

Endlich wusste sie, woher diese Erkenntnis kam. Ihr Vater hatte es erlebt. Diese Worte waren nicht einfach ein paar Phrasen gewesen, sondern er hatte aus persönlicher Erfahrung gesprochen. Er hatte einst so geliebt. Nur war das Objekt dieser Liebe eine für sie Fremde gewesen. Mariska Majesky.

„Ich wollte deine Mutter glücklich machen“, sagte er. „Ich wollte mich ihrer würdig erweisen. Das wollte ich mehr als alles andere. Manchmal, wenn man etwas stark genug will, kann man es alleine durch pure Willenskraft geschehen lassen.“

„Meine Güte. Hattest du denn gar nichts gelernt?“, fragte sie frustriert. „Und Mutter auch nicht? Ihr habt im Dezember 1977 geheiratet. Warum die Eile? Ihr wart beide noch so jung, du hattest dein Jurastudium noch vor dir …“ Sie verstummte, als sie sah, wie sein Blick zur Decke ging. „Du musst es mir sagen, Daddy. Ich weiß bereits zu viel.“

Er zögerte einen langen, suchenden Moment lang. Mit einem Mal sah er so alt aus. Wann hatte ihr attraktiver, vitaler Lebemann-Vater sich in diesen müden, alten Mann verwandelt? Endlich atmete er tief ein. „Das ist auch die Geschichte deiner Mutter.“

„Und meine, verdammt noch mal“, gab Olivia erbost zurück. „Ich verdiene, es zu erfahren.“ Sie konnte sich nicht vorstellen, was er ihrer Mutter zuliebe vor ihr verbarg.

„Deine Mutter meinte, du solltest es nie erfahren.“

„Bring mich nicht dazu, sie anzurufen“, sagte Olivia. „Tu ihr das nicht an.“

Er hielt kurz inne. Dann fuhr er zögernd fort. „Da war … ein Baby.“

Die Worte trafen Olivia wie ein Schlag in die Magengrube. „Was?“

„Deine Mutter und ich wollten es noch einmal miteinander versuchen. Wir dachten, dass es dieses Mal klappen könnte. Sie war … nun ja, sie war schwanger, als wir heirateten. Niemand wusste, warum wir das Hochzeitsdatum vorverlegt hatten. Das Baby wäre eine Frühgeburt, wie man das damals nannte, aber wir freuten uns wahnsinnig darüber.“ Er presste seine Fingerspitzen aneinander und starrte in das entstandene Dreieck zwischen seinen Händen. „Ein paar Wochen nach der Hochzeit erlitt Pamela eine Fehlgeburt. Es war eine traurige, schwierige Zeit für uns.“

Das konnte Olivia sich vorstellen. Diese Ehe war ein unvollkommenes Gerüst auf sehr wackligem Boden gewesen – ein sich schuldig fühlender junger Mann mit gebrochenem Herzen, eine ambitionierte junge Frau, die entschlossen war, den „Richtigen" zu heiraten, wenn auch aus den falschen Gründen. Sie hatten sehr wahrscheinlich alle ihre Hoffnungen in das Baby gesteckt, und als das nicht mehr existierte, mussten sie versuchen, die Scherben ihrer bröckeligen Ehe irgendwie zusammenzuhalten.

„Weißt du, Dad, ich hab es nicht so mit Karma und Schicksal, aber ich muss sagen, die Fehlgeburt hätte man durchaus als Zeichen deuten können."

„Ein Zeichen für was? Dass wir gar nicht erst hätten heiraten sollen? Oder dass wir stärker daran arbeiten mussten, einander zu lieben?" Er stieß einen lang gezogenen Seufzer aus. „Du wolltest wissen, was passiert ist, und ich habe es dir erzählt. Ich wünschte, die Ehe wäre besser verlaufen, aber auf keinen Fall bereue ich sie, denn sie hat mir dich geschenkt."

Trotz ihres Ärgers und ihrer Frustration spürte Olivia einen kleinen Stich. Sie rief sich in Erinnerung, warum sie hier war. „Und dein Sommer mit Mariska hat dir Jenny gegeben."

Sein Gesicht wurde mit einem Schlag aschfahl vor Schock und Bedauern.

„Was willst du diesbezüglich unternehmen?"

„Nun, als Erstes bedanke ich mich bei dir dafür, dass du es mir erzählt hast."

„Warum sollte ich das nicht tun?"

„Du bist ein Einzelkind. Meine einzige Erbin. Die Tatsache, dass es vielleicht eine Schwester gibt, ändert diesen Status."

Sie lachte kurz auf. So viele widerstreitende Gefühle tobten in ihrem Innern – Verärgerung, dass ihre Eltern das alles vor ihr verheimlicht hatten. Neid, dass ihr Vater mit einer anderen Frau glücklicher gewesen war. Und ja, auch Angst, dass die Existenz einer Schwester ihre Welt erschüttern könnte. Aber nicht aus dem Grund, den ihr Vater annahm. „Glaub mir, mein Erbe ist das Letzte, woran ich denke. Und du hast meine Frage immer noch nicht beantwortet."

„Es gibt so viel, was ich tun muss", sagte er. „Ich muss ein paar Dinge überprüfen. Dann muss ich nach Avalon fahren, um mich mit ihr zu treffen und die Bestätigung zu erhalten, dass ich ihr biologischer Vater bin. Ich muss herausfinden, ob sie überhaupt etwas über mich weiß. Und ich muss Mariska finden. Was, wenn Jenny von einem Mann aufgezogen wurde, von dem sie glaubt, er sei ihr Vater?"

„Nach allem, was ich bisher in Erfahrung bringen konnte, ist sie bei ihren Großeltern aufgewachsen."

„Vielleicht, aber sie könnte trotzdem glauben, dass jemand anders ihr Vater ist. Was würde das in der Familie anrichten, wenn ich einfach auftauche und sie für mich beanspruche? Ich will das Richtige tun, aber ich will nicht mehr Leute verletzen, als ich es bereits getan habe."

Olivia nickte. „Warum hab ich nur das Gefühl, jetzt einen Drink gebrauchen zu können?"

Er stand auf und ging zur Bar. „Weil es irgendwo auf der Welt jetzt gerade fünf Uhr ist."

24. KAPITEL

„Mein Dad wird uns deswegen die Hölle heißmachen", murmelte Daisy Julian zu. Die beiden hatten den Vormittag damit verbracht, eine Fuhre Kies nach der nächsten auf dem Hauptweg zu verteilen, der von den Hütten zum Dock führte. Wenn die Gäste für die Feier auftauchten, würden sie einen brandneuen Kiesweg vorfinden. Sie fragte sich, ob irgendjemand es schätzen würde, dass Julian mindestens ein Dutzend Schubkarren voll Kies gefüllt und an Ort und Stelle geschoben hatte, während sie die Steine mit der Harke verteilt hatte. Sie hatten schnell gearbeitet, weil sie vor dem Mittagessen fertig sein wollten.

„Vielleicht wird er dich überraschen", schlug Julian vor und warf seine Arbeitshandschuhe und die Schaufel in die Schubkarre. Dann trank er einen großen Schluck aus der Wasserflasche.

Sein T-Shirt war schweißgetränkt, und seine Cargohosen hingen tief auf den Hüften. Er hatte Gott weiß was für Zeug in den Hosentaschen. Jungskram. Wenn Jungen von harter Arbeit schmutzig wurden, sahen sie sogar richtig gut aus. Mädchen eher nicht, dachte Daisy. Sie war verschwitzt und unleidlich. „Gott", sagte sie. „Ich bin siebzehn. Ich kann es gar nicht erwarten, bald nicht mehr wegen jeder Kleinigkeit nach seiner Erlaubnis zu fragen." Sie erhaschte einen Blick auf Julians Gesicht, als er sich die Kappe wieder aufsetzte. Oh Mann. „Es tut mir leid, Julian." Sie wusste nicht, was sie sonst hätte sagen sollen.

„Was tut dir leid?" Seine Augen verengten sich zu misstrauischen Schlitzen. Er hatte schöne, olivfarbene Augen, die einen tollen Kontrast zu seiner milchkaffeefarbenen Haut bildeten.

„Dass ich mich bei dir über meinen Vater beschwere. Olivia hat mir erzählt, was deinem Vater zugestoßen ist, und … Gott, es tut mir wirklich leid."

Er nickte. Seine Miene war unlesbar. „Mach dir keine Sorgen. Wenn mein alter Herr noch da wäre, würde ich mich auch über ihn beschweren."

Sie zog sich ihre Arbeitshandschuhe aus und warf sie ebenfalls in die Schubkarre. „Wir sind zu gut, um wahr zu sein, weißt du das?"

Er lachte. „Ich kann ehrlich sagen, dass das noch nie jemand über mich gesagt hat. Nicht mal ansatzweise."

„Dann hat dich noch nie jemand so gesehen wie ich." Sie wischte sich die Hände an der Jeans ab. Sie hatte das Bedürfnis, ihn zu berühren, seine Hand zu nehmen oder so, aber sie tat es nicht. Sie und Julian hatten eine angenehme Beziehung – sie waren einfach nur Freunde, ohne die ungelenken Versuche, was miteinander anzufangen. Das wollte sie sich nicht versauen. „Wenn du mal mit jemandem darüber – oder auch über was anderes – reden willst … ich bin eine gute Zuhörerin."

„Das stimmt", sagte er. „Das bist du wirklich."

„Warum höre ich da diesen überraschten Unterton in deiner Stimme?"

Er lachte wieder. „Na, sieh dich doch mal an."

Sie wusste, was er damit meinte. Die meisten Menschen sahen nur ihre blonden Haare, die großen Brüste, kurz, ein Mädchen, das gerne feierte. Nur wenige machten sich die Mühe, tiefer zu gehen. Sie legte die Kiesharke und die restlichen Gartengeräte in die Schubkarre, die Julian dann den Weg hinauf in Richtung Schuppen schob. Der Kies knirschte angenehm unter ihren Füßen.

„Bist du sicher, dass du das tun willst?", fragte sie ihn, während sie die Geräte an ihren Platz räumten.

„Wieso nicht? Ich kann genauso gut direkt herausfinden, was es damit auf sich hat."

Sie betrachtete ihn einen Moment, sein Gesicht, das auf Riesenpostern Werbung für coole Männerklamotten machen sollte; die schlaksige, aber durchtrainierte Figur; seine erstaunlichen Haare. Der ganze Kerl war erstaunlich, Punktum. Unter anderen Umständen hätte sie sich vielleicht erlaubt, sich Hals über Kopf in ihn zu verknallen, aber nicht jetzt. Nicht, wenn ihre Familie kurz davor stand, zu explodieren. Im Moment schaffte sie es ja gerade einmal, sich selber zu mögen, da blieb für einen Jungen nichts mehr übrig. „Okay", sagte sie. „Dann lass uns meinen Vater fragen."

Sie fanden ihn und Max eifrig in dem kleinen Gartenstück hinter den beiden größten Hütten buddeln und Blumen pflanzen. „Dad", rief Daisy. „Hey, Dad. Mr Davis nimmt uns mit nach Kingston, um … was zum Teufel macht ihr beiden da?"

Greg richtete sich auf, nahm seine Baseballkappe ab und wischte sich den Schweiß von der Stirn. Er deutete auf die frisch umgegrabene Erde. „Wir legen einen Erinnerungsgarten an."

Sie sah erst ihn an, dann Max. Ihr Bruder gab sein Bestes, um seinen Vater nachzuahmen. Er nahm seine Kappe ab, wischte sich über die Stirn. „Erinnerung an was?", fragte sie.

„Bullwinkle", erwiderte Max. „Und Yogi. Und alle ihre Freunde."

„Die Trophäenköpfe", erklärte ihr Dad.

Um Daisys Mundwinkel zuckte es. „Ihr habt die Trophäen vergraben, die in der Haupthalle hingen?"

„Jupp. Und wir pflanzen Photinia und Salbei zu ihrer Erinnerung", ergänzte Max.

„Die Köpfe haben ihn gegruselt“, sagte Greg.

„Mich auch“, gab Julian zu und klatschte mit Max ab.

„Sie haben jeden gegruselt.“ Daisy hatte die toten Glasaugen nie leiden können, die gebleckten Zähne, das mottenzerfressene Fell. „Keiner will auf einen Elchkopf oder eine ausgestopfte Wildkatze gucken. Aber wir haben ungefähr fünf Mülltonnen hier“, fuhr sie fort. „Ihr hättet sie einfach wegwerfen können.“

„Wir haben ihnen ein würdiges Begräbnis gegeben. Um ihnen unseren Respekt zu zeigen“, erklärte ihr Dad.

Das war typisch für ihren Dad. Er schaffte es immer wieder, sie zu überraschen. Sie hatte diesen Sommer mehr Zeit mit ihm verbracht als in den letzten Jahren zusammengenommen, aber trotzdem hatte sie ihn immer noch nicht ganz durchschaut. „Okay“, sagte sie langsam. „Also ist es okay, wenn wir nach Kingston fahren?“

„Was gibt's denn in Kingston?“, wollte ihr Dad wissen.

Immer diese Fragerei. Sie war es so leid. „Dad …“

„Sir“, sprang Julian ein. „Mr Davis – Connors Vater – hat uns angeboten, uns mitzunehmen, weil es in Kingston ein Rekrutierungsbüro der Air Force gibt. Ich wollte mich nach den Aufnahmebedingungen erkundigen, um so doch noch aufs College gehen zu können.“

Daisy hätte beinahe laut aufgelacht, als sie sah, wie ihrem Vater der Mund aufklappte. Er war so an ihre drückebergerischen Freunde gewöhnt, dass er sich nicht sicher war, was er von einem Jungen halten sollte, der Eigeninitiative bewies.

„Nun“, sagte ihr Dad. „Tja, das ist lobenswert, nehme ich an.“

„Das habe ich Daisy zu verdanken“, sagte Julian. „Ich habe nicht einen Gedanken daran verschwendet, aufs College zu gehen, aber vielleicht ist das wirklich eine Möglichkeit, wie es funktionieren könnte.“

„Gut gemacht, Daze“, sagte ihr Dad. „Wie steht es eigentlich mit deinen eigenen Collegeplänen?“

Sie funkelte ihn böse an. „Ich wusste, dass die Frage kommt.“

„Und?“

„Und, falls du es vergessen haben solltest, du schickst mich auf eine Schule, die die Bestätigung eines College zur Voraussetzung für den Erhalt eines Abschlusses macht.“

„Wirklich?“

„Na ja, beinahe.“

„Gut. Dann werde ich mich vielleicht nicht ganz so doll über die Studiengebühren beklagen.“

Als Connor später am Nachmittag kam, um Olivia abzuholen, sah er sie und ihren Vater schon in der Lobby des Gebäudes auf ihn warten. Aus der Entfernung sahen sie aus wie die typischen eleganten Bewohner der Upper East Side, erfolgreich und selbstbeherrscht, sich ihres Platzes in der Welt sicher. Doch als er hinging, um sich vorzustellen, sah Connor, dass die Reichen doch nicht anders waren. Wie jeder andere auch machten sie Fehler, taten einander weh und hatten Geheimnisse.

Philip war groß und schlank, trug teuer aussehende Schuhe und hatte seine Haare sorgfältig frisiert. Als Olivia sie einander vorstellte, blitzte kurz eine Erinnerung in Connor auf. Er hatte Mr Bellamy ein- oder zweimal auf dem Elterntag im Camp gesehen, als Lolly und er noch Kinder gewesen waren.

„Danke, dass Sie Olivia in die Stadt gefahren haben“, sagte Philip.

„Kein Problem“, erwiderte Connor. Er fühlte sich unbehaglich. Was zum Teufel sagte man zu einem Mann, der gerade erfahren hatte, dass er eine erwachsene Tochter hatte? Herzlichen Glückwunsch?

Bellamy sprach das Thema von sich aus auch nicht an. „Olivia hat mir gesagt, dass Sie die Renovierungsarbeiten im Camp durchführen. Ich weiß, dass meine Eltern darüber sehr erfreut sein werden.“

„Das hoffe ich.“

„Wir sollten dann mal los“, schaltete Olivia sich ein. „Dann kommen wir vielleicht nicht mehr in den ganz schlimmen Berufsverkehr.“ Sie stellte sich auf die Zehenspitzen und gab ihrem Vater einen Kuss auf die Wange. „Wir telefonieren, ja?“

„Sicher, Sweetheart. Danke, dass du vorbeigekommen bist.“ Er machte eine kleine Pause. „Ich hab dich lieb.“

„Ich dich auch, Dad.“

Connor hielt ihr die Wagentür auf und ging dann auf die Fahrerseite. Alleine sie hier in dieser Welt mit ihren Portiers und Lieferanteneingängen zu sehen, erinnerte ihn an die Unterschiedlichkeit ihrer beider Leben. Sie war die Frau geworden, zu der sie bestimmt gewesen war. Privilegiert und zielstrebig. Er fragte sich, warum sie nicht glücklicher darüber war. Okay, das Treffen mit ihrem Vater war sicherlich anstrengend gewesen, aber so schlimm war es nun auch wieder nicht, herauszufinden, dass die eigenen Eltern eine Vergangenheit hatten. Menschen taten alle naselang dumme Sachen, und ihre Liebsten mussten dann mit den Folgen zurechtkommen. Gott wusste, er war der lebende Beweis dafür.

Er wartete, bis sie die Grenze nach Jersey überfahren hatten und der Verkehr auf der nach Norden führenden Straße weniger wurde. Dann fing er an zu bohren. „Sprich mit mir.“

Sie starrte geradeaus. „Nicht jetzt."

„Du solltest mit mir reden." Er wusste aus eigener Erfahrung, dass das Verbergen von Dingen und das Hüten von Geheimnissen niemals gut endeten.

„Wenn es dir egal ist …"

„Okay, neues Thema." Er lenkte den Wagen mit einer Hand. „Verabschieden du und dein Dad euch immer so?"

„Wie?"

„Indem ihr euch sagt, dass ihr euch lieb habt. Oder war das nur heute so?"

„Nein, das ist immer so. Wieso fragst du?"

„Nur so. Ich finde das … schön. In meiner Familie reden die Leute nicht so miteinander."

„Du sagst Menschen nicht, dass du sie liebst?"

Er lachte. „Honey, das ist in meiner Familie noch nie vorgekommen."

„Dass ihr euch gerne habt oder dass ihr es einander sagt?"

Nun war er es, der stur geradeaus starrte und sich auf die Straße konzentrierte. „Ich habe es nie gesagt", gestand er.

„Du hast nie ‚Ich liebe dich' gesagt?", fragte sie.

Mist, dachte er. *Ich hätte das Thema gar nicht erst anschneiden sollen.*

„Ist es, weil du nie jemanden geliebt hast oder weil du einfach die Worte nie sagen wolltest."

„Beides, denke ich."

„Das ist traurig."

„Es fühlt sich aber nicht traurig an, sondern ganz normal."

„Normal, seine Familie nicht zu lieben?"

„So wie du das sagst, klingt es, als wäre ich ein Soziopath." Und wie waren sie jetzt überhaupt bei *seiner* Familie gelandet?

„Das wollte ich nicht. Außerdem denke ich, dass du Unsinn redest. Für jemanden, der behauptet, seine Familie nicht zu lieben, tust du verdammt viele liebenswerte Dinge."

Er lachte erneut. „Ja, klar." Und damit verfielen sie beide wieder in tiefes Schweigen. Connor fand einen Radiosender, der ihm gefiel, und drehte die Lautstärke auf. „500 Miles" von den Proclaimers schallte durch das Auto. Connor hätte sich treten können, dass er das Thema so hatte aus dem Ruder laufen lassen. Er redete mit niemandem so, wie er mit Olivia Bellamy reden konnte. Das schien heute noch genauso wahr zu sein wie früher.

Das Schweigen hielt ein Dutzend Meilen lang an, und endlich schien Olivia bereit, über das zu sprechen, was heute passiert war. Sie drehte sich ein wenig auf dem Sitz, zog ein glattes, nacktes Bein an und stützte ihren Ellbogen gegen die Rückenlehne. „Okay, mein Dad hatte eine schäbige Affäre, während er mit meiner Mutter verlobt war, und hat dabei ein Kind gezeugt, von dem er bis heute nichts wusste. Anstatt die Verlobung mit meiner Mutter zu lösen, hat er auch sie geschwängert und musste sie dann doch heiraten. Kurz darauf hat sie eine Fehlgeburt erlitten. Ich habe davon eben erst erfahren, also entschuldige bitte, wenn ich nicht übersprudel vor Freude, dir die Neuigkeiten mitzuteilen."

Connor ermahnte sich, sich nicht von dem nackten Bein ablenken zu lassen, denn er war ein paarmal gefährlich nah dran gewesen, den Wagen von der Straße zu lenken. Er zwang sich, sich auf das zu konzentrieren, was sie sagte, und dabei weder Verurteilung noch Überraschung zu zeigen. Er hatte immer gedacht, nur Leute wie seine Mutter trafen schreckliche Entscheidungen in ihrem Leben, weil es ihnen an Erziehung und Gelegenheit mangelte. Aber Philip Bellamy war der lebende Beweis, dass Dummheit alle Schranken von Reichtum, Bildung und Stand überwinden konnte. Wenn es um Herzensangelegenheiten ging, konnte selbst ein Genie wie Louis Gastineaux es vermasseln.

„Das tut mir leid", sagte er. Nichts davon war ihr Fehler, und dennoch war sie diejenige, die verletzt worden war. „Ich möchte, dass du weißt, dass es mich interessiert, und wenn es irgendetwas gibt, womit ich dir helfen kann, bin ich ganz Ohr."

„Du hast mich heute in die Stadt gefahren, obwohl ich genauso gut den Zug hätte nehmen können. Das ist doch schon eine ganze Menge."

„Das habe ich gerne gemacht."

„Ich hoffe nur, dass ich das Richtige getan habe. Ich meine, Mariska hat nicht ein Mal versucht, Kontakt zu meinem Vater aufzunehmen. Hat ihm gegenüber nie ein Wort über Jenny verloren. Vielleicht hatte sie dafür einen guten Grund."

„Du hast getan, was du getan hast. Jetzt ist der Ball auf dem Spielfeld deines Vaters. Alles, was jetzt noch kommt, ist sein Problem, nicht deines", stellte Connor beinahe philosophisch fest. Er bog von der Hauptstraße ab. „Entscheidung des Vorstands. Wir legen einen Halt in Phoenicia ein." Die kleine Stadt mit ihren von Antiquitätenläden und Cafés gesäumten Bürgersteigen war ein wahrer Magnet für Touristen und Sammler.

„Ich weiß, du versuchst, mich abzulenken, damit es mir besser geht", sagte Olivia.

„Dann verklag mich doch." Er stellte den Wagen ab und stieg aus, um ihr die Tür aufzuhalten.

„Danke, aber dein Plan wird nicht funktionieren."

„Wird er schon, wenn du ihn lässt."

Sie schnappte sich ihre Tasche und lächelte ihn mit offensichtlicher Anstrengung an. „Was ist der wahre Grund für unseren Halt hier?"

„Du hast gesagt, dass der Speisesaal so kahl aussieht und du neue Stühle für den Empfangsbereich brauchst." Er legte eine Hand auf ihren unteren Rücken und führte sie zu dem Kunsthandwerk- und Antiquitätenladen, der in einer alten roten Scheune steckte, an deren äußerer Wand man immer noch eine alte Reklame für Mail Pouch Tobacco erkennen konnte.

„Ich habe nicht gesagt, dass ich sie sofort brauche, aber ..." Sie brach ab und schaute sich in der Scheune um, in der Kunsthandwerker und Sammler sich die offenen Boxen teilten. „Das ist ja unglaublich", sagte sie und nahm eine Sammlung alter Lampen unter die Lupe. „Das ist genau das, was ich brauche. Da, jetzt habe ich es gesagt. Ich bin so oberflächlich, einfach schrecklich. Gerade erst habe ich erfahren, dass mein Vater eine weitere Tochter hat, doch die Aussicht, eine schöne gusseiserne Lampe zu kaufen, lässt mich alles andere vergessen."

„Hör auf, so hart mit dir zu sein. Das ist für niemanden gut, schon gar nicht für dich. Dein Dad hat seinen Anteil an Fehlern in der Vergangenheit gemacht, aber er ist trotzdem noch dein Dad. Er hat gesagt, dass er nächste Woche herkommen will. So lange nur dazusitzen und die Hände zu wringen, hilft keinem weiter."

Sie atmete tief ein, als ob sie sich gegen etwas Schmerzhaftes wappnen wollte. „Ich kann es dann also genauso gut genießen."

Sie fanden alles, was sie suchte, von alten Spinnrädern bis zu schlichten Gartenzwergen. Es gab eine ganze Box, die nur für geborgene Architekturschätze reserviert war. Eine gusseiserne Wendeltreppe führte auf einen offenen Dachboden, in dem eine Reihe alter Catskill-Reiseposter ausgestellt war.

Schnell kaufte Olivia ein paar davon, doch das war erst der Anfang. Endlich erhaschte Connor einen Blick auf Olivia Bellamy in ihrem Element. Sie stellte sich den Verkäufern vor. Sie war bestimmt und traf schnelle Entscheidungen. In bemerkenswert kurzer Zeit hatte sie einige Schätze zusammengetragen: die Poster für den Speisesaal, Lampen und Fassungen, einen antiken Tisch aus geschälter Pinie für den Empfangsbereich. Sie bestellte Verandamöbel aus geflochtener Weide inklusive eines Hängebetts für die Hütte, die sie für ihre Großeltern vorbereitete. Sie fand sogar ein großes, ledergebundenes Hotelreservierungsbuch mit nur wenigen Einträgen auf der ersten Seite. Der letzte davon stammte aus dem Jahr 1929. Das würde sie als Gästebuch benutzen. Die Verkäuferin packte alles zusammen und versprach, es anliefern zu lassen.

„Du bist sexy, wenn du so bist", sagte Connor.

„Es geht doch nichts über eine kleine Shopping-Therapie, wenn man gerade das geheime Leben seines Vaters enthüllt hat." Sie versuchte, locker zu klingen, aber er erkannte ihre Verletzlichkeit in dem beinahe kaum wahrnehmbaren Zittern ihrer Unterlippe. Manchmal, dachte er, ist es leicht, zu vergessen, dass sie so viel Herzschmerz erlitten hat; aber ich kann sie immer noch so sehen, wie kein anderer es je gekonnt hat.

„Es ist passiert", sagte er und wünschte, er könnte ihr den Schmerz nehmen. „Aber du und deine Familie, ihr werdet es überleben."

„Warum versuchst du, mich aufzumuntern?"

„Weil die Sachen, die du heute herausgefunden hast, schwer für dich sind und man sie nicht ungeschehen machen kann. Und weil ich dich mag."

„Du magst mich", wiederholte sie.

„Das habe ich gerade gesagt."

„Wie?"

„Was?"

„Auf welche Weise magst du mich? Als Mensch, der dir leidtut, weil er gerade schlechte Neuigkeiten erfahren hat? Als jemand, mit dem du den Sommer über zusammenarbeitest? Als eine Exfreundin, für die du noch Gefühle hast?"

„Nah dran. Als eine Exfreundin, für die ich neue Gefühle entwickelt habe." Da. Er hatte es gesagt. Vermutlich war es nicht der beste Zeitpunkt dafür, aber er wollte das Konzept wenigstens mal in den Raum gestellt haben.

„*Gefühle.* Das ist ein ganz schön dehnbarer Begriff." In ihrer Stimme schwang offensichtliches Misstrauen mit.

„Deshalb mögen Männer das Wort so gerne. Es lässt sich auf viele schöne Arten interpretieren und fehlinterpretieren."

„Ich verstehe. Also wenn du dann später mein Herz gebrochen hast, werde ich sagen: ‚Aber ich dachte, du hättest gesagt, dass du mich liebst', und du würdest sagen: ‚Nein, ich habe gesagt, dass ich *Gefühle* für dich habe.' Und dann streiten wir uns eine Weile darüber, was du gesagt und was du gemeint hast."

„Du gehst davon aus, dass ich dir das Herz brechen werde."

„Und du, dass du es nicht tust."

„Nette Einstellung, Lolly." Er dachte an ihre drei geplatzten Verlobungen. Volles Vertrauen in Männer konnte man bei ihr wohl nicht mehr erwarten.

„Du hast nicht gesagt, was du mit Gefühlen meinst, und mir soll das nicht auffallen? Aber rate mal – mir ist es aufgefallen!"

Connor unterdrückte einen Fluch und fuhr sich mit den Fingern durch die Haare. „Wenn ich sage, dass ich Gefühle für dich habe“, erklärte er mit übertriebener Geduld, „dann meine ich damit genau das, was du denkst, was ich meine.“

Sie schaute sich schnell in der Scheune um, und er wusste, dass sie schaute, ob wohl jemand zugehört hatte. Und tatsächlich, zwei Frauen, die sich gerade Obstschalen angeschaut hatten, steckten ihre Köpfe zusammen und flüsterten miteinander. Drei weitere Frauen standen ein bisschen weiter entfernt an einem Tisch mit antiker Tischwäsche. Ein älterer Mann eilte davon, als hätte er Angst, als Zeuge befragt zu werden.

Olivia wurde ganz rot. „Wir sprechen später darüber.“

Connor war es egal, wer zuhörte. „Wir sprechen jetzt darüber“, sagte er. „Es geht um meine Gefühle, also darf ich auch entscheiden, wann wir über sie reden.“

„Vielleicht können wir die Unterhaltung im Auto …“

„Vielleicht können wir sie aber auch gleich hier führen.“ Er merkte, wie er langsam ärgerlich wurde. Das hatte sie schon einmal zerstört, ihr Beharren, dass die Meinung anderer Leute wichtig war. „Es ist ganz einfach. Wenn ich sage, dass ich Gefühle für dich habe, meine ich damit, dass ich die ganze Zeit über an dich denke. Ich frage mich, wie es wohl wäre, dich wieder in meinen Armen zu halten. Ich fange an zu denken, dass jeder traurige Beziehungssong im Radio von uns handelt. Nur der Hauch deines Parfüms macht mich heiß, und ich kann nicht aufhören, daran zu denken, mit dir …“

„Stopp“, zischte sie. „Ich kann nicht glauben, dass du so in der Öffentlichkeit sprichst. Du musst sofort damit aufhören.“

„Um Himmels willen“, murmelte eine der anderen Einkäuferinnen. „Hör bloß nicht auf.“

Connor versuchte, nicht zu grinsen. Er hatte gerade richtig Spaß.

Ganz im Gegensatz zu Olivia. Ihr Gesicht wurde noch roter. „Was muss ich tun, damit du den Mund hältst?“, fragte sie.

Er breitete seine Arme aus. „Gib meinem Mund etwas anderes zu tun.“

Sie überraschte ihn – und vermutlich auch sich selber – damit, dass sie sein Gesicht in ihre Hände nahm und ihn direkt auf den Mund küsste. Sie schmeckte wie der Himmel, aber viel zu schnell zog sie sich wieder zurück. Er schlang einen Arm um sie und hielt sie fest, übernahm die Kontrolle über den Kuss, vertiefte ihn, bis er ihren Widerstand schmelzen und sich schließlich ganz auflösen spürte. Er hätte den ganzen Tag in der dämmrig beleuchteten Scheune stehen und sie küssen können, aber nach einer Weile unterbrach sie den Kuss und starrte ihm in die Augen. Sie schien vergessen zu haben, wo sie waren und was die Leute denken mochten.

„Wie auch immer“, fuhr er mit der Unterhaltung fort, als hätte es keine Unterbrechung gegeben. „Ich schätze, jetzt hast du deine Antwort.“

„Welche Antwort?“

„Na, das war so ziemlich das, was ich meinte, als ich sagte, dass ich Gefühle für dich habe.“

25. KAPITEL

In Olivias Kopf drehte sich alles, als sie Connor aus der Antiquitätenscheune folgte. Sie konnte nicht glauben, dass sie so etwas in der Öffentlichkeit getan hatte. Dass sie ihn sich einfach geschnappt und geküsst hatte. So etwas tat sie nicht, über so etwas dachte sie noch nicht einmal nach – bis vor wenigen Minuten.

Als sie in Richtung Avalon fuhren, blieb sie still, auch wenn sie seine viel zu laute Ansprache in ihrem Kopf wieder und wieder abspulte. Sie hatte sich nicht getraut, etwas zu sagen, aber sie wusste, dass sie auch Gefühle für ihn hatte. Noch konnte sie jedoch nicht sagen, was das für Gefühle waren – außer purer Lust.

„Ich habe Hunger“, brach Connor das Schweigen. „Lass uns irgendwo zu Abend essen.“

„Wir sollten wirklich zum Camp zurückfahren“, wand sie ein.

„Nein, wir gehen was essen“, entschied er.

„Okay.“ Wenn er irgendwo noch auf einen Burger anhalten wollte, war ihr das auch recht. Sie spürte, dass jeglicher Widerstand sowieso zwecklos war. Und sie musste zugeben, dass es guttat, mal nachzugeben. Sie, die Königin der Kontrollfreaks, ergab sich Connor Davis. Ein gutes Gefühl, die Kontrolle abzugeben. Denn das befreite sie gleichzeitig auch von jeglicher Verantwortung.

Er hielt vor einem Restaurant namens *Apple Tree Inn*. Es war ein umgebautes historisches Farmhaus, das mitten in einer Apfelwiese stand. Auf einer Seite wurde das Grundstück von der Straße, auf der anderen vom Fluss begrenzt. Ein kleines rotes Leuchtschild im Fenster sagte, dass es hier warmes Essen und allabendlichen Tanz gab. Drinnen war der Gastraum mit gemütlichen Stühlen und von Kerzen erhellten Tischen eingerichtet, von denen man einen zauberhaften Blick auf die Apfelbäume und den Fluss hatte. Das dunkle Holz des Fußbodens glühte warm im Licht der gelblichen Lampen. Die Kellnerin führte sie zu einem Ecktisch am Fenster, der in die Farben der untergehenden Sonne getaucht war.

Okay, dachte Olivia, er hat wohl etwas mehr im Sinn als einen Burger und Pommes frites. Sie warf ihm einen misstrauischen Blick zu. Das hier war ein Restaurant, wo man mit seiner Verabredung hinging. Hatten sie etwa ein Date?

„Genießen Sie den Abend, Mr Davis“, sagte die Kellnerin, als Connor Olivia den Stuhl zurechtrückte.

„Sie hat dich gerade Mr Davis genannt.“

Ein Restaurant, in dem sie Connors Namen kannten. „Hast du hier auch mit umgebaut? Kennen sie dich daher?“ In dem Moment, wo die

Worte ihren Mund verlassen hatten, wusste sie, dass sie es schon wieder getan hatte. „Oh, Gott“, sagte sie. „Ich meinte nicht … Ich wollte damit nicht sagen …“

„Dass du dir nicht vorstellen kannst, dass ich Gast an einem solchen Ort bin?“, schlug er vor.

Ja. Das war genau das, was sie gemeint hatte, und er wusste es. Zum Glück schien er nicht beleidigt zu sein. Ganz im Gegenteil, er schenkte ihr ein Lächeln, das ihr Herz zum Rasen brachte.

Der Sommelier kam an ihren Tisch. „Möchten Sie zum Essen einen Wein trinken?“, fragte er.

„Auf jeden Fall“, antwortete Connor. „Hast du einen Wunsch?“, wandte er sich an Olivia.

„Weißwein, bitte“, sagte sie automatisch.

„Dann bitte eine Flasche Hamilton Russell Chardonnay.“

Olivia war überrascht. Die meisten der Männer, mit denen sie sich getroffen hatte, bezeichneten sich zwar als Weinkenner, waren es aber nicht, was sie dadurch verbargen, dass sie die teuersten Flaschen von der Karte bestellten. Connor hingegen hatte einen wirklich guten Tropfen aus Südafrika bestellt. Vielleicht war das nur ein Zufall, vielleicht aber auch nicht. Vielleicht wusste er, was er tat. Jedes Mal, wenn sie sich umdrehte, hatte dieser Mann eine weitere Überraschung für sie parat.

Das Essen war liebevoll auf weißen Porzellantellern angerichtet und einfach perfekt. Sie hatten gegrillte Forellenfilets mit Gemüse der Saison, und als Nachtisch gab es Heidelbeeren. Während sie aßen, senkte sich die Dämmerung über die Landschaft, und der Mond ging auf. Ein Trio fing an, mit Schlagzeug, Klavier und Klarinette Musik zu machen. Olivia überließ sich der Leichtigkeit der leisen Klänge und genoss den letzten Schluck Wein.

„Danke“, sagte sie leise.

„Gern geschehen“, erwiderte Connor.

„Ich bin nicht sicher, was ich heute ohne dich gemacht hätte.“

„Du bist jahrelang ganz gut ohne mich zurechtgekommen.“ Er hielt ihr seine Hand mit nach oben gedrehter Handfläche hin. „Tanz mit mir.“

Diese drei kleinen Worte sollten nicht die Macht haben, ihr Herz Purzelbäume schlagen zu lassen. Doch genau das taten sie.

Anstatt auf ihre Antwort zu warten, nahm Connor ihre Hand, zog Olivia auf die Füße und geleitete sie zur Tanzfläche. „Mache ich dich nervös?“

„Sehe ich so aus?“

„Ja.“

„Das kommt nur so … unerwartet."

„Was ist unerwartet?"

„Dass wir uns zueinander hingezogen fühlen. Dass dieses Projekt sich zu … mehr als nur einem Job entwickelt. Das hatte ich nicht erwartet. Du etwa?"

„Oh ja." Er schien überrascht, dass sie es infrage stellte. „Also fängst du langsam an, dich wieder ein wenig von mir angezogen zu fühlen, ja?"

Sie schluckte gegen die plötzliche Trockenheit in ihrer Kehle an und sagte: „Ich fange nicht langsam an, so zu fühlen." Sie schluckte erneut, bevor sie fortfuhr. „Ich fühle schon lange Zeit so."

Die Pärchen aller Altersklassen um sie herum tanzten auf die altmodische Pärchenart. Olivia hatte jedoch schon lange den Blick für alles andere außer Connor verloren. Unter ihrer linken Hand konnte sie die Muskeln seines Arms fühlen. Der sanfte Druck seiner Hand auf ihrem Rücken war wie eine Versuchung. Er führte sie weich und selbstbewusst. Er summte sogar ein wenig mit und wagte einige riskante Drehungen und Schritte. Seine Stimme war immer noch schön, hatte immer noch den angenehmen Klang, den sie als Kind gehabt hatte, damals, in ihrem ersten gemeinsamen Sommer.

Es war verlockend, hierzubleiben und die ganze Nacht mit ihm zu tanzen, aber als das Lied zu Ende war, sagte sie trotzdem: „Wir sollten uns langsam auf den Weg machen."

„Warum? Hast du einen Zeitrahmen vorgegeben bekommen?"

„Schlimmer. Ich habe eine Cousine. Die neugierigste Cousine der Welt. Und ich teile mir eine Hütte mit ihr."

„Mach dir keine Sorgen", beruhigte Connor sie. „Sie hat heute Abend eine Verabredung mit Freddy."

„Woher weißt du das?"

„Ich habe ihnen von dem Jerry-Lewis-Filmfestival im Autokino von Coxsackie erzählt. Kostenloser Wackeldackel und alles inklusive."

Er brachte sie zum Lachen. Sie konnte sich nicht erinnern, wann sie das letzte Mal ein Mann auf einer Verabredung zum Lachen gebracht hatte. Sie erinnerte sich allerdings daran, wie sexy sie das fand.

Sie tanzten noch ein weiteres Lied lang, und dann sagte Connor: „Okay, Cinderella, lass uns fahren."

Entgegen aller Erwartungen fühlte sie sich nach dem Wein, dem Tanzen und dem Lachen schon viel entspannter und hoffnungsfroher. „Okay." Sie legte den Kopf in den Nacken, um ihn anzusehen. „Lass uns fahren."

Sie zahlten und gingen zum Auto. Olivia schnallte sich an, nahm einen tiefen Atemzug, schloss die Augen und lehnte sich im Sitz zurück.

„Alles in Ordnung bei dir?", fragte Connor.

„Alles perfekt", erwiderte sie sanft. Sie lächelte und überraschte sich selber, weil es ein echtes Lächeln war. Sie versuchte herauszufinden, was sie fühlte. Geborgenheit. Das war es. Sie war mit einem Mann zusammen, der sie zum Lachen brachte und sie sich geborgen fühlen ließ. Was für eine seltene Kombination.

Dann öffnete sie ihre Augen und warf ihm aus dem Augenwinkel einen Blick zu. Auf der Landstraße gab es kaum Lichter, sodass sein Gesicht nur vom Licht des Armaturenbretts erhellt wurde. Auf der nächtlichen Straße gab es viel Wildverkehr. Hirsche, Waschbären, Opossums und Dachse tauchten am Wegesrand auf und wanderten oft genug einfach quer über die Straße. „Vorsichtig", sagte sie.

„Ich bin immer vorsichtig."

Sie erreichten das Ortsschild von Avalon. Der Bahnhof und der Marktplatz wurden von Flutlichtern kunstvoll erhellt. Die Bed & Breakfasts lockten warm und einladend, in ihren Fenstern leuchteten Lampen und kleine „Zimmer frei"-Schilder.

„Hier werden die Bürgersteige aber früh hochgeklappt", sagte Olivia.

„Sieht so aus."

„Mir macht das nichts. An den meisten Wochentagen gehe ich sowieso früh ins Bett." Rand hatte sie deswegen immer aufgezogen. Er blieb gerne lange auf, zog von einem Club zum nächsten, genoss das tiefe Dröhnen der Bässe, traf gerne Leute, die er kannte, und verstrickte sich mit ihnen bei überteuerten Getränken, die von bildhübschen Kellnerinnen serviert wurden, in sinnlose Unterhaltungen. Am nächsten Tag hatte er sich meist nicht mehr daran erinnern können, wen er am Vorabend getroffen hatte. Und er wusste auch nicht mehr, was während der langen, ernsthaften Diskussionen besprochen worden war.

Sie fuhren an der Sky River Bakery vorbei. Das über der Tür hängende Schild wurde von einem kleinen Spot beleuchtet. Durch das Schaufenster konnte Olivia die Umrisse der Vitrinen und der Kaffeemaschine erkennen. Das Licht der Alarmanlage blinkte in stetigem Rhythmus in der Dunkelheit des Ladens.

„Eine Alarmanlage in einer Bäckerei", sagte sie. „Das verstehe ich nicht. Vor allem weil sie nur ein paar Türen von Palmquist Jewelry entfernt sind. Wenn ich ein Einbrecher wäre, würde ich mich für den Schmuck entscheiden und nicht für die Brötchen."

„Du hast offensichtlich noch nie einen Ahornriegel von den Majeskys gegessen."

„Sind die so gut?"

Er schaute sie kurz an. „Wie ein kleiner Orgasmus."

Oh, dachte sie. Er flirtete. Erst hatten sie ein Date, und nun flirteten sie miteinander.

Die Lichter des Ortes blieben hinter ihnen zurück, als sie die Straße in die Berge hinauffuhren. Sie kamen an verstreut liegenden Farmhäusern vorbei, deren Fenster in der Dunkelheit leuchteten. Nach einem längeren dunklen Abschnitt kamen sie an den Abzweig zu Connors Wohnwagen, der lediglich durch die reflektierende Nummer auf dem am Wegesrand stehenden Briefkasten zu erkennen war. „Home, sweet home“, murmelte er.

„Vermisst du dein Zuhause?“, fragte Olivia.

„Nein. Ich mag es, im Camp zu wohnen. Wie steht's mit dir? Vermisst du deine Wohnung in der Stadt?“

„Ich dachte, das würde ich, aber dem ist nicht so“, gab sie zu. „Kein bisschen.“ Sie versuchte, den Grund dafür herauszufinden. War es, weil sie wusste, dass der Sommer nur so dahinraste und sie bald wieder daheim wäre? Oder weil sie etwas Besseres gefunden hatte?

Sie ließen die Abzweigung hinter sich.

„Ich war noch nie in deinem Wohnwagen“, bemerkte sie. *Gott, Olivia. Kannst du noch plumper sein?*

„Würdest du ihn gerne mal sehen?“

„Ich hab noch nie einen Airstream von innen gesehen.“

„Dann bleibt mir keine Wahl.“ Er hielt mitten auf der Straße an und legte den Rückwärtsgang ein. „Das ist eine Frage der Ehre.“

Sie war froh, dass die Dunkelheit ihr Lächeln verbarg.

Er setzte zurück und bog dann auf den Schotterweg ein. Ihr Puls raste, auch wenn sie sich einredete, dass sie einfach nur neugierig war, wie er so wohnte. Connor stellte das Auto ab und machte den Motor aus. Was sie sehr bezeichnend fand.

Bevor sie die Tür öffnen konnte, war er schon um den Wagen herumgelaufen und reichte ihr die Hand. Seine Berührung fühlte sich so gut an. Stark und fest. Dazu kam die leichte Wärme, die der Wein immer noch in ihr verursachte. Sie fühlte sich so wohl bei diesem Mann, als wenn in seiner Gegenwart nichts Schlimmes passieren könnte.

Er öffnete die Tür des Wohnwagens und knipste das Licht an. Olivia trat ein und sah, dass alles aufgeräumt und ordentlich war. Es gab eine Essecke im Diner-Stil, Regale im Küchenbereich, einen Gasherd mit zwei Flammen und einen kleinen Kühlschrank. Die Sitzecke hatte eine durchgehende Bank mit einem Tisch davor. Ein Fernseher und eine Stereoanlage standen auf einem weiteren Regal. Dann gab es einen engen Flur mit mehr Regalen, der, wie sie annahm, zum Schlafzimmer führte.

Olivia war fasziniert, wie spartanisch und dennoch komfortabel alles wirkte. Sie merkte, dass er sie beobachtete, und lächelte. „Ich habe dich gerade analysiert, basierend auf der Art, wie du alles eingerichtet hast."

„Ja?" Er drehte sich um und holte etwas aus dem Kühlschrank. „Und, was bin ich? Ein Serienmörder? Ein Transvestit?"

„Weder noch", sagte sie. „Ich habe Psychologie studiert, ich muss es wissen."

„Also was dann?"

„Anfangs dachte ich, obsessiv-kompulsiv, aber das ist es nicht. Exmilitär?"

Er sagte nichts.

Das war es also nicht. Sie fragte sich, ob er aufgrund seiner chaotischen Kindheit so sehr auf Ordnung bedacht war. Aus Selbstschutz war er vielleicht als Kind mit seinen Sachen genauso vorsichtig umgegangen wie mit seinen Gefühlen. Connor hatte nie viel über sein Leben erzählt, und in letzter Zeit verspürte sie mehr als nur Neugierde, was ihn betraf. Sie wollte ihn kennenlernen, so einfach war das. Nicht als Kind oder als Jugendliebe, sondern als Erwachsenen. „Kommt es daher, weil du so viel umgezogen bist? Vielleicht hast du einen Hang zu übersteigerter Ordnung entwickelt, damit du immer weißt, wo alles ist?"

„Darüber habe ich noch nie nachgedacht. Wenn alles da ist, wo es sein soll, muss man nicht denken."

Sie vermutete, dass mehr dahintersteckte. Vielleicht war es seine Art, mit dem chaotischen Leben seiner Mutter zurechtzukommen. Mit der emotionalen Achterbahn, die sie aus ihrem Leben gemacht hatte, ihrem Hunger nach Aufmerksamkeit und der Missachtung ihrer Söhne. „Das ist keine sonderlich vielsagende Antwort", sagte sie.

„Genauso wenig wie deine Aussage, dass du Psychologie studiert hast. Das ist doch der ganze Sinn und Zweck von Verabredungen, Lolly. Dass man einander kennenlernt."

„Warte mal. Verabredungen? Wer sagt, dass wir uns verabreden?"

„Für mich fühlt es sich so an", sagte er. „Abendessen, tanzen, ein Schlummertrunk bei mir zu Hause." Er nahm zwei schmale, hochstielige Gläser aus dem Regal. „Für mich ergibt das ein Date."

„Wir haben allerdings den Teil mit dem vorher fragen, sich hübsch machen und nervös werden ausgelassen."

„Wer braucht das auch schon?" Er öffnete eine Flasche Muskateller, schenkte ihn ein und reichte ihr ein Glas.

Sie trank einen Schluck und betrachtete die gerahmten Fotos, die auf einem schmalen Regal über dem eingebauten Tisch aufgereiht waren. Auf einem hatte Connor den Arm um die Schultern seines Vaters gelegt. Sie standen nebeneinander vor einer Steinwand, hinter der man

Gärten und rechteckige Backsteingebäude sehen konnte. Terry Davis sah sehr dünn und hager aus, mit blasser Haut und dunklen Ringen unter den Augen. Connor sah herzerweichend jung aus, wie der Junge, den sie vor so vielen Jahren gekannt hatte.

„Wo ist das gemacht worden?"

„In einer Entzugsklinik. Der letzten, die er besucht hat."

„Ich freue mich wirklich für dich und deinen Dad", sagte sie. „Du musst echt stolz auf ihn sein."

„Ja, das bin ich." Einen Moment sah es aus, als wollte er noch mehr sagen, doch dann schien er seine Meinung zu ändern.

Olivia verbot sich, tiefer zu graben. Sie wusste, dass er schrecklich darunter gelitten hatte, mit einem Vater aufzuwachsen, der Alkoholiker war. Nicht jetzt, sagte sie sich. Connor nannte das hier eine Verabredung. Alte Wunden aufzubrechen würde den schönen Abend nur verderben. Sie dachte daran, wie unterschiedlich ihre Leben verlaufen waren, wie scharf sich ihre Wege getrennt hatten. Sie hatte den Riss zwischen ihnen immer auf die Art geschoben, wie er sie in ihrem letzten Sommer behandelt hatte, aber das war nicht richtig. Ihre Richtungen hatten sich geändert. Sie war in die marmornen Hallen und baumbeschatteten Innenhöfe der Columbia University eingetreten, während er sich verpflichtet gefühlt hatte, sich um den Mann zu kümmern, der sich eigentlich um ihn hätte kümmern müssen.

„Schmeckt dir der Wein?", fragte er.

Sie nippte noch einmal an dem leicht sprudelnden Wein. „Er ist sehr lecker." Ihr Blick fiel auf das Foto einer Frau, die sie noch nie gesehen hatte. Ihr Gesicht war irgendwie faszinierend. „Deine Mutter?", fragte sie.

„Ja."

„Du hattest recht, sie sieht wirklich aus wie Sharon Stone."

Connor sagte nichts. Olivia betrachtete das Bild genauer. Die Frau war nicht nur schön, sie wirkte auch rätselhaft. Der Ausdruck in ihren Augen war schwer zu deuten. Olivia wollte mehr über sie wissen, über Connors zerbrochene Familie, aber sie wusste nicht, wie sie danach fragen sollte. Außerdem hatte sie Angst, wieder was Falsches zu sagen. Angsthase, schalt sie sich. Dann zeigte sie auf eine schmale Papierrolle, die in einem Regal lag. Vielleicht war das ein sichereres Thema. „Sind das Baupläne?"

Er zögerte erst, dann nickte er. „Du kannst sie dir gerne anschauen, wenn du magst."

Neugierig entrollte sie das Papier und beschwerte es an den Ecken mit den Salz- und Pfefferstreuern und einem Serviettenspender. „Ah, Pläne für ein Haus."

„Ich werde diesen Herbst anfangen", sagte er, „und nächsten Herbst fertig sein."

Endlich verstand sie. Der Wohnwagen war nur eine Übergangslösung. Er würde dieses Haus genau hier, auf diesem Grundstück, erbauen. Anhand der Zeichnungen konnte sie sich das fertige Gebäude bildlich vorstellen. Auf dem Hügel stehend, mit einer umlaufenden Veranda, von der aus man freien Blick auf den Fluss hatte. Die Konstruktion aus Steinen und Holz hatte einen ganz leicht altmodischen Touch, der perfekt mit der Landschaft harmonierte. „Das sieht toll aus", sagte sie und studierte die Zeichnungen der Küche, des Wohnzimmers und des Kamins.

„Danke."

„Was ist das hier?" Sie zeigte auf eine Zeichnung.

„Ich denke, ich würde es als Wintergarten bezeichnen. Das hier sind die Bücherregale."

Sie erkannte sogar die Umrisse eines kleinen Stutzflügels. „Du bist immer noch musikalisch", sagte sie.

„Du nicht?"

„Nicht so sehr, wie ich gerne möchte." Sie wollte erklären, dass ihr kleines Apartment nicht genug Platz für ein Klavier bot, aber das war es nicht alleine. Ihre Tage waren so angefüllt, dass sie keine Zeit hatte, Klavier zu spielen, auch wenn sie es immer noch sehr liebte. Aus irgendeinem Grund weckte der Anblick dieses Hauses, das er für sich selber bauen wollte, ein Gefühl der … Sehnsucht? Vielleicht auch der Erkenntnis. Sich einen Ort zu bauen, an dem man sein Leben verbringen wollte, war etwas, was sie nachvollziehen konnte. Sie wandte ihre Aufmerksamkeit wieder dem Grundriss zu. „Vier Schlafzimmer?"

„Man kann nie wissen", sagte er.

Sie biss sich auf die Unterlippe und hielt sich so davon ab, das zu fragen, was ihr auf der Zunge lag. *Warum gibt es in deinem Leben niemanden, mit dem du diesen Traum teilen kannst?* Es gab eine ganze Reihe von Dingen, die sie an Connors Bauplan verwunderten. Aber was sie am meisten überraschte, ihr sogar ein wenig Angst machte, war, dass diese Pläne alles beinhalteten, was sie sich für sich wünschte. Okay, vielleicht waren ihre Träume nicht sonderlich einzigartig, aber trotzdem, es war merkwürdig aufregend, dass er unwissentlich ihr Traumhaus entworfen hatte.

„Du hast einen talentierten Architekten", sagte sie.

„Nein, habe ich nicht. Die Pläne sind von mir."

Sie sahen genauso detailliert und ordentlich gezeichnet aus wie von einem studierten Architekten, der ein besonderes Händchen für Design hatte.

Er lachte. „Schau nicht so schockiert drein, Lolly. Im Ort gibt es ein Ingenieurbüro, das mich ihr Programm benutzen lässt. Ist es so unglaublich, dass ich mir diese Fähigkeit selber beigebracht habe?"

Sie hatte es schon wieder getan. Sie hatte diesen Mann komplett unterschätzt. Sie hatte dem oberflächlichen Erscheinungsbild erlaubt, ihr zu diktieren, was sie dachte. Er war in armen Verhältnissen aufgewachsen, das Produkt eines zerstörten Zuhauses, der Sohn eines Trinkers und einer schwierigen Mutter. Sie hatte sich nicht erlaubt, darüber hinauszuschauen. Jetzt erst fiel ihr auf, dass noch so viel mehr in ihm steckte. Das Leben hatte ihm nicht viele Atempausen gegönnt, dennoch hatte er das Beste daraus gemacht mit seinen Aktienfonds, einer gut laufenden Firma und diesem gottgegebenen Talent, das die meisten Architekten nach Jahren des Studierens nicht erreichten. Sie schämte sich. Nach allem, was sie von ihm wusste, hatte sie in ihm immer noch nur den Biker gesehen, der in einem Wohnwagen lebte.

„Nun", sagte sie. „Ich bin fasziniert."

„Gut", erwiderte er. „Zieh deine Klamotten aus."

„Was?" Das Blut schoss ihr in die Wangen.

Er lachte. „War nur ein Versuch."

„Was für ein Versuch?"

„Zu sehen, ob fasziniert zu sein reicht."

„Das ist nicht witzig."

„Aber du bist immer noch fasziniert."

„Vielleicht."

„Gut", sagte er. „Das ist wenigstens ein Anfang."

„Ein Anfang wofür."

„Hierfür." Mit diesen Worten zog er sie in seine Arme und küsste sie.

Sie stand sofort in Flammen. Sobald sie seinen Mund auf ihren Lippen spürte, war es, als hätte man ein Streichholz an trockene Zweige gehalten. Sie hörte beinahe das Aufflackern der Flammen, die durch ihren Körper schossen. Er schmeckte nach Wein, und sie öffnete ihre Lippen und bat ihn stumm, den Kuss zu vertiefen. Seine Hände umfassten ihre Schultern, glitten dann an ihren Armen hinunter und trafen sich auf ihrem Rücken. Sie klammerte sich mit einem körperlichen Verlangen an ihn, das sie noch nie gefühlt hatte. Was war es an diesem Mann, das sie sich so verzweifelt nach seiner Berührung sehnen ließ? Das hier, dachte sie, halb verängstigt, halb erstaunt, das hier ist das, was bei viel zu vielen meiner Dates und allen meinen Verlobungen gefehlt hat. Dieses Gefühl, dass ein Mann die ganze Welt auslöschen könnte. Sein Kuss, die Berührung seiner Hände, entführte sie an einen anderen Ort, an den Platz ihrer Träume.

Er drängte sie vorsichtig durch den schmalen Flur, ohne den Kuss zu unterbrechen. Das Zimmer war dunkel, durch die leicht geöffneten Fenster strömte der Duft von Pinien hinein. Sie ließ sich rückwärts auf das Bett fallen und zog ihn in ihren Armen mit sich.

„Verdammt", flüsterte er. „Du bist so unglaublich sexy, Lolly."

Oh, sie wollte ihn, sie wollte so sexy sein, wie er sie fand. Ihr wurde bewusst, dass sie bei ihm nicht mehr Olivia, die dreimalige Verliererin, Olivia, die in der Liebe Pech hatte, war. In ihr brannte ein Feuer, das seinen Ursprung tief in ihrem Innern hatte. Sie spürte seine Hand auf ihrem nackten Bein, warm und suchend, und spürte zu ihrer Überraschung, dass sie kurz davor war, sich zu verlieren. Und er hatte noch nicht einmal … es bräuchte nicht mehr als … Sie fing an, sich zu bewegen, sich gegen die zärtliche, forschende Hand zu drängen und sich zu wünschen, er würde sich beeilen.

„Connor", hauchte sie seinen Namen. „Bitte …"

Er zog sich zurück, stand auf und schaltete eine kleine Wandleuchte an. „Ja", sagte er mit Bedauern in der Stimme. „Es tut mir leid."

Oh Gott, er hatte sie missverstanden. Doch sie konnte keinen Muskel rühren. Sie war immer noch in seinem Bann, paralysiert von ihrem Verlangen. Sie sah bestimmt aus wie ein Flittchen, wie sie so dalag mit hochgeschobenem Rock. „Es tut dir leid?", flüsterte sie.

„Ich habe mich mitreißen lassen", sagte er. „Ich habe irgendwie vergessen …" Er schüttelte den Kopf und schenkte ihr ein schuldbewusstes Grinsen. Dann nahm er ihre Hand und half Olivia, aufzustehen. „Das ist nicht richtig. Ich will dich nicht überrumpeln. Es tut mir leid", wiederholte er.

Ihre Knie schmolzen, das spürte sie ganz eindeutig. Sie ließ sich gegen ihn sinken, immer noch ganz benommen von seinen Küssen. Es tut ihm leid? *Leid?* Sie war diejenige, die sich hatte mitreißen lassen, und sie hätte am liebsten frustriert aufgeschrien.

Ihr Kopf, den er mit einer Hand umfangen hielt, lehnte an seiner Brust. Sein Herz raste. Sie wünschte, er würde sie noch ein wenig weiter küssen, denn der Effekt der ersten Küsse ließ langsam nach, und sie wollte sich wieder komplett unter seinen Bann begeben.

Gerade als sie versuchte, herauszufinden, wie sie es ihm sagen sollte, ließ er sie los und drehte sich von ihr fort. Warte, wollte sie sagen. *Das Bett ist hier, und ich bin hier, und* – guter Gott. Stattdessen saß sie da wie benebelt und überlegte, was genau falsch gelaufen war, warum er sie von sich geschoben hatte. Vielleicht, dachte sie, vielleicht hat Connor, während wir uns küssten, vergessen, wen er da in den Armen hielt. Vielleicht hatte er vergessen, dass sie Lolly Bellamy war, das Mädchen, über das alle lachten. Das Mädchen, das er selber zu einem Witz gemacht hatte. Vielleicht war da etwas an der Art, wie sie schmeckte oder sich bewegte oder wie ihr Atem sich an seiner Haut anfühlte, das ihn an die Vergangenheit erinnert und abgeschreckt hatte. Und ein Teil von ihr – ein großer Teil – steckte ja auch immer noch in der Vergangenheit, an einem Ort, von dem sie sich nie fortbewegt hatte.

„Hey“, flüsterte sie. „Ich bekomme ziemlich widerstreitende Signale von dir.“

„Ja, tut mir leid, Olivia. Das wird nicht wieder vorkommen.“

Sie wollte ihn fragen, warum er seine Meinung geändert hatte, warum er von null auf sechzig und wieder zurück auf null gefahren war, und das alles innerhalb einer Minute. Dann gestand sie sich ein, dass sie es nicht wirklich wissen wollte. Dank ihrer drei geplatzten Verlobungen hatte sie alles schon gehört. Du bist ein nettes Mädchen, Olivia, aber … sie fanden immer wieder kreative Wege, die Pause nach dem „aber“ zu füllen. Denn wenn es darum ging, Ausreden zu finden, waren Männer immer am kreativsten.

26. KAPITEL

Die Hitzewelle im August traf Camp Kioga wie eine Feuerwand. Daisy, Max und ihr Vater waren über die letzten Wochen im Angeln zwar nicht besser geworden, aber wenn sie im Kanu auf dem See waren, bot die leichte Brise wenigstens eine kleine Erleichterung. Im Paddeln hatten sie sich verbessert, und als es nach ein paar Stunden Zeit war, die Leinen einzuholen und zurückzurudern, glitten sie schnell und geschmeidig über das Wasser zum Dock zurück. Max vertäute das Kanu professionell an einer Klampe, und sie stiegen nacheinander aus, während ihr Dad das Kanu stabil hielt. Daisys Schultern schmerzten vom Paddeln und davon, die Leine so oft ausgeworfen zu haben.

Angeln war eine der sinnlosesten Beschäftigungen der Menschheit, beschied sie. Warum man es als Sport bezeichnete, war ihr vollkommen schleierhaft.

Frustriert und verschwitzt schnappte sie sich ihre Wasserflasche. „Ich gehe jetzt schwimmen, Dad. Willst du …“ Ihre Stimme brach ab, als sie den Ausdruck auf dem Gesicht ihres Vaters sah. Auch ohne sich umzudrehen, wusste sie, was sie am Ende des Docks sehen würde.

„Mom!“, rief Max aus und rannte so schnell er konnte in die Arme seiner wartenden Mutter.

Daisy warf ihrem Vater einen panischen Blick zu.

„Ist schon okay“, sagte er. „Geh und sag deiner Mutter Hallo.“

Daisy näherte sich ihrer Mutter langsam, wobei sie versuchte, die plötzlich aufwallenden Tränen zu unterdrücken. Max klammerte sich an sie wie eine Klette und hatte sein Gesicht an ihrer Taille vergraben. Ihre Mutter wirkte hier im Wald so vollkommen fehl am Platz. Sie trug eine lange Hose und ein perfekt gebügeltes weißes Hemd, das sich nicht einmal in dieser Hitze traute, zu knittern. Ihr Haar war streng zurückgekämmt und das Make-up mit Präzision aufgetragen. Die Manager-Camperin.

Aber ihre Mutter hatte auch Tränen in den Augen, und Daisy wusste, was passieren würde.

„Du bist gekommen, Mommy“, sagte Max, der die Warnsignale nicht wahrnahm. „Ist es hier nicht schön? Komm, ich zeige dir alles. Wir alle haben hier gearbeitet …“

„Ich möchte gerne alles sehen, Max“, sagte seine Mutter. „Aber lass mich erst Daisy begrüßen.“

Sie umarmten einander. Die Umarmung fühlte sich für Daisy unbehaglich an, und das hasste sie. Als sie klein war, hatte sie sich in die Arme ihrer Mutter fallen lassen können und sich geliebt und beschützt gefühlt. Das war heute anders. Alles war anders. Sogar die Frisur ihrer

Mutter. Ihre Haare waren ziemlich kurz. Anfang des Jahres hatte sie sich die Haare abschneiden lassen und sie an die Organisation „Locks of Love“ gegeben, um eine Freundin zu unterstützen, die gegen den Brustkrebs kämpfte. Wie konnte sie nur so eine gute Freundin und so eine unglückliche Ehefrau sein?

„Hey, Baby.“ Ihre Mutter lehnte sich ein wenig zurück, um sie besser betrachten zu können. „Ich habe dich so vermisst.“

„Ich dich auch.“ Daisy löste sich aus der Umarmung. Das stimmte nicht ganz. Sie hatte das vermisst, was ihre Familie einst gewesen war. Mit einem Blick auf die vertrauten Gesichter versuchte sie, sich daran zu erinnern, wie sie einst miteinander gelacht hatten, wie sicher und glücklich es sich angefühlt hatte, mit allen unter einem Dach zu wohnen. Wo war diese Familie abgeblieben? Vielleicht war sie in irgendeiner anderen Dimension gefangen und hatte stattdessen diese Menschen an ihrer Stelle zurückgelassen. Diese Leute mit ihren Falten auf der Stirn und den zitternden Lippen und den Augen, die in Tränen schwammen, die sie niemals frei laufen lassen würden.

Dad sah zu gleichen Teilen defensiv und verängstigt aus. Nur wenige Augenblicke zuvor hatten sie gelacht und sich im Kanu gegenseitig mit Wasser bespritzt, und er hatte ihnen lustige Camplieder beigebracht. Jetzt sagte er zur Begrüßung lediglich: „Sophie“, und seine Stimme klang wachsam.

„Komm, Mom, ich zeig dir alles.“ Max schien entschlossen, gute Laune zu verbreiten und so zu tun, als wäre alles normal. Er nahm ihre Hand und spielte den Touristenführer. Er führte sie im ganzen Camp herum und zeigte ihr alle Projekte, die sie in den letzten Wochen fertiggestellt hatten, um das Camp für Nanas und Granddads große Feier vorzubereiten.

Die Stimmung beim etwas später stattfindenden Abendessen war etwas angestrengt, auch wenn alle so taten, als freuten sie sich über Sophies Besuch. Dare servierte Wassermelone und kalten Aufschnitt, aber Daisy pickte nur in ihrem Essen herum. Nach dem Essen spielten sie und ihr Bruder Karten und Pingpong im Gemeinschaftsraum, aber irgendwie war Daisy nicht sonderlich nach Spielen zumute. Max ebenfalls nicht. Sie sah, wie er in der Tür zum Speisesaal stand und auf die Veranda hinausschaute, auf der ihre Eltern sich in leisem, angestrengtem Ton unterhielten. Ihre Mutter hatte die Arme vor dem Bauch verschränkt, als hätte sie Bauchweh. Dad ließ seinen Kopf wie geschlagen hängen.

Daisy ging zu Max hinüber und legte ihm eine Hand auf die Schulter. Er schaute zu ihr auf, seine Augen groß und ängstlich geweitet. Ach, Max, dachte sie und wünschte, sie könnte ihm seine Angst nehmen. Doch sie wusste, dass das nicht ging.

„Alles wird gut", sagte sie und drückte seine Schulter. Das war vermutlich eine Lüge, aber ihr fiel nichts anderes ein, was sie sagen könnte. Sie richtete sich auf, räusperte sich und öffnete die Tür auf die Terrasse. „Komm."

Ihre Eltern versuchten zu lächeln, als Daisy und Max sich zu ihnen gesellten, aber es funktionierte nicht, und alle vier wussten es. Sophie legte die Arme um ihre Kinder und zog sie an sich. „Es tut mir so leid", sagte sie. „Es tut mir so unglaublich leid. Ich liebe euch beide so wahnsinnig, aber ich kann das nicht länger." Sie trat einen Schritt zurück und schaute von Daisy zu Max und zurück. „Euer Vater und ich haben lange darüber gesprochen", sagte sie. „Wir müssen in unserer Familie etwas verändern."

Später am gleichen Abend machten Daisys Eltern sich Kaffee und setzten sich in der Eingangshalle zusammen. Sie gingen Papiere durch, die ihre Mutter in einem dicken Umschlag mitgebracht hatte. Nicht nur, dass ihre Mutter ihren Dad fallen ließ, nein, sie würde auch noch die Hälfte des Jahres in Übersee leben, in Den Haag, um internationales Recht zu praktizieren.

„Es ist das, wofür ich mein ganzes Leben gearbeitet habe", erklärte Sophie. „Ich kann mir diese Gelegenheit nicht entgehen lassen."

Sicher kannst du das, wollte Daisy sagen. *Frauen mit Familien lassen andauernd irgendwelche Gelegenheiten verstreichen. Oder sie warten, bis ihre Kinder sie nicht mehr brauchen.* Sie biss sich auf die Innenseite ihrer Wange, um nichts zu sagen. Es gab bereits genug Bitterkeit in dieser Familie.

Max fragte, wo Den Haag war. Daisy nahm ihn mit in die Bücherei des Camps und zeigte es ihm in einem Atlas. Dann brachte sie Max in ihre Hütte. Ihr Bruder sprach kaum ein Wort, während er sich fürs Bett fertig machte. Das war eines der guten Dinge am Camp: Er beschwerte sich nie darüber, ins Bett zu müssen, und heute Abend war da keine Ausnahme. Daisy legte sich neben ihm auf die Matratze und schaltete die Leselampe ein. „Was liest du gerade?"

„*Die Schatzinsel*", sagte er mit ganz kleiner Stimme. „Dad liest es mir vor."

„Cool." Sie öffnete das Buch auf der markierten Seite und begann zu lesen. Trotz der Hitze kuschelte Max sich enger an sie, als sie ihm von dem gestrandeten Ben Gunn vorlas, und zu dem Zeitpunkt, als Jim Hawkins dem Schatz immer näher kam, war Daisys kleiner Bruder tief und fest eingeschlafen.

Ein leises Klopfen ertönte von der Tür. Olivia und Barkis traten ein. Der Hund rannte durch das Zimmer und sprang aufs Bett, wo er sich direkt neben Max zusammenrollte. „Hey, Junge." Max wachte auf und lächelte verschlafen. „Er kann gerne hierbleiben, wenn er mag", sagte er zu Olivia.

„Ich denke, das mag er", sagte sie und zog sich einen Stuhl heran. „Lies weiter, Daisy."

„Gerne." Sie fuhr dort fort, wo sie aufgehört hatte. Ihr Mund formte die Worte, während ihre Gedanken eine Million Meilen entfernt waren. Nach einer Weile waren sowohl Max als auch der kleine Hund eingeschlafen. Daisy kletterte vorsichtig aus dem Bett, markierte sich die Seite im Buch und schaltete das Leselicht aus. Dann setzte sie sich mit Olivia auf die Stufen vor der Hütte und schaute über die Lichtung hinweg zum See hinunter. Die Sterne leuchteten einer nach dem anderen auf, und Leuchtkäfer glühten im Gebüsch. Eine willkommene Brise rauschte über das Gelände.

„Ich war ungefähr in Max' Alter, als meine Eltern sich getrennt haben", fing Olivia an. „Vielleicht ein bisschen älter. Ich war mir ziemlich sicher, dass das das Ende der Welt war. Lange, lange Zeit fühlte ich mich unglaublich verloren."

„Was meinst du damit?"

„Ich wusste nicht, was ich denken oder fühlen sollte. Ich machte Fehler, wie zu wünschen, zu hoffen und zu beten, dass sie wieder zusammenkommen. Ich meine, es ist normal für ein Kind, sich das zu wünschen, aber wenn man sich von diesem Wunsch vollkommen vereinnahmen lässt, gibt es keinen Platz mehr in deinem Leben für irgendetwas anderes. Dann bleibt es nicht aus, dass man enttäuscht wird. Ich habe mir nicht erlaubt, zu sehen, dass sich einiges nach der Scheidung sogar besser angefühlt hat."

„Was zum Beispiel?" Daisy spielte mit einem ausgerupften Grashalm. Sie hätte jetzt gerne geraucht, aber sie wusste, dass Olivia das hasste.

„Du weißt, wie sich die Energie im Haus anfühlt, wenn deine Mom und dein Dad zusammen sind und versuchen, euretwegen miteinander klarzukommen?"

Das traf den Nagel auf den Kopf. Die Energie in einem unglücklichen Haus. Für Daisy fühlte sie sich an wie ein Knoten im Magen. Sie nickte. Sie kannte das kalte, schwere Gefühl, die unerträgliche Furcht, dass ein Fehltritt das Gleichgewicht zum Schwanken bringen könnte und alles in Scherben zerbarst, die nicht wieder zu kitten waren.

„Ich bin teilweise auf Zehenspitzen durchs Haus gegangen", sagte Olivia. „Kennst du den Ausdruck, wie auf rohen Eiern zu gehen? Genau so bin ich herumgeschlichen und habe gehofft, nichts kaputt zu machen. Aber das war genau das Problem. Unsere Familie war bereits kaputt. Es war nicht mein Fehler, aber ich musste mich dennoch mit den Scherben beschäftigen. Und das habe ich eine ganze Weile ziemlich schlecht gemeistert."

„Wieso?"

„Ich habe mich mit Essen getröstet und bin wirklich fett geworden."

„Du? Das kann nicht sein."

„Seit ich zwölf war bis zum Ende meines ersten College-Jahres war ich ein Dickerchen."

„Daran kann ich mich gar nicht erinnern. Ich fand dich immer wunderschön", sagte Daisy. „Und das bist du auch."

„Und du bist süß", erwiderte Olivia. „Aber ich war wirklich stark übergewichtig. Das war ziemlich ungesund, aber niemand hat mir Einhalt geboten. Es wurde erst besser, als ich merkte, dass ich mich selber bestrafe und versuche, mir eine Schutzwand aufzubauen, um nichts mehr fühlen zu müssen."

Das ist wie bei mir mit dem Rauchen, dachte Daisy. *Wie die Zigaretten und das Gras.*

„Auf dem College fing ich an, mich zu mögen. Ich bin zu einer Ernährungsberatung gegangen und habe angefangen zu schwimmen. Da wurde es dann besser." Sie schwieg einen Moment. „Das hilft dir nicht wirklich, oder?"

„Ich weiß nicht." Daisy zuckte mit den Schultern.

Olivia strich ihr mit der Hand über das Haar. „Du und Max, ihr steht erst am Anfang dieser Reise. Ich wünschte, ich könnte euch den Schmerz und die Verwirrung ersparen, die ihr fühlt. Aber so funktionieren Scheidungen nicht. Jede Familie muss ihren eigenen Weg gehen, und es gibt keine Abkürzungen. Ich kann dir jedoch eines versprechen: Du wirst Überraschungen erleben. Gute. Deine Eltern geben sich eine zweite Chance, glücklich zu werden, und das ist nicht schlecht." Olivia ließ ihre Hand sinken und tätschelte Daisys Knie. „Ich hoffe nur, dass Max und du nicht so lange braucht wie ich, um euch an die ganzen Veränderungen zu gewöhnen."

„Ich werde das immer, immer hassen, und ich weiß, dass es Max genauso geht."

„Das ist in Ordnung. Aber, Daisy, versuche nicht, dich abzuschotten oder dir die Schuld zu geben. Gib niemandem die Schuld. Das hat keinen Sinn. Heute Abend geht es dir schrecklich, und Max ebenfalls, aber euch bietet sich hier eine neue Gelegenheit. Ihr habt die Chance, eure Familie und euer Leben noch einmal mit ganz anderen Augen zu betrachten, einen neuen Weg zu finden, glücklich zu werden. Und ihr habt Eltern, die euch lieben. Das ist mehr, als die meisten Kinder von sich behaupten können. Und glaub mir, es ist alles, was ihr braucht."

27. KAPITEL

Während er die nächsten Tage über schwer beschäftigt war, hielt Connor ab und zu inne und sagte sich, dass er in Ordnung war. Er hatte in der Nacht, in der er mit Olivia in seinem Wohnwagen gewesen war, rechtzeitig die Notbremse gezogen. Er hatte aufgehört, bevor sie den Punkt erreicht hatten, an dem es kein Zurück mehr gegeben hätte.

Aber es war verdammt knapp gewesen, so viel stand fest. Wenn er sie nur zehn Sekunden länger geküsst hätte, hätte er nicht mehr an sich halten können. Er hatte nicht aufgehört, weil er sie nicht länger in seinen Armen spüren wollte. Ganz im Gegenteil. Er wollte sie für immer halten. Aber angesichts ihrer Verfassung an dem Abend wäre das auf zu vielen Ebenen verkehrt gewesen. Olivia dachte darüber vermutlich genauso, jetzt, wo die Hitze des Augenblicks verebbt war. Sie war inzwischen so anspruchsvoll und erfahren. Sie verstand es sicher. Sie wusste genau wie er, dass man niemanden ausnutzen sollte, der sich gerade in emotionalem Aufruhr befand.

Er vergrub sich in der Arbeit an der Winterlodge, suchte Flucht auf der von Wald umgebenen Lichtung, die das Gebäude umgab, das einst das Wohnhaus der Campbegründer gewesen war. Gemäß Olivia und Dare war das hier der wichtigste Teil der Renovierungsarbeiten, weil ihre Großeltern in dieser Hütte wohnen sollten. Eine ganze Ladung neuer Armaturen und Elektrik war geliefert worden, mit deren Installation er heute anfangen wollte.

Gerade als er die zarte Hoffnung hegte, nicht den ganzen Tag an Olivia denken zu müssen, kam sie den Weg entlang auf ihn zu. Sie trug eine große Kiste, und Barkis folgte ihr auf dem Fuß. Bei ihrem Anblick spannte sich sein ganzer Körper an. Sie war so unglaublich sauber und frisch, wie eine Blume, auf der noch der letzte Morgentau glitzerte. Ihr Gesicht war geschrubbt, die blonden Haare glänzten. Sie trug ihre Arbeitskleidung aus Jeans und Tanktop, aber, oh Mann, Lolly in einem Tanktop … zum Glück hatte er seinen Werkzeuggürtel um, der seine Begeisterung über diesen Anblick verbarg.

„Hey“, sagte er lässig – zumindest hoffte er, dass er so klang.

Sie musste irgendetwas in seinem Blick gesehen haben, denn sie blieb stehen und stützte die Kiste an der Verandabrüstung ab. „Was ist los?“

„Nichts.“ Er nahm seinen Zollstock in die Hand und suchte verzweifelt etwas, das er ausmessen könnte. Den Türstock? Die Entfernung zwischen sich und Lolly? Die Länge seiner Erektion, die Tiefe seines Verlangens?

„Du starrst mich an", sagte sie.

„Tut mir leid. Ich, äh, mir gefällt dein Outfit. Du siehst aus wie …" Verdammt. Er wusste nicht, was er sagen sollte.

„Wie was?"

„Als wenn du deine eigene Heimwerkersendung haben solltest." Er machte eine Pause. „Das war ein Kompliment." Wenn sie HGTV schaute, würde sie das wissen. Die Frauen in der Show hatten immer tolle Haare und straffe kleine Körper in engen Jeans und noch engeren T-Shirts, die jede aufregende Kurve und etwas Haut zeigten.

„Oh", sagte sie. „Danke, schätze ich."

Sie beugte sich vor, um die Kiste auf den Boden zu stellen. Ihr Shirt rutschte ein paar Zentimeter nach oben, und da sah er es. Auf ihrem unteren Rücken, direkt über dem Bund der Jeans.

Sie hatte ein Tattoo. Lolly Bellamy hatte eine Tätowierung. Und dazu noch sein Lieblingsmotiv bei Frauen: ein kleiner Schmetterling an genau der richtigen Stelle. Genau da, wo seine Hand auflag, wenn er mit ihr tanzte. Genau da, wo er sie in diesem Augenblick berühren wollte, vielleicht sogar küssen. Ja, ganz bestimmt auch küssen.

Ein Tattoo. Connor steckte in Schwierigkeiten. Wenn er das an dem Abend gewusst hätte, hätte er sie bei sich im Wohnwagen behalten. Vermutlich hätte er sie sogar ans Bett gekettet.

„Bist du sicher, dass alles in Ordnung ist?" Sie richtete sich auf, hakte ihre Daumen in die hinteren Hosentaschen und pustete sich eine Strähne aus den Augen.

Er fragte sich, ob Frauen wussten, dass diese spezielle Haltung ihre Brüste hervortreten ließ. Sie mussten es wissen. Lolly machte das mit Absicht.

„Ja, bin ich." Er räusperte sich. In der Ferne hörte er das Geräusch eines näher kommenden Motors. Die Arbeiter würden jeden Moment hier sein. „Hör zu, Lolly. Wegen des Abends …"

Sie hob eine Hand, um ihn zum Schweigen zu bringen. „Wir müssen nicht darüber reden."

Nun, das war mal eine Überraschung. Normalerweise wollten Frauen doch jede Sekunde eines Dates analysieren, als wenn sie forensische Wissenschaftler wären. Olivia hingegen schien zufrieden damit, das Thema auf sich beruhen zu lassen.

„Okay", sagte er. „Ich wollte nur sichergehen, dass du weißt, warum wir nicht … warum ich …"

„Ich weiß. Glaub mir, ich verstehe das."

Das Motorengeräusch wurde lauter, als der Truck sich den Weg zu der Hütte entlangkämpfte. Okay, dachte Connor. Er würde das Thema nicht weiter verfolgen. Olivia war schon immer unglaublich klug und intuitiv gewesen. Außerdem hatte sie einen Abschluss in Psychologie. Sie verstand es offenbar.

Gut. Sie verstand, warum er sie von sich geschoben hatte, obwohl sie hatte bleiben wollen. Es wäre ein großer Fehler gewesen, und das wussten sie beide. Sie war verletzt und verwirrt, ihre Gefühle nach den Enthüllungen des Tages ungeschützt und roh. Das war nicht die ideale Voraussetzung, um mit einem Mann zu schlafen. Wenn er das an diesem Abend ausgenutzt hätte, würde sie sich vermutlich immer fragen, ob sie aus den richtigen Gründen mit ihm geschlafen hatte, oder einfach nur, weil sie jemanden gebraucht hatte, an dem sie sich festhalten konnte. In ihrer geistigen Verfassung hätte sie ihn auf immer mit Trauma und Krisen in Verbindung gebracht, mit Geheimnissen und Verrat.

Das war aber nicht die Basis, auf der er eine Beziehung mit ihr aufbauen wollte.

Da. Jetzt hatte er es vor sich zugegeben – er wollte eine Beziehung mit Olivia Bellamy.

Vielleicht wollte er sich sogar in sie verlieben. Erneut. Aber dieses Mal nicht als verwirrter, verängstigter Junge, sondern als Mann, der wusste, was er im Leben wollte.

Dieser Gedanke reichte, um seiner Erektion so viel Angst einzuflößen, dass sie in sich zusammenfiel.

Das kam auch keine Sekunde zu früh, denn schon kamen sein Vorarbeiter und das Team in Sicht. Sie kletterten aus dem Truck und nahmen ihre Sachen von der Ladefläche: das Radio, den Wasserkasten, die Werkzeuge und Ausrüstung, die sie benötigten. Connor winkte ihnen zur Begrüßung zu und zeigte dann auf die To-do-Liste, die an der Eingangstür hing.

„Entschuldige mich bitte", sagte er zu Olivia und ging zu seinem Team, um sich kurz mit ihnen zu besprechen. Er verbrachte mehr Zeit als nötig, um mit seinem Vorarbeiter die Reihenfolge der Arbeiten zu besprechen. Sie kannten ihren jeweiligen Arbeitsrhythmus, und die erfahrene Crew brauchte nur wenig Anleitung. Connor blieb dennoch in der Nähe und half einem der Arbeiter, den Motor der Motorsäge zu reparieren. Er spürte, dass Olivia ihn die ganze Zeit über beobachtete, und irgendwann fiel ihm dann auch nichts mehr ein, was er noch hätte tun können, um ihr aus dem Weg zu gehen.

Während er sich mit einem Tuch das Öl von den Fingern wischte, verengte sie ihre Augen zu Schlitzen und hakte ihre Daumen wieder in die Hosentaschen. „Beeindruckend, wie du den Motor repariert hast. Du hast eine Menge versteckter Talente."

Er musterte sie noch einmal. Sie machte kein Geheimnis aus *ihren* Talenten. „Findest du?"

„Ja. Finde ich."

„Wo das herkommt, gibt es noch eine Menge mehr." Zum Beispiel wette ich, dachte er, dass ich dich zum Schreien bringen kann, wenn du kommst. Er warf das Tuch zur Seite. „Ich bin froh, sie zu haben." Er zeigte auf die von ihr mitgebrachte Kiste. „Was hast du da?"

Sie tat ganz geschäftsmäßig, als sie eine Reihe von Zeichnungen und das, was Freddy Design-Sheets nannte, ihm reichte. „Wir haben die geflochtenen Weidenmöbel und das Hängebett für die Veranda", sagte sie und stieß mit dem Fuß gegen die Kiste. „Freddy bringt gleich noch mehr von den Sachen, die wir in Phoenicia gekauft haben, vorbei." Sie betrat das Haus. Die Küche war zum Wohnzimmer hin offen, in dem auf der einen Seite ein riesiger Kamin und auf der anderen ein Holzofen stand. Licht flutete durch die Panoramafenster mit Blick auf den See und durch die halbrunden Fenster, die das Schlafzimmer auf der Empore erhellten.

Im Hauptbadezimmer gab es eine auf Klauen stehende Badewanne, die im Moment voller Spinnweben und Sägespänen war. Das angrenzende Schlafzimmer war bis auf das aus geschälten Baumstämmen gebaute Doppelbett leer. Ein neuer Lattenrost und eine Matratze lehnten an der Wand. „Ich will, dass das hier wirklich gut wird", sagte Olivia. „Es muss für sie richtig luxuriös werden."

„Die Hochzeitssuite", sagte er.

Sie gab ihm einen Klaps mit ihrem Notizblock. „So etwas möchte ich mir nicht vorstellen."

„Komm schon", zog er sie auf. „Sie sind seit fünfzig Jahren verliebt. Meinst du, ein Paar kann es so lange miteinander aushalten, ohne noch immer scharf aufeinander zu sein?"

„Ich schätze, es ist viel komplizierter als das."

„Sicher? Woher weißt du, dass es mehr braucht als sexuelle Anziehungskraft, um eine lange Ehe zu führen?"

„Sei nicht lächerlich. Jedes Pärchen kann ein leichtes sexuelles Kribbeln hervorzaubern."

Ja, dachte er. So wie in der Nacht in seinem Wohnwagen. Er hätte sich nehmen sollen, was sie ihm angeboten hatte, anstatt den Netten zu spielen. Sie hätte mit ihm geschlafen.

„Es braucht eine ganze Menge mehr, um eine Ehe ein halbes Jahrhundert lang zu halten", beharrte sie.

„Nein", widersprach er. „Da liegst du falsch. Du verkomplizierst die Sache nur. Wenn sie es über all die Jahre schaffen, nächtelang gegenseitig ihre Glocken zum Klingen zu bringen, haben sie alles, was man braucht."

„Das ist einfach nur dumm."

„Ja, so bin ich. Dumm“, sagte er. „Aber ich bin nicht derjenige, der diese Hütte für ein steinaltes Ehepaar in einen Palast der Lüste verwandeln will.“

„Leck mich, Connor.“

Es war schon immer leicht gewesen, sie zu necken. „Mach dir keine Sorgen, Lolly. Das hier wird genau so, wie du es dir vorstellst.“

„Ich weiß nicht, was du mit dieser Tür machen willst“, sagte sie. Die Tür zum Ankleidezimmer sah aus, als wäre sie eingetreten worden.

„Kein Problem“, sagte er. „Wir nehmen sie einfach raus. Wir brauchen sie nicht.“

„Das ist verrückt.“

„Ist es nicht.“ Es war leichter, es ihr zu zeigen, als zu erklären. „Stell dir vor, deine Großmutter – also die Braut – ist hier drinnen und macht sich zurecht und was Frauen alles so tun.“ Er fasste Olivia an der Schulter und führte sie zu dem alten, dumpfen Spiegel, der über dem Waschtisch mit dem altmodischen Marmorbecken hing.

„Und dann“, fuhr er fort, „wird ihr Kerl ganz ungeduldig, weil sie so lange braucht …“

„Warte mal.“ Sie suchte und fand seinen Blick im Spiegel. „Was tut sie, was so lange dauert? Putzt sie sich die Zähne?“

„Keine Ahnung. Ich weiß nur, dass sie unglaublich lange braucht. Das ist bei Frauen immer so.“

Um ihre Lippen zuckte es. „Okay.“

„Ihr Mann überlegt also, dass er entweder anfangen kann, zu weinen und zu jammern, was nicht wirklich antörnend ist …“

„Endlich sagst du mal was Richtiges“, sagte sie.

„Oder er kann sie sich einfach schnappen und zum Bett tragen.“ Mit diesen Worten hob er Olivia auf seine Arme.

Sie schnappte überrascht nach Luft und klammerte sich an seinem Hals fest.

„Siehst du“, erklärte er, während er in Richtung Bett ging. „Mit einem breiten Durchgang wäre das ein Klacks.“ Und verdammt, dachte er, als er neben dem Bett stand. *Was würde ich nicht darum geben, wenn das hier real wäre.* Alleine die fehlende Matratze rettete jetzt ihre Tugend.

In dem Moment kam Freddy ins Zimmer, ohne sie wirklich eines Blickes zu würdigen. Inzwischen schien er sich daran gewöhnt zu haben, sie immer wieder in flagranti zu erwischen, wenn die Lust dick wie Nebel zwischen ihnen im Raum hing. „Wie ich sehe, seid ihr schwer am Arbeiten. Ich muss ehrlich sagen, ich kenne niemanden, der sich so anstrengt wie ihr“, bemerkte er und schob sich an ihnen vorbei.

Der Bann war gebrochen, und Connor ließ Olivia hinunter.

„Kluger Kerl“, murmelte sie.

Die Hitzewelle hielt weiter an, schimmerte wie Quecksilber auf den Straßen und verwandelte die Felder und Wiesen in lederbraune Graslandschaften. Rund um Avalon stellte die Feuerwehr Warnschilder auf, auf denen das Entzünden von Lagerfeuern und das Abbrennen von Feuerwerk verboten wurden. Der Eisenwarenladen hatte längst alle Ventilatoren verkauft, und Urlauber aus der Stadt überschwemmten die Gegend und suchten Erholung in der grünen Wildnis der Berge.

Olivia stand mit ihrem Vater auf der Veranda des kleinen Holzhauses in der Maple Street in Avalon. Sie fand, dass ihr Vater blass und angespannt aussah, wusste aber nicht, ob das an der langen Fahrt hierher lag oder an dem Stress, gleich zum ersten Mal Jenny Majesky gegenüberzustehen.

Er bemerkte, dass sie ihn betrachtete. „Du musst nicht dabeibleiben, weißt du", sagte er. „Ich meine, wenn du lieber nicht hier wärst, kann ich das auch alleine machen."

„Natürlich will ich hier sein." Auch wenn sie nicht der Verursacher dieser Situation war, hatte Olivia das Ganze dennoch ins Rollen gebracht. Auf dem Weg hierher hatte ihr Vater darauf bestanden, dass es sein Fehler war und nicht ihrer. Dennoch war sie ein Teil dessen, und wenn sie sich auf eines verstand, dann darauf, Fehler zu machen. Sie unterstrich ihre Aussage, indem sie leicht an die Tür klopfte.

„Eine Sekunde!", rief eine Stimme. Kurz darauf wurde die Tür geöffnet, und Jenny stand vor ihnen.

Da war dieser Moment, nur einen Herzschlag lang, in dem Olivia sah, wie die sanften, braunen Augen der Frau den Blick ihres Vaters auffingen. Ihres gemeinsamen Vaters. Jetzt, wo sie die beiden zusammen sah, war es so offensichtlich. Auch wenn Jenny das Ebenbild ihrer Mutter war, war die Ähnlichkeit zu Philip Bellamy unverkennbar. Sie lag in ihrem Gesichtsausdruck, als sie ihn anschaute, in dem kleinen Grübchen in ihrem Kinn und der eleganten Haltung ihrer Hand auf dem Türknauf.

„Ich bin Philip Bellamy", sagte ihr Vater. „Danke, dass Sie uns empfangen."

„Herzlich willkommen", erwiderte Jenny. „Ich gebe zu, Ihr Anruf hat mich ein wenig überrascht. Wenn es um die Hochzeitstorte geht, kann ich Ihnen versichern, dass …"

„Nein, darum geht es nicht", sagte er. „Können wir reinkommen?"

„Oh, natürlich. Wie geht es Ihnen, Olivia?" Jenny trat zur Seite und hielt die Fliegengittertür weit auf.

„Gut, danke.“ Olivia versuchte zu entscheiden, ob sie wie Schwestern aussahen, aber der Gedanke war so überwältigend, dass sie in Jenny nichts anderes sehen konnte als eine gut aussehende, nichts ahnende Frau.

Ein Ventilator am Fenster blies frische Luft in ein Zimmer, das mit Schnickschnack und altmodischen Möbeln vollgestopft war. In einem Rollstuhl saß eine alte Frau in einem Hauskleid und mit pinkfarbenen Socken. Ihre Haare waren sorgfältig frisiert, und man hatte ihr einen Hauch Lippenstift aufgetragen. Am Telefon hatte Jenny erklärt, dass ihre Großmutter, die seit zehn Jahren Witwe war, einen Schlaganfall erlitten hatte und seitdem weder sprechen noch laufen konnte. Olivias Herz zog sich zusammen, als sie an ihre eigenen Großeltern dachte – sowohl die Bellamys als auch die Lightseys –, die alle noch so vital und glücklich zusammen waren. Sie versuchte, sich von früher an Mrs Majesky zu erinnern, aber sah immer nur den Lieferwagen mit dem handgemalten Bild auf der Seite vor sich. Sie wünschte, aufmerksamer gewesen zu sein. Es war irgendwie komisch, zu denken, dass sich ihre und Jennys Wege vielleicht in der Vergangenheit gekreuzt hatten, ohne dass sie voneinander wussten.

„Grandma, das sind Philip und seine Tochter Olivia Bellamy“, sagte Jenny. „Du erinnerst dich an die Bellamys vom Camp Kioga.“

Der Mund der Frau zuckte, und sie gab ein undefinierbares Geräusch von sich.

„Mrs Majesky, schön, Sie zu sehen“, sagte Philip.

In den dunklen Augen der Frau schien Verständnis aufzuleuchten, als wenn sie hinter einer schalldichten Glaswand gefangen wäre. „Meine Großmutter will Sie besuchen, wenn sie nächste Woche herkommt.“ Olivia nahm Mrs Majeskys Hand. Ihre dünne Haut war trocken und trotz der Wärme kühl.

„Ich dachte, wir könnten uns auf die rückwärtige Veranda setzen“, schlug Jenny vor. „Da ist es um diese Tageszeit schön schattig. Grandma, willst du uns Gesellschaft leisten?“

Mrs Majesky gab ein Geräusch von sich, das Jenny als Nein interpretierte. Olivia warf ihrem Vater einen Blick zu und sah, wie sich seine Schultern erleichtert entspannten. Jenny die Situation zu erklären war schwierig genug. Es aber vor ihrer Großmutter zu tun wäre noch viel unangenehmer.

„Okay.“ Jenny nahm die Fernbedienung und stellte den Fernseher an. Dann ging sie voran in die altmodische Küche mit ihrer Arbeitsplatte aus Resopal und den Hängeschränken mit Glastüren, hinter denen das gute Geschirr zu sehen war. Sie füllte drei Gläser mit Eistee und stellte sie neben den Keksteller auf ein Tablett. „Zitronenstäbchen“, sagte sie. „Ich habe sie heute von der Hauptbäckerei in Kingston mitgebracht."

Ein Laptop und ein Stapel Papiere bedeckten den Küchentisch. „Oh, wir haben Sie wohl gerade bei der Arbeit gestört", sagte Philip.

„Nein, das ist keine Arbeit. Zumindest keine, die bezahlt wird." Sie neigte den Kopf, als wäre es ihr peinlich. „Ich habe nur ein wenig geschrieben."

„Sie sind Autorin?", fragte Philip.

„Ich schreibe eine ... ich bin mir nicht sicher, wie man es nennt." Sie wirkte auf charmante Art verlegen. „Ich nehme an, man könnte es eine Sammlung von Kurzgeschichten nennen. Darüber, wie es war, in der Bäckerei meiner Großeltern aufzuwachsen. Und Rezepte. Einige von ihnen sind so alt, dass sie noch auf Schulpapier geschrieben sind, das meine Großmutter aus Polen mitgebracht hat." Sie zeigte auf einen Stapel mit brüchigen, vergilbten Zetteln, die in einer fremden Sprache beschriftet waren. „Grandma hat mir geholfen, einige von ihnen zu übersetzen, aber nach dem Schlaganfall ..." Jenny schob den Stapel vorsichtig beiseite. „Wie auch immer, das ist eines der Projekte, die ich vermutlich nie beenden werde."

Aus einem Grund, den sie nicht benennen konnte, fühlte Olivia mit einem Mal eine Welle der Melancholie. Vielleicht war es der Gedanke daran, dass Jenny, dieses nette, nichts ahnende Mädchen ohne Vater aufgewachsen war und dann auch noch ihren Großvater in so jungen Jahren verloren hatte. Kein Wunder, dass sie versuchte, alte Familienerinnerungen und -rezepte zu bewahren.

Olivia beobachtete das Gesicht ihres Vaters und merkte, dass es noch einen Grund gab, warum sie sich so seltsam fühlte. Er hatte immer ein Schriftsteller sein wollen, sich aber dennoch für eine Karriere als Anwalt entschieden, weil das ein solider, praktischer Beruf war, wie es sich für einen Bellamy gehörte. Jetzt, wo sie den wahren Grund für die Hochzeit mit ihrer Mutter kannte, verstand sie auch, warum er seinen Traum begraben hatte. Und – okay, das war hässlich – sie verspürte einen kleinen Stich der Eifersucht, dass Jenny diese Leidenschaft mit ihrem Vater teilte.

Sie traten auf die überdachte und mit Mückennetzen versehene Veranda hinaus und setzten sich auf die Korbstühle, die um einen niedrigen Tisch herum standen. Hier wehte eine leichte Brise und machte die Hitze erträglich. Olivias Vater nippte nervös an seinem Eistee und stellte das Glas dann wieder hin. „Danke", sagte er. „Ich entschuldige mich dafür, dass ich so mysteriös geklungen habe, als ich darum gebeten habe, Sie besuchen zu dürfen. Ich wusste einfach nicht, wie ich das Thema anschneiden sollte. Es gibt keinen leichten Weg, es zu sagen, Miss Majesky. Jenny."

Irgendetwas in seinem Ton musste ihr einen Hinweis gegeben haben, denn sie umfasste die Armlehnen ihres Stuhls und schenkte ihm mit leicht zur Seite geneigtem Kopf ihre vollkommene Aufmerksamkeit. Spätestens jetzt wusste sie, dass dieses Treffen überhaupt nichts mit der Hochzeitstorte zu tun hatte. „Ja?"

„Ich habe keine Ahnung, wie viel Sie über die Situation wissen", fuhr er fort. „Wenn ich es recht verstanden habe, ist Ihre Mutter fort."

Jenny nickte. Eine kleine Falte erschien auf ihrer Stirn. „Ja, sie ging, als ich ungefähr vier Jahre alt war. Ich kann mich kaum an sie erinnern."

Oh Gott, dachte Olivia. „Und sie hat sich nie bei Ihnen gemeldet? Niemals angerufen oder einen Brief geschrieben?"

Jenny schüttelte den Kopf. Ihre Augen waren unglaublich dunkel und traurig. „Ich nehme an, dass Sie mit diesen Fragen etwas bezwecken?"

„Ich kannte sie", sagte Philip. „Mariska und ich waren … Sie war im Sommer des Jahres 1977 meine Freundin. Hat Ihre Großmutter Ihnen das je erzählt?"

Ein kleiner Schweißtropfen rann an Jennys Schläfe hinunter. Die Traurigkeit verließ ihre Augen und wurde durch Misstrauen ersetzt. „Nein. Hätte sie das gesollt?"

„Das weiß ich nicht." Er ballte seine Hände zu Fäusten und löste sie wieder. Er schwitzte jetzt auch. Olivia konnte den Blick nicht von den Gesichtern der beiden abwenden.

„Ich … in letzter Zeit sind einige Dinge ans Licht gekommen", erzählte Philip weiter. „Und ich … nun ja, ich habe mich gefragt, ob man jemals mit Ihnen über Ihren Vater gesprochen hat. Ihren biologischen Vater."

Der Wind flaute ab. Zumindest kam es Olivia so vor. Alles stand still – der Wind, die Zeit, das Klopfen ihrer Herzen. Jenny schien eher erstarrt denn erstaunt. Ihre Gesichtsfarbe wurde deutlich blasser, während das Misstrauen in ihren Augen nicht schwand. Und auch wenn sie eine Fremde war, verspürte Olivia den Drang, sie zu berühren, ihre Hand zu nehmen oder wenigstens ihre Schulter zu tätscheln. Ich habe eine Schwester, dachte Olivia. *Ich habe eine Schwester.*

Philip unterbrach das Schweigen. „Es tut mir leid, dass ich hier einfach so aus heiterem Himmel hereinplatze und diese Dinge sage. Ich wusste nicht, wie ich mich anders hätte vorstellen können."

Jenny stellte ihr Eisteeglas ab. Sie musterte Philip, schien sich jedes Detail genau einzuprägen, suchte nach den Ähnlichkeiten. „Wollen Sie mir sagen, dass Sie …" Die Worte verebbten, als wenn Jenny es nicht über sich brachte, sie auszusprechen. „Das ist absurd. Ich habe keine Ahnung, warum Sie mir das alles erzählen."

Philip reichte ihr das Foto von sich und ihrer Mutter. „Das hier haben wir kürzlich unter meinen alten Sachen gefunden. Es ist am Ende des Sommers 1977 aufgenommen worden. Den ganzen Sommer über waren wir so glücklich, wie man nur sein kann. Zumindest hatte ich das geglaubt. Ich habe Ihre Mutter sehr geliebt und hatte vor, sie zu heiraten."

Jenny betrachtete das Bild, und ein Ausdruck puren Schmerzes huschte über ihr Gesicht. Olivia nahm an, dass sie die Zahlen kurz in ihrem Kopf überschlug. „Das haben Sie aber nicht getan", sagte Jenny schließlich. „Sie haben sie nicht geheiratet."

„Nein. Gleich nach dem Labour-Day-Wochenende hat Mariska mit mir Schluss gemacht. Sie sagte, sie wollte die Welt sehen, ihr eigenes Leben finden – alleine. Ich habe versucht, ihr das auszureden, aber ich habe sie nie wiedergesehen, nie wieder mit ihr gesprochen. Ich habe Dutzende Briefe geschrieben, die alle mit dem Vermerk ‚Annahme verweigert' zurückkamen. Mariskas Mutter – Ihre Großmutter – bat mich, nicht mehr anzurufen, also bin ich ein Mal mit dem Zug hierhergefahren." Er hielt inne, seine Augen waren verschleiert vor entfernten Erinnerungen. „Sie war weg. Jemand aus dem Schmuckgeschäft, in dem sie gearbeitet hatte, sagte mir, dass sie die Stadt verlassen hätte, um die Welt zu sehen oder so." Er legte seine Fingerspitzen aneinander und sah Jenny an, aber sie hatte ihren Blick abgewendet. „Das war der Moment, wo ich aufgegeben habe. Ich nahm an, dass sie das, was sie auf dem Bahnhof zu mir gesagt hatte, doch auch so gemeint hatte. Also habe ich es schlussendlich akzeptiert. In dem Winter habe ich Olivias Mutter geheiratet, Pamela Lightsey." Zum Glück ging er nicht auf die näheren Umstände dieser hastigen Hochzeit ein. „Pamela und ich sind seit siebzehn Jahren geschieden, und ich habe nie wieder geheiratet."

Sie haben nie eine Chance gehabt, dachte Olivia plötzlich. Als Kind hatte sie end- und fruchtlos nach dem Grund gesucht, wieso ihre Eltern sich getrennt hatten, ohne zu wissen, dass dieser Grund schon lange vor ihrer Geburt existiert hatte.

Jenny sagte nichts. Sie hielt das Foto in den Händen und strich abwesend mit dem Daumen über das Gesicht ihrer Mutter.

„Als ich an dem Tag in die Bäckerei kam", sagte Olivia, „fiel mir auf, dass dort das gleiche Bild an der Wand hängt, jedoch ein Teil herausgeschnitten ist."

„Vermutlich von meiner Großmutter."

Mit plötzlicher Klarheit erkannte Olivia, dass Jennys Mutter schon schwanger gewesen sein musste, als der Schnappschuss gemacht worden war. Jenny starrte weiter auf das Foto. Unbewusst fuhr ihre eine Hand an ihren Hals und umfasste den silbernen Anhänger.

„Außerdem ist mir Ihr Anhänger aufgefallen“, fügte Olivia hinzu. „Erinnern Sie sich, dass ich Sie danach gefragt habe?“

Jenny nickte. „Er gehörte meiner Mutter. Meine Großeltern haben ihn mir zu meinem sechzehnten Geburtstag geschenkt.“

Philip holte sein Pendant dazu hervor und legte es auf den Tisch. „Es ist einer von den Manschettenknöpfen, die mir gehört haben. Ich habe einen Mariska gegeben und den anderen behalten.“

Ein leises Keuchen entrang sich Jennys Kehle. Die ganze Unterhaltung über waren ihre Reaktionen bedächtig und kontrolliert gewesen, aber jetzt schien sie kurz davorzustehen, ihre Contenance zu verlieren. Ihre Finger zitterten, als sie den Manschettenknopf aufhob. „Ich wusste nie, ob eine Geschichte dahintersteckte – hinter irgendetwas, was meine Mutter mir hinterlassen hatte. Sind Sie sicher, dass das nicht nur ein riesiger Zufall ist …“

„Ich bin mir beinahe zu hundert Prozent sicher“, sagte er. „Natürlich können wir eine Blutuntersuchung machen, wenn Sie möchten, aber ich bin sicher, dass die nur bestätigt, was wir herausgefunden haben. Ich habe mir die Freiheit genommen, einen Privatdetektiv zu engagieren, um einige Daten und andere Details zu verifizieren.“

Jenny schluckte schwer. In ihre dunklen Augen hatte sich ein gehetzter Ausdruck gestohlen. „Ein Privatdetektiv? Aber das ist so … aufdringlich.“

„Ich weiß, aber ich wusste mir nicht anders zu helfen. Mr Rasmussen – er arbeitet viel für meine Anwaltskanzlei – recherchiert nur in öffentlichen Archiven. Es tut mir leid, Jenny. Ich wollte nicht mit Ihnen Kontakt aufnehmen, nur um herauszufinden, dass es alles ein großer Fehler war. Ich wollte Sie nicht umsonst aufregen. Gott. Ich wusste ja nicht einmal, ob Sie nicht glaubten, ein ganz anderer Mann wäre Ihr Vater.“

Mit äußerster Vorsicht legte sie den Manschettenknopf wieder zurück. „Ich habe ständig nachgefragt, aber meine Großeltern haben geschworen, dass meine Mutter es ihnen nie verraten hat. Auf meiner Geburtsurkunde ist die Stelle, wo der Vater genannt wird, leer.“ Eine verzweifelte Hoffnung erhellte ihre Züge, als sie ihn endlich anschaute. „Hat er – also Ihr Privatdetektiv – irgendetwas über meine Mutter herausgefunden?“

Ja, dachte Olivia. *Zum Beispiel, warum sie ihre Tochter im Stich gelassen hat.*

Philip holte eine ausgedruckte E-Mail hervor. „Vermutlich nichts, was Sie nicht schon wissen. Ende des Jahres 1977 hat Mariska Majesky Avalon verlassen. Sie hat sich einen Reisepass besorgt und ist viel gereist, obwohl sie kein nennenswertes Einkommen hatte. Im März 1978 war sie in Boca Raton, wo sie ein Baby bekam, das sie Jennifer Anastasia nannte. 1982 kehrte sie mit ihrer Tochter zurück nach Avalon, um bei ihren Eltern zu wohnen. Mariska ist weiterhin viel gereist, hat ihre Tochter aber nie mitgenommen." Er warf einen Blick auf den Ausdruck. „1983 hat Mariska Avalon wieder verlassen. Dieses Mal ist sie nicht zurückgekehrt, und es gibt keine weiteren Aufzeichnungen über sie. Ihr Pass ist 1988 abgelaufen und wurde nie erneuert." Er legte den Bericht auf den Tisch und sah Jenny an. „Wenn Sie möchten, kann ich Rasmussen weiter suchen lassen."

„Nein, danke", sagte sie sanft und las den kurzen Bericht noch einmal selber.

Alle waren so still und ruhig, dass Olivia das Eis in den ganz vergessenen Gläsern schmelzen und knacken hören konnte. Endlich räusperte Jenny sich und musterte Philip und Olivia mit vorsichtiger Neugierde. „Ich weiß nicht, was ich sagen soll."

„Das weiß keiner von uns", erwiderte Olivia. „Ich bin froh, dass wir Sie gefunden haben und Sie gewillt waren, uns zuzuhören. Ich hoffe, dass es Ihnen genauso geht, wenn der Schock etwas nachgelassen hat."

„Sie müssen nichts Bestimmtes sagen oder fühlen", ergänzte Philip.

„Gut, denn ich habe keine Ahnung, was ich fühle."

Doch sie fühlte irgendetwas, das konnte Olivia sehen. Ihre Augen, diese sanften, ehrlichen Augen, die Olivia von Anfang an gemocht hatte, glitzerten vor ungeweinten Tränen.

„Nun, ich bin froh, dich gefunden zu haben." Olivia fand es an der Zeit, die Förmlichkeiten aufzugeben. Schließlich waren sie eine Familie. „Ich habe mir immer eine Schwester gewünscht." Selber überwältigt von der Situation, schaute sie Jenny genauer an. Waren ihre Nasen gleich? Sahen sie einander auch nur ein bisschen ähnlich? Olivia konnte es nicht sagen. „Ich hoffe, dass wir noch ausreichend Zeit haben, um … um uns kennenzulernen", sagte sie. „Natürlich nur, wenn du das willst."

„Äh, sicher." Jenny blinzelte, als wenn sie gerade aus einem Traum erwachte. „Ich hätte nie gedacht, dass ich dich jemals treffen würde", sagte sie zu Philip. „Ich dachte, ich würde nie erfahren, wer du bist."

Philip berührte ihre Hand. „Es tut mir leid."

Olivias Herz wurde schwer. Sie konnte sich kaum vorstellen, was Jenny durchgemacht haben musste. Wie schrecklich es gewesen war, von seiner Mutter im Stich gelassen zu werden und seinen Vater nicht zu kennen.

Jenny senkte den Kopf und starrte auf ihre Hände. „Nachdem ich mein ganzes Leben lang in dieser Sache im Dunkeln getappt bin, weiß ich deine Ehrlichkeit wirklich zu schätzen. Ich habe mich immer gefragt, wer du bist“, sagte sie. „Und wie du sein wirst, wenn ich dich jemals treffen sollte.“

„Ich hoffe, dass ich dich nicht enttäuscht habe.“

Endlich löste sich eine einzelne Träne und rann über Jennys Wange. Sie wischte sie mit dem Handrücken fort. Olivia konnte nicht sagen, ob Jenny erfreut oder traurig oder einfach nur überwältigt war. Sie wusste nur, dass sie selber ein Wrack war. Sie war aufgeregt, ihre Halbschwester gefunden zu haben, aber gleichzeitig fühlte sie eine ungewohnte Abwehr in sich. Sicher, sie wollte, dass ihr Vater Jenny kennenlernte, aber … Olivia, du eifersüchtige kleine Hexe, schalt sie sich. *Wag es ja nicht, jetzt mit irgendwelchen Geschwisterrivalitäten anzufangen.*

„Es wird ein wenig Zeit brauchen“, sagte sie zu Jenny. „Ich hoffe, dass du Lust hast, etwas Zeit mit Dad und mir zu verbringen.“

„Ich denke schon, ja.“

„Hast du heute Abend Zeit für ein Abendessen?“, fragte Philip.

Jenny sah überrumpelt aus. Dann nickte sie. „Aber erst nach neun. Meine Großmutter geht früh zu Bett.“

„Kein Problem für mich“, sagte er. „Wie steht's mit dir, Olivia?“

Gib dir einen Ruck, dachte sie und setzte ein strahlendes Lächeln auf. Laut sagte sie: „Ich denke, ihr beide solltet alleine gehen. Ich komme dann ein andermal dazu.“

„Olivia …“

„Ist gut, Dad. Wirklich. Ich kenne sogar ein ganz tolles Restaurant für euch. Das *Apple Tree Inn* an der Route 47.“ Sie wandte sich immer noch lächelnd an Jenny. „Bist du da schon mal gewesen?“

„Nur ein Mal“, gestand sie. „Es ist für uns hier ein Restaurant für … besondere Gelegenheiten.“

„Na, wenn das hier keine besondere Gelegenheit ist“, sagte Philip, „dann weiß ich es auch nicht.“

29. KAPITEL

Es gibt nur wenige Dinge, dachte Olivia, die so entspannend sind wie in einem Kajak über einen ruhigen See zu paddeln. *Vor allem mitten in einer Hitzewelle.* Sie fuhr bei Sonnenuntergang hinaus, tauchte ihr Paddel in das glasklare, bewegungslose Wasser und beobachtete, wie die Kreise sich auf der Oberfläche immer weiter ausbreiteten. Es war schwer zu glauben, dass sie schon bald abreisen würde. Der Sommer war so schnell vorbeigegangen, jeder Tag angefüllt mit Arbeit und Spaß und einem Sinn. Jetzt als Erwachsene verstand Olivia endlich, warum ihre Großeltern Camp Kioga so sehr liebten.

Mit Erstaunen bemerkte sie, dass ihr der Ort fehlen würde. Der beschauliche See, die Gerüche von Wald und Wiese, der Klang des Windes in den Bäumen und der morgendliche Gesang der Vögel. Aber Hektik und Lärm der Großstadt erwarteten sie. Kunden verlangten nach ihr. Jedes Mal, wenn sie ihren Anrufbeantworter abhörte oder ihre E-Mails überprüfte, warteten sie schon auf sie, fragten, wann sie wiederkäme, benötigten ihre Hilfe bei ihren Immobilien, ihren Plänen, ihrem Leben. Brauchten *Transformations*. Brauchten Olivia, die Aufhübscherin. Sie konnte durch jemandes Haus rauschen und es innerhalb von wenigen Minuten hübscher, heller, ansprechender machen.

Bei anderen Leuten fiel ihr das nicht schwer. Aber bei sich selber …

Unter den heutigen Nachrichten war auch eine von Rand gewesen. Er hatte angerufen, um ihr zu sagen, dass er an sie dachte – was vermutlich nur sein Ausdruck dafür war, dass er mal wieder flachgelegt werden wollte. Rand Whitney. Großer Gott, war er wirklich vor nur wenigen Monaten noch der Gral all ihrer Hoffnungen und Träume gewesen? Es kam ihr vor, als wäre es ewig her. Sie war so naiv gewesen. Ganz die Tochter ihrer Mutter. Zu glauben, dass, wenn ein Leben perfekt aussah – der Ehemann, die Freunde, das Zuhause, die Kinder –, es auch perfekt sein musste. Olivia hatte ihre ganze Karriere auf diesem Prinzip aufgebaut. Sie sollte wissen, dass man alles mit wenigen Handgriffen in etwas verwandeln konnte, was alle Leute haben wollten. Sei es nun ein heruntergekommenes Reihenhaus in der City oder ein vernachlässigtes Sommercamp in den Wäldern. Aber sobald man ein wenig an der Oberfläche kratzte, wurde die Lüge darunter offenbar.

Das Paddeln im Licht der untergehenden Sonne war nicht so entspannend, wie sie gehofft hatte. Gedanken an Jenny Majesky kreisten durch ihren Kopf. Vor ein paar Monaten hatte sie noch nicht einmal von ihrer Existenz gewusst. Und jetzt hatte sie plötzlich eine Schwester. Wenn man einen Stein ins Wasser wirft, zieht er immer weitere

Kreise. Genauso war es mit dieser Geschichte. Eine Entscheidung, die in diesem Sommer vor so vielen Jahren getroffen worden war, berührte nun auf einmal so viele Leben, Zukünfte, Pläne. Und es war nicht abzusehen, wo die Wellen aufhören würden, die Oberfläche zu kräuseln.

Auch wenn das alles vor Olivias Geburt angefangen hatte, hatte sie dennoch ihre Rolle in all dem zu spielen. Die Rolle der Tochter, der Unterstützerin, der Freundin. Der Schwester.

Ich habe eine Schwester. Der Gedanke summte in einer Mischung aus Freude, Angst und Beklommenheit durch ihren Körper.

Sie paddelte nah am Ufer entlang, wo die Weiden und Ahornbäume ihre Äste ins Wasser tauchten und Entenfamilien in Reih und Glied zwischen den Rohrkolben hindurchschwammen. Aus dieser Perspektive sah Kioga genau so aus, wie es in der Dämmerung aussehen sollte. Ein paar Lichter leuchteten hinter den Fenstern des Haupthauses der Nebengebäude. Ein Feuer flackerte in dem aus Flusssteinen gemauerten Grill am Ufer. Max hatte sich heute Abend von seinem Vater Hamburger und Hotdogs gewünscht. Der kleine Junge war einem der wenigen Vorteile einer Scheidung auf die Schliche gekommen: Jeder versuchte, die Kinder zu verwöhnen. Olivia hoffte, dass die Eltern sie nicht total verhätscheln würden, wie es bei ihrer eigenen Familie geschehen war. Es war hart, zuzusehen, wie Daisy und Max das Gleiche durchmachten, was sie als Kind erlebt hatte. Gleichzeitig sah sie mit bittersüßem Schmerz, wie ihr Onkel ein immer besserer Vater und Mensch wurde – bittersüß, weil es auf Kosten seiner Ehe geschah.

Die Dunkelheit brach herein, aber sie schaltete ihre Taschenlampe noch nicht an. Bald würde der Mond aufgehen, und im Moment konnte sie noch gerade genug sehen, um ans Dock von Spruce Island zu paddeln. Denn genau das war von Anfang an ihr Ziel gewesen. Connor arbeitete noch immer da draußen, und sie wollte mit ihm alleine sprechen.

Ja, sie suchte Connor. Vielleicht war ihr Hang zu Erniedrigungen wirklich unersättlich, wie Freddy manchmal sagte. Hier war sie nun, total verwirrt wegen Jenny, aber immer noch so frustriert, nein, wütend auf Connor, dass sie kaum geradeaus sehen konnte. Und dennoch musste sie zu ihm.

Wenn sie ihre Augen schloss, konnte sie immer noch seine Küsse und das brennende Verlangen nach ihm spüren, genau wie in der Nacht, als sie sich ihm fast an den Hals geworfen hatte. Er hatte dem sehr schnell ein Ende bereitet, aber wie ein liebeskranker Teenager hatte sie es in der Winterlodge noch einmal versucht. Doch ihr schamloses Flirten war vergebens gewesen. Nichts, aber auch gar nichts fühlt sich so erniedrigend an wie sexuelle Zurückweisung, dachte sie.

Gab es einen besseren Ort, um das Thema ein für alle Mal zu klären, als hier auf dieser kleinen privaten Insel inmitten des Sees?

Sie erreichte das Dock, machte das Kanu fest und stieg aus.

„Hallo“, rief sie.

„Ich bin hier drüben.“

Ihr Herz setzte einen Schlag aus und klopfte danach dann umso schneller, als sie dem Klang seiner Stimme folgte.

„Hey“, sagte sie in bewusst neutralem Ton.

„Hey.“ Das Licht einer Laterne erhellte seinen Arbeitsplatz. Er löste eine hölzerne Schraubzwinge und trat einen Schritt zurück, um sein Werk zu betrachten. „Ich hatte niemanden erwartet.“

„Du bist nicht zum Abendessen aufgetaucht, da habe ich gedacht, ich schaue mal nach, ob alles in Ordnung ist.“

„Nur deswegen bist du den ganzen Weg hier rausgepaddelt?“

„Ja.“

„Lügnerin.“ Er wischte sich seine Hände mit einem Stofftuch ab. „Was machst du hier, Lolly?“

Sie brachte es nicht über sich, etwas darauf zu erwidern. Außerdem war sie sich ziemlich sicher, dass er es sowieso wusste. Er schien sie jedes Mal Lolly zu nennen – nicht Olivia –, wenn er sie durchschaute. Sie überlegte, ihm zu erzählen, wie das Treffen mit Jenny Majesky gelaufen war, aber sie war noch nicht bereit, darüber zu sprechen. Sie war unter anderem hierhergekommen, um genau dieser Situation aus dem Weg zu gehen. Sie wollte nicht an ihren Vater und Jenny denken, die jetzt im *Apple Tree Inn* beieinandersaßen.

Connor drängte sie nicht, sondern beschäftigte sich damit, die Schraubzwinge und sein Werkzeug wegzuräumen. Dann drückte er auf einen Schalter, und ganz viele kleine Lichter glitzerten zwischen den Dachsparren des wiederhergestellten Pavillons auf.

Olivia drehte sich einmal langsam um die eigene Achse. Einen Moment lang vergaß sie alle ihre Sorgen und Nöte. Sie vergaß alles, bis auf die Tatsache, dass dieser Mann so viele Stunden gearbeitet hatte, um diesen Ort für ihre Großeltern wiederauferstehen zu lassen. Bei dem Gedanken schmolz auch noch das letzte bisschen Verärgerung auf Connor. „Es ist genau so, wie ich es mir vorgestellt habe.“

„Schön, dass es dir gefällt.“ Er sah in diesem Licht unglaublich sexy aus. Ach was, das tat er in jedem Licht, musste sie zugeben.

„Ich bin froh, dass ich dich gefunden habe“, sagte sie und wurde sofort verlegen. „Ich meine, als Bauunternehmer. Ich hatte mir Sorgen gemacht, ob das funktionieren könnte, ob wir beide gut zusammenarbeiten würden, weil … du weißt schon.“ Oh, sie plapperte schon wieder.

Er schien ungerührt, als er ohne zu fragen zwei Dosen Bier öffnete und ihr eine reichte. „Cheers“, sagte er.

Olivia war keine große Biertrinkerin, aber manchmal, so wie jetzt, in der heißesten Nacht des Jahres, war es genau das Richtige. Das kalte, schaumige Getränk kühlte ihre Kehle.

Connor schaltete die Lämpchen wieder aus und nahm die Laterne in die Hand. „Komm, setzen wir uns hier rüber.“ Er leuchtete den Weg hinunter zum Ufer. „Ich würde dir ja ein Feuer machen, aber es ist auch so schon heiß genug.“

Sie neigte ihren Kopf zur Seite und drückte die kalte Bierdose gegen ihren Hals. Sie schloss die Augen und stieß einen Seufzer aus. „Es ist so heiß, dass ich kaum geradeaus gucken kann.“

„Ich wüsste, wie man Abhilfe schaffen kann.“

„Hm. Nackt in den See springen.“ Sie schlüpfte aus ihren Flip-Flops und setzte sich hin.

„Natürlich. Eine von Kiogas geheimsten Traditionen.“

„Von der jeder gewusst hat.“ Sie zuckte vor den ungewollten Erinnerungen zurück. Ihre Gedanken schlingerten und rasten durch ihren Kopf. Würde sie ihn das tun lassen? War sie darauf vorbereitet? War er es?

„Lass mich dir von meinem Tag erzählen“, sagte sie. Es war nur fair, ihm von dem unsichtbaren Gepäck zu erzählen, das sie mit sich herumtrug. „Ich bin mit meinem Vater bei Jenny gewesen, um die beiden miteinander bekannt zu machen. Es war fürchterlich und seltsam und traurig. Heute Abend führt er sie ins *Apple Tree Inn* aus, damit sie sich kennenlernen können. Und das alles ist meine Schuld, weil ich die Büchse der Pandora geöffnet habe. Aber wie hätte ich es nicht tun können?“

„Hey. Nichts davon ist deine Schuld. Überhaupt gar nichts.“

Olivia verspürte den Drang, sich an ihn zu lehnen, um Schutz zu suchen. Jeder Atemzug schien ihre emotionalen Schmerzen zu vertiefen. „Es war so schwer“, sagte sie. „Versteh mich nicht falsch. Jenny war toll. Aber auch … vorsichtig. Sie hat uns nicht als ihre lange verschollene Familie umarmt. Sie hat uns aber auch nicht weggestoßen. Die ganze Zeit konnte ich nicht aufhören, daran zu denken, was wir alles verpasst haben. Die ganzen Dinge, die wir nie hatten. Mein ganzes Leben lang hatte ich eine Schwester. Eine große Schwester. Und ich habe es nicht gewusst. Ich frage mich, wie mein Leben wohl verlaufen wäre, wenn wir einander als Kinder schon gekannt hätten.“

Er legte einen Arm um ihre Schulter und zog sie an sich. Allein seine menschliche Wärme zu fühlen brachte sie an den Rand der Tränen. Er sagte nichts, weil es nichts zu sagen gab, wie sie annahm. Endlich stellte er eine Frage. „Was kann ich tun?“

Sie schluckte ein paarmal, weil sie ihrer Stimme kaum vertraute. „Vielleicht brauche ich überwältigenden Sex und eine Schulter, an der ich mich ausweinen kann."

Sein Griff wurde fester, und sie konnte das Lachen in seinem Brustkorb aufsteigen hören. „Ich schätze, dann bist du an genau den Richtigen geraten."

Olivia wusste nicht, ob sie das wirklich annehmen sollte, was er ihr anbot. Sie hatte einen tollen besten Freund – Freddy – und eine Cousine, die sie anbetete – Dare. Die beiden könnten die Schulter sein. Für den umwerfenden Sex bedurfte es aber tatsächlich eines Spezialisten.

Sie und Connor hatten es schon mal mit Sex probiert. Es war ein Desaster gewesen, dessen Ausmaße sie immer noch versuchte zu verstehen. Sie hatte gedacht, dass es sich um ein typisches Teenager-Szenario aus Zurückweisung und dadurch empfundener Erniedrigung gehandelt hatte. Aber sie hatte es nie wirklich hinter sich lassen können. Ganz im Gegenteil, sie hatte sich über diesen Moment definiert und ihm erlaubt, Entscheidungen zu beeinflussen, die sie Jahre später traf.

„Also, was sagst du, Lolly", flüsterte er an ihrem Mund. Er küsste sie nicht, war aber nah genug, dass es sich so anfühlte.

Gott, sie war verknallt in ihn. Wieder einmal. Dabei hätte sie ihre Lektion doch vor langer Zeit gelernt haben sollen. Sie wollte ihn jedoch so sehr. Selbst das Wissen, dass es ein Fehler sein könnte, hielt sie nicht mehr auf.

Vielleicht würden sie es als Erwachsene besser machen. Denn weiß Gott, schlechter konnte es nicht werden.

Camp Kioga – Liederbuch

Zapfenstreich (Der Tag ist um)

Der Tag ist um, die Sonne fort,
Vom See, von den Bergen, vom Himmel;
Alles ist gut, schlaft recht fein, Gott ist nah.

30. KAPITEL

Sommer 1997

Glückliche, aber erschöpfte Camper wimmelten am Abholtag über die Wiese vor dem Haupthaus. Einige nahmen den Campbus zum Bahnhof. Andere wurden von erwartungsvollen Eltern in Geländewagen und SUVs abgeholt. Nach zehn Wochen wurde selbst das anstrengendste Kind vermisst. Die Schlafbaracken waren ein letztes Mal gefegt worden, und die Kinder wuselten durcheinander, schleppten ihr Gepäck und nahmen ihre Sonnenbräune, die Mückenstiche und – wie es Lollys Großeltern in ihrer Ansprache beim Frühstück ausgedrückt hatten – unwiederbringliche Erinnerungen mit nach Hause.

Lolly sah Connor, der mit Julian sprach. Der kleine Junge hüpfte von einem Bein aufs andere. Er war immer noch das energiegeladenste Kind des gesamten Camps. Ihr Herz hüpfte, wie es das immer tat, wenn sie Connor sah oder nur an ihn dachte. Entgegen allen Erwartungen war diesen Sommer etwas Erstaunliches passiert. Er war ihr Freund geworden, ihr erster fester Freund, und sie war so schwindelerregend in ihn verliebt, dass sie nicht mehr schlafen oder essen oder denken konnte. Sie ging zu ihm hinüber und reichte Julian die Fledgling-Flagge. „Halt sie schön hoch, damit die Eltern sehen, wo sie ihre Kinder finden können."

„Mein Dad kommt. Er kommt den ganzen Weg aus Italien, um mich abzuholen."

„Das habe ich schon gehört. Ich finde das unglaublich cool von ihm", sagte Lolly.

Stolz wie Oskar reckte Julian die Fahne in die Luft und hielt seinen Blick fest auf die ankommenden Autos gerichtet.

„Kluger Schachzug", sagte Connor zu ihr. „Ihm eine Aufgabe zu geben wird ihn mindestens eine ganze Minute beschäftigt halten."

„Ich kann kaum glauben, dass er den Sommer unbeschadet überstanden hat", sagte sie. Der Bungeesprung war nur der Anfang gewesen. Julian hatte Glück, einen großen Bruder zu haben, der klug war und sich um ihn kümmerte. Anstatt gegen die Faszination des Jungen mit großen Höhen anzugehen, hatte Connor Wege gefunden, sie in geordnete Bahnen zu lenken. Er hatte Julian und einige der anderen Camper mitgenommen, um die steilen weißen Klippen und Eishöhlen des Shawangunk's Ridge zu erkunden, hatte ein Seil an einen Baum am See gebunden, von dem aus sie sich ins Wasser schwingen konnten, und war mit einer Gruppe zu dem höchsten Aussichtsturm der Ranger gewandert. Auf der gestrigen Abschiedsfeier hatte es sogar ein Bergabrennen mit Mountainbikes gegeben. Lolly wusste, dass sie die Freudenschreie von Julian niemals vergessen würde, die er bei seiner rasanten Abfahrt ausgestoßen hatte. Genauso wenig wie das stolze, liebevolle Grinsen auf Connors Gesicht, als er ihm zusah.

Eine Welle der Liebe zu ihm erfasste sie, und sie rückte näher an ihn heran und berührte wie zufällig seine Hand. „Das ist das erste Mal in meinem Leben, dass ich das Ende des Sommers bedauere."

„Ich habe den Abschied schon immer gehasst."

Ramona Fisher kam auf sie zugerannt. „Da bist du ja, Lolly. Ich habe meiner Mom gesagt, dass ich nicht eher gehe, bevor ich dir Tschüss gesagt habe."

Lolly breitete ihre Arme aus, und das Mädchen stürzte sich hinein. Es hatte sehr viel Zeit und Aufmerksamkeit bedurft, um Ramona über das herzzerreißende Heimweh hinwegzuhelfen, das sie zu Beginn des Sommers beinahe gelähmt hatte. Lolly hatte das Mädchen überzeugen können, dass es normal war, die Menschen zu vermissen, die man liebte, aber dass ihre Abwesenheit kein Grund war, sich schrecklich zu fühlen.

Mit einem Seitenblick auf Connor fragte Lolly sich, ob sie in der Lage wäre, ihren eigenen Rat zu befolgen, wenn sie erst einmal auf dem College war. Allein der Gedanke daran, Tage, Wochen oder gar Monate ohne ihn zu sein, jagte ihr einen eiskalten Schauer des Grauens über den Rücken.

„Das ist für dich", sagte Ramona. „Damit du mich nicht vergisst." Sie reichte ihr ein selbst gemachtes Freundschaftsarmband aus bunten Farben und mit vielen Perlen. Ganz sorgfältig hatte sie die Initialen RF und LB in das Band hineingewoben.

„Oh, das ist fantastisch, Ramona." Lolly streckte ihre Hand aus, damit das Mädchen ihr das Band umbinden konnte. „Ich werde es mit Stolz tragen."

„Und ich mach es", sagte Ramona und zog den Knoten ein letztes Mal fest. „Ich werde mich im Schwimmteam von Nyack anmelden."

„Wow, da haben die aber ganz schönes Glück, dich zu kriegen", sagte Lolly.

Pfeifen trillerten, und Autohupen erklangen, und alle beeilten sich, die Kinder zusammenzusuchen und sie in die wartenden Autos oder in den Bus zu verfrachten. Doch zwischen Lolly und Connor bestand ein unsichtbares Band. Ihre Verbindung war über die vergangenen Sommerwochen gewachsen und tiefer geworden, und jetzt war er für sie die ganze Welt. Sie hatte ihm gestanden, dass er der erste Junge war, den sie je geküsst hatte. „Das macht mich glücklich", sagte er. „Ich mag es, dein Erster zu sein."

Heute Nacht gäbe es ein anderes erstes Mal, das wussten sie beide. Sie dachte an ihre Pläne und spürte das Ziehen dieses unsichtbaren

Bandes. Er musste es auch gefühlt haben, denn obwohl er inmitten der Jungen steckte und half, das Gepäck im Bus zu verstauen, hielt er in genau diesem Moment inne, drehte sich um und schaute sie an. Sie tauschten einen kurzen, verschwörerischen Blick und machten sich dann wieder an ihre Arbeit.

„Papa! Da ist mein Papa!“ Julian führte einen wahren Freudentanz auf und wedelte mit der Fledglings-Fahne, als wäre sie die weiße Fahne der Kapitulation. „Connor, mein Papa ist hier!“, schrie er förmlich. Er ließ das Banner fallen und rannte durch die Menge.

„Der verrückte Professor“, sagte Connor zu Lolly und ging, um Louis Gastineaux zu begrüßen.

Er war ein untersetzter, jovialer Mann mit dicken Brillengläsern und einer schlecht sitzenden Hose, die er bis fast an den Brustkorb hochgezogen hatte. Dazu trug er ein kurzärmliges Hemd in einem ganz seltsamen Gelb. Julian war so aufgeregt, dass er sich an allen vorbeidrängte und ständig an seinem Vater herumzerrte, während er ihm alles zeigte.

„Du wirst Julian vermissen, oder?“, fragte Lolly.

„Ich vermisse ihn, seit ich elf bin“, gab Connor zu. „Verrückter kleiner Kerl.“

„Dann bin ich froh, dass du diesen Sommer hattest. Vielleicht kehrt ihr beide nächstes Jahr zurück.“

Er grinste sie an. „Vielleicht. Vorausgesetzt, deine Großeltern … Mist.“ Sein Grinsen verschwand.

„Was ist los?“, fragte sie, aber sie musste die Antwort gar nicht hören. Sein eigener Vater kam gerade mit dem Lieferwagen die Auffahrt hoch. Julian, der Mr Davis wirklich mochte, zog Louis zu ihm, um die beiden Männer einander vorzustellen.

„Entschuldige mich bitte“, sagte Connor und ging zu der Gruppe hinüber.

Lolly beobachtete sie aus der Entfernung. Zwei Väter, zwei Söhne, jeder von ihnen auf eine Art gebrochen. Sie verstand, dass Connor seinen Vater liebte, aber sein Schmerz und die Scham über Terrys Trinkerei hatten von beiden ihren Tribut gefordert.

„Ist das der Junge, mit dem du dich den ganzen Sommer über getroffen hast?“, fragte eine Stimme hinter Lolly.

Oh, verdammt. Sie drehte sich widerstrebend um. „Hi, Mom. Wann bist du angekommen?“

„Vor einer Stunde, aber du hast mich nicht bemerkt.“ Lollys Mutter war wie immer perfekt frisiert, geschminkt und gekleidet: ein gestärktes Baumwollkleid, flache Sandalen, eine Designersonnenbrille und eine beige Chanel-Tragetasche. Neben ihr fühlte Lolly sich schmuddelig und ungekämmt.

Sie begrüßte ihre Mutter mit einer kurzen Umarmung. „Komm, ich will dich Connor vorstellen."

Ihre Mutter versteifte sich spürbar und strahlte mit jeder Faser ihres Wesens Widerstreben aus. „Ich denke nicht, dass das notwendig ist."

Lolly stieß ein kleines, ungläubiges Schnauben aus. „Mein erster echter Freund, und du willst ihn nicht kennenlernen?"

„Süße, das lohnt sich doch nicht. Ab morgen gehen wir alle wieder getrennte Wege."

„Ich weiß, was du wirklich denkst", sagte Lolly und nahm einen hochnäsigen Upper-Class-Akzent an. „Leute wie Connor Davis sind kein Umgang für deine Tochter."

„Sei nicht so garstig."

„Dann komm mit und begrüße ihn. Mom, er ist so toll. Ich weiß, dass er dir gefallen wird." Lolly brach ab, als sie sah, dass ihre Mutter Connor über die Entfernung eindringlich musterte. Mit seinen langen Haaren und dem leicht ausgeflippten Aussehen stand er neben seinem Vater, der seinen Arbeitsoverall trug und eine Zigarette rauchte. Gleich daneben waren der verrückte Professor und sein gemischtrassiges Kind. Lolly sah den Ausdruck auf dem Gesicht ihrer Mutter und entschied sich, aufzugeben. Ihre Mutter würde Connor niemals mögen, egal, was er tat, also konnte sie ihm die unangenehme Situation, ihr vorgestellt zu werden, genauso gut ersparen.

„Ich muss weg", sagte sie. „Ich habe versprochen, mit den Vorspeisen für heute Abend zu helfen. Die Küche hat noch so viele Eier übrig, dass wir eine Trillion gefüllte Eier machen werden."

Auf dem Weg zum Haupthaus zwang sie sich, die Skepsis ihrer Mutter abzuschütteln und sich auf den Abend zu freuen. Sie wurde von Jazzy Simmons abgefangen, die ihr mit verschwörerischer Miene zuflüsterte: „Vergiss nicht, die Eismaschine anzulassen, zumindest, bis wir die Bierfässer füllen."

„Ich hab doch gesagt, dass ich sie anlasse", erwiderte Lolly. Heute fand der traditionelle Abschiedstanz für die Mitarbeiter und Betreuer des Camps statt. Es würde ein Lagerfeuer am Seeufer geben und natürlich literweise ins Camp geschmuggeltes Bier. Lolly machte es nichts aus, das Eis dafür zur Verfügung zu stellen. Sie und Connor zählten darauf, dass alle so sehr mit den Feierlichkeiten beschäftigt wären, denn sie hatten vor, sich heimlich davonzustehlen. Ohne Kinder, um die sie sich kümmern mussten, ohne letzte Rundgänge, um alle Lichter auszumachen, hätten sie endlich mal ein wenig Zeit nur für sich. Sie hatten einen Plan. Heute Nacht würden sie endlich das erste Mal im Leben Liebe machen.

Die Party war nicht ganz schrecklich. Das war wenigstens etwas. Einen Freund zu haben hatte Lolly definitiv mehr Selbstvertrauen gegeben. Sie stand nicht mehr auf den Partys herum, als wäre sie an der Wand festgeklebt, unfähig, sich auf die Tanzfläche zu begeben und zu tanzen. Sie hatte gelernt, dass es möglich war, zu lachen und Spaß zu haben, ohne sich Gedanken darüber zu machen, was die anderen dachten. Sie wünschte, ihre Cousinen wären da, aber Dare und Frankie waren schon gestern abgereist, weil sie bis Kalifornien fahren mussten, wo sie aufs College gehen würden.

Glücklicherweise war Lollys Mutter nicht in der Nähe. Sie verbrachte die Nacht im Turning Maple, einem Luxus-Bed & Breakfast im Ort. Morgen würde sie mit Lolly zusammen in die Stadt zurückfahren. Lolly wusste, dass das Thema Connor zwischen ihnen nicht mehr zur Sprache kommen würde. So war ihre Mutter. Wenn man über etwas nicht sprach, existierte es auch nicht.

In diesem Fall war es Lolly nur recht. Sie wusste nicht, ob sie überhaupt die richtigen Worte finden würde, um ihrer Mutter oder irgendjemandem zu erklären, was sie für Connor empfand. Sie nannte es Liebe, aber es fühlte sich so viel größer an. Es war wie ein Tornado in ihrem Innern, ein Waldbrand. Sie tanzten zusammen, und sie hatte das Gefühl, sie würde von der Macht ihrer Gefühle in den Himmel gehoben. Am Ende des Liedes ging Connor, um etwas zu trinken zu holen, und Lolly stand einfach nur wie betäubt da.

Jazzy Simmons kam zu ihr. Sie trug tief auf den Hüften sitzende Cargohosen und ein Shirt, unter dem ihre BH-Träger hervorblitzten. Ihre Brüste standen hervor wie zwei Autoscheinwerfer. Sie war bekannt dafür, nie ein Blatt vor den Mund zu nehmen, und so warf sie jetzt auch nur einen Blick auf Lolly und sagte: „Oh mein Gott, du wirst es heute tun, oder?“

„Halt den Mund, Jazzy.“ Doch Lollys Stimme fehlte der Nachdruck; dazu schwebte sie noch zu sehr auf Wolke sieben.

„Lolly Bellamy, du kleines Luder. Du wirst es mit Connor Davis machen.“ Jazzy war den ganzen Sommer über verschnupft gewesen, weil Connor sich für Lolly und nicht für sie entschieden hatte. „Lolly und Connor“, sagte sie und schlang ihren Arm um einen Jungen namens Kirk. „Das ist was, was ich gerne sehen würde.“

„Das würden wir alle gerne sehen“, kicherte Kirk.

Lolly hätte es nicht egaler sein können. Zu wissen, dass sie und Connor sich davonstehlen würden, war gleichzeitig aufregend und Angst einflößend. Als alle sich auf den Weg zum Ufer machten, um das Lagerfeuer zu entzünden, schob sich eine dünne Wolkendecke vor den Mond. Furcht erfasste sie, aber auch eine gewisse Vorfreude. Sie machte sich auf den Weg, Connor an der verabredeten Stelle zu treffen. Sie hatten einen Lieblingsplatz in der Nähe des Wasserfalls, wo das hinunterstürzende Wasser ein tiefes Becken ausgehöhlt hatte. Mondlicht fiel durch ein Loch im dichten Baldachin des Waldes, und das leise Dröhnen des auf die Felsen aufschlagenden Wassers war eine seltsame, aber beruhigende Hintergrundmusik. Connor wartete bereits auf sie, und einen kurzen Moment sah er fast abweisend aus; seine Gesichtszüge wurden von den Schatten verborgen und seine schlanke Silhouette vom auf dem Sprühnebel des Wassers glitzernden Mondlicht erhellt.

„Ich war mir nicht sicher, ob du kommen würdest", sagte er, als sie ihn ein wenig atemlos vom Anstieg erreichte.

„Natürlich komme ich." Sie fühlte sich mit einem Mal ein wenig schüchtern und unsicher. „Hast du, äh, alles mitgebracht?"

„Ja, gleich hier." Er breitete eine dicke, wollene Army-Decke aus und stellte zwei Dosen Bier und eine schmale, längliche Schachtel darauf. Die Kondome. Oh Gott, dachte sie. *Wir werden es wirklich tun.*

„Setz dich", sagte er mit einem kleinen Lächeln. „Wir haben keine Eile." Er öffnete eine Dose Bier und reichte sie ihr.

„Wo hast du das her?" Sie nahm die Dose an und setzte sich im Schneidersitz auf die Decke.

„Was glaubst du?" Er lachte kurz auf. „Mein Vater hat einen nicht enden wollenden Vorrat."

Sie nickte, nahm einen Schluck und verzog ein wenig das Gesicht. Sie mochte den Geschmack von Bier nicht sonderlich, hatte aber plötzlich das Bedürfnis, das Unvermeidliche noch ein wenig hinauszuzögern. „Worüber habt ihr heute Nachmittag gesprochen, du und dein Vater und Professor Gastineaux?"

„Ich weiß nicht. Louis hat sich bei meinem Vater bedankt. Und mein Dad hat wie üblich gekatzbuckelt und gekratzt und gesagt, dass das doch das Mindeste sei, was er tun könnte." Seine Stimme hatte einen genervten Unterton.

„Es war ja auch nett von deinem Vater."

„Ja, er wird sich heute Nacht sicher richtig einen hinter die Binde kippen, um zu feiern, *wie* nett er ist. Wir hatten eben noch einen großen Streit, weil er zum Poolspielen in die Hilltop Tavern gehen wollte."

Lolly wusste nicht, was sie dazu sagen sollte. Sie wusste, dass es nicht um das Poolspielen ging, sondern darum, dass Mr Davis zu viel trinken und dann versuchen würde, noch Auto zu fahren. „Es tut mir leid" war alles, was sie sagen konnte.

„Ist schon okay. Ich bin ja nicht sein Aufpasser." Er nahm einen großen Schluck von seinem Bier. „Das war deine Mom vorhin bei dir, oder?", fragte er.

Sie war überrascht, dass er es bemerkt hatte. „Ja. Sie ist heute Morgen aus der Stadt hergefahren."

„Du siehst aus wie sie."

Lolly schnaubte. „Ja, genau."

„Was meinst du wohl, woher ich sonst gewusst hätte, dass es deine Mom ist?" Er trank noch einen Schluck. „Warum hast du uns einander nicht vorgestellt?"

Oh-oh. Ihre Wangen fingen an zu brennen. „Meine Mutter ist nicht gerade der freundliche Typ."

„Ach komm, du weißt selber, dass das nicht der Grund ist. Weißt du, wenn du dich schämst, mit mir gesehen zu werden ..."

„Da könntest du nicht falscher liegen", unterbrach sie ihn schnell. „Ich mich für dich schämen? Verdammt, Connor, ich wache jeden Morgen auf und kneife mich, um sicherzugehen, dass ich dich nicht nur träume. Ich schwöre, ich schäme mich nicht für dich, aber ..."

„Aber was?"

„Aber für meine Mom. Für ihre voreingenommene Art anderen Menschen gegenüber. Ich wollte dich dem nicht aussetzen, also habe ich sie dir nicht vorgestellt. Okay? Und überhaupt, wenn jemand sich für den anderen schämen sollte, dann ja wohl eher du für mich."

„Was soll das nun wieder heißen?"

„Komm, Connor. Glaubst du, ich habe nicht mitbekommen, wie die anderen Jungs dich damit aufziehen, dass du dich mit der fetten Kuh triffst?"

„Die sind doch alle dumm", sagte er.

„Genau wie meine Mom." Sie seufzte. „Ich wünschte ..." Sie war nicht sicher, was sie sich wünschte. Dass sie eine andere Mutter hätte? Dass Terry Davis ein besserer Vater wäre? Sie schwieg, und so saßen sie einige Zeit in totaler Stille nebeneinander und ließen die Spannung der vergangenen Minuten sich langsam auflösen. Sie trank noch ein paar Schlucke von ihrem Bier. Es brauchte nicht viel, dass sie eine leichte Wärme in sich spürte. „Weißt du, was mir am College am meisten Angst macht?", fragte sie. „Von dir getrennt zu sein."

„Wir werden uns doch zwischendurch sehen."

„Na ja, wir haben nie wirklich drüber gesprochen." Sie hatten nicht darüber geredet, wie diese Beziehung nach Ende des Camps weitergehen würde. Sie wünschte, die Zeit würde stehen bleiben und die Welt einfach weggehen, damit sie und Connor für immer alleine wären. Wie Adam und Eva. Dann stellte sie sich vor, wie das Leben in der Stadt wäre. Sie würde in ihre Vorlesungen gehen und Connor zur Arbeit, und sie würden sich jeden Abend sehen. Das wäre perfekt.

Er zuckte die Schultern. „Menschen neigen dazu, die Dinge zu tun, die ihnen wichtig sind."

„Du bist mir wichtig", sagte sie. „Du bist alles für mich. Ich liebe dich, Connor." Eine Pause. Oh, Mann. Sie hatte es gesagt. Wenn er es jetzt auch sagte, würde es gar nichts bedeuten, außer dass sie ihn in Verlegenheit gebracht hatte.

Aber er erwiderte es nicht. Er sagte etwas noch Besseres – falls so etwas überhaupt möglich war. „Ich habe nichts getan, um dich zu verdienen. Aber das würde ich gerne. Die Sache ist die, Lolly. Du hast all diese Erwartungen an mich. Das bin ich nicht gewöhnt. Niemand hat jemals irgendetwas von mir erwartet, außer ihm aus dem Weg zu gehen. Und nun bist du da und willst mich in deinem Leben. Das ist etwas ganz Großes für mich. Du hast gar keine Ahnung, wie groß."

„Ich wollte dich nicht unter Druck setzen", sagte sie.

„Du verstehst mich nicht. Diese Art von Druck ... ist okay. So wie ich das sehe, muss jemand, um Erwartungen an dich zu haben, erst einmal an dich glauben. Und mein ganzes Leben lang hat es immer nur eine Person gegeben, die an mich geglaubt hat – du, Lolly."

Er küsste sie hart und suchend, und sie stand sofort in Flammen. Der ganze Sommer war ein Vorspiel für diesen unausweichlichen Moment gewesen, den sie geplant und von dem sie geträumt hatten. Sie hatte furchtbare Angst, doch sie sagte sich, dass sie die nicht haben musste. Das hier war Connor, und es war an der Zeit. Jeder sagte einem, man solle sich für den aufsparen, den man liebte. Nun, wenn das, was sie für Connor empfand, keine Liebe war, wusste sie es auch nicht.

Trotzdem, auch das Brennen in ihrem Herzen machte die Sache nicht einfacher, und irgendwie spürte er das. Er hörte auf, sie zu küssen, und lehnte sich ein Stück zurück. „Lolly, wenn du nicht willst ..."

„Doch, ich will. Ich schwöre es. Gib mir nur eine Minute." Sie schlang ihre Arme um seinen Hals und atmete tief ein. Sein Haar roch frisch und sauber, wie die Nachtluft. Eine warme Brise wehte durch den Wald und teilte die Baumkronen. Sie konnte das Lagerfeuer unten am See aufflackern sehen und verspürte ein leichtes Unbehagen. Was, wenn jemand bemerkt hatte, dass sie und Connor nicht mehr da waren?

Er zog sich von ihr zurück. „Jetzt bist du noch angespannter", sagte er. „Wenn du deine Meinung geändert hast, kann ich das verstehen."

„Das ist es nicht", sagte sie. „Ich bin ... gerade ein bisschen verlegen. Ziemlich sogar, um ehrlich zu sein." Sie fand nicht die richtigen Worte, um ihm zu erklären, wie unsicher sie sich gerade wirklich fühlte.

„Weißt du, was ich denke?", sagte er mit einem verschmitzten Grinsen. „Ich denke, wir sollten schwimmen gehen."

„Du meinst nackt schwimmen?“ Sie schluckte. „Gleich hier? Gleich jetzt?“

„Klar.“

Nackt schwimmen zu gehen war eine ungeschriebene Tradition im Camp Kioga, die im Schutz der Nacht und unter viel Gekicher durchgeführt wurde. „Das habe ich noch nie gemacht“, gestand Lolly. „Ich war immer zu befangen.“ Das musste er eigentlich wissen. Er hatte bestimmt gehört, wie sie immer aufgezogen worden war. Sie hatte alleine in der stickigen Hitze gelegen und sich sehnsüchtig vorgestellt, wie es sich anfühlen musste, nackt im kühlen Wasser zu schwimmen.

Er nahm einen Schluck Bier und schüttelte den Kopf. „Glaub mir, wir haben uns nicht gegenseitig unter die Lupe genommen. Es ging einfach nur um Schnelligkeit und Unsichtbarkeit und darum, nicht erwischt zu werden. Also, was meinst du?“ Seine Stimme war sanft und leise, beinahe nur ein Flüstern. „Wie ist es jetzt?“

„Wie soll es jetzt sein?“ Sie wusste, was er fragte. Sie wusste es nur zu genau.

„Würdest du dich jetzt auch befangen fühlen?“ Er setzte sich aufrecht hin und stellte die Bierdose zur Seite.

„Ich glaube, das kann niemand einfach so abschütteln.“

Ohne den Blick von ihr zu lösen, streckte er die Hand aus und knöpfte den obersten Knopf ihrer Bluse auf. „Es ist dunkel, Lolly. Und außer uns ist niemand hier.“

Sie konnte sich nicht bewegen. Eine Sekunde lang vergaß sie sogar zu atmen. Er nahm sich den nächsten Knopf vor.

Ihr Herz klopfte so schwer, als wolle es aus ihrem Körper hüpfen. Doch als sie auf seine Hand hinunterschaute, sah alles normal aus. Nun ja, so normal es aussehen konnte, wenn ein Junge das erste Mal deine Bluse auszog und dann deinen BH. Keine Panik, sagte sie sich. *Fühl einfach nur.* Lolly fühlte sich beschützt von der Dunkelheit und von Connor, und sie wusste, solange sie in seinen Armen war, konnte ihr nichts Schlimmes passieren. Bei ihm war sie sicher, und sie wusste, alles würde gut werden, auch wenn es zwischendurch Augenblicke fürchterlicher Unbeholfenheit und Peinlichkeit gab. Sie wollte sterben, als er flüsterte: „Steh auf, Lolly, damit ich die hier ausziehen kann“, und ihr die Shorts hinunterzog. Es waren Momente von solcher Intensität, dass ihr der Atem stockte. Und die Gefühle, die in diesen Augenblicken in ihr entstanden, ließen sie vollkommen vergessen, dass sie beschämt oder gehemmt sein sollte. Sie vergaß alles, außer, dass sie Connor Davis mit jeder Faser ihres Herzens liebte.

Das Verrückte war, nackt vor ihm zu stehen brachte sie gar nicht an den Rand der Panik, wie befürchtet. Nein, das passierte erst, als Connor anfing, sich auszuziehen. Sie hatte ihn schon eine Million Mal mit freiem Oberkörper gesehen, aber als er seine Hose aufknöpfte, setzte die Panik in ihr ein.

Er musste es gespürt haben, denn er lief schnell zum Wasser und tauchte unter. Dann kam er wieder hoch, und das Wasser tanzte um ihn herum wie Sterne am Nachthimmel. Okay, dachte Lolly, nun bin ich dran. Aber bevor sie sich bewegen konnte, sah sie ein grelles Licht aufleuchten, wie ein Blitz in einem Hitzegewitter. Connor sah sich um, als wenn er mit der Unterbrechung gerechnet hätte.

Beinahe so, als hätte er es geplant.

Sekunden später brach eine Gruppe betrunkener, grölender Betreuer aus dem Wald, Schlachtrufe brüllend und die Strahlen ihrer Taschenlampen mit blendender Präzision auf Lolly richtend. Was danach geschah, daran erinnerte sie sich nur verschwommen. Sie hörte ihren eigenen Aufschrei, erinnerte sich, nach irgendetwas gegriffen zu haben, um sich damit zu bedecken. Irgendwie war eine kratzige Decke aufgetaucht und hatte sich um ihre Schultern gelegt. Das Gelächter war ohrenbetäubend. Sie verlor den Blickkontakt zu Connor, oder vielleicht wollte er auch nicht gefunden werden. Es war jetzt sowieso egal. Sie wollte weder ihn noch sonst irgendjemanden jemals wiedersehen. Sie fühlte sich so gedemütigt, dass sie einfach losrannte und barfuß über Steine und Wurzeln stolperte. Sie wollte einfach nur weg.

Avalon Troubadour
15. September 1997

Camp Kioga schließt seine Pforten für immer

Camp Kioga, seit 1932 ein Wahrzeichen von Avalon, steht kurz davor, seine Pforten für immer zu schließen. Von Angus Neil Gordon als rustikales Camp für Familien aus der Stadt gegründet, hat sich Kioga im Laufe der Jahre einen Ruf als Anbieter von herausfordernden und lohnenden Aktivitäten in der Natur erworben. Das Gelände ist bekannt für seine natürliche Schönheit, die ihresgleichen sucht. Dazu gehören ein unberührter See, ein Wasserfall und bewaldete Berge.

Das vierzig Hektar große Stück Wildnis steht derzeit unter der Leitung von Jane Gordon Bellamy und Charles Bellamy. Nach ihren Plänen für die Zukunft befragt, sagte Mrs Bellamy: „Wir hoffen, dass wir das Camp im Familienbesitz halten können."

31. KAPITEL

Bedenken schlugen wie riesige Wellen über Olivia zusammen. Sie hätte heute Nacht nicht hierherkommen sollen, nicht nach ihm suchen, nach … ja, nach was suchen? Einem Schlussstrich für die Vergangenheit oder einem neuen Anfang? Oder vielleicht nur nach Antworten auf eine ganze Reihe neuer Fragen.

„Du weißt, letztes Mal, als wir das probiert haben, ist es für uns nicht so gut gelaufen", erinnerte sie ihn.

„Und jetzt wird uns eine zweite Chance geboten." Er beugte sich vor und küsste sie ganz zart, beinahe keusch.

Allerdings war ihre Reaktion alles andere als züchtig. „Wir Glücklichen."

Wie damals knöpfte er ihre Bluse auf und gab ihre nackte Haut der warmen Nachtluft und seinen zärtlichen Blicken preis. Sie fragte sich, ob er sah, wie sehr ihr Herz raste. Ob er den kleinen Schweißtropfen bemerkte, der in ihrer Kehle hinabrann und zwischen ihren Brüsten verschwand. Ja, das tat er. Er streckte eine Hand aus und fuhr die Spur mit seinem Finger nach.

„Es ist ziemlich heiß heute", sagte er und öffnete den vorderen Verschluss ihres BHs.

„Ja", stimmte sie zu. Sie machte keine Anstalten, ihn aufzuhalten. Wenn es etwas gab, das sie von all ihren verpatzten Dates der Vergangenheit gelernt hatte, dann, dass man sich nicht gegen etwas wehrte, was sich so gut anfühlte. Man ließ es einfach passieren. Die Zeit, alles zu analysieren und rational zu betrachten, war vorbei. Jetzt war es an der Zeit, einfach nur frei zu sein.

„Du solltest nie wieder Kleidung tragen", sagte er. „Niemals."

„Wie bitte?"

„Warum willst du das hier bedecken?"

„Ich dachte nicht, dass du das hier tun wolltest, Connor."

„Wie kommst du denn darauf?"

Sie konnte nicht glauben, dass er das fragen musste. An dem Abend nach ihrem Ausflug in die Stadt hatte er sie erst dazu gebracht, ihn beinahe anzuflehen, mit ihr zu schlafen, um dann von jetzt auf gleich ohne eine Erklärung aufzuhören. Ihr war keine positive Interpretation für dieses Verhalten eingefallen, ganz im Gegenteil. Der Abend hatte eine Reihe unguter Erinnerungen in ihr hervorgerufen, die sofort die alten Zweifel in ihr geweckt hatten. Doch trotz allem war da diese stechende Sehnsucht geblieben, nicht nur nach Nähe und Intimität, sondern nach ihm – nach seiner starken Umarmung, dem Druck seiner Lippen auf ihren. Sie fragte sich, an was er sich aus jeder Nacht erinnerte, wenn überhaupt. Sie hatte diesen Sommer herausgefunden, dass das mit Erinnerungen so eine Sache war – sie wurden stark vom persönlichen Empfinden beeinflusst.

„An dem Tag, als wir nach New York gefahren sind“, sagte sie. „An dem Abend … ich habe mich praktisch an dich herangeschmissen, aber du hast mich mehr oder weniger rausgeworfen.“

Er lachte. *Lachte.*

„Ich glaub das nicht.“ Sie zog ihre Bluse um sich. „Du findest das lustig?“

„Oh ja. Das ist wirklich witzig. Ich wette, ich habe an dem Abend einen neuen Camp-Rekord darin aufgestellt, wie lange man unter einer kalten Dusche stehen kann. Ich wollte nicht aufhören.“

„Aber warum …“

„Du hattest einen schweren Tag hinter dir. Das Gespräch mit deinem Vater und alles. Ich wollte dich nicht ausnutzen.“

Oh. Sie überlegte, ob er das wirklich ernst meinte. Konnte das sein?

„Sie schauen ein wenig skeptisch drein, Miss Bellamy“, sagte er.

„Ich versuche nur, herauszufinden, ob das gelogen ist oder ob es jemanden wie dich wirklich geben kann.“

„Lass uns mal eines klarstellen. An dem Abend in meinem Wohnwagen wollte ich dich so sehr, dass es wehgetan hat. Als wir aufgehört haben, musste ich mich arg zusammenreißen, um nicht wie ein Baby zu weinen. Kein normal denkender Mann würde sich freiwillig so einer Folter unterziehen. Was ich damit sagen will, ist, dass ich einfach nicht normal denken kann, wenn es um dich geht, Lolly. Du bist mir viel zu wichtig. Sogar wenn es mich verrückt macht, werde ich nichts unternehmen, bevor ich sicher bin, dass es für uns beide richtig ist. Und wenn das deine Vorstellung von einem Anmachspruch ist, dann ist das wohl so.“

Sie war sprachlos. Mit offenem Mund starrte sie ihn an. Sie hatte zwar gewisse Erwartungen gehabt, als sie sich heute auf den Weg hierhergemacht hatte, aber das hatte sie nicht erwartet.

Er beugte sich vor und küsste sie mit ungeahnter Zärtlichkeit. Er umfasste ihr Gesicht mit beiden Händen und berührte ihre Lippen mit seinen, verstärkte den Druck ganz langsam, bis sie sich ihm öffnete und den Kuss vertiefte. Sie bog sich ihm entgegen, doch er schien nicht in Eile zu sein. Er hatte sie bis zur Taille komplett ausgezogen, und sie warf sich ihm beinahe entgegen, und dennoch schien er nur daran interessiert zu sein, sie zu küssen, mit seiner Zunge ihre Lippen nachzufahren, um dann tief in sie hineinzugleiten und sie in einem hypnotisierenden Rhythmus zu küssen, der sie alles um sie herum vergessen ließ.

Endlich löste er seinen Mund von ihrem. „Lass uns schwimmen gehen", sagte er.

Nein. Sogar als sie sich von ihm auf die Füße helfen ließ, protestierte jede Zelle in ihrem Körper. Sie starb beinahe vor Verlangen, von ihm geliebt zu werden. Gleich hier, gleich jetzt. Und er wollte schwimmen gehen? Vielleicht hatte er seine Meinung, was Sex anging, geändert. Vielleicht hatte der Kuss ihn davon überzeugt, dass er sie doch nicht so attraktiv fand wie gedacht.

Mit einer fließenden Bewegung zog er sich sein T-Shirt über den Kopf. „Nun?", fragte er.

„Willst du das wirklich, oder ist das nur ein Trick, damit ich mich ausziehe?"

Er berührte mit seinem Finger ihren nackten Bauch und strich aufreizend am Bund ihrer Shorts entlang. „Die Mission ist noch nicht ganz erfüllt." Er öffnete den Knopf der Hose und zog langsam den Reißverschluss hinunter. Dabei schaute er ihr die ganze Zeit ins Gesicht. „Weißt du, der Grund, warum wir schwimmen gehen sollten", sagte er, „ist, dass, wenn wir es jetzt tun, es viel zu schnell vorbei wäre." Er fuhr mit dem Finger über ihren unteren Rücken. „Was übrigens ein Kompliment ist." Mit diesen Worten trat er einen Schritt zurück, entledigte sich dem Rest seiner Kleidung und sprang ins Wasser.

Olivia folgte nur Sekunden später mit einem Kopfsprung vom Dock. Das kalte, klare Wasser war herrlich, als sie einander jagten und ziellos umherschwammen, sich gegenseitig nass spritzten, untertauchten und nach Luft schnappend wieder an die Oberfläche kamen. Der Mond malte silberne Streifen auf die Oberfläche des Sees, und als Olivia ihren Kopf zurücklegte, schienen die Sterne sich ganz langsam am Himmel zu drehen. Sie schwamm zu Connor hinüber, und Händchen haltend trieben sie nebeneinander in der Nacht.

„Ich musste einen Gang rausnehmen", sagte er.

„Und, funktioniert's?" Sie glitt näher an ihn heran, bis er sie an den Schultern packte.

„Nicht sonderlich gut." Er küsste sie mit einer solchen Intensität, dass die Sehnsucht wie ein feuriger Blitz durch ihren Körper schoss.

Sie löste ihre Lippen gerade so weit, dass sie flüstern konnte: „Komm mit mir zurück an Land."

Es war wunderbar und schrecklich, tropfnass vor ihm zu stehen und ihn so sehr zu wollen, dass sie nicht geradeaus gucken konnte. Es war fremd und seltsam und fesselnd, und als er sie endlich küsste, war ihr alles andere egal. Für sie zählte nur, dass sie endlich, endlich bei ihm war und dass sie ihn berühren konnte, seinen Körper, seine Muskeln, die kühle Samtigkeit seiner Haut.

Als sie auf die Badetücher sanken, die er ausgebreitet hatte, schoss ihr durch den Kopf, dass sich jetzt alles für sie ändern würde. Mit einer Ernsthaftigkeit, die beinahe komisch war, holte Connor einen Leporello mit Kondomen hervor.

„Ziemlich ambitioniert, was?“, murmelte sie.

„Auf gar keinen Fall will ich dich heute Nacht nur ein Mal, Olivia“, sagte er und stützte sich auf einen Ellbogen.

Sie legte sich auf den Rücken, sah zu ihm und den Sternen auf und fühlte sich unglaublich verletzlich. Dennoch vertraute sie ihm. Sie wollte das hier, und was immer nach dieser Nacht geschehen würde … nun, damit würden sie sich später beschäftigen. Endlich verstand sie, was sie vorher nicht begriffen hatte: Ihre ganzen Fehlschläge mit Männern hatten einen Grund, und dieser Grund lag hier in ihren Armen.

Mit den anderen hatte sie sich an eine verzweifelte, hoffnungsvolle Illusion geklammert, dass es irgendwie funktionieren würde. Aber jedes Mal war etwas passiert, das diese Illusion zerstört hatte. Es war keine Liebe, wenn man sich anstrengen musste, sie zu fühlen. Mit Connor war alles ganz anders. Bei ihm musste sie sich überhaupt nicht anstrengen. Bei ihm konnte sie einfach nur fühlen.

32. KAPITEL

Connor hatte durchaus vorgehabt, Olivia zu verführen. Aber er hatte nicht damit gerechnet, dass es heute Abend passieren würde, hier, mitten in der Wildnis, nach einem langen Arbeitstag. Er hatte sich gesagt, er würde warten, bis die Zeit reif war und sie nicht mehr mitten in einer emotionalen Krise steckte. Jetzt dachte er, dass der richtige Zeitpunkt, an dem sie beide am richtigen Ort wären, vermutlich niemals kommen würde.

Normalweise war er sehr gut darin, die Kontrolle zu bewahren. Aber bei Olivia war er nicht in der Lage, sich zurückzuhalten. Die Gefühle sprudelten aus seinem Herzen wie kochendes Wasser aus einem Topf, und er wollte ihnen auch gar keinen Einhalt bieten. Er wollte dem allen nicht widerstehen: der warmen Sommernacht, dem kühlen, einladenden Wasser und Olivia, die einfach so aufgetaucht war, willig und wunderschön und eine Erinnerung an Dinge, die er hinter sich gelassen hatte, von denen er aber immer noch träumte. Endlich hatte er sie geliebt. Genauso geliebt, wie er es sich viel zu oft in seinen Träumen vorgestellt hatte. Aber er musste zugeben, dass die Wirklichkeit nicht das Geringste mit seinen Fantasien gemein hatte. Es war viel besser. Sie war so aufrichtig, wie sie immer gewesen war, und dazu lustig und gefühlvoll, und irgendwie fand er das erregender als alles andere.

Das kalte Wasser des Sees hatte nicht sonderlich viel geholfen. Er hatte sich die ganze Zeit ermahnt, langsam zu machen. Ruhig. Ganz ruhig. Er war nicht unbedingt ein Gentleman, aber er wusste, dass man sich erst um das Vergnügen der Lady kümmerte. Und zwar ohne Ausnahme. Zum Glück war Olivia sehr empfänglich. Sie bot sich ihm an, und ihre kleinen Lustschreie vibrierten in seinem Körper. Er küsste sie, schmeckte sie, erkundete ihre weiche, zarte Haut, und endlich – Gott ja, endlich – versenkte er sich in ihr auf eine Weise, die zu perfekt war, als dass man es hätte planen können. Er fragte sich, ob sie das gleiche brennende Verlangen verspürte wie er. Den Geräuschen nach zu urteilen, die sie von sich gab, und nach der Art, wie sie ihre langen, samtigen Beine um ihn schlang, würde er sagen: Ja.

Noch einige Minuten nachdem sie gemeinsam den Höhepunkt erreicht hatten, brachte er es nicht über sich, sich zu bewegen. Doch nach einer Weile löste er sich mit einem unwilligen Brummen von ihr. Keiner von ihnen sagte etwas, und Connor nahm das als gutes Omen. Drauflosquatschen war ein Zeichen für Nervosität oder Reue. Schweigen war … hoffnungsvoll. Außerdem war ihm immer noch ganz schwindelig von dem, was er eben erlebt hatte.

Olivia seufzte auf und drückte sich dann an ihn. Sie war so weich überall. Ihre Haut, ihre Haare, ihr Körper. Ihr Haar war immer noch feucht und hatte den frischen Geruch von Wasser. Er spürte etwas in seinem Herzen, etwas Zartes und vollkommen Unbekanntes. Sie berührte ihn, und nicht nur, weil sie süß und emotional und unglaublich sexy war, sondern auch weil sie jemand war, den er mehr als sein halbes Leben kannte – auch wenn sie sich immer nur im Sommer gesehen hatten.

Es konnte gut sein, dass das hier alles war, was sie von ihm wollte. Überwältigenden Sex und eine Schulter zum Ausweinen. So hatte sie sich doch ausgedrückt, und vielleicht war das nur halb scherzhaft gemeint gewesen? Er überlegte, ob ihm das reichen würde, und wenn ja, wie lange.

Dieser Sommer, warnte er sich, könnte genauso enden wie alle anderen Sommer zuvor. Am Ende der Saison würden sie vielleicht getrennte Wege gehen. So war es immer.

Korrigiere, dachte er. *So ist es immer gewesen.* Aber das war in der Vergangenheit. Die Zukunft war eine ganz andere Geschichte. Ihre Geschichte. Vielleicht würden sie es dieses Mal richtig machen.

Sie blieben lange genug auf der Insel, um den Mond einmal über den Himmel wandern zu sehen. Olivia drehte sich auf die Seite, nutzte ihren Arm als Kissen und betrachtete Connor mit einem Ausdruck so völlig erfüllten Begehrens, dass er einfach lächeln musste.

„Was ist so lustig?“, fragte sie.

„Nichts. Ich bin einfach nur glücklich.“

Sie streckte sich und fuhr mit einer Hand über seinen Arm und seine Brust. „Wirklich?“

„Ich wüsste, wie ich noch ein kleines bisschen glücklicher werden könnte“, sagte er und holte ein weiteres Kondom hervor.

„Ja?“, flüsterte sie. „Und was müssten wir dafür tun?“

Dieses Mal verzichteten sie auf das Vorspiel. Connor spürte, dass sie immer noch da war, diese explosive Sinnlichkeit zwischen ihnen, die sie schon als Teenager entdeckt hatten. Aber damals war sie zu intensiv gewesen, zu verwirrend. Es hatte einfach böse enden müssen. Keiner von ihnen hatte damals die emotionale Stärke besessen, um eine solche Leidenschaft tragen zu können. Jetzt jedoch war es genau das, was er wollte – was sie vielleicht sogar beide wollten.

„Ich schätze“, sagte sie, als sie sich vorbeugte, um ihn zu küssen, „ich weiß die Antwort.“

Er hätte für immer hierbleiben können, abwechselnd zwischen sie zu lieben und sich zu entspannen und zu träumen, nur um wieder von dem Drang überwältigt zu werden, in ihr zu versinken. Wenn sie so beieinander waren, war es egal, wer sie waren oder wo sie herkamen. Aus irgendeinem Grund war zwischen ihnen der Funke übergesprungen. Er wusste nicht, warum oder ob es halten würde – oder ob ihre Sehnsucht nacheinander je enden würde.

„Empfinde nur ich das so", sagte sie, „oder war das gerade … unglaublich?"

Er unterdrückte ein Lachen. „Das empfindest nicht nur du so. Ich hatte mir schon gedacht, dass wir gut zusammenpassen würden."

„Du hast es dir gedacht?" Sie stemmte sich auf einen Ellbogen. Auch wenn ihr Gesicht im Dunkeln lag, erkannte er an ihrer Stimme, dass sie ihn anfunkelte.

„Was, wieso macht dich das wütend?"

„Ich frage mich nur, warum du den ganzen Sommer über gewartet hast, damit … um …"

„Das frage ich mich auch." Entschlossen, ihre gute Laune wiederherzustellen, drückte er sie zurück auf das Handtuch und lächelte sie an. Im Mondlicht sah sie blass und weich aus, sexy und verletzlich. „Olivia, glaub mir, das hier stand definitiv auf meinem Plan. Vielleicht nicht gerade für heute Nacht, aber ich war fest entschlossen."

„Warum?" Sie musterte ihn aus zusammengekniffenen Augen.

Er merkte, dass er sich innerlich für die Frage wappnete, die anscheinend jede Frau in dieser Situation stellte: Hast du mit mir geschlafen, weil du mich liebst?

Sie fragte nicht, aber sie setzte sich auf und zog ihre Shorts an. Connor versuchte, nicht vor Enttäuschung laut aufzustöhnen. Er fuhr ihr Tattoo auf ihrem unteren Rücken mit dem Finger nach. „Das ist sexy", sagte er.

„Freddy und ich haben es uns am Tag unseres Collegeabschlusses machen lassen."

„Hat er auch einen rosafarbenen Schmetterling?"

„Ich bin sicher, wenn du ihn nett fragst, zeigt er ihn dir."

„Ich bin zu Freddy nie nett."

„Das ist mir auch schon aufgefallen. Und allen anderen."

„Das kommt nur, weil ich eifersüchtig auf ihn bin."

Sie lachte und machte ihren BH zu. „Auf Freddy? Warum?"

„Weil du ihn liebst", sagte er einfach. „Weil er ein Teil deines Lebens ist."

Sie hielt mitten im Zuknöpfen der Bluse inne und starrte ihn an.

Er hatte zu viel gesagt, zu viel seines Herzens offenbart. Er stand schnell auf und zog seine Jeans an. Er war so ein Idiot. Er hätte warten, sich Zeit geben sollen, herauszufinden, was – abgesehen vom Offensichtlichen – da zwischen ihm und Olivia war. Sie schwieg jetzt;

vermutlich war sie total panisch und wünschte, er hätte den Mund gehalten.

„Ich bin mir nicht ganz sicher", sagte sie, „aber ich denke, das ist das Beste, was du je zu mir gesagt hast."

„So gut war es nun auch wieder nicht." Dann grinste er. Okay, vielleicht hatte er unrecht. Vielleicht war es doch nicht so verrückt, ehrlich zu sein.

„Weißt du, was mich am Anfang des Sommers am meisten an dir gestört hat?", fragte sie.

Er lachte unterdrückt. „Alles?"

„Pah." Sie schnaubte. „Aber was mich wirklich gestört hat, war, dass du mich nicht erkannt hast, als wir uns das erste Mal wiedergesehen haben."

„Schon mal drüber nachgedacht, dass ich mich nur dumm gestellt habe?"

„Ach Connor, wenn das der Fall ist, macht es die Sache nur noch schlimmer."

„Hör mal zu." Er fasste sie an der Taille und zog sie an sich, sodass ihre Hüften sich berührten. „Du hast an dem Tag nicht fair gespielt. Du hattest mir gegenüber alles verändert, sogar deinen Namen."

„Vielleicht ist das schon immer unser Problem gewesen", flüsterte sie. „Dass wir nicht fair gespielt haben."

Er konnte nicht anders, er musste sie einfach erneut küssen. Allein sie zu schmecken weckte in ihm den Wunsch, sie noch einmal zu lieben. Er fuhr mit den Lippen an ihrem Hals entlang, an ihrem Schlüsselbein, weiter nach unten, bis sie ihre Hände gegen seine Brust stemmte und ihn ein Stück von sich schob.

„Wir sollten jetzt gehen", sagte sie leise.

„Warum?", fragte er.

„Weil … ich weiß es nicht." Sie lachte und trat einen Schritt zurück. „Weil es beinahe Morgen ist."

Er spürte, wie sie die alte Mauer um sich herum wieder hochzog. Sie hatte gelernt, ihre Gefühle im Zaum zu halten. Sie wusste, dass einige Jungs nur dazu gut waren, sich flachlegen zu lassen.

Ihre Reaktion hätte ihn befriedigen müssen. Stattdessen fühlte er sich leer. Überflüssig. Zum ersten Mal in seinem Leben wollte er für eine Frau mehr sein als nur ein toller Kerl im Bett.

Avalon Troubadour
19. August 2006

Kioga-Paar feiert goldene Hochzeit

Charles Langston Bellamy und Jane Gordon Bellamy, die langjährigen Besitzer des legendären Camp Kioga am Willow Lake, werden nächste Woche ins Camp zurückkehren, um dort ihren fünfzigsten Hochzeitstag zu feiern. Das Paar hatte dort am 26. August 1956 geheiratet und das Camp, das 1932 von Mrs Bellamys Großvater Angus Gordon gegründet worden war, die folgenden vier Jahrzehnte geleitet. 1997 wurde das Camp geschlossen, doch das Gelände blieb weiterhin im Besitz der Familie Bellamy. Den Sommer über haben umfangreiche Renovierungsmaßnahmen stattgefunden, um alles für die bevorstehende Feier herzurichten.

Nächsten Samstag werden Mr und Mrs Bellamy mit Familie und Freunden in der Zeit zurückreisen und den großen Anlass gebührend feiern. Beim Galadinner wird es ein Gourmet-Menü, Livemusik und einen Nachbau der originalen Hochzeitstorte aus der Sky River Bakery geben.

Den Sommer über hatte es wilde Spekulationen über die Zukunft vom Camp Kioga gegeben, das von einem riesigen Areal unberührter Natur umgeben ist. Die Bellamys konnten jedoch für einen Kommentar hierzu nicht erreicht werden.

33. KAPITEL

Als Julian über das Camp schlenderte, fiel ihm auf, wie sehr es sich verändert hatte. Mit seinen gepflegten Hütten und gemähten Grünflächen sah Kioga jetzt aus wie aus einem Bilderbuch oder einer Broschüre. Die Beete waren gemacht, die Wege mit einer neuen Kiesschicht bedeckt. Hellrote Geranien und dunkellilafarbene Lobelien blühten in den Blumenkästen an den Fenstern. Inzwischen kannte er die Namen aller Pflanzen, die sie gesetzt hatten, weil er sich in diesen Gärten beinahe zu Tode geschuftet hatte. Es wäre nicht schlimm, wenn er nie mehr in seinem Leben eine Ringelblume sehen würde.

Sein Schritt war ungewohnt leicht, als er auf den Speisesaal zuging. Er war bei Anbruch der Dämmerung aufgestanden, um früh mit der Arbeit fertig zu sein. Er wollte nach New Paltz fahren, um in den Shawangunk's etwas zu klettern. Darauf freute er sich schon den ganzen Sommer. Er hatte seinen Rucksack mit allen notwendigen Utensilien aus dem Sportgeräteschuppen gepackt – fingerlose Handschuhe, Karabinerhaken und Schnellschlingen, Kletterschuhe, Helm, Geschirr und Kreide. Er trug tief auf den Hüften sitzende Cargohosen und ein uraltes T-Shirt seines Vaters. Nachdem Louis Gastineaux gestorben war, hatten Julians Tanten versucht, alle seine alten T-Shirts wegzugeben. Die meisten waren Geschenke von irgendwelchen Konferenzen gewesen. Julian hatte ein paar davon retten können und trug sie gerne. Sie fühlten sich Glück bringend an. Das heutige Shirt hatte die Aufschrift: „Es *ist* Raketenwissenschaft".

Er fand Connor, der gerade den Anhänger mit dem Bagger an seinem Truck ankoppelte. Da die meiste Arbeit getan war, wurde es Zeit, das schwere Gerät wegzuschaffen.

„Hey", sagte Julian.

Connor steckte den Stecker des Anhängers in die Buchse am Truck und richtete sich auf. „Hey, Julian."

„Ich hatte mich gefragt, ob ich mir wohl den Truck leihen kann. Aber sieht wohl so aus, als wenn du ihn brauchst."

„Ich muss den Bagger zurück auf das Flussgrundstück bringen. Ich will dort bald mit dem Aushub anfangen."

Julian nickte. Sein Bruder hatte diesen aufwendigen Plan, sich ein eigenes Haus zu bauen.

„Wofür brauchst du den Truck denn?", wollte Connor wissen.

„Ich wollte heute Nachmittag klettern gehen."

„Alleine?"

„Nicht, wenn ich es schaffe, Daisy zum Mitkommen zu überreden."

Connor lehnte sich gegen den Truck. „Ich denke nicht, dass du da viel Überzeugungsarbeit leisten musst."

Julian unterdrückte ein Grinsen. „Das hoffe ich auch."

Connor hielt ihm einen Schlüsselbund hin. „Stell den Anhänger auf die flache Stelle am Ende der Auffahrt", sagte er. „Mach dir keine große Mühe, koppel ihn einfach ab und fahr weiter. Du weißt, wie das geht, oder?"

„Klar. Du hast es mir ja nur ungefähr eine Million Mal gezeigt. Und danke, Connor. Ich wusste nicht, ob du es mir erlauben würdest."

„Versuch nur nicht, zu überrascht auszusehen", sagte Connor, als Julian seine Sachen auf die Ladefläche des Trucks packte. „Zu Beginn des Sommers hatte ich so meine Zweifel, aber jetzt bin ich sehr froh, dass du hergekommen bist."

Das Seltsame war, Julian war auch froh, hier zu sein. Sicher, er hatte geackert wie ein Blöder, aber trotzdem war es nicht so doof gewesen. Connor hatte ihm ein anständiges Honorar gezahlt. An Connor war überhaupt alles anständig. Manchmal fühlte er sich in seiner Gegenwart immer noch wie ein Versager.

Sie gingen gemeinsam zum Speisesaal, wo die anderen sich vermutlich gerade zum Mittagessen einfanden. „Also du und Olivia …", fing Julian an.

„Was ist mit mir und Olivia?"

Julian grinste ihn breit an. „Ihr habt gestern Abend echt lange gearbeitet. Sehr lange. Also quasi die ganze Nacht lang." Als er sah, dass Connor rote Ohren bekam, hatte er Schwierigkeiten, nicht laut loszulachen.

„Tu mir einen Gefallen und sag ihr gegenüber nichts", murmelte Connor. „Oder überhaupt jemandem gegenüber."

Darauf wollte Julian sich nicht so genau festlegen. Er hätte am liebsten gesagt, dass es auch verdammt mal Zeit wurde, aber er hielt sich zurück. „Sie ist total in dich verknallt", sagte er stattdessen und knuffte seinen Bruder in den Oberarm.

Connor knuffte zurück. „Tja, und ich bin total in sie verknallt."

„Was wirst du deswegen unternehmen?"

„Noch ein Weilchen weiter in sie verknallt bleiben. Ich schätze, ich könnte ihr auch einen Antrag machen und abgewiesen werden."

„Nette Einstellung, Connor."

„Ich stelle mich normalerweise auf das Schlimmste ein und lasse mich dann vom Besten überraschen."

„Warum erwartest du nicht einfach von vornherein das Beste? Greife nach den Sternen und so?"

„Du hast zu viele der Rekrutierungsbroschüren von der Air Force gelesen."

Wie Julian gehofft hatte, war Daisy bereits im Speisesaal. Den ganzen Sommer hatte er oft und intensiv darüber nachgedacht, sich auf sie einzulassen. Sie war cool und offensichtlich erfahren, aber irgendwie hatte er gemischte Signale von ihr erhalten. Außerdem hatte sie so viel mit ihrer Familie um die Ohren. Das hatte ihn ebenfalls zögern lassen, nur aus Spaß was mit ihr anzufangen. Das kam ihm irgendwie nicht richtig vor.

Er machte sich ein Sandwich. „Hast du Lust, mit mir Klettern zu gehen?“, fragte er sie.

„Ich habe Dare gesagt, dass ich ihr mit den Tafelaufsätzen für die große Feier helfe. Sie macht sie aus Vogelhäusern“, sagte sie.

Großartig, dachte er. Sie tat nicht mal so, als ob sie interessiert wäre. „Oh, das ist natürlich wichtig.“ Manchmal konnten Mädchen so langweilig sein.

„Quatsch. Natürlich habe ich Lust, mitzukommen“, sagte sie leichthin.

„Wirklich.“ Er konnte sich ein Grinsen nicht verkneifen.

„Bist du dir sicher, Daisy?“, fragte Greg. „Klettern ist ziemlich anstrengend, ganz zu schweigen von gefährlich.“

Ein Dad, der sich Sorgen um dich macht, dachte Julian. *Keine schlechte Sache.* „Ich pass auf sie auf“, sagte er. „Ich bin schon tausend Mal am Joshua Tree in Kalifornien geklettert, ehrlich. Wir haben alle Ausrüstung, die wir brauchen, und ich suche auch eine einfache Route aus. Nicht schwerer als fünf Punkt eins, maximal. Außerdem werden wir uns doppelt sichern.“

„Cool“, schaltete Max sich ein und warf seine Brotkante dem Hund zu. „Kann ich mitkommen?“

„Nein!“, sagten Daisy und ihr Vater gleichzeitig mit Nachdruck.

„Aber ich darf, nicht wahr, Dad?“, sagte Daisy.

Greg lehnte sich zurück, verschränkte die Arme vor der Brust und dachte einen Augenblick lang nach. „Wir machen einen Deal. Du bekommst den Nachmittag frei und darfst klettern gehen, dafür kommst du noch einmal mit Max und mir zum Angeln.“

Man musste Daisy zugutehalten, dass sie weder mit den Augen rollte noch eine Schnute zog. „Abgemacht“, sagte sie stattdessen und rannte mit Julian zusammen aus dem Haus.

Sie parkten innerhalb des Mohonk-Reservats und gingen auf dem markierten Weg in Richtung der Felsen.

„Okay, das ist jetzt aber schon ein wenig beunruhigend“, sagte Daisy. Sie legte den Kopf in den Nacken und beschattete ihre Augen mit der Hand, um die Felswand zu betrachten. Die Klippen waren von Rissen durchzogen. Hier und da warfen Überhänge ihre Schatten auf die Felsen darunter. Aus den Spalten wuchsen kleine Bäume und Büsche. Es waren nur wenige Kletterer in der Wand, deren Routen von steinfarbenen Schlingen an den Abseilstationen markiert wurden.

„Mann“, sagte Julian und suchte sich bereits eine Route aus, während er ihrem Blick folgte.

„Ist nicht ganz das, was ich mir vorgestellt hatte.“

„Wir können auch einen anderen Aufstieg suchen, wenn du möchtest.“, schlug Julian vor. „Im Routenführer stehen einige, die wesentlich herausfordernder sind.“

„Was? Das hier ist dir noch nicht herausfordernd genug?“

„Das ist doch nur ein Felsen.“

„Aber ein vertikaler.“

Er lachte. „Das ist ja gerade der Spaß daran.“ Er zeigte ihr die Grundtechniken des Kletterns, die sie schon aus den Kletterhallen kannte, in denen sie ein paarmal war. Dann rieb er seine Hände mit Kreide ein und kletterte flink auf einer Seitenroute nach oben. Dort befestigte er ein Seil an einem Haken und ließ sich an dem Seil wieder zu ihr hinunter. „Nicht zu schlimm“, erklärte er ihr bereits ganz beschwingt von dem Vorgang des Kletterns. Er zeigte ihr einen einfachen Eröffnungszug, den Weg zum Haken und dann weiter zum Gipfel. „Das Wichtigste ist, sich Zeit zu lassen. Pack nicht die falsche Stelle, nur weil du Angst hast oder in Eile bist.“

„Woher weiß ich, was die richtige Stelle ist?“

„Weil sie dich zur nächsten Stelle führt.“

„Super, Julian.“ Sie konnte den Sarkasmus in der Stimme nicht unterdrücken.

„Und hab keine Angst. Man kann sich immer ein kleines bisschen weiter strecken, als man denkt.“

Sie lachte. „Jetzt klingst du wie der Abschlusssprecher auf der Highschool.“

„Ich glaube nicht, dass wir so jemanden auf meiner Schule haben. Komm, lass es uns versuchen.“

Sie atmete tief ein und straffte die Schultern. „Okay.“

Er half ihr mit ihrer Ausrüstung, was zu einigen seltsam intimen Momenten führte. Vor allem als sie in das Geschirr trat und er es zwischen ihren Beinen festzog. „’Tschuldigung“, sagte er. „Ich muss nur sicher sein, dass du gesichert bist.“

„Schon okay. Näher bin ich einem Date diesen Sommer noch nicht gekommen.“

Sie war im Klettern zwar noch Anfängerin, aber nicht unbegabt. Er zeigte ihr den Aufstieg, und es fühlte sich gut an, sich zu strecken und zu ziehen, den Fels Stück für Stück nur durch die Kraft seiner Hände und Beine zu bezwingen.

„Ich werde gleich fallen“, sagte er, als er ungefähr auf halber Höhe war.

„Für mich sieht das, was du machst, gut aus“, entgegnete sie. „Wie ein echter Spiderman.“

„Ich meine absichtlich. Damit du siehst, wie das System funktioniert. Ich lass mich fallen, und du fängst mich auf, genauso wie ich es dir gezeigt habe.“

„Nicht …“

„Ich vertraue dir.“ Er ließ los. Es gab einen kleinen Moment der Schwerelosigkeit und einen noch kleineren Moment des freien Falls, dann setzten die Sicherungen ein und fingen ihn auf.

„Du bist verrückt“, schalt sie ihn.

„Nee. Ich genieße nur den Kick.“ Er kletterte wieder an seinen Ausgangspunkt hinauf und zeigte ihr dabei erneut, wo die einzelnen Haltepunkte waren.

„Was ist, wenn du nicht sehen kannst, welches dein nächster Schritt sein wird?“, fragte sie.

„Dann greift man sich irgendwas und hofft das Beste.“

Sie kletterten nur eine relativ kurze Strecke ohne Überhänge oder andere zu gefährliche Passagen. Daisy war ein wenig zittrig und schrie hier und da auf, aber ansonsten schlug sie sich gut. Er beobachtete sie, während sie kletterte. Sie ging langsam und vorsichtig vor, war aber stark und machte keine Fehler. Wenn sie doch mal falsch griff, bemerkte sie es sofort und korrigierte sich. Endlich hatten sie beide den Gipfel erreicht. Sie waren verschwitzt, aber glücklich. Daisy führte einen kleinen Freudentanz auf. „Ich fühle mich wie Frodo auf dem Gipfel von Mount Doom.“

Sie stießen mit ihren Wasserflaschen an. Dann holte sie eine Packung Zigaretten heraus. Er sah sie unter gerunzelten Augenbrauen an. „Die bringen dich eher um als das Klettern.“

Sie ignorierte ihn und legte die Zigaretten auf einen großen Stein. Dann ließ sie ihr Feuerzeug aufflammen und zündete sie an. Nach und nach legte sie kleine Äste nach, um es am Brennen zu halten. Als der kleine Haufen qualmte und zu Asche verfiel, setzte sie sich auf ihre Fersen und sagte: „Das hab ich schon den ganzen Sommer über tun wollen.“

„Und warum hast du es nicht getan?“

Sie stand auf und zertrat die Asche mit ihrem Fuß. „Es wurde zu so einer Sache zwischen mir und meinem Dad. Ich habe von ihm erwartet, dass er ein Machtwort spricht, aber das hat er nie getan. Also dachte ich mir, wenn ich darauf warte, dass meine Eltern mir sagen, ich solle aufhören, können noch Jahre vergehen. Bis dahin bin ich hoffnungslos abhängig. Also kann ich genauso gut von alleine aufhören."

„Guter Plan." Einem Impuls folgend, lehnte er sich zu ihr und gab ihr einen kleinen, süßen Kuss auf den Mund. „Und das habe ich den ganzen Sommer über tun wollen."

„Und warum hast du es nicht?"

„Ich war mir nicht sicher, ob du es auch wolltest." Sein Herz schlug wie verrückt. „Komm, jetzt üben wir das Herunterlassen." Er trat rückwärts an den Rand des Felsen, stieß sich ab und hüpfte in großen Sprüngen gekonnt den Berg hinunter, wobei er das Seil durch seine behandschuhten Hände gleiten ließ. Als er auf dem Boden angekommen war, beugte sie sich über den Rand und applaudierte ihm.

„Bist du bereit, es zu probieren, oder soll ich es dir noch einmal zeigen?"

„Hm. Ich weiß nicht. Was sagen deine Spinnensinne?"

„Dass du es fabelhaft meistern wirst."

Etwas zögerlich trat sie an den Abgrund, überprüfte noch einmal ihr Geschirr und ließ sich dann langsam hinunter. Ihr Abstieg war nicht so fließend wie seiner, aber trotzdem fühlte es sich großartig an. Unten angekommen, riss sie jubelnd die Arme hoch. „Das war toll!", rief sie, und das Echo ihrer Stimme wurde von den Felsen hundertfach zurückgeworfen.

„Du bist ein guter Lehrer", sagte sie zu Julian. „Machst du das oft?"

„Du bist meine erste Schülerin."

„Echt? Dann bist du ein Naturtalent. Was dir ganz gelegen kommt, wenn du dich für das ROTC-Stipendium bewirbst."

Sie waren oft nachts lange aufgeblieben und hatten über die Pros und Kontras einer Bewerbung gesprochen. Inzwischen hatte Julian den Vorgang verstanden. Es war ungefähr zehnmal so schwierig wie eine College-Bewerbung, weil auch die körperliche Fitness und der allgemeine Gesundheitszustand zählten.

„Ich werde mich nicht bewerben", sagte er mürrisch angesichts des langen noch vor ihm liegenden Weges.

„Warum nicht?"

„Sie nehmen einem die Freiheit, überwachen jeden deiner Schritte. Mein Leben wäre da vollkommen reguliert. Worin unterscheidet sich das also davon, in den Jugendknast zu gehen?"

„Stimmt, so anders ist es nicht", gab sie zu.

„Ich bin diesen Sommer hierhergekommen, um eben nicht eingesperrt zu werden. Warum sollte ich mich also freiwillig für vier Jahre melden?" Er schüttelte den Kopf. „Außerdem ist das reine Zeitverschwendung."

„Warum sagst du das?“

„Meine Noten sind schlecht. Meine Schule ist schlecht. Ich habe nichts, was für mich spricht.“

„Nette Einstellung, Gastineaux. Und was war das eben, von wegen man kann sich immer ein kleines bisschen weiter strecken, als man denkt?“

„Das war nur Gerede, damit du anfängst zu klettern.“

„War es nicht.“ Sie richtete ihren Helm. „Ich bin bereit, einen weiteren Aufstieg zu probieren.“

Ihr Überschwang, als sie am Ende neben ihm die Felswand hinuntersprang, brachte ihn zum Lachen. *Sie* brachte ihn zum Lachen. Mehr noch, sie ließ ihn über seinen Tellerrand hinausdenken. Nur weil er in einer beschissenen Stadt auf eine beschissene Schule ging, hieß das doch nicht, dass er auch ein beschissenes Leben führen musste. Wenn er die Chance ergriff und es schaffte, würde er vielleicht in die ganze Welt entsandt werden. Vielleicht lernte er sogar zu fliegen.

„Vielleicht hast du recht“, sagte er. „Du meinst also, ich soll es versuchen?“

Sie nahm ihren Helm ab und wischte sich die Haare aus der schweißnassen Stirn. „Was sagen dir deine Spinnensinne?“

34. KAPITEL

Daisys Angelausflüge mit ihrem Vater und Bruder waren der Running Gag des Sommers. Nicht ein einziges Mal waren sie mit einer Forelle zurückgekehrt. Das war Daisy allerdings egal. Sie und Max hatten gelernt, dass der Sinn im Angeln nicht darin lag, einen Fisch zu fangen. Es ging mehr darum, zu lernen, geduldig zu sein. Sei still in deinem Kopf, entspannt in deinem Körper und vollkommen im Augenblick. So einfach war das.

Trotzdem, die Hoffnung stirbt nie, und so fuhren sie erneut hinaus, vermutlich zum letzten Mal in diesem Sommer. Zumindest hatte sie hier ausreichend Gelegenheit, von Julian zu träumen. Er war ganz anders als die Jungs, die sie kannte. Unmenschlich gut aussehend, aber das war es nicht, was ihn so besonders machte. Es war die Art, wie er sie dazu brachte, die Dinge zu sehen – ihre Familie, ihr Leben. Vor ein paar Monaten hatte sie noch gedacht, ihr Leben ging den Bach runter, mit der Scheidung ihrer Eltern und allem. Aber Julian hatte sie sehen lassen, dass es alle möglichen Definitionen einer Familie gab. Sie bestand nicht unbedingt nur aus Menschen, die miteinander verwandt waren und unter dem gleichen Dach wohnten. Er hatte ihr außerdem gezeigt, dass es zwar so etwas wie die perfekte Familie nicht gab, man die Hoffnung darauf aber trotzdem nicht aufgeben sollte. Er war ja das beste Beispiel dafür. Dieser Junge, der seinen Vater verloren hatte, dessen Mutter wie die größte Verliererin klang und der durchs halbe Land gereist war, um bei dem Menschen zu sein, auf den er sich verlassen konnte: seinem Bruder, den er kaum kannte.

„Was guckst du so?“, fragte Max. „Wieso siehst du mich so komisch an?“

„Ich freue mich nur, dass ich einen Bruder habe“, sagte sie.

Er schnaubte. „Ja, klar.“

Sie schüttelte den Kopf. Sie würde ihn niemals davon überzeugen können, dass sie es ernst meinte. In dem Moment passierte das Undenkbare. Der Blinker an Max’ Leine tauchte unter. Daisy befürchtete, Halluzinationen zu haben, aber da tauchte er wieder unter. Er zitterte und verschwand erneut unter der Wasseroberfläche.

„Siehst du das, Max?“, flüsterte sie.

„Ja“, sagte er. „Dad, sieh mal. Ich glaube, bei mir hat einer angebissen.“

„Aber ganz eindeutig. Soll ich dir helfen?“

„Nein, ich hab ihn schon.“

„Denk daran, kurz und heftig zu ziehen. Du musst es richtig timen …“

„Hab ihn!“ Als wenn er das schon sein ganzes Leben lang täte, zog Max seine Angel mit einem geschickten Ruck nach hinten und fing an, die Schnur einzuholen. Der Fisch kämpfte mit aller Macht, sprang aus dem Wasser, sodass die Tropfen wie ein Diamantenregen in die Luft spritzten. Max ließ sich im Boot auf die Knie sinken. Sein Gesichtsausdruck verriet höchste Konzentration. Langsam, mit einer Geduld, die er sich über den Sommer hart erworben hatte, holte er den Fisch ein. Sein Dad fing ihn mit dem Kescher ein. Da lag die Forelle nun auf der Seite in dem Kanu und schlug erschöpft mit dem Schwanz.

Der Haken war glatt durch die Lippe gegangen, ein guter Fang. Der Fisch hatte außerdem eine vernünftige Größe. Auf jeden Fall war er groß genug, um behalten werden zu dürfen. „Endlich“, sagte Max. Vorsichtig hob er die Nylonschnur an und zeigte seinen Fang.

Sein Dad machte ein Foto. „Wie wäre es damit“, sagte er. „Frische Forelle zum Abendessen. Oder vielleicht sollten wir sie ausstopfen und aufhängen.“

Drei konzentrische Kreise umrandeten die Augen der Forelle. Der Fisch war seltsam schön und machte seinem Namen alle Ehre: Regenbogenforelle. Auf seinem langen, schlanken Körper schimmerten im Sonnenlicht alle Farben des Spektrums.

Innerhalb von wenigen Augenblicken fing der Fisch an zu sterben. Er ertrank in der Luft, seine Kiemen öffneten sich in purer Verzweiflung, wie Daisy fand. Sie konnte die zarte Struktur der Kiemen sehen, eine Reihe hellroter Blättchen, die krampfhaft versuchten, Wasser zu finden, um atmen zu können.

Das Maul des Fisches öffnete sich in einer stummen Bitte: Oh. Oh. Oh.

„Wirf sie wieder rein“, sagte Daisy mit plötzlicher Dringlichkeit.

„Was? Auf keinen Fall. Ich habe den ganzen Sommer über versucht, einen Fisch zu fangen.“

„Und das ist dir jetzt gelungen. Aber du solltest ihn wieder reinwerfen, bevor er stirbt.“

Max sah seinen Vater an. „Was soll ich tun, Dad?“

„Das liegt ganz bei dir, Buddy.“

Nein, das lag es nicht. Gott, sie wünschte sich, ihr Vater würde nur einmal eine Entscheidung treffen. Stattdessen versteckte er sich hinter seinem üblichen „Das liegt ganz bei dir“.

Mit zusammengebissenen Zähnen nahm Daisy den Fisch auf. Er wand sich so in ihrer Hand, dass es beinahe unmöglich war, ihn zu halten. Sie versuchte, den Haken so vorsichtig wie möglich zu entfernen, und zuckte, als er sich endlich löste.

„Sag deinem Fisch Auf Wiedersehen, Max“, sagte sie.

Er protestierte nicht. Er strich dem Fisch mit einem Zeigefinger noch einmal zärtlich über den Kopf und sagte: „Ist gut. Lass ihn wieder frei."

Daisy beugte sich über den Rand des Kanus und ließ den Fisch ins Wasser gleiten. Zu ihrem Entsetzen schwamm die Forelle nicht davon, sondern blieb immer noch mit dem Maul schnappend schief im Wasser liegen. „Es ist zu spät", sagte sie. „Wir haben ihn umgebracht."

Sie fragte sich, warum sich sein Tod so tragisch anfühlte. Es war doch nur ein dummer Fisch.

„Mist", sagte Max. „Wir haben ihn tatsächlich umgebracht."

Ihr Dad sagte nichts, sondern beugte sich vor und nahm den Fisch sanft zwischen seine Hände. Er hob ihn nicht aus dem Wasser, sondern schob ihn in langen Zügen mit der Nase voran durchs Wasser und ließ ihn dann los. Der Schwanz fing an zu schlagen und trieb die Forelle langsam vorwärts. Dann schoss der Fisch mit einem Mal davon.

Daisy wurde von Gefühlen überwältigt. Max starrte seinen Vater mit offenem Mund an.

„Wenn sie längere Zeit an der Luft waren, muss man dafür sorgen, dass das Wasser ordentlich durch ihre Kiemen strömt, damit sie sich erholen", sagte er.

„Cool. Du hast ihn gerettet." Max strahlte.

„Nein. Das war Daisy." Greg wischte sich die nassen Hände an seinen Shorts ab.

Daisy war mit einem Mal sehr erleichtert. „Tut mir leid, Max", sagte sie. „Ich dachte nur, wir sollten ihn wieder freilassen." Sie konnte dieses Gefühl nicht erklären, zumindest nicht, ohne in den Schmerz einzutauchen, den sie wegen der bevorstehenden Scheidung durchlebt hatte. Einen Schmerz, der außerhalb ihrer Kontrolle lag.

„Das macht nichts", sagte Max liebenswürdig. „Ich hätte ihn eh nicht essen wollen. Außerdem haben wir ein Foto, das reicht als Beweis."

„Ihr seid zwei wirklich erstaunliche Kinder", sagte ihr Dad. „Gute Arbeit mit dem Fisch."

Daisy lachte. „Wir haben den ganzen Sommer dafür gebraucht."

„Wir hatten ja auch keine Eile."

Greg nahm sein Paddel in die Hand. „Bereit, Schluss zu machen?"

„Ja", sagte Max. „Ich sterbe vor Hunger auf ein Erdnussbutter-Fleischwurst-Sandwich."

Sie paddelten gemeinsam zurück. Inzwischen hatten sie einen guten gemeinsamen Rhythmus aus sicheren, starken Schlägen. „Wir sind vielleicht nicht sonderlich gut im Angeln", sagte ihr Dad. „Aber im Kanufahren macht uns so schnell niemand was vor."

Dann stimmte Greg, der sich gut Liedtexte merken konnte, jedes Fischlied an, das ihm einfiel. Max und Daisy stimmten mit ein; sie musste nicht mehr leise sein, denn jetzt war es egal, wie viele Fische sie vertrieben. Ihre Stimmen hallten über das spiegelglatt daliegende Wasser und stiegen in die Luft hinauf, und in dem Moment fühlte Daisy sich so fröhlich und hoffnungsvoll wie seit vielen Monaten nicht mehr.

Das war natürlich ein wenig dumm, weil sich nichts verändert hatte, außer dass Max einen Fisch gefangen hatte, den sie gemeinschaftlich wieder freigelassen hatten. Was war daran so stimmungshebend?

Dann sah sie in die lachenden Gesichter von ihrem Vater und ihrem Bruder, und ihr wurde bewusst, dass der Grund nicht wichtig war. Manchmal reichte es einfach, vollkommen grundlos glücklich zu sein.

35. KAPITEL

Die in der Luft liegende Aufregung war beinahe greifbar. Die ganze Woche über waren die Gäste eingetrudelt. Einige von ihnen hatte Olivia nicht mehr gesehen, seitdem sie ein Kind war. Je mehr Besucher ankamen und sich häuslich einrichteten, desto mehr erwachte das Camp zu neuem Leben und spiegelte die glorreichen Tage einer wesentlich unschuldigeren Zeit. Olivia sah, wie Familien in alte Muster verfielen, als das Leben einen anderen, langsameren Rhythmus annahm. Die jüngere Generation, die das Campleben nicht kannte, entdeckte aufgeregt eine vollkommen neue Welt. In den Tagen, die der großen Feier vorangingen, gab es Wettrennen und Wassersport, Streiche und nächtliche Überfälle auf die Küche, und über allem lag ein Hauch von Nostalgie.

Am Tag der Feier selber herrschte perfektes Wetter, genau, wie es jeder erhofft hatte. Die Gäste strömten aufs Festlichste gekleidet aus ihren Hütten und Bungalows. Andere reisten nur für diesen Tag aus der Stadt an. Die Stadt Avalon wurde vom Bürgermeister repräsentiert, der den Bellamys zu diesem Anlass eine ehrenvolle Erwähnung in den Büchern der Stadt schenkte.

Olivia war gerührt von der Menge an Leuten, die kamen. Dass ihre Großeltern so viele loyale Freunde hatten, war ein Zeichen dafür, wie sie ihr Leben führten. Es gab auch schmerzliche Augenblicke, als man derer gedachte, die nicht mehr unter ihnen weilten.

Inmitten der ganzen Vorbereitungen hatte Olivia keine Zeit mehr gehabt, sich Tagträumen über Connor hinzugeben, obwohl sie sich so sehr danach gesehnt hatte. Vielleicht war es ganz gut so. Ihre Tagträume verwandelten sich normalerweise in Sorgen und manchmal in ausgewachsene Paranoia. War es nur ein One-Night-Stand gewesen? Würden sich ihre Wege jetzt trennen, wo der Sommer vorüber war? Die Bedenken setzten bereits ein, und so war sie froh um die Ablenkung, als der Lieferwagen der Sky River Bakery vorfuhr. Jenny Majesky und ihr Assistent, der blonde Teenager namens Zack Alger, brachten die einzelnen Lagen der Torte getrennt in den Saal, um sie dort zusammenzusetzen.

„Oh, das wird so wunderschön“, sagte Olivia.

„Danke.“ Jenny schenkte ihr ein warmes Lächeln. Sie war dezent professionell gekleidet, in einem ärmellosen, A-förmigen schwarzen Kleid und Pumps mit flachen Absätzen. Außer kleinen goldenen Ohrringen trug sie keinen Schmuck. Über das Kleid hatte sie eine Caterer-Jacke gezogen, und ihre dunklen Haare waren in einem Pferdeschwanz zusammengefasst.

Jenny sah sich im Speisesaal um und sagte: „Das hast du wirklich schön gemacht, Olivia."

„Danke. Ich hatte aber auch viele Helfer." Sie zögerte, wollte mehr sagen. Sie und Jenny waren füreinander immer noch so neu, gingen sehr vorsichtig miteinander um. Sie hörte das dunkle Grollen eines Motors und reckte den Kopf, um an Jenny vorbeizusehen. Es war jedoch nicht Connor, sondern Rourke McKnight, der Polizeichef.

Jenny beobachtete sie. „Du siehst aus, als hättest du jemand anderen erwartet."

Olivia nickte nur. „Connor Davis."

Jenny öffnete einen kleinen Karton mit weißen Rosen in kleinen Glaskugeln und fing an, sie auf der untersten Lage der Torte zu arrangieren. „Ist er deine Verabredung für die Feier?"

Olivia ging ihr mit der Dekoration zur Hand. „Ich bin mir nicht sicher, was er ist", gab sie zu. Zu ihrem Entsetzen wurde ihre Kehle mit einem Mal ganz eng, als wenn sie kurz vorm Weinen stünde. „Wir sind ... einfach nicht gut zusammen." Sie schluckte schwer und atmete tief durch. „Nein, das stimmt nicht. *Ich* bin nicht gut in Beziehungen, nicht einmal mit Connor."

Jenny holte einen antiken Tortenheber aus Silber aus ihrer Tasche und band ein Satinband um seinen Griff. „Ich weiß nicht viel über Connor", sagte sie. „Aber ein bisschen. In einer Stadt dieser Größe weiß jeder ein bisschen was über jeden. Er kam mir immer sehr einsam vor."

Olivia dachte an das riesige Grundstück am Fluss und den winzigen Wohnwagen darauf. „Vielleicht gefällt es ihm, Junggeselle zu sein."

Jenny legte den Tortenheber auf einen Porzellanteller und trat einen Schritt zurück, um das Arrangement kritisch zu betrachten. „Wusstest du, dass er vorhat, ein Haus zu bauen, das er selber entworfen hat?"

„Ich habe die Pläne gesehen."

„Dann hast du auch gesehen, dass es vier Schlafzimmer hat. Männer, die ihr Junggesellenleben lieben, bauen keine Häuser mit vier Schlafzimmern." Sie richtete den Bräutigam ganz oben auf der Torte richtig aus.

Jenny hatte so eine ruhige, vernünftige Art, die es schaffte, die in Olivias Magen wirbelnden Schmetterlinge zu beruhigen. Vielleicht war es wirklich nicht so schlecht, eine Schwester zu haben.

Sie schaute aus dem Fenster und sah eine Limousine vorfahren. Sie erkannte den schlanken, silberhaarigen Mann, der ausstieg. „Sind Senator McKnight und Police Chief McKnight irgendwie verwandt?", fragte sie.

„Sie sind Vater und Sohn."

Wow. Das war ja ein Ding. Der Senator war einer der reichsten, mächtigsten Männer des Staates. Und der Chief lebte in einer Wohnung in einem Haus im historischen Viertel von Avalon und fuhr außerhalb der Dienstzeiten einen alten El Camino, der schon bessere Tage gesehen hatte. Die beiden Männer kamen sich auf dem Weg zur Terrasse entgegen, begrüßten einander aber kaum. Olivia fiel auf, mit was für einem Ausdruck Jenny Rourke McKnight beobachtete, seine goldenen Haare, die vollen Lippen und grüblerischen Augen. Ihr schoss ein Gedanke durch den Kopf. „Seid ihr zwei …"

„Gott, nein", beeilte sich Jenny zu sagen. „Ich meine … Gott." Sie schüttelte sich.

„Stimmt was nicht mit ihm?" Olivia lächelte schief. „Sieht er Ryan Philippe nicht ähnlich genug?"

„Nein, mit ihm ist alles in Ordnung. Außer dass er … Rourke ist. Er trifft sich nur mit Frauen, die aussehen wie Unterwäschemodels und den IQ einer Zucchini haben."

„Oh, das ist nicht schön."

„Nein." Sie grinste. „Findest du wirklich, dass er aussieht wie Ryan Philippe?"

„Ich schätze, irgendeinen Grund muss es ja haben, dass die Hälfte der Frauen im Ort gerne falsch parkt. Sie hoffen sehr wahrscheinlich darauf, in Handschellen von ihm abgeführt zu werden." Als sie Jennys Blick auffing, fügte sie hinzu: „Abgesehen von seinem Frauengeschmack, scheint er ein netter Kerl zu sein."

„Ja, schätze schon." Eine ganze Welt voll Schwermut lag in ihrem Seufzen.

Sie verließen den Speisesaal und gingen gemeinsam nach draußen. „Er hat mir geholfen, herauszufinden, dass du … dass wir verwandt sind", sagte Olivia.

„Rourke?" Jenny sah überrascht aus.

Als sie ins Sonnenlicht traten, hörte Olivia eine Autotür zuschlagen, und irgendetwas an dem Geräusch ließ sie sich umdrehen. Plötzlich sah sie sich einem dringlicheren Dilemma gegenüber. „Okay." Sie packte Jenny am Ellbogen und führte sei ein Stück zur Seite. „Nicht ausflippen."

„Warum?"

„Meine Mutter Pamela ist gerade angekommen. Zusammen mit ihren Eltern, also meinen Großeltern, Gwen und Samuel Lightsey."

Was unangenehme Augenblicke anging, so hatte dieser das Zeug dazu, Familiengeschichte zu schreiben. „Wissen sie von mir?", fragte Jenny.

„Ich habe Dad gesagt, dass es an ihm ist, das zu erklären. Er ist Anwalt und kann also gut mit Worten umgehen. Alles wird gut werden."

Jenny straffte die Schultern. „Dann lasse ich mich von ihm vorstellen.“

Olivia verspürte ein unerwartetes Gefühl der Solidarität mit Jenny, dennoch war sie erleichtert, dass sie nicht diejenige war, die die Vorstellungen machen musste. Als Olivias Mutter und Großeltern bei ihr ankamen, war Jenny schon wieder im Haus verschwunden. „Hallo, Mom“, sagte Olivia. „Grandma, Grandpa.“ Sie küsste alle drei. Dann fiel ihr auf, dass ihre Großmutter kalkweiß im Gesicht war. „Grandma?“, fragte sie und nahm den Arm der älteren Frau.

Gwen Lightsey fiel nahezu gegen ihren Mann. Gemeinsam halfen sie ihr auf eine Bank.

„Ich hole einen Arzt“, sagte Olivias Mutter.

„Nein, Pamela“, widersprach Gwen. „Es ist nichts ... Es geht gleich wieder.“ Sie fächerte sich mit der Hand Luft zu. „Es ist nur eine sehr unschöne Überraschung, sie zu sehen. Sie sieht dieser Frau so unglaublich ähnlich ...“

Pamela runzelte fragend die Stirn und schaute zu Olivia und wieder zurück zu ihrer Mutter. „Du hast die Mutter des Mädchens gesehen?“

Samuel winkte ab. „Das ist Jahre her.“

„Du hast mir nie erzählt, dass du sie getroffen hast“, sagte Pamela.

„Da gab es nichts zu erzählen.“ Langsam kehrte die Farbe in Gwens Gesicht zurück. „Sie war eine schreckliche Person mit loser Moral, und Philip tat gut daran, sie loszuwerden.“

„Hier ist ein Vorschlag“, schaltete Olivia sich mit einem gezwungenen Lächeln ein. „Der heutige Tag soll ganz Nana und Granddad gehören, okay? Aus diesem Grund sind wir doch alle hier, oder nicht?“

„Natürlich.“ Pamela überraschte sie, indem sie Olivia fest in die Arme nahm. „Du hast absolut recht.“ Sie zog sich zurück und musterte ihre Tochter. „Und außerdem strahlst du ja förmlich. Was ist los?“

Olivia lachte. „Das ist eine lange Geschichte, Mom.“

Ihre Mutter zog sie ein Stück zur Seite. „Dann mach sie kurz.“

„Lass mal sehen. Ich habe herausgefunden, dass ich eine Halbschwester habe, habe ein komplettes Camp restauriert, und, ach ja, ich habe mich zum zweiten Mal in meinem Leben in Connor Davis verliebt.“ Sie lachte wieder, als sie den Gesichtsausdruck ihrer Mutter sah.

„Connor Davis? Du meinst Terry Davis' Jungen?“

„Er ist kein Junge mehr.“

„Er ist nicht der Richtige für dich, Olivia. Das war er damals schon nicht, und das ist er jetzt auch nicht.“

„Du kennst ihn doch gar nicht, Mom.“

„Ich kenne aber dich. Tu nichts Dummes, Olivia.“

„Oh, glaub mir“, sagte sie. „Das habe ich schon.“

„Was für ein Idiot", sagte Julian zu Connor. „Du bist so nah dran, die Zeremonie zu verpassen." Julian war verantwortlich dafür, die Gäste auf die Insel überzusetzen. Dafür hatten sie das Ponton-Boot festlich mit Blumen und Girlanden geschmückt. Er beeilte sich, vom Dock abzulegen. Der kleine Motor erwachte spuckend zum Leben, und Julian steuerte das Boot gekonnt zur Insel, wo die Gäste sich bereits versammelt hatten, um der Erneuerung des Ehegelöbnisses beizuwohnen. Die einzigen anderen Passagiere neben Connor waren ein älteres Ehepaar, das vor wenigen Minuten angekommen war.

„Pass auf, was du sagst", warnte Connor seinen Bruder. „Und zeig ein wenig Respekt."

Der alte Mann und seine Frau waren entweder schwerhörig oder hörten nicht zu. Sie saßen an der Reling des Boots und schauten Händchen haltend übers Wasser. Irgendwie hatten lange verheiratete Pärchen was, dachte Connor. Sie kannten den Rhythmus des anderen und schienen einfach zueinanderzupassen, wie Bäume, die so lange Seite an Seite gewachsen waren, dass ihre Äste sich miteinander verzweigt hatten.

Er richtete seine Fliege. „Sehe ich gut aus?"

Julian musterte ihn kritisch und hob dann den Daumen. „Warum hast du so lange gebraucht?"

„Ich musste noch was in der Stadt abholen."

„Oh. Was denn?"

Connor klopfte auf seine Brusttasche und spürte die kleine runde Schatulle von Palmquist Jewelry. „Das zeige ich dir später."

Julian hob eine Augenbraue. „Oh-oh."

„Wenn du zu irgendjemandem auch nur ein Wort sagst, werde ich …"

„Mann, darüber musst du dir wirklich keine Gedanken machen. Außerdem wird es sowieso niemanden überraschen, außer vielleicht Olivia." Er hielt inne. „Alles gut, Con. Sie ist großartig."

Die Untertreibung des Jahres, dachte Connor. Sie war besser als großartig. Sie war anbetungswürdig und leidenschaftlich und lustig, und er liebte sie mit jeder Zelle seines Körpers. Sie war diejenige, mit der er alt werden wollte, mit der er sein Leben teilen wollte. Die ganze Zeit über war sie es, die er vermisst hatte, ohne es zu wissen. Er grinste seinen Bruder an. „Du glaubst also, dass sie überrascht sein wird?"

„Wer weiß schon, was ein Mädchen denkt?"

Das brachte Connor zum Lachen. „Vielleicht kannst du auf dem College einen Kurs darin belegen."

„Vielleicht." Julian wurde ernst. „Findest du es verrückt, dass ich versuche, in dieses Air-Force-Programm zu kommen?"

„Nein. Du bist genau das, wonach sie suchen." Connor hoffte, dass sein Bruder die Sache durchziehen würde. Wenn dieses Kind mit der Disziplin zurechtkäme, wäre dieser Weg für ihn perfekt. Ein Ort, an dem er seinen klugen Kopf und seine Furchtlosigkeit zu gleichen Teilen einsetzen könnte.

Julian schob sich eine Locke aus den Augen. „Ich schätze, ich könnte eh mal einen neuen Haarschnitt gebrauchen."

„Du kommst spät", sagte Olivia, ohne Connor anzusehen, als er sich neben ihr auf den Klappstuhl gleiten ließ. Sie fühlte sich anders, wenn er bei ihr war. Die ganze Atmosphäre um sie herum schien sich in seiner Gegenwart zu verändern, auch wenn sie anscheinend die Einzige war, der das auffiel.

„Tut mir leid."

Wie die meisten Männer schien sich auch Connor nicht viel aus Hochzeiten zu machen. Sie lenkte ein und warf einen Blick in seine Richtung. Oh Mann. Er sah aus wie aus einem Traum, mit seinem makellosen Smoking, perfekt rasiert, das Haar gekämmt. Und er roch köstlich. Wenn Connor Davis der aufregendste Mann war, den sie kannte, dann war Connor Davis im Smoking mehr, als sie ertragen konnte. Es war gut möglich, dass er zu gut aussah, beinahe einschüchternd, so wie jemand im Fernsehen.

„Stimmt was nicht?" Sein Atem strich warm über ihren Hals, als er ihr ins Ohr flüsterte.

Ihr wurde erst jetzt bewusst, dass sie bei seinem Anblick leise aufgestöhnt hatte. „Du kannst dich im Smoking durchaus sehen lassen", sagte sie.

„Haha."

„Liebe Liebenden", begann der Pastor. „Am 26. August 1956 führte mein Vater an genau diesem Ort die Zeremonie durch, die diese beiden Herzen miteinander verband. Jetzt, ein halbes Jahrhundert später, sind unsere lieben Freunde Charles Bellamy und Jane Gordon Bellamy zurückgekehrt, um ihre Liebe zu feiern und ihr lebenslanges Band in Anwesenheit derer, die ihnen am meisten am Herzen liegen, zu erneuern. Mein eigener Vater ist uns schon vorausgegangen, aber heute, an diesem wundervollen Sommertag, fühle ich seine Freude, und sicherlich gefällt diese herrliche Feier der unendlichen Liebe auch unserem Herrn, dem Allmächtigen."

Olivia hatte geahnt, dass es nicht lange dauern würde, bis die ersten Tränen flössen. Sie, ihre Cousinen und Tanten hatte schon vorsichtshalber wasserfeste Wimperntusche aufgetragen. Trotzdem hatten sie sich bemüßigt gefühlt, ein paar grundlegende Regeln aufzustellen: keine hörbaren Schluchzer, kein sichtbares Zittern. Denen, die am ehesten die Tränen nicht zurückhalten könnten, wurden dunkle Sonnenbrillen empfohlen. Die Frauen hatten einen Pakt geschlossen. Sobald die Gelübde gesagt würden, würden sie einander nicht ansehen, denn jeglicher Augenkontakt würde unter diesen Umständen eine verheerende Kettenreaktion auslösen.

Trotzdem hatte nichts davon Olivia auf diese Welle der Rührung vorbereitet, die sie in dem Moment überkam, als ihr Großvater sich ihrer Großmutter zuwandte und ihre Hände so zart in seine nahm, als wären sie scheue Vögel, die bei der kleinsten Bewegung davonfliegen würden.

Es lag etwas so Heiliges in der Art, wie sie einander ansahen. Die Liebe strahlte heller als die Sonne von ihren Gesichtern. Nana sah entzückend aus in ihrem Kleid aus cremefarbener Seide mit einem Spitzenkragen. Ihr silbernes Haar war in einem eleganten Knoten zusammengefasst. Granddad, groß und distinguiert in seinem Smoking, räusperte sich und sprach das Gelübde, das er vorbereitet hatte.

„Als ich ein junger Mann war“, fing er an, „ist mir eingetrichtert worden, dass es das höchste Ziel im Leben eines Menschen ist, eine gute Partie zu heiraten. In der Bellamy-Familie meinte man damit, dass ich eine bestimmte Art von Mädchen aus einer bestimmten Art von Familie finden sollte. Aber das war es nicht, was ich hier in diesem kleinen Ort in den Bergen gefunden habe, so weit entfernt von allem, was ich kannte. In einem Sommer, als ich es am wenigsten erwartete, habe ich das schönste Mädchen der Welt kennengelernt. Sie war nicht der bestimmte Typ, nach dem ich Ausschau halten sollte. Aber sie war diejenige, mit der mein Leben zu verbringen mir bestimmt war. Und nun, fünfzig Jahre später, kann ich ehrlich sagen, dass ich eine gute Partie gemacht habe. Auf dich, meine Liebe, meine wunderschöne Janie. Es war ein fabelhaftes Abenteuer.“

„Ich habe auch eine gute Partie gemacht“, erwiderte Nana und strahlte ihn an. „Ich habe meinen besten Freund geheiratet, die Liebe meines Lebens, den einen, der auf der Reise meines Lebens an meiner Seite gegangen ist, den Vater von vier wundervollen, geliebten Kindern. Ich bin stolz, dich noch einmal zum Mann zu nehmen. Ich fühle mich gesegnet, all diese Jahre mit dir geteilt zu haben, Charles, und ich gelobe, alle weiteren Tage mit dir zu teilen und dich jeden einzelnen davon mit jeder Faser meines Herzens zu lieben.“

Daisy und ihre Mutter Sophie spielten auf Querflöte und Klarinette ein leichtes Duett von Brahms. Mit rituellem Ernst tauschten Charles und Jane die neuen Ringe, die extra für diese Gelegenheit von einem Goldschmied von Lightsey Gold & Gem angefertigt worden waren.

Die offenen Hände über das Messbuch haltend, sprach der Pastor ein Gebet.

Olivia spürte, wie die Gefühle sie übermannten und sie kurz davor war, jede Regel zu brechen, die sie und ihre Verwandten zuvor aufgestellt hatten. Sie hatte bereits ein hörbares Schniefen von sich gegeben. Sie zitterte und blinzelte immer schneller gegen die Tränen an. Wenn sie jetzt ihren Mund öffnen würde, würde ein lautes Schluchzen erklingen, das wusste sie.

„Alarmstufe Rot." Dare, die neben Olivia saß, murmelte eine Warnung an Freddy. „Olivia steht kurz vor dem Zusammenbruch. Schnell, sag was, um sie abzulenken."

Aber Freddy war vollkommen nutzlos. Er starrte stur auf den Fußboden vor sich, während ihm die Tränen in Bächen über die Wangen liefen.

„Du kennst diese Leute doch kaum", zischte Dare ihn an. Dann verlor sie selber die Fassung und presste sich schnell ein Taschentuch auf den Mund.

„Halte durch, Lolly", flüsterte Connor ihr ins Ohr. „Du machst das prima."

Im Gegensatz zu der ernsten Zeremonie war die nachfolgende Feier ein Rausch aus Essen, Getränken, Musik und guten Wünschen. Dare hatte den Speisesaal zauberhaft dekoriert. Auf den Tischen lagen weiße gestärkte Leinendecken, in der Mitte stand jeweils ein buntes, fröhliches Blumenarrangement. Das Licht der untergehenden Sonne, das durch die Fenster in den Saal strömte, fing sich im Silber des Bestecks und brachte die kristallenen Gläser zum Funkeln. Der Champagner floss in Strömen, und aller Orten ertönten Toasts auf die Bellamys. Gute Laune und Fröhlichkeit erfüllte die Luft im Raum und draußen auf der Veranda.

„Nicht schlecht", sagte Freddy und stupste Olivia an, als die Tanzfläche sich langsam füllte.

„Stimmt." Sie sah ihn an. „Danke für alles, was du diesen Sommer für mich getan hast."

„Machst du Witze? Das ist einer der besten Jobs, die ich je gehabt habe."

Mit einem Lächeln sah sie, wie er mit seinen Blicken Dare nahezu verschlang, die gerade einen sehr widerstrebenden Max auf die Tanzfläche zerrte. Jeder, so schien es, tanzte, sogar die gebrechlichsten Gäste, die beim Gehen von jemandem gestützt werden mussten. Wo sie auch hinsah, sah sie lachende, sich bewegende, Spaß habende Menschen. Dieser Sommer ist wirklich eine erstaunliche Erfahrung gewesen, überlegte Olivia.

„Ist bei dir alles in Ordnung?“, wollte Freddy wissen.

„Sicher.“

„Wie steht es zwischen dir und Mr Wonderful?“

Zwischen der bewegenden Zeremonie und dem Beginn der Feier hatte sie keine Zeit gehabt, um mit Connor zu reden. Aber selbst wenn, war sie sich nicht sicher, was sie gesagt hätte. *Ich habe mich wieder in dich verliebt? Kann es dieses Mal bitte funktionieren?* Die Fragen waren so neu und so ungewohnt, dass sie sie nicht einmal für sich selbst beantworten konnte, geschweige denn für ihn.

„Ich weiß nicht“, antwortete sie daher.

„Natürlich tust du das. Das sehe ich dir doch an der Nasenspitze an.“ Die ersten Takte von „Somewhere Beyond the Sea“ erklangen, und er führte sie auf die Tanzfläche.

Sie biss sich auf die Lippe und kämpfte darum, die Kontrolle zu behalten, denn sie hatte das Bedürfnis zu weinen. Das ging schon den ganzen Tag so. „Da gibt es noch diese unwesentliche Kleinigkeit namens Vergangenheit“, rief sie ihm in Erinnerung. „Drei Mal verloren, und du bist raus, ist es nicht so?“

„Nicht hierbei, du Dummkopf“, sagte Freddy. „Hör zu, die letzten drei Geschichten sind aus einem bestimmten Grund geschehen. Und okay, ich gebe es zu, ich habe gedacht, vielleicht bin ich dieser Grund gewesen. Aber das war nur Wunschdenken.“

„Ach, Freddy.“

„Denk an die Geschichte, die dein Großvater vorhin erzählt hat. Wie seine Familie gedroht hat, seine Hochzeit zu boykottieren und ihn zu enterben. Was, wenn er dem nachgegeben hätte?“ Freddy ließ ihre Hand los und zeigte mit einer Geste auf den vollen Saal. „Wenn er das getan hätte, wäre nichts hiervon passiert. Das hier ist etwas, für das man bleibt und kämpft.“

„Ich habe ein Leben in der Stadt, meine Firma …“

„Details, Details“, sagte er ungeduldig. „Für jedes Problem, das du mir nennst, liefere ich dir eine Lösung, und das weißt du. Ich werde Untermieter deiner Wohnung. Kümmere mich um dein Geschäft.“

„Das ist aber mein Job.“

„Tja, aber das hier“, erwiderte er, „könnte dein Leben sein, wenn du endlich aufhören würdest, dich ihm zu widersetzen.“

Sie gab ihm einen Kuss auf die Wange. „Ich werde es im Hinterkopf behalten.“ In letzter Zeit hatte sie kaum an etwas anderes gedacht, wobei ihr Herz stets panisch geklopft hatte, obwohl sie gar nicht wusste, wovor sie Angst hatte. Das Einzige, was noch furchterregender war als der Gedanke an eine Zukunft mit Connor, war der Gedanke an eine Zukunft ohne ihn.

„Nein, mach mehr draus“, sagte er. Dann brachte er sie zurück an ihren Tisch und tauschte sie gegen Dare ein. Bevor Olivia noch etwas sagen konnte, waren die beiden schon wieder auf und davon, lachten und verloren sich ineinander und erweckten den Eindruck, dass Liebe etwas ganz Leichtes sei.

„Du hast gesagt, dass du während der Zeremonie nicht weinen würdest“, sagte eine ernste, vertraute Stimme hinter ihr. „Du hast es ja beinahe geschafft, dass *ich* die Fassung verloren hätte, und stell dir nur mal vor, was für ein Desaster das gewesen wäre.“

Olivia drehte sich um und umarmte ihre Großmutter. „Es tut mir leid, Nana. Es war alles so zauberhaft. Ich konnte einfach nicht an mich halten.“

Nana hakte sich bei Olivia unter, und gemeinsam schlenderten sie durch die Glastüren hinaus auf die Veranda über dem See. Die letzten Farben des Sonnenuntergangs durchtränkten das Wasser und ließen das Camp in einem beinahe unnatürlichen Licht erstrahlen. Lachen und Musik und das Klirren von Gläsern vermischte sich mit den ruhigeren Geräuschen des Sommerabends und dem Gesang der Vögel. Nana seufzte glücklich. „Du hast es geschafft, Olivia“, sagte sie. „Dank dir sieht das Camp noch schöner aus, als ich es in Erinnerung habe. Alles ist, wie ich es mir erhofft habe – und mehr.“

„Ich habe es wirklich gerne gemacht, Nana.“

Als ihre Großeltern hier angekommen sind, waren sie wie die kleinen Kinder von hier nach dort gelaufen, um alles mit großem Oh und Ah zu bestaunen und neu zu entdecken.

„Ich bin froh, dass du den Auftrag angenommen hast“, sagte Nana. „Ich wollte so sehr, dass du hierher zurückkehrst.“ Ein listiges Funkeln glitzerte in ihren Augen. „Du hattest noch unerledigte Geschäfte hier.“

„Connor Davis“, sagte Olivia. „Ich nehme an, dass Dare dich eingeweiht hat.“ Sie stemmte ihre Hände gegen das Verandageländer. „Es ist … kompliziert. Ich habe nicht so viel Glück wie du, Nana.“

„Glück.“ Nana schnalzte mit der Zunge. „Das ist eine sehr naive Art zu denken. Eine monumentale Liebe und eine großartige Ehe passieren nicht einfach wie ein Gewinn in der Lotterie. Man muss beides aufbauen und hegen, was oft harte Arbeit bedeutet. Man betritt so eine Ehe nicht wie ein Spa und lässt sich verwöhnen, bis man den Zustand der Glückseligkeit erreicht hat.“

„Ich weiß. Ich bin nicht naiv“, sagte Olivia. „Nur … risikoscheu.“

Ein weiteres Zungenschnalzen. „Wenn man schon ein Risiko eingeht, warum dann nicht in der Liebe?“

Weil ich eine Niete bin, was Liebe angeht, dachte Olivia, sagte aber nichts.

Ein vorbeikommender Kellner bot ihnen Champagner an, und sie stießen miteinander an und lösten so die Spannung des Augenblicks. Nana trank einen Schluck und seufzte erneut. „Charles und ich müssen eine Entscheidung bezüglich Camp Kioga treffen", sagte sie. „Das schieben wir schon viel zu lange vor uns her."

„Was werdet ihr tun?"

„Wir haben gehofft, dass es wiedereröffnet wird, nicht nur für Kinder, sondern für Familien. Das liegt im Moment durchaus im Trend, weißt du. Familien, die einen sicheren Hafen für den Sommer suchen. Das Leben der Menschen ist zu hektisch geworden. Die Familien treiben alle langsam, aber sicher auseinander. Natürlich würden die Leute nur eine oder zwei Wochen bleiben, aber die ganzen alten Traditionen könnten aufleben. Dazu noch ein paar Neuerungen, wie zum Beispiel Weinproben am Abend für die Erwachsenen oder so. Im Moment ist auf dem Gebiet wirklich eine Menge ins Rollen gekommen." Sie leerte ihr Glas und stellte es hin. „Wie auch immer, es ist eine nette Idee, aber leider gibt es da ein paar Schwierigkeiten."

„Welche denn?"

„Anfang des Jahres haben wir mit Greg und Sophie über das Projekt gesprochen, und sie schienen sehr interessiert zu sein. Unglücklicherweise ist der Plan jetzt aus offensichtlichen Gründen gescheitert. Greg wird auch so genug in seinem Leben zu tun haben, ohne sich auch noch um das Camp zu kümmern." Die Enttäuschung schien ihr schwer auf den Schultern zu liegen.

„Wir finden schon eine Lösung", sagte Olivia und hakte ihre Großmutter unter. „Mach dir keine Sorgen."

„Du klingst genau wie Charles. Ich denke, er hat noch ein Ass im Ärmel."

Gemeinsam gingen sie wieder hinein und gesellten sich zu Olivias Vater, der mit Granddad und Jenny Majesky zusammenstand. Philip hatte die drei einander schon am Vortag vorgestellt. Jenny sah bezaubernd aus, aber auch ein wenig verloren. Ihre großen, dunklen Augen verschlangen Nana und Granddad genauso wie die restlichen noch unbekannten Familienmitglieder auf der Tanzfläche und am Büfett.

„Ich habe Jenny gerade erzählt, dass wir ihre Großeltern schon länger kennen, als wir verheiratet sind", sagte Granddad.

„Das stimmt", sagte Nana. „Ich habe mir am Eröffnungstag der Sky River Bakery eine süße Käse-Kolache gekauft – das war am vierten Juli 1952."

Jenny sah überrascht aus. „Daran erinnern Sie sich noch?"

Nana strahlte. „Helens Kolaches sind einfach unvergesslich. Ich hoffe, dass wir sie morgen besuchen können."

„Natürlich", sagte Jenny, und Olivia bemerkte, dass sie Tränen in den Augen hatte.

„Tanzt du, Jenny?" Ihr Vater trat mit einer kleinen Verbeugung vor. Er hatte vermutlich auch gesehen, was Olivia gesehen hatte, nämlich dass Jenny überwältigt war. Olivia konnte sich nicht vorstellen, wie es sein musste, quasi über Nacht so viele neue Verbindungen zu entdecken.

„Nicht sonderlich gut", gab Jenny zu.

„Ich auch nicht, aber ich würde sehr gerne mit meiner Tochter tanzen."

„Ich wollte eigentlich mit der Torte helfen", erwiderte Jenny zögerlich.

„Darum kümmere ich mich." Olivia schenkte ihr ein aufmunterndes Lächeln. „Geh nur und tanz mit Dad."

Jenny nahm seine Hand, und etwas ungeschickt stellten sie sich verlegen lachend in Positur. Olivia beobachtete sie eine Weile und spürte einen merkwürdigen Kloß im Hals. Sie würde noch eine Weile brauchen, um sich an die Schwester zu gewöhnen, von der sie nie gewusst hatte. Sie sah, dass die Eltern ihrer Mutter das Paar ebenfalls beobachteten.

„Wenn Blicke töten könnten", murmelte Dare, als sie zu Olivia trat, um ihr mit der Torte zu helfen.

„Ich werde mal mit ihnen reden." Olivia nahm zwei Teller mit an den Tisch der Lightseys. „Und, genießt ihr die Feier?", fragte sie fröhlich.

„Auf jeden Fall", erwiderte ihr Großvater.

„Wo ist Mom?" Olivia schaute sich suchend nach ihrer Mutter um.

„Unglücklicherweise fühlte Pamela sich nicht sonderlich wohl, sodass sie schon zurück ins Hotel gefahren ist."

Der Knoten in Olivias Magen zog sich enger zusammen. „Ich weiß, dass das nicht einfach ist, aber ich hoffe, dass ihr euch für uns freut. Jenny ist ganz wundervoll."

„Sie wirkt ganz entzückend, ja", stimmte Grandma Gwen zu und schob ihren Teller beiseite, ohne die Torte probiert zu haben. „Und wir verstehen, dass das alles nicht ihre Schuld ist. Dennoch solltest du darüber nachdenken, was das auch für dich bedeutet, Olivia."

Olivia begriff, was ihre Großmutter damit sagen wollte. Als ihre Schwester würde Jenny die Zuneigung ihres Vaters mit ihr teilen – genau wie weitere Aspekte seines Lebens, einschließlich sein Vermögen. „Mir geht es gut damit", sagte sie mit fester Stimme. „Dad und ich haben lange darüber gesprochen. Sie ist genauso seine Tochter wie ich."

Grandma Gwen schniefte. „Du solltest sicherstellen, dass deine Interessen gewahrt bleiben, nicht war, Samuel?"

„Auf jeden Fall“, sagte er erneut, was seine Standardantwort zu sein schien, seitdem er nicht mehr so gut hörte.

Olivia entschuldigte sich und floh. Sie wollte diese Unterhaltung nicht weiterführen. Sie verstand die Loyalität ihrer Großeltern zu ihrer Mutter, aber jetzt war nicht der richtige Zeitpunkt, um diese Angelegenheit zu besprechen. Mit einem Mal fühlte sie die Wärme und die ganzen Menschen und den Champagner, und sie ging hinaus, um ein wenig frische Luft zu schnappen. Hier draußen war es still. Die Sonne war untergegangen, und die tiefblaue Nacht schien geheimnisvoll.

Sie hoffte, betete, dass Connor sie hatte hinausgehen sehen. Sie hatten immer noch nicht eine Minute gemeinsam verbracht, und ohne ihn fühlte sie sich verloren. Das war was Neues für Olivia; sie war es nicht gewohnt, sich zu wünschen, jeden Aspekt ihres Lebens mit jemandem zu teilen.

Während sie auf und ab lief und diese neue Entwicklung gründlich durchdachte, huschte das Scheinwerferlicht eines herannahenden Autos über den Parkplatz und verlosch dann. Ein paar Minuten später sah sie einen Schatten über den Weg auf sie zukommen und erkannte einen großen, breitschultrigen Mann. Ein orangeroter Punkt vom glühenden Ende einer Zigarette flog durch die Luft und verschwand, als der Mann näher kam.

„Mr Davis?“, sagte Olivia. „Bitte, kommen Sie doch herein. Meine Großeltern hatten gehofft, dass Sie vorbeischauen würden.“

Terry Davis trug eine dunkle Hose und ein Shirt, in dem noch die Falten aus dem Laden zu sehen waren. „Ich wollte ihnen nur kurz meinen Respekt erweisen.“

„Sie werden sich wahnsinnig freuen, Sie zu sehen“, versicherte Olivia ihm.

Er zuckte mit den Schultern und schaute zu Boden. Er war ein großer Mann, hochgewachsen und gut gebaut. Als sie ihn jetzt betrachtete, erkannte Olivia, von wem Connor sein gutes Aussehen hatte, doch machte seine untergebene Haltung Terry irgendwie kleiner. „Um die Wahrheit zu sagen, bin ich eigentlich hergekommen, um mit Ihnen zu reden, Miss Bellamy. Aber nur, wenn es Ihnen nichts ausmacht.“

„Das macht mir überhaupt nichts aus, aber bitte, nennen Sie mich doch Olivia.“

„Ja, Ma'am. Tatsache ist, dass ich gerade an der neunten Stufe arbeite.“

„Ich verstehe nicht ganz …?“

„Von meinem Zwölf-Stufen-Programm. Es geht darum, mich bei den Leuten zu entschuldigen, denen ich in der Vergangenheit wehgetan habe. Das sind eine ganze Menge, Sie eingeschlossen.“

„Ich?“ Olivia konnte sich nicht erinnern, dass er ihr jemals etwas getan hatte. „Aber ich …“

Er hob eine Hand. „Ich muss versuchen, es wiedergutzumachen, wenn möglich.“

„Oh. Wie kann ich Ihnen dabei behilflich sein?“

„Sie müssen mir einfach nur zuhören.“

Sie zögerte kurz und setzte sich dann auf die unterste Stufe der Treppe vor dem Haupteingang. „Das kann ich.“

Er setzte sich neben sie. „Es geht um die Nacht vor neun Jahren. Sie wissen, welche Nacht ich meine.“

„Warum hast du mir das nicht erzählt?“, fragte Olivia Connor. Der Abend war nur so dahingeflogen, und als sie ihn endlich gefunden hatte, war es beinahe Mitternacht.

Connor drückte sich von der Bar ab, an der er gestanden und sich – wie es schien sehr zivilisiert – mit Freddy unterhalten hatte. Als Olivia Connor erblickte, hätte sie beinahe vergessen, was sie sagen wollte. Es war wirklich das erste Mal am ganzen Abend, dass sie ihn richtig sah, und einen Moment lang war es ihr nicht möglich, ihn anzuschauen und gleichzeitig zu denken.

„Was habe ich dir nicht erzählt?“, fragte er.

Sie wurde rot und spürte, wie sich mehrere Köpfe nach ihnen umdrehten. Schnell nahm sie ihn an der Hand und führte ihn in eine relativ ruhige Ecke der Veranda, die jetzt mit tausend kleinen Lichtern erstrahlte. „Dein Vater war vorhin bei mir. Er hat mir was über unsere letzte Nacht erzählt, als wir noch Teenager waren. Die Sache, die du dir nie die Mühe gemacht hast, mir zu erklären.“

„Als da wäre?“ Er nahm mit einem Mal eine abwehrende, steife Haltung ein.

„Er hat gesagt, dass er in der Nacht zu viel getrunken hatte.“

„Mein Vater hatte jede Nacht zu viel getrunken.“

„Aber in der Nacht war er laut seiner Aussage in der Hilltop Tavern und ist danach mit seinem Auto im Graben gelandet. Er hat gesagt, du wärst kurz vor der Polizei aufgetaucht und hättest dich schnell hinters Steuer gesetzt und behauptet, gefahren zu sein, damit dein Vater nicht wegen Fahrens unter Alkoholeinfluss angezeigt würde.“

„Na und?“

„Du hast mir nicht davon erzählt, Connor.“

„Es war auch nicht an mir, darüber zu sprechen. Es gibt dieses fiese kleine Ding, das sich Anonymität nennt …“

„Du hast mich denken lassen …“ Sie fing an zu stottern, als der alte Schmerz in ihrem Innern wieder aufwallte.

„… dass sich alles um dich drehte?“

Autsch. „Es gab doch einen einfachen Grund dafür. Du hättest es mir einfach nur sagen müssen.“

„Verdammt, denkst du, es war einfach, darüber zu sprechen, dass mein Vater ein Alkoholiker ist? Was hätte es gebracht, dir davon zu erzählen?“

Die Erinnerung an diese Nacht hatte immer noch die Macht, wie Feuer in ihr zu brennen. „Du warst mein erster Freund. Die Nacht, das, was wir tun wollten, bedeutete mir alles. *Alles.* Und dann wurde daraus dieser Witz, und du warst mit einem Mal verschwunden …“

„Lolly.“ Seine Stimme klang ruhig, aber gequält. „Du warst diejenige, die in der Nacht davongegangen ist.“

Oh, Gott. Er hatte recht. Sie hatte immer ihm die Schuld gegeben, aber sie hatte in der Nacht eine Entscheidung gefällt und sich danach nicht mehr die Mühe gemacht, herauszufinden, was wirklich passiert war. Sie hatte neun Jahre in dem Glauben verbracht, Connor hätte sie in der Nacht im Stich gelassen. Doch jetzt musste sie der Tatsache ins Auge sehen, dass es so nicht passiert war. Sie war von dem kleinen See am Wasserfall geflohen und hatte nie mehr zurückgesehen. Wenn sie es getan hätte, hätte sie gesehen, dass Connor das Gejohle seiner betrunkenen Kameraden ignoriert und sich angezogen hatte, um ihr nachzugehen.

Endlich, vor wenigen Minuten, hatte Terry Davis ihr erklärt, warum es Connor in der Nacht nicht mehr bis in ihre Hütte geschafft hatte. Jemand hatte ihm einen Tipp gegeben, dass sein Vater in Schwierigkeiten steckte. Was dann gefolgt war, klang wie ein Albtraum: Connor hatte gegenüber der Polizei darauf bestanden, dass er gefahren war.

„Dein Vater hat mir erzählt, dass du daraufhin ins Bezirksgefängnis nach Kingston gekommen bist.“

„Das stimmt.“

Seine Miene war ausdruckslos, aber sie wusste, dass sich dahinter eine Welt aus Schmerz verbarg. Er war ein verängstigtes Kind gewesen, alleine, hatte versucht, seinen Vater vor einer Anklage wegen Fahrens unter Alkoholeinfluss und einem sicher folgenden Gefängnisaufenthalt zu schützen. Sie konnte sich ihn nur allzu lebhaft vorstellen, wie er im grellen Licht stand, eingepfercht mit dem ganzen Abschaum einer typischen Samstagnacht, zwischen Leuten, die ihn anschrien und herumschubsten, wie sein Vater es genannt hatte.

„Ich wünschte, du hättest es mir erzählt. Mich angerufen oder …“

Ein kleines Lächeln blitzte in seinem Gesicht auf. „Lolly. So funktioniert das nicht. Und wenn ich versucht hätte, dir alles zu erklären, hätte es die Sache für uns beide nur noch schwerer gemacht.“

Sie nickte. Der Junge, der er gewesen war, tat ihr so leid. Dieser Junge, der so viel Schmerz vor der Welt verborgen hatte und auch vor ihr. Sie hatte Angst vor seiner Intensität und der Komplexität seines Lebens gehabt. Und das war der grundlegende Unterschied zwischen ihr und Connor, wie ihr jetzt auffiel. Ihre Kindheit war nicht ideal gewesen, aber wenigstens hatte sie eine Kindheit gehabt. Gemeinsam im Camp war es so einfach gewesen, zu vergessen, wie unterschiedlich ihrer beider Leben waren. Aber die Realität war, dass Connor sich schon als Kind sowohl um sich als auch um seinen Vater hatte kümmern müssen, genau wie in jener Nacht.

Laut Aussage von Terry war der Moment, als sein Sohn ins Gefängnis gesteckt wurde, der absolute Tiefpunkt in seinem Leben. Doch diesen Tiefpunkt hatte er erreichen müssen, um endlich die Entscheidung fällen zu können, sich in den Entzug zu begeben. Also hatte er sich in ein Neunzig-Tage-Rehabilitations-Programm einweisen lassen.

Und Olivia, die nichts von all dem geahnt hatte, war nach New York zurückgekehrt, in ihr College-Wohnhaus gezogen und hatte so getan, als hätte es diesen Sommer gar nicht gegeben.

„Was könnte noch schwerer sein, als dich ohne ein Wort der Erklärung zu verlieren?“, fragte sie. Sie erinnerte sich noch so gut an die Qualen, die sie durchlitten hatte.

„Dich jetzt zu verlieren“, sagte er schlicht, und endlich wärmte sich sein Lächeln auf, „das wäre verdammt hart.“ Er beugte sich vor und küsste sie kurz, aber fest auf den Mund. „Vorausgesetzt, dass wir jetzt zusammen sind.“

Olivia wurde von dem Kuss ganz schwindelig, und sie wünschte sich, er würde ihn wiederholen. Sie hielt einen Moment inne und ließ die kühle Brise vom See ihren Kopf ein wenig freipusten. „Ich werde dir nicht widersprechen.“ Sie wollte, dass er sie auf den Sozius seines Motorrads setzte und mit ihr in die Berge fuhr, um nie mehr zurückzukehren. Sie wollte, dass ihre Leben so zueinanderpassten, wie es ihre Herzen taten. „Ich will nur …“ Sie brach ab. Es war so schwer, in Worte zu fassen. „Ich will wissen, dass ich dieses Mal keinen Fehler mache. Ich habe so oft falsch gelegen, dass ich mir selber nicht mehr vertraue.“

Er unterdrückte ein Lachen. „Ich kann dich nicht davor schützen, Fehler zu machen, Lolly. Das kann niemand, nicht einmal du. Und warum solltest du das auch wollen?“

Es ist so einfach, dachte sie. Das war seine Gabe, diese Klarheit in Momenten, in denen sie die Dinge bis zu einer fast absurden Ebene durchdachte. „Aber …“

„Manchmal muss man einfach Vertrauen haben."

Sie konnte nicht glauben, dass er sie anlächelte, als ob ihm das hier Spaß machen würde. „Wir haben uns jeder ein Leben aufgebaut, Connor. Ich sehe einfach nicht, wie das funktionieren kann."

„Du ziehst nach Avalon, und wir bauen zusammen ein Haus. Du sagst deinen Großeltern, dass du die Wiedereröffnung des Camps beaufsichtigen wirst." Er war beinahe grässlich sachlich.

„Du hast mit Granddad und Greg gesprochen."

„Ausführlich", gab er zu.

Olivia biss sich auf die Unterlippe und schaute zu ihm auf. Dann drückte sie ihre Handflächen gegen den unglaublich feinen Stoff seines Smokings und spürte die solide Wärme seines Körpers. Ihr Herz hüpfte, doch ein anderer Teil von ihr scheute zurück. Connor bat sie um das Gleiche, worum Rand sie gebeten hatte: ihrem Leben, das sie sich aufgebaut hatte, den Rücken zu kehren, ihrer Firma, für die sie so hart gearbeitet hatte.

„Die Idee mit dem Camp ... ich schätze, sie haben Schwierigkeiten, sich davon zu lösen. Es ist ja auch eine tolle Idee, einen Rückzugsort für Familien zu schaffen. Aber es ist halt auch nicht mehr ... nur ein Traum", sagte sie.

Er zeigte auf den See. „Dieser ganze Ort hat als Traum seinen Anfang genommen. Ich habe dir das nie erzählt, aber meine Träume haben auch hier angefangen. Hier habe ich mir das erste Mal ein Leben für mich vorstellen können, das nicht total schrecklich war. Das war ein großer Moment für mich. Ich kann dir gar nicht sagen, wie groß."

Sie erinnerte sich an den wütenden, blauäugigen Jungen mit den Hip-Hop-Klamotten und den mit Klebeband geflickten Turnschuhen, und sie wünschte sich, sie könnte in der Zeit zurückreisen, ihn in die Arme nehmen und ihm sagen, dass alles gut werden würde. Sie hatte diese Chance gehabt. Vor Jahren. Und sie hatte sie nicht ergriffen.

„Ich bin so froh ...", fing sie an und lachte dann ein wenig nervös. „Ich weiß nicht, worüber ich froh bin. Dass wir diesen Sommer hatten. Dass wir vielleicht ..."

„Vielleicht was?" Er schob seine Hand unter ihre und verschränkte seine Finger. „Hör zu, ich bin flexibel. Wenn dir der Gedanke, hier zu leben, nicht gefällt, ziehen wir eben woandershin."

Und wieder klang es so einfach. „Du würdest für mich in die Stadt ziehen?"

„Ich würde für dich nach Feuerland ziehen, wenn du da wohnen wolltest."

Sie schaute auf ihre Hände, die aneinandergepressten Handflächen, die miteinander verschränkten Finger. Genau so hatte sie an ihm festgehalten, als sie sich das letzte Mal geliebt hatten. „Ich bin mir nicht sicher, was du von mir hören willst", gab sie zu.

„Dann hör einfach nur zu. Ich liebe dich, Lolly. Ich liebe dich, seitdem wir Kinder waren, und das hat sich nie, niemals geändert, auch wenn ich es dir nie gesagt habe. Stattdessen habe ich dir wehgetan und dich gehen lassen. Das werde ich nie wieder tun, Honey. Niemals. Wir sind jetzt erwachsen. Wir wissen, wie man so was macht. Kannst du mir folgen?"

Ihr war schwindelig, und ihr Herz füllte sich mit einer vorsichtigen, aber nicht zu leugnenden Freude. „Ich hänge irgendwie noch an der Stelle, an der du gesagt hast, dass du mich liebst."

„Das ist eine gute Stelle zum Hängenbleiben. Ich liebe dich und werde das immer tun, jeden einzelnen Tag meines Lebens. Wir kommen aus zwei komplett unterschiedlichen Welten, und wir leben komplett unterschiedliche Leben. Aber trotzdem ist da diese Sache zwischen uns, von Anfang an. Sag mir nicht, dass ich mir das nur einbilde, Lolly."

Sie konnte nicht sprechen, weil sie einen so großen Kloß im Hals hatte. Sie weigerte sich jedoch zu weinen. Weigerte sich, diesen perfekten Moment mit Tränen zu ruinieren.

„Ich liebe dich auch, Connor", flüsterte sie. Die Worte kamen aus einem Ort in ihrem Innern, der sich mit einem Mal öffnete wie eine frische Quelle. „Ich habe dich immer geliebt, sogar, wenn ich dich gehasst habe."

Er lächelte und berührte ihre Wange. „Ich weiß, Honey. Ich weiß."

Als sie ihren Kopf in den Nacken legte, um ihn anzuschauen, spürte sie, wie die Tränen schwanden und von purem Glück ersetzt wurden. Er brachte sie zum Lächeln, und bei ihm fühlte sie sich sicher. Konnte Liebe wirklich so einfach sein?

Er ließ sie kurz los, um auf die Uhr zu sehen.

„Was ist los?", fragte sie.

„Ich muss mich ein bisschen beeilen." Er grinste, aber sie meinte, einen Anflug von Nervosität zu erkennen. „Ich muss das vor Mitternacht tun."

„Was?"

„Ich denke einfach, es würde Glück bringen, wenn ich dir am fünfzigsten Hochzeitstag deiner Großeltern einen Antrag mache."

Ihr Herz klopfte mit einem Mal doppelt so schnell. Sie wurde panisch und gleichzeitig wusste sie, dass sie genau das hier immer gewollt hatte. Auf verrückte Weise ergab es sogar Sinn. „Du machst mir einen Antrag?"

„Noch ist nichts passiert. Ich versuche immer noch, meinen Mut zusammenzunehmen."

Sie lachte laut auf, und die Freude in ihr war nicht länger vorsichtig, sondern grenzenlos. „Tu es jetzt", sagte sie. „Frag mich."

„In dieser Minute?"

„In dieser Minute." Sie schlang ihre Arme um seinen Hals. „Weil ich es nicht mehr erwarten kann, Ja zu sagen."

EPILOG

Avalon Troubadour
2. September 2006

Mr Philip Bellamy aus Manhattan und Ms Pamela Lightsey Bellamy, ebenfalls aus Manhattan, freuen sich, die Vermählung ihrer Tochter Olivia Jane mit Connor Davis, Sohn von Terence Davis aus Avalon, New York, bekannt geben zu dürfen. Ms Bellamy hat ihren Abschluss an der Columbia University mit summa cum laude gemacht und wird nach der Hochzeit nach Avalon ziehen. Mr Davis ist der Besitzer von Davis Contraction and Construction in Avalon und wird für sich und seine Frau diesen Herbst mit dem Bau eines neuen Hauses an der River Road beginnen. Die Hochzeit ist für den folgenden August geplant. Das Paar wird die Leitung des Camp Kioga übernehmen, das nächsten Sommer als Familienressort wiedereröffnet werden soll.

– ENDE –

Susan Wiggs

Das Geheimnis meiner Mutter

Roman

Aus dem Amerikanischen von
Ivonne Senn

MIRA®

In liebevoller Erinnerung an meine Großeltern,
Anna und Nicholas Klist.

Danksagungen

Die Autorin dankt dem Beraterstab aus Port Orchard: Kate Breslin, Lois Dyer, Rose Marie Harris, P. H. Jough-Haan, Susan Plunkett, Sheila Rabe und Krysteen Seelen. Außerdem geht ein Dank an die Testküche von Bainbridge Island: Anjali Banerjee, Sheila Rabe, Suzanne Selfors und Elsa Watson. Wie immer Dankeschön an Meg Ruley und Annelise Robey von der Jane Rotrosen Agency und an Margaret O'Neill Marbury von MIRA Books.

Ein besonderer Dank an Joan Vassiliadis, Anna Osinski aus Warschau, Polen, Matt Haney, Polizeichef von Bainbridge Island, und an Ellen und Mike Loudon von den Bainbridge Bakers auf Bainbridge Island, Washington.

Essen für die Seele

von Jenny Majesky

Kolaches für Anfänger

Es ist lustig, wie viele Bäcker sich von Hefe einschüchtern lassen. Sie sehen sie als Zutat in einem Rezept aufgelistet und blättern schnell um. Dabei gibt es dafür gar keinen Grund.

Dieser spezielle Teig ist sehr gutmütig. Er ist elastisch, belastbar, und er erlaubt Ihnen, sich wie ein Profi zu fühlen. Wie meine Großmutter Helen Majesky immer zu sagen pflegte: „Mit dem Backen ist es wie im Leben: Man weiß immer mehr, als man denkt."

Ich habe alle Rezepte so übernommen, wie meine Großmutter sie mir beigebracht hat. Da viele noch aus Polen stammen und nicht jeder eine Waage hatte, sind die meisten Zutaten in Tassen angegeben – denn eine Tasse gab es in jedem Haushalt. Suchen Sie sich zu Hause einfach eine Tasse aus, in die 200 Gramm Zucker passen, und machen Sie diese zu Ihrem ganz persönlichen Tassenmaß. Sie werden sehen, bald wollen Sie es gar nicht mehr anders haben.

Grundrezept Kolache

1 EL Zucker
2 Päckchen Trockenhefe
½ Tasse warmes Wasser
2 Tassen Milch
6 EL ungesalzene Butter
2 TL Salz
2 Eigelb, leicht aufgeschlagen
½ Tasse Zucker
6 ¼ Tassen Mehl
375 g Butter

Geben Sie die Hefe in einen Messbecher und streuen Sie 1 EL Zucker darüber. Fügen Sie warmes Wasser hinzu. Wie warm? Die meisten Kochbücher sagen 40–45 °C. Erfahrene Köche erkennen die richtige Temperatur, wenn sie sich ein paar Tropfen Wasser auf die Innenseite des Handgelenks tröpfeln. Anfänger sollten jedoch lieber ein Thermometer benutzen. Wenn das Wasser zu warm ist, tötet es die Aktivstoffe in der Hefe ab.

Erwärmen Sie die Milch in einem kleinen Topf. Fügen Sie die Butter hinzu und rühren Sie so lange, bis sie geschmolzen ist. Nehmen Sie den Topf vom Herd und lassen Sie ihn abkühlen, bis die Flüssigkeit lauwarm ist. Gießen Sie die Milch dann in eine große Rührschüssel. Fügen Sie Salz und Zucker hinzu und gießen Sie die geschlagenen Eigelbe in einem dünnen Strahl hinein, dabei kräftig rühren. Mischen Sie nun die Hefemischung unter.

Rollen Sie die Ärmel hoch und fügen Sie eine Tasse Mehl nach der anderen hinzu. Wenn der Teig zu schwer wird, um ihn mit dem Mixer zu rühren, nehmen Sie Ihre Hände. Der Teig soll schön glänzend und klebrig werden. Fügen Sie weiter Mehl hinzu und kneten Sie, bis der Teig einen leichten Glanz annimmt. Geben Sie den Teigball in eine weitere geölte Rührschüssel und rollen ihn darin herum, bis er ganz von Öl bedeckt ist. Legen Sie ein feuchtes Küchenhandtuch über die Schüssel und stellen Sie diese an einen warmen, zugfreien Platz. Nach ungefähr einer Stunde hat der Teig seine Größe verdoppelt. Meine Großmutter steckte immer zwei bemehlte Fingerspitzen in die weiche Masse, und wenn die Dellen, die ihre Finger hinterlassen hatten, blieben, erklärte sie den Teig für fertig. Nun muss man ihn natürlich mit leichten Schlägen flach klopfen. Ein leises, seufzendes Geräusch und der warme Duft frischer Hefe zeigen an, dass der Teig bereit ist, sich zu ergeben.

Zwacken Sie eigroße Portionen ab und formen Sie sie zu Kugeln. Legen Sie sie mit etwas Abstand auf einem Backpapier aus. Lassen Sie sie erneut für 15 Minuten gehen und drücken Sie dann mit Ihrem Daumen ein tiefes Loch in jede Kugel. Hier kommt die Fruchtfüllung hinein. Welche Füllung die richtige ist, darüber werden seit Jahrhunderten endlose Debatten unter den polnischen Bäckern geführt. Meine Großmutter hat sich daran jedoch nie beteiligt. „Nimm, was gut schmeckt“ war ihr Motto. Einen Löffel Himbeermarmelade, Pfirsichkompott, Feigenkonfitüre, Pflaumenmus …

Jetzt mischen Sie ½ Tasse geschmolzene Butter mit einer Tasse Zucker, ½ Tasse Mehl und einem Teelöffel Zimt. Streuen Sie diese Mischung über die Kolaches. Stellen Sie das Blech noch einmal an einen warmen Ort – vielleicht über den Kühlschrank – und erlauben Sie dem Teig, sich noch einmal zu verdoppeln; das dauert ungefähr 45 bis 60 Minuten. In der Zwischenzeit heizen Sie den Ofen auf 190 °C vor. Backen Sie die Kolaches auf mittlerer Schiene in 20–40 Minuten goldbraun. Achten Sie besonders auf die Unterseiten, die schnell verbrennen, wenn sie zu nah an der Hitzequelle sind.

Nehmen Sie die Kolaches aus dem Ofen, pinseln Sie sie mit geschmolzener Butter ein und nehmen Sie sie zum Abkühlen vom Blech. Dieses Rezept ergibt ungefähr drei Dutzend Kolaches.

Meine Großmutter hat mir immer gesagt, ich soll mir keine Gedanken darüber machen, wie zeitaufwendig der Vorgang ist. Backen ist ein Akt der Liebe, und wen kümmert es schon, wie lange Liebe dauert?

1. KAPITEL

Jenny Majesky stand von ihrem Schreibtisch auf, streckte sich und massierte eine verspannte Stelle im unteren Rücken. Irgendetwas – vielleicht die tief greifende Stille des leeren Hauses – hatte sie um drei Uhr nachts geweckt. Einmal wach, hatte sie nicht wieder einschlafen können. In ihrem abgewetzten Bademantel und den flauschigen Hausschuhen hatte sie sich an ihren Laptop gesetzt und eine Weile an ihrer Zeitungskolumne gearbeitet. Im Moment ging es mit dem Schreiben allerdings nicht wesentlich besser als mit dem Schlafen.

Es gab so viel, was sie sagen wollte, so viele Geschichten zu erzählen, aber wie sollte sie es schaffen, die Erinnerungen und Küchenweisheiten eines ganzen Lebens in eine wöchentliche Kolumne zu pressen?

Andererseits hatte sie immer schon mehr schreiben wollen als nur eine Kolumne. Viel mehr. Sie erkannte, dass das Universum ihr langsam, aber sicher alle Entschuldigungen nahm. Sie sollte sich wirklich daranmachen, das Buch zu schreiben.

Wie jeder gute Autor versuchte Jenny, Zeit zu schinden. Träge nahm sie den Ehering ihrer Großmutter in die Hand, der in einem kleinen Porzellanschälchen auf dem Tisch gelegen hatte. Sie hatte noch nicht entschieden, was sie mit dem schmalen Goldreif tun wollte, den Helen Majesky fünfzig Jahre ihrer Ehe und weitere zehn Jahre ihrer Witwenschaft getragen hatte. Wenn sie backte, hatte Gran den Ring immer in ihre Schürzentasche gesteckt. Es war ein Wunder, dass sie ihn nie verloren hatte. Dennoch hatte Jenny ihr versprechen müssen, ihn nicht mit ihr zu begraben.

Sie drehte den Ring um die Spitze ihres Ringfingers und stellte sich die Hände ihrer Großmutter vor, wie sie fest und kräftig einen Teig kneteten oder leicht und sanft die Wange ihrer Enkelin streichelten oder ihre Stirn berührten, um zu sehen, ob sie Fieber hatte.

Jenny schob den Ring auf ihren Finger und ballte die Hand zu einer Faust. Sie hatte einen eigenen Ehering, den sie in einem Anflug von leichtfertiger Hoffnung angenommen, aber nie getragen hatte. Er lag nun ganz unten in einer Schublade, die Jenny nie öffnete.

Es war schwer, in dieser samtschwarzen Stunde nicht all ihre Verluste aufzuzählen – ihre Mutter, die sie verlassen hatte, als Jenny noch ganz klein war. Dann Jennys Großvater und schließlich der vielleicht wichtigste Mensch in ihrem Leben, ihre Granny.

Erst wenige Wochen waren vergangen, seitdem Jenny ihre Großmutter zur letzten Ruhe gebettet hatte. Die anfängliche Flutwelle an Beileidsanrufen und Besuchen war abgeebbt, und Jenny fühlte es bis in ihre Knochen: Sie war wirklich allein. Ja, sie hatte Freunde, die sich um sie sorgten, und Mitarbeiter, die wie eine Familie für sie waren. Aber ihr fehlte die ständige Präsenz ihrer Großmutter, die sie wie eine Tochter aufgezogen hatte.

Aus Gewohnheit sicherte sie ihre Arbeit auf dem Laptop. Dann zog sie den Bademantel enger um sich herum und trat ans Fenster. Die Wange an die kalte Scheibe gedrückt, schaute sie in die Winternacht hinaus. Der Schnee hatte alle harten Ecken und Farben der Landschaft ausgelöscht. Mitten in der Nacht war die Maple Street vollkommen verlassen. Nur die einsam in der Mitte des Häuserblocks stehende Straßenlaterne warf ihr fahles gelbes Licht auf den Gehsteig. Jenny hatte ihr ganzes Leben hier verbracht. Unzählige Male hatte sie genau an dieser Stelle gestanden, darauf gewartet, dass … was? Dass sich irgendetwas änderte. Begann.

Sie stieß einen rastlosen Seufzer aus. Das Fenster beschlug von ihrem Atem. Das Schneegestöber hatte sich zu dicken Flocken gewandelt, die um das Licht der Straßenlaterne herumtanzten. Jenny liebte den Schnee, schon immer. Beim Blick auf die zugedeckte Landschaft konnte sie sich als Kind vor sich sehen, wie sie gemeinsam mit ihrem Großvater zum Schlittenhügel gestapft war. Sie war wortwörtlich in seine Fußstapfen getreten und von einem tiefen Stiefelabdruck in den nächsten gesprungen, wobei sie den leichten Plastikschlitten an einem Band hinter sich herzog.

Ihre Großeltern waren in jedem wichtigen Augenblick ihrer Kindheit bei ihr gewesen. Jetzt, wo sie fort waren, gab es niemanden, der die Erinnerungen mit ihr teilte, der sie anschaute und sagte: „Weißt du noch, wie du …"

Ihre Mutter war gegangen, als Jenny vier war. Ihr Vater war ein nahezu Fremder, den sie erst vor sechs Monaten kennengelernt hatte. Jenny nannte das Glück im Unglück. Von dem, was sie bisher über ihre biologischen Eltern erfahren hatte, wäre keiner von ihnen so gut gerüstet gewesen, ein Kind großzuziehen, wie es Helen und Leo Majesky gewesen waren.

Ein Geräusch – ein dumpfer Knall und dann ein Kratzen – riss sie aus ihren Gedanken und ließ sie zusammenzucken. Sie neigte den Kopf, lauschte und entschied dann, dass es sich wohl um ein Schneebrett oder ein paar Eiszapfen gehandelt haben musste, die vom Dach gefallen waren. Man wusste nicht, wie leise ein Haus sein konnte, bis man ganz alleine darin war.

Seit ihre Großmutter gestorben war, wachte Jenny jede Nacht auf, den Kopf voller Erinnerungen, die darum bettelten, niedergeschrieben zu werden. Sie alle schienen aus der Küche zu strömen wie der Geruch von Grannys Backwaren. Jenny hatte ihr ganzes Leben lang Tagebuch geführt, und in den letzten Jahren hatte sich diese Angewohnheit von ihr zu einer regelmäßigen Kolumne für den *Avalon Troubadour* entwickelt. Es war eine Mischung aus Rezepten, Küchenkunde und Anekdoten. Seit Grannys Dahinscheiden konnte Jenny sich nicht mehr schnell bei ihr rückversichern oder sie wegen der Herkunft einer bestimmten Zutat oder einer Backtechnik befragen. Sie war nun auf sich allein gestellt, und sie hatte Angst, dass sie Dinge vergessen würde, wenn sie zu lang wartete.

Dieser Gedanke löste einen Aktionsdrang aus. Schon lange hatte sie vorgehabt, die alten Rezepte ihrer Großmutter abzuschreiben. Einige von ihnen waren noch auf Polnisch auf brüchigem gelbem Papier geschrieben. Sie bewahrte die Rezepte in der Vorratskammer in einer verschlossenen Dose auf, die seit Jahren nicht geöffnet worden war. Ohne Rücksicht darauf, dass es halb vier Uhr in der Früh war, ging Jenny nach unten. Beim Betreten der Vorratskammer trat ihr ein schmerzhaft vertrauter Geruch in die Nase – der Geruch von Mehl und Körnern und den Gewürzen ihrer Großmutter. Sie stellte sich auf die Zehenspitzen und streckte sich nach der metallenen Dose. Als sie sie vorsichtig vom Regal holte, verlor sie das Gleichgewicht und ließ die Dose fallen. Ihr Inhalt ergoss sich über ihre flauschigen Hausschuhe.

Sie stieß einen Fluch aus, der niemals über ihre Lippen gekommen wäre, solange Granny noch am Leben war, und zog sich dann vorsichtig auf Zehenspitzen zurück, um nicht auf eines der empfindlichen Dokumente zu treten. Jetzt würde sie eine Taschenlampe benötigen, weil es in der dunklen Speisekammer kein Licht gab. Sie fand die Lampe in einer Schublade, doch die Batterien waren leer, und sie hatte auch keine neuen mehr im Haus. Sie überlegte, eine Kerze anzuzünden, entschied sich aber dagegen, weil sie keinen Unfall mit den alten Aufzeichnungen riskieren wollte. Mit einem Seufzer lehnte sie sich gegen die Arbeitsplatte in der Küche und verdrehte die Augen himmelwärts. „Tut mir leid, Granny“, sagte sie.

Ihr Blick landete auf dem Rauchmelder. Aha, dachte sie. Schnell zog sie einen Küchenstuhl darunter, stellte sich darauf, holte die beiden Batterien aus dem Gerät und steckte sie in die Taschenlampe.

Sie kehrte zur Speisekammer zurück und hob vorsichtig die Blätter auf, die wie trockenes Herbstlaub raschelten. Sie legte sie in die Dose zurück und trug sie in die Küche. Es waren alte Aufzeichnungen und Rezepte in der polnischen Muttersprache ihrer Großmutter. Auf der Rückseite eines vergilbten Blattes mit verknickten Ecken entdeckte sie eine Unterschrift in verblassender Tinte – Helenka Maciejewski stand dort wohl ein Dutzend Mal in der mädchenhaften Handschrift. Das war der Name ihrer Großmutter, bevor er anglisiert worden war. Sie musste das als junge Braut geschrieben haben.

Es gab Dinge, die ihre Großeltern betrafen, die Jenny nie erfahren würde. Wie war es für sie gewesen, als Frischverheiratete, die kaum ihre Kindheit hinter sich hatten, ihre Heimat zu verlassen, um eine halbe Welt entfernt ein neues Leben zu beginnen? Hatten sie Angst gehabt? Waren sie aufgeregt? Hatten sie miteinander gestritten oder sich aneinander festgehalten?

Sie schloss ihre Augen, als eine schon vertraute Welle der Panik in ihrem Magen losbrach, durch ihren Körper schoss und ihre Brust zusammendrückte. Diese Panikattacken waren ganz neu für Jenny. Eine schreckliche und unerwartete Entwicklung. Die erste hatte sie im Krankenhaus überfallen, als sie wie erstarrt den ganzen Papierkram erledigt hatte, um den die nächsten Verwandten sich kümmern mussten. Sie hatte irgendein Formular unterzeichnet, als die Finger ihrer linken Hand mit einem Mal taub wurden und sie den Stift fallen ließ, um sich an die Kehle zu fassen.

„Ich kann nicht atmen“, hatte sie der Angestellten im Krankenhaus gesagt. „Ich glaube, ich habe einen Herzinfarkt.“

Der sie behandelnde Arzt, ein müde aussehender Einwohner von Tonawanda, war während der Untersuchung ruhig und mitfühlend gewesen und erklärte ihr im Anschluss ihren Zustand. Diese heftige Attacke war eine gar nicht mal so unübliche körperliche Reaktion auf ein emotionales Trauma. Die Symptome waren allerdings genauso real und Furcht einflößend wie bei einer echten Krankheit.

Seitdem waren Jenny diese Symptome nur zu vertraut geworden. Die praktische, nüchterne Jenny Majesky sollte sich nicht von etwas so Unkontrollierbarem und Irrationalem wie Panikattacken einschüchtern lassen. Und doch konnte sie nichts tun, als ein unangenehmes Gefühl in ihr aufstieg, wie eine Parade von Spinnen, die ihre Kehle hinaufkletterten. Ihr Herz schien sich in ihrer Brust auszuweiten.

Sie schaute sich hektisch um auf der Suche nach den Tabletten, die der Arzt ihr gegeben hatte. Sie hasste die Pillen beinahe so sehr wie die Panikanfälle. Warum konnte sie sie nicht einfach abschütteln? Warum konnte sie nicht ein paar tiefe Atemzüge nehmen und sich mit einer Tasse starkem Kaffee und dem Geschmack der mit Aprikosenmarmelade gefüllten Kolaches ihrer Großmutter beruhigen?

Zumindest wäre es eine Ablenkung. Der einzige Ort, wo sie um diese Uhrzeit mitten in der Nacht jemand anders finden konnte, der nicht schlief, war die Sky River Bakery, die 1952 von ihren Großeltern gegründet worden war. Helens Spezialität waren mit Marmeladen oder Frischkäse gefüllte Kolaches und Kuchen, die inzwischen weit über die

Grenzen des Ortes hinaus bekannt waren. Sämtliche am Marktplatz liegenden Restaurants und Feinkostgeschäfte bestellten ihre Backwaren bei Helen und verkauften sie an die gut situierten Touristen, die im Sommer und Herbst nach Avalon kamen, um entweder der Hitze der Großstadt zu entfliehen oder das bunte Farbenspiel der Laubbäume zu bewundern.

Jetzt war Jenny die einzige Besitzerin der Bäckerei. Sie zog sich schnell an: lange Unterwäsche, karierte Bäckerhose und einen dicken Wollpullover, dazu warme Stiefel, eine Winterjacke und eine Mütze. Auf gar keinen Fall würde sie mit dem Auto fahren, bevor der Schneeräumdienst seine erste Runde gefahren war. Außerdem müsste sie erst die Auffahrt freischaufeln, bevor sie das Auto aus der Garage fahren könnte, und darauf hatte sie nun überhaupt keine Lust. Die Bäckerei lag nur sechs Häuserblocks entfernt, direkt am Hauptplatz in der Stadtmitte. In wenigen Minuten wäre sie zu Fuß da. Vielleicht würde die Anstrengung auch helfen, die Panik ein wenig in Schach zu halten.

Jetzt fiel ihr auch wieder ein, wo sie die Tabletten hingelegt hatte. Sie holte sie und steckte sie in die Jackentasche. Nur für den Notfall.

Dann schnappte sie sich ihre Handtasche und machte sich auf den Weg durch die gefrorene Stille. Es hatte aufgehört zu schneien, und die Wolken zogen davon und machten den Sternen Platz. Neuschnee quietschte unter ihren Schuhen, als sie der Strecke folgte, die sie kannte, seitdem sie ein kleines Mädchen gewesen war. Sie war in der Bäckerei aufgewachsen, umgeben von dem schweren Duft nach Brot und Gewürzen, den geschäftigen Geräuschen der Misch- und Rührmaschinen, klingelnden Küchenuhren und den rollenden Regalen, die nach draußen zum wartenden Lieferwagen geschoben wurden.

Eine einzige Lampe leuchtete über dem Hintereingang. Sie schloss die Tür auf und stapfte sich den Schnee von den Schuhen. Vor der blitzsauberen Schleuse, die in die Backstube führte, zog sie die Stiefel aus und schlüpfte in ihre Bäckereiclogs, die auf einem Regal vor der Tür standen.

„Ich bin's", rief sie und ließ den Blick durch die Backstube schweifen. Sie war so sauber wie immer. An einer Wand waren Zentnersäcke frisch gemahlenen Mehls säuberlich aufeinandergestapelt. Daneben standen Fünfhundertliterfässer Honig. Eine andere Wand wurde vom Boden bis zur Decke von einem Regal eingenommen, in dem spezielle Zutaten in durchsichtigen Plastikbehältern aufbewahrt wurden – Hirse, Pinienkerne, Oliven, Rosinen, Pekannüsse. Die Kühlschränke, Öfen und Arbeitsflächen aus Edelstahl schimmerten unter den Deckenlampen, und der reiche Duft von Zimt und Hefe erfüllte die Luft. Die Musik von „Three 6 Mafia" dröhnte aus dem Radio, ein Hinweis darauf, dass Zach heute Frühschicht hatte. Zwischen den Hip-Hop-Beats konnte sie das Summen der Mischmaschine hören.

„Hey, Zach“, rief sie und streckte den Hals, um den Jungen zu finden.

Er kam aus dem Bereich, in dem die Teige angemischt wurden, und schob einen Wagen mit frischem rohem Teig vor sich her. Zach Alger ging in die Highschool und arbeitete bereits seit zwei Jahren nebenbei in der Bäckerei. Ihm schien das frühe Aufstehen und Arbeiten nichts auszumachen, und jeden Morgen machte er sich nach der Schicht mit einer Tüte frischer Backwaren auf den Weg in die Schule. Er war ein schlaksiger, gut aussehender Junge, dessen weißblonde Haare und blaue Augen seine nordische Herkunft verrieten.

„Stimmt was nicht?“, fragte er.

„Ich konnte nicht schlafen.“ Sie war ein wenig verlegen. „Ist Laura da?“

„Spezialbrote“, sagte er und machte sich dann wieder daran, die Wanne voller Teig in die Garkammer zu schieben.

Laura Tuttle arbeitete bereits seit dreißig Jahren in der Bäckerei. Davon fünfundzwanzig als Meisterin. Sie kannte das Geschäft sogar noch besser als Jenny. Sie behauptete immer, die frühen Morgenstunden zu lieben und dass dieser Arbeitsplan perfekt zu ihrer inneren Uhr passe. „Sieh einer an, wer da ist“, sagte sie, ohne von ihrer Arbeit aufzusehen.

„Ich hatte Heißhunger auf eine Kolache.“ Jenny ging durch die Schwingtüren aus dickem Gummi in das Café, wo sie sich eine Tasse Kaffee eingoss und ein Gebäckstück vom Vortag aus der Auslage nahm. Dann kehrte sie in die Backstube zurück. Der Geschmack der Kolache breitete sich zwar vertraut auf ihrer Zunge aus, aber er konnte sie auch nicht beruhigen. Aus Gewohnheit nahm sie sich eine Schürze vom Haken.

Jenny arbeitete selten in der Backstube mit. Als Besitzerin und Managerin lagen ihre Aufgaben mehr im administrativen Bereich. Im oberen Stockwerk hatte sie ihr Büro mit Blick über den Marktplatz, und über den Monitor einer Sicherheitskamera konnte sie stets sehen, was im Café los war. Die meisten Tage verbrachte sie damit, sich mit Telefonhörer am Ohr und fest auf den Computer gerichtetem Blick um die Bedürfnisse der Angestellten, Lieferanten, Kunden und verschiedenen Ämter zu kümmern. Aber manchmal, dachte sie jetzt, muss man einfach die Ärmel aufrollen und etwas Handfestes tun. Es gab kein besseres Gefühl, als die Hände in einen warmen, seidigen Teig zu tauchen.

Sie zog sich die Schürze über den Kopf und gesellte sich zu Laura an die Arbeitsplatte. Die Spezialbrote wurden in kleineren Chargen hergestellt und von Hand geformt. Die heutige Auswahl würde aus einem traditionellen polnischen Brot mit Eiern, Orangenschale und Korinthen sowie einem von Laura erdachten Kräuterbrot bestehen. Sie und Laura arbeiteten Seite an Seite, kneteten und wogen Teig ab, obwohl sie das Gewicht aus Erfahrung auch so wussten.

Auf der anderen Seite des Raumes erblickte Jenny den gekühlten Tortenschrank, der mit Torten ihrer Großmutter gefüllt war. Technisch gesehen waren das natürlich nicht Helen Majeskys Torten. Aber die Originalrezepte für die luftige Zitronenrolle, die glänzende Drei-Beeren-Tarte mit Baisergitter, den cremigen Buttermilch-Käsekuchen und all die anderen Köstlichkeiten stammten von Helen und waren Jahrzehnte alt. Ihre Techniken waren von einem Bäckermeister zum nächsten weitergereicht worden, und sogar jetzt noch, nach ihrem Tod, suchte sie die Backstube so liebevoll und herzlich heim, wie sie es zu ihren Lebzeiten immer getan hatte.

Während sie den Teig zu dicken, runden Laiben formte, fühlte Jenny sich seltsam losgelöst von ihrem Körper. Sie schaute ihre weißen, mehlbedeckten Hände an und sah die Hände ihrer Großmutter, die den Teig in einem ruhigen Rhythmus kneteten, den Jenny von sich nicht kannte. Die Erkenntnis, dass ihre Granny tatsächlich von ihr gegangen war, setzte sich in ihrem Innern fest. Es war drei Wochen, zwei Tage und vierzehn Stunden her. Jenny hasste es, so genau zu wissen, wie lange sie jetzt alleine war.

Laura arbeitete unermüdlich und legte jeden eingeölten Laib in eine Backform. Sie nickte im Rhythmus der Hip-Hop-Musik, die aus dem Radio tönte. Ihr schien Zachs Musikgeschmack zu gefallen, auch wenn Jenny annahm, dass Laura nicht allzu genau auf den Text hörte.

„Sie fehlt dir sehr, nicht wahr?“, fragte Laura. Sie war gut darin, die Gefühle und Gedanken anderer Menschen zu lesen.

„Ja, sehr“, gab Jenny zu. „Und ich dachte immer, ich wäre darauf vorbereitet. Ich weiß nicht, warum es mich so erschüttert. Ich bin nicht gut in solchen Dingen. Falsch, ich bin grottenschlecht darin. Schlecht darin, die Toten zu betrauern und alleine zu leben.“ Sie straffte ihre Schultern und versuchte, den Anfall von Panik und Melancholie abzuschütteln. Doch das gelang ihr nicht. Irgendwie hatte sie die Kontrolle verloren, und obwohl sie spürte, dass sie drauf und dran war, zusammenzubrechen, konnte sie nichts dagegen tun. Das machte ihr Angst.

Irgendwo draußen heulte eine Sirene auf. Das Geräusch wurde lauter, klang verzweifelt, wie ein Schrei. Ein paar Hunde fielen heulend ein. Automatisch drehte Jenny sich um, um durch die Schwingtüren zu dem Fenster im noch dunklen Café zu schauen. Das Städtchen Avalon, New York, war klein genug, dass der Klang von Sirenen mitten in der Nacht noch Aufmerksamkeit erregte. Wenn sie sich recht erinnerte, hatte sie dieses Geräusch das letzte Mal gehört, als sie den Rettungswagen gerufen hatte.

Sie hatten sie nicht mit ihrer Großmutter zusammen ins Krankenhaus fahren lassen. Sie hatte mit ihrem eigenen Auto zum Benedictine Hospital in Kingston hinterherfahren müssen. Dort angekommen, hatte sie ihre Großmutter angefleht, ihre Anordnung auf Verzicht zur Wiederbelebung rückgängig zu machen, die sie nach ihrem ersten Schlaganfall unterschrieben hatte. Aber Granny hatte davon nichts hören wollen. Jenny war nichts anderes übrig geblieben, als sich von ihrer geliebten Großmutter zu verabschieden, deren Lebenskraft immer weiter schwand.

Sie spürte, dass eine neue Panikattacke dabei war, sich ihren Weg an die Oberfläche zu bahnen. Also behielt sie den stetigen Knetrhythmus bei, den ihre Großmutter ihr beigebracht hatte, und bearbeitete den Teig mit ruhiger Selbstsicherheit. Jeder, der ihr zuschaute, würde eine kompetente Bäckerin sehen; sie wusste, dass sie sich äußerlich nicht verändert hatte. Der sich in ihrem Innern ansammelnde Druck war außen nicht sichtbar.

„Ich gehe mal kurz raus, um frische Luft zu schnappen", sagte sie zu Laura.

„Ich habe gerade Sirenen gehört. Vielleicht taucht Loverboy ja auf."

Loverboy war Lauras Spitzname für Rourke McKnight, den Polizeichef von Avalon. Seine Vorliebe für Frauen mit Modelmaßen war in einer so kleinen Stadt nicht unbemerkt geblieben. Jenny hingegen vermied es, ihn überhaupt irgendwie zu nennen. Es hatte eine Zeit gegeben, in der sie und Rourke füreinander keine Fremden gewesen waren. Ganz im Gegenteil, sie hatten sich mit glühender Intimität gekannt, aber das war lange her. Seit Jahren hatten sie freiwillig kein Wort mehr miteinander gewechselt. Rourke kam jeden Morgen auf einen Kaffee in die Bäckerei, aber da Jenny oben in ihrem Büro arbeitete, kreuzten sich ihre Wege nie. Und sie beide arbeiteten hart daran, dass das auch außerhalb der Bäckerei so blieb.

Ihm aus dem Weg zu gehen bedeutete, dass sie sich an seine Gewohnheiten erinnern musste. Während der Woche hatte er ganz normale Bürozeiten, aber dank eines schmalen Budgets musste er sich mit einem unterdurchschnittlichen Gehalt zufriedengeben und mit einer Mannschaft, die selbst für Kleinstadtverhältnisse zu klein war. Also nahm er oft eine Extraschicht am Wochenende an und fuhr Streife wie jeder andere Polizist auch. Manchmal fuhr er sogar den Schneepflug für die Stadt. Jenny tat so, als wüsste sie nichts davon, als interessierte sie das Leben von Rourke McKnight nicht im Geringsten, und er erwiderte diesen Gefallen, indem er sie komplett ignorierte. Zur Beerdigung ihrer

Großmutter hatte er allerdings Blumen geschickt. Die Nachricht auf der Karte war in ihrer Einsilbigkeit typisch für ihn: „Es tut mir leid." Der Strauß dazu war so groß gewesen wie ein VW Käfer.

Als sie ihren Parka anzog und durch die Hintertür nach draußen schlüpfte, merkte Jenny schon die inzwischen so vertrauten Anzeichen eines neuen Panikanfalls. Das fürchterliche Kribbeln der Kopfhaut, eine unsichtbare Armee von Ameisen, die ihre Wirbelsäule hochkletterte. Ihre Brust verengte sich, und ihre Kehle schien sich zu verschließen. Trotz der eiskalten Temperaturen brach ihr der Schweiß aus. Dann begann das gespenstische Pulsieren am Rande ihres Sichtfelds.

Sie trat in die kleine Gasse hinter der Bäckerei und atmete tief ein. Als sie den beißenden Geschmack von Zigarettenrauch auf der Zunge spürte, stieß sie die Luft sofort wieder aus.

„Meine Güte, Zach", sagte sie zu dem an der Hauswand lehnenden Teenager. „Die Dinger werden dich noch mal umbringen."

„Nö", sagte er und schnippte die Asche in den Mülleimer. „Bevor das passiert, höre ich auf."

„Aha." Sie räusperte sich. „Das sagen sie alle." Sie hasste es, wenn Kinder rauchten. Sicher, ihr Großvater hatte auch geraucht. Selbst gedrehte. Aber zu seiner Zeit hatte man auch noch nichts von den Gefahren des Rauchens gewusst. Heutzutage galt diese Entschuldigung nicht mehr. Sie nahm eine Handvoll Schnee und warf sie auf die Zigarette, um die Glut zu löschen.

„Hey", sagte er.

„Du bist ein kluger Junge, Zach. Ich hab gehört, dass du ein hervorragender Schüler bist. Wie kann es also sein, dass du so dumm bist, was das Rauchen angeht?"

Er zuckte die Schultern und hatte wenigstens den Anstand, ein bisschen verlegen auszusehen. „Frag meinen Dad. Ich bin in vielen Dingen dumm. Er will, dass ich das nächste Jahr oben an der Rennbahn in Saratoga arbeite, um mir das Geld fürs College selber zu verdienen."

Matthew Alger war Verwaltungsbeamter der Stadt, und anhand der winzigen Trinkgelder, die er im Coffeeshop der Bäckerei gab, wusste Jenny, dass er auch privat sein Geld sehr zusammenhielt. Das galt offenbar auch in Bezug auf seinen Sohn. Jenny war ohne Vater aufgewachsen und hatte sich öfter, als sie zählen konnte, einen gewünscht. Doch Matthew Alger war der lebende Beweis dafür, dass diese von ihr so lang ersehnte Beziehung manchmal auch überbewertet wurde.

„Ich habe gehört, mit dem Rauchen aufzuhören spart dem durchschnittlichen Raucher fünf Dollar am Tag." Sie fragte sich, ob ihre Stimme in seinen Ohren seltsam klang, ob er hören konnte, mit welcher Mühe sie jedes Wort an der Enge ihrer Kehle vorbeipressen musste.

„Ja, das hab ich auch gehört." Er schnippte die feuchte Zigarette in den Mülleimer. „Mach dir keine Sorgen", sagte er, bevor sie ihn schelten konnte. „Ich wasche meine Hände, bevor ich mich wieder an die Arbeit mache."

Er schien jedoch keine Eile zu haben, wieder hineinzugehen. Sie überlegte, ob er mit ihr reden wollte. „Will dein Dad, dass du ein ganzes Jahr arbeitest, bevor du aufs College gehst?"

„Er will, dass ich arbeite, Punkt. Er erzählt mir immer wieder, wie er sich ganz alleine durchs College gebracht hat, ohne Hilfe von seiner Familie und so." In seinen Worten klang keine Bewunderung mit.

Was wohl mit Zachs Mutter war? Sie hatte schon vor längerer Zeit wieder geheiratet und war nach Seattle gezogen. Zach sprach nie über sie. „Was willst *du* denn, Zach?", fragte Jenny.

Er sah überrascht aus, als wäre er das schon lange nicht mehr gefragt worden. „Ich will irgendwo weit weg aufs College gehen", sagte er. „Irgendwo anders leben."

Das konnte Jenny nachempfinden. In seinem Alter war sie auch davon überzeugt gewesen, dass irgendwo weit weg ein aufregendes Leben auf sie wartete. Sie hatte es allerdings nie aus der Tür hinaus geschafft. „Dann solltest du das tun", sagte sie mitfühlend.

Er zuckte die Schultern. „Ich schätze, ich werde es versuchen. Jetzt muss ich aber zurück an die Arbeit."

Er ging hinein. Jenny blieb noch draußen stehen und blies falsche Rauchringe in die kalte Luft. Auch wenn die Unterhaltung sie kurzfristig abgelenkt hatte, hatte das nicht gereicht, die drohende Panik zu verscheuchen. Jetzt war sie allein mit dem Gefühl; es schrie in ihrem Innern wie Sirenen in der Stille der Nacht. Und wie die Sirenen wurde auch das Gefühl immer stärker und lauter. Der Sternenhimmel schien immer näher zu kommen und sie mit seinem Gewicht nach unten zu drücken.

Ich gebe auf, dachte sie und schob ihre Hände in die Taschen ihrer Bäckerhose. Ihre Finger schlossen sich um das Plastikfläschchen mit den Tabletten. Die Tablette war nicht sonderlich groß. Sie schluckte sie ohne Wasser und wusste, dass die Wirkung nicht lange auf sich warten lassen würde. Es ist schon erstaunlich, dachte sie, dass so eine kleine Pille das furchterregende Schlagen meines Herzens in meinem Brustkorb beruhigen und das panische Zischen in meinem Kopf herunterkühlen kann.

„Nehmen Sie die Tabletten nur, wenn es gar nicht anders geht", hatte der Arzt sie gewarnt. „Dieses Medikament kann sehr schnell abhängig machen, und der Entzug davon ist extrem unangenehm."

Trotz der Warnung fühlte sie sich bereits ruhiger, als sie das Fläschchen wieder wegsteckte. Sie strich mit der Hand ihre Hosentasche glatt.

Ihre Gedanken kehrten zu Zach zurück, während sie ihren Blick über die vertraute Nachbarschaft mit ihren historischen Backsteinhäusern, in denen sich Büros, Geschäfte und Restaurants befanden, gleiten ließ. Wenn jemand ihr vor Jahren gesagt hätte, dass sie in ihrem jetzigen Alter immer noch in Avalon sein und in der Bäckerei arbeiten würde, hätte sie ihn ausgelacht. Sie hatte große Pläne gehabt. Sie würde die kleine, ruhige Oase verlassen, in der sie aufgewachsen war. Ihr Ziel waren die große Stadt, eine gute Ausbildung, eine Karriere.

Es war vermutlich nicht fair, Zach in ein kleines gemeines Geheimnis einzuweihen: Das Leben hatte so seine Art, einem einen Strich durch die ausgefeiltesten Pläne zu machen. Im Alter von achtzehn Jahren hatte Jenny die fürchterlichen Unzulänglichkeiten des Gesundheitssystems kennengelernt, unter denen vor allem die Selbstständigen zu leiden hatten. Mit einundzwanzig wusste sie, was man tun musste, um Privatinsolvenz anzumelden. Es war ihr gerade eben so gelungen, das Haus in der Maple Street zu behalten. Es war keine Frage, dass sie ihre Granny nicht alleine lassen würde, verwitwet und körperlich eingeschränkt nach einem schweren Schlaganfall.

Die Wirkung der Tablette setzte ein und bedeckte die scharfen Kanten ihrer Nerven wie eine Schneedecke, die sich über eine zerklüftete Landschaft legte. Sie atmete tief ein und ganz langsam wieder aus, schaute der Atemwolke hinterher, bis sie verschwunden war.

Der Himmel im Norden, in Richtung Maple Street, schien in einem unnatürlichen Licht zu flackern und zu glühen. Sie blinzelte. Vielleicht handelte es sich nur um einen komischen Nebeneffekt der Panikattacke. Daran sollte sie sich inzwischen eigentlich gewöhnt haben.

2. KAPITEL

Als aus dem Funkgerät in Rourke McKnights Streifenwagen ein dringender Alarmton ertönte und er den Aufruf „Alle verfügbaren Einheiten zur 472 Maple Street“ hörte, wäre sein Herz beinahe stehen geblieben.

Das war Jennys Haus.

Er war am anderen Ende der Stadt gewesen, aber sobald er den Aufruf hörte, hatte er sein Funkgerät gegriffen, seinen Standort und seine vermutliche Ankunftszeit am Einsatzort durchgegeben und das Gaspedal durchgetreten. Die Reifen wirbelten Sand und Schnee auf, als er mit schlingerndem Heck auf der Straße wendete und in Richtung Maple Street raste. Parallel rief er in der Vermittlung an. „Ich bin auf dem Weg. Ich lass dich wissen, wenn ich Code elf bin.“ Seine Stimme klang seltsam flach, wenn man die Gefühle bedachte, die durch seinen Körper rasten.

Es war das allgemeine Signal ausgeschickt worden, dass das Gebäude – *Gott, Jennys Haus* – bereits „im Vollbrand“ stand. Jenny war bisher jedoch noch nicht gesichtet worden.

Als er endlich das Haus an der Maple Street erreichte, war das gesamte Gebäude in grelle Feuerbänder gehüllt, und Flammen schlugen aus jedem Fenster und leckten an den Regenrinnen.

Er brachte den Wagen zum Stehen, wobei er einen Scheinwerfer in einer Schneewehe versenkte, und stieg aus, ohne die Tür hinter sich zuzumachen. Schnell verschaffte er sich einen Überblick über die Lage. Die Feuerwehrmänner, ihre Wagen und ihre Ausrüstung waren in das orangerote flackernde Licht getaucht. Mit zwei Schläuchen versuchten sie, des Feuers Herr zu werden. Weitere Männer bemühten sich, einen Hydranten aus dem Schnee freizugraben. Die Szene war erstaunlich ruhig und überhaupt nicht chaotisch. Allerdings war die Flammenwand undurchdringlich, und die Feuerwehrleute konnten es nicht einmal in voller Ausrüstung wagen, das Haus zu betreten.

„Wo ist sie?“, wollte Rourke von einem Feuerwehrmann wissen, der über sein an der Schulter befestigtes Funkgerät Nachrichten an die Zentrale übermittelte. „Wo zum Teufel ist sie?“

„Wir haben die Bewohnerin nicht gefunden“, erwiderte der und schaute zu dem in der Einfahrt stehenden Krankenwagen. „Wir denken, dass sie nicht da ist. Allerdings steht ihr Auto in der Garage.“

Rourke ging auf das brennende Haus zu und rief Jennys Namen. Das Gebäude brannte wie Zunder. Ein Fenster barst, und heißes Glas regnete auf ihn herab. Automatisch hob er seine Hand, um seine Augen zu schützen. „Jenny!“, rief er erneut.

Innerhalb einer Sekunde fielen all die Jahre des Schweigens von ihm ab, und Bedauern setzte ein. Als könnte er irgendetwas richten, indem er ihr aus dem Weg ging. Ich bin ein Idiot, dachte er. Und dann feilschte er – wer oder was auch immer zuhören mochte: *Lass sie nicht dort drin gewesen sein. Bitte, lass sie unversehrt sein, und ich werde für immer auf sie aufpassen und dich nie wieder um etwas bitten.*

Er musste hineingehen. Die vordere Treppe war weg. Er rannte zur Hintertür, rutschte auf dem Schnee aus, fing sich gerade noch. Jemand rief ihm etwas hinterher, aber er lief weiter. Die Rückseite des Hauses stand ebenfalls in Flammen, aber die Tür war weg, von der Axt eines Feuerwehrmannes herausgehackt. Mehr Rufe, mehr Männer in voller Montur, die auf ihn zuliefen, mit den Armen winkten. Mist, dachte Rourke. Es war dumm, aber es war nicht das Dümmste, was er je getan hatte – lange nicht. Er zog seinen Mantel über Nase und Mund und lief ins Haus.

Er war so oft in dieser Küche gewesen, doch jetzt war sie nur ein gelber Wirbel, in dem er nichts erkannte. Und es gab keine Luft zum Atmen. Er spürte, wie das Feuer ihm die Luft aus den Lungen saugte. Er versuchte, nach Jenny zu rufen, doch es kam kein Ton heraus. Der Linoleumfußboden schlug Blasen und schmolz unter seinen Füßen. Die Tür, die zu der Treppe nach oben führte, war ein flammendes Rechteck, aber er lief trotzdem geradewegs darauf zu.

Eine starke Hand zerrte ihn an der Schulter zurück. Rourke versuchte, sich dagegen zu wehren, aber eine Sekunde später fiel etwas – vermutlich das Treppengeländer – von oben herunter und ließ Flammen und Putz auf ihn herabregnen. Der Feuerwehrmann schubste ihn aus der Hintertür. „Was zum Teufel tun Sie hier?“, schrie er. „Chief, Sie müssen sich fernhalten, das Haus ist nicht sicher.“

Rourkes Kehle brannte, als er nach Luft schnappte. Er hustete. „Mir egal. Wenn ihr niemanden reinschickt, gehe ich selber.“

Der Feuerwehrmann – ein Deputy Chief, den Rourke vage kannte – stellte sich ihm in den Weg. „Das kann ich nicht zulassen.“

Wut stieg in ihm auf. Er wusste, dass sie unvernünftig war, aber er konnte nichts gegen sie tun. Ehe er sich versah, holte Rourke aus und schob den Mann aus dem Weg. „Treten Sie beiseite“, bellte er.

Der Feuerwehrmann sagte nichts, sondern trat nur mit erhobenen Händen einen Schritt zurück. Durch seinen durchsichtigen Gesichtsschild schaute er Rourke mit ernstem Ausdruck an. „Hören Sie, wir stehen doch beide auf der gleichen Seite. Sie haben gesehen, wie es darin aussieht. Das würden Sie keine dreißig Sekunden durchhalten. Wir glauben nicht, dass die Bewohnerin zu Hause ist, wirklich. Wenn sie hier wäre, hätten wir sie herausgeholt.“

Rourke löste seine zu Fäusten geballten Hände. Verdammt. Er hatte kurz davor gestanden, den Mann niederzuschlagen. Was hatte er sich nur dabei gedacht?

Er hatte gar nicht gedacht, das war sein Problem. War es schon immer gewesen. Er musste herausfinden, wo Jenny war. Die verschiedensten Möglichkeiten schossen ihm durch den Kopf. Vielleicht war sie bei ihrer besten Freundin Nina. Aber um diese Uhrzeit? Oder bei Olivia Bellamy? Nein. Auch wenn sie verwandt waren, standen die beiden Frauen sich nicht nahe. Mist, traf sie sich etwa mit irgendeinem Kerl, von dem Rourke nichts wusste?

Dann traf ihn die Erkenntnis wie ein Blitz. „Verdammt", sagte er und rannte zu seinem Auto.

Jenny stand immer noch hinter der Bäckerei und wartete auf die Morgendämmerung, als ein blauweißer Blitz die Nacht erhellte. Das grelle Licht war mitten im Winter seltsam fehl am Platz. Dann hörte sie das kurze Aufheulen einer Sirene und merkte, dass es sich um Blaulichter handelte. Die Fahrzeuge klangen nah, als wären sie nur eine Straße weiter. Geschäftige Nacht, dachte sie und kehrte in die Bäckerei zurück. Sie ging durch die Backstube, wo Zach gerade den Teig aus der Garkammer schob.

Sie wollte sich wieder an die Arbeit machen, als sie ein stürmisches Klopfen an der Vordertür hörte. „Ich sehe mal nach, wer das ist", rief sie Laura und Zach zu und ging durch das Café, das um diese Uhrzeit nur schwach von dem Neonschild einer Kaffeetasse, aus der verschnörkelte Rauchschwaden aufstiegen, beleuchtet wurde.

Das Blaulicht eines Streifenwagens durchschnitt die Dunkelheit des leeren Cafés. Jenny beeilte sich, die Tür aufzuschließen. Das Glöckchen über der Eingangstür klingelte, dann stürmte auch schon Rourke McKnight hinein. Sein langer Mantel wehte hinter ihm her.

Avalons Polizeichef sah auch aus wie einer. Sein kantiges Gesicht war frisch rasiert, seine Schultern breit und kräftig. Auch wenn er blonde Haare und blaue Augen hatte, bewahrte ihn eine sichelförmige Narbe auf einem Wangenknochen davor, zu schön zu sein.

„Ich habe das dumpfe Gefühl, dass du nicht wegen einer Tasse Kaffee hierhergekommen bist", sagte Jenny. Das waren vermutlich die ersten Worte, die sie seit Jahren zu ihm gesagt hatte.

Er schenkte ihr einen glühenden Blick, der sie sich fragen ließ, wie es wohl war, seine Freundin zu sein, ein Mitglied der scheinbar endlosen Parade langbeiniger Frauen, die in serieller Monogamie durch sein Leben marschierten. Genau, dachte sie, warum sollte ich wohl Lust haben, eine dieser Frauen zu sein?

Ohne auf sie einzugehen, packte Rourke Jenny bei den Oberarmen. „Jenny. Du bist hier.“ Seine Stimme klang rau, drängend.

Okay, das war interessant. Rourke McKnight, der sie packte und in seine Arme zog. Was zum Teufel hatte sie getan, um das zu verdienen? Vielleicht hätte sie das schon früher tun sollen.

„Ich konnte nicht schlafen“, sagte sie und schaute auf seine Hände auf ihren Armen. Sie und Rourke berührten sich nicht. Nicht seit … seit sie sich nicht mehr berührten.

Er schien ihre Gedanken zu lesen und ließ sie los. Mit einer Kopfbewegung zeigte er zur Tür. „Wir haben einen Vorfall an deinem Haus. Ich fahr dich schnell rüber.“

Obwohl die Tablette der Realität die schärfsten Kanten genommen hatte, verspürte sie eine tiefe, instinktive Unruhe. „Was für einen Vorfall?“

„Dein Haus steht in Flammen“, sagte Rourke einfach.

Jennys Lippen formten ein O, aber sie gab keinen Laut von sich. Was sollte man auch sagen, wenn man mit so einer Aussage konfrontiert wurde?

„Geh“, sagte Laura und drückte ihr ihren Parka und ihre Stiefel in die Hand. „Ruf mich später an.“

Die unscharfen Kanten veränderten sich nicht, als Jenny in den Streifenwagen stieg, den Rourke am Wochenende fuhr. Sogar die wirbelnden Lichter, die ellipsenförmig über die Straße flogen, ließen sie nicht zusammenzucken. Dennoch war sie höchst aufmerksam. Die Wunder der modernen Chemie, dachte sie.

„Was ist passiert?“, fragte sie.

„Mrs Samuelson hat den Notruf gewählt.“

Irma Samuelson wohnte schon seit Jahren neben den Majeskys. „Das ist unmöglich“, sagte Jenny. „Ich … wie kann mein Haus brennen?“

„Anschnallen“, sagte er, und in dem Moment, wo ihr Sitzgurt einrastete, fuhr er los.

„Bist du sicher, dass das kein Missverständnis ist?“, fragte sie. „Vielleicht ist es das Haus von jemand anderem.“

„Ich bin mir sicher. Ich war da. Gott, ich dachte … Gott, *verdammt …*“

Zitterte seine Stimme etwa? „Oh nein“, sagte sie. „Rourke, du hast gedacht, ich wäre noch im Haus?“

„Das ist um diese Uhrzeit keine ungewöhnliche Annahme.“

Deshalb hatte er sie also gepackt. Aus reiner Erleichterung, schlicht und einfach. Als sie in Richtung Maple Street rasten, stieg ihr ein seltsamer Geruch in die Nase. „Es riecht hier drinnen nach Rauch.“

„Du kannst gerne das Fenster aufmachen, wenn dir das nicht zu kalt ist.“

„Wo kommt der Geruch her? Oh, Gott. Du bist im Haus gewesen, oder?“ Sie sah es förmlich vor sich, wie er sich an den Feuerwehrmännern vorbeidrängte und in das brennende Haus stürmte. „Du bist reingegangen, um mich zu suchen.“

Er antwortete nicht. Das musste er auch nicht. Rourke McKnight rettete ständig Leute. Das war wie ein innerer Zwang bei ihm.

„Hast du den Herd angelassen?“, fragte er. „Oder irgendein anderes Gerät?“

„Natürlich nicht“, gab sie aufgebracht zurück. Die Fragen machten ihr Angst. Denn es war gut möglich, dass sie unvorsichtig gewesen war. Sie lebte jetzt alleine, und vielleicht wurde sie langsam seltsam. Manchmal wurde sie das Gefühl nicht los, dass sie zu einem Leben als einsame, von der Gesellschaft Ausgestoßene verurteilt war, die niemanden hatte, der die Kaffeemaschine abstellte, wenn sie es vergaß. Sie könnte gut und gerne wie die Katzenfrau enden, über die sie und ihre Freundinnen sich früher immer Geschichten ausgedacht hatten – allein, exzentrisch, mit nichts als einem muffigen Haus voller Katzen zur Gesellschaft.

„… hörst mir gar nicht zu, oder?“ Rourkes Stimme durchbrach ihre Gedanken.

„Was?“, fragte sie und gab sich einen mentalen Klaps.

„Geht es dir gut?“

„Du hast mir gerade erzählt, dass mein Haus in Flammen steht. Ich glaube nicht, dass es mir im Moment sonderlich gut gehen sollte.“

„Ich meine …“

„Ich weiß, was du meinst. Wirke ich auf dich irgendwie panisch?“

Er warf ihr einen Blick zu. „Ganz im Gegenteil. Unter den gegebenen Umständen wirkst du sehr gefasst. Aber wir sind ja auch noch nicht da. Du weißt, was es heißt, wenn die Feuerwehr sagt, das Haus steht im Vollbrand?“, fragte er.

„Nein, ich …“ Der Rest des Satzes blieb ihr im Hals stecken, weil sie in dem Moment um die Ecke bogen und sie einen Blick auf ihre Straße werfen konnte. Ihr Herz raste. „Mein Gott.“

Die Straße war an beiden Enden gesperrt worden. Wo sie auch hinschaute, sah sie Feuerwehrautos, Rettungswagen, Ausrüstung und Feuerwehrmänner. Auf Stativen stehende Scheinwerfer erhellten die Szenerie. Nachbarn hatten sich ihre Wintermäntel über die Schlafanzüge geworfen und standen in kleinen Grüppchen in ihren Vorgärten oder auf ihren Veranden, die Köpfe gen Himmel gereckt, die Münder vor Staunen offen stehend, als würden sie ein Feuerwerk zum vierten Juli bestaunen. Außer dass niemand lächelte und Oh und Ah sagte.

Feuerwehrmänner in voller Montur umringten das Haus, bekämpften die Flammen, die das zweistöckige Haus vollkommen vereinnahmt hatten. Rourke parkte den Wagen, und sie stiegen aus. Eine Reihe Fenster im Obergeschoss war herausgeplatzt, als wenn jemand eines nach dem anderen herausgeschossen hätte.

Diese Fenster verliefen am oberen Flur, in dem die ganzen Familienfotos gehangen hatten: ein altes Hochzeitsfoto von ihren Großeltern, ein paar Bilder von Jennys Mutter Mariska, für immer dreiundzwanzig und wunderschön, eingefroren in dem Alter, in dem sie fortgegangen war. Außerdem hatte es eine ganze Reihe Schulporträts von Jenny gegeben, die über die Jahre gemacht worden waren.

Als kleines Mädchen war sie den Flur so lange auf und ab gelaufen, bis ihre Großmutter sie bat, etwas ruhiger zu sein.

Sie hatte es geliebt, sich Geschichten über die Menschen auf den Bildern auszudenken. Ihre Großeltern, die so ernst in die Kamera schauten, wie es typisch für Immigranten war, die gerade von Ellis Island gekommen waren, wurden Broadway-Stars. Ihre Mutter, deren große Augen ein köstliches Geheimnis zu verbergen schienen, war eine Agentin der Regierung, die die Welt beschützte. Sie hielt sich so tief im Untergrund versteckt, dass sie nicht einmal ihrer Familie sagen konnte, wo sie war.

Irgendjemand – ein Feuerwehrmann – forderte alle auf, zurückzutreten und in sicherer Entfernung zu bleiben. Andere Feuerwehrmänner rannten die Auffahrt hinauf und trugen dabei gemeinsam einen dicken Schlauch auf ihren Schultern. Auf der ausgefahrenen Leiter eines Feuerwehrwagens stand ein weiterer Feuerwehrmann und versuchte, die Flammen auf dem Dach zu bekämpfen.

„Jenny, dank dem Herrn“, sagte Mrs Samuelson und eilte auf sie zu. Sie trug einen langen Kamelhaarmantel und Schneestiefel, bei denen sie sich nicht die Mühe gemacht hatte, sie zuzumachen. In ihren Armen hielt sie Nutley, ihren zitternden Yorkshireterrier. „Als ich das Feuer bemerkte, hatte ich zuerst Angst, dass du noch im Haus bist.“

„Ich war in der Bäckerei“, erklärte Jenny.

„Mrs Samuelson, hat schon jemand Ihre Aussage aufgenommen?“, fragte Rourke.

„Warum, ja, aber ich …“

„Entschuldigen Sie uns, Ma'am.“ Rourke nahm Jennys Hand und führte sie an der Absperrung vorbei zu einem der Feuerwehrwagen. Ein älterer Mann sprach Anweisungen in ein Funkgerät, und ein anderer wiederholte sie durch ein Megafon.

„Chief, das hier ist Jenny Majesky“, sagte Rourke. Er hielt ihre Hand weiter fest.

„Miss, das mit Ihrem Haus tut mir leid“, sagte der Chief. „Wir waren acht Minuten, nachdem der Notruf kam, hier, aber das Feuer muss schon lange vor dem Anruf ausgebrochen sein. Diese älteren Häuser … sie neigen dazu, sehr schnell zu brennen. Wir tun unser Bestes."

„Ich … äh … ich …, ich danke Ihnen." Sie hatte keine Ahnung, was sie sagen sollte, wo ihr Haus gerade in Flammen aufging.

„Ihre Nachbarn sagen, dass Sie keine Haustiere hatten."

„Das stimmt." Nur Grannys afrikanische Veilchen und Kräuter im Blumenfenster. Nur meine ganze Welt und alles, was ich besitze, dachte Jenny. Trotz ihrer warmen Kleidung und der röhrenden Flammen fror sie in der kalten Winternacht. Es war erstaunlich, wie stark, wie unkontrolliert sie zitterte.

Irgendetwas Warmes und Schweres legte sich um ihre Schultern. Sie brauchte einen Moment, bevor sie merkte, dass es sich um eine Erste-Hilfe-Decke handelte. Und um Rourke McKnights Arme. Er stand hinter ihr und zog sie an sich. Ihr Rücken drückte sich an seine Brust, seine Arme umschlossen sie von hinten, als wenn er sie vor weiterem Schaden beschützen wollte.

Mit einem seltsamen Gefühl der Kapitulation lehnte sie sich gegen ihn, als wäre ihr eigenes Gewicht zu viel für sie. Sie schloss kurz die Augen, versteckte sich vor dem grellen Schein der Flammen und dem Geruch nach Rauch. Sie spürte die Wärme des Feuers auf ihrem Gesicht. Aber von dem beißenden Geruch wurde ihr übel, und vor ihrem inneren Auge sah sie alles, was in ihrem Haus den Flammen neue Nahrung gab. Sie öffnete die Augen und schaute wieder hin.

„Es ist völlig zerstört", sagte sie. Sie drehte den Kopf und sah Rourke an. „Alles ist weg."

Ein Mann mit einem Fotoapparat, vermutlich von irgendeiner Zeitung, stand auf der Ladefläche seines Trucks und richtete sein langes Objektiv auf die Szene.

Rourkes Arme schlossen sich fester um sie. „Es tut mir leid, Jenny. Ich wünschte, ich könnte sagen, dass du falschliegst."

„Wie geht es jetzt weiter?"

„Als Nächstes wird eine Untersuchung erfolgen, um die Ursache des Brandes zu bestimmen", erklärte er. „Dann kommen die Gespräche mit der Versicherung, Aufstellung des Eigentums und so weiter."

„Ich meine jetzt, in den nächsten zwanzig Minuten. Der nächsten Stunde. Irgendwann wird das Feuer ausgehen, aber dann? Gehe ich zurück zur Bäckerei und schlafe unter meinem Tisch?"

Er senkte den Kopf. Sein Mund war direkt an ihrem Ohr, sodass sie ihn auch über den Lärm hören konnte, und sein Körper umfing sie beschützend. „Mach dir darüber keine Gedanken", sagte er. „Ich kümmere mich um dich."

Sie glaubte ihm. Dazu hatte sie auch allen Grund. Sie kannte Rourke McKnight mehr als ihr halbes Leben lang. Trotz ihrer schwierigen gemeinsamen Vergangenheit, trotz der Schuldgefühle und der Herzschmerzen, die sie einander zugefügt hatten, trotz der tiefen Kluft, die sich zwischen ihnen auftat, hatte sie immer gewusst, dass sie sich auf ihn verlassen konnte.

3. KAPITEL

Jenny riss die Augen auf, als sie aus einem tiefen, erschöpften Schlaf aufwachte. Ihr Herz klopfte, ihre Lungen schrien nach Luft, und ihr mentaler Zustand war verwirrt, um es milde auszudrücken. Ihr Kopf war erfüllt von einem düsteren Traum, in dem der Lektor eines Verlages den großen Spiralmixer der Bäckerei mit den Seiten von Jennys Geschichte fütterte.

Sie lag flach auf dem Rücken, Arme und Beine von sich gestreckt, als wäre das Bett ein Floß und sie die Überlebende eines Schiffsunglücks. Sie starrte wie blind an die Decke und auf die unbekannte Lampe. Dann drückte sie sich vorsichtig in eine sitzende Position.

Sie trug ein grau gestreiftes, viel zu großes Yankee-T-Shirt, das ihr ständig von der Schulter rutschte. Dazu ein Paar dicke Tennissocken, die ebenfalls zu groß waren. Und – sie hob den Saum des T-Shirts, um nachzugucken – eine Boxershorts, die eindeutig einem Mann gehörte.

Sie saß tatsächlich mitten in Rourke McKnights gigantischem Doppelbett, das mit erstaunlich luxuriösen Laken bedeckt war. Sie schaute auf dem Schild des Kopfkissenbezuges nach – Fadenzahl 600. Wer hätte das gedacht, dachte sie. Der Mann war ein Genussmensch.

Es ertönte ein leichtes Klopfen an der Tür, dann trat er ein, ohne auf ihre Aufforderung zu warten. Er trug in jeder Hand einen Kaffeebecher und hatte sich die Morgenzeitung unter den Arm geklemmt. Er trug ausgeblichene Levi's und ein enges T-Shirt mit der Aufschrift NYPD. Drei verwahrlost aussehende Hunde wuselten um seine Beine herum.

„Wir haben es auf die Titelseite geschafft", sagte er und stellte die Kaffeebecher auf den Nachttisch. Dann schlug er den *Avalon Troubadour* auf. Sie sah nicht hin. Zumindest anfangs nicht. Sie war immer noch verwirrt und in dem Traum gefangen und fragte sich, was sie so schnell hatte aufwachen lassen. „Wie spät ist es?"

„Kurz nach sieben. Ich habe versucht, leise zu sein und dich schlafen zu lassen."

„Ich bin überrascht, dass ich überhaupt geschlafen habe."

„Ich nicht. Das war ein ganz schön langer Tag gestern."

Das war mal eine Untertreibung. Sie hatte den halben Tag an ihrem Grundstück herumgelungert und zugesehen, wie die Feuerwehrmänner das Feuer so lange bekämpften, bis nirgendwo mehr das kleinste Glühen zu sehen war. Unter dem schweren grauen Winterhimmel hatte sie gesehen, wie sich das ihr so vertraute zweistöckige Haus zu einem Haufen aus geschwärztem Holz, geplatzten Leitungen und bis zur Unkenntlichkeit verbrannten Objekten verwandelt hatte. Allein der gemauerte Kamin erhob sich inmitten all der Trümmer wie ein Denkmal.

Jemand hatte ihr erklärt, dass, nachdem die Ermittlungen zur Brandursache abgeschlossen waren und der Gutachter der Versicherung sich ein Bild gemacht hätte, eine Bergungsfirma die Überreste durchgehen und retten würde, was zu retten war. Dann würden die Trümmer entfernt und beseitigt. Ihr wurde ein Stapel Formulare in die Hand gedrückt, in die sie den Wert aller Sachen eintragen sollte, die sie verloren hatte. Sie hatte die Formulare noch nicht angerührt. Wussten sie denn nicht, dass ihre größten Verluste nicht in Dollar zu bemessen waren?

Sie hatte einfach nur mit Rourke dagestanden, zu überwältigt, um zu sprechen oder irgendwelche Pläne zu machen. Sie hatte ihre zittrige Unterschrift auf irgendwelche Dokumente gesetzt. Am Nachmittag hatte Rourke dann erklärt, dass er sie nach Hause bringen würde. Sie hatte nicht einmal die Kraft besessen, ihm zu widersprechen. Er hatte ihr eine Hühnersuppe aus der Dose aufgewärmt, dazu gab es ein paar Salzcracker. Dann hatte er ihr das Schlafzimmer gezeigt und ihr gesagt, dass sie sich ausruhen müsse. Diesem Befehl hatte sie sich nur zu gerne ergeben. Total erschöpft war sie sofort in einen tiefen Schlaf gefallen.

Jetzt stand er an ihrem Bett; sein Profil wurde vom schwachen Morgenlicht erleuchtet, das sich durch die luftigen weißen Vorhänge kämpfte. Er hatte sich noch nicht rasiert, und goldene Stoppeln milderten die harten Linien seines Kinns. Das T-Shirt, ganz dünn und ausgeblichen von Jahren des Tragens und Waschens, schmiegte sich an seinen muskulösen Oberkörper.

Die Hunde ließen sich in einem Haufen auf dem Boden nieder. Irgendetwas an dieser ganzen Situation kam ihr vollkommen irreal vor. Sie war in Rourkes Bett. In seinem Schlafzimmer. Er brachte ihr Kaffee. Las gemeinsam mit ihr die Zeitung. Was stimmte an diesem Bild nicht?

Ah, ja, erinnerte sie sich. Sie hatten nicht zusammen geschlafen.

Der Gedanke erschien ihr belanglos angesichts dessen, was passiert war. Granny war tot und ihr Haus abgebrannt. Mit Rourke McKnight zu schlafen sollte gerade nicht ganz oben auf ihrer Prioritätenliste stehen. Trotzdem schien es nicht ganz fair, dass sie in diesem Bett nichts außer einem fürchterlichen Traum zustande gebracht hatte.

„Lass mal sehen.“ Sie streckte die Hand nach der Zeitung aus und rutschte ein Stück näher an ihn heran. Das taten nur Pärchen, gemeinsam im Bett sitzen, Kaffee trinken und die Zeitung lesen. Dann sah sie das Bild. Es war ein großes Farbfoto, was beinahe den gesamten Platz über dem Falz einnahm. „Oh, Gott. Wir sehen aus wie …“

Wie ein Pärchen. Der Gedanke ließ sie nicht los. Der Fotograf hatte sie in einer, wie es schien, zärtlichen Umarmung erwischt. Rourkes Arme umfingen sie von hinten, und sein Mund war nah an ihrem Ohr, als er sich zu ihr hinunterbeugte, um ihr etwas zuzuflüstern. Das Feuer bot einen dramatischen Hintergrund. Man konnte anhand des Bildes nicht sehen, dass sie vor Kälte mit den Zähnen klapperte und dass er ihr nicht süße Nichtigkeiten ins Ohr flüsterte, sondern ihr erklärte, dass sie von jetzt auf gleich obdachlos war.

Sie sagte nichts und hoffte, dass sie sich die Romantik des Fotos nur einbildete. Nach einem weiteren Schluck Kaffee überflog sie den Artikel. „Defekte Verkabelungen?“, sagte sie. „Woher wissen die, dass es sich um einen Defekt in der Verkabelung handelt?“

„Das ist bisher reine Spekulation. Nach der Untersuchung wissen wir mehr.“

„Und warum ist dieser Kaffee so unglaublich gut?“, wollte sie wissen. „Er ist perfekt.“

„Hast du ein Problem damit?“

„Ich hatte keine Ahnung, dass du so guten Kaffee machen kannst.“ Genussvoll nahm sie einen weiteren Schluck.

„Ich bin ein Mann mit vielen Talenten. Manche Menschen haben einfach ein Händchen für Kaffee“, fügte er in gespielt ernstem Ton hinzu. „Man nennt sie auch die Kaffeeflüsterer.“

„Und woher weißt du, dass ich meinen mit genau so viel Milch mag?“

„Vielleicht habe ich es mir zur Aufgabe gemacht, alles über dich zu wissen. Von der Art, wie du deinen Kaffee magst, über die Anzahl der Handtücher, die du nach dem Duschen brauchst, bis zu deinem Lieblingsradiosender.“ Er stützte die Ellbogen auf die Knie und umfasste seinen Becher mit beiden Händen.

„Haha, guter Witz, McKnight.“

„Ich dachte mir, dass er dir gefallen würde.“ Er trank seinen Kaffee aus.

Sie zog ihre Knie an und zog das übergroße T-Shirt darüber. „Es ist zwar ein sehr oberflächlicher Spruch, aber dennoch stimmt es, dass eine gute Tasse Kaffee die schlimmste Situation weniger schlimm machen kann.“ Mit geschlossenen Augen trank sie noch einen Schluck, behielt ihn genüsslich im Mund und versuchte, ganz im Hier und Jetzt zu sein. Nach allem, was passiert war, war das der einzig sichere Ort. Hier. Mit Rourke. In seinem Bett.

„Was ist so lustig?“, fragte er.

Sie öffnete die Augen. Ihr war gar nicht aufgefallen, dass sie gelacht hatte. „Ich habe mich immer gefragt, wie es wohl wäre, die Nacht in deinem Bett zu verbringen.“

„Und wie war’s?“

„Tja …“ Sie stellte ihren Becher auf dem Nachttisch ab. „Die Laken passen nicht zu den Kopfkissenbezügen, aber die Fadenzahl ist bemerkenswert. Und sie sind sauber. Nicht nur sauber wie gerade gewaschen, sondern sauber, als wenn du deine Bettwäsche öfter als nur alle paar Wochen wechselst. Vier Kissen und eine tolle Matratze. Was kann man mehr verlangen?"

„Danke."

„Ich bin mir nicht sicher, dass das ein Kompliment war", warnte sie ihn.

„Du magst mein Bett, die Laken sind sauber, die Matratze bequem. Wieso sollte das kein Kompliment sein?"

„Weil ich nicht umhin kann, zu überlegen, was das über dich aussagt. Vielleicht sagt es, dass du ein wundervoller Mensch bist, dem guter Schlaf sehr wichtig ist. Vielleicht sagt es aber auch, dass du so daran gewöhnt bist, Frauen mit hierherzunehmen, dass du deinem Bett besondere Aufmerksamkeit widmest."

„Und, was davon ist es?"

„Ich bin mir nicht sicher. Ich muss noch ein wenig darüber nachdenken." Sie lehnte sich zurück und schloss die Augen. Es gab vieles, was sie hätte sagen können, aber sie entschied sich, es nicht zu tun. Nicht in die Vergangenheit zu gehen. Ihnen nicht in Erinnerung zu rufen, was sie einander einmal bedeutet hatten. „Ich wünschte nur, ich könnte den Rest meines Lebens hierbleiben", seufzte sie mit einem gezwungen leichten Unterton.

„Lass dich von mir nicht davon abhalten."

Sie öffnete die Augen und stützte sich auf ihre Ellbogen. „Ich muss das einfach fragen, und ich meine es ernst: Wem bin ich auf die Füße getreten? Hab ich irgendwie das kosmische Gleichgewicht des Universums gestört? Passiert mir deshalb dieser ganze Scheiß?"

„Vielleicht", sagte er.

Sie warf ein Kissen nach ihm. „Du bist ja eine große Hilfe."

Er warf es zurück. „Willst du erst duschen oder soll ich?"

„Geh ruhig. Ich sitze hier noch ein bisschen, trinke meinen Kaffee und denke über mein fabelhaftes Leben nach." Sie schaute auf den Boden. „Wie heißen die Hunde?"

„Rufus, Stella und Bob." Er zeigte auf jeden einzelnen, als er die Namen nannte und erklärte, dass er sie alle gerettet hatte. „Der Kater heißt Clarence."

Gerettet. Natürlich, dachte sie.

„Sie sind ganz lieb", fügte er hinzu.

„Ich auch." Sie kraulte Rufus hinterm Ohr. Er war ein Malamute-Mischling mit dickem Fell und eisblauen Augen.

„Gut zu wissen." Rourke stand auf. „Wenn du Hunger hast, bedien dich in der Küche. Und auch wenn du keinen hast, solltest du was essen. Vor uns liegt ein langer Tag." Er ging aus dem Zimmer über den

Flur, und einen Augenblick später hörte sie das Radio, gefolgt vom Plätschern fließenden Wassers.

Jenny schaute auf die Uhr. Es war noch zu früh, um Nina anzurufen. Dann fiel ihr ein, dass Nina in Albany auf irgendeiner Bürgermeistertagung war. Jenny stand auf und trat ans Fenster. Ihre Beine fühlten sich schwer an, als wäre sie gerade einen Marathon gelaufen. Was seltsam war, weil sie gestern nichts getan hatte, außer in einem gewissen Schockzustand herumzustehen und zuzusehen, wie ihr Haus abbrannte.

Die Welt da draußen sah bemerkenswert unverändert aus. Ihr Leben zerbrach in tausend Scherben, doch die Stadt Avalon schlief tief und friedlich. Der Himmel war eine dicke, undurchdringliche Decke aus winterlichem Weiß. Kahle Bäume säumten die Straße, und die in der Ferne liegenden Berge trugen dichte Mäntel aus Schnee. Aus dem Fenster von Rourkes Haus konnte sie beobachten, wie die kleine Stadt zum Leben erwachte. Ein paar schneebedeckte Autos wagten sich nach den gestrigen Schneefällen wieder auf die Straße. Avalon war ein Städtchen mit altmodischem, unangestrengtem Charme. Die Kopfsteinpflasterstraßen und gut erhaltenen historischen Gebäude der Altstadt drängten sich um einen öffentlichen Park, dessen schneebedeckte Grünflächen und Spielfelder bis zum Ufer des Schuyler River reichten, der auf beruhigende Weise über die glitzernden eisbedeckten Steine rauschte und dabei Eiszapfen hinterließ.

Gestresste Großstädter träumten davon, in eine Stadt wie diese zu kommen, um sich ein wenig zu entspannen. Manche kauften sich sogar einen halben oder einen Hektar Grund und setzten sich hier zur Ruhe. Im Sommer und während der Zeit im Herbst, wenn die Laubbäume ihr prächtiges Farbenspiel zeigten, drängten sich aus Deutschland importierte SUVs, protzige Hummer und spätpubertäre Sportwagen auf den Straßen, die einst nur Traktoren und die ein oder andere Pferdekutsche gekannt hatten.

Es gab hier immer noch unberührte Ecken, wo die Wildnis so dicht war wie vor Hunderten von Jahren. Wälder und Seen und Flüsse, die versteckt in den endlos erscheinenden Bergen lagen. Von der Spitze des Watch Hill – auf dem jetzt ein Mobilfunkmast stand – hatte man das Gefühl, direkt in den Wald zu schauen, in dem Natty Bumppo aus „Der letzte Mohikaner“ gejagt hatte. Jenny fand es immer wieder erstaunlich, dass sie sich nur wenige Autostunden von New York City entfernt befanden.

Sie drehte dem Fenster den Rücken zu und schaute sich in dem Schlafzimmer um. Keine persönlichen Dinge, keine Fotos oder Andenken, kein Hinweis darauf, dass er ein Leben, eine Vergangenheit oder,

Gott behüte, eine Familie hatte. Auch wenn sie Rourke McKnight kannte, seitdem sie Kinder gewesen waren, zog sich ein Riss durch ihr Leben, der mehrere Jahre umspannte. Sie war noch nie zuvor in seinem Schlafzimmer gewesen. Er hatte sie nie eingeladen, und selbst wenn, hätte sie die Einladung nicht angenommen. Nicht unter normalen Umständen. Sie und Rourke waren einfach nicht so. Er war kompliziert. Ihre gemeinsame Geschichte war noch komplizierter. Sie passten nicht zusammen. Zumindest nicht auf lange Sicht.

Denn Fakt war, dass Rourke nicht nur Jenny, sondern vielen Menschen ein Rätsel war. Es war schwer, hinter dem wie gemeißelt aussehenden Kinn und den durchdringenden Augen den Mann zu sehen, der dahintersteckte. Er war eine vielschichtige Persönlichkeit, auch wenn Jenny annahm, dass dies nur wenigen Menschen bewusst war. Er faszinierte die Menschen, so viel stand fest. Diejenigen, die mit der Kommunalpolitik vertraut waren, wussten, dass er der Sohn von Senator Drayton McKnight war, der die letzten dreißig Jahre einen der reichsten Bezirke des Staates repräsentiert hatte. Und diese Leute fragten sich natürlich, warum ein Mann, der in so eine Familie hineingeboren war, ein Mann, der jedes Leben haben konnte, das er wollte, in einer kleinen Stadt in den Catskills gestrandet war und wie jeder andere auch für seinen Lebensunterhalt arbeitete.

Jenny wusste, dass sie mit ein Grund dafür war, wieso er sich hier niedergelassen hatte, auch wenn er es nicht zugeben würde. Sie war mit seinem besten Freund Joey Santini verlobt gewesen. Es hatte eine Zeit gegeben, wo jeder von ihnen von dem Leben in einer Kleinstadt geträumt hatte, von Freundschaft, die ein Leben lang hielt, und Loyalität, die niemals verraten wurde. Waren sie wirklich so naiv gewesen?

Weder Rourke noch Jenny sprachen je über das, was passiert war. Jeder arbeitete hart daran, so zu tun, als sei es am besten, diese Dinge dort zu lassen, wo sie passiert waren: in der Vergangenheit.

Aber natürlich hatte keiner von ihnen vergessen können. Die merkwürdige Spannung zwischen ihnen, das bemühte Meiden des anderen waren dafür Beweis genug. Jenny war sicher, selbst wenn sie hundert Jahre alt würde, würde sie es niemals vergessen. Es gab nicht vieles, dessen sie sich sicher war, aber das war eines davon. Sie würde sich immer an die Nacht mit Rourke erinnern, aber sie würde ihn niemals verstehen.

Die Dusche wurde abgestellt, und ein paar Minuten später kam er mit einem Handtuch um die Hüften in sein Schlafzimmer. Die feuchten Haare fielen ihm in die Stirn. Er sah wirklich unglaublich gut aus. Gut über eins achtzig groß, mit breiten Schultern und schmalen Hüften. Er hatte ein Gesicht, das Frauen die Telefonnummern ihrer Freunde vergessen ließ. Jennys beste Freundin, Nina Romano, sagte immer, er wäre viel zu gut aussehend, um nur ein Kleinstadtpolizist zu sein. Mit dem kantigen Kinn, den glimmenden blauen Augen und der oh so eindrucksvollen Narbe auf seinem rechten Wangenknochen gehörte er auf Plakate, um Werbung für teure Spirituosen oder Autos, die sich keiner leisten konnte, zu machen. Jenny verspürte mit einem Mal eine solch pure Lust, dass sie lachen musste.

„Du findest das lustig?“, fragte er und streckte die Arme seitlich aus.

„Tut mir leid“, sagte sie, aber sie konnte sich nicht beruhigen. Ihre Situation war so unglaublich entsetzlich, dass sie sich nur mit Lachen davon abhalten konnte, in Tränen auszubrechen.

„Du solltest wissen, dass dieses Bett dafür bekannt ist, Frauen die Tränen in die Augen zu treiben.“

„Ich hätte den Tag auch überstanden, ohne das erfahren zu haben.“ Sie wischte sich die Lachtränen aus den Augen und musterte ihn dann genauer. Sie kannte keinen Mann, der so viele Gegensätze in sich vereinte. Er sah aus wie ein griechischer Gott, schien aber überhaupt nicht eitel zu sein. Er kam aus einer der reichsten Familien des Staates und lebte dennoch wie ein ganz normaler Arbeiter. Er tat so, als kümmerte ihn nichts und niemand, und doch verbrachte er seine gesamte Zeit im Dienst der Gemeinde. Er fand neue Zuhause für Straßenhunde und streunende Katzen. Er brachte verletzte Vögel zur Wildtierrettungsstation. Wenn etwas oder jemand verwundet oder schwach war, war er da, einfach so. Und zwar schon seit Jahren. Er hatte viele Leben gelebt, vom verwöhnten Upper-East-Side-Sprössling über den mittellosen Studenten zum Staatsbediensteten, und dabei immer wieder Entscheidungen getroffen, die für jemanden mit seinem Hintergrund mehr als unorthodox waren.

Er verbarg so viel von sich. Sie vermutete, es hatte mit Joey zu tun und mit dem, was ihm passiert war. Was mit ihnen allen dreien passiert war.

„… starrst du mich so an?“, fragte Rourke.

Erst jetzt bemerkte sie, dass sie total in Gedanken versunken gewesen war. „Tut mir leid“, sagte sie. „Es ist ganz schön lange her, dass wir miteinander geredet haben. Ich habe gerade an deine Geschichte gedacht.“

Er sah sie verwundert an. „Meine Geschichte?“

„Jeder hat eine. Eine Geschichte. Eine Reihe von Ereignissen, die einen an den Ort gebracht haben, wo man sich jetzt befindet.“

Langsam breitete sich ein Lächeln auf seinem Gesicht aus. „Ich mag Recht und Ordnung, und ich kann gut mit Waffen umgehen“, sagte er. „Das ist meine Geschichte, und bei der bleibe ich.“

„Sogar, dass du Witze machst, um die echte Geschichte zu verbergen, finde ich interessant."

„Wenn du das interessant findest, solltest du Romanautorin werden."

Aha. Er tat so, als wäre er nicht interessant. „Du bist eine gute Ablenkung", sagte sie.

„Wie kommt's?"

„Mein ganzes Leben hat sich in Rauch aufgelöst, und ich denke über dich nach."

Das schien ihn etwas nervös zu machen. „Was ist mit mir?"

„Ach, ich habe mich nur gefragt ..."

„Nicht", unterbrach er sie. „Denk nicht über mich oder meine Geschichte nach."

Wie könnte ich nicht? fragte sie sich. *Es ist* unsere *Geschichte.* Und das Feuer hatte irgendetwas zwischen ihnen geändert. Lange waren sie einander aus dem Weg gegangen und nun ... hier gelandet. Was auch immer dieses „Hier" war. Wurde er von seinem Beschützerdrang zu ihr hingezogen, oder gab es eine tiefere Motivation? Könnte das Feuer ein Katalysator gewesen sein, der sie beide dazu brachte, sich Themen zu stellen, die sie bisher vermieden hatten? Vielleicht würde sie jetzt endlich über das sprechen können, was passiert war.

Aber nicht jetzt, dachte Jenny. Das wäre nach allem, was in den letzten vierundzwanzig Stunden passiert war, zu viel. Für den Moment war es einfacher, sich unbedeutenden Flirtereien hinzugeben und das echte Thema weiträumig zu umgehen. Über die Jahre war sie darin sehr gut geworden.

„Ich springe besser schnell unter die Dusche", sagte sie. „Wo sind meine Sachen?"

„In der Waschmaschine. Sie sind also nicht trocken."

„Du hast meine Sachen gewaschen?"

„Was, hätte ich sie lieber in die Reinigung bringen sollen?"

Sie sagte nichts. Sie wusste, dass alles nach Rauch gerochen hatte und sie ihm dankbar sein sollte. Dennoch traf die Erkenntnis, dass sie genau einen Satz Klamotten hatte, sie wie ein Faustschlag in den Magen.

Er zog die unterste Schublade seiner Kommode auf und holte ein dickes, in das Papier einer Reinigung eingewickeltes Paket heraus. „Hier drin liegt eine ganze Menge Kram. Bestimmt ist was dabei, was dir passt. Bedien dich einfach."

Neugierig riss sie das Papier auf und schaute sich den Inhalt an. Sie holte jedes einzelne Stück hervor und hielt es hoch. Es gab ein Babydoll, einen Push-up-BH, eine ganze Sammlung unglaublich winziger Damenunterwäsche. Außerdem fand sie eine Designerjeans, kurze Hosen und Strickpullover mit tiefen Ausschnitten.

Sie richtete sich auf und sah ihn an. „Was sind das, Jagdtrophäen? Sexsouvenirs? Sachen, die von Frauen hiergelassen wurden, die dich verlassen haben?"

„Was denn?", fragte er, doch der verlegene Ausdruck auf seinem Gesicht verriet ihr, dass er genau wusste, wovon sie sprach. „Ich habe sie alle reinigen lassen."

„Und das macht alles wieder gut?"

„Komm schon, ich lebe nicht wie ein Mönch."

„Das sehe ich." Sie nahm einen String mit Daumen und Zeigefinger auf und hielt ihn auf Armeslänge von sich. „Würdest *du* so etwas tragen?"

„Jetzt wird es ein bisschen pervers, finde ich."

„Ich behalte die Boxershorts", verkündete sie. Auf dem Weg zum Badezimmer blieb sie vor ihm stehen, ihr Gesicht nur wenige Zentimeter vor seiner nackten Brust. Er roch frisch nach Duschgel. „Ich mach mich jetzt besser fertig. Wie du schon sagtest, es wird ein langer Tag."

Sie ging ins Badezimmer. Das Radio war auf ihren Lieblingssender eingestellt. Auf dem Waschbecken lagen drei saubere, sorgfältig zusammengelegte Handtücher – genau die Anzahl, die sie am liebsten hatte, und genau in den Größen, die sie bevorzugte; ein Badehandtuch und zwei normale Handtücher.

Sicher, es war schmeichelhaft, sich vorzustellen, dass er sich von ihr angezogen fühlte. Aber das lag alles in der Vergangenheit. Er hatte in den letzten Jahren keine zwölf Wörter zu ihr gesagt. Bis heute hatte er kaum Notiz von ihr genommen. Erst jetzt wieder, als sie am verletzlichsten war – trauernd, obdachlos, ohne einen Ort, an den sie gehen, und ohne einen Menschen, an den sie sich wenden konnte. Er hatte sie erst wieder wahrgenommen, als sie gerettet werden musste. Interessant.

Jenny musste sich rücklings aufs Bett legen und den Bauch einziehen, um den Reißverschluss der geliehenen Jeans über den Boxershorts schließen zu können. Dem Label im Bündchen nach hatte die Hose ihre Größe. Sehr wahrscheinlich hatte sie einer Frau namens Bambi oder Fanny gehört, der Sorte Mädchen, die es mochte, Klamotten zu tragen, die aussahen wie mit der Airbrush-Pistole aufgemalt.

Der BH passte erstaunlich gut, auch wenn der Push-up-Stil nicht ganz ihr Geschmack war. Sie zog ein Sweatshirt mit V-Ausschnitt an, das ebenfalls sehr eng saß. Es war weiß mit roten Bündchen und einem Harvardemblem direkt auf ihrer linken Brust. *Veritas.* So nah würde sie einem Harvardstudium sehr wahrscheinlich nie wieder kommen.

Ihre viel zu großen Socken schlappten auf dem Weg in die Küche über das Linoleum. Als Rourke sie ansah, bemerkte sie für einen ganz kurzen, flüchtigen Augenblick einen Ausdruck auf seinem Gesicht, den sie nie zuvor gesehen hatte – eine starke, hilflose Lust. Meine Güte, dachte sie, und dafür muss man nicht mehr tun, als sich wie ein Victoria's-Secret-Model anzuziehen.

„Ho Ho?", rief er.

„Hey, diese Klamotten kommen aus *deinem* Schrank, vergiss das nicht", erwiderte sie.

Er schaute sie finster an. „Nein, ich meine *Ho Ho*." Er hielt eine Packung zweifelhaft aussehender Kekse hoch.

Sie schüttelte den Kopf. „Du magst zwar ein Kaffeeflüsterer sein, aber das", sie zeigte auf die Ho-Ho-Packung, „geht gar nicht."

Er trug inzwischen seine Arbeitskleidung und sah so frisch aus wie ein Pfadfinder. Kein Wunder, er war ja auch der jüngste Polizeichef in Ulster County. Normalerweise bedurfte es jahrelanger Erfahrung und klugen Taktierens, um den Chefstatus zu erreichen, aber in Avalon hatte es genügt, ein unglaublich niedriges Gehalt zu akzeptieren. Trotzdem nahm er seinen Job ernst, und er hatte sich den Respekt der Gemeinde verdient.

Sie nahm sich eine Orange und setzte sich an den Küchentresen. „Du arbeitest auch sonntags?"

„Ich arbeite jeden Sonntag."

Das wusste sie, wollte es aber nicht zugeben. „Was nun, Chief?", fragte sie.

„Du triffst dich an deinem Haus mit dem Brandermittler. Wenn du Glück hast, stellen sie die Ursache des Feuers fest."

„Glück." Sie grub ihren Daumennagel in die Orange und zog die Schale ab. „Wie kommt's, dass ich mich gar nicht so wirklich glücklich fühle?"

„Okay, schlechte Wortwahl. Was ich sagen wollte – je schneller die Untersuchungen abgeschlossen sind, desto schneller kann das Bergungsteam mit der Arbeit beginnen."

„Bergungsteam. Das klingt alles so surreal." Ihr Magen zog sich mit einem Mal nervös zusammen, und sie erinnerte sich an etwas. „Du hast gesagt, dass du meine Sachen gewaschen hast?"

„Ja. Ich glaube, die Maschine ist gerade fertig geworden."

„Oh Gott." Sie sprang auf, rannte in die kleine Waschküche neben der Küche und öffnete die Maschine.

„Was ist los?" Er war ihr gefolgt und schaute sie nun neugierig an.

Sie riss die Bäckerhose raus, die sie angehabt hatte, wühlte mit der Hand in den Hosentaschen und holte schließlich die kleine braune Plastikflasche heraus. Das Label war noch ganz, aber die Flasche war komplett mit milchigem Wasser gefüllt. Sie reichte sie Rourke.

Er nahm das Fläschchen und warf einen Blick auf das Etikett. „Sieht so aus, als hätten sich alle Tabletten aufgelöst."

„Du hast nun die ruhigste, abgeklärteste Waschmaschine in ganz Avalon."

„Ich wusste nicht, dass du Tabletten nimmst."

„Was, hast du gedacht, ich würde Grannys Tod ohne Hilfe meistern?"

„Äh, ja."

„Warum glaubst du, dass ich das schaffen würde?"

Er stellte das Fläschchen auf die Arbeitsplatte in der Küche. „Weil du es jetzt tust. Und den ganzen Morgen schon. Ich sehe dich nicht ausflippen."

Sie zögerte, stützte sich mit den Händen Halt suchend am Tresen ab. Dann fiel ihr auf, dass diese Position ihre Brüste in dem engen Sweatshirt betonte, und sie verschränkte die Arme. In der Nacht, in der Granny gestorben war, hatte der Arzt sie gefragt, wie verunsichert sie sich auf einer Skala von eins bis zehn fühlte. Er hatte sie gebeten, sich diese Frage jedes Mal zu stellen, bevor sie eine Tablette nahm, damit es nicht zu einer Gewohnheit wurde.

„Ich bin eine Fünf", sagte sie leise und spürte schon das kaum wahrnehmbare Summen in ihrem Kreislauf, die leichte Anspannung ihrer Muskeln. Keine Schweißausbrüche, kein erhöhter Pulsschlag, kein Hyperventilieren.

„Ich weiß, dass das nicht deine Klamotten sind", sagte Rourke. „Aber ich würde sagen, du bist mindestens eine Sieben."

„Haha." Sie nahm sich noch eine Orange. „Der Arzt hat gesagt, dass ich mich immer selber fragen soll, wie angespannt ich auf einer Skala von eins bis zehn bin, um so meinen Bedarf an Medikamenten bewusst abzuwägen."

Rourke sah sie fragend an. „Also wenn du eine Fünf bist, heißt das, dass wir schnellstmöglich zur nächsten Notfallapotheke fahren sollten?"

„Nein. Nicht bevor ich mich wie eine Acht oder höher fühle. Ich bin mir nicht sicher, warum ich nicht panischer bin. Nach allem, was passiert ist, ist es ein Wunder, dass ich noch keinen Nervenzusammenbruch hatte."

„Wie? Möchtest du das gerne?"

„Natürlich nicht, aber es wäre normal, zusammenzubrechen, oder?"

„Ich glaube, bei so einem Verlust gibt es kein ‚normal'. Du fühlst dich im Moment einigermaßen gut. Lassen wir es dabei."

Sie spürte etwas hinter seinen Worten. Ein bestimmtes Wissen, als hätte er selber Erfahrungen auf diesem Gebiet.

Die Morgenluft fühlte sich eiskalt und dennoch gut auf ihrem Gesicht an, als sie ihm nach draußen folgte. Er hatte den Hunden noch Futter und Wasser hingestellt und die Heizung in der ans Haus grenzenden Garage angestellt, sodass sie sich aufwärmen konnten, wenn es ihnen draußen zu kalt wurde. Er schloss das Gartentor hinter sich und öffnete dann mit einer galanten Geste die Beifahrertür des Ford Explorer, auf der ein rundes Wappen mit einem Wasserrad an die Vergangenheit Avalons als Mühlenstadt erinnerte. Darunter stand „Avalon P. D.".

Nachdem sie eingestiegen war, ging er um das Auto herum, setzte sich auf den Fahrersitz und startete den Motor. „Anschnallen", sagte er. Er bemerkte, dass sie ihn anschaute, und sie fragte sich, ob er ahnte, dass sie darüber nachdachte, was für ein Rätsel er für sie war. Der erste Mensch, der es schaffte, sie von ihrer Trauer um Granny abzulenken. Doch sicherlich benahm er sich ihr gegenüber nur so ritterlich, weil er der Polizeichef war. Das würde er für jeden anderen Bürger der Stadt auch tun.

„Bist du sicher, dass es dir gut geht?", fragte er. „Du schaust mich schon wieder so komisch an."

Sie merkte, wie ihr das Blut in die Wangen schoss, und schaute schnell weg. Sie sollte verzweifelt sein, weil sie nun nicht nur ihre Großmutter, sondern auch ihr Haus verloren hatte. Stattdessen hatte sie unkeusche Gedanken über den Polizeichef. Bitte, lass mich nicht so sein, dachte sie.

„Abgesehen von den Klamotten geht es mir gut", sagte sie.

Er atmete tief durch. „Okay, konzentrieren wir uns auf den heutigen Tag. Auf jetzt. Wir gehen die Dinge eines nach dem anderen an."

„Ich bin ganz Ohr. Weißt du, ich weiß nicht, was jetzt zu tun ist, habe keine Ahnung, was passiert, nachdem ein Haus abgebrannt ist."

„Du fängst neu an", sagte er. „Das ist es, was zu tun ist."

Seine Worte berührten etwas in ihr. Zum ersten Mal seit Grannys Tod fing sie an, die Situation in einem neuen Licht zu sehen. Versunken in Trauer, hatte sie sich nur auf die Tatsache konzentriert, dass sie jetzt alleine war. Rourkes Kommentar hatte ihr eine neue Sichtweise geschenkt. Aus *allein* wurde *unabhängig*. Ein Gefühl, das sie nicht kannte. Als ihr Großvater gestorben war, hatte man sie in der Bäckerei gebraucht. Nach dem Schlaganfall ihrer Großmutter war sie zu Hause benötigt worden. Ihren eigenen Weg zu gehen war nie eine Option gewesen … bis jetzt. Doch da gab es auch einen Gedanken, der so fürchterlich war, dass sie wünschte, ihn vor sich selber verstecken zu können – sie hatte Angst davor, unabhängig zu sein. Denn wenn sie jetzt versagte, wäre es ganz alleine ihr Fehler.

Auch wenn sie am Vortag schon hier gestanden und zugesehen hatte, wie ihr Haus brannte, sogar die Wärme des Feuers gespürt hatte, überrollte sie eine neue Schockwelle, als sie aus dem Auto stieg. Nun, wo die Menschen, Ausrüstungen und Feuerwehrwagen fort waren, ragte nur noch ein schwarzes Skelett aus dem zertrampelten, überfrorenen Boden.

„Was ist mit der Garage passiert?“, fragte sie.

„Ein Löschfahrzeug ist rückwärts dagegengefahren“, erklärte er. „Wir hatten Glück, dass wir dein Auto noch rechtzeitig herausholen konnten.“

Den Verlust der Garage realisierte sie kaum. Er schien so unbedeutend im Vergleich mit allem anderen. Sie konnte nur den Kopf schütteln.

„Es tut mir leid“, sagte er und tätschelte ihr ein wenig unbeholfen die Schulter. „Der Brandermittler wird bald hier sein, und dann kannst du dich umsehen.“

Ein unangenehmer Schauer überlief sie. „Meinst du, das Feuer ist absichtlich gelegt worden?“

„Das ist das übliche Vorgehen. Wenn der Brandermittler nichts herausfindet, wird er einen Spezialisten zu Hilfe rufen, der sich mit Brandstiftung auskennt. Der Mann von der Versicherung hat gesagt, sie werden bald hier sein. Als Erstes wird er dir eine Abschlagszahlung geben, damit du das Notwendigste besorgen kannst.“

Sie nickte, auch wenn sie bei seinen Worten eine Gänsehaut bekam. Ein gelb-schwarzes Band sperrte das Grundstück ab.

Ihr Heim so zu sehen war, wie Salz in eine offene Wunde zu streuen. Es war nur noch eine groteske Mutation seiner ursprünglichen Form. Gegen den blassen Morgenhimmel erhob es sich wie eine Kohlezeichnung. Die Veranda, die sich einst wie ein weißes Lächeln über die Vorderseite des Hauses erstreckt hatte, war nun schwarz und bis zur Unkenntlichkeit verbrannt. Ein paar dürre Balken ragten in verrückten Winkeln in den Garten. Es gab keine Vordertür mehr. Alle verbliebenen Fenster waren zerborsten.

Die Leitungen bildeten eine seltsame, an den Terminator erinnernde Form, von der alles andere weggebrannt war. In den verkohlten Ruinen konnte Jenny die Küche ausmachen – das Herz des Hauses. Ihre Großeltern waren bescheidene Menschen gewesen, aber sie hatten sich einen doppeltürigen Kühlschrank und einen doppelten Backofen gegönnt. Vor mehr als fünf Jahrzehnten hatte Granny ihre ersten zum Verkauf bestimmten Backwaren genau in dieser Küche hergestellt.

Der Großteil des Obergeschosses war heruntergekommen, und Teile des Erdgeschosses waren in den Keller abgesackt. Jenny konnte mitten hindurch bis zum Zaun auf der Rückseite des Grundstücks schauen, das nun eine weiße Schneefläche war, die sich über den Gemüsebeeten leicht wölbte. Ihr ganzes Leben lang war der Garten Grannys Stolz gewesen. Nach dem Schlaganfall hatte Jenny sich sehr bemüht, ihn so zu erhalten, wie er sich gehörte – eine prächtige und kunstvolle Fülle von Blumen und Gemüse.

Das mit Hochdruck aus den Feuerwehrschläuchen geschossene Wasser hatte den Garten in glatten, bogenförmigen Schneisen durchschnitten. Der Wassernebel hatte am hinteren Zaun Eiszapfen entstehen lassen, wodurch der Garten nun mehr einer Skulpturenausstellung glich.

Schwere Stiefel hatten den Schnee am Rand des Grundstücks niedergetrampelt. Die Luft roch nach nasser Kohle. Ein strenger, stechender Angriff auf die Nasenlöcher.

„Ich weiß nicht einmal, wo ich anfangen soll“, sagte Jenny. „Interessante Frage, oder? Wenn man alles in einem Feuer verliert, was ist dann das Erste, das man sich kauft?“

„Eine Zahnbürste“, sagte er, als wäre das die einfachste Antwort der Welt.

„Das werde ich mir merken.“

„Es gibt eine Methode. Der Schadensachbearbeiter wird dir eine Bergungsfirma nennen, und die werden dir bei den weiteren Schritten helfen.“

Auf der Straße rollten ein paar Autos langsam vorbei. Sie konnte die neugierigen Blicke von Passanten fühlen. Die Menschen starrten immer auf das Unglück anderer Leute und atmeten erleichtert auf, dass es nicht sie getroffen hatte.

Kurze Zeit später fuhren der Brandermittler und der Schadensachbearbeiter der Versicherung vor. Jenny zog sich die Schutzausrüstung über und folgte den Männern die Planke hinauf, die als Ersatz für die Treppe zur Eingangstür führte. Sie erkannte den Grundriss der Räume, sah die verschmutzten Überreste vertrauter Möbel und Gegenstände. Das gesamte Haus hatte sich in ein außerirdisches Gebiet verwandelt.

Sie war die Außerirdische. Sie erkannte sich selber nicht, als sie tonlos die Fragen zu dem Ablauf der vorletzten Nacht beantwortete. Sie beantwortete so viele Fragen, bis sie das Gefühl hatte, ihr Kopf würde explodieren. Die Ermittler gingen alle gängigen Szenarios durch. Sie war nicht mit einer brennenden Zigarette eingeschlafen. Die einzige Sünde, die sie begangen hatte, war unabsichtlich und aus Unachtsamkeit geschehen. Sie versuchte, sich aus der Situation zu lösen, so zu tun, als würde jemand anders erklären, dass sie noch spät an ihrem Computer gearbeitet hatte. Dass sie unruhig gewesen war und beschlossen hatte, in die Bäckerei zu gehen, weil sie wusste, dass sie dort auf Menschen treffen würde. Sie beantwortete die Fragen so wahrheitsgetreu wie möglich – nein, sie konnte sich nicht daran erinnern, irgendwelche Elektrogeräte angelassen zu haben, weder die Kaffeemaschine noch den Föhn, den Toaster, den Ofen. Sie hatte auch den Herd nicht angemacht, keine Kerze brennen lassen, ja, sie konnte sich nicht einmal daran erinnern, wo sie ihre Streichhölzer aufbewahrte. (Unter der Spüle, wie der Techniker des Brandermittlungsteams sie informierte.) Ihre Großmutter hatte immer Votivkerzen in die Kirche gebracht und sie Reihe um Reihe vor der Statue des Heiligen Kasimir angezündet, des Schutzpatrons Polens und aller Junggesellen.

„Oh, nein", flüsterte sie.

„Miss?", fragte der Brandermittler.

„Ich war es", sagte sie. „Das Feuer war meine Schuld. Meine Großmutter hatte eine kleine Zinndose mit Sachen aus Polen – Briefe, Rezepte, Zeitungsartikel. In der Nacht des Feuers war ich … ich konnte nicht schlafen, also habe ich ein wenig für meine Kolumne recherchiert. Ich habe die Dose herausgeholt und … oh Gott." Sie hielt inne; ihr war schlecht vor Schuld.

„Und was?", hakte er nach.

„Ich habe in der Nacht eine Taschenlampe benutzt. Die Batterien waren leer, also habe ich die aus dem Rauchmelder in der Küche genommen und vergessen, sie wieder zurückzustecken. Ich habe den Rauchmelder deaktiviert."

Rourke schien davon unbeeindruckt. „Da bist du nicht die Erste."

„Aber das heißt doch, dass das Feuer mein Fehler war."

„Ein Rauchmelder funktioniert nur, wenn auch jemand in der Nähe ist, der ihn hört", versuchte Rourke, sie zu beruhigen. „Selbst wenn er die ganze Nacht geheult hätte, wäre das Haus niedergebrannt. Du warst ja nicht hier, um den Alarm zu hören, also ist es auch egal."

Oh, sie wollte so sehr, dass er recht hatte. Sie wollte nicht verantwortlich sein für die Zerstörung ihres Hauses. „Ich habe den Alarm schon mal losgehen hören", sagte sie. „Er ist laut genug, um die ganze Nachbarschaft zu wecken."

„Es ist nicht dein Fehler, Jen."

Sie dachte an die kleine Dose mit den unersetzbaren Dokumenten und Schriften auf hauchdünnem Papier. Diese Schätze waren nun für immer vernichtet. Sie fühlte sich, als hätte sie ihre Großmutter erneut verloren. Mit großer Willensanstrengung versuchte sie, sich zusammenzureißen. Sie schaute auf den Kamin, sah vor ihrem inneren Auge die ganzen Weihnachtsfeste, die sie in diesem Haus gefeiert hatte. Seitdem ihre Großmutter gestorben war, hatte sie den Kamin nicht mehr benutzt.

Granny war immer so kalt, und sie hatte stets behauptet, nur ein fröhliches Feuer könnte sie wärmen. „Ich habe sie immer wie eine Kolache eingewickelt.“ Jenny dachte laut daran, wie sie und Granny gekichert hatten, wenn Jenny eine Lage gehäkelter Decken nach der anderen um den zerbrechlichen Körper gewickelt hatte. „Aber sie hat trotzdem gezittert, und ich konnte nichts tun, damit sie damit aufhörte.“ Dann wurde ihr Kopf gegen Rourkes Schulter gezogen. Es tat weh, zu atmen, die Anstrengung kratzte in ihren Lungen.

Sie spürte ein verlegenes Tätscheln auf ihrem Rücken. Rourke hatte vermutlich nicht damit gerechnet, heute Morgen ein Bündel weiblicher Verzweiflung in seinen Armen zu finden. Die Gerüchte besagten, dass er genau wusste, was man mit einer Frau anzustellen hatte, aber sie nahm an, dass diese Gerüchte sich auf attraktive, willige Frauen bezogen. Denn das war die einzige Sorte, mit der er sich traf, sowie sie das beurteilen konnte. Nicht, dass sie Buch darüber führte, aber es war schwerlich zu übersehen. Öfter, als es ihr lieb war, sah sie ihn irgendeine langbeinige Gazelle zum Bahnhof bringen, damit sie den frühen Zug in die Stadt bekam.

„… nach draußen gehen“, flüsterte Rourke ihr gerade ins Ohr. „Wir können das ein andermal zu Ende bringen.“

„Nein.“ Sie richtete sich auf, riss sich zusammen und zwang sich zu einem tapferen Lächeln. Was war sie nur für ein Mensch, dass sie unter diesen Umständen solche Gedanken hatte? Sie boxte ihm spielerisch gegen den Oberarm, der aus Stein gemeißelt zu sein schien. „Hervorragende Schulter, um sich dran auszuweinen, Chief.“

Er ging auf ihren etwas plumpen Versuch, die Stimmung aufzuheitern, ein. „Schützen und dienen. Steht genauso auf meiner Marke.“

Sie wischte sich die Tränen von den Wangen und wandte sich an den Brandinspektor. „Tut mir leid. Ich schätze, es war an der Zeit für einen kleinen Zusammenbruch.“

„Das verstehe ich vollkommen, Miss. Der Verlust des Zuhauses ist ein schweres Trauma. Wir empfehlen Ihnen, deswegen so schnell wie möglich Kontakt zu einem Berater aufzunehmen.“ Er reichte ihr eine Visitenkarte. „Dr. Barrett in Kingston hat einen hervorragenden Ruf. Aber Hauptsache ist, dass Sie eine Weile lang erst einmal keine großen Entscheidungen treffen. Gehen Sie es ruhig an.“

Sie steckte die Karte in die hintere Hosentasche. Es war erstaunlich, dass da überhaupt etwas hineinpasste, so eng, wie die Hose saß. Sie setzten den Rundgang fort, und irgendwie schaffte sie es, sich zusammenzureißen, als ihr nach und nach die Größe ihres Verlustes klar wurde. In weniger als einem Monat hatte sie ihre Granny und das Haus verloren, in dem sie seit ihrem ersten Lebenstag gewohnt hatte.

Das offizielle Ergebnis der Ermittlungen stand zwar noch nicht fest, aber anhand der vorläufigen Untersuchungen stimmten der Brandermittler und sogar der mehr als misstrauische Schadenregulierer von der Versicherung überein, dass das Feuer in einer Abseite auf dem Dachboden ausgebrochen war. Der Spürhund hatte keine Anzeichen eines Brandbeschleunigers erspürt, und es gab auch keine sonstigen Merkmale für Brandstiftung oder grobe Fahrlässigkeit.

„Und nun?", fragte sie den Mann von der Versicherung am Ende des Rundgangs erschöpft. Sie fragte sich, ob sich so die Nachwirkungen einer Schlacht anfühlten. Sich durch die Überreste von etwas zu wühlen, das einst heil und ganz gewesen war, wo blühende Topfblumen gestanden und fröhliche Familienfotos gehangen hatten. Erinnerungen an die Meilensteine eines Lebens, Geschenke zu Geburtstagen und Weihnachtsfesten, einzigartige Andenken wie handgeschriebene Rezepte und alte Briefe.

Der Schadenregulierer zeigte auf Jennys Computer, der inmitten eines Haufens verkohlter Sofareste lag, aus denen die Polsterung wie Eingeweide hervorquoll.

„Ist das Ihr Laptop?", fragte er.

„Ja." Er war zugeklappt, die Oberfläche mit Blasen bedeckt.

„Wir können einen Techniker daransetzen, um zu sehen, ob noch Daten zu retten sind. Die Festplatte könnte überlebt haben."

Das war unwahrscheinlich, aber möglich. Er sagte es nicht, aber sie konnte es ihm am Gesicht ablesen. Alle ihre Daten waren weg – ihre Word-Dateien, Finanzunterlagen, Fotoalben, Adressen, E-Mails, die Buchhaltung der Bäckerei. Ihr Buchprojekt. Sie hatte Sicherungskopien gezogen, sie aber in einer Schublade des Schreibtisches aufbewahrt, der nun nur noch ein Häufchen Asche war.

Beim Gedanken daran, alles rekonstruieren zu müssen, sackten ihre Schultern nach unten.

„Sie ist Autorin", erklärte Rourke dem Ermittler.

„Wirklich?" Der Mann schien fasziniert. „Was Sie nicht sagen. Was schreiben Sie denn?"

Jenny wurde verlegen. Das passierte immer, wenn Leute nach ihrer Schreiberei fragten. Ihr Traum war so groß, so unmöglich, dass sie manchmal das Gefühl hatte, ihn gar nicht haben zu dürfen. Sie, das ungebildete Mädchen aus einer Kleinstadt, wollte Schriftstellerin sein. Es war eine Sache, eine wöchentliche Backkolumne zu veröffentlichen und heimlich von etwas Größerem, Besserem zu träumen. Aber eine ganz andere, ihre Träume einem Fremden gegenüber einzugestehen.

„Ich schreibe eine Rezeptkolumne für eine örtliche Zeitung", murmelte sie.

„Komm schon, Jen", drängte Rourke. „Du hast immer gesagt, dass du eines Tages ein Buch schreiben wirst. Einen Bestseller."

Sie konnte nicht glauben, dass er sich daran erinnerte – geschweige denn, dass er es ausgerechnet jetzt und vor diesem fremden Mann laut aussprach.

„Ich arbeite daran", sagte sie kurz angebunden und mit hochroten Wangen.

„Ja? Dann werde ich zukünftig im Laden die Augen aufhalten", erwiderte der Schadenregulierer.

„Da können Sie lange gucken", erklärte sie ihm kläglich. „Bisher bin ich noch nicht veröffentlicht worden." Sie bedachte Rourke mit einem brennenden Blick. Plappermaul. Was dachte er sich dabei, ihre Träume vor einem komplett Fremden auszubreiten?

Sie nahm an, dass er sie einfach nicht ernst nahm. Dass er dachte, ein Schneeball hätte bessere Chancen gehabt, das gestrige Feuer hier zu überleben, als sie, einen Verlag zu finden. Sie war Besitzerin einer Bäckerei in einem kleinen Städtchen in den Bergen. Sie würde vermutlich immer eine Bäckereibesitzerin bleiben, die, über die Buchhaltung des Ladens gebeugt oder hinter dem Verkaufstresen stehend, alt und krumm wurde. Vielleicht lernte sie sogar noch, die Kunden mit „Süße" und „Kleine" anzusprechen.

„Was ist denn?", wollte Rourke wissen, nachdem der Versicherungsmann zu seinem Wagen zurückgekehrt war. „Was soll dieser Blick?"

„Das mit dem Buch hättest du dir ruhig sparen können."

„Warum?" Sein harmloser Gesichtsausdruck machte sie nur noch wütender. „Worüber regst du dich so auf?"

„Bestseller", murmelte sie. „Wie dumm würde es wohl aussehen, wenn ich überall herumlaufen und sagen würde: ‚Ich schreibe einen Bestseller'?"

Er sah ernsthaft verwirrt aus. „Was stimmt denn daran nicht?"

„Das ist total überheblich und anmaßend. Ich schreibe, in Ordnung? Das ist alles. Es liegt allein in den Händen der Menschen, die Bücher kaufen, eines davon zum Bestseller zu machen."

„Das ist doch Haarspalterei. Davon bekomme ich Kopfschmerzen. *Du* hast mir mal erzählt, dass es ein Traum von dir ist, einmal ein Buch zu veröffentlichen."

Er verstand es wirklich nicht. „Es ist ein Traum", sagte sie mit Nachdruck. „*Der* Traum."

„Ich wusste nicht, dass es so ein großes Geheimnis ist."

„Das ist es auch nicht. Es ist aber auch nichts, was ich jedem gleich auf die Nase binde. Es ist ... für mich ist es etwas Heiliges. Ich muss es nicht in die Welt hinausposaunen."

„Ich verstehe nur nicht, warum nicht."

„Weil ... wenn es nicht passiert, stehe ich da wie der letzte Idiot."

Er warf den Kopf in den Nacken und lachte aus vollem Herzen.

Sie konnte sich noch sehr gut an sich erinnern, wie sie frisch aus der Schule kommend jedem erzählt hatte: „Das nächste Mal, wenn du mein Gesicht siehst, wird es auf der Rückseite eines Buches sein." Und sie hatte wirklich daran geglaubt. „Das ist kein Witz", sagte sie angespannt.

„Lass mich dir eine Frage stellen." Er schaute sie an. „Wann hast du das letzte Mal gedacht, dass jemand ein Idiot ist, weil er seine Träume verfolgt?"

„So denke ich nicht."

Er lächelte. In seinen Augen lag eine solche Wärme, dass sie spürte, wie ihr Widerstand dahinschmolz. „Jenny. Niemand denkt so. Und je mehr Menschen du von deinem Traum erzählst, desto realer wird er dir vorkommen."

Sie konnte nicht anders. Sie musste das Lächeln erwidern. „Du klingst wie eine Grußkarte."

Er lachte unterdrückt. „Erwischt. Das stand auf der Karte, die ich zu meinem letzten Geburtstag erhalten habe."

Irgendwie mochte sie es, dass er die ganze Zeit bei ihr blieb. Dennoch wunderte sie sich. „Wirst du nicht irgendwo anders gebraucht?", fragte sie. „Irgendwelche Polizeichef-Sachen, die hier in Sin City zu erledigen sind?" Sie zeigte auf die Maple Street, die unberührt unter ihrem frischen Schneemantel lag.

„Ich muss genau hier bei dir sein", erwiderte er einfach.

„Um die Stücke aufzuheben, falls ich zusammenbreche."

„Du wirst nicht zusammenbrechen."

„Wie kannst du dir da so sicher sein?"

Er lächelte wieder. „Weil du noch einen Bestseller schreiben musst."

Sie dachte an den ruinierten, verkohlten Laptop. „Ja, genau. Ich will dir mal was sagen, Rourke. Das Projekt, an dem ich gearbeitet habe, befand sich nicht auf der Festplatte. Es war überall hier." Mit einer Geste schloss sie die gesamte verkohlte Ruine ein. Sie fühlte sich körperlich krank bei dem Gedanken an die Dose mit den Rezepten und Briefen ihrer Großmutter, die sie so achtlos auf dem Küchentisch zurückgelassen hatte. Jetzt waren diese einzigartigen Papiere für immer verloren, zusammen mit den Fotos und Andenken an das Leben ihrer Großeltern. „Ich kann es genauso gut aufgeben", sagte sie.

„Nein", widersprach Rourke. „Wenn du wegen eines Feuers aufhörst zu schreiben, war es vermutlich sowieso nichts, was du von ganzem Herzen wolltest." Er trat einen Schritt näher. Sein Geruch nach Rasierschaum und kalter Luft stieg ihr in die Nase. Er achtete darauf, sie nicht zu berühren – nicht hier, am helllichten Tag mit all den neugierigen Passanten um sie herum. Trotzdem war sein Blick wie eine intime Liebkosung. Vermutlich war ihm ihr gemeinsames Foto auf der Titelseite der Zeitung immer noch peinlich. Sie war nicht gerade der Typ, der zum Unterwäschemodel taugte.

Dann berührte er sie doch, allerdings nicht, um sie in seine Arme zu ziehen. Stattdessen umfasste er ihre Schultern und drehte sich gemeinsam mit ihr herum, sodass sie auf das ausgebrannte Haus guckten. „Weißt du, die Geschichten, die du schreiben willst, sind nicht hier", sagte er. „Das waren sie auch nie. Du hast sie bereits alle in deinem Kopf. Du musst sie nur niederschreiben, so wie du es immer getan hast."

Sie nickte und versuchte ihr Bestes, um ihm zu glauben, aber die Anstrengung erschöpfte sie. Alles erschöpfte sie. Sie hatte dröhnende Kopfschmerzen, die sich anfühlten, als würde ihr Gehirn gleich explodieren. „Du hast nicht übertrieben, als du sagtest, vor uns würde ein geschäftiger Tag liegen", sagte sie.

„Geht es dir gut?", fragte er. „Bist du immer noch eine Fünf?"

Sie war überrascht, dass er sich daran erinnerte. „Ich bin viel zu verwirrt, um panisch zu werden."

„Die gute Neuigkeit ist, es ist Zeit für eine Mittagspause."

„Gott sei Dank."

Sie stiegen ins Auto. Er fragte: „Wohin? In die Bäckerei? Zurück nach Hause, um dich ein wenig auszuruhen?"

Nach Hause, dachte sie sehnsüchtig. „Ich bin obdachlos, schon vergessen?"

„Nein, bist du nicht. Du bleibst so lange bei mir, wie es nötig ist."

„Oh, das sieht super aus. Der Polizeichef lässt sich mit einer Obdachlosen ein."

Er grinste und startete das Auto. „Ich habe in dieser Stadt schon schlimmeren Klatsch gehört."

„Ich werde Nina anrufen. Ich kann bestimmt bei ihr bleiben."

„Sie ist im Moment nicht in der Stadt, sondern auf dieser Bürgermeistertagung, erinnerst du dich?"

„Dann rufe ich Laura an."

„Ihre Wohnung ist ungefähr so groß wie eine Briefmarke."

Er hatte recht. Laura reichte ihr winziges Apartment am Fluss, und Jenny behagte der Gedanke auch nicht wirklich, sich dort mit hineinzuquetschen. „Dann benutze ich den Vorschuss, um mich in einem Bed & Breakfast einzumieten …"

„Hey, hörst du jetzt mal auf? Es ist ja nicht so, als ob ich Norman Bates wäre. Du bleibst bei mir, basta."

Sie rutschte auf ihrem Sitz herum, um ihn besser ansehen zu können. Sein lässiger Umgang mit der Situation erstaunte sie.

„Was?", fragte er und warf einen schnellen Blick auf sein makellos gebügeltes Hemd und die konservative blaue Krawatte. „Hab ich mich mit Kaffee bekleckert?"

Sie legte den Gurt an. „Ich habe nur gerade gedacht, dass du mich, seitdem wir Kinder waren, immer wieder auf die eine oder andere Art gerettet hast."

„Ja? Dann könnte man eigentlich erwarten, dass ich darin besser wäre." Mit einer Hand lenkte er den Wagen die Straße hinunter in Richtung Stadt, mit der anderen setzte er seine Pilotenbrille auf und richtete den Rückspiegel. „Entweder das, oder deine Drachen werden immer schwieriger zu besiegen."

4. KAPITEL

Daisy Bellamy stand auf dem frisch freigeräumten Gehweg vor der Avalon Highschool. Mit wild klopfendem Herzen schaute sie an der steinernen Fassade ihrer neuen Schule hinauf. *Meine neue Schule.* Es war eines dieser im gotischen Stil gehaltenen Gebäude, die für die Kleinstädte hier im Norden so typisch waren.

Sie konnte es kaum glauben. Einst ein Mädchen von der Upper East Side, war sie jetzt, in ihrem letzten Schulhalbjahr, eine Einwohnerin von Avalon mitten im Nirgendwo.

Dieses Mal habe ich es echt verbockt, dachte sie und spürte, wie ihr übel wurde.

War es wirklich erst zwei Wochen her, dass sie Schülerin der Abschlussklasse einer exklusiven Privatschule in New York City gewesen war? Es schien ein ganzes Leben zurückzuliegen. Sie hatte die Schule in Ungnade verlassen, und jetzt das hier. Ihr Dad hatte sie gezwungen, nach Sleepy Hollow zu ziehen – zumindest kam es ihr hier so vor wie in dem Gruselfilm mit Johnny Depp. Sie würde ihren Abschluss hier inmitten der Dorftrottel auf der öffentlichen Highschool machen müssen.

Natürlich waren der Umzug hierher und der Besuch einer anderen Schule nur die Folge einer schlechten Entscheidung, die Daisy getroffen hatte. Zumindest versuchten alle, ihr das auf liebevolle Art und Weise weiszumachen. *Schlechte Entscheidung.* Dass ich nicht lache, dachte sie.

Jetzt stand sie also mitten in der gefrorenen Tundra und fühlte sich komplett losgelöst von der Realität. Es war wie eine außerkörperliche Erfahrung, in der sie unbemerkt irgendwo über ihrem Körper schwebte und auf sich hinuntersah; eine einsame Gestalt im Schnee, mit einem Kaleidoskop plappernder Fremder, die um sie herumwirbelten und keinerlei Notiz von ihrer Anwesenheit nahmen.

Nein. Das stimmte nicht. Nicht alle ignorierten sie. Ein paar Mädchen erblickten sie und steckten dann sofort ihre Köpfe zusammen, um zu flüstern. Einen Moment später kam eine Gruppe Jungen vorbei, die miteinander herumalberten und sich gegenseitig einen Football zuwarfen. Von ihnen wurde sie ebenfalls eindringlich gemustert. Ihre leisen Pfiffe und affenartigen Geräusche fuhren über sie hinweg wie ein scharfer Wind.

Lass sie flüstern. Lass sie johlen. Das alles hier war ihr ja so egal.

Mit dieser Einstellung betrat sie das Hauptbüro der Schule. Feuchte Wärme füllte den Raum, und der Geruch von nassem Holz und dem, nach was auch immer eine öffentliche Schule sonst noch roch, stach in die Nase. Daisy nahm ihren Burberry-Schal ab und zog die Handschuhe von Portolano aus. Die Menschen auf der anderen Seite des zerkratzten Holztresens waren damit beschäftigt, zu telefonieren, auf Computermonitore zu starren oder Nachrichten in eine Reihe Postfächer zu verteilen.

Eine müde aussehende Frau an einem der Tische hob den Blick und schaute sie an. „Kann ich dir helfen?"

Daisy knöpfte ihre mit Kunstpelz besetzte Wildlederjacke auf. „Ich bin Daisy Bellamy. Heute ist mein erster Tag hier."

Die Frau durchsuchte mehrere Posteingangskörbe auf ihrem Schreibtisch. Dann nahm sie eine Mappe in die Hand und kam zum Tresen herüber. Sie hatte den typisch watschelnden Gang einer Schwangeren. Ihr Bauch war riesig, und Daisy gab ihr Bestes, ihn nicht mit offenem Mund anzustarren.

„Oh, gut", sagte die Frau. „Wir haben alle deine Daten zusammen. Dein Vater ist am Freitag hier gewesen. Es ist alles in Ordnung."

Daisy nickte. Ihr war mit einem Mal viel zu warm und außerdem schlecht. Ihr Dad würde normalerweise hier sein, aber sie hatte ihn gebeten, nicht zu kommen. Ihr Bruder Max war erst in der fünften Klasse, hatte sie argumentiert, er brauchte seinen Vater dringender als sie. Viel dringender.

Die Frau erklärte Daisy ihren Stundenplan und reichte ihr dann eine Karte von der Schule, auf der sie den Weg zu ihrem Klassenzimmer einzeichnete. Sie beschrieb ihr außerdem, wo sie ihren Spind fand und gab ihr die Kombination für das Zahlenschloss. Es gab ein kompliziertes Klingelsystem – erste Klingel, Versammlungsklingel, Mittagspausenklingel ... aber Daisy hörte kaum zu. Sie warf einen Blick auf die Raumnummer auf dem pinkfarbenen Zettel, verließ das Büro und machte sich auf den Weg durch die gefliesten Flure ihrer neuen Schule.

Der Korridor war vollgepackt mit lauten Kindern. In der Luft hing der Geruch nach feuchten Winterklamotten. Aus allen Ecken hörte sie Gelächter und zuschlagende Türen. Daisy fand ihren Spind, stellte die Kombination ein und öffnete die Metalltür. Der vorherige Besitzer war ein großer Hip-Hop-Fan gewesen, wie sie anhand der komplizierten, miteinander verschachtelten Graffiti auf der Innenseite der Tür sah.

Sie hängte Jacke, Schal und Handschuhe weg. Einen Augenblick lang war Daisy heute Morgen versucht gewesen, etwas Unauffälliges anzuziehen, was keine Blicke auf sich ziehen würde. Aber das war einfach nicht ihr Stil. Der einzige Vorteil an diesem Schulwechsel mitten im Jahr war, dass sie das erste Mal in ihrem Leben auf eine Schule gehen würde, in der es keine strikte Kleiderordnung gab. Sie gedachte, diesen Vorteil voll auszunutzen, und so trug sie heute eine sehr auf Hüfte geschnittene Jeans und einen bauchfreien Pullover mit Schottenmuster, der eine ihrer vielen Rebellionen gegen ihre Eltern betonte: ein Bauchnabelpiercing. Sie hatte keine Ahnung, ob die Dorftrottel hier ihre Rock & Republic-Jeans oder den Pringle-of-Scotland-Pullover zu schätzen wussten, aber wenigstens fühlte sie sich gut darin.

Sie ging zu Raum 247, schlenderte an den anderen Schülern vorbei und blieb vor dem Lehrerpult stehen.

Dieser Kerl sollte ein Lehrer sein? Er sah kaum alt genug dafür aus in seinen leicht zerknitterten Kakihosen, dem ungebügelten blauen Hemd und der süßen, aber völlig schief hängenden Paisley-Krawatte.

„Daisy Bellamy", sagte sie und reichte ihm die Mappe, die sie von der Frau im Büro erhalten hatte.

„Anthony Romano." Der Lehrer stand auf und schenkte ihr ein warmes Lächeln. „Willkommen an der Avalon High." Er hatte den Charme eines Welpen, mit diesen großen braunen Augen und seiner beflissenen Art. „Soll ich dich den anderen Schülern der Klasse vorstellen?"

Zumindest besaß er die Höflichkeit, zu fragen. Und er schien so freundlich, dass sie es nicht über sich brachte, seine Seifenblase zum Platzen zu bringen. Also nickte sie – sie konnte es genauso gut hinter sich bringen – und drehte sich zu dem lauten, geschäftigen Klassenzimmer um.

„Hey, hört mal", sagte Mr Romano mit überraschend autoritärer Stimme. Er unterstrich seine Aufforderung, indem er an die Tafel klopfte. „Wir haben heute eine neue Schülerin."

Die Worte „neue Schülerin" funktionierten wie Magie. Jedes Augenpaar im Raum richtete sich auf Daisy. Sie tat einfach so, als würde sie in einer Schulaufführung mitmachen. Sie schauspielerte, seitdem sie mit vier Jahren einen Engel in einem Weihnachtsmärchen hatte spielen dürfen. Letztes Jahr war sie Auntie Mame im Frühlingsmusical gewesen. Es fiel ihr nicht schwer, sich die Klasse als Zuschauer eines Stücks vorzustellen und sie mit einem höflichen Lächeln zu begrüßen.

„Das hier ist Daisy Bellamy. Bitte heißt sie willkommen und zeigt ihr alles, okay?"

„Bellamy, wie die Camp-Kioga-Bellamys?", fragte jemand.

Daisy war überrascht, dass der Name Bellamy hier eine Bedeutung hatte. In der Stadt musste man ein Rockefeller sein oder den Namen einer Bekleidungsfirma oder Hotelkette tragen, damit die Kids einen für etwas Besonderes hielten. Sie nickte. „Das sind meine Großeltern."

Der Name Kioga beschwor Bilder des Familienanwesens in den Bergen außerhalb der Stadt herauf, das einst berühmt gewesen war als

Ort der Sommerfrische für reiche New Yorker. Das Camp war vor langer Zeit geschlossen worden, gehörte aber immer noch der Familie. Daisy war nur einmal dort gewesen, im letzten Sommer. Sie hatte ihrer Cousine Olivia geholfen, alles für die Feier zur goldenen Hochzeit der Großeltern herzurichten.

„Daisy, warum setzt du dich nicht gleich hierhin, zwischen Sonnet und Zach." Mr Romano zeigte auf einen Collegestuhl, der die Schreibplatte auf der rechten Seite angebracht hatte. Auf der einen Seite saß ein blonder Junge und auf der anderen ein afroamerikanisches Mädchen mit Wangenknochen wie ein Supermodel und verrückt lackierten Nägeln.

„Gott sei Dank", sagte Sonnet. „Jetzt muss ich ihn nicht länger angucken."

„Hey", warnte Mr Romano.

„Schon gut." Sonnet lehnte sich in ihrem Stuhl zurück und verschränkte die Arme.

Daisy erwartete, dass der Lehrer sie hinauswerfen würde – das wäre an ihrer alten Schule so gewesen –, aber stattdessen drehte er ihr den Rücken zu und fing an, etwas an die Tafel zu schreiben.

„Kolache?", fragte der Junge namens Zach.

Daisy merkte, dass er mit ihr sprach und ihr ein goldbraunes Gebäck auf einer Serviette hinhielt. Von dem frischen, leicht süßen Geruch wurde ihr ein wenig flau im Magen. „Oh, nett", sagte sie. „Aber ich hab schon gefrühstückt."

„Danke!" Sonnet griff über Daisy hinweg und schnappte sich das Gebäck aus Zachs Hand.

„Grunz, grunz", sagte der nur.

„Oh, es spricht." Sonnet knabberte an dem Gebäckstück. „Vielleicht kann es auch noch andere Tricks."

„Ich arbeite gerade daran, dich verschwinden zu lassen", gab Zach zurück.

Daisy fühlte sich wie die Zuschauerin in einem Tischtennismatch, als die Beleidigungen ihr nur so um die Ohren flogen. Sie räusperte sich.

„Ich arbeite in der Sky River Bakery", sagte Zach im Plauderton. „In der Frühschicht. Wenn du also auf frisches Gebäck am Morgen stehst, bin ich dein Mann."

„Na ja, jeder muss ja zu irgendwas gut sein", sagte Sonnet mit einem mitleidigen Blick in seine Richtung.

„Ja", erwiderte er. „Ich bin gut darin, sie zu machen, und Sonnet ist Spitze darin, sie zu essen, wie man anhand der Größe ihres Hinterns sehen kann."

„Okay", sagte Daisy, die mit einem Mal verstand, warum der Lehrer sie zwischen diese beiden gesetzt hatte. „Bringen wir ihn jetzt gleich um, oder warten wir, bis es zur Pause klingelt?"

Sonnet zuckte die Schultern. „Je eher, desto besser, wenn du mich fragst."

Zach streckte sich und verschränkte die Hände hinter dem Kopf. „Du brauchst mich, und das weißt du. Du würdest unter Entzugserscheinungen leiden, wenn ich dir nicht jeden Tag eine Kolache mitbringen würde. Habt ihr übrigens schon von dem Feuer gehört?", wechselte er mitten im Satz das Thema. „Jennys Haus ist komplett niedergebrannt."

„Blödsinn", sagte Sonnet.

„Nein, es stimmt." Er hob eine Hand mit der Handfläche nach vorne. „Ich schwöre bei Gott, dass ich mir das nicht ausdenke. Es steht bestimmt auch in der Zeitung."

Daisy hörte interessiert zu. Sie hatte eine ziemlich verrückte familiäre Verbindung zu der Bäckerei. Sie gehörte Jenny Majesky – was vermutlich die Jenny war, von der Zach gesprochen hatte. Jenny war die Tochter von Daisys Onkel Phil. Also waren sie Cousinen, auch wenn sie sich kaum kannten.

„Geht es Jenny gut?", fragte Sonnet.

„Ja. Ich bin überrascht, dass sie nicht bei deiner Mom ist."

„Jenny und meine Mom sind beste Freundinnen", erklärte Sonnet Daisy. „Aber meine Mom ist auf einer Bürgermeistertagung außerhalb. Sie kommt erst heute im Laufe des Vormittags zurück."

„Oh", sagte Daisy. „Arbeitet sie für den Bürgermeister?"

Sonnet nahm noch einen Bissen von der Kolache. „Sie *ist* der Bürgermeister."

„Wow, das ist cool", sagte Daisy.

„Aber nicht mehr lange", warf Zach ein. „Mein Dad wird bei der nächsten Wahl gegen sie antreten."

„Ja, viel Glück dabei", gab Sonnet selbstbewusst zurück.

„Er ist der Vorsitzende der Stadtverwaltung und hat der Stadt ein Vermögen gespart. So was mögen die Leute."

„Ja, sie lieben es, wenn er die Budgets kürzt, wie zum Beispiel für das öffentliche Schwimmbad. Was schließt er als Nächstes, die Bibliothek?" Sie steckte sich den letzten Bissen Kolache in den Mund und wischte sich die Finger an der Serviette ab.

Eine Ankündigung über den Lautsprecher übertönte die Unterhaltung. Der Debattierclub traf sich nach der Schule. Außerdem standen das Eishockeytraining und die Zucker-weg-Party des 4-H-Clubs an, was erst mal ganz gesund klang, bis Sonnet Daisy erklärte, dass die

Mitglieder des Clubs in den Wald gingen, dort Ahornsaft zu Sirup verkochten und dabei high wurden. Zu Daisys Erstaunen standen dann alle auf, drehten sich zu der in der Ecke des Raumes hängenden Flagge um und sagten gemeinsam den Treueeid auf. Die Worte kamen aus einem tief verborgenen Winkel ihres Innern, den sie schon längst vergessen hatte.

„Lass uns mal einen Blick auf deinen Stundenplan werfen", sagte Zach danach.

Daisy legte ihn auf das Tischchen, und alle drei schauten ihn an.

„Wow", sagte Zach. „Infinitesimalrechnung und Physik? Dazu Englisch als AP-Kurs? Sag mal, stehst du auf Erniedrigungen oder was?"

„Ich hatte keine Wahl", erklärte Daisy. „In meiner alten Schule in New York musste ich fünf AP-Kurse belegen, um Punkte fürs College zu sammeln." Sie rutschte unbehaglich auf ihrem Stuhl herum. „Es war eine echt schwere Schule."

„Und mitten im letzten Jahr zwingen sie dich, in die Provinz zu ziehen. Das ist hart", merkte Sonnet an.

„Ich habe meinen Dad angefleht, mich in der Stadt zu lassen", sagte Daisy, auch wenn anflehen in diesem Fall ein Euphemismus für einen Schreianfall war. „Ich habe ihm sogar angeboten, dass er mich zu Hause unterrichten könnte, aber er wollte davon nichts hören."

„Warum nicht?"

„Er meinte, er erinnere sich nicht mehr an Infinitesimalrechnung. Und ich meinte, okay, dann fallen wir gemeinsam durch, denn ich verstehe sie auch nicht."

„Vielleicht nicht der beste Weg, ihn zu überzeugen", meinte Sonnet. „Ich bin überrascht, dass sie hier überhaupt solche Kurse für dich anbieten."

Daisy entschied sich, ihr nicht zu sagen, dass sie ausreichend Punkte gesammelt hatte, um früher ihren Abschluss machen zu können. Das einzige Problem daran war, wenn sie von der Schule abginge, müsste sie sich um ihre Zukunft kümmern. Und dafür war sie überhaupt noch nicht bereit.

Als sie ihre Stundenpläne verglichen, stellte Daisy fest, dass sie mehrere Einheiten gemeinsam mit Sonnet, Zach oder beiden hatte. Sonnet war eine Art Intelligenzbestie. Obwohl sie erst sechzehn war, würde sie diesen Sommer schon ihren Abschluss machen. Daisy nahm an, dass sie und Zach sich trotz ihrer Streitereien ganz gerne hatten. Aber sie standen auch in einer Art Konkurrenz zueinander.

„Es ist ein bisschen seltsam", gab Zach zu. „Doch ich kann es gleichzeitig kaum erwarten, hier rauszukommen. Meine Collegebewerbungen sind seit Oktober draußen. Wie steht's bei dir?"

Daisy senkte den Blick und starrte auf ihr jungfräulich weißes Notizbuch. „Ich habe mich beworben“, sagte sie. Der Berater an ihrer alten Schule hatte ihr praktisch Hausarrest auferlegt und persönlich dafür gesorgt, dass sie ihre Bewerbungen ausfüllte. „Ich will allerdings nicht wirklich aufs College gehen“, gestand sie.

Sonnet und Zach schienen diese Nachricht gut wegzustecken. An ihrer alten Schule hatte der Satz „Ich will nicht aufs College gehen“ die gleiche Wirkung wie „Ich habe eine sexuell übertragbare Krankheit“. Die Leute schauten einen ungläubig an und versteckten ihre Abscheu hinter geheucheltem Mitleid.

Die angeekeltesten, mitleidigsten Blicke hatte Daisy allerdings von ihren Eltern geerntet.

Zach und Sonnet schauten hingegen überhaupt nicht mitleidig drein. Vielleicht war man an dieser Schule nicht gleich ein Loser und Freak, nur weil man nicht Astrophysiker oder Richter am Obersten Gerichtshof werden wollte.

Bisher, stellte Daisy fest, lief dieser Tag gar nicht so schlecht. Was sie überraschte. Allerdings hatten sie den Klassenraum bisher auch noch nicht verlassen.

Die Pausenglocke ertönte, und alle brachen in rege Geschäftigkeit aus, sammelten Papiere zusammen, packten Rucksäcke und eilten zur Tür hinaus. Auf dem Flur wirbelten die Kinder durcheinander wie Laub auf einem Fluss.

Zach steuerte auf eine Tür zu, die mit französischen Reisepostern beklebt war. „Ich muss hierhin“, sagte er. „Wir treffen uns zum Lunch.“ Dann verschwand er in dem Klassenraum.

„Hast du einen Freund?“, wollte Sonnet wissen.

Freund? Wenn Sonnet gefragt hätte, ob es Jungs gab, mit denen sie sich verabredete, hätte sie eine andere Antwort gehabt. So aber sagte sie: „Nein, keinen Freund. Warum fragst du?“

„Weil Zach total in dich verknallt ist. Seit der Sekunde, als du die Klasse betreten hast.“

„Ich kenne ihn doch noch nicht mal.“

„Ich kenne Orlando Bloom auch nicht, trotzdem weiß ich, dass ich bis ans Ende meines Lebens gerne seine Sklavin sein würde.“

„Glaub mir, du willst niemandes Sklave sein.“ Ich weiß, wovon ich rede, fügte Daisy im Stillen hinzu. „Und überhaupt, du siehst das völlig falsch. Er ist in dich verknallt, nicht in mich.“

Sonnet schüttelte ihren Kopf, sodass ihre Korkenzieherlocken hin und her sprangen. „Er hasst mich.“

„Genau. Er hasst dich so sehr, dass er dir jeden Morgen frisches Gebäck mitbringt.“

„Wenn du so klug bist, wie kommt es dann, dass du nicht aufs College willst?"

„Ich bin mir einfach noch nicht sicher." Sie verspürte einen leichten Anflug von Wärme und hoffte, dass das hier der Anfang einer echten Freundschaft war. „Mir gefällt dein Name. Sonnet", sagte sie in einem Versuch, das Gespräch von sich abzulenken.

„Danke. Meine Mom sagt, sie hat ihn ausgewählt, weil er nicht zu ethnisch klingen sollte. Alle Cousinen meiner Mutter heißen Lucia und Maria und so. Sonnet ist einfach ... so anders."

„Aber auf gute Art anders", versicherte ihr Daisy.

„Sie hat mir mal erzählt, dass sie gerade ein Buch mit Shakespeares Sonetten gelesen hat, als die Wehen einsetzten." In Sonnets samtbraune Augen trat ein weicher Ausdruck, den Daisy nicht entziffern konnte.

„Und dein Nachname ist also Romano, wie der Lehrer", bemerkte sie nach einem Blick auf den Namen, der auf Sonnets Heft gekritzelt war. „Zufall?"

„Er ist mein Onkel Tony", erklärte Sonnet. „Der Bruder meiner Mutter."

Sie sehen überhaupt nicht verwandt aus, dachte Daisy, aber sie sagte nichts. „Wie ist das so, in der Klasse des Onkels zu sein?"

„Ich bin daran gewöhnt. In Avalon gibt es Massen von Romanos, und die Hälfte davon sind Lehrer, also ist es schwer, ihnen aus dem Weg zu gehen."

„Dann trägst du also den Nachnamen deiner Mutter, nicht deines Vaters." Daisy hoffte, dass sie damit kein heikles Thema ansprach.

Offensichtlich nicht, denn Sonnet antwortete ganz normal. „Meine Mom ist Single. Sie hat meinen Dad nicht geheiratet."

„Oh." Daisy wusste nicht, was sie dazu sagen sollte. Sie war allerdings ziemlich sicher, dass ein „Das tut mir leid" nicht angebracht war. Sie ließ ihren Blick über die Menge schweifen. „Kommt es mir nur so vor, oder gibt es alleine auf diesem Flur drei Lehrer, die Romano heißen?"

Sonnet schenkte ihr ein klägliches Lächeln. „Das ist nur die Spitze des Eisbergs. Romanos sind überall. Manche sagen, dass das der Grund ist, warum meine Mutter zur Bürgermeisterin gewählt wurde. Sie hat acht Geschwister." Sie machte eine kleine Pause. „Und du?", fragte sie dann. „Wie sind deine Eltern so?"

Geschieden war das erste Wort, das Daisy in den Sinn kam. „Meine Mutter kommt ursprünglich aus Seattle, aber sie hatte einen Sommerjob im Camp Kioga, bei dem sie meinen Dad kennengelernt hat. Sie haben sehr jung geheiratet und sich gegenseitig durch das Studium geholfen – Jura und Architektur. Alles sah so aus, als ob es funktionieren würde. Sie bekam einen Job in einer internationalen Kanzlei, und mein Dad hat ein Büro für Landschaftsarchitektur eröffnet. Dann ist die beste Freundin meiner Mutter aus Seattle letztes Jahr an Krebs erkrankt, und meine Mutter hatte so eine Art Offenbarung. Sie hat gesagt, sie würde nur so tun, als wäre sie glücklich oder so'n Scheiß, aber um wirklich glücklich zu werden, bräuchte sie die Scheidung." Daisy seufzte. Die ganze Situation ermüdete sie einfach nur. Wie sie überhaupt alles in letzter Zeit ermüdete. „Mir ist das eigentlich egal, denn ich muss ja nicht mehr lange zu Hause wohnen. Für Max, meinen kleinen Bruder, ist es allerdings hart."

„Wie kommt es, dass du und dein Bruder bei deinem Vater lebt?"

„Meine Mom arbeitet an einem Fall am Internationalen Gerichtshof in Den Haag, Holland."

Wie sich herausstellte, war Sonnet die beste erste Freundin, die man an dieser Schule haben konnte. Sie hatten zwei gemeinsame Kurse, und Sonnet stellte Daisy einer ganzen Menge anderer Schüler vor. Einige beäugten sie misstrauisch, aber die meisten waren eigentlich ganz nett. Daisy war jedoch ein wenig überfordert damit, sich alles zu merken.

Im Geschichtsunterricht behandelten sie alte Bestattungsrituale und sprachen über Steinhaufen, die früher genutzt wurden, um Gräber zu markieren und Aasfresser davon abzuhalten, sich an den Leichnamen gütlich zu tun.

In der Mittagspause gesellte Zach sich zu ihnen. Die Cafeteria war groß, mit hohen Fenstern, die ganz beschlagen waren wegen der auf Hochtouren laufenden Radiatoren. An den langen Resopaltischen saßen die Kids in kleinen Grüppchen zusammen.

„Okay", sagte Zach. „Hier ist der Deal: Da drüben sind die Sportler. Die sind ganz in Ordnung, zumindest wenn man nichts dagegen hat, sich zu verausgaben, bis man kotzen muss. Die beliebtesten Sportarten an dieser Schule sind Eishockey und Basketball. Der Tisch da am Ende? Die Theatergruppe. Tänzer, Schauspieler, Sänger. Der Skater-Tisch spricht für sich. Hier in der Gegend sind Schlittschuhläufer und Snowboarder ein Schlag. Kannst du was davon?"

„Ich laufe Ski", sagte Daisy.

„Dann sind die nichts für dich." Er ging weiter und gab ihr einen kurzen Überblick – Goths, Nerds, Eurotrash, Headbanger, Gangbanger.

Von dem Zwiebelgeruch in der Cafeteria wurde ihr ein wenig flau im Magen. Sie folgte Sonnet durch die Schlange an der Essensausgabe und nahm sich eine Schüssel mit Obstsalat und eine Flasche Mineralwasser.

„Oh, Mann", sagte Sonnet mit einem entsetzten Blick auf Daisys Tablett. „Du hast doch hoffentlich keine Essstörung, oder?"

Daisy lachte. „Glaub mir, ganz bestimmt nicht. Ich bin im Moment nur einfach nicht besonders hungrig."

Sie setzten sich an einen Tisch mit einer interessanten, bunten Mischung an Leuten. Zach holte sich noch ein Getränk, und Sonnet stützte ihr Kinn in ihre Hand und musterte Daisy eindringlich. „Da ist doch was, was du mir nicht erzählt hast."

Daisy knabberte an einem Stückchen Ananas. *Ach was.*

„Ich kann nicht genau sagen, was, aber warum sollte ein Mädchen, das an einer der besten Schulen des Landes Vorbereitungskurse fürs College besucht, mitten in ihrem letzten Jahr ihre Schule verlassen und sich entschließen, doch nicht aufs College gehen zu wollen?"

Daisy sagte immer noch nichts. Es gab einfach nichts zu sagen. Sonnet war wie ein Bussard, kreiste über ihr und kam der Wahrheit dabei immer näher und näher.

Daisy sagte sich, dass sie sich besser daran gewöhnte, genau beobachtet und hinterfragt zu werden. Sie hatte nur gehofft, sie hätte ein bisschen mehr Zeit, sich einzugewöhnen. Mehr Zeit, damit die Leute sie kennenlernen und sich eine hoffentlich vernünftige Meinung über sie bilden konnten, bevor die Wahrheit ans Licht kam. Bevor jeder von dem Geheimnis erfuhr, das sie unter ihrem Herzen verbarg.

5. KAPITEL

Es war kein Montag wie jeder andere. Das merkte Jenny, als sie sich erneut auf den Weg zur Ruine an der Maple Street 472 machte. Sie traf sich hier mit dem Brandermittler. Später in der Woche würde die Bergung beginnen. Sie konnte sich nicht vorstellen, dass es irgendetwas zu bergen gäbe, aber Rourke hatte geschworen, dass sie ihr blaues Wunder erleben würde.

Als sie aus dem Auto stiegen, warf sie ihm einen Blick zu, und ihr Atem stockte. Sie war nicht daran gewöhnt, mit so einem gut aussehenden Mann ihre Zeit zu verbringen. Ihn anzuschauen hatte eine merkwürdige Wirkung auf sie. Es zerstörte ihre Gehirnzellen.

Er bemerkte ihren Blick. „Ist irgendwas?“

„Ich glaube wirklich nicht, dass ich bei dir bleiben sollte. Also in deinem Haus, meine ich.“

„Du bleibst. Das ist zumindest im Moment die beste Lösung.“

„Es ist aber peinlich. Die Leute werden anfangen zu reden.“

„Das ist schon immer dein Problem gewesen, Jenny. Dass du dir Sorgen machst, was die anderen sagen werden.“

Eine interessante Beobachtung, gerade aus seinem Mund. „Du meinst, dir ist es egal?“

„Wirke ich so, als ob es mir was ausmacht?“

Sie dachte an die Frauen, mit denen er sich verabredete. „Ich schätze nicht. Aber mir macht es was aus.“

„Hör mal, niemand wird sich irgendwas dabei denken. Du bist das Opfer eines Unglücks geworden, ich bin der Chef der Polizei. Wir sind wie füreinander geschaffen.“

„Süß.“ Sie drängte sich an ihm vorbei und ging den Weg zu den Ruinen ihres Hauses hinauf. Mit der Stiefelspitze tippte sie gegen etwas, das einst ein Aktenschrank aus Holz gewesen war. Hierin hatte sie ihre Notizhefte aufbewahrt. Seitdem sie schreiben konnte, hatte sie alle ihre Geheimnisse, ihre Kleinmädchenträume, ihre Gedanken in die spiralgehefteten Büchlein geschrieben und sie in diesem Schrank aufbewahrt. Nun war nichts mehr davon übrig außer schwarze Seiten, die bei der kleinsten Berührung zu Staub zerfielen, oder vom Löschwasser vollkommen durchnässte Papierklumpen.

Wie werde ich mich erinnern können, fragte sie sich. *Wie werde ich mich an das Mädchen erinnern können, das ich einmal war?*

Umgeben von der Verwüstung, die das Feuer in dem einzigen Zuhause angerichtet hatte, das sie kannte, sagte sie sich, dass es dumm war, jeden einzelnen kleinen Verlust zu betrauern. Wenn sie das zuließe, würde sie damit von heute bis zum Jüngsten Gericht beschäftigt sein. Sie schob ihre Hand in die Tasche und spürte die zylindrische Form des Tablettendöschens, für das sie sich heute Morgen ein neues Rezept geholt hatte. Sei stark, sagte sie sich. Und dann schaute sie zu Rourke McKnight hinüber, und die seltsamsten, irrationalsten Gefühle überwältigten sie. Sicherheit. Geborgenheit. Sogar ein kleiner Hoffnungsschimmer. Und sie hatte noch nicht einmal eine Tablette genommen.

Warum hatte er diese Wirkung auf sie? Sie wusste es nicht. Er stand einfach nur da, beobachtete sie, als ob er sich jederzeit vor einen heranrasenden Zug werfen würde, wenn er sie dadurch retten könnte. Und sie glaubte ihm. Vertraute ihm. Fühlte sich bei ihm sicher. Was sie entweder zur dümmsten oder zur klügsten Frau der Stadt machte.

Das Geräusch eines herannahenden Autos riss sie aus ihren Überlegungen. Sie drehte sich um und sah Olivia Bellamy aus einem silbernen Lexus-SUV aussteigen. Schnellen Schrittes eilte sie über die Straße auf Jenny zu. Mit ihren blonden Haaren, den Designerstiefeln und einer bestickten skandinavischen Jacke sah sie aus wie eine der Frauen, mit denen Rourke sich normalerweise traf. Es gab nur einen entscheidenden Unterschied: Olivia Bellamy hatte einen klugen Kopf.

„Jenny“, sagte sie und zog sie in eine herzliche Umarmung. Dann trat sie einen Schritt zurück. „Ich habe gerade erst davon erfahren. Gott sei Dank, dass dir nichts passiert ist.“ Sie warf einen Blick auf die verkohlten Überreste des Hauses. „Es tut mir so leid“, sagte sie.

„Danke.“ Jenny fühlte sich ein wenig unbehaglich. Sie und Olivia waren Schwestern – Halbschwestern – und kannten sich noch nicht sehr gut. Durch einen Zufall waren sie einander letzten Sommer begegnet, als Olivia aus der Stadt hierhergezogen war, um das Sommercamp der Bellamys am Rande des Willow Lake zu renovieren.

Anfangs war es für beide beinahe erschreckend gewesen, herauszufinden, dass sie beide Töchter von Philip Bellamy waren. Überraschend und irgendwie bittersüß. Jenny war das Ergebnis einer jugendlichen Affäre. Olivia war das Kind der Frau, die Philip geheiratet hatte und von der er inzwischen geschieden war. Jenny und Olivia versuchten immer noch, sich an die Vorstellung zu gewöhnen, Schwestern zu sein. Es trennten sie zwar noch Welten von den glücklichen Zwillingen aus dem Film *Ein Zwilling kommt selten allein*, aber sie waren auf einem guten Weg.

„Du hättest mich gleich anrufen sollen“, sagte Olivia. Dann nickte sie Rourke zu. „Hey, Rourke.“ Sie wandte sich wieder an Jenny. „Wieso hast du dich nicht gemeldet?“

„Ich, äh, ich war in der Bäckerei, als das Feuer ausbrach, und dann …“ Jenny wusste nicht, warum sie das Gefühl hatte, sich entschuldigen zu müssen. Sie war sich noch so unsicher, wie sie sich ihrer neuen Schwester gegenüber verhalten sollte. „Es war alles so ein Chaos, wie du dir bestimmt vorstellen kannst."

„Entschuldigt mich bitte", warf Rourke ein, als der Chef der Feuerwehr ihm bedeutete, zu ihm zu kommen.

„Ich mag es mir kaum vorstellen." Olivia berührte sie am Arm. „Oh, Jenny. Ich möchte dir so gerne helfen. Was kann ich tun?" Sie schien beinahe verzweifelt zu sein und es sehr ernst zu meinen.

Jenny schaffte es irgendwie, ein Lächeln aufzusetzen. Mit einem Mal war sie dankbarer, als sie in Worte fassen konnte, dass sie nach dem Verlust ihrer Granny wenigstens noch eine Schwester hatte. Ohne Olivia wäre Jenny jetzt ganz allein auf der Welt. Niemand aus ihrer Familie lebte noch. Gleichzeitig verspürte sie einen kleinen Anflug von Melancholie bei dem Gedanken an all die Jahre, die sie verpasst hatten. Sie war mit Bellamys um sich herum aufgewachsen, ohne zu ahnen, welche Verbindung sie zu ihnen hatte. Sie und Olivia waren so unterschiedlich. Olivias Leben war vom Luxus und den Privilegien der Bellamy-Familie gekennzeichnet. Die angebetete – und, Olivia zufolge, verhätschelte – einzige Tochter, die nur die besten Schulen besucht und ihren Abschluss auf der Columbia University mit Auszeichnung bestanden hatte. Die mit vierundzwanzig Jahren ihre erste eigene Firma eröffnet hatte. Sie sah umwerfend aus, war erfolgreich, hatte sich in den perfekten Mann verliebt – den örtlichen Bauunternehmer Connor Davis. Es wäre so einfach, sie zu beneiden und nicht zu mögen.

Doch Jenny mochte Olivia wirklich gerne. Aus tiefstem Herzen. Ihre Halbschwester war freundlich und lustig und wollte wirklich eine Beziehung zu ihr aufbauen. Jenny hatte mal irgendwo gelesen, dass der wahre Belastungstest für eine Beziehung war, ob und wie sie in einer Krisensituation hielt.

Ich schätze, das werde ich jetzt herausfinden, dachte sie.

Sie holte tief Luft und sagte dann: „Im Moment bin ich noch etwas desorientiert. Ich hoffe, du verzeihst."

„Verzeihen? Meine Güte, Jenny. Du musst am Boden zerstört sein."

„Nun ja, wenn du es so ausdrückst ..."

„Also, ich sollte mir mal selber zuhören. Ich bin fürchterlich."

„Ist schon gut. Ich glaube, in solchen Situationen gibt es keine Etikette." Ein betretenes Schweigen breitete sich zwischen ihnen aus. Jenny betrachtete das Gesicht ihrer Schwester und suchte, wie so oft, nach irgendeiner Ähnlichkeit zu sich. Vielleicht der Schnitt der Augen? Die Form der Wangenknochen, des Kinns, des Kiefers? Ihr Vater schwor, dass sie wie Schwestern aussahen, aber Jenny fürchtete, dass es sich dabei um reines Wunschdenken handelte. „Also, es gibt tatsächlich was, wobei du mir helfen kannst“, traute sie sich schließlich, das Schweigen zu brechen. „Ich brauche etwas zum Anziehen.“

„Stimmt. Du brauchst ja alles neu“, sagte Olivia. „Ich kann dich fahren.“

Endlich spürte Jenny es – die Erleichterung und Dankbarkeit, dass jemand da war, der sich um sie kümmern wollte. Sie ging zu Rourke hinüber. „Sind wir hier fertig?“

„Für den Moment ja. Die Ermittler werden noch ein paar Stunden zu tun haben, aber dafür brauchen sie uns nicht.“

„Okay. Ich fahre dann mit Oliv... mit meiner Schwester in die Stadt, um ein paar Sachen einzukaufen.“ Sie verspürte eine gewisse Befriedigung, es laut auszusprechen. *Meine Schwester.*

„Ruf mich an“, sagte er.

Es gab keine Entschuldigung, es nicht zu tun. Ihr Handy war in ihrer Handtasche und somit vor dem Feuer sicher gewesen, und Rourke hatte ihr bereits ein neues Ladegerät gekauft. Sie stieg zu Olivia ins Auto. Die beheizten Ledersitze seufzten unter ihrem Gewicht leise auf. Ein weiterer Beweis, dass die Reichen anders lebten. Sogar ihre Autos fühlten sich besonders an.

„Wo wohnst du denn im Moment?“, wollte Olivia wissen.

Jenny sagte nichts, aber der Blick in Rourkes Richtung verriet sie.

„Du wohnst bei ihm?“

„Nur übergangsweise.“

„Ich sag ja nicht, dass das verkehrt ist“, stellte Olivia richtig. „Aber ... Rourke McKnight? Ich meine, wenn man sich dazu das Foto von euch beiden auf der Titelseite der Zeitung anschaut, sieht es schon ... ich weiß nicht.“

„Sieht es was?“

„Na ja, nach was aus. Als wenn ihr zwei ...“

„Ich und Rourke?“ Jenny schüttelte den Kopf und fragte sich, wie viel Olivia von ihrer gemeinsamen Vergangenheit wusste. „Nicht in diesem Leben.“

„Sag niemals nie. Denn das habe ich über Connor auch immer gesagt, und sieh uns jetzt an. Nächsten Sommer bin ich eine verheiratete Frau.“

„Ich denke, du bist die Einzige, die das überrascht.“

„Wie meinst du das?“

„Du und Connor, ihr seid füreinander bestimmt. Das sieht doch jeder.“

Olivia strahlte sie an. „Weißt du, du bist herzlich eingeladen, bei uns zu wohnen.“

Nimm's nicht persönlich, dachte Jenny, aber ich würde mich lieber einer Wurzelbehandlung unterziehen. Connor wohnte auf dem schönsten Flussgrundstück der gesamten Gegend. Sie bauten darauf gerade ein Haus aus Felssteinen und Holz und romantischen Träumen, und Jenny hatte keinen Zweifel, dass eine goldene Zukunft auf die beiden wartete. Aber das Haus war erst zur Hälfte fertig, und Olivia und Connor wohnten in einem alten Wohnwagen, der auf dem Gelände stand. Nicht gerade ein idealer Ort für Übernachtungsgäste. „Das ist echt nett von dir, aber es geht schon, danke."

„Ich kann es dir nicht verdenken. Wenn ich nicht wüsste, dass es nur für kurze Zeit ist, würde ich dort auch nicht wohnen. Connor hat versprochen, im April fertig zu werden", sagte Olivia. „Ich rufe mir jeden Tag in Erinnerung, dass er Bauunternehmer ist. Die geben doch immer zu knappe Termine an, oder?"

„Hoffentlich nicht ihren Verlobten gegenüber", erwiderte Jenny.

Olivia wollte gerade losfahren, da kam Nina Romano in ihrem zerbeulten Pick-up und bedeutete ihr, das Fenster herunterzulassen. Jennys beste Freundin war so bescheiden, wie sie loyal war. Sie trug oft Kleidung, die aus einem Secondhandladen in Woodstock stammen könnte, was ihr von ihren Gegnern den Namen „Happy Hippie" eingebracht hatte. Ihre Hingabe an die Gemeinde und ihre ernsthafte Art, mit der sie die Dinge anging, machten sie jedoch so beliebt, dass sie zur Bürgermeisterin gewählt worden war.

„Ich habe gehört, dass du bei Rourke eingezogen bist", sagte sie ohne lange Vorrede. Sie schielte in den Wagen. „Hallo, Olivia."

Olivia schenkte ihr ein Lächeln. „Ich liebe das Leben in einer Kleinstadt. Es gibt immer genügend Themen, über die man reden kann."

„Ich bin nicht bei Rourke eingezogen", widersprach Jenny. Eine leichte Röte überzog ihre Wangen.

„Da hab ich aber ganz anderes gehört", sagte Nina.

„Hör mal zu, er hat mich mitten in der Nacht in der Bäckerei aufgetrieben und mir erzählt, dass mein Haus in Flammen aufgegangen ist. Ich bin mit zu ihm gegangen, weil ich hundemüde und es zu früh war, irgendjemand anders zu wecken. Und jetzt bin ich noch da, weil …" Sie konnte sich gerade noch zurückhalten, ihnen von seinen Talenten als Kaffeekocher vorzuschwärmen, von der luxuriösen Bettwäsche und dem nicht zu leugnenden Gefühl der Sicherheit, das sie in seiner Nähe verspürte.

Nina nieste und putzte sich dann die Nase. „Tut mir leid. Ich habe mir in dem Hotel in Albany einen Schnupfen eingefangen. Du hättest doch zu mir gehen können", fuhr sie dann übergangslos fort. „Ich war zwar nicht in der Stadt, aber Sonnet hätte es sicher nichts ausgemacht."

Jenny wusste, dass Nina genauso wenig Platz für einen Dauergast hatte wie Olivia. Nina und ihre Tochter lebten in einem winzigen Bungalow. Das Amt des Bürgermeisters war quasi ein Ehrenamt, so gering war das Gehalt. „Danke", sagte Jenny, „aber wie ich schon sagte, es ist nur so lange, bis ich herausgefunden habe, was ich tun soll."

Wie immer war Nina ein wahrer Wirbelwind. Ihr Telefon klingelte, und sie musste schnell zu einem Termin. „Ruf mich an", rief sie noch, dann legte sie den Gang ein und sauste davon.

Jenny und Olivia fuhren zum Marktplatz, wo die Bäckerei sich direkt neben einem Juwelier, einem Buchladen und verschiedenen anderen Boutiquen und Souvenirläden befand. Sie betraten die Boutique Zuzu's Petals, die beste Adresse für Damenmode in der Stadt.

Mit ihrer Schwester einzukaufen war unerwartet angenehm. Und Jenny konnte auch nicht leugnen, dass es etwas Befreiendes hatte, mit einer neuen Garderobe noch einmal ganz von vorne anzufangen. Trotzdem bestand sie darauf, den Einkauf auf das Notwendigste zu beschränken. „Ich werde eine Weile lang mit leichtem Gepäck reisen", sagte sie. „Ich kann immer noch nicht glauben, dass alles weg ist."

Olivias Augen wurden feucht. „Oh, Jenny." Sie holte ihr Handy raus. „Wir müssen Dad anrufen und es ihm erzählen."

„Nein, das müssen wir nicht." Jenny dachte an ihren Vater noch nicht als „Dad". Vielleicht würde sie das auch nie tun. Bis zum letzten Sommer war das Einzige, was sie über ihn wusste, eine kryptische Bemerkung in ihrer Geburtsurkunde: Vater unbekannt. Seitdem sie von ihrer gegenseitigen Existenz erfahren hatten, bemühten sie sich, einander besser kennenzulernen. Trotzdem war er in ihrem Kopf noch nicht Dad, sondern Philip. Ein sehr netter Gentleman, der vor vielen Jahren den Fehler begangen hatte, sich in Jennys Mutter Mariska zu verlieben.

„Okay", gab Olivia nach. „Aber du solltest ihm schon sagen, was passiert ist."

„Das werde ich. Ich rufe ihn später an."

„Und …" Olivia zögerte, ihre Wangen wurden rot. „Ich sollte dich außerdem warnen, dass meine Mutter und *ihre* Eltern – die Lightsey-Seite der Familie – bald hierherkommen, um mir bei den Vorbereitungen für die Hochzeit zu helfen."

„Natürlich", sagte Jenny. „Aber trotzdem danke für die Vorwarnung."

„Wird es für dich sehr unangenehm sein, sie zu sehen?"

Die Frau zu sehen, die ihr Vater geheiratet hatte, nachdem er von Mariska fallen gelassen worden war? Wie könnte das nicht unangenehm sein? „Wir sind doch alle erwachsen. Wir werden die Situation schon in den Griff bekommen."

„Danke. Die Eltern meiner Mutter und Nana und Grandpa Bellamy sind schon seit Ewigkeiten befreundet. Ich denke, zwischen den vieren stand schon lange, bevor meine Eltern sich das erste Mal getroffen haben, fest, dass die beiden heiraten würden. Vielleicht hat das am Ende zur Scheidung geführt. Dass die Ehe gar nicht wirklich ihre Idee gewesen war."

Zu Jennys Unbehagen konnte sie sich nur zu gut vorstellen, jemanden zu heiraten, weil es das Richtige zu sein schien. Vor langer Zeit hätte sie es beinahe selber einmal getan. Sie schob den Gedanken beiseite und nahm stattdessen den BH in die Hand, den ihre Schwester ihr reichte. Olivia hatte einen ausgezeichneten Geschmack. Jenny suchte sich sieben Sets Unterwäsche aus. Auch wenn ihr Blick immer wieder an den Dessous mit weicher Spitze hängen blieb, entschied sie sich doch für schlichte Baumwollschlüpfer. Sie musste praktisch denken.

Olivia ging weiter zu einem Ständer, an dem Pyjamas hingen, nahm einen Bügel heraus und hängte den altmodischen Schlafanzug gleich wieder weg. Dann hielt sie Jenny ein pinkfarbenes Babydoll hin und nickte zustimmend.

„Vielleicht sollte es so sein, dass du bei Rourke wohnst."

„Glaub mir, das sollte es nicht."

„Das kann man nie wissen. Sieh mich an. Wenn mir jemand erzählt hätte, ich würde mal mit einem Exknacki in einem Wohnwagen wohnen, hätte ich das auch für einen Witz gehalten. Meine Mutter hat sich praktisch sofort in Therapie begeben, als sie davon gehört hat. Es war ein schwerer Schlag für sie, musst du wissen. Letztes Jahr im Mai bin ich noch mit dem Erben des Whitney-Vermögens ausgegangen, über den sogar mal ein großer Artikel in der *Vanity Fair* stand. Und am Ende des Sommers hatte ich mich rettungslos in Connor Davis verliebt. Lass dir das eine Lehre sein."

„Eine Lehre wofür?"

„Dass man sich nicht immer aussuchen kann, in wen man sich verliebt. Manchmal sucht die Liebe dich aus."

„Warum habe ich nur das Gefühl, dass du mir etwas sagen willst?"

„Das will ich nicht", sagte Olivia und warf ihr das Babydoll zu. „Zumindest noch nicht."

Am Ende des Tages hatte Jenny ein neues Level der Müdigkeit erreicht. Wie die meisten Menschen hatte sie das Konzept des Nachhausegehens bis jetzt als selbstverständlich hingenommen. Das einfache Wissen, dass dein Zuhause – dein Lieblingssessel, deine Stereoanlage, der Stapel Bücher auf deinem Nachttisch – am Ende des Tages auf dich wartete, war eine wahre Quelle des Trostes. Eine, über die sie nie nachgedacht hatte, bis sie fort war. Jetzt zehrte die Ermüdung an ihr, und sie dachte wehmütig an ihr Haus, an ihr eigenes Bett. In dem Moment, in dem sie Rourkes Haus betrat, überfiel sie die Erschöpfung wie eine gigantische Welle.

„Du siehst aus, als wenn du gleich hier auf der Stelle einschlafen könntest", sagte er. Die Hunde kamen aus dem Garten hineingerannt, schüttelten sich den Schnee ab und wedelten zur Begrüßung mit dem Schwanz. Clarence, der einäugige Kater, folgte ihnen und stürzte sich mitten ins Getümmel.

„Gut geraten", sagte sie.

Er fütterte die Tiere und sprach dabei mit ihnen, als wären sie Menschen, was Jenny unerwartet liebenswürdig fand. „Zur Seite, Jungs", sagte er. „Und schlingt nicht so. Dann bekommt ihr nur einen Schluckauf."

Trotz ihrer Müdigkeit merkte sie, dass sie lächelte, als sie die Hunde beobachtete, die sich in einer Reihe aufstellten und mit bewundernden Blicken zuschauten, wie Rourke ihr Abendessen zubereitete. Warum hatte sie nie ein Tier zu sich geholt? Es war unglaublich schön, nach Hause zu kommen und von dieser bedingungslosen Liebe empfangen zu werden.

„Wie sieht's mit dir aus?", wollte Rourke wissen. „Was möchtest du zu Abend essen?"

Oh je. „Irgendwas. In meiner momentanen Verfassung bin ich wirklich nicht wählerisch."

„Gut, denn ich bin kein besonders guter Koch."

„Soll ich dir helfen?", bot sie an.

„Nein. Ich möchte, dass du eine schön lange Dusche nimmst, denn nach dem Essen wirst du direkt ins Bett gehen."

Sie dachte an sein gemütliches Bett und unterdrückte auf dem Weg zum Bad die tiefe Sehnsucht, sich gleich hier und jetzt zwischen die Laken zu kuscheln. Die Dusche war wie alles andere in diesem Haus unglaublich sauber, aber auch irgendwie unpersönlich. Sie widerstand der Versuchung, einen Blick in seinen Badezimmerschrank zu werfen. Man konnte auch zu viel über einen Menschen erfahren, wie sie wusste. Außerdem kam es ihr bei Rourke so vor, dass er umso geheimnisvoller wurde, je mehr sie über ihn erfuhr.

Nachdem sie geduscht hatte, zog sie eine gemütliche Yogahose und ein Kapuzensweatshirt über – beides Sachen, die sie heute gekauft hatte –, kämmte ihr Haar und ging in die Küche, wo Rourke gerade den Tisch deckte.

„Ah, das ist der ‚Dienen'-Teil von ‚Dienen und beschützen'", merkte sie an.

„Ich nehme meine Aufgaben sehr ernst, auch wenn es sich nur um das Aufwärmen einer Dosensuppe und das Zubereiten einer Scheibe Brot mit Schinken handelt. Einer Scheibe des besten Roggenbrots der Welt, wie ich hinzufügen möchte."

„Du hast einen hervorragenden Geschmack, was Brot angeht", sagte sie, als sie den Laib des traditionellen polnischen Roggenbrots aus der Sky River Bakery erkannte. „Wusstest du, dass der Vorteig für dieses Brot schon über siebzig Jahre alt ist?"

Er schaute sie mit großen Augen an, wie die meisten Menschen, die sich nie Gedanken über den Vorteig eines Brotes machten.

„Dabei handelt es sich um eine lebende Kultur. Man benutzt ein wenig davon, um den Teig zu machen, und kultiviert sie immer weiter, damit sie niemals ausgeht. Meine Großmutter hat ihre als junge Braut von ihrer Mutter in Polen bekommen. Ein traditionelles Hochzeitsgeschenk ist eine Holzkiste in der Größe eines Schuhkartons, in dem der Tontopf für die Kultur sicher aufbewahrt werden kann. Granny hat ihre Kultur in einer geschnitzten Holzkiste 1945 mit nach Amerika gebracht und sie die ganzen Jahre über am Leben gehalten."

Rourke kaute merklich langsamer. „Du machst Witze."

„Warum sollte ich mir so etwas ausdenken?"

„Also reicht ein Teil meines Sandwiches ins Polen vor dem Zweiten Weltkrieg zurück?" Er überlegte kurz. „Warte mal. Du hast diese Kultur doch hoffentlich nicht auch im Feuer verloren, oder?"

„Nein. Wir bewahren alle Brotkulturen in der Bäckerei auf."

„Gut. Das ist ja wenigstens was. Aber solltest du es mal verlieren oder aufbrauchen oder so, kannst du dann einen neuen Vorteig machen?"

„Sicher. Aber er wird nicht genauso sein. Das ist wie bei Wein aus verschiedenen Jahrgängen. Der Alterungsprozess verleiht ihm Charakter. Und es ist eine Tradition, dass er von der Mutter an die Tochter weitergegeben wird, ohne die Kette jemals zu unterbrechen." Sie knabberte an ihrem Sandwich. „Auch wenn ich annehme, dass meine Mutter sich darum keine Gedanken gemacht hat."

„Das Zeug liegt sicher und warm in der Bäckerei", sagte er in einem eindeutigen Versuch, das Gespräch von ihrer Mutter abzulenken. „Und das ist alles, was zählt."

„Was, der Vorteig für ein Roggenbrot ist wichtiger als meine Mutter?"

„Das habe ich nicht gesagt. Ich wollte nur keine weitere Wunde aufreißen."

„Glaub mir, nach all dieser Zeit ist das keine Wunde mehr. Im Moment habe ich echt größere Sorgen."

„Das stimmt." Er nickte. „Und es tut mir leid, wenn ich etwas gesagt haben sollte, das dich aufgeregt hat."

Wie vorsichtig er mit mir umgeht, dachte Jenny. „Nein, schon okay. Es wird alles wieder gut“, versicherte sie ihm.

„Ich habe auch nie etwas anderes behauptet.“

„Dein Blick erzählt aber eine ganz andere Geschichte. Und auch die Art, wie du mich behandelst.“

„Was für ein Blick? Was für eine Art?“

„Du beobachtest mich, als wäre ich eine Bombe, die jederzeit explodieren könnte. Und du kümmerst dich viel zu sehr um mich.“

„Ich kann ehrlich sagen, das ist das erste Mal, dass eine Frau mich beschuldigt, zu fürsorglich zu sein. Was soll ich jetzt tun … mich entschuldigen?“

Sie überlegte, ob sie das Schweigegelöbnis ansprechen sollte, dass so lange zwischen ihnen beiden geherrscht hatte. Irgendwann würden sie darüber sprechen müssen. Aber nicht jetzt. Im Moment war sie zu müde, um sich darauf einzulassen. „Lass es einfach sein“, erwiderte sie darum nur auf seine Frage. „Es fühlt sich komisch an.“

„Na gut. Dann werde ich ab sofort nicht mehr nett sein. Hilf mir mal mit dem Geschirr.“ Er stand auf. „Noch besser, du machst den Abwasch, und ich gehe fernsehen.“

„Das ist nicht witzig, McKnight“, sagte sie.

Schließlich stellten sie das Geschirr gemeinsam in die Geschirrspülmaschine. Jenny bemerkte ein kleines gerahmtes Foto auf der Fensterbank über der Spüle. Es war eines von ganz wenigen persönlichen Dingen in diesem Haus, und sie war nicht überrascht, dass es sich um ein Foto von Joey Santini handelte, Rourkes bestem Freund aus Kindertagen. Und außerdem der Mann, mit dem Jenny verlobt gewesen war. Das Bild zeigte Joey als Soldaten im 75th Ranger Regiment, mit dem er in der Provinz Komar in Afghanistan gedient hatte. Vor einer verlassen daliegenden Landebahn mit einem Chinook-Cargohelikopter im Hintergrund sah er unglaublich glücklich aus, denn genau das war er gewesen – glücklich, am Leben zu sein, egal, was in diesem Leben auch passierte. In seiner sandfarbenen Uniform, die Ellbogen auf die Motorhaube eines Jeeps gestützt, lachte er in die Kamera; verliebt in die Welt, in das Leben, selbst hier inmitten der verbrannten Erde eines Kampfgebiets.

„Ich habe das gleiche Bild“, sagte Jenny. „Oder *hatte*. Es war auch im Feuer.“

„Ich lasse dir einen Abzug machen.“

Es lag ihr auf der Zunge, ihn zu fragen, ob er jemals an Joey dachte, aber dann merkte sie, dass sie nicht zu fragen brauchte. Sie wusste die Antwort. *Jeden Tag.*

„Ich habe noch Nachtisch.“ Rourke machte die Geschirrspülmaschine zu und stellte sie an. Offensichtlich war das Thema für ihn beendet.

„Ich esse keine Ho Hos."

„Ich rede auch von Eis."

„Der perfekte Nachtisch im Winter."

Er füllte ihr drei faustgroße Kugeln auf und ignorierte ihre Proteste, dass das viel zu viel sei. Dann setzten sie sich auf das Sofa und griffen gleichzeitig nach der Fernbedienung. Er war schneller als sie, und sosehr sie auch bettelte, er weigerte sich, mit ihr zusammen *Project Runway* anzuschauen. Stattdessen schaltete er die Wiederholung einer Folge *American Chopper* ein. Er steckte die Fernbedienung zwischen seinen Oberschenkel und die Couchlehne und sagte: „Jetzt kannst du mir nicht mehr vorwerfen, zu nett zu sein."

Sie schleckte ihr Eis aus der Waffel und schaute zu, wie ein in ehrfurchtsvollem Ton Hauptzylinder genanntes Teil vorsichtig zusammengesetzt wurde. Ihre Lider wurden schwer. „Können wir einen Kompromiss schließen", fragte sie, „und irgendeine Krimireihe gucken?"

„Du meinst, eine von denen, in denen die Polizeiarbeit nobel und sexy aussieht?"

„Wie, ist sie das im wahren Leben etwa nicht?"

„Ehrlich gesagt ist es Kleinarbeit. Ich habe den halben Tag damit verbracht, eine Bestandsaufnahme unserer Streifenwagen zu machen. Was sehr deprimierend war, weil das Budget für die nächsten zwei Jahre keine Aufstockung der Ausrüstung zulässt. Der Vermögensverwalter der Stadt ist entweder ein Idiot oder ein Geizhals."

„Du meinst Matthew Alger", sagte sie.

Er nickte.

„Warum arbeitest du dann bei der Polizei, wenn es so langweilig ist?", wollte sie wissen.

„Weil es mein Job ist", erwiderte er mit starrem Blick auf den Fernseher.

„Aber warum ist es dein Job? Du hättest doch alles machen können, was du willst. Hättest überall hinziehen können. Stattdessen hast du dir dieses kleine Bergstädtchen ausgesucht, wo niemals irgendwas passiert."

Im Fernsehen kam eine Werbepause, und er riss seinen Blick los und schaute Jenny an. „Vielleicht warte ich darauf, dass etwas passiert", sagte er.

Sie hätte ihn so gerne gebeten, das zu erklären, wollte aber nicht zu interessiert erscheinen. „Und ich dachte, das Leben eines Polizisten besteht aus einem Abenteuer nach dem nächsten."

„Ich lasse deine Seifenblase nicht gerne platzen, aber der Polizeidienst ist weder nobel noch sexy. Buttermilch- und Johannisbeerkolaches zu machen ist hingegen sehr sexy.“

„Tja, es tut mir auch leid, dass ich deine Seifenblase platzen lassen muss, aber ich backe überhaupt nicht mehr selber.“

„Na und? Du bist trotzdem sexy.“

Jenny wurde rot. Es war dumm, in ihrem Alter wegen so einer Bemerkung rot zu werden. Vor allem wenn sie von einem Kerl wie Rourke McKnight kam. Sie versuchte, so zu tun, als hätte sie das Kompliment gar nicht wahrgenommen und ihre Wangen nicht brennen würden. Guter Gott, flirteten sie etwa? Langsam wurde es kompliziert … aber auch unwiderstehlich. „Welcher Teil von ‚Dienen und beschützen‘ ist das jetzt?“, fragte sie leichthin.

„Das hat gar nichts mit meinem Job zu tun. Und du bist ganz rot geworden.“

„Bin ich nicht.“

„Oh doch. Das gefällt mir. Ich mag es, dass ich dich zum Erröten bringen kann.“

Noch dazu mit solcher Leichtigkeit, dachte sie. Sie hatten noch ihren Rhythmus. Hatten ihn immer gehabt. Sie hatte Jahre damit zugebracht, es zu vergessen, aber in diesem Moment war alles wieder da. „Ich werd’s mir merken. Sie sind echt leicht zu erfreuen, Chief McKnight.“

„Das war ich schon immer“, sagte er. „Und gerade du solltest das wissen.“

Essen für die Seele

von Jenny Majesky

Die Tradition der Holzkiste

Es ist eine polnische Hochzeitstradition, der neuen Braut einen Vorrat für die Zubereitung eines Sauerteigbrots zu schenken. Ich nehme an, es handelt sich um eine Mischung aus Tradition und Verzweiflung seitens der Braut. Es scheint einfach nicht fair zu sein, ihr zu allem, mit dem sie sich nun herumschlagen muss, auch noch den Druck aufzuerlegen, aus dem Stand ein leckeres Brot zuzubereiten.

Meine Großmutter hat mir erzählt, dass ihre Mutter ihr am Tag vor ihrer Hochzeit, als sie gerade mal ein verängstigtes Mädchen von achtzehn Jahren war, eine geschnitzte Holzkiste schenkte. Sie sah genauso aus wie die, die, seit sie denken konnte, auf dem Regal über dem Herd in der Küche ihrer Eltern gestanden hatte. Es ist wirklich schön, sich diese Reihe an Frauen vorzustellen, die Jahrzehnte und Jahrhunderte umspannte.

Leider ist die traurige Wahrheit heutzutage, dass junge Bräute sich nicht mehr dafür interessieren, selber Brot zu backen. Aber sollte die richtige Stimmung Sie trotzdem einmal überfallen, habe ich hier ein Rezept mit einem Vorteig, der lediglich eine Nacht braucht, um aufzugehen. Mehl, Buttermilch und Zwiebeln stehen am Anfang eines geheimnisvollen Prozesses, an dessen Ende ein herzhaftes Brot entsteht.

Polnisches Sauerteig-Roggen-Brot

2 Päckchen aktive Trockenhefe
1 TL weißer Zucker
2 Tassen Wasser
1 dicke Zwiebelscheibe
4 Tassen Roggenmehl
1 Tasse Buttermilch in Raumtemperatur
1 TL Backnatron
1 TL Salz
8 Tassen Brotmehl
1 TL Kümmelsamen (nach Wahl)

Am Abend, bevor Sie das Brot machen wollen, nehmen Sie eine mittelgroße Rührschüssel und lösen darin 1 Päckchen der Hefe und den Zucker im Wasser auf. Lassen Sie es so lange stehen, bis eine cremige Masse entstanden ist. Das dauert ungefähr 10 Minuten. Rühren Sie jetzt das Roggenmehl unter, bis sie einen glatten Teig haben. Stecken Sie die Zwiebelscheibe hinein, decken Sie die Schüssel ab und lassen Sie sie über Nacht ruhig stehen. Am nächsten Morgen entfernen Sie die Zwiebel.

In einer weiteren Schüssel lösen Sie das verbliebene Päckchen Hefe in Buttermilch auf. Fügen Sie die Roggenmischung aus der anderen Schüssel hinzu, dann das Backnatron, Salz, 4 Tassen des Brotmehls, und rühren Sie alles gut durch. Fügen Sie das restliche Brotmehl (½ Tasse zurzeit) hinzu und rühren Sie jedes Mal kräftig um (es kann sein, dass Sie nicht das ganze Mehl brauchen werden). Wenn der Teig eine glatte Masse ist, geben Sie ihn auf eine leicht bemehlte Oberfläche und kneten ihn ungefähr 8 Minuten lang, bis er weich und geschmeidig ist. Je nach Geschmack können Sie jetzt den Kümmel daraufstreuen und so lange weiterkneten, bis er gleichmäßig im Teig verteilt ist.

Legen Sie den Teig jetzt in eine leicht geölte Schüssel und wenden Sie ihn, bis er von allen Seiten mit Öl bedeckt ist. Legen Sie ein feuchtes Tuch darüber und lassen Sie ihn an einem warmen Ort für ungefähr 1 Stunde gehen oder so lange, bis sich sein Volumen verdoppelt hat.

Heizen Sie den Ofen auf 175 °C vor.

Legen Sie den Teig auf eine leicht bemehlte Fläche und teilen Sie ihn in drei gleich große Stücke. Formen Sie aus jedem Stück einen Brotlaib und legen Sie sie in drei leicht gefettete Brotbackformen (ca. 22 cm). Zugedeckt noch einmal ungefähr 1 Stunde an einem warmen Ort gehen lassen, bis sich die Größe der einzelnen Laibe verdoppelt hat.

Bei 175 °C ca. 35 Minuten backen oder so lange, bis die Brote hohl klingen, wenn man daraufklopft.

6. KAPITEL

Sommer 1988

Rourke McKnight versuchte, wegen des Sommercamps nicht zu aufgeregt zu sein. Er hatte Angst, dass sein Vater es ihm wieder verbieten würde, wenn er auch nur das kleinste Anzeichen von Vorfreude zeigte. Auf der Fahrt die Avenue of the Americas hinunter in Richtung Grand Central Station saß Rourke ganz still in der Limousine und beobachtete den Verkehr durch die getönten, kugelsicheren Scheiben. Es regnete heftig, die Art Sommerregen, die kleine Geysire vom Asphalt aufsteigen ließ.

Sein bester Freund, Joey Santini, saß vorne neben seinem Dad. Soweit Rourke wusste, war Mr Santini seit Anbeginn der Zeiten der Chauffeur der Familie McKnight. Es war ein glücklicher Zufall, dass Joey und Rourke gleich alt waren und Vater und Sohn – es gab keine Mrs Santini mehr – in den Dienstbotenquartieren auf dem Anwesen der McKnights wohnten. Ansonsten wäre Rourke nämlich ohne einen Spielkameraden aufgewachsen, wenn man mal von Mrs Grummonds Dandie-Dinmont-Terriern absah. Obwohl die Trennscheibe im Wagen hochgefahren war, konnte Rourke Joey und Mr Santini die ganze Fahrt über zusammen lachen und sich unterhalten sehen. Was für ein Unterschied zu den schweigsamen, angespannten Insassen des luxuriösen Fonds der Limousine.

Obwohl er schon zwölf Jahre alt war, hatte Rourke noch nie ein Sommercamp besucht. Sein Vater war dagegen, und wenn sein Vater Nein sagte, dann war es das. Punkt. Ende der Diskussion.

Aber alles änderte sich, als in einer Woche zwei Dinge passierten: Die Familie Bellamy gab eine großzügige Spende für die Wahlkampfkampagne des Senators. Und Drayton McKnight wurde die seltene Ehre zuteil, in ein Komitee berufen zu werden, das sich auf eine längere Vergnügungsreise in den Fernen Osten begab, auf der Geschäfte verhandelt werden sollten, die sich positiv auf seinen Wahlkreis auswirken würden.

Also ergab es auf einmal Sinn, Rourke den Sommer über wegzuschicken, und zwar ins Camp der Bellamys, das inmitten der Wildnis der Catskills lag. Als Rourkes Mutter noch jung war, war sie auch mal im Camp Kioga gewesen, und sie fand, dass Rourke diese Erfahrung ebenfalls machen sollte.

Rourke musste so tun, als wäre er am Boden zerstört, weil er den ganzen Sommer über von seinen Eltern getrennt wäre. Er musste vorgeben, genauso um sein Wohlergehen besorgt zu sein, wie es sein Vater war. Er musste sogar seine Freude darüber verheimlichen, dass Joey mit ihm kam, damit die Jungen aufeinander achtgeben konnten. Rourke wusste, dass dieser Campaufenthalt eine Stange Geld kostete. Geld, das seine Familie problemlos aufbringen konnte, aber die von Joey nicht. Offiziell würde Joey das Camp dank eines Stipendiums besuchen, inoffiziell war das allerdings nur eine Umschreibung dafür, dass Rourkes Vater heimlich auch seine Rechnung bezahlte.

Allerdings nicht aus reiner Herzensgüte. Rourkes Vater war komplett paranoid. Zumindest in Rourkes Augen. Der Kerl war total verrückt. Er schickte Joey mit ins Camp, damit Rourke nicht alleine unter Fremden wäre. Die Möglichkeit eines Attentats auf seine Familie sorgte dafür, dass der Senator sich wichtig fühlte. Und das war alles, worum es Drayton McKnight wirklich ging – sich wichtig zu fühlen.

Und perfekt zu sein. Nein, dachte Rourke, perfekt zu *wirken*. Den Anschein zu erwecken, dass man die perfekte kleine Familie und das perfekte Leben hatte. „Mach mir Ehre“ war der Satz, den Rourke am häufigsten von seinem Vater hörte. Es war eine Art Code, wie Rourke inzwischen herausgefunden hatte. Es bedeutete, dass er in jeder Sportart, die er ausübte, gewinnen musste. Nur Einsen in der Schule hatte. Lernte, sein Aussehen und sein selbstsicheres Lächeln einzusetzen, um Leute für sich einzunehmen, damit sie bei jeder Wahl wieder für seinen Vater stimmten.

All das war leicht. Er war groß und stark und hatte keine Probleme, jede Sportart zu meistern, die er in Angriff nahm. Und gute Noten? Dafür musste man nur gut zuhören, was der Lehrer sagte, und herausfinden, was er als Antwort hören wollte. Rourke war nicht umsonst der Sohn eines Politikers. Er wusste, wie so etwas ging.

Er konnte es kaum erwarten, ins Camp zu kommen, wo niemanden seine Noten interessierten. Er biss sich auf die Innenseite seiner Unterlippe, um das Lächeln zu unterdrücken, das bereits drohend um seine Mundwinkel zuckte.

„Deine Haare sind zu lang“, sagte sein Vater mit einem Mal. „Julia, warum war er nicht beim Friseur, bevor wir ihn den Sommer über wegschicken?“

Rourke bewegte sich nicht. Das war ein heikler Augenblick. Aus einer Laune heraus konnte sein Vater entscheiden, dass sie sofort umkehren und zu dem alten Friseurladen fahren sollten, wo elektrische Schermaschinen für einen riesigen Kahlschlag um die Ohren kleiner Jungen herum zum Einsatz kamen.

Rourke guckte weiter aus dem Fenster. Regentropfen rasten über das Glas wie kleine Quecksilberkugeln. Er fand zwei, die nahezu gleichauf waren, und suchte sich einen davon als Gewinner des kleinen Rennens aus. Er spannte seinen Körper unmerklich an, als der Tropfen erst die Oberhand gewann und dann doch weit zurückfiel. Schließlich vereinten sich die Tropfen mit allen anderen, und er verlor sie aus den Augen.

„Er ist beim Friseur gewesen", sagte Rourkes Mutter. Sie benutzte ihre beruhigende Stimme, die sie immer dann einsetzte, wenn sie Rourkes Dad nicht auf die Palme bringen wollte. „Das ist der Sommerschnitt, den er immer bekommt."

„Er sieht aus wie ein Mädchen", bemerkte der Senator. Er beugte sich vor und schaute Rourke ins Gesicht. „Willst du den ganzen Sommer wie ein Mädchen aussehen?"

„Nein, Sir." Rourke starrte weiter auf die regenverschmierte Scheibe. Er hielt den Atem an und betete, dass sein Dad dem Fahrer nicht befehlen würde, umzudrehen.

„Es ist alles gut, wirklich", versicherte Rourkes Mutter.

Wow, wie mutig, Mutter, dachte Rourke zynisch. *Was für eine Leistung, sich dem Arschloch entgegenzustellen.*

„Mildred Van Deusen hat mir erzählt, dass alle ihre drei Jungen mit dem gleichen Zug fahren werden", fuhr Rourkes Mutter fort. „Rourke, du musst schauen, ob du sie findest. Vielleicht kannst du ja bei ihnen sitzen."

Bingo, dachte Rourke und beobachtete, wie das Interesse seines Vaters sich verlagerte. Das musste Rourke seiner Mutter lassen – sie war vielleicht nicht gut darin, sich gegen seinen Vater durchzusetzen, aber sie hatte verdammt gute Zerstreuungstechniken auf Lager. Die Van Deusens waren eine der reichsten und wichtigsten Familien im Bezirk, und Rourkes Dad nutzte jede Gelegenheit, die sich ihm bot, mit ihnen in Kontakt zu kommen.

„Ich werde sie suchen", sagte Rourke.

„Tu das, mein Sohn", sagte sein Vater, der den Haarschnitt anscheinend tatsächlich schon wieder vergessen hatte.

„Ja, Sir."

Endlich erreichten sie Grand Central. Es gab noch ein kleines Durcheinander, bis er seinen Rucksack und alles aus dem Kofferraum geholt und sichergestellt hatte, dass er seine Fahrkarte und alle anderen Reisedokumente beisammenhatte. Das Hupen der Taxis und die Pfiffe und Rufe der Schaffner erfüllten die Luft um ihn herum. Das marmorne Eingangsportal führte in eine Halle, in der es nur so vor Reisenden und Bettlern, Verkäufern und Künstlern wimmelte. Mr Santini kam mit einem aufgespannten Regenschirm um den Wagen herum und schützte die McKnights vor dem prasselnden Regen. Joey versuchte gar nicht erst, einen Platz unter dem Schirm zu ergattern; er setzte einfach die

Kapuze seiner Windjacke auf, sprang über eine Pfütze und war der Erste, der die Bahnhofshalle betrat.

Rourke ging zwischen seinen Eltern durch das Portal. Nachdem er das Auto geparkt hatte, gesellte sich Mr Santini zu seinem Sohn. Die McKnights blieben unter der beleuchteten Anzeigetafel stehen und überprüften noch einmal Gleisnummer und Abfahrtzeit des Zuges. Einige der Passanten bedachten sie mit bewundernden Blicken. Das passierte oft, wenn Rourke mit seinen Eltern unterwegs war. Zusammen sahen die drei wie die typisch amerikanische Familie aus – blond und gesund, gut angezogen und wohlhabend. Manchmal spürte Rourke den Neid der anderen, als wenn sie das haben wollten, was die McKnights hatten.

Wenn sie nur wüssten.

Rourke stahl sich von seinen Eltern fort. Er und Joey tauschten einen Blick. Pure Freude tanzte in Joeys Augen. Einige der Mädchen aus der Schule sagten, Joey sähe aus wie einer von den New Kids on the Block. Rourke war sich da nicht so sicher, aber fest stand, dass Joeys Grinsen ansteckend war. *Camp*, formte Rourke lautlos mit den Lippen, und er wusste, dass Joey seine heimliche Freude teilte. *Wir gehen zusammen ins Camp.*

Rourke fragte sich, ob Joey eine Ahnung hatte, wie riesig das war und wie viel er Joey verdankte. Ohne Joey würde Rourke nämlich nirgendwohin gehen. Als das Thema Camp Kioga das erste Mal zur Sprache kam, hatte der Senator die Idee sofort verworfen. Es war Joey, der auf seine lockere Art all die anderen Kinder aufgezählt hatte, die ein Sommercamp besuchten. Er hatte so getan, als würde er allein zu Rourke sprechen, war dabei aber darauf bedacht, alle wichtigen Familien zu nennen; die Leute, die Rourkes Vater bewunderte und deren Bekanntschaft er sorgsam pflegte. Rourke hatte seine Eltern dann davon überzeugen können, dass es eine gute Idee sei, Joey mitzunehmen, und so war die Entscheidung schließlich zu seinen Gunsten ausgefallen.

Als sie am Gleis ankamen, verabschiedete Rourke sich von seinen Eltern. Er streckte seinem Vater die Hand hin, die dieser für einen Augenblick so fest drückte, als wolle er einen bleibenden Eindruck hinterlassen. „Vergiss niemals, wer du bist“, sagte der Senator. „Mach deiner Familie alle Ehre.“

Rourke sah ihm in die Augen. „Ja, Sir.“

Die Aufmerksamkeit des Senators war schon wieder ganz woanders. Er ließ seinen Blick über den Bahnsteig schweifen. Rourke schüttelte innerlich den Kopf. Hier war sein Vater also und verabschiedete sich von seinem Sohn, den er zehn ganze Wochen nicht sehen würde, und alles, was ihn interessierte, war, nach seiner Wählerschaft Ausschau zu halten.

Zumindest ermöglichte das seiner Mutter ein paar Extraminuten, um sich von Rourke zu verabschieden. Sie zog ihn in ihre Arme und hielt ihn ganz fest. Er war inzwischen schon ein kleines bisschen größer als sie, sodass sie keine Schwierigkeiten hatte, ihm etwas ins Ohr zu flüstern, während sie ihn umarmt hielt.

„Du wirst eine wundervolle Zeit haben", sagte sie. „Camp Kioga ist einfach … magisch."

„Julia." Die Stimme des Senators unterbrach diesen Moment. „Wir müssen los."

Sie drückte ihren Sohn ein letztes Mal. „Vergiss nicht, zu schreiben."

„Ich werde dran denken."

Er stand auf dem Bahnsteig und schaute ihnen hinterher; ein schlankes, attraktives Paar in modischen Regenmänteln. Seine Mutter schob ihre Hand in die Armbeuge ihres Mannes. Rourke kniff die Augen ein wenig zusammen, sodass seine Eltern zu einer einzigen Figur verschmolzen und nicht mehr zwei separate Individuen waren, sondern eine einzige Person. *SenatorundFrau McKnight.*

Um ihn herum hörte er Kinder und ihre Eltern sich voneinander verabschieden. Einige der Mädchen und Mütter weinten, versicherten einander, dass sie sich schrecklich vermissen würden, und versprachen, sich jeden Tag zu schreiben. Mr Santini, ein Bär von einem Mann, riss Joey in seine Arme, gab ihm einen Kuss auf den Scheitel und sagte: „Ich werde dich vermissen wie Eis mit Schokoladensoße, Sonnyboy." Dabei versuchte er gar nicht erst, seine Tränen zurückzuhalten.

Rourke fragte sich, wie es wohl war, eine Familie zu haben, die einen tatsächlich vermisste, wenn man fortging.

Camp Kioga war so magisch, wie Rourkes Mutter gesagt hatte. Er und Joey teilten sich mit zehn anderen Jungs eine der hölzernen Schlafbaracken. Ihre hieß Ticonderoga Cabin. Jeder Tag war mit Aktivitäten angefüllt – Sport und Kunst, Wanderungen, Bergsteigen, Segeln und Kanufahren auf dem Willow Lake, Geschichten am abendlichen Lagerfeuer. An manchen Abenden mussten sie singen und tanzen, worauf Rourke gut und gerne hätte verzichten können, aber da jeder teilnehmen musste, kam er nicht darum herum.

Etwas, das Rourke wirklich gut konnte, war, sich mit etwas abzufinden, worauf er eigentlich keine Lust hatte. Und er hatte weiß Gott schon Schlimmeres ertragen, als ein kicherndes Mädchen mit schweißnassen Händen über die Tanzfläche zu führen und dabei im Takt der Musik *schnell-schnell, langsam, schnell-schnell, langsam* vor sich hin zu murmeln.

Im Camp traf er mehrere Bellamys. Zum einen Mr und Mrs Charles Bellamy, die Besitzer und Direktoren des Camps, die sehr nett waren. „Das Versprechen deines Vaters, die Wildnis zu schützen, bedeutet uns sehr viel. Dank dieser Gesetzgebung müssen wir uns keine Sorgen machen, dass uns die Industrie irgendwann auf den Pelz rückt", hatte Mrs Bellamy am ersten Tag zu ihm gesagt. „Du musst sehr stolz auf ihn sein."

„Ja, Ma'am." Rourke hatte nicht gewusst, was er sonst hätte sagen sollen. *Ja, er ist ein guter Diener der Öffentlichkeit, aber im Privatleben ein totales Arschloch* – das wäre ungefähr so gut angekommen wie ein Furz in der Kirche.

„Wir sind sehr froh, dich bei uns zu haben", fuhr Mrs Bellamy fort. „Ich erinnere mich noch an deine Mutter. Julia ... Delaney war ihr Mädchenname, oder?"

„Ja, Ma'am."

„Sie war hier sehr beliebt und immer so fröhlich. Immer war sie zu Scherzen aufgelegt, und bei den Talentwettbewerben hat sie einen Auftritt als Stand-up-Comedian hingelegt, über den wir uns schiefgelacht haben."

Rourke hatte ihr nicht geglaubt, aber an einem regnerischen Nachmittag, als die Freiluftaktivitäten gestrichen worden waren und Joey allein etwas unternahm, zeigte sie ihm ein paar der sorgfältig gehüteten Fotoalben in der Bibliothek des Camps. Die Sammlung befand sich im Haupthaus, einem gigantischen Holzgebäude aus den 1930er-Jahren. Es war das Herz vom Camp Kioga und beherbergte den Speisesaal, die Bibliothek, das Krankenzimmer, die Küche und die Büros.

Und tatsächlich fand er mehrere Schnappschüsse seiner Mutter aus den 70ern, auf denen sie den Zuschauern richtig einheizte. Sie hatte ein Lächeln, das Rourke noch nie an ihr gesehen hatte. Er hätte sie beinahe nicht erkannt, so vollkommen glücklich sah sie aus.

Er dankte Mrs Bellamy, dass sie ihm einen kleinen Einblick in die Geschichte des Camps gewährt hatte. Dann lungerte er in der Bibliothek herum, bis der Regen nachließ, und stöberte in den Büchern. Die Auswahl reichte von den „Drei Fragezeichen" über Bücher zur Vogelkunde bis zu Klassikern von Thoreau und Washington Irving und natürlich der unvermeidlichen Sammlung an Gespenstergeschichten. Lange nachdem die Sonne schon wieder hervorgekommen war, schaute er sich die Bücher an und versuchte, sich ein anderes Leben für sich vorzustellen. Als sie klein waren, hatten Joey und er immer davon gesprochen, gemeinsam in die Armee einzutreten und die Welt zu bereisen, aber je älter sie wurden, desto mehr verblasste diese Fantasie. Nun als Siebtklässler spürte Rourke bereits die erdrückende Erwartung seines Vaters, und Joey lernte die raue Wirklichkeit der Arbeiterklasse kennen.

Rourke fragte sich, was Joey wohl auf seinem einsamen Ausflug machte. Von jedem Jungen wurde erwartet, dass er mindestens einmal während des Sommers etwas völlig alleine tat. Man musste sich eine Ausrüstung zusammensuchen und eine ganze Nacht alleine auf Spruce Island verbringen, der kleinen Insel inmitten des Sees. Der Chef der Betreuer dieses Jahr, Greg Bellamy – der jüngste Sohn der Besitzer –, hatte erklärt: „Es hilft, den Charakter zu stärken. Und wenn du dich dabei zu Tode ängstigst, ist das wenigstens gut für deine Gedärme." Man sollte ein Feuer machen und über tiefsinnige Dinge nachdenken. Rourke vermutete allerdings, dass Joey sich einfach nur einen runterholte, was die Lieblingsbeschäftigung aller Jungs in ihrem Alter war.

Das Piepen eines rückwärtsfahrenden Trucks riss ihn aus seinen Gedanken. Er trat ans Fenster und sah einen weißen Kastenwagen, der an den Seiten mit einem rauschenden Fluss bemalt war. Darüber stand in kunstvollen Buchstaben „Sky River Bakery – gegründet 1952".

Rourke war bereits ein großer Freund der Campküche und vor allem der Backwaren. Die Brote und Brötchen, Plunderstücke, Donuts und Nachtische waren einfach himmlisch.

Er wollte sich gerade wieder der Büchersammlung zuwenden, als er bemerkte, wie sich drei Jungen an den Truck heranschlichen. Es waren welche aus seiner Hütte – Jacobs, Trent und Robson. Er kannte sie nicht sonderlich gut, aber er wusste, dass sie Idioten waren. Sie ärgerten gerne die schwächeren Kinder, was bedeutete, dass sie Rourke in Ruhe ließen. Sie schienen ihn sogar als einen der Ihren zu betrachten, auch wenn er bei ihren Streichen nie mitmachte.

Im Moment schubsten sie niemanden herum, sondern klauten. Sie hatten sich an die rückwärtige Tür des Lieferwagens herangeschlichen und nahmen sich von den rollbaren Regalen so viele Kekse, wie sie in ihre Münder und Hosentaschen stopfen konnten.

Schwachköpfe. Irgendjemand verdiente sich damit seinen Lebensunterhalt. Auch wenn Rourke noch keine Erfahrungen damit gemacht hatte, selber Geld verdienen zu müssen, wusste er dennoch, wie das war. Schließlich sah er es jeden Tag bei Joey und dessen Vater. Rourke wusste, dass derjenige, der den Lieferwagen fuhr, es sich vermutlich nicht leisten konnte, die Kekse dutzendweise an die reichen Gören aus dem Camp zu verschenken.

Das brachte ihn in eine unangenehme Situation. Wenn er den Jungen sagte, sie sollten es lassen, würde er den Rest des Sommers als Petze verschrien werden. Wenn er allerdings das, was da vor sich ging, ignorierte, würde er sich selber für seine Feigheit hassen.

Als Trent etwas nahm, das aussah wie ein ganzer Blaubeerkuchen, traf Rourke eine Entscheidung. Er wollte gerade nach draußen stürmen, als jemand aus dem Lieferwagen kletterte – ein dunkelhaariges Mädchen, das anscheinend auf dem Beifahrersitz gesessen hatte. Sie war ungefähr in Rourkes Alter, vielleicht ein kleines bisschen jünger. Ihr Haar war zu zwei Zöpfen geflochten, und sie trug abgeschnittene Jeans, ein rotes T-Shirt und ungeschnürte Turnschuhe. Sie war einfach nur ein Mädchen.

Nur dass Rourke sich ganz komisch fühlte, als er sie anschaute. Er hätte allerdings nicht sagen können, warum. Ihre großen Augen verliehen ihr eine beinahe altmodische Schönheit, und sie trug einen gewitzten Ausdruck im Gesicht.

Und im Moment wurde sie beklaut.

Vielleicht. Er konnte nicht hören, was sie sagte, aber die drei Jungs hörten ihr definitiv nicht zu. Sie nahmen sich weiter Brötchen und Gebäck. Sehr wahrscheinlich war ihnen inzwischen schon schlecht, so viel wie sie gegessen hatten, aber trotzdem machten sie weiter.

Das Mädchen redete immer noch. Vielleicht steckte sie mit den Jungen unter einer Decke. Vielleicht war es für sie in Ordnung, danebenzustehen und zuzusehen, wie sie klauten.

Vielleicht interpretierte Rourke die Situation aber auch ganz falsch.

Er rannte zur Tür, die Treppen hinunter und um das Haus herum zum Kücheneingang. Durch ein Fenster sah er den Fahrer des Lieferwagens – einen älteren Herrn – mit Mrs Romano plaudern, die in der Küche das Zepter schwang. Sie schienen überhaupt nicht zu merken, was draußen vor sich ging. Der blecherne Klang eines Radios wehte an sein Ohr.

Er kam gerade rechtzeitig um die Hausecke, um zu sehen … nun, er war sich nicht sicher, was er sah. Trent hatte das Mädchen gegen den Lieferwagen gedrückt und sie … igitt, machten die beiden etwa miteinander herum? Er wollte sich gerade angewidert wegdrehen, als ihm ein kleines, aber wichtiges Detail ins Auge fiel. Trent hielt nicht die Hand des Mädchens, sondern ihr Handgelenk und drückte es gegen die Ladewand. Ihre andere Hand hatte sie angstvoll erhoben, wie eine Ertrinkende, die kurz vorm Untergang noch mal an die Oberfläche kam.

In diesem Moment passierte etwas mit Rourke. Er hätte schwören können, dass er ein Knacken in seinen Ohren gehört hatte. Dann wurde ihm ganz heiß, als stünde er inmitten eines Waldbrandes. „Seht bloß zu, dass ihr Land gewinnt“, sagte er mit einer so ruhigen, aber ernsten Stimme, dass alle drei Jungen sich zu ihm umdrehten.

Als er ihn erkannte, grinste Trent. „Hey, McKnight. Nimm dir einen Donut und warte ab, bis du an der Reihe bist.“

Rourke war nah genug dran, um einen hauchdünnen Schweißfilm über der Oberlippe des Mädchens erkennen zu können. Und er sah die Angst in ihren Augen. Er packte Trent und riss ihn mit einer zügigen Bewegung von dem Mädchen weg. Trent war ein großer, kräftiger Achtklässler, Mitglied des Wrestlingteams an seiner Schule, aber er fühlte sich an wie aus Watte, als Rourke ihn zu Boden warf.

Die anderen beiden Jungen erholten sich von ihrer Überraschung und warfen sich auf Rourke. Doch das hielt ihn kaum auf. Er riss seinen Kopf hoch und traf Jacobs mit dem Hinterkopf direkt im Gesicht. Dann stieß er Robson seinen Ellbogen in den Magen, woraufhin der wankte und auf die Knie sank. Trent versetzte ihm ein paar Treffer, aber Rourke spürte sie kaum. Methodisch und ohne nachzudenken, trommelte er mit beiden Fäusten auf seinen Gegner ein und ignorierte Trents Gewinsel um Gnade.

Rourke war sich nicht sicher, wie es möglich war, aber er spürte mit einem Mal eine leichte Berührung an seiner Schulter. So zart wie der Flügelschlag eines Vogels.

„Hör auf", sagte eine zitternde Stimme. „Das reicht."

Rourkes inneres Feuer glimmte noch einmal auf und erlosch dann. Er ließ von Trent ab, der sich beeilte, auf die Füße zu kommen. Sein Gesicht war eine blutige, geschwollene Maske der Angst. „Meine Güte", sagte er und wischte sich mit dem Handrücken einen Blutstropfen vom Kinn. „Du hättest mich umbringen können. Du bist ja verrückt, Mann. Total irre."

Seine Freunde halfen ihm auf und stützten ihn. Vermutlich brachten sie ihn auf die Krankenstation. Rourke schaute ihnen hinterher. Er fühlte sich innerlich komplett leer, wie ausgebrannt von der Wut.

„Hey", sagte das Mädchen.

Sein Kopf fuhr zu ihr herum, und sie sprang mit abwehrend erhobenen Händen einen Schritt zurück. Plötzlich war er verlegen, als wenn sie ihn nackt gesehen hätte oder so. „Hey", sagte er und zwang sich, wieder locker zu werden, um ihr zu zeigen, dass er ihr nichts Böses wollte.

„Ich habe einen Erste-Hilfe-Kasten im Auto. Komm." Sie ging um den Lieferwagen herum und holte einen gut ausgestatteten Erste-Hilfe-Kasten heraus. „Zeig mal deine Hände", sagte sie.

Er bemerkte überrascht, dass die Haut an seinen Knöcheln ganz rot und aufgeplatzt war. Sie wischte die Stellen mit einem antiseptischen Tuch ab. Dann strich sie eine brennende Flüssigkeit auf die Wunden und klebte zum Schluss Pflaster darauf.

Auch wenn ihn seine gewalttätige Reaktion auf Trent selber überrascht hatte, musste Rourke doch vor sich selbst zugeben, dass er nicht das erste Mal zu jemandes Verteidigung geschritten war. Das passierte ihm einfach. Er hasste-hasste-hasste es, zusehen zu müssen, wie ein Lebewesen – ob Mensch oder Tier – von jemand anderem drangsaliert wurde. Es machte ihn – wie hatte Trent es noch ausgedrückt – total irre. Letztes Jahr hatte er gesehen, wie einige Jungen von Joeys Schule ihn wegen seiner langen Haare und seines kindlichen Gesichts aufgezogen hatten. Zum Glück hatten sie sich auf Rourkes mit leiser Stimme ausgesprochene Drohung hin aus dem Staub gemacht, denn wenn es zu einer Schlägerei gekommen wäre, hätte Rourke vermutlich bleibende Schäden verursacht.

„Jetzt muss ich mich noch um deine Wange kümmern", sagte das Mädchen.

„Meine Wange?" Rourke verdrehte den Kopf, sodass er in den Seitenspiegel des Lieferwagens schauen konnte. Tatsächlich, er hatte einen eindrucksvollen Schnitt auf dem Wangenknochen. „Den habe ich gar nicht bemerkt."

Mit einem frischen antiseptischen Tuch reinigte sie die Wunde. „Es blutet zwar nicht stark, aber es kann sein, dass es trotzdem genäht werden muss."

„Auf keinen Fall. Dann müssen sie meine Eltern informieren, und ich werde nach Hause geschickt." Er würde es nicht ertragen, wenn er das Camp jetzt verlassen müsste. Und wenn sie seine Eltern anriefen, würde seine Mutter ihn vermutlich mit dem Helikopter für eine Schönheitsoperation ins Mount-Sinai-Krankenhaus bringen lassen, um sein Gesicht zu retten.

In der Nähe war das Mädchen sogar noch hübscher als von Weitem. Er konnte die goldenen und braunen Sprenkel in ihren Augen sehen. Und die Sommersprossen auf ihrer Nase. Er roch ihren Duft, ein wenig nach Ahoi-Brause. Ein ihm völlig fremder Teil von ihm verstand auf einmal, warum Trent so entschieden versucht hatte, sich einen Kuss zu stehlen.

Hör auf damit, schalt er sich. *Denk nicht einmal daran.* Und doch kam er nicht umhin, zu bemerken, dass sie ihn auch anschaute, seinen Mund und seine Brust, an der sein zerrissenes T-Shirt offen stand.

Dann errötete sie und machte sich wieder ans Werk. Sie packte zwei Pflaster aus und klebte sie über den Schnitt auf seiner Wange. „Das wird eine Narbe hinterlassen."

„Ist mir egal."

Sie klappte den Erste-Hilfe-Kasten zu. „Also meinst du nicht, dass du Ärger bekommst?", fragte sie.

Er sah sie mit zusammengekniffenen Augen an. „Das liegt ganz bei dir."

Sie runzelte ebenfalls die Stirn und schaute ihn finster an. „Was meinst du damit?"

„Es hängt davon ab, wie sehr du willst, dass die Jungs bestraft werden fürs Klauen und für …" Er wollte es nicht sagen. „Und dafür, dass sie dir Ärger gemacht haben."

„Warum liegt es allein bei mir? Es kann doch auch sein, dass der Junge mit der blutenden Nase dich verrät."

„Trent? Auf gar keinen Fall. Wenn er sagt, dass ich ihn geschlagen habe, weiß er, dass ich sagen werde, warum. Weil sie gestohlen haben und er …" Rourke brach wieder mitten im Satz ab und musterte das Mädchen. „Hat er dir wehgetan?"

Sie rieb sich abwesend das Handgelenk. „Nein, mir geht's gut."

Er war sich nicht sicher, ob er ihr glauben sollte. Sie schien ein wenig verlegen, also bedrängte er sie nicht weiter. „Wie auch immer", fuhr er fort. „Sie wollen genauso wenig Ärger kriegen wie ich, also werden sie den Mund halten."

„Ich verstehe."

„Ich könnte dafür sorgen, dass sie die gestohlenen Sachen bezahlen …"

„Nein", sagte sie schnell. „Ich denke, du hast sie bereits bezahlen lassen. Es war eh nicht so viel."

Er warf einen Blick auf den Blaubeerkuchen, der jetzt nur noch ein lilafarbener Fleck auf dem Boden war. „Bist du sicher, dass du auch keinen Ärger bekommst?", fragte er.

Zum ersten Mal seit Beginn ihrer Begegnung lächelte sie. Und als sie das tat, passierte etwas Verrücktes mit Rourke. Mit einem Mal schien die Welt eine andere zu sein, nur weil sie lächelte. Beinahe erwartete er, dass jetzt leise Hintergrundmusik einsetzen würde.

„Der Fahrer ist mein Großvater", sagte sie. „Mit ihm bekomme ich nie Ärger."

„Das ist gut." Er fand eine alte Zeitung und hob mit ihr die Überreste des Kuchens auf, um sie wegzuschmeißen. „Ich bin übrigens Rourke", sagte er, als ihm auffiel, dass sie noch nicht einmal ihre Namen wussten. „Rourke McKnight."

„Ich bin Jenny Majesky", sagte sie. „Meinen Großeltern gehört die Sky River Bakery in der Stadt. Ich arbeite den Sommer über bei ihnen. Ich spare auf einen eigenen Computer."

„Dein eigener Computer", wiederholte er wie ein Idiot. Aber die Gegenwart dieses Mädchens legte nach und nach alle seine Gehirnzellen lahm.

„Ja, ein Notebook, das mit einem Akku läuft, damit man es überall mit hinnehmen kann."

„Oh. Du spielst wohl gerne Computerspiele."

Das Lächeln blitzte wieder auf. „Nein, ich will ihn, um darauf zu schreiben. Ich mag es, zu schreiben."

Gott. Das war wie Hausaufgaben machen, ohne welche aufzuhaben. „Was schreibst du?"

„Geschichten, Gedichte, Sachen, die mir passiert sind." Sie griff unter den Beifahrersitz des Lieferwagens und holte ein dickes, spiralgebundenes Heft hervor. Sie durchblätterte es und zeigte ihm Seite um Seite, die in türkisfarbener Tinte mit ihrer Handschrift bedeckt waren.

„Das hast du alles geschrieben?", fragte er.

„Ja."

„Wie lange hast du dafür gebraucht?"

Sie zuckte mit den Schultern. „Keine Ahnung."

„Wirst du auch über ... heute schreiben?" Er konnte die Frage einfach nicht zurückhalten.

„Machst du Witze? Natürlich."

Er fragte sich, was sie wohl über ihn schreiben würde. Zu seiner Überraschung stellte er fest, dass es ihm was ausmachte. Er mochte dieses Mädchen so sehr, wie er noch kein anderes Mädchen gemocht hatte.

Sie hörten ein Klappern aus der Küche, das Geräusch eines Rollregals, das in Richtung Tür geschoben wurde.

„Mein Großvater", sagte Jenny. „Wir fahren dann gleich."

Geh nicht, dachte er. „Hör mal, du solltest keine Angst haben, wieder hierherzukommen. Ich werde dafür sorgen, dass die Jungs dich nicht noch mal belästigen."

„Ich habe keine Angst vor denen." Sie legte eine Pause ein, trat einen Schritt zurück und verschränkte die Arme abwehrend vor der Brust. „Das Erschreckendste am heutigen Tag warst du."

Was zum Teufel ...? Damit hatte er nun wirklich nicht gerechnet.

„Rourke", rief jemand. *Joey.* Er war zurück von seinem Ausflug. „Da bist du ja. Ich habe schon im ganzen Camp nach dir gesucht." Er kam aus Richtung des Sees auf sie zu und hatte immer noch seinen Rucksack auf, an dem seine Ausrüstung baumelte.

Sicher, sie waren beste Freunde, aber nur dieses eine Mal war Rourke nicht froh, Joey zu sehen. Rourke hatte gerade eine echte Unterhaltung mit einem echten Mädchen, und er wollte sie ganz für sich allein. Er konnte allerdings nichts dagegen tun, also stellte er die beiden einander vor und fühlte sich seltsam förmlich und ungelenk dabei.

Joey schien sich hingegen überhaupt nicht unbehaglich zu fühlen. Er grinste von einem Ohr zum anderen, schüttelte seine langen schwarzen Haare und drehte seinen Boyband-Charme voll auf. Dann fing er mit einer lebhaften Erzählung seines Soloausflugs in die Wildnis an. Er war nur zwei Tage weg gewesen, und doch schien er … anders zu sein. Selbstsicherer vielleicht.

„Was sollen eigentlich die Pflaster?", fragte er schließlich Rourke.

„Trent" war alles, was Rourke erwiderte. Mehr musste er nicht sagen. Joey verstand ihn sofort.

Jenny Majesky schien es nichts auszumachen, dass Joey ganz schmutzig und verschwitzt war. „Hast du Hunger?", fragte sie ihn.

„Scheißt ein Bär in den Wald?", entgegnete er.

„Ich schätze, du musst es wissen." Sie drehte sich um und machte sich an den Regalen im Laderaum des Lieferwagens zu schaffen. „Ahornriegel", sagte sie. „Die mag ich am liebsten." Sie reichte erst Joey einen und dann Rourke.

„Danke", sagte er, aber Joey quatschte schon weiter, irgendeine Geschichte über die rot glühenden Augen eines Tieres, die er in der Nacht gesehen hatte.

Und Rourkes Herz wurde schwer. Weil es bereits zu spät war. Jetzt interessierte sich Joey auch für sie. Und Rourke wusste, wenn zwei beste Freunde dasselbe wollten, konnte das nur Ärger bedeuten.

7. KAPITEL

Dritter Juli 1988

Liebe Mom,
heute Morgen habe ich hinter dem Tresen gearbeitet, damit Laura sich mit den Büchern beschäftigen konnte. Als ich klein war, habe ich mich immer ganz wichtig gefühlt, wenn ich auf meinem kleinen Stuhl hinter den Glaskästen gestanden habe, während die Leute sich schwertaten mit der Auswahl. Kolaches oder Krapfen? Neapolitaner oder Cremetörtchen? Ich schätze, es gab mir ein Gefühl der Macht, das zu haben, was sie so gerne haben wollten.

Und dann kamen heute Morgen die Algers herein. Mr und Mrs Alger und ihr kleiner Junge Zach, der ungefähr so süß ist wie das Kind aus der Cheerios-Werbung im Fernsehen. Sie haben dieses große Haus an der River Road und jedes Jahr ein neues Auto.

Aus mehreren Gründen fühle ich mich in ihrer Gegenwart unwohl. Die Top-3-Gründe sind:

1. Sie sind eine total normale Familie; sie sind schon so traditionell, dass ich mich wie ein Freak fühle, weil unsere Familie so *überhaupt nicht* traditionell ist.

2. Mr Alger fragt mich immer, ob ich mich an etwas von dir erinnere, obwohl doch jeder in der Stadt weiß, dass ich noch echt klein war, als du weggegangen bist. Ich würde vermutlich direkt in die Klapse geschickt, wenn die Leute von meinen Tagebucheinträgen und Briefen an dich wüssten. Aber vielleicht auch nicht. Anne Frank hat ihr Tagebuch mit „Liebe Kitty“ angesprochen, also ist es vielleicht gar nicht so verrückt, dass ich meines mit „Liebe Mom“ anrede.

3. Ich tue Mrs Alger leid, und sie versucht nicht einmal, es zu verheimlichen. Ich hasse das. Ich hasse es jedes Mal, wenn jemand denkt, ich wäre ein unglückliches Waisenkind, und anfängt, Mitleid mit mir zu haben.

Sobald sie weg waren, habe ich Granny und Laura gesagt, dass ich am Nachmittag mit Grandpa auf Liefertour gehen will. Ich musste hier einfach mal raus. Denn manchmal riecht die Bäckerei nach Sicherheit – warm und süß. Aber zu anderen Zeiten, wie zum Beispiel heute, habe ich das Gefühl, der Geruch erdrückt mich, und ich kann kaum atmen.

„So ein schöner Sommertag“, hat Laura gesagt. „Da solltest du draußen an der frischen Luft sein.“

Laura versteht mich. Sie sagt, sie ist wie eine zweite Mutter für mich, aber das stimmt nicht ganz. Um eine zweite Mutter haben zu können, braucht man erst mal eine erste, und die habe ich nicht. Ich erzählte den Leuten immer, dass du undercover für die Regierung arbeitest. Als ich klein war, dachte ich, sie würden mir glauben, aber heute sehe ich es in ihren Gesichtern – sie denken, du bist abgehauen und nie zurückgekommen, weil du keine Lust auf den Ärger hattest, den es bedeutet, ein Kind alleine großzuziehen.

Aber weißt du was? Ich mache gar nicht so viel Ärger. Da kannst du ruhig alle fragen.

Wie heute. Da war Grandpa froh, dass ich mit ihm gekommen bin. Er ist gerade in Rente gegangen von seinem Job in der Glasfabrik in Kingston. Wegen des Lärms in der Fabrik ist er inzwischen schwerhörig. Jetzt hilft er in der Bäckerei aus und geht, sooft es geht, am Willow Lake angeln. Er ist mit Mr Bellamy befreundet, dem der See und Camp Kioga gehören.

Angeln ist Grandpas große Leidenschaft, und er tut es das ganze Jahr über. Sogar mitten im Winter, wenn er auf den zugefrorenen See gehen und ein Loch in die einen halben Meter dicke Eisdecke bohren muss. Manchmal muss er sich ein Schneemobil borgen, um überhaupt zum See hinaufzukommen, weil die Straßen nicht geräumt sind. Er sagt, er mag es, ganz allein mitten im Nirgendwo zu sein.

Manchmal gehe ich mit ihm, aber ich finde Angeln unglaublich langweilig. Ich meine, man sitzt einfach rum und wartet, dass irgendein Fisch den Köder schluckt und man ihn dann aus dem Wasser zerren und mit nach Hause nehmen kann, wo man ihn ausnimmt, mit Kräutern füllt, brät und isst. Was für ein Aufwand, wenn man doch einfach eine Dose Thunfisch aufmachen kann.

Als ich das mal zu Grandpa gesagt habe, hat er nur gekichert und gesagt *mój misiaczku*, was, wie du vermutlich weißt, auf Polnisch „kleiner Bär“ heißt. Er hat mir erklärt, dass es beim Angeln nicht darum geht, was man aus dem Wasser mitnimmt. Es geht darum, was man der Stille gibt. Oder irgendwie so. Auf Polnisch klang es besser. Das ist übrigens total lustig an Grandpa. Wenn er Englisch spricht, klingt er wie Yoda. Echt! Und mit seinem kahlen Kopf, auf dem nur noch neun Haare oder so wachsen, sieht er auch so aus.

Also versuche ich, nicht zu unruhig herumzurascheln, wenn er mich mit zum Angeln nimmt. Meistens gebe ich mich meinen üblichen Tagträumen hin (ich hab dir schon von ihnen erzählt), in denen ich in eine Stadt ziehe und eine berühmte Schriftstellerin werde und eines Tages eine Lesereise mache und meine Fans in einer langen Schlange in der Buchhandlung stehen, als wäre ich Judy Blume oder R. L. Stine. Und dann schaue ich von dem Buch auf, das ich gerade signiere, und da stehst du, Mom, und siehst genauso aus wie auf den Fotos. Du lächelst und sagst mir, wie stolz du auf mich bist.

Ich frage dich noch nicht einmal, wo du die ganzen Jahre über gewesen oder warum du fortgegangen bist, denn es ist mein Tagtraum, und ich weiß, dass es keine gute Entschuldigung oder Erklärung gibt, also kommt das Thema gar nicht erst auf. Wir gehen gemeinsam eine Cherry Coke oder einen Milchshake trinken und danach noch Schuhe kaufen, und alles ist perfekt.

Wenn er angelt, denkt Grandpa auch an dich, aber nicht so wie ich. Er denkt an die Vergangenheit, als du noch seine Tochter warst. Er erzählte mir, dass du das Angeln genauso geliebt hast wie er, und sogar als du groß warst und mich schon hattest, bist du immer noch mit ihm angeln gegangen.

Er hat auch erzählt, dass du abends in der Küche deine eigenen Bleigewichte gemacht hast. Dafür hast du über dem Herd Lötzinn geschmolzen – das einen sehr niedrigen Schmelzpunkt hat, wie ich aus dem Chemieunterricht in der Schule weiß – und ihn in die wie umgedrehte Pyramiden aussehenden Formen gegossen, während im Hintergrund das Radio lief.

Und da habe ich mich erinnert. Zumindest ein bisschen. Okay, vielleicht ist es keine echte Erinnerung, vielleicht denke ich nur, dass ich mich daran erinnere, weil Grandpa mir die Geschichte so oft erzählt hat. Ich bin in der Küche und sitze an dem gescheuerten Kieferntisch, der nach Lysol riecht. Du stehst am Herd und singst das Lied aus dem Radio mit. Ich weiß sogar, welches Lied du singst, denn es ist das Jenny-Lied. Es heißt „867-5309/Jenny“ und ist von Tommy Tutone.

Jenny ist als Name ganz okay, denke ich. Auch wenn der Typ, der das Lied singt, ihn von einer Wand in einer öffentlichen Toilette hat.

Aber es ist ein fröhliches Lied, und ich habe die perfekte Erinnerung daran, wie du, das Haar von einer Schmetterlingsspange zurückgehalten und mit einer von Grannys Schürzen an, mitsingst, während du die Bleigewichte fürs Angeln machst.

An irgendeinem Punkt in der Erinnerung kommt Granny in die Küche und schimpft mit dir, weil du die gute Soßenpfanne benutzt hast, die jetzt kontaminiert ist, sodass sie eine neue Pfanne kaufen muss.

Ich erinnere mich an dein Lachen und das Funkeln in deinen Augen, als du sagtest: „Ma, ich kaufe dir hundert neue Soßenpfannen. Und einen Diener, um die Soßen zu machen, und einen weiteren, um die Soße über deine Kartoffeln zu gießen. Ich kaufe dir alles, was du willst!“ Und dann hast du mich hochgehoben, und wir sind zum Jenny-Lied durch die Küche getanzt.

Ich denke, das ist meine letzte Erinnerung an dich. Ich weiß nicht, wie viel davon wahr ist und wie viel ich mir ausgedacht habe. Aber ich weiß, dass alle Bleigewichte, die du gemacht hast, immer noch unten in Grandpas Angelbox liegen. Er benutzt sie nie. Er nimmt lieber Schrotkugeln. Er meint, die Gewichte, die du gemacht hast, sind zu schwer. Und außerdem will er nicht riskieren, sie zu verlieren.

Als wenn das Festhalten an etwas, das du gemacht hast, dich zurückbringen würde.

Heute musste Grandpa eine Lieferung ins Camp Kioga bringen. Im Sommer sind das die besten Kunden, weil sie ein paar Hundert Kinder bei sich im Camp haben. Es war einer dieser perfekten Tage mit stahlblauem Himmel, und ich war froh, Grandpa bei der Lieferung begleiten zu dürfen, anstatt in der stickigen Bäckerei zu hocken. Im Camp ist er in die Küche gegangen, und ich bin im Auto sitzen geblieben und habe Radio gehört. Es war auf WKRW eingestellt, den Sender, der nur Oldies spielt. Und rate mal, welches Lied da gerade kam? „867-5309/ Jenny".

Ich habe darin ein Zeichen gesehen.

Allerdings stellte es sich als böses Zeichen heraus, denn drei Jungen aus dem Camp fingen an, Sachen aus dem Lieferwagen zu klauen. Als ich sie das erste Mal sah, war ich verwirrt. Ich meine, ich bin noch nie zuvor beklaut worden. Es fühlte sich … eklig an. Als wenn jemand mir direkt was antut. Alleine beim Gedanken daran fühle ich mich wieder ganz fies.

Es tut mir außerdem leid, dir mitteilen zu müssen, dass ich Angst bekam. Beinahe hätte ich mich auf den Fußboden des Wagens gleiten lassen und dort versteckt, bis sie sich alles genommen hätten, was sie wollten, und verschwunden wären.

So, jetzt habe ich es zugegeben. Ich hatte Angst. Was für ein Baby ich doch bin.

Im Sozialunterricht habe ich einen Aufsatz über Eleanor Roosevelt geschrieben, die ein paar ganz berühmte Sätze gesagt hat. Einen davon kann ich noch auswendig: „Mit jeder Erfahrung, bei der wir innehalten, um der Angst ins Gesicht zu sehen, gewinnen wir Stärke, Mut und Selbstvertrauen."

(Ich bekomme nur Einsen in der Schule, hab ich dir das schon erzählt?)

Als ich also wie versteinert dort auf meinem Sitz saß, während die Jungen unseren Lieferwagen ausräumten, erinnerte ich mich an diese Worte. Und ich dachte: *Na gut, Eleanor, wenn du meinst; aber vermutlich werde ich mir einen dicken Tritt in den Hintern einfangen.*

Was auch beinahe genauso geschehen wäre. Na ja, nicht wirklich. Die Jungs – drei typische reiche Bubis mit glänzenden Haaren und strahlend weißen Zähnen – machten etwas anderes. Etwas, das ich nicht erwartet hatte. Sie machten sich darüber lustig, dass ich beim Ausliefern der Backwaren helfen musste. Dann fingen sie an, mich herumzuschubsen und Sachen zu sagen wie: „Wie wäre es mit einem Kuss?“ oder „Ich wette, du kannst mehr als nur küssen.“

Der Hauptjunge, der wohl das Sagen hatte, drückte mich gegen den Lieferwagen und versuchte, mich zu küssen. Das Komische ist: Ich denke die ganze Zeit daran, wie es ist, einen Jungen zu küssen. Und nicht nur ich, meine ganzen Freundinnen auch. Wir haben sogar schon mit unseren Kissen das Küssen geübt. Also war das jetzt kein ganz großes Geheimnis für mich.

Aber es war weder romantisch noch lustig noch so, wie ich es mir immer vorgestellt hatte.

Ich wäre lieber in den Hintern getreten worden.

Ich rede mir gerne ein, dass ich mich gewehrt habe, aber das stimmt nicht ganz. Ich wurde gerettet – das trifft es eher.

Darf ich sagen, dass ich es hasse, gerettet zu werden?

Das ist einfach nur eine andere Form der Hilflosigkeit. In der einen Minute war ich hilflos, weil das Ekel versuchte, mich zu küssen und zu befummeln. Und in der nächsten Minute war ich hilflos, als ein anderer Junge sich einschaltete und es mit allen drei Widerlingen aufnahm. Innerhalb einer halben Minute hatte er sie alle zum Heulen gebracht. Und ich stand einfach nur daneben und fühlte mich wie das dümmste Mädchen im dümmsten Film, der je gedreht worden ist. Ich stand einfach nur da und biss mir auf die Knöchel. Eine totale Idiotin.

Wenn ich mich in einem Film gesehen hätte, hätte ich geschrien: „Steh nicht einfach nur dumm rum, hilf ihm!“

Ich meine, wie lahm ist das bitte, einfach dort zu stehen, während der andere Junge total ausflippt? Ich meine, es ist schwer zu beschreiben, aber ihm beim Kämpfen zuzusehen war irgendwie faszinierend. Er hat auf den größten der Jungs eingeschlagen, als wäre er nur ein Klumpen Fleisch. Als ich an mir herunterschaute, habe ich gesehen, dass ich Blutspritzer auf meinen Schuhen und Beinen hatte.

Endlich bin ich weit genug aus meiner Erstarrung erwacht, um was zu sagen. Ein einziges Wort. „Stopp.“ Dann hab ich noch zwei Wörter gesagt. „Das reicht.“

Es hätte eigentlich nicht funktionieren sollen, hat es aber. Der wilde Junge hob seine Hände, stand auf und trat einen Schritt von dem Typ zurück, der versucht hatte, mich zu küssen.

Alle drei Jungen rannten weg wie ein Rudel räudiger Hunde.

Und ich stand da und starrte immer noch den Jungen an, der mich gerettet hatte. Ich sage *gerettet*, aber stimmt das auch? Ich habe ihn beobachtet wie etwas, das explodiert, wenn man es berührt. Er schwitzte, und sein Gesicht war rot, aber dann, beinahe wie Magie, überkam ihn eine unglaubliche Ruhe. Das Blau seiner Augen wechselte von heiß zu kalt. Die Röte in seinen Wangen verblasste.

Ich starrte ihn nur mit offenem Mund an wie eine Forelle an Land. Denn jetzt, wo er ganz ruhig dastand, konnte ich sehen, dass er nicht einfach irgendein Campbewohner war. Dieser Junge war unglaublich beeindruckend. Wie ein Filmstar. Er hatte mit einem Mal überhaupt keine Ähnlichkeit mehr mit dem Berserker, der die anderen Jungen verscheucht hatte.

Er hat mich genauso intensiv angeschaut. In meine Augen und vielleicht auch auf meinen Mund. Wir sind zur gleichen Zeit verlegen geworden und haben mit den Füßen gescharrt. Als mein Gehirn endlich wieder funktionierte, habe ich ihn aus dem Erste-Hilfe-Kasten versorgt.

Er hat mir gesagt, dass er Rourke McKnight heißt. Er denkt vermutlich, dass ich Grandpa nie wieder auf seiner Tour zum Camp Kioga begleiten werde. Aber da liegt er vollkommen falsch. Ich werde jede Gelegenheit zurückzukehren nutzen, die sich mir bietet. Denn die Sache ist die: Ich wünschte, du wärst hier, Mom. Denn das hier ist keine Sache, die ich mit Granny besprechen kann. Ich hatte ein ganz seltsames Gefühl, als ich mit dem Jungen gesprochen habe. Wie Schmetterlinge im Magen. Aber es war ein gutes Gefühl. Vielleicht hätte ich mich noch weiter mit ihm unterhalten und versucht, herauszufinden, warum er diese Gefühle in mir weckt, aber dann kam ein anderer Junge dazu. Anfangs hatte ich Angst, dass er auch einer der Bösen war, aber wie sich herausstellte, handelte es sich um Joey Santini, Rourkes besten Freund.

Okay, ich sehe mir die beiden so an und denke, das kann doch wohl nicht wahr sein. Die sind beide supernett, aber vor allem Joey, der die größten, braunsten, weichsten Augen hat, die ich je gesehen habe. Wenn er ein Mädchen wäre, wäre er garantiert bald auf allen Titelblättern zu sehen. Er hat versucht, mich mit seinen Geschichten zu beeindrucken, was irgendwie süß war. Rourke hingegen ist gar nicht auf diese Art süß, aber trotzdem hat er die Schmetterlinge verursacht.

Egal, ich kann es kaum erwarten, Nina davon zu erzählen. Sie wird ausflippen, wenn sie hört, dass ich gerade die beiden süßesten Jungen vom Camp Kioga kennengelernt habe. Korrektur: die beiden süßesten Jungen des *Planeten*!

Jennys beste Freundin war Nina Romano. Sie kannten sich seit der Grundschule. Nina war über ein Jahr älter als Jenny, aber sie gingen trotzdem in die gleiche Klasse. Nina behauptete immer, ihre Mutter hätte ein ganzes Jahr lang vergessen, sie im Kindergarten anzumelden, weil es in der Familie neun Kinder gab. Tatsächlich hatte Nina aber

Schwierigkeiten in der Schule, und weil sie aus einer so großen Familie kam, erhielt sie nicht viel Hilfe bei den Hausaufgaben. Mrs Romano kam fast jeden Tag eine Viertelstunde vor Ladenschluss in die Bäckerei. Sie wusste genau, um welche Uhrzeit das Brot vom Vortag zum halben Preis verkauft wurde.

Jenny hatte damals in Ninas freundliche, neugierige Augen geschaut und eine verwandte Seele entdeckt. Sie wurden die besten Freundinnen und fühlten sich in Jennys Haus in der Maple Street genauso wohl wie in Ninas Zuhause an der Elm Street. Nina liebte die Stille und Ruhe von Jennys Zuhause. Sie hörte manchmal mitten im Barbiespielen auf und sagte mit ehrfürchtiger Stimme: „Ich kann die Uhr ticken hören!"

Jenny hingegen liebte den Krach und das Chaos des Romano-Haushalts. Je älter die Kinder wurden, desto lauter und ungestümer wurden sie. Irgendjemand schrie immer gerade jemand anderen an. Streitereien flammten auf und verglühten wieder, wie Streichhölzer, die angezündet wurden und abbrannten. Jenny genoss das Leben und die Leidenschaft, die sie hier erlebte. Sie war fasziniert von der Fähigkeit der Geschwister, sich wegen nichts und wieder nichts in die Haare zu kriegen.

„Ich würde alles dafür geben, eine Schwester zu haben", sagte sie.

„Sei froh, dass du keine hast", erwiderte Nina und rieb sich über die Stelle, wo ihre Schwester Loretta sie gerade an den Haaren gezogen hatte. „Du willst definitiv keine Schwester. Und auch keinen Bruder." Einmal hatte ihr Bruder Carmine ihr Tagebuch geklaut und es über das Lautsprechersystem der Schule laut vorgelesen. Die Vorstellung, dass ihr Geschriebenes jemals so verkündet würde, fand Jenny ziemlich aufregend, aber das verriet sie keinem.

An einem Sommertag, an dem laut den Erwachsenen eine „Affenhitze" herrschte, befanden Jenny und Nina sich in der ungewohnten Lage, nichts zu tun zu haben. Sie beschlossen, in die Bäckerei zu gehen, was für Nina ein so besonderes Vergnügen war, dass es Jenny auch ganz speziell vorkam, obwohl die Bäckerei ja so etwas wie ihr zweites Wohnzimmer war. Zu Jennys Überraschung fanden sie ein Dutzend kleiner Mädchen in der Backstube. Laura erklärte, dass gerade Elternwochenende im Camp Kioga war. Die Eltern aller Campbewohner kamen von nah und fern zu Besuch, und das Camp bot an diesem Wochenende besondere Ausflüge an, wie zum Beispiel eine Führung durch eine echte Backstube. Die Leute schienen es unglaublich faszinierend zu finden, wie aus einem Stück Teig ein Brot wurde.

Die Mädchen trugen alle rote Shorts und graue T-Shirts mit dem Camp-Kioga-Logo. Ihre Eltern – die Mütter in gebügelten ärmellosen Blusen und die Väter in Golf-T-Shirts und Bermudas – standen im Hintergrund und schauten zu. Jedem Mädchen war ein Schild ans

T-Shirt geheftet worden, auf dem stand: „Hallo, mein Name ist …“ Dann folgte ein typischer Reiches-Mädchen-Name, wie Jenny fand: Ondine und Jacqueline, Brooke und Blythe und Garamond, Dare und Lolly.

„Wir sind die Fledglings“, sagte die kesse Betreuerin, die ein Schild mit „Hallo, mein Name ist Buffy“ trug. „Das heißt, wir sind die Gruppe der Acht- bis Elfjährigen. Und es bedeutet außerdem, dass wir die besten Ausflüge machen, nicht wahr, Fledglings?“

Als Antwort zwitscherten die Mädchen aufgeregt durcheinander, ganz wie ihr Gruppenname andeutete – die Küken.

Jenny und Nina schlugen sich die Hände vor den Mund, um nicht laut loszulachen. Als die Gruppe sich zur nächsten Station aufmachte, ließ sich ein etwas pummeliges Mädchen vom Ende der Reihe zurückfallen und lungerte ein wenig in Jennys Nähe herum. „Ich bin Olivia Bellamy.“

„Hey, Olivia“, sagte Jenny, obwohl sie sah, dass auf dem Namensschild „Lolly“ stand.

Sie warf einen Blick zu einem großen, ernst aussehenden Mann, der bei den anderen wartenden Eltern stand. Er hatte sandfarbenes Haar und helle Augen und schien sich zu wünschen, sonst wo zu sein, nur nicht in der Enge der Backstube. Das Mädchen folgte ihrem Blick und flüsterte: „Meine Eltern lassen sich scheiden.“

„Das tut mir leid.“ Jenny fühlte sich ein wenig unbehaglich. Manchmal waren Kinder schon komisch. Erzählten ihre Geheimnisse einfach einer Wildfremden, so wie Jenny ihre ihrem Tagebuch anvertraute. „Nimm dir doch einen Donut, Olivia.“

Laura klatschte in die Hände, um die Aufmerksamkeit der Kinder auf sich zu ziehen. „Mein Name ist Miss Tuttle“, sagte sie. „Ich werde euch hier alles zeigen, und dann werden wir eine kleine Keksverkostung durchführen.“

Gelangweilt zapften Jenny und Nina sich eine Limonade hinter dem Tresen und gingen nach draußen. Die Eltern der Camp-Kioga-Bewohner waren einfach auszumachen. Sie trugen zwar keine Uniform wie die Camper, aber sie sahen alle etwas zerknittert und teuer aus, so als ob sie Stunden damit zugebracht hätten, diesen lässigen Look zu erzeugen. Die Kinder in den Campfarben strömten in Gruppen durch die Stadt und zeigten ihren Eltern alles, was es hier zu sehen gab.

Jenny erkannte Rourke McKnight sofort, der alleine unterwegs war und sie direkt anschaute.

Okay, dachte sie. *Was nun? Zeit für eine Entscheidung.* Sie könnte so tun, als hätte sie ihn nicht gesehen. Oder sie könnte so tun, als wären sie befreundet.

„Komm“, sagte sie zu Nina. „Da ist jemand, den ich dir vorstellen will.“ Vielleicht würde sie mit Rourke gehen und Nina mit Joey, und sie wären alle vier Freunde für immer. Wie cool wäre das denn? Leider würde Nina wohl kein Interesse haben. Sie hatte einen geheimen Freund, der in der Nachbarstadt auf die Schule ging. Sie musste ihn geheim halten, sagte sie, denn wenn ihre Brüder davon erführen, würden sie sein Gesicht *neu anordnen*, wie sie es nannten. Sie fanden nämlich, dass sie noch viel zu jung für einen Freund war.

Jenny versuchte zu erraten, welche Eltern wohl zu Rourke gehörten. Anders als die anderen Camper spielte er nicht den Touristenführer. Vielleicht waren seine Eltern nicht gekommen. Vielleicht war er froh, ein bekanntes Gesicht zu sehen. Mit Nina im Schlepptau ging sie schnurstracks auf ihn zu und begrüßte ihn. Sie war erstaunt, dass sie keine Probleme hatte, ein Wort herauszubringen. Er sah sogar noch besser aus als bei ihrer ersten Begegnung. Seine Haut hatte einen leichten Bronzeton angenommen, sein Haar war noch blonder, und die Narbe auf seiner Wange war gut verheilt, sodass man nur noch einen kleinen sichelförmigen Mond sah.

„Hi“, sagte er. „Ich war gerade …“

„Rourke, hey, Rourke.“ Joey gesellte sich zu ihnen. Anders als Rourke mit seinem vorsichtigen Lächeln grinste Joey übers ganze Gesicht. „Hey, Jenny“, sagte er ohne jegliche Verlegenheit. „Darf ich vorstellen, mein Vater, Bruno Santini.“

Jenny begrüßte ihn und stellte dann Nina vor.

Mr Santini hatte überhaupt keine Ähnlichkeit mit den anderen Eltern. Er war etwas gedrungen und kräftig, mit dunklen welligen Haaren und einer Art, Joey anzusehen, die nur so vor Liebe strahlte. Als Jenny die beiden beobachtete, verspürte sie einen leichten Stich der Eifersucht.

„Also habt ihr bereits Freunde gefunden“, sagte Mr Santini und gab Joey einen kleinen Klaps auf die Schulter. „Gut gemacht, Sonnyboy.“

„Das da drüben ist Jennys Bäckerei“, zeigte Joey. „Und Ninas Mutter leitet die Küche im Camp.“

„Ich sehe, dass sie dich gut füttern“, erwiderte Mr Santini strahlend. „Meine Mama hat immer gesagt, gutes Essen ist wichtiger als ein langes Leben.“

Rourke stand sehr still und höflich ein wenig abseits. Er betrachtete Joey nicht mit der Eifersucht, die Jenny fühlte, sondern mit ehrlicher Zuneigung. Sie wusste, dass die beiden beste Freunde waren, so wie sie und Nina. Dann wurde der Ausdruck in Rourkes Augen auf einmal kalt und hart. Sie folgte seiner Blickrichtung und sah ein hübsches Paar auf sie zukommen. Das mussten seine Eltern sein. Der Vater war groß und schlank, mit hellen Haaren, die an den Schläfen bereits grau wurden. Die Mutter trug ein schmal geschnittenes, kakifarbenes Kleid und teuer aussehende Schuhe. Die blonden Haare und blauen Augen hatte Rourke eindeutig von ihr.

Dieses Mal fiel die Vorstellung wesentlich förmlicher aus. Jenny merkte, dass sie kaum ein Wort herausbrachte. Nina hingegen bombardierte die McKnights mit neugierigen Fragen, weil das nun mal ihre Art war. Sie war neugierig und furchtlos und wollte wissen, wo sie wohnten und was Mr Santini und Mr McKnight arbeiteten. Als Rourkes Vater sagte, dass er Abgeordneter wäre, schlug Nina sich mit der flachen Hand gegen die Stirn. „Senator Drayton McKnight", rief sie. „Das *gibt's* doch nicht!"

Jenny hatte noch nie von Drayton McKnight gehört. Wer außer Nina wusste diese Dinge auch schon? Nina war nahezu besessen von Politik und hatte vor, sich eines Tages um ein öffentliches Amt zu bewerben. Sie kannte alle Regierungsebenen, vom Hundefänger über den Abgeordneten bis zum Präsidenten der Vereinigten Staaten.

Rourke war offensichtlich nicht sonderlich begeistert davon, der Sohn eines Senators zu sein. „Wir gehen dann besser mal", sagte er.

Jenny und Joey tauschten einen Blick. Sie mussten nichts sagen. Sie waren gleich, sie beide, still, von Immigranten aufgezogen. Joeys zu hübsche Augen strahlten sie an. Nachdem sie von den Jungen im Camp so bedrängt worden war, hatte Jenny dem Küssen für immer abschwören wollen. Doch nach einem weiteren Blick auf Joey und Rourke war sie bereit, es sich noch einmal zu überlegen.

Die Trillerpfeife eines Betreuers ertönte, und Rourke stieß Joey in die Seite. „Komm, lass uns gehen."

„Wir sehen uns", sagte Joey zum Abschied.

Als die Kinder mit ihren Eltern davongingen, ging Nina dramatisch in die Knie und fasste sich ans Herz. „Oh mein Gott, du hattest recht. Er ist ja *so* süß!"

„Welcher?"

„Gute Frage. Sie sind beide süß, aber Joey sieht meinen Brüdern zu ähnlich."

Das stimmte. Joey würde inmitten der Romanos gar nicht auffallen. Wohingegen Rourke im Vergleich mit ihnen so aussah wie Prince Charming.

„Ist aber auch egal", sagte Nina. „Er steht sowieso auf dich, nicht auf mich."

Jenny schoss sofort das Blut ins Gesicht. „Du spinnst doch."

„Du brauchst es gar nicht zu leugnen. Und tu bloß nicht so, nach dem Motto ‚Wir kennen uns doch gar nicht' und so. Ich weiß, was ich weiß. Und dazu gehört, dass auch Joey ein Auge auf dich geworfen hat."

Ein Schwindelgefühl ergriff Jenny und machte sie aufgeregt und gleichzeitig verlegen. Diese ganze Sache mit den Jungs war sowohl wunderschön als auch ganz fürchterlich. „Zuerst einmal", sagte sie, „liegst du da falsch, und zweitens, wenn du zu einem von ihnen was sagst, erzähle ich allen in der Bäckerei, dass du Diabetes hast und niemand dir jemals wieder was zu essen geben darf."

Nina schnaubte verächtlich. „Das würdest du nicht wagen."

Jenny stemmte die Hände in die Hüften. „Probier's lieber nicht aus."

„Er steht total auf dich", behauptete Nina noch einmal.

Jennys Wangen brannten. Sie mochte beide Jungs. Joey, weil er so lustig, unkompliziert und ihr so ähnlich war. Und Rourke, weil er gut aussah und geheimnisvoll und irgendwie sorgenvoll wirkte. Wenn sie ihn anschaute, verspürte sie ein seltsames Ziehen in ihrem Herzen. Die ganze Angelegenheit, Jungen zu mögen, war ganz schön kompliziert, entschied sie. Vielleicht war es gut, dass sie beide weit weg in der Stadt wohnten. Am Ende des Sommers wären sie beide fort, und sie müsste keinen von beiden länger mögen.

In jedem Sommer, der folgte, beobachtete Jenny, wie die Camper am Bahnhof aus dem Zug ausstiegen, und wartete gespannt, ob Rourke McKnight sich unter ihnen befinden würde. Und jedes Mal war er da, noch größer und goldener als im vorangegangenen Jahr. Joey veränderte sich nicht sehr. Er lachte immer über irgendetwas und betrachtete Jenny mit einem Blick, der sie nicht verlegen machte, sondern unter dem sie sich wie etwas Besonderes fühlte. Rourke war ruhiger, und wenn *er* sie anschaute, fühlte sie sich nicht besonders, sondern … verunsichert.

Im dritten Sommer sagte er ihr, dass es der letzte für ihn und Joey als Camper sei. Es war am Tag vor dem vierten Juli. Sie war auf einer Auslieferungstour der Bäckerei im Camp und stahl sich schnell davon, als sie Rourke sah. Als er ihr die Neuigkeit mitteilte, reagierte sie darauf ganz seltsam. Auf der einen Seite war sie enttäuscht, weil es bedeutete, dass sie ihn nie wiedersehen würde. Auf der anderen Seite machte ihr Herz einen Sprung, weil sie dachte, wenn sie wenigstens einmal von ihm geküsst werden wollte, müsste sie sich jetzt beeilen, denn der Sommer war fast rum.

Sie hatte zwei ganze Sommer darauf gewartet.

Sie schaute sich um. Sie waren allein, weil es in Strömen regnete und die meisten Campbewohner in ihren Hütten oder im Haupthaus waren, um zu spielen, zu malen oder sich sonst wie die Zeit zu vertreiben. Sie suchten unter der Terrasse des Haupthauses Schutz vor dem Regen.

„Ich kann nicht glauben, dass es dein letzter Sommer hier ist", sagte sie und trat einen Schritt auf ihn zu. Sie schaute auf seinen Mund, was laut dem Artikel in der *Seventeen* ein nonverbales Zeichen war.

Er trat unruhig von einem Fuß auf den anderen. Ja, dachte sie, ja, er weiß es. Jenny machte noch einen Schritt und schloss die Lücke zwischen ihnen. Sie versuchte es jetzt anders – sie leckte sich mit der Zunge über die Lippen. Ein weiterer Tipp aus der *Seventeen*.

„Äh, ja", sagte er ganz zauberhaft nervös. „Was das angeht. Wir werden zurückkommen. Als Betreuer, meine ich. Mr Bellamy hat uns beide eingeladen, den nächsten Sommer über hier zu arbeiten, wenn wir wollen."

Oh. Vielleicht war das ihr Zeichen, von ihm abzulassen. Was sie aber nicht tat. Allerdings war er so unglaublich schwer von Begriff, dass sie nicht wusste, wie sie weitermachen sollte. Also packte sie ihn einfach und umarmte ihn. „Ich bin so froh, Rourke. Ich bin froh, dass du zurückkommst."

Einen magischen Moment lang, vielleicht für die Dauer eines Herzschlags, erwiderte er ihre Umarmung, und in diesem Bruchteil einer Sekunde schwebte sie im Himmel. Dann verspannte er sich und schob sie von sich.

„Wie auch immer", sagte er, als wäre nichts passiert. „Ich bin mir sicher, dass mein Vater ausflippen und es mir verbieten wird. Er wird sicher wollen, dass ich meine Zeit produktiver verwende, wie er es nennt."

„Soll das heißen, dass du doch nicht zurückkommst?"

„Nein. Es soll nur heißen, dass ich kämpfen muss, um mich durchzusetzen. Aber das muss ich ja immer."

„Streitest du dich oft mit deinem Vater?", wollte sie wissen.

Er zuckte die Achseln. „Ich versuche, mir meine Schlachten selber auszusuchen. Er ist ein ziemlich fieses Arschloch."

„Was meinst du mit fies?"

„Wie viele Arten von fies gibt es denn?"

Sie nahm an, dass das eine rhetorische Frage war. Sie versuchte, ihren Eindruck der McKnights zu korrigieren. Wie jeder andere auch hatte sie gedacht, dass sie das Paradebeispiel des amerikanischen Traums seien. „Du hast Glück, überhaupt einen Dad zu haben", sagte sie.

„Klar." Er schnaubte verächtlich.

„Manchmal sehne ich mich so sehr nach einem Vater, dass ich sogar einen fiesen nehmen würde."

„Dann bist du verrückt."

„Bin ich nicht. Ich bin mal von einem Hund gebissen worden", sagte sie. „Und später hat sich herausgestellt, dass der nur böse geworden ist, weil er misshandelt worden war."

„Ein Hund weiß es ja auch nicht besser."

„Ich meine ja nur, dass es vielleicht einen Grund gibt. Wenn Leute verletzt werden, werden sie fies." *Oder sie drehen sich um und laufen davon.* Vielleicht war genau das ihrer Mutter passiert.

Er schaute sie an, und in seinen Augen blitzte kurz die Wut auf, die er nur manchmal zeigte und die ihr ein wenig Angst machte. Pech gehabt, dachte sie. *Ich mache keinen Rückzieher.* „Wie sind wir überhaupt auf dieses Thema gekommen?", fragte sie. „Ich wollte doch nur …" Sie zögerte. Konnte sie es laut aussprechen? Konnte sie es ihm sagen? „Ich wollte nur, dass du mich küsst. Das will ich immer noch."

Er stieß einen Laut aus, der beinahe einem Stöhnen glich. „Nein", sagte er. „Das willst du nicht." Dann ging er mit steifen Schritten davon und verschwand mit gestrafften Schultern im Regen.

Jenny fühlte sich dumm. Tränen verschleierten ihren Blick. Sie hasste Rourke McKnight. Sie würde ihn für immer hassen. Mit diesem Gedanken wartete sie darauf, dass der Regen aufhörte, und ging dann, um ihrem Großvater zu helfen. Gerade als sie mit der Auslieferung fertig waren, kam die Sonne heraus, und ein Regenbogen wölbte sich über dem Willow Lake.

Sie ging um den Lieferwagen herum zur Beifahrerseite, und da stand Joey Santini und erwartete sie mit einem breiten Lächeln. Sie sprachen ein paar Minuten miteinander und lachten über alles und nichts. Dann stellte sie ihn ihrem Großvater vor.

Grandpa strahlte übers ganze Gesicht, als Joey ihm die Hand schüttelte und all die richtigen Dinge sagte, zum Beispiel, wie sehr er Grannys Ahornriegel mochte.

Dem Himmel sei Dank für Joey. Bei ihm fühlte sie sich so zufrieden und wertgeschätzt und war nicht ständig kurz davor zu explodieren. Sie fühlte sich bei ihm wohl und nicht unbehaglich oder dumm. Er weckte in ihr auch nie den Wunsch zu weinen.

Am nächsten Abend gingen sie und Nina zum Camp Kioga hinauf, um das Feuerwerk zum vierten Juli anzusehen, das am Ufer des Willow Lake stattfand. An diesem Abend wagte Joey den ersten Schritt. Sie saßen inmitten einer Gruppe Jugendlicher auf einer Decke am Ufer, und er drückte seine Schulter gegen ihre und lehnte sich zu ihr, um ihr etwas ins Ohr zu flüstern. „Ich möchte, dass du meine Freundin bist", sagte er.

Jenny wusste nicht, was sie sagen sollte. Sie wusste nicht, ob sie es wollte oder nicht. Und noch während Joey näher rückte, schaute sie zu Rourke hinüber. Er stand in der Nähe, die Daumen in die Gürtelschlaufen seiner Hose gehakt. Er starrte sie mit einem ganz merkwürdigen Gesichtsausdruck an. Sie versuchte, ihn mit ihren Blicken zu fragen, ob es eine Chance für sie beide gäbe. Aber entweder verstand er ihre Nachricht nicht, oder es war ihm egal. Dann legte er lässig seinen Arm um die Taille eines anderen Mädchens und beugte sich vor, um ihr etwas ins Ohr zu flüstern, woraufhin sie kicherte.

Rourke hoffte, dass es funktioniert hatte. Er hatte den halben Abend mit der Kichererbse verbracht, wie er sie bei sich nannte. Er konnte sich nicht an ihren Namen erinnern, aber er brauchte sie. Er wusste nicht, was er sonst tun sollte. Jenny fing an, sich in ihn zu verlieben, so wie er sich schon vor langer Zeit in sie verliebt hatte. Aber das durfte keine Rolle spielen. Joey mochte sie seit dem ersten Tag, und Rourke würde ihm das niemals wegnehmen. Er musste nur sicherstellen, dass Jenny ihn für ein Arschloch hielt, was er seinem Vater nach zu urteilen ja auch war. Dann würde sie aufhören, ihn zu mögen, und anfangen, Joey zu mögen, und genau so sollte es sein. Joey verdiente sie auf eine Art, wie Rourke sie niemals verdienen würde. Joey wusste einfach, wie man ein Mädchen wie Jenny behandelte. Er hatte nicht das Gefühl, in Brand gesteckt worden zu sein wie Rourke, in dem so intensive Gefühle tobten, dass er fürchtete, sie könnten sie beide vernichten.

Den Rest des Sommers stellte er sicher, dass sie ihn immer inmitten anderer Mädchen sah. Nur um sie daran zu erinnern, dass er ein Arschloch war und sie mit Joey viel besser dran wäre.

Essen für die Seele

von Jenny Majesky

Glücklicher Kuchen

Ich möchte Ihnen etwas verraten, was Ihnen bisher bestimmt noch nie aufgefallen ist. Aber wenn ich Sie erst einmal darauf hingewiesen habe, werden Sie nicht umhin können, es jedes Mal zu bemerken. Eine kleine, familiengeführte Bäckerei ist ein glücklicher Ort. Denken Sie mal darüber nach. Wann sind Sie das letzte Mal in eine Bäckerei gegangen und haben eine übellaunige Person vorgefunden? Das passiert einfach nicht. Die Menschen hinter dem Tresen sind fröhlich. Die Kunden sind fröhlich. Sogar die Geräusche und Gerüche des Ortes sind vollkommen fröhlich.

Ich wette, wenn man eine Untersuchung der Luft in einer Bäckerei durchführen würde, würde man Pheromone in ihr finden. Eines der glücklichsten Rezepte aus dem Fundus meiner Großmutter ist dieses hier. Es ist eigentlich ein sogenannter Pfundkuchen, der je ein Pfund von jeder wichtigen Zutat enthält. Aber meine Großmutter hat sich für ihn ein neues Wort ausgedacht: *Szczęśliwe ciastko.* Grob übersetzt heißt das – und Sie ahnen es schon, oder? – „glücklicher Kuchen". Er zeichnet sich durch seine gelbe Farbe aus und durch die Tatsache, dass es unmöglich ist, eine Scheibe davon zu essen und sich *nicht* glücklich zu fühlen.

Glücklicher Kuchen

1 Pfund Kuchenmehl (3 Tassen)
1 Pfund Eier (ungefähr 6 Stück)
1 Pfund ungesalzene, weiche Butter (nicht durch Margarine ersetzen)
1 Pfund Zucker (ungefähr 2 ¼ Tassen)
2 TL Vanille
½ TL Salz
½ Tasse Buttermilch
½ TL Backnatron
1 TL Backpulver

Heizen Sie den Ofen auf 160 °C vor. Buttern und bemehlen Sie eine Gugelhupfform. Schlagen Sie die Butter, bis sie leicht schaumig ist, und fügen Sie langsam und nacheinander Zucker, Vanille und die Eier hinzu. Mit dem Mixer auf unterster Stufe rühren Sie den Teig und geben die Buttermilch hinzu. Mischen Sie alle trockenen Zutaten zusammen und fügen Sie diese ebenfalls langsam hinzu. Füllen Sie den Teig in die Form und lassen Sie ihn ungefähr 1 Stunde und 20 Minuten backen. Der Kuchen ist fertig, wenn Sie einen Zahnstocher hineinstecken und trocken wieder herausziehen können. Lassen Sie den Kuchen 15 bis 20 Minuten in der Form abkühlen. Dann stürzen Sie ihn vorsichtig und servieren ihn lauwarm mit frischen Früchten oder Lemon Curd (ein Brotaufstrich aus Zitronen). Ergibt 12 großzügige Portionen.

8. KAPITEL

Jennys irdische Habseligkeiten passten allesamt in einen kleinen Lieferwagen. Und ehrlich gesagt war sie überrascht, dass die Bergungsmannschaft noch so viel hatte retten können. Alles war gereinigt und in beschriftete Kisten gepackt worden, die nun in dem Lieferwagen standen. Sie sollte die Sachen durchgehen und bestimmen, was davon sie behalten wollte und was entsorgt werden konnte, aber darauf hatte sie im Moment noch gar keine Lust. Sie würde die Sachen erst einmal aufbewahren und später entscheiden, was damit geschehen sollte. Sie trat einen Schritt zurück und verschränkte die Arme. Ihr war kalt, und sie stampfte mit den Füßen auf, um etwas warm zu werden. Ihre Lieblingshandschuhe waren ebenfalls dem Feuer zum Opfer gefallen. Sie waren aus Leder und mit Kaschmir gefüttert gewesen.

Rourke bog in die Einfahrt und parkte sein Auto hinter dem Lieferwagen. Als Teil seiner Initiative zur Verhinderung von Verbrechen war er heute an der örtlichen Junior-Highschool gewesen und trug noch die dementsprechende Kleidung. Er glaubte, dass die Uniform, oder sogar ein Anzug, ein Hemmnis für die Kommunikation mit Kindern war. Also trug er eine lässige Cargohose, Stiefel, die nicht ganz bis oben geschnürt waren, eine weite Jacke und eine Strickmütze. Er sah mehr wie ein Snowboarder als wie der Polizeichef aus. „Was geht?“, fragte er beim Herankommen.

„Alles“, sagte sie und deutete auf den Truck. „Wie war dein Besuch in der Schule?“

„Ich denke, sie mögen mich. Ungefähr ein Dutzend Kinder haben sich für freiwillige Gemeindedienste angemeldet.“

Sie konnte sich nicht vorstellen, wie irgendjemand ihm widerstehen konnte, egal, ob Kind oder Erwachsener. Kinder erkannten ein falsches Lächeln schon von Weitem, und Rourke schien das zu wissen. Er wirkte vollkommen entspannt in seiner lockeren Aufmachung und nicht wie für die Jugendlichen verkleidet. „Wie kommt es, dass du so gut mit Kindern zurechtkommst, Chief?“ fragte sie.

„Man hört ihnen zu und zeigt ihnen Respekt, und danach wird es immer leichter. Wieso siehst du mich so komisch an? Liegt es an den Klamotten?“

„Nein, nicht die Klamotten.“ Sie zögerte. Ach, was soll’s, dachte sie. „Wünschst du dir jemals, selber Kinder zu haben?“

Er schaute sie erstaunt an und brach dann in lautes Lachen aus.

„Das sollte nicht lustig sein“, sagte sie. „Ich frage mich schon die ganze Zeit, was für ein Vater du wohl wärst und was für ein Familienmensch.“

„Keine Art von Vater und kein Familienmensch, danke vielmals.“

„Ach, komm schon, McKnight. Du bist nicht das erste Kind mit einer lausigen Kindheit. Das ist keine Entschuldigung.“

„Da gibt es noch die kleine Schwierigkeit, die Kinder zu bekommen, von denen du so überzeugt bist, dass ich sie haben will. Das ist für einen Mann nicht so einfach.“

Sein Blick, mit dem er sie musterte, war viel zu intim. „Hör mal, wir müssen unbedingt über unser ... Arrangement sprechen. Es ist verrückt, dass ich bei dir wohne.“

„Warum?“

„Weil wir keine Beziehung haben.“

„Vielleicht sollten wir das aber“, sagte er. „Als Zimmergenossen.“ Er drehte sich abrupt um und ging um den Lieferwagen herum, um zu gucken, was die Bergungstruppe alles gefunden hatte.

Zimmergenossen, dachte Jenny. *Was soll das denn heißen?* Sie wusste nicht, wie sie ihn danach fragen sollte, also wechselte sie das Thema. „Ein kleiner Lieferwagen voll. Schon ein bisschen armselig, oder?“

„Nein“, widersprach er. „Das ist nicht armselig, sondern einfach nur etwas, was passiert.“

„Und es ist doch armselig“, wiederholte sie. „Warum lässt du mich nicht ein bisschen jammern?“

„Okay. Wenn du dich dann besser fühlst.“

„Das werde ich nicht, aber es lässt dich sich schlechter fühlen, und dann fühle ich mich besser. Ich bin eine Steuerzahlerin. Das ist das Mindeste, was du für mich tun kannst.“

„Meinetwegen.“ Er verschränkte die Arme vor der Brust. „Das Zeug hier zu sehen und zu wissen, dass nicht mehr von deinem Haus übrig geblieben ist ... veranlasst mich, mich schrecklich zu fühlen, okay?“

Ein fetter Pick-up-Truck mit einem Schneepflug fuhr vor. Als Erster sprang Connor Davis hinaus, gefolgt von Greg Bellamy. Greg war Philip Bellamys jüngster Bruder, was ihn zu Jennys Onkel machte, obwohl er nur wenige Jahre älter war als sie. Er war erst vor Kurzem geschieden worden und mit seinen beiden Kindern Daisy und Max hierher nach Avalon gezogen. Daisy würde demnächst in der Bäckerei mithelfen. Max war in der fünften Klasse. Wie alle Bellamys, die Jenny bisher kennengelernt hatte, besaß auch Greg eine umgängliche, charmante Art verbunden mit dem natürlich guten Aussehen der gebildeten Klasse. Sie fühlte sich überhaupt nicht wie eine Bellamy, und dieses sonnige, vornehme Aussehen war komplett an ihr vorübergegangen. Jeder, der ihre Mutter kannte, schwor, dass sie genauso aussah wie Mariska – die natürlich auch wunderschön war, aber auf eine ganz andere, dunklere und sinnlichere Art.

„Hey Jungs, danke, dass ihr gekommen seid“, grüßte Jenny die beiden.

„Kein Problem“, versicherte ihr Greg.

Als sie die beiden Rourke vorstellte, überlegte sie, dass die drei Männer zusammen aussahen wie eine Fantasie, aus der eine Frau nicht aufwachen wollte. Jeder war groß, stark, sexy. Und irgendetwas am Umgang mit schwerem Gerät und Arbeit, die an der frischen Luft getan werden musste, schien den Testosterongehalt ganz schön in die Höhe zu treiben.

„Ich weiß das sehr zu schätzen“, sagte sie. „Seid ihr sicher, dass es okay ist, den ganzen Kram ins Camp zu bringen?“

„Sicher“, erwiderte Connor. „Da oben ist nichts außer Platz. Und im Winter wohnt dort auch niemand.“

„Das hilft mir echt sehr. Ich wollte alles in die Garage stellen, aber die ist auch beschädigt worden und wird mit dem Rest zusammen niedergerissen.“ Ihr war immer noch ein wenig schwindelig von dem Gedanken, dass sie nun kein Zuhause mehr hatte, keinen Ort, an dem sie ihre Sachen aufbewahren konnte – oder zumindest das, was davon übrig geblieben war. Sie waren übereingekommen, dass Connor den Pickup zum Camp fahren würde und Rourke und Jenny ihm im Lieferwagen folgten. Die Privatstraße durch den Wald konnten sie nur im Schneckentempo bewältigen, und der Schneepflug blies weiße Fontänen zu beiden Seiten, während er den Weg freiräumte.

„Ich kann nicht glauben, wie nett alle sind“, sagte Jenny.

„Es ist nicht schwer, nett zu dir zu sein.“

„Helft ihr mir deshalb alle? Weil ihr nett sein wollt?“

„Ich bin nicht nett“, widersprach er. „Das solltest du eigentlich wissen.“

Sie beide hatten in der Vergangenheit Fehler gemacht. Jenny wurde immer wieder von Bedauern heimgesucht, während Rourke unter einer uralten Schuld litt, die sich tief in sein Herz gegraben hatte. Das war der Grund dafür, dass sie sich so voneinander entfernt hatten. Aber da sie nun wieder so viel Zeit miteinander verbrachten, fühlte sie sich berechtigt, die alten Geschichten anzugehen. „Du wirst dir niemals für Joey vergeben, oder?“, sprach sie gleich das heikelste Thema an. „Was müsste dafür geschehen, Rourke?“

Er hielt den Blick strikt auf die Straße vor sich gerichtet. „Interessante Frage, gerade aus deinem Mund.“

„Das ist keine Antwort.“

„Okay, wie wäre es damit: Vielleicht habe ich mir nie wegen Joey vergeben, weil einige Dinge … einfach nicht zu verzeihen sind. Man versucht einfach, weiterzumachen und damit zu leben.“

Und den Rest dieses Lebens damit zu verbringen, Buße zu tun, überlegte sie. Aus irgendeinem Grund fiel ihr *Die Schöne und das Biest* ein – und zwar die tobende, gewalttätige französische Version, nicht der blitzsaubere Disneyfilm. Im Original wurde die Wut des Biests von der bedingungslosen Liebe der Heldin gestillt, doch kam die Erlösung mit so viel Schmerz und Opfern auf beiden Seiten, dass sie sich fragte, ob der Kampf sich überhaupt gelohnt hatte.

Den Rest der Fahrt über blieb sie still. Das südliche Ende des Sees lag nahe an der Stadt. Gemütliche Hütten, von denen die meisten im Winter geschlossen waren, drängten sich nebeneinander am Ufer. Die überfrorenen Docks, auf denen der Schnee meterhoch lag, ragten in ein grellweißes Feld. Sie fuhren am Inn at Willow Lake vorbei, einem Haus aus dem neunzehnten Jahrhundert, in dem es Gerüchten zufolge spukte. Als Kinder waren Jenny und Nina oft mit ihren Fahrrädern an dem Haus vorbeigefahren und hatten darüber spekuliert, wer wohl darin herumgeisterte. Nina sagte immer, dass das Inn eines Tages ihr gehören würde, aber als sie mit Sonnet schwanger wurde, hatte ihr Leben eine völlig andere Richtung eingeschlagen.

Der See wand sich durch ein tiefes Tal, das schnell in Wildnis überging, und schon bald gab es nichts weiter zu sehen als den winterlichen Wald, der am Autofenster vorbeizog. Die überirdische Perfektion und Stille der Landschaft faszinierten sie. Die dünnen Bäume sahen aus wie Tuschezeichnungen vor dem weißen Hintergrund aus Schnee, der von Tierspuren durchzogen war. Meisen und Kardinäle flogen zwischen den Zweigen hindurch. Als sie Camp Kioga erreichten, fühlte sie sich, als trennten sie Welten von ihrem normalen Leben und nicht nur wenige Meilen.

Früher waren die Reichen hierher in die Sommerfrische gekommen, und so erinnerte der Stil des Camps an das vergoldete Zeitalter, die Blütezeit der amerikanischen Wirtschaft Ende des neunzehnten Jahrhunderts. Die Einfahrt zum Camp markierte ein Torbogen aus Holz und Schmiedeeisen, der sich über eine schmale Schneeverwehung spannte, die hinauf zum Haupthaus führte. Unter dem Schnee versteckt, lagen Sportplätze und Geräteschuppen. Ein Bootshaus stand direkt am See, der zu einem riesigen, flachen weißen Feld gefroren war.

Alles schien sich im Winterschlaf zu befinden. Schneewehen bedeckten die Eingangsstufen zu den aus Holz gebauten Schlafbaracken und Hütten. Am Dach des Pavillons, der auf der Insel mitten im See stand, hingen Eiszapfen. Jenny spürte, wie die undurchdringliche Ruhe und die wie aus Zuckerwatte gemachte Landschaft sie in ihren Bann zogen. Sie hatte das einsam gelegene Camp noch nie im Winter gesehen, und es kam ihr einfach nur magisch vor.

Connors Truck blieb vor einem der Geräteschuppen stehen. Greg machte das Tor des Schuppens auf, und innerhalb kürzester Zeit hatten sie alles in dem großen Holzgebäude untergebracht.

„Es ist so schön hier", sagte Jenny. „Ich bin froh, dass Olivia und du euch entschlossen habt, es wiederzueröffnen."

„Eines Tages wird es das ganze Jahr über geöffnet haben", sagte Connor.

Jenny bemerkte, dass Rourke ein wenig abseits stand und wie in Erinnerungen verloren auf den See hinausschaute. Er hatte einige Sommer hier verbracht, gemeinsam mit Joey. Hier im knöcheltiefen, eiskalten Wasser des Sees hatten sie nebeneinandergestanden, Steine flitschen lassen und jeden einzelnen Sprung gezählt. Und dort am Dock war der Startpunkt für ihre Wettschwimmen gewesen. An einem Baum, dessen starke Äste weit über die Wasseroberfläche hinausragten, war ein Seil befestigt gewesen, und sie hatten einander gegenseitig herausgefordert, wer sich daran höher oder weiter schwingen und tiefer ins Wasser eintauchen konnte. Zwischen ihnen war alles immer ein Wettbewerb gewesen.

Sie versuchte, sich an den Moment zu erinnern, an dem die Rivalität angefangen hatte, die einen unausgesprochenen Graben in ihre Freundschaft gerissen hatte. War es der Augenblick, als sie drei sich das erste Mal getroffen hatten? War es unsichtbar gewesen, wie Magma in einer unterirdischen Leitung, das sich seinen Weg nach oben suchte?

Greg trat einen Schritt zurück und betrachtete die aufeinandergestapelten beschrifteten Kartons. „Das ist alles."

„Danke noch mal." Jenny weigerte sich, daran zu denken, dass sich alles, was sie besaß, in diesen Kartons befand. Dass sie eines Tages in der näheren Zukunft – vielleicht Anfang des Frühlings, wenn das Tauwetter einsetzte – sich jedes einzelne Teil ansehen und über sein Schicksal entscheiden musste. Sollte sie Grannys uralten, verbogenen Schneebesen behalten, die Angelbox ihres Großvaters, einen Aschenbecher, den ihre Mutter als Kind getöpfert hatte?

Es begann, leicht zu schneien, und Jenny hob ihr Gesicht zum Himmel. Sie spürte, wie die Schneeflocken ihre Wangen und ihre Stirn berührten. Es wird alles gut, sagte sie sich. Die Welt war schön, und ihr standen alle Wege offen.

„Wir sollten besser zurückfahren", sagte Connor und ging zu seinem Truck.

„Treffen wir uns doch unten in der Bäckerei", schlug Jenny vor. „Ich habe noch ein paar Dinge im Büro zu erledigen und gebe euch vorher noch einen Kaffee und Kuchen nach Wahl aus."

„Ich würde gerne ein anderes Mal darauf zurückkommen", sagte Connor. „Ich muss zurück an die Arbeit."

„Ich auch", sagte Greg. „Aber wir sehen uns Samstag, oder? Zum Abendessen?"

„Natürlich." Ihr Vater Philip kam am Wochenende aus der Stadt, um sie zu sehen. Sie hatte ihm gesagt, dass sie nichts brauchte und alles okay wäre, aber er hatte darauf bestanden.

Nachdem Connor und Greg gefahren waren, gingen auch Rourke und Jenny langsam zu ihrem Auto zurück. Sie schauten ein letztes Mal auf den See. „Es ist so schön hier", sagte sie. „Ich fühle mich ganz ... nostalgisch. Du nicht auch?"

„Vielleicht", sagte er. „Ein wenig." Er beschleunigte seinen Schritt, und sie merkte, dass er sich verschloss. Das ist vielleicht auch ganz gut so, dachte sie. Sie waren noch nie besonders gut darin gewesen, über Dinge zu sprechen, die wirklich wichtig waren.

9. KAPITEL

Jenny hatte einen ihr endlos vorkommenden Nachmittag im Rathaus damit verbracht, Formulare auszufüllen, um verloren gegangene Dokumente neu zu beantragen. Zum Glück war Nina Romano zwischendurch auf einen Plausch zu ihr gekommen, was die Angelegenheit etwas weniger ermüdend machte. „Sei ehrlich“, sagte Jenny. „Wie viele zerreißen sich das Maul, weil ich bei Rourke wohne?“

„Würdest du mir glauben, wenn ich sage, niemand?“

„In dieser Stadt? Eher nicht.“ Jenny unterschrieb ein weiteres Dokument.

„Glaub mir, die Leute haben größere Sorgen als das.“ Nina streckte die Hand nach den Formularen aus. „Ich werde die für dich im Büro einreichen.“ Gemeinsam gingen sie durch den langen Korridor, an dem sich ein Büro ans andere reihte.

„Was für Sorgen?“

Nina winkte ab. „Finanzierungskram. Ich will dich nicht mit Einzelheiten langweilen. Lieber würde ich von deinem Zusammenleben mit Rourke hören.“

„Siehst du?“, gab Jenny kurz angebunden zurück. „Ich sollte nicht dort wohnen. Es ist verrückt.“

„Ich zieh dich doch nur auf. Hör mal, wir wissen immer noch nicht, was das Feuer in deinem Haus ausgelöst hat“, sagte Nina. „Du solltest wenigstens so lange bei ihm bleiben, bis die Brandursache feststeht.“

„Oh Gott. Eine Verschwörungstheorie?“

„Nein. Ich denke nur praktisch. Und wenn es so schlimm ist, dann zieh halt zu mir.“

„Ich komme vielleicht darauf zurück.“ Jenny wusste, dass sie das nicht tun würde, weil Nina und Sonnet gar keinen Platz hatten. „Wichtiger ist es allerdings, dass ich eine neue dauerhafte Lösung finde.“

„Überstürz nur nichts. Erinnere dich an das, was der Versicherungsmensch gesagt hat: Triff jetzt keine wichtigen Entscheidungen. Und die Wichtigste von allen wäre, wo du wohnen und den Rest deines Lebens verbringen wirst.“

Allein die Worte zu hören beschleunigte Jennys Herzschlag und warnte sie, dass jederzeit eine Panikattacke ganz dicht unter der Oberfläche lauerte. Es war ein seltsames Gefühl, morgens aufzuwachen und nicht zu wissen, wie ihr Leben weitergehen würde.

Nina musste die Sorge in ihrem Gesicht gelesen haben. Sie gab Jenny einen aufmunternden Klaps auf die Schulter. „Das Letzte, worüber du dir Sorgen machen solltest, ist, was die Leute denken. Nimm dir einfach die Zeit, die du brauchst, okay?“

Jenny nickte. Dann zog sie den Reißverschluss ihrer Jacke zu, um sich gegen die Kälte zu wappnen, und ging zu Fuß zu Rourkes Haus zurück. Die drei dankbaren Hunde rasten vom Vorflur in den Garten, und Jenny trug die Tüte mit den Lebensmitteln und ein paar Bücher aus der Bücherei ins Haus. Irgendwann würde sie sich neue Ausgaben all der wertvollen Bücher kaufen müssen, die sie im Feuer verloren hatte. Da waren die Lieblingsbücher ihrer Kindheit, die zum Glück noch gedruckt wurden. Doch die Bibliothekarin hatte sie gewarnt, dass einige vielleicht nicht mehr erhältlich wären. Sie hatte allerdings auch versprochen, zu versuchen, ein Exemplar ihres absoluten Lieblingsbuchs zu finden. Es war die Geschichte zweier Schwestern, über die Jenny als Kind unzählige Tränen vergossen hatte. Dann gab es noch die Bücher, zu denen sie immer wieder zurückkehrte. Eine Sammlung von Essays über das Schreiben von Ray Bradbury. Geschichten über Flucht und Neubeginn wie *Unter der Sonne der Toskana*. Oder die Geschichten über Essen von Ruth Reichl. Das waren die Bücher, an die Jenny sich erinnerte. Doch ihr größtes Bedauern galt den Büchern, an die sie sich nicht mehr erinnern würde.

Langsam zog sie ihre Handschuhe und ihren Parka aus und ging dann ins Wohnzimmer, um sich im dortigen Bücherregal umzusehen. Sie ertappte sich oft dabei – dass sie Rourkes Haus nach Anzeichen dafür durchsuchte, wer er wirklich war. Vielleicht, gestand sie sich ein, suchte sie auch den, der er einmal gewesen war. Bücher sagten eine ganze Menge über einen Menschen aus, aber Rourkes Auswahl war so undurchsichtig wie er selber – Bücher über polizeiliche Ermittlungstaktiken, alte Lehrbücher, Reparaturanleitungen. Es gab auch eine große Sammlung an zerlesenen Taschenbüchern mit Titeln wie *Angriff aufs 17. Revier* und *Straße der Mörder*, in denen vermutlich eine ganz andere Polizeiarbeit beschrieben wurde, als Rourke sie jeden Tag in Avalon erlebte. Manche Bücher schienen ungelesen – vermutlich Geschenke von frustrierten Exfreundinnen; Beziehungsratgeber, die ihm zweifelsohne die Fehler in seinem Lebensstil aufzeigen sollten. Sie zählte mindestens drei verschiedene Ausgaben von *Relationship Rescue*, dem Bestseller des berühmten Fernsehpsychologen Dr. Phil. Das dazugehörige Arbeitsbuch war immer noch in Folie eingeschweißt.

Träumt weiter, sagte sie in Gedanken zu den Frauen, die ihm diese Bücher geschenkt hatten. Sie bezweifelte ernsthaft, dass es in der Natur des Mannes lag, solche Bücher zu lesen und zu denken, sie träfen auf ihn zu.

Jenny ging in die Küche zurück, um die Einkäufe wegzuräumen. Sie hatte noch nie zuvor mit einem Mann zusammengelebt, also wusste sie nicht, ob Rourke ein typischer Vertreter seines Geschlechts war oder nicht. Sie war es so gewohnt gewesen, sich um ihre Großmutter zu kümmern, früh aufzustehen und sie für die tagsüber anwesende Pflegeschwester fertig zu machen. Da war es jetzt wie eine Offenbarung, einfach ohne Wecker irgendwann aufzuwachen und ihren Tag ohne Rücksicht auf Grannys Bedürfnisse anzugehen. Nach nur ein paar Tagen in Rourkes Haus hatte sich schon ein gewisser Rhythmus eingestellt. Er stand früh auf und machte seinen großartigen Kaffee. Sie trank eine Tasse davon, während er unter der Dusche war. Dann tauschten sie. Danach frühstückten sie gemeinsam – sie hatte ihn schnell von seiner schlechten Angewohnheit abbringen können, zweitklassige Backwaren aus dem Supermarkt zu sich zu nehmen – und gingen zur Arbeit.

Am Ende des Tages ertappte sie sich dabei, wie sie Thunfisch-Sandwiches machte und dabei fragte: „Wie war dein Tag?“ *Wie war dein Tag, Liebster?*

Sie konnte nicht anders. Es fühlte sich so natürlich an. Genau wie das leichte Hüpfen ihres Herzens, wenn sie ihn durch die Hintertür kommen hörte. Erst stapfte er den Schnee von den Stiefeln, dann pfiff er nach den Hunden, bevor er in die warme Küche kam.

„Hey“, sagte sie. „Wie war …“ Oh Gott, sie tat es schon wieder. „… dein Tag?“

„Turbulent.“ Der vertrauliche Ton ihrer Frage schien ihn nicht zu stören. „Aufgrund der glatten Straßenverhältnisse hatten wir dreizehn Verkehrsvorfälle, davon sieben, bei denen Alkohol im Spiel war. Außerdem einen Ehestreit, einen versuchten Scheckbetrug, Jugendliche, die Schuleigentum verschandelt hatten, und eine Frau, die ihr kleines Kind allein zu Hause ließ, während sie zur Arbeit ging.“

„Wie hältst du das nur aus?“, fragte Jenny. „Jeden Tag siehst du das Schlimmste im Menschen. Das muss doch deprimierend sein.“

„Ich schätze, was es für mich weniger schlimm macht, ist, dass ich versuche, etwas zum Positiven zu verändern. Auch wenn das nicht immer funktioniert.“

„Du meinst, manchmal musst du den bösen Jungen auch ziehen lassen?“

„Ja. Manchmal. Wenn es keine ausreichenden Beweise gibt oder jemand einen Fehler gemacht hat. Oder weil wir es auf einen größeren Fisch abgesehen und nicht genügend Leute haben, um uns um alles zu kümmern. Es gibt eine ganze Reihe von Gründen.“ Bevor sie eine weitere Frage stellen konnte, winkte er ab. „Manche der Sachen, die ich tagsüber mache, eignen sich nicht als Thema für eine Unterhaltung beim Abendessen."

Wie jeder brachte auch er jeden Tag eine unsichtbare Last von der Arbeit mit nach Hause. Aber bei den meisten Leuten bestand diese Bürde nicht aus den Verbrechen und Grausamkeiten in einer Kleinstadt. „Unsere Leben sind so verschieden", sagte sie. „Du gehst jeden Tag zur Arbeit und musst zusehen, wie Leute sich danebenbenehmen."

Er lachte. „So hat das noch keiner ausgedrückt."

„Und in der Bäckerei treffe ich Leute, die einfach eine Tasse Kaffee und einen Krapfen wollen und schon glücklich sind."

„Ich sollte aus dem Polizeidienst ausscheiden und mir ein Haarnetz kaufen." Genussvoll biss er in sein Sandwich, und sie sah, wie er sich merklich entspannte. Liegt das an mir, fragte sie sich, oder einfach daran, dass er jetzt Feierabend hat?

Sie vermutete, die Antwort zu wissen, als sie ihm über den Tisch hinweg einen Blick zuwarf und sah, dass er sie mit einem verwirrenden, glühenden Blick anschaute.

„Was?", fragte sie.

„Nichts", erwiderte er. „Ich habe keinen Ton gesagt."

„Du starrst mich an."

„Ich mag es, Frauen anzuschauen. Kannst mich gerne dafür erschießen."

Sie senkte den Kopf, um ihr Lächeln zu verbergen. Sie gingen in klitzekleinen Schritten und sehr vorsichtig aufeinander zu. Als sie mit dem Essen fertig waren – und er den Tisch abräumte und das Geschirr spülte –, musste Jenny es vor sich zugeben: Sie war geliefert.

Glücklicherweise schien er diese neue, verstörende Entwicklung nicht mitzubekommen. „Ich muss heute Abend noch mal weg", sagte er.

Ebenfalls glücklicherweise schien er den lauten Rums nicht zu hören, mit dem Jennys Herz bei diesen Worten fiel. „Oh. Ja, okay." Was sollte sie auch sonst sagen? Sie war hier nur ein Gast, jemand, der nur vorübergehend hier wohnte. Er schuldete ihr keine Erklärungen.

Er schnappte sich sein Handy und schnallte sein Schulterholster um. Jenny tat so, als würde sie nicht hinsehen, aber sie konnte nicht anders und beobachtete ihn aus dem Augenwinkel. Dass er eine verdeckte Waffe trug, war faszinierend – vielleicht sogar sexy.

Er ertappte sie beim Gucken und grinste. „Willst du mitkommen?"

„Wohin?"

„Auf den Schießstand", sagte er. „Schießübungen machen." Er war bekannt dafür, dass er sehr darauf achtete, dass seine Truppe trainierte. Er selbst ging mit leuchtendem Beispiel voran und erschien mindestens einmal pro Woche im Schießstand.

Schießübungen? „Vielleicht mache ich das", sagte sie. „Ich habe noch nie darüber nachgedacht, wie es wäre, eine Waffe abzufeuern."

„Ich werde es dir beibringen", sagte er.

Sie zögerte noch einen Augenblick. Wollte sie es wirklich lernen, oder hatte sie das nur gesagt, um nicht so langweilig zu wirken, wie sie eigentlich war? Und wollte er es ihr beibringen, weil er sie mochte oder weil er dachte, sie sollte lernen, sich selber zu verteidigen? Sie ermahnte sich, nicht weiter nach Gründen zu suchen, um sein Angebot abzulehnen. „Ich hole nur schnell meine Sachen."

Es war eine kurze Fahrt zum Schießplatz. Die Anlage hatte zwei Gebäude. In dem einen befand sich die Schießanlage und in dem anderen ein Unterrichtsraum. In diesem Raum half er ihr, die Schutzkleidung anzulegen, und zeigte ihr die Waffe, mit der sie schießen würde.

„Das hier ist eine Glock Kaliber .40", erklärte er und zeigte ihr, wie was funktionierte. „Die richtige Haltung ist der Schlüssel, um das zu treffen, worauf man zielt." Er hielt die Waffe beidhändig und hob sie mit einer ganz natürlich wirkenden Bewegung. „Jetzt versuch du es mal."

Okay, dachte Jenny und spürte das Gewicht der schwarzen eckigen Waffe in ihren Händen.

„Achte auf den Schlitten, wenn du sie hältst. Wie fühlt sich das an?"

„Du wirst mich sehr wahrscheinlich für ziemlich krank halten, aber es fühlt sich ... sexy an."

Er grinste. „Das ist ein gutes Zeichen. Gut für dein Selbstbewusstsein."

In ihrem Avalon-P.D.-Sweatshirt, den Ohrenschützern und der Brille sah sie allerdings nicht annähernd so sexy aus, wie sie sich fühlte.

„Schließ deine Augen und heb die Pistole an."

„Was?"

„Keine Sorge, sie ist nicht geladen. Du musst die Waffe mit geschlossenen Augen anheben, damit du lernst, wohin du mit deiner natürlichen Armposition zielst."

Sie hob die Waffe, öffnete die Augen und schaute direkt auf ein großes X, das an die Wand des Unterrichtsraums gemalt war. Er war unglaublich pingelig, was ihre Haltung und Position anging, korrigierte die Höhe ihrer ausgestreckten Arme, den Winkel ihres Kinns, die Stellung ihrer Füße, ihren Griff um die Waffe, bis sie beinahe frustriert aufgeschrien hätte.

„Ich fühle mich wie eine verstellbare Barbiepuppe."

Er unterdrückte ein Lachen und korrigierte erneut ihren Stand. „Die Schießstand-Barbie. Das gefällt mir."

Er zeigte ihr, worauf sie beim Abzug achten musste, und erklärte ihr, dass die natürliche Atempause der beste Zeitpunkt sei, um abzudrücken, weil sie dann am entspanntesten wäre. Sie versuchte, sich alles zu merken, was er ihr erzählte. Es kam ihr so vor, als müsse man zum Abfeuern einer Waffe mindestens ein Dutzend Dinge gleichzeitig tun. „Ich habe noch nie so hart gearbeitet, um einen Mann zufriedenzustellen", seufzte sie.

„Es ist gut zu wissen, dass du dazu bereit bist. Und nun hör auf, mit mir zu flirten, und konzentrier dich."

„Ich flirte gar nicht", widersprach sie.

„Ich fühle mich aber angeflirtet."

„Das ist reine Einbildung. Ich weiß, dass das hier nicht der richtige Ort zum Flirten ist. So, und jetzt zeig mir, wie ich auf etwas schieße."

„Okay. Regel Nummer eins, du musst in Bezug auf das, was du treffen willst, spezifischer werden. ‚Etwas' ist zu vage."

„Wie du meinst. Ich will auf einen dieser Pappkameraden schießen."

„Okay. Dann komm mit auf die Schießanlage."

Die Anlage war in kleine Schießkammern eingeteilt, in denen die Leute, die keine Hilfestellung mehr brauchten, alleine üben konnten. Im Moment waren nur ein paar der Stände besetzt. Andere Polizisten, wie Rourke erklärte, während er die Kollegen mit einem Winken begrüßte. Dazu ein paar Leute aus der Stadt. Jenny war überrascht, Zach Alger mit seinem Vater zu sehen. Matthew war ein großer Mann mit einem enormen Brustkorb. Seine nordischen Züge ließen ihn jünger aussehen, als er war. Vater und Sohn standen auf zwei nebeneinanderliegenden Bahnen. Sie waren vollkommen auf das Schießen konzentriert und nahmen nichts um sich herum wahr. Jeder Schuss löste sich mit einem ploppenden Geräusch, das Jenny innerlich zusammenzucken ließ. Rourke erklärte, dass die Wände hier jeden Schuss auffangen könnten. „Denn eine Kugel Kaliber .40 kann ein Dutzend Lagen Rigips durchschlagen."

„Gut zu wissen. Ich werde mich also nicht hinter einer Wand verstecken, falls mal jemand auf mich schießen sollte."

„Die beste Verteidigung in beinahe jeder Situation ist es, zu kämpfen. Zu kämpfen und niemals aufzugeben. Aber man muss wissen, was man zu tun hat." Er deutete auf die Silhouette am Ende der Bahn. Mit dem Steuerungsgerät, das er SmartPad nannte, holte er die Figur ein Stückchen näher heran. Jenny stellte sich genau so hin, wie er es ihr gezeigt hatte – Arme ausgestreckt, Füße so gestellt, dass ihre Arme auf einer Linie mit dem Ziel lagen, fester Griff, Blick ausgerichtet, Ziel ausgerichtet, einatmen, ausatmen, Abzug drücken. *Nicht ziehen*, hatte er gesagt. *Drücken.*

Sie drückte.

Der Rückstoß der Waffe war enorm und ließ ein Zittern durch ihren gesamten Arm laufen.

„Zieh durch", erinnerte er sie, indem er die Worte mit den Lippen formte. „Vergiss nicht, durchzuziehen."

Nachdem man geschossen hatte, sollte man sich wieder mit dem Ziel in eine Linie bringen, um die Stabilität der Hände zu verbessern. Sie stellte sich wieder hin. Der Geruch von Schießpulver stieg ihr in die Nase. Ihr Ziel hing spottend und vollkommen unverletzt an seinem Haken.

„Hey", sagte sie und schob ihre Ohrenschützer zur Seite. „Das sollte ein perfekter Schuss sein."

„Ach was." Er winkte ab. „Ich wusste, dass du vorbeischießen würdest."

„Was?"

„Deine Haltung und dein Griff waren perfekt. Aber du wirst nie etwas treffen, bevor du es nicht gesehen hast." Er tippte sich an seine Schläfe.

„Was?"

„Erst sehen. Dann schießen."

Jenny verstand nicht ganz, was er damit sagen wollte. Aber sie war fest entschlossen, es besser zu machen. Sie schoss noch ein paar Runden und war jedes Mal wieder von der Heftigkeit des Rückschlags überrascht. Endlich berührte eine Kugel den Rand ihres Ziels. *Erst sehen, dann schießen* wurde ihr Mantra.

Nach mehr Runden, als sie zählen konnte, merkte sie endlich, dass sie besser wurde. Man musste so viele Dinge im Kopf behalten. Die Funktionsweise der Waffe und die eigene Haltung. Den Abgleich von Atmung und Abzug. Und Rourke hatte recht. Sie lernte, sich vorzustellen, wo die Kugel hinsollte, und dann landete sie auch da. Erst sehen. Dann schießen.

Nachdem das Ziel in allen wichtigen Punkten durchlöchert war, senkte sie die Glock und drehte sich mit dem ersten richtigen Lächeln seit dem Tod ihrer Großmutter zu Rourke um.

Er formte „Gut gemacht" mit den Lippen und hob den Daumen.

Nach den Schießübungen zeigte er ihr, wie man eine Waffe reinigte. „Eine gereinigte Waffe ist eine sichere Waffe", erklärte er. Als sie die Schutzkleidung wieder im Schrank verstauten, sagte er: „Ich bin stolz auf dich."

Es war eine ganz einfache Aussage, und doch hatte sie eine unerwartet emotionale Wirkung auf sie. Sie schaute zur Seite und richtete ihre Haare, die von den Ohrenschützern ganz platt gedrückt worden waren.

„Das sollte ein Kompliment sein", sagte er.

„Ich weiß, und ich … ich danke dir." Sie atmete tief ein. Wie sollte sie es erklären? „Ich hatte gedacht, ich wäre dem Wunsch nach Anerkennung längst entwachsen."

„Jeder hat diesen Wunsch", sagte er. „Gott weiß, ich habe meine gesamte Kindheit auf der Suche danach verbracht."

Interessant, dachte sie. Er erlaubte nur sehr selten solche Einblicke in seine Vergangenheit. „Und dann hast du den Versuch aufgegeben, mit deinem Vater auszukommen, und bist fortgegangen", erinnerte sie sich.

„Was bringt dich zu der Annahme, dass ich von irgendetwas fortgegangen wäre?", fragte er. „Vielleicht bin ich ja zu etwas hingegangen?"

„Zum Beispiel?"

„Zum Beispiel zu dem Leben, das *ich* wollte, und nicht zu dem, was meine Familie wollte", erwiderte er schlicht.

„Und hat es funktioniert?", fragte sie. „Ist das hier das Leben, das du willst?"

„Es ist das Einzige, das ich habe", sagte er. „Genau wie jeder andere." Er drehte sich um und beendete damit die Unterhaltung. Jenny war froh, das Thema fallen lassen zu können. Es wurde etwas zu persönlich, und sie war sich nicht sicher, ob sie dazu bereit war.

Sie packte ihre restliche Ausrüstung weg und reinigte dann ihre Waffe Schritt für Schritt so, wie er es ihr gezeigt hatte. Er schaute ihr dabei wohlwollend zu. „Wirst du über das schreiben, was du heute erlebt hast?", fragte er am Ende.

Die Frage traf sie völlig unvorbereitet. Alles, woran sie denken konnte, war die Berührung seiner Arme, als er ihr beim Einnehmen der richtigen Haltung geholfen hatte. Darüber würde sie nicht so schnell schreiben. „Es ist vielleicht ein bisschen weit hergeholt, eine Lektion im Schießen in einer Backkolumne unterzubringen."

„Aber du könntest es in deinen Memoiren unterbringen."

Sie band sich den Schal um den Hals, während sie sich auf den Weg zum Parkplatz machten. „Ich wünschte, ich hätte die Memoiren nie erwähnt."

„Warum nicht? Ich würde sie gerne lesen."

So wie er all die unberührten Bücher in seinem Haus gelesen hatte? „Warum solltest du die Erinnerungen an eine Familienbäckerei lesen wollen?"

„Vielleicht, weil mich das Ende interessiert."

„Ich habe nicht vor, mir ein Ende auszudenken."

„Aber wenn du könntest, wie würde es dann aussehen?", fragte er.

„Das kann ich nicht beantworten."

„Warum nicht?"

„Ich bräuchte Tage, um darüber nachzudenken. Vielleicht sogar Wochen oder Monate." Das ist das Problem an zu viel Freiheit, dachte sie. Jetzt, wo sie sie hatte, wusste sie nicht, was sie damit anfangen sollte.

„Quatsch. Jeder hat doch eine Vision davon, wo er einmal enden möchte."

„Ach ja? Du auch?" Sie zog den Reißverschluss ihres Parkas hoch.

„Jupp."

„Und?"

„Und vielleicht erzähle ich sie dir eines Tages."

Ohne es richtig zu merken, waren sie nah beieinander stehen geblieben, eingehüllt vom gelblichen Licht der Lampen auf dem Parkplatz. Sie spürte die Wärme seines Körpers. Als sie ihren Kopf in den Nacken legte, sah sie, dass er ihren Mund mit unverhohlenem Interesse musterte. Der Gedanke, dass er sie küssen könnte, ließ ihre Knie ganz weich werden. Sie wollte es. Fürchtete sich davor. Wollte es.

Die Unentschlossenheit und das Verlangen mussten sich auf ihrem Gesicht abgezeichnet haben, denn er griff nach ihrem Arm und flüsterte mit rauer Stimme: „Jenny ..."

Sie schaute ihn in dem bleichen, von Schatten durchsetzten Licht an, und eine fürchterliche Ahnung stieg in ihr auf. Sie war dabei, sich in ihn zu verlieben. Und das war nicht gut. Es war nicht gut, weil es nicht funktionieren würde. Das wusste sie bereits. Sie würden sich nur gegenseitig wehtun, dann würde er sich ihr entziehen, und sie würde für immer hier in dieser Stadt festhängen.

Sie konnte nicht denken, wenn er so nah bei ihr stand und sie so anschaute. „Ich denke, bevor wir ..." Sie wollte es nicht aussprechen. „Wir müssen reden, Rourke."

In sein Lächeln mischte sich ein wenig Bitterkeit. „Wir haben schon ziemlich viel geredet."

Das glaubte er wirklich. Er schien tatsächlich zu denken, dass nichts weiter gesagt werden musste.

„Ich werde nicht in dein Bett fallen wie eine deiner üblichen Blondinen", sagte sie.

„Darum habe ich dich auch nicht gebeten", erwiderte er. „Und außerdem bist du schon in mein Bett gefallen."

„Aber alleine", merkte sie an.

„Es ist deine Entscheidung." Mit diesen Worten drehte er sich um, ging zu seinem Auto und hielt ihr die Beifahrertür auf.

Mit einem wütenden Blick auf ihn setzte Jenny sich ins Auto und schnallte sich an, bevor er etwas in der Richtung sagen konnte. Sie zitterte auf dem kalten Sitz. Die Nacht war eiskalt. Sie hatten den Punkt des Winters erreicht, an dem die Tage so dunkel waren und der Schnee so hoch lag, dass es einem schwerfiel, sich vorzustellen, jemals wieder eine andere Jahreszeit zu erleben, geschweige denn zu denken, dass irgendwo auf der Welt gerade die Sonne schien.

„Ich werde dich an das Versprechen erinnern", sagte sie, als er auf den Fahrersitz glitt und den Motor anließ.

„Welches Versprechen?"

Sie hätte beinahe laut aufgelacht, als sie den panischen Ausdruck in seinen Augen sah. „Rourke McKnight" und „Versprechen" waren eine ganz schlechte Kombination. „Du hast gesagt, dass du mir irgendwann erzählen wirst, wie du dir dein weiteres Leben vorstellst", sagte sie. „Ich persönlich finde allerdings, dass es nicht gut ist, Pläne zu machen." Sie hielt kurz inne, dann fasste sie den Mut, es auszusprechen. Das Thema schwebte unausgesprochen zwischen ihnen in der Luft, seitdem er sie mit zu sich nach Hause genommen hatte. Also konnte sie es genauso gut angehen. „Sieh nur mich und Joey an – die besten Pläne können innerhalb eines einzigen Augenblicks zerstört werden."

Sie wartete auf seine Reaktion. Wartete, dass er sagen würde, was geschehen war, wäre nur ein Beweis dafür, dass Lügen und Verrat die Unschuldigen zerstörten. Sie wusste, dass sie beide so dachten.

Doch Rourkes einzige Reaktion war, dass er die Heizung anstellte, die ihr warme Luft entgegenblies.

10. KAPITEL

Am Samstagmorgen gingen Jenny und Rourke gemeinsam zur Sky River Bakery. Sie hatte noch ein paar Dinge im Büro zu erledigen, und er hatte die Schicht eines kranken Kollegen übernommen. Als sie die Bäckerei betraten, ertönte die kleine Glocke über der Tür, und die warmen Gerüche aus der Backstube umfingen sie.

Mariel Elena Gale, das Mädchen hinter dem Tresen, begrüßte sie mit einem Lächeln. Sie war die jüngste Angestellte der Bäckerei und hatte sowohl einen verrückten Sinn für Humor als auch eine ausgeprägte Unabhängigkeit. Sie war verantwortlich für so leckere Innovationen wie Kekse in Form von Elchköpfen und Schokoküchlein, die mit Krokussen aus Zuckerguss verziert waren. Neben dem Kuchen des Tages hatte sie ein Schild aufgestellt, auf dem stand: „Ich bin die Erfüllung all deiner Träume."

„Hallo Jenny, Chief McKnight." Mariel schien überhaupt nicht überrascht, die beiden zusammen zu sehen. „Das Übliche?"

„Ja, gerne."

Jenny goss Kaffee in zwei dicke Porzellantassen. „Jetzt, wo ich von deinen Künsten als Kaffeekocher weiß, bin ich ein bisschen argwöhnisch, was deine regelmäßigen Besuche hier angeht."

„Ich bin nie wegen des Kaffees hergekommen", sagte er. „Ich nahm an, das war allgemein bekannt."

Sie wusste nicht, was sie sagen sollte, also konzentrierte sie sich darauf, die Kuchen und Torten in den Auslagen noch einmal genau auszurichten. Mit Rourke zusammen zu sein beeinflusste sie auf so viele unerwartete Weisen. Dinge, über die sie sich seit Jahren nicht erlaubt hatte nachzudenken, blubberten auf einmal an die Oberfläche, und zu ihrer Überraschung hatten die Erinnerungen nichts von ihrer Schärfe verloren. Außerdem machte sie sich Sorgen, dass sie kurz davorstand, sich auf etwas einzulassen, das man bestenfalls nur als töricht bezeichnen konnte – und schlimmstenfalls als gefährlich. Sie musste irgendetwas anders machen, aber Unbeweglichkeit und Unentschlossenheit schienen sie zu lähmen.

Als Jenny am Tresen stand, sah sie, wie eine Frau eine Serviette direkt neben Rourkes Tisch fallen ließ und sich dann bückte, um sie aufzuheben. Was normalerweise keine große Sache gewesen wäre, hätte die Frau nicht eine hautenge, pinkfarbene Skihose und einen noch engeren weißen Angorapullover getragen und aus ihrem Interesse an dem attraktiven Fremden keinen Hehl gemacht. Jenny konnte nicht hören, was sie miteinander sprachen, aber offensichtlich fand die Frau Rourke höchst amüsant. Diesen Effekt hatte er schon immer auf Frauen gehabt, sogar als Kind. Er musste nicht mal etwas sagen. Er hatte irgendetwas an sich, und zwar nicht nur das Aussehen eines Filmstars. Ob gewollt oder nicht, er hatte eine erotische Ausstrahlung, die Nächte voll endlosem Vergnügen versprach. Zumindest kam es Jenny so vor, als sie widerwillig zugab, dass sie und das Skihaserl den gleichen Männergeschmack hatten.

Zum Glück trat in diesem Moment Mariel mit zwei Tellern an den Tisch und unterbrach den kleinen Flirt. Die Blicke der Skifahrerin verweilten noch einen Augenblick, dann gesellte sie sich zu ihren Freunden, die sich zum Aufbruch bereit machten.

Rourkes „Übliches“ war ein lauwarmes Teilchen aus Käsekuchenteig mit Honig-Orangen-Glasur. Er hatte bereits mit dem Essen angefangen, als Jenny sich zu ihm an den Tisch setzte.

„Sorry“, sagte er mit vollem Mund. „Ich konnte nicht warten. Das hier ist fast so gut wie Sex.“

Sie schaute in die Richtung des magentafarbenen Skihasen. „Ich schätze, das hängt sehr vom Sex ab. Und jetzt wechsle ich auch gleich das Thema. Niemand will den Chief der Polizei so reden hören.“

„Ja, ich mache mir auch ständig Sorgen um mein Image.“

Das Café brummte. Leute kamen auf ihrem Weg zum samstäglichen Einkauf herein, um einen Laib Roggenbrot oder einen besonderen Kuchen für den Sonntagskaffee zu kaufen. Ein paar unerschrockene Touristen – Ski- und Langläufer und Snowmobilfahrer – tranken Kaffee und planten ihren Tag auf den Pisten, die die ganze Gegend um den Saddle Mountain durchzogen. Drei ältere Männer saßen an ihrem üblichen Ecktisch. Ihre Mäntel, Schals und Hüte hingen auf dem danebenstehenden Kleiderständer.

Trotz des Chaos in ihrem Leben fühlte Jenny sich in Momenten wie diesen stark mit ihrer Gemeinde verbunden. Die quatschenden Kunden, die Gerüche, das Lächeln der Verkäuferin, die geschäftigen Geräusche aus der Backstube – all das schuf eine Atmosphäre, die sicher, vertraut und zeitlos war. Auch wenn sie sich ihr ganzes Erwachsenenleben um diesen Ort gekümmert hatte, war sie dankbar für das altmodische, sich nie verändernde Gebäude am Marktplatz. Auch wenn ihr alles andere genommen worden war, die Bäckerei war noch da, stand solide und echt und sicher an ihrem alten Platz.

Gleichzeitig spürte sie aber auch, wie die Verantwortung schwer auf ihren Schultern lastete. Der emotionale Doppelschlag, erst ihre Großmutter und dann ihr Haus zu verlieren, hatte sie ins Taumeln gebracht. Aber sie hatte ein Geschäft und Angestellte, um die sie sich kümmern musste. Sie sagte sich, dass sie dankbar sein sollte, die Familienbäckerei zu haben. Doch wenn sie ehrlich war, fragte sie sich manchmal, wie ihr

Leben wohl verlaufen wäre, hätte sie selber entscheiden dürfen. Die Bäckerei war der Traum ihrer Großeltern, nicht der ihre. Sie fühlte sich schrecklich illoyal, so etwas nur zu denken, aber sie konnte diese Gedanken trotzdem nicht unterdrücken.

Rourke lehnte sich auf seinem Stuhl zurück und schaute sie an. „Ich würde zu gerne wissen, was dir gerade durch den Kopf geht."

„Vielleicht gar nichts?"

Er lachte unterdrückt. „Ja, klar."

„Ich versuche nur, meine ambivalenten Gefühle diesem Ort gegenüber zu ergründen. Ich meine, gegenüber der Bäckerei."

„Ambivalent? Komm, das hier ist der fröhlichste Platz auf Erden. Vergiss Disneyland. Schau dir nur die Leute an."

Sie ließ ihren Blick über die Kunden gleiten und sah entspanntes Lächeln und gemütliches Vergnügen auf ihren Gesichtern. „Ich schätze, ich habe das immer als selbstverständlich hingenommen. Und ich bin ambivalent, weil ich zugesehen habe, wie alle meine Freunde nach der Highschool die Stadt verlassen haben. Das ist das, was Menschen in einer Stadt wie dieser hier tun – sie gehen weg."

„Manche von uns kommen aber auch, um zu bleiben", merkte er an. „Ich. Olivia Bellamy. Und jetzt auch Greg. Ich habe dich immer darum beneidet, wie du aufgewachsen bist."

Oh je, dachte sie. *Wenn das mal nicht eine private Tür öffnet.* „Hast du?", fragte sie. „Du warst neidisch auf das hier?"

„Ist das so ungewöhnlich?"

„Meine Mom ist weggegangen, als ich noch klein war, und meinen Dad habe ich nicht gekannt. Meine Großeltern haben die ganze Zeit gearbeitet …"

„Und du warst immer eines der fröhlichsten, ausgeglichensten Kinder, das ich kannte."

Sie nickte und verstand, dass die Art, wie sie aufgewachsen war, vielleicht unorthodox gewesen war, aber sie dennoch eine Kindheit voller Liebe und Sicherheit gehabt hatte. Diese Zeit war auf eine Art reich und erfüllt, die nichts mit Geld zu tun hatte. Rourke war im Luxus aufgewachsen, mit Dienern, Privatschulen, Sommercamps und Reisen nach Europa. Dennoch wusste sie, was er durchgemacht hatte. Joey hatte es ihr in ihrem zweiten gemeinsamen Sommer erzählt. Sie war zum Camp hinaufgegangen, um sich die jährlich stattfindenden Boxkämpfe anzusehen. Rourke gewann jeden Kampf. Aber auch wenn die Menge wie wild jubelte, schien ihm das Siegen keine Freude zu bereiten. Ganz im Gegenteil, als er zum Champion gekürt wurde, stieg er aus dem Ring, übergab sich in einen Eimer und stakste ohne einen Blick zurück davon, unfähig, seinen Sieg zu feiern.

Joey hatte sie an der Schulter berührt und ihr ins Ohr geflüstert: „Sein Vater schlägt ihn."

Jenny war total perplex gewesen. „Bist du dir sicher?"

Er hatte mit ernster Miene genickt. „Ich bin der Einzige, der davon weiß. Und jetzt du."

Als Rourke sie also jetzt über den Tisch hinweg ansah und sagte, dass er sie um ihre Kindheit beneidete, verstand sie. „Es tut mir leid", sagte sie. „Ich wünschte, dein Leben wäre anders verlaufen."

„Das ist es jetzt doch auch."

Vielleicht, dachte sie. Aber er verdrängte immer noch einiges. Ein Teil von ihm war noch ein Gefangener seiner Vergangenheit. Eine Geisel der Grausamkeit seines Vaters und der Gleichgültigkeit seiner Mutter.

Matthew Alger kam auf seinen Morgenkaffee herein, und Jenny sah, dass er sein übliches knauseriges Trinkgeld aus einzelnen Pennies gab. Er war keiner von Jennys liebsten Kunden, und Rourke war auch ganz sicher kein Fan von ihm, das wusste sie. Als Verantwortlicher für die Gemeindekasse neigte er dazu, Rourke seine Arbeit sehr zu erschweren. Zu oft war Rourke mit dem sprichwörtlichen Hut in der Hand zu Alger gegangen, wenn er irgendwelche Sonderzahlungen benötigt hatte. Zach kam durch die Tür aus der Backstube und ging zum Tisch seines Vaters. Sie konnte nicht hören, was sie sprachen, doch sie sah die Spannung, die sich innerhalb weniger Sekunden in beiden aufbaute. Sie fragte sich, worum es bei dem Streit ging, aber Zach neigte dazu, seine Probleme für sich zu behalten.

Zach war ein engagiertes Mitglied der Jugendgruppe, die Rourke ins Leben gerufen hatte, gleich nachdem er Polizeichef geworden war. An der Highschool hatte es ein paar gewalttätige Vorfälle gegeben, und Rourke war entschlossen gewesen, etwas dagegen zu unternehmen. Sein erster Schritt hatte darin bestanden, die Mauern zwischen den Generationen einzureißen, indem er die Schulen besucht, den Kindern zugehört und so erfahren hatte, was in ihren Leben los war.

Das war ein weiterer Grund, weshalb er so ungewöhnlich war. Sein Privatleben schien weit hinter dem Dienst an der Gemeinde zurückzustehen. Er sorgte dafür, dass die Kinder aus der Jugendgruppe zu dem Altenheim in Indian Wells gingen, um die Bewohner live vor Kameras von der Vergangenheit erzählen zu lassen. Lebendigen Geschichtsunterricht nannte er das. Er hatte eine Gruppe mit der Aufgabe betraut, jeden Tag das alte Brot vom Vortag in der Bäckerei abzuholen und es an die Kirchenküche zu liefern. Einige seiner Kids hatten ein riesiges Wandgemälde auf ein baufälliges Gebäude am Rande der Stadt gemalt. Dieses Jahr würde eine Gruppe von ihnen zum Valentinstag eine Eisskulptur erschaffen.

Und diese Kinder erzählten ihm von sich. Vielleicht war das der Grund, warum Matthew Alger Rourke nicht leiden konnte – weil er sich Sorgen machte, was Zach ihm erzählen könnte. Zachs Gesicht war blass und angespannt, als er sich von seinem Vater abwandte und die Schwingtür aufstieß, um in die Backstube zurückzugehen. Sein Vater nahm sich in aller Seelenruhe eine Zeitung aus dem ausliegenden Stapel, schlug das Kreuzworträtsel auf und machte sich ans Werk.

Jenny wandte ihre Aufmerksamkeit wieder Rourke zu. „Ich frage mich, worum es dabei ging", sagte sie.

„Wobei?"

„Bei dem Streit von Zach und Matthew."

Er zuckte mit den Schultern. „Ist mir nicht aufgefallen. Ich war zu sehr mit diesem Kuchentraum hier beschäftigt." Er nahm noch einen Bissen und schenkte Jenny ein glückseliges Lächeln.

Ihr Herzschlag beschleunigte sich. Das fing an, sich viel zu gut anzufühlen. Zu vertraut. Zu romantisch.

„Was?", sagte er, als er ihren Blick bemerkte.

„Ich muss mir etwas suchen, wo ich wohnen kann", sagte sie.

„Du hast doch was, wo du wohnen kannst."

„Nimm's nicht persönlich, es ist wirklich nett von dir, dass du mich so lange aufgenommen hast, aber langsam überziehe ich mein Besuchskonto."

„Sagt wer?"

„Ich. Und wenn ich auch sonst nichts tue, auf jeden Fall beschränke ich dich in deinem gesellschaftlichen Umgang."

„Vielleicht *bist* du ja mein gesellschaftlicher Umgang."

„Ja, ich bin ja auch ein übersprudelnder Quell der Freude und Glückseligkeit." Sie schüttelte den Kopf. „Ich bezog das auf die Frauen, mit denen du dich normalerweise triffst."

„Das ist kein gesellschaftlicher Umgang", sagte er. „Das ist …" Er schien nicht das richtige Wort dafür zu finden.

Sie schaffte es gerade noch, nicht „herumschlafen" zu sagen.

Er schüttelte den Kopf und sagte: „Du schränkst mich überhaupt nicht ein."

„Du hattest seit dem Feuer kein einziges Date."

„Das ist gerade mal eine Woche her", sagte er.

„Wann hast du das letzte Mal eine ganze Woche ohne eine Verabredung verbracht?"

„Ich führe kein Buch darüber, aber du offenbar schon. Warum, Miss Majesky? Ich hatte keine Ahnung, dass es dich interessiert."

Er wusste es sehr wohl, und er genoss es, das merkte sie. „Ich kann nicht ewig bei dir wohnen bleiben", sagte sie.

Er musterte sie eine Weile sehr intensiv. Sein Gesichtsausdruck war unlesbar. Wie schafft er es nur, sich so zu rasieren? überlegte sie. Es war makellos, und jetzt, wo sie seine morgendliche Routine kannte, wusste sie, dass er dafür nicht mehr als zwei Minuten brauchte.

„Nein", erwiderte er. „Natürlich nicht."

Sie spürte, dass sie ihn verletzt hatte. Womit sie nicht gerechnet hatte, weil er derjenige war, der angefangen hatte, sie aufzuziehen. „Weißt du", sagte sie, „ich könnte einfach vor allem davonlaufen." Die Worte laut auszusprechen war gleichzeitig Furcht einflößend und unglaublich aufregend. Furcht einflößend, weil die Stadt und die Bäckerei ihr ganzes Leben waren. Noch furchterregender war nur die Tatsache, dass sie endlich eine Art Verbindung zu diesem Mann aufbaute. Ja, dachte sie, das ist noch erschreckender, als wegzulaufen. Wenn sie bliebe, würde sie sich vielleicht mit der unangenehmen Kollision ihrer gemeinsamen Vergangenheit und Gegenwart auseinandersetzen müssen.

Er beugte sich über den Tisch. „Du kannst nicht weglaufen. Du brauchst die Bäckerei, damit du etwas hast, worüber du schreiben kannst."

Das war es, was sie so hasste: dass er ihre Gedanken lesen konnte. „Nett, Rourke."

Er warf den Kopf zurück und lachte. Jede Frau in dem Raum drehte sich zu ihm um, und Jenny konnte es ihnen nicht verdenken. Was konnte aufregender sein als ein großer, gut aussehender, lachender Mann?

Okay, ein großer, gut aussehender, lachender *nackter* Mann.

Das Lächeln blieb auf seinem Gesicht und in seinen Augen. „Ernsthaft, Jen", sagte er und beugte sich wieder vor, als säßen sie in einem romantischen Restaurant und nicht inmitten eines geschäftigen Cafés. „Ich will mit dir über etwas reden. Siehst du, ich dachte, wir könnten …"

„Jenny?", sagte eine tiefe männliche Stimme.

Wir könnten was? dachte sie frustriert, während sie sich zu einem freundlichen Lächeln zwang und aufstand. „Philip", begrüßte sie ihn warmherzig. „Du hast offensichtlich den frühen Zug genommen."

Er nickte. „Ich weiß, du hast gesagt, dass du nichts brauchst, aber ich musste einfach kommen und mich selber davon überzeugen."

Und mit so einem perfekten Timing, dachte sie ironisch. „Ich bin froh, dass du da bist. Philip, das ist Rourke McKnight. Du kennst ihn doch vielleicht noch von der goldenen Hochzeit der Bellamys im letzten Sommer? Und Rourke, das ist Philip Bellamy. Mein …" *Vater.* Es war ihr immer noch unmöglich, das Wort auszusprechen. *Vater* implizierte so viele Dinge, die Philip nicht war. Es beinhaltete eine Bindung zwischen einem Mann und seiner Tochter, die zwischen ihnen einfach nicht existierte.

„Natürlich erinnere ich mich." Rourke erhob sich und schüttelte Philip die Hand. „Bitte, setzen Sie sich doch."

„Du hättest wirklich nicht kommen müssen", sagte Jenny. Ihr war ein wenig schwindelig, und sie fühlte sich gehemmt, wie immer in Philips Gegenwart. „Aber trotzdem freue ich mich."

Sie hatte ihn das erste Mal letztes Jahr im August getroffen. Er hatte eines Tages vor ihrer Tür gestanden und gesagt, dass er glaube, ihr Vater zu sein.

Einfach so. In einem Augenblick hatte er das größte Rätsel ihres Lebens gelöst. Seitdem versuchten sie, einen Weg zu finden, miteinander umzugehen. Sie näherten sich an und entfernten sich dann wieder in dem Versuch, eine Beziehung zueinander aufzubauen.

Ein Teil von ihr wollte, dass sie ihm einfach ihr Herz öffnen und ihn in ihr Leben lassen könnte. Aber ein anderer Teil von ihr war von Zweifeln erfüllt. Sie hatte nur sein Wort dafür, dass er ihre Mutter geliebt und vorgehabt hatte, sie zu heiraten. Nur sein Wort, dass er bis zu diesem Tag keine Ahnung von Jennys Geburt gehabt hatte. Und da sie ihn nicht kannte, wusste sie nicht, wie sehr sie seinen Worten vertrauen durfte.

„Rourke war so nett, mir ein Dach über dem Kopf zu geben", sagte sie. „Natürlich nur vorübergehend. Wir haben gerade über meine anderen Möglichkeiten gesprochen."

Philip strahlte sie an. „Dann bin ich ja gerade zur rechten Zeit gekommen. Denn genau darüber wollte ich mit dir sprechen."

Jenny wollte ihn gerade darum bitten, sich näher zu erklären, als Laura die Treppe aus dem über dem Laden liegenden Büro hinunterkam.

„Ich habe gehört, dass du hier bist", sagte sie. „Hi Rourke", begrüßte sie den Polizeichef und drehte sich dann zu Philip Bellamy um. „Hallo."

Philip erhob sich und schüttelte ihr höflich die Hand. „Laura. Es ist verdammt lang her."

Rourke schob seinen Stuhl vom Tisch zurück. „Ich muss jetzt los. Es gibt noch ein paar Dinge, um die ich mich kümmern muss."

Vielleicht stimmte das, vielleicht auch nicht. Jenny konnte nicht sagen, ob er die Wahrheit sagte oder nur einen höflichen Rückzieher machte.

Er schob Laura den Stuhl hin, die sich dankbar setzte.

Geh nicht, dachte Jenny. *Bring zu Ende, was du angefangen hast. Worüber wolltest du mit mir reden?*

„Wir sehen uns später", sagte Rourke. „Schön, Sie wiedergesehen zu haben", fügte er an Philip gewandt hinzu.

„Hab ich irgendetwas Falsches gesagt?" Philip schaute ihm nachdenklich hinterher.

„Er hat einfach nur viel zu tun", erwiderte Jenny.

„Hat er schon herausgefunden, was den Brand verursacht hat?", fragte Philip.

„Die Ermittler arbeiten noch daran", erklärte sie. „Es war ein altes Haus. Ich gehe davon aus, dass es an einem fehlerhaften Kabel gelegen hat." Sie beschäftigte sich damit, den Tisch neu zu decken. „Ist das dein erster Besuch in der Bäckerei?", fragte sie.

Er und Laura tauschten einen Blick.

„Der erste seit langer Zeit", antwortete er.

„Du warst schon mal hier", sagte sie. Ein Schauer überlief sie.

„Jeder, der nach Avalon kommt, besucht die Sky River Bakery."

In dem Moment sah Jenny diesen Ausdruck auf Lauras Gesicht. „Ihr zwei habt euch ... damals gekannt?"

Laura nickte nur. „Ich bin schon mein ganzes Leben hier. Ich kenne die Bellamys, einschließlich Philip."

Philip schaute sich im Café um. Die Skifahrer zogen sich wieder an, bereit, auf die Pisten zurückzukehren. Matthew Alger hatte seinen Kaffee ausgetrunken und das Kreuzworträtsel gelöst und war ebenfalls im Begriff zu gehen.

„Mein Gott", sagte Philip. „Ist das der, von dem ich denke, dass er es ist?"

„Ihn kennst du auch?", fragte Jenny erstaunt.

„Ich kannte ihn vor langer Zeit." Philip stand auf und ging zu Alger hinüber. „Ich habe dich sofort wiedererkannt."

Sie schüttelten sich die Hand, aber in dem Handschlag war offensichtlich keinerlei Wärme. Alger hatte so eine jungenhafte Art, die ihn viel jünger aussehen ließ, als er war. Sein Haar war blond und perfekt geschnitten, mit anrasiertem Nacken. Er war ein bisschen kleiner als Philip und nicht so gut gebaut, aber er hatte trotzdem eine gewisse Präsenz. Er grüßte Philip höflich, aber distanziert, und kam dann zu Jennys Tisch herüber.

„Was machen die Untersuchungen der Brandursache?", fragte er.

„Das Bergungsteam ist gerade fertig geworden." Sein Interesse überraschte sie.

„So schnell?"

„Es gab nicht viel zu bergen", erwiderte Jenny.

„Zachary hat mir erzählt, dass du dir eine Weile freinimmst."

„Das stimmt. Zumindest versuche ich es. Ich werde hin und her gerissen zwischen meiner Arbeit in der Bäckerei und der Notwendigkeit, mich um die Abwicklung des Feuerschadens zu kümmern."

„Ich hoffe, dass du ein paar der unersetzlichen Familienschätze sichern konntest."

Der Kommentar überraschte sie. Mitgefühl von Matthew Alger? „Das hoffe ich auch, danke."

Nachdem er gegangen war, gaben sie und Laura Philip eine kleine Führung durch die Bäckerei. „Es hat alles mit dem Roggenbrot meiner Großmutter angefangen", erklärte Jenny. „Aber das weißt du vielleicht schon."

Er schüttelte den Kopf. „Mariska hat mir nicht viel über den Familienbetrieb erzählt."

Aber was *hat* sie dir erzählt? fragte sich Jenny. *Dass sie es hier hasst und weglaufen will? Dass ein Kind zu haben nicht genug ist, um sie hierzuhalten?* Sie rief sich in Erinnerung, dass Philip keine Schuld an den Entscheidungen ihrer Mutter traf.

„Granny hat mit dem Brotbacken in der Küche angefangen", fuhr sie in neutralem Ton fort. „Mein Großvater lieferte die Brote dann von Haustür zu Haustür aus. Irgendwann sind sie in dieses Gebäude gezogen. Das Café wurde vor ungefähr dreißig Jahren eröffnet. Ich bin quasi hier aufgewachsen."

„Sie war einfach hinreißend", warf Laura ein. „Der Liebling aller."

„Das überrascht mich nicht." Kummer lag in seinem Blick. Kummer darüber, dass er diesen Teil des Lebens seiner Tochter verpasst hatte.

Jenny schmerzte es auch, an all die Momente zu denken, in denen sie sich während des Aufwachsens gefragt hatte, wer wohl ihr Vater war.

„Wusstest du", fragte Philip, „dass dein Großvater der beste Angelkumpel meines Vaters war?"

„Ja, Grandpa hat es mir erzählt." Jenny spürte den scharfen Stich des Bedauerns. Charles Bellamys Sohn und Leo Majeskys Tochter hatten sich ineinander verliebt. Sie hatten ein Baby gemacht. Aber keiner der beiden Männer hatte etwas davon gewusst. Schnell wechselte sie das Thema.

„Hast du gewusst, dass Daisy jetzt hier arbeitet?", fragte sie.

„Nein, das wusste ich nicht. Hierherzuziehen muss eine große Umstellung für sie sein. Es ist nett von dir, dass du Daisy in die Bäckerei mit einbindest." Er zögerte. „Sie hat die Scheidung meines Bruders sehr schwer genommen."

Jenny vermutete, dass er noch mehr über seine verstörte Nichte sagen könnte, aber das würde er natürlich nicht tun. Jenny war immer noch mehr Fremde als Tochter für ihn. Sie hoffte, dass es Daisy gefallen würde, hier zu arbeiten. Zach hatte sie im Laufe der Woche mit hergebracht, und sie schien durchaus motiviert, zu lernen. Jenny kannte ihre

Cousine kaum, aber sie tat ihr leid. Irgendetwas war an ihrer Schule in New York vorgefallen, allerdings wusste Jenny nicht genau, was. Daisys Mutter arbeitete in Übersee, und Greg Bellamy war mit seinen Kindern in die Kleinstadt zurückgekehrt, in der er aufgewachsen war. Mitten im letzten Jahr der Highschool hatte Daisy die Schule wechseln müssen. Das Mädchen hatte etwas Schwermütiges an sich. Vielleicht würde Jenny sie besser verstehen, wenn sie sich erst einmal ein wenig kennengelernt hatten.

Ihr Rundgang endete wieder im Café. „Sieh dir das mal an." Sie zeigte auf die Wand, die mit Beglaubigungen, Zertifikaten und Erinnerungen vollgehängt war. Dort hing der erste Dollar, der hier eingenommen worden war, und die erste Erlaubnis der Gesundheitsbehörde für das Führen der Bäckerei.

Und dann waren da noch die ganzen Fotos, von denen die meisten schon so lange hingen, dass Jenny sie seit Jahren nicht mehr wirklich wahrgenommen hatte. Auf dem Rundgang mit ihrem Vater wurde Jenny bewusst, wie trist alles aussah. Der Laden konnte definitiv ein bisschen Auffrischung vertragen. Neue Farbe, vielleicht ein wenig Kunst an den Wänden.

„Der *Avalon Troubadour* hat der Bäckerei im Sommer der Eröffnung eine seiner seltenen Kritiken gegönnt. Über die Jahre ist sie fünf Mal in der ‚Kleine Fluchten'-Rubrik der *New York Times* erwähnt worden." Sie zeigte ihm die gerahmten Zeitungsausschnitte.

Philip schaute sich den aktuellsten Ausriss an. „Zufluchtsort in den Catskills – 100 Meilen bis zum Paradies."

„Nach so einer Erwähnung gibt es immer einen unglaublichen Anstieg der Besucherzahlen", sagte Jenny. Sie sah, dass Philip ein Foto von ihr betrachtete, auf dem sie auf einem Stuhl hinter dem Tresen stand und ihrer Großmutter mit einem Blech Kekse zur Hand ging. Jenny war auf dem Bild ungefähr acht Jahre alt. Ihr Haar war zu zwei dicken Zöpfen gebunden, und ihr breites Grinsen zeigte eine Zahnlücke. „Vor dem Feuer hätte ich dir viel mehr Fotos zeigen können", sagte sie. „Das Übliche, Weihnachtsfeste und Ostern, der erste Schultag, Kommunion …"

Philip räusperte sich. „Jenny, es wäre schön gewesen, all diese Fotos von dir zu sehen, aber das ist nicht das, was ich bedaure. Was mich wirklich traurig macht, ist, dass ich all diese Jahre deines Lebens verpasst habe."

Sie wusste nicht, wie sie darauf reagieren sollte. Seine Sehnsucht schien die Hände nach ihr auszustrecken, sie an all den empfindlichen, einsamen Stellen in ihrem Innern zu berühren. „Es ist doch nicht deine Schuld", sagte sie mit rauer Stimme. Sie schluckte und zwang sich zu einem Lächeln. „Warum, glaubst du, hat sie dir nie von mir erzählt?"

„Ich weiß es nicht. Deine Mutter war …“ Er schüttelte den Kopf. „Ich dachte, ich würde sie kennen. Ich dachte, wir wollten das Gleiche. Und ich habe sie geliebt, Jenny, aber für sie hatte sich etwas verändert. Ich weiß nicht, warum sie dich mir vorenthalten hat.“

„Ich bin sicher, dass sie ihre Gründe hatte“, sagte Laura, die das Gespräch der beiden beobachtet hatte.

„Jetzt können wir eh nichts mehr daran ändern.“ Jenny straffte die Schultern und zeigte auf ein Bild, das eine achtzehnjährige Mariska zeigte, die offen in die Kamera lachte. „Das ist das Foto, das Olivia letzten Sommer aufgefallen ist. Das, aufgrund dessen sie überhaupt auf eine Verbindung zwischen unseren Familien gekommen ist.“

Jenny war nie aufgefallen, dass bei diesem Foto ihrer Mutter die Hälfte fehlte. Es war vor Jahren von irgendjemandem zerschnitten worden. Und derjenige von der anderen Hälfte des Bildes war Philip Bellamy. Erst als Olivia einen intakten Abzug des Fotos gefunden hatte, das Mariska und Philip gemeinsam zeigte, erkannte sie, was für eine große Geschichte dahintersteckte. Olivia war auf das Foto gestoßen, als sie Philips alte Camperinnerungen durchgegangen war. Diese Entdeckung hatte eine wahre Büchse der Pandora geöffnet und aufgezeigt, auf welchen Wegen die Menschen sich und ihr weiteres Leben gegenseitig beeinflussten.

„Ich frage mich, wer mich aus dem Bild geschnitten hat“, überlegte Philip laut. „Ich nehme an, es war deine Großmutter.“

„Ich schätze, das werden wir nie erfahren“, erwiderte Jenny. „Außer, meine Mutter taucht irgendwann auf magische Weise auf und erzählt es uns.“ Sie betrachtete die leicht vergilbte Fotografie der hübschen jungen Frau, die niemals älter geworden war als auf diesem Bild. War das das Mädchen, an das Philip sich erinnerte, wenn er an Mariska dachte?

„Hört mal, ihr zwei“, sagte Laura mit plötzlicher Lebhaftigkeit. „Ich muss zurück an die Arbeit.“ Sie eilte durch die Schwingtür in die Backstube.

Essen für die Seele

von Jenny Majesky

Schachkuchen

Niemand kennt den Ursprung des Namens „Schachkuchen". Er hat definitiv nichts mit dem Spiel Schach zu tun. Meine Großmutter erhielt dieses Rezept vor Jahrzehnten von einer Touristin aus Texas, die gekommen war, um sich den Indian Summer anzusehen. Ich weiß nichts über diese Frau, außer dass ihr Rezept den Titel trägt: „Miss Idas Buttermilch-Schachkuchen".

Lassen Sie sich von der Buttermilch nicht abschrecken. Der Kuchen ist so süß und intensiv im Geschmack, dass Sie dazu eine große Tasse Kaffee brauchen.

Miss Idas Buttermilch-Schachkuchen

4 Eier
¾ Tasse Zucker
2 EL Mehl
1 ½ Tassen Buttermilch
¼ Tasse geschmolzene Butter
die Schale einer unbehandelten Zitrone
3 EL Zitronensaft
1 TL Vanille
1 Tortenboden Mürbeteig (Fertigprodukt, Ø ca. 22 cm)
frische Beeren zum Garnieren

Schlagen Sie Eier und Zucker in einer großen Rührschüssel, bis sie leicht schaumig sind und die Farbe von Zitronen haben. Mischen Sie Mehl, Buttermilch, geschmolzene Butter, Zitronenschale, Zitronensaft und Vanille in dieser Reihenfolge unter. Füllen Sie die Mischung auf den Tortenboden und backen Sie den Kuchen bei 190 °C für 35–40 Minuten oder so lange, bis die Messerprobe sagt, dass er gar ist. Garnieren Sie den Kuchen vor dem Servieren mit frischen Beeren.

11. KAPITEL

1977

„Oh, Laura, sieh dir das an. Das ist ein schönes Foto, findest du nicht?“ Mariska Majesky reichte ihr ein Foto aus dem Umschlag, den sie gerade vom Entwicklungslabor abgeholt hatte. „Mir gefällt mein neuer Haarschnitt richtig gut.“

Laura Tuttle betrachtete das Bild mit erzwungener Begeisterung, wie sie zugeben musste. Während sie den ganzen Sommer über die Frühschicht in der Bäckerei übernommen hatte, erlebte ihre beste Freundin Mariska eine wahrhaft märchenhafte Romanze mit Prince Charming. Laura spielte nur noch eine Nebenrolle, und jetzt, am Ende des Sommers, war sie es leid. Aber sie machte gute Miene zum bösen Spiel und bewunderte das Foto, auf dem eine lachende Mariska neben einem braun gebrannten und umwerfend aussehenden Philip Bellamy stand, der strahlend den Siegerpokal des Tennisturniers in die Höhe streckte.

„Mir gefällt das Bild auch.“ Sie verbarg ihre Unzufriedenheit und gab ihrer Freundin das Foto zurück. Eine angenehme Brise wehte durch die kleine Straße hinter der Bäckerei, wo sie und Mariska die leeren Rollregale aus dem Lieferwagen räumen sollten. Sie hatten eine kleine Pause eingelegt, bevor sie wieder in die nach Hefe riechende Hitze der Bäckerei zurückkehren müssten.

„Ich verrate dir was“, sagte Mariska und schüttelte ihre schönen, stufig geschnittenen Haare. „Ich habe zwei Abzüge machen lassen. Einen davon werde ich einrahmen. Denn Philip fährt in wenigen Tagen nach Yale zurück, und das hier ist das einzige Bild von uns beiden zusammen.“

„Das liegt daran, dass ihr nicht zusammen sein dürft“, sagte Laura.

„Fang gar nicht erst damit an.“ In Mariskas Augen flackerte eine Warnung auf.

Laura hatte aber keine Angst vor dem Temperament ihrer Freundin. „Er ist mit einer anderen verlobt“, rief sie ihr in Erinnerung.

„Ja, mit Pamela Lightsey, die ihn einen ganzen Sommer lang im Stich gelassen hat, um nach Italien fahren zu können. Sie verdient es, ihn zu verlieren.“

„Du kennst sie doch gar nicht, woher willst du also wissen, was sie verdient?“

„Ich weiß, wie sie ist“, behauptete Mariska. „Ein verwöhntes reiches Mädchen. Wenn Philip mit ihr Schluss macht, kauft sie sich zum Trost sehr wahrscheinlich einen neuen BMW.“

„Das heißt doch aber nicht, dass sie nicht auch blutet wie wir alle." Laura wusste nicht, warum sie den Drang verspürte, dieses fremde Mädchen zu verteidigen, das sie überhaupt nicht kannte.

„Ach Laura." Mariska rollte das letzte Regal aus dem Lieferwagen. „Freu dich doch einfach für mich und Philip. Er ist so … alles!"

„Wenn du dir nur mal selber zuhören würdest." In ihrer Beziehung fühlte Laura sich wie die Erwachsene. Das war schon immer so gewesen. Mariska war der Freigeist, die Abenteuerlustige, die alles einsetzte und meist alles gewann. Laura war die Praktische, die hart arbeitete und dann noch härter arbeitete. *So alles.* „Liebst du Philip oder das Geld der Bellamys?", fragte sie.

„Sei nicht dumm. Das kann man nicht trennen. Philip ist Philip, weil er ein Bellamy ist."

„Also, wenn die Familie morgen bankrott sein würde und ihr von der Sozialhilfe leben müsstet, würde das etwas an deinen Gefühlen ändern?" Laura musste diese Frage einfach stellen, weil sie tief in ihrem Innern die Antwort kannte. Und wenn Philip sie ebenfalls wüsste, wäre er vielleicht nicht mehr ganz so verrückt nach Mariska.

Mariska lachte, dieses schimmernde, sexy Lachen, das sie zum beliebtesten Mädchen an der Avalon Highschool gemacht hatte. Auf der Abschlussfeier letzten Juni war sie zum Mädchen gewählt worden, das am wahrscheinlichsten durch ihr Aussehen weiterkommen würde. Sie hatte es mit Humor genommen, weil sie wusste, dass sie weit mehr besaß als nur gutes Aussehen. Zum Beispiel ihre unglaubliche Arbeitsmoral. Sie hatte zwei Jobs; einen hier in der Bäckerei ihrer Eltern und einen weiteren als Teilzeitverkäuferin im Schmuckgeschäft nebenan.

„Was wirst du den ganzen Tag tun, wenn du reich bist?", fragte Laura. „Ehrlich, du wirst dich so langweilen."

„Quatsch. Ich werde die Welt sehen und jeden Tag shoppen gehen."

„Und was ist mit Philip?" Kennt Mariska ihn überhaupt? fragte sich Laura. Wusste sie, dass er sich die Füllung seines Pain au Chocolat immer bis zum Schluss aufhob, dass er die Allman Brothers im legendären Club Fillmore East gesehen hatte, bevor Duane Allman bei einem Motorradunfall ums Leben gekommen war, und dass sich um seine Augen kleine Fältchen bildeten, wenn er lachte?

„Was ist mit Philip?" Mariska seufzte. „Er ist … Laura, du musst versprechen, es niemandem zu sagen …"

„Was?" Laura schaute sie fragend an. „Wo in dieses schöne Bild aus Reisen und Einkaufstrips passt er hin?"

„Das ist ja das Problem. Manchmal habe ich Angst, dass *er* mich langweilen wird."

Laura hätte ihre Freundin am liebsten geschüttelt. „Wenn du davor Angst hast, warum planst du dann eine Zukunft mit ihm?"

„Gott, ich schwöre, du klingst wie eine alte Tante." Mariska warf ihr einen verständnislosen Blick zu. Dann beugte sie sich zu dem Seitenspiegel des Lieferwagens und strich sich die fedrig geschnittenen Haare hinter die Ohren. „Ich hätte dir nie von uns erzählen dürfen." Sie zog ihren Lippenstift nach und lehnte sich dann gegen die Seitenwand des Wagens. „Aber ich musste einfach mit jemandem darüber sprechen. Dieses Geheimnis ist einfach zu gut, um es den ganzen Sommer über für mich zu behalten, und du bist die Einzige, der ich vertrauen kann."

Trotz ihrer eigenen Gefühle für Philip fühlte Laura sich privilegiert, dass Mariska ihr die Details ihrer heimlichen Liebesaffäre anvertraut hatte. Denn näher würde Laura vermutlich niemals an eine eigene Romanze herankommen. Sie hatte das langweiligste Leben auf der ganzen Welt. Ihre beste Quelle für Drama und Romantik war Mariska, die ihr Leben lebte, als wäre sie Darstellerin in einer Seifenoper.

Unglücklicherweise endeten Akteure in solchen Serien meistens mit einem gebrochenen Herzen oder zumindest mit einem bösen Fall von Amnesie.

„Hör zu", sagte sie zu Mariska. „Ich hoffe wirklich, dass alles so läuft, wie du es dir wünschst."

„Aber was?"

„Ich habe nicht ‚Aber' gesagt."

„Das musstest du auch nicht. Ich habe es trotzdem gehört. Also was?"

Laura atmete tief ein. „Ich mache mir nur Sorgen, was jetzt mit dir passiert, wo der Sommer vorbei ist und Philip nach Yale zurückkehrt. Er könnte … na ja, du weißt, was passieren könnte. Daher kommt ja auch die Bezeichnung *Sommerromanze*. Wenn der Sommer endet, tut es auch die Romanze."

„Nicht bei Philip und mir", widersprach Mariska entschlossen.

Laura biss sich auf die Zunge. Mariska und Philip stammten aus zwei komplett unterschiedlichen Welten. Sie machten sich nur etwas vor, wenn sie dachten, es wäre ein Leichtes, diese beiden Leben in Übereinstimmung zu bringen. Laura hatte so etwas schon mal gesehen. Menschen so unterschiedlicher Herkunft hatten einfach nicht genügend Gemeinsamkeiten, um zusammenzubleiben. Aschenputtel und der schöne Prinz waren ein Märchen. Im echten Leben heirateten Prinzen in ihren Kreisen und nicht ihre Haushaltshilfen.

„Außerdem", fügte Mariska hinzu, „habe ich eine Art Versicherung."

„Das verstehe ich nicht."

Mariska lächelte geheimnisvoll. Ihre Hand glitt wie von alleine zu ihrem Bauch und blieb dort liegen. „Ich habe es ihm noch nicht gesagt, also erzähl es keinem."

Laura fühlte sich, als hätte ihr jemand in den Magen geboxt.

Mariskas Lächeln wurde zu einem lauten Lachen. „Wenn du dein Gesicht sehen könntest. Du bist ja überraschter, als ich es war."

Weil du es geplant hast, dachte Laura mit plötzlicher Klarheit. Auch wenn Mariska behauptete, mehr als Liebe bräuchten sie und Philip nicht, war sie auf Nummer sicher gegangen und schwanger geworden. Und auch wenn Laura nicht viel über Philip wusste, wusste sie doch, dass er nicht nur der hübscheste Junge auf Erden, sondern auch sehr anständig war. Er hatte Kinder aus dem Fresh-Air-Programm der Stadt New York mit ins Camp gebracht und würde von Präsident Carter für seine Verdienste in der Arbeit mit den Ärmsten eine Medaille verliehen bekommen. Und wenn Mariska schwanger war, würde er sie niemals verlassen.

„Ich … ich weiß gar nicht, was ich sagen soll. Ich meine, ich freu mich für dich." Das Herz wurde ihr unendlich schwer, weil sie keinen Weg sah, wie das alles funktionieren sollte. Mariska war ja noch nicht einmal richtig erwachsen. So jung ein Kind zu bekommen war ein großer Fehler.

Laura hatte Mitleid mit den Majeskys. Sie hatten sich immer eine große Familie gewünscht, aber wie Laura von ihrer Mutter erfahren hatte, war Helen bei der Geburt von Mariska beinahe gestorben und hatte danach keine weiteren Kinder mehr bekommen können. Vielleicht war Mariska deshalb so verwöhnt. Sie gaben ihr alles, was sie hatten. Und das war das Problem mit verwöhnten Menschen: Egal, was man ihnen gab, sie waren niemals zufrieden und wollten immer mehr.

„Wann wirst du es Philip sagen?", fragte Laura.

„Darüber habe ich noch nicht nachgedacht."

„Mariska, du musst …"

„Das werde ich auch, versprochen. Ich habe es doch aber selber gerade erst erfahren. Du bist die Erste, der ich es erzähle … na ja, fast."

„Fast?" Der Klang dieses Wortes gefiel Laura gar nicht.

„Ich war total geschockt, als die Klinik mit dem Ergebnis angerufen hat, und ich bin gegenüber irgendwelchen Kunden der Bäckerei damit hinausgeplatzt."

„Oh-oh."

„Oh-oh ist richtig." Dann lachte Mariska wieder. „Du wirst nicht glauben, wer es war. Mr und Mrs Lightsey!"

Laura konnte nur mit dem Kopf schütteln. Das Hinausposaunen der Nachricht war ganz sicher *kein* Zufall gewesen. „Pamelas Eltern", sagte sie nur.

„Philip sagt, sie sind die besten Freunde seiner Eltern. Sie sind hergekommen, um der Abschlusszeremonie im Camp beizuwohnen. Das tun sie wohl jedes Jahr, wie er sagte."

„Und sie wissen jetzt, dass du schwanger bist." Trotz der Sommerhitze überlief Laura ein kalter Schauer. Das war typisch für Mariska. Sie manipulierte jede Situation. Sicherzustellen, dass Pamelas Eltern von ihrer Schwangerschaft erfuhren, war nur ein Indiz dafür, dass Mariska einen genau durchdachten Plan hatte. „Wissen sie, dass es von Philip ist?"

„Das ist egal. Sobald er Pamela wiedersieht, was nächste Woche in Yale sein wird, wird er ihr mitteilen, dass er die Verlobung löst. Er wird mich heiraten, bevor das Baby kommt, und alles wird gut."

„Außer für Pamela Lightsey."

„Ach, mit dem neuen BMW wird es ihr auch bald besser gehen", entgegnete Mariska leichthin.

Zwei Tage später schnitt Laura gerade die verwelkten Blüten der Astern aus den Blumenkästen vor der Bäckerei, als sie das Pfeifen des herannahenden Zuges hörte und sich daran erinnerte, dass Mariska zum Bahnhof gegangen war, um sich von Philip zu verabschieden. Minuten später kam sie auch schon die Straße entlang. Sie sah blass und besiegt aus, eine Fremde, die Laura noch nie zuvor gesehen hatte.

Schweißperlen glänzten auf Mariskas Oberlippe. Sie schwankte ein wenig und drückte ihre Hand auf den Magen, als wenn sie sich gleich übergeben würde.

„Was ist passiert?", wollte Laura wissen und legte ihre Gartenschere beiseite. „Du siehst fürchterlich aus."

Mariska ließ sich auf einen Stuhl an einem der Bistrotische sinken, die auf dem Gehsteig vor der Bäckerei standen. „Ich habe mit ihm Schluss gemacht."

„Ich verstehe nicht." In Lauras Kopf wirbelten die Gedanken wild durcheinander. „Hat er es schlecht aufgenommen? Will er mit dem Baby nichts zu tun haben?"

„Ich habe ihm nichts von dem Baby erzählt." Verzweiflung überschattete Mariskas Augen. „Er darf es nie erfahren, verstehst du? Niemals."

„Sei nicht verrückt. Er hat ein Recht darauf, es zu wissen."

„Hör auf, Laura. Ich schwöre, wenn du nur ein Wort sagst …" Sie massierte sich die Schläfen. „Ich muss nachdenken."

„Hör mal, vor ein paar Tagen hast du noch deine Zukunft mit ihm geplant. Hat er seine Meinung geändert?"

„Nein. Er hat mich angefleht, nicht Schluss zu machen."

„Warum hast du es dann getan?“ Laura versuchte herauszufinden, was wirklich passiert war.

Mariska atmete tief durch. Sie warf ihrem Spiegelbild im Schaufenster der Bäckerei einen Blick zu. „Ich habe ein besseres Angebot erhalten.“

„Was soll das heißen, ein besseres Angebot? Von wem?“

Mariska antwortete nicht, sondern stieß nur ein bitteres Lachen aus, stand auf und ging davon. Sie drehte sich nicht um, als Laura ihr hinterherrief, sondern ging mit hocherhobenem Kopf immer weiter. Sie nahm etwas aus ihrer Handtasche, riss es in der Mitte durch und warf die Fetzen im Vorbeigehen in die grüne Abfalltonne, die am Wegesrand stand.

Laura konnte nicht anders. Sie lief zu dem Mülleimer und holte das Papier heraus, das ihre Freundin durchgerissen hatte. Es war eine Vergrößerung des schönen Fotos von Mariska und Philip, und sie hatte es genau in der Mitte durchgerissen. Ohne zu zögern, barg Laura es aus dem Müll. Mariska hatte sicherlich einfach nur etwas übereilt gehandelt.

Essen für die Seele

von Jenny Majesky

Freundschaftsbrot

In der Sky River Bakery fangen wir viele unserer Brote mit einem Sauerteig-Vorteig an. Das Freundschaftsbrot ist eines der beliebtesten. Es heißt so, weil der Vorteig problemlos mit Freunden geteilt werden kann, die daraus wiederum Brote nach ihrem eigenen Geschmack entwickeln können. Es scheint ein bisschen kontraproduktiv, eine Schüssel mit Zutaten tagelang fermentieren zu lassen, aber am Ende ist es genau das, was dem Brot seine besondere Geschmackstiefe verleiht. Dieses Rezept ergibt ausreichend Vorteig, um ihn mit seinen Freunden zu teilen – die natürlich auch eine Kopie des Rezeptes mitgeliefert bekommen.

Es ist ein besonders flexibles Rezept. Man kann Trockenfrüchte, Nüsse, Mandelextrakt oder süße Gewürze mit hinzugeben.

Vorteig Freundschaftsbrot

3 Tassen Zucker
3 Tassen Mehl
3 Tassen Milch

Tag 1: In einer nicht metallenen Schüssel mischen Sie 1 Tasse Zucker, 1 Tasse Mehl und 1 Tasse Milch. Nutzen Sie zum Umrühren einen Holz- oder Plastiklöffel (keinen Metalllöffel und keinen elektrischen Handmixer). Decken Sie die Schüssel locker mit einem Geschirrhandtuch zu. Lassen Sie sie bei Raumtemperatur stehen (nicht im Kühlschrank).

Tag 2–4: Rühren Sie den Teig jeden Tag einmal um.

Tag 5: Fügen Sie 1 Tasse Zucker, 1 Tasse Mehl und 1 Tasse Milch hinzu und rühren Sie um.

Tag 6–9: Rühren Sie den Teig jeden Tag einmal um.

Tag 10: Fügen Sie 1 Tasse Zucker, 1 Tasse Mehl und 1 Tasse Milch hinzu und rühren Sie um. Entnehmen Sie drei Tassen des Teigs und geben Sie sie gemeinsam mit dem Rezept an drei Freunde weiter. Behalten Sie den restlichen Vorteig für sich.

Freundschaftsbrot

1 Tasse Vorteig
1 Tasse Öl
1 Tasse Zucker
½ Tasse Milch
2 TL Zimt
½ TL Backnatron
2 Tassen Mehl
1 ½ TL Backpulver
½ TL Salz
1 TL Vanilleextrakt
3 Eier
ca. 144 g Puddingpulver (3 ½ Päckchen)

Mischen Sie den Vorteig mit allen anderen Zutaten gut durch. Fetten Sie 2 große Brotformen und bestäuben Sie sie mit einer Mischung aus Zimt und Zucker. Füllen Sie den Teig in die Formen. Bestreichen Sie die Teigoberfläche mit Butter und bestäuben Sie sie mit dem restlichen Zucker-Zimt-Mix. Backen Sie die Brote im vorgeheizten Backofen auf mittlerer Schiene bei 160 °C für 50–75 Minuten, oder bis sie fertig sind.

12. KAPITEL

Greg Bellamys neues Zuhause strahlte etwas Melancholisches aus. Jenny spürte eine seltsame Traurigkeit, als sie das im viktorianischen Stil gehaltene Haus an der Spring Street betrat. Von außen war es typisch für die Häuser in Avalon: Hoch, mit einem Giebeldach stand es inmitten der weißen Schneelandschaft und kahlen Bäume, wie eine leere Leinwand, die darauf wartete, bemalt zu werden.

Das Innere war ganz anders. Alles war wie zufällig irgendwo hingestellt – Umzugskartons, eigentümliche Möbelstücke, ein Packen Post auf der Fensterbank. Es wirkte wie ein Hotel. Aber das war es nicht, wie sie wusste. Greg und seine Kinder Max und Daisy waren für immer hergezogen.

„Lass mich dir den Mantel abnehmen", bot Greg ihr nach der Begrüßung im Hausflur an.

Philip war bereits da. Er saß auf einem Hocker am Küchentresen und trank ein Glas Wein. Rourke war ebenfalls eingeladen gewesen, aber er hatte dankend abgelehnt, weil er arbeiten musste. Was vermutlich stimmte, aber sie hatte das Gefühl, dass Familientreffen auch sonst nicht so sein Ding waren. Sie war sich auch nicht sicher, ob es ihr Ding war, aber sie schenkte Philip trotzdem ein scheues Lächeln. Zumindest war sie bereit, es zu versuchen. Die Vorstellung, mit einem Mal Verwandte zu haben, ließ Jenny immer noch schwindelig werden. Sie war in dem Glauben aufgewachsen, das einzige Kind eines Einzelkinds zu sein, und jetzt gab es da diese große Familie aus völlig fremden Menschen.

„Das ist für dich", sagte sie und reichte Greg ihr Mitbringsel. „Ein Freundschaftsbrot. Man sagt, es bringt Glück in ein neues Zuhause."

„Oh. Vielen Dank." Greg schenkte ihr ein strahlendes Lächeln. „Davon kann ich im Moment gar nicht genug haben."

Daisy und Max polterten die Treppe herunter. Max schwang sich unten um den Pfosten. „Hey, Jenny", sagte er. „Hey, Onkel Phil."

Jenny freute sich darauf, ihren Onkel und seine Kinder näher kennenzulernen. Sie hatten das typische Aussehen der Bellamys – glatte Haare und gerade Zähne, eine gute Haltung und einen natürlichen Charme.

Als Schülerin der letzten Klasse der Highschool war Daisy verständlicherweise etwas kompliziert. Sie war blond, wunderschön und zurückhaltend, und ihre Manieren, als sie Jenny und Philip begrüßte, waren tadellos. Max war in der fünften Klasse. Er war groß und schlaksig und sprudelte nur so über vor Energie, was sich in seinem Lächeln zeigte und daran, dass er keine Sekunde stillhalten konnte.

Jenny überreichte die Dose mit dem Vorteig und erklärte, wie man ihn aufbewahren, einsetzen und mit Freunden teilen sollte. „Theoretisch kann er also in einer endlosen Kette weitergegeben werden", schloss sie ihre Ausführungen.

„Was passiert, wenn man keine Lust hat, alle zehn Tage ein Brot zu backen?", wollte Max wissen. „Trifft einen dann ein Fluch, wenn man die Kette unterbricht, oder so?"

„Genau. Woher weißt du das?", zog Jenny ihn auf. „Die jüngsten Mitglieder des Haushalts bekommen einen gemeinen Hautausschlag auf dem Kopf und müssen alle Haare abrasieren."

Max' Hand schnellte zu seinen dichten dunkelblonden Haaren. „Sehr lustig."

„Nein, im Ernst", sagte Jenny. „Im Gefrierschrank hält der Vorteig sich eine Ewigkeit."

Connor und Olivia kamen in einer Wolke aus Schnee und eisigem Wind. Als sie alle begrüßten, hielt Jenny sich im Hintergrund und beobachtete schweigend die Dynamik in der Familie. Für sie war das alles noch so neu. Olivia hatte keine Scheu, ihre Zuneigung für ihren Onkel, Daisy und Max, vor allem aber für ihren Vater zu zeigen. Die beiden hatten eine Verbindung, die nur entsteht, wenn man sich ein Leben lang gut kennt. Jenny verspürte einen leichten Stich. Nicht aus Missgunst oder Eifersucht, sondern aus Bedauern, dass sie diesen Teil ihrer Familie verpasst hatte.

Sie hatte das Gefühl, beobachtet zu werden. Als sie aufschaute, sah sie, dass Connor sie anschaute. Er war ein großer, auf eine etwas kantige Art gut aussehender Mann, der, wie Jenny wusste, selber eine schwierige Kindheit gehabt hatte. Dennoch schien er sich sowohl mit Olivia als auch in seiner eigenen Haut sehr wohlzufühlen. „Mach dir keine Sorgen", sagte er, als wenn er ihre Gedanken gelesen hätte. „Mit der Zeit gewöhnt man sich daran."

„Unser Geschenk zum Einzug", sagte Olivia zu Greg und reichte ihm eine Tüte.

„Das ist das dritte Mal, seitdem wir hier eingezogen sind", protestierte Greg. „Das muss irgendwann auch mal wieder aufhören."

„Das hört erst auf, wenn die letzte Umzugskiste verschwunden ist", erwiderte Olivia mit einem leichten Lachen. „Noch sieht es hier eher aus wie in einem Umzugswagen."

Jenny hatte keine Mühe, Olivias andere Beiträge zu diesem Haushalt auszumachen. Da lag eine warme, moosfarbene Kaschmirdecke mit Fransen über einer Sessellehne. Daneben ein Kissen mit reicher Verzierung. Beide Teile trugen eindeutig den Stempel von Olivias ausgezeichnetem Geschmack. Ihr heutiges Geschenk war eine kleine Leselampe mit einem Schirm aus Bleikristall. Ganz offensichtlich sollte sie aus dem schlichten braunen Ohrensessel und dem kleinen Beistelltisch daneben eine Leseecke zaubern.

„Ich muss zugeben, dass du wirklich gut bist", sagte Greg. „Du solltest daraus ein Geschäft machen."

„Gute Idee." Olivia übergab ihren Mantel und Schal an Max, der beides an die Garderobe hängte.

Natürlich zogen sie und Greg sich nur gegenseitig auf, denn Häuser zu verschönern war genau das, womit Olivia ihren Lebensunterhalt verdiente. Sie war das, was sie eine „Aufhübscherin" nannte, und hatte sich darauf spezialisiert, Häuser und Wohnungen herzurichten, die zum Verkauf standen. Sie war so gut darin, auszumisten und Möbel neu zusammenzustellen, dass sie für ebendiesen Zweck in Manhattan ihre Firma Transformations gegründet hatte.

Der derzeitige Einrichtungsstil von Gregs Haus – wenn man ihn denn so nennen durfte – war frühe Studentenbude. Anstelle eines Esstischs stand mitten im Raum ein massiver Billardtisch, der mit einer Sperrholzplatte abgedeckt war. Die Deckenlampe hatte einen Plastikschirm mit Budweiser-Werbung darauf. An der Wand hing eine Dartscheibe, und im Kamin stand ein elektrischer Grill.

„Um Würstchen zu grillen", erklärte Greg.

„Und Marshmallows", fiel Max ein. „Wir nennen das Drinnen-Camping."

Jenny wusste nicht, was sich in dem Haus mehr durchsetzte – das Studenten- oder das Campingthema. Anstelle von normalen Betten hatten sie daunengefüllte Schlafsäcke auf nackten Matratzen.

„Ich werde dich so was von zum Bettwäschekaufen mitschleifen", murmelte Olivia Daisy zu, als sie die oberen Räume inspizierten. Jenny hatte den Überblick über die Anzahl der Schlafzimmer, Badezimmer und Einbauschränke schon längst verloren. Die meisten waren leer und ungeheizt, die Türen geschlossen.

„Danke!", seufzte Daisy. „Mein Dad hat ein paar Sachen vergessen. Aber es ist okay, quasi noch mal ganz von vorne anzufangen."

„Wir haben hier mehr als genug Platz, Jenny. Wenn du willst, kannst du jederzeit zu uns ziehen", bot Greg ihr an. „Du kannst so lange bleiben, wie du magst."

Eine warme Welle der Dankbarkeit erfasste sie. Das war es, was Familienmitglieder füreinander taten. Sie rückten enger zusammen und halfen einander aus. Doch sie traute der Sache noch nicht ganz. Ohne eine gemeinsame Vergangenheit war es schwer, das Konzept Familie zu begreifen.

„Das ist wahnsinnig nett von dir", sagte sie. Greg war zwar per Geburt ihr Onkel, aber sie waren immer noch Fremde füreinander. Zudem war er frisch geschieden, und seine Frau war Anwältin. Das konnte eigentlich nur Probleme geben, fürchtete sie. „Aber im Moment bin ich noch gut versorgt."

„Das stimmt", schaltete Olivia sich ein. „Wer könnte sich besser um einen kümmern als der Chef der Polizei?"

Jenny errötete sofort. „Das ist doch nur vorübergehend, nicht für immer."

„Das wissen wir", sagte Olivia.

Jenny war überrascht, als mit einem Mal Laura Tuttle auftauchte. Offensichtlich hatte Philip sie eingeladen. „Ich habe einen Kuchen mitgebracht", sagte Laura und ging gleich durch in die Küche. Und einfach so machten sich alle daran, den Tisch zu decken und das Abendbrot aufzutragen. Für Jenny war es fremd und gleichzeitig wunderschön, mal wieder den Rhythmus eines normalen Familienlebens zu spüren. Es gab Spaghetti, einen Salat und Brot aus der Bäckerei. Nichts Aufregendes, aber dafür mit umso mehr Großzügigkeit und Liebe serviert. Das Campingthema setzte sich in den Papptellern und dem Plastikbesteck fort, allerdings hatte Greg tatsächlich echte Weingläser für die Erwachsenen aufgetrieben.

Nach dem Essen gab es mehr Wein und Kaffee und Nachtisch – Schachkuchen aus der Sky River Bakery. Die Kinder durften sich zum Fernsehgucken zurückziehen, und die anderen besprachen erneut Jennys Situation. Jeder wollte ihr helfen, und niemand war ernsthafter bei der Sache als ihr Vater.

„Ich will mich nicht aufdrängen, aber ich weiß, dass das gerade eine sehr schwierige Zeit für dich ist", sagte er.

Das nenne ich mal eine Untertreibung, dachte sie.

„Vielleicht möchtest du dich mehr dem Schreiben widmen", schlug Philip vor. „Du bist eine exzellente Autorin."

„Du hast meine Kolumne gelesen?", fragte sie.

Er nickte. „Ich lasse mir ein Abo des *Avalon Troubadour* nach Manhattan schicken, damit ich jeden Mittwoch ‚Essen für die Seele' lesen kann." Er lächelte, als er ihren überraschten Gesichtsausdruck sah, und nahm sich dann noch ein Stück Kuchen. „Wie auch immer, in der Stadt könntest du dich mit Leuten aus dem Verlagswesen treffen und gucken, ob du eine Karriere als Autorin anstreben möchtest."

Jenny war sich nicht sicher, ob sie richtig gehört hatte. „Es ist doch nur eine wöchentliche Kolumne, kein Vollzeitjob."

„Im Moment noch", sagte Philip. „Ich wollte auch immer Schriftsteller werden. Allerdings schien es für mich nicht angemessen, fürchte ich."

„Aber für mich?"

„Du bist noch jung genug, um ein Risiko einzugehen", fand er.

Verwirrt schaute sie ihren Vater und ihre Schwester an. „Danke. Es schmeichelt mir sehr, dass du meine Kolumne liest." Sie war entschlossen, die Panik, die gerade an ihren Brustkorb klopfte, mit einem Lächeln in Schach zu halten. „Ich habe mich oft gefragt, wie es wäre, mich nur mit dem Schreiben zu beschäftigen, meine Rezepte zu sammeln und vielleicht in einem Buch zusammenzufassen." Da. Sie hatte es laut ausgesprochen. Sie hatte diesen Menschen von ihrem Traum erzählt. Die Vorstellung, Schriftstellerin zu sein, war ihr immer so zerbrechlich und unwahrscheinlich erschienen; ein Geheimnis, das sie am besten für sich behielt. Aber vielleicht hatte Rourke recht. Wenn sie ihren Traum teilte, nahm er womöglich Form und Substanz an und wurde kräftiger.

Und sie würde Vollzeit daran arbeiten müssen, alles neu zu schreiben, was im Feuer verloren gegangen war. Auch wenn die Zeitung ihre Kolumnen archiviert hatte, alles andere – die Dinge, die sie nicht veröffentlicht hatte, weil sie noch nicht ausgefeilt genug oder zu persönlich gewesen waren – war vernichtet, und sie wusste nicht, ob sie es je wiederherstellen könnte.

„Dann solltest du das angehen", sagte Olivia.

„Deine Artikel sind sehr unterhaltsam geschrieben", fügte Philip hinzu. „Ich liebe diese kleinen Einblicke in den Alltag einer Bäckerei. Ich habe das Gefühl, deine Großeltern zu kennen, genau wie die Stammkunden und die Menschen, die über die Jahre dort gearbeitet haben. Und ich bin stolz auf dich. Ich habe noch nie eine Essenskolumne gelesen, aber in letzter Zeit gebe ich vor allen Leuten mit den Artikeln meiner Tochter an."

Es fühlte sich schockierend gut an, diese Worte zu hören. Niemals in ihrem Leben hätte sie gedacht, so etwas zu erleben – den Stolz eines Vaters auf etwas, das sie getan hatte. Sicher, ihre Großeltern hatten ihre Leistungen immer gewürdigt, aber keiner von beiden hatte viel auf Englisch gelesen. Jetzt war dieser intellektuelle Mann – Philip Bellamy – so stolz auf sie, dass er seinen Freunden davon erzählen musste.

„Wie findest du die Idee, eine Zeit lang in der Stadt zu leben?", fragte er ernst.

„Ich …" Jenny trank einen Schluck Wein. Die Stadt? New York City? Machte er Witze? Okay, dachte sie. *Bleib ganz cool.* „Ich bin mir nicht sicher … Ich habe noch nie darüber nachgedacht."

„Vielleicht solltest du das mal tun."

„Aber die Bäckerei …"

„Du könntest dir eine Auszeit von der Bäckerei nehmen."

Jenny hatte schon vor einiger Zeit erkannt, dass die Bellamys nicht wirklich verstanden, wie die echte Welt funktionierte. „Das ist nicht so einfach. Man nimmt sich nicht einfach eine Auszeit von der Bäckerei. Sie hat sieben Tage die Woche geöffnet."

„Es wäre aber möglich", schaltete sich Laura ein. „Ich kann mich um alles kümmern, während du dir ein wenig Zeit für dich nimmst."

Es hatte noch keinen Moment in ihrem Leben gegeben, in dem Jenny nicht in die Bäckerei involviert gewesen war. Sogar als Kind hatte sie jeden Tag ein paar Stunden dort verbracht, Bleche gestapelt oder einfach ihrer Großmutter Gesellschaft geleistet. Dabei hatten sie oft zusammen alte Lieder auf Polnisch gesungen.

Als wäre es erst gestern gewesen, fühlte sie die Hand ihrer Großmutter, die ihr zärtlich über den Kopf strich. „Du hast die wichtigste Aufgabe von allen", hatte Granny immer gesagt, als Jenny noch ganz klein gewesen war. „Du erinnerst mich daran, warum ich backe."

Eine liebevolle Erinnerung, ja. Und Jenny musste zugeben, dass sie mit einer Unmenge solcher Erinnerungen gesegnet war. Sie hatte so viel Gutes in ihrem Leben – inklusive des Städtchens Avalon. Sie liebte diese Stadt, und sie liebte die Bäckerei. Trotzdem wurde sie von einer unerfüllten Sehnsucht geplagt. Nach der Schule war sie in die Bäckerei eingetreten, kurz darauf alleinige Besitzerin geworden, und ja, es war kein schlechtes Leben, aber vielleicht, nur vielleicht, könnte sie diese Chance ergreifen, wegzugehen und ein anderes Leben zu leben.

Aber jetzt? Die Frage nagte an ihr. Seit dem Feuer verspürte sie endlich eine Verbindung zu Rourke. Vielleicht war das der gewichtigste Grund, sich umzudrehen und so schnell wie möglich wegzulaufen. Sie trank noch einen Schluck und hoffte, dass die anderen die Gefühle nicht spürten, die aus ihr herauszustrahlen schienen. Und dann merkte sie es – die vertraute Panik, die auf sie zustampfte wie eine Dampflokomotive, die Fahrt aufnahm. Gott, nicht jetzt, dachte sie. *Bitte, nicht jetzt.*

Okay, sagte sie sich. Okay, sie könnte sich einfach entschuldigen, ins Badezimmer gehen und eine Tablette nehmen. Kein Problem. Doch als sie da so vollkommen ausdruckslos saß und versuchte, ihre Verzweiflung zu verbergen, drängte sich ein seltsamer Gedanke durch den Morast aus Angst. Seitdem sie bei Rourke wohnte, hatte sie noch keine Panikattacke gehabt.

Zufall? Wäre das sowieso passiert, oder hatte es mit der Art zu tun, wie sie sich fühlte, wenn sie mit Rourke McKnight zusammen war?

Greg, Olivia und Connor räumten den Tisch ab und kümmerten sich um den Abwasch, sodass Philip, Laura und Jenny alleine zurückblieben.

„Erzähl mir von Mariska", sagte Philip plötzlich zu Laura. „Ich will sie verstehen."

Jenny beugte sich fasziniert vor. Er schien die Frage absichtlich in ihrer Gegenwart zu stellen. Und Laura nahm ihm die direkte Frage anscheinend nicht übel. „Sie ist lange Zeit fort gewesen“, sagte sie und schaute von Philip zu Jenny. „Und nachdem sie mit Jenny hergezogen war, ist sie immer noch sehr oft ausgegangen. Ihre Eltern waren glücklich, sich um das Baby kümmern zu können.“ Laura strahlte Jenny an. „Du warst unser aller Engel.“

Jenny versuchte, zwischen den Zeilen zu lesen. Oft ausgehen bedeutete vermutlich, zu feiern. Sie wusste von den Unterhaltungen mit ihren Großeltern, dass ihre Mutter nicht unbedingt jede Nacht nach Hause gekommen war. Ein Wochenendausflug konnte sich leicht auf eine Woche ausdehnen, manchmal auch zwei. Deshalb hatte auch niemand Alarm geschlagen, als sie eines Nachts nicht nach Hause kam. Natürlich hatte niemand ahnen können, dass diese erste Nacht der Anfang von für immer sein würde.

„Die Majeskys waren wundervoll“, sagte Laura. „Sie haben Jenny all ihre Liebe gegeben. Ein glückliches Kind ist etwas sehr Mächtiges. Es ist unmöglich, traurig zu sein, wenn man ein lachendes kleines Mädchen auf dem Schoß hat.“

Jenny versuchte, ihr Lächeln beizubehalten. Ja, sie war ein fröhliches Kind gewesen, aber ebenso ein Mädchen, das sich im Alter von vier Jahren bereits daran gewöhnt hatte, dass ihre Mutter immer wieder für einige Zeit verschwand.

„Wann ist ihnen klar gewesen, dass sie nicht wiederkommen wird?“, fragte Philip.

„Das kann ich nicht genau sagen. Vielleicht nach einem Monat, sechs Wochen. Ich erinnere mich, dass Leo einem Polizisten, der jeden Morgen auf einen Kaffee und ein Stück Gebäck vorbeikam, erzählt hat, dass Mariska sich normalerweise immer telefonisch gemeldet habe, doch diese Anrufe jetzt aufgehört hätten. Irgendwann wurde aus der anfänglichen Besorgnis echte Sorge, und es wurde eine Vermisstenmeldung aufgegeben, aus der eine groß angelegte Untersuchung erwuchs. Allerdings wurde uns von Anfang an gesagt, wenn eine erwachsene Frau, die schon öfter mal unangekündigt weggeblieben ist, verschwindet, dann vermutlich auf eigenen Wunsch.“

Jennys Mutter hatte eindeutig nicht gefunden und zurück in die kleine Stadt gebracht werden wollen, in der sie nie glücklich gewesen war.

Die Angst trommelte in ihrer Brust, und Jenny entschuldigte sich, um das Badezimmer aufzusuchen. Sie schluckte eine halbe Tablette ohne Wasser herunter. Auf dem Weg zurück ins Esszimmer blieb sie vor der Tür im Flur stehen. Laura und Philip saßen über den Tisch gebeugt beisammen und unterhielten sich leise. Jenny spürte eine Intensität in ihren Stimmen, die sie innehalten ließ, weil sie das Gespräch nicht unterbrechen wollte.

„... ich wusste nicht, ob ich dich nach dem Sommer noch einmal wiedersehen würde“, sagte Laura. „Du kamst mit deiner neuen Frau zu Besuch ins Camp Kioga und ein paar Jahre später dann mit deiner Tochter.“

„Aber du hast es gewusst, Laura.“ Er leerte sein Weinglas. „Mein Gott, du hast es gewusst.“

„Es gab Themen, über die wir nie gesprochen haben. Niemals. Du warst eines davon.“

„Warum hast du nichts gesagt?“

„Es war nicht an mir, etwas zu sagen.“

„Du warst die Einzige, die für Jenny hätte sprechen können, und du hast geschwiegen.“

„Ich habe das Kind beschützt“, gab sie angespannt zurück.

„Was zum Teufel soll das denn heißen?“

„Denk mal darüber nach, Philip. Sie war ein glückliches kleines Mädchen, das in einer Welt voller Liebe und Sicherheit aufgewachsen ist. Ich konnte mir nicht vorstellen, was passieren würde, wenn irgendein fremder Mann auf einmal in ihr Leben treten und sich als ihren Daddy bezeichnen würde. Nach allem, was ich wusste, hattest du genügend Bellamy-Vermögen und Macht, um sie uns wegzunehmen.“

„Uns?“

„Ihren Großeltern“, korrigierte Laura. Dann wurde sie heftiger. „Und ja – mir auch. Ich habe Jenny geliebt, aber ich hatte kein Anrecht auf sie. Ich hatte Angst, sie zu verlieren.“

„Haben wir auf dich wie solche Monster gewirkt?“

„Ihr wirktet wie eine normale Familie. Und ich konnte mir Jenny einfach nicht mit euch vorstellen. Warum sollte deine Frau sie akzeptieren? Das Kind einer anderen? Und deine Tochter Olivia – ich hatte keine Ahnung, ob es gut für sie gewesen wäre, eine Schwester zu bekommen oder nicht. Egal, wie man es auch dreht und wendet, ich hätte Gott in dem Leben eines kleinen Mädchens gespielt, und das wollte ich nicht.“

Das kleine Mädchen gibt es nicht mehr, dachte Jenny, als eine Entscheidung in ihr heranreifte. Sie war jetzt eine erwachsene Frau, und sie hatte genug davon, sich von Geheimnissen und Ängsten beeinflussen zu lassen.

Nach dem Essen fuhr Jenny mit dem Auto nach Hause. Sie bog automatisch erst einmal in die Maple Street ab, bevor ihr einfiel, dass es ihr

Haus dort nicht länger gab. So musste sie also in das große Bett von Rourke zurückkehren, das viel zu gemütlich war, um gut für sie zu sein. Aber jetzt, wo sie so nah war, spürte sie einen inneren Zwang, trotz der späten Stunde am Grundstück vorbeizufahren.

Die Reifen knirschten auf der salzbestreuten Straße. Sie ließ den Wagen am Wegesrand stehen, anstatt auf die von hohen Schneewehen bedeckte Einfahrt zu fahren. Der leere Platz, wo ihr Haus gestanden hatte, wirkte völlig unpassend. Im Vorgarten stand ein Paar hoher Ahornbäume. Als Jenny noch klein war, hatte ihr Großvater das heruntergefallene Laub im Herbst immer zu einem so hohen Haufen zusammengerecht, dass sie hineinspringen und komplett darin verschwinden konnte. Jetzt wirkten die Bäume fehl am Platz, nackte Skelette, die mitten im Nichts standen. Sie konnte direkt bis in den hinteren Garten sehen. Ein Abbruchunternehmen hatte das beiseitegeräumt, was die Bergungscrew zurückgelassen hatte. Zurückgeblieben war nur ein schwarzes, verkohltes Rechteck Erde, das an ein Kriegsgebiet erinnerte.

Aber es hatte in der vorherigen Nacht und fast den ganzen Tag über geschneit, und dicke Schneewehen hatten alle Anzeichen dafür ausradiert, dass hier die letzten fünfundsiebzig Jahre ein Haus gestanden hatte. Nur das Absperrband, das leise flatterte, markierte die Stelle, die Jennys ganzes Leben lang ihr Zuhause gewesen war. Spuren eines Hasen teilten das ansonsten unberührte Weiß an der Stelle, an der sich einst das Wohnzimmer befunden hatte, in dem ihre Großmutter abends gesessen und sich mit Jenny unterhalten hatte.

Vor ihrem Schlaganfall war Granny eine hervorragende Gesprächspartnerin gewesen. Sie liebte es, Dinge ausgiebig zu diskutieren und alle möglichen Fragen zu beantworten. Das machte sie zu einem guten Team, denn Jenny hatten immer tausend Fragen auf der Zunge gebrannt.

„Wie war es für dich als junges Mädchen in Polen?“, war zum Beispiel eine der Fragen, die ihre Großmutter besonders zu beantworten liebte. Dann wurden ihre Augen ganz weich, und ihr Blick ging in die Ferne zu einem Ort, den nur sie sehen konnte. Sie erzählte Jenny von der alten Zeit in dem kleinen Dorf Brzeziny, das inmitten von Weizenfeldern und Ahornwäldern lag und wo die Luft stets erfüllt war vom Gesang der Vögel, dem Rauschen des schnell fließenden Flusses und dem Läuten der Glocken.

Als sie sechzehn Jahre alt war, übertrug Helenkas Vater ihr die Verantwortung, den mit Weizen oder anderem Getreide gefüllten Wagen zum Müller zu fahren, um es mahlen zu lassen. Dort lernte sie den Sohn des Müllers kennen, einen Ochsen von einem Mann, der stark genug war, um die Mühle einhändig zu bedienen. Seine Augen hatten die Farbe von Rotkehlcheneiern, und sein Lachen war so laut und fröhlich, dass die Menschen, die es hörten, in ihrer Arbeit innehielten und lächelten.

Natürlich verliebte sie sich in ihn. Was hätte sie sonst tun sollen? Er war der stärkste, freundlichste Mann im Dorf und sagte ihr, sie scheine heller als die Sonne.

Für Jenny klang die Geschichte immer nach einem idyllischen Märchen. Aber sie wusste, dass es anders als im Märchen für die Frischverheirateten kein „Und sie lebten glücklich bis an ihr Lebensende" gegeben hatte. Nur zwei Wochen nach der Hochzeit starteten die Deutschen ihre September-Offensive und fielen in Polen ein. Soldaten überfielen das Dorf, zündeten Häuser und Läden an, ermordeten jeden Mann, der nicht tauglich war, und zogen die anderen zu ihrer Armee ein, terrorisierten Frauen und Kinder. Als Jenny alt genug war, um Recherchen zu dem Massaker von Brzeziny anzustellen, erfuhr sie, dass ihre Großmutter ihr die Fakten über die schlimmsten Gräueltaten erspart hatte.

Der einzige Grund, warum Helenka und Leopold dem Grauen hatten entkommen können, war, dass sie an dem Tag in die Hauptstadt des Bezirks geschickt worden waren, um ihre Eheschließung eintragen zu lassen. Als sie zurückkamen, herrschte in ihrem Dorf das reinste Chaos, und ihre Familien waren weg – entweder weil sie tot waren, oder weil sie hatten fliehen können.

„Am nächsten Tag", hatte Granny immer zu Jenny gesagt, „sind wir losgegangen." Sie brauchten mehrere Erzählabende und viele Fragen, bevor Jenny erfuhr, dass sie das Dorf zu Fuß verlassen hatten, nur mit den Kleidern, die sie anhatten, einem Sack voller verschrumpelter Äpfel und ein paar Lebensmitteln, darunter die Holzkiste mit dem Vorteig fürs Roggenbrot, die Grannys Mutter ihr am Hochzeitstag überreicht hatte.

Die Deutschen griffen Polen im Westen und die Russen im Osten an. Für die Bevölkerung des Landes wurden jeder Fluss und jeder Weg zum Schlachtfeld, und nicht ein halber Quadratmeter war mehr sicher für die Menschen, die dort lebten, die Erde beackerten, ihre Kinder großzogen und ihre Toten begruben. Ungefähr sechs Millionen Polen starben im Zweiten Weltkrieg. Jennys Großeltern hatten das Glück gehabt, mit dem Leben davonzukommen.

„Wohin seid ihr gegangen?", hatte sie Granny gefragt.

„Zur Ostsee."

Als Jenny klein war, hatte sie gedacht, das wäre, wie zum Laden an der Ecke zu gehen, um einen Liter Milch zu kaufen. Später erfuhr sie, dass ihre Großeltern, die damals beinahe noch selber Kinder gewesen waren und die dörfliche Umgebung ihrer Heimat noch nie verlassen hatten, Hunderte Kilometer zu Fuß gegangen waren. Nachdem sie den

Hafen von Danzig erreicht hatten, bezahlten sie die Überfahrt mit dem Schiff mit schwerer körperlicher Arbeit.

Manchmal dachte Jenny an die Menschen, die Granny nie wiedergesehen hatte – ihre Eltern, sieben Geschwister, jeden, den sie kannte. „Sie müssen dir so sehr fehlen“, hatte sie immer gesagt.

„Das stimmt“, hatte ihr Granny erwidert. „Aber sie sind hier.“ Dabei drückte sie ihre Hand sanft auf ihre Brust. „Sie sind für immer in meinem Herzen.“

Gegen das Auto gelehnt, das mit laufendem Motor am Straßenrand stand, schloss Jenny die Augen und drückte ihre Fäuste gegen ihre Brust. Sie betete, dass Granny recht hatte, dass man jemanden niemals ganz verlieren konnte, solange man seine Erinnerung im Herzen behielt und mit ganz viel Liebe hegte und pflegte.

Sie stieß den angehaltenen Atem aus, öffnete die Augen und blinzelte in die kalte Nacht. Es funktionierte nicht. Da war nichts in ihrem Herzen. Sie fühlte sich ausgehöhlt, und die von keiner Vernunft geleitete Panik wirbelte in ihrem Innern herum.

Ein Auto bog um die Ecke und tauchte die Gegend in weißes Licht. Auf der anderen Straßenseite bewegte sich eine Gardine im Haus von Mrs Samuelson. Als der Besucher näher kam, erkannte Jenny Rourke. Er stellte sein Auto hinter ihrem ab, stieg aus und kam auf sie zu. Jennys Herz setzte einen Schlag aus.

Er trug immer noch seine Dienstkleidung. Sein langer Mantel wehte hinter ihm her.

Sie zitterte und steckte ihre Hände in die Taschen. „Hey“, sagte sie.

„Selber hey.“ Er ließ seinen Blick über das leere Grundstück schweifen. „Ist alles okay?“

„Sicher.“ Sie wusste, die echte Frage lautete: Was tust du hier? „Ich, äh, bin aus Versehen hier entlanggefahren. Quasi auf Autopilot.“ Sie verzog ihre Lippen zu einem ironischen Lächeln. „Ich hab mich noch nicht ganz an diese Obdachlosennummer gewöhnt.“ Sie ertrug es nicht, seinen Gesichtsausdruck zu sehen, diese Mischung aus Mitgefühl und Freundlichkeit. Also lehnte sie sich zurück und richtete ihren Blick auf die Stelle, wo das Fenster ihres im ersten Stock gelegenen Schlafzimmers gewesen war.

„Weißt du, dass ich als Kind oft aus dem Fenster auf diesen Ast dort geklettert bin?“ Sie zeigte auf den Ahornbaum. „Ich bin nicht ein einziges Mal erwischt worden.“

„Was hast du da draußen gemacht?“

Sie versuchte, den Grund für die Schärfe in seiner Stimme herauszufinden. „Das war ganz unterschiedlich“, sagte sie. „Meistens habe ich mich unten am Fluss mit meinen Freunden getroffen. Manchmal sind wir aber auch zum Autokino in Coxsackie gegangen. Ich würde nicht sagen, dass wir jugendliche Straftäter waren oder so. Meinen Großeltern zuliebe habe ich immer versucht, mich von allem Ärger fernzuhalten."

„Ich wünschte, das würden alle Kinder tun", sagte Rourke. „Das würde meinen Job erheblich vereinfachen."

„Wegen meiner Mutter taten mir meine Großeltern immer leid", erklärte Jenny. Mit jedem Atemzug, den sie nahm, verebbte die Panik in ihrer Brust ein Stückchen mehr. „Sie hat ihnen das Herz gebrochen. Meine Großeltern umgab immer eine gewisse Trauer – vor allem meinen Grandpa. Als die Ärzte ihm sagten, dass er es nicht schaffen würde, sagte er, vielleicht kommt sie zu meiner Beerdigung." Jenny stieß die Spitze ihres Stiefels in den Schnee. Sie hatte immer das Gefühl gehabt, dass sie für den Fehler ihrer Mutter Buße tun musste. „Da meine Mutter nie zurückkam, um sie zu besuchen, versprach ich ihnen, sie niemals zu verlassen." Schon in sehr jungen Jahren hatte Jenny gemerkt, dass es ihre Aufgabe war, die Traurigkeit von ihren Großeltern fernzuhalten. Diese Rolle hatte sie für Jahre gespielt, und es fühlte sich seltsam an, das nun nicht mehr tun zu müssen.

Ein paar Minuten lang sagte Rourke nichts. Jenny machte im Kopf den Selbsttest, den der Arzt ihr empfohlen hatte. Noch vor wenigen Augenblicken war sie eine Acht gewesen. Jetzt war sie zu einer Sechs heruntergefahren, vielleicht sogar einer Fünf oder Vier, was eine riesige Erleichterung war. Vielleicht lag es an der halben Tablette, die sie genommen hatte. Oder vielleicht ließ sie diese Phase nun einfach endlich hinter sich.

„Es gab mehrere Kisten voll mit Berichten über das Verschwinden meiner Mutter", sagte sie. „Sie sind auch alle im Feuer verloren gegangen."

„Im Revier ist alles archiviert", versicherte Rourke ihr. „Wenn du willst, kann ich mal nachsehen, was dort in den Akten steht."

„Danke. Ich denke in letzter Zeit mehr an sie, als ich es sonst tue." Ein leichter Schneefall setzte ein. „Es ist komisch, aber ein Teil von mir dachte, sie würde vielleicht wiederkommen, nachdem meine Großmutter gestorben war."

„Warum ist das komisch?"

„Okay, das war eine schlechte Wortwahl. Seltsam trifft es eher. Es war seltsam, so etwas zu denken. Ich meine, wenn sie schon nicht zurückgekommen ist, als ihr Vater krank wurde, nicht kam, nachdem ihre Mutter einen Schlaganfall hatte und wir Insolvenz anmelden mussten … wenn diese Vorfälle sie nicht zurückgebracht haben, wäre es dumm zu denken, Grannys Tod könnte sie zurückholen."

Er sagte nichts, und sie war froh darüber. Denn eine Schlussfolgerung war, dass ihre Mutter nie zurückgekommen war, weil sie tot war. Doch Jenny weigerte sich, das zu glauben. Wenn Mariska gestorben wäre, hätten sie es irgendwie erfahren.

„Das Ironische an der Sache ist", fuhr sie fort, „dass Philip quasi aus dem Nichts aufgetaucht ist. Gerade als ich dachte, ich wäre ganz allein auf der Welt, lerne ich diese ganze Gruppe Verwandter kennen."

„Du musst nicht alleine sein", sagte er.

Seine Worte und der Tonfall überraschten sie. „Rourke?", fragte sie leise.

Er schien sich zu fangen, und dann senkte sich die „Dein Freund und Helfer"-Maske wieder über sein Gesicht. „Was ich damit sagen will, du bist ein Teil dieser Stadt", erklärte er. „Jeder hier liebt dich, und deine beste Freundin ist die Bürgermeisterin."

„Du hast recht. Ich kann mich wirklich glücklich schätzen." Sie nahm einen langen, tiefen Atemzug, der ihre Lungen mit eiskalter Luft füllte. „Es gibt nicht viel, was ich an dem, was geschehen ist, gut nennen würde", sagte sie. „Kein Zuhause und keine Familie mehr zu haben ist nichts, was ich meinem ärgsten Feind wünschen würde."

„Du hast keine Feinde", merkte er an.

„Außer, sie finden den, der mein Haus angezündet hat."

„Niemand hat dein Haus angezündet."

„Wie auch immer. Eine gute Sache ist aus all dem aber erwachsen. Obdachlos zu sein hat mir eine Tür zu unendlichen Möglichkeiten geöffnet."

„Soll heißen?"

„Ich kann ganz von vorne anfangen. An jedem Ort, der mir gefällt." Sie beobachtete sein Gesicht, konnte aber nicht erkennen, was er dachte. „Darum wird es so schwer, von hier fortzugehen."

Er rührte sich nicht und sagte nichts. Er war so still, dass sie hören konnte, wie die Schneeflocken auf ihrer Jacke landeten. Sie wartete mit angehaltenem Atem auf seine nächste Frage.

Doch die kam nicht. Er stand einfach nur da mit versteinerter Miene. Vielleicht hatte er sie nicht verstanden. „Ich werde Avalon verlassen."

„Das habe ich gehört."

„Und du hast dazu nichts zu sagen?"

„Nein."

„Rourke ..."

„Es ist dein Leben. Deine Entscheidung. Das geht mich nichts an."

Bitte mich zu bleiben, dachte sie. *Sag es einfach, und ich werde nicht gehen.* Oh Gott, wie pathetisch. Wenn er es sagen würde, würde sie dann wirklich bleiben? „Sag etwas."

„Was willst du hören?“
„Ich will hören, was du von meinem Plan hältst.“
„Ist es wichtig, was ich denke?“
„Ja.“
„Warum?“
„Weil du mir wichtig bist“, sprudelte es aus ihr heraus. Entsetzt ruderte sie zurück. „Ich meine, du bist so großzügig gewesen. Zu großzügig. Ich fühle mich schlecht bei dem Gedanken, welche Unannehmlichkeiten ich dir bereitet habe. Ich hab mich dir viel zu lange aufgedrängt. Ich kann nicht einfach so in dein Leben ziehen, Rourke.“
„Warum nicht?“
„Weil das falsch ist. Wir haben unsere eigenen Leben zu leben, und wir können uns nicht ewig gegenseitig einengen.“
„Ach, jetzt enge ich dich ein?“
„Nein. Mein Gott, ist das frustrierend, mit dir zu reden.“
Er sagte nichts.
„Ich habe mich entschieden, nach New York zu gehen“, sagte sie. Die Bedeutung dieser Entscheidung hallte in ihr nach. Es war das erste Mal, dass sie es laut ausgesprochen hatte. „Ich werde in Olivias alter Wohnung wohnen. Philip Bellamy hat es vorgeschlagen. Er will, dass ich ihn besser kennenlerne, seine Schwestern treffe und ein wenig Zeit mit seinen Eltern verbringe – meinen Großeltern. Und … ich weiß nicht. Sobald hier alles geklärt ist, werde ich sein Angebot annehmen. Laura wird sich um die Bäckerei kümmern, und ich bekomme die Chance, mich endlich ernsthaft mit dem Schreiben zu beschäftigen.“
Nachdem sie ihren Plan zu Ende erklärt hatte, fühlte sie sich seltsam außer Atem. Darüber zu reden war merkwürdig. Das würde alles wirklich passieren. Sie würde den Ort verlassen, an dem sie geboren war und ihr gesamtes Leben verbracht hatte. Außer, Rourke gäbe ihr einen Grund, zu bleiben. Aber warum sollte er das tun? „Ich nutze die Freiheit, die das Feuer mir gegeben hat.“
„Für mich klingt das, als würdest du davonlaufen.“ Er öffnete die Fahrertür ihres Autos. „Wir treffen uns bei mir im Haus.“
Etwas verunsichert stieg sie ein.
„Bis gleich“, sagte er und lehnte sich leicht ins Innere des Wagens. „Anschnallen“, erinnerte er sie, dann drückte er die Tür ins Schloss.

13. KAPITEL

Bis jetzt hatte Daisy auf der Avalon Highschool zwei Freunde gefunden. Und sie hatte nicht einmal lügen müssen, um von ihnen gemocht zu werden. Natürlich hatte sie ihnen gewisse Informationen vorenthalten. Sie war sich nicht sicher, ob man das als Lüge bezeichnen sollte oder nicht. Nein, entschied sie. Es war keine Lüge. Sie versuchte nur, sich ein wenig bedeckt zu halten. Zumindest für den Moment.

Sie war gut darin, Geheimnisse zu bewahren. Als ihre Eltern ein Jahr vor der Scheidung angefangen hatten, in getrennten Zimmern zu schlafen, hatte sie niemandem davon erzählt, nicht einmal ihrem kleinen Bruder. Oder als Logan O'Donnell gesagt hatte, er wolle nicht, dass irgendjemand erführe, dass sie Sex miteinander hatten, hatte sie auch das für sich behalten, obwohl Logan der heißeste Junge der Schule war.

Natürlich war heiß nicht gleichbedeutend mit klug, wie sie bald herausfand. Nur weil ein Junge sexy war, bedeutete das nicht, dass er auch wusste, wie man Safer Sex praktizierte.

Wenn sie aus ihrer jetzigen Position zurückblickte, musste sie allerdings zugeben, dass die wirklich Dumme in dieser Beziehung sie gewesen war. Auch wenn es dunkel gewesen war, auch wenn sie es so sehr gewollt hatte, dass sie hätte aus der Haut fahren können, hätte sie sich die zwei Sekunden Zeit nehmen und sichergehen sollen, dass Logan wirklich wusste, wie man ein Kondom überzog.

Aber wer hätte damit gerechnet? fragte sie sich. *Wer zum Teufel hätte gedacht, dass Logan O'Donnell, der nach Harvard gehen würde, so ahnungslos war?*

„Willst du Samstag mit zum Skifahren kommen?", fragte Sonnet. Die drei waren gerade auf dem Weg zu Sonnets Haus, um nach der Schule für eine Prüfung in Weltgeschichte zu büffeln. Daisy interessierte sich nicht sonderlich für die Schule, aber sie mochte Zach und Sonnet wirklich gern. Auch wenn sie keine Lust hatte zu lernen, bot sich ihr so doch die Gelegenheit, Zeit mit den beiden zu verbringen.

„Ich kann am Samstag nirgendwohin", erwiderte Daisy. „Ich arbeite, falls du dich daran erinnerst."

„Du hast wahrlich keine Zeit verloren, dir einen Job zu suchen", sagte Sonnet.

„Ja, ich hoffe, wenn ich erwerbstätig bin, nerven meine Leute mich nicht so sehr mit dem College. Meiner Mom hab ich es noch gar nicht erzählt." Sie konnte ihre Mutter schon hören. *Eine Bellamy, die als Tresenkraft in einer Bäckerei arbeitet?* Als wenn das ein Makel wäre.

„Was hat deine Mom gegen ehrliche Arbeit?", wollte Zach wissen.

„Nichts", sagte Daisy. „Im Gegenteil, das ist sogar der Hauptgrund, weshalb meine Eltern sich getrennt haben. Meine Mom ist ein echter Workaholic. Sie hat mehr Stunden in ihrer Kanzlei verbracht als zu Hause. Im letzten Jahr hat sie drüben in Seattle gearbeitet und kam nur jedes zweite Wochenende heim. Jetzt ist sie in Den Haag und kommt nur noch ganz selten nach New York. Wir e-mailen uns aber", fügte sie schnell hinzu. „E-Mails und Telefongespräche. Ich habe sogar den Eindruck, wir reden jetzt mehr miteinander, als wir es getan haben, solange sie noch zu Hause lebte." Daisy mochte, nein, *liebte* diese Gespräche. Es war die einzige Zeit, in der sie die ungeteilte Aufmerksamkeit ihrer Mutter hatte.

„Dann wird sie doch bestimmt Respekt davor haben, dass du dir einen Job gesucht hast", meinte Sonnet.

„Sie würde wollen, dass ich eine Arbeit habe, die nach ihren Maßstäben *wichtig* ist. Für meine Mutter ist das ein Job, der irgendwohin führt, wie Laufbursche für einen Politiker oder ein Praktikum bei einem Börsenmakler oder so. Halt für irgendjemanden arbeiten, der mir eine gute Referenz fürs College schreiben kann."

„Jenny schreibt dir bestimmt eine", merkte Zach an.

„Ja, super. Meine Cousine war sehr gut darin, Muffins und Brötchen zu verkaufen." Sie schaute Zach an. „Nicht, dass daran etwas falsch wäre, aber meine Mom würde es nicht für etwas Besonderes halten."

„Das ist es ja auch nicht", sagte er. „Aber mir gefällt es, für Jenny zu arbeiten. Und ich finde es cool, dass sie deine Cousine ist."

„So, da wären wir." Sonnet blieb an einem Briefkasten stehen, der beinahe unter den Schneemassen vergraben war. „Home, sweet home." Sie nahm die Post heraus und ging vor zur Haustür.

Im schwindenden Licht schimmerte der Schnee rosafarben, und das schachtelförmige Haus sah aus wie aus einer längst vergangenen Zeit. Es war ein unglaublich schlichtes, weißes Gebäude inmitten eines flachen, weißen Grundstücks. Daisy hoffte, dass unter der dicken Schneedecke Blumenbeete oder Stauden wuchsen, denn wenn nicht, wäre dieses Haus prädestiniert für eine dieser Renovierungssendungen im Fernsehen. Aber sie wusste auch, dass es egal war, wie das Haus von jemandem aussah. Ihre Eltern hatten nicht ein, sondern gleich zwei wunderschöne Häuser gehabt: ein Stadthaus in Manhattan und ein Wochenendhaus auf Long Island. Trotzdem waren sie damit nicht glücklich geworden.

„Meine Mom ist heute krank", sagte Sonnet, als sie die Haustür aufschloss. „Sie hat sich auf der Tagung eine Erkältung eingefangen."

Daisy hörte irgendwo ein Radio spielen. Nina Romano schien ein Fan von Air America zu sein. Sonnet ging voran ins Wohnzimmer.

Nina saß mit einer Wolldecke zugedeckt auf dem Sofa und hatte ihren Laptop auf dem Schoß. Auf dem kleinen Beistelltischchen standen mehrere Tassen und Erkältungsmittel, eine Box mit Kleenex, ein normales Telefon und ein Blackberry. Sie schaute auf, und ein Lächeln erhellte ihr Gesicht. „Hey, ihr. Wie war die Schule?"

Daisy musste sich zusammenreißen, um sich ihre Überraschung nicht anmerken zu lassen. Sie hatte erwartet, dass die Bürgermeisterin der Stadt eine forsche, effiziente, an eine Bibliothekarin erinnernde Person mit dicken Knöcheln und praktischen Schuhen wäre. Stattdessen sah Nina viel zu jung aus, um eine Tochter in Sonnets Alter zu haben. Und sie war weiß, auch wenn das keine wirkliche Überraschung war, da Daisy in der Schule bereits zwei von Sonnets Onkeln kennengelernt hatte. Ein anderes Detail überraschte Daisy hingegen überhaupt nicht: Nina war wunderschön, was Sonnets Aussehen nach allerdings auch zu erwarten war. Trotzdem wirkten Mutter und Tochter, als stammten sie von zwei verschiedenen Kontinenten.

Sonnet stellte alle einander vor, und Nina strahlte Daisy an. „Komm lieber nicht näher", sagte sie. „Ich habe mir die Mutter aller Erkältungen eingefangen und will euch nicht anstecken. Ich hatte gehofft, dich kennenzulernen, Daisy. Mein Bruder Tony sagt, dass du in seiner Klasse bist."

„Das stimmt."

„Und du arbeitest bereits in der Bäckerei, wie ich hörte. Das ist großartig."

„Neuigkeiten verbreiten sich hier wohl schnell", merkte Daisy an.

„Du kannst dir gar nicht vorstellen, wie schnell. Wusstest du, dass Jenny Majesky meine beste Freundin ist? Wir sind zusammen aufgewachsen." Sie wandte sich an Zach. „Wie geht es dir?", fragte sie. „Ich hab dich lange nicht gesehen."

„Ich habe meine Stundenanzahl in der Bäckerei erhöht." Zach wirkte ein wenig unbehaglich. Er stand am Türrahmen, als wolle er jeden Moment die Flucht antreten. Daisy wusste, dass es Spannungen zwischen Zachs Vater und Sonnets Mutter gab, die zweifellos damit zusammenhingen, dass sein Dad, der derzeitige Vermögensverwalter der Stadt, hinter Ninas Job her war. Zach erzählte nicht viel von seinem Vater, aber Daisy hatte den Eindruck, dass Matthew Alger sehr streng und sehr auf Geld fixiert war. Vermutlich hieß er es nicht gut, dass sein Sohn hierherkam und sich mit dem Feind verbündete.

Die drei gingen in die Küche, um sich etwas zu essen zu holen, und machten sich dann an die Arbeit.

„Deine Mom sieht aus wie eine Collegestudentin", sagte Daisy zu Sonnet.

„Sie war erst fünfzehn, als sie mich bekommen hat."

Daisy wusste nicht, was sie sagen sollte. „Tut mir leid" schien nicht angebracht. „Was ist passiert?", platzte sie heraus, bevor sie entscheiden konnte, ob sie diese Frage wirklich stellen wollte. „Ich meine, abgesehen vom Offensichtlichen."

„Sie hat einen Typen aus West Point kennengelernt. Er hatte keine Ahnung, dass sie noch minderjährig war. Meine Mom sah viel älter aus als fünfzehn. Und jetzt sieht sie viel jünger aus als einunddreißig. Ich bin echt stolz auf sie."

„Das kann ich mir vorstellen. Sie muss eine tolle Frau sein, wenn sie von der Teenagermutter zur Bürgermeisterin geworden ist. Du bist aber auch toll", fügte Daisy hinzu. „Du wirst erst sechzehn sein, wenn du deinen Abschluss machst. Warum eigentlich die Eile?"

Sonnet zuckte mit den Schultern. „Das war kein großer Aufwand. Ich habe meine Englischstunden verdoppelt, das hat mir genügend Punkte gegeben, um mich für den Abschluss zu qualifizieren. Für mich hat es sich nicht sonderlich schnell angefühlt. Ich schätze, ich hab es ziemlich eilig, hier wegzukommen und mit dem College anzufangen. Meine Mom würde nie was sagen, aber ich merke, dass sie darauf wartet, sich endlich wieder auch um ihr Leben kümmern zu können."

„Was ist mit deinem Vater?"

„Ich nenne ihn nicht Vater oder Dad. Denn das würde eine Beziehung implizieren, die wir nicht haben. Er ist … der Typ, dessen DNA ich habe. Der Mann, der mich zum Mischling gemacht hat."

„Und wo ist er jetzt?"

Sie zuckte wieder die Achseln, eine Geste, die vermutlich eine ganze Welt des Schmerzes verbergen sollte. „Er arbeitet in Washington, D.C. Im Pentagon."

„Ist er irgendein Militärpromi oder was?"

„Das behaupten sie zumindest. Und er hat diese unglaubliche Vorzeigefrau, die ein Stipendium an der Rhodes University erhalten hat und die Enkelin irgendeines Vorkämpfers für die Rassengleichheit ist, und sie haben zwei perfekte Kinder, die aussehen wie Filmstars."

Wieder wusste Daisy nicht, was sie sagen sollte.

„Ich komm damit klar", erklärte Sonnet schnell. „Außer …"

„Außer was?"

„Außer, dass ich ab und zu keine Ahnung habe, wer ich bin. Meinen Dad sehe ich vielleicht einmal im Jahr. Meine Mutter ist der Stadthippie. Eine lebende Erinnerung an Woodstock."

„Na ja, ein bisschen mehr muss sie schon sein, sonst wäre sie bestimmt nicht Bürgermeisterin geworden."

Sie öffneten ihre Rucksäcke und holten ihre Notizen hervor. Daisy nahm auch ihre Kamera heraus, ein kleines Digitalgerät mit einem Carl-Zeiss-Objektiv. Sie hatte sie letzten Sommer zu ihrem Geburtstag bekommen und dadurch eine neue Leidenschaft entdeckt. In ihrer ehemaligen Schule war der Fotokurs der einzige Unterricht, der ihr Spaß gemacht hatte. Sie liebte es, Bilder zu machen, besondere Momente oder Lichtverhältnisse einzufangen.

Es war etwas Unwiderstehliches und unglaublich Intimes an der Art, wie Sonnet und Zach am Tisch saßen, gemeinsam lernten und sich ab und zu gegenseitig aufzogen. Die Neigung ihrer Köpfe bildete eine seltsame Symmetrie.

„Achtet einfach nicht auf mich", sagte Daisy und schaltete die Kamera ein. „Ich will nur ein paar Fotos machen."

Der Raum zwischen ihnen ergab eine Herzform, aber da ihre Gesichtsausdrücke so ernsthaft waren, wirkte es nicht zu süß. Daisy schoss ein paar Fotos und legte die Kamera dann beiseite. Sonnet bot ihr eine Cola an, aber sie lehnte dankend ab. Daisy war am Verhungern. In letzter Zeit bekam sie diese Hungerattacken, die zehnmal stärker waren als die, die sie nach dem Kiffen kannte. Außerdem überkamen sie die Anfälle zu den seltsamsten Zeiten, manchmal sogar mitten in der Nacht. Als Sonnet jetzt also eine Tüte Chips und eine Tube Sourcream-Dip öffnete, langte Daisy zu, als hätte sie seit Tagen nichts gegessen.

Sie bat um ein Glas Wasser. In dem Moment, wo sie ausgetrunken hatte, schien die gesamte kalte Flüssigkeit direkt in ihre Blase zu laufen.

„Wo ist die Toilette?", fragte sie. Sie hatte das Gefühl, gleich zu platzen.

Sonnet zeigte den Flur hinunter.

Daisy beeilte sich. Sie kam an dem Büro vorbei, in dem Nina jetzt saß und telefonierte. Es ging um irgendwelche die Stadt betreffenden Finanzsachen.

Die Chips und der Dip waren ein Fehler gewesen. Ein großer Fehler. Sie merkte, wie sie immer höher stiegen, bis sie befürchtete, gleich wie ein Vulkan zu explodieren.

Badezimmer. Wo zum Teufel war das Badezimmer?

Sie riss eine der Türen auf. Verdammt. Garderobenschrank. Sie versuchte die nächste. Verdammt. Kellertreppen. Panisch versuchte sie die dritte Tür. Auch kein Badezimmer. Sie stand kurz davor zu explodieren, als sie Nina sagen hörte: „Am Ende des Flurs, Honey."

Daisy rannte. Sie wusste nicht, was dringender war – der Drang zu pinkeln oder der, sich zu übergeben. Aber auf jeden Fall musste sie schnellstmöglich das Badezimmer erreichen.

Zehn Minuten später wusch sie sich das Gesicht ab und stakste blass und ausgelaugt aus der Tür. Reiß dich zusammen, sagte sie sich. *Geh zurück in die Küche und tu ganz normal.*

Die Schultern gestrafft, den Kopf erhoben, ging sie den Flur hinunter. Als sie an dem Büro vorbeikam, in dem Nina arbeitete, tat Daisy so, als würde sie sie nicht bemerken. Sie war fast an der Tür vorbei, als Nina sie ansprach.

„Warst du schon bei einem Arzt, Honey?“

Essen für die Seele

von Jenny Majesky

Eine Flasche voll Himmel

Eine stillende Mutter sollte jeden Tag etwas Alkoholisches zu sich nehmen – vorausgesetzt, dass sie kein Alkoholproblem hat. Ein Arzt würde einem das nie raten, aber meine Großmutter und ihre Freundinnen haben alle daran geglaubt. Ein Glas Bier am Abend ist gut für die Milchproduktion der stillenden Frau. Und eine moderate Menge schadet auch dem Baby nicht.

Meine Großmutter war kein großer Freund von Alkohol, aber wir hatten immer welchen im Haus, den sie zum Backen brauchte: Sherry für Fanny-Farmer-Kuchen, Triple Sec für Früchtekuchen, Kahlúa für alles Mögliche, Rum und natürlich Irish Cream. Vor Jahrzehnten hatte Granny auf dem Etikett einer Irish-Cream-Flasche ein Kuchenrezept gefunden, und Grandpa schmeckte es so gut, dass er gleich den Rest der Flasche ausgetrunken hat. Danach haben sie den Rest des Abends aneinandergekuschelt in der Hollywoodschaukel auf der Veranda gesessen.

Irish-Cream-Kuchen

½ Tasse fein gehackte Pekannüsse
½ Tasse fein geraspelte Kokosnuss
1 Packung Gugelhupf-Fertigmischung
1 Packung Fertigpulver für Vanillepudding
4 Eier
¼ Tasse Wasser
½ Tasse Pflanzenöl
¾ Tasse Irish-Cream-Likör
½ Tasse Butter
¼ Tasse Wasser
1 Tasse weißer Zucker
¼ Tasse Irish-Cream-Likör

Den Ofen auf 160 °C vorheizen. Eine Gugelhupfform (Ø 25 cm) einfetten und mit Mehl bestäuben. Nüsse und Kokosnussraspel gleichmäßig auf dem Boden der Form verteilen.

In einer großen Schüssel den Fertigteig mit dem Puddingpulver vermischen. Eier, ¼ Tasse Wasser, ½ Tasse Öl und die ¾ Tasse Irish-Cream-Likör dazugeben und mit dem elektrischen Rührgerät 5 Minuten auf höchster Stufe rühren. Dann den Teig über die Nüsse in die Gugelhupfform geben.

Im Ofen auf mittlerer Schiene backen. Nach 60 Minuten mit einem Zahnstocher die Garprobe machen. Wenn der Zahnstocher sauber herauskommt, den Kuchen in der Form 10 Minuten abkühlen lassen. In dieser Zeit können Sie schon einmal die Glasur vorbereiten. Dazu mischen Sie die Butter, ¼ Tasse Wasser und 1 Tasse Zucker in einer kleinen Pfanne. Aufkochen lassen und unter konstantem Rühren 5 Minuten kochen lassen. Vom Herd nehmen und die ¼ Tasse Irish Cream unterrühren.

Stürzen Sie den Kuchen auf eine Kuchenplatte. Pieksen Sie rundum mehrmals in den Kuchen. Verteilen Sie die Glasur auf dem gesamten Kuchen, bis sie völlig eingezogen ist.

14. KAPITEL

1991

Ich habe mich entschieden", sagte Nina zu ihren Freunden, die vor der Klinik auf sie warteten, in der sie sich hatte beraten lassen. „Ich werde es behalten."

Jenny, Joey und Rourke saßen still in Rourkes Volvo. Da er dieses Jahr als Betreuer im Camp war, durfte er ein Auto mitbringen. Er und Joey hatten die Erlaubnis, den Nachmittag außerhalb des Camps zu verbringen. Eine leichte Brise vom Fluss wehte durch die offenen Fenster. Im Radio spielte gerade „Alive" von Pearl Jam. Die drei hatten über eine Stunde auf Nina gewartet. Jenny meinte, spüren zu können, wie die Jungen sich wanden, auch wenn sie sich nicht sichtbar bewegt hatten. Aber schwangere Mädchen und Familienplanungszentren waren nicht unbedingt ihre Lieblingsthemen, so viel war mal sicher. Was Jenny selber betraf, nahm sie die Nachricht mit gemischten Gefühlen auf. Doch Nina zuliebe lächelte sie, als sie auf dem Rücksitz zur Seite rutschte, um ihrer Freundin Platz zu machen. „Okay", sagte sie. „Dann ... Glückwunsch."

Rourke richtete den Rückspiegel aus. „Anschnallen", sagte er, und beide Mädchen gehorchten.

Jenny schaute ihre Freundin an und versuchte, sich vorzustellen, was Nina gerade fühlte. Nina selber hatte den Blick gesenkt und schaute auf ihren Schoß. Einen Augenblick später holte sie einige farbige Broschüren aus ihrer Tasche und fing an, sie sich anzusehen. Sie war erst fünfzehn. *Fünfzehn.* Sie hatte noch nicht einmal einen Führerschein. Aber schon bald hätte sie ein Baby, um das sie sich vierundzwanzig Stunden am Tag sieben Tage die Woche kümmern musste, und keinen Ehemann, der ihr dabei helfen würde. Und vor dem Haben stand ja noch das Kriegen ... Jenny hatte im Gesundheitsunterricht den Standardfilm gesehen und wollte damit nichts zu tun haben. Alleine der Gedanke daran, dass ein ganzes Baby da unten herauskäme, war ... Jenny unterdrückte den Drang, sich zu schütteln. Sie ging immer noch zum Kinderarzt, verdammt noch mal, und, soweit sie wusste, Nina auch. Es gab eine bestimmte Art Arzt, der sich „Gynäkologe" nannte, aber Jenny wusste nicht einmal, wie man das Wort richtig aussprach, und es war ihr auch zu peinlich, danach zu fragen. Keine Mutter zu haben bedeutete, niemanden zu haben, den man nach solchen Sachen fragen konnte. Zumindest hatte Nina eine Mom. Eine Mom, die ihr vermutlich für den Rest des Lebens Hausarrest aufbrummen würde, wenn Nina ihr beichtete, dass sie schwanger war.

Die Jungen waren still. Joey starrte aus dem Fenster. Rourke blickte mit finsterer Miene auf die Straße. Sie konnte seine konzentriert gerunzelte Stirn im Rückspiegel sehen. Wie immer waren Rourke und Joey so gegensätzlich, wie man nur sein konnte. Kein Wunder, dass sie überall als Bill und Ted bekannt waren, nach dem albernen Film über zwei liebenswerte Deppen, die dicke Freunde waren. Rourke war der blonde, sonnengebräunte Surfer, während Joeys schwarze Haare, dunkle Augen und volle Lippen sie an Keanu Reeves erinnerten.

Rourke schaute in den Rückspiegel und ertappte sie dabei, dass sie ihn anschaute. Peinlich berührt, rutschte sie auf ihrem Sitz herum und schaute schnell mit gespieltem Interesse aus dem Fenster. Sie musste in Rourkes Gegenwart vorsichtig sein, denn auch wenn er schwor, dass Joey sie zu seiner Freundin haben wollte, war sie komplett und rettungslos in Rourke verknallt. Und zwar seit dem ersten Tag, an dem sie sich getroffen hatten und er die anderen Jungen verprügelt hatte, um sie zu beschützen.

Sie fragte sich, ob sie sich jemals an seinen Anblick gewöhnen würde. Sehr unwahrscheinlich. Jeden Sommer war es das Gleiche. Kioga öffnete die Tore, und sie half ihrem Großvater beim Ausliefern der Waren aus der Bäckerei. Zum Camp hinaufzufahren war, wie in eine fremde Welt einzutreten, auf einen idyllischen Planeten aus der Vergangenheit. Sie staunte immer über die Leute, die das Camp besuchten. Sie erinnerten sie an eine Geschichte von F. Scott Fitzgerald – der Pflichtlektüre in der Schule war, aber außerdem ein ausgezeichneter Autor. „Die Reichen sind anders." Sosehr sie sich wünschte, es wäre nicht wahr, es stimmte. Diese Menschen hatten eine bestimmte Art von Selbstbewusstsein und Stil. Sie wussten, wer sie waren und wo in der Welt sie hingehörten – ganz an die Spitze.

Und jedes Jahr dachte sie, dieses Jahr wird Rourke sich verändern. Er würde blöd sein oder Pickel haben oder nach Schweiß riechen oder ein totales Arschloch sein. Und jedes Jahr lag sie falsch. Er sah einfach nur immer besser aus und wurde selbstbewusster. Und er war immer noch so nett, nicht einmal mit der Wimper zu zucken, als sie und Nina ihn um diesen Gefallen gebeten hatten.

Wenn sie ehrlich war, suchte sie nach Gründen, ihn nicht zu mögen, denn es gab so vieles, was gegen ihre Gefühle für ihn sprach, unter anderem die Tatsache, dass er diese Gefühle niemals erwidern würde. Doch nie fand sie etwas. Auch wenn Rourke immer so schroff und ernsthaft tat, war er doch genauso nett wie gut aussehend.

Genug, sagte sie sich. Ihre Besessenheit von Rourke McKnight wurde ja langsam furchterregend. Er war Prince Charming, zu gut, um wahr zu sein, und so unerreichbar wie der Mond. Joey hingegen war echt: witzig und bodenständig, der Sohn des Chauffeurs der McKnights, der sich traute, von einem großartigeren Leben zu träumen. Joey war der Typ Junge, den ein Mädchen ihrer Familie vorstellen konnte, ohne dass eine unangenehme Situation entstand. Wenn Rourke der Junge war, den ein Mädchen in ihren Träumen heiraten wollte, war Joey der Junge, den sie tatsächlich heiraten würde.

Sie streckte eine Hand aus und tätschelte Ninas Knie. „Alles okay?", fragte sie.

Nina schaute auf. Sie war blass und nervös. „Ich habe totale Panik", sagte sie. „Ich kann schon alle reden hören ... ‚Sie war doch *so* ein kluges Mädchen aus *so* einer wundervollen Familie. Ihr standen doch *alle* Möglichkeiten offen ...'"

„Und jetzt hast du noch mehr", sagte Jenny in dem Versuch, etwas Positives zu sagen. „Du bist klug, du hast eine tolle Familie, und bald wirst du ein Baby haben. Meine Großmutter sagt immer, Babys sind der Beweis, dass Gott wirklich existiert."

„Hör mal, das ist wirklich süß von dir, aber ich mache mir nichts vor. Das hier wird kein Picknick."

Jenny musste ihr zustimmen, sprach es aber nicht laut aus. Genau wie sie die Pläne nicht ansprach, die sie und Nina seit Jahren machten. Nach der Highschool hatten sie die Welt sehen wollen. Danach wollte Jenny sich einen fabelhaften Job und ein Loft in der City besorgen und so leben wie die Leute in der Serie *Verrückt nach dir*. Nina hatte vor, nach Avalon zurückzukehren und das Inn am Willow Lake zu kaufen. Schon als kleines Kind hatte sie davon geträumt, irgendwann einmal die Besitzerin des ehemaligen Grandhotels zu sein. Jenny würde alle ihre Ferien im Inn verbringen und dort an ihrem Roman arbeiten. Jetzt würde nichts davon mehr passieren, und Jenny verspürte einen leichten Stich der Verärgerung, weil Nina ihre Pläne zunichtegemacht hatte. Dann fand sie sich unglaublich illoyal und zwang sich zu einem Lächeln. „Nur weil es schwer wird, heißt das noch lange nicht, dass du es nicht tun solltest."

„Ich muss es Laurence erzählen", sagte Nina. „Er wird es hassen."

Joey drehte sich um und legte seine Arme um die Rückenlehne des Vordersitzes. „Sollen wir ihm ein wenig in den Hintern treten?"

„Nein. Gott, Joey. Du würdest es eh nicht schaffen, ihm in den Hintern zu treten. Er geht nach West Point, er kennt sich aus mit Selbstverteidigung."

Jenny hatte Laurence nur einmal getroffen – ein großer, breitschultriger Afroamerikaner, der mit seinem rasierten Schädel und dem militärischen Gehabe ziemlich einschüchternd wirkte.

„Warum trifft er sich dann mit einem Highschoolmädchen?", fragte Rourke.

„Er ist erst siebzehn, genau wie ihr."

„Ja, aber wir haben dich nicht angebufft", sagte Joey, was ihm von Rourke einen Klaps auf den Oberarm einbrachte.

„Es ist sein erstes Jahr auf der Akademie. Außerdem habe ich ihm gesagt, dass ich schon achtzehn bin", erklärte Nina.

Jenny konnte verstehen, wieso Laurence Jeffries sich hatte täuschen lassen. Nina mit den dunklen Augen und der Mordsfigur hatte ein Händchen dafür, sich älter aussehen zu lassen, als sie war. Man musste Laurence zugutehalten, dass er sofort die Finger von ihr gelassen hatte, als er erfuhr, wie jung sie wirklich war.

„Wenn ich ihm davon erzähle", fuhr Nina fort, „und er sich an seinen Ehrenschwur hält, muss er es seinen Vorgesetzten erzählen und wird der Akademie verwiesen. Vielleicht erzähle ich es ihm also lieber gar nicht."

Bei diesem Vorschlag überlief Jenny eine Gänsehaut. „Mein ganzes Leben lang habe ich mir gewünscht, mein Vater wüsste von mir. Ich habe gedacht, alles wäre anders gelaufen, wenn meine Mutter ihm von mir erzählt hätte." Falls sie das tatsächlich nicht getan haben sollte. Was Jenny nicht mit Sicherheit wusste. Vielleicht hatte sie irgendwo einen Vater, der von ihr wusste, dem sie aber nicht wichtig genug war, um sich um sie zu kümmern.

„Warum wolltest du irgendetwas anders haben?", fragte Rourke.

Gute Frage. Es war komisch, dass er sie ansah und dachte, sie hätte das perfekte Leben. „Ich würde es einfach nur gerne wissen, das ist alles", sagte sie.

„Fahren wir jetzt nach West Point oder nicht?", fragte er Nina.

„Nein. Ich muss nach Hause und ein wenig nachdenken." Den Rest der Fahrt war sie sehr still und blätterte nur unruhig durch die Informationen, die man ihr in der Klinik gegeben hatte. Aus dem Radio ertönte Amy Grants „Baby Baby".

Nach kurzer Zeit erreichten sie das Ortsschild von Avalon an der überdachten Brücke.

„Halt mal bitte an", sagte Nina. „Ich muss mich übergeben."

Sie stolperte aus dem Auto, atmete tief ein und gab sich große Mühe, die Übelkeit zu unterdrücken. Es gelang.

„Geht es dir gut?", wollte Jenny wissen, die nun ebenfalls ausgestiegen war.

„Ja." Nina nahm ihre Tasche und das Paket aus der Klinik an sich. „Ich werde von hier aus nach Hause laufen."

„Ich fahre dich", bot Rourke an.

„Es sind ja nur ein paar Straßen", sagte sie. „Ich muss meinen Kopf freikriegen, bevor ich vor meinen Eltern die Bombe platzen lasse."

„Das klingt logisch."

Nina sah blass, aber entschlossen aus. „Ihr seid die besten Freunde der Welt. Ich weiß nicht, was ich ohne euch tun würde."

Nachdem sie gegangen war, lungerten Jenny, Joey und Rourke noch ein wenig am Flussufer herum. Es war einer der schönsten Plätze in Avalon, die altmodische, überdachte Brücke, die den Schuyler River überspannte.

„Es ist hier so friedlich", sagte Joey. „Du hast Glück, an so einem Ort wohnen zu dürfen."

„Pft. Ich kann es kaum erwarten, hier wegzukommen", erwiderte Jenny.

„Warum solltest du von hier wegwollen?", wollte Rourke wissen.

„Weil es alles ist, was ich bisher kenne. Ich wollte schon immer die Chance haben, andere Orte kennenzulernen. Ein anderes Leben zu leben. Herauszufinden, wer ich außer Jenny dem Bäckermädchen sonst noch bin."

Joey schien sie zu verstehen, doch Rourke schaute sie mit einem seltsamen Gesichtsausdruck an. „Was ist denn falsch an Jenny dem Bäckermädchen? Die Leute mögen sie."

„Ja, vielleicht mag ich sie aber nicht." Sie seufzte und starrte auf das klare Wasser, das über die Steine im Flussbett rauschte. „Nina und ich hatten große Pläne. Wir wollten nach der Highschool in die Stadt ziehen. Uns Arbeit suchen. Aufs College gehen. Jetzt bekommt sie ein Baby, also sieht es wohl so aus, als wäre ich auf mich allein gestellt."

Sie betrachtete Joey und Rourke, die beide so gut aussahen und die so zufrieden schienen mit dem, was sie waren. Sie war nicht sicher, aber sie verspürte das Bedürfnis, sich ihnen anzuvertrauen. „Wenn ich euch jetzt was sage, versprecht ihr mir, es niemandem weiterzuerzählen?"

Rourke und Joey tauschten einen Blick. „Versprochen."

„Als Nina heute aus der Klinik kam und sagte, dass sie das Baby behalten will, hatte ich einen Moment, in dem ich – das ist so verrückt … in dem ich eifersüchtig war. Ich meine, ich weiß, dass es erschreckend ist, ein Kind zu kriegen, vor allem, wenn man selber noch ein Kind ist, aber trotzdem konnte ich nicht gegen meine Gefühle an, und die waren hässlich."

Rourke zuckte mit den Schultern. „Menschen denken die ganze Zeit hässliche Gedanken. Das wird nur zum Problem, wenn man sich auch dementsprechend verhält." Er sprach leichthin, dennoch spürte sie eine Art machtvolles Wissen hinter seinen Worten.

„Was hast du denn gedacht?", fragte sie.

„Darüber, dass sie ein Kind bekommt?" Er presste die Lippen aufeinander und schüttelte den Kopf. „Wie ich schon sagte, es ist ihre Entscheidung. Mann, ich werde niemals Kinder haben."

„Das sagen alle Jungs", sagte Jenny. „Ich wette, in zehn oder fünfzehn Jahren schiebst du einen Kinderwagen oder läufst mit einem dieser Tragetücher herum …"

„Aber nicht Rourke", sagte Joey.

„Stimmt. Manche Menschen sollten keine Eltern werden", pflichtete Rourke ihm bei.

Sie schaute ihn an. „Du meinst deinen Vater."

„Das habe ich nicht gesagt."

„Das musstest du auch nicht." Jenny fand den Unterschied zwischen Senator McKnights öffentlicher Person und dem Privatmenschen sehr überraschend. Manchmal konnte sie es kaum glauben, aber auch Joey hatte ihr versichert, dass der Mann ein Arschloch ersten Ranges war. Wenn der Senator in der Öffentlichkeit mit seiner Familie auftauchte, sahen sie zusammen so gut aus – der ernste, öffentliche Bedienstete, seine entzückende Frau, sein gut aussehender, wohlerzogener Sohn. Aber über die Jahre hatte Rourke ihr kleine Einblicke in die Turbulenzen hinter den Kulissen gewährt.

„Ich habe auch eine Entscheidung getroffen", sagte er.

Joey und Jenny beugten sich aufmerksam vor.

„Ich werde mit meinem Vater brechen."

„Was meinst du damit?", fragte Joey.

„Ich werde mein Leben alleine leben."

Sein Vater hatte große Pläne für ihn. Er sollte an die Columbia oder nach Cornell gehen. Seinen Abschluss mit Auszeichnung machen. Die Familientradition fortführen. In Jennys Ohren klang das alles großartig, aber Rourke hatte offensichtlich andere Vorstellungen.

„Die ganze Zeit dreht sich alles nur um das, was du nicht willst", sagte sie. „Du willst keine Kinder, du willst nicht an die Columbia gehen, du willst nicht in die Fußstapfen deines Vaters treten. Aber was genau willst du eigentlich?"

„Ich habe ein paar Ideen, von denen keine meinen alten Herrn erfreuen wird. Und mehr sage ich zu diesem Thema im Moment nicht."

„Wie steht's mit dir, Joey?" Jenny war aufgefallen, dass er sehr still geworden war.

„Ich habe einen Plan", sagte er. „Ich werde zur Army gehen."

Sie sah ihn fragend an. „Die Army? So wie Boot Camp und all das?"

„Klar", sagte er. „Nächsten Herbst geht es los."

Sie wusste nichts über die Armee, außer das, was in den Werbespots im Fernsehen gezeigt wurde, die einem versprachen, dass man eine Ausbildung erhielt und die Welt zu sehen bekam. Sie war sich ziemlich sicher, dass da irgendwo ein Haken war. Bestimmt musste man an gefährliche Orte gehen, wo Menschen versuchten, einen zu töten oder so. Sie wandte sich an Rourke. „Was hältst du davon?"

„Ich denke, Joey sollte tun, was immer er will."

„Und du willst das?" Jenny schaute wieder Joey an.

Er erwiderte ihren Blick. Sie berührten sich nicht und standen noch nicht einmal nah beieinander, trotzdem spürte sie diesen Blick wie eine warme Brise auf ihrer Haut. „Ja", sagte er. „Ja, ich will das. Und ich will noch eine ganze Menge mehr."

Seine Verliebtheit – oder was auch immer es war – war beinahe greifbar, als würde er sie zärtlich berühren. Jenny merkte, wie sie lächelte. Diese Wirkung hatte er immer auf sie. „Was denn, zum Beispiel?", fragte sie und hoffte, er wusste, dass sie ihn nicht aufzog oder mit ihm flirtete. „Das interessiert mich wirklich."

„Ich will aufs College gehen, und durch den Dienst in der Armee kann ich mir das verdienen."

„Warum aufs College? Ich dachte, du hasst die Schule?"

„Tue ich auch, aber es ist der beste Weg, um etwas aus mir zu machen. Ich will in der Lage sein, zu heiraten, eine Familie zu unterhalten. Du weißt schon, diese ganze ‚Und sie lebten glücklich bis an ihr Lebensende'-Sache." Er stieß Rourke mit dem Ellbogen an und machte seinen Freund dann nach. „Und mehr sage ich zu diesem Thema im Moment nicht."

Essen für die Seele

von Jenny Majesky

Aus dem Nichts gezaubert

Etwas aus dem Nichts zaubern heißt, ganz von vorne anzufangen, bei null sozusagen. Ohne Hilfe, ohne einen Vorsprung, ohne einen Vorteil zu eigenen Gunsten.

Beim Backen wird „aus dem Nichts gezaubert" als etwas sehr Gutes betrachtet, denn es bedeutet, dass keine Fertigprodukte verwendet werden. Den Geschmack dieses Rezepts kann man ändern, indem man andere Kräuter hinzugibt – denn auch Lavendel zählt zu den Kräutern. Wenn Sie mögen, können Sie den Lavendelzucker auf Vorrat herstellen, damit Sie immer welchen zur Hand haben.

Zauberplätzchen mit Lavendelzucker

2 Tassen Mehl
2 TL Backpulver
¼ TL Backnatron
¼ TL Salz
115 g ungesalzene Butter, kalt und in kleine Stückchen geschnitten
¾ Tasse Buttermilch
1 EL geschmolzene Butter
etwas Lavendelzucker zum Bestreuen

Backofen auf 230 °C vorheizen. Die trockenen Zutaten mischen und die Butterstückchen hinzufügen, bis ein krümeliger Teig entsteht. Buttermilch unterrühren zum Befeuchten. Teig auf eine bemehlte Arbeitsplatte geben und ungefähr 10-mal durchkneten oder so lange, bis er glatt ist. Teig ungefähr 2 cm dick ausrollen. Mit einem Ausstecher oder einem Glas runde Plätzchen ausstechen – es werden ungefähr 12 Stück. Die Plätzchen mit 2 cm Abstand auf einem mit ungefettetem Backpapier belegten Backblech auslegen, mit geschmolzener Butter bestreichen und den Lavendelzucker darüberstreuen. 10–14 Minuten backen oder so lange, bis die Plätzchen eine leichte Bräunung aufweisen. Warm mit etwas Butter servieren.

Lavendelzucker

1 Tasse Zucker
1 Vanilleschote, halbiert und in kleine Stücke geschnitten
1 EL getrocknete Lavendelblüten

Mahlen Sie in einer Gewürz- oder Kaffeemühle 2 EL Zucker mit der Vanilleschote. Füllen Sie alles in ein Einmachglas um. Nun mahlen Sie den Lavendel mit 1 EL des restlichen Zuckers, bis alles ganz fein gemahlen ist. Diese Mischung zusammen mit dem restlichen Zucker in das Glas geben, alles gut mischen und den Deckel fest verschließen. Vor der ersten Verwendung ungefähr 5 Tage ziehen lassen.

15. KAPITEL

Ihr Plan, nach New York zu ziehen, kam Jenny immer noch unwirklich vor. Ein Grund dafür war, dass es ihr schwerfiel, wirklich zu gehen. Es gab tausend Details, um die sie sich kümmern musste und die mit dem Grundstück ihrer Großmutter, dem Haus und der Bäckerei zu tun hatten. Es war erstaunlich, wie viel Zeit man brauchte, um all die Dokumente neu zu beantragen und zu besorgen, an die sie bisher nie gedacht hatte. Zum Beispiel ihre Geburtsurkunde, die Sozialversicherungskarte, ihre ganzen Bank- und Finanzunterlagen. Sie fühlte sich, als hätte sie einen permanenten Knick im Nacken von der ganzen Zeit, die sie am Telefon auf Leute wartete, die nicht besonders darauf erpicht waren, ihr zu helfen.

In ihrem Büro über der Bäckerei hatte sie alle Unterlagen fein säuberlich in verschiedenen Stapeln organisiert. Aus irgendeinem Grund gefielen ihr diese ordentlichen Stapel und nahmen ihr ein wenig die Angst. Sie sorgten allerdings auch dafür, dass sie fürchtete, langsam ein wenig exzentrisch zu werden.

Natürlich wusste Jenny, dass sie nicht exzentrisch wurde. Sie versuchte, Zeit zu schinden. Sie schob alles vor sich her – sogar ihren lang erträumten Trip nach New York –, weil sie einer Sache auswich.

Aber jetzt nicht mehr, sagte sie sich und nahm ihre Jacke und ihre Handtasche. Es war etwas, das sie erledigen musste, und es länger aufzuschieben würde es nicht einfacher machen. Fünfzehn Minuten später klopfte sie an der Vordertür der Algers. Es war ein großes, im Ranchstil erbautes Haus mit Blick auf den Fluss. Aus der Ferne wirkte es groß und beeindruckend, sogar etwas angeberisch. Aus der Nähe hingegen fielen ihr die abblätternde Farbe an den Fensterrahmen und die Risse im Mauerwerk auf – eindeutige Anzeichen der Vernachlässigung. Vielleicht hatte der Verfall in dem Moment eingesetzt, als Matthews Frau vor Jahren ohne ein Wort von heute auf morgen weggegangen war. Das war einer der Gründe, warum Jenny sich Zach so verbunden fühlte. Ihre Mütter waren beide fortgegangen.

Als niemand an die Tür kam, machte sich in Jenny eine Mischung aus Frustration und Erleichterung breit. Eine Gnadenfrist. Sie musste es nicht heute erledigen. Sie klopfte noch ein letztes Mal und drückte auf die Klingel. Nichts. Es war niemand zu Hause, und trotz der einsetzenden Dämmerung brannten keine Lichter im Haus. Als sie sich umdrehte, um zu ihrem Auto zurückzugehen, öffnete sich die Haustür.

„Jenny?“ Zach Alger sah aus, als wenn er gerade aus dem Bett gefallen wäre. Die Haare waren ganz zerzaust und seine Wangen rosig. Er trug eine übergroße karierte Jacke. „Ist irgendwas passiert?“

Okay, dachte sie, bringen wir es hinter uns. „Ich muss mit dir reden, Zach."

„Sicher. Ich kann in der Bäckerei vorbeikommen …"

„Jetzt."

„Okay. Ich hole nur eben meine Stiefel."

„Du brauchst keine Stiefel. Ich bin den ganzen Weg hierhergefahren. Wir können drinnen reden."

„Aber …"

„Es ist wichtig." Aufgrund ihres Vorhabens, in die Stadt zu ziehen, hatte Rourke sie in Selbstverteidigung unterrichtet. Eine der Basistechniken war Selbstsicherheit. Man sollte so in Situationen hineingehen, als hätte man sie unter Kontrolle, dann würde man auch nicht herausgefordert. Jetzt war die passende Gelegenheit, diese Theorie auszuprobieren. Also drückte sie die Tür ein Stück weiter auf und trat ein.

In dem Haus war es eiskalt, und ihre Schritte dröhnten laut auf dem nackten Fußboden. Sie blieb stehen und vergaß einen Moment ihre Selbstsicherheit. „Äh, können wir uns irgendwohin setzen und reden? Wo steht dein Computer? Ich muss dir etwas zeigen."

Zach sah aus, als müsse er sich jeden Moment übergeben. Es war gut möglich, dass er bereits wusste, wieso sie hier war. Er sagte: „Mein, äh, Computer funktioniert im Moment nicht."

Sie würde ihm das, was ihr wichtig war, vielleicht auch ohne Computer klarmachen können. „Gut, dann setzen wir uns einfach."

Seine Schultern sackten herunter, als er sich umdrehte und den dunklen Flur voran in die Küche ging, wo schwaches graues Licht durch die kahlen Fenster fiel. Ein kleiner Stapel weißer Kartons aus der Bäckerei stand auf der Arbeitsplatte. Als er ihren Blick auffing, sagte Zach: „Das war Zeug, das weggeworfen werden sollte, ich schwör's. Das ist alles, was ich mit nach Hause nehme."

Nicht ganz, dachte Jenny. Inzwischen war sie deutlich irritiert. Sie war noch nie im Haus der Algers gewesen, doch sein Zustand schockierte sie. Es war eiskalt, und es gab kaum ein Möbelstück. Vielleicht fehlte die Hand einer Frau, mutmaßte sie.

Aber das war es nicht. Sogar Greg Bellamy schaffte es, sein Haus warm zu halten. Und selbst Rourke, der Ho-Ho-Kekse essende Junggeselle, hatte Möbel.

„Zach, ist alles in Ordnung?"

Er zeigte auf ein paar dreibeinige Hocker, die am Küchentresen standen. „Wir können uns hierhin setzen."

„Du hast meine Frage nicht beantwortet. Ist alles in Ordnung?"

„Sicher", sagte er. „Alles prima."

Sie nahm eine CD aus ihrer Handtasche und zeigte sie ihm. „Das hier wollte ich dir auf dem Computer zeigen." Sie sah keinen Computer und nahm an, dass es hier überhaupt keinen gab. „Wir müssen es uns allerdings nicht ansehen. Es ist das Überwachungsvideo aus der Bäckerei. Ich schätze, du weißt, was darauf zu sehen ist."

Panik flackerte in seinen Augen auf. Dann gab er sich sichtlich Mühe, sich zusammenzureißen. „Ich weiß nicht, wovon du sprichst."

„Doch, das weißt du, Zach." Jenny fiel es schwer, zu sprechen. Sie fühlte sich absolut grauenhaft. „Ich bin die Einzige, die das gesehen hat. Ich schaue mir die Bänder nicht jeden Tag an, also weiß ich nicht, wie oft sich die Szene bereits wiederholt hat. Aber die Kamera lügt nicht. Als ich das gesehen habe, war es wie ein Schlag in den Magen."

Sie hatte sich die Aufnahme wieder und wieder angeschaut, sicher, dass sie einen Fehler machte. Aber nein. Zach handelte sehr bedacht. Er schob ein hohes Regal vor die Linse der Kamera. Was er nicht wusste – was niemand außer Jenny wusste –, war, dass es zwei weitere Kameras gab, die auf den Verkaufstresen gerichtet waren. „Hilf mir, Zach", sagte sie. „Bitte. Ich möchte es verstehen."

Sein Gesicht war so weiß wie der Schnee, seine Augen milchig blau. Er sah aus wie eine Statue, unbeweglich, wie erstarrt.

Schließlich ließ er seinen Kopf hängen und fing an zu reden. „Wir sind pleite", gab er zu, „mein Dad und ich. Niemand darf davon erfahren."

Natürlich nicht, dachte sie bitter. Matthew Alger war ein stolzer Mann und angehender Kandidat für das Bürgermeisteramt. Sie konnte sich nur zu gut vorstellen, dass ein Mann wie er die Sicherheit seines eigenen Sohnes opferte, um das äußere Erscheinungsbild aufrechtzuerhalten. „Falls das ein Trost ist, ich denke, es weiß auch niemand", sagte sie.

„Bitte erzähl keinem davon." Seine Stimme war leise und eindringlich. „Er würde mich umbringen, wenn er wüsste, dass ich jemandem davon erzählt habe." Er zeigte auf den Beweis in ihrer Hand. „Ich wollte alles zurücklegen, sobald ich dazu in der Lage wäre." Er zuckte zusammen. „Wirst du es Rourke erzählen?"

Die Frage überraschte Jenny. Es war ihr nie in den Sinn gekommen, die Sache an Rourke zu übergeben. „Das würde ich niemals tun. Ich kann mir nicht vorstellen, was du dir dabei gedacht hast, Zach, aber ich weiß, dass es eine Erklärung gibt. Und ich bin hier, um sie mir anzuhören."

Zach hielt seinen Blick gesenkt. Ein Gefühl der Scham schien in Wellen von seinem gesamten Körper abzustrahlen. Er war kein böser Junge, das wusste Jenny. Aber er steckte in einem ziemlichen Schlamassel.

„Zach?“, flüsterte sie.

„Er – mein Dad – sagt immer, dass er einen Plan hat und ich einfach Geduld haben soll, es würde alles wieder gut werden. Mehr weiß ich nicht, das schwöre ich bei Gott.“

Sie versuchte, sich vorzustellen, wie Matthew es geschafft hatte, sich selbst ein so tiefes Loch zu graben. Er schien nicht der Typ für Alkohol oder Drogen zu sein, aber manche Leute waren auch einfach nur sehr gut darin, es zu verbergen.

„Onlinespiel“, murmelte Zach, als habe er ihre Überlegungen erraten. „Er ist spielsüchtig oder so. Es ist total verrückt, aber er kann einfach nicht die Finger davon lassen. Sobald er ein wenig gewinnt, heißt es gleich wieder ‚Hey, jetzt geht es bergauf‘ und so. Und dann verliert er das gewonnene Geld wieder und noch mehr. Es hat letzten Herbst angefangen und wird von Tag zu Tag schlimmer. Also stimmt es nicht, dass unser Computer kaputt ist. Er ist das Einzige, was hier noch läuft und was er niemals verpfänden oder verkaufen würde.“

„Das tut mir so leid“, sagte Jenny. Sie hatte nur eine grobe Vorstellung davon, was Spielsucht war; sie wusste, dass Menschen sich damit ziemlich große Probleme einhandeln konnten. „Ich weiß nicht, was ich sagen soll, außer dass du ihn davon überzeugen musst, Hilfe zu suchen. Du kannst dich nicht selbst in Gefahr bringen, nur um ihm aus der Klemme zu helfen, verstehst du das, Zach?“

„Er weiß nicht, dass ich Geld aus der Bäckerei entwendet habe. Ich musste doch irgendwie die Gasrechnung bezahlen.“

„Ich sag dir was. Lass uns mal einen Blick auf eure Rechnungen werfen. Ich werde mich um sie kümmern, damit ihr euch hier nicht zu Tode friert.“

„Ich sollte nicht zulassen, dass du …“

„Aber du wirst es trotzdem tun, also lass uns keine Zeit mit Diskussionen verschwenden.“

Er atmete tief durch, und die Anspannung schien von ihm abzufallen. Der Ausdruck auf seinem Gesicht trieb ihr die Tränen in die Augen. Alles, was dieser Junge brauchte, war jemand, der ihn verstand und ihm ein wenig Mitgefühl zeigte. „Zach, wann hattest du das letzte Mal Kontakt zu deiner Mutter?“

„Wir reden nicht miteinander“, antwortete er schnell. „Sie hat dieses neue Leben in Kalifornien und erwartet ein Baby und alles. Ich habe ihr nichts von alldem hier erzählt.“

Jenny biss frustriert die Zähne aufeinander. „Ich will dir helfen“, sagte sie. „Aber dazu brauche ich ein wenig Kooperation von deiner Seite. Für den Anfang musst du mir zum Beispiel versprechen, mit deinem Vater zu reden, damit er sich Hilfe holt.“

„Glaubst du, das habe ich noch nicht versucht?“
„Dann mach weiter. Gib ihn nicht auf, Zach.“
„Okay.“ Er klang müde und weit älter, als er war. „Ich weiß aber schon, was er sagen wird. Er braucht nur noch ein kleines bisschen mehr Zeit. Da wartet schon dieser große Jackpot mit seinem Namen darauf, und wenn er den erst einmal in der Hand hat, wird er sich um nichts mehr Sorgen machen müssen.“ Jetzt endlich hob Zach den Kopf und sah Jenny an. In seinen Augen, diesen ungewöhnlich blassen Augen, schimmerte eine Welt des Schmerzes. „Ja, bestimmt“, sagte er.

16. KAPITEL

Daisy war dazu erzogen worden, viel von sich zu erwarten. Sie genügte ihren eigenen Ansprüchen nie, und es gelang ihr, wieder und wieder von sich selbst enttäuscht zu sein. Daher war die Arbeit in der Bäckerei eine Überraschung. Sie gefiel ihr, und sie war sogar gut darin, was für sie etwas ganz Neues war. Ihr wurde bewusst, dass es vielleicht gar nicht an ihr lag. Vielleicht war das Problem vielmehr, dass sie versuchte, die Erwartungen anderer Leute zu erfüllen.

„Du siehst glücklich aus", sagte Zach, als er eines der Regale an ihr vorbei auf die Laderampe schob.

„Das bin ich auch." Sie ging mit ihm hinaus in die kalte Winterluft. „Ich meine, es ist total verrückt, aber ich mag es, hier zu arbeiten – die Gerüche, die anderen Mitarbeiter, die Kunden. Ich finde es toll."

Er grinste sie an. „Stimmt – du bist verrückt."

„Aber dann ist es eine gute Art von Verrücktheit. Ich hatte schon viele Jobs und habe sie alle gehasst. Weißt du, in meiner Schule in der Stadt mussten wir alle möglichen Praktika machen, um verschiedene Berufe kennenzulernen. Aber es waren alles nur die ‚richtigen' Jobs. Wall Street, PR, Anwaltskanzleien, Politik. Auf keinen Fall hätte man jemanden zum Arbeiten in eine Bäckerei geschickt."

Er zog die Hecktür des Lieferwagens herunter und schloss sie ab. Sie hatten beschlossen, in ihrer Pause ein wenig spazieren zu gehen, weil Daisy ein paar Fotos machen wollte. Kurz nachdem sie losgegangen waren, holte Zach eine Zigarette heraus. Sie nahm sie ihm aus der Hand, bevor er sie anzünden konnte. „Oh nein, das wirst du nicht tun", warnte sie ihn.

„Oh, großartig, bist du so eine Art radikaler Nichtraucher oder was?"

„Ehemalige Raucherin", gab sie zu.

„Du?"

Daisy wusste, was er dachte. Sie sah aus wie das typische amerikanische Mädchen, die Sorte, die nichts falsch machen konnte. Was genau der Grund war, weshalb sie immer mit so vielen Dingen durchgekommen war.

„Ja, ich", sagte sie. „Und das besonders Dumme daran war, ich wusste nicht nur, dass es mich töten könnte, sondern auch, dass es meine Eltern in den Wahnsinn treiben würde."

„Hat's funktioniert?", fragte er. „Sind sie wahnsinnig geworden?"

„Nein", sagte sie mit einem bitteren Lachen. „Sie haben sich zwar gegenseitig verrückt gemacht, aber mich haben sie einfach nur ignoriert.“ Scheidungen hatten diesen Effekt auf die Kinder, egal, wie sehr man auch versuchte, es für sie erträglich zu machen. Die Wahrheit war, wenn ein verheiratetes Paar den emotionalen Prozess durchlief, den eine Trennung mit sich brachte, wurden die Kinder beiseitegeschoben.

Sie blieben im Stadtpark stehen, der wie eine Studie in Schwarz und Weiß vor ihnen lag – der schmiedeeiserne Zaun, die Bänke und Tische vor dem gleißend weißen Schnee. Die Stahlrohre der Schaukel. Der schwarze Granit der Statue des Gründers von Avalon. Daisy nahm ihre Kamera zur Hand. Zach schnappte sich seine Zigarette und zündete sie an.

Daisy tat unbeeindruckt, auch wenn sie zugeben musste, dass er auf eine etwas verruchte Art sexy aussah. „Lehn dich mal gegen den Baum da“, sagte sie. „Ich will ein Foto von dir machen.“

Er zuckte mit den Achseln und tat ihr den Gefallen. Langsam gewöhnte er sich daran, dass sie immerzu Fotos machte, und gab sich vor der Kamera ganz entspannt.

Sie machte gleich eine ganze Serie von Fotos. Zach hatte ein interessantes Gesicht – knochige Winkel wurden von vollen Lippen ausgeglichen; dazu kamen die dichten weißblonden Haare. Eingehüllt in Zigarettenrauch sah er gleichzeitig intensiv und irgendwie auch sehr traurig aus.

„Sehr wie aus … *Denn sie wissen nicht, was sie tun*“, sagte sie und machte ein Profilfoto. Er schaute in die Ferne zu einem Punkt, den sie nicht sehen konnte, und eine kleine Helix aus Rauch stieg von der Zigarettenspitze auf.

„Was soll das sein?“, fragte er.

Okay, daran musste sie sich erst noch gewöhnen. Die Kids an ihrer alten Schule hatten ihre Anspielungen auf alte Filme oder Bücher immer verstanden. Hier in Avalon musste sie sich immer wieder erklären. „Das ist ein alter Film über einen Teenager aus der Mittelschicht, der ohne Grund rebelliert.“ Was so zusammengefasst vertrauter klang, als es sollte. „Ein kettenrauchender Teenager“, fügte sie hinzu.

„Weshalb hast du aufgehört?“, fragte er.

„Das kam durch jemanden, den ich letzten Sommer kennengelernt habe.“ Sie senkte den Kopf, weil sie den Drang verspürte zu lächeln. „Julian Gastineaux.“

„Dein Freund?“

„Nein, nicht so.“ Sie gab dem Drang nach. Julian war wahrlich gut aussehend genug, um als Freund infrage zu kommen. Aber wie Daisy war er nicht auf der Suche gewesen, als sie sich kennengelernt hatten.

„Wir haben zusammen im Camp Kioga gearbeitet“, erklärte sie. „Danach ist er aber wieder zurück nach Kalifornien gegangen.“ Wie

Sonnet war auch Julian ein Mischling. Außerdem war er unglaublich süß und hatte ein furchtbar trauriges Leben. Er und Daisy schrieben sich jeden Tag E-Mails. Manchmal sogar zwei am Tag. Und manchmal sechs. Aber Freund?

„Alles, was er wollte, war, aufs College zu gehen und Pilot zu werden", fuhr sie fort. „Wie auch immer, durch ihn habe ich erkannt, wie dumm das Rauchen ist. Wir haben zusammen ein Ritual durchgeführt und meine letzte Packung Zigaretten verbrannt. Denn ich hatte erkannt, dass ich damit nur mir selber schade."

„Falls du erwartest, dass ich jetzt total motiviert bin und sage, hey, ich höre auch sofort auf, liegst du falsch."

„Ich erwarte gar nichts von dir." Es wäre allerdings nett gewesen, dachte Daisy, wenn das Ablegen der dummen Angewohnheit, Zigaretten und Hasch zu rauchen, der Wendepunkt in meinem Leben gewesen wäre. Ein würdiger Abschluss für ihre Teenagerrebellion. Aber so funktionierte es leider nicht, denn die Dinge, die sie verrückt machten, hatten einfach nicht aufgehört. Sie wusste, dass sie nicht zufällig an genau dem Tag sorglosen Sex mit Logan O'Donnell gehabt hatte, an dem ihre Mutter verkündet hatte, ein Jahr lang in Übersee arbeiten zu wollen.

„Mein Dad hat früher auch im Camp Kioga gearbeitet", sagte Zach.

„Das wusste ich ja gar nicht."

„Ja. Damals, in der guten alten Zeit."

Daisy steckte ihre Kamera ein und zitterte. Als Sonnets Mutter sie gefragt hatte, ob sie schon bei einem Arzt gewesen wäre, war sie wie ein Reh im Scheinwerferlicht erstarrt stehen geblieben. Und natürlich hatte diese Reaktion sie verraten.

Oh, sie hatte versucht, es zu vertuschen. Hatte gesagt: „Ich weiß nicht, was Sie meinen."

Nina – *meine Güte, Bürgermeisterin Romano* – hatte sie nicht weiter bedrängt, sondern einen Namen und eine Nummer auf einen Post-it-Zettel geschrieben und gesagt: „Ich schätze, da du neu in der Stadt bist, weißt du noch nicht, wer hier die guten Ärzte sind."

Seitdem hatte Daisy die Nummer so oft gewählt, dass sie sie inzwischen auswendig kannte. Aber jedes Mal, wenn eine Stimme sagte: „Praxis von Dr. Benson", legte sie auf. Sie verhielt sich dumm, das wusste sie. Mit jedem Tag, den sie verstreichen ließ, nahmen ihre Wahlmöglichkeiten ab.

„Ist alles in Ordnung mit dir?", fragte Zach. „Du siehst auf einmal so blass aus."

„Wirklich?"

„Stimmt was nicht?"

Aus irgendeinem Grund brachte diese Frage den Damm zum Brechen. Schon viel zu lange hatte Daisy sich am kurzen Zügel gehalten. Jeder, der sie ansah, sah eine normale Highschoolschülerin, aber direkt unter der glatten, normalen Oberfläche steckte ein hysterisches Mädchen, das kurz davor stand, durchzudrehen. Sie spürte, wie sie sich auflöste. Sie lachte, und je seltsamer Zach sie anschaute, desto lustiger erschien es ihr.

Essen für die Seele

von Jenny Majesky

Ein Hauch von Ingwer

Kekse zu backen ist in vielerlei Hinsicht gut für die Seele. Ein Grund ist der Geruch von frischen Keksen im Ofen. Der Duft von Ingwer und Butter schwebt durchs Haus und verweilt auch noch eine Zeit, nachdem man mit dem Backen schon längst fertig ist. Dem Lebkuchen ein wenig Cayennepfeffer zuzugeben mag erst einmal etwas unorthodox erscheinen, doch er gibt dem Ganzen den kleinen Extrakick.

Lebkuchenstangen mit Orangen-Frischkäsefüllung

¾ Tasse weiche Butter
¾ Tasse Zucker
1 Ei
1 EL gemahlener Ingwer
1 TL Zimt
¼ TL Cayennepfeffer
1 ¼ Tassen Mehl
¼ TL Backnatron
¼ TL Salz
⅓ Tasse Melasse + 3 EL heißes Wasser

Orangen-Frischkäsefüllung

120 g Frischkäse, weich gerührt
⅓ Tasse Puderzucker
2 EL Orangensaft
1 EL Cointreau, Grand Marnier oder Triple Sec (optional)

Backofen auf 175 °C vorheizen. Eine 33 x 22 x 5 cm große Kuchenform mit Wachspapier auslegen, dieses mit Backspray einsprühen und mit Mehl bestäuben. Die Butter schön weich schlagen, dann Zucker und das Ei dazugeben. Abwechselnd die trockenen Zutaten und die Melasse-Wasser-Mischung untermischen. Den Teig gleichmäßig in der Form verteilen.

Nun den Frischkäse rühren, bis er weich ist. Zucker, Orangensaft und Cointreau unterrühren. Die Masse mit Teelöffeln auf den Teig in der Form setzen. Mit einem Messer in langen Zügen in alle Richtungen durch den Teig fahren, um einen Marmoreffekt zu erzielen.

Backen Sie den Lebkuchen 30 Minuten oder so lange, bis der Teig sich am Rand von der Form löst. An den Enden des Wachspapiers vorsichtig aus der Form heben und auf einem Gitter abkühlen lassen. In längliche Streifen schneiden. Lässt sich gut im Kühlschrank aufbewahren.

17. KAPITEL

19. Juni 1995

Liebe Mom,
solltest du jemals wieder in meinem Leben auftauchen, wirst du eine ganze Menge nachzulesen haben. Seit ich alt genug bin, um zu schreiben, erzähle ich dir auf diese Art von meinem Leben. Nur für den Fall, dass es dich mal interessieren sollte. Ich bewahre alles in den Kisten ganz hinten in meinem Schrank auf. Eigentlich ist es mir jetzt schon ziemlich klar, dass es dich überhaupt nicht interessiert, aber alles niederzuschreiben ist inzwischen zu einer festen Angewohnheit von mir geworden. In der Highschool haben die Lehrer immer gesagt, dass ich gut schreiben kann. Ich habe immer gedacht, dass ich mal Journalismus studieren werde, aber mehr dazu später.

Wenn ich so durch diese Seiten zurückblättere, merke ich, dass sich vieles geändert hat, seitdem ich das letzte Mal meine Gedanken für dich aufgeschrieben habe. Ich war davon ausgegangen, dass ich nach Abschluss der Highschool jede Menge Zeit mit Schreiben verbringen könnte, aber irgendwie passiert dann immer was und wirft mich aus der Bahn. Wie Grandpas Tod. Es tut so weh, diese Worte in meiner Handschrift zu sehen. Sie in Tinte auf dieses Papier zu schreiben.

Weißt du überhaupt, dass er gestorben ist, Mom? Dass er mich zum Ende hin immer öfter mit deinem Namen angesprochen hat? Und dass ich mir ganz am Schluss nicht mehr die Mühe gemacht habe, ihn zu korrigieren? Ich denke, du weißt, warum.

Granny ist seitdem ein ganz anderer Mensch. Alle waren so gut zu ihr, die ganze Stadt, wirklich. Nach Grandpas Tod regnete es wochenlang Thunfischaufläufe auf uns nieder. Leute kamen zu Besuch, brachten etwas zu essen vorbei, setzten sich zu uns. Anfangs hat sie sich sehr gut gehalten, aber nachdem die Formalien erledigt waren, schien sie nur noch leer zu sein. Sogar von den Kirchenbesuchen kehrte sie einsam und verloren wieder heim. Sie hatten so jung geheiratet und so viel gemeinsam überlebt.

Wir sind jetzt pleite, hab ich dir das erzählt? Grandpas Versicherung hat nicht alle Kosten übernommen, bei Weitem nicht. Als Grandpa die Diagnose erhielt und wir absehen konnten, wohin das führen würde, haben wir sofort das Insolvenzverfahren eingeleitet, um nicht bis in alle Ewigkeit wegen unbezahlter Schulden verklagt zu werden. Wenn ich die drei demütigendsten Momente in meinem Leben bestimmen müsste, wäre mit Granny an der Seite einen Insolvenzantrag stellen sicher einer davon. Es lag ja nicht daran, dass wir nicht gut gehaushaltet hatten oder so. Wir mussten es tun, um die Bäckerei zu behalten und keinen der Mitarbeiter entlassen zu müssen.

Du verstehst also vielleicht, wieso ich zu beschäftigt war, um diese Seiten mit süßem Small Talk zu füllen.

Granny sagt, dass du jemand warst, der sich nie Gedanken um Geld gemacht hat, obwohl du es mochtest, hübsche Sachen zu haben. Du hast dich nie um irgendwelche Finanzen gesorgt, sondern ganz im Gegenteil so getan, als wenn das Land, in dem Milch und Honig fließen, gleich um die Ecke läge. Zumindest wenn man Granny glauben darf. Sie spricht ab und zu noch von dir. Vermisst dich noch. Ich ehrlich gesagt nicht. Ich bin mir sicher, mit vier habe ich dich angebetet. Aber dich zu vermissen ist für mich, wie einen Schatten oder einen Traum zu vermissen. Es ist für mich nicht richtig greifbar. Als Sonnet, Ninas kleine Tochter, auf der Parade ihren Luftballon verlor, weinte sie darüber mehr als über den Tod ihrer Urgroßmutter Giulietta am nächsten Tag. Ich schätze, so sind Kinder einfach.

Habe ich dir eigentlich erzählt, dass ich in zwei verschiedene Jungs verliebt bin? Oh, und es wird noch schlimmer. Sie sind beste Freunde. Joey Santini und Rourke McKnight. Sie gehören zu den Sommerleuten. Rourke arbeitet im Camp Kioga, wie schon die letzten Sommer über. Joey ist in der Army, um Geld für das College zu verdienen, aber er hat Familienurlaub bekommen, weil sein Vater einen Autounfall hatte und eine lange Reha vor sich hat. Joey kommt an den Wochenenden und in den Ferien ins Camp, um dort zu arbeiten. Wenn es seinem Vater besser geht, wird Joey sich noch für einen letzten Einsatz melden. Danach will er Medizin studieren, und dafür braucht er alles Geld, das er kriegen kann. Er wird jetzt Ranger, was, wenn ich es richtig verstanden habe, einer der geheimsten und gefährlichsten Posten ist, den man beim Militär haben kann.

Ich mag Joey, weil er die Welt mag und mich zum Lachen bringt. Und ich werde dich nicht anlügen: Das Leben in der Armee hat einen absoluten Traummann aus ihm gemacht. Was Rourke schon immer war. Er ist so stark und klug, und manchmal, wenn ich ihn ansehe, wird mir ganz schwindelig. Es ist fast so, als möchte mein Herz nicht, dass ich einen dem anderen vorziehe.

Okay, ich habe gelogen. Es ist Rourke. Ich bin verrückt nach ihm seit der Zeit, als ich noch Zöpfe getragen habe. Er ist so intensiv und hat diesen grauenhaften Vater, mit dem er kein Wort mehr gewechselt hat, seitdem er die Highschool verlassen und sich geweigert hat, aufs „richtige“ College zu gehen. Er hat sich stattdessen für das staatliche College in Stony Brook entschieden, wo er sich für den Polizeidienst ausbilden lässt. Er fasziniert mich, und er ist so sexy wie kein anderer Junge, den ich kenne. Wir haben diese stillschweigende Übereinkunft, dass wir nur Freunde sind. Das ist der einzige Weg, wie meiner Meinung nach eine Beziehung mit einem der Jungs aussehen kann – ich halte meine Gefühle für Rourke unter Verschluss und spiele bei dem Spielchen mit.

Granny erinnert mich gerne daran, dass Leute wie die McKnights und die Majeskys keinen Umgang miteinander haben. Und Rourke behauptet, es wäre nicht cool, das gleiche Mädchen zu mögen wie sein bester Freund, weshalb er alles Mögliche anstellt, um mit anderen Mädchen auszugehen. Aber glaub ja nicht, dass einer von beiden je mit mir darüber gesprochen hätte. Manchmal wünsche ich mir ja, tiefere Gefühle für Joey zu haben. Ich meine, die habe ich, aber mehr wie für einen guten als für einen „richtigen" Freund. Vielleicht ist es aber sowieso egal. Denn Rourke ist jetzt im College, und Joey geht am Ende des Sommers wieder. Ich hingegen werde hier bei Granny bleiben müssen, damit sie nicht das Gefühl hat, von *allen* verlassen worden zu sein.

Nach der traditionellen Parade zum vierten Juli gab es im Stadtpark am Fluss ein riesiges Picknick. In der Dämmerung machten die Leute sich auf den Weg zum Camp Kioga, um sich das dortige Feuerwerk am Ufer des Willow Lake anzusehen. Die Besitzer des Camps luden immer die ganze Stadt ein. Jenny und Nina fuhren gemeinsam hin, die kleine Sonnet im Kindersitz auf der Rückbank festgezurrt. „Das ist ihr erstes Feuerwerk", sagte Nina. „Meinst du, es wird ihr Angst machen?"

„Sie hat vor gar nichts Angst." Jenny drehte sich halb um und schaute das kleine Mädchen an, das in seinem rot-weiß-blauen Overall aussah wie ein Käthe-Kruse-Püppchen und begeistert in die Hände klatschte. Sie war schon trocken, aber Nina hatte vorsichtshalber immer noch eine Windel dabei.

Jetzt bog sie auf den großen Parkplatz ein. „Was haben Rourke und Joey gesagt, wo sie sich mit uns treffen wollen?", fragte sie.

„Am Haupthaus." Jenny zeigte auf das große Holzgebäude. Dort standen die beiden auch schon in ihren grauen Sweatshirts mit dem Camp-Kioga-Logo darauf. Wie immer setzte ihr Herz beim Anblick von Rourke einen Schlag aus, und wie immer ignorierte sie dieses Gefühl. Das war, wie sie wusste, eine weitere Facette des Erwachsenseins. Nachdem sie ihren Großvater verloren und die Insolvenz mitgemacht hatte, sollte es ein Leichtes sein, sich die Verliebtheit in einen Jungen abzugewöhnen.

Allerdings war es das nicht. Wenn sie ihn anschaute, fühlte sie einen brennenden Schmerz, der ihr den Atem raubte.

„Ich nehme sie", bot Jenny jetzt an und streckte ihre Arme nach Sonnet aus. Abgesehen davon, dass die lebhafte Kleine ihre volle Aufmerksamkeit erforderte, diente sie auch als Schutzschild, mit dem Jenny ihre Distanz zu wahren hoffte.

Anders als Jenny hielt Sonnet sich mit der Äußerung ihrer Gefühle überhaupt nicht zurück. Sie warf einen Blick auf Joey Santini und schrie vor Freude laut auf. Als sie ihn das erste Mal gesehen hatte, hatte sie beschlossen, dass er die Liebe ihres Lebens war. Es war zwar traurig, dass die Kleine ohne Vater aufwuchs, aber es hatte auch seine Vorteile. Es gab so viele Menschen in ihrem Leben, die sie vergötterten. Der Schlüssel lag nicht in der DNA, die sie trug, sondern in der Liebe, die sie umgab.

Wie die meisten jungen Männer betrachteten Rourke und Joey kleine Kinder mit der gleichen vorsichtigen Distanz wie eine Giftschlange. Und wie die meisten Kinder im Krabbelalter interessierte es Sonnet nicht im Geringsten. Sie wand sich so lange in Jennys Armen, bis diese das unruhige Bündel einfach Joey in die Hände drückte. Er schaute in das kleine nussbraune Gesicht. „Ein Pieps von dir, und ich geb dich zurück", sagte er.

„Pieps", sagte Sonnet und schaute ihn mit großen Augen an.

Auf dem Weg hinunter zum See hielt Rourke Distanz, als trüge Joey eine hoch entzündliche Flüssigkeit bei sich. Es dämmerte bereits, und die Menschen hatten sich um die Lagerfeuer am Seeufer versammelt. Sie rösteten Marshmallows und entzündeten Wunderkerzen, die die Kinder unermüdlich in Achten und Kreisen durch die Luft wirbelten. Als es endlich ganz dunkel war, schoss die erste Rakete von der Insel in der Mitte des Sees in den dunklen Nachthimmel. Bunte Sternenschauer wurden vom spiegelglatten Wasser reflektiert und von den *Ohs* und *Ahs* der Zuschauer begleitet. Sonnet war von dem Schauspiel ganz begeistert. Sie klatschte verzückt in die Hände und gluckste bei jeder neuen Explosion. Aber wie den meisten Kleinkindern wurde ihr bald langweilig, und sie wollte im See baden gehen.

„Das ist keine gute Idee", sagte Nina. „Es ist schon dunkel, und wir haben unsere Badesachen nicht dabei."

„Mom", sagte Sonnet, und ihrer Minnie-Mouse-Stimme war anzuhören, dass sie kurz vor einem Trotzanfall stand.

„Komm, wir gehen ein bisschen spazieren", schlug Nina vor und sprang auf.

Die vier Erwachsenen und das kleine Mädchen stahlen sich davon. Rourke leuchtete mit seiner Taschenlampe den Weg am See entlang. Sie kamen am Bootshaus vorbei und am Mitarbeiterpavillon, der inoffiziell auch als Partyhütte bekannt war. Die Camparbeiter und viele der Betreuer hatten sich bereits hier versammelt, nun, da die kleinen Campbewohner bald in ihre Betten schlüpfen würden. „Wo willst du hin, Rourke?", rief eine flirtende weibliche Stimme. Er beschleunigte seinen Schritt, das einzige Anzeichen dafür, dass er das Mädchen gehört hatte.

„Was ist denn das?“, fragte Nina und zeigte auf ein großes, etwas gedrungenes Gebäude, das weit hinter den Mitarbeiterhütten ein wenig abseits stand.

„Da wohnt der Hausmeister im Winter“, erklärte Joey. „Im Moment steht es leer. Kommt, wir gucken es uns mal an.“

„Es ist bestimmt abgeschlossen“, sagte Rourke.

„Definitiv“, stimmte Joey zu. „Wie gut, dass ich den Schlüssel habe.“

Es war eine wunderschöne alte Holzhütte. Die Luft war ein wenig abgestanden, weil die Hütte so lange nicht benutzt worden war. Die meisten Möbel waren aus geschälten Baumstämmen getischlert, und überall fanden sich Erinnerungsstücke an das Campleben. Ursprünglich hatte es sich hierbei um das Wohnhaus der Campbesitzer gehandelt. Nun wurde es von den Bellamys als Gästehaus oder zur Vermietung in der Nebensaison genutzt. Joey öffnete den Kühlschrank, der jedoch leer war. Sonnet rannte herum und erkundete jeden Winkel. In einer aufklappbaren Bank fand sie Spielzeug und Kuscheltiere und bediente sich. Dann blieb sie vor dem ausgestopften Elchkopf stehen, der über dem aus Flusssteinen erbauten Kamin an der Wand hing, und wurde ganz ruhig.

„Keine Angst, der tut dir nichts“, sagte Joey und hob sie hoch. Doch ganz schnell ließ er sie wieder runter und sagte: „Mein Gott, was ist das für ein Geruch?“

„Ich habe gepupst“, sagte Sonnet.

„Gott“, wiederholte er. „Davon tränen mir ja die Augen. Ich dachte, du wärst schon stubenrein, oder wie auch immer das bei euch heißt.“

„Trocken nennt man das“, sagte Nina. „Und die schlechte Nachricht ist, die Windeltasche befindet sich noch im Auto.“

Sonnet fing an zu schluchzen, als wenn ihr gerade jemand das Herz gebrochen hätte. Man entschied, dass Joey Nina zum Auto zurückbegleiten würde, während Rourke und Jenny das Spielzeug wegräumten, das Sonnet sich genommen hatte. Jenny machte ein Fenster auf, um etwas frische Luft hereinzulassen. Beim Anblick von Rourkes entsetzter Miene versuchte sie, nicht zu lachen, aber das misslang ihr gründlich.

„Du findest das witzig?“, fragte er.

„Nein. Ich finde deine Reaktion witzig. Es war kein Giftgasangriff, Rourke.“

„Sie sollten Kinder wie sie in den Elternkursen an der Highschool einsetzen. Das würde die Geburtenrate schlagartig auf null sinken lassen.“

Jenny sammelte die Teile eines Cribbage-Spiels ein, die Sonnet auf dem Fußboden verteilt hatte. „So schlimm ist es nun auch wieder nicht.“

„Für dich vielleicht nicht."

„Ehrlich gesagt steht Windelnwechseln auch ganz unten auf meiner Liste der bevorzugten Tätigkeiten." Sie dachte daran, wie toll Nina von Anfang an gewesen war. Eine Windel zu wechseln war ja nur ein kleiner Teil dieser unglaublichen Verantwortung, die ein Kind bedeutete. Doch obwohl sie selber noch so jung war, behandelte sie Sonnet mit unendlicher Geduld und Liebe.

„Mein Großvater ist immer im Winter hierhergekommen", sagte Jenny und blätterte durch ein Fotoalbum, auf dessen schwarze Seiten alte Bilder geklebt waren. Bei einem Schnappschuss von ihm hielt sie inne. Er stand auf dem Dock und lächelte. „Er und Mr Bellamy sind immer zum Eisangeln gegangen." Vorsichtig berührte sie das Foto mit einer Fingerspitze, und der Schmerz überfiel sie mit solch einer Macht, dass er körperlich zu spüren war.

„Es tut mir leid." Wie so viele Menschen schien auch Rourke nicht zu wissen, was er sagen sollte.

„Ist schon okay." Ihre Stimme klang dünn und unsicher. Langsam klappte sie das Album zu. „Es ist nur … ich vermisse ihn so sehr."

Als Nächstes – sie wusste bis heute nicht, wie es passiert war – fand sie sich in Rourkes Armen wieder und fühlte sich so unendlich geborgen, dass sie die Umarmung erwiderte. Und dann küssten sie sich.

Endlich, wie durch ein Wunder, küssten sie sich. Es war der Kuss, den sie sich schon tausendmal vorgestellt hatte – tief und intensiv, die Art Kuss, die die Welt stillstehen ließ. Die Art, von der sie nie gedacht hätte, sie einmal zu erleben, obwohl sich die Gefühle Sommer für Sommer immer mehr zwischen ihnen angestaut hatten. In ihr wurde ein Feuer entfacht, und zum ersten Mal im Leben fühlte sie sich emporgewirbelt und davongetragen. Oh, sie wollte es, sie wollte es schon immer, und es war besser, als alle ihre fiebrigen Träume gewesen waren. Es war ein perfekter Moment, und sie wollte nicht, dass er endete. Als sich ihre Lippen schließlich voneinander lösten und sie beide versuchten, Luft zu holen, machte sie einen wagemutigen Schritt. Sie schob ihre Hände unter sein Sweatshirt. Er hielt den Atem an, als wenn sie ihm wehgetan hätte. Das Mondlicht schien durch das Fenster und fiel auf die blasse Narbe auf seiner Wange. Und Jenny stellte sich der kalten Wahrheit: Von diesem Moment an wäre sie für immer für alle anderen Küsse ruiniert.

„Rourke …"

„Es tut mir leid." Er trat einen Schritt zurück. „Ich hätte nicht … das wird nie wieder passieren."

Aber ich will, dass es passiert, schrie sie innerlich. Sie wollte ihn wieder küssen, und sie wollte, was auch immer als Nächstes kam.

„Wir sollten gehen", sagte er. „Sie warten sicher schon auf uns." Ohne sich umzusehen, ob sie ihm folgte, ging er zur Tür und hielt sie auf. Sie schaute ihn aus blitzenden Augen an, hin und her gerissen zwischen ihren Gefühlen. Erst hatte er sie heißgemacht, und jetzt ließ er sie abblitzen. Er funkelte zurück und rührte sich keinen Millimeter von der Tür. Sie schaute sich noch ein letztes Mal um, dann ging sie nach draußen, die Stufen hinunter und einfach weiter, während er die Tür zuzog und abschloss.

Er holte sie ein und ging schnell, als hätte er es eilig, wieder von ihr wegzukommen. Das Feuerwerk war inzwischen vorbei, und der Mond stand hoch am Himmel, sodass sie den Weg um den See herum gut sehen konnten.

„Du bist böse auf mich", sagte sie. Es hatte keinen Zweck, so zu tun, als wäre nichts passiert.

„Nein, ich bin nicht böse auf dich."

„Bist du doch. Das merke ich. Du strafst mich mit Schweigen, und deine Augen sind ganz verkniffen."

Er blieb stehen und seufzte schwer. „Meine Augen sind nicht verkniffen, und ich bin nicht böse."

„Lügner."

„Okay, jetzt bin ich böse", sagte er.

„Wusste ich doch. Siehst du, ich hatte recht. Und jetzt musst du mir sagen, warum."

„Weil du mich einen Lügner genannt hast."

„Ich meine davor."

„Davor war ich ... es ist dumm. Ich will nicht darüber reden." Er schob die Hände in die Hosentaschen und funkelte sie an. Schatten schnitten dunkel durch sein Gesicht.

„Du bist nicht böse, weil du mich geküsst hast", sagte sie. „Du bist böse, weil es dir gefallen hat."

„Ich mag Mädchen, na und? Verklag mich doch. Und überhaupt, wenn du schon alles weißt, wieso willst du dann noch drüber reden?"

„Weil ich versuche, es zu verstehen, Rourke."

„Das ist nicht schwer", erwiderte er.

Sie senkte den Blick. „Es ist wegen Joey, oder?", sagte sie leise.

„Seit dem Anfang des Sommers versucht er, einen Weg zu finden, um dich zu fragen."

Das wusste sie. Auf irgendeiner Ebene war sie sich dessen bewusst geworden. „Ich will aber vielleicht gar nicht von ihm gefragt werden."

„Warum nicht? Er ist toll."

„Vielleicht mag ich aber jemand anderen." Die Worte schlüpften über ihre Lippen, leise geflüstert wie etwas Skandalöses.

Er schaute sie kalt an. Im harten Mondlicht sah er groß und bedrohlich aus. „Nun, das solltest du lieber bleiben lassen."

„Großartig. Danke für den Rat." Sie verbarg ihren Schmerz unter Sarkasmus. Es war – egal, wie man es betrachtete – eine unmögliche Situation. Es gab keine Möglichkeit, wie sie mit einem der Jungen zusammen sein konnte, ohne dem anderen wehzutun. Nein, das stimmte nicht ganz. Nichts konnte Rourke wehtun. Er trug einen harten Panzer, der über die Jahre von seinem Vater immer dicker geschmiedet worden war. Er wusste, wie er sich schützen konnte. Aber Joey wusste das nicht. Selbst nach zwei Jahren in der Armee. Der süße, sensible Joey versuchte gar nicht erst, sich zu schützen.

„Was habt ihr denn so lange gemacht?", rief Joey ihnen zu. Er wartete vor der Mitarbeiterhütte, wo die Party schon in vollem Gange war.

„Nichts", erwiderte Jenny und bemerkte erst jetzt, dass sie den Tränen nahe war. Sie senkte den Kopf und verbarg ihr Gesicht. Wenn Joey sie genauer anschaute, könnte er vielleicht erahnen, dass sie gerade ins Himmelreich geküsst worden war.

„Wo ist Nina?", wollte sie wissen.

„Sie bringt Sonnet nach Hause. Ich habe ihr gesagt, dass Rourke und ich dich später fahren."

Großartig. Von Nina im Stich gelassen und gezwungen, den Rest des Abends hier zu verbringen.

„Lasst uns reingehen", murmelte Rourke. Er schien Joeys Blicken ebenfalls auszuweichen.

Jenny war nur auf ein paar Partys im Camp Kioga gewesen. Meistens drängte sich eine wilde Menge in der Mitte des Raumes und hüpfte zu der lauten Musik aus den Lautsprechern. Die Lichter waren gedimmt, aber irgendwie bemerkten drei Mädchen Rourkes Eintreten trotzdem sofort und umschwärmten ihn wie Groupies einen Rockstar. Unter Jennys beobachtendem Blick schien er sich in einen ganz anderen Menschen zu verwandeln, der ein glattes, sexy Lächeln trug und mit lässigem Charme mit den Mädchen umzugehen wusste. Er schlang einen Arm um die Taille einer seiner Bewunderinnen und ging mit ihr auf die Tanzfläche. Das Mädchen, für das er sich entschieden hatte, trug einen kurzen Rock und ein so enges Tankshirt, dass jede Naht ihres BHs darunter sichtbar war.

Ihr Schmerz und ihre Verwirrung mussten sich wohl auf Jennys Gesicht abgezeichnet haben, denn Joey kam zu ihr und berührte sie am Arm. „Lass uns nach draußen gehen."

Im Hinausgehen warf sie noch einen letzten Blick über ihre Schulter – gerade rechtzeitig, um zu sehen, wie Rourke ihr nachschaute, als wenn er sichergehen wollte, dass sie auch sah, was er tat. Und was tat er schon? Versuchte er, sie zu überzeugen, dass es falsch war, ihn zu mögen? Wenn ja, dann funktionierte es. Das sollte ihn glücklich machen.

„Mach dir keine Gedanken wegen Rourke", sagte Joey. „Manchmal benimmt er sich ohne einen Anlass wie der letzte Idiot."

Oh, ich habe ihm einen Anlass gegeben, dachte sie.

„Es ist schwer für ihn, weißt du. So, wie er aufgewachsen ist."

Sie konnte nicht anders; bei seinen Worten musste sie einfach lächeln. Joey schien von allen Menschen immer nur das Beste anzunehmen. Alles wäre so viel einfacher, wenn sie und Joey ... Konnte man sich selber davon überzeugen, jemanden zu lieben, nur weil es das Richtige zu sein schien?

Jenny gab sich alle Mühe. Als Joey anrief, um mit ihr ins Kino zu gehen, sagte sie bereitwillig zu. Sie lud ihn in ihr Haus ein und sah mit weich werdendem Herzen zu, wie gut er und Granny sich verstanden. Eine Reihe von Schlaganfällen hatte Granny geschwächt, aber Joey achtete gar nicht darauf. Weder sprach er so laut, als wäre sie schwerhörig (was sie auch nicht war), noch so, als hätte sie nicht mehr alle Tassen im Schrank (was ebenfalls nicht der Fall war). Stattdessen behandelte er sie mit Achtung und Respekt, und wenn er zu Besuch war, schien Granny förmlich aufzublühen. Jenny mochte es, dass er sich Granny gegenüber so benahm, als wäre sie seine eigene Großmutter.

An einem Wochenende kam Bruno Santini zu Besuch. Nachdem sie ein wenig Zeit mit ihm verbracht hatte, verstand sie, wo Joey herkam – aus einem Zuhause voller Liebe und gegenseitigem Verständnis. Mr Santini zeigte seinem Sohn unverhohlen seine ganze Zuneigung und seinen Stolz, und er zögerte nicht, sein Herz für Jenny und ihre Großmutter zu öffnen. „Du bist das hübscheste Mädchen, das Joey mir je vorgestellt hat", sagte er.

„Pop, sie ist das einzige Mädchen, das ich dir je vorgestellt habe", korrigierte Joey ihn.

Im August, als es so heiß war, dass selbst die Grillen ihr Zirpen einstellten, hängte Joey eine zweisitzige Hollywoodschaukel auf der vorderen Veranda auf, und er und Jenny saßen dort oft bis spät in die Nacht, leise vor- und zurückschwingend und auf eine Brise hoffend. Mittlerweile schien es Jenny, dass sie niemals aus diesem Haus ausziehen würde. Nachdem Grandpa gestorben war, hatte sie noch an ihrem Traum festgehalten, aber nach Grannys erstem Schlaganfall war es das für sie gewesen. Sie würde bleiben. Granny brauchte sie. Sie waren einander angenehme Mitbewohner und machten das Beste aus der Situation. Seitdem Granny keine Treppen mehr gehen konnte, hatten sie das Büro im Erdgeschoss zu ihrem Schlafzimmer umgebaut, und Jenny hatte das gesamte obere Stockwerk für sich. Manchmal tat sie so, als wäre es ein Loft in Soho, aber dann fingen die Grillen wieder an zu zirpen, oder ein Kojote heulte und erinnerte sie daran, wo sie war: in Avalon.

„Es ist so schön hier“, sagte Joey und legte einen Arm um ihre Schultern.

Die Ironie ließ Jenny schmunzeln. „Genau mein Gedanke.“

„Du wirst mir sehr fehlen“, sagte er leise.

„Hast du Angst?“, wollte sie wissen.

„Ich bin eher nervös, schätze ich. Aber Angst?“ Er lächelte. „Ich weiß, dass dieser nächste Einsatz intensiver wird, weil ich dann ein Ranger bin, aber das macht mir keine Angst.“ Sein Lächeln verblasste. „Aber dich zu verlassen … das macht mir Angst.“

„Warum das denn?“

„Weil sich im Moment alles so gut anfühlt. Ich will nicht, dass sich das ändert.“

Sie schwieg einen Moment und atmete tief die hitzeschwere Luft ein. „Alles verändert sich. Das wissen wir doch beide.“

„Aber wenn wir zusammen wären, würden wir uns zusammen verändern und gemeinsam wachsen.“ Er stieß ein abwehrendes Lachen aus. „Ich weiß, ich bin verrückt. Du wirst vermutlich in die Stadt ziehen und dich in eine Fremde verwandeln.“

Sie lachte auch, obwohl sein Kommentar sie störte. „Ich werde nirgendwohin gehen. Granny braucht mich hier. Das musst du verstehen, Joey, ich werde sie niemals allein lassen.“

Er beugte sich zu ihr und berührte mit seinen Lippen ihre Stirn. „Sie hat Glück, dich zu haben. Und ich auch.“

In dem Moment fühlte Jenny sich wie die wahre Glückliche. Ein beinahe voller Mond zog seine Bahn über den nächtlichen Himmel, und das silberne Licht fiel auf Joey und erleuchtete ein Gesicht, das ihr so wertvoll geworden war. Was für ein Geschenk es doch war, jemanden wie ihn in ihrem Leben zu haben. Jemanden, der sie, ohne zu fragen, liebte, dessen Hauptsorge es war, von ihr getrennt zu sein.

Den restlichen August beobachtete Rourke, wie Joey und Jenny immer mehr zusammenwuchsen. Er versuchte, sich für die beiden zu freuen, aber es gelang ihm nicht. Also tat er so, als würde es ihn nicht interessieren. Er verbrachte seine Zeit mit den Mädchen aus dem Camp, trank zu viel, schlief zu wenig und ging seinem besten Freund aus dem Weg. Und endlich neigte sich der Sommer dem Ende zu. Er fing an, die Tage zu zählen, bis er, Joey und Jenny wieder getrennte Wege gehen würden.

In der Woche vor dem Labor Day fand der traditionelle Tag für die Mitarbeiter des Camps statt. Betreuer und Angestellte wetteiferten in verschiedenen Disziplinen miteinander, wobei sie von den Campbewohnern lautstark angefeuert wurden. Rourke hatte sich für Tennis entschieden und gewann locker alle Vorrunden. Im Finale musste er sich Joey stellen. Super, dachte er, einfach super. Er würde mit seinem besten Freund um den Titel kämpfen. Schlimmer noch, Jenny war gekommen, um zuzusehen. Er konnte sie zusammen mit Nina auf der Tribüne sitzen sehen. Jenny trug einen Hut mit breiter Krempe und hatte ein Glas Limonade in der Hand. Sogar aus dieser Entfernung konnte er ihr Lachen hören.

Mit seinem ersten Aufschlag wusste er, was das hier werden würde – eine Bestrafung. Jeder Schlag war gemacht, Joey zu bestrafen, was dumm war, weil Joey doch sein bester Freund war. Außerdem war er ein guter Spieler und hatte gemeinsam mit Rourke Unterricht genommen, als sie noch jünger gewesen waren. Aber Joey hatte das Mädchen, und Rourke hatte nichts außer seiner Wut und seinem kraftvollen Spiel, das er ohne Zögern einsetzte. Es war ein Match um alles oder nichts. Er scheuchte Joey auf dem Platz herum, bis er den Schweiß über das Gesicht und den Körper seines Freundes laufen sah. Er schlug ihn zwei Sätze in Folge, lockte ihn ans Netz, nur um ihm dann einen Lob zu servieren. Am Ende schüttelten sie sich am Netz die Hände, aber Rourke sah Joey nicht einmal an.

Rourke nahm die Trophäe in Empfang – einen versilberten Pokal. Aber während er sie stolz in die Höhe hielt, ging Joey mit dem Mädchen weg. Zu Rourkes Überraschung kam Philip Bellamy zu ihm, um ihm zu gratulieren. Er war der älteste Sohn der Campbesitzer und ein Freund von Rourkes Eltern, was Rourke sofort misstrauisch machte.

„Ich habe den Titel selber mal geholt“, sagte Mr Bellamy. „Damals, 1977.“

„Das ist eine Ehre, Sir“, sagte Rourke.

Mr Bellamy sah zu Joey hinüber, der mit Jenny zusammen im Schatten stand. Sie hatte ihren Sonnenhut abgenommen. Joey trug ein Handtuch um den Hals und sprach mit ernster Miene auf sie ein. „Wer ist das?“, wollte Mr Bellamy wissen. „Das Mädchen da bei deinem Gegner?“

Rourke zuckte mit den Schultern, als wenn es ihn nicht interessierte. „Irgendein Mädchen. Sie heißt, glaub ich, Jenny. Warum fragen Sie?“

„Sie erinnerte mich an jemanden, das ist alles. Jemanden, den ich mal gekannt habe.“ Philip schaute ihn wieder an. „Jemand, den ich mal so angesehen habe, wie du sie jetzt ansiehst.“

„Ich bin nicht …“

„Natürlich nicht", beschwichtigte Mr Bellamy. „Ich habe einmal den Fehler gemacht, ein Mädchen kampflos gehen zu lassen. Das ist etwas, was ich bis zum heutigen Tage bereue."

Auch wenn er es nicht zugeben mochte, nicht mal vor sich selbst, ging ihm der Vorschlag nicht aus dem Kopf. Sag es ihr, flüsterte eine Stimme in seinem Kopf. *Sag ihr einfach die Wahrheit, denn die Wahrheit hat noch niemals wehgetan. Sag es ihr, bevor es zu spät ist.*

Am Ende des Sommers reiste Joey zum Phase-1-Kurs der Rangerausbildung nach Fort Benning, Georgia. Er konnte nicht mal bis zur Schlussfeier vom Camp Kioga bleiben. Jenny wusste, dass es mindestens acht Wochen, vielleicht sogar länger dauern würde, bis sie ihn wiedersah. Er hatte sie von der Telefonzelle im Camp aus angerufen, um sie wissen zu lassen, dass er sie etwas fragen und ihr etwas erzählen musste. Sie nahm an, dass sie wusste, was es war. Was ihr nicht klar war, waren ihre diesbezüglichen Gefühle. Als er vorbeikam, um sich zu verabschieden, war sie ungewohnt nervös.

„Ich bringe dich noch zum Bahnhof." Sie hatte bereits an der Hintertür der Bäckerei auf ihn gewartet.

Er schulterte seinen Seesack und schlang den freien Arm um ihre Taille, als sie losgingen. Den Sommer über hatte Joey seine dichten schwarzen Haare wachsen lassen, aber sein Körper war immer noch der eines Soldaten – fit und muskulös.

„Ich kann dich mir immer noch nicht als Nahkämpfer vorstellen", sagte sie.

„Das sagt mein Dad auch."

„Du bist zu … friedfertig, finde ich. Zu nett."

„Deshalb hat mich mein erster Einsatz wohl auch nur in den Innendienst nach D. C. geführt. Dieses Mal bin ich aber bereit für etwas anderes", sagte er. „Ein wenig Action."

„Ich kann nicht glauben, dass sie dir beibringen werden, wie man Menschen tötet."

„Sie werden mir eine ganze Menge Dinge beibringen. Zum Beispiel zu überleben und meinem Land zu dienen."

Sofort bereute sie, etwas gesagt zu haben. Er tat das alles für seine Ausbildung, für seine Zukunft. Sie hatte kein Recht, seine Entscheidungen infrage zu stellen. „Ich weiß. Es tut mir leid. Du wirst das großartig machen, und sie können von Glück reden, dich zu haben."

„Nett zu wissen, dass jemand so denkt. Ich versuche, mich daran zu erinnern, wenn ich während der Trainingseinheiten um Gnade betteln werde." Er blieb an der Bank außerhalb des Bahnhofsgebäudes stehen. „Warte kurz, okay?"

Der Vorplatz des Bahnhofs war wunderschön angelegt, um die Besucher in Avalon würdig zu begrüßen. Die Äste der großen Ulmen und Ahornbäume bildeten ein Dach über dem Hauptweg, der von Blumenbeeten gesäumt war. Im August wirkten die Dahlien und der Rittersporn erschöpft und ausgelaugt. Ein paar trockene Blätter wirbelten in der leichten Brise; eine Erinnerung daran, dass der Herbst nicht mehr weit war. Eine kleine Schar Krähen kreiste über ihnen und ließ sich dann lärmend in einem der Bäume nieder.

„Ich muss dich etwas fragen." Joey stellte seinen Seesack ab.

Jenny schaute erst ihn an und ließ ihren Blick dann durch die Umgebung schweifen, nicht sicher, was genau sie suchte. Alles, was sie sah, war die Stadt, in der sie ihr ganzes Leben gelebt hatte, die Schaufenster und Eingänge der Läden, die Touristen, die über den Marktplatz schlenderten. Sie wandte ihre Aufmerksamkeit wieder Joey zu. In seinen Augen lagen Eindringlichkeit und noch etwas, dem sie sich nicht entziehen konnte, selbst wenn sie es gewollt hätte – Liebe. Joey liebte sie. Sie sah es an der Art, wie seine Augen aufleuchteten, wenn er sie anschaute, und in dem zärtlichen Lächeln, dass er nur ihr zeigte.

„Ich will dich heiraten, Jenny", sagte er ohne Vorrede.

Heiraten? Ihr Mund wurde trocken und ihre Kehle eng. Sie konnte nicht sprechen. Das war vermutlich nicht die Reaktion, auf die er gehofft hatte. In ihr tobten die widersprüchlichsten Gefühle – Euphorie, dass es jemanden gab, der unerschrocken erklärte, sein Leben mit ihr verbringen zu wollen. Aber auch Angst. Immerhin vertraute er ihr sein Herz an.

Ihr Schweigen schien ihn nicht zu stören. Aus seiner Hosentasche holte er ein kleines Kästchen, das sie nur zu gut kannte. Es war von Palmquist's. „Ich weiß, dass wir im Moment noch nichts machen können, aber ich habe dir das hier gekauft." Mit einem anbetungswürdigen, schüchternen Lächeln öffnete er das Kästchen, um ihr den schmalen Goldring mit dem einzelnen Brillanten zu zeigen. „Es ist das Beste, was ich mir leisten konnte. Ich hoffe, er gefällt dir."

„Das tut er, Joey. Ich ..."

Er beugte sich vor und küsste sie, und in seinen Armen fühlte sie sich sicher, so als wenn sie nie wieder etwas verletzen könnte. Sie hörte den ankommenden Zug aus dem Norden. Mit einem Zischen kam er zum Halt. Ein Pfiff ertönte. Die erschrockenen Krähen stoben auf in den Himmel, wie eine platzende Seifenblase aus schwarzen Flügeln.

„Ich weiß, dass wir noch jung sind", flüsterte er. „Aber ich weiß auch, was ich will. Und ich weiß, dass wir es schaffen können. In vierundzwanzig Monaten bin ich mit diesem Einsatz durch. Wir werden hier in Avalon leben, und ich kann von hier aus jeden Tag zum College fahren. Du musst deine Großmutter nicht alleine lassen."

Bei diesem Satz breitete sich ein Lächeln in Jennys Gesicht aus. „Granny liebt dich. Wenn sie das hört, wird sie vorschlagen, dich heiligzusprechen."

„Ich bin kein Heiliger. Und wenn sie die böse Hexe des Westens wäre, würde ich sie trotzdem lieben, weil sie deine Großmutter ist." Damit steckte er ihr den Ring an den Finger. „Sieh dir das an", sagte er. „Er passt perfekt."

Sie schaute auf ihre Hand, den glitzernden Brillanten. „Das stimmt", sagte sie. „Perfekt. Aber zwei Jahre sind eine lange Zeit ..."

„Ich liebe dich schon viel länger", entgegnete er. „Zwei Jahre sind nichts. Ich habe diese Entscheidung nicht einfach aus dem Bauch heraus getroffen. Ich träume schon, solange ich denken kann, davon, mein Leben mit dir zu verbringen."

„Ich nicht", gab sie zu.

„Ich weiß." Er zog sie in seine Arme. Seine Brust dehnte sich aus, als er tief einatmete. „Ich bitte dich, mir zu vertrauen. Ich bitte dich, darauf zu vertrauen, dass ich dich liebe. Dass es funktionieren wird."

„Erster Aufruf", kam eine blechern klingende Stimme aus den Lautsprechern, die außen am Bahnhof angebracht waren. „Das ist der erste Aufruf für den Zug nach Süden. Bitte steigen Sie ein."

Jenny schloss ihre Augen, stellte sich vor, an einer tiefen Schlucht zu stehen, bereit, zu vertrauen und den Sprung in eine Zukunft mit Joey zu wagen. Gegen ihren Willen dachte sie an Rourke. Natürlich dachte sie an Rourke, denn er war der einzige Mensch, der in diesem Moment noch etwas hätte ändern können. Wenn er nur etwas gesagt, ihr irgendein Zeichen gegeben hätte, dass er Gefühle für sie hatte, hätte das alles geändert. Aber seit der Nacht des Feuerwerks hatte er sich von ihr ferngehalten. Er schien sich sogar größte Mühe zu geben, sicherzustellen, dass sie mitbekam, mit wie vielen Mädchen er sich verabredete. Das war genau das Zeichen, nach dem sie suchte, das wusste sie. Es war nicht das, worauf sie gehofft hatte, aber er sagte ihr damit laut und klar, wo ihr Platz in der Hackordnung war.

Joey umfasste ihr Gesicht mit beiden Händen. Er musste wohl den Anflug von Tränen in ihren Augen gesehen haben. „Alles wird gut", sagte er, die Tränen missverstehend. „Ehe du dich versiehst, bin ich zurück. Wir werden hier leben und uns so lange um deine Großmutter kümmern, wie sie uns braucht. Das schwöre ich."

Sie wusste nicht, was sie sagen sollte. Er hatte so sanfte Augen, so eine liebenswürdige Art. Und am wichtigsten: Er würde ihr niemals das Herz brechen. Er war perfekt für sie – loyal und zärtlich und hingebungsvoll.

„Letzter Aufruf", ertönte die blecherne Stimme erneut. „Das ist der letzte Aufruf für den Zug nach Süden."

„Ich muss los.“ Joey nahm ihre linke Hand und drückte ihr einen Kuss auf die Handfläche. Dann schloss er ihre Finger darum. „Ich rufe dich an, sooft es geht. Und ich schreibe dir jeden Tag.“

„Viel Glück“, sagte sie, gegen Tränen ankämpfend. „Pass auf dich auf.“

„Das werde ich.“

„Versprich es mir, Joey. Bleib in Sicherheit, egal, was passiert.“

„Natürlich.“

Ein Pfiff ertönte. Joey beugte sich noch einmal vor und gab Jenny einen Kuss. Dann schnappte er sich seinen Seesack und rannte durch die Bahnhofshalle auf den Bahnsteig. Sie konnte ihn auf der anderen Seite des schmiedeeisernen Zauns wiederauftauchen sehen. Er trat auf die unterste Stufe eines Waggons und drehte sich noch einmal um, um ihr ein letztes Mal zuzuwinken. Staub wirbelte vom Bahnsteig auf und nebelte ihn ein, als der Zug langsam davonfuhr.

Jenny stand einfach in dem kleinen Park vor dem Bahnhof und starrte auf die leere Stelle, wo eben noch der Zug gestanden hatte. Die Luft war heiß und roch nach Asche, und alle Geräusche waren seltsam gedämpft – der Verkehr, die Stimmen der vorbeigehenden Leute. Irgendwann setzte sie sich auf die Bank. Mit ihrem linken Daumen berührte sie den harten Kreis von Joeys Ring. Was habe ich nur getan, fragte sie sich wieder und wieder. *Was habe ich nur getan?*

Sie verlor sämtliches Gefühl für die Zeit. Es konnten Minuten oder Stunden vergangen sein. Die nachmittäglichen Schatten glitten über sie hinweg. Im Glockenturm des Rathauses erklang eine Glocke. Endlich stand Jenny auf und wischte sich die Handflächen an ihrem Rock ab. Sie sollte besser nach Hause gehen. Granny machte sich bestimmt schon Sorgen.

Aber Granny sah überhaupt nicht besorgt aus. Sie erwartete sie. Ihr weißes Haar war von der Krankenschwester, die tagsüber nach dem Rechten sah, frisch frisiert worden. Im Fernsehen lief die Oprah-Show, aber als Jenny eintrat, stellte Granny den Fernseher aus.

Jenny setzte sich ihrer Großmutter gegenüber in einen Sessel. Sie war immer noch verwirrt. Nach einem tiefen Atemzug streckte sie ihre Hand mit dem Ring aus. „Den hat Joey mir geschenkt. Er möchte mich heiraten.“

„Ja“, sagte Granny. „Ich weiß. Er hat mich gefragt.“ Grannys Lächeln war ein wenig schief, ein Nebeneffekt des Schlaganfalls. Doch ihre Augen leuchteten vor Freude. „Es ist so ein Segen. Ich habe mir immer gewünscht, dass du jemanden findest, der dich ansieht und sieht, was ich sehe. Er wird dich glücklich machen.“

„Ich habe Angst“, gab Jenny zu. „Ich bin mir nicht sicher, ob ich ihn so liebe, wie es für eine Heirat angebracht wäre.“ Sie hatte Träume.

Ziele. Sie wusste nicht, ob irgendeines davon von dieser Hochzeit profitieren würde. „Ich habe nicht Ja gesagt."

„Du hast aber den Ring angenommen."

„Oh, Granny."

„Joey ist ein guter Mann. Er ist wie wir, nicht wie ein reicher Junge, der sorglos mit deinem Herzen umgeht."

„Ich will nur sicherstellen, dass ich nicht sorglos mit ihm umgehe." Die Verantwortung, einen anderen Menschen glücklich zu machen, ihr Leben mit ihm zu teilen, lastete schwer auf Jennys Schultern. Sie hatte keine Ahnung, ob sie das schaffen würde. Joey glaubte allerdings, dass sie es könnte. Er glaubte an sie.

Als Rourke vor Jennys Haus vorfuhr, sah er sie auf der Vorderveranda sitzen und etwas in eines ihrer spiralgebundenen Notizbücher schreiben. Sie arbeitete so konzentriert, dass sie gar nicht zu bemerken schien, wie er den Wagen am Bordstein abstellte und heraussprang, wobei er die Tür offen stehen ließ.

Sie schaute auf und sah ihn, und für den Bruchteil einer Sekunde glaubte er, ungetrübte Freude in ihrem Blick zu erkennen. Dann klappte sie ihr Buch zu und stand auf. „Rourke, ist etwas nicht in Ordnung?", fragte sie.

Er stand am Fuße der Verandatreppe und schaute sie an. Endlich löste sich die Enge in seiner Brust. Ihre Frage war irgendwie lustig, denn den ganzen Sommer über war etwas nicht in Ordnung gewesen, und endlich hatte er herausgefunden, wie er es richten konnte. Es war so einfach, wirklich. Er war verliebt in dieses wunderschöne, braunäugige Mädchen, das er kannte, seitdem sie Kinder gewesen waren. Sicher, es war kompliziert, weil Jenny mit Joey ausging, aber das war jetzt vorbei. Joey hatte die Stadt mit dem Morgenzug verlassen.

Rourke war durch die Hölle gegangen in dem Versuch, sich einzureden, seine Gefühle für sie hätten mit Liebe nichts zu tun. Doch damit war er jetzt durch. Er sprang die paar Stufen hinauf und nahm Jennys Hand. „Ich bin hier, weil ich etwas mit dir besprechen will", sagte er. Seine Stimme klang zu tief und zu rau. Er räusperte sich. „Das ist ziemlich wichtig." Und bei Gott, er hoffte, dass sie das genauso empfand. „Ich wollte dir sagen, dass ich …"

Das Pfeifen eines vorbeifahrenden Zuges erklang und übertönte seine folgenden Worte. Am Ende der Straße flackerte ein rotes Blinklicht auf, als die Schranken sich langsam schlossen. Ein Auto in Richtung Stadt gab noch einmal Gas in dem Versuch, die Schienen zu überqueren, bevor der Zug ankam. Rourke spannte sich an, als die Schranken sich senkten und beinahe auf die Motorhaube des Wagens geschlagen wären. Idiot, dachte er. Seine Eile hätte ihn umbringen können.

Der Moment ging vorbei, und Rourke schaute Jenny wieder an. „Tut mir leid, was ich sagen wollte, ist …“

„Ich muss dir auch was sagen“, unterbrach sie ihn und entzog ihm sehr vorsichtig ihre Hand.

Erst jetzt fiel Rourke auf, dass ihre Finger eiskalt gewesen waren – an einem der heißesten Tage des Jahres. Sie schluckte und zuckte dabei zusammen, als wenn die Anstrengung ihr Schmerzen bereitete. Ihre Augen schwammen in Tränen. „Joey ist vor einer Weile abgefahren.“

Rourke nickte. Sie hatten sich am Vorabend voneinander verabschiedet. Die Stimmung zwischen ihnen war diesen Sommer ein wenig angespannt gewesen, aber sie waren ihr ganzes Leben lang die besten Freunde gewesen. Er hoffte, Joey würde ihm vergeben, dass er sich an sein Mädchen heranmachte.

„Vielleicht hat er es dir schon erzählt …“, sagte Jenny.

„Mir was erzählt?“

„Er und ich … Er hat mich gebeten, ihn zu heiraten.“

Super, dachte Rourke. *Einfach perfekt.* Das musste wohl ein kosmischer Witz sein.

Sie drehte das dünne Goldband wieder und wieder um ihren Finger. „Wie auch immer, ich dachte …“ Ihre Stimme verebbte zu einem unsicheren Flüstern.

Sie machte wirklich keine Witze. Rourke zwang sich, sich auf das zu konzentrieren, was sie sagte. Sie würde Joey heiraten. Sie würde die Frau seines besten Freundes werden. Er wurde innerlich zu Stein, denn er wollte nichts mehr fühlen – keinen Schmerz, keine Enttäuschung, keine Wut. „Das ist gut“, sagte er mit gleichmütiger Stimme. „Glückwunsch.“

Sie nickte. In ihren Augen glitzerten immer noch Tränen. „Danke. Äh, du wolltest über irgendetwas mit mir reden?“

Er stieß ein leises Lachen aus, dann dachte er, danke, Gott. Dankte dafür, dass er nicht das gesagt hatte, was er hatte sagen wollen. Das wäre das Einzige gewesen, was diesen Augenblick noch schlimmer gemacht hätte.

Essen für die Seele

von Jenny Majesky

Bittersüße Träume

Eileen war jahrelang eine regelmäßige Kundin der Bäckerei. Sie liebte Schokolade mehr als jeder andere Gast, den wir kennen. Richtig verwendet, hat Schokolade magische Fähigkeiten. Sie ist eine angemessene Zutat für Tage, an denen man das Gefühl hat, die ganze Welt ist gegen einen. Oder an Tagen, an denen sich ein trauriges Ereignis jährt, denn Schokolade trägt dazu bei, die Laune zu heben. Und ein klitzekleiner Schuss Likör bringt die feinsten Nuancen in ihr heraus. Frangelico ist eine gute Wahl. In Italien aus gerösteten Haselnüssen hergestellt und in Flaschen abgefüllt, die einen in die gute alte Zeit zurückversetzen, ist er der perfekte Begleiter, der die anderen Geschmacksnoten nicht übertönt, sondern wunderbar unterstreicht.

Bei Schokolade ist der Kakaoanteil sehr wichtig. Lassen Sie sich von niemandem etwas anderes erzählen. Den besten Geschmack bieten Schokoladen mit einem Kakaoanteil von 70 % und mehr. Außerdem sollten Sie alles mit dem Inhaltsstoff „Vanillin" vermeiden, denn dabei handelt es sich um einen chemischen Ersatz für echte Vanille. Doch vielleicht am wichtigsten ist es, eine Schokolade zu nehmen, die mit Kakaobutter hergestellt wurde. Interessanterweise schmilzt diese bei 34 °C, was nahe an der normalen Körpertemperatur ist. Das kann meiner Meinung nach kein Zufall sein.

Eileens Zartbitterkuchen

Zucker, um die Backform damit zu bestäuben
227 g ungesalzene Butter
170 g Zartbitterschokolade
85 g ungesüßte, starke, dunkle Schokolade, fein gehackt
1 ¼ Tassen Zucker
4 extragroße Eier
1 EL Mehl
leicht gesüßte Schlagsahne
1 EL Frangelico oder anderer Haselnusslikör
geröstete, gehackte Haselnüsse

Heizen Sie den Ofen auf 160 °C vor. Eine runde Springform mit 22 cm Durchmesser buttern und den Boden und den Rand mit Zucker bestäuben. Wickeln Sie die Form von außen bis zu 4 cm hoch in Folie.

Butter und die beiden Schokoladensorten in eine Glasschüssel geben und in der Mikrowelle schmelzen. Umrühren, bis es eine schön glatte Masse ist.

Zucker und Eier verrühren, Mehl dazugeben und verrühren. Nun die warme Schokoladenmasse unterrühren. Den Teig in die vorbereitete Springform geben. Diese wiederum in einen großen Bräter stellen. Genügend kochendes Wasser in den Bräter gießen, dass es einen guten Zentimeter die Springform hinaufreicht. In den Backofen stellen und so lange backen, bis die oberste Schicht fest ist und bei der Garprobe ein paar feuchte Krümel am Zahnstocher kleben bleiben (ca. 1 Stunde).

Heben Sie die Springform aus dem Wasser und lassen Sie den Kuchen auf einem Gitter vollkommen auskühlen. Nun die Springform öffnen und den Kuchen auf eine Servierplatte geben. Etwas Frangelico in die Schlagsahne geben und jedes Stück Kuchen vor dem Servieren mit einem Klecks Schlagsahne und ein paar gerösteten Haselnüssen garnieren.

18. KAPITEL

Du machst einen großen Fehler", sagte Rourke. „Du rennst davon, anstatt hierzubleiben und zu versuchen, einen Weg zu finden."

Jenny zwang sich, ihn nicht anzuschauen, während sie im Schlafzimmer herumlief und ihren einzigen Koffer packte. „Für wen einen Weg finden?", fragte sie. Unter seinem Blick wurde ihr ein wenig unbehaglich. „Für uns?"

Er antwortete nicht, aber das hatte sie auch nicht erwartet. Sie wollte das Thema nicht weiter vertiefen. Es war eine Sache, sich Fantasien über Rourke hinzugeben. Aber als sie angefangen hatte, sich vorzustellen, das hier wäre ihr Leben, wusste sie, dass es an der Zeit war, weiterzuziehen. Sie hatte zum Glück nicht viel zu packen, was sie seltsam befriedigend fand. „Ich wohne sowieso schon viel zu lange hier bei dir."

„Zu lange für was?" Er lehnte sich gegen die Wand, überschlug die Knöchel und verschränkte die Arme vor der Brust.

Sie überlegte, ob er es vermisste, in seinem eigenen Bett zu schlafen, aber sie würde ihn niemals danach fragen. „Ich sollte über die anfängliche Aufregung hinweg sein und endlich anfangen, die losen Fäden aufzuheben und wieder miteinander zu verknüpfen." Sie nahm ein T-Shirt und warf es achtlos in den Koffer. „Zumindest ist es gut zu wissen, dass ich nicht sonderlich an meinen Klamotten gehangen habe. Ich vermisse beinahe gar nichts davon." Sie schüttelte die Hose ihres neuen Flanellpyjamas aus und legte sie dann zusammen.

„Was vermisst du dann?"

„Na, das, was man erwarten würde – meine Tagebücher, die Daten von meinem Computer. Einige besondere Fotos und Erinnerungsstücke. Kleine Dinge, die meinen Großeltern gehört haben. Das hier ist kein Fehler, Rourke. Ich muss mit meinem Leben weitermachen."

Er hob den Koffer auf. „In dem Fall lass dich durch mich nicht aufhalten."

Oh ja, das könntest du, dachte sie mit einem Ziehen im Herzen. Er könnte ihr Sachen sagen, die sie zum Bleiben bewegen würden. Oder zumindest zum Zuhören. Wenn er zum Beispiel sagen würde: „Ich brauche dich" oder „Da sind diese Gefühle zwischen uns", würde sie vermutlich schon dabei sein, ihren Koffer wieder auszupacken. Es beunruhigte sie, zu wissen, dass er sie mit zwei einfachen Worten zum Bleiben überreden könnte – *geh nicht*.

Doch er sagte nichts in dieser Richtung. Würde er auch nie. Sie konnte nicht über Joey reden. Rourke fühlte sich schuldig wegen dem, was passiert war. Und Jenny wusste, sie beide hatten das Gefühl, dass es nie mehr zu lösen sein würde. Und vielleicht war das auch ganz gut so. Wenn er sie bitten würde zu bleiben, würde sie vielleicht Ja sagen, und dann hätten sie am Ende ein Drama, das böse endete und ihre neu erwachte Freundschaft vollends ruinierte.

Sie traten gemeinsam hinaus in die kalte, klare Morgenluft. Jenny war überrascht, wie schwer es ihr fiel, sich von den Tieren zu verabschieden. Sie streichelte die Hunde ein letztes Mal und kraulte die Katze hinterm Ohr. Rourke hatte den Wagen schon warmlaufen lassen. Auf dem kurzen Weg zum Bahnhof sah Jenny aus dem Fenster auf die altmodischen, schneebedeckten Häuser und stattlichen kahlen Bäume, die überdachte Brücke über den Fluss und all die idyllischen Kirchtürme und Läden. Alles war ihr so vertraut. Sie machte einen mentalen Schnappschuss, um einige der Bilder zu ersetzen, die sie im Feuer verloren hatte.

Rourke hielt auf dem Parkplatz vor dem Bahnhof an. Sie stiegen aus, und er zog ihren Koffer zum Eingang der Bahnhofshalle. Dort blieben sie stehen und schauten einander an, während Schneeflocken um sie herumwirbelten.

„Dann geh ich mal", sagte sie.

„Viel Glück in der großen Stadt", sagte er.

„Danke, Rourke. Danke für alles."

„Darf ich noch was sagen?", fragte er.

„Klar. Alles, was du willst."

„Ich werde dich höllisch vermissen."

Sie lachte, um ihre Reaktion auf dieses unerwartete Geständnis zu kaschieren. „Wenigstens kannst du jetzt wieder in deinem eigenen Bett schlafen."

„Hey, mein Sofa ist mir inzwischen genauso lieb."

„Na gut, dann kannst du jetzt wenigstens zu deinem Liebesleben zurückkehren."

„Ich habe kein Liebesleben."

„Was machst du dann mit all den zauberhaften Frauen, mit denen du dich triffst?"

Er lachte. „Keine Liebe."

„Warum tust du es dann?"

Er lachte noch mehr. „Diese Frage werde ich nicht beantworten."

„Musst du aber. Du hast mir mal gesagt, dass du mir alles erzählen würdest." Was eine ausgewachsene Lüge war, da er so viel von sich verbarg. „Was ist da los mit den Supermodels, hm, Chief?"

„Nichts ist los. Sie kommen, sie gehen und basta. Sie werden nie mehr sein als etwas, womit ich mir an meinen freien Abenden die Zeit vertreiben kann."

„Woher weißt du das? Hast du jemals einem Mädchen eine echte Chance gegeben?“

„Woher ich das weiß?“, wiederholte er. Er trat einen Schritt näher an sie heran. Sehr vorsichtig berührte er sie mit einem lederbehandschuhten Finger unter dem Kinn und hob ihr Gesicht zu sich an. „Ich denke, wir beide wissen, woher“, sagte er einfach und drückte ihr einen keuschen und dennoch überwältigenden Kuss auf die Lippen. „Pass auf dich auf in der großen Stadt“, sagte er, drehte sich um und ging.

19. KAPITEL

Jenny hatte sich für die Zugfahrt ein Buch mitgenommen. Außerdem hatte sie sich drei Folgen der beliebten Radiosendung *This American Life* auf ihren iPod geladen. Und sie hatte ihren neuen Laptop dabei, der so viele Funktionen hatte, dass sie Jahre brauchen würde, um sie alle kennenzulernen.

Doch die ganze Fahrt über saß sie nur da und starrte wie blind aus dem Fenster. Rourkes unerwartete Abschiedsworte und die Art, wie er sie angesehen und geküsst hatte, verfolgten Jenny, während der Zug nach Süden in Richtung Grand Central Station ratterte. Was sollte sie jetzt tun? Einfach vergessen, was er gesagt hatte? Je länger sie darüber nachdachte, desto wütender wurde sie. Er hatte sich ausgerechnet in dem Moment entschieden, seine Karten auf den Tisch zu legen, als sie die Stadt verließ. Wie bequem für ihn, sich den Zeitpunkt auszusuchen, zu dem er sicher sein konnte, dass sie nicht bleiben und ihn zwingen würde, sich endlich zu bekennen.

Andererseits war sie diejenige, die ging. Floh, um es korrekt auszudrücken. Vor einer Vergangenheit floh, die nicht aufgelöst werden konnte, und vor Rourkes Überzeugung floh, dass er Joey im Stich gelassen hatte – dass sie beide Joey im Stich gelassen hatten. Nach einer Zeit, die ihr wie eine Ewigkeit vorkam, veränderte die eintönig weiße Landschaft endlich ihr Aussehen. Jenny sah weniger Schnee und mehr Autos. Einkaufszentren und Vorstädte wichen Hochhäusern.

Während sie die wechselnde Szenerie betrachtete, spürte Jenny mit einem Mal das vertraute und verhasste Pochen der Panik in ihrer Brust.

Nein, dachte sie. *Das kann nicht sein.*

Innerhalb weniger Minuten waren ihre Handflächen schweißnass. Ihr Herzschlag beschleunigte sich. Sie schloss die Augen und machte die Übung, die Dr. Barrett ihr gezeigt hatte. Sie atmete durch die Nase ein und durch den Mund wieder aus. Sie visualisierte einen sicheren Ort, der mit goldenem Licht angefüllt war und an dem nichts und niemand ihr etwas tun konnte. Sie stellte sich eine Welt vor, in der es nur Güte und Liebe gab.

Es funktionierte nicht. Aber das hatte sie auch nicht wirklich erwartet. Sie fühlte sich elend und gefangen, und es war ihr kein bisschen peinlich. Sie war eine praktische Person, die mit beiden Beinen fest auf der Erde stand. So eine Panikattacke überfiel sie nicht einfach ohne Grund.

Schwankend und taumelnd machte sie sich auf den Weg zum Waschraum. Dort tupfte sie ihre Hände und das Gesicht mit einem feuchten Papierhandtuch ab. Dann schluckte sie eine halbe Xanax und ging zurück an ihren Platz.

Die Wirkung der Tablette setzte ein, wickelte ein weiches Tuch um die harten Ecken der Panik und schenkte ihr eine wunderbare Müdigkeit. Jenny wusste, dass es sich um eine künstliche Verschnaufpause handelte, aber zu diesem Zeitpunkt war ihr alles recht, was ihr ein wenig Ruhe gab.

Sie lehnte sich in den Sitz zurück und schaute auf das große Nichts der Welt dort draußen. Sie versuchte, sich auf die Menschen zu konzentrieren, die sie hier und da hin und her laufen sah, und sich vorzustellen, wie deren Leben wohl aussah. Hatten sie Familien? Lachten sie gemeinsam? Taten einander weh? Kämpften mit Reue?

Aber egal, wie sehr sie auch versuchte, sich abzulenken, ihr Kopf kehrte immer wieder zu einem verrückten Gedanken zurück. Sie hatte gedacht, die Panikattacken wären vorbei, weil sie seit dem Abend in Gregs Haus keine mehr erlebt hatte. Wie ein Dummkopf hatte sie gedacht, die Tage, an denen sie ihr Ausflippen auf einer Skala von eins bis zehn bewertete, wären endgültig vorüber.

Dennoch war die Panik mit unglaublicher Macht wiedergekehrt, und sie musste die Sache neu überdenken.

Vielleicht hatten die Attacken nicht aufgehört, weil sie sich endlich an all die Veränderungen in ihrem Leben gewöhnt hatte. Vielleicht hatten sie vielmehr aufgehört, weil sie mit Rourke zusammen gewesen war.

Was verrückt war, denn sie war ja nicht wirklich mit ihm *zusammen*. Sogar als er sie am Bahnhof geküsst hatte – oh Gott, er hatte sie geküsst, und sie war beinahe dahingeschmolzen –, war sie nicht mit ihm zusammen gewesen.

Das machte sie noch verrückter als die Panik, die durch ihren Körper tobte. Sie holte ihr Handy heraus und blätterte zu Rourkes Nummer. Ihr Daumen schwebte über dem Wahlknopf. Sie könnte ihn anrufen. Sie musste ihn wegen des Kusses fragen. Aber was?

Schluss damit, befahl sie sich und klappte das Telefon zu. Philip erwartete sie, ein Mann, der verzweifelt ein Vater für sie sein und an ihrem Leben teilnehmen wollte. Darauf sollte sie sich konzentrieren.

Sie konnte ihrer irrationalen Bindung an Rourke McKnight nicht gestatten, sie von dieser Gelegenheit, ein neues Leben zu beginnen, zurückzuhalten. Das hier war ihre Chance, sich zu beweisen. Sie wollte auf eigenen Füßen stehen, erfahren, wer sie außerhalb von Avalon war, außerhalb der Bäckerei und ohne die Leute, die sie als pflichtbewusste Enkelin und verantwortungsvolle Geschäftsfrau kannten, als das Mädchen, das eine tragische Vergangenheit überwunden hatte. Vielleicht lief sie davon, wie Rourke gesagt hatte, aber seit wann war das ein Verbrechen?

20. KAPITEL

Greg Bellamy war leicht geschockt, als Daisy einwilligte, mit ihm Langlaufski zu fahren. Sie und ihr Bruder waren eisenharte Abfahrtsläufer, die ihren Dad mit seiner Vorliebe für die nordische Variante gerne aufzogen.

„Zu gesund“, spotteten sie. „Und viel zu anstrengend.“

Als er sie also einlud und sie zustimmte, um sechs Uhr aufzustehen, dachte er, er würde Stimmen hören. Und dann erfasste ihn Dankbarkeit. *Ja.* Er hatte gehofft, dass der Umzug nach Avalon ihn seinen Kindern näherbringen würde. Vielleicht war das der erste Schritt. Max hatte die Nacht bei einem Freund verbracht und würde erst am Nachmittag wiederkommen. Er und Daisy hätten also ein wenig Zeit ganz für sich alleine.

Die Dämmerung war nicht mehr als ein schmaler Streifen am Horizont, als sie sich anzogen und die Ausrüstung hinten im Truck verstauten. „Ich bin kurz vorm Verhungern“, platzte Daisy heraus, kaum dass sie losgefahren waren.

„Du hast doch gesagt, dass du kein Frühstück willst“, sagte Greg, der eine Schüssel Haferflocken gegessen hatte.

„Aber jetzt hab ich doch Hunger.“

Er ermahnte sich, geduldig zu sein. „Wie wäre es, wenn wir an der Bäckerei anhalten und uns was mitnehmen?“

Sie lächelte ihn an. „Perfekt.“

Selbst um diese Uhrzeit war in der Bäckerei schon ordentlich was los. Er erblickte eine Gruppe Abfahrtsskifahrer und einige Frühaufsteher, die beim Frühstücken Zeitung lasen. Und … Greg musste zweimal hinsehen, ehe er die Frau vor ihm in der Reihe erkannte.

„Nina“, sagte er und stellte sich dann vorsichtshalber noch einmal vor. „Greg Bellamy.“

Sie schenkte ihm ein Lächeln, das einer Sophia Loren würdig war. „Ich erinnere mich. Wie geht es dir?“ Er versuchte, sie nicht zu offensichtlich anzustarren, aber verdammt. Diese Nina war ganz anders als die, die er direkt nach seinem Umzug getroffen hatte. Da war sie durch und durch Bürgermeisterin gewesen. Diese Nina hier jedoch trug eine Jeans und Schneestiefel und eine gestrickte Mütze, mit der sie kaum älter aussah als ihre Tochter Sonnet. „Du bist früh auf“, bemerkte sie.

„Ich gehe mit meiner Tochter zum Skilaufen“, sagte er. „Langlauf, drüben in den Avalon Meadows.“

„Das klingt nach einer Menge Spaß. Wie geht es Daisy denn?“

Er versuchte, zwischen den Zeilen ihrer Frage zu lesen. Keine Ahnung, was sie meinte. Vielleicht war das einfach die Art, wie Politiker redeten. „Ihr geht es gut. Ich freue mich darauf, heute den Tag mit ihr zu verbringen. Läufst du auch Ski?"

„Natürlich", erwiderte sie. „Abfahrt und Langlauf. Beides gleich schlecht."

Gut zu wissen.

Als Nina an der Reihe war, bestellte sie einen einfachen Espresso bei dem Jungen ... Zach, erinnerte Greg sich gerade noch rechtzeitig, um ihn mit Namen anzusprechen und seine eigene Bestellung aufzugeben. Zwei heiße Kakaos und zwei Käsekuchen-Kolaches zum Mitnehmen.

Das ist nicht gut, dachte er, als er seine Augen nicht von Nina losreißen konnte. Seine Ehe war gerade mal ein paar Monate vorbei, und er hatte bereits unkeusche Gedanken über eine andere Frau.

Er bezahlte und wandte sich zur Tür, wobei er beinahe den heißen Kakao über Nina geschüttet hätte. „Tut mir leid." Er packte das Papptablett fester. „Ich hab dich nicht gesehen."

„Ehrlich gesagt habe ich auf dich gewartet."

Oh-oh.

Sie lächelte, als hätte sie seinen gedachten Kommentar gehört, und reichte ihm eine Visitenkarte. „Kein Grund zur Panik. Ich habe mich nur gefragt ... ob du vielleicht mal Lust hättest, einen Kaffee trinken zu gehen ... oder so."

Ja. Ja. Ja.

Sein Mund wurde ganz trocken. „Das ist sehr nett von dir, Nina. Wirklich. Aber, äh, vielleicht lieber nicht." Er hielt inne und atmete tief durch, überlegte, wie er es erklären sollte.

Doch dazu ließ sie ihm erst gar keine Gelegenheit. „Okay, kein Problem", sagte sie mit fröhlicher Stimme. „Ich dachte nur, ich frage mal."

„Aber ich ..."

„Bis dann, Greg." Sie ging zu einem Tisch, an dem schon einige Einheimische saßen, und setzte sich dazu.

„Ich bin so ein Idiot", murmelte er. Er stellte das Tablett kurz ab, steckte die Karte in seine Brieftasche und verließ das Café.

„War das Nina Romano, mit der du dich unterhalten hast?", fragte Daisy, als er am Auto ankam.

„Äh, ja." Er stellte die Becher in die Becherhalter und reichte seiner Tochter die Tüte mit den Kolaches.

„Was wollte sie?"

„Wer, Nina?"

"Ja, Nina. Mein Gott, Dad."

„Sie hat nur Hallo gesagt."

„Was für ein Lügner."

„Bin ich nicht …“ Doch, das war er. Und was für ein schlechter. „Sie hat mich nach einer Verabredung gefragt. Da. Bist du jetzt zufrieden?“

„Oh“, sagte Daisy. „Ihh.“

Er lenkte den Wagen in Richtung der Straße, die am Fluss entlangführte. „Genau meine Gedanken.“ Noch eine Lüge, aber er würde seiner Tochter gegenüber nicht zugeben, dass er scharf auf die Bürgermeisterin der Stadt war. „Wie auch immer, ich habe dankend abgelehnt.“

Daisy knabberte an ihrem Gebäck. „War sie böse?“

„Nein. Sie war sogar sehr nett.“

„Sie ist sehr nett. Deshalb ist sie vermutlich auch Bürgermeisterin geworden.“

„Also findest du sie nett, denkst aber trotzdem, ich sollte nicht mit ihr ausgehen?“

„Ehrlich, Dad, es ist deine Entscheidung. Aber ich denke, das wäre irgendwie bizarr. Komplett und total bizarr.“

„Ich habe ihr ja auch Nein gesagt. Ende der Geschichte.“ Das war es natürlich nicht. Es fühlte sich eher nach einem Anfang an.

Der Parkplatz des Avalon Meadows Golf- und Countryclubs war beinahe leer, aber kürzlich erst vom Schnee geräumt worden. Der Club hatte eine Vereinbarung mit der Stadt, dass im Winter auf seinem Gelände Langlaufloipen angelegt werden durften. Greg stellte das Auto ab und ging nach hinten, um die Ausrüstung herauszuholen. Skier und Stöcke und einen Rucksack mit zwei Flaschen Wasser, einer Tüte Studentenfutter und Daisys Kamera. Er betrachtete die schneebedeckte Landschaft, und beim Anblick der weichen Hügel und Senken des Golfplatzes überfiel ihn ein nostalgisches Gefühl. Es war so scharf und süß wie die kalte Winterluft. Das hier war ein Ort, an dem die Zeit stillstand, wo die vorübergehenden Jahre keine Spuren hinterließen. Es sah genauso aus wie damals, als er noch ein Junge gewesen war. Das im Kolonialstil erbaute Backsteingebäude des Clubs, die wunderschön gestaltete Landschaft der mit Bäumen gesäumten Fairways, die Teiche, an deren Ufern Rohrkolben wuchsen. Dramatische Hügelkuppen und unnatürlich ebene Greens, die nun wie weiße Scheiben dalagen.

Als Kind hatte Greg die Anlage des Golfplatzes genauso fasziniert wie der Sport selber. Es war ihm egal, ob er einen Golfball schlug oder einfach nur am Rande des Waldes stand, wo es so still war, dass er hören konnte, wie die fallenden Blätter auf dem Waldboden aufkamen.

Für ein paar Sekunden war es möglich, hier zu stehen und wieder dieses Kind zu sein, erfüllt von Staunen und im Einklang mit der Welt. Nur für ein paar Sekunden war er nicht der verwirrte Achtunddreißigjährige, der versuchte, ganz von vorne anzufangen und Familie und Arbeit in einer neuen Stadt unter einen Hut zu bringen.

„Lass uns diesen Weg nehmen“, schlug er Daisy vor. Sie glitten den markierten Weg entlang. Ihre schmalen Skier passten genau in die Spuren, die der Loipenzieher am frühen Morgen neu gezogen hatte.

Es war schön hier draußen in der Stille allein mit Daisy. Das einzige Geräusch war das rhythmische Gleiten ihrer Skier auf der Loipe und der begleitende Gleichtakt ihres Atems. Greg gab sich diesem Gefühl ganz hin, versenkte sich in sich selbst und hörte auf, nachzudenken. Nach einer Weile fingen sie beide von der Anstrengung an zu schwitzen.

Daisy sagte: „Ich möchte gerne ein paar Bilder machen. Hast du was dagegen, wenn wir eine kleine Pause einlegen?“

„Überhaupt nicht.“

Sie hatte einen Platz ausgesucht, an dem eine Gruppe Birken an einem kleinen Bach stand, der in einen Teich mündete. Dieser war jetzt eine schneebedeckte Eisschicht. Eine handgemachte Brücke spannte sich über den Bach. Bei wärmerem Wetter würden überall kleine Gruppen Golfer zu sehen sein, doch jetzt gab es hier nichts außer Meisen und Schneeschuhhasen.

„Wie geht es dir?“, fragte Greg.

Sie lehnte sich gegen einen Zaun. „Ganz gut.“ Ihre Wangen waren rosig, und doch war da etwas in ihren Augen, ein leichtes Anzeichen von Unruhe.

„Bist du sicher?“ Er reichte ihr eine Flasche Wasser aus dem Rucksack.

Sie schraubte den Deckel auf und nahm einen Schluck. „Klar.“

Der alte Greg, der nicht genug Zeit mit seinen Kindern verbracht hatte, hätte ihre Antwort einfach so hingenommen. Aber eine Sache, die sich seit der Scheidung verändert hatte, war, dass Greg und seine Kinder Freunde geworden waren. Jetzt wusste er, dass „Klar“ nicht unbedingt bedeutete, dass es ihr wirklich gut ging. Dem Ausdruck in ihren Augen nach zu urteilen hieß es vielmehr: „Grab tiefer, Dad. Du wirst nicht lange brauchen, um herauszufinden, was los ist, wenn du nur die richtigen Fragen stellst.“

„Wie läuft es in der Schule?“, fragte er also weiter.

Sie lächelte kurz, als hätte er etwas Ironisches gesagt. Vielleicht hatte er das auch. In der Vergangenheit hatte er die gleichen Fragen gestellt und ihre Antwort akzeptiert, dass alles in Ordnung war. Eines Tages war sie dann nach Hause gekommen und hatte gesagt: „Ich werde in vier Kursen durchfallen.“

„Okay“, sagte er. „Machen wir gleich weiter. Was macht der Job? Gefällt es dir, in der Bäckerei zu arbeiten?“

„Der Job in der Bäckerei ist gut. Ich habe zwei Freunde gefunden – Zach und Sonnet –, und die sind auch gut. Und es ist schön, für meine bisher unbekannte Cousine zu arbeiten. Siehst du? Alles ist gut.“

Das war noch etwas, was Greg in seinem Crashkurs zum Vatersein kennengelernt hatte: die Macht des Schweigens. Manchmal, wenn man seinen Mund hielt und einfach abwartete, rückte ein Kind mit den Sachen heraus, die es wirklich beschäftigten. Er war erstaunt, dass das noch nicht mehr Erwachsene herausgefunden hatten. So viele Eltern, die er kannte, neigten dazu, jede Pause mit reden, reden und noch mehr reden zu füllen. Gregs Kinder hatten ihm beigebracht, dass die wichtigen Dinge oft in der Mitte einer langen Periode des Schweigens an die Oberfläche kamen. Nachdem man zum Beispiel schon zwei Stunden in einem Boot gesessen und versucht hatte, einen Fisch zu fangen. Oder wenn man inmitten einer stillen Schneelandschaft stand.

Es fiel ihm nicht leicht, aber er wartete einfach ab. Schüttelte den Schnee von einem seiner Skier, holte einen Fettstift aus seiner Jackentasche und schmierte sich die Lippen ein. Blinzelte in die Sonne. Der blaue Himmel war heute ganz besonders, er hatte eine Härte, die im scharfen Kontrast zu dem Weiß des Schnees und der Rinde der Birken stand. Auf einmal war es gar nicht mehr schwer, still zu sein. Er konnte Geräusche hören, die einem in der Stadt verborgen blieben. Das Plätschern eines Bachs, der von Eis bedeckt war. Das Rascheln des Windes in den getrockneten Rohrkolben am Teich. Das Tirilieren einer Meise im Gebüsch.

Es war ein perfekter Augenblick, fand er. Hier auf diesem wunderschönen Flecken Erde zu stehen, gemeinsam mit seiner geliebten Tochter, die nach der Scheidung eine so schwere Zeit durchgemacht hatte. Doch jetzt endlich schien sich auch für sie alles zum Guten zu wenden.

Sie holte ihre Kamera heraus, die neue, die er ihr im letzten September geschenkt hatte. Daisy hatte schon immer einen Blick für besondere Motive gehabt. Mit einer Kamera, die mit ihren Fähigkeiten mithalten konnte, zeigte sich ihr wahres Talent. Die Bilder, die sie machte, überraschten ihn immer wieder.

Greg schaute ihr anerkennend zu. Sie arbeitete mit Selbstsicherheit und einem natürlichen Instinkt, der sie für jeden Schuss den besten Winkel finden ließ. Ihre Fertigkeit im Umgang mit der Kamera war zutage getreten, als … ja, genau, ihre Leidenschaft für die Fotografie war in dem Moment entstanden, als Sophie und er sich entschieden hatten, getrennte Wege zu gehen.

Als er ihr die Kamera geschenkt hatte, war sie besessen davon gewesen, ihn und Sophie und Max zu fotografieren. Am liebsten alle gemeinsam. Er nahm an, weil ein Bild einen Augenblick für immer festhielt: *Hier ist meine Familie, bevor sie zerbrochen ist.* In ihrem Fotokurs hatte sie dann gelernt, sich anderen Themen zu nähern, hatte viel Architektur und Natur fotografiert und jede Farbe oder Form, die ihr ins

Auge fiel. Auf eine Art erinnerte sie ihn an sich selbst in dem Alter, als er seine Leidenschaft fürs Design entdeckte. Im Laufe der Zeit war sein Erfolg dann leider sein Untergang geworden.

Eine eigene Firma aufzubauen hatte ihn vollkommen in Anspruch genommen. Er hatte kaum noch Zeit für seine Familie gehabt – oder seine Ehe. Schließlich hatte er die Ehe verloren, und das Leben mit seinen Kindern hing auch nur noch an einem seidenen Faden. Er wünschte, er könnte Daisy sagen, dass sie die Leidenschaft für ihre Kunst mit anderen Elementen ausbalancieren sollte, damit sie nicht komplett von ihr vereinnahmt würde und andere Dinge vernachlässigte, die ebenfalls wichtig waren. Aber er konnte ihr genauso wenig etwas sagen, wie er sich als Kind von seinen Eltern etwas hatte sagen lassen.

Eine Zeit lang schien Daisy ganz vergessen zu haben, dass er da war. Er wusste, dass die heutigen Fotos großartig werden würden. Es war einer dieser perfekten Wintertage, die wie ein unerwartetes Geschenk kamen.

„Guck weiter zur Seite", sagte sie. Er war überrascht, dass sie das Objektiv auf ihn ausgerichtet hatte. „Okay, und nun trink einen Schluck aus der Wasserflasche."

Er tat ihr den Gefallen, nahm einen Schluck und stützte sich dann mit verschränkten Armen auf dem Zaun ab und grinste sie an.

„Ich habe nicht gesagt, dass du lächeln sollst", schalt sie ihn.

„Ich kann nicht anders. Du bist so ernsthaft bei der Arbeit."

„Und das ist lustig?"

„Nein. Ich mag es nur, dir zuzuschauen. So, und jetzt stell den Selbstauslöser ein und komm zu mir für ein gemeinsames Bild von uns beiden."

„Dad …"

„Tu mir den Gefallen. Ich habe nur so wenig Fotos von uns zusammen."

Was für eine Untertreibung. Natürlich hatten er und Sophie unzählige Fotos vom Aufwachsen ihrer Kinder. Und der herzzerreißendste Moment im Zuge der Scheidung war nicht das Aufteilen der Hochzeitsgeschenke oder des teuren Kristalls und Silbers gewesen, sondern als sie die Fotoalben durchgegangen waren und die Fotos markiert hatten, von denen sie Abzüge machen wollten. Ungefähr auf der Hälfte des ersten Albums hatte Greg bei einem Schnappschuss einer blonden, lachenden Sophie innegehalten, die Daisy wie einen gewonnenen Pokal über sich in die Luft stemmte. Sie sahen so wunderschön aus, dass seine Augen ganz blind wurden, als wenn er zu lange in die Sonne geschaut hätte. In dem Moment hatte er das Album zugeklappt und gesagt: „Ich schicke sie alle zum Duplizieren ein."

Sophie hatte nicht widersprochen. Er nahm an, weil es für sie genauso schmerzhaft war wie für ihn, Seite für Seite und Album für Album ihres gemeinsamen Lebens durchzugehen und zu sehen, was für schöne Momente sie miteinander geteilt hatten. Denn das war das Problem mit Fotos. Es gab einen Grund, warum man sie Kodak-Momente nannte, denn wenn die Kamera herauskam, setzten die Leute immer ein Lächeln auf. Man machte keine Fotos von verheulten Wutausbrüchen, von Paaren, die einander nach einem langen Tag die kalte Schulter zeigten, von Teenagern, die nach der Schule nach Hause kamen und verkündeten, sie würden nie wieder hingehen.

Als Daisy die Kamera auf ihr ausziehbares Stativ stellte, den Selbstauslöser betätigte und sich für das Foto neben Greg stellte, konnte er nicht sagen, ob es ein Kodak-Moment war. Sie lehnte sich gegen seinen Arm, und beide schauten geradeaus.

Sie machten noch ein paar Aufnahmen mehr, dann nahm er die Kamera in die Hand und richtete sie auf Daisy.

Wie vorauszusehen war, protestierte sie. „Hey, ich brauche keine weiteren Fotos von mir."

„Ich aber." Er drückte mehrere Male auf den Auslöser. Das war das Nette an Digitalkameras. Man musste sich keine Gedanken darüber machen, wertvollen Film zu verschwenden. „Komm, tu's für mich. Ich mache gerne Fotos von meinen Kindern."

„Wie du meinst." Sie tat ihm den Gefallen und setzte ein Lächeln auf. Nach ein paar Schüssen veränderte sich jedoch etwas. Der Winkel des einfallenden Lichts. Ein Umschwung in der leichten Brise. Die Schatten auf dem Schnee.

Greg brauchte einen Augenblick, um zu verstehen, dass die Veränderung in seiner Tochter stattfand. Sie war unterschwellig, aber unübersehbar. Etwas, das er vorher schon gesehen hatte – ein Schimmer von Unruhe in ihren Augen, eine ungekannte Weichheit um ihren Mund, die ein Vorbote von Tränen sein konnte, wie er vermutete.

„Daisy?" Er senkte die Kamera.

Irgendetwas in ihr schmolz, als wenn ihre Knochen weich würden. Sie musste sich Halt suchend an den Zaun lehnen. „Daddy." Ihre Stimme war schwach und flehend.

„Was ist los?" Die verschiedenen Möglichkeiten rasten durch seinen Kopf. Daisy hatte in den letzten Jahren einiges ausprobiert. Sie hatte zugegeben, Alkohol zu trinken, Zigaretten und Pot zu rauchen, die Schule zu schwänzen, Prüfungen absichtlich zu verhauen, schlechte Noten zu bekommen, bis ihm nichts anderes übrig geblieben war, als sie von der Schule zu nehmen. Aber nichts davon hatte sie je dazu gebracht, ihn so anzuschauen, wie sie es jetzt tat.

„Honey?“, fragte er.

„Es gibt keinen einfachen Weg, es zu sagen, also sage ich es einfach.“ Sie atmete tief ein, schaute in den Himmel und dann wieder ihn an. Sie atmete aus, und in der Atemwolke stiegen ihre nächsten Worte auf: „Ich bin schwanger.“

Er erfasste die Worte gar nicht. Es war, als wenn sie in einer fremden Sprache gesprochen hätte, die er nicht verstand. Er konnte sehen, dass sich ihr Mund bewegte, die Silben formte, konnte hören, dass sie Geräusche machte. Aber diese Geräusche ergaben keinen Sinn. Eine Ankündigung hing da einfach bedeutungslos zwischen ihnen in der Luft. Dann passierte etwas – vielleicht ein weiterer Umschwung des Windes –, und die volle Bedeutung ihrer Worte traf ihn wie eine Kugel aus nächster Nähe.

Ich bin schwanger.

Daisy war schwanger. Seine Tochter, sein kleines Mädchen, stand hier und sagte ihm, dass sie schwanger war.

Nur ein Gedanke schoss ihm durch den Kopf. *Heilige Scheiße. Oberheilige Oberscheiße.* Die Worte rasten durch sein Gehirn, bis sie ihre Bedeutung verloren.

Er sah die Loipe im Schnee zwischen ihnen. Eine Trennlinie. Noch vor zehn Sekunden hatte er darum gekämpft, ein Vater zu sein. Jetzt war er – oh, heiliger Jesus, Maria und Josef – kurz davor, ein achtunddreißigjähriger Großvater zu werden. *Mist. Mist. Mist.*

All die typischen Fragen stiegen in seiner Kehle auf. *Wie ist das passiert? Bist du sicher? Wie konntest du nur so unvorsichtig sein?* Aber während die Worte noch durch seinen Kopf purzelten, merkte er, dass sie einfach nur als Fragen getarnte Vorwürfe waren.

Fragen, deren Antworten er bereits kannte.

Wie es passierte, war Grundwissen in Biologie.

War sie sicher? Guter Gott, nur absolute Sicherheit würde einen dazu bringen, es seinem Vater zu sagen. Auf gar keinen Fall hätte sie diese Bombe platzen lassen, wenn sie sich nicht tausendprozentig sicher wäre.

Und wie hatte sie so unvorsichtig sein können? Sie war siebzehn. Genau das taten Teenager nun einmal: dumme, unvorsichtige Sachen. Er hatte sie selber gemacht. War wild gewesen, vielleicht sogar wilder als Daisy. Und wie sie war er seiner eigenen Wildheit in die Falle gegangen. Er und Sophie hatten sich kennengelernt, als sie beide Betreuer im Camp Kioga waren, direkt nach dem ersten Jahr am College. Es war kein großes Geheimnis, dass sie hatten heiraten „müssen“. Jeder, der die Zeit zwischen ihrer Hochzeit und Daisys Geburt nachrechnete, konnte es herausfinden. Und jetzt war Daisy in der gleichen verdammten Situation. *Mist. Mist. Mist.*

„Daddy“, fragte sie mit rauer Stimme. „Sag doch was.“

„Ich stehe hier und denke: ‚So ein Mist'", gab er zu. „Weiter bin ich noch nicht gekommen." Er steckte einen Skistock in den Schnee. „Verdammt, Daisy. Wie zum Teufel konntest du nur …" Er unterbrach sich. Die Worte hallten über den leeren Golfplatz und erstarben. Er wusste genau, wie sie gekonnt hatte … so, wie alle Kinder es seit Anbeginn aller Zeiten taten. Ehrlich, dachte er. *Sei ehrlich. Sag ihr, wie beschissen das ist. Nein, tu's nicht. Das weiß sie bereits.* „Was, äh, was nun?", fragte er stattdessen.

„Ich habe Montag einen Termin beim Arzt", sagte sie.

„Du bist bisher noch bei niemandem gewesen?"

„Nein. Ich habe einen Schwangerschaftstest aus der Apotheke gemacht. Ungefähr vier Mal. Ich habe immer gehofft, dass er falsch ist, aber …" Sie zuckte mit den Schultern. „Dann war ich so panisch, dass ich nichts gesagt hab."

„Zu niemandem?"

„Nein. Ich bin mir nicht sicher, aber ich denke, Nina Romano hat es vielleicht erraten."

Gott. Ausgerechnet Nina. Er verspürte einen Anflug von Wut darüber, dass eine Fremde das Geheimnis eher gekannt hatte als er. *Wie geht es Daisy denn?* Das war es, was Nina heute Morgen in der Bäckerei wirklich gefragt hatte: *Wie geht es deiner schwangeren Teenager-Tochter?*

„Ich habe es ihr nicht erzählt", wiederholte Daisy. „Ich habe kein Wort gesagt, aber ich konnte auch nicht lügen. Ich war noch nie eine besonders gute Lügnerin."

Das stimmte. Ein Grund, warum sie sich immer so viel Ärger einhandelte, war, dass sie dazu neigte, alles zuzugeben.

„Hast du darüber schon mit deiner Mutter gesprochen?"

„Nein."

Das war eine Überraschung. Sie hatte es Greg erzählt, aber nicht Sophie. „Das wirst du aber müssen."

„Ich weiß."

„Und, äh, dem Jungen." In Greg rührte sich so etwas wie mörderische Wut. Wenn der kleine Scheißer jetzt hier wäre, würde er ihn eigenhändig ganz langsam und qualvoll töten. „Wer ist es überhaupt?"

„Logan O'Donnell", sagte sie.

O'Donnell, O'Donnell, O'Donnell. Oh Gott. „Der Sohn von Al O'Donnell."

Sie nickte.

Großartig. Das war eine der reichsten, irischstämmigen Familien von New York, die ihr Vermögen im Schiffsfrachtgewerbe gemacht hatten. Die O'Donnells waren reich, mächtig und erzkatholisch.

Wieder zwang Greg sich, nichts zu sagen. Erst musste er herausfinden, was Daisy für den Jungen empfand. Für den kleinen Scheißhaufen, der sie geschwängert hatte.

Sie fing an zu reden. Ihre Stimme klang klar in der durch den Schnee geschützten Stille der Natur. Sie erzählte ihm von den Partys in den New Yorker Lofts und den Häusern auf Long Island, zu denen sie und ihre Freunde gegangen waren. Greg fühlte sich unbehaglich, aber nicht, weil er schockiert war, sondern weil das alles so verdammt vertraut klang. Er und seine Freunde hatten das Gleiche gemacht, und vielleicht hatte er dabei auch ein Mädchen geschwängert, das ihm nie davon erzählt hatte.

Es war nicht zu leugnen, dass die Trennung und schlussendliche Scheidung für die Kinder hart gewesen war. Und Daisy hatte darauf die klassische Reaktion gezeigt: komplette Rebellion inklusive Missbrauch von verbotenen Substanzen und ungeschütztem Geschlechtsverkehr. Das genaue Datum der Empfängnis, gab sie zu, schien mit dem Wochenende übereinzustimmen, an dem Sophie nach Übersee geflogen war.

An dem Wochenende war Daisy mit einem verlorenen Gesichtsausdruck zu ihm gekommen. „Kann ich mit ein paar Freunden am Freitag nach Sag Harbor fahren? Bonnie Mackenzie hat mich eingeladen."

„Sind ihre Eltern da?"

„Natürlich. Du kannst sie anrufen, wenn du willst."

„Das muss ich nicht. Ich vertraue dir, Honey."

Und Gott helfe ihm, das hatte er. Er hatte vertraut, dass sie das tat, was sie sagte. Er hatte angenommen, dass es vermutlich ein wenig Alkohol und Rumgeknutsche geben würde. So waren die Highschoolkids nun mal. Es ihr zu verbieten würde sie auch nicht aufhalten.

Sie beobachtete ihn und las offensichtlich in ihm wie in einem offenen Buch. „Mach dir keine Vorwürfe, Dad. Oder Mom oder Logan. Ich habe selber Schuld. Es war meine dumme Entscheidung."

„Was willst du jetzt wegen Logan tun?", fragte er. Greg wusste, was *er* mit dem Jungen tun würde, aber das war illegal und half Daisy vermutlich auch nicht weiter.

„Ich werde niemandem etwas sagen, bis ich entschieden habe, was ich tun will", sagte sie. „Wenn ich mich entscheide, es nicht zu behalten, gibt es keinen Grund, alle in Aufregung zu versetzen." Sie stieß die Spitze ihres Skischuhs in den Schnee. „Ist es schlimm, dass ich vielleicht eine Abtreibung haben will?"

Er musterte sie und sah so deutlich seine hellblonde kleine Tochter vor sich, die sich über ihren ersten lockeren Zahn freute oder auf seinen Schoß krabbelte, um sich eine Geschichte vorlesen zu lassen. Die für den Highschoolball zurechtgemacht die Treppe hinunterkam ... Dieses Mädchen gab es nicht mehr. Es war für immer verschwunden, als wenn es gestorben wäre. An seine Stelle war diese betretene Fremde getreten, und nur für eine Sekunde durchzuckte ihn bei ihrem Anblick ein Anflug von Abneigung – oder gar Ekel? –, und das Gefühl war so stark, dass es ihm Angst machte.

Nein, dachte er. *Nein.* Er würde sich nicht ins Wanken bringen lassen. Niemals.

„Dad?“ Sie schaute ihn an. „Du hast meine Frage noch nicht beantwortet.“

„Es gibt etwas, das ich vergessen habe, dir zu sagen“, sagte er. „Ich liebe dich, und das wird sich niemals ändern.“

Ein kleiner Schauer überlief ihren Körper. „Ich weiß, Dad. Danke, dass du es sagst. Aber ... Du hast immer noch nicht meine Frage beantwortet“, wiederholte sie.

Er wusste es nicht. Ganz ehrlich nicht. „Die Tage, da ich Entscheidungen für dich gefällt habe, sind vorüber.“ Er betrachtete ihre Kamera, die er während der gesamten Unterhaltung so vorsichtig in den Händen gehalten hatte. Später, das wusste er, würde er die Bilder ansehen, die sie heute gemacht hatten, und sich daran erinnern, dass sie ihn und seine Tochter im *Davor* zeigten.

21. KAPITEL

Nachdem Jenny in die Stadt gefahren war, kehrte Rourke zu einem Leben zurück, das sich seltsam leer anfühlte. Er sagte sich, dass er glücklich sein sollte, seinen gewohnten Tagesablauf zurückzuhaben. Er war es gewohnt, alleine zu leben, nach seinen eigenen Regeln. Jenny bei sich wohnen zu haben, und sei es nur vorübergehend, war eine ziemlich große Störung gewesen.

Wirklich, sie war so nervig. Sie duschte ewig lange und stellte das Badezimmer mit einer wilden Mischung aus Seifen und Shampoos und Schönheitsprodukten voll. Sie bestand darauf, ein nahrhaftes Frühstück zu sich zu nehmen, und schaute sich die grauenhaftesten Fernsehsendungen an – *Project Runway* und *America's Next Top Model.* Wer dachte sich solche Sachen eigentlich aus?

Also war es eine Erleichterung, sein aufgeräumtes Badezimmer zu betreten, sein aufgeräumtes Leben. *Ho Hos* zum Frühstück und Boxen im Fernsehen. Definitiv eine Erleichterung.

Und doch war er irgendwie unruhig und leicht reizbar. Er reagierte kurz angebunden auf seine Kollegen, knurrte seine Assistentin an und verlor mit seinen beiden Deputys die Geduld. Nachrichten und der ganze Papierkram erdrückten ihn wie ein großes Gewicht. Während eines Budgetmeetings mit Matthew Alger in seinem Büro im Rathaus erkannte er, dass er auf dem Zahnfleisch ging.

Alger machte kein Geheimnis daraus, dass Rourke nicht zu seinen Favoriten auf der städtischen Gehaltsliste zählte. Der Vermögensverwalter der Stadt neigte dazu, Rourke notwendige Ausgaben zu verweigern. Seinem Gesichtsausdruck nach zu urteilen stand so eine Verweigerung mal wieder kurz bevor. „Ich bin diese Zahlen noch einmal durchgegangen", sagte Matthew und reichte Rourke ein abgegriffenes Papier. „Wir haben in unserem Budget keinen Platz für die vier Streifenwagen, die du da eingesetzt hast."

„Dann mach den Platz", sagte Rourke. „Ich werde den Antrag nicht zurückziehen."

„Okay, dann werde ich das tun."

Rourke gemahnte sich, sich nicht aufzuregen. Alger diskutierte über jede Ausgabe, Zeile für Zeile, und hob diese Eigenschaft gerne gegenüber den Steuerzahlern hervor. „Tu's nicht", sagte Rourke schlicht, aber mit einem warnenden Unterton in der Stimme.

„Das Geld ist einfach nicht da." Alger machte immer einen verräterisch weichen Eindruck, doch dahinter steckte ein Kern aus Stahl. „Wir werden dafür nicht die Rückstellungen angreifen."

„Hast du dir den Anforderungsschein angesehen?", fragte Rourke, der überhaupt keinen weichen Eindruck machte. „Wir fahren Autos, die schon vor fünf Jahren hätten ersetzt werden müssen. Ein Wagen ist gerade aus dem Verkehr gezogen worden, weil er bei keiner Geschwindigkeit mehr sicher genug ist. Ich werde in dieser Sache nicht nachgeben, Matthew."

„Du hast keine andere Wahl." Alger nahm ein dickes Handbuch aus dem Regal hinter seinem Schreibtisch. „Hier drin steht's: ‚Ausgaben der Stadt bedürfen der finalen Freigabe durch den Vermögensverwalter.' Und ich stimme nicht zu."

„Dann bist du ein Arschloch, und ich werde dafür sorgen, dass die Leute erfahren, wie wenig dir die öffentliche Sicherheit bedeutet."

„Sicher, schick nur deine sentimentale Freundin Nina los, damit sie in ihrer nächsten Rede darüber weinen kann. Viele Leute fahren alte Autos, Chief ..."

„Und jemandes Leben könnte davon abhängen, dass ein Polizeiwagen in gutem Zustand ist."

„Das ist sehr weit hergeholt, und das weißt du auch."

Rourke spürte, wie seine Wut dicht unter der Oberfläche brodelte und nur darauf wartete, auszubrechen. Ohne den Blick von Alger abzuwenden, zog er ein eigenes Dokument hervor. „Ich habe mal nachgerechnet", sagte er. „Das Budget reicht aus."

„Zu rechnen ist *mein* Job, und die Einnahmen sind nicht vorhanden."

„Ich sag dir was." Rourke erhob sich. „Nächsten Monat gibt es eine unabhängige Bilanzprüfung ..."

„Die muss verlegt werden", unterbrach ihn Alger.

„Schlag es in deinem verdammten Handbuch nach. Der Termin kann nicht verschoben werden." Und damit verließ er das Büro. Er erinnerte sich daran, dass es keinen Zweck hatte, sich aufzuregen. Sie mussten eine Lösung für das Problem finden. Eigentlich ging ihn das Thema nichts an, aber da ein großer Teil des Budgets für die öffentliche Sicherheit draufging, musste er jeden Cent rechtfertigen, den seine Abteilung ausgab. Die Einnahmen der Stadt waren auf einem Tiefpunkt angelangt, und niemand verstand, wieso. Irgendwelche Dinge passten da nicht zusammen, und Nina hatte Angst, weil dieses Jahr Wahlen anstanden. Doch mit so miesen Finanzen war sie ein gefundenes Fressen für ihren Opponenten. Matthew Alger würde wie der Ritter auf dem weißen Pferd in die Stadt geritten kommen und versprechen, alles wieder zu richten.

Rourke ging direkt weiter zu Ninas Büro. Seine Genervtheit hatte noch nicht abgenommen. Sogar die Einrichtung ihres Büros irritierte ihn. Alles war so verdammt freundlich, von den sonnengelben Wänden über die fröhlichen Fotos von besonderen Einwohnern Avalons und

Ninas ganz persönlichen Helden – Gloria Steinem und Madonna – bis zu den gerahmten Fotografien von Ninas Tochter auf dem Schreibtisch. Nicht zum ersten Mal verspürte Rourke einen Stich der Eifersucht. Nina hatte ein Kind, das die reinste Freude war, eine große Familie, die sie anbetete. Rourke hatte nichts dergleichen, was ihm normalerweise nichts ausmachte, doch heute störte es ihn.

Falls sie seine Stimmung bemerkte, so sagte sie nichts, während sie einen Ordner mit verschiedenen Tabellen aufschlug. „Wir müssen das Budget für deine Abteilung noch mal durchgehen", sagte sie. „Wir haben dieses Quartal schon wieder einen Fehlbetrag."

„Oh, nein", sagte er und hob abwehrend die Hände. „Du wirst mein Budget nicht noch einmal überarbeiten. Himmel, Nina, unsere Autos sind zehn Jahre alt. Ich rücke nicht einen Cent von meinen Forderungen ab, also gib dir gar keine Mühe."

„Ich bitte dich nicht um Einsparungen", versicherte sie ihm. „Ich weiß, dass in deiner Abteilung sowieso nichts mehr zum Einsparen ist."

„Danke." Trotzdem blieb er argwöhnisch. Sie hätte nicht um ein Treffen gebeten, wenn sie nicht noch irgendetwas im Hinterkopf hätte.

„Ich möchte, dass du für die in den Autos benötigten digitalen Videokameras einen Antrag auf einen Landeszuschuss stellst."

Okay, jetzt verstand er, worauf sie hinauswollte. „Mein Vater ist Vorsitzender des entsprechenden Landesausschusses."

„Das stimmt. Rourke ..."

„Das werden wir nicht tun. Finde einen anderen Weg, um das Projekt zu finanzieren."

„Und welchen?"

„Wie wäre es, wenn du versuchst, herauszufinden, wieso wir so tief im Schlamassel stecken, Madam Bürgermeisterin?"

„Hör auf mit der Klugschwätzerei. Das versuche ich schon seit Monaten." Sie schluckte schwer und drückte ihre Hände fest auf den Schreibtisch. Irgendetwas machte sie nervös. „Ich schätze, es ist an der Zeit, dass wir einen Finanzsachverständigen unsere Bücher kontrollieren lassen. Und ja, ich weiß, wie paranoid ich durch diesen Vorschlag wirke."

„Außerdem kostet es Geld."

„Wenn wir die blutende Arterie finden, können wir den Verlust vielleicht endlich aufhalten."

„Hast du mit Matthew Alger gesprochen? Ich würde denken, dass der Vermögensverwalter der Stadt der erste Ansprechpartner wäre."

„Er war mir überhaupt keine Hilfe. Seine Bücher sind blitzsauber und perfekt in Ordnung." Sie machte ein finsteres Gesicht. „Natürlich sind sie das."

„Warum sagst du das?“

„Er will perfekt aussehen, weil er bei der nächsten Wahl gegen mich antreten will.“

Sie sah so komplett gestresst aus, dass Rourke beinahe seine eigenen Sorgen vergaß. „Hör mal, wie wäre es, wenn wir erst einmal eine vorgezogene unabhängige Bilanzprüfung durchführen lassen, bevor wir den Finanzsachverständigen engagieren? Dann wirkst du nicht paranoid, und vielleicht finden wir dabei heraus, was hier eigentlich los ist.“

„Und die Bezahlung für die unabhängige Bilanzprüfung kommt genau woher? Aus deiner Abteilung?“, fragte sie.

Er schlug mit der flachen Hand auf den Tisch. „Ich versuche, dir zu helfen.“

Anders als die meisten Menschen, mit denen er zusammenarbeitete, ließ Nina sich von seiner schlechten Laune nicht einschüchtern. „Was ist los mit dir, McKnight?“

Er funkelte sie wütend an. „Nichts ist los, außer du meinst den Versuch, diese Abteilung mit dem Budget von der Größe einer Frühlingsrolle führen zu wollen.“

„Lügner. Du hast dich noch nie wegen eines Budgetdefizits so aufgeregt.“ Sie verschränkte die Arme auf dem Tisch und schaute sich den vor ihr stehenden Mann genau an.

Er versuchte, sich von ihrem prüfenden Blick nicht beeindrucken zu lassen. Nina Romano war wunderschön. Sie war alleinstehend, und jeder mochte sie. Seit Jahren wollten die Bewohner der Stadt, dass sie sich ineinander verliebten und glücklich bis an ihr Lebensende zusammenlebten. Die Bürgermeisterin und der Polizeichef. Der Traum war einfach zu schön, um ihn nicht zu träumen.

Das einzige Problem war, dass sie überhaupt nicht zueinanderpassten. Das wussten sie beide. Was nichts an ihrem gegenseitigen Respekt änderte. Wenn sie wissen wollte, was an ihm nagte, würde er keine Ausflüchte machen.

„Ich bin in letzter Zeit irgendwie genervt“, sagte er.

„Oh.“ Sie nickte wissend. „PJSS.“

„Was soll das sein?“

„Post-Jenny-Stresssymptom.“

Sehr lustig, dachte er. „Sie hat mich verrückt gemacht, als sie bei mir gewohnt hat. Ich hatte gedacht, ich wäre froh, sie los zu sein.“

Nina lachte. „McKnight, du bist echt ein komischer Kauz.“

„Wie meinst du das?“

„Du bist in dieses Mädel verknallt, seit wir Kinder waren.“

„Ich, äh, habe ihr so etwas in der Art gesagt, bevor sie gefahren ist.“

„Und sie ist trotzdem gegangen?“ Nina sah überrascht aus.

„Ja."
„Dann hast du es ihr nicht wirklich gesagt."
„Ich sagte doch gerade, dass ich es getan habe."
„Okay, was genau hast du gesagt?"
Er dachte einen Moment lang nach. „Ich habe ihr gesagt, der Grund dafür, dass ich mich mit so vielen verschiedenen Frauen treffe, ist der, dass keine von ihnen sie ist."
Nina brauchte ein paar Minuten, um sich von ihrem Lachanfall zu erholen und sich wieder zusammenzureißen. Dann warf sie mit einem Stift auf ihn und traf ihn an der Brust. „Gut gemacht, du Genie."
„Was?"
„Wenn ich dir noch erklären muss, wieso das vollkommen unangemessen war, dann wirst du es nie verstehen."
„Hör mal, können wir jetzt weitermachen? Es ist ja ziemlich offensichtlich, dass es für sie besser ist, in die Stadt zu ziehen …"
„Guter Gott, McKnight, das machst du immer", unterbrach Nina ihn.
„Was mache ich immer?"
„Du suchst immer nach Gründen, warum du nicht mit Jenny zusammen sein solltest oder mit irgendeiner anderen vernünftigen Frau. Warum tust du das?"
„Ich habe dich nicht gebeten, mein Privatleben zu analysieren, Nina."
„Stimmt. Das machst du alleine ja auch ganz prima." Sie zeigte ihm eine Kiste, die von Bildern und Papieren überquoll. „Das hier sollte sie aufmuntern."
„Was ist das?"
„Erinnerst du dich an meinen Aufruf in der Zeitung? Seitdem werde ich geradezu überschwemmt."
Kurz nach dem Feuer hatte Nina einen offenen Brief an die Einwohner von Avalon geschrieben, in dem sie von Jennys Verlust erzählte und um Kopien von Fotos oder Erinnerungsstücken bat, die die Leute noch von der Familie Majesky oder der Bäckerei besaßen. Kalender der Sky River Bakery aus den 60er-Jahren, Karten mit handgeschriebenen, herzzerreißenden Erinnerungen, eine unglaubliche Anzahl an Fotos von Mariska Majesky. Der Schulbezirk hatte Ausgaben aller Highschool-Jahrbücher aus den Jahren gespendet, in denen Jenny Schülerin gewesen war. Rourke schaute sich ein paar der Bilder an und war erneut erstaunt, welche Gefühle sie in ihm weckten. Sie sah so unglaublich hübsch auf den Bildern aus, wie sie strahlend in die Kamera lachte. An einem bestimmten Punkt in seinem Leben hatte auch er allem den Rücken gekehrt und war nur mit seinem Rucksack losgezogen. Aber das

war nicht das Gleiche. Er war froh gewesen, sein altes Leben und alles, was dazugehörte, hinter sich lassen zu können.

Er stieß auf einen ausgerissenen Zeitungsartikel vom 30. August 1995. Ein Foto von Jenny und Joey, denen das Glück ins Gesicht geschrieben stand. „Mrs Helen Majesky freut sich, die Verlobung ihrer Enkeltochter Jenny Anne Majesky mit Corporal Joseph Santini zu verkünden. Die Hochzeit ist für den Sommer geplant."

Erinnerungen brannten in ihm. Sie waren immer noch schmerzvoll. Schnell legte er den Deckel auf den Karton. „Weiß sie davon?", fragte er Nina.

„Nein. Es kommen immer noch neue Sachen. Ich dachte, vielleicht könntest du dich darum kümmern."

„Nein. Auf keinen Fall." Denn eines war Rourke klar. Er wurde immer noch von den Gefühlen verfolgt, die ihn während des Feuers erfasst hatten. Da hatte es diesen Moment gegeben, in dem er gedacht hatte, sie verloren zu haben. Und seit diesem Augenblick ließ ihn ein Gedanke nicht mehr los: Er hatte Jenny nie gesagt, was er für sie empfand.

22. KAPITEL

Jenny fühlte sich unwohl, als sie am Rockefeller Center aus der U-Bahn stieg. Sie versuchte, sich in den Fluss dahineilender, perfekt gekleideter Geschäftsleute einzureihen, die auf dem Weg zu wichtigen Terminen waren, kam sich dabei aber wie eine Hochstaplerin vor. Sie war hier eine Fremde. Sicher, sie war früher schon mal in New York gewesen, aber nur als Touristin. Ihre Großeltern hatten sie ins Museum oder zu Ballettaufführungen mitgenommen, und zweimal hatte sie sogar ein Stück am Broadway ansehen dürfen. Bei *Die Schöne und das Biest* hatte Granny vor Freude weinen müssen, während Grandpa Schwierigkeiten gehabt hatte, wach zu bleiben. Das andere Mal hatten sie *Da* gesehen, ein Drama um eine irische Familie, das unglaublich traurig, aber auch wunderschön anzuschauen gewesen war.

Bei anderen Besuchen waren sie zur Frick Collection, in die Metropolitan Opera oder an die Wall Street gegangen. Doch die lebendigste Erinnerung hatte sie an ihre Fahrt nach Ellis Island. Es herrschte eine ganz besondere Stimmung an diesem Ort, an dem so viele Millionen Menschen ihren ersten Atemzug amerikanischer Luft getan hatten. Granny und Grandpa sprachen nur wenig, während sie sich die Bilder der vor Menschen wimmelnden Wartesäle und Schlafräume ansahen, von dem Flachdach, auf dem Kinder spielten. Sie hatten sich lange mit den in Schaukästen ausgestellten Stücken beschäftigt – ein Ranzen aus brüchigem Leder, ein einzelner Kinderschuh, eine gedruckte Fahrkarte, eine abgestempelte Einreiseerlaubnis. Ein Gefühl der Ehrfurcht ergriff sie, als sie ihre Namen auf einer der geprägten Messingtafeln fanden, die die Grenze des Parks markierten. Sie fuhren die Buchstaben ihrer Namen mit den Fingern nach, und Jenny würde nie vergessen, wie sie einander umarmend vor der Plakette standen, während der Wind ihre Haare zerzauste und sich im Hintergrund die Freiheitsstatue erhob. Eine überwältigende Mischung aus Traurigkeit, Reue und Dankbarkeit erfasste sie, als sie in diesem Augenblick einen klitzekleinen Eindruck davon erhielt, wie es für die beiden gewesen sein musste – selber noch beinahe Kinder, frisch verheiratet, auf der Flucht in ein unbekanntes Land mit dem Wissen, dass sie ihre Familie nie wiedersehen würden.

Jenny war damals dreizehn Jahre alt gewesen. Sie war voller Liebe für ihre Großeltern, und – wie sie hier entdeckte – voller Wut auf ihre Mutter. In dem Jahr waren sie auch ins Cloisters gegangen, ein Mittelalter-Museum am anderen Ende von Manhattan. Um dorthin zu kommen, hatten sie den Bus genommen. Als sie durch die Upper East Side fuhren, wusste sie, dass hier in der Nähe Rourke McKnight wohnte, weil er und Joey es ihr einmal erklärt hatten. Sie schaute voller Bewunderung auf die wunderschönen Gebäude aus der Blütezeit der Wirtschaft, auf die Parks, in denen Kindermädchen in gestärkten Kleidern Kinderwagen schoben, auf die gepflegten Rasenflächen und die glänzenden Limousinen, die ihre wertvolle Fracht von hier nach dort brachten.

Sie erinnerte sich, gedacht zu haben: Das hier ist seine Welt. Sie hatte sich damals wie eine Außerirdische gefühlt, und genauso ging es ihr heute.

Jeder in der Stadt schien genau zu wissen, wo er sein und was er tun sollte – die Essensverkäufer an den Straßenecken, die schwarz gekleideten jungen Geschäftsleute, die in ihre Handys sprachen, während sie die Straßen entlangeilten. Sogar die Raucher, die sich um die sandgefüllten Aschenbecher vor den Türen der Hochhäuser versammelt hatten, wirkten wichtig und geschäftig.

Vielleicht würde sie mit der Zeit auch ein Teil dieser hetzenden Masse werden. Aber im Moment tat sie nur so, als ob. Sie bog an der 47th Street ab, auf der es nur so vor Einkaufswilligen, Diamantenhändlern und -Brokern wimmelte. Viele von ihnen waren chassidische Juden und trugen die traditionellen schwarzen Mäntel und Hüte, Schläfenlocken und Bärte, die lediglich den unteren Bereich des Gesichts bedeckten. Schmuckstücke mit Diamanten glitzerten in den Fenstern der eng aneinanderstehenden Läden. An einer Ecke stieg Jenny ein spezieller Geruch in die Nase – heiße Abgase gemischt mit dem rauchig-süßen Aroma gerösteter Nüsse. Sie sah ein kleines Mädchen mit einer Frau, die nach einem Taxi winkte. Die Frau hatte es eilig, und das kleine Mädchen stolperte, halb gezogen, hinter ihr her.

Bei ihrem Anblick hatte Jenny das Gefühl eines Déjà-vu. Deutlich hörte sie die Stimme in ihrem Ohr, die in kurz angebundenem Ton sagte: „Komm schon, Jenny. Du musst Schritt halten. Wir müssen einen Flieger kriegen."

„Ich will nicht wegfliegen."

„Fein, dann lass ich dich halt zu Hause."

Einen Moment lang fühlte Jenny sich ihrem eigenen Leben entrückt. Auch wenn die Erinnerung nur schwach war, wie ein halb erinnerter Traum, hatte sie das unheimliche Gefühl, schon einmal hier gewesen zu sein.

Im nächsten Häuserblock folgte sie den absteigenden Hausnummern und erreichte schließlich die Adresse, an der sie mit Philip Bellamy und Martin Greer verabredet war. Martin war ein Mann, den Philip seit seinen Collegetagen kannte, und nun ein erfolgreicher Literaturagent mit eigener Firma.

Als Jenny ihren Mantel, Hut und Handschuhe der Garderobiere des Restaurants übergab, merkte sie wieder das leichte panische Kribbeln in ihrem Brustkorb. Oh, komm schon, dachte sie. *Nicht jetzt. Das wäre wirklich ein ganz lausiges Timing.* Sie überlegte, vorsichtshalber eine Tablette zu nehmen, verwarf die Idee aber gleich wieder. Die nächste Stunde über würde sie die Symptome einfach ignorieren.

Sie wischte sich die verschwitzten Handflächen an ihrem Rock ab, setzte ein Lächeln auf und näherte sich dem Empfangstisch. „Ist Mr Bellamy schon eingetroffen?“, fragte sie.

„Ich habe ihn gerade zu seinem Tisch gebracht.“ Die osteuropäische Hostess, die so dünn wie ein Bleistift war und einen engen Rock mit Bluse trug, führte Jenny zu dem Tisch, an dem Philip und Martin sie bereits erwarteten.

Beide Männer standen auf, um sie zu begrüßen. Philip mit einem Kuss auf die Wange und Martin mit einem Händeschütteln. Sie hoffte, dass niemand den Schweiß bemerkte.

„Danke, dass Sie sich Zeit für mich nehmen“, sagte sie und setzte sich.

„Es ist mir ein Vergnügen.“ Martin hatte die angenehme sonore Stimme eines Radiosprechers.

Jenny schaute sich in dem wunderschönen Restaurant um. Es war luftig und hell, mit einem Blick in den Innenhof des Gebäudes, in dem eine Vielzahl üppiger Grünpflanzen wuchs. Ihnen war ein hervorragender Tisch zugeteilt worden – Philip und Martin waren einflussreiche Persönlichkeiten.

„Wie gefällt Ihnen New York bisher?“, wollte Martin wissen.

„Es ist faszinierend. Und Olivias Wohnung ist toll.“ So vieles in New York war übertrieben und überlebensgroß, aber Olivias Apartment war eine gemütliche Oase in einem entzückenden Backsteinhaus. Inmitten der mit Chintz bezogenen Möbel, der vielen Zimmerpflanzen und des bunten Porzellans in den Regalen hatte sie sich von der ersten Sekunde an wohlgefühlt. Olivia hatte ihren guten Geschmack mit der Wärme ihrer Persönlichkeit kombiniert, und das zeigte sich in der kuscheligen, sonnigen Wohnung.

„Ich hatte das Vergnügen, einige Ihrer Kolumnen und Aufsätze zu lesen“, wandte Martin sich dem eigentlichen Grund ihres Treffens zu.

Jenny hielt den Atem an. Sie merkte, dass es Philip genauso ging.

„Und was soll ich sagen“, fuhr Martin fort und lehnte sich ein wenig in ihre Richtung. „Ich bin ein Fan. Ich mag die Sachen. Und ich sage das nicht nur, weil Philip mich sonst erwürgen würde. Ich sage es, weil Ihre Schreibe etwas Besonderes hat.“

„Ich weiß nicht, was ich sagen soll“, gab sie zu. „Ich fühle mich wirklich geschmeichelt.“

Martin hob eine Hand. „Ich fange gerade erst an. Wie schon gesagt, ich bin ein Fan. Ich konnte die Atmosphäre in dieser kleinen Familienbäckerei spüren, als wenn ich mittendrin säße. Sie haben Ihre Großeltern für mich zum Leben erweckt. Ich konnte ihre Stimmen hören und sie mir vor meinem geistigen Auge vorstellen. Ich bin kein Bäcker, aber Ihre Rezepte klingen für mich logisch. Ihr Stil ist lebendig, authentisch und schlicht."

Jenny befand sich immer noch in den Fängen der Panikattacke. Sie spürte, dass ihr Gesicht brannte. Vielleicht würden die Männer denken, es wäre vor Aufregung. „Danke", sagte sie ein wenig atemlos und trank schnell einen Schluck Voss-Wasser. „Aber ich höre irgendwie ein großes ‚Aber' mitschwingen."

Martin und Philip tauschten einen Blick. „Sie haben gute Ohren", sagte Martin. „Sehr aufmerksam."

„Also was ist das Aber?", fragte sie.

Der Kellner kam, um die Bestellung aufzunehmen. Jenny schaute gar nicht auf die Karte, sondern bestellte eines der Tagesgerichte, das mindestens drei Sachen enthielt, von denen sie noch nie etwas gehört hatte.

„Das Aber ist Folgendes", sagte Martin. „Sie geben uns die Bäckerei, die Rezepte, die involvierten Personen – Ihre Großeltern, die Mitarbeiter, die Kunden. Alles ist da. Aber die Hauptzutat fehlt."

„Und die wäre?"

„Sie."

Das hatte Jenny nicht erwartet. „Ich bin mir nicht sicher, dass ich verstehe, was Sie meinen."

„Sie müssen präsenter sein. Nicht nur als Erzählerin, sondern als eigener Charakter. Sicher, die Menschen werden die Vignetten mögen, die Rezepte und kleinen Zeichnungen. Aber damit dieses Buch außergewöhnlich wird, müssen wir Sie darin erkennen können. Wir müssen die Dinge sehen, die Sie ausmachen. Ihre Träume und Gefühle, und was dieser Ort für Sie bedeutet. Zeigen Sie uns Ihr Herz."

„Ich finde mich nicht wirklich interessant genug, um über mich zu schreiben."

„Dann denken Sie nicht hart genug nach." Martin war offensichtlich vollkommen ungerührt von der Tatsache, dass diese Unterhaltung sie unglaublich stresste. „Sie geben uns verführerische kleine Einblicke in Situationen, die in Ihrem Leben passiert sind. Den Zartbitterkuchen, den Ihre Großmutter jedes Jahr am Geburtstag Ihrer Mutter backte. Wie könnte der Leser da nicht mehr wissen wollen? Und die Torte, die Sie selber für die goldene Hochzeit von Philips Eltern gemacht haben. Ich denke, da steckt noch viel mehr dahinter. Ich meine, seien wir ehrlich – jemand bestellt eine Torte, und das führt dazu, dass Sie den Vater treffen, den Sie nie gekannt haben? Das ist es, was die Leute lesen wollen."

Jetzt verstand Jenny ihn. Sie warf Philip einen Blick zu und sah, dass auch er es verstanden hatte.

„Sie wollen, dass ich über meine Mutter schreibe", sagte sie.

Martin legte die Fingerspitzen seiner beiden Hände zusammen. „Wie war es, als sie fortgegangen ist? Und als Ihr Vater letzten Sommer in Ihr Leben getreten ist? Und noch eine Frage – wer ist Joey?"

Oh Gott. „Sie haben in den Archiven nachgeschaut." Das war keine Frage.

„Natürlich", sagte Martin. „Ich nehme dieses Projekt sehr ernst."

Sie wusste nicht, was sie sagen sollte. Die empfindlichen Nerven der Vergangenheit lagen mit einem Mal bloß. Keiner dieser beiden Männer wollte ihr etwas Böses, aber ihre genaue Überprüfung war schmerzhaft. Vor Jahren, als sie mit ihrer Kolumne angefangen hatte, war Joey ein Teil ihres Lebens gewesen. Natürlich hatten sich Anspielungen auf ihn und seine italienische Herkunft in ihren Texten wiedergefunden. Sein Vater Bruno, ein liebenswerter Bär von einem Mann, hatte Granny sogar überzeugt, einen Fiadone, den korsischen Käsekuchen, auf die Speisekarte der Bäckerei zu setzen.

„Er, ähm … Joey und ich waren verlobt", sagte sie schließlich und musterte angestrengt die gestärkte weiße Tischdecke. Die Worte auszusprechen schmerzte immer noch. Sie sah Joey vor sich, lachend und unschuldig, so verliebt in sie, dass seine Ranger-Kollegen sich über ihn lustig machten, weil er jedes Mal zu singen anfing, wenn er an sie dachte. Es gab so viel, was Jenny über Joey hätte sagen können, aber sie war nicht daran gewöhnt, über ihn zu sprechen. Vor allem nicht zu einem Mann, der sie gerade erst kennenlernte, und vor einem – guter Gott – Literaturagenten.

„Honey, es tut mir so leid." Philip berührte ihren Arm in einer Geste, die gleichzeitig unbeholfen und tröstlich war. „Ich hasse es, dass dir bestimmte Dinge zugestoßen sind und ich nicht da war, um … ich weiß nicht. Zu helfen oder einfach zuzuhören. Da zu sein."

Seine schmerzhafte Ehrlichkeit berührte sie, und doch spürte sie auch einen leichten Anflug von Bitterkeit. Sie wünschte, er hätte sie früher gefunden, wünschte, er wäre da gewesen, als sie so verzweifelt jemanden gebraucht hatte. Natürlich war das unmöglich, und vor allem war es nicht sein Fehler. „Es ist alles gut. Das war vor so langer Zeit", sagte sie. Dann wandte sie sich an Mr Greer. „Ich schreibe nie über zu persönliche Dinge. Ich bin mir nicht mal sicher, dass ich wüsste, wie das geht."

„Kleine Anekdoten funktionieren in einer Zeitungskolumne." Er machte eine Pause. „Aber Sie sollten darüber nachdenken – über die persönlichen Sachen. Denn das ist der Trick an dieser Art von Essen-Memoiren: Es geht nie ums Essen."

„In anderen Worten", sagte Jenny an diesem Abend am Telefon zu Nina, „will er, dass mein Blut in die Seiten fließt."

„Und, kannst du das?"

„Natürlich kann ich. Die Frage ist nur, ob ich es auch will", erwiderte Jenny. „Und interessiert es wirklich irgendjemanden? Ich bin nur ein Mädchen, die in einer kleinen Stadt aufgewachsen ist und in dem Familienunternehmen ausgeholfen hat. Ich bin niemand Besonderes. Ich dachte, genau das wäre das, was die Leute an meinen Geschichten mögen. Dass sie sich mit ihnen identifizieren können, sie zu ihren eigenen machen. Warum soll ich über meine Mom schreiben und zugeben, dass ich meinen Dad nicht gekannt habe? Warum in Gottes Namen muss ich Joey erwähnen?"

„Die Menschen mögen so was. Eine ganz normale Frau, die sich ungewöhnlichen Situationen stellen muss."

Jenny versuchte, sich vorzustellen, wie sie bestimmte Dinge zu Papier brächte. „Seit ich ein kleines Kind war, wollte ich eigentlich nur gehört werden. Ich wollte, dass Menschen meine Geschichte erfahren, auch wenn sie nichts Besonderes war. Leute erzählen aus ihrem Leben, und sie wollen, dass es fröhliche Geschichten sind. Wenn man zu nicht so fröhlichen Zeiten zurückkehren muss …" Sie schaute aus dem Fenster auf die Apartmentgebäude gegenüber, die Schulter an Schulter eine undurchdringliche Wand bildeten. „Es wird das Wesen des Buchs verändern."

„Und ist das schlecht?", fragte Nina.

„Ich bin mir nicht sicher. Ich hatte eine nette Sammlung von Rezepten und Anekdoten aus der Bäckerei – so war mein Plan. Jetzt stehe ich kurz davor, es in eine Geschichte über Verlassenwerden und Wut und eine fehlgeschlagene Liebesgeschichte umzuschreiben, und für das Ende wird auch noch eine Art Offenbarung erwartet." Sie schüttelte den Kopf. „Ich habe keine Ahnung, wie das Ende aussehen soll."

„Das könnte doch dein erstes Treffen mit Philip Bellamy sein. Oder als du die Hochzeitstorte für Leute gemacht hast, von denen du nicht einmal wusstest, dass sie deine Großeltern sind. Such dir was aus", schlug Nina vor. „Wie sehr möchtest du das hier machen?"

So sehr, dass ich dafür leiden und bluten würde. Jenny atmete tief durch, stand auf und ging rastlos auf und ab. „Ich will es."

„Dann machst du dich besser daran, die Schlussoffenbarung zu finden."

Sie lächelte und goss ein Glas Wasser in den Topf einer Pflanze. „So funktioniert das nicht."

„Weißt du, was ich denke? Ich denke, es ist Rourke McKnight."

Jenny nahm den Hörer vom Ohr und schaute ihn finster an. „Wie bitte?"

„Du und Rourke. Lass das das Ende sein."

„Es gibt kein ‚Ich und Rourke'. Meine Güte, Nina."

„Und weißt du noch was?", sagte Nina ungerührt. „Du klingst elendig. Ich denke nicht, dass der Umzug in die Stadt die beste Idee für dich war."

„Ich wollte das schon immer tun, immer. Das solltest du eigentlich wissen."

„Ich denke nur, dass dir die Vorstellung davon besser gefallen hat als die Realität. Du weißt schon, die süße kleine Wohnung, die Menschenmengen, die Aufregung. Aber Tatsache ist, dein Leben ist in Avalon. Hier sind die Menschen, die sich am meisten für dich interessieren."

„Ich soll meine neue Familie kennenlernen", sagte Jenny. „Die Schwestern meines Vaters, meine Großeltern, Cousinen, von denen ich bis vor einem halben Jahr nicht wusste, dass es sie gibt."

„Fein, lerne sie kennen, aber ich denke trotzdem, dass du hierhergehörst."

Jenny zuckte innerlich zusammen. War sie wirklich dieses Mädchen? Die Ladenbesitzerin, deren Schicksal es war, ihr Leben in einer Kleinstadt zu verbringen, während sie von einem anderen Leben träumte wie ein moderner weiblicher George Bailey? Sie ging vor dem Fenster auf und ab. Draußen eilten die Menschen geschäftig hin und her, die Autoschlangen verengten und dehnten sich aus wie ein gigantisches Akkordeon. In einem Eingang auf der anderen Straßenseite lehnte eine Frau in einem grauen Stoffmantel am Türrahmen und blickte so finster, als wenn die Szenerie vor ihren Augen ein persönlicher Angriff auf sie wäre.

„Mir gefällt es hier", beharrte Jenny, auch wenn sie sich nach dem unpersönlichen Schnappschuss-Blick aus dem Fenster fragte, ob sie sich nicht selbst etwas vormachte.

„Komm nach Hause. Du weißt, dass du das eigentlich auch willst."

„Falls du dich erinnerst, ich habe kein Zuhause. Ich weigere mich, länger bei Rourke zu wohnen, und ich liebe dich mit ganzem Herzen, aber auf keinen Fall werde ich bei dir und Sonnet einziehen."

„Du kannst dir doch was mieten." Nina, die mit Herz und Seele nach Avalon gehörte, die die Stadt so sehr liebte, dass sie als Bürgermeisterin vierzehn Stunden am Tag arbeitete, konnte einfach nicht verstehen, warum jemand irgendwo anders leben wollte.

„Ich werde drüber nachdenken", lenkte Jenny ein, allerdings hauptsächlich deshalb, weil ihr das Thema Kopfschmerzen bereitete. Von Verwirrung hervorgerufene Kopfschmerzen. Wenn sie ganz ehrlich war, kannte sie ihre eigenen Wünsche – ihr eigenes Herz – nicht mehr. „Ich hab noch ein paar andere Dinge hier zu erledigen, außer die Familie meines Vaters kennenzulernen."

„Was denn?"

Jenny holte tief Luft. „Ich muss Joey sehen."

„Oh, Jen." Ninas Stimme zitterte. „Tu dir das nicht an."

„Ich komme damit klar", sagte sie. „Es ist einfach etwas, das ich tun muss."

Sie nahm ein Taxi, weil der Tag so kalt war. Es lag nicht viel Schnee, nur kleine graue Häufchen hier und da auf den Bürgersteigen. Der Himmel hing schwer und farblos über der Manhattan Bridge, als das Taxi nach Brooklyn fuhr und der Flatbush Avenue folgte. Jenny war einmal zuvor hier gewesen, aber die Erinnerungen an den Tag waren unvollständig, ein schmerzhafter, verschwommener Fleck. Doch seit dem Treffen mit Martin Greer hatte sie viel an die Geschichten in ihrem Innern gedacht, und langsam fing sie an zu verstehen, dass sie sich vor der Vergangenheit versteckt hatte, anstatt sich ihr zu stellen.

Das Taxi fuhr durch ein schmiedeeisernes Tor und rollte über die graue, asphaltierte Auffahrt. Stumm zählte sie die Reihen, dann sagte sie mit flacher Stimme: „Ich glaube, hier ist es. Können Sie warten?"

Der Fahrer nickte, und sie stieg aus. Sie schien weit und breit der einzige Mensch zu sein. Die Kälte steckte in dem Boden unter ihren Füßen. Das Gras war platt gedrückt und bar jeglicher Farbe. Zählend ging sie weiter, dann blieb sie stehen und drehte sich um. Sie war plötzlich froh, dass niemand sonst hier war. Ihr Magen flatterte nervös.

„Hey, Joey", sagte sie. „Ich bin's." Sie atmete tief ein, stieß die Luft zur Hälfte wieder aus und fing an zu reden. „Ich habe da etwas vor, von dem ich dir erzählen wollte. Du weißt noch, dass ich immer ein Buch schreiben wollte? Du hast mich immer damit aufgezogen, alles niederzuschreiben, erinnerst du dich? Ich tue das immer noch, und jetzt sieht es so aus, als bekäme ich endlich meine Chance. Es ist allerdings nicht einfach. Manche der Dinge, die ich schreiben werde, werden mich in … schwierige Zeiten zurückführen. Ich weiß nicht, vielleicht ist es masochistisch, aber ich will über diese Zeiten schreiben. Es ist etwas, was ich vielleicht schon vor langer Zeit hätte tun sollen. Ich denke, du weißt, warum. Wie auch immer, das ist der Plan."

Der kalte Wind ließ ihre Augen tränen. Sie stand noch ein paar Minuten länger da, dachte nach, erinnerte sich. Der Grabstein stand neben einem älteren von Joeys Mutter. Joeys sah immer noch nagelneu aus, oben leicht gerundet und glänzend, die Kanten an den Buchstaben noch hart und eckig.

Joseph Anthony Santini, 1976–1998. Geliebter Sohn.
Treten Sie vorsichtig auf – hier liegt ein Traum begraben.

Es klingelte an der Haustür. Jenny beeilte sich, zu öffnen. Vor ihr stand eine strahlende Jane Bellamy – ihre Großmutter, Philips Mutter. Eine silberfarbene Strähne ihres Haares blitzte unter ihrem Angorahut hervor, und sie trug einen gut geschnittenen, burgunderfarbenen Wollmantel. An ihr war überhaupt nichts Unfreundliches, doch Jenny wusste einfach nicht, wie sie sich in ihrer Gegenwart verhalten sollte.

„Hallo, meine Liebe", sagte Jane. „Ich bin so froh, dass du hierhergekommen bist."

„Ich bin sehr dankbar für die Einladung." Jenny fragte sich, ob sie so durch den Wind aussah, wie sie sich fühlte. Sie hatte den ganzen Tag versucht, etwas zu schreiben, aber außer einer Neuordnung ihrer E-Mails und einem Dutzend Level Minesweeper hatte sie nichts zustande gebracht. Sie umarmte ihre Großmutter zur Begrüßung. Ihre *Großmutter*. Sie kannten sich noch nicht lange, aber Jenny wusste schon, dass es nichts an Jane Bellamy gab, das man nicht mögen konnte. Janes Großvater hatte Camp Kioga gegründet, und sie war dort aufgewachsen.

1956 hatte sie Charles Bellamy in einer kleinen Zeremonie im Camp Kioga geheiratet. Helen Majesky hatte damals die Hochzeitstorte gebacken, ein kleines Kunstwerk, das mit lauter Zuckerblumen verziert gewesen war. Fünfzig Jahre später hatte Jenny eine exakte Replik für die goldene Hochzeit der beiden gebacken, die ebenfalls im Camp gefeiert worden war. Jane war neunundsechzig Jahre alt, wunderschön, mit glänzenden Augen und einem modischen Haarschnitt. Ihr Wintermantel schmeichelte ihrer schlanken Figur. Obwohl sie mit einem Bellamy verheiratet war und in einem der altehrwürdigen Häuser an der Upper East Side wohnte, hatte sie etwas Bescheidenes an sich.

Jane schaute sich in der Wohnung um, die selbst mitten im Winter ein heller, freundlicher Ort war. „Wie gefällt dir Olivias Apartment?"

„Ich liebe es. Es ist einfach perfekt." Trotzdem verfolgte Jenny immer noch das, was Nina am Telefon zu ihr gesagt hatte. War es perfekt, oder zwang sie sich, so zu empfinden, weil sie es so gerne wollte?

„Es überrascht mich nicht, dass ihr zwei einen ähnlichen Geschmack habt", sagte Jane. „Immerhin seid ihr Schwestern."

Halbschwestern, korrigierte Jane innerlich. Die andere Hälfte von Olivia war deren Mutter, Pamela Lightsey – geschieden, gut situiert, sozial vernetzt, einschüchternd. Noch etwas, was sie mit Olivia gemeinsam hatte. Ihre Mütter waren schwierig. Der Unterschied war nur, dass Pamela durch ihre Anwesenheit und Mariska durch ihre Abwesenheit schwierig war.

„Und, bist du bereit für unseren Ausflug?“, fragte Jane.

„Auf jeden Fall. Ich wollte schon immer mal das St. Regis sehen.“ Jenny holte ihren Mantel. Den Tee in einem legendären Restaurant einzunehmen mochte für Jane Bellamy alltäglich sein, doch für Jenny war es etwas ganz Neues.

„Ich kehre dort normalerweise einmal im Monat ein“, erklärte Jane. Sie hatte ihren eigenen Chauffeur, einen ruhigen Mann in einem guten Anzug, der in einer fremden Sprache in sein Headset murmelte, während er den Wagen durch den Verkehr steuerte. „Früher habe ich meistens Olivia mitgenommen. Es war so etwas wie eine Tradition von uns beiden.“

Jenny und Granny hatten auch Traditionen gehabt, aber die waren weitaus bescheidener. Jenny ging jeden Nachmittag nach der Schule in die Bäckerei. Dort setzte sie sich mit einem Glas Milch und einem warmen Keks an einen der Arbeitstische, drehte sich mit dem Stuhl herum und herum und erzählte Granny aufgeregt von ihrem Tag.

„Olivia und ich haben damit angefangen, als sie zehn oder elf war“, fuhr Jane fort. „Ich bin mir sicher, dass es ihr nichts ausmacht, wenn ich dir erzähle, dass die Scheidung ihrer Eltern sie sehr mitgenommen hat.“

„Das hat sie mir erzählt, ja“, sagte Jenny.

„Ich kann nicht sagen, dass der Nachmittagstee es besser gemacht hat, aber ich bin mir sicher, dass die zusätzliche Aufmerksamkeit sicher nicht schädlich war.“ Jane streckte ihre Hand aus und tätschelte Jennys Arm. „Hör mich nur an, ich plappere und plappere.“

„Das macht mir nichts aus.“

Der Wagen fuhr vor dem Hotel vor, einem Wahrzeichen der Stadt im Beaux-Arts-Stil. Ein Portier in Livree eilte herbei, um die Wagentür zu öffnen. Er reichte Jane die Hand, um ihr beim Aussteigen behilflich zu sein. „Guten Tag, Mrs Bellamy“, sagte er.

Wir sind definitiv nicht mehr auf dem Land, dachte Jenny beim Betreten der opulenten Lobby.

Die Hostess kannte Jane Bellamy ebenfalls mit Namen. Sie führte sie durch einen Palmengarten zu ihrem Tisch in dem hellen, eleganten Teesalon. Gedämpfte Unterhaltungen und beruhigende Harfenmusik erfüllten die Luft. Jane strahlte Jenny an. „Und, bist du beeindruckt? Das war nämlich mein Ziel.“

Jenny lachte. „Machst du Witze? Ich bin definitiv beeindruckt. Sie behandeln dich hier ja wie einen Promi.“

„Das ist das Privileg des Alters." Jane wurde ernst. „Als Charles und ich nach der Hochzeit in die Stadt zogen, fühlte ich mich genau so, wie du dich jetzt vermutlich fühlst – verloren und verwirrt. Das Einzige, was mich aufrecht hielt, war das Wissen, dass ich meine Sommer im Camp Kioga verbringen würde. Weißt du, Jenny, es ist nicht beschämend, Heimweh zu haben."

„Ich habe kein Heimweh. Das sollte ich auch besser nicht bekommen." Als sie Janes verwirrten Gesichtsausdruck sah, fügte sie erklärend hinzu: „Ich wäre schwer enttäuscht von mir, wenn ich Heimweh hätte."

„Meine Liebe, auch wenn wir uns noch nicht lange kennen, bin ich doch deine Großmutter und rieche eine Lüge auf eine Meile Entfernung."

„Aber …" Jenny starrte in ihre Teetasse; warmer, bernsteinfarbener Earl Grey mit dem Duft nach Bergamotte. „Mein ganzes Leben lang glaubte ich, dass ich genau dies will. Ich würde mich wie eine Versagerin fühlen, wenn ich nicht dächte, dass hier gerade ein Traum wahr wird."

„Unsinn", sagte Jane. „Du kannst deinen Gefühlen nicht deinen Willen aufzwingen." Sie lächelte sehnsüchtig. „Ich wohne seit fünfzig Jahren nicht mehr in Avalon, aber ich vermisse es immer noch."

Jenny war überrascht. „Warum ziehst du dann nicht zurück?"

„Mein Leben ist hier, weil Charles hier ist. Wenn man mit dem Menschen zusammen ist, den man liebt, ist man zu Hause. Hast du jemals geliebt, Jenny?"

Sie dachte an Joey, an die Pläne, die sie geschmiedet hatten und wie dann alles auseinandergebrochen war. „Nicht auf diese Art", gab sie zu. „Nicht so, dass ich ihm bis ans Ende der Welt gefolgt wäre." Sie nahm einen Schluck Tee und stellte sich Janes ruhigem Blick. „Ich war verlobt", sagte sie. „Sein Name war Joey, er war Soldat in der Armee."

„Ich nehme an, es hat nicht funktioniert?"

„Er ist gestorben." Jane verdiente sehr wahrscheinlich eine ausführlichere Erklärung, aber Jenny traute sich im Moment nicht, mehr zu sagen, aus Angst, dann zusammenzubrechen. Sie dachte immerzu an Joey, aber all die Erinnerungen und all ihre Pläne ließen sie nicht klarer sehen. Gott, dachte sie, und nun soll ich darüber auch noch schreiben? Sie konnte ja nicht einmal darüber reden.

In Janes Augen trat ein weicher Ausdruck, der sowohl Schock als auch Sorge beinhaltete. „Das tut mir leid. Er muss noch sehr jung gewesen sein. Es war sicher fürchterlich für dich."

Jenny nickte. „Aber jetzt geht es mir gut. Es ist schon ein paar Jahre her. Ich habe mich sogar schon wieder ab und zu mit einem Mann verabredet." Sie traute sich nicht, zuzugeben, wie selten das der Fall gewesen war. „Mein letzter Freund Don war ein netter Mann. Wir hatten viel Spaß zusammen. Er war allerdings ein fürchterlicher Autofahrer. Er hat mehr Strafzettel bekommen als jeder andere, den ich kenne. Ich glaube, er ist irgendwann sogar aus der Stadt verschwunden, weil er sie nicht mehr zahlen wollte. Wenn ich so drüber nachdenke … ein anderer Mann, mit dem ich mich getroffen habe, hat auch andauernd Strafzettel bekommen." Sie hatte Tyler schon beinahe vergessen. Er hatte keinen großartigen Eindruck hinterlassen.

„Oh Liebe. Bedeutet das, dass du leichtsinnige Männer anziehst?"

„Ich glaube nicht. Sie hatten nur oft Pech, waren zur falschen Zeit am falschen Ort. Hier eine übersehene Ampel, dort ein fehlendes Rücklicht … Einer von Dons Strafzetteln war wegen fehlender Schmutzfänger an seinem Truck, kannst du dir das vorstellen? Ich wusste gar nicht, dass die vorgeschrieben sind."

„Avalons Gesetzeshüter", sagte Jane. „Wer hätte gedacht, dass sie so wachsam sind. Olivia erzählte mir, dass der Polizeichef nach dem Feuer besonders nett zu dir gewesen ist. Das freut mich zu hören."

Oh-oh. Und was hatte Olivia noch erzählt? Die kleine Petze. Vielleicht hatte eine Schwester zu haben auch eine negative Seite. „Rourke und ich kennen uns schon sehr lange. Er war Joeys bester Freund."

„Ich verstehe. Und wie kommt es, dass er sich in Avalon niedergelassen hat?"

Die Frage überraschte Jenny. „Er hat seine Ausbildung zum Polizeidienst gemacht und dann … ist er einfach dorthin gezogen."

Jane hob eine perfekt gezupfte Augenbraue. „Und du und Rourke, ihr steht euch nah?"

Niemand stand Rourke nah. „Wie ich schon sagte, wir beide kennen uns schon seit Ewigkeiten. Es ist ein wenig … kompliziert."

„Nun, ich werde nicht nachbohren, auch wenn ich es zu gerne würde." Jane schenkte ihr ein verschmitztes Lächeln.

Jenny lachte. Sie mochte die Frau mit jeder Sekunde mehr. „Das macht mir nichts aus", sagte sie. „Aber es gibt nicht viel zu bohren. Rourke McKnight und ich sind … Wir haben vor langer Zeit herausgefunden, dass es für uns beide besser ist, wenn wir einander aus dem Weg gehen. Viel besser. Ich war ziemlich lange Single."

Jane tupfte sich die Lippen vorsichtig mit einer Leinenserviette ab. „Ich habe gelogen", sagte sie. „Ich *werde* weiterbohren. Ich gebe nicht vor, alles über die Situation zu wissen, aber man wird nicht so alt wie ich, ohne das ein oder andere über die Liebe zu lernen. Nun, dieser Joey – ich wette, er hat dich sehr geliebt."

Jenny nickte vorsichtig.

„Er hätte gewollt, dass du weitermachst. Dich wieder verliebst."

Jenny senkte den Blick. „Wir haben darüber gesprochen – über die Möglichkeit, dass er nicht zurückkommt. Jedes Mal, wenn er abkommandiert wurde. Das tun alle Soldaten. Sie müssen. Ich habe diese Unterhaltungen gehasst. Und ... ja. Er hat immer gesagt, wenn er nicht mehr ist, soll ich mich wieder verlieben."

„Und doch hast du es nicht getan."

Jenny schaute wieder auf. Sie wollte böse sein auf ihre Großmutter, ihr vorwerfen, sich in Angelegenheiten einzumischen, die sie nichts angingen. Aber in Janes Augen sah sie nur Weisheit und Mitgefühl. „Stimmt, das habe ich nicht", gab sie zu. „Mich um Granny zu kümmern und die Bäckerei am Laufen zu halten hat mich sehr in Anspruch genommen."

„Helen hatte Glück, dich zu haben", sagte Jane, die dankenswerterweise spürte, dass Jenny das Thema wechseln wollte.

„Ich hatte Glück, *sie* zu haben."

Jane nickte. „Ich war bei der Eröffnung der Sky River Bakery 1952 dabei."

„Du machst Witze." Jenny versuchte, sich Jane als junges Mädchen in Avalon vorzustellen.

„Überhaupt nicht. Und ich muss dir sagen, in der Minute, in der ich meinen Fuß in den Laden gesetzt hatte, hatte ich ein gutes Gefühl. Es war genau so, wie eine Familienbäckerei sein sollte." Sie musterte die gut gefüllte Etagere mit den Petit Fours und Trüffelbutter-Kanapees, nahm aber keines. „Ich hatte eine Kolache mit Marmelade. Und innerhalb einer Woche hatten meine Eltern einen Vertrag mit deinen Großeltern geschlossen, um das Camp den Sommer über mit frischen Backwaren zu beliefern."

Die Erinnerung erfüllte Jenny mit Wärme und Traurigkeit. Sie fühlte sich so weit entfernt von dieser Welt. Sie sah Helen und Jane zusammen, jünger, als Jenny jetzt war. Wie seltsam, dass sie sich getroffen hatten, dass Helen Janes Hochzeitstorte backte, und dass sie beide unwissend in dem Moment Großmütter wurden, als Jenny zur Welt kam.

„Kanntest du meine Mutter?", fragte Jenny.

„Mariska? Oh, ja." Sie faltete die Hände im Schoß.

„Wenn es dir unangenehm ist ..."

„Nein, überhaupt nicht. Ich wünschte wirklich, ich hätte sie besser gekannt. Wenn ich recht informiert bin, hast du sie nicht mehr gesehen, seitdem du sehr jung warst."

Bis zu diesem Tag konnte Jenny noch einen Hauch ihres Parfüms riechen – Jean Naté – und die Stimme ihrer Mutter hören: *Wir sehen uns, wenn ich zurückkomme.* Das hatte sie immer gesagt, bevor sie wegging. Und niemals erklärte sie, wohin sie ging oder wann sie wiederkäme.

„Helen und Leo waren sehr stolz auf sie", sagte Jane. „Sie war ein wunderschönes Mädchen – du siehst ihr sehr ähnlich. Sie war klug und hat hart gearbeitet. Und sie mochte es, mit ihrem Vater angeln zu gehen, was mir immer seltsam erschien. Sie kamen das ganze Jahr über hinauf an den Willow Lake."

„Warum fandest du das seltsam?"

„Sie schien mir einfach nicht der Typ dafür zu sein. Sie war reizend und sehr feminin und fest entschlossen, die Welt zu sehen. Ich nehme an, man könnte sie als überlebensgroß bezeichnen", sagte Jane. „Hübscher, lustiger, liebevoller, wagemutiger. Kein Wunder, dass Philip sich in sie verliebt hat. Ich bin nur überrascht, dass sie es geschafft haben, es den Sommer über geheim zu halten."

Der Sommer, in dem Jenny gezeugt worden war.

„Und die ganze Zeit über", fragte Jane sanft, „gab es kein Wort von ihr? Nichts?"

Jenny schüttelte den Kopf. „Es ist, als wäre sie vom Rand der Erde gefallen." Sie schenkte sich noch Tee nach. „Wenn ich mich entschließe, dieses Buch zu machen, werde ich auch darüber schreiben."

„Ist das dein Wunsch?"

„Ja." Auch wenn sie wusste, mit welchen Erinnerungen sie sich dann würde befassen müssen, wollte sie es tun.

„Das ist sehr mutig von dir. Als ich jung war, träumte ich davon, meine Gedichte zu veröffentlichen."

„Und hast du es getan?"

Jane lächelte und schüttelte den Kopf. „Es waren wirklich schlechte Gedichte. Dein Vater hat allerdings immer schreiben wollen", fügte sie hinzu.

Bei den Worten *dein Vater* zuckte Jenny innerlich zusammen. Eine ganz neue Verwandtschaft kennenzulernen war, wie versteckte Türen in einem Haus zu finden, in dem man schon immer gewohnt hat, und zu entdecken, dass sie an Orte führen, von deren Existenz man nichts gewusst hat. „Ich habe bisher allerdings noch keine Fortschritte gemacht. Hier in der Stadt bin ich so … abgelenkt." Jenny konnte nicht anders, als vollkommen ehrlich zu sein. „Philip hat mich Martin Greer vorgestellt, einem Literaturagenten, der glaubt, dass ich tatsächlich ein Buch in mir habe. Außer, er hat das nur aus Respekt vor seinem Freund gesagt."

Jane schüttelte den Kopf. „Ich kenne Martin. Er würde niemals so unaufrichtig sein. Er weiß, dass ein Buch aus sich selbst heraus bestehen können muss."

„Gut zu wissen." Jenny zögerte. „In Wahrheit habe ich Probleme mit dem Projekt", vertraute sie Jane an.

„Was für Probleme? Vielleicht kann ich dir dabei helfen?"

Jenny erinnerte sich an die endlosen stillen Stunden in Avalon. In denen war sie so in ihre Arbeit vertieft gewesen, dass die Zeit unbemerkt verrann. Sie hatte meist bis spät in die Nacht gearbeitet, wenn das einzige Geräusch das Singen des Windes in den Bäumen oder im Frühling das Quaken der Frösche war. Hier gab es keine Stille der Nacht. Sie wusste aber auch, dass nicht nur der Lärm sie ablenkte.

„Ich möchte dir ein Angebot machen", sagte Jane. „Das ist einer der Gründe, warum ich dich heute sehen wollte. Das Winterhaus oben im Camp Kioga steht leer. Ich würde dir gerne anbieten, darin zu wohnen, so lange, wie du möchtest."

Mit einem Klappern stellte Jenny ihre Teetasse ab. Camp Kioga? Das würde bedeuten, New York zu verlassen, nach Avalon zurückzukehren. War sie bereit, schon nach nur wenigen Wochen in der Stadt einen Schlussstrich unter ihren Ausflug zu ziehen? „Ich weiß nicht, was ich sagen soll. Das ist sehr großzügig von dir. Ehrlich gesagt sogar zu großzügig."

„Unsinn. Die Hütte ist perfekt für den Winter. Sie ist einfach, aber hübsch und gemütlich."

Dessen war sich Jenny wohl bewusst. Sie hatte die Hütte schon öfter gesehen, aber jetzt erinnerte sie sich, wie sie sich am vierten Juli hineingestohlen hatten. In dieser Hütte hatte Rourke sie das erste Mal geküsst. An den Kuss konnte sie sich allerdings wesentlich besser erinnern als an die Hütte.

„Letzten Herbst haben wir die Hütte an eine Frau vermietet, die sich dort mit ihrer Familie von ihrer Krebserkrankung erholen wollte", fuhr Jane fort. „Sie brauchten ein wenig Abstand zu allem, um die Tortur ihrer Krankheit hinter sich zu lassen. Seitdem steht sie leer. Die Straße den Berg hinauf ist nach heftigen Schneefällen unpassierbar, wenn sie nicht geräumt wurde. Aber deine beiden Großväter sind immer mit Schneemobilen hinaufgefahren, wenn sie zum Eisangeln wollten." Jane schob Jenny über den Tisch einen kupferfarbenen Schlüssel zu. „Denk darüber nach. So ganz ohne Ablenkung könntest du eine ganze Menge schreiben."

23. KAPITEL

Endlich war Daisy auf dem Weg zu ihrem Termin in der Klinik. Sie hatte das Gefühl, dass ihr gleich der Kopf platzen würde nach all den Stunden, die sie in verschiedenen Beratungsgesprächen verbracht hatte. Die Ärztin hatte festgestellt, dass sie kerngesund und seit neun Wochen schwanger war. Sie hatte ihr alle Möglichkeiten aufgezählt und Daisy ermuntert, sich jede einzelne gut zu überlegen, ein paar Tage mit der jeweiligen Entscheidung zu leben und sich ihr Leben vorzustellen, wie es in sieben Monaten aussähe, in einem Jahr, in fünf und danach.

Das war eine ziemlich erschreckende Übung, schwanger oder nicht. Daisy wusste nicht, was die Zukunft für sie bereithielt. Sie wusste nicht, was sie wollte oder wer sie sein wollte.

Sie warf einen Blick zu ihrer Mutter, die am Steuer saß. Innerhalb von zwölf Stunden nach Daisys Anruf hatte sie alles fallen lassen und war aus dem Internationalen Gerichtshof mit seiner weißperückten Gerechtigkeit hinausmarschiert. Daisys wegen hatte Sophie Bellamy dem Fall den Rücken gekehrt, an dem sie ihr halbes Berufsleben arbeitete.

„Es tut mir echt leid, Mom“, sagte Daisy. Wow, wenn das mal nicht die Untertreibung des Jahres war.

„Süße, das muss dir nicht leidtun.“

Die Worte klangen freundlich, aber Daisy wurde den Gedanken nicht los, dass ihre Mutter mit Enttäuschung und Angst kämpfte. Und Daisy nahm es ihr nicht übel. Ihr würde es vermutlich genauso gehen, wenn ihre Rollen vertauscht wären. „Du musstest den Gerichtshof verlassen.“

„Und ich kann wieder dorthin zurückkehren. Notfälle in der Familie passieren jedem mal.“

Daisy verfiel wieder in Schweigen und dachte noch einmal über ihre Möglichkeiten nach. Sie hatte ernsthaft erwogen, das Kind zur Adoption freizugeben, hatte sich sogar Videos von möglichen Elternpaaren angeschaut, die alle so leidend und ernst wirkten. Aber sosehr sie sich auch anstrengte, sie konnte sich nicht vorstellen, ihr neugeborenes Baby für immer in andere Hände zu geben. Die Alternative, das Baby zu behalten, hatte sie bereits der Realitätsprüfung unterzogen. Die Beraterin hatte ihr einen kleinen Pager gegeben, der sie zwang, vierundzwanzig Stunden mit einem virtuellen Baby zu leben, das andauernd schrie, in die Windeln machte, sich übergab und – laut einer nationalen Statistik – die nächsten achtzehn Jahre lang durchschnittlich zweihundertvierzig Dollar in der Woche kostete. Und dann gab es da noch die Abtreibung – eine sichere und legale Prozedur.

Daisy schaute aus dem Fenster auf die graue Winterwelt, die an ihnen vorbeizog. Sicher hatte sie davon geträumt, irgendwann einmal ein Baby zu haben. Aber nicht in sieben Monaten. In sieben Monaten hätte sie gerade mal Highschoolabsolventin sein sollen. In einem Jahr hätte sie vielleicht herausgefunden, was sie mit ihrem Leben anfangen wollte. In fünf Jahren würde sie sich womöglich gar nicht mehr an diesen Tag erinnern.

„Danke, dass du das machst", sagte sie zu ihrer Mutter.

„Das ist doch selbstverständlich."

„Ich wünschte, du würdest sagen, was du wirklich empfindest."

„Ich … Daisy, das kann ich nicht, weil ich nicht weiß, was ich fühle. Es gibt keine einfache Lösung für deine Situation."

„Du bist mit neunzehn schwanger geworden und hast Dad geheiratet und mich bekommen. Wünschst du dir, du hättest es nicht getan? War es ein Fehler? War Max einer? Oder die vergangenen achtzehn Jahre?"

„Natürlich nicht. Dich zu bekommen war das Beste und auch das Schwerste, was ich je getan habe. Jura zu studieren, Fälle zu vertreten, das war alles nichts gegen die Versuche, dich nachts zum Schlafen zu kriegen und dich zu beschützen. Das Einzige, was es mir erträglich machte, war, deinen Dad, meinen Partner, meinen Ehemann, als Unterstützung zur Seite zu haben."

„Aber jetzt seid ihr geschieden, und wir sind alle unglücklich."

„Unsere Leben sind anders, aber nicht unglücklich."

Das ist vielleicht deine Meinung, dachte Daisy, ich bin definitiv unglücklich.

Sophie rieb sich den Handrücken. „Ich bereue gar nichts aus den vergangenen achtzehn Jahren", sagte sie. „Wir waren eine glückliche Familie, aber dein Dad und ich haben aufgehört … zusammen glücklich zu sein. Das passiert." Sie schwieg einen Augenblick. „Vielleicht solltest du ein bisschen mehr darüber nachdenken, mit Logan zu sprechen …"

„Auf gar keinen Fall." Die Entscheidung war ihr leichtgefallen. Sie hatte sich vorgestellt, wie sie zu Logan O'Donnell ging und ihm von dem Baby erzählte. Das Szenario war beinahe zum Lachen – sie und Logan, die gemeinsam ein Baby aufzogen. Logan hatte ein großes Ego und eine gefährliche Neigung zu Bier und Schlimmerem. Mit ihm zu leben wäre, wie zwei Kinder aufzuziehen, von dem sich eines äußerst schlecht benahm.

Sie hatte auch lange darüber nachgedacht, das Kind alleine aufzuziehen. Für eine junge, alleinerziehende Mutter ohne Collegeausbildung und mit nur wenigen Joberfahrungen war das eine große Herausforderung. Die Beraterin, mit der sie sich mehrmals getroffen hatte, hatte ihr wieder und wieder eingehämmert, dass diese Entscheidung unwiderruflich wäre. Ein Kind alleine aufzuziehen bedeutete, kein zweites Paar Hände zu haben, die einem halfen, kein zweites Einkommen, um den Lebensunterhalt zu sichern, keine Schulter, an die man sich in schweren Zeiten anlehnen konnte. Auch wenn sie eine liebevolle, unterstützende Familie hatte, würde sie sich als alleinerziehende Mutter schlussendlich doch nur auf sich selbst verlassen können. Das war der Punkt, der Daisy am meisten Angst machte – dass sie bei dem Baby irgendwie versagte, ihm unabsichtlich schadete durch ihre Ungeschicklichkeit oder Unfähigkeit. Dass ein unschuldiges Kind das Opfer ihrer eigenen Dummheit werden könnte. Und ja, sie gab es zu, sie war auch egoistisch. Sie wusste, wenn sie sich entschied, die Schwangerschaft durchzuziehen, wäre ihre Jugend vorbei. Sie war aber noch nicht bereit, ihre Freiheit und Abenteuerlust aufzugeben, nicht mehr auf Konzerte zu gehen und die ganze Nacht wegzubleiben, die Welt zu sehen und vielleicht eine berühmte Fotografin zu werden.

Die Klinik war in einem erstaunlich wohnlichen, älteren Gebäude untergebracht, das nur ein paar Straßen vom Krankenhaus entfernt stand. Hier musste sie noch ein weiteres Beratungsgespräch über sich ergehen lassen. Ihr wurde genau erklärt, was auf sie zukäme und was in welcher Reihenfolge passieren würde. Am Ende der vierundzwanzig Stunden wäre sie nicht länger schwanger. Sie wäre … leer. Bei dem Gedanken, ob sie wirklich das Richtige tat, litt sie Höllenqualen. Sie dachte an Sonnet, deren Mutter sich dem gleichen Dilemma gegenübergesehen hatte. Und an Jenny, ihre Cousine, die nie geboren worden wäre, wenn ihre aus Versehen schwanger gewordene Mutter sich ihrer entledigt hätte. Sobald das hier vorbei war, würde Daisy es nicht wieder rückgängig machen können. Die Endgültigkeit dieser Entscheidung ließ sie erschauern.

Der Warteraum war zur Hälfte gefüllt. Eine Frau starrte auf den Boden, als wäre sie hundemüde oder zutiefst beschämt. Eine andere saß krank und verzweifelt aussehend auf ihrem Stuhl. Eine weitere sah richtiggehend wütend aus. Zwei Mädchen, die noch jünger waren als Daisy und aussahen wie Schwestern, saßen nebeneinander und flüsterten und kicherten nervös. Daisy konnte sich nicht vorstellen, zu irgendjemandem ein Wort zu sagen. Soweit es sie betraf, war das hier kein Thema für belanglose Unterhaltungen.

Sie musste einen Fragebogen ausfüllen und unterschreiben, der sie über alle Risiken aufklärte und mit dem sie erklärte, dass sie die Klinik für mögliche Komplikationen nicht verantwortlich machen würde. Die Sprache, in der der Fragebogen verfasst war, schüchterte Daisy ein. Ihre Mom streckte die Hand aus und rieb ihren Rücken, wie sie es immer getan hatte, als Daisy noch klein gewesen war. „Alles wird gut. Ich habe mir die Statistiken angeschaut. Die Risiken sind weitaus geringer als beim Austragen eines Babys.“

Daisy nickte und wünschte sich ein Zeichen von oben, das ihr sagte, was das Richtige war. Stattdessen krochen die Minuten vorbei. Ihre Mom wartete mit ihr, bis Daisys Name aufgerufen wurde. Sie standen beide auf und umarmten einander.

„Ich liebe dich, Baby“, flüsterte Sophie.

„Wir sehen uns gleich wieder“, entgegnete Daisy.

„Ich warte hier auf dich.“

„Okay.“ Dann trat Daisy einen Schritt zurück, atmete tief durch und ging durch die geöffnete Tür.

Greg tigerte auf und ab. Er war überrascht, noch keine Furche in den Fußboden gelaufen zu haben, so lange lief er schon hin und her. Wo zum Teufel blieben sie?

Er hörte den Fernseher aus dem Nebenzimmer, gedämpfte Dialoge, untermalt von Studiogelächter. Max war gerade in diesem Alter, wo er sich wahllos alles im Fernsehen anschaute.

Ohne einen wirklichen Grund hatte Greg das Gefühl, weinen zu wollen. Er sollte doch eigentlich erleichtert sein. Wenn Daisy nach Hause kam, wäre sie nicht mehr schwanger, und alles wäre wieder normal.

Nicht, dass normal in seinem Fall ein unbedingt erstrebenswerter Zustand wäre. Während er darüber nachdachte, hörte er aus dem Nebenzimmer einen Werbespot für ein Anti-Fußpilzmittel. Hier war er nun, in der Mitte seines Lebens, und fing noch einmal ganz von vorne an. Aber er hatte nicht mehr seine jugendliche Unbekümmertheit, den Schwung und die Naivität, die ihn antrieben. Nur die täglichen Sorgen um die Kinder und das Geschäft. Und die gotterbärmliche Einsamkeit, die in ihm heulte, wenn er nachts allein im Bett wach lag.

Eines wusste Greg über sich – er war nicht dafür gemacht, allein zu sein. Sophie hatte es auch bemerkt und die Theorie aufgestellt, dass er es als jüngstes Kind nicht gewohnt war, sich in seiner alleinigen Gegenwart gut zu fühlen.

Sophie, Sophie, Sophie. Sie hatte viele Theorien aufgestellt. Sie war Anwältin. Noch dazu eine gute.

Er zog sein Portemonnaie aus der hinteren Hosentasche und fand die Visitenkarte, die Nina Romano ihm gegeben hatte. Darauf war ein Wasserrad zu sehen – das Wappen der Stadt. Darunter stand: Nina Romano, Bürgermeisterin, dazu drei Telefonnummern und eine E-Mail-Adresse. Er drehte die Karte um und sah, dass sie „Willkommen!“

draufgeschrieben hatte. Machte sie das bei allen neu Zugezogenen, oder war er etwas Besonderes?

Das Geräusch eines herannahenden Autos riss ihn aus seinen Gedanken. Er steckte die Karte wieder weg. Dann riss er die Tür auf und stürmte nach draußen. „Ist alles in Ordnung?“, wollte er wissen, als Sophie auf der Fahrerseite aus dem Mietwagen ausstieg.

Mit zusammengepressten Lippen und finsterer Miene nickte Sophie. „Ihr geht es gut.“

Seine Hände zitterten, als Erleichterung ihn erfasste. Greg öffnete die Beifahrertür, und Daisy stieg aus. Sie sah unerwartet gut aus, die Wangen gerötet und die Augen strahlend.

„Lass mich dir nach drinnen helfen“, sagte er.

„In einer Minute“, erwiderte sie. „Erst muss ich dir noch was sagen.“

Er warf Sophie einen Blick zu. Ihr kühler Gesichtsausdruck verriet ihm nichts.

„Dad, ich habe es nicht getan.“ Ihre Stimme hatte einen zittrigen, beinahe hysterischen Unterton.

„Was hast du nicht getan?“

„Ich habe meine Meinung geändert. Ich werde dieses Baby bekommen.“

24. KAPITEL

Jennys Magen zog sich zu einem festen Knoten zusammen, als die Bremsen kreischten und der Zug in Avalon hielt. Sie sagte sich, dass es keinen Grund gab, sich schlecht zu fühlen. Nervös zu sein. Sie kam nach Hause. Das sollte sie glücklich machen.

Stattdessen fühlte es sich wie eine Niederlage an. Vor einem Monat war sie nach New York gefahren und hatte erwartet … was? Dass ihr Leben sich von jetzt auf gleich in eine Episode aus *Sex and the City* verwandeln würde? Dass sie einfach nur das Leben genießen müsste, während die Welt erkannte, wie genial sie war? Dass sie sofort von interessierten, faszinierenden Freunden umgeben wäre? Sie hätte die ganze Angelegenheit besser durchdenken sollen. Dann wäre ihr aufgefallen, dass es unmöglich war, vor sich selber davonzulaufen. In der Stadt zu sein und einen Literaturagenten zu treffen, der ihr genau darstellte, wie viel Arbeit sie noch zu leisten hatte, hatte ihr die Wahrheit gezeigt. Sie war wie ihr unfertiges Buch – noch in Arbeit. Und das Leben in der Stadt war schließlich doch nicht das, was sie wollte.

Mit einer gewissen Schwere in den Knochen sammelte sie ihre Habseligkeiten aus dem Gepäcknetz und ging zur Tür. Sie stieg aus und wurde auf dem Bahnsteig sofort von einem eisig kalten Lufthauch begrüßt, der nach Ruß und dem verbrannten Diesel der Lokomotive roch. Als die Wolke aus Schnee und Staub sich legte, tauchte Rourke wie eine Traumgestalt auf. Sehr wie aus *Casablanca*, bis hin zu seinem finsteren Gesichtsausdruck.

Sie erinnerte sich auf einmal an den Tag, an dem sie sich mit Joey verlobt hatte. Rourke hatte ihr damals etwas sagen wollen, und wenn sie es zugelassen hätte, wäre alles vielleicht anders gekommen. Und wenn sie hundert Jahre alt würde, würde Jenny niemals den Blick aus Rourkes Augen an diesem Tag vergessen. Sie waren hart und kalt geworden bei ihren Worten. *Joey hat mich gebeten, ihn zu heiraten.* Einen Moment lang, dachte sie, einen Moment lang habe ich meine wahren Gefühle wanken lassen. Ein Moment des Zweifels, und sie hatte Joey die Tür geöffnet. Ein Moment, und sie hatte das Leben von drei Menschen ins Chaos gestürzt.

„Wage es ja nicht, ‚ich hab's dir doch gesagt' zu sagen", warnte sie Rourke. Sie fragte sich, ob sich die Erinnerungen auf ihrem Gesicht spiegelten.

„Ich glaube, das brauche ich gar nicht", erwiderte er, allerdings ohne das geringste Anzeichen von Genugtuung in der Stimme.

Sie stand da wie der letzte Idiot. Sollte sie ihn umarmen? Ihm einen

Kuss auf die Wange geben? Was erwartete er? „Ich wusste nicht, dass du mich abholen würdest", sagte sie schließlich.

Er nahm ihr den schweren Koffer ab und ging auf den Ausgang zu. Keine Umarmung. Nicht einmal ein „Hey". Selbst ein Lächeln war wohl zu viel verlangt. Vielleicht hatte sie sich den Abschiedskuss nur eingebildet? „Ich nahm an, dass du eine Mitfahrgelegenheit brauchst", sagte er.

„Danke, Rourke."

„Danke mir noch nicht. Ich bin nur hier, um dich abzufangen."

„Was?"

„Um dich davon abzuhalten, ins Camp Kioga zu ziehen."

Ihre Schritte knirschten auf der vereisten Schneedecke des Parkplatzes. „Dann hast du einen Weg umsonst gemacht", sagte sie. „Ich habe mich entschieden. Für die absehbare Zukunft wird das meine neue Adresse sein."

Er warf ihr Gepäck hinten in den Ford Explorer. „Das ist zehn Meilen entfernt von allem."

„Was ich extrem ansprechend finde, vor allem nach der Erfahrung eines Lebens in der Stadt." Sie stieg auf der Beifahrerseite ein.

„Du bleibst bei mir", sagte er und startete den Motor.

Sie lachte. „Ich liebe Männer, die sich nicht zu schade sind, Leute herumzukommandieren."

„Ich meine es ernst, Jenny."

Sie hörte auf zu lachen. „Oh mein Gott. Das tust du wirklich."

„Mitten im Winter so weit weg von allem zu wohnen ist keine gute Idee."

„Genauso wenig, wie mich herumzukommandieren."

„Das hat nichts mit Kommandieren zu tun. Es gibt einfach zu viele Gründe, die dagegensprechen."

„Das sind deine Gründe, nicht meine."

Er bog in die Lieferzone hinter der Bäckerei ab, wo ihr Auto in einem Schuppen stand. Jenny versuchte, die verwirrende Bandbreite an Emotionen zu durchdringen, die in ihr tobten. Sie war zwar widerstrebend, aber dennoch unbestreitbar froh, ihn zu sehen. Und irgendwie aufgeregt und gleichzeitig genervt, dass er sich Sorgen um sie machte.

„Ich habe einen Vorschlag", sagte sie. „Ich rufe dich jeden Abend an, damit du weißt, dass der Axtmörder mich noch einen Tag verschont hat."

„Das reicht mir nicht."

„Mir schon", sagte sie. „Nimm es oder lass es."

Schweigend trug er ihr Gepäck von seinem Auto zu ihrem. Fein, dachte sie. *Soll er doch schmollen.* Es war nicht ihre Aufgabe, ihn davon abzuhalten, sich um sie zu sorgen.

„Ich kann ganz gut auf mich aufpassen", versicherte sie ihm. „Das habe ich schon mein ganzes Leben lang getan, und das werde ich auch weiter tun. Komm, gehen wir noch kurz in die Bäckerei, dann schenke ich dir ein Napoleon."

Sie betraten die Bäckerei durch die Hintertür und wurden von einer Kakofonie an geschäftigen Geräuschen begrüßt: das Klappern von Regalen, die herumgeschoben wurden, das Surren und Mahlen der Maschinen und dazu die zarten Klänge von Jazzmusik aus dem Radio.

Jenny atmete tief ein und merkte, wie der Hefegeruch in jede Zelle ihres Körpers drang. Sie war zu Hause. Bevor sie weggegangen war, war ihr nie bewusst gewesen, wie sehr dieser Ort ein Teil von ihr war. Ob es ihr gefiel oder nicht, die Bäckerei steckte in ihrem Blut und in ihren Knochen. Sie war direkt in ihre Seele gewebt.

„Da bist du ja, Großstadtmädchen." Laura kam aus dem Büro und zog sie in eine sanfte Umarmung. „Ohne dich war es hier einfach nicht das Gleiche. Aber du musst dir keine Sorgen machen, wir sind trotzdem gut zurechtgekommen." Sie warf einen Blick auf Rourke. „Nun ja, zumindest die meisten von uns."

Er schaute sie finster an. „Ich habe versucht, sie davon zu überzeugen, nicht in die Hütte am See zu ziehen."

„Warum nicht?", fragte Laura. „Die ist doch perfekt – weit weg von allem, der ideale Ort, um an ihrem Buch zu arbeiten."

„Ich habe gehört, dass du ins Winterhaus ziehst." Daisy Bellamy kam durch die Schwingtür in die Backstube. „Es ist toll da draußen", sagte sie, und in ihrem Gesicht sah man die Begeisterung. „Du wirst es lieben. Wir haben letztes Jahr den ganzen Sommer im Camp verbracht, und es war einfach großartig."

„Danke", sagte Jenny mit Nachdruck zu Daisy und Laura. „Es tut gut, zu wissen, dass einige Menschen es für eine gute Idee halten." Sie ging nach oben in ihr Büro, um ein paar Akten zu holen, an denen sie arbeiten wollte. Daisy folgte ihr und blieb in der Tür stehen. „Ich muss dir was sagen."

„Okay."

„Unter vier Augen." Daisy warf einen Blick über die Schulter und trat dann ein.

„Geht es dir gut?"

„Ja." Aber die eben noch rosige Gesichtsfarbe des Mädchens war verschwunden. Schweißperlen standen ihr auf Stirn und Oberlippe, und als Jenny sie so anschaute, war sie zutiefst besorgt. „Daisy, setz dich doch. Geht es dir wirklich gut?"

Daisy wischte sich die Hände an ihrer Schürze ab. „Mir wird ab und zu ein wenig schlecht, aber ich bin nicht krank, nur schwanger."

Die Eröffnung traf Jenny wie ein Schlag. Daisy war schwanger. Sie war doch noch ein Kind. Natürlich, eigentlich sollte sie das nicht überraschen. Mädchen im Teenageralter brachten sich seit Anbeginn der Zeiten in Schwierigkeiten. Hübsche, kluge Mädchen, die ihre ganze Zukunft noch vor sich hatten – so wie Jennys Mutter. Ihre beste Freundin Nina. Jedes Mädchen, das im Rausch der Leidenschaft alle Vorsicht vergaß, setzte sich der Gefahr aus, ungeplant schwanger zu werden.

Okay, dachte sie. *Tief durchatmen.* Sie versuchte, sich vorzustellen, was Daisy fühlte. Das war eine große Sache. Das wusste Daisy, denn sie war nicht dumm.

Daisy schloss die Tür hinter sich und setzte sich Jenny gegenüber auf einen Stuhl. Ihr Kinn zitterte, und sie sog scharf die Luft ein. Dann schaute sie Jenny direkt in die Augen. „Ich weiß nicht, wo ich anfangen soll", sagte sie.

„Wie wäre es, wenn du mir alles erzählst, was du mir erzählen möchtest. Ich habe vielleicht keine Antworten, aber ich verspreche dir, ich werde dich weder verurteilen noch böse werden."

Daisy sackte ein wenig in sich zusammen. „Danke."

Es war seltsam befriedigend für Jenny, von ihrer jüngeren Cousine ins Vertrauen gezogen zu werden. Gleichzeitig fühlte sie sich aber auch ein wenig hilflos. Was zum Teufel könnte sie diesem Kind sagen oder für sie tun, das ihr irgendwie half?

Daisy war unheimlich kontrolliert, als sie anfing zu sprechen. „Es war, kurz bevor meine Mutter nach Übersee abreisen sollte. Das und die Scheidung hatten mich ziemlich fertiggemacht. Und dann haben beide noch angefangen, wegen des Colleges auf mich einzureden, weißt du?"

„Tut mir leid, nein, weiß ich nicht", sagte Jenny. „Ich bin ganz anders aufgewachsen als du. Aber ich nehme an, ich weiß, was es heißt, zu etwas gedrängt zu werden, das man nicht tun will. Vielleicht haben wir das gemeinsam. Du willst also nicht aufs College gehen?"

„Nein. Was an meiner alten Schule ungefähr so war, als würde man sagen, man will nicht atmen. So was haben die da noch nie gehört."

Jenny bekam langsam das Bild einer unglücklichen jungen Frau, die still vor sich hin litt und von einem anderen Leben träumte. Philip hatte ihr ein wenig von den Lebensumständen seines jüngeren Bruders Greg erzählt. Demnach war die Scheidung für Daisys Eltern eine wahre Tortur gewesen und vermutlich für die Kinder genauso.

Jenny kam um den Tisch herum und nahm die Hände ihrer Cousine. Alle Fingernägel waren heruntergekaut. „Sag mir, wie ich dir helfen kann."

Daisy schaute sie aus ihren wunderschönen blauen Augen an, die an die Färbung von Delfter Fayencen erinnerten. „Das tust du bereits." Sie nickte. „Es ist seltsam. Ich gehe zur Schule, hänge mit meinen Freunden herum, und es fühlt sich an wie ein ganz normales Leben. Und dann, *bumm*. Mir fällt ein, dass ich schwanger bin. Und das gibt mir das Gefühl, eine Außerirdische von einem anderen Planeten zu sein."

Jenny erinnerte sich noch daran, welche Ängste Nina ausgestanden und wie sie sich im Verlauf der Schwangerschaft verändert hatte. Ein schwangeres Mädchen, das die Flure der Highschool entlangging, hatte etwas an sich, das es vom Rest der Welt trennte, als wenn es in einer eigenen Luftblase lebte. War das heutzutage noch genauso?

„Ich kann nicht behaupten, irgendwelche Erfahrungen auf dem Gebiet zu haben", sagte sie. „Aber ich habe welche darin, eine Erwachsene zu sein. Wenn man aufwächst, kann man den Tag kaum erwarten, an dem einem niemand mehr sagt, was man zu tun und zu lassen hat. Hat man diesen Tag jedoch erst einmal erreicht, kommen immer wieder Zeiten, in denen man sich wünscht, jemand würde einem wieder sagen, was man tun soll."

Daisy stieß einen Seufzer aus. „Wem sagst du das."

„Als ich in deinem Alter war, fühlte ich mich genauso. Ich konnte es kaum erwarten, nach dem Highschoolabschluss aus Avalon herauszukommen."

„Was ist passiert?"

„Mein Grandpa starb und ließ mich und meine Großmutter allein mit der Bäckerei zurück. Und es wäre immer noch in Ordnung gewesen, wenn ich gegangen wäre, denn Granny hatte Laura, die ihr half, die ganze Stadt voller Leute, die sie liebten. Aber dann erlitt Granny einen Schlaganfall. Sie hat mich nie gebeten, zu bleiben. Sie hätte einen Weg gefunden, alleine zurechtzukommen. Aber wie hätte ich das tun können? Ich konnte sie doch nicht einfach im Stich lassen." Sie hielt inne und spürte den Schmerz über all die Pläne, die sie gemacht hatte und die sich dann in Rauch aufgelöst hatten. „Ich lebte also weiterhin zu Hause, kümmerte mich um die Bäckerei und meine Großmutter, und die Jahre flogen einfach nur so an mir vorbei."

„Wünschst du dir manchmal, du hättest etwas anders gemacht?"

Vor dem Trip nach New York hätte sie ohne zu zögern Ja gesagt. Jetzt jedoch merkte sie, dass das Leben, das sie gelebt hatte, genau das richtige gewesen war. Auch wenn es nicht glamourös oder aufregend war, gehörte sie hier in diese kleine Stadt, in ihre Bäckerei, umgeben von Leuten, denen sie etwas bedeutete. „Das ist das Seltsame", versuchte sie Daisy zu erklären. „Das Leben hat so seine Art zu funktionieren, auch wenn es nicht so läuft, wie wir es uns vorgestellt haben. Ich erinnere mich noch dran, wie ich in dem Wartezimmer eines Krankenhauses stand und die Ärzte mich baten, diese schwerwiegende Entscheidung über meine Großmutter zu treffen. Ich fühlte mich wie … paralysiert. Ich hätte alles dafür gegeben, dass jemand anders diese Entscheidung trifft. Aber es gab niemanden außer mir. Ich musste mich entscheiden und mit den Konsequenzen leben. Was gar nicht so schlimm ist", beeilte sie sich zu sagen und berührte Daisy sanft an der Schulter. „Was immer du auch beschließt, die Erfahrung wird dich auf Arten lernen und wachsen lassen, die du dir niemals hättest vorstellen können."

„Ich hoffe, dass du recht hast. Denn ich … ich habe mich entschieden, das Baby zu behalten. Meine Eltern wissen es, und sie sind, na ja, irgendwie einverstanden damit. Ich meine, so einverstanden, wie man das unter diesen Umständen erwarten kann. Ich habe keine Ahnung, ob es richtig ist oder nicht, aber ich konnte einfach kein Leben zerstören. Meine Familie ist zerbrochen, aber ich denke, das Baby und ich … wir werden einfach eine kleine eigene Familie."

„Ich verstehe. Das ist … gut", sagte Jenny, obwohl sie innerlich zusammenzuckte. Daisy war so jung, und ein Baby war so eine große Verantwortung.

„Bin ich jetzt gefeuert?", wollte Daisy wissen und schob ihre Hände in die Hosentaschen.

Jenny stieß ein ungläubiges Lachen aus. „Das ist nicht dein Ernst. Natürlich bist du nicht gefeuert. Zum einen finde ich es sehr schön, dass du hier arbeitest, und zweitens ist es gesetzlich verboten, jemanden zu entlassen, der schwanger ist."

„Okay." Daisy seufzte erleichtert auf und erhob sich dann. „Dann mache ich mich mal besser wieder an die Arbeit. Es ist verrückt, ich weiß. In der einen Minute habe ich totale Panik, und in der nächsten bin ich total aufgeregt."

„Das kann ich dir nicht verdenken. Ich schätze, jeder, der ein Baby erwartet, fühlt sich so. Es wird alles gut werden." Sie hatte keine Ahnung, ob das stimmte. Aber sie wollte, dass es wahr war. Und Daisy wollte es auch. In so jungen Jahren Mutter zu werden war vermutlich das Schwierigste, was eine Frau tun konnte. Einige wuchsen an der Herausforderung, so wie Nina. Andere scheiterten. Jennys Mutter war dafür das perfekte Beispiel.

Daisy öffnete die Tür und hielt noch einmal inne. „Wie steht es bei dir? Willst du irgendwann mal Kinder haben?"

„Ich sollte erst mal versuchen, überhaupt ein Date zu kriegen."

„Sind du und Chief McKnight nicht …"

„Nein“, sagte Jenny schnell. „Warum stellen mir alle diese Frage?“

„Ach, ich war einfach nur neugierig.“ Daisy ging voran die Treppe hinunter. Im Café war niemand. Zach zeigte Rourke irgendetwas auf dem Computer.

„Was sind das für Bilder?“ Jenny schaute über Rourkes Schulter auf den Bildschirm.

„Die hat Daisy gemacht“, antwortete Zach.

Daisy reichte Jenny einen Becher Kaffee. „Ich habe sie als Bildschirmschoner auf den Computer geladen. Ich hoffe, das macht dir nichts aus.“

Rourke trat zur Seite, damit Jenny besser sehen konnte. Die Fotos waren alle in der Bäckerei aufgenommen worden. Es waren nicht nur Schnappschüsse oder dokumentarische Bilder, sondern sehr intime, ansprechende und unerwartete Aufnahmen. Eine Nahaufnahme von Lauras Händen, die fachmännisch einen Teig kneteten. Das Gesicht eines Kleinkinds, das mit strahlenden Augen die Bleche voller Kekse in den Auslagen anschaute. Ein Regal voll frisch gebackener Brote, die Laibe in geometrischer Präzision ausgerichtet.

„Die sind unglaublich“, sagte Jenny. „Du bist wirklich gut, Daisy.“

Zach stieß Daisy in die Seite. „Hab ich dir doch gesagt.“

Daisy räusperte sich. „Ich habe mich gefragt, ob du mich wohl ein paar davon im Café aufhängen lassen würdest.“

Die Idee fand Jenny ansprechend. „Wenn du mir versprichst, jeden Druck zu signieren und sie mich professionell rahmen zu lassen.“

„Äh … klar.“ Daisy sah überrascht aus, während Zach vor Stolz strahlte.

„Das war nett von dir“, sagte Rourke, als er und Jenny die Bäckerei verließen.

„Davon profitieren wir beide. Sie macht eine hervorragende Arbeit, und das Café kann eine kleine Auffrischung gut gebrauchen.“ Es fühlte sich gut an, mehr Menschen für die Bäckerei an Bord zu holen und selber ein wenig in den Hintergrund zu treten. „Als ich weggegangen bin, war ich nicht völlig überzeugt davon, dass die Bäckerei auch ohne mich laufen würde.“

„Und jetzt?“

„Ich bin auf positive Weise überrascht.“ Sie schloss ihr Auto auf und wischte ein wenig Schnee von der Windschutzscheibe. Eine Gruppe Menschen auf der anderen Straßenseite erregte ihre Aufmerksamkeit. Sie erkannte Olivia, die lachend aus Zuzu’s Petals kam, und … „Oh, Gott“, murmelte Jenny.

„Was ist?“

„Da ist Olivia mit ihrer Mutter und ihren Großeltern. Olivia hatte mich gewarnt, dass sie kommen würden, um ihr bei der Vorbereitung der Hochzeit zu helfen. Hab ich noch Zeit, mich zu verstecken?“

„Ich bin mir ziemlich sicher, dass sie dich schon gesehen haben.“

Und tatsächlich hob Olivia in genau diesem Moment die Hand zum Gruß. Nur für einen klitzekleinen Augenblick verspürte Jenny ein Gefühl von Missgunst. Da war Olivia, umgeben von ihrer Mutter und ihren Großeltern, und strahlte, als hätte sie gerade den Jackpot geknackt. Und das hatte sie natürlich auch. Sie war eine geborene Bellamy, hatte immer noch beide Eltern und beide Großelternpaare, plante ihre Hochzeit mit dem Mann ihrer Träume. Sie war jünger als Jenny. Besser ausgebildet. Blonder. Es war schwer, keine Vergleiche anzustellen. Und noch schwerer, ihrer Schwester gegenüber feindselige Gefühle zu haben.

Jenny hoffte, dass man ihr diese Gedanken nicht ansah, als sie und Rourke die Straße überquerten und auf Olivia und ihre Familie zugingen. Es musste der Familie genauso unangenehm sein wie ihr. Mit einem eingefrorenen Lächeln im Gesicht grüßte Jenny Olivias Mutter, Pamela Lightsey, und ihre Großeltern, Samuel und Gwen Lightsey. Pamela schien die Quintessenz einer Dame der New Yorker Gesellschaft zu sein. Eine strahlende Schönheit, die von Kopf bis Fuß wie aus dem Ei gepellt aussah. Kleine Diamantenstecker blinkten an ihren Ohren unter einem luxuriös aussehenden, breitkrempigen Lammfellhut. Trotz der Kälte war jede Wimper an ihrem Platz, und sie trug ein huldvolles Lächeln, das jeder Königin zur Ehre gereicht hätte. „Wie geht es Ihnen“, sagte sie, aber ihre Augen erzählten eine ganz andere Geschichte. Sie sagten: „Du bist also das uneheliche Kind meines Exmannes.“

Gwen und Samuel waren ein wohlhabend aussehendes Paar in den Siebzigern, silberhaarig und unglaublich selbstbewusst – oder so kamen sie Jenny zumindest anfangs vor. Da war etwas Kaltes in Gwens Blick, eine kühle Missbilligung, die Jenny vollkommen verstand. Vor dreißig Jahren hatten die Lightseys für ihre Tochter die perfekte Zukunft geplant. Pamela würde den Sohn ihrer besten Freunde heiraten, und sie alle wären eine große glückliche Familie. Doch dann hatte Philip Mariska Majesky kennengelernt. Die Affäre hatte nur einen Sommer lang gehalten, und er hatte Pamela doch noch geheiratet, aber es war eindeutig keine glückliche Vereinigung gewesen. Jenny spürte, dass die Lightseys Mariska die Schuld daran gaben. Wenn er sie nie getroffen hätte, wäre er vielleicht bis ans Ende seines Lebens mit Pamela zufrieden gewesen.

Die Lightseys begrüßten Rourke sehr warmherzig und erwähnten ihre Bekanntschaft mit seinem Vater, dem Senator. Olivia und Jenny wechselten einen Blick, und Olivia formte stumm: „Es tut mir leid.“

Jenny schenkte ihr ein versöhnliches Lächeln. „Wie gehen die Hochzeitsvorbereitungen voran?“, fragte sie.

„Sehr gut. Dazu wollte ich dich sowieso noch was fragen“, erwiderte Olivia. „Würdest du mir den Gefallen tun, meine Brautjungfer zu sein?“

Pamela versteifte sich, als wenn ihr jemand einen Eiszapfen in den Nacken gesteckt hätte, und Jenny ahnte, dass Olivias Mutter bisher noch nichts von diesem Plan gehört hatte. Pamela presste die Lippen zu einem dünnen Strich zusammen und zitterte beinahe vor Anstrengung, sich eines Kommentars zu enthalten.

Auch wenn Jenny versucht war, das Angebot sofort anzunehmen, rief sie sich in Erinnerung, dass es Olivias Tag war und sie es nicht verdiente, unter der Unzufriedenheit ihrer Mutter zu leiden. „Olivia, ich fühle mich wirklich geehrt“, sagte sie. „Aber …“

„Kein Aber. Ich habe nur eine Schwester. Es wäre mir eine Ehre, wenn du als besonderer Gast an meiner Hochzeit teilnehmen würdest.“

„Darf ich darüber nachdenken?“, fragte sie. „Ich sag dir dann Bescheid, okay?“

Samuel Lightsey musterte sie. „Du siehst deiner Mutter so ähnlich“, sagte er. „Das ist schon beinahe unheimlich.“

Gwen steckte ihre Hand in seine Armbeuge. Jenny vermutete, dass sie ihn damit zurückhalten wollte. Mit einem aufgesetzten Lächeln sagte sie zu Samuel: „Ich wusste gar nicht, dass du ihre Mutter persönlich gekannt hast.“

Samuel räusperte sich. „Ich habe mich missverständlich ausgedrückt. Ich habe sie vielleicht mal im Vorübergehen gesehen, aber das ist schon lange her.“

Rourke erlaubte Jenny nicht, zum Camp hinaufzufahren, bevor er die Straße nicht geräumt und gestreut hatte. Sie war ihm dankbar für seine Hilfe. Er bestand auch darauf, dass sie Rufus mitnahm, den ältesten seiner Hunde, einen Malamute-Mix, den er in einer verlassenen Wohnung gefunden hatte. Rufus hatte dichtes Fell, sehr hellblaue Augen und ein wachsames Wesen. Er fuhr auf dem Rücksitz mit, verteilte seinen Hundegeruch im ganzen Auto und schaute fröhlich aus dem Fenster. Das scharfe V des Schneepflugs schnitt eine Schneise durch die unberührte Schneedecke auf der Straße, und aus der Streukiste hinten am Truck rieselte Splitt. Jenny folgte dem Schneepflug langsam und hielt ausreichend Abstand, um vom Splitt nicht getroffen zu werden. Die Zweige der Bäume auf beiden Seiten der Straße waren schneebeladen und ergaben ein so wunderschönes Bild, dass es ihr nichts ausmachte, so langsam zu fahren und den Ausblick zu bewundern.

„Ich habe mich falsch ausgedrückt", murmelte sie zu dem Hund auf der Rückbank. „Ich schätze, der alte Knacker lügt." Sie versuchte zu erraten, warum. Aber die Antwort war vermutlich in der fernen Vergangenheit verloren gegangen.

Ein weißes Kaninchen sprang mit einem Mal auf die Straße und lenkte sie ab. Rufus sprang bei seinem Anblick gegen die Scheibe und beschmierte sie von oben bis unten mit Sabber. Jenny ließ das Kaninchen über die Straße laufen und sah ihm nach, wie es im Unterholz verschwand, bis sein weißes Fell mit dem Schnee verschmolz und sie es nicht mehr sehen konnte. Rufus jaulte enttäuscht auf und setzte sich wieder.

Den Rest des Weges fuhr sie etwas vorsichtiger. Rourke räumte mit dem Schneepflug ein großes Rechteck auf dem Parkplatz vor dem Camp. Dann machten sie sich gemeinsam auf Entdeckungstour über das Grundstück, während der Hund fröhlich neben ihnen hersprang.

„Das ist keine gute Idee", sagte er nicht zum ersten Mal.

„Jetzt hör endlich auf." Sie lief durch den knietiefen Schnee, der so leicht war wie Luft, und wirbelte eine Wolke aus kleinen Flocken auf. „Sei nicht so ein Schisshase", sagte sie und zog den Schlüssel hervor, den Jane ihr gegeben hatte. „Komm und sieh es dir zusammen mit mir an."

Sie traten unter dem Torbogen hindurch und wateten durch tiefe Schneewehen. Die gesamte Anlage wirkte wie ein Winterwunderland. Die Hütte, die als Winterhaus bekannt war, war das älteste Gebäude auf dem Grundstück. Sie war für die Gründer des Camps erbaut worden, die Familie Gordon, die in den 1920er-Jahren aus Schottland eingewandert war. Sie fragte sich, ob Rourke auch an das andere Mal dachte, als sie gemeinsam hier gewesen waren. Vielleicht erinnerte er sich gar nicht mehr daran. „Home, sweet home", sagte sie.

„Das sieht aus wie aus einem Roman von Stephen King."

So viel zu der Frage, ob er irgendwelche romantischen Assoziationen zu der Hütte hatte. „Oh, still. Es ist perfekt. Wenn ich mein Buch hier nicht fertigbekomme, dann verdiene ich es nicht, mich Schriftstellerin zu nennen." Aufgeregt öffnete sie die Tür.

Das Haus war im letzten Sommer renoviert und komplett mit neuen Möbeln ausgestattet worden. Jetzt war es einfach umwerfend. Der Kamin aus Flusssteinen reichte ganz bis an die holzgetäfelte Decke. Zwischen Küche und Essecke stand ein rot emaillierter Ofen. Auf der einen Seite unter dem Dach gab es ein großzügiges Loft, das über eine Leiter zu erreichen war und in dem sich eine Schlafmöglichkeit befand. Das Schlafzimmer selber war im verschwenderischen Luxus einer vergangenen Zeit eingerichtet und hatte ein direkt anschließendes Bad sowie einen rustikalen Schreibtisch, der vor dem Fenster stand, das auf den See hinausging.

Rourke stellte den Heißwasserboiler an und machte sowohl im Kamin als auch im Ofen ein Feuer. Jenny kam strahlend aus dem Schlafzimmer.

„Ich fange an, es zu mögen, eine Bellamy zu sein“, sagte sie.

„Ich denke immer noch, dass du verrückt bist“, erwiderte er.

„Machst du Witze? Am Lake George oder am Saranac Lake zahlen Leute ein Vermögen für Häuser wie dieses hier. Ich wünschte, du würdest dich für mich freuen.“

„Mir gefällt die Idee nicht, dich mitten im Niemandsland allein zurückzulassen.“

„Falls du es nicht bemerkt hast, dieses Niemandsland ist nur wenige Autominuten von der Stadt entfernt. Es hat Elektrizität und Telefon. Tu also nicht so, als würde ich auf einer Eisscholle ausgesetzt.“ Sie unterdrückte den Drang, seine Stirn zu berühren und die tiefe Falte zwischen seinen Augenbrauen wegzustreichen. „Ich brauche das, Rourke. Ein wenig Zeit ganz allein mit mir. Ich hätte das vermutlich schon vor langer Zeit tun sollen. Und es ist hier absolut sicher. Mein Großvater ist jeden Winter zum Eisangeln hergekommen. Vielleicht versuche ich das auch mal.“

„Ich schwöre bei Gott, wenn du auf das Eis gehst, werde ich dich in Handschellen zurück in die Stadt bringen.“

Sie lachte, um die unerwartete Reaktion auf die Vorstellung, von ihm in Handschellen gelegt zu werden, zu überspielen. „Ich habe Neuigkeiten für dich, Rourke. Ich bin eine erwachsene Frau, und du bist nicht für mich verantwortlich.“

„Vielleicht nicht, aber weißt du was? Ich bin der Polizeichef, und dieses Haus liegt in meinem Zuständigkeitsbereich. Also sei nicht überrascht, wenn ich beschließen sollte, hier ab und zu Patrouille …“

„Das würdest du nicht tun.“

„Wart’s ab.“

„Du bist verrückt.“

„Verrückt ist, dass du hierbleiben willst. Verdammt, Jenny. Warum bist du in dieser Angelegenheit so dickköpfig?“

„Das hat nichts mit Dickköpfigkeit zu tun“, sagte sie. „Es ist sozusagen meine Unabhängigkeitserklärung. Ich habe alles verloren, Rourke. Und das Einzige, was das erträglich macht, ist, dass ich die Chance habe, noch einmal bei null anzufangen.“

„Das hier ist nicht bei null anfangen, das hier ist sich verstecken.“

„Du kannst mich mal, Rourke.“

„Das haben wir schon mal versucht", gab er boshaft zurück. „Und es hat nicht funktioniert."

„Das war's." Sie stand kurz davor, die Geduld zu verlieren. „Du gehst jetzt besser, bevor ich …"

Langsam zog er erst einen Handschuh, dann den anderen aus. „Bevor du was? Die Polizei rufst?"

Essen für die Seele

von Jenny Majesky

Trostessen

Die glücklichsten Momente in unserem Leben haben meistens mit Essen zu tun. Vielleicht nicht die ganz großen Augenblicke, wie der Heiratsantrag oder die Geburt eines Babys, aber die stillen Zeiten, als man noch ein Kind war und gute Noten nach Hause gebracht hat. Irgendjemand hat einem dann doch fast immer einen Keks gegeben.

Und dann sind da die nicht ganz so glücklichen Zeiten, in denen Trostessen erst seine wahre Bedeutung entfaltet. Als sie noch ein Mädchen war, hatte meine Großmutter Scharlach. Von ihrem Krankenbett aus konnte sie den Zimt riechen, mit dem ihre Mutter backte, und seit diesem Moment war der Geruch von Zimt für sie immer auch der Duft der Liebe.

Trostessen ist auch wichtig, wenn man mit seinen Freundinnen zusammenkommt und redet. Es ist einfach nicht möglich, das ohne etwas zu essen zu tun. Meine Großmutter hat immer mit viel Freude gebacken. Sie wusste, dass Essen tröstlich sein kann aufgrund der Assoziationen, die wir zwischen dem Essen und den uns umgebenden Menschen herstellen. Oder aufgrund der Gefühle, die von dem Geschmack und den Gerüchen geweckt werden. Gewürzt mit etwas Nostalgie und duftend nach Liebe ist ein echtes Trostessen so, als würde man von jemand ganz Besonderem umarmt.

Polnischer Apfelstrudel

3–4 Äpfel, geschält, entkernt und in dünne Scheiben geschnitten
1 Blätterteig
2 EL Butter
140 g Walnüsse in Sirup
½ TL Zimt
½ TL Piment
½ TL gemahlener Kardamom
3 EL brauner Zucker
3 EL Honig
1 EL Speisestärke
¼ Tasse Semmelbrösel

Ofen auf 190 °C vorheizen. Die Äpfel in der Butter kurz auf mittlerer Hitze anbraten, bis sie weich sind. Walnüsse, Gewürze, braunen Zucker und Honig hinzugeben. Speisestärke unterrühren, bis sie sich ganz aufgelöst hat. Die Mischung so lange kochen, bis sie merklich eingedickt ist.

Den Teig in eine rechteckige Form ausrollen und auf ein mit Backpapier ausgelegtes Backblech legen. Die Apfelmischung in der Mitte des Teigs verteilen und den Teig über die Füllung schlagen. Mit Semmelbröseln bestreuen.

Ungefähr 30 Minuten backen, bis der Strudel goldbraun ist. Mindestens 10 Minuten abkühlen lassen und dann entweder pur oder mit einem Klecks gesüßtem Sauerrahm servieren.

25. KAPITEL

1998

Liebe Mom,

ich bin immer noch mit Joey verlobt. Ich weiß, du würdest vermutlich sagen, ich sei zu jung – falls es dich überhaupt interessieren würde –, aber wir haben uns für eine lange Verlobungszeit entschieden, weil er mich nicht alleine auf irgendeinem Armeestützpunkt weit weg von zu Hause zurücklassen will. Es ist einfach sinnvoller, erst zu heiraten, wenn Joey aus der Army entlassen wird. Granny geht es nicht so gut, und ich muss in ihrer Nähe bleiben. Joey will, dass wir in Avalon bleiben und uns hier ein Leben aufbauen. Granny ist ganz verrückt nach ihm. Sie erzählt mir immer wieder, was für ein toller Junge er ist und was für ein großartiger Ehemann er sein wird. Als er letztes Jahr im Urlaub hier war, haben wir bei Palmquist's unsere Eheringe ausgesucht. Die Ratenzahlungen haben ewig gedauert, aber heute habe ich sie endlich nach Hause geholt, und mir ist jetzt irgendwie seltsam schwindelig. Die Nerven vielleicht? Die Ringe hier zu haben macht die Zukunft mit einem Mal so real.

Trotzdem überstürzen wir nichts. Die Ringe können warten. Alles kann warten. Joey ist gerade zu einem Einsatz abkommandiert worden, und da er ein Ranger ist, kann er nicht mal sagen, wohin und was er da tun wird, weil es eine streng geheime Mission ist. Er hatte achtundvierzig Stunden, um mir Auf Wiedersehen zu sagen. Rourke und ich haben ihn zum Zug gebracht. Rourke ist jetzt bei der Polizei, hab ich dir das schon erzählt? Er hat seinen Abschluss auf der Polizeiakademie gemacht und arbeitet jetzt in Avalon. Ich denke, seine Familie ist darüber total entsetzt, schließlich ist er der einzige Sohn von Senator Drayton McKnight und sollte was „Besseres" werden als Polizist in einer Kleinstadt. Aber das ist eine andere Geschichte. Heute sollte ich über Joey schreiben. Meinen Verlobten. *Verlobten.* Das sieht geschrieben so offiziell aus. Am Bahnhof hat Joey mir versprochen, dass er in einem Stück zurückkommt. Ich musste mich sehr zusammenreißen, um nicht zu weinen, aber Joey hat die ganze Zeit gelächelt. Er ist den Rangern so ergeben. Einer seiner Kumpel im Bataillon hat ihm gesagt, wenn er bei Bewusstsein ist, wenn ihn die Rettungskräfte heraustragen, hat er sich nicht genug ins Zeug gelegt. Sie lachen viel zusammen. Vielleicht ist das ihre Art, mit der Gefahr umzugehen.

Joey hatte noch eine Neuigkeit für mich. Er hat Rourke gebeten, sein Trauzeuge zu werden, und natürlich hat Rourke zugesagt. Und dann hat Joey ihn noch gebeten, auf mich aufzupassen, während er weg ist. Seine exakten Worte waren: „Pass auf sie auf, Mann. Ich weiß, das ist altmodisch, aber ich meine es ernst. Hab ein Auge auf sie."

Rourke sagte, dass er das tun würde – als hätte er eine Wahl gehabt.

Warum haben Männer immer das Gefühl, auf Frauen aufpassen zu müssen? Hallo, wir stehen kurz vor einem neuen Jahrtausend, und ich leite eine eigene Firma, seitdem ich siebzehn bin. Ich denke, ich kann ganz gut alleine auf mich aufpassen. Aber es ist auch süß von Joey, dass er sich Sorgen macht. Süß und vielleicht ein kleines bisschen erdrückend.

Und dann hat er mich so lange und intensiv geküsst, dass es mir schon fast ein wenig peinlich war. Versteh mich nicht falsch – ich wollte den Kuss. Joey ist Soldat und fuhr wieder weg. Ich wollte ihn mir irgendwie einprägen, doch stattdessen konnte ich nur daran denken, dass wir inmitten all der Leute standen und uns küssten, als gäbe es kein Morgen. Ich wünschte, ich hätte mich von dem Kuss davontragen lassen, hätte die ganze Welt um mich herum vergessen können, aber meine Gedanken schweiften immer wieder zu den umstehenden Menschen ab. Dann musste Joey einsteigen – „Wir sehen uns, Sweetheart", sagte er, als wenn er nur in die nächste Stadt führe und nicht einmal um die halbe Welt. Dann war er fort.

Als ich dem Zug hinterhersah, wie er den Bahnhof verließ, schaute ich Rourke nicht an. Ich konnte es nicht. Ich fürchtete mich vor dem, was ich in seinen Augen sehen würde.

Kennst du dieses Gefühl, Mom? Wenn du etwas anschaust, bist du gezwungen, es wahrzunehmen, und damit wird sich alles verändern?

Nun ist Joey also in Übersee und tut Dinge, die ich mir nicht mal vorstellen kann, und das Leben geht weiter. Ich leite die Bäckerei. Ich kümmere mich um Granny. Von Rourke sehe ich dieser Tage wenig. Er trifft sich mit vielen verschiedenen Mädchen und arbeitet hart. Ab und zu ruft er an, um zu fragen, wie es mit Granny und der Bäckerei geht. Ich nehme an, damit will er sein Versprechen einlösen, „ein Auge auf mich zu haben".

Und warum zum Teufel stelle ich irgendetwas davon infrage? Joey betet mich an. Ich bete ihn an. Wenn wir erst mal verheiratet sind, will er, dass wir so lange bei Granny leben, wie sie uns braucht. Er hat einen großartigen Dad. Ich liebe Bruno wie einen Vater. Jedes Mal, wenn wir uns treffen, nimmt er mich in seine dicken, starken Arme. Er riecht nach Haaröl und Pfefferminzkaugummi, und er hat mir erzählt, Joey habe ein Herz wie ein Löwe.

Joey hat genügend Vertrauen für uns beide. Er weiß ohne den Hauch eines Zweifels, dass ich schon immer die eine für ihn gewesen bin. Er sagt, er hat es schon gewusst, als wir noch Kinder waren.

Ich wünschte, ich könnte das Gleiche sagen. Aber rate mal? Ich weiß es immer noch nicht.

Jedes Jahr sage ich mir, dass ich dich endlich nicht mehr brauche, Mom. Endlich bin ich dem entwachsen, dich zu brauchen. Und dann ertappe ich mich doch wieder dabei, mir zu wünschen, du wärest da, weil ich so viele Fragen habe. Woher weiß man, dass man das Richtige tut? Gibt es irgendwelche Zeichen, oder muss man es einfach ausprobieren, auf das Beste hoffen und beten, dass es kein riesiger Fehler ist?

Wofür soll es gut sein, dass ich etwas will, was ich niemals haben kann? Die Sache ist die: Vielleicht liege ich falsch, aber ich glaube es nicht – ich habe das Gefühl, dass Rourke das Gleiche empfindet. Und er hat genauso viel Angst wie ich.

Präsident Clinton wurde auf NPR zur Intervention der USA im Kosovokrieg interviewt, und Rourke wollte zuhören, weil er annahm, dass Joey dorthin entsandt worden war. Doch anstatt dem Radio zuzuhören, wandte er seine Aufmerksamkeit Naomi zu, seiner Freundin. Na ja, genau genommen war sie seit zehn Minuten nicht mehr seine Freundin. Wieder einmal hatte es nicht geklappt.

„Du bist so ein Idiot." Naomi zog sich wütend ein T-Shirt über den Kopf und verhüllte damit ihre besten Argumente. Ihr Kopf kam wieder hervor, und sie schaute Rourke wütend an. „Ein kompletter und totaler Scheißkerl."

Er fragte sich, warum er sich überhaupt noch die Mühe machte. Er ging jedes Mal diese Beziehungen ein und dachte – hoffte, betete –, dass es dieses Mal klappen würde, dass sie die Richtige wäre, die eine, nach der er suchte. Und ab da ging es stetig bergab. Der reine Wunsch, dass es funktionieren möge, reichte eben nicht aus.

Irgendwie erschöpft schlug er die Decke zurück, stand auf und zog sich eine kurze Hose an. Verlassen zu werden war schon würdelos genug, da konnte er sich wenigstens anziehen. „Ich wollte dir nie wehtun", sagte er und erstickte beinahe an den Worten. Er hatte sie schon oft zu vielen Frauen gesagt.

Clinton erklärte gerade, dass die Nation jetzt aus den Schulden raus sei, das Budget ausbalanciert, die Wirtschaft stabil, und dass es nun an der Zeit war, die Vision nach außen zu tragen, die Friedenssicherung in der Welt anzugehen.

„Du siehst mich nicht einmal", sagte sie. „Du weißt gar nicht, wer ich bin."

Guter Gott, sie hatte recht. Er wusste nicht, wer sie war. Er wusste nur, wer sie *nicht* war.

„Es tut mir leid." Und das stimmte. Sie tat ihm leid. Er selber tat sich leid. Und es tat ihm leid, dass er nach etwas suchte, was er bereits gefunden hatte, aber nicht haben konnte.

Sie ging ohne ein weiteres Wort. Eine wunderschöne Frau, die jetzt seinetwegen verletzt war. Er hasste sich dafür, ihr Wunden zuzufügen, die sie nicht verdient hatte. Zu dem Zeitpunkt, als sie schon auf dem Weg zurück in die Stadt war, hatte er schon beinahe wieder vergessen, wie sie sich kennengelernt hatten. War es auf einem Sommerkonzert in Woodstock oder in der Bar in Kingston gewesen? Vielleicht war sie eine der Frauen, mit denen seine Mutter ihn verkuppelt hatte. Auch wenn sein Vater ihm nie verziehen hatte, dass er Polizist geworden und in dieses kleine Städtchen gezogen war, versuchte seine Mutter weiterhin, ihn zurück in die Arme der Familie zu holen, indem sie ihm gut erzogene und gebildete Damen der Gesellschaft wie Köder vor die Nase hielt.

Er sollte den Frauen einfach ein für alle Mal abschwören. Aber das war unmöglich. Frauen waren wie … Luft. Er brauchte sie zum Überleben.

Aber er könnte es besser machen. Würde es besser machen. Es war nur eine Frage von Konzentration und Disziplin. Zwei Dinge, in denen er gut war. Auf dieses Verhalten war er gedrillt worden, und er praktizierte es jeden Tag in seinem Job. Es sollte doch ein Leichtes sein, das in sein Privatleben zu übertragen. Warum brauchte er überhaupt ein Privatleben? Er konnte doch einfach bei dem bleiben, worin er gut war – Polizeiarbeit. Untersuchungen von Verbrechen, Kriseneinsätze, öffentliche Sicherheit, Polizeitaktik, Verbrecher ihrer gerechten Strafe zuführen, das war alles, was er je gewollt hatte. Das ist die Lösung, dachte er. *Konzentrier dich auf deinen Job.*

Jeden Morgen, wenn er seine Schutzweste, sein Karbonholster und den Schlagstock anlegte, wurde ihm die Ironie des Ganzen bewusst. Sein eigener Vater hatte das Gesetz ein- und durchgebracht, das schusssichere Westen für Polizisten vorschrieb. Jetzt, wo Rourke ein erwachsener Mann war, war Drayton McKnight auf einmal daran interessiert, seinen Sohn zu beschützen.

Rourke hielt sich an seinen Schwur und konzentrierte sich auf das, worin er gut war. Er legte für die guten Bürger Avalons Überstunden ein. Ein Bürger beschwerte sich, dass der schwarze Labrador seines Nachbarn ihm immer in den Garten machte. Am nächsten Tag berichtete der Hundebesitzer, dass jemand mit Leuchtschrift Obszönitäten auf das Fell seines Labradors gesprüht hatte. Andere Fälle waren schwer zu ertragen – wie das Highschoolmädchen, das sich eine Überdosis verpasste, nachdem es sexuell belästigt worden war. Eine ältere Einwohnerin war um ihre Ersparnisse betrogen worden. Rourke behandelte jeden Fall mit dem gleichen Ernst. Von der Beschwerde über eine zu laute Party bis zu Anrufen wegen häuslicher Gewalt. Sein Job war nicht wirklich abenteuerlich, aber er war genau das Richtige für ihn. Manchmal dachte er, dass er verrückt war, ausgerechnet hier zu leben, als Zuschauer für Jennys und Joeys Liebe, aber irgendwie spürte er eine tiefe Verbundenheit zu Avalon. Hier hatte er als Junge entdeckt, was Frieden war.

In seiner Freizeit lernte er – Verhandlungsführung, Verwaltung, Gemeindebeziehungen. Er adoptierte Hunde, die beschlagnahmt oder ausgesetzt worden waren, und widmete sich hingebungsvoll ihrer Ausbildung. Jeden Abend am Ende seiner Schicht schaute er nach seinen E-Mails. Joey war ein außergewöhnlich guter Schreiber, und per E-Mail konnten sie unmittelbar in Kontakt bleiben. Oft erfuhr Rourke große Neuigkeiten schon, bevor die Öffentlichkeit davon Wind bekam. Obwohl alle Korrespondenz überprüft wurde, zeichnete Joey ein lebendiges Bild von seinem Leben in einem nicht näher benannten Ort. Ein Leben, das hauptsächlich aus körperlichen Unannehmlichkeiten und Langeweile bestand, die hin und wieder von dem Adrenalinrausch ihrer Einsätze auf Leben und Tod durchbrochen wurden. Beinahe jede E-Mail an Rourke endete mit irgendeiner Referenz an Jenny: „Gib auf mein Mädchen acht." „Iss eine Kolache für mich." „Sag Jenny, ehe sie sich versieht, bin ich wieder zu Hause."

In letzter Zeit schien sein Bataillon in Bewegung zu sein, denn Joeys Korrespondenz war sehr sporadisch geworden. Oft hatten sie nun Nachteinsätze, zu denen sie meist mit einem speziell dafür konzipierten Chinook-Helikopter geflogen wurden. Er hatte sich einen Magenvirus eingefangen, verbarg ihn aber, weil er die Action nicht verpassen wollte – das war typisch für Joey.

Eines Abends war Rourke mit den Hunden für eine letzte Runde im Garten, als er das Telefon klingeln hörte. Obwohl es weit nach zehn Uhr war, blieb er mit den Hunden immer noch ein Weilchen auf, um sie für die langen Stunden zu entschädigen, wenn er auf der Arbeit und sie alleine zu Hause waren. Er warf den vollgesabberten Tennisball ein letztes Mal und rannte in die Küche, wobei er sich die Hände an der Jeans abwischte. Dann suchte er nach dem Telefon. Aber zu spät. Als er es endlich zwischen den Sofakissen gefunden hatte, war der Anrufbeantworter schon angesprungen. Ungeduldig hörte er die Nachricht ab.

„Ich bin's", sagte sie und musste nicht erklären, wer „ich" war. Normalerweise meldete sie sich immer mit einer fröhlichen Begrüßung, aber heute war irgendetwas an ihrer Stimme anders. Etwas, das Rourke wie erstarrt stehen bleiben ließ. „Ich brauche dich hier“, fuhr sie fort. „Kannst du herkommen? Bitte.“

Auf dem Weg im Auto zu ihr vergaß er, dass er eigentlich für die öffentliche Sicherheit in der Stadt zuständig war. Er hielt an keinem Stoppschild und fuhr wie von Dämonen gejagt. Er bog mit quietschenden Bremsen auf ihre Einfahrt ein, sprang aus dem Auto und nahm die drei Verandastufen mit einem Satz.

Jenny erwartete ihn bereits an der Tür. Bevor sie etwas sagte, wusste er es. Ein Blick in ihr Gesicht verriet es ihm. *Joey.*

Sie trank Champagner – die Flasche Cristal, die sie für Joeys Heimkehr aufbewahrt hatte und die nun beinahe leer war. Sie schüttelte stumm den Kopf und schien dann in seinen Armen zu schmelzen, während er sie hielt und sie ihre Wange gegen seine Brust drückte. Er nahm ihr das Glas aus der Hand, stellte es beiseite und hielt sie einfach nur fest. Sie weinte nicht, gab keinen Laut von sich, aber sie zitterte von Kopf bis Fuß.

„Erzähl es mir“, flüsterte er in das nach Zimt duftende Haar über ihren Ohren. „Du kannst es mir sagen.“

„Noch nicht“, sagte sie. „Lass uns noch einen Augenblick so stehen bleiben.“

In dem Moment erstarb jede Hoffnung, die er noch gehabt hatte. Unter normalen Umständen vermieden Jenny und er es, körperlich in Kontakt zu kommen. Das war eine unausgesprochene Vereinbarung zwischen ihnen, die in dem Moment entstanden war, als sie sich mit Joey verlobt hatte. Sie und Rourke waren zusammen zu explosiv, schon immer gewesen. Wenn er in ihrer Nähe war, schien sich seine Haut aufzuheizen, und die Welt schrumpfte auf die paar Quadratzentimeter unter seinen Füßen zusammen. Und dennoch war sie verbotenes Territorium.

Die Umstände heute Nacht waren aber alles andere als gewöhnlich, und diese Umarmung, so roh und offen sie sich auch anfühlte, war der einzige Ort auf der Welt, wo er in diesem Moment sein wollte. Sie atmeten wie eine Person. Berührten sich mit schmerzerfüllter Zärtlichkeit, versuchten, im anderen zu verschwinden, um nicht zum nächsten Augenblick voranschreiten zu müssen, zu dem Augenblick, in dem sie sich dem stellen müssten, was passiert war.

Irgendwann zog Jenny sich zurück. „Ich habe noch mehr Champagner“, sagte sie mit einer Geste in Richtung Küche.

Rourke fühlte sich, als würde er in Flammen stehen, als er in die Küche ging, die Flasche fand und öffnete. Es erschien ihm unangemessen feierlich, aber er tat es trotzdem. Er wusste, dass diese spezielle

Flasche aus der Kiste kam, die seine Eltern Joey als Glückwunsch zu seiner Verlobung geschickt hatten. Ein Blanc de Blancs, eine von nur tausend abgefüllten Flaschen. Rourke trank den ungekühlten Champagner direkt aus der Flasche. Dann senkte er sie und schaute durch den Raum zu Jenny hinüber. Schneewittchen, dachte er. Sie war so blass, ihre Haare und Augen so dunkel. Und gequält, von einer Traurigkeit, die so tief war, dass er sie in seiner Brust spüren konnte.

„Deine Großmutter …?", fragte Rourke.

„Sie schläft schon. Sie hat auch schon geschlafen, als Bruno angerufen hat. Sie weiß noch nichts davon, und ich werde ihr vielleicht noch eine weitere friedvolle Nacht gönnen, bevor ich es ihr sage." Jenny schaute in den Flur, der zum Schlafzimmer ihrer Großmutter führte. „Lass uns nach oben gehen. Ich will Granny nicht aufwecken."

Rourke fühlte sich wie aus Holz, als er Jenny die Treppen hinauf folgte. Als Jennys Großmutter krank geworden war, konnte sie die Stufen nicht mehr alleine bewältigen, also hatte man ein Zimmer im Erdgeschoss zum Schlafzimmer für sie umgebaut. Das Obergeschoss war jetzt ganz Jennys Reich, in dem sie ihre Zeit damit verbringen konnte, zu schreiben und auf Joey zu warten. Wenn sie verheiratet waren, hatten sie hier zusammen wohnen wollen. Wenn sie verheiratet waren … Mit zitternder Hand hob Rourke die Champagnerflasche erneut für einen großen Schluck an die Lippen.

Als Jenny endlich anfing zu sprechen, klang ihre Stimme weich und ungläubig. Sie wiederholte die Nachricht, als hätte sie sie in ihrem Kopf wieder und wieder aufgesagt – *es gab ein Unglück mit einem Transporthelikopter. Niemand aus Joeys Bataillon hat überlebt.*

Rourke spürte keinen Schock, sondern nur die kalte, grausame Hand des Schicksals. Während sie ihm die wenigen Einzelheiten erzählte, die sie wusste, tranken sie die Flasche aus und öffneten eine weitere. „Er und sechzehn andere waren in einem Chinook-Helikopter irgendwo im Kosovo. Er ist in eine Schlucht gestürzt, und es hat keine Überlebenden gegeben. Die Namen werden erst in ein paar Tagen offiziell verkündet, aber Bruno wusste es schon. Er hat einen Anruf übers Satellitentelefon von jemandem aus dem Bataillon erhalten." Ihre Stimme brach. „Es ist noch nicht offiziell, es hat noch keine formelle Verlustmeldung gegeben. Aber … keine Überlebenden."

Eisiger Schmerz heulte durch Rourkes Körper. Joey. Sein bester Freund. Sein Blutsbruder. Der beste Kerl der Welt. Ein paar Sekunden lang hatte Rourke das Gefühl, nicht atmen zu können.

Jenny sah ihn an, und in ihrem Gesicht spiegelte sich seine Qual.

Rourke hasste es, dass sie alleine gewesen war, als der Anruf kam. „Und Joeys Dad …"

„Er ist bei seiner Schwester in New York. Ich schätze, ich werde – wir werden – ihn … Oh mein Gott. Wird es ein Begräbnis geben? Einen Gedenkgottesdienst?“

„Ich weiß es nicht. Wer kennt sich mit diesen Sachen schon aus?“ Er sah Bilder von Joey vor sich. Ein albernes Kind mit großen Ohren, das zu einem Mann herangewachsen war, den jeder mochte. Sie hatten alle wichtigen Ereignisse ihres Lebens miteinander geteilt. Von verlorenen Zähnen über verlorene Kätzchen, Siege und Niederlagen im Sport, Schulabschlüsse und natürlich die Sommercamps. Rourke fühlte sich, als hätte man ihm gerade ein Körperteil abgetrennt.

Und doch, durch das leere Pfeifen der Trauer in ihm drückten sich noch andere Gefühle an die Oberfläche … Schuld und Traurigkeit, Zärtlichkeit und Wut.

Eine ganze Zeit lang betrachtete er Jennys Gesicht. Er fand ein Taschentuch und trocknete ihre Tränen. Dann beugte er sich vor und hielt sie auf eine Art, auf die er sie noch nie gehalten hatte. Nicht einmal, als er es gewollt hatte, nicht einmal, als sie ihn praktisch angefleht hatte. Seine Arme umfingen sie, als wenn er sie vor einem Bombenangriff beschützen wollte. Er hielt sie so, dass er ihren gesamten Körper an seinem spürte, sogar ihren Herzschlag fühlte, und dennoch war es nicht nah genug. Er berührte sie auf eine Weise, an die er schon tausend Male gedacht hatte. Fuhr mit seinem Daumen die Linie ihrer Wangen nach, hob ihr Gesicht zu seinem an und wollte sie küssen, in ihr ertrinken und Vergessen finden.

Irgendwie verhedderte sich die Liebe, die sie beide für Joey empfanden, mit den Gefühlen, die sie füreinander hatten, und bald küssten sie sich, und so verrückt es war, sie bewegten sich küssend in Richtung Schlafzimmer, verzweifelt bemüht, der Wahrheit zu entfliehen, und dennoch gemeinsam hier gefangen, während die Dunkelheit sich um sie herum senkte. Sie hinterließen eine Spur aus ihrer Kleidung auf dem Boden, und als sie endlich das Bett erreichten, gab es nichts Trennendes mehr zwischen ihnen. Sie schmeckte nach Champagner und Tränen, und sie schlang ihre Arme um seinen Hals und küsste ihn weiter und ließ nicht nach. Es war verrückt, sie war verrückt, sie beide waren verrückt, aber sie ließ ihn nicht los.

Sie hielt ihn fest, zog sich aber so weit zurück, dass ihre Lippen nur noch ein Flüstern entfernt waren. „Er hat dich gebeten, dich um mich zu kümmern“, sagte sie. „Wie willst du das anstellen, Rourke?“

Das Klingeln des Telefons drang scharf wie ein Messer durch Jennys alkoholgetrübten Schlaf. Sie rührte sich und stöhnte, als sie versuchte, sich vor dem Lärm zu verstecken, doch er blieb unerbittlich. Ihr Kopf fühlte sich an wie ein Fels, es war unmöglich, ihn anzuheben. Endlich hörte das schrille Klingeln auf, und auf der anderen Seite des Zimmers ging der Anrufbeantworter an. Sie konnte ihre eigene Stimme hören, die den Anrufer begrüßte. Jenny streckte sich und stieß gegen einen warmen, nackten Körper unter dem Laken. Starke Arme zogen sie an sich, und ein schläfriger Seufzer pustete gegen ihren Nacken. Oh-Gott-oh-Gott. Rourke. Sie hatte mit Rourke geschlafen. Joey war tot, und sie hatte betrunken umwerfenden Sex mit Rourke gehabt.

Dafür würde sie in der Hölle schmoren.

Der Anrufer fing an, seine Nachricht aufzusprechen. Es klang so sehr wie Joey. Was bedeutete, dass sie vermutlich immer noch betrunken war. Oder träumte, denn Joey war tot, vermisst seit einem Helikopterabsturz. Wie eine Schlafwandlerin ging sie splitterfasernackt an die Kommode, auf der die kleine schwarze Maschine stand, aus der die immer noch so vertraut klingende Stimme ertönte. „… alles ein Missverständnis“, sagte er. „Mein Name stand auf der Liste, aber ich war nicht in dem Hubschrauber …“

Jenny lachte laut auf, Tränen rannen über ihre Wangen, als sie das Telefon aufnahm und sagte: „Joey?“

Es folgte die übliche Verzögerung eines Ferngesprächs, dann hörte sie ihn sagen: „Baby, ich bin so froh, dass du rangegangen bist. Ich weiß, dass es erst fünf Uhr morgens ist, aber ich musste dich wissen lassen, dass es mir gut geht. Ich habe gerade schon mit meinem Dad telefoniert. Es hat in letzter Minute eine Auswechslung gegeben. Ich war nicht bei der Gruppe …“

Sie konnte nicht sprechen. Konnte kaum atmen, und sie zitterte vor Erleichterung, als Joey irgendetwas über eine Liste erzählte, die von einem Sergeant erstellt und an jemand anderen zur Archivierung gegeben worden war. Beim Einsteigen in den Hubschrauber hatte Joey sich verletzt und war zur Krankenstation geschickt worden. „Wie ein Idiot hatte ich vergessen, meine Brille aufzusetzen, und mir ist etwas ins Auge geflogen. Sie schicken mich zur Operation nach Deutschland.“

„Jen?“, rief Rourke ihr aus dem Bett zu. „Wer ist da am Telefon?“

Sie wirbelte herum, um ihn zum Schweigen zu bringen, aber es war zu spät. „Was macht Rourke denn um diese Zeit bei dir?“, fragte Joey. Der Ton in seiner Stimme hatte sich verändert, war schärfer geworden.

Und in dem Moment wusste Jenny, dass Joey vermutlich die ganze Zeit von der Sache zwischen ihr und Rourke gewusst hatte. „Als ich es gehört hatte, habe ich ihn gebeten, rüberzukommen“, sagte sie. „Er ist dein bester Freund. Wen sollte ich wohl sonst anrufen, Joey?“

Darauf gab er ihr keine Antwort. Stattdessen sagte er: „Ich werde entlassen. Die Ranger haben keine große Verwendung für einen einäugigen Soldaten. Ich komme nach Hause."

Sie stand da, nackt und immer noch warm von Rourkes Berührung, hielt das Telefon in der Hand, während er durch das Zimmer auf sie zukam, die Haare zerzaust, den Blick verwirrt. Und sogar jetzt, als sie ihn anschaute, spürte Jenny hilflose Lust, vermischt mit Scham.

Und dann wurde ihr bewusst, dass sie dafür nicht *irgendwann* in der Hölle schmoren würde. Sie war schon längst drin.

Essen für die Seele

von Jenny Majesky

Entflammt

Menschen mögen es, Dinge in Flammen zu setzen. Geben Sie es zu, wenn Sie ein flambiertes Dessert sehen, sind Sie beeindruckt. Es hat etwas Faszinierendes, wie die Flammen einem Fluss gleich fließen und dann ausgehen, um eine köstliche, unverkennbare Essenz zu hinterlassen.

Es liegt etwas Ursprüngliches darin, etwas zu verbrennen. Einem polnischen Sprichwort nach ist das Feuer niemals ein sanfter Herr. Henry James behauptet, es bedürfe „zügelloser Leidenschaft, Feuer für Feuer". Was ein wenig Furcht einflößend ist, wenn Sie mich fragen, aber irgendwie macht es das alles auch nur umso köstlicher.

Brennende Liebe

8 Scheiben Brot
3 Tassen Crème double
1 ganzes Ei
3 Eigelb
1 ½ Tassen Zucker
½ TL Muskat
½ TL Zimt
¼ Tasse Rum
½ Tasse Rosinen oder Korinthen, die 15 Minuten in einer Tasse mit sehr heißem Wasser gequollen sind (bewahren Sie die Flüssigkeit auf)

Ofen auf 175 °C vorheizen. Brot in Würfel schneiden. Crème double, das Ei, die Eigelbe, ½ Tasse Zucker, Muskat, Zimt und 1 TL Rum gut vermischen und mit den Brotwürfeln vermengen.

Die Rosinen/Korinthen abtropfen lassen und die Flüssigkeit aufbewahren. Rosinen in die Brotmischung geben und diese auf Soufflé-Förmchen verteilen. Die Förmchen in eine ca. 2 cm hoch mit Wasser gefüllte Backform stellen und in den Ofen schieben. Nach ca. 30 Minuten eine Garprobe nehmen. Wenn das Messer ohne Teigreste herauskommt, sind die Soufflés gar.

Kurz vor dem Servieren die aufgehobene Flüssigkeit der Früchte und den restlichen Zucker in einer kleinen Pfanne unter ständigem Rühren erhitzen. Wenn der Zucker bernsteinfarben wird, vorsichtig eine weitere ½ Tasse heißes Wasser unterrühren. Erneut erhitzen und so lange kochen, bis es eine sirupartige Konsistenz angenommen hat. Den übrigen Rum dazugeben und noch einmal 15 Sekunden erhitzen. Die Pfanne vom Herd nehmen und ein brennendes Streichholz daran halten. Den brennenden Karamell über die Soufflés gießen und servieren.

26. KAPITEL

Daisy war sowohl überrascht als auch erfreut über die Art und Weise, wie ihre Familie auf die Neuigkeiten reagierte. Beinahe jeder nahm es gut auf. Keine schockierten oder entsetzten Gesichter. Eher der Ausdruck von Mitgefühl und Verständnis. Okay, ihr Bruder Max fand das Ganze total eklig und meinte, dass sie eine Idiotin sei, aber in seinem Alter – elf – waren für ihn so ziemlich alle Mädchen Idioten. Und selbst er musste zugeben, dass die Aussicht, Onkel zu werden, irgendwie cool war.

An dem Tag, an dem sie entschieden hatte, es ihren Freunden zu erzählen, erwachte sie in der blendend weißen Schönheit eines Schneetages. Noch bevor sie im Internet nachschaute, ahnte sie, dass die Schule heute geschlossen hatte. Schneefrei. Was für ein größeres Geschenk konnte es geben? Diese Tage hatten etwas Magisches – ungeplant ein ganzer Tag, an dem einfach alles innehielt, bis die Straßen wieder frei waren. Keine Schule. Keine Arbeit. Alle Verpflichtungen und Verabredungen abgesagt, alle Termine verschoben. Man musste nichts tun, außer faul zu sein. Anstatt sich durch Bürgerkunde zu quälen, könnte sie ausschlafen und beim Frühstücken fernsehen. Anstatt sich eine Ausrede für ihre nicht gemachten Physikhausaufgaben auszudenken, könnte sie sie in aller Ruhe fertig machen.

Sie war gerade im Begriff, sich wieder unter die Decke zu kuscheln, als ihr Handy klingelte. Sie schaute auf die Nummer und ging dann ran. „Wieso bist du denn schon auf? Heute ist doch schneefrei."

„Genau!" In Sonnets melodischer Stimme schwang Aufregung mit. „Zieh dich warm an, aber trag verschiedene Lagen. Da, wo wir hingehen, könnten wir ins Schwitzen geraten."

Daisy lächelte. Sonnet hatte immer irgendein Abenteuer im Ärmel. „Wohin geht's denn?", fragte sie.

„Bring deine Kamera mit", sagte Sonnet nur. „Und triff uns in einer halben Stunde an der Bäckerei. Wir gehen schneewandern. Zach bringt die Ausrüstung mit."

Das muss ein Zeichen sein, dachte Daisy, als sie ihr Handy zuklappte, wieder aufstand und ihre Thermounterwäsche anzog. Schneefrei und eine überraschende Einladung. Vielleicht war heute wirklich der Tag, an dem sie es ihnen sagen sollte. Sie putzte sich die Zähne, stellte sich dann seitlich vor den Spiegel und betrachtete ihre Silhouette. Ihr Körper war von einer fremden Macht übernommen worden. Sie schwankte zwischen heftigen Übelkeitsanfällen und unstillbaren Fressattacken. Ihre Brüste waren empfindlich und wurden langsam zu groß für ihren BH. Ihr Bauch sah allerdings immer noch flach aus, und die Jeans passten noch. Sie selbst mit einem riesigen Bauch … das konnte sie sich immer noch nicht vorstellen. Trotzdem war es an der Zeit, es Sonnet und Zach zu sagen. Heute.

Sie fuhren mit Zachs Jeep die Straße zu den Meerskill Falls hinauf, den Wasserfällen in der Nähe des Camps. Die Straße war jetzt geräumt, da Jenny oben in der Hütte wohnte. Sie würden sie jedoch nicht stören, da der Wanderweg zur Spitze des Wasserfalls führte. Die Fluten stürzten mehrere Hundert Meter in die Tiefe und endeten in einem tiefen Becken, das weit entfernt von der Hütte lag.

Daisy stieg aus dem Auto und wandte ihr Gesicht dem Himmel zu. Dann überprüfte sie noch einmal, ob der Akku ihrer Kamera auch noch voll war und die große Speicherkarte steckte. Die Lichtverhältnisse im Winter fand sie schön, aber zum Fotografieren gleichzeitig auch sehr herausfordernd. Sie liebte die kontrastierenden Tiefen, die hart gezeichneten Umrisse vor dem weißen Schnee, und sie hatte gelernt, die Belichtungszeiten und Filter so einzusetzen, dass sie selbst bei mäßigem Licht tolle Bilder machen konnte. Doch das war heute nicht nötig. Die Sonne war herausgekommen und warf dramatische Schatten und Muster auf die Landschaft. Sie fotografierte einen Birkenhain, dessen schlanke Äste vor dem Schneefeld wie lange Tintenstriche wirkten. Im Licht der Morgensonne schienen die Bäume regelrecht zu glühen.

Der Weg war von dem unberührten Schnee eines halben Winters bedeckt, und es dauerte nicht lang, bis sie ihre Schneeschuhe anziehen mussten. Zach hatte drei Paar Hightech-Schuhe dabei, die beinahe gar nichts wogen und nur so über den Schnee schwebten. Das war das Lustige an Zach. Sein Dad, der älter war als die meisten Väter, schien das Geld auszugeben, als gäbe es kein Morgen – auch wenn Gott verhüten mochte, dass er jemals ein Trinkgeld in das entsprechende Glas in der Bäckerei steckte. Dennoch hatte Mr Alger die Angewohnheit, von allem das Beste und Teuerste zu kaufen, inklusive Autos, Kleidung und, wie man jetzt sah, Schneeschuhe. Er war irgendwie schizoid, denn er warf Zach regelmäßig vor, nicht genügend Stunden in der Bäckerei zu arbeiten. Verrückt. Die Leute regten sich immer über die Verrücktheiten der Teenager auf, aber vielleicht war das nur die halbe Wahrheit, und sie sollten sich mal deren Eltern anschauen.

Daisy versuchte, sich ihr Kind als Teenager vorzustellen, aber das gelang ihr nicht. Sie konnte einfach nicht begreifen, dass ihr Körper einen lebensgroßen Menschen hervorbringen würde, ganz zu schweigen davon, dass es einer wäre, der seine Mutter ärgern und in der Schule Probleme bekommen könnte. Dennoch schwor sie sich, eine andere Mutter zu werden. Sie würde die beste Freundin ihres Kindes sein. Sie würden die gleiche Musik hören, und sie würde es nicht wegen schlechter Noten anschreien oder sich mit ihm wegen der richtigen Schule in die Haare kriegen. All das war aber sowieso noch weit entfernte Zukunftsmusik. Im Moment musste sie sich lediglich Gedanken darüber machen, wie sie es ihren neuen Freunden beibringen würde.

Nach einer Weile stellte sie fest, dass das Wandern mit Schneeschuhen harte Arbeit war. Auf halbem Weg den Berg hinauf zog sie ihren Parka aus und band ihn sich um die Taille. Dann folgten Schal und Mütze, die sie in ihrem Rucksack verstaute. Sie hätte das auf einen der Hormonschübe schieben können, von denen sie in ihren Schwangerschaftsratgebern gelesen hatte, aber dann sah sie, dass es Zach und Sonnet nicht anders ging und die beiden ebenfalls schweißgebadet waren.

Als sie die Brücke erreichten, die den Wasserfall auf halber Höhe überspannte, bat sie um eine Pause. „Ich will außerdem noch ein paar Fotos machen", sagte sie. Im letzten Sommer war der Wasserfall eine tobende Sturzflut gewesen, die aus ihrer Höhle hoch oben in den Felsen brach und sich über die Steine und Vorsprünge in die Tiefe stürzte. Der Winter hatte alles zu blaugrünem Eis erstarren lassen, das sich wie hohe, fein ziselierte Säulen an den Felsen drängte. Eiszapfen wuchsen am Rand, und mitten in dem Becken am Fuß des Wasserfalls steckte eine Eissäule wie ein Schwert.

Daisy fand erstaunliche Winkel zum Fotografieren. Sie legte sich flach auf den Rücken, um die Brücken aufzunehmen, eine alte Betonkonstruktion mit zwei hohen Bögen, die sich über die tiefe Schlucht spannten.

„Gerüchte besagen, dass man sie auch die Selbstmordbrücke nennt", sagte Sonnet. „Ich habe gehört, dass ein unglückliches Liebespaar sich umgebracht hat, indem es von dieser Brücke gesprungen ist."

„Ja, und in windigen Nächten kann man ihre Geister heulen hören", sagte Zach.

Sonnet stieß ein beleidigtes Schnauben aus. „Das hier ist Washington-Irving-Land, hier gibt es zur Landschaft die Geistergeschichten gratis dazu."

Daisy schoss ein Foto von ihrer Freundin, deren Gesichtsausdruck gleichzeitig genervt und süß war.

Als wenn sie die Aufmerksamkeit gespürt hätte, drehte Sonnet sich zu ihr um. „Hey, was würdest du dazu sagen, wenn ich dich bitte, mein Senior-Foto zu machen? Also das für das Jahrbuch?"

Daisy war überrascht und fühlte sich geschmeichelt. „Sicher, warum nicht."

„Ich würde dich natürlich auch dafür bezahlen", sagte Sonnet.

Sonnet und ihre Mom mussten jeden Penny zweimal umdrehen, um genügend Geld fürs College zu sparen. „Ich würde aber keine Bezahlung annehmen“, sagte sie und probierte verschiedene Winkel aus, wie sie Sonnet am besten aufnehmen könnte.

„Aber ich würde darauf bestehen“, meldete sich Sonnets Gerechtigkeitssinn zu Wort. „Dale Shirley nimmt dreihundert Dollar. Da müsste ich wochenlang sparen, um mir das leisten zu können.“

Shirley war ein gut beschäftigter Fotograf im Ort, dessen Arbeit die Broschüren der Handelskammer, den jährlichen Weihnachtskalender, den das Rathaus verschenkte, und natürlich das Jahrbuch der Avalon Highschool zierte. In Daisys Ohren klang es wie ein Traumjob, dafür bezahlt zu werden, Fotos zu machen. „Er kann was dafür verlangen, weil er die ganzen Referenzen und ein Studio und so hat“, sagte sie.

„Nee“, widersprach Zach. „Das liegt daran, dass er einfach schon immer da ist. Ich will mich auch nicht von ihm fotografieren lassen, aber mein Dad wird mich vermutlich dazu zwingen.“

Zachs Dad war immer darauf bedacht, gut dazustehen für die nächste Bürgermeisterwahl.

„Nicht, wenn ich ein besseres Foto mache“, sagte Daisy und schoss ein aufrichtiges Foto von Zach, während er über seinen Vater nachdachte. Zach war für den Schnee gemacht, wie ein Wolf. Seine blonden Haare, die weiche, glatte Haut und die unglaublich hellblauen Augen ließen ihn wild und wie nicht von dieser Welt aussehen.

Sonnet schaute über Daisys Schulter auf das gerade gemachte Foto. „Verrückt“, sagte sie. „Du siehst aus wie das Aushängeschild für die Aryan Nations.“

Er bewarf sie mit einer Handvoll Schnee, der in einer Wolke zerbarst, als er ihre Schulter traf. „Sei still“, sagte er.

„Sei selber still.“

Daisy richtete die Kamera auf die beiden. Sonnet war ein williges Objekt und nahm sofort eine Modelpose ein. Sie stützte die Hände in die Hüften und warf ihren Kopf zurück. Die Strickmütze konnte Sonnets wilde Locken nicht mehr bändigen, und Daisy fing genau diesen Moment ein. Sie wusste sofort, dass das ein großartiges Foto geworden war. Sonnet war keine Highschoolschönheit im üblichen Sinne, und sie hasste ihr Aussehen, aber das war in Daisys Augen verrückt. Sonnet war auf eine Weise umwerfend, die Higschooljungs noch gar nicht erfassen konnten. Ihre samtene Haut hatte die Farbe von Café au Lait, dazu kamen die pechschwarzen Locken. Ihr breiter Mund und die leicht schräg stehenden, beinahe mandelförmigen Augen verliehen ihr eine Aura des Mysteriösen – bis sie lächelte, dann war sie so offen und freundlich wie ein junger Hund.

Sonnet ließ Daisy so viele Fotos machen, wie sie wollte. Geduldig nahm sie eine Pose nach der anderen ein. Das war auch eine Seite an ihr, die Daisy so mochte: ihr Sportsgeist. Sie hatte einfach generell eine großartige Einstellung. Wobei das Lustige war, dass von allen Jugendlichen, die Daisy kannte, Sonnet Romano die meisten Gründe dafür hatte, sich eine Null-Bock-Haltung anzueignen, in der Schule durchzufallen oder ein Faulpelz zu sein. Sie war die uneheliche Tochter einer Teenager-Mutter, sie war ein Mischling, und sie und ihre Mutter kamen gerade so über die Runden.

Doch obwohl das alles eher Hindernisse waren, war Sonnet eine Einserschülerin, die eine Klasse übersprungen hatte. Sie war eine mehrfach ausgezeichnete Schülerin, eine talentierte Musikerin und Aushilfslehrerin im Kindergarten. Sie war durch eine vorgezogene Entscheidung am College angenommen worden und wartete noch auf Nachricht über ein finanzielles Unterstützungspaket. Soweit Daisy es beurteilen konnte, war Sonnet jedermanns Traumtochter, die Art Kind, mit dem Eltern herrlich angeben und sich selber auf die Schulter klopfen konnten, während sie den Ruhm dafür einheimsten, wie gut es war.

Sonnet war die Tochter, die Daisys Mutter gerne gehabt hätte. Stattdessen hatte Daisys Mutter eine Tochter bekommen, die sich nicht für Schule oder College interessierte, die bis zum Abwinken Party machte und von einem Jungen schwanger geworden war, den sie nicht einmal leiden konnte.

„Schluss jetzt“, sagte Zach, als Daisy eine weitere Runde Fotos machte. „Du machst die Kamera noch kaputt.“

Daisy schoss ein Foto von seinem vorwurfsvollen Gesichtsausdruck.

„Seht ihr die Felsvorsprünge dort?“ Sonnet zeigte auf einige überhängende Klippen. „Meine Onkel haben mir erzählt, dass das Eishöhlen sind.“ Sonnet hatte sechs Onkel oder so, die aussahen wie Mitglieder der *Sopranos*. „Höhlen in den Berghängen, die mit Eis ausgekleidet sind. Ich habe darüber im Archiv der Bücherei gelesen, für ein Geschichtsprojekt letztes Jahr. Einige der Klippen in dieser Gegend haben Höhlen, deren Eis so dick ist, dass es niemals schmilzt, auch nicht im Sommer. Das ist ein Grund dafür, warum man die Stadt Avalon genannt hat.“

Daisy legte ihren Kopf zur Seite. „Okay, jetzt kapier ich nichts mehr.“

„Nach der Legende von König Artus“, sagte Zach. „Merlins Kristallhöhle. Avalon war der Ort, an den der Hohe König ging, nachdem er bei seiner letzten Schlacht tödlich verwundet worden war.“

„Das Referat habe ich wohl versäumt“, sagte Daisy. „Ich weiß nicht, warum ihr euch überhaupt mit mir abgebt. Ich bin so ein Dummkopf.“

Was irgendwie ironisch ist, dachte sie. Sie hatte die konkurrenzfähigste, exklusivste Schule Manhattans besucht, und diese beiden hier gingen auf eine öffentliche Feld-Wald-und-Wiesen-Schule. Dennoch schienen beide so viel klüger zu sein als sie.

„Du bist kein Dummkopf", sagte Sonnet.

„Du hast ja keine Ahnung." Daisy wappnete sich innerlich. Es war an der Zeit. Sie musste es hinter sich bringen. Gleich hier, gleich jetzt. „Ich muss euch was sagen", fing sie an und ließ die Worte schnell aus sich heraussprudeln, bevor sie einen Rückzieher machen konnte.

Die beiden schienen die Wichtigkeit in ihrer Stimme zu hören, denn beide schenkten ihr ihre volle Aufmerksamkeit. Sie zögerte, so wie an dem Tag, als sie es ihrem Dad erzählt hatte, und versuchte, sich den Blick einzuprägen, mit dem die beiden sie jetzt musterten. Denn sie würde ihre Sicht auf sie gleich ein für alle Mal verändern.

„Es ist, äh, also das ist eine ziemlich große Sache." Vorsichtig ließ sie die Kamera los und spürte deren Gewicht an dem Gurt in ihrem Nacken. „Ich bekomme ein Kind. Und zwar diesen Sommer."

Die Worte fielen in eine so komplette Stille, als wären sie von einem Vakuum aus der Luft gesaugt worden. Daisy sah sie an, ihre einzigen Freunde in der Stadt, und hielt den Atem an. Sie weigerte sich, Luft zu holen, bis einer von beiden etwas gesagt, ihr versichert hatte, dass sie nicht aufhören würden, ihre Freunde zu sein. Einen Moment lang starrten die beiden sie nur an. Dann schlich sich eine leichte Röte in Zachs Wangen, und er sah unglaublich unbehaglich aus, so wie Max, als sie es ihm erzählt hatte. Sonnets Augenbrauen schossen nach oben und dann wieder herunter. „Hey, das ist wirklich eine große Sache."

Daisy nickte. „Es ist nicht das Klügste, was ich je getan habe, aber es ist nun mal passiert. Ich wollte es erst, du weißt schon, beenden, aber in letzter Minute konnte ich das nicht. Tja, und da bin ich nun."

Zach schien irgendetwas unendlich Faszinierendes in dem hohlen Stamm eines Baumes nahe der Brücke entdeckt zu haben. Er wollte ganz eindeutig nicht an dieser Unterhaltung teilnehmen.

Endlich sprach Sonnet wieder. Sie klang ein wenig aufgeregt. „Wow. Ich meine, wow. Das kommt echt unerwartet."

„Was du nicht sagst", erwiderte Daisy.

„Bist du darum von deiner alten Schule weg?", wollte Sonnet wissen.

Daisy schüttelte den Kopf. „Da wusste ich es noch nicht. Oder war zumindest nicht sicher."

„Wird der Vater des Babys dir helfen?" Eine seltsame Anspannung wob sich in Sonnets Stimme. Daisy wusste, dass Sonnets Beziehung zu ihrem Vater schwierig war und dass sie unter der Geheimhaltung litt, auf der er wegen seines Jobs im Pentagon bestand.

„Ich habe es ihm noch nicht erzählt. Ich weiß gar nicht, ob ich das überhaupt will. Er wird nicht glücklich sein, so viel kann ich schon mal verraten."

„Daran hätte er denken sollen, als er … als ihr …"

„Stimmt", sagte Daisy. „Daran hätten wir beide denken sollen."

Sonnet legte eine behandschuhte Hand auf Daisys Schulter. „Es wird schon alles gut werden", sagte sie.

Daisy lächelte sie an. „Das ist der Plan. Wie auch immer", fuhr sie fröhlich fort, „ich habe es geschafft, es meinen Eltern zu erzählen, und … wir kriegen das irgendwie hin." Das musste sie einfach glauben. Sie musste glauben, dass ein Kind zu kriegen sie nicht in einen Abgrund stürzen ließ.

Sie schwiegen alle eine Weile, und Daisy fühlte sich unendlich erleichtert. Es war gar nicht so schwer gewesen. Sie nahm an, es würde eine Weile dauern, bis sich alle daran gewöhnt hatten, und dann wäre alles wieder so wie früher. Zumindest eine Zeit lang. Sie hatte keine Ahnung, was aus ihrer Freundschaft würde, sobald das Baby da war. Zach hatte noch kein Wort gesagt, aber sie merkte, dass er peinlich berührt war. Seine Wangen und Ohren waren rot – und nicht nur von der Kälte –, und er vermied es, sie direkt anzusehen. Sonnet schien zu spüren, dass es an der Zeit war, weiterzugehen. Sie schirmte ihre Augen mit der Hand ab und betrachtete die Klippen. „Meine Onkel sagen, dass man ganz genau hinschauen muss, um die Höhlen zu sehen. Und man muss auf Lawinen aufpassen."

„Mein Dad hat gesagt, dass es totale Zeitverschwendung sei", sagte Zach. „Er meint, es lohnt den Aufwand nicht."

„Seit wann hörst du auf deinen Dad?", fragte Sonnet.

Daisy betrachtete die Felsvorsprünge, die mysteriöse Schatten auf den unberührten Schnee warfen. „Wieso gehen wir nicht einfach nachschauen?", fragte sie.

„Ist das dein Ernst?" Zach sah besorgt aus.

„Sie hat recht." Sonnet klopfte ihre Schneeschuhe aneinander. „Sieh dir den blauen Himmel an. Wir sollten zumindest auf den Gipfel des Berges gehen, oder?"

„Einverstanden." Zach machte sich ebenfalls bereit. „Wäre ja blödsinnig, wo wir schon so weit gekommen sind, das letzte Stück auszulassen." Er schulterte seinen Rucksack und stapfte los.

„Wir sind wie die Pioniere", sagte Daisy. „Die Ersten, die den Berggipfel erreichen."

„Das bezweifle ich", gab Zach zurück.

„Ich auch", stimmte Sonnet zu. „Mein Onkel Sam hat mir erzählt, dass sie in einigen Höhlen indianische Artefakte gefunden haben, und auch Zeug von den Pionieren. Vor der Erfindung des Kühlschranks wurden die Höhlen zum Aufbewahren von Lebensmitteln genutzt."

„Der Eisschrank der Natur", sagte Zach. „Scheint mir ein ganz schön langer Weg dahin."

Der Weg wurde steiler, der Schnee formte tiefe, breitrandige Schüsseln um die Baumstämme. Daisy war ein wenig atemlos und fragte sich, ob das an ihrer mangelnden Kondition oder an der Schwangerschaft lag. Ihr Arzt hatte gesagt, sie könne und solle alles wie immer machen, abgesehen von Extremsportarten. War das hier schon extrem? Einen Berg hinaufzugehen? Nein. Klettern, wie letzten Sommer mit Julian Gastineaux, auch bekannt als der tollste Junge der Welt, war extrem, weil es dieses komische Geschirr und blanke Felswände und riskante Spiderman-Manöver mit sich brachte. Damit verglichen war das hier ein Spaziergang im Park.

Sonnet erreichte den Gipfel als Erste. Oben angekommen, drehte sie sich um und winkte ihnen zu. „Okay, wir sind nicht die Ersten." Sie zeigte auf eine definitiv von Menschenhand errichtete Skulptur – einen falschen Marterpfahl mit einer Plakette, auf der stand: „Meerskill Mountain, Höhe 1224 Meter."

Initialen und Wörter, die bis ins Jahr 1976 zurückreichten, waren in den Totempfahl eingeritzt worden. Die gesamte Vergangenheit der Kinder aus der Gegend, bedeutungslos geworden im Verlauf der Zeit.

„Sieh nur", sagte Sonnet. „‚Matt war hier'. Vielleicht ist das dein Vater, Matthew Alger."

Zach zuckte mit den Schultern. „Kann sein. Zu Collegezeiten hat er im Camp gearbeitet."

„Mein Dad auch", sagte Daisy. „Bis das Camp vor zehn Jahren geschlossen wurde, war das Familientradition bei den Bellamys." Daisy war froh, dass Olivia letzten Sommer hierhergezogen war. So hatte sie den Sommer mit ihrem Vater und Max hier verbringen und helfen können, das Camp für die goldene Hochzeit ihrer Großeltern herzurichten. Ihre Mom war nicht mitgekommen; sie war nur einmal kurz hereingeschneit, um die Scheidungspapiere vorbeizubringen und den Bellamys an ihrem Hochzeitstag die Ehre zu erweisen. Daisy fragte sich, wenn sie alle vier irgendwo zusammen in der Wildnis gewesen wären, hätten sie dann einen Weg gefunden, für immer zusammenzubleiben?

Eine gute Sache war letzten Sommer passiert: Sie hatten Jenny kennengelernt. Onkel Phils uneheliche Tochter.

Unehelich. Illegitim. Daisy schob ihre Hände in die Taschen ihrer Jacke und legte sie dann schützend auf ihren Bauch. Sie hasste das Wort illegitim. Als hätte das Baby etwas verbrochen.

Sonnet wagte sich mit ihren Schneeschuhen an den Rand des Berges, wo der Schnee dicht und hoch lag. „Hier ist die Lawine heruntergekommen. Komm, machen wir uns auf die Suche nach den Höhlen, bevor es dunkel wird."

Sie hatten alle je zwei Skistöcke, die sie in den Schnee steckten, um sicherzugehen, dass sie festen Boden unter den Füßen hatten, bevor sie den nächsten Schritt machten. Zach fand eine Granitwand, die ganz zerkratzt war.

„Ich sehe mir das mal an", sagte Sonnet und machte sich daran, die Schneeschuhe zu lösen.

„Auf gar keinen Fall", widersprach Zach. „Du wirst nicht auf diesen Felsen klettern."

„Na, dann pass mal gut auf."

Daisy sah sofort, dass Sonnet gut klettern konnte. Durch ihre Kletterausflüge im letzten Jahr erkannte sie eine gute Technik, wenn sie sie sah. Allerdings hatte Sonnet keinerlei Sicherheitsausrüstung.

„Hey, kletter nicht höher, als du zu fallen bereit bist", warnte sie.

„Und versuch, auf deinen Hintern zu fallen", warf Zach ein. „Der ist ein gutes Polster."

„Haha", sagte Sonnet. Der Atem kam in kleinen Wolken aus ihrem Mund.

„Ein gigantisches Polster."

Daisy stieß ihm den Ellbogen in die Seite. Dann machte sie ein paar Fotos von Sonnet.

Die kam nun an eine schattige Stelle an dem Felsen. „Nun", sagte sie, „das ist zwar eine Höhle, aber da ist definitiv kein Eis drin." Zur Illustration ließ sie eine Handvoll Steine und Staub fallen, die wie ein Schmutzfleck auf dem weißen Schnee landeten. Sie fand noch ein paar mehr Höhlen von ihrem Ausguck auf einem Felsvorsprung, aber sie waren genauso leer. Lediglich in einer befand sich ein Vogelnest.

„Du findest vielleicht ein paar Fledermäuse", rief Zach ihr zu.

„Ein paar was?"

„Fledermäuse."

„Sicher", sagte sie. „Idiot."

„Ich schwöre bei Gott, das hier ist Fledermausgebiet", beharrte Zach. „Sie überwintern in Höhlen. Wenn du sie störst, können sie dich beißen, und du bekommst Tollwut."

„Oh, ich habe ja solche Angst." Sonnet stand auf einem Vorsprung etwa fünf Meter über ihnen und untersuchte die Einbuchtungen in der Wand. „Hallo", sagte sie. „Was ist das denn?"

Daisy richtete die Kamera aus. Vielleicht hatte Sonnet ja was gefunden.

„Das könnte eine Eishöhle sein.“ Sonnet stellte sich auf Zehenspitzen. „Ich kann es nicht genau erkennen.“ Sie sprang ein wenig hoch.

„Hey, vorsichtig“, mahnte Zach, der ernsthaft besorgt aussah.

„Warum das auf einmal, Zach.“ Sonnet setzte einen falschen Scarlett-O’Hara-Akzent auf. „Ich wusste nicht, dass du dich sorgst.“

„Ich habe nur keine Lust, deinen fetten Hintern den Berg hinunterzutragen.“

„Ha“, sagte sie und versuchte erneut, in die Höhle hineinzuschauen. „Du solltest wissen, dass ich …“

Ihre Worte lösten sich in einem Schrei auf. Aus Reflex drückte Daisy den Auslöser ihrer Kamera. Im gleichen Moment brach etwas – eine Fledermaus? Ein Vogel? Ein wütender Dämon aus einer anderen Welt? – in einem Gewirr aus Flügeln aus der Höhle und erhob sich in den Himmel.

Sonnet fiel und schien einen Moment in einer Wolke aus Schnee zu schweben. Eine halbe Sekunde später landete sie in einer tiefen Schneewehe und versank außer Sicht. Ihr Schrei verschwand mit dem Rest von ihr.

„Sonnet!“ Zach schrie ihren Namen mit heiserer Verzweiflung. Angesichts der Tatsache, dass er Schneeschuhe trug, war seine Geschwindigkeit ganz unglaublich. Er flog beinahe zu der Stelle, wo sie gelandet war, und rief immer weiter ihren Namen.

Daisy kam so schnell nach, wie sie konnte. Ihre Kamera baumelte vergessen vor ihrer Brust.

Zach war schon auf den Knien und grub mit beiden Händen in der Schneeverwehung, in die Sonnet gefallen war. „Sag etwas“, rief er. „Bitte, Sonnet, ich flehe dich …“

„Ich liebe es, den Idioten betteln zu hören“, war eine gelangweilte, leicht gedämpfte Stimme zu hören.

Zutiefst erleichtert, zog Daisy ihre Schneeschuhe aus und half Zach dabei, Sonnet auszugraben. Sie waren Idioten, alle drei von ihnen. Sie hatten hier oben im Niemandsland nichts zu suchen, schon gar nicht mitten im Winter, wo niemand sie je finden würde, wenn sie in Schwierigkeiten gerieten. Wenn es darum ging, dumme Dinge zu tun, war Daisy die Meisterin, aber sogar sie erkannte, dass das hier eine ganz schlechte Idee war.

„Danke, Gott, für all den Schnee“, sagte Sonnet, als Zach ihre Hände packte und sie herauszog. Ihre Augen glänzten, ihre Wangen glühten. „Das war ein weicher Platz zum Fallen.“ Sie rappelte sich aus dem pudrigen Schnee auf. „Danke, Mädels“, sagte sie.

„Ich denke, wir sollten umkehren“, sagte Zach. „Mir ist kalt. Komm, ich helfe dir mit deinen Schneeschuhen.“

„Warte kurz“, sagte Sonnet. „Gib mir mal einen deiner Skistöcke.“

„Was willst du damit?“ Zach reichte ihn ihr.

„Ich glaube, ich habe was gefunden.“

„Vermutlich die Mutter des Winterschläfers, den du aufgeweckt hast.“

„Nein, sieh doch nur.“ Sie schob den Stock durch den Schnee, doch anstatt gegen die Felswand zu stoßen, rutschte er immer weiter.

„Eine weitere Höhle“, sagte Sonnet.

„Na super“, sagte Zach. „Die ist vermutlich …“

„Guck doch mal.“ Der Schnee fiel in sich zusammen, und Daisy schaute mit einem Mal auf eine Öffnung in der Felswand. Diese war groß genug, dass sie alle drei hineinpassten, wenn sie auf die Knie gingen.

„Na, das nenne ich eine Höhle.“ Zach schaltete seine Taschenlampe an und leuchtete die Höhle aus. Nachdem sie sich durch den niedrigen Eingang gequetscht hatten, sahen sie, dass drinnen ausreichend Raum zum Stehen war.

Okay, es war nicht so beeindruckend wie das, was Sonnet beschrieben hatte. Es gab kein glitzernd blaues Kristall, das die Wände bedeckte, wie in Merlins Höhle. Es war schwer, das Eis vom Felsen zu unterscheiden, weil es mit einer feinen Staubschicht bedeckt war. Unter ihren Knien war der Boden uneben und von einem körnigen, grauen Schmutz bedeckt, der so aussah wie das, was am Ende eines Winters von den Schneewehen auf den Straßen übrig bleibt. Daisy machte ein paar Fotos. Als der Blitz durch den Raum schoss, erhellte er Stellen, die aussahen, als wenn sie seit Anbeginn der Zeiten in ungestörter Dunkelheit gelegen hatten. „Vielleicht sind wir die Ersten, die diese Höhle je betreten haben“, sagte sie.

„Ja, abgesehen von dem, der das Kaugummipapier hinter dir hier verloren hat.“ Zach richtete den Strahl seiner Taschenlampe darauf. „Juicy Fruit“, sagte er.

„Hey, ihr zwei.“ Daisy schaute sich die gerade gemachten Bilder an. „Seht euch das mal an.“ Sie drehte ihnen den kleinen Bildschirm zu.

„Nicht deine beste Arbeit“, bemerkte Sonnet.

„Nein, sieh mal den Hintergrund der Höhle.“ Der war auf dem Foto klar zu erkennen. Was gewirkt hatte wie ein unordentlicher Haufen Schutt, war in Wahrheit ein Stapel Steine in verschiedenen Größen und Formen.

Sonnet schnappte sich die Taschenlampe. „Wie verrückt ist das denn?“

„Sieh dir die Steine an“, sagte Daisy. Wenn jemand eine Wand baute, das wusste sie, hatte er einen Grund dafür. Entweder weil er etwas einsperren oder etwas aussperren wollte.

Sie hielt die Lampe, während Zach und Sonnet ein paar der Steine wegnahmen. „Das waren vermutlich nur ein paar gelangweilte Kids aus Camp Kioga“, sagte Sonnet.

„Wie gelangweilt muss man bitte sein, um einen Stapel Steine in einer Eishöhle aufzuschichten?“

Daisy rutschte mit der Taschenlampe näher und leuchtete über den Haufen hinweg. Ein kalter Luftwirbel – noch kälter als die Luft in der Höhle – strich über ihr Gesicht. Es erinnerte sie an den begehbaren Kühlschrank in der Bäckerei. Doch in diesem kalten Hauch lag ein leichter Geruch, der hier nicht hergehörte. Eine gewisse Muffigkeit.

„Schieb mich ein wenig hoch“, sagte sie zu Zach. „Ich glaube, ich sehe was.“

Er verschränkte seine Finger zur Räuberleiter. Sie stellte einen Fuß hinein und stieß sich gleich den Kopf an der Höhlendecke.

„Hey“, rief sie und blinzelte die Sterne vor ihren Augen weg. Dann richtete sie den Strahl der Taschenlampe hinter die Wand – und keuchte auf. Hier waren die Wände der Höhle definitiv mit Eis bedeckt. Die Kristalle glitzerten im Licht der Lampe. Und da lag etwas auf dem Boden, ein weiterer Steinhaufen, oder vielleicht … Nein, das ist es nicht, dachte Daisy. *Das kann nicht sein. Aber …*

„Alles in Ordnung?“, fragte Zach. „Du zitterst.“

Sie schaute zu ihm hinunter. „Das musst du dir ansehen.“

„Was ist denn?“

Sie wollte es nicht sagen. Sie wünschte sich so sehr, dass sie falschlag. Vorsichtig stieg sie herunter und bedeutete Zach, einen Blick zu riskieren.

„Hey, alles okay?“, fragte Sonnet besorgt. „Du bist weiß wie ein Laken. Du siehst aus, als hättest du einen Geist gesehen.“

„Ich glaube, ich auch“, sagte Zach in diesem Moment.

An seiner Stimme erkannte Daisy, dass sie sich nicht verguckt hatte. „Hilf mir noch mal rauf, ja?“, bat sie. „Ich muss ein paar Fotos machen.“

27. KAPITEL

Rourke stand früh auf und ging auf dem Weg am Fluss entlang eine Runde laufen, wobei die Hunde fröhlich um ihn herumsprangen. Es gab einen Fitnessraum, den sich Polizei und Feuerwehr teilten, aber er mochte es lieber, an der frischen Luft zu sein und sich zu quälen, bis seine Lungen vor Kälte schrien. Dann duschte er, zog sich an, räumte ein wenig auf und fütterte die Tiere.

Jenny hier zu haben, wenn auch nur für kurze Zeit, hatte ihm eine Wahrheit aufgezeigt, die er viele Jahre verdrängt hatte. Er lebte ein einsames, emotional steriles Leben, und er sehnte sich nach mehr. Da. Er wollte es nicht zugeben, aber der Gedanke ließ ihn nicht mehr los. Vor dieser letzten Sache mit Jenny hatte er sich überzeugen können, zufrieden zu sein mit seinen Tieren und seinen One-Night-Stands. Jetzt jedoch konnte er sich nicht länger was vormachen. Es gab Dinge, nach denen er sich sehnte, auch wenn er sie vielleicht nicht verdient hatte. Und er wusste nicht, was er deswegen unternehmen sollte.

Er hatte viel Zeit – eigentlich seine ganze Karriere – damit verbracht, die niederen Instinkte der Menschen zu beobachten. Die Polizeiarbeit gewährte ihm Einblick in das Leben anderer Menschen, aber meistens nur in die schlimmsten Momente. In dieser kleinen Stadt saß der Polizeichef nicht in einem gläsernen Büro und gab Befehle. Öfter, als ihm manchmal lieb war, fand er sich draußen auf der Straße, wo es unvermeidlich war, mit der düsteren Seite des Lebens in Kontakt zu kommen. Auch in Avalon gab es Korruption und Gewalt. Nicht so viel wie in einer Großstadt, aber die Ansätze waren da. Obwohl es nur eine kleine Stadt war, gab es auch hier Männer, die sich betranken und ihre Frauen und Kinder schlugen, gab es Punks, die in den Kellern der Häuser ihrer Großmütter Crystal Meth zusammenbrauten, klauten Highschoolmädchen in den Läden und forderten Footballspieler einander zu Mutproben heraus, wie sich von der Eisenbahnbrücke abzuseilen und in grell orangefarbenen Buchstaben „Knights Rule“ an den Wasserturm zu sprühen. Es gab genug Drama, um Rourke beschäftigt zu halten. Aber das ganze Drama, alle Dinge, die er im Job sah, ließen ihn abstumpfen. Ließen ihn sich fragen, warum die Menschen sich überhaupt die Mühe machten, ihr Herz an jemanden zu verschenken, wenn es doch in den meisten Fällen damit endete, dass ebendieses Herz gebrochen wurde.

Doch jetzt, wo Jenny zurückgekehrt war, verstand er es.

Genau wie sie versprochen hatte, rief sie ihn jeden Tag an. Und genau wie er vermutet hatte, reichte ihm das nicht. Er wusste nicht, ob sie ihn aus Pflichtgefühl anrief oder weil sie seiner Drohung zuvorkommen wollte, ansonsten jeden Tag bei ihr vorbeizuschauen, um sicherzugehen, dass es ihr gut ging.

Er blätterte durch mehrere pinkfarbene Notizzettel mit Nachrichten, die auf seinem Tisch lagen. Dank des Schneefalls war heute ein sehr ruhiger Tag. Das Büro kam mit einer Notbesetzung aus. Einer der Assistenten seines Vaters hatte angerufen, um ihn zu dessen jährlichem Präsidenten-Lunch einzuladen – was nur ein anderes Wort für eine Spendenveranstaltung war, auf der jedes Essen fünfhundert Dollar kostete. Danach war der Anruf seiner Mutter gekommen, die die Einladung pflichtbewusst noch einmal wiederholte. Rourke sah seine Eltern nur selten; die Wunden der Kindheit waren nie ganz verheilt. Er zerknüllte beide Nachrichten und warf sie in den Papierkorb. Es gab außerdem noch je eine Nachricht von zwei Frauen – Mindy und Sierra –, mit denen er sich vor einer Weile mal verabredet hatte.

Nein – nicht verabredet. Er hatte beide Frauen in einer Bar kennengelernt, sich ein Wochenende lang mit ihnen vergnügt und sie dann in den Zug zurück in die Stadt gesetzt. Technisch gesehen war das vielleicht eine Verabredung. Er erinnerte sich nicht daran, einer von ihnen seine Nummer gegeben zu haben, aber die Hartnäckigen schafften es immer irgendwie, ihn aufzuspüren. Auch diese beiden Zettel warf er in die Rundablage. Er verabredete sich nicht zweimal mit derselben Frau.

Und – das war der Punkt, an dem es wirklich jämmerlich wurde – seit Jenny sein versteinertes Herz aufgebrochen hatte, verabredete er sich überhaupt nicht mehr. Er lebte dieser Tage so zölibatär wie ein Mönch, was ein schmerzhafter Zustand war. Aber nicht so schmerzhaft wie bedeutungsloser Sex. Er hatte sich immer eingeredet, dass es ihn befriedigte, aber heute gelang ihm nicht einmal mehr das.

Lade sie doch einfach mal ein, sagte er sich.

Aber das hatte er schon mal versucht, und sie hatte abgelehnt.

Frag sie noch mal.

Das war ganz schön demütigend. Machte es ihm was aus? War er gewillt, sich noch eine Abfuhr einzufangen?

Bevor er die Frage beantworten konnte, nahm er das Telefon in die Hand. Sie antwortete nach dem dritten Klingeln. „Hallo“, sagte sie gut gelaunt.

„Ich bin's.“ Er drehte sich um, sodass die Leute aus dem Großraumbüro sein Gesicht nicht durch die Scheibe in seinem Büro beobachten konnten. Er bildete sich gerne ein, ein Pokerface zu haben, aber wenn es um Jenny ging, war er sich da nicht so sicher. Er hielt den Atem an, als ihm einfiel, dass es vielleicht etwas anmaßend war, zu denken, dass sie wüsste, wer „ich“ war.

„Oh … hey, Rourke.“

Okay, also nicht anmaßend. Dennoch hatte sich ein leicht vorsichtiger Unterton in ihre Stimme geschlichen. „Tut mir leid, dass ich dich enttäusche."

Sie lachte. „Ich erwarte einen Anruf von Mr Greer, meinem Agenten. Oh Gott, kannst du glauben, dass ich einen Agenten habe? Oder haben werde, wenn ich es denn irgendwann mal schaffe, dieses Buch zu Ende zu schreiben."

„Klar kann ich mir das vorstellen."

„Echt? Das sagst du nicht nur so?"

„Ich weiß nicht, wo das Problem sein soll. Du wirst ein großartiges Buch schreiben, das ein Bestseller wird. Das hast du mir doch schon erzählt, als du wie alt, elf oder so warst?"

„Und du glaubst das immer noch?" Ihre Stimme wurde weich. „Oh, Rourke."

Auf ihr „Oh, Rourke" reagierte sein Körper vollkommen unangemessen. Schnell setzte Rourke sich hinter seinen Tisch und drehte sich mit dem Stuhl in Richtung Wand. „Hör mal, ich habe mich gerade gefragt ..." Verdammt, warum war das so schwer? *Würdest du gerne mit mir zum Abendessen ins Apple Tree Inn gehen?* Das war doch nur eine kleine Frage.

„Was hast du dich gefragt?", hakte sie nach.

„Ob, äh, bei dir da oben alles in Ordnung ist."

„Sicher", sagte sie. „Alles perfekt. Ich kann mir keinen besseren Ort vorstellen, um an meinem Projekt zu arbeiten."

Sein Herz setzte einen Schlag aus. Sie schien wirklich froh darüber, seiner Nähe entkommen zu sein. Es musste ja unglaublich schlimm für sie gewesen sein, bei ihm zu wohnen. „Es ist ein sehr schneereicher Tag", fuhr er fort. „Ich wollte nur sichergehen, dass du alles hast, was du brauchst."

„Hier oben ist jeder Tag schneereich", sagte sie. „Das ist ja das Tolle." Sie seufzte in den Hörer, und ihre Stimme klang nun sehnsüchtig. „Ich bin hier ganz alleine und ertappe mich dabei, wie ich mich an Sachen aus der Vergangenheit erinnere ..."

An uns? fragte er sich, sprach es aber nicht laut aus.

Es klopfte an der Tür, und Rourke wirbelte mit seinem Stuhl herum. Nina Romano trat ein, ohne auf seine Einladung zu warten. Ein Blick in ihr Gesicht – angespannt, kurz vor der Panik –, und er sagte zu Jenny: „Ich muss auflegen. Ich melde mich später wieder."

Danke, Nina, dachte er. Er hatte es geschafft, das Telefonat zu beenden, ohne einen vollkommenen Idioten aus sich zu machen.

Sie schenkte ihm nur einen kurzen Blick. „Jenny?", fragte sie mit einem Nicken in Richtung Telefon.

Verdammt, war das so offensichtlich? „Was ist los?“, fragte er, ohne auf ihre Frage einzugehen.

„Ich weiß, wohin mein Geld verschwunden ist. Matthew Alger hat es geklaut.“

Rourke brauchte einen Moment, um Anschluss an ihren Gedankengang zu bekommen. „Die Stadtfinanzen“, sagte er schließlich.

Sie nickte und knallte ein ausgedrucktes Dokument auf den Tisch. „Er hat es ziemlich clever angestellt, Überweisungen von Sonder- und Sperrkonten auf das Hauptkonto überwiesen und sich dann bedient. Oh, und er hat Bargeld von Strafzetteln genommen und in den Akten vermerkt, dass die Geldstrafen in Sozialstunden umgewandelt worden sind. Und dafür war er noch nicht einmal autorisiert.“ Nina brodelte. „Der Bastard. Ich kann es gar nicht erwarten ...“

„Sag noch nichts zu Alger.“

„Zu spät.“ Nina trat zur Seite und bedeutete Matthew Alger einzutreten. Sie durchbohrte ihn mit einem stechenden Blick. „Rourke empfahl mir, dir noch nichts zu sagen“, sagte sie mit wütender Stimme. „Ich bin mir sicher, dass er damit recht hat, aber ich muss zugeben, dass ich keine Erfahrungen mit Stadtangestellten habe, die stehlen. Du bist der erste.“

„Ich habe keine Ahnung, wovon zum Teufel du sprichst.“

Der Klassiker, dachte Rourke. Diesen Spruch hörte er in seinem Job jeden Tag, und meistens war es glatt gelogen. Alger log auch. Er sah es in dem flackernden Blick, an der Körperhaltung, wie eine Hand die andere bedeckte.

„Wirst du ihn jetzt festnehmen?“, wollte Nina wissen.

Gott schütze ihn vor Menschen, die ihm in seinem Job „helfen“ wollten. „Wir rufen den staatlichen Rechnungsprüfer an“, sagte Rourke und machte sich eine Notiz. „Gleich jetzt.“

Nina schnappte sich den Ausdruck. „Aber was ist mit ...“

Der Summer ertönte. Rourke reckte den Hals, um zu sehen, wer vorne am Empfang stand. „Ja?“

„Hier sind drei Teenager, die zu Ihnen wollen, Chief“, sagte sein Assistent.

Rourke schaute Alger an. „Wir sind hier für den Moment fertig.“ Dann wandte er sich wieder der Gegensprechanlage zu. „Schick sie rein.“ Ein Besuch von drei Teenies war nicht ungewöhnlich. Dank seiner Jugendgruppe empfanden viele Jugendliche ihn als zugänglich und als Problemlöser.

Er stand auf und öffnete die Tür. Zu seiner Überraschung traten Zach Alger, Sonnet Romano und Daisy Bellamy ein. Sie trugen Outdoorkleidung, an ihren Rucksäcken baumelten Schneeschuhe, und ihre Wangen waren vor Kälte ganz rot. Alger war eindeutig ebenfalls überrascht. Er funkelte Zach an. „Steckst du in irgendwelchen Schwierigkeiten?", fragte er.

Rourke konnte sehen, dass Nina sich auf die Zunge biss. Er wusste, dass sie Alger nicht vor den Kindern beschuldigen würde – aber nur zum Schutz der Kinder.

„Nein, Sir", erwiderte Zach und schaffte es, das „Sir" wie eine Beleidigung klingen zu lassen. Ein unangenehmes Schweigen breitete sich aus. Endlich ging Matthew Alger zur Tür. „Ich bin in meinem Büro."

„Auf Wiedersehen, Mr Alger", sagte Sonnet wohlerzogen.

Dann stieß sie Zach in die Seite, und er sagte: „Bis später, Dad."

Die drei sahen ihm nach, was Rourke Zeit gab, seine Besucher genauer zu betrachten. Eine Angewohnheit von ihm. Eine kurze Musterung konnte ihm sagen, ob ein Kind in einen Streit geraten oder überfallen worden war, ob es Drogen nahm oder unter Schock stand. Rourke wusste sogar auch ohne weitere Hinweise, ob ein Kind log. Die drei Jugendlichen vor ihm strahlten jedoch nur eine Mischung aus Beunruhigung und … vielleicht Angst aus. Daisy Bellamy, die er kaum kannte, sah besonders blass und durcheinander aus. Sie trug eine Kamera um den Hals, die sie unbewusst mit ihren Händen schützte.

„Wie ich sehe, wart ihr draußen wandern", sagte er in der Hoffnung, sie zum Reden zu bringen.

„Stimmt." Sonnet trat vor.

„Ihr seht darüber allerdings nicht besonders glücklich aus. Ich dachte, ihr liebt Tage, an denen es schneefrei gibt."

„Wir sind heute mit den Schneeschuhen wandern gegangen", sagte Daisy.

„Auf dem Weg über den Meerskill Falls", fügte Zach hinzu.

„Wir hatten die Erlaubnis", ergänzte Sonnet. „Der Weg liegt auf Camp-Kioga-Gebiet, und Daisy sagte, es wäre okay."

Der Weg hinauf zu den Meerskill Falls und weiter war nicht besonders gut ausgeschildert, aber zu dritt war es vermutlich ausreichend sicher gewesen. In dieser Gegend brachten sich die Kinder in die gleichen Schwierigkeiten wie überall woanders auch. Hier gab es nur mehr schöne Plätze dafür.

„Wir wollten die Eishöhlen auskundschaften", fuhr Daisy fort. Ihre Stimme zitterte merklich, genau wie ihre Hände, mit denen sie nun die Kamera anschaltete und zu ihm umdrehte, damit er den kleinen Monitor sehen konnte. „Wir haben auch eine gefunden. Besser gesagt, Sonnet hat sie gefunden. Ich habe ein paar Fotos gemacht."

Seltsam, dass diese Kids nicht alle auf einmal sprachen. Normalerweise konnten Jugendliche in dem Alter es doch gar nicht erwarten, mit allem herauszuplatzen. Sehr skeptisch schaute Rourke sich die kleinen Fotos an. Die Leute brachten viele Sachen zur Polizei, die dort nichts zu suchen hatten, weil sie etwas aus Versehen oder aus Ignoranz für etwas hielten, das es nicht war. Ein Stück Geweih im Wald wurde für einen menschlichen Knochen gehalten. Ein Fetzen Tierfell in der Rinde eines Baumes war das Haar eines vermissten Kindes. Vergrabene Schätze stellten sich als Katzengold heraus. In neunundneunzig Prozent der Fälle hatten die Funde eine vollkommen logische – und überhaupt nicht kriminalistische – Erklärung.

Doch dieser hier nicht. Dieses Mal konnte es keinen Zweifel daran geben, was er da vor sich sah.

„Habt ihr die Bilder heute gemacht?", fragte er.

Die Kinder nickten gleichzeitig.

„Habt ihr irgendetwas angefasst?"

Sonnet schüttelte den Kopf. „Ich glaube nicht."

„Ich brauche die Speicherkarte aus der Kamera", sagte er. „Geht das in Ordnung, Daisy?"

„Sicher." Mit großen, furchtgeweiteten Augen zog sie die Karte aus dem Fotoapparat.

„Ihr habt das Richtige gemacht, Leute", sagte Rourke und drückte auf der Gegensprechanlage den Knopf für seinen Assistenten.

28. KAPITEL

Jenny versuchte, eine Szene erneut zu erschaffen, an die sie sich kaum noch erinnerte. Wie sie Rourke am Telefon schon gesagt hatte, war es ein idealer Tag, um an ihrem Projekt zu arbeiten. Sie war in einer lichtdurchfluteten Welt mit wunderschönem Neuschnee aufgewacht und hatte pflichtgetreu alle angerufen, denen sie versprochen hatte, sich jeden Tag zu melden: Nina, Laura, Olivia. Auch mit Rourke, der ihr zuvorgekommen war, hatte sie gesprochen.

Dann hatte sie sich alles für einen perfekten Arbeitstag zurechtgemacht. In dem dicken Bollerofen hatte sie ein Feuer gemacht und den Teekessel aufgesetzt. Sie hatte die Vorhänge beiseitegezogen, um den Blick auf den winterlichen See zu genießen, der nun eine riesige weiße Fläche war, nur unterbrochen von der kleinen Insel mittendrin. Sie machte sich eine Kanne Wintertee und zog sich eine Jeans und einen wolkenweichen Kaschmirpullover an. Sie zog ihr gepolstertes Sofa vor den Ofen, fuhr ihren Laptop hoch und …

Nichts.

Es war grauenvoll. Hier war sie in der idealen Situation, ganz alleine mit ihren Gedanken und Erinnerungen, und sie schien dennoch nicht schreiben zu können. Die Worte wollten einfach nicht kommen, und wenn sie sie zwang, klangen sie banal, wie der Text auf einer Grußkarte oder in einer Radiowerbung.

Was war nur mit ihr los?

Sie fühlte sich nicht einmal mehr wie dieselbe Person, die ihre Zeitungskolumne nur wenige Stunden vor der Deadline aus dem Ärmel geschüttelt hatte; der die Worte nur so aus den Fingern geflossen waren, während sie eine Szene mit der Klarheit einer Fotoaufnahme aufs Papier brachte, gefolgt von einem Rezept, um ihren Punkt zu unterstreichen. Oft hatte sie die Kolumne in allerletzter Sekunde verschickt, aber immer mit einem Gefühl des Selbstvertrauens und der Befriedigung.

Und nun hatte sie alle Zeit der Welt und eierte herum. Anfangs hatte sie es damit entschuldigt, dass die ganzen handgeschriebenen Rezepte ihrer Großmutter im Feuer verloren gegangen waren. Wie sollte sie ihr vergangenes Leben aufs Papier bringen, wenn sie keine Gelegenheit mehr hatte, die alten Zettel durchzugehen?

Doch das war nur eine Ausrede, wie sie selber zugeben musste. Vor allem, nachdem der *Troubadour* über das Feuer berichtet und Nina einen Aufruf gestartet hatte, ihr alle Fotos und Erinnerungen zu schicken, die man von der Familie noch hatte. Zu Jennys Überraschung hatte sie bei ihrer Rückkehr aus New York von Nina eine ganze Kiste voller verschiedenster Sachen bekommen: ein Foto hier, eine Seite aus einem Buch da, ein alter Beleg aus der Bäckerei, einen Satz Jahrbücher aus Jennys Schulzeit und auch einen von Mariskas in den 1970ern. Meistens steckte noch ein kleiner Brief dabei – *Ich bedauere Ihren Verlust* –, und ein paar Leute hatten auch den einen oder anderen Schein mitgeschickt, die sie gleich an Grannys Kirche weiterspendete. All das von Menschen aus einer Stadt, der Jenny den Rücken hatte kehren wollen, die sie als beengend und provinziell empfunden hatte. Vielleicht hatte Rourke doch recht, und sie war da, wo sie hingehörte.

Trotzdem, Martin Greer hatte ihr eine Aufgabe gestellt, die anders war als alles, was sie je getan hatte. Es reichte nicht, Rezepte und kleine Geschichtchen anzubieten. Sie musste die Arbeit in einer Familienbäckerei auf einer tieferen Ebene ergründen. Er wollte Einzelheiten und Gefühle, die in der Kolumne nicht erforderlich waren. Er wollte Pathos – das Verschwinden ihrer Mutter, die Abwesenheit und das dramatische Auftauchen ihres Vaters. Und auch wenn Mr Greer Joeys Namen nur im Vorbeigehen bemerkt hatte, hatte er die Tragödie dahinter sofort gerochen. Jenny war sich nicht sicher, ob sie die Worte finden würde, um darüber zu schreiben.

Sie stand frustriert auf und wanderte unruhig auf und ab, die Daumen in die hinteren Taschen ihrer Jeans gehakt. Im Vorbeigehen machte sie das Radio an. Hier oben konnte nur ein Sender klar empfangen werden, dessen Musikauswahl ein wenig alt und langweilig war, aber manchmal zog sie das murmelnde Hintergrundgeräusch der totalen Stille vor. Sie ging weiter auf und ab, das ganze Lied „My Sharona“ hindurch, und war noch nicht einmal versucht zu tanzen. Dem Song folgte ein amateurhaft klingender Werbespot, der mit „Palmquist's – Ihr Familienjuwelier seit 1975“ endete.

1975 war ihre Mutter ein attraktiver Teenager gewesen und hatte nach der Schule als Aushilfe bei dem Juwelier gearbeitet. Granny und Grandpa hatten Jenny erzählt, dass es sehr ambitioniert von ihrer Mutter gewesen war, diesen Job zusätzlich zu ihrem Frühdienst in der Bäckerei anzunehmen. Sogar Jane Bellamy erinnerte sich daran – dass Mariska immer versucht hatte, voranzukommen.

Jenny schlug eines der gespendeten Jahrbücher bei einem Foto ihrer Mutter auf. Sie hatte eine strahlende Leichtfertigkeit an sich, die, wenn man Laura glaubte, die Leute angezogen hatte wie das Licht die Motten. Jenny hatte diese Ausstrahlung nicht. Vielleicht hätte sie sie entwickeln können, wenn ihre Mutter dageblieben wäre.

Aber wollte sie wirklich wie Mariska sein? Wollte sie so verliebt ins Abenteuer sein, dass sie ihr Heim irgendwann für immer verlassen würde?

„Ich hoffe, du bist glücklich, wo immer du dich auch gerade aufhältst", sagte sie zu dem Mädchen auf dem Foto.

Ihr stieg ein scharfer, metallischer Geruch in die Nase, und erschrocken stellte sie fest, dass das Wasser in dem Kessel auf dem Ofen verkocht war. Sie zog einen Ofenhandschuh an und trug den Kessel in die Küche, um ihn nachzufüllen. Das laute Zischen weckte Rufus aus seinem Nickerchen auf dem Teppich vor dem Ofen. „Sorry, Süßer", sagte sie.

Der Gestank von trockenem Eisen und heißem Dampf weckte eine entfernte Erinnerung in ihr. Irgendetwas in ihrem Innern wurde davon aufgeweckt. Sie schloss ihre Augen und stellte sich eine Szene aus der Vergangenheit in allen Einzelheiten vor. Die Küche roch nach Eisen und Dampf, und aus dem Radio erklang ein vertrautes Lied – „867-5309/Jenny".

Sie überließ sich ganz der Vergangenheit, betrat in ihrer Vorstellung die Szene, mit deren Beschreibung sie die ganze Zeit Schwierigkeiten hatte. Es war Winter, und sie war noch sehr klein. Sie saß an dem runden Resopaltisch, vor sich einen Becher heißen Kakao. Der Becher hatte die Form eines Elefantenkopfes, dessen zwei Ohren die Henkel bildeten.

Ihre Mutter stand am Herd und wiegte sich zur Musik. Jedes Mal, wenn aus dem Radio „Jenny, Jenny" ertönte, drehte Momma sich um und sang mit, wobei sie auf Jenny zeigte und sie damit zum Kichern brachte.

„Was machst du?", fragte Jenny und schaute mit großen Augen auf die Pfanne auf dem Herd.

„Ein Vermögen", erwiderte Momma lachend.

„Was ist das?"

„Das findest du noch raus, wenn du älter bist."

„Kann ich helfen?" Jenny glitt von ihrem Stuhl und ging quer durch die Küche zu ihrer Mutter, wobei ihre Winnie-Puuh-Schlappen über das Linoleum schlurften.

„Nein", sagte Momma mit einer Stimme, die bedeutete, dass sie es auch so meinte. „Das ist heiß. Fass es nicht an. Das sind Bleigewichte fürs Angeln."

Jenny blieb ein Stück entfernt stehen und sah zu. Die Fenster waren offen, um den Gestank loszuwerden, wie Momma gesagt hatte. Sie goss die dunkle Flüssigkeit aus der Pfanne in einen Einsatz. Dann tanzte sie, bis das Lied zu Ende war. Sie war so hübsch und glücklich. „Ich denke, ich gehe heute aus und feiere ein wenig."

„Nein, Momma", protestierte Jenny. „Du gehst immer weg."

„Und ich komme immer wieder. Komm, jetzt warten wir, bis die hier abgekühlt sind, dann können wir sie in Grandpas Köderbox tun. Pass auf, dass du keinen davon verlierst."

Vom Ofen ertönte ein ploppendes Geräusch, und Jenny öffnete die Augen und blinzelte in das harsche Licht auf dem Schnee vor den Fenstern. Das war vermutlich ihre klarste Erinnerung an ihre Mutter, und sie merkte, dass diese Szene sich mehr als einmal abgespielt hatte. Dennoch fehlte irgendwas, etwas, das sie nicht einordnen konnte. Trotz all ihrer großen Träume und Ambitionen, reich zu werden und die Welt zu sehen, ging Mariska immer noch im Winter mit ihrem Vater zum Angeln, wofür sie ein Loch in die Eisdecke auf dem See schlagen mussten.

Jenny fragte sich, was wohl aus den selbst gemachten Gewichten geworden war. Ob sie wohl noch irgendwo herumlagen und so aussahen wie in ihrer Erinnerung? Vielleicht befanden sie sich immer noch in der Köderbox, unberührt von Zeit und Raum. Schnell zog sie sich Jacke, Handschuhe und Stiefel an und ging zum Schuppen hinüber, in dem die Sachen lagerten, die nach dem Feuer hatten gerettet werden können. Es schneite immer noch, und sie musste ihre Beine ganz schön anheben, um vorwärtszukommen. Rufus tollte um sie herum und pflügte eine Schneise durch die Schneeverwehungen. Für heute und morgen war Schneealarm angesagt, vielleicht auch für länger. Nur wichtige Fahrzeuge wie von Polizei, Feuerwehr und Krankenwagen sollten unterwegs sein.

Sie musste mit den Händen erst einmal einen kleinen Graben freilegen, bevor sie die große Schiebetür des Schuppens öffnen konnte. Drinnen ging sie alle Kisten durch, bis sie die gefunden hatte, in der sich die Angelausrüstung ihres Großvaters befand, die unter der Spüle im Wirtschaftsraum hatte gerettet werden können. Sie schleppte sie zur Tür, wo durch den dicht fallenden Schnee ein wenig Licht fiel. Als sie den Deckel öffnete, sah sie wie erwartet einige rostige Haken und geschmolzene Objekte, die wohl einmal Plastikschwimmer und Blinker gewesen waren. Ein paar verformte Bleigewichte hatten das Feuer überlebt, aber die meisten waren geschmolzen, über den Boden der Kiste geflossen und dort wieder hart geworden. Eine Handvoll scharfkantiger Kiesel lag unten in der Kiste. Sie zog sich mit den Zähnen einen ihrer Handschuhe aus und nahm einen Kiesel auf. Nur dass es gar kein Kiesel war. Dazu war es zu rund und symmetrisch. Jenny runzelte die Stirn. Rieb das Teilchen an ihrer Jeans. Zog auch den anderen Handschuh aus und kratzte mit dem Fingernagel darüber. Sie fand ein Filetiermesser und ritzte damit die weiche Legierung ein.

Ihr Keuchen klang laut und verzweifelt in der schneegedämmten Stille. Sie schloss die Box und lief, so schnell sie konnte, in die Hütte.

Das ist verrückt, dachte sie. *Komplett verrückt.* Sie musste sich irren, das konnte einfach nicht wahr sein. Doch ein kleiner Kern in ihr wusste die Wahrheit.

Jenny ließ den Hund ins Haus und zog ihre Stiefel und den Parka aus. Dann setzte sie sich an den Tisch und säuberte einige der Steine, so gut sie konnte. Sie versuchte, sich vorzustellen, was zum Teufel der Grund für ihre Mutter gewesen war. Dabei betete sie, dass es irgendeine unschuldige Erklärung gäbe. Aber je mehr Sekunden verrannen, desto misstrauischer wurde sie. Sie überlegte, wie sie Rourke am besten über ihren Fund informieren sollte, ohne dass er sie für eine Irre hielt. Mit zitternder Hand wählte sie seine Büronummer. Sein Assistent sagte, dass er nur in Notfällen zu sprechen wäre.

„Nein, ein Notfall ist es nicht", sagte Jenny. „Zumindest nicht so einer. Aber bitte sagen Sie ihm, dass er mich zurückrufen soll, sobald er kann, ja?" Sie legte auf und rief sofort Nina an, die allerdings auch nicht zu sprechen war. An einem schneereichen Tag haben die öffentlichen Bediensteten anscheinend alle Hände voll zu tun, die Sicherheit der Bürger zu gewährleisten, dachte sie. Sie versuchte es in der Bäckerei. Laura hatte angekündigt, dass sie wegen der Witterung vermutlich später öffnen und früher schließen würde als sonst.

Laura nahm den Anruf persönlich entgegen. „Sky River Bakery."

„Ich bin's, Jenny. Ist alles in Ordnung?"

„Aber ja", versicherte Laura mit einem Lächeln in der Stimme. „Ehrlich gesagt haben wir richtig viel zu tun. Nur Mariel Gale und ich haben es geschafft, uns hierher durchzuschlagen, und wir werden nur so überrollt, weil viele Läden heute geschlossen sind. Wie geht es dir?"

„Hier fällt viel Schnee, aber ansonsten ist alles gut. Hör mal, ist Rourke in der Nähe?"

„Ich habe ihn noch nicht gesehen."

„Nina?"

„Auch nicht. Was brauchst du denn, Honey?"

Jenny schluckte schwer und bemühte sich, ihre Stimme sachlich klingen zu lassen. „Ich bin ein paar Sachen durchgegangen, die aus dem Feuer gerettet wurden, und habe etwas gefunden, das … meine Mutter vor langer Zeit gemacht hat. Laura, ich weiß nicht, wie ich es sagen soll. Ich glaube, ich habe in der alten Angelbox meines Großvaters ein Vermögen in Diamanten gefunden." Sie machte eine Pause. „Sag mir, dass das nicht so verrückt ist, wie es klingt."

Das Schweigen dauerte so lang, dass Jenny Angst hatte, die Leitung wäre tot. Dann hörte sie im Hintergrund die Geräusche der Bäckerei – das Klingeln der Glocke über der Tür, das Piepen der Registrierkasse, gemurmelte Stimmen. „Laura? Hast du gehört, was ich gesagt habe?"

„Ja, hab ich."

Sie wusste etwas. Das hörte Jenny an ihrer Stimme.

„Du musst es mir sagen", drängte sie. „Hat meine Mutter den Schmuckladen beklaut, als sie dort gearbeitet hat?"

„Nein, Liebes. Sie hat Palmquist's nie bestohlen." Eine Pause. „Die Diamanten … sie waren der Preis, den sie verlangt hat, um dich geheim zu halten."

Essen für die Seele

von Jenny Majesky

Warum bowlen gehen?

Dies ist ein würziger Keks mit Mandeln, der traditionellerweise in riesigen, dreißig Zentimeter großen, handgeschnitzten antiken Formen der Heiligen gebacken wird. Zu Hause tut es aber auch eine flache Backform. Diese mit Mandelpaste gefüllte Variante ist kalorienreicher.

Meine Großmutter hat in ihrem ganzen Leben nicht einen Gedanken an eine Diät verschwendet. Das taten die Menschen ihrer Generation einfach nicht, wohingegen wir heutzutage ganz fanatisch sind, was die Aufnahme von Kalorien, Kohlehydraten, Fetten und Ähnlichem betrifft. Vielleicht sollten wir uns die Philosophie unserer Großmütter zu eigen machen: Granny hat niemals zu viel gegessen. Sie meinte, wenn etwas gut genug war, dann brauchte man nicht viel davon, um sich gesättigt zu fühlen.

Wie auch immer, ihre Backwaren neigten dazu, reich an Kohlehydraten zu sein, die sich im Körper direkt in Fett verwandeln. Um die Kalorien zu verbrennen, können Sie entweder 30–47 Minuten laufen, 40–60 Minuten Rad fahren, 85–120 Minuten gehen oder 90–135 Minuten bowlen gehen.

Gewürz des Lebens

1 ½ Tassen Mehl
1 ½ TL Backpulver
⅔ Tasse Butter oder Margarine
¾ Tasse + 2 TL Zucker
1 EL gemahlener Zimt
½ TL gemahlene Nelken
½ TL frisch gemahlene Muskatnuss
1 Messerspitze Cayennepfeffer
1 EL Milch
1 TL geriebene Zitronenschale
200 g Mandelpaste
1 geschlagenes Ei
4 EL Mandelblättchen und ein wenig Hagelzucker zum Bestreuen

Ofen auf 175 °C vorheizen. Mehl und Backpulver vermischen. Butter in Flocken dazugeben. Zucker, Gewürze, Milch und Zitronenschale unterrühren. Den Teig auf einer bemehlten Arbeitsfläche in ein Rechteck von ca. einem halben Zentimeter Dicke ausrollen. In der Hälfte durchschneiden. Eine Hälfte auf ein Stück reißfeste Aluminiumfolie legen und die Ränder der Folie hochbiegen, um eine flache, passende Backform zu bekommen. Diesen Teig mit dem geschlagenen Ei einpinseln.

Die Mandelpaste ausrollen, sodass sie auf den Teig passt, und darauflegen. Mit der anderen Teighälfte bedecken und diese leicht andrücken. Die Teigoberfläche wieder mit geschlagenem Ei einpinseln. Mandelblättchen und Hagelzucker darüberstreuen und leicht in den Teig drücken. Ungefähr 40 Minuten backen. Aus dem Ofen nehmen, auskühlen lassen und dann in kleine Riegel schneiden.

29. KAPITEL

1983

Wir haben eine Vereinbarung getroffen", sagte Mariska zu Laura. „Das ist alles, was du wissen musst."

Laura starrte ihre Freundin ungläubig an. Sie standen in dem höhlenartigen Gewölbe des Kühlraums der Bäckerei. Laura war wie üblich um Viertel vor vier am Morgen erschienen, um die Bäckerei aufzuschließen. Normalerweise hatte sie eine Stunde Zeit, bevor die anderen kamen, aber heute hatte Mariska sie mit ihrem Erscheinen überrascht. Anstatt sich jedoch an die Arbeit zu machen, hatte sie Laura in den begehbaren Kühlschrank mitgenommen. Hier hatte sie ihr ein kleines, mit Samt ausgeschlagenes Kästchen gezeigt. Als Laura einen Blick hineinwarf, war sie ziemlich sicher, zu halluzinieren. Mariska versicherte ihr jedoch, dass es sich um einkarätige, runde Diamanten im sogenannten Investment Grade handelte, was bedeutete, dass sie farblos und ohne jedwede Einschlüsse waren. Sie waren ihr, wie sie erklärte, von Mr und Mrs Lightsey von Lightsey Gold & Gem in New York übergeben worden. Sie hatten eine „Vereinbarung".

„Ich verstehe das nicht", sagte Laura. „Wer sind *sie*? Und warum haben sie dir die Diamanten gegeben?"

„Ich habe dir doch gesagt ..." Mariska schloss das Kästchen und drückte es an ihre Brust.

„Ja, die Vereinbarung", sagte Laura. „Ich meinte aber, warum? Wer sind diese Leute?"

Mariska steckte das Kästchen in das Geheimfach ihres Gürtels. „Ich muss sie woanders hinbringen. Ich dachte, sie hierzulassen wäre sicher, aber der gestrige Stromausfall hat mich nervös gemacht."

„Wieso?"

„Ich habe das Gefühl, dass mich jemand beobachtet."

„Wer?"

„Einfach ... irgendwer. Ich habe mir ein besseres Versteck überlegt. Ich muss es allerdings jemandem erzählen, nur für den Fall, dass ... du weißt schon."

„Für welchen Fall?"

„Für den Fall, dass mir was passiert. Das wird es nicht, das schwöre ich. Es ist nur eine Vorsichtsmaßnahme. Und du bist die Einzige, der ich vertrauen kann."

Der unheilvolle Ton machte Laura nervös. „Wenn du mir vertraust, dann kannst du mir auch die ganze Geschichte erzählen."

Sie gingen zurück in die Backstube, wo alles nur so blitzte und darauf wartete, mit dem neuen Tag zu beginnen. Laura musterte ihre Freundin. Mariska war schöner als je zuvor. Auf ihren vielen Reisen hatte sie sich einen ganz eigenen Stil angeeignet, als wäre sie den Seiten eines französischen Modemagazins entstiegen. Sie trug einen Seidenschal und ihre weiche Lederhandtasche mit lässiger Eleganz. Und sogar um diese frühe Morgenstunde schien sie vor rastloser Energie nur so zu vibrieren. Sie liebte es, die Welt zu bereisen, und fand das Leben in dem verschlafenen Avalon, New York, beinahe unerträglich. Auch wenn sie ihre Tochter anbetete – jeder vergötterte Jenny –, schien sie sich hier nicht niederlassen zu können. Und nun das, dachte Laura. Gerade als sie dachte, Mariska hätte keine weiteren Geheimnisse mehr, rückte sie hiermit heraus.

Als Laura sich daranmachte, einen Honig-Weizenteig herzustellen, fing Mariska endlich an zu reden. „Mr und Mrs Lightsey sind die Eltern von Pamela Lightsey, dem Mädchen, das Philip Bellamy geheiratet hat“, sagte sie.

Jetzt erinnerte Laura sich. Die Lightseys gehörten zum sogenannten Sommervolk. Sie waren Freunde der Bellamys.

„Sie wollten verzweifelt, dass Philip Pamela heiratet, und sie wussten, dass er es nicht tun würde, solange ich verfügbar war“, fuhr Mariska fort. „Ich wusste, in dem Moment, in dem ich Philip von der Schwangerschaft erzählen würde, wäre es vorbei mit ihm und Pamela. Die Lightseys wussten das auch. Sie sagten, wenn ich mit Philip Schluss mache – und zwar so, dass er es auch glaubt –, würde ich es nicht bereuen. Sie sind im Diamantenhandel tätig, also …“ Sie klopfte auf den Gürtel, in dem nun die Diamanten steckten.

Auf Mariskas Drängen hin gingen sie an dem Abend ins Scooter’s, eine beliebte Bar in der River Road. Die beiden Frauen saßen an einem der hohen Tische, nippten an ihren Drinks und weckten die Aufmerksamkeit mehrerer junger Männer. Nun, zumindest Mariska tat das. Neben ihr fühlte Laura sich so schlicht wie ein Weißbrot.

Einige Jungs aus der Stadt nahmen sich den Nebentisch. Terry Davis, der das ganze Jahr über im Camp Kioga arbeitete. Jimmy Romano, Lehrer an der Highschool. Und Matthew Alger, der für die Stadt arbeitete. Mariska war eine Meisterin im Flirten, doch Laura war zufrieden damit, sich einfach zu entspannen und zuzusehen. Der ganze Ablauf war eine Kunst. Das Lächeln, wenn ein Mann einen anschaute, dann seine Aufmerksamkeit mit Blicken zu halten und die Körpersprache richtig einzusetzen. Auch wenn es intensiver Konzentration bedurfte, musste es vollkommen natürlich und spontan wirken.

Es dauerte nicht lange, und Mariska flüsterte und kicherte mit Matthew, der aussah, als wenn er sie gleich auffressen wollte. Laura entschuldigte sich und suchte die Damentoilette auf. Innerhalb weniger Minuten gesellte sich Mariska zu ihr. „Was ist denn mit dir los?", wollte sie wissen.

Laura merkte, dass ihre Freundin betrunken war. „Ich denke die ganze Zeit an das, was du mir heute erzählt hast … was du getan hast …"

„Es musste getan werden, okay? Der Bäckerei ging es in dem Sommer nicht so gut, wenn du dich daran erinnern magst."

„Ja, ich erinnere mich."

„Das war ein Weg, sie zu retten."

„Philip hätte dir geholfen", sagte Laura. „Wenn du ihm von dem Baby erzählt und ihn geheiratet hättest, hätten die Bellamys ausgeholfen."

Mariska schaute sie an. „Und wie hätte das mich dastehen lassen? Wie eine Idiotin, die nur wegen des Geldes schwanger geworden ist und den Kerl geheiratet hat. Du kennst mich, Laura. So etwas würde ich nie tun."

Ach ja, ihr Stolz. „Also ist es besser, alleinerziehende Mutter zu sein und Schweigegeld anzunehmen, als den Mann zu heiraten, den du liebst?"

„Ich war achtzehn Jahre alt. Ich hatte keine Ahnung von Liebe und Ehe. Manchmal denke ich, das habe ich bis heute noch nicht. Aber ich hatte schon immer Ahnung vom Wert des Geldes."

Ein Rauschen ertönte aus einer der Toilettenkabinen. Laura gefror das Blut in den Adern. Guter Gott, jemand hatte ihre Unterhaltung mit angehört. Eine dunkelhaarige Frau kam heraus und wusch sich die Hände. Eine der Romanos, wie Laura bemerkte. Vielleicht war es Angela. Sie konnte sie nie auseinanderhalten.

Als sie gegangen war, schaute Laura Mariska mit schreckgeweiteten Augen an. „Glaubst du, sie weiß, wovon wir geredet haben?"

„Ist doch egal. Ich habe mich heute um alles gekümmert. Die Einzige, die was gesehen hat, war Jenny, und sie ist zu klein, um zu wissen, was vor sich geht."

„Ist das, was du tust, nicht illegal?"

„Hör mal, ich hatte etwas, was die Lightseys wollten", sagte sie erschöpft. „Und hast du gesehen, dass ich mir teure Autos und Klamotten und so gekauft habe? Nein. Ich wollte keinen Verdacht erregen." Wenn sie Geld brauchte, erklärte sie, brachte sie jeweils nur einen oder zwei Diamanten zu der Diamantenbörse an der Forty-Seventh Street in New York. Manchmal auch nach Toronto oder sogar Europa.

„Aber warum erzählst du mir das alles heute? Warum jetzt?“, fragte Laura. Sie hatte immer so was wie Ehrfurcht vor Mariska gehabt – vor ihrem Aussehen, ihrem Mut, ihrem Selbstbewusstsein. Jetzt jedoch fühlte sie noch etwas anderes – Schock und Missbilligung.

„Ich muss vielleicht für eine Weile weg“, erwiderte Mariska. „Und zwar womöglich länger als sonst.“

Essen für die Seele

von Jenny Majesky

Ein bunter Likör

Meine Großeltern hatten sehr wenige Schätze, weil sie auf ihrer Flucht aus Polen so wenig hatten mitnehmen können. Die Schätze, die sie hatten, waren daher umso wertvoller. Einer, an den ich mich noch gut erinnere, war ein Set kristallener Likörgläser aus Polen. Mein Großvater ist eines Tages nach Brooklyn gefahren und hat es dort gekauft. Die Gläser hatten die Farben und den Schliff von Juwelen – Rubinrot, Saphirblau, Smaragdgrün und Amethystviolett – und wurden nur zu ganz besonderen Gelegenheiten benutzt. Eine Geburt, ein Tod, ein Feiertag. Krupnik ist ein Honig-Gewürzlikör, der zu jeder Gelegenheit Wärme verbreitet.

Krupnik

1 Tasse Honig
½ Tasse Wasser
1 zerkrümeltes Lorbeerblatt
1 TL purer Vanilleextrakt
1 TL geriebene Limonenschale
1 Messerspitze gemahlene Muskatnuss
10 ganze Nelken
1 Messerspitze gemahlener Zimt
3 Tassen 50-prozentiger Wodka

Geben Sie alle Zutaten bis auf den Wodka in einen Topf. Lassen Sie die Flüssigkeit aufkochen, reduzieren Sie dann die Hitze und lassen alles zugedeckt 10 Minuten köcheln. Schütten Sie den Inhalt des Topfes durch ein feines Sieb, um die Gewürze herauszufiltern. Geben Sie die Flüssigkeit gemeinsam mit dem Wodka zurück in den Topf. Vorsichtig erhitzen, aber nicht kochen. Dann sofort noch heiß servieren, am besten in kristallenen Likörgläsern.

30. KAPITEL

Leuten schlechte Nachrichten zu überbringen gehört zum Job, rief Rourke sich in Erinnerung, als er sich einen Weg durch den hüfthohen Schnee zu der Hütte im Camp Kioga bahnte. So war es schon immer gewesen. In der Ausbildung hatte er die verschiedenen Methoden, die Nachricht zu übermitteln und Unterstützung anzubieten, intensiv studiert. Und im Job war er mehr als einmal gezwungen gewesen, nichts ahnenden Menschen mitzuteilen, dass nun doch das Undenkbare passiert war – ein Unfall, ein Todesfall, eine Verhaftung oder ein anderer Vorfall, der das Leben der Beteiligten für immer verändern würde.

Dank der Schneefälle war die Straße zum Camp nicht einmal mehr mit dem Schneepflug passierbar. Er hatte ein Schneemobil benutzt, das für Tiefschnee geeignet war, und war gezwungen gewesen, das letzte Stück zu Fuß auf Schneeschuhen zurückzulegen. Einer seiner Deputys hatte ihn darauf hingewiesen, dass er Jenny auch per Telefon erreichen könnte, aber das würde Rourke auf keinen Fall tun. Er musste es ihr persönlich sagen.

Als er die Hütte endlich erreichte, hatte die Dämmerung schon eingesetzt, und der Schnee fiel dichter als je zuvor. Er konzentrierte sich auf das goldene Licht in den Fenstern, die freundliche Rauchwolke, die aus dem Kamin aufstieg, und stellte sich vor, wie Jenny drinnen an ihrem Computer saß oder sich etwas zu essen machte. Musik hörte. Nachdachte oder träumte. Und mit dem Bild überkamen ihn ein Gefühl der Zärtlichkeit und ein Wissen, das er schon sein halbes Leben mit sich trug. In einem lang vergangenen Sommer hatte er sich in Jenny verliebt. Er hatte jahrelang versucht, sich wieder zu entlieben. Doch jetzt war er gezwungen, sich einzugestehen, dass ihm das nie gelungen war. Diese Erkenntnis brachte ihm keine Freude. Irgendwo in der Welt gab es Menschen, die gut darin waren zu lieben, denen es leichtfiel, für die es etwas war, das ihrem Leben Sinn verlieh. Rourke war keiner von ihnen.

Vor der Hütte blieb er stehen und zog die Schneeschuhe aus. Die Stufen zur Haustür waren mit Schnee bedeckt, und Eiszapfen hingen von der Regenrinne. Als er unter ihnen durchging, brach ein großes Stück ab und stach still in den Schnee. Er rief Jennys Namen und klopfte dann an die Tür. Rufus fing an zu bellen, und es hörte sich an, als würde er von innen gegen die Tür springen.

Guter Hund, dachte Rourke. Er mochte seinen Beschützerinstinkt.

Die Tür ging auf, und Rufus sprang los, nur um sich sofort in ein vor Liebe zitterndes Bündel zu verwandeln, als er Rourke erkannte.

Jenny blieb abwartend im Hintergrund. Rourke fiel es schwer, ihren Gesichtsausdruck zu deuten. Sie war alles andere als glücklich, ihn zu sehen, und sie sah ... War das Schuldbewusstsein in ihrer Miene? Weswegen sollte sie sich schuldig fühlen? Sie trug Jeans und einen Pullover, und ihr Haar hatte sie zu einem Pferdeschwanz zusammengebunden. Sie hatte die Arme schützend vor ihrer Brust verschränkt.

„Rourke", sagte sie. „Ich hatte dich nicht erwartet."

Offensichtlich nicht. „Ich muss mit dir reden. Ich, äh, wollte dir das persönlich sagen."

Sie runzelte die Stirn und wich seinem Blick aus, als wenn ... Er konnte das Gefühl nicht abschütteln, dass sie sich verhielt wie jemand, der zu ihm ins Revier abgeführt worden war.

Er trat ein und schloss die Tür. Rufus sprang immer noch aufgeregt um ihn herum, als Rourke die Stiefel und seinen Parka auszog. Es tat gut, ein paar Lagen loszuwerden. Mit Schneeschuhen zu gehen war anstrengend. „Darf ich mich setzen?", fragte er.

„Ja, sicher, nimm Platz." Sie zeigte auf das Sofa.

Rourke entschied sich, die Sache schnell anzugehen. Sie schien abgelenkt und verwirrt, und es noch länger hinauszuzögern wäre grausam. „Wir haben in den Eishöhlen über den Wasserfällen einen Leichnam gefunden", sagte er ohne Vorrede.

Jetzt sah sie vollständig verwirrt aus. „Einen Leichnam?"

„Ja."

„Einen menschlichen Leichnam?"

Er nickte. Auch wenn er sie so gerne berührt hätte, hielt er die Hände fest zu Fäusten geballt. „Sonnet, Zach und Daisy haben eine Schneewanderung dorthin gemacht. Es gibt noch keine positive Identifizierung der ..." Beinahe hätte er „Überreste" gesagt. „Ein Bergungsteam wird sich auf den Weg dorthin machen, sobald das Wetter aufklart. Ich denke, du solltest es wissen, damit du vorbereitet bist." Okay, dachte er, bring es hinter dich. „Bei der Verstorbenen handelt es sich mit großer Wahrscheinlichkeit um deine Mutter."

Er sah, wie die Worte einsanken, wie aus der anfänglichen Verwirrung erst Verständnis und dann Schmerz wurde. Sie sagte nichts, rührte sich nicht, abgesehen von den Händen, die sie flach auf ihre Knie drückte und intensiv betrachtete.

„Ich habe die Kleidung mit der Beschreibung in der ursprünglichen Vermisstenmeldung abgeglichen", erklärte er. Er hatte auch den dazugehörigen Bericht noch einmal gelesen, auch wenn das nicht nötig gewesen war. Er war ihn in den vergangenen Jahren so oft durchgegangen, dass er ihn auswendig konnte. Und in dem Augenblick, als er Daisys Fotos gesehen hatte, hatte er es gewusst. „Es ist ziemlich eindeutig."

Er machte eine Pause. Er hasste es, ihr wehtun zu müssen. „Es tut mir leid."

Ein paar Minuten lang saß sie sehr still; sie schien an einem anderen Ort zu sein. Dann schluckte sie, steckte sich eine Strähne, die sich aus dem Pferdeschwanz gelöst hatte, hinters Ohr und atmete zitternd ein. „Als ich jünger war, habe ich ein Tagebuch geführt", sagte sie mit leiser Stimme. „Ich habe jeden Eintrag mit den Worten ‚Liebe Mom' begonnen. Das war meine Art, sie für mich real zu machen. Obwohl ich seit zehn, fünfzehn, zwanzig Jahren nichts von ihr gehört hatte, war sie für mich immer real, die Person, der ich alles erzählt habe, die immer da war, wenn ich sie brauchte."

„Jen, ich weiß nicht, was ich sagen soll. Außer dass wir herausfinden werden, was mit ihr passiert ist. Ich schwöre, ich werde nicht eher ruhen, bis wir es wissen."

Sie war gespenstisch ruhig, auch wenn er vermutete, dass in ihrem Innern einiger Aufruhr herrschte. Sie räusperte sich, und ihr Blick glitt zur Seite. Erneut hatte er das Gefühl, dass sie sich irgendwie schuldbewusst verhielt.

„Oh, was das betrifft", fing sie an. „Meine Mutter hatte ein Geheimnis. Ich habe es gerade erst erfahren." Sie stand auf und ging zum Tisch hinüber. Neben ihrem Laptop stand eine rostige Angelkiste, die ganz verrußt war. Vermutlich war sie eines der Dinge, die aus dem Feuer gerettet worden waren. Jenny reichte Rourke eine Untertasse, auf der, wie es aussah, eine Handvoll kleiner Steine lagen. „Ich denke, das sind Diamanten", sagte sie. „Beziehungsweise, seitdem ich Laura angerufen habe, bin ich mir ziemlich sicher. Und ich denke, was immer meiner Mutter zugestoßen ist, hat etwas hiermit zu tun."

Rourke nahm einen der Steine in die Hand, während sie ihm erklärte, dass sie in den Bleigewichten fürs Angeln versteckt gewesen waren, die ihre Mutter zu Hause selber hergestellt hatte.

Ein Schauer überlief ihn, als er die Möglichkeiten bedachte. Mariska war im Besitz eines geheimen Vermögens gewesen, und sie hatte sich selbst in Gefahr gebracht. „Wir werden uns die Echtheit der Steine bestätigen lassen müssen", sagte er. Aber die Gänsehaut auf seinen Armen sagte ihm, dass Jenny recht hatte.

Sie stand am Tisch und sah so klein und verloren aus. „Ich war so böse auf meine Mutter", sagte sie endlich. „Ich habe ihr vorgeworfen, weggegangen und nie wiedergekommen zu sein. Ich … ich weiß nicht, was ich jetzt fühlen soll." Sie verschränkte ihre Arme unter der Brust, als wenn sie sich selber zusammenhalten müsste.

Rourke war sich sicher, dass er ein elender Hundesohn war. Denn als er sie so sah, spürte er mit einem Mal eine solche Lust für diese Frau in sich. Das war nichts Neues, aber in diesem Augenblick, inmitten einer Tragödie, konnte er nur daran denken, sie ins Bett zu kriegen? Das hatte er schon einmal getan, damals, als sie dachten, Joey wäre gestorben. Und nun tat er es wieder. Er informierte sie über eine weitere Tragödie – und wollte sie immer noch. Rourke war der Sensenmann mit einem Steifen.

„Warum siehst du mich so an?“, fragte Jenny.

„Das willst du nicht wissen.“

Essen für die Seele

von Jenny Majesky

Der Frühling kommt

In Polen ist der Donnerstag vor Beginn der Fastenzeit als *Tłusty czwartek* (fetter Donnerstag) bekannt. Wenn der Tag kommt, wissen wir, dass der Frühling nicht mehr weit ist. Es ist Tradition, an diesem Tag Mazurki zu essen, was ganz dünne Küchlein sind. Jede Mutter reicht das Rezept an ihre Tochter weiter, und so wandert es durch die Generationen. Die Familie versammelt sich und teilt die Mazurki, und erhitzte Diskussionen entspinnen sich darüber, wem welches am besten schmeckt. Dieses Rezept hier gewinnt beinahe jedes Mal.

Mazurki

½ Tasse ungesalzene Butter
120 g geschmolzene Schokolade (Kakaoanteil 50–60 %)
1 Tasse Zucker
3 Eier
1 TL Vanille
¼ TL Salz
2 EL Milch
2 Tassen Mehl
Guss aus 1 Tasse Puderzucker und 1–3 EL Milch
gehackte Walnüsse oder Pekannüsse zur Garnierung

Ofen auf 175 °C vorheizen. Butter verrühren, geschmolzene Schokolade und Zucker zugeben und gut mischen. Ein Ei nach dem anderen unterrühren. Vanille, Salz und Milch zugeben und gut vermengen. Langsam das Mehl hinzugeben und gut rühren, damit es keine Klümpchen gibt. In eine 38 x 25 x 2,5 cm große Form füllen und ungefähr 20 Minuten backen. Den Guss darüberträufeln und mit den gehackten Nüssen verzieren. In eckige Stücke schneiden und servieren.

31. KAPITEL

1998

Rourkes Samstagabendschicht hatte gerade begonnen, als er einen persönlichen Anruf erhielt. Er nahm ihn am Tisch des diensthabenden Sergeants an und schaute dabei aus dem Fenster auf das trostlose, stürmische Wetter. „Officer McKnight am Apparat."

„Ich bin's, Mann", sagte eine willkommene Stimme. „Endlich zu Hause."

„Joey." Rourke schloss die Augen und dachte, Gott sei Dank. Joey war endlich wieder daheim. Nach dem Missgeschick, das zu der Meldung geführt hatte, er wäre tot, war Joey ins Medizinische Zentrum Landshut in Deutschland gebracht worden. Hier hatte er mehrere Operationen über sich ergehen lassen müssen, um sein Augenlicht zu retten, aber es hatte alles nichts genützt. Er war ins Walter Reed Hospital überstellt und schließlich ehrenhaft entlassen worden.

„Jupp, der bin ich", sagte er. „Auch bekannt unter dem Namen ‚Der Glückspilz'."

Rourke spürte die bittere Ironie hinter den Worten seines Freundes. Joey hatte in der Nacht viel verloren. Seine Waffenbrüder, die er mit unerschrockener Wildheit geliebt hatte, und sein rechtes Auge. Es überraschte nicht, dass der Vorfall ihn verändert hatte. In seinen E-Mails und Anrufen war eine neue, harte Skepsis zum Vorschein gekommen.

„Wo bist du?", fragte Rourke.

„In Kingston, am Bahnhof. Der nächste Zug fährt erst in einer Stunde. Ich bräuchte eine Mitfahrgelegenheit nach Avalon. Ich habe vor, die kleine Frau zu überraschen, weißt du? Sie mag Überraschungen."

Rourkes Mund wurde ganz trocken. Was in jener Nacht zwischen ihm und Jenny passiert war, war ein großer Fehler gewesen. Die gemeinsame Trauer hatte sie schwach werden lassen, aber das war keine Entschuldigung. Doch das Schlimmste war, er würde es sofort wieder tun, wenn sich die Gelegenheit ergäbe, auch wenn die Schuld jedes Mal an ihm fraß, wenn er nur daran dachte.

Bis zu der Nacht hatte er nicht gewusst, dass Sex so mächtig sein konnte, beinahe wie eine Besessenheit. Und er hatte nicht gewusst, wie wichtig das war – oder wie zerstörend, wenn es einem wieder genommen wurde. Er hatte sich jedoch willentlich ergeben. In der Sekunde, in der Joey am nächsten Morgen angerufen hatte und sie ihren Fehler bemerkten, hatte ein Übelkeit erregendes Schuldbewusstsein Rourke und Jenny gepackt, und seitdem waren sie sich wenn möglich aus dem

Weg gegangen. Keiner war sicher, ob Joey herausgefunden hatte, was passiert war, aber die Möglichkeit verfolgte sie. Sie hatten ihn auf die schlimmstmögliche Art und Weise verraten.

„Also, was sagst du“, hakte Joey nach.

„Hast du getrunken, Joey?“, fragte er.

„Hey, ich bin ein Soldat. Ein Veteran. Ein einäugiger Veteran. Natürlich habe ich getrunken. Wie wär's, wenn du dich hier vorbeischwingst und mich abholst?“

Ein Weg von dreißig Meilen war etwas mehr als ein „Vorbeischwingen“. Rourke schaute sich im Revier um. „Ich bin im Dienst. Ich muss erst den Sergeant fragen ...“

„Ach, komm schon“, sagte Joey. „Du bist doch sowieso im Streifenwagen unterwegs. Also kannst du genauso gut in diese Richtung fahren.“

„Bleib kurz dran, ich frag mal nach.“

„Seit wann fragt der große Rourke McKnight denn um Erlaubnis?“ Joey klang streitlustig. „Normalerweise bedienst du dich doch einfach.“ Er hielt kurz inne und fügte dann hinzu: „Weißt du was? Ich muss doch nicht abgeholt werden. Vergiss es einfach.“

„Joe...“

„Wir sehen uns später.“ Damit legte er auf.

Rourke starrte wütend auf den Telefonhörer. Das Gespräch hatte ihn beunruhigt. Kurz verspürte er den Impuls, bei Jenny vorbeizufahren und sie vorzuwarnen. Er entschied sich dagegen. Joey wollte sie überraschen, und auf gar keinen Fall würde Rourke ihm diese Überraschung ruinieren. Okay, dachte er. Er würde gucken, ob es eine Möglichkeit gab, zu Joey zu fahren und ihn nach Hause zu bringen.

Doch innerhalb weniger Sekunden kam ein Anruf, und er musste zu einer kleinen Schlägerei in den Round-Table-Arms-Apartments. Ein Nachbar hatte sich über den Lärm eines Familienstreits beschwert, was in diesem Stadtteil leider nur allzu häufig vorkam. Als Rourke jedoch sah, dass es sich um das Haus der Taylors handelte, machte er sich sofort auf. Grady Taylor war ein gemeiner Hurensohn, wenn er trank, und in der Familie gab es auch Kinder. Rourke hasste Männer, die ihre Frauen und Kinder schlugen, hasste sie mit einer Inbrunst, die ihn weitaus gefährlicher machte als jeden betrunkenen Fäusteschwinger.

Er raste durch den strömenden Regen. Das Heck des Streifenwagens brach auf der nassen, öligen Straße immer wieder aus. Er meldete sich in der Vermittlung und rannte dann eine Eisentreppe hinauf. Der Streit war immer noch in vollem Gange – die tiefe Stimme eines Mannes und die weinerlichen, streitlustigen Töne eines Teenagers. Rourke klopfte mit dem Schlagstock gegen die Tür, die sofort aufgerissen wurde.

„Gibt's ein Problem, Officer?" Grady Taylor sah nicht aus wie ein gewalttätiger Kerl. Er war etwas übergewichtig, aber sein Anzug saß gut. Er hatte die Krawatte abgenommen und locker über seine Schulter gelegt. Allerdings konnte er Rourke nichts vormachen. Er sah die Gewalttätigkeit in den glitzernden Augen, in der Art, wie sein Haar leicht zerzaust war, und an den aufgeplatzten Stellen auf seinen Fingerknöcheln.

„Ich schätze, die Frage sollte ich Ihnen stellen", sagte Rourke und warf einen Blick an Taylor vorbei in die Wohnung. Im Hintergrund stand ein schlaksiger Teenager in Hip-Hop-Kleidung – übergroßes Sweatshirt, tief sitzende Hose mit Ketten an den Hosentaschen. Der Junge wischte sich den Mund mit dem Handrücken ab. Als er sah, dass Rourke ihn prüfend ansah, drehte er sich weg, als schäme er sich.

„Hier gibt's keine Probleme, Officer", sagte Taylor freundlich. „Mein Junge und ich hatten nur eine kleine Meinungsverschiedenheit – Teenager, Sie wissen ja …"

Mist. Hatte er wirklich erwartet, dass Rourke zustimmend nicken würde? *Ja, Teenager.* „Sieht so aus, als hätten Sie die Meinungsverschiedenheit mit Ihrer Faust ausgetragen", sagte er.

„Das geht Sie verdammt noch mal nichts an." Taylor spuckte die Worte nur so aus. „Mein Gott, wie alt sind Sie? Zwölf? Sie haben ja keine Ahnung, was es heißt, ein Kind aufzuziehen, für seine Sicherheit zu sorgen …"

„Hier ist er aber nicht sicher", unterbrach ihn Rourke und zeigte auf den Jungen. „Ich sage dir was. Du kommst mit mir, und wir reden ein wenig miteinander. So habt ihr beide die Chance, euch ein wenig abzukühlen."

Mehr Aufforderung brauchte der Junge nicht. Er schnappte sich einen dicken Mantel und ging zur Tür.

„Wage es ja nicht, dieses Haus zu verlassen." Taylors Stimme durchschnitt die Luft wie eine Peitsche. „Ich schwöre bei Gott, ich werde …"

„Sie werden was?" Erfüllt von weiß glühender Wut hob Rourke den Schlagstock, legte ihn quer über die Kehle des Mannes und drückte ihn gegen die Tür. „Oder was, Sie elender Hurensohn?"

In Taylors Augen tobte der Zorn, und er hob seine Fäuste. Rourke spürte, dass er kurz davor war, die Kontrolle zu verlieren. Er drückte den Schlagstock noch heftiger gegen den Hals des Mannes. *Versuch es nur, du fettes Arschloch. Reiz mich noch ein kleines bisschen mehr …*

Taylors Gesicht wurde dunkelrot, als er nach Atem rang.

„Dad", sagte das Kind. „Hey, Dad."

Die Stimme durchbrach Rourkes Wut, und er trat zurück und löste den Druck. Verdammt, beinahe hätte er … Taylor sackte am Türrahmen zusammen. Rourke wandte sich an den Jungen, der seine blutige Lippe vergessen zu haben schien. Ein hellrotes Rinnsal aus Blut lief an seinem Kinn entlang, und er zitterte vor Angst – nicht vor seinem Vater, sondern vor Rourke.

„Gehen wir“, sagte Rourke. „Ich bringe dich zu einem Freund oder Verwandten, okay? Alles wird wieder gut.“

Der Junge blieb stumm, als sie in den prasselnden Regen hinaustraten und in den Streifenwagen stiegen. Rourke erstattete Bericht und reichte dem Kind dann eine Packung Taschentücher, um die Blutung zu stillen. Mit besorgter Miene schaute der Junge hoch zu seiner Wohnung. Kinder waren ihren Monstervätern gegenüber immer unglaublich loyal. Der Junge nannte ihm die Adresse eines Freundes, bei dem er über Nacht bleiben konnte. Dann fuhren sie schweigend durch den Regen.

Er hat Angst vor mir, dachte Rourke.

Nachdem er den Jungen abgesetzt hatte, wollte er eigentlich Joey abholen, aber gerade als er losfuhr, meldete sich sein Funkgerät. Ein Mustang neueren Datums war gegen einen Güterzug gefahren. Am Bahnübergang vor der Stadt, nur ein paar Straßenzüge von Rourkes Standort entfernt. Krankenwagen waren schon auf dem Weg.

Rourke hatte eine Vorahnung, bevor er die Unfallstelle erreichte. Er fühlte es wie einen eisigen Klumpen in seinem Magen. Irgendwie wusste er es, bevor er noch das hektische Treiben sah, das unnatürliche Licht der Notfallleuchten, das zerstörte Autowrack, den Rauch und die Funken, die in die Nachtluft stiegen, als die Rettungskräfte das Opfer bargen. Bevor er sich einen Weg durch die Sanitäter und Ausrüstung gekämpft und einen Blick auf das Opfer geworfen, in seine Augen gesehen hatte, in denen kein Schmerz, sondern nur Verwirrung stand. Joey wurde auf eine Trage geschnallt, sein Gesicht war kreideweiß.

Rourkes Herz sank wie ein Stein. *Joey.* Er war so in Eile gewesen, dass er sich ein Auto geliehen oder gemietet hatte, um zu Jenny nach Hause zu rasen. Es war dumm gewesen von Rourke, zu glauben, Joey würde auf den nächsten Zug warten. Er hätte es wissen müssen, hätte – Job hin oder her – alles stehen und liegen lassen müssen, um seinen Freund abzuholen.

„Joey“, sagte er und trat neben die beiden hektischen Sanitäter. „Hey, Kumpel, ich bin’s. Kannst du mich hören?“

Joeys Augenlider flatterten. Überall war Blut, mehr Blut, als Rourke je gesehen hatte. Dunkel wie Ölschlamm vermischte es sich mit dem Regen.

„Sie kennen ihn?“, fragte einer der Rettungskräfte. Sein Gesichtsausdruck verriet Rourke, dass er sich auf das Schlimmste gefasst machen sollte.

„Ja“, sagte Rourke und griff nach … es gab nichts, was er hätte anfassen können. Nur Schläuche und Blut. „Verdammt, Joey, sieh mich doch an.“

Um den Mund seines Freundes zuckte es. „Rourke. Mann … tut mir leid.“

„Hey, mach dir keine Sorgen.“ Rourke sprach über den Lärm der hin und her eilenden Sanitäter hinweg. Ihm war schlecht, aber er schaffte es irgendwie, zu lächeln. „Das muss dir nicht leidtun“, sagte er. „Du machst das toll, Joey. Diese Männer hier werden dir helfen.“

In Joeys Lächeln lag etwas Unbeschreibliches, beinahe wie ein Strahlen. Ganz sicher wusste Joey, dass er das gar nicht gut machte.

„Sag ihr …“ Seine Augen rollten nach oben.

„Joey!“

Er schaute ihn wieder an. Bewegte seinen Mund, doch es kam kein Ton. Dann verdrehte er wieder die Augen.

„Sie weiß es, Kumpel. Ich schwöre, ich …“ Etwas veränderte sich. Ein Schauer durchlief Joeys Körper. „Verdammt“, schrie Rourke. „Tut doch was! Könnt ihr denn nicht irgendetwas tun?“

Ein Klopfen erschreckte Jenny um kurz vor neun Uhr abends. Granny hatte es sich gerade vor dem Fernseher gemütlich gemacht, und Jenny trug ihren bequemen, aber hässlichen Pyjama. Sie schnappte sich einen Pullover und war ein wenig verlegen. Es war erst neun Uhr abends, und sie trug schon ihren Schlafanzug, wie eine alte Jungfer. Andere Menschen in ihrem Alter gingen an einem Abend wie diesem auf ein paar Drinks in die Whistle Stop Tavern oder brachten ihre Kinder ins Bett. Sie nahm an, sie war die Einzige in Avalon, die in ihrem Schlafanzug eine Tasse Kamillentee trank und sich bereit machte, mit ihrer Großmutter zusammen eine Wiederholung von *Buffy – Im Bann der Dämonen* anzusehen.

Sie zog den Pullover über und öffnete die Tür. Da stand Rourke in militärischer Haltung, seine Polizeimütze unter den Arm geklemmt, die Schultern gestrafft, den Kopf gerade. Ihr Herz stolperte.

„Rourke?“

Er trat ein, und sie sah etwas, das sie noch nie zuvor gesehen hatte – er war kurz davor, zusammenzubrechen. Sein Gesicht war ausgezehrt und blass, seine Augen rot umrändert. Seine Hände zitterten, nein, sein ganzer Körper zitterte. „Es ist Joey“, sagte er.

„Joey? Aber der ist in Washington, D.C. Im Walter Reed. Ich wollte ihn nächstes Wochenende besuchen fahren …“

„Er ist entlassen worden.“ Rourke räusperte sich. „Er war auf dem Weg hierher, um dich zu sehen. Es hat einen Unfall gegeben.“

Ihre Gedanken rasten zu einem Ort der Hoffnung – das war ein weiterer falscher Alarm. Das war schon einmal passiert, und es konnte wieder passieren. Jemand hatte die falsche Information weitergegeben. Wenn sie nur ihre Augen schließen und fest daran glauben könnte, würde alles gut werden. Aber ihre Augen, die Verräter der Hoffnung, blieben offen, und sie sah die Wahrheit in dem Blut auf Rourkes Uniform, auf seiner Haut, unter seinen Fingernägeln. Er hatte sich Mühe gegeben, sich wieder herzurichten, das erkannte sie an den gekämmten Haaren, dem Geruch nach Seife. Aber es nützte nichts. Dieses Mal war Joey wirklich weg.

Langsam gaben ihre Knie nach, und sie sank zu Boden. Rourke packte ihre Arme und hielt sie aufrecht. Er sprach zu ihr, und er sah aus wie jemand anders, jemand, der beinahe so schwer verletzt worden war wie Joey. Sie konnte sehen, wie sich seine Lippen bewegten, als er ihr erklärte, was passiert war. Sie konnte sogar die Wörter hören. Joey war in den ersten Zug nach New York gesprungen und dann gleich weiter in den Expresszug nach Kingston. Die Tinte auf seinen Entlassungspapieren war noch feucht. In Kingston hatte er ein Auto gemietet, um damit den Rest des Weges nach Avalon zu fahren. Er hatte sie überraschen wollen.

Überraschung!

Essen für die Seele

von Jenny Majesky

Trauermahl

Immer wenn ein geliebter Mensch die Welt verlassen hatte, rief seine Familie meine Großmutter an, weil sie eine Meisterin darin war, innerhalb kurzer Zeit ein Menü für eine größere Anzahl Gäste zusammenzustellen. Das Herzstück war immer ihr heißes Trauermahl – eine herzhafte Mischung, die in einem Bratentopf von der Größe einer Badewanne zubereitet wurde. Hier ist eine Version für eine etwas kleinere Gruppe. Es heilt die Trauer nicht, aber man sagt, es tröstet ein schmerzendes Herz.

Amerikanisches Trauermahl

1 Pfund gehacktes Rindfleisch
½ Zwiebel, in Würfel geschnitten
1 Tasse in Scheiben geschnittene Möhren, tiefgekühlt
1 Tasse Blumenkohl, tiefgekühlt
1 Tasse Brokkoli, tiefgekühlt
1 Dose Champignoncremesuppe
1 Dose Hühnchencremesuppe
3–4 Selleriestangen, in Würfel geschnitten
2 EL Sojasoße
½ TL weißer Pfeffer
350 g Chow-Mein-Nudeln

Den Ofen auf 160 °C vorheizen. In einer Pfanne das Hackfleisch und die Zwiebeln anbraten. Abtropfen lassen und in eine größere Bratenform geben. Das Gemüse, die Suppen, Sellerie, Sojasoße und Pfeffer vermischen und zu dem Fleisch geben. Zwei Drittel der Chow-Mein-Nudeln unterheben, den Topf zudecken und ungefähr 1 Stunde im Ofen garen lassen. Die restlichen Nudeln darüber verstreuen, Deckel wieder schließen und weitere 15 Minuten backen.

32. KAPITEL

Der Wind hatte aufgehört, und der Schnee fiel jetzt in dicken Flocken zur Erde und lag wie eine Decke auf dem Dach der Hütte. Jenny zog sich die Ärmel ihres Pullovers über die Hände, um sie zu wärmen. „Ich will es wissen, Rourke", sagte sie. „Ich will wissen, was du denkst."

Er schüttelte den Kopf. „Das ist nicht wichtig. Geht es dir gut, Jen?"

Sie nickte. „Ist es seltsam, dass ich nicht hysterisch weine?"

„Nein. Sie war schon so lange fort."

„Ich bin … auf eine Art fühle ich mich erleichtert. Zumindest weiß ich es jetzt. Als du angefangen hast, mir von ihr zu erzählen, war es, als wenn etwas Kaltes, Enges sich löst. Jetzt weiß ich, warum – weil ich nun nicht mehr wütend sein muss. Ich habe Jahre damit verbracht, wütend auf sie zu sein, zu denken, dass sie mich nicht genug liebt, um zurückzukommen. Dabei hat sie in Wahrheit versucht, den Familienbetrieb zu retten, obwohl sie selber beinahe verzweifelt unglücklich war. Doch sie hat ihr Bestes versucht, und dann ist ihr etwas Fürchterliches zugestoßen. Ich hätte sie die ganze Zeit über lieben sollen, anstatt böse und gekränkt zu sein. Ich wünschte …" Sie wusste nicht, wie sie den Gedanken zu Ende bringen sollte. „Ich wünschte, ich hätte meine Gefühle anders genutzt."

„Oder gar nicht", murmelte Rourke.

Das war natürlich die Art, wie Rourke eine Situation wie diese sah. Lass dich gar nicht erst auf Gefühle ein, dann wirst du auch nicht verletzt. Sie wand sich unbehaglich, als er sie weiter mit gehetztem Blick betrachtete. Sie verspürte leichtes Bedauern, weil sie ihn nur zu gut verstand. Er sah so einsam aus, wie sie sich fühlte. Nachdem Joey umgekommen war, hätten sie sich gegenseitig Trost geben können – sollen sogar. Stattdessen hatten sie einander den Rücken gekehrt. Sie waren beide durch die Vergangenheit so verletzt gewesen – hatten Angst zu lieben, Angst, sich zu verlieren, verletzt zu werden, ihr Herz einem anderen anzuvertrauen. „Es ist wegen Joey, oder?", flüsterte sie. „Darum lässt du nie jemanden an dich heran."

„Deshalb lasse ich *dich* nie nah an mich heran."

„Rourke, das ergibt keinen Sinn …"

„Er wusste von uns."

„Hat er dir das gesagt?"

„Nein. Aber er wusste es."

„Und damit hast du all die Jahre gelebt."

„Das ist nichts, was man vergisst. Er hat uns geliebt, und wir haben ihn betrogen. Er wusste es, und in der Sekunde, in der er starb, waren wir auf immer in dieser Situation gefangen, ohne eine Chance, es ... Wir können es nie wieder richten." Manchmal erinnerte sie sein Gesicht noch an den Jungen, den sie einmal gekannt hatte – dann spiegelten sich darin Wut und Verletzlichkeit und eine Sehnsucht, die ihr Herz berührte. Auch damals schon war er gleichzeitig selber emotional angeschlagen als auch über die Maßen beschützend gewesen. Die gleichen Gefühle kamen jetzt durch in seiner Weigerung, sich etwas zu vergeben, das er nicht mehr ändern konnte.

„Ich weiß nicht, wie es dir geht", sagte sie. „Aber ich spreche andauernd mit Joey. Ich werde mich nicht damit quälen, ob er das mit uns gewusst hat oder nicht. Ich weigere mich, das zu tun, und ich wünschte, du würdest es ebenfalls lassen."

„Es ist für mich keine Frage der Wahl", sagte er. „Ich hätte den Unfall verhindern können, bei dem er starb. Ich hätte alles fallen lassen, zu ihm fahren und ihn abholen können."

„Mein Gott, Rourke, hörst du dir eigentlich selber zu? Du kannst nicht die ganze Welt retten. Das ist nicht deine Aufgabe."

„Oh, tut mir leid. Ich dachte, das geht mit dem Job eines Polizisten einher."

Die ideale Rolle für ihn. Menschen retten und dann gehen. Aber nicht dieses Mal, entschied sie. Dieses Mal würde sie das nicht zulassen. „Du tust alles, was du kannst", sagte sie. „Das machen wir alle, und ja, manchmal ist gut nicht gut genug. Aber so ist das Leben nun einmal. Du sagst, wir sollten nicht zusammen sein, hätten nie zusammen sein sollen, und ich sage, du liegst falsch."

„Blödsinn. Du und Joey, so hätte es sein sollen. Du und er, ihr habt perfekt zusammengepasst. Genau so und nicht anders hätte es sein sollen."

Sie schaute ihn finster an. „Das ist das, was *du* entschieden hast. Du hast mich nicht einmal nach meiner Meinung gefragt. Zu deiner Information, Joey und ich waren nicht ‚perfekt'. Niemand ist das. Ich habe ihn geliebt, aber niemals so, wie ich dich geliebt habe." Das Geständnis rutschte ihr heraus, bevor sie es zurückhalten konnte. Sie atmete tief ein, beschämt und gleichzeitig erstaunlich erleichtert. Endlich hatte sie ihm die Wahrheit gesagt, und so wie es aussah, drehte sich die Erde trotzdem noch.

Seine Reaktion war allerdings alles andere als ermutigend. Er fluchte und schaute sie böse an. Dann stand er auf und trat ans Fenster, sodass er ihr den Rücken zuwandte. Die Dunkelheit sammelte sich über dem See, und draußen war kein einziger Lichtschein zu sehen. „Schlechte Idee", sagte er endlich. „Du wolltest nicht mit mir zusammen sein. Ich habe die Nachricht erhalten, dass mein bester Freund gestorben ist, und alles, woran ich denken konnte, war, dass ich dich endlich vögeln könnte."

Sie wusste, dass er absichtlich so grobe Worte wählte. Von seiner launischen Art hatte sie sich noch nie abschrecken lassen. „Das hast du nicht gedacht, und das weißt du auch. Die Geschichte erzählst du dir nur, damit du dein Leben voller Schuldgefühle über das, was passiert ist, verbringen kannst. Was du wirklich gefühlt hast, was wir beide gefühlt haben, war der Verlust von jemandem, den wir aus ganzem Herzen geliebt haben. Jemand, den wir so sehr liebten, dass wir unsere Liebe zueinander nicht zugelassen haben. Das Problem ist, dass du und ich sehr gut zueinanderpassen. Doch wir haben uns all die Jahre verbogen, um es ignorieren zu können. Und jedes Mal, wenn wir etwas vortäuschten, jedes Mal, wenn wir unsere Gefühle verleugneten, haben wir es nur noch schlimmer gemacht. Erkennst du das Muster?"

Rourke drehte sich vom Fenster weg, um Jenny anzusehen. Ihre Worte packten sein Herz, drückten es, bis er es nicht mehr ertrug. In zwei Schritten durchquerte er den Raum, legte seine Arme um sie und zog sie an sich. Und sie passte so perfekt in seine Umarmung. Ihr weicher, blumiger Duft umhüllte ihn, und in einem Augenblick, der vermutlich zu den schlimmsten Momenten ihres Lebens gehörte, verspürte er eine wahnsinnige Zuneigung zu ihr.

Als sie ihren Kopf hob, um ihn anzuschauen, küsste er sie vorsichtig. Sie schmeckte so warm und süß, und sie erwiderte seinen Kuss mit einer Inbrunst, von der er seit Jahren geträumt hatte. Sie sprachen nicht mehr, sondern drängten sich aneinander, bis Rourke vor Sehnsucht zitterte. Doch gleichzeitig überlegte er, ob das hier nur eine Wiederholung der Szene aus einer anderen Zeit war, als sie gedacht hatten, sie hätten Joey verloren. Mit Mühe riss er sich von ihr los und fragte sie mit seinen Augen. Sie sagte nichts, sondern nahm seine Hand und zog ihn in ihr Schlafzimmer, wo ein kleines Licht auf dem Nachttisch brannte. Und hier zeigte er ihr endlich sein Herz auf die einzige Art, die er kannte.

Der Schnee fiel in schrägen Bahnen und türmte sich immer höher auf, sodass er beinahe bis an die Fensterbänke des Winterhauses reichte. Mitten in der Nacht lag Jenny neben Rourke auf der Seite und betrachtete ihn.

Bis zu dieser Nacht hatte es so lange gedauert. Als sie sich endlich hatten gehen lassen, war es zu einer Explosion der Emotionen gekommen. Es war besser als alle Träume und hinterließ in ihr ein so tiefes Gefühl der Befriedigung, dass ihr die Tränen kamen. Die Intimität, die sie miteinander geteilt hatten, war anders als alles, was sie je erlebt hatte, und ihre unbeschreibliche Schönheit traf sie vollkommen unerwartet. Ihre Gefühle für ihn verdrängten den Schmerz und die Trauer, die sie umgeben und von allen isoliert hatten.

Ein schwacher Lichtschimmer kämpfte sich durch die graue Morgendämmerung. Sie hatte den Überblick verloren, wie oft sie sich geliebt, den Körper des anderen in einer langen Folge von Entdeckungsreisen erforscht hatten. Irgendwann hatte er im Revier angerufen und Bescheid gesagt, dass alles in Ordnung wäre und er zurückkommen würde, sobald der Sturm vorüber wäre.

Und als sie hier so lag und seinem Atem und dem Schlagen ihres eigenen Herzens zuhörte, wollten die Tränen aus irgendeinem Grund nicht aufhören zu fließen. Seine Lider flatterten, dann öffnete er die Augen, richtete sich etwas auf und berührte ihre Wange mit dem Daumen. „Es tut mir leid", sagte er.

„Du verstehst das nicht." Sie versuchte, die Gefühle zu ordnen, die in ihr tobten. „Das ist nicht … Ich bin nicht traurig. Nur … irgendwie erleichtert. Nicht nur wegen meiner Mutter, sondern auch … unseretwegen." Okay, dachte sie. Sie konnte genauso gut aufs Ganze gehen. „Ich habe das hier seit so langer Zeit gewollt. Hast du das nicht gewusst?"

Er lächelte leicht. Seine Miene sah im dämmrigen Licht, das der Ofen im anderen Zimmer von sich gab, ganz weich aus. „Deshalb habe ich mit allen Mitteln versucht, mich von dir fernzuhalten. Was wir getan haben – was mit Joey passiert ist … wie könnten wir da jemals zusammen glücklich werden?"

„Wie? Genau so." Sie berührte sein Gesicht, die leichten Bartstoppeln und die blonde Strähne, die ihm in die Stirn fiel. Sie küsste die halbmondförmige Narbe auf seinem Wangenknochen. „Erinnerst du dich an den Tag, an dem du dir die hier eingefangen hast?"

„Der Tag, an dem wir uns kennengelernt haben. Als ich mich deinetwegen geprügelt habe." Er betrachtete sie lange, aber es machte sie nicht verlegen. Sie mochte es, wenn er sie ansah, denn wenn er das tat, konnte er die Lust und Zuneigung in seinen Augen nicht verbergen.

„Ich habe dich nie gebraucht, damit du mich beschützt. Damals nicht und auch jetzt nicht. Ich brauche dich nur …" *Damit du mich liebst.* Sie konnte die Worte nicht aussprechen.

„Okay", sagte er, als wenn sie laut gesprochen hätte.

In diesem einen Wort steckte die Bedeutung einer ganzen Welt, und sie lachte und schmiegte sich in seine Arme, als er sich wieder hinlegte. „Uns erwartet ein weiterer schneereicher Tag", sagte er.

„Perfekt", erwiderte sie.

Sehr viel später am Morgen wurde das Holz für den Ofen knapp, und Rourke ging nach draußen, um neues zu holen. Ein paar Hundert Meter neben der Hütte gab es mehrere Stapel mit Feuerholz. Rourke zog seine Stiefel und Schneeschuhe an, nahm sich ein Paar Arbeitshandschuhe und seine dicke Jacke. „Ich bin gleich zurück", sagte er.

Jenny schaute durch das Fenster nach draußen. Die Landschaft war eine einzige weiße Fläche mit ein paar Erhebungen und der unendlich erscheinenden Weite des Sees. Der Wald und die anderen Gebäude des Camps waren nur verschwommene Schatten. „Geh nicht verloren", warnte sie ihn.

Er lachte und gab ihr einen Kuss. „Nach dieser Nacht? Machst du Witze?"

Sie schloss die Tür hinter ihm und lehnte sich dagegen. Einen alten Schlitten hinter sich herziehend, stapfte er los, Rufus aufgeregt an seiner Seite. Sie sah ihm nach, bis seine Gestalt kleiner wurde und schließlich verschwand. Sie war so glücklich, dass es ihr den Atem raubte. *Endlich.* Sie wusste, dass es nicht unbedingt einfach würde, ihn für den Rest ihres Lebens zu lieben, aber es war genau das, was sie wollte. Und das machte den entscheidenden Unterschied. Ihre Unzufriedenheit und Unruhe waren nie durch ihre Bande zur Bäckerei und Avalon ausgelöst worden. Jetzt, wo sie mit Rourke zusammen war, ergab auf einmal alles einen Sinn.

Sie zitterte und ging hinüber zum Ofen. Das letzte Scheit war heruntergebrannt, und es wurde langsam kalt. Sie ging ins Schlafzimmer, um sich noch ein paar Lagen Kleidung anzuziehen. Dicke Socken und eine Jogginghose, einen Pullover und warme Hausschuhe. Sie hielt inne und schaute in den Spiegel. Ihr Haar war total zerwühlt, ihre Lippen ungewöhnlich voll, und … war das ein Kratzer von seinen Bartstoppeln da an ihrer Wange? Sogar in diesem zerzausten Zustand sah sie glücklicher aus als jemals zuvor. Lächelnd nahm sie Rourkes Hemd. Sein Geruch machte sie schwindelig vor erneuter Sehnsucht nach ihm. Aus einem Impuls heraus zog sie sich das weiche Baumwollhemd über den Kopf. Sie berührte andere Dinge – den Stoff seines Jacketts, das Leder am Griff seiner Waffe, die sicher in ihrem Holster steckte.

Der Wind frischte auf, heulte mit beinahe menschlicher Stimme über den See und durch die Bäume. Jenny wünschte, dass Rourke sich beeilen würde. Er war vielleicht fünfzehn Minuten weg, aber sie vermisste ihn schon fürchterlich.

Glück ist so eine einfache Sache, dachte Rourke und stemmte sich gegen den Wind, als er den Schlitten zum Holzschuppen zog. Warum hatte er das nicht schon früher herausgefunden? Es bestand einfach darin, zu wissen, wohin man in der Welt gehörte – und zu wem man gehörte. Die Ironie war, dass er es von dem Augenblick an gewusst hatte, als er sie das erste Mal gesehen hatte mit ihren Rattenschwänzen und den offenen Turnschuhen. Aber es zu wissen und es zu bekommen waren zwei verschiedene Dinge.

Es zu bekommen erforderte, sich einigen harten Wahrheiten zu stellen, wie zum Beispiel der Tatsache, dass er die Vergangenheit nicht ändern konnte. Oder dass das Ausleben einer selbst auferlegten Strafe nur dazu gut war, seine eigene bittere Enttäuschung zu füttern. Doch jetzt hatte er es endlich begriffen. Der richtige Weg, um mit Joeys Tod zurechtzukommen, war nicht, vor dem Glück davon-, sondern mit ausgebreiteten Armen darauf zuzulaufen. Er war Jenny ausgewichen, weil er dachte, ein Happy End, das eigentlich Joeys hätte sein sollen, nicht zu verdienen. Doch nach der letzten Nacht wusste er nun, dass man es auch auf andere Art betrachten konnte. Mit Jenny glücklich zu sein würde nichts von dem ändern, was passiert war. Aber es eröffnete den Weg in eine Zukunft, die mit einem Mal strahlend und voller Möglichkeiten vor ihm lag. Er musste sie heiraten. Der Gedanke war auf einmal da, und er stand nicht zur Debatte. Es war die einfache Wahrheit, die er zu lange vor sich selber verborgen hatte. Er fragte sich, ob sie es zu überstürzt finden oder ob sie es verstehen würde. Er wollte sie nicht verschrecken.

Das Kaminholz lagerte unter dem Dachüberstand eines alten Schuppens. Die großen Stücke waren voller Spinnweben und noch nicht auf die richtige Größe gehackt worden. Großartig, dachte er. Er hoffte, dass es im Schuppen eine Axt oder ein Beil gab.

Rufus wollte spielen. Der Schnee machte ihn ausgelassen, und er hüpfte und sprang und bellte sein Herrchen einladend an. Rourke lachte und jagte ihn ein wenig herum, wobei ihm trotz des Wetters der Schweiß ausbrach.

Später fand er ein Beil und machte sich an die Arbeit, Holz zu hacken. Er war nicht sicher, wie viel sie brauchen würden, aber wenn sich herausstellen sollte, dass Jenny und er hier für immer eingeschneit wären, wäre das für ihn vollkommen in Ordnung.

Rufus bellte erneut, aber dieses Mal hatte es nichts Spielerisches. Rourke kannte den Unterschied. Er stellte das Beil beiseite und ging los, den Hund zu suchen. Der große Malamute sprang in weiten Sätzen auf den Eingang des Camps zu; so sah es zumindest aus. Dank des immer noch fallenden Schnees war die Sicht beinahe bei null.

Rourke blinzelte und beschirmte seine Augen mit der Hand. Da kam jemand. Erst dachte er, es wäre Connor oder Greg, um nach dem Rechten zu sehen. Aber warum sollte einer von ihnen sich mitten im stärksten Schnee des Jahres auf den Weg machen?

Der Besucher war nur ein dunkler Fleck, der sich schnell bewegte, beinahe über den Schnee zu schweben schien. Ein erfahrener Schneeschuhgeher. Rufus bellte immer noch wie verrückt; vermutlich machten ihn die Bewegungen des Mannes auf den Schneeschuhen wild.

Rourke winkte mit den Armen, um die Aufmerksamkeit des Fremden zu erregen. „Hey“, rief er. „Hier bin ich.“

Der Besucher hielt inne, und Rourke konnte seine übergroße Jagdjacke erkennen. Dann hörte er ein Geräusch – es wurde beinahe vom Wind geschluckt, aber Rourke erkannte es dennoch: einen Schuss. Der Hund gab ein schmerzerfülltes Fiepen von sich und stürmte in den Wald.

Und Rourke fühlte ein heißes Brennen in seiner Brust. Er befahl seinen Füßen, sich zu bewegen, aber sie gehorchten nicht. Der Schnee war eisig weich, als er mit dem Gesicht voran darauf landete.

Ich bin ein Idiot, dachte er.

Jenny hörte ein ploppendes Geräusch – einmal, zweimal – und neigte ihren Kopf. Die winterlichen Wälder waren voller unerwarteter Geräusche – dem Knacken von eisbedeckten Ästen, dem dumpfen Aufschlagen, wenn sie auf das schneebedeckte Dach fielen, dem Rascheln von Rehen, die zwischen den Bäumen nach Nahrung suchten.

Sie trat ans Fenster und schaute hinaus, sah aber nur ein weites, weißes Feld. Sie stellte den Herd an und setzte einen Kessel Wasser für Tee auf. Ohne die Wärme des Ofens wurde es im Zimmer sehr schnell kalt.

Endlich hörte sie Rourke vor der Tür den Schnee von den Stiefeln stapfen. Sie rannte zur Tür und öffnete sie. „Gott sei Dank, du bist …“

Aber es war nicht Rourke. Es war jemand mit einer Skimaske, der eine Waffe auf sie gerichtet hatte. Sie verspürte den flüchtigen, hysterischen Drang zu lachen. Eine Waffe? Das sah sie nicht wirklich, oder? Dann kam Leben in den Fremden. Er schob sie beiseite und schloss die Tür. Ihr Gehirn war wie erstarrt. Sie konnte nicht denken. „Was ist hier los?“, platzte es aus ihr heraus. „Wo zum Teufel kommen Sie her?“

Der Eindringling erwiderte nichts, schaute sich aber schnell im Raum um. Sie erlaubte sich nicht, sich ebenfalls umzuschauen, ob irgendwo ein Kleidungsstück oder etwas anderes herumlag, das verriet, dass sie die Nacht nicht alleine verbracht hatte. Rourke trug eine geliehene Jacke. Seine Sachen, inklusive seiner Waffe, lagen im Nebenzimmer.

Endlich sprach der Fremde. „Setzen Sie sich“, sagte er und zeigte auf den Stuhl mit der Holzlehne. Aus einer Tasche seiner dunklen Hose holte er ein Paar Handschellen. Guter Gott, dachte sie. War er ein Polizist? Sie dachte über die Anrufe nach, die sie nach der Entdeckung der Diamanten getätigt hatte – Laura, Rourkes Deputy, Olivia, Nina.

Was hatte sie sich nur dabei gedacht? Man plapperte nicht einfach aus, dass man ein Vermögen in Diamanten gefunden hatte. Irgendwie war diese Information in die falschen Hände geraten.

Sie setzte sich, ihr Blick hing wie gebannt an der schwarz behandschuhten Hand, die die Waffe hielt. Parallel dachte sie an Rourke und die Geräusche, die sie vor ein paar Minuten gehört hatte. Irgendetwas war passiert. Und wo war der Hund? Sie schaute wieder auf die Waffe, und ihr Magen zog sich vor Angst zusammen. Wenn er könnte, wäre Rourke längst hier, dachte sie. Sie stand kurz davor, den Fremden anzuflehen, doch sie vermutete, dass theatralisches Getue ihn nicht sonderlich beeindrucken würde. Ihr Bauchgefühl verriet ihr, was er wollte.

„Bringen wir es schnell hinter uns", schlug sie mit überraschend ruhiger Stimme vor, als er sich ihr mit den Handschellen näherte. Sie sprang auf, was ihn so erschreckte, dass er ihr die Waffe ins Gesicht stieß. Erstaunlicherweise blieb Jenny trotzdem fokussiert. Als wenn nichts passiert wäre, ging sie zum Küchentresen und zeigte ihm die Untertasse, auf der die Diamanten lagen. Sie klapperten ein wenig, weil ihre Hand zitterte. „Deswegen sind Sie doch hier, oder? Vielleicht war meine Mutter bereit, dafür zu sterben. Ich bin es nicht."

„Stellen Sie das hin", sagte der Eindringling.

Die Stimme kam ihr vage bekannt vor, aber sie konnte sie nicht einordnen. Sie stellte die Untertasse wieder auf den Tresen und trat einen Schritt zurück. Ihr Angreifer zog einen Handschuh aus und nahm einen der Steine in die Hand. Er sah nach nicht viel aus. „Das sind alle, die ich gefunden habe", sagte sie. Die Sekunden schienen sich endlos in die Länge zu ziehen, und jede einzelne zerrte schmerzhaft an ihrem Herzen. Rourke, dachte sie, wo bist du?

Unbewusst warf sie einen Blick zur Schlafzimmertür und bemerkte ihren Fehler erst, als der Mann sprach. „Er kann Ihnen jetzt nicht helfen."

Also wusste er es, hatte Rourke gesehen. „Wo ist er?", wollte sie wissen. „Was ..."

„Setzen Sie sich", wiederholte der Fremde seinen Befehl.

Als sie sich in Richtung Stuhl begab, fühlte Jenny, wie etwas in ihr kalt und fest wurde. Dieser Mann wollte die Diamanten. Vielleicht war er derjenige, der wegen dieser Steine schon ihre Mutter umgebracht hatte. Vielleicht war er der Mann, der sie ihrer Kindheit beraubt hatte, die Quelle aller quälenden unbeantworteten Fragen über Mariska. Jenny spürte, wie sie zu einer anderen Person wurde. Zu jemandem, der härter und wütender und, ja, auch stärker war als dieser Pistolenmann. Ihr ganzes Leben lang hatte sie das Richtige getan, ein sicheres Leben geführt, getan, was man ihr sagte. Der Eindringling nahm an, sie würde seinen Kommandos Folge leisten. Doch da hatte er sich verrechnet. Wovor sollte sie jetzt noch Angst haben? Rourke hatte ihr beigebracht, dass zu kämpfen die beste Verteidigung war. Zu kämpfen und niemals aufzugeben.

Anstatt sich also hinzusetzen, ging sie in die Hocke und warf sich dann mit einem Satz auf den Fremden. Ihr Knie traf ihn direkt in den Unterleib, ein Manöver, das Rourke ihr mal gezeigt hatte.

Sein Oberkörper klappte vornüber, und sie hörte, wie er die Luft ausstieß. Das nächste Ziel wären seine Augen gewesen, aber er fiel nach hinten, außer Reichweite, und Jenny behielt nur die Skimaske in der Hand. Sein Gesicht war ganz weiß und schmerzverzerrt, beinahe so weiß wie seine blonden Haare.

„Matthew", sagte sie. Anfangs schien das keinen Sinn zu ergeben. Und dann wurde alles klar. Er hatte von ihrem Fund gehört und war gekommen, um sich die Diamanten zu holen. Wie ein Holzkopf hatte sie erst Laura davon erzählt und dann in der ganzen Stadt Nachrichten hinterlassen in ihrem Versuch, Nina oder Rourke zu erreichen. Sie erinnerte sich auch an ihren Besuch bei Zach zu Hause und an das Geständnis des Jungen bezüglich der Spielschulden seines Vaters. Sie hatte entschieden, Rourke nichts davon zu erzählen, aber jetzt wusste sie, dass sie genau das hätte tun sollen. Rourke hätte eine Lösung gefunden, bevor es zu diesem Szenario gekommen wäre. Trotzdem, sie hatte nicht wissen können – niemand hätte es wissen können –, dass Matthew sich zu so einer Verzweiflungstat hinreißen lassen würde.

Sein Atem ging schwer, er war immer noch weiß vor Schmerz, dennoch blieb sein Arm ruhig, als er die Waffe wieder auf sie richtete. Einen Moment lang schaute sie wie erstarrt das schwarze, kalte Auge der Mündung an. „Nimm die Diamanten und geh", sagte sie. Sie wollte sich dringend auf die Suche nach Rourke machen. „Sie sind mir nicht wichtig. Aber bitte, geh jetzt."

„Das kann ich nicht. Nun nicht mehr."

Sie hatte sein Gesicht gesehen. Er würde sie nicht davonkommen lassen. „Matthew", sagte sie. „Ich weiß es." Sie musste ihn ablenken, ein wenig das Tempo aus der Situation nehmen. „Aber … sag mir, was mit meiner Mutter passiert ist. Das frage ich mich schon mein ganzes Leben."

„Sie ist von der Meerskill-Brücke gefallen." Seine Stimme klang grauenerregend sachlich.

Jenny sah ihre Mutter förmlich vor sich, wie sie fiel, mit wedelnden Armen und Beinen, dann der Aufprall auf den Felsen am Fuß des Wasserfalls. „Hast du sie geschubst?", wollte sie wissen und spürte Übelkeit erregenden Hass auf ihn in sich aufsteigen.

„Ich sagte doch, sie ist gefallen." Die Waffe zitterte ein wenig.

Gut, dachte sie. *Er ist aufgeregt.* Vielleicht würde das seine Konzentration schwächen.

„Mariska liebte es auszugehen, und sie feierte gerne. Eines Abends hat sie wegen der Diamanten die Katze aus dem Sack gelassen. Das ist Jahre her. Eines führte zum anderen, und dann sind wir zur Brücke gegangen. Sie war betrunken und fiel, und da ich der Einzige war, der dabei war, habe ich Panik gehabt, dass die Leute denken würden, ich hätte etwas damit zu tun."

Es muss ihn in den Wahnsinn getrieben haben, sie zu verlieren, bevor sie ihm sagen konnte, wo sie die Diamanten versteckt hat, dachte Jenny. Sie tat so, als würde sie die Waffe gar nicht beachten. „Also hast du sie in die Höhle … geschleppt."

„Es war ein Unfall", beharrte er.

Sie atmete tief ein, und der Geruch des Hemdes, das sie trug, stieg ihr in die Nase. Rourkes Geruch. „Okay", sagte sie. „Wie auch immer." Dann hob sie ihre Hände in einer Geste der Kapitulation und hielt sie ihm hin.

In dem Moment, in dem er nach den Handschellen griff, schlug sie mit beiden Fäusten zu und traf seinen Kiefer so hart, dass sie spürte, wie die Haut auf ihren Fingerknöcheln aufplatzte. Vielleicht war sogar ein Knochen gebrochen. Dann rannte sie ins Schlafzimmer. Sie wusste, dass sie nur wenige Sekunden Zeit hatte. Gerade als sie Rourkes Waffe entsichert hatte und herumschwang, taumelte er durch die Tür.

Anvisieren, dann schießen, hat Rourke gesagt. Es gab nur ein winzig kleines Zeitfenster. Sie richtete die Waffe auf ihn. Das war ihre Chance. Sie könnte ihn gleich hier erschießen. Sie sah Matthews Hand nach oben kommen, sah den auf sie gerichteten Lauf. Sie drückte ab. Er heulte auf und torkelte rückwärts. Seine Waffe war fort. Sie hatte keine Ahnung, wo sie war, und hoffte nur, dass es ihm ebenso ging.

Sie sah vor ihrem inneren Auge Zachs Gesicht, der seinem Vater so ähnlich war, die Verzweiflung in seinen Augen, weil er seinen Vater liebte und beschützen wollte.

„Du Bastard", sagte sie zu Matthew und versuchte zu erkennen, wohin seine Pistole gefallen war. Sie fand sie nicht. „Beweg dich", sagte sie. „Wir werden uns auf die Suche nach Rourke machen."

Er zögerte. Seine Augen verengten sich zu Schlitzen. Dann steckte er seine Hand in die Tasche seines Parkas. Blutete er, oder hatte er die Waffe doch noch in der Hand? Nein, wenn das der Fall wäre, hätte er sie schon längst benutzt.

„Zwing mich nicht dazu, Matthew", flüsterte sie. „Ich will es nicht, aber ich schwöre bei Gott, ich werde es tun."

Seine Hand kam hoch, und er richtete die Waffe auf ihr Gesicht. „Genau wie ich", sagte er. „Und damit verlierst du jegliche Chance darauf, herauszufinden, wo Rourke abgeblieben ist."

Sie wusste, dass er ihr vermutlich nur was vorspielte, dass er wegen Rourke nur log, aber selbst die kleinste Chance, dass er die Wahrheit sagte, war besser als nichts. Ihre Hand zitterte, als sie die Waffe senkte und auf den Boden fallen ließ. Als er sich vorbeugte, um sie aufzuheben, floh sie in die Küche. Es gab nur eins, was Matthew wollte. Die Diamanten. Sie nahm sie in die Hand und rannte weiter zur Tür. Ein eiskalter Wind empfing sie, als sie nach draußen raste und dabei bereits die Gegend nach Rourke absuchte. Doch sie sah weder ihn noch den Hund.

Brüllend stolperte Alger auf die Veranda. Ein Schuss hallte durch die Luft, und Jennys Brust entrang sich ein Schluchzen, als sie weiterlief. In dem tiefen Schnee kam sie nur in albtraumhafter Langsamkeit vorwärts. Sie schaffte es aufs Dock, drehte sich abrupt um und hielt ihre Hand über die schneebedeckte Eisfläche. „Komm nicht näher", rief sie Matthew zu. „Du willst doch nicht, dass ich die hier fallen lasse. Wenn ich das tue, wirst du sie nie wiederfinden."

Er blieb, wo er war, hielt die Waffe aber immer noch auf sie gerichtet. „Gib sie mir", sagte er.

Gut, dachte sie, das ist genau das, was ich wollte. „Sag mir, wo ich Rourke finde", rief sie.

Es hatte aufgehört zu schneien, und schwache Sonnenstrahlen färbten den Himmel und erfüllten die Landschaft mit magischem Licht. Der Wind war vollkommen zum Erliegen gekommen. Wo war Rourke? In der Ferne flackerte ein Schatten, und sie verspürte eine leichte Hoffnung. Dennoch zwang sie sich, den Blick stur auf Matthew gerichtet zu halten und ihm ihre Gedanken nicht durch ein unachtsames Wegschauen zu verraten. Der Schatten schien sich zurückzuziehen und dann wiederzukommen.

Rourke? Oder vielleicht der Hund?

Matthew kam näher, und sie wusste, dass er nicht stehen bleiben würde. Aber sie wusste auch, dass er sie nicht erschießen würde, solange sie die Diamanten in Händen hielt. Hinter ihm sah sie eine verschwommene Bewegung. Matthew streckte die Hand nach ihr aus, und im gleichen Moment warf sie die Steine fort. Sie flogen in einem großen Bogen auseinander und verschwanden dann, versanken in der dicken Schneeschicht auf dem See.

33. KAPITEL

In der Sekunde, in der Jenny die hell erleuchtete Lobby des Krankenhauses betrat, spürte sie das beengte Gefühl in der Brust. Dreimal war sie schon hier gewesen – für ihren Großvater, für Granny und in der Leichenhalle im Keller wegen Joey. Und dreimal war sie mit gebrochenem Herzen wieder gegangen. Sie steckte eine Hand in die Tasche, holte ihre Tabletten heraus und ging zum Wasserspender hinüber.

Warte mal, sagte sie sich. *Das Schlimmste ist vorbei.* Matthew Alger war im Gefängnis, und Rourke war mit dem Rettungshubschrauber ins Krankenhaus gebracht worden. Rufus war beim Tierarzt. Zwei Polizisten hatten sie in die Stadt gefahren, und zwei andere hatten Alger mitgenommen. Der Schneesturm war abgeklungen, und die Stadt grub sich langsam wieder frei. Es gab nichts, weswegen sie panisch werden müsste. Nun ja, abgesehen von der Tatsache, dass Rourke sich einer Notoperation hatte unterziehen müssen. Der Gedanke ließ sie beinahe zusammenbrechen. Er erinnerte sie daran, was für ein fürchterliches Risiko man einging, wenn man jemanden liebte. Und ihn liebte sie so sehr, dass ihn zu verlieren sie für immer zerstören würde.

Das war eine Wahrheit, der sie nicht entkommen konnte. Rourke McKnight gehörte ihr ganzes Herz, und sogar die Möglichkeit, ihn zu verlieren, konnte daran nichts ändern. Im Gegenteil, das veranlasste sie noch nicht einmal, sich zu wünschen, ihre Gefühle ändern zu können. Wie sehr unterschied sie sich doch von der alten Jenny, die mit ihren Gefühlen immer so vorsichtig umgegangen war. Eine Waffe auf sich gerichtet zu sehen hatte sicherlich nicht viele gute Seiten, aber vielleicht war das wenigstens eine davon.

Der Polizist, der sie begleitete – ein Neffe von Nina –, schien ihr Zögern zu bemerken und blieb geduldig neben ihr stehen. Sie schloss kurz die Augen, atmete tief ein, ließ dann die Tabletten in der Verpackung und ging weiter.

Als sie aus dem Fahrstuhl ausstiegen, sah sie, dass sich mindestens das halbe Polizeirevier im Wartezimmer versammelt hatte. Sie standen herum, tranken Kaffee und sprachen in gedämpftem Ton. Als sie eintrat, verstummten alle.

Nein, dachte sie, als sich eine eiskalte Klammer um ihr Herz legte. *Wagt es nicht, mich anzuschweigen.* „Welches Zimmer?", fragte sie. „Wo ist er?"

„Intensivstation", sagte jemand und zeigte auf eine verglaste Reihe Zimmer. „Gerade aus dem OP hochgekommen. Aber es darf nur die Familie …"

„Was wollt ihr tun?“, fragte sie und machte sich auf in Richtung Glastür. „Mich verhaften?“

Das mussten sie nicht. Die Tür hatte ein Magnetschloss, das nur von der diensthabenden Schwester geöffnet werden konnte. Jenny konnte also nicht mehr tun, als wie alle anderen draußen stehen und in demütiger Verzweiflung warten. Durch die Scheibe sah sie geschäftiges Krankenhauspersonal und ein von so vielen Maschinen umgebenes Bett, dass es beinahe unmöglich war, Rourke darin auszumachen.

Einer von Rourkes Deputys trat zu ihr. „Er kam hier rein wie ein Champion. Er ist stabil. Sie geben uns sofort Bescheid, sobald wir zu ihm reindürfen.“

Jenny nickte. Sie spürte, wie ihr Hals eng wurde, als die Erschöpfung sich in ihr breitmachte. All die Angst der vergangenen Stunden forderte nun ihren Tribut. Sie wusste nicht, wie spät es war, nur, dass es bereits dunkel war. Sie konnte sich nicht daran erinnern, wann sie zuletzt was gegessen oder geschlafen hatte. Ihre Hand schmerzte und war geschwollen, obwohl ihr jemand ein Kühlkissen dafür gegeben hatte. Sie wankte leicht hin und her.

„Hey, ganz ruhig“, sagte eine weiche Stimme, und ein Arm legte sich liebevoll um ihre Schulter.

Es war Olivia. Sie hatte sich einen Parka übergeworfen, ihr blondes Haar war zu einem zerzausten Pferdeschwanz gebunden. Neben ihr stand Philip Bellamy. Jenny erinnerte sich, dass er Anfang der Woche hergekommen war. „Wir haben es gerade erst erfahren“, sagte Olivia.

Philip räusperte sich. „Daisy hat uns von … Mariska erzählt.“

Jenny merkte, dass sie nicht sprechen konnte, also nickte sie nur. Sie war überwältigt – von der Gefahr, die sie überlebt hatte, von der Sorge um Rourke, von dem Schock, die Wahrheit über ihre Mutter zu erfahren. Dennoch erkannte sie nun, dass sie sich diesen Dingen nicht alleine stellen musste. Ihre Schwester und ihr Vater standen ihr mit einer Solidarität zur Seite, die sie nicht erwartet hätte.

Olivia reichte ihr eine Tasse mit starkem Tee.

„Danke.“ Jenny fand endlich ihre Sprache wieder. „Ich bin froh, dass ihr hier seid. Es war … die letzten Stunden waren einfach unglaublich.“

„Ich weiß.“ Philip tätschelte ihre Schulter. Anders als bisher fühlte es sich nicht komisch, sondern tröstlich an. Er sagte: „Es tut mir leid zu hören, was mit deiner Mutter passiert ist. Sehr leid.“

Jenny nippte an dem Tee. Immer wieder schaute sie zur Krankenstation hinüber. „Danke. Ich … es war nicht wirklich ein Schock. Ich meine, sie war so lange weg, ohne ein Wort, irgendwann kommt man unweigerlich zu dem Schluss, dass sie tot sein musste. Dennoch, ohne echten Beweis konnte ich mir immer vorstellen, sie wäre irgendwo da draußen."

„Das habe ich auch immer gedacht", gestand Philip mit rauer Stimme, was Jenny daran erinnerte, dass er Mariska einst auch geliebt hatte. Er fuhr sich mit der Hand durchs Haar. „Ich verstehe die ganze Sache nur nicht."

Olivia und Jenny tauschten einen Blick. „Es hatte nichts mit dir zu tun, Dad."

„Sie ... meine Mutter hat die Gelegenheit erkannt und ergriffen", sagte Jenny. „Ich kann ihr Tun nicht verteidigen, aber unter den Umständen kann ich sie, glaube ich, verstehen. Sie hat mit Mr und Mrs Lightsey eine Vereinbarung getroffen, und ich nehme an, dass sie nicht absehen konnte, wie kompliziert alles werden würde oder dass außer ihr noch jemand verletzt werden könnte."

„Großmutter und Großvater Lightsey hätten es aber wissen müssen", sagte Olivia. „Sie haben ein Mädchen unter Druck gesetzt, das jung und verängstigt und schwanger war ..."

Philip unterbrach sie mit einer Geste. „Wenn du erst einmal Vater oder Mutter bist, tust du alles, um sicherzustellen, dass dein Kind alles bekommt, was es deiner Ansicht nach haben soll. Ich bin sicher, sie haben wirklich geglaubt, dass Pamela und ich zusammen glücklich werden. Und dass Mariska durch das Vermögen, das sie ihr gegeben hatten, gut versorgt wäre."

Schlussendlich hatten die Lightseys eine der ältesten Wahrheiten der Welt entdecken müssen – dass sich einige Dinge nicht mit Geld kaufen ließen. Sie hatten es geschafft, Mariska aus dem Spiel zu nehmen; ihre Tochter hatte wie geplant Philip Bellamy geheiratet. Aber es war eine schwierige, unglückliche Ehe gewesen. Am Ende hatte niemand das bekommen, was er hatte haben wollen.

„Was ist mit den Diamanten passiert?", fragte Olivia. „Ich bin nur neugierig."

Jenny betrachtete das Muster auf dem Fußboden. „Tja, ich bezweifle, dass wir einen davon noch mal wiedersehen." Sie erzählte ihnen von ihrer Konfrontation mit Matthew Alger und wie sie die Diamanten nur Sekunden, bevor Rourke hinter ihm aufgetaucht war und ihn hatte entwaffnen können, weggeworfen hatte. „Es tut mir leid", sagte sie.

„Das muss es nicht", versicherte ihr Olivia. „Es ist sicher am besten so. Ich nehme an, dass sie technisch gesehen Lightsey Gold & Gem gehören, aber es wäre irgendwie nicht richtig gewesen, sie ihnen zurückzugeben. Und überhaupt, die Diamanten sind nicht wichtig. Wichtig ist, dass es dir gut geht."

Jenny wollte noch einen Schluck trinken und bemerkte, dass die Tasse schon leer war.

„Ich hole dir noch einen." Philip nahm ihre Tasse und ging zum Fahrstuhl.

„Er ist froh, etwas zu tun zu haben", erklärte Olivia. „Er ist nicht so gut darin, zu warten."

„Wer ist das schon?" Jenny war leicht übel. Ihre Hand pochte, aber sie ignorierte es.

Nina stürmte durch die Tür, sah Jenny, eilte zu ihr und nahm sie in den Arm. „Ich kann es nicht glauben", sagte sie. „Ist alles in Ordnung?"

„Ja. Und mit Rourke wird auch wieder alles gut." Daran musste Jenny einfach glauben. „Noch darf allerdings niemand zu ihm."

„Ich fühle mich entsetzlich", sagte Nina. „Irgendwie verantwortlich für all das. Matthew hat die Stadt die ganze Zeit bestohlen, und ich habe es nie bemerkt. Deshalb war er so verzweifelt hinter den Diamanten her. Er brauchte das Geld, um zurückzuzahlen, was er gestohlen hatte, bevor der Buchprüfer ihm auf die Schliche gekommen wäre."

„Nichts davon ist deine Schuld", sagte Jenny.

„Ich weiß, aber ich fühle mich trotzdem fürchterlich. Mir tut Zach auch so leid."

„Sind Sie Miss Majesky?" Eine Krankenschwester kam zu ihnen und wandte sich an Olivia.

Die schüttelte den Kopf. „Nein, das ist meine Schwester Jenny."

Jenny versuchte, den Gesichtsausdruck der Frau zu lesen, konnte es aber nicht. Nein, dachte sie, bitte nicht.

„Ich bin Jenny Majesky", sagte sie. „Was gibt's Neues?"

„Er hat nach Ihnen gefragt", sagte die Schwester. „Nun ja, nicht wirklich gefragt. Eher verlangt."

Jenny sackte gegen ihren Vater, der gerade mit dem frischen Tee dazugekommen war. Er und Olivia begleiteten sie zum Eingang der Intensivstation. Sie ging alleine durch die Tür. Die Schwester brachte sie zu einem Waschbecken, an dem sie sich die Hände waschen und desinfizieren konnte, und half ihr, dünne Papierschuhe überzuziehen.

Jenny kannte den Fremden nicht, der inmitten all der Schläuche und Apparate im Bett lag. Infusionsbeutel hingen neben seinem Kopf, und auf seiner Brust waren mehrere Kabel festgeklebt. Sein Gesicht sah aus, als wäre es in farbloses Wachs getaucht. Dann blinzelte er, und sie spürte, wie sein Blick sie berührte. Seine Augen waren immer noch blauer als blau, und seine Lippen bewegten sich.

„Sie müssen näher herangehen", sagte die Schwester. „Man hat ihm gerade einen Schlauch aus dem Hals entfernt, deshalb kann er im Moment nur flüstern."

Jenny beeilte sich, zu ihm zu kommen. Lächle, sagte sie sich, zeig ihm nicht, wie besorgt du bist. „Hey“, sagte sie und schaute ihn eingehend an. Die halbmondförmige Narbe, dieses Souvenir eines lange vergangenen Sommers, stach scharf aus der blassen Haut hervor. Sie streckte ihren Arm über das Seitengitter und versuchte, seine Hand zu fassen. Doch er hatte alle möglichen Sachen an die Finger geklemmt, und überall verliefen Schläuche. Schließlich legte sie ihre Hand auf seine Schulter und spürte die beruhigende Wärme seines Körpers. „Ich bin froh, dass es dir gut geht. Draußen warten eine Menge Leute auf dich, die ebenfalls erleichtert sein werden.“

„Rufus?“, fragte er.

„Ein Kollege von dir hat ihn zum Tierarzt gebracht. Er kommt wieder in Ordnung.“ Sie hoffte, dass das nicht gelogen war. Eine Kugel hatte ihn an der Flanke gestreift, und der Tierarzt hatte versichert, dass die Wunde verheilen würde.

„Und du?“

Sie atmete tief ein. Sie war bereit, bei ihm alles zu riskieren – mehr als bereit. Und das ultimative Risiko war, sich ihm komplett zu öffnen und sich keine Gedanken mehr über die Konsequenzen zu machen. Okay, dachte sie. *Raus damit.* „Ich liebe dich, und ich werde dich niemals verlassen. Also gewöhnst du dich besser an meine Gegenwart.“

Seine Augen verengten sich, aber sie konnte nicht erraten, was er dachte. Eine der Maschinen gab ein rhythmisches, saugendes Geräusch von sich, das laut durch das Zimmer hallte. „Die Sache ist die“, setzte er an. Er machte eine Pause, hustete kurz und sprach dann flüsternd weiter. „Ich wollte dich bitten, mich zu heiraten. Ich dachte, vielleicht im nächsten Herbst oder Winter. Aber ich habe meine Meinung geändert.“

Jenny wappnete sich für das, was nun kommen würde. Das Problem war nur, sie konnte die Mauer nicht mehr aufrechterhalten, mit der sie sich bisher vor ihren Gefühlen für Rourke geschützt hatte. Das funktionierte nicht mehr. Sie fühlte alles für ihn, und sie würde nicht einfach eine Tablette nehmen und alles hinter sich lassen können.

Er versuchte zu lächeln, das sah sie. „Ich habe meine Meinung geändert“, wiederholte er. „Ich will nicht im nächsten Herbst oder Winter heiraten. Ich will *sofort* heiraten.“

„Sofort?“, flüsterte sie.

„Na ja, sobald ich hier raus bin. Ich habe dir mal versprochen, dir irgendwann zu sagen, wie meine Geschichte mal enden soll. Das tue ich gerade.“

Sofort? Träumte sie davon, eine Braut zu sein, sich mit Freunden und Familie zu umgeben und einen besonderen Tag zu planen, den sie nie vergessen würde? Vielleicht. Aber es gab noch einen viel größeren Traum, und in dem ging es nicht um einen einzigen Tag, sondern um den Rest ihres Lebens. *Ja*. Ihre vielen Emotionen lösten sich in einem einzigen mächtigen Gefühl auf, das alles um sie herum in einen durchsichtigen Nebel hüllte. Sogar hier, an diesem seltsamen, sterilen Ort mit pumpenden und piependen Maschinen war ihr die Welt noch nie schöner vorgekommen.

„Ich wünschte, ich könnte auf die Knie gehen", sagte Rourke, „aber ich schätze, ich muss es flach auf dem Rücken liegend tun. Ich liebe dich länger als mein halbes Leben, Jenny Majesky. Ich möchte, dass du mich heiratest und meine Frau wirst."

Sie sah ihm in die Augen. Er war ein komplizierter, schwieriger Mann. Sie war oft von ihm verletzt worden, aber nur, weil er so sehr versucht hatte, sich von ihr fernzuhalten. Jetzt war alles ganz anders.

„Ich habe das Gefühl, dass du kein großer Fan von Diamanten bist", sagte er. „Das kommt mir ganz gelegen, denn ich habe keinen Ring. Du bekommst aber einen, wenn du willst. Alles, was du willst. Rubine und Perlen. Einen gigantischen Saphir. Was auch immer. Sag einfach nur, dass du mich willst. Und hör um Gottes willen auf zu weinen."

„Ich weine nicht." Tat sie wohl. Sie konnte nicht anders. „Ich sage Ja, Rourke, für immer Ja."

Essen für die Seele

von Jenny Majesky

Man soll die Feste feiern, wie sie fallen

Das perfekte Ende eines jeden Essens hat nichts mit Nachtisch und Kaffee zu tun, sondern ganz allein mit der Gesellschaft, in der man sich befindet. Trotzdem kann jede Feier durch das richtige Essen noch schöner gemacht werden. In der Sky River Bakery entwickeln wir Torten und Kuchen für jede Gelegenheit, und unsere Kunden bringen uns ständig auf neue Ideen. Nicht nur Hochzeiten, Geburtstage und Jahrestage, sondern auch die Erstkommunion, der Schulabschluss, der Eintritt ins Rentenalter, Totenwachen und nationale Feiertage sollen entsprechend gewürdigt werden. Meine Großmutter, Helen Majesky, hat diesen Kuchen hier für Mr Gordon Dunbars hundertsten Geburtstag kreiert, aber wenn Sie mich fragen, passt er zu jeder Gelegenheit.

Festtagskuchen

2 Tassen Mehl
4 TL Backpulver
½ TL Salz
225 g ungesalzene, geschmolzene Butter
2 Tassen brauner Zucker
4 Eier
½ Tasse Bourbon-Whiskey
¼ Tasse Wasser
170 g Schokoraspel
1 Tasse gehackte Pekannüsse
Butter-Whiskey-Glasur

Heizen Sie den Ofen auf 160 °C vor. Fetten Sie eine 33 x 22 x 5 cm große Backform ein und bestäuben Sie sie mit Mehl. Mischen Sie Mehl, Backpulver und Salz. Geben Sie die geschmolzene Butter, den braunen Zucker, die Eier, den Whiskey und das Wasser hinzu. Alles gut vermengen und in die vorbereitete Backform geben. Mit Schokoraspeln und Pekannüssen bestreuen. 50 bis 55 Minuten backen oder so lange, bis der Kuchen innen trocken ist und die Ränder sich leicht von den Seiten der Backform lösen. Ungefähr 15 Minuten abkühlen lassen, dann die Glasur darüberträufeln.

Butter-Whiskey-Glasur

¼ Tasse geschmolzene Butter mit 2 Tassen Puderzucker, 1 TL Vanille und ⅓ Tasse Bourbon-Whiskey gründlich verrühren.

EPILOG

Zwei Jahre später

„Bleib mal kurz stehen.“ Rourke zupfte an Jennys Jacke, damit sie auf dem Bürgersteig anhielt. „Ich muss mir das einen Augenblick lang ansehen.“

Rufus, den sie an der Leine hielt, blieb gehorsam stehen und setzte sich dann hin. Jenny drehte sich um, um sich das Schaufenster des Camelot Bookstore anzusehen. Der örtliche Buchladen hatte ihrer ersten Rezept- und Memoirensammlung ein ganzes Fenster gewidmet. *Essen für die Seele: Küchenweisheiten aus einer Familienbäckerei*, von Jenny Majesky McKnight mit Fotos von Daisy Bellamy. Die wunderschöne Ausgabe im Großformat sah so warm und einladend aus wie die Kuchen ihrer Großmutter. Das Buch war erst letzte Woche auf den Markt gekommen, und Jenny schwebte auf einer Wolke des Glücks.

„Es ist ein Buch“, sagte sie grinsend und schüttelte den Kopf. „Ich kann immer noch nicht glauben, dass es ein Buch ist.“

Am Veröffentlichungstag hatten sie in der Sky River Bakery eine Party gegeben. Sie hatten sogar einen Türsteher benötigt, um die Menschenmengen zu kontrollieren. Jenny war sich nicht sicher, ob sie alle wegen eines Stückchens Whiskeykuchen oder wegen eines signierten Buchs gekommen waren, aber sie waren gekommen.

„Lass uns reingehen und eins kaufen“, sagte Rourke.

„Ich habe eine ganze Kiste voll zu Hause.“

„Als ob mich das abhalten könnte.“ Er hielt ihr die Tür auf, und gemeinsam mit dem Hund traten sie ein. In dem Buchladen war es so still wie in einer Bibliothek, und der Verkäufer hinter der Kasse erkannte Jenny nicht – was kein Wunder war, denn sie trug eine Wollmütze und einen Schal gegen die Februarkälte und war so dick und rund wie eine Kolache mit ihrem Schwangerschaftsbauch. Rourke bezahlte das Buch und grinste den Verkäufer an.

„Das ist von meiner Lieblingsautorin.“

Jenny floh praktisch hinaus auf die Straße. „Ich glaube, daran werde ich mich nie gewöhnen.“

Die Straße war menschenleer; die Leute blieben bei der Kälte lieber in ihren warmen Wohnungen. Rourke nahm das Buch aus der Tüte und schlug es auf der ersten Seite auf. *Widmung: In liebevoller Erinnerung an meine Großeltern, Helen und Leopold Majesky.* „Ich habe das Gefühl“, sagte er, „dass sie jetzt irgendwo verdammt stolz auf dich sind.“

Sie nickte, aber ohne Vorwarnung kamen die Tränen. Vielleicht lag es an den Schwangerschaftshormonen, doch vielleicht war es auch einfach nur unmöglich, sich an ihre Großeltern zu erinnern, ohne gleichzeitig an ihre Mutter zu denken. Es hatte eine Autopsie von Mariskas Überresten gegeben. Ihre Verletzungen stimmten mit dem Fall aus großer Höhe wie zum Beispiel der Meerskill-Brücke überein. Matthew Alger hatte also nicht gelogen. Sie war gefallen, aber er hatte so eine Angst gehabt, dass man ihn des Mordes beschuldigen würde, dass er – nachdem er festgestellt hatte, dass sie die Diamanten nicht bei sich trug – ihre Leiche versteckte. Er saß inzwischen im Gefängnis, und Zach war auf dem College. Genug, dachte sie. *Lass sie ruhen* – Mariska und Joey und ihre Großeltern.

„Hey." Rourke packte das Buch weg und zog sie an sich. „Das Buch ist wunderschön." Er strich mit der Hand über ihren runden Bauch. „Du bist wunderschön, und ich liebe dich." Er hatte ein untrügliches Gespür für ihre Stimmungen. Was keine Überraschung war, denn das hatte er schon immer gehabt.

Sie erblickte ihre Reflexion im Schaufenster eines Ladens. Zwei Überlebende, die bald eine Familie wären, und was sie hier mitten im Winter fühlte, war eine Wärme, die von der Kälte immer unberührt bleiben würde.

– ENDE –

Susan Wiggs

Bewahre meinen Traum

Roman

Aus dem Amerikanischen von
Ivonne Senn

MIRA®

Für Bootsfahrten zu unserer Autorengruppe im Sommer,
für heimtückische Fahrten in eiskalten Winternächten,
für das Zusammenhalten bei Springfluten und Herbststürmen,
für meine Schriftstellerkollegin
und meine Freundin für alle Jahreszeiten –
für Sheila! Für Joy!

Danksagungen

Vielen Dank an die echte Pensionsinhaberin Wendy Higgins von The Ocean Lodge in Cannon Beach, Oregon. Tiefste Bewunderung für meine Schreibkolleginnen Elsa Watson, Suzanne Selfors, Sheila Rabe und Anjali Banerjee; ebenso für Krysteen Seelen, Susan Plunkett, Rose Marie Harris, Lois Faye Dyer und Kate Breslin für ihren Humor, ihr Wissen und ihre Geduld beim Lesen der ersten Entwürfe.

Ein besonderer Dank geht an Meg Ruley und Annelise Robey von der Jane Rotrosen Agency und an meine wunderbare Lektorin, Margaret O'Neill Marbury.

„Ein See ist das schönste und ausdrucksvollste Merkmal einer Landschaft. Er ist das Auge der Erde, und wer hineinschaut, erkennt die wahre Tiefe seines eigenen Charakters.“

– Henry David Thoreau
Walden oder Leben in den Wäldern, „Die Seen“

1. Teil

Heute

„Man ist zum Teil Reiseführer, Werbe- und Marketingspezialist, Haushälter, Koch, Buchhalter, PR-Profi, Hausmeister und Gärtner und Experte für lokale Geschichte – alles in einer Person. Wenn Sie gewillt sind, hart zu arbeiten, mit ganzem Herzen eine heimelige Atmosphäre für die Besucher zu schaffen, wenn Sie Ihren Heimatort lieben und den Wunsch verspüren, diese Liebe mit anderen zu teilen, dann könnten Sie mal darüber nachdenken, ein eigenes Bed & Breakfast zu eröffnen."

– Die Bed & Breakfast Association von Alaska

1. KAPITEL

Nachdem Shane Gilmore sie geküsst hatte, hielt Nina Romano ihre Augen geschlossen. Okay, dachte sie, dann ist er halt nicht der weltbeste Küsser. Nicht jeder Mann wurde als großartiger Küsser geboren. Manche mussten noch ein wenig üben. Und sicherlich waren Shane Gilmores Kusskünste ausbaufähig.

Sie öffnete die Augen und lächelte ihn an. Er sah aus, als wäre er ein großartiger Küsser, mit hübsch geformten Lippen und einem energischen Kinn, breiten Schultern und dichten schwarzen Haaren. Vielleicht hatte er einfach nur einen schlechten Tag.

„Ich hab schon so lange darauf gewartet", sagte er. „Deine Amtszeit konnte für mich gar nicht schnell genug enden."

Das meinte er nicht böse. Oder? Die Tatsache, dass ihre Amtszeit als Bürgermeisterin von Avalon mit einem Skandal geendet hatte, schmerzte noch immer. Aber vielleicht war sie nur paranoid. Sie entschied sich, darüber zu lachen. „Okay, jetzt klingst du wie einer meiner politischen Feinde."

„Meine Gründe sind aber romantischer Natur", behauptete er. „Ich habe auf den richtigen Zeitpunkt gewartet. Unser Zusammensein hätte einen falschen Eindruck erweckt – du als Bürgermeisterin und ich als Direktor der einzigen Bank im Ort."

Du siehst so sehr wie ein Traummann aus, dachte sie. *Fang jetzt bitte nicht an, dich wie ein Idiot zu benehmen.* Und ja, sie *war* paranoid wegen des Skandals. Was seltsam war, wenn man ihre Geschichte bedachte. Skandale waren Nina nicht fremd. Als junge, alleinerziehende Mutter hatte sie stets den Kopf oben behalten und sich darangemacht, für die Stadt Avalon zu arbeiten, was ihr schließlich den Posten als stellvertretende Bürgermeisterin eingebracht hatte. Das Gehalt war beinahe nicht existent, und es besserte sich auch nicht wesentlich, als Bürgermeister McKittrick krank wurde und sie tatsächlich seinen Platz einnahm. Sie war, soweit sie wusste, die jüngste und am schlechtesten bezahlte Bürgermeisterin des gesamten Staates. Sie hatte einen finanziellen Albtraum geerbt. Die Stadt stand kurz vor dem Bankrott. Sie hatte die Ausgaben beschnitten, inklusive ihres eigenen Gehalts, und schließlich die Quelle allen Übels gefunden – ein korrupter Stadtangestellter.

Genug, dachte sie. Das hier war auf so vielen Ebenen ein neues Kapitel in ihrem Leben. Sie war gerade von einer dreiwöchigen Reise zurückgekehrt, und für sie und Shane war es das erste Date. Bei der ersten Verabredung Haarspaltereien zu betreiben war ein absolutes No-Go. Abgesehen von dem Kuss – ungelenk und viel zu … feucht –, lief doch auch alles gut. Sie hatten ein sonntägliches Picknick im Blanchard Park genossen, direkt am Ufer des Willow Lake, dem schönsten Ort, den die Stadt zu bieten hatte. Danach waren sie am Ufer entlanggeschlendert, und dort hatte Shane sich getraut. Er war mitten auf dem Weg stehen geblieben, hatte einen schnellen Blick nach rechts und links geworfen und dann seinen Mund auf ihren gedrückt.

Igitt.

Komm wieder runter, schalt Nina sich. Es sollte schließlich ein neuer Anfang sein. Während sie ihre Tochter großgezogen hatte, hatte sie keine Zeit oder Energie gehabt, sich mit Männern zu verabreden. Und jetzt, wo sie ihren verspäteten Einzug in die Welt der Verabredungen hielt, sollte sie es nicht gleich ruinieren, indem sie zu kritisch war. Mit ihrer überkritischen Art hatte sie mehr Dates vermasselt als … wenn sie so darüber nachdachte, hatte sie *alle* vermasselt. Erste Verabredungen waren alles, was Nina Romano je zustande gebracht hatte; ein zweites Treffen hatte es nie gegeben. Außer einmal, vor vielen Jahren. Was dazu geführt hatte, dass sie mit fünfzehn schwanger geworden war. Danach hatte sie beschlossen, dass zweite Dates ihr nur Pech brachten.

Doch jetzt war alles anders. Es war an der Zeit – und zwar schon lange –, zu sehen, ob eine Verabredung sich auch noch zu etwas anderem als einer Katastrophe entwickeln konnte. Ninas Tochter Sonnet war erwachsen; sie hatte früh die Highschool beendet, mit gerade mal sechzehn, und war an der American University angenommen worden. Alles in allem vermied sie alle Fehler, die ihre Mutter in jungen Jahren gemacht hatte.

Hör auf, dachte sie, als sie spürte, wie sie sich in Gedanken an Sonnet verlor. In einem Augenblick verrückten Selbstbetrugs hatte Nina sich eingeredet, es würde leicht sein, ihre Tochter gehen zu lassen. Das Kind ziehen zu lassen, das bis zur Abschlussfeier der Highschool vor wenigen Wochen der Mittelpunkt ihrer Welt gewesen war.

In dem Versuch, sich wieder auf den Augenblick und auf Shane zu konzentrieren, beschleunigte sie ihre Schritte, um mit ihm mitzuhalten. Da spürte sie ein Stechen an ihrem Bein. Zu spät bemerkte sie, dass sie ein Büschel oberschenkelhoher Brennnesseln gestreift hatte.

Der Schmerz ließ sie zischend einatmen, doch Shane schien es gar nicht zu bemerken, zu sehr war er darin vertieft, ihr in allen Einzelheiten von seiner letzten Golfpartie zu erzählen.

Golf, dachte Nina und biss die Zähne zusammen, um das stechende Brennen zu unterdrücken. Das war etwas, was sie schon immer mal hatte ausprobieren wollen. Es gab so vieles, was sie immer aufgeschoben hatte. Jetzt, wo Sonnet fort war, hatte sie die Chance, das alles nachzuholen.

Der Gedanke erfüllte sie mit neuem Schwung und ließ sie das Brennen beinahe vergessen. Es war ein wunderschöner Sonntagnachmittag, und überall saßen und gingen Leute, als wären sie gerade aus dem Winterschlaf erwacht. Sie liebte den Anblick von Pärchen, die am Seeufer entlangspazierten, Familien, die im Park picknickten, Kanus und Kajaks, die das klare Wasser des Sees durchschnitten.

Nina liebte alles an ihrer Heimatstadt. Es war der perfekte Ort, um die nächste Phase ihres Lebens zu beginnen. Die Verbindungen aus ihrer Zeit als Bürgermeisterin und Shanes Bank waren der Schlüssel für ihre neuen Pläne. Sie war im Begriff, sich einen lang gehegten Traum zu erfüllen.

„Du hast also gewartet, bis ich mich von meinem Amt als Bürgermeisterin befreit habe“, meinte sie an Shane gewandt. „Das ist gut zu wissen. Wie läuft es in der Bank?“

„Es hat in letzter Zeit einige Veränderungen gegeben“, erwiderte er. „Darüber wollte ich später noch mit dir sprechen.“

Sie wunderte sich über die Art, wie er ihrem Blick auswich, während er sprach. „Was für Veränderungen?“

„Wir haben ein paar neue Mitarbeiter, die während deiner Abwesenheit zu uns gestoßen sind. Und können wir bitte nicht übers Geschäft reden?“ Er berührte ihren Arm und schenkte ihr einen bedeutungsvollen Blick. „Da hinten auf dem Weg“, er zeigte in die Richtung. „Da hat es sich angefühlt, als hätte es wirklich zwischen uns gefunkt. Ich habe dich vermisst. Drei Wochen sind eine lange Zeit.“

„Hm-mh.“ Sie ermahnte sich, fair zu sein, ihm eine Chance zu geben. „Für mich sind drei Wochen nicht so lang. Ich habe Jahre darauf gewartet, endlich loszulegen. Das ist es. Mein neues Leben. Ich fange endlich an, die Zukunft zu haben, von der ich träume, seitdem ich ein kleines Mädchen war.“

„Äh, ja, das ist toll.“ Er schien nervös, und ihr fiel wieder ein, dass er nicht über die Arbeit reden wollte, also ließ sie das Thema fallen.

„Ich bin froh, dass ich die Reise mit Sonnet machen konnte“, sagte sie. „Ich kann mich gar nicht daran erinnern, wann wir das letzte Mal echte Ferien gehabt haben.“

„Ich dachte, du würdest dich vielleicht vom Leben in der Großstadt verführen lassen und gar nicht mehr zurückkommen“, meinte er.

Er kannte sie wirklich überhaupt nicht. „Mein Herz ist hier, Shane“, sagte sie. „Und das ist es immer gewesen. Hier in dieser Stadt, in der ich aufgewachsen bin, in der meine Familie lebt. Ich könnte Avalon nie verlassen.“

„Also hast du auf deiner Reise Heimweh gehabt?"

„Nein, weil ich ja wusste, dass ich zurückkommen werde." Am Tag nach der Abschlussfeier waren Nina und Sonnet mit dem Zug nach Washington gefahren und hatten dort drei wundervolle Wochen miteinander verbracht. Sie hatten sich die Hauptstadt und die Denkmäler aus der Kolonialzeit in Virginia angeschaut. Auch wenn Nina es nie zugeben würde, hatte sie die Reise auch unternommen, um sich noch einmal bei Sonnets Vater und seiner Familie rückzuversichern. Sonnet sollte den Sommer mit ihnen verbringen. Laurence Jeffries war ein hochrangiger Offizier der Army und Militärattaché. Er hatte Sonnet eingeladen, mit ihm, seiner Frau und seinen beiden Töchtern nach Casteau in Belgien zu reisen, wo Laurence einen Posten beim Obersten Hauptquartier der Alliierten Streitkräfte in Europa antreten würde.

Die Tatsache, dass ihr Vater beim SHAPE arbeitete, wie die Militärangehörigen die Einrichtung abkürzten, bot Sonnet eine einmalige Gelegenheit, denn sie konnte ein Praktikum bei der NATO absolvieren. Außerdem war es ihre Chance, Laurence besser kennenzulernen. Laurence und seine Vorzeigefamilie. Er war ein leuchtender Stern, ein afroamerikanischer Absolvent von West Point, der renommierten Militärakademie. Seine Frau war die Enkeltochter eines berühmten Bürgerrechtlers, und seine Töchter waren mit Auszeichnungen überhäufte Schülerinnen der Sidwell Friends School. Dennoch war es ihm wirklich wichtig, dass Sonnet sich wohlfühlte – zumindest war es Nina so vorgekommen. Am Ende des Sommers würde Sonnet ihr Studium an der American University aufnehmen. Keine große Sache, dachte Nina. Alle Kinder verließen irgendwann das Nest, oder?

Die Tatsache, dass Sonnet mit ihrem Vater, ihrer Stiefmutter und ihren Stiefschwestern leben würde, war auch kein Problem. Patchworkfamilien waren heutzutage doch ganz normal.

Warum verfiel sie dann aber jedes Mal in Panik, sobald sie sich Sonnet in dem perfekten Georgetown-Häuschen vorstellte oder in dem idyllischen belgischen Städtchen voller SHAPE- und NATO-Angehöriger? Nina spürte, dass ihre Tochter ihr fremd wurde, sich jeden Tag ein Stückchen mehr von ihr entfernte. Hör auf, rief sie sich zur Ordnung.

Sie gehen zu lassen war eine gute Entscheidung. Es war, was Sonnet wollte. Es war, was Nina wollte, etwas, worauf sie schon so lange gewartet hatte: Freiheit, Unabhängigkeit. Trotzdem war es schwer gewesen, Auf Wiedersehen zu sagen. Zum Glück habe ich etwas, zu dem ich zurückkommen kann, dachte Nina. Zum Glück erwartet mich nicht nur ein leeres Haus. Sie hatte ein neues Leben, einen Plan für ihre Zukunft, ein neues Abenteuer. Nichts konnte den Platz ihrer Tochter einnehmen, aber Nina war entschlossen, weiterzumachen. Es gab Dinge, die sie aufgegeben hatte, Dinge, die sie wegen der frühen Mutterschaft verpasst hatte. Nein, korrigierte sie sich. Nicht verpasst. Verschoben.

Shane sprach immer noch, und Nina fiel auf, dass sie nicht ein einziges Wort gehört hatte. „Es tut mir leid. Was hast du gerade gesagt?"

„Hab ich dir erzählt, was ich für einen Bock habe, Kajak zu fahren? Ich hab das noch nie gemacht."

Bock? Hatte er wirklich ‚Bock haben' gesagt? „Der See ist ein guter Ort, um damit anzufangen. Das Wasser ist ziemlich ruhig."

„Sogar wenn es das nicht wäre", sagte er. „Ich bin vorbereitet. Ich habe sogar eine Ausrüstung gekauft, extra für heute."

Sie erreichten den Steg und das Bootshaus, an dem es vor Menschen nur so wimmelte, die den bisher schönsten Tag des Jahres genießen wollten. Nina sah Pärchen und Familien, die spazieren gingen oder im flachen Wasser am Ufer planschten. Ihr Blick fiel auf ein Paar auf einer Bank am Seeufer. Sie schauten einander an, hielten sich an den Händen und schienen in eine interessante Unterhaltung vertieft. Es waren ganz normale Menschen – er hatte schon etwas dünnes Haar, sie eine etwas füllige Taille –, doch sogar aus der Ferne konnte Nina ihre Vertrautheit miteinander fühlen. Menschen, die einander liebten und vertrauten, hatten eine ganz besondere Körperhaltung. Der Anblick der beiden ließ Nina wehmütig werden; sie war keine Expertin, was die Liebe anging, weil sie sie noch nie selber erlebt hatte. Eines Tages, dachte sie, werde ich das Geheimnis vielleicht auch ergründen.

Aber vermutlich nicht heute, fügte sie innerlich mit einem Seitenblick auf Shane hinzu.

Er fasste ihren Blick falsch auf. „Ich dachte, nach dem Kajakfahren gehen wir zu mir", sagte er. „Ich mache uns was zu essen."

Bitte, dachte sie, bitte, hör auf, dich so anzustrengen. Doch sie sagte nichts, sondern lächelte ihn an. „Danke, Shane." Wieder einmal ermahnte sie sich, locker zu bleiben. Eine Verabredung glich ein wenig einer Expedition in unbekanntes Terrain.

„Nina", rief jemand. „Nina Romano!"

Da, bei den Bänken und Tischen in der Nähe des Bootshauses, war Bo Crutcher, der Star-Pitcher der Avalon Hornets, einem Team der kanadisch-amerikanischen Baseballliga. Wie immer hing der große, schlanke Texaner mit seinen Kumpels ab und trank Bier.

„Hey, Darling", begrüßte er sie. Sein Akzent klang so weich wie sonnengewärmter Honig.

„Ich bin nicht dein Darling, Bo", entgegnete sie. „Und gibt es nicht eine Regel bezüglich des Genusses von Alkohol vor einem Spiel?"

„Schätze schon. Wie bist du nur so klug geworden?"

„Ich bin so geboren."

„Es scheint, als wenn du jeden in der Stadt kennst", bemerkte Shane.

„Das war der Teil, der mir als Bürgermeisterin am besten gefallen hat – so viele Leute kennenzulernen."

Shane warf Bo über die Schulter einen Blick zu. „Ich weiß nicht, warum er nicht schon längst aus dem Team geworfen wurde."

„Weil er gut ist." Nina wusste, dass Bo Crutcher wegen seiner ununterbrochenen Partylaune schon von einigen anderen Teams entlassen worden war. Die Can-Am-Liga war mehr oder weniger seine letzte Chance. „Wenn man in etwas gut ist, neigen die Leute dazu, viele deiner Schwächen und Fehler zu übersehen. Zumindest eine Zeit lang. Irgendwann holen sie dich aber unweigerlich ein."

Jungenhaftes Gelächter dröhnte über den See und erregte Ninas Aufmerksamkeit. Sofort erkannte sie Greg Bellamy und seinen Sohn Max, die ein Kanu zu Wasser ließen.

Jede ungebundene Frau in Avalon kannte Greg Bellamy, den kürzlich geschiedenen Neuzugang. Er sah unglaublich gut aus, hatte weiße Zähne, funkelnde Augen, breite Schultern und eine Größe von gut einem Meter achtzig. Lange Zeit war auch Nina heimlich in ihn verknallt gewesen. Doch er war nichts für sie. Er schleppte zu viel Gepäck mit sich herum – in Form von zwei Kindern. Nina kannte und mochte Max und Daisy, aber sie wahrte eine gewisse Distanz. Endlich war sie an dem Punkt in ihrem Leben angekommen, an dem sie einfach sie selbst sein konnte. Die Kinder einer anderen Frau anzunehmen stand nicht auf ihrem Plan.

Außerdem war Greg gar nicht an ihr interessiert. Als er letzten Winter in die Stadt gezogen war, hatte sie ihn auf einen Kaffee eingeladen, aber er hatte abgelehnt. Das rief sich Nina in Erinnerung, als jemand sich zu Greg und Max gesellte – eine Frau in einer leichten weißen Caprihose und einem limonengrünen Pullover. Sie schien ungefähr zwei Meter groß zu sein und war unglaublich blond. Auch wenn Nina nicht nah genug dran war, um es genau sehen zu können, wusste sie, dass die Frau sehr attraktiv war. Das war der Typ, den Greg Bellamy zu favorisieren schien. Italo-Amerikanerinnen unter eins sechzig, die bekannt waren für ihre ausgeprägten Launen, ihr krauses Haar und einen mangelnden Sinn für Mode, schienen ihn hingegen nicht zu interessieren.

Entschlossen riss sie sich von Greg Bellamy los und ging zu dem Bootsschuppen, in dem sie ihr Kajak aufbewahrte. Sie besaß es schon seit Jahren, weil sie es liebte, auf dem Wasser zu sein. Der Willow Lake – das Juwel Avalons, wie er in den Broschüren der Handelskammer bezeichnet wurde – war sechzehn Kilometer lang. Er wurde vom Schuyler River gespeist, und an seinen Ufern erhoben sich die bewaldeten

Hänge der Catskills. Das eine Ende des Sees reichte bis an die Stadt Avalon heran und war von dem beliebten Stadtpark umgeben, der dank Ninas Spendenaufruf vom Bürgermeisteramt angelegt worden war. Ein Stück weiter fanden sich einige Sommerhäuser und romantische kleine Bed & Breakfast-Pensionen am Seeufer. Privatgrund direkt am See war extrem selten, da das Land nun ein Teil des Naturreservats der Catskills war. Die wenigen Gebäude, die vor der Ernennung zum Naturschutzgebiet errichtet worden waren, erhoben sich wie Bilderbuchhäuschen aus einer anderen Zeit. Der See erstreckte sich wie ein lockender, gebogener Finger in eine unberührte Natur. An seinem nordöstlichsten Ende lag ein Ort namens Camp Kioga. Das Grundstück war seit Jahren im Besitz der Familie Bellamy. Natürlich war es das. Manchmal kam es Nina so vor, als wenn den Bellamys der halbe Landkreis gehörte. Das Camp war vor Kurzem erst als Familienresort wiedereröffnet worden. Am Ende des Sommers würde es als Kulisse für eine sehnsüchtig erwartete Hochzeit dienen.

Als sie und Shane das Kajak von dem Regal im Schuppen hoben, spürte Nina eine leichte Wehmut in sich aufsteigen. Sie hatte das zweisitzige Kajak vor Jahren auf einer Versteigerung des Rotary-Clubs erworben. Für sie und Sonnet war es einfach perfekt gewesen. Die Erinnerung an diese seltenen Sommertage, an denen sie früher von der Arbeit gegangen war, um mit ihrer Tochter auf dem See herumzupaddeln, erfüllten sie mit einer solch schmerzhaften Sehnsucht, dass ihr der Atem stockte.

„Stimmt etwas nicht?“, fragte Shane.

„Nein, alles gut“, beeilte sie sich zu versichern. „Ich kann es nur kaum erwarten, wieder aufs Wasser zu kommen.“

Er ging zurück zu seinem Auto, um seine Ausrüstung zu holen. Während Nina ihr Kajak am Steg zu Wasser ließ, verfolgte sie die Fortschritte von Greg Bellamy und seinem Kanu. Er und Max paddelten synchron, während die Blonde wie eine nordische Prinzessin in der Mitte saß. War sie gelangweilt? Wie viel Spaß konnte es schon bringen, einfach dazusitzen, jedes Haar am rechten Fleck, keine Falten in der weißen Hose?

Nina fragte sich, wer die Frau war. Dank der anstehenden Hochzeit im Hause Bellamy hatte es in letzter Zeit in der Stadt und im Camp Kioga viele Besucher gegeben – Eventplaner, Floristen, Cateringunternehmen, Dekorateure. Bei der zukünftigen Braut handelte es sich um Gregs Nichte Olivia. Vielleicht war die nordische Schönheit seine Begleitung für die Hochzeit?

Da sie aus einer großen Familie stammte, waren Nina große Hochzeitsfeiern nicht fremd. Aber natürlich war sie selber nie die Braut gewesen. Vielleicht würde sie jetzt, wo sie wirklich alleine war, heiraten. Sie wandte den Blick von der Szene auf dem See und schaute zu Shane Gilmore, der gerade vom Parkplatz zurückkehrte. Vielleicht auch nicht, dachte sie.

Er hatte sich mit Helm und Schwimmweste ausgerüstet; um seine Hüften hing ein Spritzwasserschutz, der aussah wie ein Tutu. Dazu trug er wasserfeste Schuhe, und in der Hand hielt er ein Funkgerät.

„Nun schau sich einer diesen Mann an", sagte sie. Glücklicherweise hatte sie in ihrer Zeit als Bürgermeisterin gelernt, diplomatisch zu sein.

„Danke", sagte er stolz. „Das habe ich alles im Vorsaison-Verkauf im Sport Haus gekauft."

„Du Glückspilz", murmelte Nina. „Den Helm und den Spritzschutz wirst du heute vermutlich nicht brauchen. Die nutzt man normalerweise nur beim Wildwasserkajaken."

Er wischte ihren Einwand beiseite und stieg ins Boot, das Nina derweil festhielt. „Bereit?", fragte er und setzte sich so heftig hin, dass der Fiberglasrumpf mit Karacho gegen den Steg stieß.

„Nicht ganz", erwiderte Nina und hob die Paddel auf. „Ohne die hier kommen wir nicht weit."

„Verdammt", sagte er. „Ich habe das Gefühl, das Ding kippt jede Sekunde um."

„Das wird es nicht", beruhigte sie ihn. „Ich bin schon mit Sonnet gepaddelt, als sie gerade mal fünf Jahre alt war. Bei gutem Wetter ist es die sicherste Form der Fortbewegung auf dem Wasser."

Er krallte sich am Rand des Kanus fest, als Nina einstieg. Sie ermahnte sich, nicht so kritisch mit ihm zu sein. Er war der Bankdirektor. Er war gebildet und sah gut aus. Er sagte Sachen wie: „Weißt du, wie lange ich gewartet habe, bis ich dich um eine Verabredung gebeten habe?"

Sie zeigte ihm, wie das Steuerruder funktionierte, und erläuterte ihm eine einfache Paddeltechnik. Dann war er halt ein bisschen … trottelig und trug einen Helm und einen Spritzschutz. Na und? Vorsichtig zu sein hatte bestimmt auch seine guten Seiten.

Außerdem spürte sie, dass ihm ihr Ausflug gefiel. Nachdem sie sich ein wenig vom Ufer entfernt hatten und über die glatte Oberfläche des Willow Lake glitten, entspannte er sich merklich. Das macht das Wunder und den Zauber aus, auf dem Wasser zu sein, dachte Nina. Deshalb waren die Seen in Upstate New York so legendär und wurden seit Gründung der Stadt von gestressten Stadtbewohnern aufgesucht. Das Wasser war gesprenkelt mit kleinen Jollen, deren Segel wie Engelsflügel durch die Luft schwebten, anderen Kajaks, Kanus und Ruderbooten aller Art. Die ansteigenden Hügel mit ihren Quellen und Wasserfällen spiegelten sich auf der gläsernen Oberfläche des Sees wider. Über den im Sonnenlicht liegenden See zu paddeln war, wie sich mitten im Gemälde eines Impressionisten zu befinden – man fühlte sich als Teil einer friedlichen und bunten Landschaft.

„Lass uns da rüberpaddeln“, schlug sie vor und zeigte mit dem Paddel die Richtung. „Ich will mir das Inn am Willow Lake ansehen – mein neues Projekt.“

Zwischen ihnen entstand ein kurzes Schweigen. „Das ist ganz schön weit“, sagte Shane dann. „Beinahe einmal quer über den See.“

„Wir können in wenigen Minuten da sein.“ Sie versuchte, sich von seinem Zögern nicht verärgern zu lassen. Das Inn am Willow Lake würde ihr neues Leben werden. Als Direktor der Bank war Shane einer der wenigen Menschen, die von ihrem Traum wussten. Das Inn war zwangsversteigert worden und gehörte nun der Bank. Dank Mr Bailey, dem Vermögensverwalter, hatte Nina den Managementvertrag für das Objekt erhalten. Sie würde die Neueröffnung und das laufende Geschäft überwachen. Wenn sie ihren Job gut machte und alles wie geplant lief, könnte sie ein kleines Geschäftsdarlehen beantragen und das Inn kaufen. Und genau das hatte sie vor. Davon träumte sie schon ihr ganzes Leben.

Ohne es zu merken, paddelte sie unwillkürlich schneller. Ihr Rhythmus passte nicht mehr zu Shanes, sodass ihre Paddel aneinanderstießen. „Tut mir leid“, entschuldigte sie sich. Aber das stimmte nicht. Sie war in Eile.

Je näher sie dem historischen Gebäude mit seinem weit in den See hinausreichenden Anleger kamen, desto froher wurde ihr ums Herz. Das hier war das einzige Hotel am See, was den alten, urkundlich festgelegten Restriktionen zu verdanken war, die kurz nach dem Bau erlassen worden waren. Das Anwesen bestand aus mehreren alten Häusern, die sich um ein wunderschönes Haupthaus gruppierten, das wie ein Schloss aus einer anderen Zeit auf der smaragdgrünen Wiese lag. Die italienisch angehauchte Architektur war ein hervorragendes Beispiel für den irrationalen Überschwang des vergoldeten Zeitalters, der sogenannten Blütezeit der amerikanischen Wirtschaft Ende des 19. Jahrhundert. Es gab eine umlaufende Veranda und Giebel im ersten Stock. An einer Seite erhob sich ein Aussichtsturm, der von einer reich verzierten Kuppel gekrönt wurde. Die längs unterteilten Fenster boten einen unvergleichlichen Blick auf den Willow Lake. Von ihrer Perspektive vom Wasser aus konnte Nina sich vorstellen, wie das Hotel in den alten Zeiten ausgesehen hatte, als die weiß gekleideten Sommerfrischler den Garten bevölkerten, sich sonnten oder eine Partie Krocket spielten und Liebende Hand in Hand auf den schattigen Wegen lustwandelten. Es gab eine Seite an Nina, die schamlos romantisch war, und das Inn sprach genau diese Seite an. Das hatte es schon immer. Ihr liebstes Gebäude war das Bootshaus, das im für die Seen von Upstate New York typischen Stil erbaut worden war. Es hatte auf der Wasserebene überdachte Liegeplätze für die Boote, und darüber gab es eine kleine Wohnung. Es hatte den gleichen schrullig-luxuriösen Stil wie das Haupthaus.

Sie war mit der Bank übereingekommen, dass sie die obere Etage des Bootshauses als Privatwohnung nutzen durfte. Ihre Pläne sahen vor, noch im Laufe dieser Woche dort einzuziehen. Ursprünglich war das Bootshaus vom früheren Besitzer als großzügiges Spielzimmer für die Kinder vorgesehen gewesen. Es hatte sogar ein Extrazimmer für das Kindermädchen gegeben. Später jedoch war die gesamte Etage als Lagerraum genutzt worden.

Seitdem sie ein kleines Mädchen gewesen war, stellte Nina sich vor, hier zu leben, warmherzig ihre Gäste aus aller Welt zu begrüßen, die sich im Sommer auf eine Limonade und ein Krocket-Spiel auf dem Rasen versammelten oder es sich im Winter mit einer heißen Schokolade und einem guten Buch vor dem offenen Kamin in der Bibliothek gemütlich machten. Sie wusste genau, wie jedes Zimmer aussehen würde, welche angenehme Hintergrundmusik im Esszimmer spielte, wie die frisch gebackenen Muffins am Morgen riechen würden.

Ihre Pläne waren durch die frühe Schwangerschaft und die Verantwortung, ein Kind alleine großzuziehen, vereitelt worden. Nein, dachte sie. Nicht vereitelt. Verschoben. Jetzt hatte sich jedoch eine Chance ergeben, und Nina war entschlossen, sie zu ergreifen. Sie war bereit für etwas Neues in ihrem Leben. Und ohne Sonnet brauchte sie das auch.

Für einige Leute mochte es nichts Besonderes sein, ein Gasthaus zu führen. Für Nina war es jedoch der Beginn eines lang gehegten Traums. Als sie an den Anlieger glitten, spürte sie das warme Prickeln der Aufregung – nicht unähnlich dem, das sie in Anbetracht ihres Dates hätte empfinden sollen, aber nicht tat.

„Da ist es“, sagte sie. „Ich kann es kaum erwarten, anzufangen.“

Shane war merkwürdig still. Sie fragte sich, ob er sie gerade einer eindringlichen Musterung unterzog, und drehte sich um. „Shane?“

„Ja, was das betrifft …“ Er nickte mit dem behelmten Kopf in Richtung Inn. „In der Bank hat es ein paar interessante Entwicklungen gegeben.“

Fragend schaute Nina ihn an. „‚Interessant‘ klingt ein wenig ominös.“

„Während du weg warst, ist Bailey in Ruhestand gegangen und nach Florida gezogen.“

Sie entspannte sich. „Ich weiß. Ich habe ihm sogar eine Karte geschickt."

„Und wir haben eine neue Vermögensverwalterin aus der Zentrale bekommen. Eine Frau namens Brooke Harlow. Sie hat in ihrer Abteilung ein paar Veränderungen vorgenommen. Es gab Anweisungen von ganz oben, die Bilanzen zu verbessern."

Ninas Herz schlug heftig. „Das hat doch aber keine Auswirkungen auf meinen Vertrag, oder?"

„Sei dir sicher, dein Vertrag wird als wesentlicher Bestandteil des Pakets angesehen. Du hast einen fantastischen Ruf. Keine Frage, dass du die beste Managerin für den Job bist."

„Warum klingt das in meinen Ohren dann trotzdem nicht gut, Shane?", hakte sie nach.

„Nun, ehrlich gesagt könnte es für dich sogar *sehr* gut sein. Das Inn am Willow Lake ist verkauft worden, und dein Vertrag gleich mit."

Sie drehte sich wieder um und funkelte ihn wütend an. „Das ist nicht lustig."

„Das sollte es auch nicht sein. Es ist einfach nur passiert."

„Das kann nicht passieren." Und doch verriet ihr das Brennen in ihrem Magen, dass es passiert war. „Ich hatte erwartet, dass die Bank mir die Gelegenheit gibt, das Objekt zu kaufen, sobald mein Darlehen bewilligt worden ist."

„Ich bin sicher, du wusstest, dass die Bank sich von dem Objekt trennt, sobald ein Käufer auftaucht."

„Aber Mr Bailey hat gesagt …"

„Es tut mir leid, Nina. So ist es nun einmal."

Sie war sich der Risiken bewusst gewesen. Sie hatte sie bei Vertragsunterzeichnung gekannt, aber Mr Bailey hatte ihr versichert, dass die Wahrscheinlichkeit, einen anderen Käufer zu finden, sehr gering sei. Sobald Nina ein kleiner Firmenkredit gewährt worden wäre, hätte sie das Objekt kaufen können.

Das Inn am Willow Lake. Verkauft.

Ein paar Augenblicke lang konnte sie es nicht fassen. Es schien vollkommen unmöglich zu sein. Natürlich würde das Inn eines Tages verkauft werden – an sie. Das war immer der Plan gewesen.

„Wie auch immer", fuhr Shane fort und ignorierte die Tatsache, dass jedes weitere Wort aus seinem Mund sie wie ein Faustschlag in den Magen traf. „Es gehört jetzt jemand anderem. Und du wirst nicht glauben, wer es gekauft hat."

Nina Romano spürte, wie etwas in ihr riss. Dieser ahnungslose Mann, dieser einen Spritzschutz tragende, lausige Küsser saß hier und teilte ihr in aller Seelenruhe mit, dass ihre gesamte Zukunft, der Lebensinhalt, auf den sie nun, wo Sonnet weg war, gezählt hatte, ihr weggenommen worden war. Das war einfach zu viel.

„Hey, geht es dir gut?“, fragte er.

Nicht die cleverste Frage an eine Italo-Amerikanerin, deren Ohren vor Wut rauchten.

Ninas Körper gehörte ihr nicht mehr. Wie von Dämonen besessen, bäumte sie sich in dem Kajak auf und ging ihm an die Kehle.

2. KAPITEL

Ist es nicht noch ein bisschen früh im Jahr zum Schwimmen?", fragte Brooke Harlow.

Greg Bellamy drehte sich neugierig in die Richtung, in die sie zeigte. In der Ferne sah er ein Pärchen in einem Kajak. Eine dunkelhaarige Frau und ein Mann mit einem Sturzhelm schienen sich leidenschaftlich zu umarmen, was das kleine Boot zum Schaukeln und das Wasser in Aufruhr brachte. Auf ruhigen Gewässern Kajak zu fahren soll doch eigentlich entspannend sein, dachte Greg. Aber was ging es ihn an? Jeder auf seine Weise.

Er versuchte, seine schlechte Laune abzuschütteln. Es war ein strahlend schöner Frühsommertag, und er sollte ihn verdammt noch mal genießen. Immerhin verbrachte er ihn mit einer Frau, die aussah wie ein Unterwäschemodel. Zudem benahm sich sein zwölfjähriger Sohn ausnahmsweise mal wie ein menschliches Wesen. Greg hatte nicht lange gebraucht, um herauszufinden, wieso. Max war ... verdammt, Max versuchte, Brooke Harlow zu beeindrucken. Der Junge war erst zwölf! Das war viel zu jung, um sich schon für Frauen zu interessieren. Hatte Max nicht erst gestern mit Spielzeuglastern gespielt und dazu Brummgeräusche von sich gegeben?

Brooke steckte eine Hand ins Wasser und schüttelte sich. „Brr. Ich warte lieber noch ein wenig mit dem Schwimmen. Wie steht's mit dir, Max?"

„Mir macht kaltes Wasser nichts aus."

Greg vermutete, dass Max auch über heiße Kohlen gehen würde, wenn Brooke es vorschlüge. Er versuchte, seinem Sohn eine telepathische Nachricht zu schicken – du bist zu jung, um an das zu denken, an was du denkst. Aber Max nahm nichts wahr außer Brooke.

Greg sagte sich, dass er sich keine Sorgen machen müsse. Aber natürlich machte er sich im Moment über alles Sorgen, auch darüber, dass Max später im Sommer seine Mutter in Europa besuchen würde. Was war für den Jungen deprimierender, Eltern zu haben, die zusammen, aber unglücklich waren oder die auf verschiedenen Kontinenten lebten? Ebenso deprimierend war, dass Greg über solche Dinge nachdachte, während er eigentlich ein Date hatte.

Nun, technisch gesehen war es kein Date. Das würde es erst, wenn Greg Brooke heute Abend zum Essen ausführte. Sie war die neue Vermögensverwalterin der Bank und hatte kürzlich eine größere Transaktion für ihn vorgenommen. Nun gehörte ihm das Inn am Willow Lake – und zwar in guten wie in schlechten Tagen. Er hatte bar bezahlt, und Brooke hatte den Vorgang beschleunigt, sodass das Ganze nur wenige

Tage gedauert hatte. Seine Exfrau Sophie würde vermutlich behaupten, dass er verrückt sei, weshalb er es ihr bisher noch nicht erzählt hatte. Das Objekt war geräumt worden und nun während der Renovierungsarbeiten geschlossen. Er hatte sich kopfüber in das Abenteuer gestürzt, hatte einen Bauunternehmer engagiert und seine eigenen Tage und Nächte mit harter Arbeit auf der Baustelle verbracht. Er hatte vor, so schnell wie möglich wiederzueröffnen. Greg war mit seinen Kindern Max und Daisy bereits in das Eigentümerwohnhaus am Rande des Grundstücks gezogen. Das kastenförmige Haus im viktorianischen Stil war ganz anders als ihr erstes Zuhause in einem luxuriösen Wolkenkratzer in Manhattan. Aber in Anbetracht der Umstände hatten die drei sich relativ schnell eingelebt.

Er tauchte sein Paddel ein, und vorne im Boot tat Max dasselbe. Schnell fanden sie ihren Rhythmus und ließen das Boot durch das klare Wasser gleiten. Wie sie so in seltener Eintracht zusammenarbeiteten, fühlte Greg sich für ein paar segensreiche Sekunden mit seinem Sohn verbunden. Einst hatten sie ihr Leben in einem gemeinsamen Rhythmus gelebt, aber seit der Scheidung waren sie irgendwie aus dem Takt.

„Ach du Scheiße, Dad“, sagte Max und zeigte auf die Leute in dem Kajak. „Ich glaube, der Kerl steckt in Schwierigkeiten. Wir sollten da besser mal nachgucken.“

„Nein, die albern nur herum“, sagte Greg. Doch wenige Sekunden später ging die Frau über Bord. Eine Wasserfontäne stieg neben dem Kajak auf. Die Frau im Wasser versuchte, das Kajak aufrecht zu halten, während der Mann mit den Armen ruderte und irgendetwas rief.

Das Kajak schaukelte und drehte sich dann auf die Seite. Der Mann mit dem Helm schrie ein Wort, von dem Greg gerne so tat, als würde Max es nicht kennen, und fiel dann ebenfalls ins Wasser.

„Oh mein Gott“, sagte Brooke. „Ich glaube, das ist Shane Gilmore.“

Der Bankdirektor. Als Greg und Max näher heranpaddelten, erkannte er, dass es sich bei der Frau im Wasser um Nina Romano handelte. Verdammt. Musste das sein?

Der Typ mit dem Sturzhelm schien Nina mit einem Paddel wegzustoßen. Vielleicht wusste er mehr über sie als Greg.

„Braucht ihr Hilfe?“, rief er und steuerte sein Kanu längs neben das Kajak. Dumme Frage. Er streckte Nina sein Ruder hin.

Sie ignorierte es und sagte: „Ihr könntet mir helfen, das Kajak aufzurichten. Er bekommt gerade einen Panikanfall.“

Großartig, dachte Greg und spürte, wie seine Haut sich zusammenzog, als er an die Temperatur des Wassers dachte. „Einen Moment.“ Er atmete tief ein und sprang in den See. Ein paar Meter von dem umgekippten Kajak tauchte er wieder auf.

„Das Kajak läuft voll Wasser", rief Nina. „Er klemmt fest und will einfach nicht stillhalten."

„Hol ihn da verdammt noch mal raus", rief Greg zurück, noch ganz taub von dem Schock des eiskalten Wassers.

„Sein Spritzschutz hängt irgendwo fest", schrie sie.

Der Mann wedelte hektisch mit den Armen und hustete. „Kann nicht … schwimmen." Sein Gesicht war weiß, die Lippen blauviolett. Der Helm saß schief auf seinem Kopf. Seine Hände krallten sich verzweifelt an den Rand des Kajaks.

„Sie müssen auch nicht schwimmen", sagte Greg. „Wir ziehen Sie zu dem Steg da drüben, ja? Aber Sie müssen ruhig sitzen bleiben." Du Schlappschwanz, fügte er in Gedanken hinzu. Ein erwachsener Mann, der selbst mit einer Schwimmweste nicht schwimmen konnte? Was war das denn?

Sie erreichten den Steg in Rekordgeschwindigkeit, weil es so kalt war, dass Greg so schnell schwamm, wie er nur konnte. Der Steg, der sich von dem Grundstück des Inn am Willow Lake aus erstreckte, hatte definitiv schon bessere Tage gesehen. Einige der Planken waren morsch, die Nägel rostig, und ein feiner Algenfilm bedeckte die Pfeiler. An einer Seite war eine wackelige Leiter befestigt.

Shane klammerte sich zitternd daran, während Nina sich aus dem Wasser hievte und sich dann über den Rumpf des Kajaks beugte. „Stillhalten", befahl sie. „Lass mich mal sehen, wo du festhängst. Ich denke, dieses Band …"

„Scheiß auf das Band." Jetzt, wo er in Sicherheit war, kam die Wut in Shane durch, und er zog ein Taschenmesser aus seiner Hose.

„Hey, nicht …"

Er ignorierte sie und sägte das tragende Band von Ninas Kajak durch. Dann kletterte er auf den Steg. „Danke, Nina", sagte er. „Das war …"

„Tut mir leid", sagte sie leise. „Ich hatte keine Ahnung, dass du nicht schwimmen kannst. Du hättest etwas sagen sollen, bevor wir losgefahren sind."

„Keiner kann schwimmen, wenn er verkehrt herum unter Wasser hängt."

„Ich weiß. Ich habe doch gesagt, dass es mir leidtut …" Nina schaute zu Greg. Ihre Augen waren feucht, und ihr Kinn zitterte. Armes Ding, dachte Greg. Ihn verwirrte der plötzliche Drang, sie in eine tröstende Umarmung zu ziehen. Er wollte ihr sagen, dass der Typ ein Idiot war und es sich nicht lohnte, seinetwegen zu weinen. Dann sah er das Zittern an ihrem Hals und merkte, dass sie nicht gegen Tränen ankämpfte, sondern sich bemühte, nicht loszulachen. Mit seinem Spritzschutz und dem Sturzhelm sah Gilmore aus wie eine groteske, wütende Ballerina.

Sieh ihr nicht in die Augen, ermahnte Greg sich. Doch es war zu spät. Er und Nina schauten einander an und konnten nicht mehr an sich halten. Mit Tränen in den Augen sah Greg, wie der Bankdirektor puterrot anlief.

„Es freut mich, dass ihr euch so amüsiert", sagte Shane.

Greg kämpfte darum, sich unter Kontrolle zu bekommen. „Hey, das ist nur die Erleichterung, Kumpel", sagte er. „Wir sind froh, dass es Ihnen gut geht."

Nina kicherte hilflos, während sie gleichzeitig vor Kälte zitterte.

„Ja, das sehe ich", murmelte Gilmore.

Brooke und Max hatten inzwischen ebenfalls den Steg erreicht. Brooke kletterte heraus und stürzte sich wie eine Mutterhenne auf Shane.

„Du frierst ja", sagte sie.

„Ich auch", sagte Greg, aber sie hätte ihn in ihrer Eile, zu Shane zu kommen, beinahe umgerannt.

Greg warf Nina einen Blick zu. Sie hatte ihre Arme fest um den Oberkörper geschlungen und klapperte mit den Zähnen. Sie war eine kleine, ausdrucksvoll aussehende Frau. Er fand sie seltsam attraktiv – seltsam, weil sie so gar nicht sein Typ war. Dennoch hatte sie was. Sie hatte ihn schon immer irgendwie fasziniert. Und jetzt hatte er ihr große Neuigkeiten mitzuteilen. Allerdings hatte er sich ihr Treffen zum Thema Willow Lake Inn etwas anders vorgestellt.

„Ist er der Erste, der zu einem Date mit dir einen Helm trägt, oder hat es vorher schon welche gegeben?", fragte Greg.

„Sehr lustig. Und keine große Hilfe."

„Hör zu", sagte Brooke zu Shane. „Mein Wagen steht am Inn. Wenn du willst, kann ich dich zu deinem Auto bringen."

Shanes Lippen hatten inzwischen einen tiefen Blauton angenommen. „Das wäre gut."

Brooke verabschiedete sich von Greg und Max. Dann wandte sie sich an Nina und schenkte ihr das umwerfende Lächeln, das Greg überhaupt erst dazu gebracht hatte, sie um eine Verabredung zu bitten. „Ich bin Brooke Harlow."

„Die neue Vermögensverwalterin der Bank." Ninas Augen verengten sich. „Und Sie haben Ihr Auto am Inn geparkt."

„Sicher. Ich bin selber dorthin gefahren."

„Shane hat mir gerade von Ihnen erzählt." Obwohl sie bis auf die Knochen durchnässt war, schaffte Nina es, eine eisige Würde auszustrahlen. „Nina Romano."

„Oh, Sie sind Nina! Ich habe schon so viel von Ihnen gehört. Wir müssen uns unbedingt mal treffen, aber jetzt sollte ich den armen Shane zu seinem Auto fahren, bevor er sich noch eine Lungenentzündung holt."

„Ja, tun Sie das", sagte Nina.

Brooke lächelte etwas unbestimmt. „Nett, Sie kennengelernt zu haben. Ich bin sicher, dass wir uns noch öfter sehen."

„Darauf können Sie wetten." Nina hob ihr Kinn, als wenn sie dadurch größer würde.

„Ich rufe dich an", sagte Brooke zu Greg.

Nein, das wirst du nicht, dachte er. Er konnte es in ihren Augen sehen, er kannte den Blick. Sein Leben war viel zu kompliziert, um auf eine Frau wie Brooke Harlow anziehend zu wirken – frisch aus der Stadt hierherverpflanzt auf der Suche nach einem einfacheren Leben. Er war geschieden, hatte das Sorgerecht für zwei Kinder und war gerade dabei, ein neues Geschäft aufzubauen, was alles zusammen bedeutete, dass er keine Zeit hatte, sich um eine Beziehung zu kümmern. Okay, vielleicht hatte er fünf Minuten am Tag.

Dennoch beobachtete er Brookes Weggang mit leichtem Bedauern. Sie hatte die Beine eines Laufstegmodels, lange blonde Haare, ein großartiges Lächeln und ... Er versuchte zu überlegen, ob er ihre Persönlichkeit mochte. Hatte sie überhaupt eine? Und brauchte sie mit diesem Aussehen überhaupt eine?

Max band das Kanu an einer Klampe fest. „Ich gehe angeln, Daddy, okay?"

„Okay, aber bleib auf dem Steg." Greg war froh, dass der Junge etwas Vernünftigeres tun wollte, als Brooke Harlow anzustarren.

Greg wandte sich zu Nina. Sie betrachtete das Inn, ihre dunklen Augen leuchteten hell wie Diamanten vor lauter ... Er konnte ihren Gesichtsausdruck nicht lesen, aber er sah, dass sie nicht glücklich war. Pudelnass sah sie noch kleiner aus als sowieso schon. Ihr pechschwarzes Haar hing schlaff herunter, und ihre Spandex-Hose und das T-Shirt klebten an ihr wie eine zweite Haut. Mit einem Blick erkannte er, dass sie unter dem T-Shirt einen Sport-BH trug. Wer auch immer dieses Kleidungsstück erfunden hatte, dem mangelte es definitiv an Fantasie.

„Nun", sagte Nina und fing an, das Wasser aus dem Kajak zu schöpfen. „Wenn das mal nicht ein toller Tag ist."

Greg fragte sich, warum sie sich – abgesehen davon, dass sie klitschnass war – so feindselig gab. Das war kein gutes Zeichen, da sie ja bald zusammenarbeiten sollten. Und zu den wenigen Dingen im Leben, die er noch nicht gelernt hatte, gehörte das Wissen darum, wie man mit einer wütenden Frau umging. Er hatte es nicht gekonnt, als er verheiratet gewesen war, und er konnte es auch jetzt nicht. Er war

Nina im Laufe der Jahre immer wieder mal über den Weg gelaufen. Er erinnerte sich an sie als lebhaftes Kind, das ein paar Jahre jünger war als er. Hatte sie als Teenager gesehen, wenn er seine Ferien im Camp Kioga verbracht hatte. Er erinnerte sich an mehr, als sie ahnen konnte, aber es war vermutlich keine gute Idee, das anzusprechen. Vor allem nicht, wo sie in dieser Stimmung war. Als er letztes Jahr hierhergezogen war, hatte sie so etwas wie einen ersten Schritt in seine Richtung gemacht, aber er – noch aus der Bahn geworfen von der Scheidung – war darauf nicht eingegangen. Wenn er sie jetzt so anschaute, war das ganz schön dumm gewesen. In einer nassen, wütenden Nina steckte mehr Feuer und Sex-Appeal als in hundert blonden Brookes.

Die alten Planken des Stegs knarrten, als Nina sich hinunterbeugte, um das Kajak aus dem Wasser zu ziehen.

„Ich helfe dir", bot Greg an. Er war ein wenig irritiert, dass sie ihn nicht um Hilfe gebeten hatte. Das Kajak war schwer, und als sie es umgedreht aus dem See zogen, schwappte eine erneute Woge Wasser über ihre Füße. Sie legten das Kajak kieloben auf den Steg, um es abtropfen zu lassen. Greg beobachtete, wie Brooke und Shane den breiten Rasen überquerten. Zu ihrem ersten – und offensichtlich auch letzten – Date war Brooke mit ihrem eigenen Auto zum Inn gefahren. Auch wenn er noch nicht lange geschieden war, hatte Greg die Masche mit den getrennten Wagen sofort durchschaut. Wenn man ein Rendezvous – eine Verabredung, ein Date, was auch immer – vereinbarte, war es sicherer, getrennt an- und abzureisen. Für heute Abend hatte Greg geplant, Max in der Obhut seiner älteren Schwester zu lassen und Brooke zum Dinner auszuführen, um sich danach – bitte, Gott, es war so lange her – flachlegen zu lassen.

Aber das stand nun offensichtlich nicht mehr auf dem Programm. Jetzt war er nass und ihm war kalt, und er hing mit einer ebenso nassen und kalten und dazu noch wütenden Nina Romano fest.

Das letzte Mal, als er sie gesehen hatte, war auf der Abschlussfeier der Highschool gewesen. Sie beide hatten jetzt eine Tochter in der Abschlussklasse. Sonnet Romano und Daisy waren sogar Freundinnen, auch wenn die Zukunft, die vor den beiden lag, nicht unterschiedlicher hätte sein können. Sonnet würde reisen und Abenteuer erleben und aufs College gehen, während Daisy …

„Ich geh dann mal lieber", unterbrach Nina seine Gedanken. „Mein Auto steht auf der anderen Seite des Sees beim öffentlichen Bootshaus." Sie bückte sich, um ihr Kajak wieder zu Wasser zu lassen.

„Vergiss das", hörte Greg sich sagen. „Gehen wir erst einmal rein, um uns abzutrocknen."

Er zeigte auf das Inn. Das Haupthaus war ein Gebäude voller Wunder. Es war in den 1890er-Jahren als großes Sommeranwesen für die Familie eines Eisenbahnbarons gebaut worden, der mehr Geld als gesunden Menschenverstand besessen hatte. Im Laufe der Generationen hatte das Haus einige Veränderungen durchgemacht und war schlussendlich zu einem gemütlichen Gästehaus am See geworden, wie es sich Leute wünschten, die der Hektik des Alltags für ein paar Tage entkommen wollten.

„Was meinst du mit ‚gehen wir erst mal rein'?", fragte Nina. „Das Hotel ist geschlossen."

„Stimmt." Er steckte eine Hand in die Tasche. „Glücklicherweise habe ich einen Schlüssel."

Sie schaute ihn fassungslos an. Ihr Gesicht wurde aschfahl, und ihre Stimme krächzte ungläubig, als sie sagte: „Ich verstehe nicht. Was machst du mit dem Schlüssel?"

Oh je. Auf diese Weise hatte er es ihr nicht sagen wollen. Er hatte sich einen Geschäftstermin vorgestellt, den sie beide in trockener Straßenkleidung wahrnahmen. Was soll's? dachte er. „Das Inn am Willow Lake gehört jetzt mir."

Nicht nur, dass Nina Romano ein Gesicht wie Sophia Loren hatte, mit großen, wunderschönen Augen und vollen Lippen; sie hatte auch ein Gesicht, auf dem sich jede Emotion zeigte. Sie war nicht reserviert und kühl wie die Mädchen, mit denen Greg aufgewachsen war – blutleere, glatthaarige Schulmädchen oder die Königin der unterdrückten Gefühle, seine Exfrau Sophie. Nina zeigte alles, was sie fühlte. Vielleicht fand Greg sie deshalb ein wenig Furcht einflößend. Er spürte, dass Nina, anders als die Brooke Harlows auf dieser Welt, eine echte Bedrohung sein könnte, weil sie ihn außer purer Lust noch etwas anderes fühlen lassen könnte.

Im Moment zeigte sie eine ganze Palette von Emotionen – Schock, Verleugnung, Schmerz, Wut … aber keine Akzeptanz.

„Du bist also derjenige, der das Objekt gekauft hat, während ich fort war", sagte sie, und Wut untermalte jedes einzelne Wort.

„Gilmore hat es dir nicht erzählt?"

Sie funkelte ihn an. „Dazu habe ich ihm ehrlich gesagt keine Gelegenheit gelassen."

Greg wusste nicht, warum sie so erbost war – oder warum er das Gefühl hatte, sich verteidigen zu müssen. „Es ist vermutlich ein glücklicher Zufall, dass wir beide jetzt hier stehen. Ich weiß, dass du den Vertrag als Managerin für das Inn hast. Den müssen wir noch einmal neu verhandeln."

Sie strahlte immer noch heiße, pure Wut aus. „Neu verhandeln."

„Du hast diese Vereinbarung mit der Bank getroffen. Der Vertrag ist mit allen anderen Vermögenswerten zusammen verkauft worden, aber wir müssen einige Dinge an ihm ändern."

„Was du nicht sagst." Damit drehte sie sich um und marschierte entschlossen auf das Inn zu.

In dem Moment, in dem sie von der umlaufenden Veranda in den Wintergarten des Inns trat, fühlte Nina sich, als beträte sie eine andere Zeit. Auch wenn das Haus bessere Tage gesehen hatte, schwebte ein Hauch von verblasster Vornehmheit und Eleganz zwischen den Türbögen, den hohen Decken und den im gotischen Stil gehaltenen Holzfenstern. Sie hatte hier schon viel Zeit verbracht, sowohl in Wirklichkeit als auch in ihren Träumen. Der Geruch von frischem Gips und Farbe zeigte ihr an, dass die Renovierungsarbeiten bereits begonnen hatten.

Als kleines Mädchen hatten sie und ihre beste Freundin Jenny immer zugeschaut, wie die Rainbow Girls in ihren weißen Kleidern und den passenden Handschuhen zu ihren monatlichen Treffen hierhergegangen waren. Die Rainbow Girls waren eine Gruppe privilegierter junger Ladies, die sich um wohltätige Zwecke kümmerten. Sie waren Nina immer wie eine andere Gattung vorgekommen, wie Elfen, die sich von einer speziellen Diät aus Baiser und Sahne ernährten. Sie hatte nie wirklich eine von ihnen sein wollen – sie waren ihr immer ein wenig langweilig vorgekommen –, aber sie hatte ihre Gastgeberin sein wollen. Wenn sie mit Jenny auf dem Fahrrad am Inn vorbeigefahren war, hatte sie immer gesagt: „Eines Tages wird das Inn mir gehören."

Die Besitzer, Mr und Mrs Weller, lebten auf dem Grundstück und führten das Hotel als ruhigen Rückzugsort für Touristen und Menschen aus der Stadt. Nina hatte hier jeden Sommer gearbeitet, seit sie dreizehn war. Es war keine glamouröse Arbeit, aber der Hotelbetrieb und die Gäste aus allen Himmelsrichtungen hatten sie fasziniert. Später, als junge Mutter, war sie vom Zimmermädchen zur Rezeptionistin, Buchhalterin und stellvertretenden Managerin aufgestiegen und hatte alle Seiten des Geschäfts kennengelernt. Sogar Klempnerprobleme und übellaunige Gäste hatten sie nicht entmutigen können. Nachdem Mr Weller gestorben war, hatte Mrs Weller weitergemacht, aber nicht mehr mit dem gleichen Esprit wie vor seinem Tod. Als auch sie starb, hinterließ sie das Inn – inklusive der restlichen Kreditraten – ihrem einzigen lebenden Verwandten, einem Neffen in Atlantic City. Er beauftragte eine Firma mit dem Management, die alle Leute kündigte und durch eigene ersetzte. Nina war damals ins Büro des Bürgermeisters gewechselt und hatte nebenbei ihre Ausbildung zu Ende gemacht. Ihre Erfahrung hatte dann dazu geführt, dass ihr der Posten als Bürgermeisterin angetragen wurde, als der alte Bürgermeister wegen seiner Krankheit nicht mehr arbeitsfähig gewesen war. Ihre Freunde und Familie hatten gedacht, die Politik würde sie auf andere Gedanken bringen, aber sie waren immer wieder zu der Idee eines neuen Inn am Willow Lake zurückgekehrt.

Vernachlässigung und schlechtes Management hatten dazu geführt, dass das Inn Konkurs anmelden musste. Es war ihr als die perfekte Gelegenheit erschienen, ein Risiko einzugehen und etwas ganz Neues anzufangen.

Ihr erster Schritt hatte darin bestanden, Mr Bailey anzusprechen, den Vermögensverwalter der Bank, und ihm den Vorschlag zu machen, das Inn im Namen der Bank wiederzueröffnen, während sie sich um einen kleinen Firmenkredit bewarb. Es hatte wie die perfekte Lösung ausgesehen.

Nun stand sie tropfnass auf dem verblichenen Rosenteppich im Salon und starrte Greg Bellamy an, den neuen Besitzer des Inn.

Komisch, er sah gar nicht aus wie ein Mann, der die Träume anderer Menschen in den Boden stampfte. Er sah aus – mein Gott – wie ein wirklich netter Kerl. Mr Nice Guy mit einem unglaublichen Körper, einem Killerlächeln und Haaren, die sogar klitschnass toll aussahen.

Dennoch hatte sie keine Probleme damit, ihn zu hassen, während er zu einem Schrank eilte und ein paar Handtücher und Bademäntel und Slipper hervorholte. „Du kannst dich abtrocknen und das hier anziehen, ich werfe unsere Sachen schnell in den Trockner."

Der Mann hat überhaupt keine Ahnung, dachte sie und schnappte sich das Bündel Frottee, um damit in dem nächstgelegenen Gästezimmer zu verschwinden. Der Laurel Room, wie er früher genannt wurde. Oh, sie erinnerte sich an diesen Raum, an seine wundervollen Schnitzarbeiten und luftigen Decken, an den antiken Waschtisch mit seinem weißen Porzellanwaschbecken. Offensichtlich hatte Greg keine Zeit verloren, das Haus wieder auf Vordermann zu bringen. Die Wände waren himmelblau gestrichen, und an der Decke hing eine neue Lampe. Aus dem Fenster konnte sie Max auf dem Steg seine Angel ins Wasser halten sehen.

Sie versuchte, die Gefühle zu betäuben, die in ihr aufstiegen, während sie sich aus den kalten, klammen Sachen pellte. Der dicke Bademantel fühlte sich auf ihrer kalten Haut wunderbar an, aber sie war nicht in der Stimmung, sich wunderbar zu fühlen. Bitterkeit und Groll erfüllten sie wie ein Gift, und es war schwierig, sich nicht vom Pech verfolgt zu fühlen. Es kam ihr vor, als würde jedes Mal, wenn sie an der Reihe war, etwas passieren, das ihr ihren Traum vor der Nase wegschnappte.

Ihr ganzes Leben lang hatte sie ihre Entscheidungen aus rein praktischen Erwägungen getroffen. Im Mittelpunkt hatte immer gestanden, was für Sonnet am besten war. Endlich hatte sie einen Punkt erreicht, an dem sie ein Risiko eingehen konnte. Wenn nicht das Inn, dann etwas anderes. Es stimmte, dass es aufgrund von gesetzlichen Auflagen niemals ein weiteres Inn am See geben könnte, aber es gab andere Optionen. Sie könnte Malerin werden, Buchhändlerin, sie könnte für den Triathlon trainieren, einen Hundefriseursalon eröffnen, Busfahrerin sein ... tausend Möglichkeiten lagen vor ihr.

Das Problem war, sie wollte das hier. Das Inn am Willow Lake. Nichts anderes. Allerdings wollte sie es zu ihren Bedingungen, nicht zu Greg Bellamys.

Reiß dich zusammen, schalt sie sich und zog den Gürtel des Bademantels enger. Sie hatte ein großartiges Kind, eine liebevolle Familie, die Chance gehabt, als Bürgermeisterin zu dienen. Sie sollte ihre Erfolge zählen und nicht die Misserfolge auflisten.

Doch als sie mit ihrem nassen Bündel Klamotten unter dem Arm in die Lobby zurückkehrte, war sie weit entfernt davon, ruhig zu sein. Sie war immer noch ein brodelnder Kessel weiß glühender Wut.

Greg hatte irgendwo eine Malerhose aufgetrieben, zu der er ein etwas zu enges T-Shirt trug. Sein Haar war auf attraktive Weise zerzaust. Die Tatsache, dass er so heiß aussah, ärgerte sie nur noch mehr. Das angenehme, warme Feuer, das er in dem Kamin des Salons entzündet hatte, tat ein Übriges.

„Ich bin froh, dass wir uns über den Weg gelaufen sind", sagte er. „Ich habe gehört, dass du von deiner Reise zurück bist. Geht es Sonnet gut?"

„Ja." Okay, er war also nett und erkundigte sich nach ihrer Tochter. Natürlich, er konnte es sich ja auch leisten, nett zu sein. Er hatte ja bereits alles, was er wollte.

„Ich wollte mich sowieso diese Woche mit dir treffen. Es gibt eine Menge zu besprechen."

Nina zog den großen Bademantel enger um sich und ging zu dem kleinen Sofa, das vor dem nervtötend fröhlich flackernden Feuer stand. „Ich glaube nicht, dass es da noch was zu sagen gibt."

Er lächelte. *Lächelte.* „Das ist für uns beide eine einmalige Gelegenheit. Ich werde eine Managerin brauchen, und die Bank hatte bereits den Vertrag mit dir geschlossen. Wo wir gerade beim Thema sind ..."

„Der Vertrag." Sie massierte sich die Schläfen, hinter denen sich ein leichter Kopfschmerz bemerkbar machte. „Es hätte so einfach sein sollen. Wie ist das nur passiert?"

„Es *ist* einfach. Bailey ist in den Ruhestand gegangen, und Brooke hat die Abteilung für Vermögensverwaltung übernommen. Sie hat mir das Inn verkauft."

Nina schaute ihn böse an. „Was, hast du mit ihr geschlafen, um einen guten Deal herauszuschlagen?"

Er schaute böse zurück. „Das geht dich nichts an."

Okay, dachte Nina, das war vermutlich ein Schlag unter die Gürtellinie, aber das ist mir egal. „Ich verstehe das nicht. Was zum Teufel willst du mit dem Haus?"

„Es ist genau das, was ich immer zu finden gehofft habe. Ein Geschäft, das mich bei meinen Kindern sein lässt und das mir Spaß macht. Und ich weiß, dass du die ideale Managerin wärst. Deine Geschichte ist mit dem Inn verbunden, du kennst dich damit aus, wie so etwas geführt wird. Du bist perfekt."

Das war so ein Klassiker. Die Bellamys waren eine auserwählte Familie. Nina kam es vor, als sei jeder von ihnen mit einem silbernen Löffel im Mund geboren worden. Das Schicksal schien ihnen nichts abschlagen zu können. Während normale Menschen wie die Romanos für alles kämpfen mussten, was sie hatten, fegten die Bellamys einfach herein und bedienten sich.

Sogar eine einfache Reise brachte Nina Pech. „Der Deal ist passé", sagte sie angespannt.

„Bist du immer so wütend, oder ist das eine besondere Aufmerksamkeit für mich?"

„Ich hatte Pläne", gab sie schnippisch zurück. „Ich weiß, dass dir das egal ist, aber …"

„Komm schon, Nina. Hör mich wenigstens an."

„Warum sollte ich?"

Er ging nicht auf ihren herausfordernden Ton ein. Stattdessen sagte er schlicht: „Einfach so. Wir kennen uns kaum. Und was auch immer das für dich bedeutet, aber ich hatte auch Pläne."

Pläne. „Vermutlich hast du vor, diesen Ort in ein überteuertes Tagungszentrum umzuwandeln", sagte sie. „Und das wäre ja nur zu charmant."

„Wie kommst du auf die Idee?"

„Ich habe die Zahlen gesehen. Das ist der beste Weg, um Profit zu machen."

„Und allein darum geht es mir ja auch. Profit zu machen."

Um ehrlich zu sein, sie wusste nicht, worum es ihm ging. Sie wusste überhaupt nicht viel über ihn. Das hatte sie aber nicht davon abgehalten, sich eine Meinung zu bilden. Etwas verlegen fuhr sie ihre Wut ein wenig zurück.

„Okay, dann erzähl es mir. Es interessiert mich wirklich."

Er betrachtete sie, und sie sah etwas in seinen Augen. Eine Art Vertrauen und Selbstbewusstsein. „Mein ganzes Leben lang habe ich getan, was von mir erwartet wurde. Vor zehn Jahren habe ich meine eigene Firma in Manhattan gegründet, weil es mir vernünftig erschien. Eingebracht hat es mir einen Job, der mir nicht gefiel und für den ich meine Familie vernachlässigen musste."

Na gut, dann war er halt kein totaler Egoist. Aber warum zum Teufel musste er mit *seinem* Akt der Erlösung ausgerechnet *ihr* auf die Zehen treten? „Um das zu ändern, hätte es viele Möglichkeiten gegeben", sagte sie. „Dazu bräuchtest du nicht unbedingt dieses Haus." Ich hingegen schon, dachte sie. Seitdem sie fünfzehn war, hatte die Landkarte ihres Lebens ausgebreitet vor ihr gelegen, und sie hatte immer gewusst, dass ihr finales Ziel genau hier lag.

„Du kannst nicht wissen, was ich brauche. Aber vielleicht wird dir das hier einen kleinen Eindruck verschaffen." Er ging an den Empfangstresen, der bereits mit Computer und Telefon ausgerüstet war. Sie hörte das leise Flüstern eines Druckers, dann brachte er ihr eine Kopie des Vertrages. An dem Tag, als sie ihn unterzeichnet hatte, war sie so aufgeregt gewesen. Jetzt war ihr übel.

„Die Veränderungen habe ich fett gedruckt", sagte er.

„Du glaubst, du kannst hier mit deinem Geld hereinmarschieren, diese Anlage kaufen und mich gleich mit, eine alleinstehende Frau mit begrenzten Möglichkeiten", sagte sie. „Nun, dann denk lieber noch mal nach. Du kannst nicht …"

„Wenn man ein Geschäft kauft, kauft man alle Vermögenswerte und Verbindlichkeiten. Dieser Vertrag mit dir ist einer der Vermögenswerte."

Sie schnappte sich den Vertrag und ging seine vorgeschlagenen Änderungen durch. Sie musste mehrmals blinzeln, weil sie Angst hatte, dass ihre Augen sie täuschten. Er hatte das Gehalt erhöht und eine Beteiligung und eine Pension hinzugefügt.

Einen Moment lang wankte sie. Das war echtes Geld. Zum ersten Mal in ihrem Leben hätte sie finanzielle Sicherheit. Sie könnte Sonnet aushelfen, denn sogar mit den Stipendien, die sie gewonnen hatte, und den Zahlungen ihres Vaters würden noch genügend Kosten für ihre Ausbildung auflaufen.

Nein, dachte Nina. *Nein.* Sie zuckte vor dem Vertrag zurück, als hätte er sich in eine Schlange verwandelt. Trotz all der Vergünstigungen, die er hinzugefügt hatte, hatte er ihr dennoch das Einzige genommen, was sie haben wollte – die Möglichkeit, das Hotel eines Tages selber zu besitzen.

Sie stand auf und trat ans Fenster, wohl wissend, dass sie in dem drei Größen zu großen Bademantel vermutlich kein bisschen Würde ausstrahlte, aber das war ihr egal. Sie ließ ihren Blick über das Grundstück gleiten – ein breiter, leicht abfallender Rasen mit hölzernen Liegestühlen, der Turm, das Kutschenhaus und das Quartier des Verwalters. Das Bootshaus, der Steg und der See in der Ferne. Max hatte offensichtlich die Lust am Angeln verloren. Seine Angel lag verlassen auf dem Steg. „Ich werde das nicht unterschreiben", sagte sie über ihre Schulter. „Such dir jemand anderen."

„Ich nehme an, ich könnte mich an eine kommerzielle Managementfirma von außerhalb wenden, aber ich hatte gehofft, das zu vermeiden. Ich will dich", sagte er offen.

Sie wirbelte herum. „Du kannst mich aber nicht haben."

Sein Gesichtsausdruck verriet, dass er das noch nicht oft von einer Frau gehört hatte. Natürlich nicht. Er war ein Bellamy. Er sah aus wie der fleischgewordene amerikanische Traum. Definitiv kein Mann, den eine Frau abwies. „Du hattest doch überhaupt keine Probleme, den Vertrag mit der Bank abzuschließen."

„Das war was anderes. Ich …" Sie unterbrach sich. Sie würde ihm nicht von ihren Hoffnungen erzählen, von der Zukunft, die sie sich ausgemalt hatte. Das ging ihn nichts an, und sie sah schon mitleiderregend genug aus in ihrem geborgten Bademantel. „Ich muss los", sagte sie und ging den Flur hinunter zur Waschküche.

„Deine Kleidung ist noch nicht trocken."

„Ich werde es überleben." Sie hatte schon Schlimmeres überstanden.

Er fing sie in der Empfangshalle ab. Einige Sekunden lang schockierte seine Nähe sie, und sie wusste nicht, warum. Ihr wurde ganz warm, und ihr Herz schlug schneller, obwohl er nicht mehr tat, als einfach dazustehen. Er roch nach der Frische des Sees, und anders als andere Männer sah er aus der Nähe sogar noch besser aus. Shane Gilmore zu küssen hatte nicht eine solche Wirkung auf sie gehabt, und Greg berührte sie noch nicht einmal.

Sie funkelte ihn an. „Du stehst mir im Weg."

„Ich verstehe die Wut einfach nicht, Nina. Was ist los?"

„Du verstehst mich nicht, das ist los. Das hier sollte meine Gelegenheit werden, zu glänzen. Mein ganzes Leben bestand nur daraus, auf sich ständig verändernde Pläne zu reagieren. Ich hätte allerdings nie gedacht, dass ich jemals meine Gedanken bezüglich dieses Hauses neu ausrichten müsste. Doch nun stehe ich hier … Aber ich bin einer Herausforderung noch nie aus dem Weg gegangen."

„Und warum willst du es ausgerechnet jetzt tun?"

„Hier gibt es nichts für mich, außer einem Job und für dich zu arbeiten. Das brauche ich nicht. Ich brauche dich nicht. Ich habe andere Optionen.“

„Ich will, dass du bleibst.“ Er stand immer noch nah genug, dass sie die Wärme seines Atems fühlen konnte. „Lass uns darüber reden.“

Sie vermutete, dass er eine ganze Menge Sätze mit „Ich will“ anfing. Mit ruhigem Blick sah sie ihn an und sagte: „Es gibt wirklich nichts, worüber wir reden müssten. Ich schlage vor, du machst dich an die Arbeit, jemand anderen zu finden, der deinen Vertrag unterschreibt.“ Damit drängte sie sich so würdevoll, wie es ihr möglich war, an ihm vorbei und schlüpfte in die Waschküche. Sie schlug die Tür hinter sich zu und öffnete den Wäschetrockner. Wie vermutet, waren ihre Klamotten noch halb feucht und lauwarm und ganz unangenehm zu tragen, aber das war ihr egal. Sie musste hier so schnell wie möglich raus.

Sie merkte, wie die Wut und der Ärger aus ihr herausströmten, als sie in den Salon zurückkehrte. Ihre Hose und ihr T-Shirt klebten auf höchst unschmeichelhafte Weise an ihrem Körper. Doch Greg bemerkte es entweder nicht, oder ihr Aussehen und ihr Gemütszustand waren ihm egal. Unbeeindruckt folgte er ihr nach draußen, über den Rasen und hinunter zum Steg.

„Komm, wir packen das Kajak auf meinen Truck, und ich fahr dich nach Hause.“

„Nein, danke“, sagte sie und zog ihre Weste an. Was für ein Gentleman, der ihre Zukunft in Stücke riss und ihr gleichzeitig eine Mitfahrgelegenheit nach Nirgendwo anbot. In einer wütenden Bewegung ließ sie das Kajak zu Wasser, setzte sich hinein und stieß sich vom Steg ab.

„Nina“, rief er.

Vergiss es, dachte sie. Er kann betteln, so viel er will. Er war auf so viele Arten immer noch der zu hübsche, zu viel Glück habende Kerl, an den sie sich aus ihrer Vergangenheit erinnerte. Sie fragte sich, woran er sich sie betreffend erinnerte. Sicher, es war lange her, aber trotzdem … Ganz sicher hatte die Sache Nina damals mehr bedeutet als Greg, was ihre Wut auf ihn nur noch mehr anfachte.

„Nina.“ Seine Stimme klang jetzt dringlicher. „Es ist mir egal, wie sauer du bist“, sagte er. „Aber ohne das hier wirst du nicht weit kommen.“

Sie schaute zurück und sah ihn mit ihrem Doppelpaddel in der Hand am Dock stehen.

So viel zu ihrem tollen Abgang. Sie beugte sich vor und griff nach dem Paddel. Ihre Finger reichten nicht ganz heran, also lehnte sie sich noch weiter über das Wasser, bis sie das Ruderblatt greifen konnte. Im gleichen Moment zog sie ein wenig daran – natürlich nicht absichtlich. Für den Bruchteil einer Sekunde boten sie sich ein kurzes Zerrspiel, die wütenden Blicke ineinander verhakt. Dann zog sie ein letztes Mal etwas kräftiger. Er wankte einen Augenblick und fiel dann vorwärts ins Wasser. Der Aufprall konnte seinen Fluch nicht ganz übertönen.

„Nett, Greg“, murmelte sie. Dann tauchte sie das Paddel ein und glitt davon.

3. KAPITEL

Nach dem Abendessen am selben Tag saß Greg mit seiner Tochter Daisy über Hunderten von Fotos, die sie für die neue Broschüre, die Website und Anzeigen von dem Inn gemacht hatte. Er beobachtete sie, als sie sich konzentriert mit den Bildern beschäftigte. Sie war in einer kooperativen Stimmung, wie er bemerkte. Ihr Gesicht wurde von dem blassen Licht des Computermonitors erhellt, und sie war vollkommen in ihre Aufgabe vertieft. Sie war so schön, seine Tochter, und mit achtzehn noch so herzerweichend jung.

Er wünschte, er könnte mit jemandem darüber reden, wie es war, sich seinen Weg durch das Minenfeld zu suchen, das die Beziehung zu seiner Tochter momentan war. Seit der Scheidung waren er und Daisy enger zusammengewachsen, auch wenn es anfangs ein Kampf gewesen war. Doch an manchen Tagen fühlte sich ihre Nähe mehr wie ein Waffenstillstand an.

„Wir wäre es mit diesen vier Bildern?“, fragte sie. „Eines für jede Jahreszeit.“

Sie hatte Talent, und das sagte er nicht nur, weil er ihr Vater war. Einige ihrer Arbeiten wurden im Café der örtlichen Bäckerei ausgestellt, in der sie mal gearbeitet hatte, und die Leute kauften die gerahmten, signierten Drucke mit erfreulicher Regelmäßigkeit. Greg hoffte sehr, dass ihr Talent – und ihre Leidenschaft – ihr ein Ziel für die Zukunft boten, etwas, das sie erfüllen und das sie nutzen würde. Sie hatte eine Gabe, ungewöhnliche Blickwinkel oder Perspektiven zu finden, die etwas Normales wie einen Zweig, ein Kissen auf der Fensterbank, einen Steg in etwas Besonderes verwandelten. Sie zog das Detail der Gesamtaufnahme vor und zeigte die Fülle der Natur zum Beispiel in einer einzelnen Rhododendronblüte. Ein zerlesenes Buch neben einer Badewanne mit Klauenfüßen vermittelte ein gewisses Gefühl von Luxus, und eine Panoramaaufnahme des gesamten Anwesens zeigte seine wahre Größe.

„Ich interpretiere das als ein Ja“, sagte sie auf sein Schweigen.

„Für solche Dinge hast du einfach ein besseres Gespür als ich.“

Sie nickte und benannte die vier Bilder um. „Hast du inzwischen mit Nina Romano über das Inn gesprochen?“

„Ja, heute.“

„Und?“

Er hatte sich wirklich lausig angestellt bei dem Versuch, ihr seine Pläne zu erläutern. Wenn er ehrlich war, wusste er nicht, was Nina mehr hasste – ihn oder die Vorstellung, für ihn zu arbeiten. Die Tatsache, dass er das Inn am Willow Lake gekauft hatte, war ein Affront für sie. Sie benahm sich, als wenn er es ihr irgendwie gestohlen hätte. „Sie wird über mein Angebot nachdenken.“ *Ja, klar.*

„Nun, du sorgst besser dafür, dass sie Ja sagt“, warnte Daisy. „Ich glaube nicht, dass wir es ohne sie schaffen.“

Er hätte sie darauf hinweisen können, dass er in Manhattan eine florierende Firma für Landschafts- und Gartengestaltung aufgebaut hatte. Und dass er trotz seiner Ausbildung und Erfahrung, trotz der Tatsache, dass er keinerlei Ahnung hatte, wie man ein Hotel leitete, gelernt hatte, dass man mit harter Arbeit und gesundem Menschenverstand ganz schön weit kam. Doch stattdessen rief er sich in Erinnerung, warum er das alles tat. Die Firma zum Erfolg zu führen hatte ihn mehr gekostet, als er je geahnt hatte. Lukrativ zu sein bedeutete nicht immer, auch erfolgreich zu sein. Er war so von seiner Arbeit aufgefressen worden, dass die Jahre unbemerkt an ihm vorbeigeflogen waren. Eines Tages war er aufgewacht und fand sich mit zwei Kindern wieder, die beinahe Fremde waren, und einer Ehe, die nicht mehr zu retten war.

Als seine Ehe in die Brüche ging, hatte er beschlossen, einen Neuanfang zu wagen. Er hatte seine höchst unglücklichen Kinder aus ihrer Privatschule an der Upper East Side genommen und war nach Avalon gezogen. Die Bellamys hatten jahrelange familiäre Bindungen an diesen Ort. Gregs Eltern hatten bis zu ihrer Pensionierung vor zehn Jahren das Camp Kioga geleitet. Das Grundstück gehörte ihnen noch immer, und als seine Ehe außer Kontrolle geraten war, war dieser Ort sein Ankerplatz gewesen.

Vergangenes Jahr, in den letzten Zügen seiner Ehe, war er in einem Akt der Verzweiflung mit seinen Kindern ins Camp Kioga gezogen, um Olivia zu helfen, es für die goldene Hochzeit seiner Eltern herzurichten. Er hatte das Gefühl gehabt, am Ende des Sommers einen Fortschritt bei seinen Kindern zu sehen – sein Sohn war nicht länger von Videospielen besessen, und seine Tochter hatte mit dem Rauchen aufgehört. Aber als sie in die Stadt zurückgekehrt waren, hatte Daisy ihr neues Schuljahr mit offener Rebellion begonnen, und Max hatte eine Nullbockhaltung angenommen, die er wie eine Rüstung trug. Als es schließlich tatsächlich an der Zeit war, ein neues Leben aufzubauen, hatte er beschlossen, es hier zu tun, in der kleinen Stadt am See, an die er sich aus den Sommern seiner Kindheit noch so gut erinnerte.

Es war zu früh, um zu sagen, ob das die richtige Entscheidung gewesen war, aber er war entschlossen, sein Leben zu ändern, sich eine Arbeit zu suchen, bei der er sich mehr um seine Familie kümmern konnte. In seinem ehemaligen Leben war es nur darum gegangen, für andere Menschen Sachen zu erschaffen. Jetzt wollte er sich darauf konzentrieren, eine Welt für seine Familie aufzubauen.

„Deine Cousine Olivia wusste überhaupt nichts darüber, wie man ein Camp wie Kioga führt, und jetzt sieh sie dir an", sagte er. Seine erwachsene Nichte hatte ebenfalls vor einem Jahr den Weg aus New York hierhergefunden. Das Projekt, Camp Kioga zu renovieren, hatte ihrem Leben eine ganz neue Richtung gegeben und eine unerwartete Zukunft geschenkt.

„Aber Olivia hat Connor Davis, der ihr hilft", merkte Daisy an. „Er ist Bauunternehmer. Es ist sein Beruf, Sachen zu reparieren." Sie stieß einen sehnsüchtigen Seufzer aus. „Außerdem sind sie das perfekteste Paar aller Zeiten."

Greg ließ das unkommentiert. Am Ende des Sommers würden Olivia und Connor im Camp Kioga heiraten, und dieses Ereignis hatte sich zum größten Bellamy-Familientreffen seit der goldenen Hochzeit seiner Eltern im letzten Jahr entwickelt. Verwandte und Freunde würden von überallher kommen, und viele von ihnen hatten vor, im Inn am Willow Lake zu übernachten. Er wünschte Olivia und Connor natürlich alles Gute, aber als perfektes Paar betrachtet zu werden hatte auch seine Nachteile – man musste zum Beispiel versuchen, dem Bild zu entsprechen, das sich andere Menschen über einen machten. Er und Sophie waren auch als perfektes Paar bezeichnet worden, trotz der etwas übereilten Umstände ihrer Hochzeit.

Er hoffte, dass Olivia mehr Glück beschieden war als ihm.

Daisy rutschte unruhig auf ihrem Stuhl hin und her und verschränkte die Arme vor dem Bauch. „Ich will dich was fragen, Dad."

„Sicher, was immer du willst." Innerlich wappnete er sich jedoch gegen das, was auch immer jetzt kommen mochte.

„Der Kurs fängt in ein paar Wochen an, und ich dachte ..." Ihre Stimme verebbte. Daisy stand auf und rieb sich das Kreuz. Als sie sich umdrehte, betonte das hereinfallende Abendlicht die Kugel ihres Bauchs.

In diesem Moment sah Greg seine Tochter wie durch zersplittertes Glas. Die Illusion, das sie immer noch seine kleine Tochter war, zerfiel in Millionen Stücke. Sogar jetzt, nachdem er monatelang Zeit gehabt hatte, sich an die Vorstellung zu gewöhnen, war er vom Anblick ihrer hochschwangeren Silhouette irgendwie schockiert. Sie war ein ganzes Bündel von Gegensätzen. Die vorzeitige Reife ihres Körpers passte nicht zu ihren immer noch weichen, leicht kindlichen Gesichtszügen. Sie hatte ihre Fingernägel in einem lebhaften Dunkelrot angemalt und trug eine zerrissene Jeans und eine Bluse, die weich über ihren dicken Bauch fiel. Sie war kleines Mädchen, Teenager und erwachsene Frau in einem. Und sie sah ihn mit einem Blick so voller Hilflosigkeit und Vertrauen an, das Greg sich nicht sicher war, ihn verdient zu haben. Sie war sein *Kind*. Und mit achtunddreißig fühlte er sich noch nicht bereit, Großvater zu werden.

Hör auf, warnte er sich. Er hatte in dieser Sache keine Wahl. Bedauern und „Was wäre wenn“-Fragen brachten ihn nicht weiter. „Du hast was gedacht?“, hakte er nach.

„Könntest du mein Coach sein?“, fragte sie. „Für den Geburtsvorbereitungskurs und fürs Krankenhaus?“

Ihr Coach? Der Mann, der im Kreißsaal ihre Hand hielt? Nein, dachte Greg und unterdrückte eine dunkle Vorahnung. *Auf gar keinen Fall.* In einer Million Jahren könnte er nicht derjenige sein, der zusah, wie seine Tochter ein Kind bekam.

„Mein Arzt sagt, es sollte jemand sein, dem ich vertraue und bei dem ich mich sicher fühle.“ Sie hielt inne und biss sich auf die Unterlippe. Er hatte diesen Ausdruck bei ihr über die Jahre schon tausendmal gesehen. „Und das bist du, oder?“

„Aber ich ... ich bin ein Mann“, sagte er lahm. Ein verängstigter, überforderter Mann, der sich nicht zutraute, im Kreißsaal nicht in Ohnmacht zu fallen oder einen Notfall zu überstehen. Ein Kerl, der sich lieber einer Wurzelbehandlung unterziehen würde, als zuzusehen, wie seine Tochter ein Kind gebar. Das kam ihm auf so vielen Ebenen falsch vor, dass er nicht einmal wusste, wo er anfangen sollte.

„Was ist mit deiner Mutter?“, fragte er. Wie immer arbeitete sein Mund schneller als sein Gehirn.

Daisys Gesichtsausdruck fror ein, und auch wenn sie es sicher nicht gerne hören würde, sah sie in diesem Moment aus wie Sophie. Sie hatten beide diese majestätische, vernichtende Ausstrahlung und konnten mit einem Blick dafür sorgen, dass man sich ganz klein fühlte.

„Was soll mit ihr sein?“, fragte Daisy. „Der Kurs dauert sechs Wochen. Meinst du, sie unterbricht ihr Leben und schlägt für sechs Wochen ihre Zelte in Avalon auf?“

Sophie lebte in Den Haag, wo sie als Anwältin am Internationalen Strafgerichtshof arbeitete. Sie kam einmal im Monat in die Staaten, um die Kinder zu sehen. Nach der Scheidung hatte Sophie darauf bestanden, dass Daisy und Max bei ihr lebten. Doch beide Kinder waren, immer noch traumatisiert von dem Zusammenbruch ihrer Familie, nach wenigen Wochen zurückgekehrt und hatten verlangt, bei Greg bleiben zu dürfen. Er machte sich nicht vor, dass er das beliebtere Elternteil war. Es war nur so, dass das Leben, das er ihnen hier in den Staaten bieten konnte, besser war für diese beiden verlorenen, verletzten Kinder. Also musste Sophie sich jetzt mit den monatlichen Besuchen und mit Telefonaten und E-Mails zufriedengeben. Die Situation war traurig und unangenehm, und Greg konnte nicht sagen, ob die

Kinder ihrer Mutter inzwischen vergeben hatten oder nicht. Er nahm an, sein Job war es, in dieser Situation neutral zu bleiben.

Daisy machte eine Geste, die das ganze Haus einschloss. „Wird Mom bei uns leben? Oh ja, das würde ihr prima gefallen."

„Mir gehört ein Hotel", sagte Greg. „Wir könnten ihr die Guinevere-Suite geben." Wie viele Einrichtungen in Avalon hatte auch das Inn am Willow Lake die Artussage als Thema und einige Zimmer nach Charakteren der alten Legende benannt.

„Guinevere. War das nicht die, die ihren Mann mit seinem besten Freund betrogen hat?", fragte Daisy schelmisch.

„Das ist nie bewiesen worden. Die Franzosen haben das später dazugedichtet." Greg fühlte eine seltsame Solidarität mit seiner Exfrau. Vielleicht aufgrund von Daisys Situation – unverheiratet und schwanger, die monumentale Aufgabe vor sich, alleinerziehende Mutter zu sein. Trotz seiner Differenzen mit Sophie war er mit ihr einer Meinung, dass Daisy alle Unterstützung und Hilfe brauchte, die sie nur geben konnten. „Ich bin sicher, sie würde sich geehrt fühlen, dein Coach zu sein."

„Und du nicht?"

„Liebes, natürlich. Aber ich bin ..." *Verdammt.* „Es wäre nicht ..." Er hielt inne, stand auf und ging unruhig auf und ab. Er suchte nach den richtigen Worten, um zu beschreiben, wie es wäre, seiner Tochter bei der Geburt des eigenen Enkelkindes beizuwohnen. „Komisch", schloss er schließlich. Und das war noch milde ausgedrückt.

„Hör zu, es ist nur ein Kurs. Wir lernen alles über den Prozess der Geburt, auf welche Anzeichen wir achten sollen und was zu tun ist, wenn es losgeht. Und im Kreißsaal ist alles verhängt, du wirst nur von der Taille aufwärts mit mir zu tun haben. Vielleicht meine Hand halten und mit mir reden, mir Eiswürfel anreichen und so. In dem Video, das der Arzt mir gezeigt hat, sah das nicht nach einer großen Sache aus."

„Wenn man davon ausgeht, dass es alles so verläuft wie auf dem Video."

„Okay, gut", sagte sie. „Wie auch immer. Man kann das auch ohne Coach machen."

„Ja, klar, als wenn ich zulassen würde, dass du das alleine durchstehst." Greg hakte die Daumen in die hinteren Taschen seiner Jeans und stellte sich ans Fenster. Doch er sah nur Erinnerungen an die Geburt seines eigenen Kindes. Er war bei Daisys Geburt nicht dabei gewesen, natürlich nicht, dank der Art, wie Sophie die ganze Sache manipuliert hatte. Aber er war bei Max dabei gewesen. Er erinnerte sich an die lange Nacht, die grellen Lichter, die Schmerzen und die Panik und die Freude. Gott, es kam ihm vor, als wäre das erst gestern gewesen.

Er wandte sich wieder Daisy zu – seine Tochter, sein Herz. „Ich mache es."

„Du machst was?", fragte Max, der gerade aus der Küche hereinkam, die Schnürsenkel offen, seinen Rucksack hinter sich herschleifend. Er aß mal wieder. Natürlich. Das Abendessen war ja auch schon eine halbe Stunde her. Max, der den Appetit eines hypermetabolischen Monsters in einem Science-Fiction-Film hatte, hatte sich angewöhnt, mehrmals pro Stunde nachzutanken. Im Moment aß er ein Pop-Tart, eiskalt und direkt aus der Verpackung.

„Ich werde der Geburtscoach für deine Schwester sein", sagte er. „Was hältst du davon?"

„Ich denke, du hast sie nicht mehr alle." Max schüttelte sich.

„Gott, und ich hatte vor, dich auch einzuladen, Max", sagte Daisy. „Dich an meiner Seite, meine Hand haltend, das hätte mir so viel bedeutet."

„Es hätte bedeutet, dass du auch noch den Rest deines Verstandes verloren hast. Igitt." Er schüttelte sich noch einmal.

Greg biss die Zähne zusammen. Obwohl sie schwanger war, kabbelte Daisy sich immer noch wie eine Drittklässlerin mit ihrem Bruder. Auch wenn es ihn einige Mühe kostete, wusste er, dass er sich besser nicht einmischte, wenn die beiden aufeinander losgingen. Das Gezicke hörte normalerweise von alleine auf, und ab und zu schien es seltsamerweise sogar zu helfen, die Spannung abzubauen, die zwischen ihnen allen manchmal herrschte.

Mit einem älteren Bruder und zwei älteren Schwestern verstand er die Dynamik von geschwisterlichen Beziehungen nur zu gut. Am besten war es, sich zurückzuhalten und abzuwarten, bis es vorbei war. Es fiel ihm erstaunlich leicht, die beiden auszublenden, während sie sich über alles stritten, was ihnen einfiel, von der Art, wie Max das Pop-Tart aß, über die anstehende Hochzeit ihrer Cousine Olivia, bei der Daisy Brautjungfer und Max Platzanweiser sein würde.

„Du weißt schon, dass du noch Tanzstunden nehmen musst", erzählte Daisy ihrem Bruder gerade mit einem zufriedenen Lächeln.

„Besser als Geburtsstunden", gab der zurück. „Du wirst die dickste Brautjungfer der Welt sein."

„Und du der bekloppteste Onkel der Welt. Der komische Onkel Max. Ich werde dem Baby beibringen, dich so zu nennen."

Greg nahm an, wenn seine Kinder einander überlebten, würde sie auch alles andere überleben. Er ließ sie mit ihrem Streit allein und ging in sein Büro, um nach den E-Mails zu sehen. Es gab eine neue Nachricht von Brooke mit einem nichtssagenden Betreff: Danke für heute …

Er musste sie nicht einmal anklicken, um zu wissen, wie der Rest der Nachricht lauten würde: … *lass uns sichergehen, dass wir so etwas in nächster Zeit nie wieder machen.* Vermutlich würde sie es nicht so offen aussprechen, aber er hatte zu spät herausgefunden, dass Brooke Harlow an ihm als Kunden, nicht aber als Partner interessiert war. Das war zumindest seine Schlussfolgerung des heutigen Tages. Nach dem Bootsfiasko war sie viel zu versessen darauf gewesen, mit dem lahmarschigen Bankdirektor das Weite zu suchen.

Die Begegnung mit Nina heute hatte sein Selbstbewusstsein stark erschüttert. In was zum Teufel ritt er sich da nur hinein? Nein, Greg war glücklich mit der Transaktion, und das reichte ihm völlig. Er wusste, dass es katastrophal werden könnte – lange Arbeitszeiten, Herausforderungen, die hinter jeder Ecke lauerten. Andererseits könnte es die zweite Chance werden, die er für seine Familie brauchte. Ein Unternehmen, bei dem er nicht weit weg von zu Hause war, Kinder, die sich ins Familienleben einbrachten, anstatt ihm aus dem Weg zu gehen. Er zuckte innerlich zusammen, als er an das Ende seiner Ehe dachte, als er und Sophie aufgehört hatten, für die Kinder so zu tun, als wäre alles in Ordnung. Die beiden hatten sie sowieso schon längst durchschaut. Ihre Unzufriedenheit war wie eine Krankheit, die die gesamte Familie infiziert hatte. Sie hatten sich böse Wortgefechte geliefert, die meist mit zuknallenden Türen endeten und darin, dass sie alle vier sich aus dem Weg gingen. Schließlich hatten Greg und Sophie es mit einer Trennung auf Probe versucht. Es war eine Erleichterung gewesen, sicher, aber dafür hatte diese neue Konstellation ganz anderen Problemen Tür und Tor geöffnet.

Greg gab sich die Schuld daran, nicht erkannt zu haben, wie sehr die Scheidung Daisy mitgenommen hatte. Wenn er es bemerkt hätte, wäre Daisy vielleicht nicht zu diesem Partywochenende nach Long Island gefahren und nicht schwanger geworden. Nun ja, zumindest nicht so früh.

Er hatte seine gesamte Ehe damit verbracht, auf die Katastrophen zu warten und sich ihnen dann zu stellen. Er war entschlossen, das zu ändern. Das Inn zu kaufen fühlte sich richtig an, und er konzentrierte sich jetzt völlig darauf, es zum Erfolg zu führen.

Ein leises Piepen sagte ihm, dass eine neue E-Mail gekommen war. Er schaute auf den Bildschirm und blinzelte verwirrt, als er sah, von wem sie stammte. Nina Romano. Der Betreff lautete: Wir müssen reden.

Sieh an, dachte er. *Sieh an.*

Nina sah ihre beste Freundin Jenny an und dann wieder auf den Bildschirm. „Ich habe gerade *Senden* gedrückt. Ich kann nicht glauben, dass ich gerade *Senden* gedrückt habe."

„Das ist der beste Weg, damit er deine Nachricht auch bekommt."

„Aber ich habe meine Meinung geändert." Mit finsterer Miene starrte sie auf den Monitor. Sie wünschte, es gäbe eine Möglichkeit, in den digitalen Äther zu tauchen und die E-Mail zurückzuholen.

Sie und Jenny saßen in Ninas Büro. Es war kein richtiges Büro, sondern eine kleine Nische in ihrem Schlafzimmer, in der ihr Computer auf einem kleinen Tischchen stand. Alles in dem Haus war klein, einschließlich des Schecks, den sie jeden Monat ihrem Onkel Giulio gab. Sie wohnte in dem einfachen, unordentlichen Häuschen, seit Sonnet klein war und sie selber versucht hatte, Schule und Arbeit und Muttersein unter einen Hut zu bringen. Zum Glück hatte sie eine sehr liebevolle und unterstützende Familie, aber jetzt wollte sie es endlich mal alleine schaffen. Sie dachte wieder an das Angebot von Greg Bellamy. *Auf gar keinen Fall.*

„Du hast doch nur gesagt, dass du noch einmal über das Inn sprechen möchtest", beruhigte Jenny sie. „Das ist ja nicht so, als wärst du eine lebenslange Verpflichtung eingegangen."

Ninas Brust schmerzte, und ihr fiel auf, dass sie die Luft angehalten hatte. Sie atmete aus. „Er wird es als Zeichen der Schwäche ansehen. Er denkt, ich komme ins Wanken."

„Das kommst du ja auch", bemerkte Jenny. „Und das ist gut. Es zeigt, dass du der Situation offen gegenüberstehst."

„Ich kann nicht glauben, dass du mir nicht erzählt hast, was hier los ist, während ich weg war."

„Ich wusste es nicht. Und selbst wenn, wäre es komplett sinnlos gewesen, dir deswegen deine Reise mit Sonnet zu verderben."

Sie hatte recht. Es hätte ihr die Reise verdorben, ihre wertvolle Mutter-Tochter-Zeit. „Tut mir leid", sagte sie. „Es war nicht deine Aufgabe, mich auf dem Laufenden zu halten. Er sieht sich vermutlich schon nach jemand anderem um. Ich wette, er wird nicht einmal anrufen."

In dem Moment klingelte das Telefon auf dem Tisch, und beide Frauen zuckten zusammen. Nina nahm den Hörer auf und schaute auf die angegebene Nummer. Der Name *Bellamy, G.* starrte ihr entgegen.

„Oh Gott. Das ist er."

„Dann geh ran", schlug Jenny vor.

„Auf gar keinen Fall. Eher sterbe ich."

„Dann tu ich es." Jenny schnappte sich das Telefon.

Nina wollte es ihr wieder entreißen, verfehlte es aber.

Jenny drückte auf den Knopf. „Bei Romano, Jenny McKnight am Apparat. Oh, hallo, Greg."

Nina ließ sich in einem hilflosen Haufen auf den Boden sinken.

„Mir geht es gut, danke", sagte Jenny freundlich. „Rourke auch", fügte sie dann hinzu.

Natürlich geht es ihr gut, dachte Nina. Sie war mit der Liebe ihres Lebens verheiratet und hatte gerade erst einen Verleger gefunden, der ihr Buch veröffentlichen wollte. Ihre Erinnerungen an das Aufwachsen in einer polnisch-amerikanischen Bäckerei. Natürlich ging es ihr beschissen gut.

Jenny plauderte angeregt mit Greg über seine Kinder, deren Cousine sie zufällig war, auch wenn sie das noch nicht sehr lange wusste. Jennys Verwandtschaft mit den Bellamys war erst letztes Jahr ans Licht gekommen. Sie war aufgewachsen, ohne zu wissen, wer ihr Vater war. Im letzten Sommer hatte sie dann erfahren, dass es eine tragische Liebesgeschichte zwischen ihrer Mutter, Mariska, und ihrem Vater, Philip Bellamy, gegeben hatte, der wiederum Gregs älterer Bruder war. Damit war Greg ihr Onkel. Sie hatten sich erst vor Kurzem kennengelernt, aber als sie Jenny jetzt so mit ihm plaudern hörte, fragte sich Nina, ob Blut tatsächlich dicker als Wasser war.

„Ja, sie ist da", sagte Jenny in dem Augenblick.

Die Verräterin. Nina wäre beinahe aus der Haut gefahren. Mit nichtverbaler italo-amerikanischer Eloquenz fragte sie Jenny: *Willst du heute noch sterben?*

„Aber sie kann gerade nicht ans Telefon kommen. Ich sorge aber dafür, dass sie dich zurückruft. Das ist ein Versprechen."

Scheinbar ungerührt von Ninas Wut, legte Jenny auf. „Gute Neuigkeiten", sagte sie. „Er hat noch keinen anderen gefunden."

„Woher weißt du das? Hat er was gesagt?"

„Natürlich hat er nichts gesagt. Das geht mich auch nichts an."

„Woher weißt du dann, dass er sich noch nicht seinem nächsten Opfer zugewendet hat?"

„Wenn du mir nicht glaubst, ruf ihn doch selber an." Jenny streckte ihr das Telefon hin.

Nina zuckte zurück. „Ich brauche einen Drink."

„Dabei kann ich behilflich sein." Jenny ging mit der Selbstverständlichkeit einer guten Freundin voran in die Küche. Dort öffnete sie eine Schranktür und holte eine Flasche lieblichen Rotwein heraus. „Der passt hervorragend zu den Biscotti, die ich dir aus der Bäckerei mitgebracht habe." Obwohl die Sky River Bakery polnische Wurzeln hatte, gab es auf der Karte auch eine Auswahl an italienischen Spezialitäten, inklusive der Cantucci Biscotti, die zugegebenermaßen besser waren als alles, was die Romano-Frauen je gebacken hatten. In den süßen Wein gestippt, ließen sie Nina ihre Sorgen für ungefähr zwanzig Sekunden vergessen.

„Also, wie hat er geklungen“, wollte sie von Jenny wissen.

„Du hast doch heute schon mit ihm gesprochen, oder?“

„Nein, ich meine, klang er versöhnlich? Genervt?“

„Er klang wie ein Bellamy – du weißt schon, Privatschule in Manhattan, Ivy League College und all das.“ Jenny machte den Akzent perfekt nach und lachte dann über sich. „Manchmal kann ich immer noch nicht glauben, dass ich mit diesen Leuten verwandt bin.“ Dieses leichtherzige Eingeständnis strafte die Tortur Lügen, die Jenny nach der Entdeckung ihrer Verbindung zur Familie Bellamy durchgemacht hatte.

„Sie haben dich nicht verändert“, rief Nina ihr in Erinnerung, „und das ist gut so. Weißt du noch, wie wir uns als Teenies immer über die Sommergäste lustig gemacht haben?“ Als Mädchen hatten sie und Jenny immer die Leute beobachtet, die in den Sommerferien vor der drückenden Hitze der Stadt an die kühlen Ufer des Willow Lake geflohen waren. Sie hatten sich über die weiße Tenniskleidung und die glatten, seidigen Haare der Mädchen lustig gemacht und darüber, dass sich Dienstboten um die Kinder kümmerten. Doch Nina und Jenny hätten niemals zugegeben, dass der wahre Grund für ihre Lästereien pure Eifersucht gewesen war.

„Lass aus dieser Sache mit Greg keinen Kleinkrieg entstehen“, warnte Jenny sie.

„Ich war vier Jahre lang Bürgermeisterin dieser Stadt“, erwiderte Nina. „Ich bin gut in Kleinkriegen.“

„Das würde mich aber in eine unangenehme Lage bringen“, wandte Jenny ein. „Ich müsste deine Partei ergreifen, und das könnte meine Beziehung zu Philip belasten.“

Auch wenn er ihr Vater war, nannte Jenny ihn Philip und wahrte so eine leicht formelle Distanz zwischen ihnen. Nina verspürte ein wenig Mitleid mit ihrer Freundin. Von Sonnet wusste sie, wie schwer es war, ohne Vater aufzuwachsen. Nina kam aus einer großen, lauten Familie. Wie sich herausstellte, war sie viel zu schnell erwachsen geworden, aber das war nicht deren Fehler.

Sie versuchte, sich vorzustellen, wie es für Jenny gewesen sein musste, eines Tages aufzuwachen und diese ganz neue Seite an sich zu entdecken. Das war, als würde Nina herausfinden, dass sie blaues Blut hätte.

Sobald ihre Tochter alt genug gewesen war, es zu verstehen, hatte sie ihr von ihrem Vater erzählt. Es hatte keine Geheimnisse, keine Verschleierungen gegeben. Nina hatte versucht, Sonnet in der Sicherheit aufwachsen zu lassen, dass sie geliebt und gewollt war. Auch wenn ihre Eltern nicht zusammen waren, hatte sie eine Mutter und einen Vater, die sie beide anbeteten.

Ich hoffe für ihn, dass er sie anbetet, dachte sie. Er hatte viel nachzuholen. Wegen der Konzentration auf seine Karriere beim Militär hatte Laurence Jeffries in Sonnets Leben keine große Rolle gespielt. Ihre Beziehung bestand darin, dass er regelmäßig Unterhalt zahlte und einmal im Jahr kam, um Sonnet zu besuchen. Jetzt, auf der Schwelle zum Erwachsenwerden, wollte Sonnet mehr über ihren Vater wissen. Also hatte sie die Gelegenheit mit dem Sommerpraktikum ergriffen.

„Wie auch immer", sagte Nina. „Ich will nicht, dass die Dinge zwischen Philip und dir meinetwegen unangenehm werden."

„Es ist schon komisch genug, wie es ist, aber wir kommen damit zurecht. Wir haben ja auch keine andere Wahl, mit Olivias anstehender Hochzeit und allem. Was mich zu dem eigentlichen Anlass meines Besuchs bringt." Jenny öffnete den Reißverschluss des Kleidersacks, den sie mitgebracht hatte, und verschwand damit übertrieben dramatisch im Schlafzimmer.

„Die Kleider der Brautjungfern sind heute gekommen", rief sie durch die Tür. „Ich wollte, dass du die Erste bist, die mich darin sieht." Um die fehlenden High Heels zu simulieren, kam sie auf Zehenspitzen aus dem Zimmer. Die Haare hielt sie im Nacken hoch. Nina keuchte laut auf. Das Kleid war der Wahnsinn – eine lange, fließende Robe aus fliederfarbener Charmeuse. Ihre Freundin in diesem zarten Traum aus Stoff zu sehen weckte ganz ungewohnte Gefühle in Nina.

Jenny bemerkte es sofort. „Jetzt werd mir nur nicht sentimental."

„Ich kann nicht anders. Du siehst aus wie Aschenputtel."

„Hey, in der Bellamy-Familie *bin* ich Aschenputtel. Also gefällt dir das Kleid?"

„Ich liebe es."

„Ich auch. Olivia hat wirklich einen ausgezeichneten Geschmack." Olivia Bellamy, die Braut, war auch Philips Tochter. Als ihre neu entdeckte Halbschwester war Jenny die Ehre zuteilgeworden, als Trauzeugin zu fungieren. Jenny fing gerade erst an zu lernen, was es hieß, eine Bellamy zu sein. Die Hochzeit war ein Ereignis für die ganze Familie und bereits das Stadtgespräch von Avalon.

Nina blinzelte und räusperte sich. „Erinnerst du dich noch, als wir klein waren und ganz genau wussten, wie unsere Hochzeit mal sein sollte?"

Jenny lachte. „Na klar. Wäre das Feuer nicht gewesen, hätte ich unsere Notizbücher noch, in die wir alle unsere Pläne geschrieben hatten." Jenny hatte beinahe alles, was sie besaß, bei einem Brand ihres Hauses im letzten Winter verloren. Die Art, wie sie ihr Leben wieder aufgebaut und weitergemacht hatte, war eine Inspiration für Nina.

„Wir wollten mit einer Doppelhochzeit heiraten", erinnerte sich Nina und ließ ihre Gedanken in die Vergangenheit schweifen. Sie und Jenny hatten immer auf Jennys Bett mit dem Chenille-Überwurf gesessen und ihre Hochzeit besprochen.

„Ja, eine Doppelhochzeit mit Rourke und Joey. Beste Freunde heiraten beste Freunde. Es war alles so ordentlich und nett, nicht wahr?" In Jennys Stimme schwang ein leichter Unterton mit, eine wehmütige Zuneigung zu den Mädchen, die sie einmal gewesen waren, und Bedauern für all das, was passiert war, seitdem sie diese Träume geträumt hatten.

„Als Musik hatten wir uns die größten Hits von Bon Jovi und Heart ausgesucht", sagte Nina. „Und die Kleider – guter Gott, wir haben so viele verschiedene Versionen davon gezeichnet. Meterweise fuchsiafarbener Lurex mit Puffärmeln. Und die Brautkleider, die nicht von dieser Welt waren." Sie lachte, als sie sich erinnerte, wie sie jedes noch so kleine Detail geplant hatten. Von den Gelübden, die sie aufsagen würden – ein Gedicht von E.E. Cummings, was sonst –, bis zum Menü beim Empfang – Makkaroni und Käse, gegrilltes Hähnchen und Donuts aus der Sky River Bakery. Nach ihren Doppel-Flitterwochen – natürlich auf Hawaii – würden sie sich Häuser direkt nebeneinander bauen. Nina würde das Inn am Willow Lake leiten, während Jenny den großen amerikanischen Roman schrieb.

„Daran habe ich schon seit Jahren nicht mehr gedacht", sagte Nina. „Wir hatten eine ganz schön blühende Fantasie, was?" Wenn sie sich ganz stark anstrengte, konnte sie sich an die Kinder erinnern, die sie einmal gewesen waren, bevor alles passiert war. Sie waren so voller Hoffnungen und Träume gewesen, und alle Ziele schienen vollkommen und ohne Zweifel erreichbar zu sein. „Für uns ist nichts nach Plan gelaufen, oder?", fügte sie hinzu.

Jenny lächelte und strich über den glatten Stoff des Kleides. „So etwas Gutes hätte ich nie planen können. Und du könntest das Gleiche von dir sagen. Immerhin hast du Sonnet bekommen, was einem Sechser in der Töchterlotterie entspricht."

Das konnte Nina nicht bestreiten. „Stört es dich, dass Olivia diese große Hochzeit bekommt?", fragte sie ihre Freundin.

„Guter Gott, nein." Jenny winkte ab. „Philip hat es angeboten – hab ich dir das nicht erzählt? Er hat gesagt, er würde für jede Hochzeit bezahlen, die ich mir wünsche." Sie grinste. „Sein Glück, dass ich nur einen kurzen Gang zum Altar ohne großes Brimborium und eine Hochzeitsreise nach St. Croix wollte. Und ich muss dir sagen, für Rourke und mich war es perfekt. Und ich bin sicher, dass du dich noch erinnerst, was für ein großartiges Kleid ich hatte."

„Das werde ich nie vergessen“, versicherte Nina ihr. Jane Bellamy, Jennys neue Großmutter, hatte darauf bestanden, mit Jenny zu Henri Bendel auf der Fifth Avenue zu gehen, wo sie ein Designer-Cocktailkleid ausgesucht hatten. „Machst du Witze? Niemand in der Geschichte von Avalon wird dieses Kleid jemals vergessen. Du und Rourke, ihr seid ein tolles Paar. Olivia wird die tollste Trauzeugin aller Zeiten haben, die noch dazu aussieht wie ein Covermodel.“

Bei ihrem letzten Satz merkte Nina, dass sie einen kleinen Stich der Eifersucht verspürte. Sie ertappte sich dabei, zu denken, dass Jenny *ihre* Trauzeugin sein sollte, nicht die von Olivia. Das war jedoch lächerlich. Um eine Trauzeugin zu benötigen, müsste sie erst einmal eine Braut sein, und das war nun wirklich das Letzte, wonach ihr der Sinn stand. Es gab vieles, was Nina jetzt wollte, nun, wo sie Single und ihr Nest leer war. Aber zu heiraten war sicher nicht dabei. Zumindest nicht in naher Zukunft. Sich zu verlieben? Wer wollte das nicht? Unglücklicherweise konnte sie das nicht so planen, wie man eine Hochzeit plante, indem man einen Organisator engagierte und anfing, das Porzellan auszusuchen.

Jenny drehte ihr den Rücken zu. „Mach mal bitte den Reißverschluss auf. Und dann sprechen wir noch mal über die Sache mit Greg.“

„Es gibt keine Sache mit Greg.“ Der Reißverschluss glitt nach unten.

„Er will dich als Partnerin im Inn. Das würde ich schon eine Sache nennen.“

„Er will mich aussaugen und dann beiseiteschieben.“

„So ist Greg nicht. Er braucht wirklich Hilfe, um das Hotel wieder zum Laufen zu kriegen. Und er ist klug genug, zu wissen, dass du die Beste für den Job bist.“

„Ich verstehe es nur nicht. Es gibt hundert Gelegenheiten in Avalon, ein Geschäft zu eröffnen. Genau gesagt waren es einhundertundzwölf, als ich das letzte Mal nachgeschaut habe. Und ich habe nachgeschaut.“ Als Bürgermeisterin war es eine von Ninas Prioritäten gewesen, eine Seite des Internetauftritts der Stadt für die Ankündigung von Geschäfts- und Firmengelegenheiten zu nutzen, um Investitionen anzuziehen. „Warum musste er sich das Einzige aussuchen, was ich haben wollte?“

Jenny zog ihr T-Shirt über. „Ihr zwei wolltet das Gleiche. Vielleicht ist das ein Zeichen.“

„Ja, klar.“

„Ich weiß nicht, warum du deswegen so niedergeschlagen bist. Du warst doch auch bereit, das Inn im Auftrag der Bank zu leiten. Greg bietet dir beinahe den gleichen Deal an, nur will er dir ein höheres Gehalt zahlen und bietet dir bessere Konditionen.“

„Das ist etwas komplett anderes. Die Bank hätte mir das Objekt verkauft, sobald ich mich für einen Kredit qualifiziert hätte. Die Möglichkeit hat Greg mir jetzt genommen."

„Hast du ihm das gesagt?"

„Was, um noch mitleiderregender dazustehen? Nein, danke."

„Nina, sei ehrlich mit mir – und mit dir. Hast du wirklich gedacht, die Vermögensabteilung der Bank hätte gewartet, bis du dich für ein kleines Geschäftsdarlehen qualifiziert hättest?"

Wie die meisten Förderprogramme der Regierung gingen die Uhren auch bei der Abteilung für kleine Geschäftsdarlehen sehr langsam. Man hatte Nina gesagt, dass der Prozess Monate, sogar ein Jahr dauern könnte. „Mr Bailey hätte gewartet. Ich bin sicher, dass er angenommen hat, seine Nachfolgerin würde das Gleiche tun. Sie heißt Brooke Harlow, und ich glaube, Greg trifft sich mit ihr. Kuschelig, was?"

„Zieh keine voreiligen Schlüsse. So ist es für dich auf jeden Fall besser", versuchte Jenny, vernünftig zu argumentieren. „Vielleicht gefällt es dir gar nicht, und du willst aufhören. Vielleicht gefällt es Greg nicht, und er will raus."

„Und was ist, wenn es sich für uns beide als genau das herausstellt, wovon wir immer geträumt haben? Dann endet es damit, dass wir beide Pläne schmieden, uns gegenseitig umzubringen."

„Oder ihr macht eine permanente Sache daraus." Jenny wackelte vielsagend mit den Augenbrauen.

„Denk nicht mal dran."

„Warum nicht? Olivia hat mir viel von ihm erzählt. Er ist der jüngste ihrer Onkel und zehn Jahre jünger als Philip, womit er … achtunddreißig ist. Er ist Single. Er ist ein Bellamy. Er ist einfach ein guter Fang."

„Er hat einen halbwüchsigen Jungen, und sein erstes Enkelkind ist unterwegs." Nina hatte nichts gegen schwangere Teenager. Sie war ja selber Mitglied in dem Club.

„Eine große Familie ist ein Segen", sagte Jenny. „Du solltest das am besten wissen, Miss ‚Mittleres Kind von neunen'."

Nina widersprach ihr nicht, auch wenn ihr tausend Einwände einfallen würden. Sie verstand, dass Jenny eine sehr einsame Kindheit gehabt hatte. Ihr Vater war ein Phantom gewesen, ihre Mutter war einfach abgehauen und hatte Jenny bei ihren Großeltern in dem ruhigen, ordentlichen Haus in der Maple Street zurückgelassen.

„Vielleicht", sagte Nina. „Aber ganz auf mich allein gestellt zu sein hat auch seine Vorteile. Das war ich noch nie. Ich muss mich das erste Mal in meinem Leben ganz alleine nur um mich kümmern. Ich will herausfinden, wer ich bin, wenn ich nicht jemandes Tochter oder Sonnets Mutter bin."

„Das verstehe ich. Du verdienst die Chance, das herauszufinden. Ich bin sicher, dass Greg es auch versteht. Er hat dir ein geschäftliches Angebot gemacht, keinen Heiratsantrag."

„Ja, Gott behüte, dass ich so einen kriegen sollte."

„Hey, du bist diejenige, die als Single leben will." Jenny lächelte. „Komm schon, Nina. Das könnte für dich eine großartige Gelegenheit sein."

„Oh Mann, jetzt fängst du auch damit an."

„Womit?"

„Diesem geheimnisvollen ‚Ich bin eine verheiratete Frau, also weiß ich was, was du nicht weißt'. Das kann ich nicht ausstehen."

„Ich mache überhaupt nichts in der Art."

„Tust du wohl. Sieh dich nur an. Du bist so … *glücklich*."

„Und was genau willst du mir damit sagen?"

„Nur weil die Ehe *dich* glücklich macht, bedeutet das nicht, dass sie auch das ist, was *ich* brauche."

„Ich weiß. Was du brauchst, ist, das Inn am Willow Lake zu leiten. Und um nichts anderes geht es auch in unserer Unterhaltung."

„Na gut. Weißt du was? Vielleicht hast du recht. Greg hat keine Ahnung, auf was er sich da eingelassen hat. Ich schon. Er wird den Sommer nicht überstehen – denk an meine Worte."

„Du hast doch nicht vor, gegen ihn zu intrigieren, oder?", fragte Jenny.

„Das wird nicht nötig sein. Er wird von ganz alleine versagen."

„Unter deiner Leitung?" Jenny sah sie skeptisch an.

„Siehst du, das ist das Dilemma." Nina trank ihren Wein aus und goss sich noch ein Glas ein. „Es ist verrückt. Auf die ein oder andere Weise ist Greg Bellamy seit wir Kinder waren ein Stachel in meinem Fleisch."

2. Teil

Damals

Die Galahad-Suite ist nach Sir Galahad aus der gleichnamigen Legende benannt, der für seine Lauterkeit und seinen Edelmut bekannt war. Hoch oben im Haupthaus gelegen, zollt der Raum der umliegenden Natur des Inns seine Hochachtung. Er ist ausgestattet mit einem handgeschnitzten Bett aus Birkenholz, das kleine Vogelhäuser zieren, Geweihlampen und antiken Drucken des präraffaelitischen Malers Dante Gabriel Rossetti.

In jedem Zimmer stehen frische Blumen. Ein Kupferpenny und eine Aspirintablette im Wasser halten die Sträuße länger frisch. Das Kupfer wirkt als Fungizid, und das Aspirin führt dem Wasser Säure zu. Die bekannte Floristin, Autorin und Sozialreformerin Constanze Sprey erinnerte uns: „Wenn Sie einen Strauß zusammenstellen, lassen Sie immer ausreichend Platz zwischen den einzelnen Blumen, um einen gedrängten Eindruck zu vermeiden. Man sollte Raum für Schmetterlinge lassen.“

4. KAPITEL

Nina schob alle ihre Probleme auf einen Jungen namens Greg Bellamy. Das war reichlich irrational, alleine schon deshalb, weil er überhaupt nicht wusste, dass Nina existierte. Vielleicht war das das größte Problem von allen.

Als sie ihn das erste Mal getroffen hatte, war sie mit ihrer besten Freundin Jenny Majesky zum Camp Kioga hinaufgefahren. Die einstige Bungalow-Kolonie für die reichen Familien aus der Stadt war nun ein schickes Sommercamp für deren Kinder. Nicht, dass Nina hier jemals campen oder sonst was tun würde.

Nein, sie fuhr die Uferstraße am See zum historischen, exklusiven Sommercamp in einem Bäckereilieferwagen hinauf. Der Wagen gehörte Jennys Großeltern, und die Mädchen halfen Waren auszuliefern. Jennys Großvater ließ sie das Radio so laut stellen, wie sie wollten, denn er hörte schlecht. Und so wehten Metallica und eine köstliche Brise mit gleicher Kraft durch die geöffneten Fenster des Wagens. Nina atmete tief den grünen Geruch des Waldes ein und versuchte sich vorzustellen, wie es wäre, hier ein Camper zu sein. Langweilig, dachte sie abwehrend. Dennoch kam ihr die Vorstellung zu gut vor, um wahr zu sein: einen ganzen Sommer lang fort von der Familie sein und mit lauter Freunden in einer Holzbaracke schlafen. Sie würde nie erfahren, wie das wirklich war, denn Familien wie die ihre schickten ihre Kinder nicht ins Sommercamp.

Außerdem, rief sie sich in Erinnerung, waren Sommercamps nur für Leute, die zu viel Geld und zu wenig Fantasie hatten. Das sagte Pop zumindest immer. Die Leute wussten heutzutage nicht, wie man die eigenen Kinder mit in den Urlaub nahm, also schickten sie sie ins Sommercamp. Natürlich wussten Nina und ihre acht Geschwister, dass das Pops Art war, dafür zu sorgen, dass sie sich alle besser fühlten. Die Romano-Familie konnte sich kaum Schuhe leisten, geschweige denn einen Urlaub. Pop war Gemeinschaftskundelehrer an der Highschool in Avalon. Er liebte seinen Job, aber mit neun Kindern reichte das Gehalt eines Lehrers nicht sehr weit.

Jeden Sommer engagierte Pop sich in der Politik. Er arbeitete als Freiwilliger für den örtlichen Kandidaten, dem er vertraute – natürlich immer ein Demokrat –, und betrieb den Wahlkampf unermüdlich und mit großer Leidenschaft. Manche Leute kritisierten Pop dafür. Sie sagten, mit so vielen Kindern sollte er lieber bei anderen Leuten Rasen mähen oder Gräben ausheben, um sich ein paar Dollar dazuzuverdienen. Aber Pop blieb davon ungerührt. Er glaubte wirklich, das Beste, was er für seine Familie tun könnte, wäre, die Welt zu verändern, indem er die Kandidaten unterstützte, die seine Ideale teilten.

Ninas ältester Bruder Carmine sagte mal, Pop hätte das Gleiche erreichen können, wenn er gelernt hätte, ein Kondom zu benutzen.

Wenn Ninas Mutter gerade kein Baby bekam – oder stillte oder Windeln wechselte –, arbeitete sie in den Sommerferien im Camp Kioga als Köchin. Sie sagte, die Arbeit mache ihr nichts aus. Für eine so große Anzahl an Menschen zu kochen war etwas, das sie im Schlaf konnte. Dafür bezahlt zu werden war ein netter Bonus. Im Sommercamp bereitete sie drei Mahlzeiten pro Tag für Kinder zu, die vermutlich keine Ahnung hatten, wie es war, jeden Tag die gleichen Schuhe zu tragen, bis sie endgültig zu klein waren, oder die ältere Schwester zu bitten, ihren Namen nicht auf den Ranzen zu schreiben, weil man wusste, dass er im nächsten Jahr einem selber gehören würde, oder für das Schulessen mit den peinlichen blauen Coupons bezahlen zu müssen, die man schnell und verstohlen über den Tresen schob in der Hoffnung, dass das Kind hinter einem in der Schlange es nicht mitbekam.

Nina hatte auch einen Sommerjob, im Inn am Willow Lake, wo sie die Zimmer putzte und die Betten machte. Die meisten Menschen hielten das für nichts Besonderes, aber Nina arbeitete gerne dort. Anders als zu Hause war es ruhig und beinahe feierlich, und nachdem man etwas sauber gemacht hatte, blieb es tatsächlich auch eine Weile so, anstatt sofort von verdreckten Brüdern oder unordentlichen Schwestern wieder verwüstet zu werden. Manchmal hinterließ ihr ein Gast sogar ein Trinkgeld, eine knisternde Fünfdollarnote in einem Umschlag, auf dem „Zimmermädchen“ stand.

Jenny stupste Nina an und riss sie damit aus ihrer Träumerei. „Los, gehen wir.“

Jennys Großvater ging zu der großen Industrieküche des Camps, in der Ninas Mutter arbeitete. Die Mädchen beeilten sich, ihre Pflicht zu erledigen, damit sie noch ein wenig auf dem Campgelände herumlaufen konnten. Nina fand das schöner als jeden Traum. Ein Wunderland aus grünem Wald und saftigen Wiesen, klaren Flüssen und einem glitzernden See. Das Haupthaus, in dem die Camper gerade mit dem Mittagessen fertig waren, war aus geschälten Baumstämmen im Adirondack-Stil erbaut worden und beherbergte den großen Speisesaal.

„Da sind sie“, sagte Jenny und ließ von ihrem Platz auf der Treppe, die zur Küche hinunterführte, ihren Blick über die Gruppe der Camper gleiten. Die verschiedenen Altersgruppen saßen an langen Tischen, von denen das Klappern von Geschirr und das Lachen und Quatschen der Kinder herüberscholl. Jenny konzentrierte sich auf die Gruppe der Zwölf- bis Vierzehnjährigen. „Ist er nicht unglaublich?“, flüsterte sie hingerissen.

Nina konnte nicht sprechen, auch wenn jede Zelle in ihrem Körper *Ja* sagte. Er war unglaublich groß, hatte ein perfekte Haltung, sandfarbene Haare und ein Killerlächeln. Er trug dunkelblaue Camp-Shorts und ein graues T-Shirt, auf dem „Betreuer" stand.

Jenny sah, wohin ihre Freundin schaute und stieß sie mit dem Ellbogen an. „Nicht er, du Doofchen. Das ist Greg Bellamy. Der ist voll alt, schon achtzehn oder so." Sie zeigte auf die jüngere Gruppe. „Ich meine ihn." Ihr bewundernder Blick legte sich auf einen der Camper, einen ruhigen, schlaksigen Jungen, der eingehend seinen Kompass studierte.

„Oh ...", sagte Nina. „Der." Sie betrachtete das Objekt von Jennys hingerissener Zuneigung. Ein Sonnyboy namens Rourke McKnight. Jenny hatte ihn vor zwei Sommern das erste Mal getroffen und war seitdem davon überzeugt, dass sie vom Schicksal füreinander bestimmt waren. Schicksal-Schnicksal, dachte Nina.

Ein kleinerer, dunkelhaariger Junge setzte sich neben Rourke. „Joey Santini", sagte Jenny mit zitternder Stimme. „Sie sind die besten Freunde. Ich weiß nicht, welcher von beiden süßer ist."

Ich schon, dachte Nina. Ihr Blick wanderte immer wieder zu dem älteren Jungen. Greg Bellamy. Der Name hallte ihr mit vollem Orchesterklang immer wieder durch den Kopf. Greg Bellamy. Zum einen war der Name Bellamy ein Hinweis darauf, dass er etwas ganz Besonderes war. In diesem Teil des Landes war ein Bellamy zu sein so, wie in Boston ein Kennedy zu sein. Die Leute wussten, wer man war und wer „deine Leute" waren. Man hatte diese Aura von Prestige und Privilegien, ob man sie nun verdiente oder nicht.

„Hey, ihr zwei", rief Ninas Mutter aus der Küche. „Das Mittagessen ist gerade vorbei. Geht ruhig rauf und holt euch was zu essen."

Jenny blieb scheu auf der Treppe zwischen der Küche und dem Speisesaal stehen.

„Verlegenheit ist reine Zeitverschwendung", murmelte Nina. In ihrer Familie ging man unter, wenn man nicht den Mund aufmachte und sagte, was man wollte. Sie packte Jenny am Arm und zog sie mit sich in den Speisesaal. Am Büfett nahmen sie sich ein paar Sandwiches und etwas zu trinken. Vorsichtig darauf bedacht, ihre Limonade nicht zu verschütten, ging Nina mit ihrem Tablett auf Greg Bellamy zu. Der verschaffte sich gerade einen Überblick über das Angebot auf dem Tisch mit den Desserts, eine reiche Auswahl aus der Bäckerei der Majeskys – Limonenschnitten und Pfirsichküchlein, Walnussbrownies und Obstkuchen. Es war noch ein einziges Stück Kirschkuchen übrig. Wenn es etwas gab, das Nina den süßesten Jungen vergessen ließ, dann war es der Kirschkuchen aus der Sky River Bakery.

Sie griff nach dem Teller. Im gleichen Moment streckte jemand von der anderen Seite des Tisches seine Hand danach aus – Greg Bellamy. Sie schaute auf, und ihre Blicke trafen sich. Diese unglaublich blauen Augen.

Er zwinkerte ihr zu. „Siehst so aus, als wenn wir beide das Gleiche wollen."

Normalerweise war es total albern, wenn ein Junge einem Mädchen zuzwinkerte. Aber nicht bei Greg Bellamy. Bei seinem Zwinkern waren ihr die Knie weich geworden.

„Tut mir leid", sagte sie und warf ihr dichtes schwarzes Haar nach hinten. „Das gehört mir. Ich habe es zuerst gesehen." Zwinkern oder nicht, sie würde nicht nachgeben.

Er lachte. Seine Stimme klang wie geschmolzene Schokolade. „Ich mag Mädchen, die wissen, was sie wollen."

Sie strahlte ihn an. Er mochte sie. Das hatte er sogar laut gesagt. „Ich bin Nina", sagte sie.

„Greg. Besuchst du hier jemanden?" Er sah sie so aufmerksam an, als wäre sie die einzige Person in dem ganzen großen Raum.

„Ja." Das war nicht gelogen. Sie verschwieg lediglich, dass sie die minderjährige Tochter der Campköchin war. Flüchtig überlegte sie, ob das seine Meinung über sie wohl ändern würde. Natürlich, beantwortete sie sich die Frage selber. Das war ja der ganze Grund, warum so was wie „soziale Schichten" in den Vereinigten Staaten überhaupt existierten. Im Camp Kioga waren die Grenzen sehr scharf gezogen: die Snobs gegen die Proleten.

Aber wenn sie anonym blieb, gab es diese Linien nicht.

Sie spürte ein waches Interesse in der Art, wie Greg sie anschaute. Unbewusst richtete sie sich gerade auf. Nina hatte schon immer älter ausgesehen, als sie war. Das lag an der Kombination aus ihren dunklen, lebhaften Gesichtszügen und der körperlich frühen Entwicklung. Auch wenn sie damit gerne prahlte, war ihr Selbstbewusstsein doch nur eine Tarnung dafür, dass sie sich schon immer anders als andere gefühlt hatte. Nicht radikal anders, aber doch ein wenig, denn sie war ein Jahr älter als die anderen Kinder in ihrer Klasse.

Der Grund dafür war beschämend. Es lag nicht daran, dass sie langsam lernte oder früh sitzen geblieben war. Es lag daran, dass ihre Mutter vergessen hatte, sie rechtzeitig im Kindergarten anzumelden. *Vergessen.* Die Leute lächelten und nickten, wenn sie die Geschichte hörten, wie Vicki Romano vergessen hatte, ihr mittleres Kind in die Schule zu schicken. Das war vollkommen verständlich. Die Frau hatte neun Kinder und die letzten beiden – zu kleine, kränkelnde Zwillingsjungen – erst wenige Wochen vor dem Termin zur Welt gebracht, an dem die kleine Nina mit dem Kindergarten hätte anfangen sollen. Das Denken der gesamten Familie hatte nur darum gekreist, ob die beiden Kleinen überleben würden, während Vicki gegen eine böse Infektion ankämpfte. Das Letzte, woran irgendwer gedacht hatte, war die stille, wohlerzogene fünf Jahre alte Nina. Niemand dachte daran, dass sie in die Schule gehen sollte, bis es zu spät war. Sie hatte ein Jahr warten müssen.

Das war eine der Lieblingsgeschichten ihrer Familie, vor allem, da sie ein Happy End hatte. Die winzigen Zwillinge – Donny und Vincent – waren inzwischen raufIustige Spieler in der Little League, und Nina war gemeinsam mit ihrer besten Freundin in einer Klasse. Alles hatte sich zum Guten gewendet.

Außer dass diese Erfahrung einen tief greifenderen Einfluss auf Nina hatte, als alle ahnten. Sie fühlte sich immer ein wenig aus dem Tritt, aus dem Rhythmus. Außerdem hatte sie sich von dem stillen, genügsamen mittleren Kind in jemanden verwandelt, der genau wusste, was er wollte, und es sich dann nahm. Ohne Ausnahme.

Mr Blue Eyes Bellamy hielt den Teller immer noch auf einer Seite fest. Ihren Teller mit ihrem Kirschkuchen.

„Lässt du jetzt bitte los?", forderte sie ihn heraus.

„Lass ihn uns teilen." Ohne auf ihre Zustimmung zu warten, entzog er ihr den Teller. Dann teilte er das Stück ordentlich in zwei Teile, legte eines davon auf einen sauberen Teller und reichte ihn ihr.

„Wow, danke", sagte sie, nahm den Teller aber nicht.

„Gern geschehen." Entweder verstand er ihre Ironie nicht oder er ignorierte sie. Er ist ein Bellamy, sagte sie sich. Er beanspruchte für sich das „droit du seigneur", das Recht des Herrschenden – ein Begriff, den sie aus den historischen Liebesromanen kannte, nach denen sie süchtig war.

„Du bist es gewohnt, deinen Willen durchzusetzen", sagte sie und nahm schließlich doch den Teller mit dem halben Stück Kuchen. Mit Greg zu sprechen war irgendwie aufregend. Flirten war ihr immer schon leichtgefallen – ganz im Gegensatz zum Lernen.

Weil sie älter war als alle anderen in ihrer Klasse, wurde Nina oft die zweifelhafte Ehre zuteil, die Erste bei allen möglichen Dingen zu sein. Sie war die Erste, der Brüste gewachsen waren und die ihre Periode bekommen hatte. Die Erste, die Jungen nicht mehr doof fand. Das hatte sie letztes Jahr wie ein Schlag getroffen. Vor ihren eigenen Augen waren Jungs – alle außer ihren Brüdern – von lauten, stinkenden, unglaublich nervtötenden Kreaturen zu Objekten seltsamer und verlockender Bedürfnisse geworden. Die Jungen in ihrer Klasse benahmen sich immer noch wie Kinder, aber die, die ein paar Jahre älter waren, schienen die gleichen Bedürfnisse zu haben, die Nina so verwirrten. Am Ende des Schuljahres hatte sie sich auf den Ball an der Highschool geschlichen und mit Shane Gilmore rumgemacht, bis einer ihrer Onkel – Biologielehrer und einer der Aufpasser an dem Abend – sie bemerkt und nach Hause geschickt hatte, wo man ihr mehrere Wochen Stubenarrest aufgebrummt hatte.

Es war einfach, ihren Eltern zu entwischen, und sie tat es, wann immer ihr danach zumute war. Manchmal nahm sie sogar das alte Auto ihrer Schwester. Zum Beispiel um mit Byron Johnson von der Highschool ins Autokino von Coxsackie zu fahren und da ein wenig rumzuknutschen. Unglücklicherweise hatte ihr Bruder Carmine sie dort gesehen. Er hatte sie natürlich nicht verraten, aber er hatte Byron verprügelt und im angedroht, ihm die Kniescheiben zu brechen, sollte er ihn noch einmal in Ninas Nähe sehen.

Jetzt jedoch, mit Greg Bellamy, waren alle anderen Flirts vergessen. Er war *der* Junge. Der Preis. Der eine, von dem sie in ihrem Tagebuch geschrieben und nachts geträumt hatte. Der, mit dem sie weiter gehen wollte als mit allen anderen. Viel weiter.

„Also, Nina, hast du heute Abend schon was vor?", fragte Greg.

„Das kommt ganz darauf an", sagte sie spielerisch. „Was schwebt dir denn vor?"

Er schaute ihr direkt auf den Mund, als er sagte: „Alles."

Sie fühlte sich, als würde ein inneres Feuer in ihrem Körper sich langsam nach außen brennen. „Klingt gut."

„Entschuldigt mich." Etwas sehr Großes und Wohlgeformtes drängte sich an Greg. Eine Betreuerin, die aussah wie ein Bondgirl in Campklamotten. „Oh, gut", sagte sie und nahm sich Gregs Kuchenteller. „Du hast ein Stück für mich aufgehoben." Sie schenkte ihm ein umwerfend strahlendes Lächeln. „Danke, Greggy. Du hast was bei mir gut."

Greggy? dachte Nina. *Greggy? Okay, ich übergebe mich gleich hier und jetzt.*

„Binkie, das ist Nina", sagte er.

Die Nina um mehrere Köpfe überragende Sexbombe drehte sich um und bedachte sie mit einem Lächeln, das einen Feind auf zwanzig Meter Entfernung einfrieren lassen konnte. „Nina. Wo hab ich den Namen nur schon mal gehört? Ach ja, du musst Mrs Romanos kleines Mädchen sein."

Nina beobachtete Greg, nicht Binkie. Es war irgendwie faszinierend, zuzusehen, wir ihr Image vor ihren eigenen Augen auseinandergenommen wurde.

„Du kennst doch Mrs Romano", sagte Binkie an ihn gewandt. „Die Köchin des Camps."

In dem Bruchteil einer Sekunde verwandelte sich Greg von dem flirtenden, ein Date mit Nina ausmachenden Jungen in jemanden, der sie anstarrte, als wären ihr soeben Hörner und ein Schwanz gewachsen.

„Ja“, sagte er und wurde rot. „Ich muss zurück an die Arbeit.“ Er schaute Nina wütend an. „Wir sehen uns, Kleine.“

Binkie schenkte ihr ein eisiges Lächeln. „Nett, dich kennengelernt zu haben, Honey.“

Nina stand da wie erstarrt. Sie war so eindeutig auf ihren Platz verwiesen worden, dass sie sich fühlte wie für immer hier festgewachsen. Alles in ihr brodelte – unterdrückte Lust, Abneigung, Sehnsucht, Scham und verletzter Stolz.

„Kommst du?“ Jenny kehrte von einer, wie es aussah, fruchtbaren Unterhaltung mit Rourke und Joey zurück. Sie schien Ninas Aufruhr nicht zu bemerken. „Grandpa will wieder los.“

„Klar“, hörte Nina sich sagen. Sie hatte das Gefühl, dass Greg Bellamy sie beobachtete, als sie den Speisesaal verließ, aber sie weigerte sich, einen Blick zurückzuwerfen. Er war ein Fehler, den sie nur zu gerne hinter sich ließ.

Während sie den Rückzug antrat, spürte sie zu ihrem Entsetzen, wie sich heiße Tränen hinter ihren Augen sammelten und überzulaufen drohten. Sie blieb stehen und kämpfte die Tränen zurück, während sie so tat, als würde sie das Schwarze Brett studieren, an dem verschiedene Informationen für die Mitarbeiter des Camps hingen. Jemand hatte seine Sonnenbrille verloren. Ein anderer verkaufte zwei Karten für das neue Hitmusical *Miss Saigon*. Vor ihren Augen verschwamm alles, doch dann wurde ein hellgelber Flyer vor ihren Augen auf einmal klar sichtbar. Willkommen, Kadetten! Gemeindetreffen im Avalon Meadows Country Club. Jedes Jahr gab es für die neuen West-Point-Kadetten eine große Abschiedsparty, ihre letzte Feier, bevor sie in die strenge Welt der United States Military Academie eintraten. Zutritt zu der Feier erst ab achtzehn.

Der untere Rand des Flyers war mehrfach eingeschnitten, damit man die Telefonnummer zum Reservieren eines Tickets abreißen konnte. Nina kannte bereits einen der Anwärter – Laurence Jeffries aus Kingston. Sie hatte mit ihm bei Football- und Baseballspielen geflirtet, und er hatte keine Ahnung, wie alt sie war. Er würde sie in den Country Club bringen. Entschlossen riss sie eine Telefonnummer ab und steckte sie in die Tasche.

Sie warf noch einen letzten Blick über ihre Schulter zu Greg Bellamy. Wenn er netter zu ihr gewesen wäre, wäre sie jetzt immer noch im Speisesaal und würde Kuchen essen. Also wenn sie sich jetzt in Schwierigkeiten brächte, wäre das ganz allein Gregs Fehler.

Nina hatte keine Probleme, sich als Achtzehnjährige auszugeben. Sie und ihre Schwestern sahen alle gleich aus. In der Kirche und beim Katechismus wurden sie andauernd verwechselt. Nina war an Sonntagen schon Loretta, Giuliana, Maria und sogar Vicki genannt worden – das war ihre Mutter. Alles, was sie wusste, hatte sie von ihren hübschen, beliebten Schwestern gelernt. Sie hatte ihre kichernden Unterhaltungen über Jungs und Sex belauscht. Hatte bis spät in die Nacht mit ihnen zusammengesessen und zugehört, wie sie ihre Verabredungen ganz genau auseinandernahmen. Dank ihrer Schwestern wusste Nina, wie man uneingeladen auf eine Party kam, mit einem Jungen flirtete, wie ein Zungenkuss ging und was Safer Sex war.

Die West-Point-Feier war für Sonntagabend angesetzt. Nina plante, so lange zu warten, bis Maria unter der Dusche war. Dann würde sie an das Portemonnaie ihrer Schwester gehen und sich ihren Führerschein nehmen.

An dem Morgen, als alle durcheinanderliefen und sich für die Kirche fertig machten, erzählte sie ihren Eltern die übliche Geschichte, dass ihre Freundin Jenny sie eingeladen hatte, bei ihr zu übernachten. Wobei sie sich das vermutlich auch hätte sparen können, denn alle waren mit tausend anderen Dingen beschäftigt, und ihr Vater organisierte mal wieder eine Spendensammlung für einen weiteren Kandidaten.

„Ist es nicht frustrierend, zu sehen, wie Pop all das Geld für andere Menschen sammelt?“, fragte Nina ihre Mutter, als sie alle vor der Kirche aus dem Van stiegen. Pop war als Erster herausgesprungen, um sich zu einer Gruppe Geschäftsmänner zu gesellen, die vor dem Eingang standen. Carmine war die Aufgabe übertragen worden, einen Parkplatz für den ungelenken Wagen zu finden, der einmal ein Airport-Shuttle gewesen war. Ihr Dad hatte ihn für einen Apfel und ein Ei gekauft, und es war das einzige Auto, in das sie alle hineinpassten.

„Ich meine“, fuhr Nina fort, „er sammelt Geld, um Radiowerbung zu schalten, und wir können es uns nicht einmal leisten, Anthonys Zähne richten zu lassen.“

Ma lächelte immer nur, wenn Nina so etwas sagte. „Es ist nun mal etwas, das deinem Vater sehr am Herzen liegt. Etwas, woran er glaubt.“

„Was ist mit dem, woran du glaubst, Ma? Glaubst du nicht daran, dass man öfter als alle zehn Jahre einen neuen Wintermantel bekommen sollte oder die Stromrechnung bezahlen können, ohne sich in Schulden zu stürzen?“

„Ich glaube an deinen Vater“, erwiderte Ma ernst. Und wie sie das tat. In ihren Augen konnte Giorgio Romano nichts falsch machen. Um fair zu sein, Pop war genauso verrückt nach Ma. Er ging jeden Sonntag mit ihr zum Hochamt in die Kirche und saß dort, ohne mit der Wimper zu zucken, wenn sie ohne das geringste Zögern zehn Prozent ihrer wöchentlichen Einnahmen in den Klingelbeutel legte, weil Ma an das Zahlen des Zehnten glaubte.

In jungen Jahren entschied Nina, dass Männer, die ihren Passionen folgten, für sie nur von geringem Interesse waren. Allerdings hatte sie selber eine geheime Leidenschaft, und zwar für Jungs. Sogar in der Kirche ertappte sie sich dabei, wie sie ein Auge auf die Jungen hatte. Die Messdiener, die in ihren roten Roben und weißen Chorhemden so vertrottelt ausgesehen hatten, wirkten auf sie jetzt unwiderstehlich sexy, mit ihren Adamsäpfeln, den großen, eckigen Händen und den guten Schuhen, die unter der Robe herausschauten. Nina hatte den Begriff „verrückt nach Jungs" schon mal gehört, aber jetzt erst verstand sie, was damit gemeint war. Sie machten sie wirklich verrückt, in dem Sinn, dass sie sie von allem ablenkten und sie Tag und Nacht nur noch daran denken konnte, mit ihnen herumzumachen.

Als nach der Lamm-Gottes-Liturgie alle sich auf die Knie sinken ließen, warf sie über die Schulter einen Blick zu Jenny, die mit ihren Großeltern ein paar Reihen weiter hinten saß. Die drei sahen so proper und verschlossen aus, ganz das Gegenteil der flüsternden, herumrutschenden Romano-Bande. Aber Jenny merkte nicht, dass Nina versuchte, ihre Aufmerksamkeit zu erlangen. Wie so oft sah Jenny aus, als wäre sie Millionen Meilen weit weg.

Nina richtete den Blick wieder nach vorne und versuchte, ihren Kopf während des Kanons leer zu lassen. Jedes Mal führte sie wieder eine erbitterte Diskussion mit sich, ob sie zur Heiligen Kommunion gehen sollte oder nicht. Die Katholiken nahmen die Kommunion sehr ernst. Kein Wunder, dass man vorher alle seine Sünden beichten sollte. Denn das Sakrament war für die Leute reserviert, deren Seelen fleckenlos rein waren, die so blitzeblank aus dem Beichtstuhl herausgekommen waren wie ein Sportler aus der Dusche.

Nina ging zur Beichte – und zwar oft. Erst gestern hatte sie mit vor Scham rauer Stimme der ominösen Präsenz auf der anderen Seite des Gitters erzählt, wie sie sich vor ihren Pflichten gedrückt, Schwester Immaculata bezüglich ihrer Katechismus-Hausaufgaben angelogen und unreine Gedanken über einen der Messdiener gehabt hatte. Und selbst das war eine Lüge, wenn sie genau darüber nachdachte. Ihre Gedanken waren sehr rein gewesen – reine Lust.

Sicher, sie hatte ihre Buße getan, Vaterunser und Rosenkränze gebetet, bis ihre Knie taub waren, aber danach war sie gleich wieder ihrer sündigen Wege gegangen. In gerade dieser Sekunde saß sie vor Gott und dachte daran, wie sie sich heute Abend auf die Party schummeln würde, um einen Jungen zu finden, mit dem sie herummachen könnte.

„Herr, ich bin nicht würdig, dass du eingehst unter mein Dach", rezitierte sie gemeinsam mit der Gemeinde. „Aber sprich nur ein Wort, so wird meine Seele gesund."

Das half ihr allerdings auch nicht bei der Entscheidung, ob sie an der Kommunion teilnehmen sollte oder nicht. In Gedanken wog sie das Pro und Kontra ab. Wenn sie sitzen bliebe, würde jeder wissen, dass sie eine Sünderin war und ihre Buße nach der Beichte nicht getan hatte. Wenn sie aufstand und nach vorne ging, würden die Menschen denken, dass sie löge oder unehrlich wäre, denn kein Kind war frei von Sünde, abgesehen vielleicht von Jenny. Nina wünschte, es gäbe eine Lösung für die Leute dazwischen, die nicht perfekt waren, aber versuchten, es zu sein. Sollte es nicht auch eine Belohnung für Menschen geben, die danach strebten, gut zu sein, auch wenn es ihnen die meiste Zeit über nicht gelang?

Die Leute stellten sich im Gang schon in Reihen auf. Nina hatte sich entschlossen, sitzen zu bleiben und ihre Freunde und Familie darüber spekulieren zu lassen, in was für einem schrecklichen Zustand sich ihre Seele befand, dass sie sich die Heilige Kommunion versagte. Dann sah sie, dass Father Reillys Helfer, der den Kelch mit den Hostien hielt, Grady Fitzgerald war. Vor einem Jahr war er ein dürrer, pickliger, langweiliger Junge gewesen. Jetzt war er groß und süß, inklusive des pfirsichfarbenen Flaums auf seiner Oberlippe. Und er sah Nina auf diese besondere Art an, da war sie sich sicher.

Das war ein Zeichen. Ein Zeichen, dass sie an der Kommunion teilnehmen sollte. Sie sprang auf die Füße und stellte sich in die Reihe. Jeder Schritt brachte sie Grady näher. Als sie an der Reihe war, sollte sie ihren Kopf in den Nacken legen und ihren Mund leicht öffnen, während der Priester sagte: „Der Leib Christi."

Stattdessen behielt sie jedoch die Augen offen und fest auf Grady gerichtet. „Amen", flüsterte sie heiser und fühlte, wie die Oblate sich auf ihrer Zunge auflöste. Sie kehrte an ihren Platz zurück, wo sie sich eigentlich hinknien und über das Wunder der Wandlung Christi nachdenken sollte. Doch sie kniete sich hin, schloss ihre Augen und drückte ihre Hände gegen die Stirn. Sie hatte einen neuen Tiefpunkt erreicht. Sie hatte das heilige Sakrament der Kommunion als Chance genutzt, um mit einem Jungen zu flirten.

Dafür würde sie mit Sicherheit in der Hölle schmoren.

Nach der Messe strömten die Gläubigen aus der Kirche. Father Reilly kam direkt auf Nina zu, und sie wappnete sich gegen das, was jetzt kommen würde. Das war's. Sie war aufgeflogen. Er würde sie als Schwindlerin und Betrügerin enttarnen.

„Miss Nina Romano", sagte er so laut, dass ihre Eltern es hören konnten. „Ich würde gerne kurz mit Ihnen sprechen."

„Ja, Father?“ Ihr Magen zog sich zusammen. Sie würde sich gleich hier und jetzt übergeben müssen.

„Dein Verhalten heute bei der Kommunion …“

Sag es nicht. Es tut mir leid. Ich wollte nicht …

„Das war schon was. Dieser kühne Blick und das laute Amen.“

„Father, ich …“

„Ich wünschte, mehr junge Leute hätten deine Überzeugung. Deine Inbrunst. Sehr schön.“

Oh. *Oh.* „Danke, Father.“ Nina hob ihr Kinn und straffte die Schultern.

Als ihre Eltern sie voller Stolz anstrahlten, lernte Nina eine Lektion fürs Leben. Die Leute neigten dazu, nur das zu sehen, was sie sehen wollten.

5. KAPITEL

Nina fand sich inmitten einer ganzen Horde von Jungen wieder, und das war noch nicht mal ein Traum. Sie war von neunzig Prozent Männern umgeben. Und sie war hellwach, im Ballsaal des Avalon Meadow Country Clubs, und nahm an der jährlichen Feier für die zukünftigen West-Point-Kadetten teil. Der Gründer des Country Clubs war ein ehemaliger West-Point-Schüler, und die große, verschwenderische Feier war zu einer Tradition geworden. Einige der Anwärter hatten stundenlange Anreisen auf sich genommen, um dabei sein zu können. In der folgenden Woche sollte für die Kadetten die Grundausbildung beginnen, also war das ihr letzter Abend mit leckerem Essen und guter Musik, mit Mädchen und Feiern und langen Haaren. Bald schon hätten sie die Köpfe rasiert, die Uniformen gebügelt und wären jeden Moment des Tages in einen rigiden Stundenplan gequetscht. Kein Wunder, dass sie sich alle ein wenig wild benahmen.

So viele Jungs, dachte Nina geblendet, und nur so wenig Zeit. Vielleicht würde sie in West Point aufs College gehen. Unwahrscheinlich, dachte sie. Man musste eine Intelligenzbestie sein und perfekte Noten haben und irgendeine Sportart betreiben. Nina hatte nichts davon – nicht die Intelligenz, nicht die Noten und schon gar nicht den Sport. Ihre einzige sportliche Aktivität war, Schwester Immaculata zu entwischen, wenn sie eine Stunde in der Schule schwänzte.

Ihr Begleiter war Laurence Jeffries, und sie betrat den Country Club an seinem Arm, wobei sie versuchte, die Panik zu unterdrücken, dass jede Sekunde jemand sie erkennen und verraten könnte. Aber die Chancen waren heute Abend sehr gering. Carmine arbeitete hier nicht mehr, und soweit sie wusste, war kein Romano je Mitglied im Avalon Meadow gewesen. Golf und Tennis und Martinis auf der Terrasse waren eher was für reiche Upper-Class-Typen, die ihre eins Komma sieben Kinder auf eine Privatschule und ins Sommercamp schickten. Was ihre Täuschung nur umso köstlicher machte.

Als die Feierlichkeiten losgingen, dachte sie, hierherzukommen wäre ein Fehler gewesen. Es gab todlangweilige Reden an die Kadetten – „Die sich trauen, unserem Land zu dienen, bla bla bla …“ – und nicht alkoholische Getränke, weil die neuen Rekruten alle zwischen siebzehn und neunzehn waren und somit noch nicht das Alter erreicht hatten, in dem sie Alkohol trinken durften. Nina überlegte, Laurence Jeffries zu suchen und sich gleich mit ihm davonzumachen. Aber dann machten die Erwachsenen sich mit einem Mal auf in die Cocktail-Bar, die Lichter wurden gedimmt, und der DJ übernahm. Das war der Moment, in dem ein Meer von Jungen auf die Tanzfläche strömte und Nina umgab wie ein ganzer Wald aus Testosteron. Eine Flasche mit einer klebrig-süßen Flüssigkeit tauchte auf und wurde herumgereicht, bis sie leer war. Nina war das Trinken noch nicht so gewohnt, aber sie schluckte das nach Erdbeeren schmeckende Getränk gut gelaunt herunter. Es ließ alles einfacher und lustiger wirken. Und es machte sie zu einer besseren Tänzerin, so viel stand fest.

Nina wusste, dass viele Mädchen sich von so einer Menge Jungen einschüchtern lassen würden – vor allem, wenn es sich um solche Jungs handelte: Football Captains und Wrestling Champions, die Elite der Highschools von ganz Amerika. Doch Nina machte das nichts aus. Sie kannte die Wahrheit über Jungs. Egal, wie klug und sportlich sie auch sein mochten, letztlich waren sie alle nicht mehr als ein Bündel hormongetriebener Lüste.

Sie fühlte sich wie die Ballkönigin und tanzte mit einem Jungen nach dem anderen. Einer erzählte ihr, dass alle fünfzig Staaten in der Klasse vertreten wären.

Laurence war die perfekte Begleitung und vollkommen ahnungslos, was ihr richtiges Alter betraf. Sie hatte ihn im letzten Herbst kennengelernt, als sein Footballteam in die Stadt gekommen war und die Avalon Knights besiegt hatte. Die meisten Bewohner der Stadt hatten die Niederlage nicht sonderlich gut hingenommen, aber Nina war es vollkommen egal gewesen. Laurence war der Quarterback, er war total heiß und glaubte, dass sie schon auf der Senior-Highschool war wie er. Im Frühling hatte sie erfreut zur Kenntnis genommen, dass er der Pitcher des Baseballteams seiner Schule war, und sie hatten ihren Flirt wieder aufgenommen. Sie hatten schon früher unter den Zuschauerbänken herumgemacht, also war das hier technisch gesehen schon ihr zweites Date.

Er hatte sie zu Hause abholen wollen, aber sie hatte sich eine ausgefeilte Erklärung ausgedacht und ihn davon überzeugt, sie hier im Club zu treffen. Jetzt stand er vor ihr wie ein heidnischer Gott, groß und breitschultrig, das schmale Gesicht wie aus Ebenholz geschnitzt. Sogar das reflektierende Licht von der sich drehenden Lichtmaschine an der Decke schien seine Wichtigkeit zu betonen und beleuchtete ihn von hinten wie einen Rockstar. Er war bei Weitem der am besten aussehende Junge im Raum und der beste Tänzer. Nina nahm ihn nur zu gerne als nächsten Tanzpartner. Über den tief im Magen vibrierenden Bässen von „Get It Started" von MC Hammer lernten sie einander besser kennen. Er war erst siebzehn und würde sein Zuhause das erste Mal verlassen. Sie log über ihr Alter und war vermutlich schon zum hundertsten Mal aus dem Haus geschlichen, aber das verriet sie ihm nicht.

Sie tanzten enger und enger, bis sie sich berührten. Nina stand sofort in Flammen, als wenn er ein Streichholz wäre, was sie an ihr entzündet hatte. Vielleicht ist es das, dachte sie. Vielleicht ist heute die Nacht der Nächte. Und warum auch nicht? Er war der perfekte Junge, um ihr Erster zu sein – freundlich, gut aussehend und ehrenwert. Nina hatte ihre älteren Schwestern oft genug belauscht, um zu wissen, dass das Qualitäten waren, die man nicht jeden Tag in einem Jungen fand. Sie wäre verrückt, ihn abzuweisen.

Nach einer Weile beugte er sich zu ihr und sagte: „Lass uns nach draußen gehen.“ Er führte sie an der Hand zu der Terrasse, von der aus man den Golfplatz überblicken konnte. Nina legte den Kopf in den Nacken und hieß die Brise willkommen, die ihr über Gesicht und Hals strich.

„Es ist heute Nacht so heiß“, murmelte sie. Sie fühlte sich sündig und mächtig und erfüllt von der Sehnsucht, ihn zu berühren und von ihm berührt zu werden.

„Hast du Durst?“ Er hielt ihr eine Flasche Snapples-Eistee hin. „Ich habe ihn ein wenig mit Wodka aufgepeppt.“

„Das gefällt mir.“ Mutig legte sie den Kopf in den Nacken und trank die halbe Flasche aus, wobei sie sich bemühte, trotz des beißenden Geschmacks nicht zu würgen.

Gemeinsam gingen sie hinunter auf den im Dunkeln liegenden Golfplatz und ließen ihre Schuhe am achtzehnten Loch stehen. Der perfekt gemähte Rasen fühlte sich unter ihren nackten Füßen wie ein kühler Teppich an. Ein Hauch von Luxus und Privilegiertheit schien in der Luft zu liegen.

Laurence lachte leise. „Wir sind definitiv nicht mehr in Kansas.“

„Was meinst du damit?“

Er erklärte, dass er in einem sozialen Wohnungsbau groß geworden war – ein ungeschlachtes Gebäude am Südende der Stadt, das man in keiner Touristenbroschüre des Hudson Valley je zu sehen bekam. Er war bei seiner alleinerziehenden Mutter aufgewachsen, die für die Wohlfahrtsbehörde gearbeitet hatte. „Demografisch gesehen bin ich einer, der jetzt eigentlich schon im Knast sitzen sollte.“

„Und sieh dich an“, sagte sie. „Du bist ein Star. Du gehst nach West Point. In fünf Jahren bist du Offizier.“

„Es kommt mir noch so irreal vor.“ Er packte sie und küsste sie, und es war ein erstaunlicher Kuss, süß und sexy zugleich. „Und du scheinst mir auch nicht real“, sagte er.

„Vielleicht bin ich das ja auch nicht“, sagte sie. „Vielleicht ist alles nur ein Traum.“ Sie schaute zurück zu dem hell erleuchteten Clubhaus. Der dunkle Ballsaal wurde nur von zuckenden Stroboskoplichtern erhellt. Im anderen Flügel fiel goldenes Licht aus den Fenstern des Speisesaals. Hier saßen schicke Leute und bestellten Speisen, von denen Nina in ihren eleganten Zeitschriften gelesen hatte, wie Steak Diane an Kartoffelmus und Trüffelöl. Sie hatte keine Probleme, die sechs Mitglieder der Familie Bellamy auszumachen, von denen man wusste, dass sie jeden Sonntagabend im Sommer „im Club" dinierten. Da waren Mr und Mrs Bellamy und ihre vier erwachsenen Kinder – Philip war der Älteste, gefolgt von zwei Schwestern und als Schlusslicht Greg. Der in seinen Chinos und dem gestärkten Oxfordhemd unglaublich gut aussah. Die Krawatte hatte er etwas gelockert, und er strahlte charmant und wirkte so gelöst, als posierte er für die Broschüre des Country Clubs.

„... kommst oft hierher?", fragte Laurence sie gerade.

„Sicher", sagte sie leichthin. „Wir sind seit Jahren Mitglied."

Händchen haltend schlenderten sie zur Mitte des Fairways. Nina erfasste eine seltsame Sicherheit – sie würde mit diesem Jungen aufs Ganze gehen. Sie wollten es beide, das spürte sie. Das Wissen und die Erwartung strahlte von ihnen ab wie das Licht von einem Stern.

Er drehte sich zu ihr, beugte sich vor und küsste sie, und Nina wurde von einem brennenden Verlangen erfüllt. Schweigend ging sie im Kopf all die Informationen durch, die sie von ihren Schwestern erhalten hatte. Sex war etwas Natürliches, mit dem richtigen Jungen machte es Spaß ... aber ein Mädchen sollte die Verhütung niemals dem Jungen überlassen. Nina hatte drei Kondome in ihrer Handtasche. Sie war beschämend gut darauf vorbereitet, sie hervorzuholen, wenn es notwendig werden sollte.

Die sternenklare Nacht umgab sie mit einem besonderen Zauber. Dann hörte Nina ein leichtes Ploppen, gefolgt von einem stakkatoartigen Zischen. Ein Schwall kaltes Wasser traf sie.

„Hey", rief sie.

„Die Sprinkler sind gerade angegangen." Laurence schnappte ihre Hand, und gemeinsam versuchten sie, sich in Deckung zu bringen, aber die Sprinkler waren überall und bildeten ein Spalier aus sprühenden Fontänen. Als sie ihnen endlich entkommen waren, waren sie komplett durchnässt. Schnell huschten sie in einen Pavillon, der zwischen zwei Fairways stand.

Nina bekam einen Kicheranfall und konnte nicht aufhören, bis Laurence sie wieder küsste. Das waren neue Küsse, angefüllt von einer siedenden Intimität, die schon an Verzweiflung grenzte. Es war eine Erleichterung, als er zurücktrat und ihr das klitschnasse Kleid auszog und über eine Ligusterhecke breitete. Sie brauchte es, brauchte es, ihm nah zu sein, seine Haut zu fühlen, ohne dass etwas zwischen ihnen war.

Er legte seinen Blazer auf den Fußboden des Pavillons, und gemeinsam sanken sie zu Boden. Verzaubert, berauscht, erfüllt von Verlangen. Laurence wühlte in einer Tasche und holte ein Kondom hervor. Nina wurde ganz schwach vor Erleichterung. Gott sei Dank hatte er ihr die Peinlichkeit erspart, nach ihren Kondomen greifen zu müssen.

Das war es also. Hier und jetzt, in dem schattigen Pavillon, mit den zischenden Sprinklern um sie herum, wurde der Schleier des Geheimnisses gelüftet. Sie schlang ihre Arme um Laurence und ließ ihren Kopf in den Nacken fallen. Sie öffnete sich ihm, und dann küssten sie sich und berührten einander, und es war unglaublicher, als sie es sich je vorgestellt hatte. Auch unbequemer und ungelenker, aber von einer Süße, die ihr die Tränen in die Augen trieb. Und es war schneller. Laurence stieß beinah sofort einen überraschten, unterdrückten Schrei aus, dann zitterte er und bedeckte sie wie eine Decke. Danach lagen beide still da. Ihre Herzen klopften im Einklang, ihre Körper waren immer noch miteinander vereint.

Nach einer Weile zog er sich zurück. „Alles in Ordnung?“, flüsterte er.

Sie war fasziniert, als wenn sie am Rande von etwas Großem balancierte. „Mir geht es gut.“

„Es tut mir leid“, sagte er. „Ich hätte nicht …“

„Pst. Ich wollte es doch auch. Vielleicht können wir es noch einmal machen.“

„Ich habe nur ein Kondom mitgebracht und … oh Mist.“

Er war nicht so erfahren, wie er wirkte. Irgendwie hatte das Kondom nicht da gesessen, wo es hätte sitzen sollen. „Verdammt“, sagte er. „Es tut mir leid. Ich schwöre, ich habe keine Krankheit oder so …“

„Ich auch nicht.“ Mit einem Mal peinlich berührt, sprang Nina auf und schlüpfte in ihre feuchten Klamotten. Das fehlerhafte Kondom hatte die Romantik des Abends zu einem abrupten Ende gebracht.

Laurence musste das Gleiche gefühlt haben, denn auch er schüttelte seine Sachen aus und zog sich an. „Hey, ich fühle mich schlecht“, sagte er. „Ich wollte dir nicht wehtun.“

„Du hast mir nicht wehgetan, aber ich geh jetzt trotzdem besser.“ Plötzlich konnte sie es kaum erwarten, von hier fortzukommen. „Mein Wagen steht am anderen Ende des Parkplatzes.“ Noch eine Lüge. Sie war mit dem Fahrrad gekommen.

Mit den Schuhen in der Hand überquerten sie den Parkplatz. „Gib mir deine Telefonnummer“, sagte Laurence. „Ich ruf dich an.“

Sie war versucht, es zu tun, aber nur kurz. Die Art Lügen, die sie erzählte, konnten nicht lange aufrechterhalten werden. „Ich glaube, lieber nicht.“

„Vermutlich hast du recht." Sie hörte die Erleichterung in seiner Stimme.

„Und du stimmst mir erschreckend schnell zu." Das war nur halb scherzhaft gemeint.

„Schau mal, ich denke wirklich, dass du etwas Besonderes bist, aber ich muss an die Zukunft denken. Ich bin ein Kind aus dem Nichts. Wenn das hier nicht funktioniert, sind meine Optionen nicht sonderlich gut, um es mal milde auszudrücken. Ich widme mich also besser voll und ganz der Akademie. Sobald es da losgeht, werde ich den Ehreneid schwören."

„Und ich wäre ein dicker Fleck auf diesem Eid."

„Nein, aber ..."

„Ist schon gut", sagte sie. „Ich werde dir keine Probleme bereiten. Das verspreche ich dir."

„Du bist kein Problem, Süße."

In dem Moment fiel ein Schatten über sie.

Sie blieben stehen und schauten auf. Oh-oh. Vielleicht hatte Laurence da etwas voreilig gesprochen. „Greg Bellamy", sagte Nina mit erzwungener Fröhlichkeit. „Interessant, dich hier zu treffen."

Greg stand über dem gestürzten Kadetten und fragte sich, ob er ihm etwas gebrochen hatte. Es war alles so schnell passiert. In der einen Minute war er auf dem Weg, für seine Schwester einen Pullover aus dem Auto zu holen, in der nächsten rammte er seine Faust in das Gesicht eines Kadetten. Der Kerl war riesig, aber Greg hatte das Überraschungsmoment auf seiner Seite. Oder besser gesagt: den Schock. Der Schock hatte die Sauerstoffzufuhr zu seinem Gehirn unterbrochen und ihm die Fähigkeit genommen, zu entscheiden, ob er das Recht hatte, dem Jungen die Leviten zu lesen.

Eines wusste er jedoch, er hatte definitiv ein Problem damit, dass ein West-Point-Kadett die minderjährige Tochter von Mrs Romano vögelte. Greg hatte sie einmal oben im Camp getroffen, aber er erinnerte sich nicht mehr an ihren Namen. Der war auch egal. Nicht egal war hingegen, dass sie immer noch ein Kind war. Und doch gab es keinen Zweifel, was ein Blick auf die beiden verriet – sie hatten gerade Sex gehabt. Die hastig zugeknöpften und verknitterten Klamotten, das Gras in den Haaren, der verlegene und zugleich befriedigte Ausdruck auf ihren Gesichtern.

Der Blick des Mädchens verwandelte sich sofort. Wütend funkelte sie Greg an. „Er ist verletzt", sagte sie. „Du hattest kein Recht ..."

„Ich hatte kein Recht?" Nun, das machte ihn wütend. Er stieß ein angewidertes Lachen aus.

Der Kadett auf dem Boden bewegte vorsichtig seinen Kiefer. Okay, dachte Greg, ich habe ihm also zumindest keinen bleibenden Schaden zugefügt. Er war sich nicht sicher, ob ihn der Gedanke erleichterte oder nicht. Er stieß den Jungen mit der Spitze seines Schuhs an. „Steh auf“, forderte er.

Der Junge runzelte die Stirn und blinzelte verwirrt, bis er Nina sah. „Nina? Was ist hier los? Wer zum Teufel ist das?“

Greg merkte sich den Namen des Mädchens. Dann wandte er sich an den Jungen, und als wenn er es mit einem widerspenstigen Camper zu tun hätte, sagte er: „Die Party ist vorbei, Freund. Also sieh zu, dass du deinen Hintern wieder nach drinnen bewegst.“

„Laurence, es tut mir wirklich leid.“ Das Mädchen – Nina – klang ganz klein und entsetzt.

Ihr tat es leid. *Leid.* Greg drehte sich zu ihr. „Wie kommst du nach Hause?“, wollte er wissen.

Sie ließ den Kopf hängen, drehte Laurence den Rücken zu und murmelte: „Ich bin mit dem Fahrrad hier.“

Er hätte beinahe gelacht. Ein Fahrrad. Sie war mit dem verdammten Fahrrad zum Country Club gefahren, um sich flachlegen zu lassen. „Es ist stockfinster“, sagte er. „Wolltest du den Weg nach Hause per Radar finden?“

Der Junge namens Laurence kam wieder auf die Füße. Verdammt, der war groß. Und immer noch ein wenig benommen. Oder betrunken. Oder beides. „Nina?“, fragte er erneut.

„Halt den Mund“, befahl ihm Greg. Er hatte die Nase voll von diesem Drama und konnte es kaum erwarten, den Jungen seines Weges zu schicken, bevor der auf die Idee kam, sich zu wehren. „Geh wieder rein und bete, dass ich dich nicht melde. Ich bringe sie nach Hause.“

„Tust du nicht“, gab Nina zickig zurück. Sie nahm Laurences Hand. „Er bringt mich nirgendwohin.“

Greg ignorierte sie und schaute Laurence böse an. „Sie ist vierzehn, du Idiot. Was zum Teufel hast du dir nur dabei gedacht?“

Laurence ließ Ninas Hand fallen, als hätte er sich an ihr verbrannt. Er trat sogar einen Schritt zurück und hob abwehrend die Hände. „Mist …“

„Fünfzehn“, verteidigte Nina sich. „Ich bin letzten Monat fünfzehn geworden.“

Die Panik des Jungen war echt. Er hatte es wirklich nicht gewusst, so wie Greg an dem Tag im Speisesaal. Bis jemand ihn aufgeklärt hatte, hatte er sich auch aufs Glatteis führen lassen von ihrem kurvigen Körper, den leuchtenden Augen, die vorgaben, Dinge zu wissen, von denen sie keine Ahnung hatte, den vollen Lippen, die Idioten wie diesem hier gewagte Versprechen machten.

„Geh wieder rein", wiederholte er. „Wie schon gesagt, die Party ist vorbei."

Der Junge machte einen Schritt zurück. „Es tut mir leid", sagte er zu Nina. „Ich wusste nicht, ich … Mädchen, du hättest ehrlich mit mir sein müssen."

„Ich sagte, es ist vorbei", ermahnte Greg ihn.

„Laurence, nein", protestierte Nina. „Diese … diese *Person* hat keine Ahnung, worüber er spricht."

Der Kadett schenkte ihr einen letzten Blick hilflosen Bedauerns, dann eilte er zurück ins Clubhaus. Nina starrte ihm hinterher. Greg nahm sie beim Arm und hielt sie zurück.

„Lass mich los", sagte sie. „Ich habe fünf Brüder, und ich weiß mich zu verteidigen."

Greg ließ sie los. „Wie viele dieser Brüder würden das gutheißen, was du hier tust?"

„Das geht dich nichts an." Sie machte sich trotzig auf den Weg zum Clubhaus, das immer noch übersprudelte vor goldenem Licht und Musik, als wäre nichts passiert.

„Wenn du ihm jetzt hinterherläufst", rief Greg ihr nach, „machst du seine Chancen in West Point zunichte, bevor er dort überhaupt angefangen hat."

Sie war jung, aber sie war nicht dumm. Sie blieb stehen und drehte sich zu Greg um. Er sah das Verständnis in ihren Augen aufleuchten. Ein Vorfall wie dieser – sich mit einem minderjährigen Mädchen einlassen – war mehr als ausreichend, um einen Kadetten unehrenhaft zu entlassen oder schlimmer. Widerstrebende Akzeptanz spiegelte sich in ihren Zügen. Dann schnaubte sie arrogant, marschierte schnurstracks an ihm vorbei und nahm ihr Fahrrad aus dem Ständer am hinteren Ende des Parkplatzes. Das Rad hatte nicht einmal ein Licht, nur einen gebrochenen Reflektor auf dem hinteren Schutzblech.

„Hey", sagte er. „Damit fährst du nicht nach Hause."

„Sieh gut zu." Sie warf ihre Tanzschuhe in den Korb am Lenker, schob das Fahrrad an und hob ihr Bein über den Sattel. Der Rock ihres Partykleides flatterte um ihre nackten Beine.

Seine Tätigkeit als Campbetreuer hatte Greg einiges darüber gelehrt, wie man Kinder einfing, die weglaufen wollten. Er sprang vor, packte den hinteren Teil des Sattels und brachte Nina so zum Stehen. Sie stand auf den Pedalen und bot erbitterten Widerstand, aber der war zwecklos. Greg ließ nicht eher los, bis sie sich mit einem sauren Gesichtsausdruck ergeben hatte.

„Ich bringe dich nach Hause", sagte er.

„Einen Teufel wirst du tun", gab sie zurück.

Er sah, wie sie ihre Optionen abwägte – ihren Drang nach Verteidigung und Rebellion gegen die Konsequenzen, die Greg angedroht hatte. Er erkannte den Kampf. Er war nur ein paar Jahre älter als sie und erinnerte sich noch gut an die vielen Konflikte, die in einem tobten. Zum Teufel, er hatte diese inneren Kämpfe ja selber noch nicht ganz hinter sich gelassen.

„Du willst nicht wissen, wie schlimm das hier alles noch werden kann", warnte er.

Er erkannte den Augenblick, in dem sie dem gesunden Menschenverstand nachgab. Sie ließ die Schultern hängen und kletterte vom Fahrrad. Greg stieß den Atem aus, von dem er nicht wusste, dass er ihn angehalten hatte. Er wollte nicht, dass sie mitbekam, wie erleichtert er war. Er war nicht scharf darauf gewesen, ihr Schwierigkeiten zu machen. Er wollte sie nur sicher zu Hause wissen. Und okay, wenn er daran dachte, dass jemand anderes mit ihr geschlafen hatte, verspürte er auch einen leichten Anflug von Eifersucht, der ihn beschämte. Dieses Mädchen bedeutete nur Ärger. Er wusste nicht, wieso er ihr gegenüber einen so ausgeprägten Beschützerinstinkt entwickelte. Sie war einfach noch so jung, so dumm. Jemand musste doch ein Auge auf sie haben.

Jetzt steckte er jedoch in einem Dilemma. Sie in die Stadt zu fahren würde zehn Minuten dauern. Der Rückweg zum Country Club weitere zehn. Seine Eltern würden sich fragen, wo er nur abgeblieben war. Er könnte Nina befehlen, hier zu warten, während er nach drinnen ging und die Situation erklärte, aber er wusste, dass sie die Chance nutzen und flüchten würde. Er würde es riskieren müssen, seine Eltern zu verstimmen, denn dieses minderjährige Mädchen davon abzuhalten, nachts allein durch die Gegend zu radeln, war wichtiger.

Er legte ihr Fahrrad in den Kofferraum seines Wagens und hielt Nina dann die Beifahrertür auf. „Steig ein."

„Ich mach den ganzen Sitz nass. Das könnte die Polster ruinieren."

„Mach dir keine Sorgen um den Sitz. Steig einfach ein."

Nina zuckte mit den Schultern. „Ich schätze, euch Bellamys ist es egal, wenn etwas kaputtgeht."

Die Abneigung in ihrer Stimme verwunderte Greg. „Uns Bellamys? Du kennst meine Familie also gut?"

Sie schnaubte. „Ich kenne euren Schlag. Verwöhnt. Herrisch. Sich immer einmischend. Wer braucht euch schon?"

Er fragte sich, woher diese Ressentiments gegenüber seiner Familie kamen. Wahrscheinlich war sie generell voller Ressentiments. Unbekümmert setzte er sich hinter das Lenkrad und fuhr vom Parkplatz. Der Kofferraumdeckel schlug bei jeder Bodenwelle gegen das Fahrrad.

„Du hättest ihm den Kiefer brechen können. Warum bist du so wütend? Bist du so eine Art Rassist, der es nicht sehen kann, dass er mit einem weißen Mädchen zusammen ist?“

„Seine Hautfarbe ist mir völlig egal. Aber du bist minderjährig. Da hat er nichts mit dir zu schaffen.“

„Falls es dir noch nicht aufgefallen ist, ich bin kein Kind mehr. Ich weiß, was ich tue. Und nur zu deiner Information, Laurence Jeffries ist siebzehn. Also sind wir gar nicht so weit auseinander.“

Großartig, sie waren beide noch Kinder. „Ihr seid Lichtjahre voneinander entfernt. Du bist ein Schulmädchen, und er steht kurz davor, in die Army einzutreten.“

„Mit sechzehn kann ich die Schule beenden, ohne dass ich dafür die Erlaubnis meiner Eltern brauche“, sagte sie.

„Guter Plan. Das wird dich weit bringen.“

„Ich meine ja nur.“ Sie schmollte ein wenig. „Wird deine Familie dich jetzt umbringen, weil du einfach abgehauen bist?“

Vermutlich. „Mach dir darüber mal keine Gedanken.“

„Ihr hattet bestimmt gerade so eine ‚Es ist Zeit, dass wir über deine Zukunft sprechen, mein Sohn‘-Unterhaltung, oder?“, sagte sie. „Ich wette, das tun sie immer, wenn sie dich mit in den Club nehmen.“ Sie wechselte das Thema. „Wie heißen deine Schwestern?“

„Ellen und Joyce.“

„Und dein Bruder ist Philip. Er sieht viel älter aus als du.“

„Das ist er auch. Er hat eine Frau und ein Kind, aber die sind übers Wochenende in der Stadt geblieben.“

„Dann bist du also ein Onkel.“ Sie machte eine kleine Pause. „Onkel Greg.“

Mit ihrer nächsten Frage wurde sie noch ein wenige forscher. „Hast du eine Freundin?“

Er wollte ihr sagen, dass sie das überhaupt nichts anging, aber er tat es nicht. Allein der Gedanke an Sophie riss die alte Wunde auf. Er und Sophie Lindstrom hatten sich letzten September in der Wirtschaftsvorlesung kennengelernt, und er hatte sich auf den ersten Blick total in sie verknallt. Angefangen bei ihrer nordischen Schönheit über ihre Scrabble-Künste bis zu ihrem unersättlichen Hunger im Bett faszinierte und fesselte sie ihn.

„Sie macht gerade ein Auslandssemester“, erklärte er Nina.

„Ha. Das heißt, sie hat dich sitzen lassen.“

Das Mädchen war erstaunlich feinfühlig, das musste man ihr lassen. „Wo müssen wir hin?“, fragte er in dem Versuch, das Thema Sophie fallen zu lassen.

„Lass mich einfach an der Ecke Maple und Vine Street raus. Und du hättest das nicht tun müssen, weißt du. Ich lebe hier schon immer, ich kenne mich aus."

„Wenn du so klug bist, würdest du nicht mit Jungs abhängen, die viel älter sind als du."

„Leck mich", sagte sie.

Er entschied sich, nicht darauf zu reagieren, denn das war genau das, was sie wollte. Glücklicherweise versuchte sie nicht noch einmal, ihn zu provozieren, sondern richtete ihre Aufmerksamkeit auf die Welt vor dem Fenster. Die Straße führte am See entlang, durch die dunkle, zum Großteil unbebaute Natur. Ab und zu kamen sie an einem Häuschen oder einer Hütte vorbei, in der noch Licht schien, aber die Gegend war spärlich bewohnt. Der größte Teil der den See umgebenden Landschaft war Naturschutzgebiet, und es wurden keine weiteren Bauvorhaben mehr genehmigt. Die wenigen Grundstücke am Ufer waren vor dem Schutzabkommen im Jahr 1932 vergeben worden.

Sie kamen am Inn am Willow Lake vorbei, einem etwas heruntergekommenen, aber wegen seiner idyllischen Lage bei Touristen beliebten Hotel. Ein uriges Schild an der Straße markierte die Zufahrt, und Nina wandte den Kopf, um dem Hotel so lange wie möglich hinterherzusehen.

Greg spürte ihre sinkende Laune. Er war nicht sicher, wie, aber er merkte, dass sie auch ihn erfasste und die gesamte Luft aus dem Wagen sog. Er fühlte sich auf eine Art für Nina verantwortlich, die in ihm das Gefühl weckte, die Sache mit ihr durchsprechen zu müssen. „Hör mal, ich sollte vermutlich nichts sagen ..."

„Dann tu es auch nicht."

„... aber ich tue es trotzdem. Es gibt keinen Grund für dich, dich mit Jungs abzugeben, die nur das eine von dir wollen."

„Oh Gott. Ich höre dir überhaupt nicht zu."

Aber es gab kein Entkommen. Sie war gefangen, war unfreiwillige Zuhörerin. Er beschleunigte den Wagen ein wenig. „Ich bilde mir nicht ein, irgendetwas über dich zu wissen, aber Jungen wir er – nun, die sind nicht sonderlich kompliziert." Ehrlich gesagt waren sie sogar alle gleich. Sie überließen das gesamte Denken einem bestimmten männlichen Anhängsel. Greg war sich dessen wohl bewusst. Frauen hatten etwas an sich, das die Gehirnzellen austrocknete und den gesamten männlichen Körper auf ein lebenserhaltendes System für seine Erektion reduzierte. Und ein Mädchen wie Nina – nun, einigen Teilen seines Körpers war ihr Alter ebenfalls egal.

Ihr das alles zu erklären wäre jedoch zwecklos. Auf gar keinen Fall könnte er das sagen, ohne wie der letzte Vollidiot zu klingen. Außerdem wäre es scheinheilig. Denn der einzige Unterschied zwischen ihm und dem West-Point-Kadetten war, dass Greg wusste, wie alt Nina war.

Dennoch fühlte er sich, als müsse er etwas sagen. Denn eines nicht sehr fernen Tages würde sie … Er ließ sich den Gedanken nicht zu Ende denken.

„Egal, es ist eine Sache des gesunden Menschenverstands", sagte er. „Du gibst dich besser mit Leuten deines Alters ab."

„Ja, klar, weil Jungs in meinem Alter auch so amüsante Gesellschaft sind", gab sie schnippisch zurück.

Darauf wusste er nichts zu sagen. Greg hatte Kinder in dem Alter in seiner Gruppe im Camp Kioga, und er konnte wirklich nicht behaupten, dass sie besonders attraktive Sozialpartner waren. „Du bist doch auch eine von ihnen", sagte er. „Du gehörst in die gleiche Altersgruppe."

„Ja, ich Glückliche." Sie drehte den Kopf weg, um wieder aus dem Fenster zu starren. Ihr Kleid hatte sie über die angezogenen Knie gezogen. Dann bemerkte Greg, dass ihre Fassade des coolen Mädchens zerbrochen war. Er hörte ein tragisches Schluchzen und sah, wie sie mit der Hand verstohlen eine Träne von ihrer Wange wischte.

„Hey, ich wollte deine Gefühle nicht verletzen", sagte er.

„Also war das eine Art Bonus, oder was?"

Es gab wenig, was Greg mehr ängstigte als ein weinendes Mädchen. Er war erleichtert, als sie endlich die Ecke Maple und Vine Street erreichten. Er parkte am Straßenrand und ging um das Auto herum, um Nina die Tür aufzuhalten. Sie saß unbeweglich auf dem Sitz, die Arme immer noch um ihre Knie geschlungen. Ein Auto rollte vorbei. In einem der Häuser hinter ihnen ging ein Verandalicht an.

Ein leichtes Gefühl der Panik stieg in ihm auf. Das sah vermutlich nicht gut für ihn aus, wenn Nina Romano aus seinem Auto stieg. Er drehte sich schnell um und ging an den Kofferraum, um ihr Fahrrad herauszuholen. Nina stieg aus, schien aber keine Eile zu haben, nach Hause zu kommen.

„Es ist schon nach zehn", sagte Greg. „Vielleicht solltest du dich ein wenig beeilen."

„Mach dir um meine Sperrstunde mal keine Gedanken", erwiderte sie. „In meiner Familie leben neun Kinder. Ich bin genau in der Mitte. Rein und raus zu schleichen ist noch nie ein Problem gewesen."

Neun Kinder, staunte Greg stumm. Seine eigene Familie fühlte sich mit vier Kindern schon groß an. Neun waren … eine Sportmannschaft. „Also", versuchte er sich an einem scherzhaften Ton. „Halt dich von Schwierigkeiten fern und hab ein schönes Leben. Ich denke nicht, dass sich das gegenseitig ausschließt."

Sie ließ sich von seinem schwachen Versuch, die Stimmung aufzuhellen, nicht täuschen. Genau wie er schien sie zu verstehen, dass auf der Fahrt in die Stadt etwas passiert war. Etwas Geheimnisvolles und Wichtiges und Unmögliches. Sie schaute ihn unverwandt an, und er hatte das Gefühl, zu ertrinken. Er wünschte, er wüsste nichts über sie. Nicht ihr Alter, nicht ihren Nachnamen oder die Tatsache, dass sie weinte, als er ihr sagte, sie müsse sich selber respektieren.

Er war froh, dass das Fahrrad zwischen ihnen stand, denn ansonsten hätte er sich vielleicht genauso dumm benommen wie der Kadett namens Laurence Jeffries. So attraktiv war sie. Und nein, sie sah nicht aus wie gerade erst fünfzehn.

Ein extrem wissendes Lächeln umspielte ihre Mundwinkel. „Was denkst du gerade, Greg?"

„Wenn du älter wärst, könnte hieraus ... was werden." Es platzte einfach so aus ihm heraus. Keine Gedanken, nur Wörter. Mädchen wie Nina Romano waren offensichtlich die Hauptursache für Gehirnschäden bei Jungen.

„Eines nahen Tages werde ich älter sein." In ihrer Stimme lag ein Versprechen.

„Dann wird es vielleicht eines Tages etwas werden."

Sie lachte leise. „Klar. Weil du natürlich auf mich warten wirst."

„Das kann man nie wissen." Greg überließ ihr das Fahrrad, stieg ins Auto und legte einen Gang ein. Sie stand einfach nur da und sah so wunderschön aus, dass seine Augen bei ihrem Anblick schmerzten. Sag nichts, ermahnte er sich. Es funktionierte nicht. Er schenkte ihr sein Herz in seinem Lächeln. „Ich könnte dich überraschen."

3. Teil

Heute

Seit 2005 ist Avalon die Heimat eines eigenen, unabhängigen Baseballteams, den Hornets, Mitglied der Can-Am League. Unabhängige Baseballligen sind bekannt für die hohe Qualität ihres Spiels und den harten Wettbewerb. Ein Baseballspiel an einem warmen, klaren Abend ist einer der Höhepunkte des Sommers. Eintrittskarten sind für sechs Dollar beim Concierge des Inns zu erwerben. Im Baseball wie im Leben bringt jeder Tag eine neue Gelegenheit.

6. KAPITEL

Greg bog gerade auf den Parkplatz des Baseballfeldes, als das Little-League-Training zum Ende kam. Aus der Ferne gesehen war es eine idyllische Szene. Die umgebenden Wälder erstreckten sich über die sanft ansteigenden Hügel, das goldene Licht des späten Nachmittags fiel schräg auf das grüne, diamantförmige Spielfeld, auf dem lachende Kinder sich laut rufend unterhielten, während sie ihre Sachen zusammensuchten. Greg fragte sich, ob irgendetwas so gut war, wie es aussah, oder ob das reines Wunschdenken war. Dann erblickte er Max, der alleine auf der Spielerbank saß. Großartig, dachte er. Sein Kind war wieder auf die Bank geschickt worden.

Es gab keine fürchterlichere Tortur, als die Gefühle des eigenen Kindes verletzt zu sehen. Es war eine Tortur, weil Greg sich so hilflos fühlte. Es war nicht die Art Schmerz, die man mit einer Eiskompresse oder einem Pflaster heilen konnte. Diese Verletzung war unsichtbar, vor allem wenn es um Max ging, der dazu neigte, alles in sich hineinzufressen.

Greg saß noch eine Minute im Truck und versuchte, sich davon abzubringen, sich einzumischen. Sich mit dem Trainer anzulegen wäre für Max keine Hilfe. Der Junge musste lernen, seine eigenen Schlachten zu schlagen, und nach allem, was Greg wusste, hatte Max sich die Auszeit selbst gewählt. Oder schlimmer noch, er saß da, weil wieder einmal sein Temperament mit ihm durchgegangen war. Das wäre nicht das erste Mal.

Irgendwie hatte Max bei der Scheidung und dem darum entstandenen Drama den Kürzeren gezogen. Das ging los mit dem Umzug aus der Stadt, Sophies Job in Europa, Daisys Schwangerschaft. Max war von dem Strudel einfach mitgerissen worden und hatte sich mit einer Leichtigkeit in der neuen Schule und der neuen Stadt eingewöhnt, die seine wahren Gefühle komplett verbarg. Gefühle, die er weder mit Greg noch mit Sophie oder seinem Therapeuten besprechen wollte. Ab und zu flippte er dann aus und gewährte Greg einen Blick auf die Wut, die in ihm tobte und die er nicht immer beherrschte. Greg hatte gedacht, Mitglied einer Sportmannschaft zu sein wäre das richtige Ventil für Max. Sein Sohn war schon immer sehr körperlich gewesen, ein guter Athlet, im Winter verrückt nach Eishockey und im Sommer nach Baseball. In der Stadt war er der Star seines Teams gewesen. Und auch hier in Avalon hatte er die Chance, zu strahlen.

Oder auch nicht, dachte Greg und wartete im Auto, während das Team sich zur Nachbesprechung des Trainings um Coach Broadbent versammelte.

Gregs Telefon klingelte. *Bitte, lass es sie sein.* Er klappte das Handy auf und schaute erwartungsvoll auf das Display. Nein, es war nur sein Anwalt. Greg ließ das Telefon klingeln, bis die Mailbox ranging. Er blickte finster vor sich hin. Es machte ihn wahnsinnig, dass Nina noch nicht angerufen hatte. Er hoffte so sehr, dass sie sein Angebot annehmen würde, aber er würde nicht darum betteln. In der Zwischenzeit sah er zu, dass er sich beschäftigt hielt und weiter daran arbeitete, seine Familie und seine Arbeit gleichberechtigt in sein Leben zu integrieren.

Was beides nicht sonderlich gut funktionierte.

Sechs der Gästezimmer waren immer noch im Umbau und würden im Stil der Zeit neu möbliert werden müssen. Das Verwalterhaus, in dem er mit den Kindern lebte, war immer noch ein einziges Chaos aus Umzugskisten und nicht zueinanderpassenden Möbeln. Das Bootshaus und der Steg brauchten auch dringend eine Überarbeitung. Auf der Habenseite jedoch konnte er verbuchen, dass er schon so etwas wie eine Belegschaft zusammen hatte. Ein Informatikberater hatte ihnen ein Reservierungssystem installiert, das für Daisy kein Problem darstellte. Sie hatte die Software sogar mit ihren Fotos personalisiert. Die Website war online, und mit einem gewissen surrealen Erstaunen sah Greg, wie die Anfragen und Reservierungen sich in seinem E-Mail-Posteingang sammelten. Wie auch immer, Personal, eine gute Website und ein Reservierungssystem bedeuteten gar nichts, solange der General Manager nicht gefunden war, der alles organisieren würde.

Nina Romano ist nicht die einzige Besetzung für diesen Posten in der Stadt, sagte er sich. Oder auch außerhalb der Stadt. Der Wirtschaftsberater, den Greg angeheuert hatte, hatte angeboten, ihm eine Auswahl erfahrener Kandidaten zu schicken. Aber Nina war die Einzige, die er wollte. Sie würde perfekt passen. Wenn es darum ging, ein luxuriöses, intimes Hotel zu führen, war es am wichtigsten, die richtigen Leute dafür zu bekommen. Nina war genau richtig. Er hatte so ein Gefühl, was sie anging. Sie hatte ein Selbstbewusstsein und eine Erfahrung wie niemand sonst. Das Problem war, dass sie das Inn nach ihren Regeln hatte leiten wollen, und das hatte Greg ihr vermasselt. Nun lag es an ihm, sie zu überzeugen, dass sie beide von der jetzigen Konstellation profitieren konnten. Doch bisher war er dabei nicht sonderlich erfolgreich gewesen.

Coach Broadbent beendete seine Besprechung mit den Spielern, und Greg stieg aus dem Wagen aus. „Max!“, rief er und winkte seinem Sohn.

Max schnappte sich seinen Matchbeutel und die Wasserflasche und sprintete in Richtung Parkplatz.

„Hey, Kumpel. Wie war das Training?“

„Okay“, sagte Max.

„Gut, das habe ich provoziert. Lass es mich anders formulieren: Erzähl mir alles, was du heute im Training gemacht hast.“

Max packte seine Sachen auf die Rückbank des Trucks. „Nur den üblichen Kram.“

Greg bemerkte, dass Max' Sportsachen – graue Kniebundhosen, blaues Shirt und weiße Kappe – genauso sauber waren wie vor dem Training. Das Kind hatte nicht einmal geschwitzt. „Als ich hier ankam, hast du auf der Bank gesessen.“

„Hab ich?“

„Willst du, dass ich mal mit deinem Coach spreche?“

„Da-ad.“ Max dehnte das Wort über zwei Silben. „Ich komm alleine mit dem Coach klar, okay?“

„Das habe ich mir gedacht.“ Greg musterte seinen Sohn. Sandfarbene Haare, Sommersprossen und ein Lächeln, das unzählige Probleme verbarg.

„Aber tu es auch“, sagte er. „Es hat keinen Sinn, ein ganzes Training auf der Bank zu vergeuden.“

„Ich hab nicht …“ Max unterbrach sich selbst und stieg ein. „Können wir jetzt los? Ich bin am Verhungern.“

Klassische Vermeidungsstrategie, bemerkte Greg. Das war typisch für Max – er wandte den Problemen den Rücken zu und behielt alles für sich. Später im Sommer würde Max in Begleitung von Sophies Eltern, den Lindstroms, nach Holland fliegen. Noch später würden er und seine Mutter rechtzeitig für Olivias Hochzeit nach Avalon zurückkehren. Max gefiel der Plan nicht. Ihm missfiel die Vorstellung, dass er dreieinhalbtausend Meilen zurücklegen musste, um bei seiner Mutter sein zu können, aber er hatte keine Wahl. Und das, so nahm Greg an, war der Grund für seine angestauten Gefühle.

„Hey, Max …“

„Ich bin fertig, okay? Ich will darüber nicht mehr sprechen.“

„Was genau der Grund ist, warum wir darüber sprechen sollten.“

„Dad! Ich verhungere.“

Greg beschloss, es für den Moment gut sein zu lassen. Auf einer Bank sitzend, konnte ein Junge viele Dinge in seinem Kopf heraufbeschwören, aber manchmal war es besser, sich zurückzuhalten. „Was das angeht“, sagte er also, „da kann ich Abhilfe schaffen.“

„Was, hast du etwa herausgefunden, wie man kocht?“

„Klugscheißer. Ich kann kochen.“ Greg versuchte es zumindest. Anfangs kam er nur mit dem Grill klar. Er hatte einen Weg gefunden, beinahe jede Mahlzeit auf dem Grill zuzubereiten, wobei er selbst vor Pfirsichen nicht zurückgeschreckt war, die er mit Eiscreme serviert hatte. Im Laufe der Zeit war er zu Fertiggerichten mit genauen Anleitungen übergegangen. „Aber heute Abend werde ich nicht kochen."

„Gehen wir mit Brooke aus?" Ein Ausdruck, der zugleich komisch und verstörend war, legte sich über Max' Gesicht. Der Junge hatte eine Schwäche für Brooke Harlow, so viel war mal sicher.

„Nein, wir gehen nicht mit Brooke aus. Wir fahren hoch ins Camp Kioga."

„*Ja!*" Das Wort zischte aus ihm heraus wie Luft aus einem Ballon.

„Ich hatte gehofft, dass dir das gefällt." Greg entspannte sich auf der zehn Meilen langen Fahrt durch die Wildnis der Catskills. Das Camp lag auf der anderen Seite des Sees, weit von der Stadt entfernt. Die Arbeit von Gregs Nichte Olivia, das Gelände von einem im Tiefschlaf liegenden Sommercamp in ein Familienresort zu verwandeln, hatte sich gelohnt. Seit beinahe einem Jahr war das Camp das ganze Jahr über geöffnet, doch es bedurfte noch ungefähr eines weiteren Jahres, bis alles perfekt wäre. Dennoch war Olivias Hingabe inspirierend, und die Art, wie sie das Projekt angegangen war, spielte keine kleine Rolle in Gregs Entscheidung, das Inn am Willow Lake zu kaufen. Etwas Greifbares zu erschaffen, es zum Laufen zu bringen – das war der richtige Weg, um ein neues Leben anzufangen und es wachsen zu sehen.

Auch wenn in dem Camp noch Bauarbeiten vorgenommen wurden, waren seine Schlafbaracken, die Hütten und das Haupthaus schon bewohnbar. Zwei weitere von Gregs erwachsenen Nichten waren gekommen, um bei den Vorbereitungen für die Hochzeit zu helfen, und das heutige Barbecue fand zu ihrer Begrüßung statt. Gregs Eltern und sein älterer Bruder Philip waren auch da. Als er mit Max vorfuhr, waren schon alle auf der Terrasse des Haupthauses versammelt. Gespräche und Gelächter vermischten sich mit der leisen Musik aus den Außenlautsprechern. Daisy war bereits da. Sie war früher am Tag alleine hierhergefahren. Sie saß so an einem Tisch, dass ihre Schwangerschaft unübersehbar war, trank Limonade und lachte mit ihren älteren Cousinen. Bei ihrem Anblick verspürte Greg einen Anflug von Bedauern.

Schluss damit, sagte er sich. Sich ihrer Schwangerschaft wegen unbehaglich zu fühlen stand einfach nicht zur Debatte. Er hatte Monate gehabt, sich an die Vorstellung zu gewöhnen, und er musste diese Anfälle hinter sich lassen.

Max sprang die Treppe zwei Stufen auf einmal nehmend hinauf. Er konnte es kaum erwarten, alle zu begrüßen. Greg folgte etwas langsamer mit einer Flasche Wein und einem Sixpack Bier in der Hand – seinem Beitrag zum Barbecue – und schaute zu, wie Max von seinen Verwandten wie von einem Kokon umhüllt wurde. Max war der jüngste

Sohn des jüngsten Sohnes der Bellamy-Familie. Er war der Letzte seiner Generation, der erwachsen würde. Seine Tanten, Onkel, Cousins und Cousinen schienen seine Jugend zu lieben und wollten, dass er so lange wie möglich klein blieb. Greg hatte damit kein Problem. Er hatte bereits ein Kind, das zu schnell erwachsen geworden war. Max' Lieblingsmitglied der Familie war Olivias Hund, ein kleiner Mischling namens Barkis. Innerhalb weniger Minuten lagen die beiden auf dem Boden und spielten Zerrspiele mit einem alten Plüschtier.

Natürlich waren Olivia und Connor – das zukünftige Brautpaar – anwesend, genau wie eine bunte Mischung aus Cousins, Cousinen und Freunden. Olivia war nur zehn Jahre jünger als Greg, aber er hatte seiner Cousine keine große Aufmerksamkeit gewidmet, als sie aufgewachsen war. Dazu war er viel zu beschäftigt gewesen. Vage erinnerte er sich an ein paar missliche Jahre für Olivia, in denen sie eine Zahnspange trug, fusselige Haare, eine Brille und Gewichtsprobleme hatte. Irgendwann hatte sie sich dann aber in diese zauberhafte Frau verwandelt, die voller Selbstbewusstsein war und vor Glück nur so strahlte.

Es waren schon seltsamere Sachen passiert, dachte Greg. Sein Blick blieb an Rourke McKnight hängen. Der Polizeichef von Avalon war heute nicht im Dienst. Bis vor Kurzem war er noch der ewige Junggeselle der Stadt gewesen – bis er letzten Winter mit Jenny Majesky, Ninas bester Freundin, eingeschneit worden war. Die Leute machten Witze darüber, dass der Polizeichef sie nur heiratete, weil ihr die Sky River Bakery gehörte und er süchtig nach ihren unglaublichen, ekstatische Gefühle verursachenden Donuts war, aber Greg wusste, dass die Geschichte weitaus komplizierter war. Das waren Beziehungen immer, ob sie nun hielten oder zerbrachen. Greg nahm sich vor, später mit Jenny zu reden. Vielleicht konnte sie ihm einen Einblick verschaffen, was in Nina vor sich ging.

Während des Essens entspannte er sich und genoss mit einem Gefühl der Dankbarkeit die Gesellschaft seiner Familie. Einfach mit ihrer Anwesenheit, weil sie waren, wie sie waren, hatten sie ihm über das Ende seiner Ehe hinweggeholfen. Er beobachtete, wie Daisy und die Nichten die Hochzeitszeremonie mit der Präzision eines Schlachtplans entwarfen. Olivia, wie immer toporganisiert, brachte ausgedruckte Diagramme, für die sie den Nachtisch beiseiteschob, um sie auf dem Tisch auszubreiten.

„Nach Jenny – meiner Trauzeugin – kommen die Cousinen in Reihenfolge ihres Alters", sagte Olivia. „Ist das okay?"

„Du bist die Braut", erwiderte Jenny. „Du musst nicht fragen."

Daisy nickte. „Ich bin die Letzte – aber nicht die Unwichtigste." Sie tätschelte ihren runden Bauch. Ihre Cousinen reagierten darauf mit ehrlicher Zuneigung. Sie schienen sich auf das Baby zu freuen, was Gregs eigene Panik nicht gerade beschwichtigte, aber Daisy zu gefallen schien.

„Julian Gastineaux ist der Trauzeuge", erklärte Olivia Daisy. „Er kommt nächste Woche aus Kalifornien. Ich dachte, das interessiert dich."

Greg sah, wie das Gesicht seiner Tochter wie eine Rose erblühte. Kein gutes Zeichen. Connor Davis' Bruder Julian war im gleichen Alter wie Daisy. Sie hatte ihn letzten Sommer kennengelernt, als sie beide hier im Camp Kioga gearbeitet hatten. Julian war die Art Junge, der jedes Mädchen zum Erröten brachte. Er war groß, ein gut aussehender Mischling und unglaublich selbstbewusst. Mit seinen Dreadlocks, dem Ohrring und mindestens einem sichtbaren Tattoo schien er unberechenbar zu sein. Da er und Daisy ungefähr gleich alt waren, hatten sie im letzten Sommer viel Zeit miteinander verbracht. Greg erinnerte sich an ihn als einen Adrenalinjunkie, der von großen Höhen und hohen Geschwindigkeiten gar nicht genug bekommen konnte.

Inzwischen musste Greg jedoch zugeben, dass Julian nicht derjenige war, der unnötige Risiken einging. Daisy war es. Letzten Sommer war sie noch ein Highschool-Mädchen gewesen, das mit einem Jungen aus Kalifornien geflirtet hatte. Ein Jahr später stand sie kurz davor, Mutter zu werden. Dennoch, wenn er ihr strahlendes Gesicht so sah, ging er davon aus, dass sie noch nicht bereit war, die Liebe ganz hinter sich zu lassen. Greg ermahnte sich, damit aufzuhören, sich zu viele Gedanken zu machen. Dieser Tage hatte Daisy größere Sorgen, als mit dem Bruder des Bräutigams zu flirten.

Als die Unterhaltung sich der Gästeliste zuwandte, bemerkte Greg, dass Jenny sich zurückzog. Sie trat an die Brüstung der Veranda und schaute über den See. Ihr Leben war anders verlaufen als das der Mädchen. Für sie hatte es keine Privatschulen und Privilegien gegeben. Das schien sie nicht zu stören, aber er nahm an, dass sie das Gespräch über Leute, die sie nicht kannte, langweilte.

Was ihm die perfekte Gelegenheit bot, sie wegen Nina Romano zu befragen. Er schnappte sich eine gekühlte Flasche Chardonnay und trat zu Jenny, um ihr Glas nachzufüllen.

„Danke", sagte sie lächelnd. „Ein schöner Abend."

Greg ließ seinen Blick über die Gesellschaft gleiten, und einen Moment hatte er ein Bild aus früheren Zeiten vor sich, als das Camp noch aktiv war. Er fragte sich, ob diese Zeiten wirklich so schön waren, wie er sie in Erinnerung hatte, oder ob Wehmut ihnen einen rosafarbenen Schimmer verlieh. „Geht es dir gut?", fragte er.

„Mir gefällt es, Philips Seite der Familie kennenzulernen, auch wenn sie so anders ist als meine.“

„Wir empfinden dir gegenüber das Gleiche“, versicherte Greg. „Nicht, dass du anders bist, aber dass es uns gefällt, dich immer besser kennenzulernen.“

„Heißt das, ich soll anfangen, dich Onkel Greg zu nennen?“

„Nur wenn du willst, dass ich mich wie ein alter Mann fühle. Ehrlich, ich bin froh, dass du und mein Bruder euch letztes Jahr gefunden habt. Es war auch für ihn ein gutes Jahr. Er ist ein ganz anderer Mensch geworden. Er war immer so zugeknöpft und ernst, beinahe ängstlich. Und jetzt sieh ihn dir an.“

Philip schien Jahre jünger in seinen Shorts und dem Polohemd. Der Wind zerzauste seine etwas zu langen Haare. Eine neue Zufriedenheit zeigte sich auf seinem Gesicht und in seiner Haltung. Er schien mit der Welt im Reinen zu sein und von innen heraus zu strahlen. So funktionierte Glücklichsein: von innen heraus. Das war der Grund, warum wahrhaft glückliche Menschen irgendwie zu strahlen schienen, selbst wenn sie nicht aktiv lächelten. Philip hatte zwei neue Frauen in seinem Leben: Jenny, die Tochter, die er erst letzten Sommer kennengelernt hatte, und Laura Tuttle, die die Bäckerei im Ort leitete. Sie waren alte Freunde, deren Freundschaft sich langsam zu etwas mehr entwickelte. Laura, die im Moment neben ihm stand, war eine stille, aber sehr angenehme Erscheinung. Sie und Philip waren der Beweis für etwas, an das Greg bis dahin nicht geglaubt hatte – man konnte eine Scheidung nicht nur überleben, sondern erhielt manchmal sogar eine zweite oder gar dritte Chance. Das waren die unerwarteten Segnungen, bei denen man zugreifen sollte, bevor sie wieder verschwanden.

Greg fragte sich, ob dieser Optimismus ihn zu einem Idioten machte. Nachdem seine Ehe zerbrochen war, hatte er erwartet, der Liebe gegenüber abgestumpft zu sein. Doch aus irgendeinem Grund, der überhaupt keinen Sinn ergab, fühlte er sich so hoffnungsvoll wie seit Jahren nicht.

Jenny betrachtete ihren Vater voller Zuneigung. „Liebe bewirkt so etwas. Sie verändert dich. Sorgt dafür, dass du dich in der Welt heimischer fühlst.“ Sie wandte sich wieder an Greg. „So, jetzt aber mal zu Nina.“ Sie lachte, als sie seinen Gesichtsausdruck sah.

„Was ist mit Nina?“

„Ist das nicht der Grund, warum du hierrübergekommen bist? Um mich über sie auszufragen?“

Greg grinste. „Ertappt. Ich will sie.“ Er errötete, als ihm bewusst wurde, wie das klang – typischer freudscher Versprecher. „Ich brauche sie“, korrigierte er. Hups. Auch Freud.

„Einige Frauen warten ihr ganzes Leben darauf, dass ein Mann das von ihnen sagt“, bemerkte Jenny.

„Für das Inn, meine ich. Sie ist das fehlende Puzzleteil. Ich kann mir niemand anderen vorstellen, der ihre Erfahrungen mit dem Inn hat, ihre Management-Fähigkeiten und ihr Wissen.“

„Hast du ihr das gesagt?“

„Sie hat mir noch keine Möglichkeit dazu gegeben. Ich habe mich mit einer Managementberatungsfirma aus der Stadt getroffen, aber das fühlte sich falsch an. Es gibt einen Grund, warum die Bank Nina ausgewählt hatte, um das Inn zu leiten. Ich kenne niemanden, der den Job besser machen könnte.“

„Dann sorg lieber dafür, dass sie dein Angebot nicht ablehnt“, sagte Jenny schlicht.

„Das ist der Plan. Ich weiß nur nicht, was ich noch anbieten kann, damit sie Ja sagt.“ Greg wunderte sich über den Ausdruck, der über Jennys Gesicht huschte, aber sie gab nichts weiter preis. Zum Teufel, in seinem vorherigen Leben hatte er jeden Tag Leute angestellt und gefeuert. Er fragte sich, warum es ihm in diesem Fall so wichtig war.

„Hast du dich endlich entschieden, Mom? Wirst du den Job im Inn annehmen?“ Auch wenn Nina und Sonnet ein ganzer Ozean trennte, kam die Stimme ihrer Tochter kristallklar über die Internetverbindung. Nina versuchte, sich Sonnet in dem belgischen Städtchen vorzustellen, wo sie den Sommer verbringen würde. Bestimmt saß sie in einem Internetcafé an dem mit Kopfstein gepflasterten Marktplatz und sah den vorbeigehenden Einheimischen und SHAPE-Angehörigen nach. Die regelmäßigen Anrufe halfen Nina, Sonnets Abwesenheit einigermaßen erträglich zu machen.

„Jedes Mal, wenn ich meine zu wissen, was ich tun soll, fällt mir ein Grund ein, es nicht zu tun“, gestand Nina. „Ich habe es wieder und wieder in meinem Kopf durchgespielt. Ich habe mir alle möglichen Alternativen überlegt, aber keine gefunden, die sich richtig anfühlt. Es gibt nur ein Inn am Willow Lake. Ich habe es schon immer haben wollen, das weißt du.“

„Also nimm das Angebot an. Du hättest den Job, den du immer haben wolltest – und noch dazu mit einem vernünftigen Gehalt. Außerdem einen Wahnsinnsort, um dort zu leben.“

„Und einen Chef mit zwei Kindern und keiner Ahnung, wie so ein Hotel zu führen ist.“

„Deshalb wird er ja auch alles an dich übergeben, was doch genau das ist, was du von Anfang an gewollt hast. Wo ist das Problem?“

Nina lächelte. Sie war stolz darauf, was aus ihrer Tochter geworden war. Sehr reif für ihr Alter und dabei so praktisch denkend und gerade heraus wie Nina selber. Dann schwand ihr Lächeln, als Nina bewusst wurde, dass sie sich in der letzten Woche wieder und wieder die gleiche Frage gestellt hatte: *Wo ist das Problem?* Schließlich musste sie zugeben, dass obwohl der Job im Inn im Grunde genommen genau der war, den sie sich vorgestellt hatte, Greg doch alles verändert hatte. Anstatt auf ein Ziel hinzuarbeiten – nämlich das Inn zu kaufen –, würde sie *nur* dort … arbeiten. Doch das reichte Nina nicht. Außerdem schien Greg irgendeiner idealisierten Vision eines Familiengeschäfts nachzuhängen, während sie sich danach sehnte, das erste Mal in ihrem Leben wirklich unabhängig zu sein. Ihre Erwartungen passten einfach nicht zusammen.

Könnte sie einen längeren Atem haben als er? Das war ihr erster Gedanke gewesen. Sie sollte es zumindest versuchen. Allerdings barg das auch ein gewisses Risiko. Wenn Greg es nicht schaffte, das Inn zum Laufen zu bringen, würde er es vielleicht an jemand anderen verkaufen.

„Siehst du, dir fällt kein Einwand ein", sagte Sonnet. „Ich muss jetzt leider los. Ich habe eine Verabredung für die Mitternachtsvorstellung im Kino."

Nina richtete sich in ihrem Stuhl auf. „Eine *Verabredung*verabredung?"

„Das würdest du nur zu gerne wissen, oder?"

„Und ob ich das würde. Weiß Laurence …"

„Beruhig dich, Mom. Wir gehen mit einer ganzen Gruppe. Laurence ist einverstanden, und er ist weitaus wählerischer als du."

„Ich bin total wählerisch", protestierte Nina.

„Ja, aber Laurence unterzieht quasi jeden, den ich kennenlerne, einem genauen Backgroundcheck – und er hat dafür die Ressourcen der Army zur Verfügung."

„Gut so." Nina warf einen Blick auf die Uhr. „Ich muss auch los. Heute Abend spielen die Hornets gegen die New Haven County Cutters."

„Weißt du eigentlich, wie cool es ist, dass du ein Baseballteam nach Avalon gebracht hast?"

„Ziemlich cool", sagte Nina ohne falsche Bescheidenheit. „Mein Erbe als Bürgermeisterin." Das hoffte sie zumindest. Ihr Abschied aus dem Amt war zwar von einem Skandal überschattet gewesen, aber sie hoffte, dass der helle Schein des Sommers ihren größten Erfolg erstrahlen lassen würde. Die Verhandlungen mit dem Club hatten unglaublicher politischer Manöver bedurft, ganz zu schweigen von den vielen schlaflosen Nächten, aber das war es wert gewesen.

„Angela war anfangs skeptisch, als ich ihr davon erzählt habe. Sie war der Meinung, Avalon sei nicht groß genug für eine professionelle Baseballmannschaft. Da habe ich ihr von den unabhängigen Teams und der Can-Am-Liga erzählt und ihr die Website und alles gezeigt. Sie war total schockiert, dass es etwas gab, das sie noch nicht wusste."

Es überraschte Nina nicht im Geringsten, dass Laurence' Frau anfangs skeptisch gewesen war. „Mal abgesehen davon, dass sie Skeptikerin und Alleswisserin ist, wie kommst du mit ihr so zurecht?"

„Ganz gut", sagte Sonnet. „Meine Arbeit nimmt mich so in Beschlag, dass wir kaum Zeit miteinander verbringen."

„Du kleine Ratte", sagte Nina. „Du magst sie."

„Hast du damit ein Problem?"

„Ja. Ich schäme mich, es zuzugeben. Sie ist so perfekt. Und ich bin ... es überhaupt nicht."

Sonnet lachte. „Perfekt? Das werde ich gleich mal ihren Töchtern erzählen. Layla hat sich gerade die Augenbraue piercen lassen, und Kara will weglaufen und sich einem Zirkus anschließen oder so."

Nina überwältigte eine Welle der Dankbarkeit für ihre Tochter. Manchmal waren sie mehr wie beste Freundinnen als wie Mutter und Tochter. Und manchmal fragte Nina sich, wer hier wen großzog. „Ich liebe dich, meine Kleine. Du weißt immer das Richtige zu sagen."

„Vielleicht, weil ich immer recht habe. Und ich finde es wirklich cool, dass du die Hornets nach Avalon gebracht hast."

„Ich fühle mich immer so schuldig, weil ich während der Verhandlungen nicht ausreichend für dich da sein konnte."

„Damit kannst du dann jetzt mal aufhören", widersprach Sonnet. „Das ist ein professionelles Baseballteam, und das ist ganz allein dein Werk, Mom. Jedes Mal, wenn ich Leuten davon erzähle, sagen sie: ‚Das hat sie nicht gemacht.' Und ich sage, hat sie wohl, und zwar ganz alleine."

„Naja, ganz alleine war das nicht. Ganz im Gegenteil, die Jungs, mit denen ich zum Spiel gehe, haben mir extrem dabei geholfen. Wayne Dobbs und Darryl McNab."

„Und was für heiße Helfer sie sind", zog Sonnet sie auf.

Nina kicherte. Wayne und Darryl waren Präsident und Schatzmeister des Avalon Booster Club gewesen und hatten ihre Vision geteilt, ein eigenes Team in die Stadt zu bringen. „Sie hatten, was ich zu der Zeit dringend benötigte: ein großes Budget."

„Ich bin von einer wahren Romantikerin aufgezogen worden", sagte Sonnet. „Gerate nicht in irgendwelche Schwierigkeiten, Mom."

„Mit Darryl und Wayne? Das ist etwas arg weit hergeholt."

Sonnet sagte: „Oh, da fällt mir gerade ein, dass ich mit Daisy gemailt habe. Olivia wird dir eine Einladung zur Hochzeit schicken."

Eine Bellamy-Hochzeit. Im Camp Kioga. Nina würde sich lieber ein Loch in den Zahn bohren lassen. „Ich bin nicht gut auf Hochzeiten. War ich noch nie."

Auf dem Heimweg vom Camp Kioga wurde Gregs Blick von einem blassen Leuchten am westlichen Horizont hinter der Stadt angezogen. Er traf eine schnelle Entscheidung. An einer Kreuzung am Ende der River Road bog er ab und suchte sich seinen Weg über die Schotterstraße, die zu dem hell erleuchteten Baseballstadion führte.

„Hey, cool", sagte Max. „So kriegen wir noch das Ende des Spiels mit."

Greg reichte ihm sein Handy. „Tu mir bitte einen Gefallen", sagte er. „Ruf deine Schwester an und sag ihr, dass wir etwas später kommen."

Auch wenn Greg wusste, dass es gut war, seinen Sohn zu Baseballspielen mitzunehmen, vergaß er immer wieder, es auch zu tun. Er ermahnte sich, nicht länger der Typ zu sein, der zu sehr mit seiner Arbeit beschäftigt oder in Gedanken versunken oder zu schlecht gelaunt war, um mit Max zu einem Spiel zu gehen. Und genau jetzt würde er damit anfangen.

Die sechs Reihen der Zuschauerränge waren voll besetzt. Mit Klamotten aus dem Fanshop, angemalten Gesichtern und Kriegsgesängen feuerten sie ihr Minor-League-Team an, als spielte es in der Major League. Der Imbiss hatte gut zu tun, und der Geruch von Popcorn und Hotdogs erfüllte die Luft. Die Musik kam aus der Konserve, aber der Stadionsprecher kommentierte das Spiel schnell und gekonnt. Einige hatten das Spiel zum Anlass für einen Familienausflug genommen und ihre Decken auf der Wiese vor dem Spielfeld ausgebreitet. Sie lachten und aßen, reichten halb schlafende Kleinkinder und Babys herum und genossen den Abend.

Obwohl sie gerade erst zu Abend gegessen hatten, behauptete Max, er hätte schon wieder Hunger. Greg kaufte ihm eine rot-weiß gestreifte Tüte mit Popcorn und einen neonblauen Drink namens Blue Crush. Als sie sich einen Weg zu den Zuschauerrängen suchten, sah Greg, dass es am Ende des siebten Innings drei zu zwei für die Gastmannschaft stand. Die Hornets waren am Schlag, und ein paar Minuten später machten sie ihr drittes Out, und die Spieler liefen aufs Outfield.

In der untersten Reihe wurden gerade zwei Plätze frei. Greg murmelte einen Dank, als er sah, dass die Person, die ihm Platz gemacht hatte, eine Frau war. Um die dreißig, sehr attraktiv. Kein Ehering. Ein angenehmes Lächeln und einen weniger angenehmen Hauch von Zigarettengeruch. Ihre Miene sandte ganz eindeutig das Signal aus, dass sie zu haben war.

Greg hatte sehr schnell einen sechsten Sinn für Frauen entwickelt. Er wusste, wann sie ein Auge auf ihn warfen, und er spürte geradezu körperlich, dass die nach Rauch riechende Frau ihn beobachtete. Er tat so, als ob er es nicht bemerkte, und unterhielt sich angelegentlich mit Max, der mehr über die Hornets zu wissen schien als Greg. „Der Manager ist ein Typ namens Dino Carminucci“, sagte Max mit einer Sicherheit, von der Greg sich wünschte, er würde sie auch bei seinen Hausaufgaben an den Tag legen. „Er war mal Feldwart in Duluth, aber er ist hier in Avalon aufgewachsen. Er hat in den letzten fünf Jahren zwei Championtitel errungen. Und die Hornets ... na ja, ihre Bilanz ist nicht so gut, weil sie neu sind, aber sie haben diese Saison einen tollen neuen Pitcher, Bo Crutcher aus Texas.“ Er zeigte auf einen großen, schlaksigen Kerl, der gerade seine Jacke auszog und dann zur Abwurfstelle trabte.

Die einheimischen Fans jubelten, als das Außenfeld sich versammelte, und buhten, als der Batter von New Haven auf das Schlagmal trat. Der erste Wurf bestätigte Max' Informationen. Der Ball flog wie eine Gewehrkugel, war aber so wild, dass die Fans des gegnerischen Teams schon „Ball eins“ riefen, bevor der Schiri diesen Ruf bestätigte.

„Ist okay, Crutch. Du schaffst das“, rief jemand.

Diese Stimme. Ihr Klang war für Greg wie ein Schlag auf den Hinterkopf. Sofort wirbelte er auf seinem Sitz herum. Und tatsächlich, da saß sie, Nina Romano, flankiert von zwei Kerlen mit verkehrt herum sitzenden Baseballkappen. Sie tranken Bier und feuerten das Team an. Nina ertappte ihn dabei, wie er sie anstarrte, und winkte ihm zu. Ihr Lächeln konnte er nicht ganz deuten. Er fühlte sich irgendwie unbehaglich, also richtete er seine Aufmerksamkeit wieder auf das Spiel.

Oder tat zumindest so. Sein Gehirn stand in Flammen. Er war sich nicht sicher, warum der Anblick von Nina mit zwei Männern ihn so sehr störte. Vielleicht weil sie zu Hause sein und unruhig hin und her laufen sollte, während sie überlegte, ob sie sein Angebot annehmen sollte oder nicht.

Ja klar, sagte er sich. Sie hatte sich vermutlich bereits entschieden, sein Angebot abzulehnen, und es ihm nur noch nicht gesagt. Vielleicht würde sie ihr Glück mit Dumm und Dümmer versuchen, oder wer auch immer ihre beiden Begleiter waren.

Während Greg vor sich hin schmorte, merkte er gar nicht, dass die Frau neben ihm immer näher kam, bis ihre Schultern sich berührten. „Entschuldigen Sie“, sagte sie.

Er nickte nur und rückte ein Stückchen. Seine Körpersprache würde ihr hoffentlich verraten, was er nicht laut aussprechen mochte. Der schlaksige Pitcher schaffte es, sich so zusammenzureißen, dass ihm eine Reihe von Strikes gelang.

Einer von Ninas Begleitern legte die Hände an den Mund und trötete wie ein Nebelhorn. „Nehmt ihn raus", rief er. „Der ist durch!"

Der Schiedsrichter verkündete den dritten Strike. „Ja, Baby!", rief der Typ, als die Menge der Hornets-Fans jubelte. „Der ist fertig. Der ist raus. Der ist Geschichte."

Halt den Mund, dachte Greg. *Halt einfach den Mund.*

Bis zum Ende blieben beide Teams punktelos, und erst im letzten Inning schafften die Hornets zwei Runs. Die Avalon-Fans drehten völlig durch, und einen Moment lang verspürte sogar Greg einen Anflug von Glück. Doch er wusste, dass das Gefühl so flüchtig war wie das Lächeln einer Frau.

Er drehte sich um, um Ninas Blick aufzufangen, aber sie und die beiden Typen waren bereits zur Spielerbank gegangen. Umgeben von den Spielern, die um ihre Aufmerksamkeit buhlten, hatte sie keinen Blick für Greg.

Dann überraschte sie ihn, indem sie sich aus der Gruppe löste und auf ihn und Max zukam. „Ihr seid also Baseballfans", bemerkte sie.

„Ja. Max ist diesen Sommer in der Little League."

„In Jerry Broadbents Team?" Sie lächelte.

Verdammt, kannte sie denn jeden Mann in der Stadt oder nur jeden zweiten?

Max nickte.

Sie strich sich übers Kinn wie ein Detektiv in einem Comic. „Das ist der gleiche Gesichtsausdruck, den meine jüngeren Brüder hatten, wenn sie vom Baseballtraining mit Broadbent nach Hause kamen."

Max musterte sie interessiert. „Hat der Coach sie auch gehasst?"

„Der Coach hasst niemanden. Er ist einfach manchmal ein bisschen heftig." Sie lachte leise. „Nein, vermutlich hat er sie tatsächlich gehasst. Sie sind eineiige Zwillinge und haben oft Streiche gespielt, was ihn noch wütender gemacht hat. Ich glaube, sie waren schon einige Wochen im Team, bevor ihm überhaupt aufgefallen ist, dass es zwei von ihnen gab."

„Echt?"

Sie nickte. „Ich erinnere mich noch; einen Sommer brauchten sie mal eine Pause vom Coach. Sie haben das Team verlassen und haben stattdessen segeln gelernt."

Max riss die Augen auf. „Sie haben das Team verlassen?"

„Klar. Es ist nur ein Spiel, keine Schule. Ich denke, wenn es keinen Spaß macht, wieso sollte man es dann tun?"

„Weil Max keiner ist, der aufgibt", mischte Greg sich ein. „Oder, Max?" Er fing Ninas Blick auf. „Er hat immer Sport gemacht. Das ist körperlich gut für ihn, und der Sport kann Kindern viel beibringen. Zum Beispiel, dass Ausdauer sich auszahlt."

„Es gibt einen Unterschied zwischen Ausdauer und mit dem Kopf gegen die Wand schlagen.“ Nina grinste Max an.

Für ein paar Sekunden hob sich Max’ Laune. „Stimmt.“

Gregs und Ninas Blick trafen sich, und er spürte die Unterströmung in der Unterhaltung. Er entschied sich, sie an die Oberfläche zu bringen. „Ich warte schon eine ganze Weile auf eine Antwort zu meinem Angebot.“

„Ich weiß.“

„Und?“

„Und …“

„Hey, Darling.“ Der Pitcher des Teams gesellte sich zu ihnen, verschwitzt, aber stolz auf den Sieg seines Teams.

„Darf ich vorstellen: Greg Bellamy und sein Sohn Max.“ Nina trat einen Schritt zurück. „Bo Crutcher, unser Star-Pitcher.“

Verdammt, sie kannte wirklich jeden Kerl in der Stadt. Das war’s, beschloss Greg. Wenn er morgen nichts von ihr hörte, würde er ohne sie weitermachen.

„Gehen wir, Kumpel“, sagte er zu Max. Auf dem Weg zum Wagen kamen sie an einer jungen Familie vorbei. Der Mann war nicht sonderlich groß und hatte einen kleinen Bauch. Außerdem wurde er vorzeitig kahl. Doch als er seine Frau beobachtete, die mit den beiden Kindern auf der Decke spielte, hatte er den seltsamen Gesichtsausdruck, den Jenny vorhin erwähnt hatte. *Liebe bewirkt so etwas.*

Greg bemerkte, dass Max die Familie ebenfalls beobachtete, und sein Gesicht verriet genau, was er dachte.

Sie stiegen ins Auto, und Max sagte: „Ich hasse die Scheidung. Sie ist echt ätzend.“

Der Kommentar erschütterte Greg. Sollte er Max weitersprechen lassen, ihn ausfragen, versuchen, ihn abzulenken – was? Er entschied sich für Ehrlichkeit. „Ja, es ist ätzend.“

„Warum hast du es dann zugelassen?“, wollte Max wissen. „Du hast Nina gesagt, dass ich niemand bin, der aufgibt, als wenn das was wäre, worauf man stolz sein könnte. Aber du hast Mom aufgegeben.“

„Es lag nicht nur …“ Greg unterbrach sich. Er hatte sich mit einem *Es lag nicht nur an mir* verteidigen wollen. Doch das war Max egal, und vielleicht lag Greg auch falsch. Hatte er vielleicht doch ganz alleine seine Ehe ruiniert – und hätte er sie auch ganz alleine wieder ins Lot bringen können? Hatte er es ernsthaft genug versucht? „Ich kann es dir nicht erklären“, gab er zu. „Es tut mir leid, Max.“

„Alles erinnert mich daran, wie es mal war“, sagte Max. „Geburtstage und Weihnachten, wie wir vier die ganze Zeit gelacht haben, glücklich waren, wie ganz normale Leute. Jetzt glaube ich, das war alles eine Lüge. Oder dass es zu einer Lüge wurde, weil ihr euch getrennt habt."

„Es war keine Lüge", widersprach Greg. „Die Liebe, das Glücksgefühl, das war real."

„Warum hat es dann nicht gehalten?"

Warum, warum, warum? „Das hatte viele Gründe. Wir haben uns verändert. Deine Mom und ich, wir sind zu anderen Menschen geworden. Es ist ein Klischee, aber die Wahrheit ist, wir haben uns auseinandergelebt und es erst bemerkt, als es schon zu spät war."

„Zu spät für was? Warum habt ihr es nicht wieder repariert? Ihr wolltet, dass wir alle wegen der Scheidung zum Therapeuten gehen. Warum habt ihr nicht genauso hart an eurer Ehe gearbeitet?"

„Das ist eine gute Frage, auf die ich keine Antwort habe." Oder vielleicht hatte er die, aber sie war nichts, was er seinem Sohn sagen würde. Fakt war, dass Greg und Sophie von Anfang an nicht richtig füreinander gewesen waren. Das Einzige, was zwischen ihnen perfekt war, war das Baby, das sie gemacht hatten. Daisy. Ein Sonnenschein, der ihre kleine Welt erhellt und die dunklen Ecken ausgeblendet hatte, in denen die Wahrheit über ihre Inkompatibilität lauerte. Ein paar Jahre später war Max gekommen, ein weiteres Licht, das noch heller strahlte. Er brannte die Zweifel und die Dunkelheit fort und verursachte eine vorübergehende Blindheit, die Greg mit Glück verwechselt hatte.

Greg hasste es, dass die Scheidung seinen Kindern wehgetan hatte. Hasste es, dass er Max nicht die Antworten geben konnte, nach denen er sich sehnte. Alles, was er sagte, klang wie hohle Phrasen. „Max, ich will, dass du mir glaubst, wenn ich dir sage, dass es besser wird. Denn die Wahrheit ist die: Man bekommt nicht nur *eine* Chance aufs Glücklichsein. Man bekommt viele Chancen. Zweite Chancen lauern überall. Und manchmal funktioniert eine zweite Chance sogar besser als die erste, weil man aus seinen Fehlern gelernt hat. Vertrau mir."

„Ja, klar." Max verfiel in übel gelauntes Schweigen. Nach ein paar Minuten sagte er: „Ich verstehe es nicht, Dad. Ich kapier einfach nicht, warum Leute überhaupt erst heiraten, wenn sie sich danach doch nur auseinanderleben."

„Wenn man eine Ehe eingeht, denkt man nicht so. Es ist schwer zu erklären." Greg bog am Hinweisschild zum Inn ab. „Du tust, was du tun musst, und hoffst das Beste."

4. Teil

Damals

Die Guinevere-Suite ist die bevorzugte Wahl für Flitterwochen und Paare, die einen besonderen Hochzeitstag feiern. Sie ist im Aussichtsturm gelegen und eine luxuriöse und private Oase, deren Herz in einem Queen-Size-Himmelbett mit weißem Tüll schlägt. Ein schräges Panoramafenster rahmt den fantastischen Blick auf den See ein. Im Badezimmer befindet sich eine Badewanne auf Klauenfüßen – die groß genug ist für zwei – sowie eine große Auswahl an Kerzen, Seifen und Lotionen.

Die Bettlaken sind mit Lavendel parfümiert. Ein aromatisches Kraut mit einem besonderen, beruhigenden Duft. Man sagt, ein Säckchen mit getrockneten Lavendelblüten unter dem Kissen ist eine wirksame Hilfe bei Schlaflosigkeit. Um Bettlaken mit dem Geruch zu versehen, tun Sie sie zusammen mit einem Säckchen Lavendel in den Wäschetrockner.

7. KAPITEL

Greg behielt Nina im Auge und stellte sicher, dass sie nicht weitere Dummheiten machte, wie sich auf einen Kadettenball zu schleichen. Was hatte er noch gesagt, als er sie nach Hause gefahren hatte? „Ich könnte dich überraschen." Mann, das hätte er nicht sagen sollen. Ihr Altersunterschied war vielleicht nicht mehr wichtig, wenn sie älter waren, aber im Moment stand er wie eine undurchdringliche Mauer zwischen ihnen. Sie ist immer noch ein Kind, sagte er sich. Das war's. Punktum.

Es war der Tag nach der offiziellen Schließung des Sommercamps. Die Kinder waren alle fort, und nun musste das Camp nur noch für den langen Winter abgeschlossen werden. Nina half ihrer Mutter, die Küchengeräte nach draußen zu tragen, damit sie dort abgespritzt werden konnten. Greg sollte die Boiler in den Hütten und Schlafbaracken ablaufen lassen, doch er ließ sich immer wieder von Ninas Anblick ablenken und wurde jedes Mal erneut wütend über den dummköpfigen Kadetten aus dem Country Club.

Er bemerkte, dass ein paar der anderen Betreuer ein Auge auf Nina warfen, und musste ihnen drohen, sich zurückzuhalten. Er hatte gehört, dass sie mehrere Brüder hatte. Wo zum Teufel waren die, wenn man sie brauchte?

Nina für ihren Teil tat so, als existiere er gar nicht. Vielleicht sah sie ihn nicht. Oder ihr war der ganze Vorfall mit dem Kadetten peinlich.

„Überraschung." Am Haupthaus stieg Sophie Lindstrom aus dem Wagen, der von Terry Davis gefahren wurde, dem Hausmeister. Ihr Lächeln war gleichzeitig umwerfend und unsicher. Eingedenk der Bitterkeit bei ihrem letzten Treffen nach Weihnachten konnte Greg die Unsicherheit gut verstehen.

Er hatte geglaubt, er und Sophie wären ineinander verliebt. Sie hatten sich letzten Herbst in der Wirtschaftsvorlesung kennengelernt. Im Laufe des Semesters war aus dem anfänglichen Flirt ein erstes Date erwachsen, und bald schon schliefen sie miteinander und entwarfen eine gemeinsame Zukunft. Sophie war für ihn perfekt. Sie war klug, lustig, freundlich, schön und ambitioniert. Sie stammte aus Seattle und einer Familie von Anwälten, Diplomaten und Kaufhausmagnaten. Greg hatte es gar nicht erwarten können, sie Weihnachten mit nach Hause zu nehmen, um sie seiner Familie vorzustellen.

Doch das war nicht passiert. Aus Gründen, die ihm selber nicht ganz klar waren, war ihre Beziehung mit einem Mal turbulent und schmerzvoll geworden. Sophie hatte ihn darüber in Kenntnis gesetzt, dass sie, da sie beide das folgende Semester getrennt im Ausland verbringen würden, es sich nicht leisten konnten, sich von „emotionalen Bindungen“ zurückhalten zu lassen. Was auch immer das heißen sollte.

Wie Nina Romano es im Auto so passend ausgedrückt hatte: Sophie hatte ihn sitzen lassen. Greg hatte seit dieser schmerzvollen Unterhaltung vor den Weihnachtsferien nicht mehr mit ihr gesprochen. Und jetzt war sie hier. Er hatte keine Ahnung, was das zu bedeuten hatte. Oder wie er sie begrüßen sollte. Er musste sich neu orientieren. Er hatte angenommen, er würde seinen Kollegen und Eltern bei den letzten Aufgaben zur Hand gehen – Hütten winterfest machen, alles Verderbliche aus der Küche und dem Speisesaal räumen, die Boote und die Sportausrüstungen verstauen – und dann zurück in die Stadt fahren und sich auf das nächste Collegejahr vorbereiten. Nicht erwartet hatte er hingegen einen Besuch seiner alten Flamme – und ersten Liebe.

„Ja, das ist wirklich eine Überraschung“, sagte er. Er umarmte Sophie steif. Sie stießen ungelenk aneinander, wussten nicht mehr, wie sie zueinanderpassten, obwohl das früher doch so leicht und mühelos erschienen war. Sie fühlte sich total anders an. Sogar ihr Geruch war ein anderer. Und er hätte schwören können, dass sie fülliger war. Verdammt. Hatte sie sich die Brüste machen lassen?

Er ließ sie los und trat einen Schritt zurück. Sie waren monatelang getrennt gewesen und kannten einander nicht mehr. Er wusste nicht, was er sagen sollte. Er schwankte noch zwischen „Gut dich zu sehen“ und „Ich dachte, wir hätten Schluss gemacht“, als sie ihren Kopf ins Auto steckte und nach etwas auf der Rückbank griff. Terry Davis ging mit stoischer Miene an den Kofferraum, um ihre Taschen auszuladen.

Großartig, sie hat Gepäck, dachte Greg. Ganz offensichtlich plante sie, mindestens über Nacht zu bleiben.

„Woher wusstest du, wo ich zu finden bin? Und warum hast du nicht erst einmal angerufen?“ Er ertappte sich dabei, wie er einen Blick auf ihren Hintern warf, als sie sich ins Auto beugte. Ihr Hintern hatte ihm immer gefallen, und heute sah er besonders gut aus. Vielleicht hatte sie während ihrer Zeit in Japan ein wenig zugelegt. Es stand ihr gut.

„Dein Zimmergenosse hat mir gesagt, wo ich dich finden kann. Und ich habe entschieden, nicht vorher anzurufen, weil ich Angst hatte, sonst in letzter Sekunde einen Rückzieher zu machen“, sagte sie über die Schulter. Dann richtete sie sich auf und drehte sich um.

Einige Sekunden lang starrte Greg sie in vollem Unverständnis an. In ihren Händen hielt sie zwei graue Plastikgriffe, die an einer Art Korb befestigt waren. In dem Korb lag ein Haufen blasser, weich aussehender Decken.

Nein, dachte er. Einfach ... *nein*. Es rauschte durch seinen Kopf, ein Leugnen, das so stark war, dass er nichts von dem hörte, was Sophie sagte. Er sah, wie ihre Lippen sich bewegten, aber kein Wort durchdrang das panische Heulen in seinem Kopf.

Okay, dachte er. *Tief durchatmen.* Er zwang sich, sich zu konzentrieren.

„… der Ausdruck auf deinem Gesicht", sagte Sophie gerade. „Das ist der andere Grund, warum ich nicht erst angerufen habe." Sie hielt kurz inne, um Mr Davis für die Fahrt zu danken, dann wandte sie sich wieder an Greg. „Gibt es hier einen Platz, wo wir ungestört reden können?"

„Ja, da drüben." Er nahm ihren Rollkoffer und zog ihn über den unebenen Weg, der zum Steg unterhalb des Haupthauses führte. Jetzt, wo alle Camper weg waren, lag er einsam und verlassen da. Die Abenddämmerung brach herein, und eine warme Brise kräuselte die Wasseroberfläche.

Aber die unberührte Schönheit des Abends bedeutete Greg nichts. Ihn interessierten weder die letzten Sonnenstrahlen, die auf dem Wasser tanzten, noch das sanfte Plätschern der Wellen an die Pfeiler des Stegs. Es war nur ein Ort, an dem er ausflippen konnte, während alles, was er sich für sein Leben vorgestellt hatte, auf den Kopf gestellt oder auf links gedreht oder zumindest in etwas verwandelt wurde, was er nicht wiedererkannte.

Mit äußerster Vorsicht setzte Sophie den Korb ab.

Greg konnte immer noch nicht sprechen. Er hielt seinen Blick auf Sophie gerichtet – wenn er es nicht anschaute, müsste er es nicht zur Kenntnis nehmen, und dann wäre es auch nicht wirklich. Es würde nicht passieren.

Sie erwiderte seinen Blick mit schonungsloser Ruhe. „Als wir letztes Jahr Weihnachten Schluss gemacht haben, wusste ich nicht, dass ich schwanger war", sagte sie. „Ich schwöre es. Ich dachte – ich nahm an –, ich hätte mir etwas eingefangen, einen Magen-Darm-Virus oder so. Es ist mir überhaupt nicht in den Sinn gekommen …" Sie wandte den Blick ab und räusperte sich. „Ich hatte viel Stress. Die Abschlussprüfungen, und dass wir beide nicht mehr miteinander klarkamen."

Was für eine Untertreibung. Am Ende ihre Beziehung war das Zusammensein, wie wenn man die Haut von einer Blase abzieht. Das Wissen, dass sie das nächste Semester auf verschiedenen Kontinenten verbringen würden – er in Granada in Spanien, sie in Nagoya in Japan –, bot den idealen Ausweg aus dem Schmerz. Greg hatte angenommen, dass er und Sophie im Herbst als höfliche Fremde zurückkehren würden. Nach und nach würden die Erinnerungen verblassen. Sie würden Dinge vergessen, die sie einmal voneinander gewusst hatten – die Namen der Haustiere aus der Kindheit, die Lieblingsfarbe, das Lied, das gespielt hatte, als sie sich das erste Mal liebten. Irgendwann würden sie vergessen, was sie einander mal bedeutet hatten, oder wenn sie sich doch daran erinnerten, würden diese Erinnerungen nicht mehr wehtun.

Jetzt jedoch wurde ihm bewusst, dass zwischen ihnen gar nichts vorbei war. Im Gegenteil, etwas fing gerade an. Er konnte immer noch nicht zu dem Bündel Decken in dem Tragekorb schauen. Aber er konnte es auch nicht länger ignorieren. „Es ist also meins“, sagte er. Das war keine Frage. Sophie war zwar ein Mensch, der Geheimnisse hatte, aber sie war keine Lügnerin. Und sie hätte sich nicht dem Schmerz ausgesetzt, hierherzukommen, wenn sie sich nicht hundert Prozent sicher wäre.

„*Es* ist ein Mädchen“, sagte sie, und Greg zuckte innerlich zusammen, als er den ätzenden Ton hörte, den Sophie so gut beherrschte. Sie hatte schon immer die einzigartige Fähigkeit besessen, ihm das Gefühl zu geben, winzig klein zu sein. „Und ja“, fuhr sie fort, „sie ist deine Tochter. Ich bin alleine gekommen, um es dir zu sagen, weil ich will, dass wir gemeinsam eine Entscheidung treffen, ohne dass uns jemand hineinredet.“

„Mit ‚irgendjemand‘ meinst du vermutlich deine Eltern“, sagte Greg. Anders und Kirsten Lindstrom waren beide Partner in einer der angesehensten Anwaltskanzleien von Seattle. Und das war typisch für Sophie. Alleine dadurch, dass sie das Thema anschnitt, wurde ein gewisser Druck aufgebaut. „Sie sind dein Plan B, richtig? Ich meine, sollte ich versuchen, meine Verantwortung zu leugnen. Was dir zeigt, dass sie mich überhaupt nicht kennen. Und das gilt vielleicht auch für dich.“

Zu seiner Überraschung war Sophie den Tränen nahe, sie wirkte unglaublich verletzlich. „Oh Greg. Ich wünschte, ich hätte es dir eher gesagt, aber ich hatte solche Angst.“

Aus der Babytrage kam ein Geräusch. Ein schläfriges Stöhnen, beinahe unhörbar sanft, und doch dröhnte es in Gregs Ohren. Der kleine Ton schien Sophie zu verwandeln. Ihre Unsicherheit verwandelte sich in puren Stolz, als sie sagte: „Sie heißt Daisy.“

Greg fühlte sich wie vom Blitz getroffen; danach folgte ein Gefühlsrausch, den er nicht erklären konnte. Plötzlich war es kein „es“ mehr, sondern ein Mädchen. Seine Tochter. Und sie hatte einen Namen. Daisy.

Mit ungelenken, hölzernen Bewegungen ging er neben der Trage in die Knie. Er wusste nicht, wie man das Verdeck zurückklappte, also beugte Sophie sich herunter und half ihm. Das goldene Licht der untergehenden Sonne fiel auf das kleine Bündel. Mit einem Finger und zitternder Hand schob Greg die Decke beiseite, und endlich nahm das Bündel menschliche Formen an. Als er sie anschaute, stockte ihm der Atem. Dieses zerbrechliche, winzige Kind, das so tief schlief wie eine Figur im Märchen. Er starrte das runde, perfekte Gesichtchen an, die unglaublich kleinen Fäuste, die sich an die leicht geröteten Wangen drückten. Das Gesicht des Babys zuckte im Schlaf, dann wurde es ganz weich und entspannt.

Und einfach so veränderte sich seine Welt. Gregs Brust fühlte sich an, als würde sie jeden Moment platzen. Von einem Platz in seinem Herzen aus, von dessen Existenz er bis dahin nichts gewusst hatte, fing er auf einmal an, sein Kind zu lieben. Die Liebe überwältigte ihn, war so intensiv und unerwartet wie ein plötzlicher Sturm, der die Landschaft für immer verändert. Dann schaute er zu Sophie hinauf und wusste, dass er verdammt noch mal besser herausfand, wie er auch sie lieben konnte.

8. KAPITEL

Der Sommer im Camp Kioga endete mit einer unerwarteten Hochzeit, und Nina ertappte sich dabei, von der Entwicklung unangemessen fasziniert zu sein. Mrs Romano und Mrs Majesky lieferten das Catering für die kleine Familienfeier, die die Bellamy-Familie und das Camp kurzfristig in Aufruhr versetzte. Ein paar von Sophie Lindstroms Freundinnen und die Familie kamen den ganzen Weg aus Seattle und wohnten im Inn am Willow Lake, wo Nina auch erfuhr, was es mit der Hochzeit auf sich hatte. Bei ihrer Arbeit im Inn hatte sie gelernt, den Unterhaltungen der Gäste zuzuhören, ohne dass es ihnen auffiel.

Sophies Freunde waren alle sehr gebildet und weit gereist, dennoch konnten sie nicht aufhören, sich über die Wasserleitungen, die fehlende Klimaanlage und den unglaublichen Mangel an Unterhaltung in der kleinen Stadt Avalon zu beschweren. Sophies Gäste kamen paarweise, so wie die Tiere auf Noahs Arche. Zwei beste Freundinnen – Lucy Rosetta und Miranda Sweeny. Zwei Elternteile – keine Geschwister. Und zwei Paare Großeltern. Das war's. Oh, und das Baby. Das kleine Nest aus pinkfarbenen Decken war der Grund für all die Aufregung.

Kleine Familien faszinierten Nina. Sie schienen immer so ruhig, so höflich und reserviert. Sie beobachtete sie an einem der runden Tische im Frühstücksraum, wie sie die Sahne herumreichten und sich die Zeitung aufteilten, wobei sie leise miteinander sprachen.

Was für ein Unterschied zum Haushalt der Romanos. Zuerst einmal gingen sie nie außerhalb frühstücken. Wer sollte das auch bezahlen? Frühstück war bei Nina zu Hause immer ein wildes Durcheinander. Die Geschwister stritten sich über die nächste Scheibe Toast oder das letzte Glas Saft. Nach dem Chaos beim Essen folgte eine hektische Suche nach Schlüsseln, Sportklamotten, Schulbüchern oder Zugfahrkarten, die in einem Massenansturm auf die Haustür endete. Danach ähnelte die Küche einem Dorf, das von wütenden Horden heimgesucht worden war.

Kleine Familien waren gedämpft. Man hörte das Klirren von Porzellan und Silber. Man hörte die Mütter sagen: „Zappel nicht so, meine Liebe" oder „Reichst du mir bitte das Salz?"

Der Tag der Bellamy-Hochzeit war ein letzter sonniger Gruß des Sommers. Am Morgen arbeitete Nina im Frühstücksraum des Inn. Anders als andere Kinder, die miese Sommerjobs in der Autowäsche oder im öffentlichen Schwimmbad hatten, liebte Nina ihre Arbeit im Inn am Willow Lake. Auch wenn es etwas heruntergekommen war,

war es immer noch vornehm und friedvoll. Nina liebte es, die Gäste willkommen zu heißen und es ihnen in dem kleinen Hafen am Ufer des idyllischen Willow Lakes heimisch zu machen.

Heute jedoch musste sie direkt nach dem Frühstück los. Ihre Mutter hatte sie und Jenny rekrutiert, um bei der Hochzeit zu helfen. Nach der Zeremonie würde es ein Dinner im Haupthaus vom Camp Kioga geben, und Ninas Mutter war für das Essen verantwortlich.

Sie und Jenny fuhren mit dem Transporter der Sky River Bakery. Sie hatten die wunderschöne, dreistöckige Hochzeitstorte dabei, die Mrs Majesky gerade noch mit ein paar Verzierungen aus Blattgold und silbernen Liebesperlen gekrönt hatte. Jenny war ungewohnt still, denn ihre Hauptgründe, das Camp zu besuchen – genauer gesagt die beiden Jungen, die dort den Sommer verbracht hatten –, waren abgereist. Sie wusste, dass sie sie erst im nächsten Jahr wiedersehen würde.

Nina war auch sehr still, und ihr war ein wenig übel, aber das lag nicht an Liebeskummer wie bei Jenny. Der zuckrige Geruch im Van in Verbindung mit der kurvigen Straße zum Camp machte es nicht besser. Sie wünschte, sie hätte das Frühstück nicht ausfallen lassen. Normalerweise war es den Bediensteten im Inn erlaubt, sich auch beim Frühstück zu bedienen, aber heute Morgen hatte der Gedanke daran, etwas zu essen, in Nina das Bedürfnis geweckt, sich zu übergeben. Außerdem musste sie mal ganz dringend pinkeln, und sobald sie vor dem Haupthaus anhielten, rannte sie zu den Toiletten.

Den Rest des Tages war sie zu beschäftigt, um sich Gedanken um ihren aufgewühlten Magen zu machen. In letzter Minute tauchten Gregs zwei Schwestern und sein Bruder auf, gefolgt von einigen Collegekumpels von Greg. Langsam fing das Ganze an, zu einer echten Party zu werden. Nina und Jenny halfen in der Küche, und als die Gäste zum Empfang kamen, sorgten die beiden Mädchen dafür, dass die Büfetttische immer wohlgefüllt waren mit all den Leckereien, die Mrs Romano zubereitet hatte. Eine Band spielte, und bei Sonnenuntergang wurde der Tanz eröffnet. Nina warf Greg Bellamy immer wieder verstohlene Blicke zu, die er allerdings nicht zu bemerken schien. Er und Sophie – seine *Frau*, wow – gingen ganz in den Feierlichkeiten auf. Wenn man den Gerüchten glauben durfte, hatten die beiden sich im College kennengelernt. Sie hatten sich vor Monaten getrennt, und dann war Sophie wie aus dem Nichts mit einem Baby aufgetaucht, und plötzlich waren sie wieder ganz doll ineinander verliebt.

Kein Wunder, dass Greg einfach durch Nina hindurchzusehen schien, als sie mit einer Platte Pollo Cacciatore an ihm vorbeiging. Er erinnerte sich vermutlich nicht mal mehr an den Sommerabend, an dem der Geruch von Blumen in der Luft gelegen und er Nina mit dem

Auto nach Hause gefahren hatte. Der Abend, an dem er gesagt hatte: „Vielleicht eines Tages ... Ich könnte dich überraschen."

Es war peinlich genug, dass Nina diesen Abend in Gedanken wieder und wieder durchgespielt hatte. Den Abend, an dem sie ihre Jungfräulichkeit an einen West-Point-Kadetten verloren hatte. Aber der Teil, an den sie sich am lebhaftesten erinnerte, der Teil, der ihr wieder und wieder durch den Kopf ging, hatte weniger mit Laurence Jeffries und mehr mit Greg Bellamy zu tun. Was wirklich dumm war, denn er dachte ja ganz offensichtlich überhaupt nicht an sie. Er war total beschäftigt mit Sophie und dem kleinen Baby, das sie ihm gebracht hatte.

An einem Punkt des Abends stand sie an eine Wand gelehnt da und versuchte, einen Weg zu finden, ihren BH zu richten, ohne dabei zu offensichtlich zu sein. Vielleicht machte sie gerade eine Phase körperlicher Veränderungen durch, denn alle ihre BHs fühlten sich in letzter Zeit zu eng an. Sie stellte ihr Tablett auf einen Tisch und zog diskret durch ihre Bluse an dem elastischen Band.

„Ist das für mich?", fragte jemand.

Nina nahm sofort Haltung an, wie ein Soldat. Oh, verdammt. Greg Bellamy. „Was?", fragte sie und merkte erst dann, dass er das Tablett anschaute und nicht sie. „Ja, sicher." Sie hob das Tablett mit den Champagnerflöten wieder an.

Er sah sie direkt an, doch ihre Zunge war wie gelähmt. Was sagte man zu einem Mann, der komplett und zu einer Million Prozent nicht zu haben war?

„Oh, hi", sagte sie. Oh, brillant, Nina, dachte sie.

„Hi", erwiderte er und schien dann auch nicht weiterzuwissen. Er nahm sich ein Glas von dem Tablett, das sie in Händen hielt, und trank es in einem Zug aus.

Großartig, dachte sie. Er erinnerte sich nicht einmal mehr an sie. Sie war eine angeheuerte Bedienung, ungefähr genauso interessant wie die Tapete an der Wand, vor der sie stand. Was natürlich der Sinn der Sache war – sie, Jenny und das andere Personal trugen schwarze Hosen, flache schwarze Schuhe mit leisen Sohlen und gestärkte weiße Hemden. Die Haare hatten sie in einem ordentlichen Pferdeschwanz zurückgebunden. Trotzdem, dachte sie und schob das Tablett in den Rollwagen für den Abräumer. *Trotzdem.*

Eine Gruppe von Gregs Collegefreunden kam zu ihm und fing an, ihn damit aufzuziehen, dass er der Erste war, der heiratete. „Auf dich, Kumpel", sagte ein rotgesichtiger Student und hob sein Glas. „Mögest du tapfer voranschreiten in Gebiete, die noch keiner von uns betreten hat."

„Ja, direkt in die Arme der kleinen Frau", sagte ein anderer. „Hört ihr das? Das ist die Falle, die gerade zugeschnappt ist."

Sie alle lachten, als wäre es ein ganz ausgezeichneter Witz. Als wenn es toll wäre, ihn auf seiner Hochzeit damit aufzuziehen, dass er wie eine Ratte in der Falle saß. Sie sah, dass er direkt hintereinander drei weitere Gläser Champagner hinunterstürzte. Sie war keine Expertin, was Hochzeiten anging, aber sie war sich ziemlich sicher, dass man sich an seinem eigenen Hochzeitstag nicht ins Koma trinken sollte, weil das die Hochzeitsnacht negativ beeinflusste. Nach seinem vierten Glas Champagner ging er mit steifen Schritten fort. Seine ganze Körperhaltung strahlte Wut aus. Er schien in Richtung Toiletten zu gehen, die sich neben der Treppe befanden. Doch stattdessen blieb er an einer Nebentür stehen, schaute sich verstohlen um und schlüpfte hinaus.

Jetzt war Nina auf einer Mission. Was hatte der Kerl vor? Sie ging zu der Tür und sah, dass sie zu einer Außentreppe führte, die an einem schmalen Weg endete, der bis hinunter zum See verlief. Sie trat ungesehen hinaus und sah, dass Greg auf dem umlaufenden Gang stehen geblieben war. Hier hingen bemalte Paddel und andere Erinnerungen, die die Camper den Sommer über gemacht hatten. Während sie ihn beobachtete, holte Greg mit seiner Faust aus und schlug sie mit voller Wucht gegen die Wand. Die Verkleidung gab mit einem dumpfen Knacken nach. Er stieß einen Fluch aus, der nicht mal Ninas Brüdern über die Lippen gekommen wäre. Eine Wolke Gipspulver umwehte ihn.

Nina zögerte nicht. Sie eilte die Stufen hinunter und erreichte ihn gerade in dem Moment, als er zu einem weiteren Schlag ausholte. „Hey", flüsterte sie laut. „Hey, lass gut sein."

Er wirbelte zu ihr herum. Seine Wut schien durch die Dunkelheit zu peitschen. Nina zuckte nicht. Sie war eine Romano. Sie hatte Brüder. Ein wütender Kerl schüchterte sie nicht im Geringsten ein. „Ich sagte, lass es gut sein."

Zu ihrer Überraschung sackten seine Schultern zusammen, und jeglicher Kampfgeist verließ seinen Körper. „Wer zum Teufel bist du?", murmelte er und versuchte, sie in der Dunkelheit zu erkennen.

Sie schluckte die sarkastische Bemerkung herunter, die ihr auf der Zunge lag. Natürlich erkannte er sie nicht. Schon gar nicht unter diesen Umständen und in totaler Finsternis. Sie nahm das Leinentuch, das unter ihrem Gürtel steckte. „Wir müssen dich ein wenig zurechtmachen, Kumpel. Streck die Hand aus."

Sie nahm seine Hand zärtlich in ihre und versuchte, nicht die Wärme und Kraft zu spüren oder die Verzweiflung zu hören, die in seinen angestrengten Atemzügen lag. „Halt still, okay?"

„Sicher, wie du meinst."

Vorsichtig tupfte sie das Blut an den Stellen ab, wo die Haut aufgerissen war. „Nicht die cleverste Aktion in der eigenen Hochzeitsnacht", sagte sie.

„Das hier sollte nicht meine Hochzeitsnacht sein."

„Vielleicht hättest du daran früher denken sollen." Sie säuberte seine Hand und wischte dann leicht den Gipsstaub von einem Ärmel.

„Früher als was? Mein Gott, sie taucht aus dem Nichts mit einem Baby auf. Was zum Teufel hätte ich denn sonst tun sollen?"

„Hast du mich das gerade wirklich gefragt? Bitte sag mir, dass ich mich verhört habe."

Er fuhr sich mit der verletzten Hand durchs Haar. „Ich liebe sie. Ich *muss* sie lieben. Ich liebe sie beide." Er murmelte vor sich hin, als wolle er sich selber überzeugen, richtig gehandelt zu haben. „Sie sind jetzt mein Leben. Vielleicht nicht das Leben, das ich mir vorgestellt habe, aber was soll's?"

„Fein. Ich sag dir, was du tun kannst." Sie nahm seinen Arm und zog Greg mit sich zur Treppe. „Du kannst aufhören, zu jammern. Du kannst ein Mann sein und zu dem Mädchen stehen, das du gerade geheiratet hast. Das ist genau das, was du tun kannst."

Er blieb stocksteif stehen. Einen Moment lang dachte sie, er würde flüchten. Dann sah er sie an. Sein Gesicht war in der Dunkelheit unlesbar. „Nina." Er unterdrückte ein freudloses Lachen. „Ich weiß, wer du bist. Ich habe dich unter ‚leider keine Option mehr' gespeichert."

Er ist betrunken, sagte sie sich. Er würde sich an diese Unterhaltung nicht erinnern. „Geh jetzt", drängte sie. „Trink einen Kaffee. Geh zurück zu deiner Hochzeit."

Sie stand in der Dunkelheit und sah zu, wie er auf die Party zurückkehrte. Auch wenn er zwei Stufen auf einmal nahm und entschlossen wirkte, wusste er vermutlich, dass der heutige Abend nicht der schwerste Abend seiner Ehe sein würde. Heute war nur der Anfang, und das war vermutlich der Grund, warum er ausgeflippt war. Er war gefangen. Sie hatte schon vorher Leute über so etwas sprechen hören. Mädchen, die schwanger wurden, um ihre Chance auf die Ehe zu steigern. War die Braut absichtlich schwanger geworden, um einen Bellamy zu heiraten? Nina wusste es nicht. Falls ja, würde ihr ein hartes Erwachen bevorstehen. Vielleicht nicht morgen, aber eines Tages.

Das geht dich nichts an, schalt Nina sich. Sie konnte nicht fassen, wie eigenartig es ihr ging, und doch konnte sie nicht genau sagen, woher es kam. Hier in der Dunkelheit dieses wunderschönen Herbstabends spürte sie eine plötzliche Übelkeit in sich aufsteigen. Der Geruch vom See und von den trocknenden Blättern vermischte sich auf ganz unangenehme Art mit den Abgasen vom Parkplatz.

Beinahe zu spät bemerkte Nina, dass sie sich übergeben musste. Sie schaute sich hektisch um. Die Toiletten waren drinnen, also rannte sie die Treppe hinauf und schaffte es gerade so. Die Damentoilette war leer, wofür sie sehr dankbar war, als sie ihren spärlichen Mageninhalt leerte.

Anstatt sich jedoch danach besser zu fühlen, wurde sie von einer neuen Übelkeitswelle gepackt. Sie tupfte sich ihr Gesicht mit etwas Toilettenpapier ab und lehnte sich gegen die Wand der Kabine, ließ das Metall ihre verschwitzte Stirn kühlen und wartete ab, ob ihr erneut übel würde. Eine unglaubliche Müdigkeit erfasste ihren gesamten Körper. In letzter Zeit schien sie ständig müde zu sein.

Sie hörte, wie die äußere Tür geöffnet und wieder geschlossen wurde. „Wie verrückt ist das denn bitte“, hörte sie jemanden sagen. „Ich muss mich auf meiner eigenen Hochzeit zurückziehen, um mein Baby zu stillen.“

„Das ist überhaupt nicht verrückt, Sophie“, sagte jemand anderes. „Es ist ein Segen.“

Nina verließ die Kabine absichtlich geräuschvoll, damit die beiden Frauen wussten, dass sie nicht alleine waren. Sophie, die Braut, und ihre beste Freundin Miranda saßen in dem Vorraum der Toilette, der mit rustikalen Bänken und einer Frisierkommode eingerichtet war.

Nina drehte das Wasser extra weit auf, um zu zeigen, dass sie nicht absichtlich lauschte. Dennoch hörte sie einen Satzfetzen. „… niemand. Nur eine Aushilfe.“

Ja, das bin ich, dachte Nina bitter, während sie darauf wartete, dass warmes Wasser kam. *Nur eine Aushilfe.* Die Aushilfe, die seit fünf Stunden auf den Beinen war, um Sophie und ihre Freunde zu bedienen.

Sie kannte diese Art von Menschen – Snobs der besseren Gesellschaft, die Fahrer und Haushälterinnen wie ein Niemand behandelten, wie ein Möbelstück, in dessen Gegenwart man alles sagen konnte. Sie und ihre Freunde hatten diese falsch-ernsthafte Art, so zu tun, als wären sie deine beste Freundin, während sie sich in Wahrheit nicht die Bohne für dich interessierten. Greg Bellamy konnte sie ruhig haben – viel Spaß damit.

Im Spiegel über dem Waschbecken sah sie die beiden Frauen in dem Vorraum sitzen. Sophie hatte das Oberteil ihres Hochzeitskleides heruntergeschoben und hielt ein kleines, in pinkfarbene Decken eingehülltes Bündel an ihre Brust.

„Ich finde es unglaublich“, sagte Miranda bewundernd. „Du hast einfach alles – den Mann, das Baby und … einfach alles.“

„Erinnere mich daran, wie unglaublich das alles ist, wenn ich morgens um zwei Uhr aufstehen muss, um zu stillen“, sagte Sophie.

Armes reiches Mädchen, dachte Nina und spülte sich den Mund mit Wasser aus. *Heul doch.*

Miranda senkte ihre Stimme, aber Nina konnte sie trotzdem hören. „Okay, jetzt raus damit. Hast du das geplant?“

Nina hatte eigentlich gehen wollen. Jetzt jedoch schnappte sie sich ein Papierhandtuch, feuchtete es an und ließ sich Zeit, damit das Gesicht abzutupfen. Sie konnte nicht anders, sie musste einfach ihre Ohren spitzen.

„Für wen hältst du mich denn?“, fragte Sophie. „Ich habe wochenlang gar nicht gemerkt, dass ich schwanger war. Mir war nur schlecht und übel, und ich war dauernd müde. Ich dachte, ich hätte mir einen Virus eingefangen oder eine Allergie auf die japanische Küche, weil ich kein Essen bei mir behalten konnte. Dann machte ich mir Sorgen, dass ich eine Blasenentzündung hätte, weil ich alle naslang auf Toilette musste. Eine Schwangerschaft ist mir jedoch nie in den Sinn gekommen. Was mir dann schließlich den entscheidenden Hinweis gegeben hat, war, dass meine Brüste sich veränderten. Sie wurden größer und … na ja, irgendwie empfindlicher.“

Ninas Hand zitterte, als sie sie zu ihrer Brust hob, wo der elastische Bund ihres BHs sie einengte. Hatte sie sich hier auch verändert? Waren ihre Brüste empfindlich? Sie hatte gedacht, sie hätte sich nachts im Schlaf einfach verlegen.

„Da habe ich versucht, mich zu erinnern, wann ich das letzte Mal meine Periode hatte“, gestand Sophie ihrer Freundin. „Wie sich herausstellte, waren schon zwei oder so ausgefallen …“

Nina ließ die Hand fallen und stand wie angegossen vor dem Waschbecken. Das warme Wasser lief ihr über die Finger. Sie versuchte auch, sich zu erinnern. Oh mein Gott, dachte sie. *Oh Gott, oh Gott, oh Gott.*

Nina sprach nie wieder mit Greg. Sie nahm an, dass er sie vergessen hatte. Richtig gekannt hatte er sie ohnehin nicht wirklich, und vermutlich würde er sie nicht einmal wiedererkennen, wenn er über sie stolperte.

Und was Nina anging, sie hatte weder die Zeit noch die emotionale Energie, sich mit jemandem zu beschäftigen, der einen so kleinen Teil ihres Lebens beansprucht hatte. Am Tag der Bellamy-Hochzeit veränderte sich ihr Leben, auch wenn das mit den Bellamys nichts zu tun hatte. Oder der Hochzeit. Aber an dem Tag erkannte Nina, dass sie schwanger war. In einem Zustand der Panik und des Schocks hatte sie es so lange verleugnet, wie es ging, und es vor allen außer sich selbst geheim gehalten.

Das dachte sie zumindest. Eines schönen Herbstmorgens scheuchte ihre Mutter alle anderen früher als sonst zur Schule. Während Nina ihre Sachen in den Rucksack steckte, der ihr als Ranzen diente, kam ihr das Haus ungewöhnlich still vor. Sie konnte sogar das Radio spielen hören, es war auf den Lieblingssender ihres Vaters eingestellt.

Verwirrt trat Nina ans Fenster und schaute über den mit Blättern übersäten Garten. „Hey, Pop ist ohne mich gefahren", sagte sie. Einer der wenigen – sehr wenigen – Vorteile, einen Lehrer als Vater zu haben, war, dass sie nicht mit dem Bus zur Schule fahren musste. Sie und ihre älteren Brüder und Schwestern fuhren jeden Morgen mit ihrem Dad.

„Ich habe ihnen gesagt, sie sollen schon einmal losfahren", sagte ihre Mutter.

Nina fiel zum ersten Mal auf, dass ihre Mutter etwas anderes als ihre üblichen Mutterklamotten trug – Jeans und Sweatshirt und Turnschuhe. Heute Morgen hatte sie einen Rock und ein Twinset an und dazu flache Pumps.

Eine fürchterliche Ahnung überfiel Nina. Irgendetwas – von dem Offensichtlichen mal abgesehen – stimmte nicht. „Was ist los?"

Ihre Ma beugte sich vor, um sich am Spiegel im Flur Lippenstift aufzutragen. Dann klappte sie ihre Handtasche mit einem entschlossenen Schnappen zu. „Ich habe in der Schule angerufen und Bescheid gesagt, dass du heute später kommst. Wir fahren zusammen zum Arzt."

„Ich bin nicht krank", platzte Nina heraus.

Ma nickte nur. Komisch, was für eine stille Person sie eigentlich war. Man hätte sie für laut halten können, weil sie ständig brüllte. Doch nicht freiwillig. Sie schrie, weil das die einzige Möglichkeit war, gehört zu werden. Ihr war es viel lieber, leise zu sprechen.

„Ich weiß, dass du nicht krank bist", sagte sie leise. Sehr leise. „Wir gehen zu Dr. Osborne."

Oh. Dr. Osborne war Frauenarzt.

Nina drückte den Rucksack gegen ihre Brust. „Ma …"

„Es ist an der Zeit", sagte sie. „Vielleicht sogar schon darüber hinaus."

Nina wusste nicht, was sie sagen sollte. In einer kleinen Ecke ihres Gehirns fühlte sie einen Strudel der Erleichterung. Zumindest war ihr Geheimnis jetzt keins mehr. Sie hatte überlegt, Jenny oder einer ihrer Schwestern davon zu erzählen, aber sie hatte nie die richtigen Worte gefunden. Angst und Scham hatten ihre Lippen versiegelt. Jetzt zwang ihre Mutter sie, sich dem Thema zu stellen.

Wie eine Kriegsgefangene ging sie ihrer Mutter voran zum Auto und stieg ein. Genau wie alles andere, was den Romanos gehörte, war der Ford Taurus schäbig und veraltet und eher praktisch als stylish. Nina fragte sich manchmal, ob ihre Mutter je davon träumte, einen Alfa Romeo oder sogar einen Cadillac zu besitzen, etwas mit ein bisschen mehr Stil. Heute jedoch konnten diese Gedanken sie nicht ablenken.

Sie fuhren eine ganze Weile schweigend. Nina schaute aus dem Fenster auf die vorbeiziehende Szenerie und versuchte mit aller Kraft, die Welt da draußen durch den Nebel aus Nervosität und Panik dringen zu lassen, der sie umgab. Avalon war im Herbst am schönsten, wenn die Bäume noch ein letztes Mal ihre ganze Farbenpracht zeigten, bevor der Winter kam. Die Ahornbäume bemalten die Berge mit brennendem Pink und Orange und Bernstein. Vor ihren Holzhäusern harkten die Menschen das Laub zu großen Haufen zusammen. In den Blumenkästen der Läden auf der Main Street wuchsen Chrysanthemen und Astern. Sie kannte jeden in der Stadt, alle Familienbetriebe – Zuzu's Petals Boutique, den Camelot Buchladen, die Sky River Bakery der Majeskys, Palmquist's Jewelry. Und jeder kannte die Romano-Familie. Ihr Dad war der beliebteste Lehrer der Highschool und gewann den Titel „Lehrer des Jahres" öfter als jeder andere auf der Schule. Einmal hatte er ihn sogar für den gesamten Staat gewonnen. Sie waren als „gute" Familie mit „netten" Kindern bekannt. In einer Stadt wie dieser bedeutete das etwas. So viele Teenies wurden dabei erwischt, wie sie durch die Hintertür von Wegmans Bier stahlen, Briefkästen an der River Road zerstörten oder auf den Wasserturm kletterten. Nicht aber die Romanos. Jeder bewunderte die relativ wohlerzogenen Romano-Kinder.

Sie waren nicht gerade Messdiener und Pfadfinderinnen, aber sie gingen zur Schule, machten Sport und hatten alle kleine Jobs nach der Schule. Keiner von ihnen wurde je auf dem Rücksitz eines Streifenwagens nach Hause gefahren. Es war in der Stadt wohlbekannt, dass die Romanos sich niemals ein großes, hübsches Haus oder ein neues Auto oder Urlaub in Florida würden leisten können. Sie würden niemals auf Privatcolleges gehen oder einem Country Club beitreten. Aber das schien auch nicht wichtig zu sein, denn als Familie hatten sie etwas, das Geld nicht kaufen konnte: „gute" Kinder, um die sie jeder in der Stadt beneidete.

Bis jetzt. Bis Nina es geschafft hatte, sich in einen so schlimmen Schlamassel zu reiten, dass sogar ihre Mutter böse auf sie war.

Sie rang ihre Hände im Schoß und gab den Versuch auf, sich auf die Welt da draußen zu konzentrieren. „Es tut mir leid, Ma", sagte sie.

Ihre Mutter behielt den Blick auf die Straße gerichtet. „Wir kriegen das schon hin." Jetzt fühlte Nina sich noch schlimmer. Sie wollte hören „Ich vergebe dir", aber das hatte Ma nicht gesagt. „Wir kriegen das schon hin", klang schwierig und schmerzhaft.

Wenn man auf der Highschool war und ein Baby erwartete, war das auch so ziemlich alles, was man erwarten konnte – dass es schwierig und schmerzhaft war.

„Woher wusstest du es, Ma?" Nina musste das einfach fragen. Sie war doch so vorsichtig gewesen.

„Man kann eine Schwangerschaft nicht vor jemandem verheimlichen, der selber zehn Mal schwanger gewesen ist.“

„Zehn Mal?“

„Sieben normale Schwangerschaften, einmal Zwillinge plus zwei Fehlgeburten.“

„Von den Fehlgeburten habe ich gar nichts gewusst.“ So viel Glück sollte ich auch haben, dachte Nina und fühlte sich sofort schuldig. Es war vermutlich eine Sünde, auf so etwas zu hoffen.

„Es hat keinen Sinn, Dingen nachzuweinen, die nie sein werden.“

„Weiß Pop es? Mit mir, meine ich.“

„Noch nicht.“

„Ma, ich habe solche Angst, es ihm zu sagen. Ich hatte Angst, es euch beiden zu sagen, und deshalb habe ich nichts gesagt.“

„Nina, wir sind keine Monster.“

„Ich weiß. Es ist nur ... was mir Angst gemacht hat, war, euch zu enttäuschen.“

„Liebling, du musst keine Angst haben. Und mach dir keine Sorgen über deinen Dad.“

„Werde ich fortgehen müssen?“, fragte Nina.

Ihre Mutter schaute sie kurz an. „Wie kommst du denn auf die Idee?“

„Ich habe so etwas in einem Kirchenmagazin gelesen.“

Ihre Mutter schaute wieder auf die Straße. „Heutzutage müssen Mädchen in deiner Position nicht mehr weggehen. Sie gehen stattdessen in Fernsehtalkshows.“

Nina wusste nicht, was sie dazu sagen sollte. Sie konnte nicht erkennen, ob die Bemerkung sarkastisch gemeint war oder nicht. Wieder fuhren sie eine Weile schweigend. Die überwältigende Schönheit der Herbstfarben vor dem blauen Himmel war irgendwie schmerzlich. Sie wusste nicht, warum, aber bei dem Anblick stiegen ihr Tränen in die Augen. Nina hielt den Blick fest aus dem Fenster gerichtet, bis sie an der Arztpraxis ankamen, einer weißen, im viktorianischen Stil erbauten Villa, die zu Büroräumen umfunktioniert worden war. Ihre Mutter parkte den Wagen, machte aber keine Anstalten, auszusteigen.

„Bist du gezwungen worden?“ Die Frage kam aus dem Nichts und war rau vor Schmerz.

Erst verstand Nina nicht, was ihre Mutter meinte. Dann dämmerte es ihr, und sie hätte am liebsten gleich wieder angefangen zu weinen. Bis zu diesem Augenblick war ihr überhaupt nicht in den Sinn gekommen, wie sehr das alles ihrer Mutter wehtat. Vermutlich litt Ma schon seit Tagen und fragte sich, ob irgendein Kerl ihre Tochter vergewaltigt hatte.

Aber anstatt in Tränen auszubrechen, stieß Nina ein kurzes, freudloses Lachen aus. „Nein, Ma, ich bin nicht gezwungen worden. Ich versichere dir, ich war eine willige Teilnehmerin. Ich schwöre bei Gott." Aus irgendeinem Grund hatte die Frage ihrer Mutter die ganze Situation mit einem Mal sehr real für sie gemacht. Sie würde ein Baby bekommen. Ein echtes, lebendiges Baby. Eine Sekunde lang verspürte sie so etwas wie Stolz. Nachdem sie ihr ganzes Leben lang in allem immer nur mittelmäßig gewesen war, würde sie jetzt mal die Erste bei etwas sein. Doch das Gefühl wurde schnell von einer eisigen, seelenerschütternden Panik verdrängt. Ein Baby. Was in aller Welt sollte sie mit einem Baby?

Ma streckte die Hände am Lenkrad und stieß einen sichtbaren Seufzer aus. „Dann … hast du es dem Jungen schon gesagt?"

Dem Jungen. Laurence Jeffries. Sie hatte seit dem Abend nicht mehr mit ihm gesprochen, und sie nahm an, dass er sie nie wiedersehen wollte. Warum auch, nachdem Greg Bellamy und sein loses Mundwerk ihr wahres Alter verraten hatten? Und ehrlich gesagt konnte Nina Laurence keinen Vorwurf machen. Wenn man Legal Eagle, einer Radioshow, in der Leute anonym Fragen stellen konnten, glaubte, hätte es für einen strahlenden neuen West-Point-Kadetten schwerwiegende Konsequenzen, wenn die Geschichte jemals herauskäme. Nina hatte jeden Tag bei der Show angerufen, bis ihre Frage endlich beantwortet worden war. Es handelte sich hier um eine lebensverändernde Entscheidung – nicht nur für sie, sondern auch für Laurence.

Seine Ausbildung in West Point und die Aussicht auf eine Karriere beim Militär wären sofort beendet. Es bestand sogar die Möglichkeit, dass er aufgrund ihres Alters mit einer strafrechtlichen Verfolgung würde rechnen müssen, auch wenn er selber noch minderjährig gewesen war. Er war erst siebzehn, als es passiert war. Sein Leben würde sich genau wie das von Nina für immer ändern. Kadetten war es verboten, zu heiraten – nicht, dass sie das wollen würde –, und ein uneheliches Kind zu bekommen war Grund genug für eine unehrenhafte Entlassung und strenge Disziplinarmaßnahmen.

Nina war Laurence Jeffries' Zukunft eigentlich relativ egal, doch das Ausmaß ihres Einflusses auf ihn machte ihr Angst. In einem einzigen Augenblick konnte sie sein Leben für immer verändern. Genau wie die Schwangerschaft ihr Leben für immer verändert hatte, oder wie Sophie Lindstrom das Leben von Greg Bellamy verändert hatte. Wenn Nina sich entschied, die Wahrheit zu sagen, würde Laurence innerhalb von wenigen Stunden nicht länger Auszubildender an der elitärsten Militärakademie der Welt sein. Er wäre dann einfach nur ein weiterer Punk aus dem sozialen Wohnungsbau, der nichts außer einem Highschoolabschluss vorzuweisen hatte. Er hätte keine Eliteausbildung, vor ihm läge keine militärische Karriere. Und gut bezahlende, angesehene Firmen waren nicht dafür bekannt, Leute wie Laurence anzuheuern.

Sie hatte ihm in der Nacht ein Versprechen gegeben – sie würde ihm keinen Ärger machen. Natürlich hatte keiner von ihnen eine ungewollte Schwangerschaft vorhersehen können. Doch das änderte für sie nichts. Sie erinnerte sich an Greg Bellamy, wie er wegen seiner eigenen Hochzeit mit der Faust gegen die Wand geschlagen hatte. Nein, nur wegen eines Babys zusammen zu sein war keine gute Idee.

„Ich werde es ihm nicht sagen", erklärte sie ihrer Mutter. „Zumindest vorerst nicht."

„Das musst du aber. Er gehört auch dazu …"

„Er hat vielleicht für fünf Minuten dazugehört", sagte Nina, was eine ziemlich gute Zusammenfassung ihrer Beziehung zu Laurence Jeffries war.

5. Teil

Heute

Das Inn am Willow Lake wurde ursprünglich für den Eisenbahnbaron Thaddeus Morton gebaut. Die Legende besagt, dass Morton die Eingangshalle selber entworfen hat. Über der Tür hatte er ein Oberlicht mit einer eingelassenen aufgehenden Sonne einbauen lassen, damit seine neue Braut selbst an einem bedeckten Tag die Sonne aufgehen sehen konnte.

Wenn die Sonne durch das Fenster scheint, werfen die kristallenen Kanten der Gehrungen ein sich ständig veränderndes Muster aus zarten Regenbögen auf die Wände, die Decke und den Boden der Eingangshalle. Die Brechung und Streuung des Lichts wird natürlich noch verstärkt, wenn alle Fensterscheiben blitzeblank geputzt sind.

Um ein verschmutztes Fenster sauber zu machen, gibt man je einen Teelöffel weißen Essig und Franzbranntwein in eine mit Wasser gefüllte Sprühflasche und putzt das Glas damit. Ein Tropfen Nelkenöl sorgt für einen frischen Duft.

9. KAPITEL

Nina atmete tief ein und straffte die Schultern. Sie stand auf dem gepflasterten Weg und schaute mit einer Mischung aus Sehnsucht und Beklommenheit auf den Eingang des Inn am Willow Lake. Die Flügeltüren zierten Glasscheiben im Art-déco-Design, und darüber strahlte ein Oberlicht in Form der aufgehenden Sonne. Ein Arbeiter auf einer Leiter war gerade dabei, die Decke der Veranda zu streichen, während ein anderer mit Sicherheitsbrille und Mundschutz die Holzdielen sandstrahlte. All diese geschäftigen Renovierungsarbeiten hätten unter ihrer Aufsicht durchgeführt werden sollen. Wenn es nach Jenny und Sonnet ginge, könnte sie hier immer noch das Sagen haben. Sie müsste sich einfach nur damit abfinden, dass das Inn jetzt Greg Bellamy gehörte.

Einfach. An dieser ganzen Angelegenheit war nichts einfach. Was nicht bedeutete, dass sie vor der Herausforderung zurückschrak. Sie hatte darüber nachgedacht, was sie tun sollte, bis ihr Kopf kurz vor dem Explodieren stand. Sie hatte mit jedem darüber gesprochen, der bereit war, zuzuhören. Schließlich hatte sie feststellen müssen, dass es keine Lösung gab, sondern nur einen Kompromiss. Und da sie einst ein öffentliches Amt bekleidet hatte, wusste sie, wie man Kompromisse einging.

Der Mann auf der Leiter bemerkte sie und fing an, herunterzuklettern. „Warten Sie eine Minute, Miss“, sagte er. „Ich schieb die kurz zur Seite.“

„Das ist nicht nötig“, erwiderte sie und duckte sich geschmeidig unter der Leiter durch.

„Das soll Pech bringen“, sagte der Maler.

„Ich mache mir mein Glück selber“, gab Nina zurück.

Sie öffnete die Tür. Im Innern des Hauses herrschte ebenfalls rege Aktivität. Männer in T-Shirts, die sie als Mitarbeiter von Davis Construction auswiesen, gipsten, grundierten und malten überall. Ein Elektriker installierte eine Lampe über dem Kaminsims. Die Lobby fing langsam an, wie ein luxuriöser Salon aus alten Zeiten auszusehen. Die Decke zierten reich verzierte Stuckleisten, der Marmor des Kamins glänzte, die Holzrahmen der Fenster waren neu überarbeitet worden.

Nina erblickte Greg hinter einem provisorischen Tisch bestehend aus einer Holzplatte und zwei Sägeblöcken, auf dem eine Zeichnung lag, die er intensiv studierte. Hinter seinem einen Ohr steckte ein Bleistift, ein Werkzeuggürtel hing ihm tief auf den Hüften, und auf dem Gesicht hatte er einen vollkommen vertieften Ausdruck. Er ist wirklich entschlossen, das hier zu behalten, dachte Nina. Das spürte sie, und es verwirrte sie. *Das hier ist mein Traum*, wollte sie ihm sagen. *Nicht deiner.* Doch als sie sich in dem großen, leeren Raum umschaute, erkannte sie seinen Einfluss in den restaurierten Details – das Parkett und die Täfelung, die frische Farbe an den Wänden und die strahlend weißen Maurerarbeiten. Hätte sie dieses spezielle Taubengrau für die Wände gewählt, dieses tiefe Dunkelbraun für den Boden?

Als sie den Salon durchquerte, heulte gerade eine Kreissäge auf, und sie musste warten, bis sie Greg auf sich aufmerksam machen konnte. Er schaute zu ihr auf, und auf seinem Gesicht erstrahlte ein warmes, willkommen heißendes Lächeln. Ihr Herz setzte einen Schlag aus.

„Ich habe mich entschieden“, sagte sie. Wegen des Lärms musste sie sehr nah bei ihm stehen, um gehört zu werden. Er war so viel größer als sie, dass sie ihren Kopf in den Nacken legen musste, wenn sie ihm in die Augen schauen wollte. Als sie es tat, geriet sie ein wenig aus dem Gleichgewicht, als wenn sie am Rand eines Abhangs balancierte. Nur Mut, sagte sie sich. *Du tust das Richtige.*

Sie schluckte schwer, befeuchtete sich die Lippen und sagte: „Ich nehme das Angebot an.“

Obwohl um sie herum das vollkommene Renovierungschaos herrschte, hatte Nina das Gefühl, sie und Greg wären ganz allein. Das Grinsen, das sich langsam auf seinem Gesicht ausbreitete, hatte einen fatalen Effekt auf Nina. Sie versuchte, so zu tun, als würde sie jeden Tag von so umwerfenden Männern wie ihm so angelächelt, aber vermutlich durchschaute er sie sofort. Seit ihren schicksalshaften Tagen als Teenager, der verrückt nach Jungs war, stand sie einfach auf hübsche Gesichter. Greg wischte sich seine mit Gipsstaub bedeckte Hand an der Malerhose ab und streckte sie ihr hin. „Ausgezeichnet, Nina. Ich verspreche dir, du wirst es nicht bereuen.“

Nun, das werden wir noch sehen, dachte sie. Dann bedeutete sie ihm, ihr durch die Glastür zu folgen, die die Lobby mit dem Wintergarten verband. Hier war es ruhiger, und die geöffneten Fenster hatten den strengen Geruch frischer Farbe vertrieben. Sie erwartete immer noch, dass er feststellen würde, wie schwer es war, ein Geschäft zu leiten und gleichzeitig alleinerziehender Vater zu sein. Er würde es vielleicht nicht mal bis zum Ende des Sommers schaffen. Doch die fortgeschrittenen Renovierungsarbeiten und die Tatsache, dass er nicht davor zurückschreckte, die Ärmel hochzurollen und mit anzupacken, überraschten sie. Sein unerschütterliches Selbstbewusstsein hingegen überraschte sie nicht. Er wischte sich die Hände mit einem Tuch ab, das in seiner hinteren Hosentasche gesteckt hatte, und sagte: „Mann, du weißt wirklich, wie man einen Mann zittern lässt.“

„Das war keine Absicht", sagte sie. „So bin ich nicht, Greg. Ich manipuliere andere Menschen nicht."

„Hey, ganz locker." Er lachte laut auf. „Ich wollte dir nichts unterstellen."

Nina errötete. Nach vier Jahren Konferenzen im Stadtrat war sie hypersensibel. „Ich meine ja nur, dass ich mir die Entscheidung nicht leicht gemacht habe."

„Das habe ich auch nie gedacht. Und falls es dir hilft, ich habe das Angebot auch nicht leichtfertig abgegeben."

„Ich bin bereit, sofort anzufangen", sagte sie mit einem Mal ganz geschäftlich. „Ich kann heute Abend einziehen. Meine ganzen Sachen sind im Truck meines Bruders."

„Einziehen?" Er schien verwirrt.

„Das Bootshaus", erinnerte sie ihn und wies mit dem Umschlag, in dem sich der Vertrag befand, in die entsprechende Richtung. „Das ist Teil unserer Vereinbarung. Ich muss auf dem Grundstück wohnen, wenn ich die Arbeit richtig erledigen soll."

„Und du willst im Bootshaus leben." Er schaute skeptisch, als wolle er Widerspruch einlegen.

Sag ein Wort, ein einziges Wort nur, und ich bin weg, dachte sie.

Doch er ging einfach voran durch eine Seitentür und dann den Kiesweg entlang, der sich zum See hinunterschlängelte. Eine Gruppe Gärtner war schwer damit beschäftigt, Büsche zu beschneiden und volle Schubkarren den Hügel hinaufzuschieben. „Du solltest es dir besser noch einmal anschauen, bevor du dich entscheidest, dort einzuziehen."

Sie ertappte sich dabei, etwas ganz anderes anzuschauen. Die Malerhosen saßen perfekt, tief auf den Hüften und einen Hintern betonend, der …

„… noch mal ernsthaft darüber nachdenken", sagte Greg gerade.

Mit größter Anstrengung riss Nina sich zusammen und konzentrierte sich wieder auf die Unterhaltung. Sie rief sich in Erinnerung, dass er ihr Widersacher war – ihr Chef. Egal, wie gut er auch in einer abgetragenen Malerhose aussah.

Auf dem Weg zum Bootshaus stellte sie beeindruckt fest, welche Arbeit bisher bereits auf dem Gelände geleistet worden war. Und ja, sie war auch von ihm beeindruckt. Sie hatte erwartet, dass er sich wie der Schlossherr aufführen würde, der mit einem Mint Julep auf der Terrasse saß, während die angeheuerten Arbeiter das Inn auf Vordermann brachten. Stattdessen sah es jedoch so aus, als hätte Greg sich kopfüber in seine neue Aufgabe gestürzt und arbeitete nun Hand in Hand mit den Bauarbeitern, sei es nun beim Streichen, im Garten oder beim Wegepflastern. Auf der anderen Seite des Grundstücks warf Max gerade auf der Einfahrt des Verwalterhäuschens ein paar Körbe.

„Die meisten Gemeinschaftsräume und sechs Gästezimmer sind bereits fertig“, erklärte Greg. „Die große Eröffnung ... ich muss wissen, was du darüber denkst.“

Was sie dachte, war, dass das hier ihr Projekt hätte sein sollen. Und auch wenn er eifrig darauf bedacht schien, sie sofort voll mit einzubinden, vergaß sie nicht, wer hier wirklich das Sagen hatte. Sie schob ihre Verbitterung beiseite. Diese Gedanken führten zu nichts. Wenn sie eines mit Sicherheit wusste, dann, dass es nutzlos war, sich mit unproduktiven Dingen zu beschäftigen.

Sie waren beim Bootshaus angekommen. Es lag etwas abseits direkt am See und war auf drei Seiten von einem smaragdgrünen Rasen und einer Reihe Ahornbäume umgeben. Auf der vierten Seite lag der Willow Lake.

Für Nina hatte dieser Ort schon immer etwas Magisches gehabt. Als würden die Holz- und Steinwände uralte, süße Geheimnisse bergen. Perfekt zwischen Wasser und Himmel gelegen, fühlte sich das Bootshaus wie losgelöst von der normalen Welt an. Der schmale Balkon reichte über den See hinaus, und Nina erinnerte sich, dass es hier so still war, dass man die Fische springen hören konnte.

Sie und Greg gingen erst einmal außen um das Haus herum. Drei der Bootsliegeplätze waren leer. Auf dem vierten ankerte ein altes Chris-Craft-Rennboot aus Mahagoni. Es war in einer erstaunlich guten Verfassung und glänzte, als wäre es kürzlich erst neu lackiert worden.

„Es gehörte meinem Vater“, erklärte Greg. „Als Kind hat er jeden Sommer am Willow Lake verbracht. Sobald wir die Schlüssel für das Inn in der Hand hielten, haben wir das Boot zu Wasser gelassen.“

Und mit diesen Worten – *es gehörte meinem Vater* – traf es sie. Sie war nicht die Einzige, die eine gemeinsame Vergangenheit mit diesem Ort hatte, eine tiefe emotionale Verbundenheit mit ihm spürte. „Es ist sehr schön“, sagte sie. „Was ist das andere für eins?“

„Ein Catboot. Ich will Max das Segeln beibringen.“

Nina versuchte, den Gedanken zu greifen, dass Greg mit seiner Familie auf diesem Grundstück leben würde. Kinder, Ausgehzeiten, Regeln, Schule – diese Phase hatte sie bereits hinter sich, doch Greg befand sich mittendrin. Nicht mein Problem, dachte sie. Sosehr Nina es geliebt hatte, Sonnet aufzuziehen, war sie jetzt doch sehr froh, dass er es war, der alles auf die Reihe bekommen musste, und nicht sie.

„... Slipanlage muss repariert werden“, sagte Greg gerade, dem ihr

Zögern vollkommen entgangen war. „Da muss ein Schweißer kommen. Obwohl, eigentlich könnte ich es auch selber machen."

„Schweißen? Hast du das in Harvard gelernt?"

„Falls das als kleine Spitze gemeint war, vergiss es. Ich habe viel zu gute Laune, um mich von irgendwas ärgern zu lassen, nicht einmal von deinem vorlauten Mundwerk."

„Ich habe kein ..."

„So, dann schauen wir uns mal dein neues Quartier an."

Er schloss die Tür auf und öffnete sie. Die Angeln gaben ein rostiges Quietschen von sich. Nina hielt inne; sie stand wieder einmal viel zu nah bei ihm. Er roch nach Gips und Schweiß, und aus irgendeinem Grund fand sie das unheimlich anziehend. Das war auf so vielen Ebenen problematisch, dass sie beinahe auf dem Absatz kehrtgemacht hätte und geflohen wäre. Dann erinnerte sie sich daran, dass sie gerade einen wichtigen Schritt auf ihren Traum zu machte. Greg war dabei nur eine kleine Hürde. Und wie Jenny schon gesagt hatte, übernahm er alle finanziellen Risiken.

Sie trat über die Schwelle in ihr neues Zuhause. Der muffige Geruch jahrelanger Vernachlässigung hing in der Luft. Nina öffnete ein paar Fenster und entlockte damit den spröden Spitzenvorhängen ein leises Seufzen. Die Bodendielen knarrten, und als sie einen Wasserhahn aufdrehte, stöhnten die Rohre und spien eine rostige Flüssigkeit aus. Spinnweben hingen in den Dachsparren, und überall standen Kartons unbekannten Inhalts herum.

Das Haus war ein Albtraum. Aber als sie die Fensterläden aufstieß und aus dem Fenster schaute, waren alle Fehler vergessen. Vor ihrem inneren Auge sah sie sich hier wohnen; so nah am See, dass sie die Wellen ans Ufer schlagen hören konnte.

„Das war immer mein Lieblingsplatz hier", sagte sie. „Als ich als Teenager hier gearbeitet habe, habe ich es mir immer für den Schluss aufbewahrt, damit ich meinen Tag hier beschließen konnte, mit Blick auf den See. Es war ... eine Möglichkeit, ein paar Minuten Frieden und Stille zu erleben, bevor ich wieder nach Hause fuhr."

Er lächelte. „Ich wusste gar nicht, dass es möglich ist, auf der Arbeit Frieden und Stille zu finden."

„Manchmal ist es auf der Arbeit weniger chaotisch als zu Hause. Sonnet und ich haben damals bei meiner Familie gewohnt, weil ich noch zur Schule ging und nebenbei gearbeitet habe. Versteh mich nicht falsch – ich war unglaublich dankbar für die Unterstützung, aber mein Leben war auch ziemlich ... chaotisch." Sie konnte sich noch gut an den konstanten Lärm und die Unruhe zu Hause erinnern, zu dem sich die unaufhörlichen Ansprüche eines Kleinkinds gesellt hatten. Das

Bootshaus war ihre Oase gewesen, ihr Ort, an dem sie denken und träumen konnte, und sei es auch nur für kurze Zeit.

Sie stand auf und schaute über das Anwesen. Den malerischen See, den Steg und die Bilderbucharchitektur. Sie atmete die Luft ein, in der süß die Versprechen eines Sommers hingen. Ich bin zurück, dachte sie. *Endlich zurück.*

10. KAPITEL

Daisy fühlte sich beschissen. Sie war es leid, sich so zu fühlen, leid, sich von Leuten anhören zu müssen, das sei im letzten Drittel der Schwangerschaft ganz normal. Unruhig rutschte sie auf dem Sofa in dem altmodischen Wohnzimmer des Hauses hin und her, in dem sie jetzt mit ihrem Vater und ihrem Bruder wohnte, und betrachtete ihre Knöchel. Oder das, was mal Knöchel waren. Im Moment waren sie so geschwollen und unattraktiv wie der ganze Rest von ihr.

Okay, dachte sie und blätterte durch eines ihrer vielen Schwangerschaftsbücher, niemand hat gesagt, dass das ein Spaß würde. Was sollte auch Spaß daran machen, vierzig Pfund zuzunehmen, alle fünf Minuten pinkeln zu müssen, mitten in der Nacht aufzuwachen, weil der eigene Bauch plötzlich mit einem sich windenden, tretenden, Schluckauf habenden Baby lebendig wird?

Alle naslang ermahnten die Leute Daisy, sich nicht mit anderen zu vergleichen. Ha, als wenn sie das verhindern könnte. Jeder, den sie kannte, hatte nach der Highschool ein neues Leben angefangen oder hatte es zumindest vor. Einige ihrer Freunde wie Sonnet Romano reisten. Andere hatten einen Job und eine Wohnung gefunden.

Daisy war sehr dankbar für die Unterstützung ihrer Familie. Wie könnte sie es auch nicht sein? Sie war froh, dass ihr Vater etwas gefunden hatte, das ihn begeisterte – das Inn. Es machte ihr auch nichts aus, ihm zu helfen. Fotografieren war ihre große Leidenschaft, und es war toll, dass sie damit etwas Nützliches anstellen konnte.

Das Problem war, dass sie sich in einer Phase ihres Lebens befand, in der sie nichts Nützliches tun wollte. Sie wollte Neues entdecken und träumen und verantwortungslos sein. Was inzwischen aber leider keine Option mehr war.

Sie fragte sich, ob ihr Zustand irgendwie genetisch bedingt war. Sie hielt eine Familientradition aufrecht. Auch sie war unehelich gezeugt worden. Ihre Eltern hatten dann zwar geheiratet, aber man sah ja, wie das geendet hatte. Den Fehler würde Daisy nicht machen. Es lag nicht an den Genen, gab sie zu. Es lag nur an ihrer eigenen Dummheit.

Sie hörte dem Trockner in der Waschküche zu, wie er eine Ladung Wäsche herumschleuderte. Das rhythmische Geräusch war irgendwie beruhigend. Gedankenverloren streichelte sie mit einer Hand ihren Bauch. Das Gute war, dass sie bald zu dick sein würde, um ihre Knöchel überhaupt noch sehen zu können. Wenn das mal nicht eine frohe Botschaft war.

Rastlos legte sie das Buch beiseite – brauchte sie wirklich das Bild des Gebärmutterschleimpfropfes in ihrem Kopf? – und trat an das

Fenster zum See. Sie dachte an die unzähligen Weisen, auf die sich ihr Leben verändert hatte, seitdem sie im letzten Sommer am Willow Lake gewesen war. Damals hatte sie mitten in ihrer rebellischsten Phase gesteckt, war wegen der Scheidung unglaublich wütend auf ihre Eltern gewesen und fest entschlossen, die beiden dafür zahlen zu lassen. Ihre Dummheit war aber nur auf sie selber zurückgefallen, was im Nachhinein betrachtet kein Wunder war. Sie war jetzt diejenige, die die Konsequenzen zu tragen hatte.

Ihr Mom hatte sie angefleht, zu ihr nach Den Haag zu ziehen. Sie hatte ihr die beste Pflege für Daisy und das Baby versprochen – und alle Unterstützung, die nur möglich war. Daisy hatte das Angebot abgelehnt. Ihre Wut auf ihre Mutter saß einfach noch zu tief. Also war sie nun hier, an diesem wunderschönen Ort, und vor ihr lag eine mehr als ungewisse Zukunft. Irgendwie war es irreal, im Verwalterhäuschen des alten Inn zu leben. Es kam ihr vor wie ein Anwesen in einem alten Film mit dem riesigen Grundstück und den verschiedenen Gebäuden. Aus dem Fenster sah Daisy ihren Dad mit Nina Romano auf der Veranda des Bootshauses am anderen Ende des Grundstücks. Sie schienen eine sehr intensive Unterhaltung zu führen.

Sonnet, Ninas Tochter, war Daisys erste und beste Freundin hier in Avalon. Nina selbst war ihr hingegen immer irgendwie ein Rätsel geblieben. Jetzt, wo Sonnet auf dem Weg aufs College war, hatte Daisy erwartet, Nina würde es ein wenig langsamer angehen, vielleicht ein Buch schreiben oder sich ein Hobby suchen. Doch stattdessen stürzte sie sich kopfüber in etwas Neues – nämlich in ein gemeinsames Geschäft mit Daisys Vater.

Daisy war sich nicht sicher, was sie darüber denken sollte. Sie bewunderte Nina, und es war tröstlich, zu wissen, dass Nina auch eine junge, alleinerziehende Mutter gewesen war und sich für sie alles zum Guten gewendet hatte. Daisy mochte Nina, war aber gleichzeitig von ihr auch eingeschüchtert. Nina war die Single-Mom, die jeder bewunderte – hart arbeitend, entschlossen und so erfolgreich, dass eine Zeitschrift sogar einen Artikel über sie veröffentlich hatte, weil sie die jüngste Bürgermeisterin des Staates gewesen war. Nina hatte etwas an sich, das in Daisy das Gefühl auslöste, nicht zu genügen.

Was ihren Dad anging, hatte Daisy nicht so sehr das Gefühl, ungenügend zu sein, sondern sie fühlte sich eher hilflos. Sie wusste einfach nicht, wie sie ihm helfen sollte. Er schien immer noch jeden Tag zu leiden, und er wirkte so verloren, auch wenn das den meisten Menschen nicht auffiel, weil er sehr gut darin war, es zu verbergen. Daisy wusste, dass er sich von der Schuld bezüglich der Scheidung auffressen ließ. Er gab sich die Schuld daran, dass seine Ehe nicht gehalten hatte. Weil er so beschäftigt damit gewesen war, seine Firma aufzubauen, hatte er nicht ausreichend Zeit für seine Familie gehabt. Jetzt versuchte er einen Neuanfang – kleine Stadt, kleines Familienunternehmen, alles, was dazugehört. Aber trotzdem war er immer noch konstant traurig. Immer noch verletzt und wirklich sehr einsam. Er war der Jüngste der vier Bellamys, und nach Aussage von Daisys Großmutter war er auch der Unbekümmertste. Vielleicht war das der Grund, warum er es hasste, allein zu sein.

Daisy dachte oft daran, mit ihrem Baby in eine eigene Wohnung zu ziehen, wie es heutzutage so viele alleinerziehende Mütter taten. Ein Teil von ihr sehnte sich nach Unabhängigkeit. Dann fiel ihr jedoch jedes Mal ein, wie einsam ihr Vater war, und die Vorstellung, ihn zu verlassen, erschien ihr gemein.

Ein Klopfen an der Tür riss sie aus ihren Grübeleien. Vielleicht einer der Arbeiter. Mit den ganzen Renovierungsarbeiten am Haupthaus wimmelte es überall von Handwerkern, die Dinge vermaßen, reparierten, Fragen stellten und manchmal sogar Daisys Meinung hören wollten, als wenn sie etwas zu sagen hätte. Wussten sie nicht, dass sie überhaupt keine Ahnung von nichts hatte? Sie war sich nicht mal sicher, ob sie den Wäschetrockner korrekt beladen hatte.

Mit klappernden Flip-Flops ging sie zur Tür.

„Hey, Daisy."

Wie erstarrt schaute sie ihren Besucher an. Es war Julian Gastineaux, den sie letzten Sommer kennengelernt hatte. Damals, als sie nur ein Highschool-Mädchen gewesen war. Das kam ihr unendlich lange her vor. Sie hatte sich so sehr verändert, es war ein Wunder, dass er sie überhaupt erkannte.

Julian war vermutlich der heißeste Junge, der je das Licht der Welt erblickt hatte. Und ein Jahr später war es noch genauso. Er war groß und schlank, hatte einen afroamerikanischen Vater und die hellen Augen seiner weißen Mutter, dazu ein ganz eigenes Lächeln, bei dem jedes Mädchen sofort die Titelmelodie eines Liebesfilms im Kopf hatte.

Auch Daisy hörte sie jetzt, ein köstliches Klimpern einer Akustikgitarre, das sie aus ihrer Schockstarre riss. Ohne es bewusst zu wollen, erwiderte sie sein Lächeln, und eine winzige Sekunde lang fühlte sie sich wie ihr altes Ich – jung, kess, selbstbewusst, wie jedes andere Mädchen in ihrem Alter.

„Julian." Sie stellte sich auf Zehenspitzen, um ihn zu umarmen. Und natürlich zerstörte das sofort jegliche Illusion von Normalität, denn zwischen ihnen befand sich ihr Bauch in der Größe eines VW-Käfers. Aber sie war längst über das Stadium hinaus, in dem ihr Zustand ihr peinlich war. Sie hatte gemerkt, dass die Menschen es entweder akzeptierten oder nicht, und sie konnte nichts dafür oder dagegen tun. „Komm rein", sagte sie und trat zur Seite. „Ich wusste, dass du zur Hochzeit deines Bruders kommen würdest, aber ich hatte nicht erwartet, dich schon so früh wiederzusehen."

„Connor hat mir diesen Sommer wieder einen Job besorgt. Ich muss fürs College sparen."

„Er muss dich auf meinen Anblick vorbereitet haben", bemerkte sie. „Du reagierst ziemlich cool."

„Ja, er hat es mir erzählt. Und ich bin immer cool, das weißt du doch."

Das stimmte. Wenn Julian nicht herausgefunden hätte, wie man Unangenehmes wegsteckte, wäre er schon vor langer Zeit implodiert. Seine Geschichte könnte sich kaum mehr von ihrer unterscheiden. Ein großer Teil davon war ein tiefschwarzer Albtraum. Er war bei seinem Vater aufgewachsen, einem Professor an der Tulane University – einem Raketenwissenschaftler, um genau zu sein. Als Julian noch ein Junge war, war sein Dad getötet worden. Julian war zu seiner Mutter gezogen – die auch die Mutter von Connor Davis war –, einem aufstrebenden Filmsternchen, die die Vernachlässigung von Kindern erfunden zu haben schien. Neben ihr sah Daisys Mutter aus wie die reinste Mary Poppins.

Das Überraschende an Julian war, dass er von alldem nicht total zerstört worden war, wie es wohl den meisten Kindern gegangen wäre. Er war zur Schule gegangen und hatte alle Klassen scheinbar ohne große Anstrengungen und mit guten Noten bestanden. Wenn es irgendetwas Seltsames an ihm gab, irgendeinen Makel in seiner Persönlichkeit, dann seine Sehnsucht danach, körperliche Risiken einzugehen. Während die meisten Jugendlichen in seiner Lage zu Drogen gegriffen hätten, war seine Droge pures Adrenalin. Alles, was mit großen Höhen oder Geschwindigkeiten zu tun hatte, zog ihn magisch an. Wenn Daisy sich recht erinnerte, war der schönste Moment für ihn letzten Sommer gewesen, als er einen schwierigen Felsen in den Shawangunk's flussaufwärts in New Paltz bezwungen hatte.

Sein Leben unterschied sich radikal von Daisys. Bevor sie nach Avalon gezogen war, hatte sie eine Schule in Manhattan besucht, die so exklusiv war, dass die Leute ihre ungeborenen Kinder schon auf die Warteliste setzen ließen. Julian hingegen war im Kielwasser seiner Mutter herumgeschlingert und hatte die Highschool in Chino, Kalifornien, beendet. Ein mies bezahlter Job und am Wochenende surfen – das war die Zukunft, die ihn eigentlich erwartet hätte, doch Julian hatte ein Ass im Ärmel: seinen Bruder Connor, der an ihn glaubte. Dank ihres Dads lernte Daisy gerade, wie wertvoll das war – wenigstens eine Person zu haben, die an einen glaubte und einem vertraute. Dann fühlte man sich, als ob man alles schaffen könnte.

„Du wirst also der Trauzeuge sein", sagte sie.

Er streckte die Arme wie ein Showmaster aus. „Das hat man mir gesagt."

Wow, dachte sie. Diese Schultern. Diese Wangenknochen. Das Lied spielte wieder in ihrem Kopf. „Weißt du, wenn mir jemand letzten Sommer gesagt hätte, dass meine Cousine und dein Bruder heiraten würden, hätte ich ihn für verrückt erklärt."

Er nickte. „Ich auch."

Olivia war durch und durch New Yorkerin und Connor der Arbeiter aus der Kleinstadt. Aber seltsamerweise waren sie ein perfektes Paar.

„Ich schätze, man könnte sagen, dass seltsamere Dinge passiert sind", sagte sie.

„Willst du darüber reden?"

Es musste nicht erklärt werden, was „darüber" war – nicht nur ihre offensichtliche Schwangerschaft, sondern etwas noch Größeres. Sie ließ sich auf das Sofa sinken und zog ihr formloses Shirt über ihren Bauch. Seit sie ihrem Vater letzten Winter unter Tränen ihren Zustand gebeichtet hatte, hatte sie viel geredet – mit ihrer Familie, den Kollegen in der Sky River Bakery, wo sie nach der Schule gearbeitet hatte, mit Lehrern, Beratern und Ärzten. Sie hatte bis zur Erschöpfung geredet, doch einige Dinge änderten sich nicht. Sie war immer noch schwanger, immer noch verwirrt, immer noch unentschieden.

„Es ist ziemlich genau so, wie es aussieht", sagte sie. „Ich hab's vermasselt. Ich kann noch nicht mal sagen, dass es ein Unfall war."

Etwas verlegen griff sie nach einem Hemd, das sie für Max instand setzte. Irgendwie hatte ihr Bruder es geschafft, drei Knöpfe zu verlieren, sodass sie jetzt alle Knöpfe ersetzen musste. Ihre Hände beschäftigt zu halten half ihr dabei, ihre Gedanken zu sortieren. Nähen lag ihr gar nicht, und der Faden verknotete sich immer wieder, aber sie machte unverzagt weiter.

„Es wird übrigens ein Junge", sagte sie. „Stichtag ist um die Hochzeit herum. Ich bin zwar Brautjungfer, aber Olivia ist darauf vorbereitet, dass ich diese Rolle an dem Tag eventuell nicht spielen kann. Nur für den Fall, dass er sich entscheidet, etwas zu früh zu kommen."

Julian nickte und legte die Fingerspitzen aneinander. „Das ist ziemlich unfassbar."

„Du hast ja keine Ahnung."

„Ich glaube schon. Das ist einigen Mädchen an meiner Schule passiert. Wir hatten auf dem Campus sogar einen Kindergarten." Julian räusperte sich. „Und, du bist, also … mit dem Vater zusammen?"

Sie lachte. „Du weißt ja gar nicht, wie absurd das wäre. Er ist ein Junge aus meiner alten Schule in der Stadt. Logan O'Donnell. Das letzte Mal, als ich ihn gesehen habe, hat er auf dem Tisch getanzt, nachdem er sich gerade Kokain im Wert von circa tausend Dollar durch die Nase gezogen hatte."

„Und was sagt er zu alldem?" Julian deutete auf ihren Bauch.

„Ich habe es ihm noch nicht erzählt. Aber das werd ich", versicherte Daisy ihm. Was sie ihm jedoch nicht sagte, war, dass Logan nach dem Wochenende so was wie ausgeflippt war. Jedes Mal, wenn er sie sah, war er ganz „Ich liebe dich wirklich, lass uns zusammenbleiben", aber sie nahm an, das sagten alle Jungs, wenn sie mal wieder flachgelegt werden wollten. Sie hatte ihm gesagt, dass sie ihn nie wiedersehen wolle, und hatte ihn aus all ihren Social Networks und ihrem Handy gelöscht.

Wenn sie dem glauben durfte, was ihre Freunde aus der Stadt so erzählten, hatten Logans Eltern ihn für den Rest seines Highschooljahres in ein sehr privates, sehr teures therapeutisches Internat gesteckt, damit er sein Drogenproblem in den Griff bekam.

Daisy hatte den letzten Knopf angenäht. Sie waren krumm und schief, aber wenigstens hielten sie. „Es ist nur, bevor ich Logan davon erzähle, muss ich das alles selber erst mal für mich auf die Reihe kriegen." Und alles unter Kontrolle bekommen, fügte sie in Gedanken hinzu. Immerhin war sie die Tochter ihrer Mutter. „Weißt du, ich will wirklich nichts von ihm, aber eines Tages wird das Baby es wissen wollen. Ich habe beschlossen, ihm einen Brief zu schreiben. Meine Mom sagt, ich sollte ihn von einem Notar beglaubigen lassen und als Einschreiben schicken, damit er weiß, dass er wirklich von mir ist, und ich weiß, dass er den Brief erhalten hat. Ich habe ihn aber noch nicht geschrieben. Ich weiß nicht so recht, was ich sagen soll."

„Du musst nichts überstürzen", sagte Julian. „Das kommt schon von ganz alleine."

Seine entspannte Art ließ sie lächeln. Gott sei Dank war er nicht wie einige der Mädchen, mit denen Daisy sich ab und zu traf und die sie für verrückt hielten, weil sie nicht versuchte, aus Logan ein Vermögen an Kindesunterhalt herauszuholen. Doch das war das Letzte, wonach ihr der Sinn stand. Daisy nahm an, dass dieser Gedanke auch Julian nicht kommen würde. Und das war genau das, was sie an ihm so mochte – unter anderem. Er war entspannt, vollkommen unvoreingenommen, und er *verstand* sie. Sogar jetzt, wo sie sich fühlte, als wäre sie seit elf Jahren schwanger, musste sie sich nicht verstellen.

Sie hörte, wie der Wäschetrockner ausging, und ging, um ihn auszuräumen. Dabei sprach sie die ganze Zeit weiter. Methodisch legte sie die Handtücher und Kleidung zusammen und brachte derweil Julian auf den neuesten Stand ihres Lebens. Sie hatte ihren Abschluss an der Avalon Highschool gemacht und erst vor Kurzem aufgehört, in der Bäckerei zu arbeiten, um sich langsam auf das Baby vorzubereiten. Sie fotografierte immer noch leidenschaftlich gerne und oft, und alle Bilder in der Broschüre und auf der Internetseite des Inn am Willow Lake stammten von ihr.

„Wie steht's mit dir?", fragte sie Julian und packte die Handtücher oben auf einen schon leicht schief stehenden Stapel drauf. Wäsche zusammenlegen war eine der wenigen Aufgaben im Haushalt, die selbst sie konnte.

„Ich bin im Air-Force-ROTC-Programm aufgenommen worden und werde aufs College gehen. Danach bekomme ich eine Pilotenausbildung, und vielleicht geht es danach weiter mit der TPS – Testpiloten-Schule."

„Ich habe gehört, dass das so ziemlich das Gefährlichste ist, was man machen kann", sagte sie.

„Nur wenn man nicht vorsichtig ist. Aber ich werde vorsichtig sein."

„Und es wird schwer."

Er ließ seinen Blick demonstrativ über ihren Bauch gleiten. „Nicht so schwer wie das. Angst zu haben ist nicht immer was Schlechtes. Es lässt einen vorsichtig werden. Ich schätze, mit einem kleinen Baby ist das vermutlich das Wichtigste."

„Ja, vielleicht", sagte sie. „Aber mein Gott … ich habe mich in meinem Leben nie um etwas gekümmert. Keinen Hund, keinen Hamster. Nicht mal einen Philodendron oder ein afrikanisches Veilchen."

Er schaute auf den Stapel mit gefalteter Wäsche und dann auf das Hemd, an das sie die Knöpfe angenäht hatte. „Klar."

„Ich habe noch nicht alle Alternativen ausgeschlossen." Ihre Stimme war nur ein Hauch, als sie dieses Geständnis machte. „Wenn das Baby erst mal da ist, war es das. Manchmal denke ich darüber nach, wie es wäre, es wegzugeben. Manchmal denke ich, das wäre gar nicht so schlimm."

„Du bist nicht die Erste, die so etwas denkt."

Daisy hatte viele Stunden damit verbracht, sich verschiedene Leben für sich vorzustellen. Sie könnte diese junge, alleinerziehende Mutter sein und ihr Leben der Erziehung ihres Kindes widmen, ähnlich wie Nina Romano es getan hatte. Oder sie könnte ihr Baby an eine Familie geben, die sich sehnlichst ein Kind wünschte. Danach könnte sie ihr Leben wieder aufnehmen, weiter zur Schule gehen, sich eine Arbeit suchen, was immer sie auch wollte.

„Ich wünschte, ich wüsste, was das Richtige ist", gab sie Julian gegenüber zu.

„Es gibt mehr als nur eine richtige Wahl“, sagte er. „Meine Mutter hätte mich zur Adoption freigegeben, wenn mein Vater mich nicht zu sich genommen hätte. Manchmal denke ich darüber nach, wie mein Leben gewesen wäre, wenn ich zwei normale Eltern gehabt hätte.“

„Ich hab eine Neuigkeit für dich: So etwas wie normale Eltern gibt es nicht.“ Daisys Berater hatte sie gedrängt, sich diese Option auch genauer anzusehen, sich schlauzumachen. Sie hatte erfahren, dass Adoptiveltern dazu neigten, dem Kind, das zu ihnen kam, eine wundervolle Zukunft zu bieten. Ein Anruf, und die ersten Treffen mit potenziellen Eltern könnten sofort vereinbart werden – Paare, Singles, jung, alt, hetero- oder homosexuell, reich, bescheiden … Es gab unzählige Familien, die einem Neugeborenen ihr Herz und ihr Heim öffnen wollten.

„Mein Dad war nicht perfekt, aber ich hätte ihn für nichts in der Welt eintauschen wollen“, sagte Julian.

Daisy spürte die bittersüße Stimmung, die Julian ausstrahlte. Irgendwie hatte er sich mit seinem Verlust arrangiert. „Und wo wir gerade davon sprechen, Mr Superhirn, wo willst du aufs College gehen?“

„Cornell. Ich fange im Herbst an.“

Ihr wurde ganz leicht ums Herz. „Ithaca ist gar nicht so weit von hier.“

„Das hat auch eine Rolle gespielt“, gab er zu. „Mein Bruder und ich sind getrennt voneinander aufgewachsen, und jetzt endlich habe ich die Chance, mehr von ihm zu sehen.“ Er schwieg und schaute sie direkt an. „Und von dir.“

Sie errötete. Es war komisch, dass sie immer noch flirten wollte, obwohl sie dick wie ein Haus war. Dann zwang sie sich, realistisch zu sein. „Cornell ist das schwerste College, das es gibt. Du wirst schwer damit beschäftigt sein, dich in deinen Büchern zu vergraben.“ Außerdem gab es da noch die Kleinigkeit von ungefähr fünftausend verfügbaren, nicht schwangeren Studentinnen, aber Daisy nahm an, dass er das von alleine herausfinden würde.

„Wie ist es mit dir?“, fragte er.

„Was soll mit mir sein? Hallo, ich bin schwanger.“

„Es ist doch nicht verboten, ein Kind zu haben und noch etwas anderes zu machen.“

Sie winkte ihn zum Computer hinüber und startete eine Präsentation von ihren Fotos. „Ich mache einen Onlinekurs für Fotografie.“

Julian schaute anerkennend auf den Monitor mit ihren Bildern. „Die sind gut.“

Daisy liebte es, zu fotografieren. Schon als kleines Kind hatte sie alles mit ihrer kleinen Ritschratsch-Kamera festgehalten – Familienmitglieder, Blumen und Bäume, Menschen und ihre Nachbarschaft in der Upper East Side, wo sie aufgewachsen war. Als sie älter wurde, hatte sie angefangen, mit verschiedenen Stilen und Methoden zu experimentieren. Sie war sehr gut darin, kleine, aber wichtige Details aufzunehmen, die die meisten Menschen übersahen. Die rostige Türangel eines Scheunentors erzählte in Daisys Bildern eine ganze Geschichte. Sie fing eine ganze Jahreszeit ein, indem sie die Herbstblätter fotografierte, die auf dem Wasser schwebten, beleuchtete eine Welt des Schmerzes in dem Gesicht ihres Vaters, als er sich über seinen Zeichentisch beugte, oder sah die Hoffnungen und Träume ihres Bruders in der Art, wie seine schmutzigen Finger eine Baseballkeule umklammerten.

Sie holte auch jetzt ihre Kamera raus; sie hatte Lust, ein paar Fotos von Julian zu machen. Er hatte immer gute Miene dazu gemacht, ihr Zielobjekt zu sein. Jetzt konzentrierte sie sich auf die scharfen Linien seines Profils, und dann auf die schmalfingrige Hand, die auf der Stuhllehne ruhte, während er sich zum Computer vorbeugte. Er strahlte eine gewisse Athletik aus, eine kinetische Energie, selbst wenn er total entspannt war. Sie würde es ihm vermutlich niemals sagen, aber er raubte ihr den Atem. Wie konnte ein Mensch gleichzeitig so schön und so verletzt sein?

Die Präsentation war auf Zufallsmodus eingestellt, und Bilder aus dem letzten Winter kamen auf. Daisy hatte eine ganze Serie von Sonnet Romano geschossen. Julian reagierte nicht direkt, doch durch die Linse ihrer Kamera konnte Daisy die Veränderung in ihm sehen. Sonnet war supersüß. Und ebenfalls Mulatte, wie er.

„Meine beste Freundin", erklärte Daisy. „Sie verbringt den Sommer bei ihrem Vater, kommt aber rechtzeitig zur Hochzeit zurück. Ich kann es gar nicht erwarten, euch vorzustellen. Du wirst dich sehr wahrscheinlich auf der Stelle in sie verlieben. Das tut jeder."

Er setzte sich und lehnte sich auf dem Stuhl zurück. „Ich bin nicht jeder. Wer ist das?" Er drückte auf Pause und fror das Bild ein, einen extrem schönen Schuss eines jungen Mannes im Schnee.

Das war eines von Daisys besten Bildern. Der Junge hatte die winterlichen, nordischen Züge einer gezeichneten Märchenfigur – glatte, weißblonde Haare, ausgeprägte Gesichtszüge, seeblaue Augen. Er stand in einem schneebedeckten Park mit kahlen Bäumen im Hintergrund. Ein durchsichtiges Rauchband von einer unsichtbaren Zigarette bildete einen unvollständigen Heiligenschein über seinem Kopf.

„Das ist Zach", sagte sie. „Zach Alger. Ein weiterer Freund, den ich kennengelernt habe, nachdem wir hierhergezogen sind." Sie hätte noch so viel mehr sagen können, aber das tat sie nicht, weil sie dann vermutlich anfangen würde, zu weinen. Anders als Sonnet hatte Zach sich nach dem Schulabschluss nicht zu Größerem aufgemacht.

„Wo ist er jetzt? Werde ich ihn kennenlernen?“, wollte Julian wissen.

Sie schüttelte den Kopf. „Er hat sich … ein paar Schwierigkeiten eingehandelt und ist weggezogen. Ich glaube, er arbeitet auf der Rennstrecke in Saratoga.“

„Was für Schwierigkeiten?“

„Das ist kompliziert. Und auch nicht Zachs Schuld. Sein Vater war süchtig nach Onlinewetten, und Zach war der Einzige, der davon wusste. Er hat sich Geld genommen, um die Schulden seines Vaters zu bezahlen. Jetzt sitzt sein Vater im Gefängnis, und Zach ist ganz auf sich allein gestellt. Es ist schon erstaunlich, was Kinder so für ihre Eltern tun. Ich würde nie zulassen, dass mein Kind so etwas für mich macht.“

Wie aufs Stichwort glitt ein Bild von Daisys Mutter über den Monitor. Sophie Bellamy – sie behielt ihren Ehenamen aus beruflichen Gründen, wie sie sagte – war hübsch, perfekt frisiert und sehr ernst. Daisy spürte, dass Julian sie beobachtete und nicht die Fotos.

„Meine Mom hat diesen einmaligen Job am Internationalen Gerichtshof in Den Haag bekommen. Sie arbeitet an Menschenrechtsfällen.“ Wie immer, wenn sie an ihre Mutter dachte, verspürte Daisy eine Mischung aus Liebe und Stolz, Frustration und Wut. Manchmal wollte sie einfach nur auf dem Schoß ihrer Mutter sitzen und weinen. Dann fühlte sie sich jedes Mal total egoistisch. Ihre Mom arbeitete hart, um hilflose Kinder vor Folter und Hunger zu bewahren. Wie konnte Daisy nur daran denken, sich dem in den Weg zu stellen?

Sie schnappte ihre Kamera und stand auf. „Wir brauchen einen Szenenwechsel“, sagte sie. „Wie wäre es, wenn wir eine Weile rausgehen?“

„Sicher.“ Er erhob sich und hielt ihr die Tür auf. „Geh voran. Ich soll zwar eigentlich ein Stück Regenrinne austauschen, aber ich muss auf den Vormann warten, der mir die große Leiter bringt.“ Er zeigte auf eine rostige Regenrinne, die vier Stockwerke über ihnen unter dem Dach hing. „Ich hatte angeboten, hinaufzuklettern, aber Connor ist ziemlich streng, was die Sicherheitsvorkehrungen angeht.“

„Er hat im Moment viel zu tun“, sagte Daisy und ging auf dem Kiesweg voran, der zum See führte.

„Wer ist das?“ Julian beschattete seine Augen mit der Hand und schaute in Richtung Bootshaus.

„Nina Romano, die Mutter meiner Freundin Sonnet.“ Daisy winkte, aber Nina schien sie nicht zu sehen. Sie gingen schweigend weiter, und endlich stellte Daisy die Frage aller Fragen: „Und, hast du eine Freundin?“

„Nein, außer du hast deine Meinung seit letztem Sommer geändert.“ Er grinste.

Im letzten Sommer hatte er Avancen gemacht, aber sie war wegen der Scheidung ihrer Eltern so verwirrt und verletzt, dass sie niemanden an sich heranlassen wollte. Idiotin, dachte sie.

„Sehr lustig“, grummelte sie und drehte sich weg, damit er nicht sah, wie sie errötete.

„Das sollte nicht lustig sein“, sagte er. „Ich wollte wirklich mit dir zusammen sein.“

Wie eine ganze Reihe anderer Jungen auch, erinnerte sie sich. Doch das Wissen erfüllte sie nicht mit Stolz. Sie war ein Partygirl gewesen, die Fröhliche, die immer für ein paar Lacher gut war.

Diejenige, die alles tun würde, um die Aufmerksamkeit ihrer unglücklichen, von Arbeit besessenen Eltern zu erlangen.

„Das Mädchen bin ich nicht mehr“, sagte sie leise.

„Du bist immer noch du“, erwiderte er. Er schaffte es immer, sie zum Lächeln zu bringen.

„Und noch ein bisschen mehr.“

Sie führte ihn auf dem Anwesen herum, zeigte ihm die interessanten Seiten des Inn, die Pickleball- und Tennisplätze, das Bowling- und das Krocket-Grün. Die verrückt hohe Konstruktion, die Aussichtsturm genannt wurde. Vom Ende des langen Stegs aus konnte sie verschiedene Wahrzeichen der Stadt erkennen – den Avalon Boating Club am Blanchard Park, die Sommerhäuschen, die sich am Seeufer drängten.

„Hier ist es echt schön“, sagte er.

„Hm-mh. Ich bin froh, dass mein Vater das Anwesen gekauft hat.“

„Also hast du vor, hierzubleiben …?“ Er ließ die Frage in der Luft hängen.

„Im Moment versuche ich, so gut es geht von einem Tag zum nächsten zu kommen.“ Dann entschied sie, ehrlich zu ihm zu sein. „Denn auch wenn es so aussieht, als wäre ich diejenige, die in Schwierigkeiten steckt, sind es in Wahrheit mein Vater und mein Bruder. Sie sind so … verloren. Irgendwas sagt mir, dass ich in ihrer Nähe bleiben soll.“

„Sie könnten dich überraschen“, sagte Julian.

Daisy stellte sich ihren Dad und Max vor, zwei Kerle, die versuchten, allein zurechtzukommen. „Vielleicht. Im Moment jedoch habe ich nicht vor, irgendwo anders hinzuziehen.“ Sie machte ein paar Fotos, fing das Glitzern der Sonne auf dem Wasser ein, eine Familie Enten, die vorbeischwamm. „Was mir wirklich gefallen würde“, gestand sie, „wäre, Fotografie zu studieren. Und zwar nicht nur online. Ich würde das gerne beruflich machen.“

„Dann solltest du das tun.“

„Ja, genau, ich fang gleich damit an.“

Er schüttelte ihren Sarkasmus ab. „Der Plan wird auch morgen noch da sein und nächstes Jahr, und wann immer du dich für seine Umsetzung entscheidest."

Sie nickte. „Es ist ironisch, dass ich genau jetzt, wo mir das hier passiert ist", sie legte eine Hand auf ihren Bauch, „endlich herausgefunden habe, was mir liegt und worin ich gut bin." Sie machte ein Foto eines auf dem Wasser landenden Seetauchers, der eine scharfe weiße Welle verursachte. „Ich wünschte, ich könnte mein Leben noch mal zurückspulen, weißt du? Ein paar bessere Entscheidungen treffen."

„Das wünscht sich jeder." Er beschattete wieder seine Augen und schaute auf den See. „Es ist echt hübsch hier."

„Schätze schon. Manchmal, wenn ich daran denke, mein ganzes Leben hier zu verbringen, flippe ich allerdings aus."

„Niemand zwingt dich, hierzubleiben."

Sie dachte an ihren Dad und Max, und wie verloren die beiden wären, wenn sie ganz allein hierblieben. Doch, dachte sie, das tun sie.

11. KAPITEL

Am Tag, nachdem Nina ihren Vertrag mit Greg Bellamy unterschrieben hatte, fuhr sie mit ihren restlichen Sachen und einem Bündel Bedenken zum Inn am Willow Lake. Sie hatte die ganze Nacht wach gelegen und überlegt, ob sie die richtige Wahl getroffen oder ihre Träume verkauft hatte. Das Anwesen glich einem Bienenstock. Handwerker liefen kreuz und quer über die Grünflächen, Männer standen auf Leitern, Gärtner wühlten in der Erde. Sie warf einen Blick zu dem schmalen, hohen Haus im viktorianischen Stil am anderen Ende des Grundstücks, in dem Greg lebte, dann glitt ihr Blick zum Bootshaus, das nur ein paar Hundert Meter entfernt lag. Sie hoffte, die Häuser stünden weit genug entfernt, damit sich alle wohlfühlten. Wenn sie sich in der Vergangenheit das Inn vorgestellt hatte, war in diesen Träumereien kein Mann mit zwei Kindern vorgekommen, und schon gar nicht ein in wenigen Wochen erwartetes Enkelkind. Aber ihr gesamtes Erwachsenenleben hatte daraus bestanden, Kompromisse einzugehen, und das hier war nichts anderes. Vielleicht war es ihr einfach nicht bestimmt, das, was sie haben wollte, auch zu ihren Bedingungen zu bekommen. Und vielleicht war das gar nicht mal so schlecht.

Der Gedanke hallte noch in ihrem Kopf nach, als sie die Treppen zum Bootshaus hinaufstieg und eine lebendige, atmende Fantasie vorfand. Greg stand auf der Leiter auf der Veranda und putzte die Fenster. Er hatte sein T-Shirt ausgezogen und hinten in den Bund seiner Hose gesteckt. Die Sommersonne hatte einen goldenen Schimmer auf seine Schultern gemalt. Er trug eine umgedrehte Yankees-Kappe, und jede Wischbewegung seines Armes mit dem Schwamm war zum Leben erwachte Poesie.

„Welchem Anlass verdanke ich die Ehre?“, fragte sie. „Der Besitzer selber putzt meine Fenster?“

Er kletterte von der Leiter. Seine Brust war von einem leichten Schweißfilm überzogen, und Nina gab sich alle Mühe, nicht zu offensichtlich zu gucken. „Ich bezahle Connors Arbeiter nach Stunden“, sagte er. „Also will ich ihre Talente nicht auf schlichte Hausarbeiten vergeuden.“

„Ah. Dafür habe ich also dich mit deinem Diplom in Architektur.“

„Ich helfe dir mit deinen Sachen.“ Er überquerte die Terrasse und trat zwischen sie und die Glastüren. Einen Augenblick lang trennten sie nur wenige Millimeter von seiner gebräunten, glitzernden Brust. Ein paar helle Haare wuchsen darauf. Ihr stieg ein wilder, männlicher Geruch in die Nase. Doch anstatt sich davon abgestoßen zu fühlen, spürte sie wieder ihre übliche, instinktive Reaktion auf ihn. Ihre Wangen wurden rot, und sie musste schwer schlucken. Sie fühlte sich gefangen. „Äh, Greg …“ Sie hatte keine Ahnung, was sie ihm sagen wollte. Danke fürs Fensterputzen?

Er zog die Tür auf und trat mit einer kleinen Verbeugung ein.

Nina zog den Kopf ein und tat so, als wäre sie von ihm vollkommen unbeeindruckt. „Das ist doch nicht nötig.“

„Stimmt, aber es hilft. Es zeigt dir, dass ich weiß, wie man sich als guter Nachbar verhält – denn immerhin werden wir ab heute Nachbarn sein –, und je schneller du einziehst, desto schneller können wir loslegen.“

„Ich verstehe. Nun, danke schön.“

„Gern geschehen.“ Mit einer fließenden Bewegung zog er sein T-Shirt über. Nina verspürte einen klitzekleinen Stich der Enttäuschung. Sie betrachtete ihn unauffällig, aber eindringlich, und versuchte herauszufinden, warum er in der einen Minute so ungeniert sexy war und in der nächsten höflich und hilfsbereit. Das war nicht die Art, wie Männer sie normalerweise behandelten. Die netten waren meist nicht hilfreich, und die hilfreichen waren selten nett.

„Danke“, sagte sie erneut. Das folgende Schweigen war unangenehm, also fügte sie hinzu: „Und, wie hat euch das Baseballspiel vor Kurzem gefallen?“

„Wir sind beide Baseballfans. Vor allem Max. Im Winter Eishockey, im Sommer Baseball. Ich habe ihn für die Little League eingetragen.“

„Gefällt es ihm?“

Leichter Argwohn blitzte in seinen Augen auf. „Sicher“, sagte er.

„Nun, ich freue mich, dass ihr zum Spiel gekommen seid.“

„Du schienst … beschäftigt.“

Guter Gott, dachte er wirklich, sie hätte was mit Darryl oder Wayne? Oder mit beiden? Bei dem Gedanken musste sie laut lachen. „Klar“, sagte sie.

Er trat an die Spüle in der Küche, nahm seine Baseballkappe ab und spritzte sich Wasser ins Gesicht und über die Haare. Dann nahm er eine gute halbe Rolle Haushaltspapier und trocknete sich damit ab. „Sag mir, womit ich beim Helfen anfangen soll, Boss“, sagte er.

„Ich schätze, mit den Kartons.“ Eine höchst unangenehme Anziehungskraft hatte Nina noch immer fest im Griff. Und sie wurde immer intensiver. Eine ganz seltsame Intimität schien zwischen ihnen in der Luft zu liegen, als sie gemeinsam ihre Sachen hereinbrachten. Nina hatte den gestrigen Tag damit verbracht, ordentlich zu putzen und zu lüften, und ganz früh heute Morgen hatten zwei ihrer Brüder das Queensize-Bett aufgebaut. Es stand direkt gegenüber dem breiten Fenster, das auf den See hinausging. Das war ein Teil ihres Traumes – jeden Morgen mit Blick auf den Willow Lake aufzuwachen.

Während sie jetzt gemeinsam ihre Kisten auspackten – Bettwäsche und Erinnerungsstücke, Lampen und Bücher –, fühlte sie sich zwischen einer enormen Anziehung und dem Wunsch, sich mit ihm zu streiten, hin und her gerissen. Sie hatte nicht um Hilfe gebeten, aber er stürzte sich mit Feuereifer hinein. Ihr beim Umzug zu helfen erlaubte ihm, sich in ihr Leben zu mischen, die Sachen zu sehen, die ihr wichtig waren. Sollte ihr das nicht zuwider sein? War es das? Und wenn nicht, warum nicht?

Er öffnete einen großen Karton, in dem sich gerahmte Fotos und Andenken befanden. Nina hielt die Luft an und ging in Gedanken den gesamten Inhalt des Kartons durch. Enthielt er etwas, das zu persönlich war? Irgendwas, das Greg besser nicht sehen sollte?

„Hey, Greg." Ihre Stimme klang hohl in dem noch spärlich eingerichteten Raum. „Ähm, wegen unserer Vereinbarung ... Ich denke wirklich, wir sollten ein paar Grenzen setzen."

Er lachte, was nicht die Reaktion war, die sie erwartet hatte. „Was für Grenzen, Nina? Welche, die dich einschließen, oder welche, die mich ausschließen?"

„Ernsthaft", sagte sie. „Wenn Menschen zusammenarbeiten, brauchen sie Grenzen."

„Okay. Wenn du willst. Grenzen. Ich schätze, du lässt mich wissen, wenn ich eine übertrete. Natürlich müsstest du mir noch erklären, wo sie sind."

Sie spürte eine unterschwellige Verärgerung, die er unter seiner guten Laune verbarg. Alarmiert merkte sie, dass ihn das für sie nur noch interessanter machte. „Darüber müssen wir reden", sagte sie. „Also, wo die Grenzen zu ziehen sind. Ich meine, ich bin echt dankbar, dass du mir beim Einzug hilfst."

„Aber du willst dabei nicht meine verschwitzte Brust sehen."

„Das meine ich nicht ..."

„Also willst du meine verschwitzte Brust sehen."

Ja.

„Nein." Sie verschränkte die Arme. „Hör mal, keiner von uns ist von gestern. Wir wissen beide, wie man sich professionell verhält. Das ist alles, was ich sagen wollte."

„Okay", sagte er. „Dann lass ich mein T-Shirt an."

„Ich auch", sagte sie. „Und jetzt mach ich mich besser wieder an die Arbeit."

„Nur Arbeit und kein Spaß", sagte er.

„So bin ich." Guter Gott, deutete er da etwa eine gewisse Bereitschaft zu bedeutungslosem Sex an? Nein, das konnte nicht sein. Sie scheuchte die Vorstellung aus ihren Gedanken und machte sich wieder an die Arbeit. Während sie versuchte, sich daran zu erinnern, was sie in den Karton gepackt hatte, den er gerade geöffnet hatte, zog er ein gerahmtes Foto heraus, das in ein Geschirrtuch gewickelt war. Das Bild zeigte Nina in ihrem fünfzehnten Sommer – nur Wochen, bevor alles passiert war. Vielleicht gefiel ihr das Bild deswegen so. Sie war darauf noch so jung und unschuldig. Sie und Jenny saßen auf dem öffentlichen Steg in der Stadt, die Arme umeinandergelegt, in den Gesichtern tausend Möglichkeiten.

„Du warst ein süßes Kind", bemerkte er.

Nina biss sich auf die Lippe. Sie warf ihm einen Blick zu, dann schaute sie wieder auf das Foto. Wer hätte gedacht, dass sie nur wenige Wochen, nachdem das Bild entstanden war, sorglosen Sex mit einem West-Point-Kadetten haben und sich damit in große Schwierigkeiten bringen würde?

„Du erinnerst dich nicht mal mehr an mich, oder?", fragte sie und dachte an diesen alles verändernden Sommer.

„Von woher soll ich mich an dich erinnern?"

Meine Güte, spielte er den Unwissenden, oder beschützte er … wen? Sie? Sich selber?

„Aus der Vergangenheit. Unsere Wege haben sich mehrmals gekreuzt. Meine Mom hat jeden Sommer in der Küche vom Camp Kioga gearbeitet. Ich bin andauernd da oben gewesen." Sie erinnerte ihn nicht an seine Hochzeit. Er mochte ihr Gegner sein, aber sie würde nicht zu schmutzigen Tricks greifen.

„Und du glaubst, dass ich mich nicht mehr an dich erinnere", sagte er.

„Ich nahm an, dass du sonst was gesagt hättest." Nina versuchte, nicht daran zu denken, wie oft sie von ihm geträumt hatte, nur um jetzt herauszufinden, dass er keinen Gedanken an sie verschwendet hatte. Sie versuchte, sich gekränkt zu fühlen. Aber sie fühlte sich einfach nur wehmütig.

„Mein Gott, Nina, du weißt, dass ich mich erinnere", sagte er mit plötzlicher Eindringlichkeit. „Du weißt verdammt gut, dass ich mich an alles erinnere, inklusive des Abends im Country Club. Ich kann mit Gewissheit sagen, dass der West-Point-Kadett der einzige Kerl ist, dem ich je wegen eines Mädchens eine reingehauen habe."

Oh, verdammt. Sie wünschte, er hätte diese Kleinigkeit vergessen. „Tut mir leid. Da du nichts gesagt hast, dachte ich …" Sie wusste nicht, was sie gedacht hatte. Aus irgendeinem Grund hatte sie Schwierigkeiten, logisch zu denken, wenn sie in seiner Nähe war.

„Nur weil in meinem Leben andere Dinge passiert sind, heißt das doch nicht, dass ich unter Amnesie leide."

„Ich auch nicht", gab sie zu. Es war irgendwie erleichternd, es zugeben zu können.

„Eines, woran ich mich noch erinnere, ist hier im Willow Inn gewohnt zu haben", sagte er. „Wir waren zu einer Familienfeier hergekommen. Die Kinder waren noch klein, und meine Frau wollte nicht oben im Camp Kioga wohnen. Ich schätze, das war ihr etwas zu rustikal. Sophie sorgte sich, dass wir nicht schnell genug Hilfe bekämen, wenn etwas passieren sollte." Greg schüttelte den Kopf. „Wir sind nicht einmal eine Woche geblieben, weil wir nicht mehr Zeit erübrigen konnten. Ich war mit meiner Firma beschäftigt, und Sophie machte als Anwältin Überstunden. Ich wünschte, ich wäre die Dinge langsamer angegangen. Ich habe damals Jahre meines Lebens verloren, und es ist mir nicht einmal aufgefallen."

„Hilft es, mit Bedauern zurückzuschauen?", fragte Nina.

„Überhaupt nicht."

„Dann tu es nicht, Greg. Schau nach vorne." Sie beugte sich runter und wickelte eine Collage aus seidenmatten Fotos aus. Beim Anblick der Bilder musste sie lächeln. Die meisten zeigten Sonnet in verschiedenen Altersstufen. „Das Nette an der Vergangenheit ist, dass man sich aussuchen kann, welche Erinnerungen man im Herzen behält. Den Rest kann man getrost hinter sich lassen."

Sein Lächeln schwand, und er senkte die Stimme. „Danke, Nina."

„Du musst mir nicht danken."

„Warum nicht?"

„Weil ich nichts getan hab." Sie biss sich auf die Lippe und schaute sich suchend nach dem Draht um, mit dem sie die Bilder aufhängen wollte. Sie drehte sich zu Greg um, um ihn zu bitten, ihr den Hammer zu reichen, und sah, dass er aus dem Fenster starrte. Seine Tochter Daisy saß auf einem hölzernen Deckchair und schaute auf den See. Trotz der Aktivitäten um sie herum sah sie sehr alleine aus.

Als wenn er Ninas Blick gespürt hätte, schien Greg sich einen mentalen Schubs zu geben. „Tut mir leid. Ich habe nur gerade nach Daisy gesehen."

„Dafür musst du dich nicht entschuldigen."

„Das hab ich auch nicht. Es ist nur so frustrierend, zu versuchen, mit ihr zu reden. Ich gehe in ihrer Gegenwart wie auf rohen Eiern."

„Versuch, es nicht persönlich zu nehmen. Sogar die gesprächigsten Kinder neigen dazu, ihre Eltern ab und zu anzuschweigen." Nina schwieg einen Augenblick. „Vielleicht versucht sie, dich zu beschützen."

„Vor was?"

Nina wollte nicht darauf hinweisen, dass Greg, wie die meisten plötzlich alleinstehenden Männer, eine Aura der Verletzlichkeit umgab.

„Manche Menschen sagen, ein Kind zu erwarten bringt den Beschützerinstinkt in einer Frau hervor. Es kann einfach in ihrer Natur liegen. Oder an der Art, wie sie erzogen wurde. Die zu beschützen, die man liebt, ist nichts Schlimmes."

„Da stimme ich zu." Er sah sie mit einem merkwürdigen Ausdruck im Gesicht an.

Nina hätte nicht sagen können, warum, aber mit einem Mal verspürte sie so etwas wie Mitgefühl für ihn – das sie in der nächsten Sekunde aber gleich wieder zu leugnen versuchte. Lass mich mit deinen Problemen in Ruhe, dachte sie.

Die Ironie an der Sache war, dass es dafür schon zu spät war. Sie hatte noch keine Nacht auf dem Grundstück verbracht, doch sie hatte schon das Gefühl, ihr beider Leben würde sich auf unerwartete Weise miteinander verbinden. Sie hätte es besser wissen müssen, hätte wissen müssen, dass es nicht ihrer Natur entsprach, Gregs Sorgen zu ignorieren. Als Bürgermeisterin hatte sie sich um die Probleme einer ganzen Stadt gekümmert. Kein Wunder, dass sie sich berufen fühlte, auch hier einzugreifen.

Die Gedanken an Daisy brachten Nina in ihre eigene Jugend zurück. Auch wenn Ninas Zustand damals alle erwarteten Reaktionen hervorgerufen hatte – Scham und Sorge und Reue –, hatte er auch Ninas innere Kräfte ans Tageslicht gebracht. Nachdem sie nur eine mittelmäßige Schülerin gewesen war, fand sie perverserweise nun etwas, in dem sie gut war: schwangerer Teenager zu sein.

Anstatt sich davon niederdrücken zu lassen, machte sie sich daran, ihre Unabhängigkeit zu beweisen. Das Baby war die Motivation, die sie benötigte, um endlich gut in der Schule zu sein. Anstatt ihres bisherigen Dreierdurchschnitts schrieb sie nur noch Einsen und Zweien. Sie ließ sich in die Schülervertretung wählen, weil sie ein Mitspracherecht haben wollte, wie die Kita der Schule geführt wurde. Sie verpasste keinen einzigen ihrer Vorsorgetermine, lernte alles über die fötale Entwicklung und darüber, wie man sich als Schwangere am besten ernährte und verhielt. Mit mühsam erkämpfter Geduld hörte sie Father Reilly zu, der sie ermahnte, das Kind zur Adoption freizugeben, obwohl sie wusste, dass das nie passieren würde. Zum einen bräuchte sie dafür die Zustimmung des Kindsvaters, aber das stand außer Frage. Und zum anderen hatte sie eine beinahe spirituelle Verbindung zu ihrem Baby. Sie war nie verliebt gewesen, aber sie wusste, dass das Liebe in ihrer reinsten Form war, die sie nie aufgeben würde. Dafür widmete sie der Beraterin an der Schule, Mrs Jarvis, ihre volle Aufmerksamkeit, als die über Budgets, Zeitpläne und die Furcht einflößende Verantwortung sprach, die es mit sich brachte, für ein anderes menschliches Wesen verantwortlich zu sein.

Trotz der Tatsache, dass sie aufgeblüht war, litt Nina noch immer unter den Folgen der unglaublichen Opfer, die sie gebracht hatte. Keine Verabredungen oder Discobesuche, kein Klassenausflug im letzten Schuljahr, keine gemeinsame Abschlussfeier mit ihrer Klasse. Der Schulausflug war nach Washington, D. C., gegangen, weshalb es für Nina so wichtig gewesen war, mit Sonnet dorthin zu fahren.

Nina hatte versucht, nicht auf den Klatsch zu hören und die Spekulationen zu ignorieren, wer wohl der Vater ihres Kindes sei. Sie weigerte sich, den Schwarzmalern Glauben zu schenken, die erklärten, wie schwierig es selbst für verheiratete Erwachsene war, ein Kind aufzuziehen. Für einen Teenager allein war es unmöglich – so sagten zumindest die Leute.

Aber für Nina wurde dieses Baby zu einem Ziel, einer Mission, zu etwas, das ihrem Leben eine Form und einen Sinn gab. Sicher, es versetzte ihr einen schmerzhaften Stich, zu sehen, wie ihre Freunde zu Schulbällen oder ins Kino gingen, aber sie überstand diese Augenblicke der Reue, indem sie sich etwas Nützliches beibrachte, wie zum Beispiel den Impfplan eines Babys. Sie baute ganz alleine eine Wiege. Noch bevor sie überhaupt den Führerschein hatte, wusste sie, wie man einen Kindersitz einbaut. Sie belegte an der Schule Kurse in Finanzwesen und Sozialpolitik, weil ihr diese Dinge auf einmal wichtig waren. Sie brachte ein Kind auf die Welt, also wollte sie, dass sie Welt besser würde, als sie jetzt war.

Nina versuchte jetzt, Greg diese Dinge zu erklären. Sie wollte ihm Zuversicht geben. Und warum, fragte sie sich, will ich das? Weil sie sich trotz der Situation dabei ertappte, dass sie ihn mochte.

„Ich nehme an, dass Daisy gerade etwas Ähnliches durchmacht“, schloss Nina. „Einige Dinge ändern sich nie. Alle ihre Freunde gehen aufs College oder treten ihren ersten Job an, während sie immer noch zu Hause wohnt.“

„Es gibt im Moment keine vernünftige Alternative für sie“, sagte Greg.

„Ich weiß, aber sie könnte sich ein wenig ruhelos fühlen. Mir ging es zumindest so. Meine Familie hat mich vom ersten Tag an unterstützt. Sie hätte alles für mich getan, aber das hat mich nur entschlossener gemacht, es alleine zu schaffen.“ Sie vermutete, dass Greg noch nicht bereit war, zu hören, dass seine Tochter mit ihm vielleicht nicht einer Meinung war, was das Wohnen zu Hause anging. Sie ging zum Kühlschrank und fand darin zwei Flaschen Wasser. Eine reichte sie Greg. „Ich habe einen Vorschlag für dich, und ich meine das auf die bestmögliche Art. Schenk Daisy dein Vertrauen.“

„Das tue ich. Ich …“

„Du sagst es, aber gleichzeitig schmiedest du all diese Notfallpläne, falls sie es nicht schafft. Du gibst ihr ein Dach über dem Kopf, einen Job, und ich bin sicher, dass sie das zu schätzen weiß. Aber sie muss auch ihr eigenes Leben leben. Sonnet zu haben hat mich zu einem besseren Menschen gemacht. Du musst einfach glauben, dass Daisys Baby den gleichen Einfluss auf sie haben wird. Sonnet war der ganze Grund, warum ich schließlich Bürgermeisterin geworden bin."

„Um aus Avalon einen besseren Ort für dein Kind zu machen?"

„Genau. Es fing alles an, bevor sie geboren wurde. Ich hörte, dass der Blanchard Park sein Budget zusammengestrichen hatte und den Spielplatz schließen wollte. Ich habe meine Beschwerde direkt vor den Stadtrat und Bürgermeister McKittrick gebracht. Immerhin bin ich die Tochter meines Vaters, und der ist ein Aktivist, wie er im Buche steht. Außerdem bin ich die Tochter meiner Mutter – und so habe ich gleich eine praktische Lösung mitgeliefert, wie der Erhalt des Spielplatzes finanziert werden könnte."

Trotz der Tatsache, dass sie vermutlich ziemlich absurd ausgesehen hatte – durch die Schwangerschaft beinahe so hoch wie tief –, hatte sie auf dem Podium im Stadtrat gestanden und ihren Fall klar und selbstsicher vorgetragen. Am Ende der Sitzung hatte ihr Vater vor Stolz gestrahlt, und der Bürgermeister bot ihr ein bezahltes Praktikum sowie ein kostenloses Studium am Community College an.

„Ich wusste, es war richtig, das Angebot des Bürgermeisters anzunehmen. Es war ein Job mit Zukunft und eine Möglichkeit, eine Ausbildung zu erhalten." Zu der Zeit war das Inn an den Neffen der Witwe Weller gefallen, einen abwesenden Besitzer, der das Anwesen nicht ein einziges Mal persönlich in Augenschein genommen hatte. Sie hatte immer noch davon geträumt, es eines Tages zu besitzen, aber mit einem Baby waren ihre Pläne in den Hintergrund getreten, wie es alle Träume zu tun pflegen; sie verschwimmen langsam und verschwinden nach und nach aus dem Blickfeld.

Es gab durchaus Stimmen in der Stadt, die dagegen waren, dass eine unverheiratete, alleinerziehende Mutter für den Bürgermeister arbeitete. Doch das waren nur wenige, und sie wurden schnell zum Schweigen gebracht von denen, die den Bürgermeister dafür bewunderten, dass er einem jungen Menschen half. Die Menschen in Avalon reagierten auch nicht entsetzt, als Nina ein gemischtrassiges Kind zur Welt brachte. Immerhin waren es die 1990er Jahre, da verursachte so etwas keinen großen Aufruhr mehr. Die Ankunft des Babys hatte allerdings gehörigen Einfluss auf die Spekulationen über seinen Vater. Die Namen von einigen Jungen konnten von verschiedenen Listen gestrichen werden. Dafür wurden ein paar neue Namen hinzugefügt.

Nina ignorierte das Getuschel. Sie konzentrierte sich ganz darauf, ein Leben für sich und ihr Baby aufzubauen. Denn was die Leute gesagt hatten, stimmte. Es war teilweise unvorstellbar schwer, alleinerziehende Mutter zu sein. Sie erinnerte sich noch an die endlosen Nächte, wenn das Baby unruhig war und sich in einen Weinanfall hineinsteigerte, der sich anfühlte, als würde er nie wieder aufhören. Sie erinnerte sich, wie sie hilflos hin und her gegangen war und sich vor dem Morgen fürchtete, wenn alles wieder von vorne losging, nur schlimmer, weil sie zusätzlich unter Schlafentzug litt.

Sie entschied sich, diese Erinnerungen nicht mit Greg zu teilen. Das würde er schon bald genug bei Daisy erfahren.

„Als ich für die Stadt gearbeitet habe“, fuhr sie fort, „habe ich meinen Abschluss am College von New Paltz gemacht.“

„Die Leute sagen, du warst die beste Bürgermeisterin, die die Stadt je gehabt hat.“

„Das kommt ganz darauf an, wen du fragst.“

„Hauptsächlich die Baseballfans.“ Er lachte.

Er hatte ein sexy Lachen. Sie fragte sich, ob er das wusste.

„Also, Sonnets Vater …“, setzte Greg an.

„Was ist mit ihm?“

„Ist er ein Baseballfan?“

Sie wusste, dass er sich langsam an das Thema herantastete, um ihr nicht zu nahe zu treten. Aber es war in Ordnung, sie hatte nichts zu verbergen. „Das weiß ich nicht.“

„Daisy hat dem Kindsvater immer noch nichts gesagt“, platzte es aus Greg heraus, als wenn er es endlich einmal loswerden müsste.

„Es ist nur natürlich, dass man die Dinge aufschiebt, die am schwersten sind“, sagte Nina. „Ich habe Laurence erst von Sonnet erzählt, als sie drei war.“

Greg sah erstaunt aus. „Wirklich?“

„Ich hatte meine Gründe.“

„Was hat dich dann dazu gebracht, es ihm zu sagen?“

Nina beschäftigte sich damit, leere Umzugskartons an der Tür zu stapeln. Sie wollte nicht, dass er den ironischen Ausdruck auf ihrem Gesicht sah. Auch wenn er es nicht wusste, der Anstoß, es Laurence zu sagen, war Greg gewesen.

6. Teil

Damals

Das Inn am Willow Lake ist stolz darauf, einen eigenen Privatstrand am See zu haben und zu erhalten. Die Gäste finden hier eine wundervolle Vielfalt an ortstypischen Pflanzen und Tieren. Halten Sie die Augen offen nach Sumpfdotterblumen, dem Wohlriechenden Fieberstrauch – Heimat der Ritterfalter – und dem Schneeballbusch, die uns Frühlingsblüten, Sommerbeeren und Herbstfarben schenken. Der Willow Lake bietet auch Fauna in Hülle und Fülle. Fischreiher, Wasserschildkröten, Flussotter, Biber und Hirsche sind nur einige der regelmäßigen Gäste. Vielleicht haben Sie sogar Glück und sehen einen der wenigen hier ansässigen Elche.

Die Uferzone ist der perfekte Ort für kleine Spaziergänge, um sich in die Sonne zu setzen, im flachen Wasser zu planschen oder einfach die Landschaft zu genießen und zu träumen. Die Gäste des Inns kommen von überallher, ob von weither aus Japan oder aus dem nahen New York City. Man weiß nie, wen man an einem hellen, sonnigen Tag am Ufer treffen wird – einen alten Freund, einen neuen Bekannten oder jemanden, mit dem man einfach wieder Kontakt aufnehmen möchte.

12. KAPITEL

Als Sonnet beinahe drei war, zog Nina in ein kleines Holzhäuschen in der Stadt, das sie von einem ihrer Onkel gemietet hatte. Ihre Eltern hatten dagegen protestiert – es war zu früh, sie war noch zu jung, jemand musste auf Sonnet aufpassen –, aber Nina wusste, dass es an der Zeit war. Sie hatte einen Job und ging aufs College. Es war mehr als ausreichend, dass ihre Eltern als Babysitter für Sonnet da waren.

Es hatte etwas zugleich Befriedigendes und Einsames, in einem eigenen Haus zu wohnen. Sie fühlte sich erwachsen und gleichzeitig unglaublich allein.

Eines Sommermorgens, als sie gerade ein Referat in Makroökonomie fertig schrieb, sah Nina Sonnet an, die schweigend zu ihren Füßen spielte. Das kleine Mädchen hatte gelernt, mit Langeweile und ihrer eigenen Unruhe umzugehen. Wann war das passiert? fragte sich Nina. Wo war ihr hibbeliges Baby hin?

Dann traf es sie wie ein Schlag – Sonnet war kein Baby mehr, und Nina hatte die Verwandlung kaum mitbekommen. Trotz der endlosen Nächte, in denen sie mit einem weinenden Baby auf und ab gegangen war, für Prüfungen gelernt und bei der Arbeit alles gegeben hatte, war die Zeit wie im Flug vergangen. Es machte Nina ein wenig traurig, also hob sie Sonnet hoch und schwang sie herum. „Ich bin mit meinem Referat fertig, und du warst ein ganz braves Mädchen", sagte sie. „Lass uns was unternehmen."

„Ich will Nona besuchen." Sonnets Großmutter war für die Kleine mit Abstand die liebste Person auf der Welt.

„Nona arbeitet heute im Camp Kioga", erklärte Nina. „So wie jeden Sommer." Ihre Mutter behauptete, die Arbeit bringe ihr Spaß, und es gab keinen Zweifel, dass die Bellamys sie gut bezahlten. Trotzdem wünschte Nina sich, dass ihre Mutter sich nur ein einziges Mal eine Pause gönnen würde. Aber natürlich entgegnete Ma darauf immer das Gleiche: „In dieser Familie arbeiten die Frauen. So ist das nun mal."

„Was ist mit den Männern?", fragte Nina manchmal.

„Die Männer? Die träumen."

Sonnet schaute ganz traurig. „Nona", schnüffelte sie.

Nina schaute auf die Uhr. „Ich sag dir was. Wir gehen zusammen im See schwimmen."

Das war die richtige Idee. Sonnet klatschte vor Freude in die Hände.

Das Inn am Willow Lake hatte für Nina im Laufe der Jahre nichts von seiner Magie verloren. Auch wenn sie nicht mehr dort arbeitete, kannte und mochte der Manager sie, und sie durfte jederzeit den dortigen Strand benutzen, einen breiten Sandstreifen direkt am See. Trotz der leicht schäbigen Eleganz zog das Inn immer noch Sommergäste an, die die gemächliche Ruhe und Zurückgezogenheit des Anwesens zu schätzen wussten. Nina glaubte, dass die Leute kamen, um eine andere, einfachere Zeit zu erleben. Das Inn war eine Oase, weit entfernt von klingelnden Telefonen, piependen Computern, Verkehrsstaus und täglichen Anforderungen. Hier verdösten die Gäste die Nachmittage in einem Schaukelstuhl auf der umlaufenden Veranda, spielten eine Partie Tennis oder Pickleball oder liehen sich ein Boot für einen abendlichen Segeltörn aus.

Sonnet sah in ihrem gelben Badeanzug mit dem kleinen Schoß hinten ganz entzückend aus. Sie spielte in den flachen Wellen, die sanft an den feinsandigen Strand schlugen, und jauchzte vor Freude, wenn das kalte Wasser an ihren Zehen kitzelte. Der sonnige Tag hatte Gäste und Einheimische nach draußen gelockt. Auf einer Wiese wurde ein Volleyballmatch ausgetragen – Collegestudenten, vermutlich aus Colgate oder Skidmore oder von dem nahe gelegenen öffentlichen College in New Paltz. Nina merkte, wie die Jungs sie musterten. Sie wusste, dass sie in ihrem Bikini gut aussah. Das Gelb passte zu Sonnets Badeanzug und bildete einen hübschen Kontrast zu Ninas olivfarbener Haut. Als Angestellte im öffentlichen Dienst durfte sie das Fitnessstudio der Polizei mitnutzen, und sie hatte hart daran gearbeitet, ihre Bauchmuskeln in Form zu bringen. Nachdem Sonnet geboren war, hatte Nina entdeckt, dass ihr Körper nun noch erwachsener aussah, und sie spürte, dass ihr Bikini in den männlichen Köpfen für reichlich Schwindel sorgte.

Manchmal träumte sie davon, von einem Mann eingeladen zu werden, aber das passierte nie. Egal, wie sehr die Männer ihren Körper zu schätzen schienen, ein Blick auf Sonnet reichte, und sie liefen in die andere Richtung davon. Nina machte ihnen keinen Vorwurf. Sie selber liebte ihre Tochter mit jeder Faser ihres Herzens, aber das bedeutete nicht, dass es leicht war. Egal, wie sehr sie Sonnet liebte, es gab trotzdem Wutausbrüche, volle Windeln, durchwachte Nächte, wenn Sonnet ihren Krupphusten bekam und Nina mit ihr stundenlang im mit feuchtem Dampf gefüllten Badezimmer saß und einfach nur mitweinte. Es war schwer, sich vorzustellen, dass irgendein Mann das mitmachen würde.

Nina hatte sich beigebracht, glücklich zu sein mit dem, wie sich alles entwickelt hatte. Jenny Majesky war immer noch ihre beste Freundin, die selber Probleme hatte, weil ihr Großvater gestorben war und sie nun alle ihre Pläne über den Haufen werfen musste, um ihrer Großmutter in der Bäckerei zu helfen. Im Sommer sah Nina nicht viel von Jenny. Ihre Freundin hatte zwei Jungs, die in sie verliebt waren, und war ganz hibbelig, weil sie sich nicht entscheiden konnte. Nina zeigte ihr nie, dass sie ein wenig eifersüchtig war, wenn sie sah, wie ihre Freunde auf Partys gingen oder sich einen kitschigen Film im Autokino anschauten, den Zug in die Stadt nahmen und in Richtung College und zu Abenteuern aufbrachen, die Nina sich nicht einmal vorstellen konnte.

Sie sagte sich, dass Sonnet das ultimative Abenteuer war. Ihr kleines Mädchen war ohne Zweifel das hübscheste, talentierteste und klügste Kind, das je das Licht der Welt erblickt hatte. Natürlich empfanden andere Eltern ihren Kindern gegenüber genauso, aber in Sonnets Fall waren diese Gedanken berechtigt. Es war keine Geschichte, die Nina sich erzählte. Es war eine Wahrheit, die sie in den dunkelsten, stillsten Stunden der Nacht anerkannte, wenn sie sich so einsam fühlte, dass ihr ganzer Körper vor dem Wunsch, gehalten und berührt zu werden, zitterte. Nicht von vor Erdnussbutter klebrigen Händen, sondern von den Armen eines Mannes. Das war ein körperlicher Schmerz in ihrem Innern. Wenn es einfach nur ein animalisches Verlangen wäre, könnte sie mit irgendeinem Typen ausgehen, Sex haben und den Schmerz damit vertreiben. Doch natürlich war es nicht so einfach.

Sonnet hatte ein paar Kinder gefunden, mit denen sie am Strand spielen konnte. Kinder taten so etwas – sie setzten sich einfach neben ein anderes Kind und fingen an zu spielen. Sonnet hatte sich zu einem kleinen blonden Mädchen gesellt, das mit großem Eifer nassen Sand in einen Eimer schaufelte. Bald schon waren die beiden in ihre eigene Welt eingetaucht, plapperten und kicherten über Dinge, die nur Kinder amüsant fanden. Die Augen beschützend auf ihre Tochter gerichtet, setzte Nina sich auf eine Bank – und landete beinahe auf jemandes Schoß.

„Oh, tut mir leid“, sagte sie. „Ich habe Sie nicht gesehen.“

Der Mann rutschte ein Stück zur Seite. „Kein Problem. Ist ja Platz genug für uns beide da.“

Nina runzelte die Stirn. Er kam ihr irgendwie bekannt vor. Sie warf ihm einen Blick zu und bemerkte, wie er sie wohlwollend musterte.

„Oh“, sagte sie. „Hallo.“ Sie versuchte zu ergründen, ob er sie erkannte oder nicht. In der Zwischenzeit tat sie so, als würde sie ihn auch nicht erkennen. Aber natürlich tat sie das. Wie könnte sie auch nicht? Es war Greg Bellamy mit den unglaublich verträumten Augen, den breiten Schultern, dem kantigen Kiefer, dem … schlichten goldenen Ehering.

Und er war zurück in Avalon. Das kam unerwartet, denn nachdem Camp Kioga seine Pforten geschlossen hatte, waren die Bellamys hier ein seltener Anblick geworden. Die Familie nutzte das Gelände noch für private Zwecke, aber die meiste Zeit lag das Camp im Dornröschenschlaf, eine Geisterstadt vergangener Zeiten.

„Sind Sie Gast hier im Inn?“, fragte er.

Flirtete er etwa mit ihr? Trug er einen Ehering und flirtete trotzdem mit ihr?

„Nein“, sagte sie, den Blick immer noch auf Sonnet gerichtet. Tat er nur so, oder erinnerte er sich wirklich nicht?

„Lass mich raten“, sagte er. „Du versuchst herauszufinden, ob es peinlicher ist, so zu tun, als hätten wir uns nie getroffen, oder mich daran zu erinnern, dass wir uns kennen.“

Sie zuckte mit keiner Wimper, ließ aber ein kleines Lächeln um ihren Mundwinkel aufblitzen. „So ungefähr, ja“, gab sie zu.

„Das dachte ich mir. Wir haben unser jährliches Familientreffen im Camp, aber meine Frau wohnt lieber hier“, sagte er. „Da oben ist es ihr doch ein wenig zu rustikal.“ Er nahm die Kamera, die neben ihm auf der Bank lag, und machte ein Foto der am Strand spielenden Kinder.

Nina schoss das Bild der eleganten, dünnen Blondine durch den Kopf, die eines Tages mit Gregs Baby aufgetaucht war. Das war kurz nach dem Abend mit Laurence gewesen, dem Abend, der Ninas Leben in einem einzigen, unachtsamen Moment komplett verändert hatte. Und Greg war da gewesen, hatte etwas zu ihr gesagt, das sie nie vergessen hatte: *Wenn du älter wärst, könnte das hier vielleicht was werden.*

Nun, jetzt war sie älter, aber sie hoffte, dass er diese Bemerkung vergessen hatte. Er war ein verheirateter Mann. Er hatte Familie.

Um ihre Nervosität zu verbergen, konzentrierte sie sich ganz auf die Kinder. Es war leicht zu sagen, welches sein Kind war – das kleine blonde Mädchen, mit dem Sonnet spielte. Sogar in diesem jungen Alter schien sie schon die Schönheit und Klasse der Bellamys zu besitzen. Oh, und den Charme nicht zu vergessen. Wie eine kleine Hummel, die von Blume zu Blume fliegt, eroberte sie mit ihrem Lächeln die Herzen aller Kinder. Sonnet schien zu versuchen, ihr in allem nachzueifern. Als die Kleine Sonnet einen glänzenden grauen Stein gab, hielt Sonnet ihn in den Händen, als handle es sich um den Hope-Diamanten.

„Guck mal, Mama“, sagte sie und streckte ihre pummelige kleine Hand aus.

„Oh, der ist aber schön“, sagte Nina. „Soll ich ihn für dich aufbewahren?“

„Okay.“ Sonnet legte den Stein in die Hand ihrer Mutter und ging dann zurück zum Spielen.

Nina musste Greg nicht ansehen, um zu wissen, dass er dabei war, seine Gedanken und Vorstellungen von ihr neu zu ordnen. Das taten Männer immer. Sie waren überrascht, zu sehen, dass sie die Mutter eines sprechenden, laufenden kleinen Mädchens war, das definitiv afroamerikanisch aussah.

„Deine Tochter ist wirklich süß“, bemerkte er.

Was für eine Untertreibung, dachte Nina. Süß reichte nicht ansatzweise, um Sonnet zu beschreiben. Das Wort für sie war noch nicht einmal erfunden worden. Dann kam Nina ein alarmierender Gedanke. Greg wusste, mit wem Nina an jenem Abend zusammen gewesen war. Er könnte vielleicht erraten, wer Sonnets Vater war.

„Wie heißt sie?“

„Sonnet.“ Wie immer folgte hierauf eine kurze Pause. Sonnet war ein ungewöhnlicher Name, hinter dem die meisten Leute eine Geschichte vermuteten. Aber es gab keine. Es war einfach nur so, dass alle Romanos traditionelle italienische Namen hatten und Nina das für ihre Tochter hatte vermeiden wollen. „An dem Tag, an dem sie geboren wurde, habe ich gerade für einen Englischtest geübt“, erklärte sie.

„Lass mich raten – die Struktur eines Sonetts.“

”ABBA, ABBA, CDE, CDE, GG. Das ist mir auf ewig ins Gedächtnis gebrannt. Ich war gerade mitten in einem tragischen Liebessonett, als meine Fruchtblase geplatzt ist. Okay, das ist vermutlich mehr, als du wissen wolltest.“

„Gut, dass du nicht gerade Limericks oder Epitaphen gelernt hast.“

Gemäß der Instruktionen aus ihrem Geburtsvorbereitungskurs hatte sie sich ein Mantra suchen sollen, das sie während der Wehen aufsagen konnte. Ohne darüber nachzudenken, hatte sie sich die Gedichtstruktur ausgewählt. Baby oder nicht, sie hatte vor, den Test zu bestehen. Sie wollte – brauchte – alle Punkte, die sie kriegen konnte.

Als das Baby geboren war, erlebte Nina nicht diesen heiligen Augenblick erhöhter Spiritualität, von dem viele Mütter sprachen. Sie fühlte sich nicht mit einem Mal eins mit dem Universum oder tief mit der Erde oder der Menschheit verbunden oder so. Das Einzige, was ihr durch den Kopf ging, war die Struktur des Sonetts, also dachte sie, dass sie so vielleicht ihr Kind nennen sollte.

„Meine Tochter heißt Daisy“, erzählte Greg ihr voller Stolz. „Ist sie nicht großartig?“

Als wenn sie ihn gehört hätte, schaute Daisy in diesem Moment auf und schenkte ihm ein Lächeln, das so strahlend war wie ihr Namensgeber, das Gänseblümchen. Sie winkte mit beiden Händen. „Lass uns gehen, Daddy-O“, sagte sie.

„Wie du willst, Daisy-O“, erwiderte er. Dann sagte er an Nina gewandt: „Es war nett, mit dir zu sprechen.“ Er packte seine Kamera in einen großen Plastikbeutel und ging zum Ufer. Dort zog er sein T-Shirt aus und warf es beiseite. Zum Vorschein kam ein gebräunter, muskulöser Oberkörper. Er nahm die kleine Hand seiner Tochter, und gemeinsam liefen sie ins Wasser.

Nina schaute ihnen einen Moment lang zu. Sie fühlte sich seltsam unbehaglich, wusste aber nicht, wieso. Greg Bellamy war gar nichts – kein Freund, keine alte Flamme, ganz sicherlich niemand, in den sie verliebt war. Er war nur ein Typ, dessen Leben dazu neigte, sich in den seltsamsten Augenblicken mit ihrem zu überkreuzen. In Augenblicken, die sich bunt und glitzernd wie Seifenblasen in die Luft erhoben und im nächsten Moment verschwunden waren. Sie waren Fremde. Es war besser, wenn das auch so bliebe.

Noch jemand beobachtete Greg Bellamy und die kleine Daisy – Sonnet. Sie hatte einen nachdenklichen Ausdruck auf dem Gesicht, und in ihren Augen glitzerte ein unausgesprochener Wunsch.

Nina fühlte sich schuldig, weil Sonnet ihren Vater nicht kannte. Und es gab keinen Zweifel, dass die Liebe eines Vaters etwas ganz Besonderes war. Nur zuzusehen, wie stark und sicher ein Mann mit seinem Kind umging, sich zu erinnern, was Pop all seinen Kindern bedeutete … Nina konnte sich nicht länger weigern, der Wahrheit ins Auge zu sehen. Egal, was sie ihrer kleinen Tochter auch gab, sie könnte ihr nie die Erfahrung ersetzen, wie es ist, einen Vater zu haben. Und je älter Sonnet wurde, desto mehr Fragen stellte sie. Sie sah andere Kinder mit ihren Daddys und fragte, wo ihrer war. Nina wusste, dass die Zeit gekommen war. Sie würde vor ihrer Tochter keine Geheimnisse haben.

7. Teil

Heute

Jedes Zimmer des Inns ist mit sorgfältig ausgewählten Stücken möbliert. Das Literatenzimmer ist ein gemütlicher Raum mit einer fein säuberlich restaurierten Bordüre, freigelegten Deckenbalken, einem antiken Waschtisch und einem privaten Badezimmer. Da es sich im Westflügel des Hauses befindet, können Sie in diesem Zimmer die letzten Sonnenstrahlen des Tages und den Blick über die Trauerweiden am Seeufer genießen. Auf dem antiken, mit Schnitzereien reich verzierten Himmelbett laden ein handgenähter Quilt und fein bestickte Kissen zum Ausruhen ein. Als Oase für den kreativen Geist hat das Zimmer einen kleinen Schreibtisch und einen passenden Stuhl, die einst dem amerikanischen Autor James Fenimore Cooper gehörten.

Das Inn am Willow Lake benutzt keine handelsüblichen Möbelpolituren, die Erdöl oder andere neurotoxische Lösungsmittel enthalten. Viel schöner ist die Kombination aus Jojobaöl – das man in den meisten Drogeriemärkten erhält – mit Zitronenöl und einem Schuss frischem Zitronensaft.

13. KAPITEL

In dem Moment, wo sein Wagen vom Parkplatz rollte, fingen Greg und Nina an zu streiten. „Wir fahren nach New Paltz", sagte er. „Das ist näher."

„Aber in Rhinebeck gibt es ein großes Kaufhaus. Da bekommen wir alles unter einem Dach."

„Nicht die Sachen, die mir vorschweben." Er bog Richtung Route 28 ab. „Ich habe gerade einen Assistenten angeheuert. Walter kann sich um die Lieferungen kümmern."

„Aber …"

„Außerdem sitze ich am Steuer." Ihm war nicht entgangen, wie sorgfältig sie sich selbst für diesen Einkaufstrip gekleidet hatte. Sie trug ein dünnes rotes Baumwollkleid, das ihr Dekolleté ganz hervorragend zur Geltung brachte. Ihre nackten Füße steckten in flachen Sandalen. Er fragte sich, ob sie sich seinetwegen so anzog oder ob das einfach ihr Stil war. Ist egal, sagte er sich. In den drei Wochen, die ihre geschäftliche Beziehung nun schon dauerte, hatte er keinen Grund zur Klage über Nina gehabt, nicht einmal, wenn sie miteinander stritten, was meistens der Fall war. Sie hatte so gar nichts mit den humorlosen Krawattenträgern gemeinsam, mit denen er in der Stadt zusammengearbeitet hatte. Trotz ihres Kleides und des Ausschnitts war sie die am härtesten arbeitende Frau, die er je getroffen hatte. Sie hatte sich kopfüber in ihren Job gestürzt und konzentrierte alle ihre Energie auf die große Eröffnung.

Sie bekam gar nicht mit, wie genau er sie betrachtete, so sehr war sie mit grimmiger Miene in ihre handgeschriebene Liste vertieft. „Wir müssen nicht nur Nachschub besorgen, wir müssen auch zum Steinbruch nach Marbletown, um Pflastersteine und Kies zu bestellen."

„Und Steine für den Garten", fügte er hinzu. „Vergiss die nicht."

„Das schaffen wir niemals alles heute", sagte sie.

„Wer sagt denn, dass wir das müssen?"

„Niemand. Zum Teufel, es ist dein Laden. Du kannst ihn so lange wegen Renovierungen geschlossen halten, wie du willst. Ist mir völlig egal."

„Ist es nicht."

„Ist es wohl."

Greg wusste, dass er den derzeitigen Streit mit einer kurzen Erklärung auf der Stelle beenden könnte. Die meisten Sachen von der To-do-Liste hatte er an Walter und Anita delegiert, ihre neuesten Zugänge im Team. In der Zwischenzeit hatte Olivia einen Termin für ihn vereinbart, um sich mehrere antike Möbelstücke anzuschauen und hoffentlich auf einen Schlag mit einem ordentlichen Rabatt zu kaufen. Greg beschloss, Nina noch ein bisschen länger im Unklaren zu lassen. Es brachte ihm viel zu viel Spaß, ihr auf die Nerven zu gehen.

„Es ist dir nicht egal, das merke ich“, sagte er. Während der Arbeit Spaß zu haben war für ihn etwas ganz Neues. Vor Nina hatte er nicht mal gewusst, dass das möglich war. Sie hatte die einzigartige Fähigkeit, in ihm den Wunsch zu wecken, sich kindisch und albern zu benehmen, und irgendwie war das ein seltsam erleichterndes Gefühl. Es war sicher, sich in ihrer Gegenwart so aufzuführen, denn in allen anderen Bereichen seines Lebens hatte er diese Freiheit nicht. Vor allem in Bezug auf seine Kinder fühlte er einen enormen, manchmal beinahe erstickenden Druck, sich immer verantwortungsvoll und erwachsen zu benehmen. Mit Nina konnte er herumalbern und ein wenig Dampf ablassen.

„Du hast mich aus einem bestimmten Grund angestellt“, sagte sie. „Und jetzt hältst du mich davon ab, meine Arbeit zu machen.“

„Tue ich nicht. Wir machen es nur nicht auf deine Art, und das ärgert dich.“

„Gar nicht.“ Sie reckte ihr Kinn in die Höhe.

„Warum streiten wir uns dann?“

„Du nennst das einen Streit?“ Sie lachte. „Das ist kein Streit. Glaub mir, wenn es einer wäre, wüsstest du es.“

„Dann freue ich mich darauf, das irgendwann zu erleben. Also, wenn du nicht mit mir streitest, was tust du dann? Diskutieren?“

„Ich äußere meine Meinung, und du ignorierst sie. Hör mal, du hast behauptet, du wolltest einen Geschäftspartner. Also behandle mich auch wie einen Partner – und nicht wie einen Lakaien. Diese ‚Auf meine Art oder gar nicht‘-Masche funktioniert bei mir nicht.“

„Ich sag dir was. Du gibst Walter telefonisch deine Liste durch und bittest ihn, alles heute Nachmittag zu besorgen.“ Er reichte ihr sein Handy.

Sie nahm es, wählte aber nicht. „Du und ich sollten uns trennen. Du kannst die Erledigungen in New Paltz machen, und ich kümmere mich um alles andere.“

Trennen. Auf gar keinen Fall, dachte er. „Was soll ich sagen? Ich bin geschmeichelt, dass du mir zutraust, die Möbel für die Gästezimmer alleine auszusuchen.“ Aus dem Augenwinkel sah er, wie sie vor Überraschung ganz steif wurde.

„*Das* ist der Grund, warum du nach New Paltz willst? Wir kaufen …“

Er spielte sein Ass aus. „Antike Armaturen und Möbel, Bettwäsche …“ Er versuchte verzweifelt, sich Olivias Anweisungen ins Gedächtnis zu rufen. Noch ein halbes Dutzend Räume musste eingerichtet werden, und sie hatte ihm strikte Anweisungen gegeben, authentische, zur jeweiligen Periode passende Möbel zu kaufen. „Accessoires und Kunst für die Wände", gab er ihre exakten Worte wieder.

„Ich dachte, du wolltest zum Steinbruch und nach Steinen und Kies gucken", sagte sie.

„Du hättest einfach fragen sollen. Dann hätte ich dir erzählt, dass ich auch einen Termin mit einem Antiquitätenhändler habe." Er schaute zu ihr hinüber und sah, dass sie den Köder geschluckt und dieser den gewünschten Effekt hatte. Pure, ungezügelte Lust glitzerte in ihren Augen. Es war eine unbestreitbare Tatsache, dass keine Frau einem Antiquitätengroßhandel widerstehen konnte. „Also", drängte er, „was sagst du?"

„Ich ergebe mich", sagte sie. „Wir gehen zusammen."

Hatte sie ein wenig zu schnell gesprochen? Wieso meinte er, ein unterschwelliges Misstrauen zu spüren, kaum wahrnehmbar, aber trotzdem verwirrend? Während sie Walter anrief, beschloss er, es zu ignorieren. Das Herz einer Frau war ein mysteriöses, unerforschtes Land. Aber es gab etwas, dass er mit vollkommener Sicherheit wusste: Wenn es um Einrichtungsfragen ging, würde keine Frau jemals erlauben, dass ein Mann sie alleine traf. Und Nina bildete da keine Ausnahme.

Er versuchte, sich nicht zu übermütig zu geben, als er am Radioknopf drehte und bei einem Lied von Led Zeppelin hängen blieb. Er konnte förmlich sehen, wie Nina unter dem beinahe erotisch hämmernden Bass und der durchdringenden Singstimme zusammenzuckte. Mit heruntergelassenen Fenstern und guter Musik an diesem herrlichen Tag unter dem blauen Himmel entlangzufahren war eine willkommene Atempause für ihn. Nur für diesen einen Moment erlaubte er sich, mal nicht an die Kinder und all ihre Probleme zu denken.

„Du hast erstaunlich gute Laune", merkte Nina misstrauisch an, als er vor dem Antiquitätengeschäft hielt, das sich in einer umgebauten Scheune befand. Sie kletterte aus dem Truck, bevor er ihr die Tür aufhalten konnte – und brachte ihn so um einen Blick auf ihre nackten Beine.

„Bei dir klingt das so, als wäre das was Schlechtes."

„Nein, das ist es nicht."

„Ich habe immer gute Laune", sagte er. „Was ist auch jemals mit schlechter Laune besser gelaufen?" Greg entdeckte, dass er, wenn er nur nah genug neben ihr stand, einen Killerausblick auf ihr Dekolleté hatte.

Sie ertappte ihn beim Starren und sagte: „Hör auf damit."

„Womit?"

„Du guckst mir in den Ausschnitt."

„Ich gucke auf die Liste." Er zeigte auf ihr Klemmbrett mit den Zetteln.

Sie drückte es gegen ihre Brust. „Ich habe noch nie einen Mann kennengelernt, der Spaß daran hatte, Antiquitäten einzukaufen."

„Das bringt mir auch keinen Spaß."

„Aber warum …"

„Du kommst schon noch dahinter." Er überließ sie ihrer Verwirrung und ging rein, um sich dem Besitzer des Ladens vorzustellen. Ehrlich gesagt hatte er keine große Lust darauf, Möbel auszusuchen. Doch es musste nun mal getan werden. Es gab noch einige Zimmer, die nicht fertig waren, und er war froh, dass er Nina an seiner Seite hatte.

Wie die meisten Frauen hatte sie einfach ein Händchen dafür. Greg schaute sich um und sah nichts als Möbel aus zweiter Hand. Doch sie schien das große, scheunenartige Lagerhaus als riesige Schatzkammer für Möbel, antike Bettwäsche und sogar einen handgewebten Wollteppich zu betrachten. In einer schummrigen Ecke erblickte sie ein im Adirondack-Stil erbautes Bett aus Birkenstämmen und eine Lampe mit einem handbestickten Schirm. In kürzester Zeit hatte sie Betten, Waschtische, Bänke, ein paar Beistelltische, Lampen, Bettwäsche und Zierkissen ausgesucht.

Sie strahlte ihn triumphierend an. „Noch was? Brauchen wir weitere Accessoires?"

Greg wollte sich nicht komplett überflüssig fühlen, also nahm er etwas in die Hand und zeigte es ihr. „Wie wäre es damit?"

„Das ist eine blecherne Köderbox", sagte sie.

„Stimmt." Es war eine bescheidene, altmodische Box aus Metall mit einer Handkurbel an einer Seite und dem Hinweis: „Eine halbe Umdrehung, und schon kommt der Wurm."

Sie strahlte ihn an. „Die ist brillant."

Er war nicht sicher, was ihn mehr von den Füßen haute: ihr strahlendes Lächeln oder die Tatsache, dass sie eine Blechdose als „brillant" bezeichnete.

„Cool", sagte er. Dann fiel sein Blick auf ein gerahmtes Bild, das an einer Wand lehnte. „Das sollten wir auch kaufen." Es handelte sich um einen der typischen Maxfield-Parrish-Drucke – ein Porträt einer Muse bei Sonnenuntergang, wie sie verträumt über eine überirdisch schimmernde Landschaft schaute.

Ganz offensichtlich gefiel Nina das Bild nicht so gut wie die Köderbox, dennoch nickte sie zustimmend. „Den Gästen wird es gefallen."

„Aber dir nicht."

„Ich finde es ein wenig vorhersehbar. Das ist aber gut. Menschen mögen es, etwas Vertrautes zu sehen, wenn sie weit weg von zu Hause sind."

Er betrachtete ein Bild mit einer Gruppe Zigarre rauchender Hunde, die als Menschen verkleidet waren und um einen Kartentisch herum saßen.

„Denk nicht mal dran“, sagte sie.

Er riss sich von dem Bild los und rief den Händler, um zu bezahlen und die Einzelheiten zur Lieferung zu klären. „Komm, Martha Stewart“, sagte er dann zu Nina, und gemeinsam gingen sie zum Auto. Sie waren erst wenige Meter gefahren, da bog er in einen weiteren Parkplatz ein.

„Was kommt jetzt?“, fragte Nina.

„Wonach sieht es denn aus?“

„Matt's Matratzen-Ranch?“

„Genau. Wir kaufen für alle Zimmer neue Matratzen. Und du und ich suchen sie aus.“

„Aber …“

„Kein Aber. Diese Entscheidung werde ich niemand anderem überlassen. Wenn die Leute nachts nicht gut schlafen, werden wir sie nie wiedersehen, also können wir das Aussuchen nur selber übernehmen.“ Mit seinem Blick forderte er sie förmlich heraus, ihm zu widersprechen.

„Guter Plan“, sagte sie jedoch nur und stieg aus.

Er wünschte, sie würde ihm erlauben, ihr die Autotür aufzumachen und solche Dinge. Das gäbe ihm die Gelegenheit, einen Blick auf ihre Beine zu werfen. Und außerdem mochte er das. Und er mochte sie.

Sein Assistent hatte einen Termin vereinbart, und so wurden sie von Matt persönlich begrüßt. Er war ein freundlicher Kerl mit schütterem, über den kahl werdenden Kopf gekämmten Haaren und einem schmalen Lederband mit Silberschnalle um den Hals, wie es Cowboys tragen. Greg nahm an, dass er damit das Ranch-Thema betonen wollte. „Wie geht's, Leute. Willkommen in Matt's Matratzen-Ranch. Wir haben Sie schon erwartet.“

„Äh, ja, danke“, sagte Greg.

„Opal“, rief Matt seiner Assistentin zu. „Bring Mr und Mrs Bellamy was zu trinken.“

„Oh!“ Nina wurde ganz rot. „Wir sind nicht …“

„Mr und Mrs“, beendete Greg den Satz für sie. „Das hier ist Nina Romano. Wir würden gerne einen Großauftrag aufgeben.“

Opal brachte zwei Flaschen mit eisgekühltem Wasser. Matt bot Greg und Nina an, sich im Schauraum umzusehen und alles auszuprobieren.

„Haben Sie das gehört, Mrs Bellamy“, zog Greg Nina auf. Er hatte sich zu ihr hinuntergebeugt, um ihr ins Ohr zu flüstern.

„Halt den Mund“, gab sie zurück, schon ganz auf die Jagd konzentriert. Sie blieb bei verschiedenen Modellen stehen, prüfte sie mit einem Druck ihrer flachen Hand und verwarf sie alle wieder.

„Die hier ist es“, sagte sie dann bei einer und schlüpfte aus ihren Sandalen.

„Machst du Witze?“ Greg beäugte die Matratze misstrauisch. „Die ist viel zu fluffig.“

„Manche Leute mögen es fluffig.“ Sie legte sich hin.

Eine Sekunde lang konnte er nichts anderes tun, als auf ihre bloßen Beine und Füße zu starren. Sie sah im Liegen so anders aus – so unerträglich sexy.

„Greg“, riss sie ihn aus seiner Träumerei. „Die ist es. Probier es selber mal.“

Er legte sich neben sie und sank so tief in die Matratze, dass sie beide zueinanderrollten und sich beinahe berührten. Er reagierte wie ein erregter Teenager und hoffte, dass sie es nicht bemerkte. „Oh, okay“, sagte er. „Ich verstehe, was du meinst.“

„Siehst du.“ Sie fing an, sich aufzusetzen.

Er hielt sie fest. Er wünschte sich, er könnte sie für immer festhalten.

Sie drehte sich zu ihm und legte ihren Kopf auf einen Arm. „Dann lass uns die Bestellung aufgeben.“

„In einer Minute.“

Um ihre Lippen zuckte es, und er sah, dass sie versuchte, nicht zu lächeln. „Manche Jungs versuchen aber auch alles, um ein Mädchen ins Bett zu kriegen.“

„Ich würde allerdings nur alles versuchen, um *dich* ins Bett zu kriegen. Das ist was anderes.“

Das machte sie sprachlos, aber nur für einen Moment. „Ich gehe“, sagte sie und setzte sich auf. Sie schlüpfte in ihre Sandalen. „Kommst du?“

Nicht heute, dachte er. Mit schmerzhaftem Widerwillen hörte er auf zu träumen und stand auf. „Was immer du sagst, Chef. Komm, ich lad dich zum Mittagessen ein.“

„Dafür haben wir keine Zeit.“

Sie war so widerspenstig, wie sie sexy war. „Okay“, sagte er. „Dann gehe ich alleine was essen, und du kannst dir derweil den Kopf darüber zerbrechen, wie wir im Zeitplan bleiben.“

„Das glaubst aber auch nur du.“ Sie schob sich an ihm vorbei, ging nach draußen und marschierte schnurstracks auf das Starlight Diner auf der anderen Straßenseite zu.

Nina versuchte herauszufinden, ob sie einen guten oder einen schlechten Tag hatte. Sie hatte definitiv viel zu viel Spaß mit Greg Bellamy. Sogar das Aussuchen von Matratzen war lustig gewesen wie lange nichts. Das war gut, aber auch schlecht. In seiner Gegenwart fiel es ihr immer schwer, sich aufs Geschäftliche zu konzentrieren. Er war einfach so …

verwirrend. Deshalb hatte sie auch nicht mit ihm zu Mittag essen wollen. Sie wusste, dass sie das nur ablenken würde.

Und sie hatte recht. In seiner Cargohose, dem Hawaiihemd und den Segelschuhen sah er auf eine jungenhafte Art unglaublich gut aus. Doch dem Antiquitätenhändler gegenüber hatte er sich ganz geschäftlich gegeben, fair verhandelt und genau das bekommen, was er gewollt hatte. Sie hatte erwartet, dass er ein verwöhnter, übertrieben gebildeter Typ aus der Stadt war, aber jeden Tag überraschte er sie aufs Neue.

Konzentrier dich, ermahnte Nina sich. Halt dich ans Geschäft. Bei gegrillten Käsesandwiches und Krautsalat sprachen sie darüber, was vor der großen Eröffnung am vierten Juli – dem Independence-Day-Wochenende – noch alles zu tun war. Nina nippte an ihrer Cherry-Coke und schaute mit gerunzelter Stirn auf ihre Notizen. „Ich sehe nicht, wie wir das noch alles rechtzeitig schaffen können."

„Wir haben keine andere Wahl."

„Stimmt. Alle Zimmer sind für die gesamten drei Nächte ausgebucht, manche sogar länger. Ein Pärchen aus Chicago kommt für eine ganze Woche."

„Alle Zimmer? Ich dachte, es wäre noch eines frei."

„Die letzte Bestätigung kam heute Morgen", sagte sie. „Ich habe eine E-Mail vom Reservierungsservice bekommen."

Greg lehnte sich gegen die Rückwand der Nische, in der sie saßen, und verschränkte die Hände hinter dem Kopf. „Das ist fantastisch, Nina. Der Wettbewerb war eine tolle Idee." Er legte einen großen Briefumschlag auf den Tisch. „Wir wurden mit Anmeldungen nur so überflutet."

Sie verriet ihm nicht, dass sie das Grand Opening, wie sie die Eröffnung bezeichnete, schon seit Jahren genau geplant hatte. Um einen E-Mail-Verteiler mit potenziellen Gästen aufzubauen, hatten sie eine kostenlose Übernachtung unter allen Einsendern verlost. Die Teilnehmer bildeten jetzt die Basis für ihre Datenbank.

Er grinste sie an. „Du bist genauso gut, wie ich es erwartet hatte."

Nina spürte, wie ihr die Röte in die Wangen stieg. Irgendetwas, das sie nicht genau benennen konnte, pulsierte zwischen ihnen. „Ja?"

Er räusperte sich und wandte den Blick ab.

„Ich weiß diese Vertrauensbezeugung sehr zu schätzen." Nina war peinlich berührt. Sie fühlte sich wie eine Dreizehnjährige, die mit großen Augen und vollkommen ahnungslos die Welt betrachtete. Schnell lenkte sie sich mit ihrem Klemmbrett ab, auf dem sich jetzt noch mehr Zettel und Notizen häuften.

„Hör mal, ich weiß, dass das hier alles nicht so ist, wie du es erwartet hast", sagte Greg. „Aber ich finde es toll, wie du dich trotzdem voll einbringst."

Sie hatte das Gefühl, dass er ihr das schon länger hatte sagen wollen. „Natürlich tue ich das."

„Nein, ehrlich. Ich weiß, dass du das alleine machen wolltest, und nun hast du mich und meine Kinder am Hals."

Darauf erwiderte Nina nichts. Inzwischen hätte sie eigentlich vom Leben gelernt haben müssen, keine Pläne zu machen, weil es sowieso immer anders kam als gedacht. Sie fand sich in einer ganz seltsamen Position wieder. Greg hatte, was sie wollte: das Inn. Eigentlich sollte sie ihm das übel nehmen, aber das Gegenteil war der Fall: Sie fühlte sich zu ihm hingezogen.

Sie ging die restlichen Briefe durch, die sie vorhin auf der Post abgeholt hatten. „Ich bin froh, dass das Gewinnspiel ein Erfolg war, aber die Ehre für die vielen Buchungen geht an Daisy", sagte sie. „Ihre Fotos haben der Broschüre und der Website einen einfach unwiderstehlichen Touch gegeben."

„Meinst du?"

„Auf jeden Fall."

„Ich bin froh, dass du das sagst. Ich mache mir viele Sorgen um sie, und da tut es gut, ab und zu daran erinnert zu werden, was für ein erstaunliches Mädchen sie ist."

Sein Kommentar traf eine weiche Stelle in Nina. Wie gut sie sich an Sonnets Aufs und Abs erinnerte. Und wie sehr sie sie vermisste. „Jedes Kind bringt seinen eigenen Sack Sorgen mit."

Er nickte. „Ich finde jeden Tag neue."

Der selbstsichere Greg Bellamy nimmt sich eine Auszeit, bemerkte Nina. Er hatte jetzt etwas Verletzliches und war nicht mehr der Geschäftspartner oder ein Rivale oder so, sondern einfach ein besorgter Vater.

„Max hat Probleme, mit denen ich niemals gerechnet hätte. Manchmal bin ich erstaunt, wie viel Wut er in sich verschlossen hält. Ich frage mich dann, ob ich das Glück meiner Kinder geopfert habe. Hätte ich bei Sophie bleiben, härter an unserer Beziehung arbeiten sollen …?"

„Große Neuigkeiten, Greg. Kinder haben Wut und Ärger und Probleme, egal, was wir tun. Du kannst es auf die Scheidung schieben, wenn du willst, aber vielleicht solltest du das noch mal überdenken. In einem Haus zu leben, dessen Bewohner unglücklich sind, vergiftet einen nach und nach. Es ist ein langsames Gift. Man kann vor seinen Kindern nichts verbergen. Sie sehen alles. Und sogar wenn sie noch nicht alt genug sind, es zu verstehen, spüren sie, wenn ihre Eltern unglücklich sind, egal, wie sehr man sich auch bemüht, es zu verbergen. Ich denke, du solltest dich wegen der Scheidung nicht selber so geißeln. Gib ihm ein stabiles, liebevolles Zuhause und hoff auf das Beste. Und wenn er mit dem Baseballspielen aufhören will, dann lass ihn doch um Gottes willen. Es ist keine Schande, zu erkennen, dass es manchmal am besten ist, etwas zu beenden und woanders weiterzumachen."

„Sprichst du aus Erfahrung?"

„Wir sind neun Geschwister. Ich hatte sozusagen bei jedem nur möglichen Familienstreit einen Sitz in der ersten Reihe. Ich bin die Einzige in meiner Familie, die nicht geheiratet hat. Während ich mich um Sonnet gekümmert habe, bin ich nicht mal mit irgendwelchen Jungs oder Männern ausgegangen. Das war mir einfach zu kompliziert."

„Aber jetzt, wo sie weg ist ..."

„Ich habe einige Optionen." Sie wollte nicht, dass er dachte, sie warte auf eine Einladung von ihm, also wechselte sie schnell das Thema. „Und das ist auch schon alles, was ich dazu zu sagen habe. Wie geht es Daisy?"

„Sie hat mich gefragt, ob ich ihr Coach bei der Geburt sein will", sagte er. Dann schaute er etwas verwirrt, als ob jemand anders diese offenbar ungeplanten Worte ausgesprochen hätte.

Halt mal, dachte Nina. Das hier sollte ein geschäftlicher Termin sein, und doch saßen sie hier und sprachen über seine Kinder. Sie musste einen Weg finden, diese Themen zu vermeiden, diesen herzzerreißenden Ausdruck auf seinem Gesicht nicht an sich heranzulassen – eine Mischung aus Liebe, Panik, Hingabe und Unsicherheit.

Es war allerdings nicht möglich, auf diese Aussage von ihm nicht zu reagieren. Das machte man einfach nicht. Also schob sie ihr Glas beiseite und musterte ihn eindringlich. Sie überlegte, was sie sagen, wie sie reagieren sollte. *Was ist mit deiner Exfrau?* Beinahe hätte sie die Frage laut gestellt, doch das ging sie nun wirklich nichts an. Dennoch ertappte Nina sich dabei, sich Gedanken über Daisys Mutter zu machen. Wenn es um Sonnet ginge, könnten keine zehn Pferde Nina von ihrer Seite losreißen. Sie rief sich ins Gedächtnis, dass jede Familie einzigartig war. Jede hatte ihre eigene, ganz spezielle emotionale Landschaft, ihre eigene Geografie.

„Und wie fühlst du dich dabei?", fragte sie schließlich. Sie nahm an, dass er das Thema nicht aufgebracht hatte, um ihre Meinung zu hören, sondern um einfach mal darüber zu sprechen.

„Es fühlt sich verrückt an. Ich meine, wie sollte ich auch nicht durchdrehen, wenn meine eigene Tochter mich fragt, ob ich ihr Geburtscoach sein will? Ich habe keine Ahnung, was ich da tue. Mein bisher größtes Problem war, auf der Arbeit einen engen Terminplan einzuhalten oder Max dazu zu bringen, seine Vokabeln zu lernen, oder Daisy davon abzuhalten, ihre Haare blau zu färben. Das kommt mir jetzt alles so trivial vor, nun, da ich in einen Kurs gehen soll, in dem ich was über vorgefallene Nabelschnüre und Stillen lernen soll." Er schenkte ihr einen

Blick, der einen ganz seltsamen Effekt auf Nina hatte. „Tut mir leid, ich wollte dich damit nicht belästigen."

Sie räusperte sich. „Was hast du gemacht, als Max geboren wurde? Du warst doch bestimmt bei der Geburt dabei."

„Ja, aber das hier ist anders. Es geht um meine Tochter. Ich fühle mich schrecklich schuldig, weißt du? Ich bin derjenige, der ihr erlaubt hat, dieses Wochenende auf Long Island zu verbringen ..."

„Oh, nein", sagte sie. „Diese Litanei kommt nicht infrage. Es ist niemandes Schuld. Du kannst dich kasteien, so viel du willst, aber jeder weiß, dass es nur wenige Dinge gibt, die so mächtig sind wie der Sexualtrieb von Teenagern. Kein Highschoolmädchen bittet darum, schwanger zu werden. Also hör auf, dir die Schuld zu geben."

„Ich dachte, das hätte ich bereits, aber ich weiß nicht, was ich ihr sagen soll, außer dass ich sie liebe und nur das Beste für sie will."

„Hast du ihr das gesagt?", wollte Nina wissen.

„Ja, natürlich."

„Ich meine, hast du es ihr so gesagt, als würdest du es auch so meinen, oder hast du es nur dahingesagt."

„Natürlich meine ich es so."

„Aber du hast eine andere Vorstellung davon, wie sie das alles handhaben soll." Sie erinnerte sich daran, wie ihre Familie reagiert hatte – verletzt und verängstigt und verärgert und so tief enttäuscht von ihr. Und sie erinnerte sich an ihre eigene Reaktion, die feste Entschlossenheit, es sich und allen zu beweisen. Sie hatte keine Zweifel, dass es Gregs Tochter gerade genauso ging. „Ich weiß, dass du das nicht hören willst, aber Daisy wird die Sache auf ihre Art regeln. Vielleicht wird sie alleine leben wollen und ..."

„Sie geht nirgendwohin."

„Tja, Greg, rate mal. Das hast nicht du zu entscheiden. Jedes einzelne Mitglied meiner Familie hat mir helfen wollen. Ich hatte die Möglichkeit, auf dem Autohof meines Bruders zu arbeiten, als Lehrerassistentin für meinen Vater, im Salon meiner Schwester ... Ich war so dankbar, dass sie sich um mich sorgten, aber am Ende musste ich meinen eigenen Weg finden. Und Daisy wird es genauso gehen."

„Sie liebt das Inn."

„Sie liebt dich", korrigierte Nina ihn. „Sei aber bitte nicht überrascht, wenn sie dir sagt, dass sie ihr eigenes Leben finden muss."

„Was meinst du damit, ihr eigenes Leben finden? Sie bleibt, wo sie ist."

„Will sie das auch?"

„Natürlich will sie das."

„Hast du sie gefragt?"

„Das muss ich sie nicht fragen. Ich weiß, was das Beste für Daisy ist."

„Wenn du meinst." Nina wollte das Thema gerne fallen lassen. Erstens ging es sie nichts an, und sie fühlte sich auch nicht wohl in der Rolle als Gregs Berater, wenn es um seine Tochter ging. Und zweitens wusste sie, dass er vor etwas die Augen verschloss. Daisy wollte weder ihr Leben noch die nächsten ein oder zwei Jahre damit verbringen, im Inn am Willow Lake zu arbeiten. Doch das würde Nina Greg nicht sagen. Das war nicht ihr Thema, und sie wollte auch nicht, dass es zu ihrem wurde.

„Für mich ist Daisy immer noch das kleine Kind", gestand er. „Ich sehe sie noch vor mir mit ihren Zöpfen, dem Springseil oder wie sie mir einen lockeren Zahn zeigt. Ihre ganze Kindheit ist in Lichtgeschwindigkeit an mir vorbeigerast, und plötzlich bekommt sie selber ein Kind. Ich bin aber noch nicht bereit, sie nicht mehr mein Kind sein zu lassen."

Auch wenn sie seinen Schmerz nachempfinden konnte, wusste Nina, dass das keine Hilfe für ihn wäre. „Sie wird nie aufhören, dein Kind zu sein", sagte sie und dachte an ihren eigenen Vater. „Als ich Pop erzählt habe, dass ich schwanger bin, hat er das ganze Spektrum emotionaler Reaktionen durchgemacht – Schock, Wut, Trauer, Enttäuschung …" Sogar jetzt noch konnte Nina ein Echo der Traurigkeit in ihrem Körper spüren. „Die Enttäuschung war für mich am schlimmsten. Ich erinnere mich, gedacht zu haben, ich hätte alles ruiniert, dass die Beziehung zwischen Pop und mir nie wieder die gleiche sein würde."

„Toll", sagte er.

Nina atmete tief ein. „Nein, hör mir weiter zu. Ich weiß, ich sollte dir erzählen, dass alles gut wird, aber ehrlich gesagt wird es genügend Situationen geben, in denen eben nicht alles gut ist. Es werden Zeiten kommen, in denen Daisy zusammenbrechen wird und das Baby nicht aufhören wird zu schreien, und alles wird so weit weg sein von gut, dass du vermutlich deinen Kopf gegen die Wand schlagen willst."

Er wollte etwas sagen, aber sie hob eine Hand, um ihn aufzuhalten. „Ich versuche, dir zu erklären, dass trotzdem alles gut sein wird zwischen dir und Daisy. Vertrau mir. Als Sonnet geboren wurde, hat Pop sich in der Sekunde in sie verliebt, in der er sie zum ersten Mal im Arm hielt. Plötzlich dachte er nicht mehr daran, was die Leute sagen werden oder wie ich mit allem zurechtkommen würde oder was für ein Leben ich meinem Kind bieten könnte. Er liebte sie einfach nur und wusste irgendwie, dass das ausreichte. Und bis zum heutigen Tag haben sie eine ganz besondere Bindung, Sonnet und mein Vater. Sie bringt ihm … ich weiß es nicht. Eine Art stiller Freude, die er von keinem seiner Kinder bekommt. Ich hoffe, du wirst dich dran erinnern, dass, wenn alles zusammengebrochen ist, es sich auch wieder zusammenfügt und man irgendwie auf die andere Seite der Krise gelangt, die sich einem in den Weg gestellt hat. Und dass man dann auch wieder lächeln kann. Es ist ein Baby, Greg, nicht eine Fußfessel. Sonnet und ich haben das durchgemacht. Ich alleine mit einem Baby, meine Familie verrückt vor Sorge, ob alles gut wird. Ich sage nicht, dass es leicht ist, aber ich bereue nicht eine Sekunde davon."

Er hörte aufmerksam zu, das musste sie ihm zugutehalten. Er hatte diese Art, mit jeder Zelle seines Körpers zuzuhören – mit den Augen, dem Gesicht, der Körperhaltung –, die sie umhaute. Er nickte; offensichtlich verstand er, wovon sie gesprochen hatte. „Manchmal bin ich ganz aufgeregt bei dem Gedanken, noch ein Kind im Haus zu haben. Eins, das mich Gramps nennt, bevor ich noch vierzig geworden bin." Er schüttelte sich. „Okay, jetzt mache ich mir selber Angst."

Sie wusste genau, was er meinte. Mit einem Mal wurde ihr die Ironie der ganzen Situation bewusst. Er lebte jetzt ein Leben, das Nina gerade hinter sich gelassen hatte. Er betrat eine Welt der Elternschaft, die angefüllt war mit Sorge, Freude und Frust, mit einem Durcheinander der Gefühle, an das sie sich nur zu gut erinnerte. Alleine ihn von seinen Kindern sprechen zu hören versetzte sie in diese Zeit zurück.

Sie wollte sich doch aber in die entgegengesetzte Richtung entwickeln. Ihre Jahre als aktives Elternteil waren vorüber. Sie war froh, diese Phase hinter sich zu haben. Zumindest redete sie sich das ein.

Während sie ihn beobachtete und überdachte, was jetzt alles vor ihm lag, überkam sie ein Gefühl, mit dem sie nicht gerechnet hatte. Sie hatte erwartet, Mitleid zu empfinden, doch das, was sich da in ihrem Herzen breitmachte, war – Neid.

Nein, das konnte nicht sein. Kein geistig gesunder Mensch würde ihn um seine Situation beneiden. Er hatte noch kaum seine Zeit als aktiver Vater hinter sich, da wurde er schon Großvater. Das war wirklich nicht beneidenswert. Und dennoch …

„Ich schätze, was mir am meisten Angst macht, ist der Gedanke, Daisy unter Schmerzen leiden zu sehen, gegen die ich nichts unternehmen kann", sagte er.

„Einfach da zu sein und ihre Hand zu halten ist vermutlich alles, was sie braucht."

„Sie musste in ihrem Leben dreimal in die Notaufnahme, und ich war kein einziges Mal dabei. Ich habe keine Ahnung, wie ich mich in einem Notfall verhalte."

„Die Chancen stehen gut, dass es keinen Notfall geben wird. Und wenn doch – gibt es irgendjemanden, der weiß, wie er sich verhalten würde? Wir glauben alle, dass wir es tun, aber bis die Situation da ist, kann es niemand mit Bestimmtheit sagen. Vielleicht konzentrierst du dich zu sehr auf die Vorgänge im Kreißsaal. Das ist aber ja nur ein kleiner Teil des Ganzen. Der gesamte Prozess inklusive des Vorbereitungskurses zieht sich ja über mehrere Wochen hin."

Er nickte. „Ich werde damit klarkommen. Ich muss es. Es tut mir wirklich leid, das Thema angeschnitten zu haben. Ich hätte dich damit nicht belästigen sollen."

„Mach dir darüber mal keine Sorgen."

„Ich hatte nicht erwartet, dass du mir solche Sachen sagst. Ich weiß, dass einiges davon ziemlich … persönlich ist."

Sie spürte, wie ihre Wangen heiß wurden. Die Art, wie er sie jetzt anschaute, war ein wenig Furcht einflößend. Er sah aus, als stünde er kurz davor, zu explodieren. Vermutlich hatte sie ihn irgendwie beleidigt. *Ich erzähl dir mal, wie ich es vermasselt habe; vielleicht vermasselt Daisy es ja besser.* Sie schluckte, unsicher, wie sie reagieren sollte. Er schaffte es, dass sie sich unsicher und … entblößt fühlte. Er machte es ihr unmöglich, sich nicht um ihn zu sorgen. „Ich wollte dir nur sagen, dass aus alldem auch Gutes erwächst."

„Darauf zähle ich." Sein Lächeln war so sexy und langsam wie eine Liebkosung.

Nina schnappte sich die laminierte Speisekarte. „Nimmst du einen Nachtisch?"

„Das ist doch der beste Teil am ganzen Essen." Sie suchten sich etwas aus, dann sprach Greg wieder. „Weißt du, was mich noch stört?"

„Ich habe keine Ahnung", sagte sie schwach.

„Daisy will den Jungen, der der Vater ihres Kindes ist, nicht in ihrem Leben haben. Aber es muss ihm doch zumindest gesagt werden, ihm und seiner Familie."

„Ja", stimmte sie zu, und eine längst vergessene Erinnerung stahl sich in ihre Gedanken. „Ja, er sollte es erfahren."

„Versteh mich nicht falsch, ich habe nicht das geringste Mitgefühl für den kleinen Bastard. Er interessiert mich nicht die Bohne – nicht mal eine halbe. Aber dann denke ich … erinnere mich … was, wenn Sophie mir nie von Daisy erzählt hätte? Was, wenn ich nie die Chance erhalten hätte, ihr ein Vater zu sein? Was, wenn dieses Baby eines Tages einen Vater braucht, so wie Daisy mich braucht? Das darf ich mir gar nicht vorstellen."

Die Kellnerin brachte den Nachtisch. Ein großes Stück Beerenkuchen für Greg und eine Schale Melonensorbet für Nina.

„Versteh mich nicht falsch, ich will nicht, dass sie nur des Babys wegen heiratet", sagte er. „Man kann nur für eine gewisse Zeit so tun, als ob, aber irgendwann holt ein das Unglücklichsein unweigerlich ein. Ich meine sie, also Daisy."

Nina nahm an, dass Greg ihr gerade die Kurzversion seiner eigenen Ehe offenbart hatte. „Vielleicht solltest du ihr das erklären."

„Nein, das wäre nicht fair. Sie muss eine eigene Entscheidung treffen."

„Das würde ihr leichter fallen, wenn du ihr sagst, was dir auf dem Herzen liegt."

„Da bin ich mir nicht so sicher. Was die Beziehung zu meiner Tochter angeht, war das letzte Jahr wie eine Achterbahnfahrt. Darf ich dich etwas Persönliches fragen?"

Sie hob die Augenbrauen. „Ich kann nicht versprechen, dass ich dir eine Antwort gebe, aber da ich dir gerade erst die Geschichte meines Lebens erzählt habe, schieß mal los."

„Was hat es mit Sonnets Vater auf sich? Ich meine, ich weiß, dass sie jetzt bei ihm ist, aber ..."

Oh je, dachte Nina. Das war ihre eigene Schuld. Sie hatte sich kopfüber in diese Unterhaltung gestürzt, also hätte sie diese Frage erwarten müssen. „Ist das so wichtig für dich?"

„Ich frage mich nur, wie du damit umgegangen bist. Mit Sonnets Vater, meine ich."

Sie stützte ihre Ellbogen auf den Tisch und schaute ihn an. „Das ist eine ziemlich lange Geschichte."

8. Teil

Damals

Einige Hotels versprechen ihren Gästen „keine Überraschungen", aber das Inn am Willow Lake steckt voll von ihnen. Die Wände der mit Walnussholz getäfelten Bibliothek säumen originale Bücherregale aus Hay-on-Wye, einer Stadt in Wales, die berühmt ist für ihre Buchläden. Zu den in den Fächern zu findenden Überraschungen hat eines der Regale einen verstecken Aufhängemechanismus, sodass es wie eine Tür zu bedienen ist, hinter der sich eine lauschige kleine Nische versteckt.

Die Bibliothek beherbergt eine feine Auswahl von Büchern und Erinnerungsstücken an die frühen Tage der Stadt Avalon. Wenn eines der illustrierten Bücher irgendwann so auseinanderfällt, dass es nicht mehr zu restaurieren ist, werden seine Seiten gerahmt und als Bilder an die Wand gehängt. Ihre Form hat sich zwar verändert, aber die Schönheit bleibt.

14. KAPITEL

Es gab wohl keine verheißungsvollere Zeremonie als die Abschlussfeier der US-Militärakademie. Nina nahm natürlich nicht daran teil, aber sie saß im Veterans Memorial Park in West Point und blätterte unruhig durch den in der örtlichen Zeitung abgedruckten Zeitplan. Es schien eine nicht enden wollende Anzahl an Versammlungen, Empfängen, Feiern und Galas zu geben. Und dann selbstverständlich die Zeremonie selber. Auf dem Titelblatt der Extrabeilage war das traditionelle Foto abgebildet: Vor einem stahlblauen Himmel flogen tausend Hüte in die Luft.

Nina und Jenny waren mit Sonnet hierhergefahren. Die Kleine hatte während der einstündigen Fahrt geschlafen. Nina war noch nie so dankbar für Jennys Freundschaft gewesen. Das hier versprach einer der schwierigsten Tage in Ninas Leben zu werden, und Jenny hatte darauf bestanden, auf Sonnet aufzupassen, während Nina sich mit Laurence traf. Sie hatten vereinbart, sich in dem öffentlichen Park zu treffen, in dem es stattliche, Schatten spendende Bäume, gepflegte Grünflächen und einen gut ausgestatteten Spielplatz gab. Als der vereinbarte Zeitpunkt näher rückte, waren Ninas Nerven so angespannt, dass es körperlich schmerzte. Sie saß auf einer Bank neben der Statue von George Washington Goethals, West-Point-Absolvent von 1880. Er hatte unter anderem den Panamakanal entworfen und gebaut. Nina hatte die Erinnerungsplakette am Sockel schon ein Dutzend Mal gelesen und wusste für ihren Geschmack jetzt viel zu gut über Colonel Goethals Bescheid.

„Guck mal, Mama, guck mal!", rief Sonnet, die auf einem Wackelpferd wild vor und zurück schaukelte, während Jenny danebenstand und auf sie aufpasste.

„Wow", rief Nina quer über den Spielplatz zurück. „Du bist ja ein richtiges Cowgirl." Sie versuchte, nicht zu abwesend zu klingen, aber was sollte sie tun? Das hier war die letzte Gelegenheit, den Vater ihres Kindes zu treffen, bevor er seinen Einberufungsbefehl bekam und auf seinen ersten Einsatz geschickt wurde, der ihn vielleicht nach Übersee verschlagen würde. Sie umklammerte die Kante der Bank, auf der sie saß, ganz fest, um sich selber davon abzuhalten, aufzustehen und wegzulaufen. Sich einfach Sonnet zu schnappen, sie in ihren Kindersitz des alten Ford LTD zu schnallen und so schnell wegzufahren, wie sie nur konnte.

Nein. Sie befahl sich, sitzen zu bleiben. Um Sonnets Willen musste sie das hier durchziehen. Keinem Kind sollte der Vater vorenthalten werden. Sonnet kam langsam in das Alter, in dem sie Fragen stellte, und Nina wollte sie nicht anlügen oder ihren Fragen ausweichen.

Nina war unruhig, sie konnte nicht länger sitzen bleiben. Also stand sie auf und ging zu Jenny und Sonnet hinüber.

„Ich kann dir gar nicht sagen, wie sehr ich deine Hilfe zu schätzen weiß", sagte Nina zu Jenny.

Die drückte ihre Hand und setzte eine gespielt dramatische Miene auf. „Wenn man sich vorstellt, dass ich mich stattdessen den ganzen Tag mit der Buchhaltung der Bäckerei hätte beschäftigen können ..." Sie bedachte Sonnet mit einem liebevollen Blick. „Eines Tages wird sie dir dafür danken. Sie verdient es, zu wissen, wer ihr Vater ist."

Nina schluckte und nickte kurz. „Ich ... äh, ich konnte nicht sagen, was Laurence gefühlt hat, als ich es ihm am Telefon erzählt habe. Außer dass er total schockiert war. Ich meine, ich habe ihn ja nie wirklich gut gekannt, was echt seltsam ist, wenn man bedenkt, dass er mein ganzes Leben verändert hat."

„Ich schätze, du wirst bald herausfinden, was er denkt", sagte Jenny. „Das ist so ein großes Geschenk, das du Sonnet machst. Zumindest wird sie es wissen. Ich frage mich schon mein ganzes Leben, wer mein Vater ist. Jeden Tag schaue ich in den Spiegel und versuche, ihn zu erkennen. Ich schaue mir Männer an, die meine Mutter vielleicht gekannt hat, und werde verrückt dabei, zu überlegen, wer von ihnen es sein könnte. Ich sag dir, meine Mutter mochte vielleicht ihre Gründe dafür gehabt haben, von mir fortzugehen, als ich noch klein war, aber was ich einfach nicht verstehe, ist, warum sie niemals irgendjemandem anvertraut hat, wer mein Vater ist."

Nur Nina wusste, wie sehr Jenny dieses Geheimnis quälte. Das war einer der Gründe, warum sie sich entschlossen hatte, Laurence Jeffries anzurufen und ihn um dieses Treffen zu bitten. Den anderen Grund hatte ein Mann geliefert, den sie ebenfalls kaum kannte – Greg Bellamy. Ihn mit seiner kleinen Tochter am Willow Lake zu sehen hatte Nina daran erinnert, dass, egal, wie hart sie arbeitete oder wie sehr sie Sonnet liebte, sie niemals den Platz eines Vaters einnehmen könnte. Sonnet würde es auch ohne Vater in ihrem Leben gut gehen, sie hatte viele männliche Vorbilder in ihrem Leben wie Ninas Vater und ihre Brüder. Und sie schien ein von Natur aus robustes Kind zu sein. Dennoch wollte Nina das nicht zu ihrem Vorteil ausnutzen. Sie wollte die Fragen beantworten, die ihre Tochter noch nicht gestellt hatte, die aber sicher nicht mehr lange auf sich warten lassen würden.

Das Geräusch einer zufallenden Autotür erschreckte Nina.

„Na dann", sagte Jenny mit einem strahlenden Lächeln. „Sonnet und ich sind dann mal da drüben auf der Wippe." Sie schickte einen bedeutungsvollen Blick über Ninas Schulter und eilte dann davon, Sonnet an der Hand mit sich ziehend. Sie mischten sich unter eine fröhliche, lachende Gruppe von Kindern am Klettergerüst.

Nina wusste, was der Blick zu bedeuten hatte. Sie wischte ihre mit einem Mal feuchten Hände an ihren Oberschenkeln ab und drehte sich um.

Guter Gott!

Wie zum Teufel konnte das hier der schüchterne, verlegene Junge sein, den sie vor vier Sommern so kurz – und doch so intensiv – gekannt hatte?

Das hier war ein perfekt gepflegter Mann in Uniform, der zielgerichtet auf sie zukam. Seine Haltung war makellos, seine Schritte entschlossen. Er war eindrucksvoll, einschüchternd, unwiderstehlich – ein zum Leben erweckter Märchenprinz.

Unter seinem stechenden Blick löste sich Ninas sorgfältig vorbereitete Rede in Luft auf. „Danke, dass du gekommen bist", sagte sie.

„Nichts hätte mich davon abhalten können." Er stand unerbittlich vor ihr, so steif und formell wie ein eins neunzig großer GI Joe.

Nina wusste nicht, was seine überhebliche Haltung zu bedeuten hatte – war es echte Selbstsicherheit oder nur eine Schutzmauer für seine nagende Furcht? Sie sah, wie sein Blick über den Park glitt, ein Terminator, der sein Ziel sucht, aber keines findet, denn auf dem entfernten Spielplatz tobten Kinder aller Größen, Alter und Hautfarben.

„Wo ist das Kind?" Die barsche Frage klang wie ein Befehl, dazu bestimmt, Untergebene einzuschüchtern.

Nina lachte kurz auf und erkannte an seiner Reaktion, dass er ein solches Verhalten nicht gewohnt war. „Das muss nicht sein." Er fühlte sich auf einmal weniger bedrohlich an. „Und außerdem wird es dir nicht gelingen."

„Was gelingt mir nicht?"

„Mich einzuschüchtern, oder was auch immer du da versuchst."

„Ich versuche gar nichts …"

„Ich habe in der Notaufnahme ein Kind ohne Narkose zur Welt gebracht. Ich ziehe seit drei Jahren ganz allein ein Kind auf, während ich nebenbei arbeite und zur Schule gehe. Inzwischen kann mich wirklich nichts mehr einschüchtern. Und du schon gar nicht."

Er sah sie mit versteinerter Miene an. „Das hatte ich auch nicht vor."

Er sprach jetzt sogar anders, in kurzen, abgehackten Befehlen. Nina weigerte sich, zusammenzuzucken. „Ich tue das hier dir zum Gefallen, und weil Sonnet es verdient hat, alles über sich zu erfahren. Aber wenn du glaubst, du könntest dich ihr gegenüber auch nur eine Sekunde lang wie GI Joe benehmen, irrst du dich."

„Aber ich …"

„Entspann dich, Soldat", sagte sie. „Oder dieses Treffen ist auf der Stelle vorüber."

Sein Blick gab als Erstes nach. Er wandelte sich von hartherzig zu besorgt. Die angespannten Linien seines Gesichts wurden weicher, und seine tadellose Haltung lockerte sich unmerklich. Nina zeigte auf die Gruppe Kinder. „Meine Tochter Sonnet ist mit meiner Freundin Jenny dort drüben auf der Wippe. Ich werde euch einander in einer Minute vorstellen. Aber sie ist noch so klein. Du musst versprechen …"

„Ich habe dir am Telefon mein Ehrenwort gegeben", unterbrach er sie.

Und natürlich, als West-Point-Absolvent war sein Ehrenwort legendär. Sie musste ihm vertrauen, dass er Rücksicht darauf nehmen würde, dass er für Sonnet ein vollkommen Fremder war. Er hatte zugestimmt, dass sie ihn langsam kennenlernen sollte. In ihrem Alter besaß sie nur ein rudimentäres Verständnis des Wortes *Vater*. Sie würde in das Verständnis hineinwachsen müssen. Nina hoffte, Sonnet würde ihren Vater als guten Mann kennenlernen, der weit weg wohnte.

Als sein Blick sich auf Sonnet senkte, fiel seine Maske von ihm ab. Ein roher Schmerz blitzte auf, und in den wenigen Sekunden erkannte Nina den scheuen Jungen, an den sie sich erinnerte, und sie wusste, woher Sonnet ihr edles Aussehen hatte. Sie besaß die hohen Wangenknochen und die wunderschönen dunklen Augen ihres Vaters. Sie hatte sogar seine körperliche Präsenz – ein Athlet, der sich in seiner Haut wohlfühlte. Am Telefon hatte Nina Laurence versichert, dass es nur um Sonnet ging, darum, dem Kind zuliebe jegliche Zweifel an seiner Vaterschaft auszuräumen. Es ging nicht darum, Laurence in die Ehefalle zu locken oder aus ihm Unterhaltszahlungen herauszuholen. Nina hatte ihm gesagt, dass sie einem Bluttest zustimmen würde. Aber in dem Moment, in dem sie die beiden zusammen sah, wusste sie, dass niemand mit Augen im Kopf die Ähnlichkeit der beiden leugnen konnte.

„Sie ist … oh, guter Gott." Er atmete tief durch und räusperte sich. Dann wandte er sich an Nina. „Du hättest mir schon vor langer Zeit von ihr erzählen sollen."

„Ich hatte daran gedacht", erwiderte Nina. „Und viele Male hätte ich es beinahe getan. Aber das hätte deine Karriere an West Point ruiniert. Und wofür? Ich wollte nicht, dass du mich heiratest oder mir hilfst, sie großzuziehen. Ich hatte meine Familie, die mich unterstützt. Es dir zu erzählen hätte nichts gebracht, außer alle deine Zukunftspläne über den Haufen zu werfen."

Er bestritt das nicht. „Ein Teil von mir ist dir dafür sehr dankbar.

Aber ein anderer Teil …" Er schaute wieder zu Sonnet, und es schien ihm die Sprache zu verschlagen.

Nina weigerte sich, sich zu entschuldigen. Sie wollte nicht, dass einer von ihnen etwas bedauerte, was nun nicht mehr zu ändern war. „Das Einzige, was wir tun müssen", sagte sie, „ist herauszufinden, was das Beste für Sonnet ist." Sie fing Jennys Blick auf und winkte sie zu sich. „Bei allem, was wir tun, hat sie die oberste Priorität."

„Natürlich." Er wartete, während Jenny und Sonnet Hand in Hand zu ihnen kamen. Laurence war ganz offensichtlich ratlos, wie er sich verhalten sollte; er sah aus, als wenn er gleich salutieren würde. Seine Augen nahmen jedes kleine Detail seiner Tochter in sich auf.

„Hab keine Angst", riet Nina, die schmerzlich spürte, dass er überhaupt keine Erfahrung mit Kindern hatte. Sie hatte Zeit gehabt, in die Elternrolle hineinzuwachsen – er hatte nur wenige Minuten. „Lächel einfach und geh in die Knie, auf Augenhöhe, und lass sie zu dir kommen." Nina macht es ihm vor. Sie ging in die Knie und öffnete die Arme. „Hey, Mäuschen. Hattest du Spaß auf der Wippe?"

„Ja. Ich bin ganz hoch geflogen", sagte Sonnet mit ihrer Minnie-Maus-Stimme und warf sich Nina in die Arme. Ihr Geruch nach Zuckerwatte stieg Nina in die Nase und zauberte ihr wie immer ein Lächeln ins Gesicht.

Jenny stellte sich leise Laurence vor. Dann entschuldigte sie sich und trat ein paar Schritte beiseite, um den dreien ein wenig Privatsphäre zu lassen.

„Baby, ich möchte dir … meinen Freund vorstellen", sagte Nina vorsichtig. „Er heißt Laurence Jeffries."

„Hallo." Sonnet drückte sich gegen Nina und schaute zu dem Fremden auf.

„Hey." Ninas Rat folgend, kniete er sich auf einem Bein nieder – so als wolle er einen Antrag machen oder eine Waffe abfeuern. Trotzdem war er immer noch groß und beeindruckend. „Ich freue mich sehr, dich kennenzulernen, Sonnet."

„Sonnet Maria Romano", sagte sie pflichtbewusst. Nina hatte ihr beigebracht, sich vorzustellen. „Ich habe einen Granat gefunden." Sie wühlte in ihrer Hosentasche und streckte ihre pummelige Hand aus. Rohgranate waren in dieser Gegend nicht unüblich, und einer von Sonnets Onkeln hatte ihr gezeigt, wie man sie fand. Auch wenn sie ihren Preis stolz herzeigte, klammerte sie sich mit der anderen Hand doch an Nina fest.

Nina war stolz auf die Intelligenz ihrer Tochter und ihre erwachsene Aussprache. Manchmal musste Nina sich selber daran erinnern, dass Sonnet noch zu jung war, um komplizierte Sachverhalte zu verstehen. Trotz ihres ausgeprägten Wortschatzes war es von ihr zu viel verlangt, zu verstehen, dass der gut aussehende Soldat vor ihr ihr Vater war.

„Das ist wirklich ein Granat", sagte Laurence. „Da hast du aber Glück gehabt, ihn zu finden."

„Behalt du ihn", sagte Sonnet. „Als Geschenk."

Das Angebot brachte das erste echte Lächeln auf sein Gesicht. Er streckte seine Hand aus. „Danke, Sonnet", sagte er. „Ich werde ihn für immer behalten und niemals verlieren."

Sie strahlte ihn an. „Okay."

Für eine Sekunde verschwand ihre winzige Hand in seiner, und sie waren alle drei miteinander verbunden – Nina, Sonnet und Laurence, nun irgendwie eine Familie. Bei dem Gedanken wurde Nina vor Euphorie ganz schwindelig. Vielleicht …

Erneut fiel eine Autotür ins Schloss, und sie alle drehten sich um. Laurence verfiel sofort wieder in seinen Militärmodus und stand gerade wie eine Stahlklinge. Nina nahm Sonnet auf den Arm.

„Das ist Angela Hancock", sagte Laurence, als eine wunderschöne, sehr gut gekleidete Frau sich zu ihnen gesellte. „Angela, das sind Nina und Sonnet Romano."

Sie war auf ihre Art genauso selbstbewusst und Furcht einflößend wie er. Eine hochgewachsene, elegante nubische Prinzessin für den Märchenprinzen. „Wie geht es euch?"

„Angela ist meine Verlobte", fuhr Laurence fort. „Wir heiraten nächste Woche."

Ah, dachte Nina. Kein Wunder, dass er so nervös war. Es war gar nicht wegen ihr oder Sonnet. Sie brachte ein schmales Lächeln zustande. „Herzlichen Glückwunsch."

„Danke", sagte Angela.

Nina stellte Sonnet wieder auf den Boden. „Geh noch ein bisschen mit Jenny auf der Schaukel spielen, Süße." Als das kleine Mädchen fortlief, wandte Nina sich an Angela. „Ich weiß, dass die ganze Situation unangenehm ist. Ich habe Laurence schon erklärt, dass ich keinen Ärger machen will", sagte sie. „Ich will nur, dass meine Tochter weiß, wer ihr Vater ist."

„Natürlich." Angela hatte eine angenehme Stimme, wie eine Bühnenschauspielerin. Sie war außergewöhnlich ruhig und kam Nina seltsam bekannt vor.

Nina nahm an, dass Laurence sie so gut wie möglich auf dieses Treffen vorbereitet hatte. „Wie Laurence und du mit all dem umgehen wollt, ist alleine eure Sache. Ich erhebe keine Forderungen."

„Allerdings."

„Ich habe irgendwie das Gefühl, dass wir uns schon mal begegnet sind.“ Nina hatte außerdem das Gefühl, sich entschuldigen zu müssen, was sie höllisch nervte. Sie schuldete niemandem eine Erklärung oder Entschuldigung. „Kann das sein?“

„Angelas Vater ist Reverend George Simon Hancock“, sagte Laurence voller Stolz. „Sie half bei seinen Gottesdiensten, also hast du sie vielleicht schon mal im Fernsehen gesehen.“

„Ja, vielleicht“, sagte Nina, obwohl sie mit hundertprozentiger Sicherheit sagen konnte, dass sie sich niemals Gottesdienste im Fernsehen anschaute. Aber sie erinnerte sich daran, dass sie großzügig sein wollte. Immerhin hatte sie Sonnet und Laurence nicht. Also war es nur fair, dass er jemanden wie Angela bekommen würde – wunderschön, berühmt und die Tochter eines bekannten Kirchenmannes. „Ich hoffe, ihr zwei werdet sehr glücklich miteinander.“ Sie wandte sich an Laurence. „Alles, was ich gesagt habe, habe ich auch so gemeint. Ich will nichts weiter, als dass Sonnet weiß, wer du bist. Was du den Leuten erzählst, liegt ganz allein bei dir.“ Auch wenn sie zugeben musste, dass sie es sehr interessant fände, zu sehen, wie er dem berühmten Reverend Hancock beichtete, dass er ein Kind mit einer weißen Frau hatte. „Ich dachte, du möchtest ihr vielleicht einen Brief schreiben, den sie lesen kann, wenn sie alt genug ist, ihn zu verstehen. Und vielleicht könntest du sie ab und zu besuchen – wenn sie es will“, sagte sie. „Das wird genug sein.“

Sie sah, wie sich seine Hand zu einer Faust ballte. Es war die Hand, die den Granat hielt. Er schaute zu Sonnet hinüber, und in seinen Augen schwammen Tränen, aber sie fielen nicht. Es muss so schmerzhaft sein, dachte Nina, sie zurückzuhalten.

„Es wird niemals genug sein“, sagte er still.

„Doch“, widersprach Angela und hakte sich bei ihm unter. „Das wird es.“

9. Teil

Heute

Regelmäßige Besucher können den Wechsel der Jahreszeiten beobachten. Zu jeder Zeit des Jahres trägt die sich stets verändernde Landschaft ein anderes Kleid – die zarten Knospen im Frühling, die prachtvollen Blumen des Hochsommers, extravagante Blätterkreationen im Herbst oder eine samtige Decke aus Schnee im Winter.

Die King Arthur-Suite ist eines der beliebtesten Zimmer. Ihr großes Erkerfenster bildet den perfekten Rahmen für die Natur. Der Raum ist möbliert mit einem weißen Eisenbett, zu dem eine handgemachte Steppdecke und passende Kissen gehören. Eine imposante Anrichte verbirgt eine Bar mit feinstem Portwein und einer exklusiven Auswahl Single Barrel Whiskeys.

Das Badezimmer ist mit einer Whirlpoolbadewanne ausgestattet, die zu einem ausgiebigen Bad einlädt. Um die Entspannung vollkommen zu machen, gibt man drei Tropfen Lavendelöl, zwei Tropfen Weihrauch und zwei Tropfen Petitgrain – ein aus Zitrusblättern gewonnenes Öl – ins warme Badewasser.

15. KAPITEL

„Bist du sicher, dass es das Richtige ist?“ Daisys Stift schwebte über der Unterschriftenzeile ihres Briefes an Logan O’Donnell.

Die beinahe klerikale Atmosphäre des Bankgebäudes wirkte auf Greg bedrückend. Das antike, gotische Gebäude mit seinen hohen Decken und Marmorböden war zwar ein willkommener Zufluchtsort vor der Hitze des Sommers, aber die Nervosität trieb Greg trotzdem Schweißperlen auf die Stirn. Die und der Anzug, den er trug. Es erschien ihm nur richtig, für diesen Anlass einen Anzug zu tragen. Daisy hatte einen Brief geschrieben, um O’Donnell darüber zu informieren, dass er der biologische Vater ihres Kindes war. Wenn er es verlangte, würde sie einem DNA-Test zustimmen. Sie entband ihn von allen legalen und finanziellen Verpflichtungen und hoffte, damit in der Zukunft einen Sorgerechtsstreit verhindern zu können. Der Junge wäre ein Idiot, wenn er nicht auf Daisys Angebot eingehen würde, das ihn quasi vollkommen unbehelligt sein Leben weiterleben ließ. Andererseits hatte er bereits bewiesen, dass er ein Idiot war, also war Greg nicht so sicher, wie Logan auf die Nachricht reagieren würde.

Greg schaute sich um – er war nicht sicher, wonach er Ausschau hielt. Ein Zeichen? Jemand, der ihm einen Rat geben könnte? Beides würde er hier wohl kaum finden. Shane Gilmore, der Bankdirektor, saß in seinem Glaskubus am Telefon. Brooke Harlow, die Vermögensverwalterin, war nicht an ihrem Platz. Auf der anderen Seite des Tresens wartete die Notarin; das Missfallen war ihr deutlich anzusehen, als sie den Brief überflog und ein Formular ausfüllte. Ihre Haare waren stahlblau, und sie strahlte eine Voreingenommenheit aus, die Greg zu hassen gelernt hatte. Er war es satt, dass Fremde einen Blick auf Daisy warfen und das Schlimmste annahmen.

„Komm, setzen wir uns.“ Er führte sie vom Tresen weg. Was Greg betraf, konnte die verdammte Notarin warten, bis die Hölle zufror. Sophie hatte ihnen geraten, den Brief notariell beglaubigen zu lassen und per Kurier zu schicken, um sich den Empfang quittieren zu lassen. Daisy setzte sich auf eine der niedrigen Bänke in der Lobby und hielt die Papiere auf dem Schoß.

Greg überlegte, was Nina ihm über ihre Erfahrungen mit dem Vater ihres Kindes erzählt hatte. Ein junger Mann – selbst ein von Hormonen gesteuerter, unvorsichtiger Junge – musste wenigstens darüber in Kenntnis gesetzt werden, dass er ein Kind gezeugt hatte. Nina behauptete, nie bereut zu haben, wie sie die Sache mit Sonnets Vater gehandhabt hatte – zu warten, bis er seinen Abschluss an der West Point

Academy gemacht hatte und mit einer anderen Frau verlobt war. Das passt zu ihrer unabhängigen Natur, dachte Greg – so hatte sie sichergestellt, das einzige Elternteil für ihre Tochter zu sein. Wollte Daisy es auch alleine schaffen? Auf ihrem Gesicht war klar zu erkennen, wie sehr sie sich mit der Entscheidung quälte. Sie war sich einfach nicht sicher.

Unruhig spielte sie mit dem Stift. „Mom sagt, das ist allein meine Entscheidung und niemandes sonst."

Also hatte sie mit Sophie gesprochen, dachte er. Das war doch schon mal ein – wenn auch kleiner – Fortschritt. „Da hat deine Mom recht."

„Was, habt ihr etwa auch darüber gesprochen?"

Er nickte. Es bereitete ihm ein perverses Vergnügen, dass Sophie und er endlich mal einer Meinung waren. Jetzt, wo sie durch ein Weltmeer getrennt waren und selten miteinander sprachen, verstanden sie sich ganz gut.

Zu Vorbildern für Daisy eigneten sie sich aber auch nicht wirklich. Als junge Eltern mit einem ungeplanten Kind hatten sie ihr Bestes gegeben. Eine lange Zeit hatte das auch ausgereicht, aber nicht für immer. Als Sophie ihm seine neugeborene Tochter vorgestellt hatte, war er von einem so intensiven Gefühl der Liebe erfasst worden, dass diese sich auch in seine Gefühle für Sophie mit hineinschlich. Innerhalb weniger Augenblicke hatte er sich – und Sophie – davon überzeugt, dass sie heiraten sollten. Sie hatten geglaubt, zum Wohle des Kindes das Richtige zu tun.

„Deine Mom und ich wollen beide, dass du deine eigenen Entscheidungen triffst", sagte er.

„Damit ich, wenn ich es vermassel, alleine mir die Schuld geben kann."

„Daisy …"

„Ich verstehe das, Dad. Glaub mir, das tu ich." Und damit schien sich irgendwas in ihr zu lösen. Sie stand auf und marschierte entschlossenen Schrittes zur Notarin, unterschrieb alle Durchschläge des Formulars und schob sie der Frau über den Tresen zu.

Zeig's ihr, dachte Greg. Der unerbittliche Stolz seiner Tochter zeigte sich in ihrer Körperhaltung und ihrem gereckten Kinn, als sie die Papiere in einen großen Umschlag steckte.

„Greg." Mit einem höflichen Lächeln im Gesicht kam Brooke Harlow aus einem Büro im hinteren Teil des Gebäudes. „Schön, dich zu sehen."

„Gleichfalls." Er nahm kurz ihre Hand. Sie hatten sich seit ihrem Beinahe-Date auf dem See nicht mehr gesehen, aber er hatte nicht vergessen, wie attraktiv sie war. Kein einziges Haar tanzte aus der Reihe.

Sie trug einen engen Rock und High Heels, die ihre Beine betonten. Greg kam der unpassende Gedanke, wie lange er schon nicht mehr mit einer Frau geschlafen hatte. In letzter Zeit schien er überall, wo er ging und stand, auf Frauen zu stoßen – lächelnde, hilfsbereite, attraktive Frauen. Er sah sie in der Schlange vor dem Postschalter, in den Gängen des Heimwerkermarktes, an der Zapfsäule beim Tanken, in seinen Träumen. Sie waren natürlich immer schon da gewesen, aber der lange Entzug hatte seine Aufmerksamkeit für sie geschärft. Er fragte sich, ob man ihm das wohl ansah.

„Ich schätze, du bist sehr beschäftigt gewesen", sagte Brooke mit einem leicht fragenden Unterton in der Stimme. Sie schenkte ihm einen unmissverständlichen Blick vom Kopf bis zu den Zehen; ihr schien der Maßanzug von Brooks Brothers zu gefallen, den er trug.

Ihr Verhalten überraschte ihn. Nach ihrem desaströsen Date hatte er sie eigentlich abgeschrieben. Jetzt schien sie jedoch eindeutige Signale auszusenden. Sollte er sie noch einmal einladen?

„Ich war ziemlich beschäftigt, ja, aber ein Mann muss ja ab und zu auch mal was essen", sagte er. „Vielleicht können wir mal gemeinsam zu Abend essen?"

Ihre Miene hellte sich auf, ihre Augen strahlten. „Das klingt …"

„Alles fertig, Daddy-O." Hinter ihrem dicken Bauch tauchte Daisy auf und gesellte sich zu ihnen. „Hi", sagte sie und warf Brooke einen leicht argwöhnischen Blick zu. Sie sagte zwar immer, dass es für sie in Ordnung wäre, wenn Greg sich mit Frauen treffen wolle, aber sie hatte ganz eindeutig eine eigene Meinung über die Art von Frauen, mit denen er sich verabredete. Langhaarige Bankerinnen mit High Heels schienen sie lange nicht so zu beeindrucken wie Greg.

Er stellte sie einander vor, und Daisy sagte: „Hallo, Mrs Harlow. Ich habe nur gerade etwas notariell beglaubigen lassen." Sie klopfte auf den dicken Umschlag und lächelte. Sie war sich des Effekts, den sie auf Brooke hatte, nur allzu bewusst.

Brookes Gesichtsausdruck war beinahe schon komisch zu nennen. Nein, er *war* komisch. Greg sah die Überraschung in ihren Augen, auch wenn sie es schaffte, ihr Lächeln beizubehalten.

Greg sagte nichts. Er ließ seinen Blick durch die Banklobby schweifen und tat so, als bemerke er die abschätzenden Blicke der Umstehenden nicht. Doch er spürte sie durch die Lagen seines Anzugs sickern wie die Sommerhitze. In einer Stadt wie dieser blieb niemand anonym. Es war unmöglich, hier ein Geheimnis zu bewahren. Zumindest für länger. Innerhalb weniger Stunden wüsste die halbe Stadt, dass Daisy Bellamys Zustand für die neue Vermögensverwalterin der Bank ein Schock gewesen war.

Brooke räusperte sich. „Ich freue mich sehr, dich kennenzulernen", sagte sie zu Daisy. Dann wandte sie sich mit einem entschuldigenden Lächeln an Greg. „Ich muss jetzt wieder an die Arbeit. Es war schön, Sie getroffen zu haben, Greg. Viel Glück mit dem neuen Grundstück."

Sie ging zügig zu ihrem Büro, die Absätze klackerten entschieden auf dem Marmorboden. Greg sah ihr mit leichtem Bedauern hinterher.

„Ich schätze, ich habe sie überrascht." Daisy lächelte ihn reumütig an. „Die Leute denken bei deinem Anblick nicht automatisch: ‚Ah, ein Großvater.'"

„Ja, wenn sie das täten, würde ich mich auf der Stelle erschießen", gab er zu. „Ich war gerade dabei, sie zum Essen einzuladen." Er hielt Daisy die Tür auf und trat dann hinter ihr in den hellen Sommertag hinaus.

„Das tut mir leid, Dad." Ein verlegendes Schweigen pulsierte zwischen ihnen. Das war tatsächlich neu in ihrer Familie – die erwachsene Tochter erkennt, dass ihr Vater wieder ausgehen will. „Ich warte hier draußen, während du zu ihr hineingehst und noch mal mit ihr sprichst."

„Nein, ist schon gut. Ich habe meine Meinung geändert." Das stimmte. In dem Moment, wo er gesehen hatte, mit welchem Blick Brooke Daisy anschaute, hatte sie jeglichen Reiz für ihn verloren – High Heels hin oder her. Und ehrlich gesagt konnte er Brookes Widerstreben verstehen. Sie war kaum dreißig. Die Vorstellung, sich mit einem Mann zu verabreden, der Kinder hatte, war nicht so schlimm. Aber die Vorstellung, dass dieser Mann bald Großvater würde, war für eine Frau wie Brooke ein bisschen zu viel des Guten.

Verdammt. Er sollte überhaupt nicht daran denken, sich zu verabreden. Er hatte Kinder aufzuziehen und ein Geschäft zum Laufen zu bringen und sollte es sowieso einfach besser wissen.

Hitze stieg vom Bürgersteig auf, und er beeilte sich, sein Jackett und die Krawatte auszuziehen. Hatte er sich früher wirklich jeden Tag für seine Arbeit in der Stadt so angezogen?

„Ich meine es ernst, Dad", sagte Daisy auf dem Weg zum Auto. „Ich will nicht, dass die Frauen meinetwegen weglaufen."

„Wenn sie deinetwegen weglaufen, will ich mich nicht mit ihnen treffen", behauptete er. Sie stiegen ein, und er stellte die Klimaanlage auf höchste Stufe.

„Toll, damit hast du gerade ungefähr neunzig Prozent der weiblichen Bevölkerung aus deiner Zielgruppe ausgeschlossen."

„Oh, danke auch."

„Nein, meinetwegen, nicht deinetwegen. Ich will wirklich, dass du jemanden findest, Dad. Nur nicht … einen Klon von Mom."

„Du findest, Brooke ist ein Klon von Mom?"

„Dad. Sie sieht aus wie Moms jüngere Schwester."
„Deine Mom hat keine Schwester."
„Aber wenn sie eine hätte, würde sie so aussehen wie diese Bankberaterin."
„Vermögensverwalterin."
„Siehst du? Das ist wie Mom. Warum sollte man sich als Bankberaterin zufriedengeben, wenn man Vermögensverwalterin sein kann?"
Sie kannte ihn und Sophie besser, als er gedacht hatte. Aber sie hatte ja auch einen Platz in der ersten Reihe gehabt, von dem sie ihre Eltern gut beobachten konnte, während sie aufwuchs. Er bemerkte, dass sie den Umschlag unter den Sitz geschoben hatte. „Willst du den nicht abschicken?"
„Ich, äh, kümmere mich später darum."
Er drängte sie nicht. Es war ein großer Schritt, und er wollte, dass sie sich alle Zeit ließ, die sie brauchte. *Wie ihre Mutter es getan hatte.* Der Gedanke jagte ihm einen Schauer über den Rücken. Sophie hatte sich wahrlich Zeit gelassen. Sie hatte bis nach der Geburt gewartet, um Greg ins Boot zu holen. Wäre irgendetwas anders gelaufen – für ihn und Sophie, für Daisy –, wenn er von Anfang an dabei gewesen wäre?
Er löste den Kragen seines Hemdes, dann fuhren sie zum Drucker, um die Proofs für die neue Broschüre des Inn anzusehen. In den Bildern und dem Layout wurde eine andere Zeit zum Leben erweckt – eine einfachere, romantischere Ära, in der der dringendste Termin des Tages der Nachmittagstee in Avalon Meadows war. Es gab Bilder vom Willow Lake in seiner ganzen Sommerpracht, ein Spiegel des blauen Himmels, umgeben von ansteigenden Wäldern und Bergen. Dazwischen vereinzelte Schlagwörter – „entfliehen Sie dem Alltag und entdecken Sie sich selbst", „entspannen, erneuern, erholen" – und das ernst gemeinte Versprechen, dass die Gäste des Inns den besten Service und allen möglichen Komfort genießen würden. Auf jeder Seite fand sich mindestens eines von Daisys Fotos, und die Grafikerin lobte ihre Arbeit.
„Wo hast du studiert?", fragte sie.
„Ich habe den Fotokurs an der Highschool besucht", antwortete Daisy. „Aber hauptsächlich habe ich mir alles selber beigebracht."
„Arbeitest du als Freie?"
Greg trat einen Schritt zurück und ließ Daisy und die Grafikerin reden und Visitenkarten austauschen. Als sie Anfang des Sommers zu Besuch da war, hatte Sophie Daisy einen Kasten mit gedruckten Visitenkarten mitgebracht. Das war etwas, an das Greg niemals gedacht hätte, aber jetzt war er froh über Sophies Geste.
Als sie vom Drucker wegfuhren, sagte er: „Ich bin so stolz auf dich, Daze. Ich mag es, wenn andere Leute dein Talent erkennen."

„Ach, ich hab noch viel zu lernen, was das Fotografieren angeht."
Greg wartete. Er merkte, dass sie auf etwas hinauswollte.

„Ich war ja nicht so richtig scharf darauf, aufs College zu gehen, aber jetzt denke ich, dass ich vielleicht ein paar Kurse belegen sollte. Ehrlich gesagt, wenn ich nach New Paltz ziehen würde, könnte ich da aufs staatliche College gehen."

„Du gehst nirgendwohin", winkte er die Idee ab. „New Paltz ist meilenweit weg."

„Ich weiß, wo es ist, Daddy. Und nimm es nicht persönlich, aber ich werde hingehen, wohin ich will."

Er biss die Zähne zusammen, um seine Antwort darauf zurückzuhalten. Doch er konnte nicht anders. „Ich dachte, wir hätten uns darauf geeinigt, dass du zu Hause bleibst."

„Du hast dich darauf geeinigt, Dad. Ich habe gesagt, ich schau mal."

Er biss wieder die Zähne aufeinander, und dieses Mal blieben sie so. Er sollte es besser wissen, als sich mit ihr auf eine Diskussion einzulassen. Sie würde bei ihm wohnen bleiben, fertig, aus. Sie hatte keine andere Wahl, auch wenn er sie nicht darauf hinweisen würde, um ihre Gefühle nicht zu verletzen. Sie brauchte seine Unterstützung.

Zum Teufel, wem wollte er was vormachen? Seine Tochter war achtzehn. Sie besaß einen Treuhandfonds – wie alle Bellamy-Enkelkinder. Er hatte höllische Angst, dass sie ihn verlassen, irgendwohin ziehen würde, wo er sie nicht beschützen könnte. Nina hatte ihn davor gewarnt. Nein, nicht gewarnt. Aber sie hatte es definitiv kommen sehen. Also war sie entweder auf eine gruselige Art mit Daisys Gedanken verbunden, oder die beiden hatten miteinander gesprochen. Nein, Greg verwarf diese Idee gleich wieder. Auf gar keinen Fall würde Nina so etwas tun – seiner Tochter Ideen für einen Auszug in den Kopf setzen.

Sie richtete das Gebläse auf ihr Gesicht. „Es gibt viel, was ich noch machen will. Ich muss nur einen Weg finden, dass es trotz Baby funktioniert, weißt du."

Er wusste nie, was er sagen sollte, wenn sie so konkret von dem Baby sprach. Für Greg war es immer noch etwas Abstraktes; er hatte noch nicht ganz begriffen, dass er in diesem Sommer der Opa von jemandem werden würde. Verwirrt stellte er das Radio auf einen Sender, den sie beide mochten, und drehte die Lautstärke hoch.

„Ich bin am Verhungern", sagte Daisy nach einer Weile. Zu Gregs Erleichterung schien sie von dem Tumult in seinem Innern nichts mitzubekommen. „Außerdem ist es schon fast an der Zeit für unsere Verabredung mit Nina", fügte sie hinzu.

Greg unterdrückte den Drang, aufs Gas zu treten. Das ist nur ein Geschäftstermin, erinnerte er sich. Dennoch konnte er nicht leugnen, dass es ein Vergnügen war, mit Nina zu arbeiten. Irgendwie hatte er das von Anfang an gewusst. Es machte Spaß. Auch wenn er sie kaum kannte, hatte er manchmal das Gefühl, sie besser zu kennen als die meisten Leute in seinem Leben.

Heute hatten sie sich in der Sky River Bakery verabredet. Nina war bereits da. Sie saß draußen an einem emaillierten Tischchen unter einem breiten Sonnenschirm. Als sie die beiden erblickte, winkte sie sie zu sich. Greg fiel auf, dass Daisy den Umschlag aus der Bank mit sich trug, als hätte sie Angst, ihn im Auto zu lassen.

Connor Davis saß neben Nina. Sie beugten sich beide über seine Aufzeichnungen und setzten ihre Unterhaltung fort. Daisy und Greg zogen sich zwei Stühle heran.

Als Greg sich setzte, stieg ihm ein Hauch von ihrem Duft in die Nase – eine Mischung aus Sonnencreme, Shampoo und dem glasierten Donut, den sie aß. Er verspürte den schon vertrauten Anflug von Magenkribbeln, der stark genug war, um alle Gedanken an Brooke und ihre High Heels zu vertreiben. Was interessant war, da Nina eher Shorts und Flip-Flops, kurze Haare und kein Make-up zu bevorzugen schien. Sie ist überhaupt nicht dein Typ, ermahnte er sich. Außer … dass sie es doch war.

„Dad.“ Daisy stieß ihn an. *„Dad.* Ich habe dich was gefragt. Willst du das Übliche? Ich geh eben rein und bestell.“

„Klar, das wäre toll.“ Er wusste gar nicht, dass er was „Übliches“ hatte.

Beim Hineingehen kam Daisy an Olivia vorbei, die einen Krug mit Wasser und ein paar Gläser hinausbrachte. Der treue Barkis trottete hinter ihr her. „Hey, Greg. Du siehst aber schick aus.“ Sie setzte sich neben Connor und legte ihre Hand auf seinen Arm. „Wenn wir erst mal verheiratet sind, geht Greg vielleicht mal mit dir shoppen.“

Connor lachte. „Was, bin ich dir nicht schick genug?“

„Doch, natürlich bist du das. Aber irgendwie hat ein Mann in einem wirklich guten Anzug was …“

Nina musterte Greg. Sein Aufzug schien ihr jetzt erst aufzufallen. „Was gab's für einen Anlass?“

„Daisy und ich hatten einen Termin.“ Er erklärte sich nicht weiter, weil er Daisys Privatsphäre wahren wollte. Außerdem hatte er das Gefühl, dass die Bank momentan nicht zu Ninas Lieblingsplätzen gehörte, auch wenn er nicht wusste, warum.

„Nina, hast du eigentlich eine Einladung bekommen?“, wollte Olivia wissen.

Greg schaute zu Connor, der die Hände hob. „Was soll ich sagen? Es geht immer nur um die Hochzeit.“

Nina und Olivia ignorierten die beiden. „Ja, danke“, sagte Nina. „Es ist so nett von euch, mich und Sonnet einzuladen. Das hättet ihr wirklich nicht gemusst.“

„Unsinn. Du bist die beste Freundin meiner Schwester. Ich hoffe, dass du kommst. Ich fände es toll, wenn du und deine Tochter diesen Tag mit uns verbringen würden.“

Nina schien ungewohnt schüchtern, sie senkte den Blick, und ihre Wangen färbten sich rot. Als er sie so sah, kam Greg der Gedanke, dass er beinah täglich neue Facetten an dieser Frau entdeckte. Vielleicht sollte er gar nichts von ihnen wissen – vielleicht sollte er es auch nicht wissen wollen, aber er tat es.

Nina wickelte sich eine Haarsträhne um den Finger und lächelte Olivia an. „Danke, ich schicke meine Antwort nachher sofort weg.“

„Mission erfüllt“, sagte Connor in die kleine Gesprächspause hinein. Dann reichte er Greg eine Mappe mit lauter Genehmigungen. „Das sollte alles in Ordnung sein. Die Jungs sind Ende der Woche fertig.“

„Wir müssen uns noch Hochzeitstorten angucken.“ Olivia packte die Hand ihres Verlobten und zog ihn in Richtung Bäckerei. „Und schau mich nicht so verzweifelt an. Komm, Barkis.“ Sie klopfte auffordernd auf ihren Oberschenkel.

Nachdem sie gegangen waren, erklärte Nina ihm ihre Strategie, um noch mehr Medienpräsenz für das Inn zu erzielen. Auch wenn es für das Eröffnungswochenende ausgebucht war, wussten sie beide, dass die PR-Arbeit eine niemals endende Schlacht war. Sie zeigte ihm ihren Verteiler, an den sie die Pressemappen verschicken wollte. Es war alles dabei: von kleinen örtlichen Radiosendern bis zur *New York Times*.

Greg hörte ihr zu, spürte die warme Sommersonne auf seinem Rücken und beobachtete, wie sie an ihrem Donut knabberte. Sie aß methodisch und nahm kleine Bissen rundherum.

„Warum lächelst du?“, fragte sie mit einem schrägen Blick über den Tisch.

„Ich musste nur gerade daran denken, wie Geschäftstermine in der Stadt immer waren. Backwaren kamen dabei nicht vor. Nur sehr viel Koffein und Testosteron.“

„Klingt so, als würde es dir nicht sonderlich fehlen.“

„Weiß Gott nicht. Ich kann gar nicht glauben, dass ich das so viele Jahre mitgemacht habe.“

„Warum hast du?“

„Das ist eine gute Frage. Ich wünschte, ich hätte sie mir selber schon vor fünfzehn Jahren gestellt. Ich fühlte mich … getrieben“, gab er zu. „Niemand zwang mich, mich so hart in den Wettbewerb zu stürzen, aber das war einfach etwas, was Männer in meiner Situation machten.“

Im Nachhinein kam ihm das wie der totale Schwindel vor. In der Stadt hatte einfach irgendwas in der Luft gelegen – ein Gefühl von Konkurrenz, von Dringlichkeit. Außerdem hatte er sich verantwortlich dafür gefühlt, ein riesiges Einkommen nach Hause zu bringen, wegen der Kinder, der Kreditrate fürs Haus und Sophies gerade erst beginnender Anwaltskarriere.

Dann traf es ihn wie ein Schlag. Das waren alles nur Ausreden. Der wahre Grund, warum er jeden Tag so lang gearbeitet, niemals eine Pause gemacht hatte, um durchzuatmen, war seine eigene Unzufriedenheit gewesen. Das hatte er damals natürlich nicht gewusst. Der Konkurrenzdruck und das Chaos in der Firma hatten eine dicke Mauer um die Wahrheit errichtet. Aber jetzt sah er es ganz klar und deutlich. Wenn er sich nur stets beschäftigt hielt, musste er nicht darüber nachdenken, dass die Beziehung zu Sophie angespannt war, dass unter der Oberfläche eine subtile, aber stetig köchelnde Unzufriedenheit lauerte; sie war so tief verborgen, dass sie einfach zu übersehen war, wenn man sich nur ausreichend Arbeit aufhalste.

„Hier, bitte, Dad." Daisy kehrte mit einer Käsekolache und einem Glas Limonade zurück.

„Danke."

Daisy betrachtete ihre Fingernägel, die in einem tiefen Schwarz-Rot lackiert waren. Greg stellte fest, dass er die Farbe abscheulich fand.

„Toller Nagellack", sagte Nina. „Wie heißt die Farbe?"

„Dunkles Rubin, glaube ich. Wenn du ihn dir mal leihen willst, sag Bescheid."

Nina lächelte. „Danke. Ich werde vielleicht darauf zurückkommen."

Frauengespräche, dachte Greg. Zum ersten Mal wurde ihm bewusst, dass Daisy darauf schon eine ganze Weile verzichten musste.

Beinahe schüchtern legte sie den Umschlag auf den Tisch. „So, das ist er also", sagte sie zu Nina. „Der Brief an Logan."

Greg war überrascht, dass sie das Thema in Ninas Gegenwart aufbrachte. Ganz offensichtlich hatten die beiden schon mal darüber gesprochen. So viel also zu Daisys Privatsphäre.

Nina schaute von Daisy zu Greg und zurück zu Daisy. „Wie fühlst du dich damit?"

„Ganz okay, denke ich. Ich bin froh, dass ich es hinter mich gebracht habe. Ich habe allerdings keine Ahnung, wie er darauf reagieren wird."

Greg war hin und her gerissen zwischen Genervtsein – das war eine Familienangelegenheit – und Dankbarkeit, weil er ahnte, dass er alle Hilfe brauchte, die er kriegen konnte. Was Daisy anging, hatte er die meiste Zeit keine Ahnung, was er tat. Manchmal fühlte er sich so allein, dass er Panik bekam. Zu wissen, dass Nina jetzt mit im Boot war, beruhigte ihn ein wenig. Nina hatte das alles selbst durchgemacht, und es schien ihr nichts auszumachen, ihre Erfahrungen mit Daisy zu teilen.

„Danke noch mal fürs Zuhören“, sagte Daisy. „Hey, Dad, kann ich das Auto haben, und du fährst mit Nina zurück zum Inn? Ich äh, ich habe … na ja, kein wirkliches Date, aber ich habe Julian gefragt, ob wir nicht ein paar Fotos am Shawangunk's machen können.“

Das Mekka der Felsenkletterer war legendär, und Julian Gastineaux war schnell zu Daisys Lieblingsmotiv geworden. Aus irgendeinem Grund verspürte Greg den Drang, zu Nina zu schauen, um zu sehen, was sie dazu meinte. Dann riss er sich zusammen. „Du hast aber nicht vor, selber irgendwelche Felsen zu erklettern, oder?“

„Dad.“

„Okay, okay.“ Er suchte in seiner Hosentasche nach den Schlüsseln. „Geh nur. Aber sei vor Einbruch der Dunkelheit zurück.“

„Danke, Dad. Nina, wir sehen uns.“

Nachdem Daisy gegangen war, schaute Greg Nina über den Tisch hinweg an. „Du und sie habt also über ihre … Situation gesprochen?“

„Ja, das haben wir. Ich hoffe, du denkst nicht, dass ich mich einmische. Wobei, ehrlich gesagt mische ich mich ein.“

„Das ist mir schon aufgefallen.“

„Ich betrachte es allerdings lieber als Dienst einer guten Freundin, einer Vertrauten. Nicht einer Einmischerin – das ist jemand, der böse Absichten hat. Daisy weiß, dass ich ihre Situation nachempfinden kann, was vermutlich der Grund ist, warum sie mir vertraut.“

Er schaute einen Moment auf seine Hände. „Als du es Sonnets Vater erzählt hast, war das …“

„Unangenehm“, sagte sie. „Sonnets Existenz muss für Laurence ein Schlag in die Magengrube gewesen sein. Er hat sein Leben mit militärischer Präzision geplant, und er war darin richtig gut. Er hatte diese großartige Zukunft für sich entworfen. Vielleicht war bei der Hochzeit mit Angela Hancock Liebe im Spiel, aber es war definitiv auch ein strategischer Schachzug. Sie wurden das perfekte D.C.-Power-Pärchen – jung, brillant, gebildet, afrikanisch-amerikanischer Herkunft, entschlossen, ihrem Land zu dienen. Die Mädchen der beiden sind auch perfekt – sie genießen alle Vorteile, von der Privatschule angefangen. Es scheint, als klettere er jedes Jahr eine Sprosse höher auf der Karriereleiter. Nach oben sind keine Grenzen gesetzt. Trotz dieses kleinen Schnitzers aus seiner Vergangenheit.“

„Sonnet.“

„Ja. Ich hatte gedacht, er würde die Flucht ergreifen, wenn ich ihm von ihr erzähle. Aber ich muss ihm zugutehalten, dass er das nicht getan hat. Er hat Unterhalt gezahlt und mir einen Brief geschickt, den ich ihr geben sollte, sobald sie alt genug war, ihn zu verstehen. Er sagte, ich könnte ihn ruhig vorher lesen, und das habe ich getan. Ich wollte sichergehen, dass er sie nicht traurig machte. Als Sonnet acht Jahre alt war, habe ich ihr den Brief gegeben. Sie verschwand damit in ihrem Zimmer und kam eine Stunde später wieder heraus und fragte, ob sie ein Ferngespräch führen dürfte. Seitdem steht er ganz offen zu ihr und ist auf minimaler Basis in ihr Leben involviert. Er hat eine Sache gemacht, um die ich ihn nie gebeten habe: Er hat einen Collegefonds für sie eingerichtet. Gleich in dem Moment, in dem er von ihr erfahren hat."

„Also war es richtig, ihm von ihr zu erzählen."

„Für Sonnet ja. Und dieser Junge, mit dem Daisy zusammen war – vielleicht stellt er sich auch seiner Verantwortung. Aber selbst wenn nicht, wird sie das schaffen."

„Ich weiß." Er versuchte, seine Gereiztheit loszulassen. „Und ich weiß, dass die Zukunft für sie unglaublich schwer wird, also bin ich froh, wenn sie Menschen hat, mit denen sie reden kann. Verdammt." Er fuhr sich mit der Hand durchs Haar und schalt sich, mit dem Geplapper aufzuhören. „Es gibt nur so viele Möglichkeiten, wie es schiefgehen kann. Mist. Es ist ... wir tun es wieder und wieder, in einer endlosen Schleife. Man sollte annehmen, dass wir dazulernen oder wenigstens unsere Kinder davon abhalten, ihr Leben zu versauen."

„So funktioniert das nicht, und das weißt du."

„Ich weiß, ja. Ich versuche ja, es leichter zu nehmen." Er merkte, dass ihm das in ihrer Gegenwart sogar gelang. Einfach hier in der Sonne zu sitzen, den leichten Wind zu spüren und sie über den Tisch hinweg anzusehen erfüllte ihn mit einer ruhigen Freude. Okay, dachte er und beobachtete, wie sie ihren Eistee trank. Der Schatten einer dunklen Locke malte ein Komma auf ihre Stirn. Frag sie. Er dachte schon seit Tagen darüber nach – wie es wohl wäre, mit ihr auszugehen. Etwas mit ihr zu unternehmen, das nichts mit dem Geschäft zu tun hatte. Nächtelang hatte er wach gelegen und war seine Optionen durchgegangen. Letzte Nacht hatte ihn dann ein Gefühl knochentiefer Einsamkeit aus dem Bett getrieben. Er war in die warme Sommernacht hinausgeschlüpft; die milde Luft vibrierte vom Zirpen der Grillen und den Rufen der Frösche. Er hatte über das verlassen daliegende Grundstück geschaut und ein Licht im Bootshaus gesehen. Die Vorstellung, dass Nina auch wach war, war irgendwie faszinierend gewesen. Da war dieses Mädchen, das er schon seit Jahren kannte, und endlich waren ihre Wege miteinander verbunden. Warum zum Teufel nicht? dachte er.

Er setzte sich gerader hin und räusperte sich. „Also, ich habe mich gefragt ..."

„Ja?“ Sie beugte sich vor und schaute ihn mit einer seltsamen Intensität an. Ihre Reaktion war so schnell erfolgt, beinahe als hätte sie die Frage erwartet. Ihr fiel auf, dass sie etwas voreilig gewesen war, und lachte leise. „Tut mir leid. Was wolltest du sagen?“

„Ich dachte, du und ich …“

„Yo, Romano, ich hab gehofft, dich hier zu treffen.“ Ein großer Mann in Jeans und Arbeitsstiefeln kam an ihren Tisch.

Sie strahlte ihn an. „Hallo, Nils. Darf ich vorstellen, Greg Bellamy, Besitzer des Inn am Willow Lake. Greg – Nils Jensen aus dem Schmuckladen.“

Sie schüttelten die Hände und maßen sich mit ihren Blicken. Der Kerl sah nicht gerade wie ein Goldschmied aus. „Nett, Sie kennenzulernen“, log Greg.

„Gleichfalls“, log Nils zurück. Dann richtete er seine gesamte Aufmerksamkeit wieder auf Nina. „Steht unsere Verabredung für heute Abend noch?“

„Auf jeden Fall“, sagte sie.

Eine Verabredung? Wozu? Greg versuchte, sich nicht aufzuregen. Er hatte sie ja noch nicht einmal um ein Date gebeten. Und Nina war seine Geschäftspartnerin, nicht seine Freundin. Dennoch gefiel ihm die besitzergreifende Art nicht, mit der Jensen seine Pläne für irgendeine Verabredung mit ihr bestätigte.

Sie erbot sich nach seinem Abgang nicht, die entstandenen Wissenslücken zu füllen, sondern widmete sich wieder ihrer To-do-Liste. „Okay“, sagte sie. „Ich habe einen Zeitplan für alles erstellt, was vor der Eröffnung noch erledigt werden muss. Hier ist deine Kopie.“ Sie reichte ihm den Zettel mit einer kleinen Verbeugung. „Oh, und hast du die Slipanlage beim Bootshaus reparieren lassen?“

„Ein Teil muss geschweißt werden.“ Er schnappte sich die Liste und steckte sie, ohne einen Blick darauf zu werfen, in seine Tasche. „Ich kümmere mich darum.“

Sie schien seine Gereiztheit nicht zu bemerken und aß in aller Seelenruhe die Glasur von ihrem Donut. Den Rest ließ sie liegen. „Danke. Also … du wolltest mich gerade etwas fragen?“

Bestimmt, dachte er. „Was? Nein.“

„Oh. Ich dachte, bevor Nils hier aufgetaucht ist, hattest du eine Frage gehabt.“

„Ist mir entfallen“, sagte er. „Kann also nicht so wichtig gewesen sein.“

„Ja, wohl nicht“, stimmte sie zu. „Bist du fertig? Ich parke ein Stück die Straße runter.“

Ninas Auto war wie alles an ihr: klein, fröhlich und süß. Sie fuhr einen Fiat von der Farbe einer Butterblume. Das Radio war auf seinen

Lieblingssender eingestellt – Zufall, sagte er sich –, und auf dem Rücksitz tummelte sich alles, was eine geschäftige Frau so brauchte.

„Du hast da hinten ja ein mobiles Büro“, bemerkte er.

„Mir ist bis jetzt noch kein vernünftiges Ordnungssystem eingefallen.“

„Connor hat das Büro im Inn von einem Effizienzexperten einrichten lassen“, rief Greg ihr in Erinnerung.

„Es ist unmöglich, das System eines Menschen auf einen anderen zu übertragen“, entgegnete sie.

Greg sagte nichts. Er nahm an, dass es einen tieferen Grund gab, wieso sie das Büro im Inn noch nicht bezogen hatte, aber er zwang sich, seinen Verdruss darüber abzuschütteln. *Konzentrier dich. Es ist rein geschäftlich.*

Aus irgendeinem Grund spürte Nina eine leichte Spannung zwischen Greg und sich, und sie war sich nicht sicher, woher die kam. Bevor Nils an den Tisch gekommen war, um sie an die Bowling-Liga zu erinnern, hatte sie das Gefühl, Greg wolle sie etwas fragen. Sie um eine Verabredung bitten, aber dieses Mal nicht geschäftlich.

Nein, vielleicht doch nicht, sagte sie sich. Das war vermutlich nur Wunschdenken. Und es war auch besser so, denn wenn er sie fragen würde, ob sie mit ihm ausgehen wolle, müsste sie eine Entscheidung treffen, der sie sich nicht stellen wollte.

Es sollte Grenzen zwischen ihnen geben, die das Private vom Geschäftlichen trennten. Und doch wurde sie immer wieder an den Rand gelockt, und zwar nicht nur von Greg. Sie fühlte sich auch zu den Kindern hingezogen – dem seelenvollen Max und zu Daisy, die sich gerade in einem verletzlichen Stadium befand, das Nina nur zu gut nachempfinden konnte. Hatte sie mit ihrem Gespräch mit Daisy die Grenze überschritten? Sie wusste es nicht. Daisy hatte mit ihr gesprochen, und Nina hatte zugehört. Und ja, sie konnte nicht anders – manchmal machte sie auch einen Kommentar oder gab einen Rat. Das lag einfach in ihrer Natur.

Auch später noch, als sie und Greg sich im Dachboden des Inn an die Arbeit machten, herrschte eine merkwürdige Stimmung. Den Dachboden aufzuräumen war eine Arbeit, die sich schon mehrere Tage hinzog. Der labyrinthartige Lagerraum steckte voller Kram, der vermutlich seit Jahren nicht mehr angerührt worden war. Sie hatten sich durch kaputte Möbel, angeschimmelte Bücher, rostiges Werkzeug, verlassenes Spielzeug und von Spinnen okkupierte Tischwäsche gekämpft. Die meisten Sachen gingen direkt in den Müll, aber ab und zu fanden sie einen kleinen Schatz, wie eine Noppenvase oder ein Tablett mit Bauernmalerei.

Greg hatte den tollen Anzug und das gut sitzende Hemd gegen Arbeitskleidung getauscht. Was gut war, entschied Nina. In den offensichtlich maßgeschneiderten Sachen sah er viel zu exotisch und unglaublich attraktiv aus. In der gewöhnlicheren Cargohose und dem T-Shirt war er ... nun ja, immer noch attraktiv, aber nicht mehr so Furcht einflößend. „Kunst oder Krempel?", fragte er sie und hielt ihr einen mottenzerfressenen Lampenschirm hin.

„Krempel", sagte sie. „Je mehr wir hier entdecken, desto hemmungsloser werde ich, was Ausmisten angeht."

„Ich auch." Er legte das Stück auf den Müllhaufen. „Und das hier?"

„Was ist das?"

„Ich bin mir nicht sicher." Er drehte es in der Hand hin und her. „Es könnte ein Schleifstein sein. Er lag in einer Kiste mit ... wow." Er beugte sich vor und kam mit einer langen, rostigen Klinge wieder hoch. „Guck dir das mal an."

„Sehr *Fluch der Karibik*-mäßig", bemerkte sie.

„Das ist eine Machete", erklärte er. „Da gibt es auch noch eine Axt und ... ui. Ich glaube, ich habe die Waffenkammer der Familie gefunden." Er wedelte eine Staubwolke aus seinem Gesicht und hob den Deckel von einer weiteren Kiste. „Das hier sind alte Schwarzpulverwaffen und Zubehör. Die behalten wir auf jeden Fall."

„Ganz meine Meinung", sagte Nina.

„Freut mich, dass wir da einer Meinung sind." Vorsichtig legte er die Machete und Waffen zurück in die Kiste.

Er schien nicht zu bemerken, dass sie das scherzhaft gesagt hatte. Sie wandte sich einer Kiste mit Büchern zu. Die antiken Folianten würden sich gut in den Gästezimmern und der Bibliothek machen. Sie las die kuriosen Titel laut vor: „‚Hunde und alles, was man über sie wissen muss', ‚Der Landjunker für den Nachttisch', ‚Der Begleiter für die gute Haushälterin' ... ah, ‚Ehehygiene'. Faszinierend."

„Das kommt *nicht* in ein Gästezimmer", sagte Greg.

„Wie, wir wollen nicht, dass die Ehen unserer Gäste hygienisch sind?"

„Wir wollen nicht, dass sie an so etwas denken", sagte er.

Ein altes Foto fiel aus dem Hundebuch. Es trug kein Datum, schien aber in den 1920er-Jahren aufgenommen worden zu sein, wenn man die Kleidung der abgebildeten Personen betrachtete. Es schien sich um eine Familie mit drei Labrador-Retrievern zu handeln. Die Menschen posierten sehr steif, nur der mittlere Hund hatte seinen Kopf bewegt und damit einen verwischten Fleck in der Mitte des Fotos verursacht. Diese kleine Unvollkommenheit machte das Foto irgendwie menschlich. Sie reichte es Greg. „Sieh dir das mal an. Geister auf dem Dachboden."

Er bewunderte das Bild und legte es auf den „Behalten"-Stapel. „Hast du Angst vor Geistern?"

„Nein. Vielleicht wäre ein kleiner Hinweis, dass das Inn heimgesucht wird, nicht schlecht fürs Geschäft? Dieser Ort hat eine Geschichte, und ich bin froh, dass er nicht Apartmenthäusern oder so weichen muss." Die Worte purzelten einfach so heraus. Schnell senkte sie den Kopf, ihr sentimentaler Ausbruch war ihr irgendwie peinlich.

„So etwas würde ich nie tun", sagte er.

Sie stellte das Buch über Ehehygiene beiseite. „Wenn es dir nichts ausmacht, würde ich das hier gerne für Sonnet aufheben. Das entspricht genau unserem Humor."

„Du vermisst sie ganz schön, oder?"

„Mehr, als ich erwartet hatte."

„Du musst ziemlich stolz auf sie sein."

Was sie da in seiner Stimme hörte, war keine Eifersucht, oder? „Machst du Witze?", erwiderte sie in einem Anfall von Ehrlichkeit. „Ich frage mich jeden Tag, was ich getan habe, um so ein Mädchen zu verdienen." Das stimmte. Wie alle Kinder war auch Sonnet während des Aufwachsens für ihre Mutter immer wieder eine Herausforderung gewesen, aber in ihrem Herzen war sie eine liebevolle Tochter mit vielen Talenten – Abschiedsrednerin ihres Jahrgangs, Stipendiatin, und jetzt verbrachte sie einen Sommer in Europa. „Ich vermisse sie fürchterlich", gab sie zu.

„Das ist schon ironisch, oder? Deine hat das Nest verlassen, und meine bereitet sich darauf vor, zu brüten."

Sie schwieg einen Moment und studierte sein Gesicht, das vom durch ein staubiges Fenster fallenden Sonnenlicht erhellt wurde. „Beängstigend."

„Ja."

Für einen Augenblick fühlte Nina sich mit ihm verbunden und fragte sich, ob es nur ihr so ging. Sie nahm an, wenn sie ein wenig bohrte, würde sie es herausfinden können. Aber wollte sie das auch? „Ich habe das Gefühl, dass ihr beide das meistern werdet." Sie ließ den Augenblick verstreichen. „Ihr macht das bestimmt ganz toll."

„Ich hoffe, dass du recht hast."

„Dafür bezahlst du mich ja so gut." Sie fühlte sich mit einem Mal nervös, zögerlich. Nicht wegen ihrer Gefühle für Greg, sondern wegen etwas anderem, das sie aus dem Weg räumen musste. „Ich hab noch eine kurze Frage an dich. Angenommen, Sonnet macht einen Abstecher nach Den Haag."

Den Haag lag in Holland, nur eine zweistündige Zugfahrt von Brüssel entfernt. Es war der Sitz mehrerer Weltgerichte, inklusive des Internationalen Gerichtshofs und des Internationalen Kriegsgerichts. Außerdem lebte und arbeitete Sophie da, Gregs Exfrau.

Er packte die Bücher, die nicht mehr zu verwenden waren, in eine alte Kiste. „Und die Frage lautet …?“

„Ich wollte nur, dass du es weißt. Daisy hat Sonnet gesagt, sie solle doch ihre Mutter anrufen, wenn sie in die Stadt kommt. Also wird Sonnet hinfahren und sie sehen.“

„Sophie ist meine Exfrau, kein nationales Monument. Ich hoffe, dass Sonnet mehr tun wird, als sie nur zu sehen. Ich bin sicher, dass Sophie deiner Tochter unglaubliche Dinge zeigen wird. Es ist eine gute Idee, dass Sonnet das ausnutzt.“

„Okay. Ich wollte nur sichergehen, dass du damit einverstanden bist.“

„Das geht mich überhaupt nichts mehr an“, sagte er. „Aber wenn es dich beruhigt, ich bin einverstanden.“ Er trug die Kiste an den Rand der Treppe und ließ sie schwer genug fallen, um eine Staubwolke aufzuwirbeln.

Oh-oh, dachte Nina.

Er wischte sich die Hände an den Shorts ab. „Und Sophie wird deiner Tochter eine bessere Führung geben können als jeder Einheimische, darauf wette ich.“

„Das ist gut. Es fühlte sich ein wenig komisch an, das Thema anzuschneiden.“

„Ist schon okay. Ich denke, ich kann ehrlich zu dir sein, weil wir ja Freunde sind, oder?“

„Ja. Freunde.“

„Sophie und ich waren siebzehn Jahre verheiratet. Das ist ein ganz schön großer Teil meines Lebens. Es gibt eine lange Geschichte zwischen uns. Ich werde nicht lügen und dir sagen, dass es sich um eine lange Zeit reinen Elendes gehandelt hat. Wir hatten auch gute Zeiten, haben zwei Kinder großgezogen.“

„Ich weiß. Das mit den Kindern, meine ich. Sie sind toll.“ Die guten Zeiten muss ich dir einfach so glauben, dachte sie.

„Sophie und ich haben unter schwierigen Umständen geheiratet“, fügte er hinzu.

„Ich weiß“, sagte sie wieder. Erinnerte er sich daran, auf der Hochzeitsfeier mit ihr gesprochen, seine Faust durch die Wand geschlagen zu haben?

„Wir hatten das nicht geplant“, fuhr er fort. „Wir haben es für Daisy gemacht. Und es hat lange Zeit funktioniert, weil wir beide uns verdammt angestrengt haben. Irgendwann haben Sophie und ich uns auseinanderentwickelt. Anfangs ist das keinem von uns aufgefallen. Wir waren so auf unsere Karrieren fokussiert und haben aufgehört, einander Aufmerksamkeit zu schenken."

Nina spürte, wie sie errötete. „Und das erzählst du mir alles, weil …?"

Er lachte. „Ich habe keine Ahnung. Sorry."

Sein entspanntes Lachen und die unvermeidliche Anziehung, die sie spürte, machten sie nervös. „Ich muss jetzt los", sagte sie. Sie wusste, dass sie sich mit dem Duschen und Umziehen beeilen musste, wenn sie rechtzeitig fertig werden wollte.

„Stimmt, du gehst ja mit … wie heißt er noch … aus?"

„Nils." Nina war überrascht von Gregs plötzlicher Angespanntheit. „Ich will mich hier nicht drücken, aber …"

„Mach dir um mich keine Sorgen. Du hast mir eine Liste gegeben, schon vergessen?"

Ihre To-do-Liste. „Also wenn ich bleiben soll …"

„Ich sagte doch, mach dir keine Sorgen." Er winkte ab. „Ich komme klar."

16. KAPITEL

Du bist eine bessere Bowlerin, als ich dachte", sagte Nils zu Nina, als er sie vom Fast Lanes zurück nach Hause fuhr.

„Wirklich?" Nina warf ihm einen skeptischen Blick zu. „Ich bin vollkommen aus der Übung. Ich war seit Jahren nicht mehr bowlen."

„Das hätte ich von deinen Punkten her nicht vermutet."

Eine Gruppe ihrer Freunde traf sich regelmäßig zum Bowlen. Nina hatte erst seit Kurzem wieder die Zeit, mitzumachen. Es war lustig, mit einigen aus der alten Truppe zusammenzukommen, aber irgendwie auch komisch. Das waren Leute, die sie schon immer kannte. Sie waren in ihrem Alter, aber sie hatte oft das Gefühl, dass sie sich an einem komplett anderen Ort befand als sie. Ihre Tochter stand kurz davor, mit dem College anzufangen, während die meisten Frauen ihres Alters entweder frisch verheiratet oder junge Mütter waren und Geschichten über Inneneinrichtung, frühreife Kleinkinder und Angst einflößende Anfälle von Krupphusten austauschten. Zum Glück waren einige ihrer Freunde auch Singles. So wie Nils. Er sah nicht schlecht aus. Und er war den ganzen Abend über äußerst amüsant, höflich und lustig gewesen.

„Vielleicht hatte ich heute Abend einfach Glück", sagte sie.

Er lachte unterdrückt und lenkte das Auto um eine Kurve in der Straße.

„Ja, vielleicht." Er bog an dem Schild zum Inn ab, das frisch nachgemalt war und von beiden Seiten beleuchtet wurde, um die Besucher willkommen zu heißen. Die Äste der Ahornbäume entlang der Auffahrt waren erst kürzlich zurückgeschnitten und der Kiesweg begradigt worden. Jetzt, wo die Eröffnung kurz bevorstand, merkte Nina, dass sie alles mit einem noch kritischeren Auge betrachtete. Sogar nach zehn Uhr abends sollte alles noch einladend aussehen.

Gaslampen säumten die Spazierwege auf dem Grundstück, und Kutscherlampen erhellten die Terrasse und den Eingang. In einigen Gästezimmern brannte Licht. Alles in allem versprach das Anwesen Ruhe und Erholung. Die Gäste würden niemals erraten, wie viele Gedanken und Planung in jedes Detail geflossen waren, oder wissen, wie sehr Greg und sie über jede Kleinigkeit diskutiert hatten – so kam es ihr zumindest vor.

Sie wandte sich zu Nils, um ihm für den Abend zu danken, aber er stieg bereits aus, um ihr die Tür aufzumachen.

„Ich bring dich noch zu deinem Haus", sagte er.

„Oh! Okay. Hier entlang." Es war ein Date, rief sie sich in Erinnerung. Ein verdammtes Date. Sie hatte eine Stunde damit zugebracht, zu baden, sich herauszuputzen und fertig zu machen. Das hier war nur der natürliche Lauf der Dinge – es wurde von dem Mann quasi erwartet, dass er sie bis zur Tür brachte, und von ihr, dass sie ihn noch mit zu sich hineinbat.

Sie machte eine Bemerkung über die weiche Abendluft. Sie bewunderten den silbrigen Schatten, den der Mond aufs Wasser malte. Es gab einen Augenblick, an einer Wegbiegung, in dem Nils' Hand ihre streifte, und sie spürte, wie seine Finger nach ihren griffen.

Lass es einfach zu, sagte sie sich. *Guck mal, was passiert.* Sie ermahnte sich, dass ein erstes Date immer ein wenig seltsam war, ein bisschen nervenzerreißend. Sie sollte zumindest etwas begeistert sein, dass er ihre Hand genommen hatte. Stattdessen konnte sie nur daran denken, dass er nicht ...

„Hey“, sagte Nils. „Was ist das?“

Im unteren Teil des Bootshauses sprühte ein Funkenregen auf. Nina riss ihre Hand los und blieb sprachlos stehen. „Meine Güte, brennt es etwa?“

In dem Moment, wo die Worte ausgesprochen waren, rannten sie und Nils los. Kurz vor dem Bootshaus kamen sie schlitternd zum Stehen. Es war kein Feuer. Die Funkenfontäne wurde durch ein Schweißgerät verursacht. „Greg?“, rief Nina. „Was tust du da?“ Zumindest nahm sie an, dass es Greg war. Wer sonst sollte um diese Uhrzeit hier draußen arbeiten?

Sie rief seinen Namen noch einmal lauter, und er richtete sich auf. Sein Gesicht wurde von einer Schweißermaske verdeckt, und er trug feuerfeste Handschuhe. In einem Horrorfilm wäre das jetzt der Moment, in dem der Serienkiller sich auf sie stürzen und beide umbringen würde.

Stattdessen schob er die Maske hoch und schenkte ihr ein jungenhaftes Grinsen. „Hey, Nina.“ Sein Blick flackerte kurz zu Nils und schien dabei ein wenig kühler zu werden. „Neil, oder?“, sagte er.

„Nils.“

„Oh, ja. Sorry. Nils. Wie geht's?“ Greg wartete die Antwort nicht ab. „Ich repariere die kaputte Slipanlage.“

„Das sehe ich“, sagte Nina. Sie lag ihm damit schon seit Tagen in den Ohren. Interessant, dass er sich ausgerechnet heute daranmachte. „Greg, es ist zehn Uhr abends.“

„Ich weiß. Ich dachte, ich wäre fertig, bevor du nach Hause kommst. Ich wollte dich mit dem Lärm nicht stören.“

Aha. Eine glaubwürdige Geschichte. Sie wandte sich demonstrativ an Nils. „Möchtest du noch mit hinaufkommen?“

Greg schmiss sein Schweißgerät wieder an, das mit einem *Wuusch* eine blaue Flamme zum Leben erweckte.

„Ich gehe lieber", sagte Nils und trat einen Schritt zurück. „Pass auf dich auf, Nina."

Was war das mit dem Händchenhalten? wollte sie fragen. Stattdessen war sie zu verdutzt, um irgendwas zu tun, außer einen Gutenachtgruß zu nuscheln.

Er machte sich noch nicht einmal die Mühe, sie mit einem falschen „Ich ruf dich an" abzuspeisen. Vielleicht war der Anblick eines Mannes mit einem Schweißgerät ein wenig zu abschreckend.

„Danke vielmals", sagte Nina zu Greg, wobei sie ihre Stimme erhob, damit er sie über den Lärm hinweg hörte.

„Schon okay." Er schob die Schweißermaske wieder übers Gesicht. „Ich bin hier auch gleich fertig."

„Wer hätte das gedacht." Wütend stapfte sie die Stufen zu ihrer Wohnung hoch.

Die Störung ihrer Verabredung mit Nils war eine Sache. Hier war Nina bereit, im Zweifel für den Angeklagten zu stimmen. Sie hatte ihm wegen der Slipanlage in den Ohren gelegen, und er hatte sie repariert. Mit der kurz bevorstehenden Eröffnung hatten sie beide zu den verrücktesten Zeiten gearbeitet. Als sie jedoch ein paar Tage nach einem Picknick mit Marty Lewis nach Hause kam und einen Greg vorfand, der die Machete, eine Axt und ein Beil an dem alten Wetzstein schliff, erkannte sie ein Muster. Nach ihrem dritten Date – ein Kinoabend mit Noah Shepherd, dem örtlichen Tierarzt, war sie sich sicher. Greg empfing sie und Noah auf der vorderen Veranda des Hauptgebäudes. Er war umgeben von unterschiedlichsten Waffen. Nina erkannte in ihnen die antiken Gewehre, die sie auf dem Dachboden gefunden hatten.

„Schwarzpulverbüchsen", erklärte er jovial. „Es könnte sich um Sammlerstücke handeln. Ich wollte gerade schauen, ob sie noch funktionieren."

Noah warf einen Blick auf sein Handydisplay. „Die Stute eines Klienten soll dieses Wochenende fohlen. Ich fahr besser noch mal vorbei und guck, wie es ihr geht."

Nina zwang sich zu einem Lächeln. Sie ging stark davon aus, dass das Handydisplay leer war. „Klar, das verstehe ich, Noah." Er sah auf eine dunkle, grüblerische Art gut aus. Er war außerdem ein Mann, der mit beiden Beinen auf der Erde stand – ehrlich und bescheiden, jedoch etwas zu ruhig und vorsichtig für ihren Geschmack, wie sie während einer etwas angestrengten Kaffeepause nach dem Film festgestellt hatte. Nina nahm an, wenn sie sich richtig anstrengte, würde sie ihn vermutlich zum Reden kriegen. Aber an diesem Punkt in ihrem Leben wollte sie eine Verabredung, kein Projekt.

Dennoch gefiel es ihr gar nicht, dass ihr die Entscheidung wieder einmal von Greg abgenommen worden war. Sie umarmte Noah – was sich anfühlte, wie einen Granitbrocken zu umarmen – und murmelte einen Gutenachtgruß.

Als Noah zu seinem Wagen eilte, wirbelte Nina zu Greg herum. „Gratuliere. Drei von dreien. Vielleicht sogar vier von vieren, wenn wir Shane Gilmore mitzählen."

„Was meinst du, mitzählen?"

„Technisch gesehen könnte auch das auf dich zurückzuführen sein, weil du der Grund dafür bist, dass ich so wütend auf Shane geworden bin, weil seine Bank das Inn an dich verkauft hat."

„Okay, ich kann dir gerade nicht folgen."

Sie sah den Scheinwerfern hinterher, die einmal über das Anwesen strichen, als Noah den Wagen wendete und davonfuhr. „Ich glaube, das ist ein Rekord. Sogar für dich. Er hat sich noch nicht mal die Mühe gemacht, sich von mir zu verabschieden."

Greg lächelte sie an, ganz die jungenhafte Unschuld. „Was meinst du mit ‚Rekord'?"

Während der Jahre, in denen sie Sonnet aufgezogen hatte, hatte Nina sich kaum verabredet. Jetzt versuchte sie es, wagte sich zum ersten Mal in ihrem Leben auf das rutschige Parkett der Verabredungen. Einige der Männer kannte sie schon seit Jahren. Bei Noah Shepherd war sie diejenige gewesen, die ihn gefragt hatte. Er sah so gut aus. Aber bisher war die einzige Chemie, die sie verspürt hatte, das flüchtige Aufflackern von Gregs Schwarzpulver. Irgendwas an diesem Bild stimmte ganz und gar nicht. Zu ihrem Entsetzen verschluckte Nina sich beinahe an dem dicken Kloß in ihrem Hals. In der Hoffnung, dass er es nicht bemerkte, drehte sie sich auf dem Absatz um und marschierte hinunter zum Bootshaus. Sie ging jedoch nicht nach Hause. Dazu war sie zu unruhig. Sie steuerte auf den Steg zu und wanderte auf seinen glatten Planken hin und her.

Greg folgte ihr eine Minute später. „Leider funktioniert keine von ihnen mehr."

Das war vermutlich auch gut so. Sie war nicht in der richtigen Stimmung, um sich in der Nähe von Handfeuerwaffen aufzuhalten. Sie atmete tief ein und zwang ihren Ärger, ihre Tränen zu vertreiben. „Du machst das absichtlich", warf sie ihm vor und funkelte ihn böse an.

Der Mond stand hinter ihm am Himmel und bildete einen silbrigen Heiligenschein um seinen Kopf. „Was tue ich absichtlich?"

„Als wenn du das nicht wüsstest. Du bist nicht mein Aufpasser. Ich brauche niemanden, der auf mich wartet, wenn ich ausgehe."

„Ich warte nicht auf dich", sagte er. „Ich bin einfach nur … noch auf."

„Und zufällig musst du immer in dem Moment Waffen reinigen oder Messer schärfen oder irgendwas schweißen, wenn ich mit meiner Verabredung nach Hause komme."

Er lachte unterdrückt. „Das ist genauestens geplant."

Sein Geständnis verwirrte sie. Sie hatte sich darauf vorbereitet, mit ihm zu streiten. „Genau geplant", wiederholte sie. „Du meinst, du gibst dich absichtlich abschreckend?"

„Zum Teufel, ja."

„Das versteh ich nicht."

Er überwand die Distanz zwischen ihnen, legte seine Hände um ihre Oberarme und zog sie gegen sich. Die plötzliche Bewegung raubte ihr den Atem, und sie schaute ihn mit aufgerissenen, fragenden Augen an.

Eine verrückte Sehnsucht erfüllte sie, und sie dachte an all die Male in ihrem Leben zurück, an denen sie sich genau das hier gewünscht hatte – in Greg Bellamys Armen zu sein. Es folgte ein kleiner Schock der Erkenntnis, dann küsste er sie, und das war etwas, das sie sich auch vorgestellt hatte, auch wenn die Realität mit ihren Träumen nichts gemeinsam hatte. Es war so viel besser, dass ihr ganz schwindelig wurde. Sie hatte das Gefühl, an einen ganz anderen, weit entfernten Ort zu schweben. Seine Berührung war nicht sonderlich vorsichtig, und doch hatte sie sich noch nie so geschätzt gefühlt. Sein Kuss war beinahe grob, getrieben von Dringlichkeit, Leidenschaft – und doch war kein Kuss vorher je so aufregend gewesen. Er ließ sie alle anderen Küsse mit anderen Männern auf der Stelle vergessen.

So etwas war ihr noch nie passiert. Noch nie hatte sich die Umarmung eines Mannes so angefühlt, als hätte sie endlich das fehlende Puzzleteil gefunden. Zu schnell war es vorbei, und er ließ sie los, trat so schnell einen Schritt zurück, dass sie sich fragte, ob dieser erstaunliche Kuss überhaupt wirklich stattgefunden hatte.

„Du bist eine kluge Frau, Nina", sagte er und ging zurück zum Weg. „Du findest es noch heraus."

Ein paar Sekunden war sie sprachlos. Dann fand sie endlich ihre Stimme wieder und eilte ihm nach. „Nur eine Minute", sagte sie. „Du kannst nicht so was machen und dann einfach weggehen."

„Da hast du recht", stimmte er zu, ohne seinen Schritt auch nur ein bisschen zu verlangsamen. „Ich könnte dich wie ein Höhlenmensch über meine Schulter werfen, nach oben tragen und mich über dich hermachen."

Was im Moment in ihren Ohren gar nicht mal so schlecht klang. Zittrig sagte sie jedoch: „Wie ungemein politisch korrekt von dir."

„Du glaubst, mich interessiert es, politisch korrekt zu sein?" Er schien keine Antwort zu erwarten, sondern stieß nur ein wütendes Lachen aus und ging weiter.

„Ich weiß nicht, was dich interessiert, Greg", meinte sie. „Du denkst vielleicht, ich kann Gedanken lesen, aber das kann ich nicht. Und deine schon gar nicht." Sie war wütend vor … was? Ärger? Unerfüllter Sehnsucht? Sie könnte mit dem Finger auf ihn zeigen, könnte behaupten, er hätte ihr mehr als einen Abend versaut. Aber traurige Tatsache war, dass ihre Verabredungen jeweils lange vor den absurden Begegnungen mit Greg ein Ende gefunden hatten. Nicht seinetwegen, sondern ihretwegen und ihrer Unfähigkeit wegen, eine anfängliche leichte Zuneigung als Basis zur Entwicklung einer tiefen Beziehung zu nutzen. Das war ihr noch nie gelungen, und das war nicht Gregs Schuld. Er hielt ihr nur den Spiegel hin. Er küsste sie lediglich und zwang sie damit, sich einzugestehen, dass sie nicht den Hauch einer Ahnung hatte, wie es war, einen Mann zu lieben.

Sie packte seinen Arm und spürte, wie sich die Muskeln anspannten. „Würdest du mir bitte erklären, was hier gerade passiert? Oder was deiner Meinung nach passieren sollte?"

Er atmete tief ein. Seine Augen blitzten verärgert auf. „Sieh mal, wenn wir das tun – wenn dieser Abend so weitergeht, wie ich es mir verdammt noch mal wünsche, dass er weitergeht, wird das die Dinge zwischen uns ändern. Alles würde anders. Ich weiß nicht, wie es dir damit geht, aber ich hätte gegen eine Veränderung nichts einzuwenden."

Seine Offenheit und Eindringlichkeit waren beinahe zu viel für sie. Sie stand immer noch in Flammen von seinem Kuss. Dennoch bot er ihr eine Wahlmöglichkeit. Sie konnte alles so lassen, wie es war, oder alles ändern. Gleich hier, gleich jetzt. Er hatte ihr die Tür geöffnet, Ja zu sagen: Ja, ich will das auch. Auch wenn er es nicht wusste, hatte sie das beinahe vom ersten Moment ihres ersten Treffens an gewollt. Damals, vor so vielen Jahren. In diesem einen Augenblick, an den er sich vermutlich gar nicht mehr erinnerte.

Die Versuchung war beinahe mehr, als sie ertragen konnte. Eine kleine Stimme in ihrem Innern forderte sie heraus, flüsterte ihr zu, warum versuchst du es nicht mal mit ihm und siehst, wohin es euch bringt.

Ja, warum nicht? Weil der Einsatz zu hoch war. Greg war nicht irgendein Kerl, der sie zum Bowling mitnahm oder ins Kino einlud. Er war der Mann, für den sie arbeitete. Der Mann, bei dem sie es nicht ertragen würde, ihn zu verlieren – also war es sicherer, sich zurückzuziehen.

Sie musste all ihre Willenskraft aufbieten, um sich dazu zu zwingen, einfach an ihm vorbeizugehen. „Gute Nacht, Greg. Wir sehen uns morgen früh."

„Warte mal, verstehe ich das richtig?“ Jenny musterte Nina eindringlich. Sie waren zusammen in Zuzu's Petal, weil Nina sich für den Eröffnungstag ein neues Kleid kaufen wollte. „Er hat dich angemacht?“

„Er war ziemlich eindeutig, wenn ich davon ausgehe, dass ‚über dich hermachen‘ das heißt, was ich glaube, dass es heißt“, gab Nina zu.

Jenny erzitterte vergnügt. „Und ich dachte, so etwas passiert nur in den klassischen Schauerromanen. Und, wie war's?“

Nina lachte. „Du machst Witze, oder? Du glaubst wirklich, wir hätten es getan?“

Jenny riss die Augen auf. „Soll das heißen, ihr habt nicht?“

„Ich werde mich nicht mit Greg Bellamy einlassen. Nicht mal, wenn ich die Bedeutung des Ausdrucks ‚sich über jemand hermachen‘ erfahre. Er ist der Feind“, sagte sie.

„Weil er das Inn am Willow Lake gekauft hat.“

„Genau.“ Sie nahm ein apfelgrünes Kleid vom Ständer und hielt es sich vor.

Jenny nahm das Kleid und hängte es wieder weg. „Ich denke, es ist gut, dass er das getan hat. Er übernimmt das ganze Risiko. Es ist kein Leichtes, ein Geschäft zu haben.“

Jenny musste es wissen, dachte Nina. Sie war seit ihrer Teenagerzeit erst Teilhaberin und jetzt alleinige Besitzerin der Sky River Bakery. Sie hatte schwere und unsichere Zeiten erlebt, in denen sie ohne Sicherheitsnetz auskommen musste.

„Das weiß ich“, lenkte Nina ein. „Aber er hat mir meine Chance genommen, Erfolg zu haben – oder zu scheitern.“

„Weißt du, was ich glaube? Ich glaube, die Besitzerverhältnisse des Inn haben damit gar nichts zu tun. Ich denke, was dir wirklich Sorgen macht, ist, dass du dich in Greg verlieben könntest.“

„Verlieben …“ Nina stieß ein ungläubiges Schnauben aus. „Und warum sollte ich mir darüber Sorgen machen? Er ist der Letzte, in den ich mich verlieben will. Und außerdem, wieso sollte ich mich überhaupt in irgendjemanden verlieben? Ich gehe aus und hole die Zeit nach, die ich verpasst habe.“

„Und wie läuft das so für dich?“

„Sehr lustig, Doctor Phil.“

Jenny reichte ihr ein figurbetontes Kleid aus pfirsichfarbenem Jerseystoff. „Glaub mir – und du weißt das besser als ich –, die Jugendjahre sind nicht halb so aufregend, wie alle behaupten.“ Sie schnappte sich noch ein paar weitere Kleider und marschierte Nina voran zu den Umkleidekabinen.

„Greg hat Kinder“, sagte Nina, während sie eines der Kleider anprobierte. „Und bald ein Enkelkind.“

„Hast du was gegen Kinder und Enkel?“

„Nein. Aber ich bin damit durch.“

Jenny hob eine Augenbraue. „Du hast bei Sonnet fabelhafte Arbeit geleistet, das schaffst du locker noch mal.“

„Locker? Ja, genau. Die Hälfte der Zeit war ich zu Tode verängstigt, etwas falsch zu machen. Es war wie ein Seiltanz ohne Netz über einem Sumpf voller Alligatoren. Warum sollte ich mir das noch mal antun?“

„Weil du gut mit Alligatoren kannst.“

„Das ist ein gewaltiger Sprung von ‚mit ihm ausgehen‘ zu ‚für immer zusammen sein‘.“ Nina trat aus der Kabine und posierte vor dem Spiegel. Sie musste zugeben, dass Jenny ein gutes Auge hatte. Das Kleid war geschäftsmäßig, ohne langweilig zu sein.

„Könntest du ohne weitere Verpflichtungen mit ihm ausgehen?“

„Ich arbeite mit ihm. Und das war's.“

„Das klingt, als hättest du eine Entscheidung getroffen.“

Nina kaufte schließlich das pfirsichfarbene Kleid und dazu eine passende Strickjacke mit einem drei viertel langen Arm. Jenny strahlte sie an. „Du wirst sie umhauen.“

„Das soll aber lieber das Inn erledigen.“

„Du kommst mir nervös vor“, bemerkte Jenny. „Du wickelst dir immer eine Strähne um den Finger, wenn du nervös bist.“

Nina ließ ihre Hand sinken. „Tu ich das? Ich schätze, ich bin tatsächlich nervös. Wenn man es genau betrachtet, geht es bei der Eröffnung doch nur darum, ob man gemocht wird oder nicht. Und ich konnte mit Zurückweisungen noch nie so gut umgehen.“

„Lässt du dich deshalb nie auf eine zweite Verabredung mit einem Mann ein? Willst du deshalb nicht einmal darüber nachdenken, mit Greg auszugehen?“

Nina hob schon die Hand, um wieder ihre Haarsträhne zu drehen, ertappte sich aber gerade noch rechtzeitig dabei. „Schluss jetzt damit. Das ganze Anprobieren hat mich hungrig gemacht.“

Sie gingen die Straße hinunter zur Bäckerei. Es war später Nachmittag, und im Café war nicht viel los. Als sie sich gerade an den Kolaches gütlich taten, kam Laura Tuttle rückwärts durch die Schwingtür, einen Rollwagen mit einer luftigen Hochzeitstorte hinter sich herziehend. „Ein weiterer Tag, eine weitere Torte“, sagte sie.

„Die ist umwerfend“, sagte Nina. Als sie und Jenny klein waren, hatten sie immer mit großen Augen zugeschaut, wenn Laura aus Zuckerguss kleine Blumen und Blätter formte und einfache, bescheidene Zutaten in zauberhafte kulinarische Träume verwandelt hatte. Natürlich hatten sie bei der Planung ihrer Fantasiehochzeiten auch immer erbitterte Diskussionen über die richtige Torte geführt und darüber, ob sie lieber traditionell oder innovativ sein sollte. Als Erwachsene hatte schließlich keine von ihnen eine gehabt, denn Jenny hatte sich mitten im Winter still und heimlich nach St. Croix verabschiedet, um dort zu heiraten, und Nina war gar nicht verheiratet.

„Danke“, sagte Laura. „Die alte Braut lernt doch noch neue Tricks.“

„Hör auf, dich alte Braut zu nennen“, sagte Jenny. Sie wandte sich an Nina. „Sie trifft sich mit meinem Vater, wusstest du das? Sie geht tatsächlich mit Philip Bellamy aus.“

„Unsinn“, schalt Laura sie. „Wir sind nur Freunde, die einander nach langer Zeit wiedergefunden haben.“

„Ja, klar“, sagte Jenny mit einem Augenzwinkern.

„Sind glücklich verheiratete Menschen nicht schrecklich?“, sagte Nina zu Laura.

„Wem sagst du das.“ Sie verdrehte die Augen.

Dennoch entging Nina die leichte Röte nicht, die sich in Lauras Wangen stahl. Sie hakte aber nicht nach. Vor allem nicht vor Jenny. Philip Bellamy und Jenny hatten nicht die typische Vater-Tochter-Beziehung und suchten immer noch nach dem richtigen Weg, miteinander umzugehen.

„Ich wünschte, du würdest es zulassen“, sagte Jenny zu Laura. „Du und Philip, ihr kennt euch, seit ihr Teenager wart. Ist es denn möglich, jemanden so lange zu kennen und sich trotzdem noch nicht sicher zu sein?“

Oh ja, dachte Nina. *Auf jeden Fall.* Es war möglich, ein komplett anderes Leben zu leben.

Jenny betrachtete die Hochzeitstorte mit bewundernden Blicken. „In der ersten Minute, in der ich ihn gesehen habe, wusste ich, dass Rourke und ich füreinander bestimmt sind. Und wir waren damals noch Kinder. Es ist verrückt, dass es so lange gedauert hat, bis wir aufgewacht sind.“

„Manche Menschen haben das Glück, gleich beim ersten Mal das zu finden, wonach sie gesucht haben“, sagte Laura. „Andere …“

Ihre Stimme verebbte, aber Nina erinnerte sich an etwas, das Greg mal gesagt hatte: „Das Leben gibt dir reichlich Gelegenheit, es zu vermasseln.“

„Was nur bedeutet, dass man genauso viele Chancen hat, es richtig zu machen“, erwiderte Jenny.

17. KAPITEL

„Du bist nervös." Gregs Aussage klang definitiv anklagend.

„Sei nicht albern", versicherte Nina ihm. „Ich bin überhaupt nicht nervös."

Er schaute demonstrativ auf ihren Finger, der mit einer Haarsträhne in ihrem Nacken spielte. Guter Gott, war sie so leicht durchschaubar?

„Okay", sagte er. „Nicht nervös. Schon kapiert."

„Na gut, dann bin ich halt nervös. Verklag mich doch."

Am offiziellen Eröffnungstag des Inn war endlich alles fertig – gestrichen, renoviert, möbliert und poliert. Blumenarrangements des örtlichen Floristen zierten Tische und Kaminsimse. Becky Murray, eine Musikerin aus dem Ort, spielte wie ein Seraphim auf der Harfe. Die gedämpften Töne schwebten durch den Salon und erschufen eine Atmosphäre von Eleganz und Luxus. Die Bediensteten gingen diskret ihren Aufgaben nach. Feine Porzellantabletts mit Köstlichkeiten aus der Sky River Bakery standen auf einem antiken Tisch, daneben ein silberner Samowar mit Eistee. Nina und Greg hatten sich an der Rezeption eingefunden, während das Housekeeping und die restliche Mannschaft beinahe unsichtbar im Hintergrund agierte. Jeder wartete auf die Ankunft der ersten Gäste. Und einige warteten etwas nervöser als andere.

Mit ein Grund für ihre Nervosität stand in einem großartig geschnittenen Jackett neben ihr – nicht zu formell, aber schick genug, um zu zeigen, dass ihm dieser Tag etwas bedeutete. Sein Aftershave roch umwerfend, und er schien sich in diesem eleganten Setting so wohl zu fühlen, während Nina sich Gedanken machte, ob ihr neues Sommerkleid wirklich eine gute Anschaffung war. Seitdem Greg sie geküsst hatte, fühlte sie sich, als hätten Aliens die Gewalt über ihren Körper übernommen. Sie hatte sich nicht mehr unter Kontrolle. Greg musste lediglich einen Raum betreten, und ihr zog es den Schlüpfer aus. Sie träumte ständig von ihm. Zu ihrem Entsetzen hatte sie sich einmal dabei erwischt, wie sie verträumt seinen Namen auf einen Hotelblock malte.

Man musste ihm zugutehalten, dass er die ganze Angelegenheit wie ein Gentleman handhabte. Er hatte nichts mehr gesagt, das Thema nicht weiter verfolgt. Nina versuchte auch, es hinter sich zu lassen. Sie redete sich ein, dass es keine große Sache war. Er hatte sie geküsst, und sie hatte ihn abgewiesen – nicht weil sie ihn nicht mochte, sondern weil sie ihn zu sehr mochte. Er hatte behauptet, er fände es gut, wenn sich ihre Beziehung änderte. Aber er hatte nicht gesagt, zu was sie sich verändern sollte. Nina nahm an, es wäre besser, diesen Stein nicht umzudrehen.

Greg schien sich ihrer Gedanken glücklicherweise nicht bewusst zu sein. „Alles wird gut. Besser als gut. Heute wird der Kracher."

„Das ist genau das, was ich suche, wenn ich Urlaub mache", murmelte sie. Doch als er sie anlächelte, übermannte sie wieder dieses vertraute Gefühl – ihre Knie wurden weich, das Herz klopfte schneller –, und sie wusste, dass er recht hatte. Es würde alles gut werden. Sein Selbstbewusstsein war ansteckend. Die Leute würden durch die Tür treten, einen Blick auf diesen großen, lächelnden, unglaublich gut aussehenden Mann werfen und wissen, dass sie für ihren Urlaub das richtige Ziel ausgewählt hatten. Wie könnte es auch anders sein?

„Willkommen auf der Insel der Träume", murmelte sie mit falschem spanischem Akzent.

„Was war das?"

„Ach, nichts." Nina hatte anfangs erwartet, dass dieses ganze Unternehmen für ihn schwer würde. Sie hatte erwartet, dass er kapitulieren und zugeben würde, einen schrecklichen Fehler begangen zu haben, dass er das Inn doch nicht mehr haben wolle. Jetzt musste sie anerkennen, dass er einen fantastischen Job gemacht hatte. Er strahlte eine natürliche Ruhe aus und besaß den Respekt von allen, die mit ihm arbeiteten – inklusive ihr. Irgendwie hatte er die Eröffnung des Inn am Willow Lake mit einer bemerkenswerten Präzision orchestriert.

Das war ein Problem. Er hätte scheitern und sich verziehen sollen.

Der Sommer ist noch lang, sagte sie sich. Es gibt noch viele Gelegenheiten für Greg, zu lernen, dass er hier nicht hergehörte, dass er besser daran täte, Golfplätze oder Einkaufspassagen zu entwerfen. Die Ankunft der Gäste könnte alles noch mal verändern. Menschen waren launisch, ungerecht, schwer zufriedenzustellen. Sie könnten ihn bis zum Ende des Sommers kleingekriegt haben. Nina konnte es sich also leisten, ihm zuliebe – ihnen allen zuliebe – heute zufrieden zu sein.

Sie warf einen Blick auf die Karte, die Sonnet ihr geschickt hatte. *Viel Glück, Mom.* Nina hatte sie unter den Empfangstresen an den Schreibtisch gelehnt, und als sie sie nun anschaute, verflog ihre Nervosität. Die Karte zeigt eine romantisierte Zeichnung von Casteau, der kleinen Stadt mit den kopfsteingepflasterten Straßen und alten Kirchen, wo Sonnet den Sommer über mit ihrem Vater und dessen Familie lebte.

„Sie fehlt dir sehr, was?", fragte Greg.

Sie nickte, verwundert, dass er es bemerkt hatte. „Es fühlt sich ein wenig seltsam an, dass sie heute nicht hier ist. Sie war bei allen großen Ereignissen in meinem Leben anwesend, sogar bei meinem Highschoolabschluss. Dann der Abschluss vom College, meine Vereidigung als Bürgermeisterin, alles." Nina seufzte und berührte die Karte.

„Also ist das hier ein großes Ereignis für dich", sagte er.

„Auf jeden Fall." Warum sollte sie ihm was vormachen?

Aus irgendeinem Grund brachte ihn das zum Lächeln. „Für mich auch."

Ein Geräusch klang durch das offene Fenster – zuschlagende Autotüren und näher kommende Stimmen. Greg straffte die Schultern, und da kamen auch schon die ersten Gäste durch die Tür. „Willkommen im Inn am Willow Lake", sagte er.

Es waren die Morgans, ein Pärchen aus der Stadt – die überschwängliche Frau hieß Sadie und ihr ruhiger, nachsichtiger Ehemann Nate. Nina checkte die beiden ein, und Walter brachte sie zu ihrem Zimmer. In den nächsten paar Stunden begrüßten sie eine ganze Reihe von Gästen – ein Pärchen aus Buffalo, die das Internetpreisausschreiben für ein freies Wochenende gewonnen hatten. Eine junge Frau namens Kimberly Van Dorn, die alleine reiste und so unglaublich hübsch war, dass Nina ihr Tun unterbrach und einfach nur guckte. Natürlich so, dass Kimberly Van Dorn es nicht bemerkte. Sie sparte sich nämlich ihre gesamte Aufmerksamkeit für Greg auf und schaffte es, einige Schlüsselfakten wie nebenbei in die Unterhaltung einzustreuen – sie hatte als Kind ihre Ferien im Camp Kioga verbracht und war frisch geschieden.

Greg ging sehr weltmännisch damit um, versicherte ihr, dass ihr Aufenthalt sehr entspannend würde, eine Möglichkeit, den Forderungen des alltäglichen Lebens eine Weile zu entfliehen.

Sie sah kaum alt genug aus, um überhaupt verheiratet gewesen zu sein, geschweige denn schon wieder geschieden. Mrs Van Dorn war eine hochgewachsene Amazone mit den hohen Wangenknochen einer Katherine Hepburn und der Figur eines Bademodenmodels. Dazu hatte sie wallende rote Haare und – vermutlich das Attraktivste an ihr – fuhr einen feschen Sportwagen, aus dem sie eine Tasche mit Golfschlägern holte.

Dennoch behandelte Greg sie genauso wie alle anderen Gäste, als er ihr den Zimmerschlüssel reichte und sie und ihr Designergepäck mit Walter auf den Weg schickte.

„Willkommen im Inn am Willow Lake", begrüßte er dann die nächsten Gäste.

„Gayle, wie schön!" Nina freute sich, ein vertrautes Gesicht zu sehen. Gayle war zu ihren Bürgermeisterzeiten ihre Assistentin gewesen. „Das sind Gayle Wright und ihr Mann Adam."

„Uns gehört die Windy Ridge Flower Farm." Gayle schaute sich im Salon um. „Die Blumen sehen hier fantastisch aus."

Nina hatte bei Gayle und Adam eine wöchentliche Lieferung in Auftrag gegeben. Gayle war eine Meisterin im Arrangieren von Sträußen und Gestecken. Anstatt des üblichen Dschungels an Blumen in einer riesigen Vase hatte sie kleine, immer nur aus einer Blumensorte bestehende Arrangements in durchsichtigen Vasen zusammengestellt, die nun in kleinen Grüppchen aus verschiedenen Größen überall im Salon verteilt waren. „Das Lob gebührt allein dir", versicherte ihr Nina.

Gayle strahlte. „Ich wünschte, die Kinder ..."

„Nein, tust du nicht", unterbrach Adam sie. Dann wandte er sich an Nina. „Es ist das erste Mal, dass wir über Nacht von ihnen getrennt sind."

„Sie sind alle drei bei meiner Mutter", erklärte Gayle.

„Und es geht ihnen gut", beruhigte Adam sie.

Nina beobachtete die beiden und spürte eine ganz besondere Wärme in ihrem Herzen aufsteigen. Sie war mit Gayle in die Schule gegangen. Gayle war ein stilles, etwas molliges Mädchen mit glatten braunen Haaren und einer Hornbrille gewesen. Als Erwachsene hatte sie sich kaum verändert, doch wenn sie mit ihrem Mann zusammen war, schien sie von innen heraus zu strahlen. Verliebt zu sein machte einen Menschen tatsächlich hübsch. Das war wirklich ein magisches Phänomen. Wenn man ein Pärchen wie Gayle und Adam ansah, sah man etwas, das unsichtbar war und zugleich so greifbar und wirklich wie die Erde selber. Genau so sollte Liebe sein. Das wollte Nina für Sonnet eines Tages. Okay, und auch für sich. Vielleicht war sie verrückt, weil sie immer noch glaubte, dass es möglich war.

Es ist das Inn, dachte sie, und seine romantische Atmosphäre, an der sie so hart gearbeitet hatten. Guter Gott, die färbte sogar auf sie ab.

„Ist heute ein besonderer Tag für euch?", fragte sie.

Ein Licht flackerte in Gayles Augen auf und verglimmte wieder. Sie presste die Lippen aufeinander und nickte. Ihre Hand fand die ihres Mannes. „Adams Einheit der Nationalgarde wird entsandt." Ihre Stimme zitterte. „Er rückt nächste Woche aus."

Ein Schauer lief über Ninas Rücken, aber sie behielt ihr Lächeln bei. „Wir werden dieses Wochenende zu etwas ganz Besonderem für euch machen", versprach sie. Die Gänsehaut blieb, als sie den beiden nachschaute. Wahre Liebe hat auch eine Kehrseite, dachte sie. Den Schmerz, der durch Trennung verursacht wird, die Angst vor der Gefahr.

Während die Wrights sich zu ihrem Zimmer begaben, begrüßte Greg bereits das nächste Pärchen. Jack Daly und Sarah Moon aus Chicago. Sie waren jung und sahen erfolgreich aus, vielleicht ein wenig zurückhaltend.

„Ist das ein besonderer Anlass für Sie?", fragte Greg.

Die beiden tauschten ein leicht ironisches Lächeln aus. Jack war schlank und attraktiv, trug die Haare kurz geschnitten und erinnerte in seiner sehnigen, athletischen Art an Lance Armstrong. „Ja, tatsächlich", sagte er, erklärte es aber nicht weiter. Er schnappte sich die Schlüssel vom Tresen und ging zur Treppe.

Seine Frau setzte schwungvoll ihre Unterschrift ins Meldebuch. Sie besaß eine stille Schönheit, die aus ihrem Lächeln strahlte, das sie einsetzte, um die Schroffheit ihres Mannes wettzumachen. „Ich bin froh, dass wir eine ganze Woche bleiben", sagte sie. „Wir brauchen die Zeit."

Als das Pärchen sich zu ihrer Suite mit Seeblick aufmachte, tauschten Nina und Greg einen Blick. „Ich frage mich, was das zu bedeuten hat", murmelte sie.

„Das geht uns nichts an", erinnerte er sie.

Sie schnüffelte. „Du machst keinen Spaß."

Er lachte leise. „Ich mache ganz viel Spaß. Du hast mir bisher nur noch keine Chance gegeben."

„Eine Chance wofür?"

„Tu nicht so, als ob du das nicht wüsstest." Das Telefon klingelte, und er nahm ab, ohne seinen Blick von ihr zu wenden.

Von der Glocke gerettet, wie es in der Schule so schön heißt. Sie tat so, als wenn sie ihre Unterhaltung vergäße, und beschäftigte sich mit anderen Dingen. So blieb es den ganzen Nachmittag und weit in den Abend hinein. Sie genoss jede Minute, genau so, wie sie es immer gedacht hatte. Es gefiel ihr, sich um die Gäste zu kümmern, sicherzustellen, dass sie nicht nur alles hatten, was sie brauchten, sondern auch Dinge, von denen sie gar nicht wussten, dass sie sie wollten – wie zur Schlafenszeit eine frisch gestärkte Leinenmatte am Fuß des Bettes, zusammen mit einem Paar weicher Hausschuhe.

Bis alle Gäste eingecheckt waren und sie alles für den nächsten Tag vorbereitet hatten, war es beinahe zehn Uhr abends.

„Wow", sagte Greg und schaute sich im Salon um. „Das war unglaublich."

„Gut unglaublich oder schlecht unglaublich?", fragte Nina.

„Einfach … unglaublich."

Sie nahm ihre Tasche aus dem Schränkchen unter dem Tresen. „Und stell dir vor, morgen darfst du das alles wieder machen."

„Ich kann es kaum erwarten."

„Gute Nacht, Greg." Sie zog sich eilig zurück, weil sie nicht scharf darauf war, noch länger mit ihm zusammen in dem gedämpft beleuchteten, blumengeschmückten Salon allein zu sein. Sie ging den Weg zum Bootshaus hinunter. Auf dem Steg stand ein Pärchen in inniger Umarmung, und das silbrige Mondlicht spielte auf dem Wasser. Die Art, wie die beiden sich aneinanderklammerten, hatte etwas Bezwingendes, und Nina schaute schnell weg; sie wollte nicht in deren Intimsphäre eindringen. Sie lächelte. Genau das hatte sie sich für die Gäste des Inn gewünscht. Romantische Augenblicke tiefster Intimität, eine Gelegenheit für Leute, Bindungen zu vertiefen oder zu stärken, die unter den Anforderungen des Alltags schwach oder ausgefranst geworden waren.

Doch auf dem Fuße von Ninas Zufriedenheit folgte eine seltsame Rastlosigkeit. Sie warf noch einen verstohlenen Blick zu dem Pärchen auf dem Steg. Sie küssten sich jetzt, ganz ineinander verloren. Und ohne Vorwarnung durchfuhr Nina ein Gefühl der Einsamkeit, das so tief war, dass sie zitterte.

Reiß dich zusammen, schalt sie sich, als sie die Stufen zu ihrer Wohnung hinaufstieg. Nicht jedem ist es vergönnt, sich zu verlieben. Und das war auch gar nicht so schlimm. Liebe neigte dazu, alles zu verkomplizieren, und viel zu oft endete sie schlimm. So etwas wollte oder brauchte sie im Moment nicht in ihrem Leben. Sie war schon sehr lange ganz gut ohne sie gefahren.

Doch im Moment fühlte sie sich nicht ganz gut. Sie war nicht sicher, wie sie sich fühlte. Sie hatte keinen Hunger, auch wenn sie das Abendessen hatte ausfallen lassen. Es war zu spät, um Jenny anzurufen und mit ihr über den Tag zu sprechen. In Belgien war es noch nicht ganz Morgen, und Sonnet schlief vermutlich noch tief und fest.

Wenige Augenblicke später klingelte ihr Telefon, und Nina ging ran. Gab es bereits Probleme mit einem Gast? „Hier ist Nina“, sagte sie knapp.

„Hey Mom.“

„Sonnet! Meine Güte, wieso bist du um diese Uhrzeit schon wach?“

„Ich bin extra aufgestanden, um zu hören, wie es heute gelaufen ist.“

Nina lächelte und trat auf das Deck hinaus. „Es war toll, Liebes. Ich wünschte, du wärst hier gewesen.“

„Ich auch. Wie läuft’s mit Mr Bellamy?“

Ninas Griff um den Telefonhörer verstärkte sich. Wusste Sonnet etwas? „Ach, genug von mir. Du bist in Europa. Lass uns lieber darüber sprechen.“

„Wow, du bist meiner Frage voll ausgewichen. Sehr nett, Mom.“

„Ich bin nicht ausgewichen. Ich will dich nur nicht langweilen.“

„Also, kommt ihr miteinander klar?“, hakte Sonnet nach.

„Ja.“

„Macht er dich verrückt?“

„Ja.“

„Seid ihr …“

„Es ist rein geschäftlich, okay? Sein Geschäft, und ich arbeite für ihn. Das Inn hatte seine große Eröffnung, und alles lief wirklich gut.“ Sie sah den Blitz einer Kamera in der Ferne aufleuchten. Als sie über den Rasen schaute, erkannte sie Daisy, deren sehr schwangere Silhouette von den Weglampen beschienen wurde. An ihrer Seite ging ein großer, langhaariger Junge, von dem sie auf dem Weg zum See hinunter Fotos schoss. „Daisy hat einen neuen Freund“, erzählte sie Sonnet, froh, das Thema wechseln zu können. „Connor Davis’ jüngerer Bruder.“

„Das weiß ich schon längst“, sagte Sonnet. „Daisy hat mir bereits Fotos geschickt. Er ist ziemlich heiß, aber Daisy behauptet, sie wären nur Freunde. Im Moment zumindest.“

Nina beobachtete die beiden noch einen Moment. Ihre Schatten vermischten sich mit dem, der groß über der sanft abfallenden Grünfläche lag. Sie hatten ihre Köpfe zusammengesteckt und redeten. „Nur Freunde“, stimmte sie zu. Das war wohl alles, was sie unter den gegebenen Umständen sein konnten. Beim Anblick der beiden erinnerte sie sich daran, wie es war, jung und schwanger zu sein und die Gelegenheiten zu verpassen, sich mit Jungs zu verabreden, abends lange wegzubleiben und dumme, verantwortungslose Dinge zu tun. Im Alter von fünfzehn hatte sie mehr als nur ihren Anteil daran gehabt.

„Mom“, fragte Sonnet. „Du bist so still.“

„Oh. Tut mir leid. Schlechte Verbindung. Wie war Wiesbaden?“

„Unglaublich. Abgesehen davon, dass Kara und Layla während der Schlossbesichtigung die ganze Zeit genörgelt haben, weil sie es langweilig fanden.“ Wenn Sonnet von ihren zwei jüngeren Halbschwestern sprach, schlich sich meist ein erschöpfter Unterton in ihre Stimme. „Ich schwöre dir, manchmal möchte ich ihnen einfach mal ordentlich den Hintern versohlen.“

„In meiner Familie haben wir das dann auch einfach gemacht.“

„Hat es geholfen?“

„Kurzfristig.“

„Dann werde ich es vielleicht mal versuchen müssen.“

Nina lachte. „Aber ansonsten ist alles in Ordnung?“

„Ja.“

„Ich habe Greg gegenüber erwähnt, dass du dich mit Daisys Mom triffst, wenn du nach Den Haag fährst. Ich dachte, er sollte es wissen. Ihm macht es nichts aus. Er ermutigt dich sogar, sie anzurufen. Auch wenn das vollkommen egal ist. Das Einzige, was zählt, bist du.“

„Mom.“

„Ich meine, sie ist nun mal die perfekte Person, um dich herumzuführen, sie lebt da und arbeitet am Internationalen Gerichtshof …“

„Du faselst, Mom.“

„Oh. Tut mir leid. Es war ein langer Tag, ich bin noch ganz aufgedreht, schätze ich.“

„Ich mache dir keinen Vorwurf. Im Gegenteil, ich freue mich für dich. Und ich vermisse dich. Ich vermisse mein Zuhause.“

„Hier vermissen dich auch alle.“ Nina verspürte ein drückendes Gefühl in der Brust. Sonnet war das einzig Wahre in ihrem Leben. Ohne sie gab es nichts, wohinter sie ihre verzweifelte Einsamkeit verstecken konnte.

„Aber ich muss jetzt Schluss machen.“

„Ich weiß, Honey. Ich kann gar nicht glauben, dass du so früh aufgestanden bist, nur um mich anzurufen. Du bist die Beste.“

„Ich wollte einfach die Erste sein, die dir zur Eröffnung gratuliert. Und bevor du dich versiehst, bin ich schon wieder zurück.“

„Ich kann es kaum erwarten.“ Sie legte auf, und Nina lehnte sich seufzend gegen die Brüstung ihrer Veranda. Das Grundstück lag jetzt verlassen da. Daisy und Julian waren woandershin gegangen. In der Stille, die dem Telefonat folgte, zerrte die Sehnsucht nach ihrer Tochter an ihr. Sonnet kam zur Bellamy-Hochzeit zurück. Nina konnte es nicht erwarten, sie wiederzusehen, und sie weigerte sich, darüber nachzudenken, dass Sonnet direkt danach schon wieder zum College aufbrechen würde.

Sie sog die süße Nachtluft tief ein und rief sich in Erinnerung, dass sie morgen früh aufstehen musste. Sie sollte langsam mal ins Bett gehen. Beim Hineingehen merkte sie, dass sie dazu noch zu ruhelos war, also machte sie eine Tony-Bennett-CD an und schenkte sich ein Glas Wein ein. Angezogen von der kühlen Stille der Nacht, ging sie wieder nach draußen. Sie trank einen Schluck Wein und wiegte sich zu „Because of You“, das sanft durch die offene Tür hereinschallte. Das ist gut, dachte sie. Sie spürte, wie ihre Nerven sich unter dem Einfluss der Musik und des Weines langsam entspannten. Sie brauchte nichts und niemanden außer dem hier – einen schön kitschigen Song, ein Glas Merlot, ein wenig Ruhe und Frieden, um einen Tag zu feiern, der sehr gut gelaufen war.

Die Ruhe dauerte ungefähr dreißig Sekunden. Dann hörte sie Schritte auf den Stufen. Der Bewegungsmelder schaltete das Licht an.

„Greg“, sagte sie. Ein wohliger Schauer überlief sie bei seinem Anblick. „Was ist los?“

„Nichts“, sagte er und trat zu ihr aufs Deck.

„Daisy?“, fragte sie, weil sie nicht überzeugt war, dass „nichts“ ihn hierhergebracht hatte.

„Sie und Julian sitzen am Computer und arbeiten an einige Fotos, die sie gemacht hat.“

Einen Moment lang standen sie etwas unbeholfen voreinander. Tony Bennett sang „Love Look Away“. Nina hatte keine Ahnung, was sie von Gregs Besuch halten sollte. Es war nichts passiert, und er war trotzdem zu ihr gekommen. Er schaute auf ihr Weinglas. „Du trinkst alleine?“

„Ich dachte, der heutige Tag hat ein Glas Wein verdient. Und ich habe gerade mit Sonnet telefoniert."

„Ich bin nicht sicher, ob das zählt." Er schaute sich um. „Für mich siehst du ziemlich alleine aus."

Sie funkelte ihn an. „Du musst nicht noch Salz in die Wunde streuen."

„Das tue ich nicht. Ich bin ja auch allein."

Sie nickte. „Hast du was von Max gehört? Wie ist sein Trip nach Holland?" In Begleitung seiner Großeltern war er zu seiner Mutter gefahren. Nina spürte, dass Greg gemischte Gefühle bezüglich der Reise seines Sohnes hatte. Ihr war es genauso gegangen, als sie hörte, dass Sonnet den ganzen Sommer mit ihrem Vater verbringen würde. Auf der einen Seite war es aufregend, die Freiheit zu besitzen, sich um niemanden Gedanken machen zu müssen, auf der andern Seite hinterließ die Abwesenheit eines Kindes eine leere Stelle, in der nur zu gerne die Zweifel blühten.

„Seine Reise war gut, und wir telefonieren jeden Tag", sagte er. „Wir sprechen miteinander, aber ich habe keine Ahnung, wie es ihm geht. Er sagt, ihm hat der Überseeflug nichts ausgemacht. Sophies Eltern sind ganz toll zu ihm."

„Wie lange wird er fort sein?"

„Ein paar Wochen. Mir gefällt es gar nicht, dass er sein Little-League-Training und die Spiele versäumt, aber ich schätze, es ist wichtiger für ihn, Zeit mit seiner Mutter zu verbringen."

Das war das uralte Dilemma Geschiedener, wie Nina wusste. Sie beneidete ihn nicht.

„Max scheint das alles gut zu verkraften, aber ich weiß, dass es Zeiten gibt, in denen er wegen der Scheidung total am Boden zerstört ist und ich mich wie der letzte Halunke fühle." Gregs Offenheit war entwaffnend.

„Er ist ein typisches Kind", versicherte sie ihm. „Alle haben ihre Hochs und Tiefs." Das klang wie eine leere Phrase. Für ein Scheidungskind konnte das Leben kompliziert sein. Für Max bedeutete der Besuch seiner Mutter eine komplizierte Reise und einen genauen Zeitplan sowie die Unterstützung hilfsbereiter Verwandter.

„Anfangs, als wir uns gerade getrennt hatten", sagte Greg, „dachte Sophie, beide Kinder würden mit ihr zusammen nach Übersee ziehen. Sie hatte schon die Schule ausgesucht, ein Haus … aber sie hatten von Anfang an Probleme und bettelten, in den USA bleiben zu können. Sie haben diese Stadt, dieses Leben gewählt. Ich tue nicht so, als wäre es meinetwegen. Und wenn ich mir überlege, wie sich die Dinge für Daisy entwickelt haben, wünschte ich …"

„Nicht", unterbrach Nina ihn. „Das ist total sinnlos."

„Ich hasse einfach den Gedanken, dass ich einen Fehler gemacht, sie im Stich gelassen habe. Max ist in dem ganzen Drama um Daisy beinahe verloren gegangen. Auf viele Arten ist er ein typisches Kind – ganz Junge, nur Unsinn im Kopf. Manchmal scheint er glücklich zu sein mit dieser idyllischen Kleinstadtkindheit – dem See, Baseball, dem Familien-Sommercamp die Straße rauf. An anderen Tagen benimmt er sich, als würde er gefoltert."

„Weshalb du erleichtert sein solltest, dass er jetzt seine Mutter besucht."

„Gutes Argument."

„Hör mal, kann ich dir …"

„Ich hoffe, es macht dir nichts aus …"

Sie sprachen beide gleichzeitig und hörten auch beide zusammen wieder auf. Greg lachte. „Nach dem heutigen Tag war es so komisch, auf einmal nichts mehr zu tun zu haben, also dachte ich, ich statte dir einen Besuch ab."

Sie war erfreut, das zu hören. „Ich gebe zu, ich bin auch ein wenig aufgedreht. Möchtest du ein Glas Wein? Ich habe auch Bier." Sie biss sich auf die Lippe. Bier war so … gewöhnlich. Sie hätte es nicht erwähnen sollen. In Gregs Gegenwart fühlte sie sich immer so ungebildet. Sie fragte sich, ob er es bemerkt hatte.

„Danke. Ein Bier wäre toll."

Sie ging schnell rein und öffnete eine langhalsige Flasche einer örtlichen Brauerei. Wenigstens war es kein Supermarktbier. „Möchtest du ein Glas?", rief sie ihm zu.

„Nein, danke, ich trink aus der Flasche."

Nina Romano, was zum Teufel tust du hier? fragte sie sich. Dann unterdrückte sie die kleine Stimme in ihrem Kopf. Sie brachte ihm das Bier und hielt danach ihr Weinglas in seine Richtung. „Auf einen großartigen Anfang des Inns."

„Darauf trinke ich", sagte er. „Wir haben das heute sehr gut gemacht. Wir beide."

Nina war hin und her gerissen zwischen Freude und Enttäuschung. „Dann hat sich die ganze harte Arbeit also gelohnt."

„Total."

„Du hast niemals mit dem Gedanken gespielt, aufzugeben?"

„Vor der Eröffnung? Auf gar keinen Fall."

„Angenommen, die viele Arbeit und der ganze Stress wird dir irgendwann zu viel."

Er lachte ein leises, samtiges Lachen, das sie viel zu anziehend fand. „Kommt nicht infrage", sagte er schlicht und nahm einen Schluck Bier. „Was ist, erwartest du, dass ich mein Spielzeug einpacke und nach

Hause gehe? Ich bin keiner, der aufgibt. Ich habe während meiner Kindheit und Jugend zwar alle Privilegien genossen, aber ich bin nicht verwöhnt worden. Ich arbeite gerne. Ich scheue mich nicht vor etwas, nur weil es schwierig ist. Und du hast auch verdammt hart für dieses Haus gearbeitet. Warum sollte ich da aussteigen?"

In den letzten Wochen hatte sie ausreichend Gelegenheit gehabt, ihn zu beobachten, und dabei war ihr aufgegangen, dass aufzuhören für ihn keine Option war. Er war auf Erfolg gepolt, egal, was er tat. Vielleicht nahm ihn die Scheidung deshalb so mit, dachte sie. Vielleicht würde sie ihn eines Tages danach fragen. Nein. Das war viel zu persönlich. Hierbei – bei ihrer Beziehung zu Greg – ging es ums Inn, um ein geschäftliches Unternehmen. Sie ermahnte sich, sich darauf zu konzentrieren. Sie stellte sich ihre Gäste vor, die sicher in ihren Zimmern ruhten, in denen nicht das kleinste Detail dem Zufall überlassen war, von der frischen Rose in der kleinen Vase auf dem Nachttisch bis zu den flauschigen Bademänteln und der Shea-Butter-Seife. In ihrem Prospekt versprachen sie „ungewöhnlichen Luxus", und Nina hatte vor, diesen auch zu liefern.

„Nun", er trank sein Bier aus. „Ich gehe dann mal besser wieder."

„Wir sehen uns morgen."

„Ja. Hör mal, wegen morgen Abend ... ich dachte, wir könnten zusammen essen gehen."

„Du meinst, als Verabredung?" Nina konnte es nicht glauben. Sie hatte gedacht, ihr Kuss wäre ein Scherz gewesen. Ein verrückter Impuls. Sie dachte, das hätten sie hinter sich gelassen.

„Nein. Ich meine, ja. Eine Verabredung, was auch immer. Eine Verabredung unter Freunden."

„Ich kann nicht mit dir ausgehen, Greg." Der Stich des Bedauerns, der sie durchfuhr, überraschte sie.

„Warum nicht?"

Das Bedauern wurde tiefer. Sie fragte sich, ob es möglich wäre, Geschäft und Rivalität zu vergessen, die Tatsache zu vergessen, dass er ein Bellamy war, und einfach seine Gegenwart zu genießen.

„Ich ... kann einfach nicht", sagte sie. „Es ist keine gute Idee, egal, von welcher Seite man es betrachtet. Wir haben schon darüber gesprochen."

„Nein, haben wir nicht. Ich habe dich geküsst, und du hast die folgende Woche damit verbracht, so zu tun, als sie es nie passiert, und hast dich geweigert, darüber zu sprechen."

Autsch, dachte sie. „Okay, angenommen, der Funke springt über. Angenommen, wir wollen uns weiterhin treffen."

„Dann wird das sehr einfach", versicherte er ihr. „Da wir beide auf dem gleichen Grundstück wohnen."

Sie zitterte – vor Begeisterung? Nervosität? Sie war sich nicht sicher. „Denk doch mal darüber nach. Wie ätzend wäre es bitte, weiter zusammenarbeiten zu müssen, nachdem wir Schluss gemacht haben?“

Bei diesen Worten lachte er laut auf. „Wir haben noch nicht mal angefangen, miteinander auszugehen, und du machst schon wieder Schluss?“

„Ich denke die Dinge nur gerne logisch zu Ende.“

„Und die logische Schlussfolgerung, wenn wir beide miteinander ausgehen, ist, dass wir uns irgendwann gegenseitig an die Kehle gehen.“

„Machst du dich über mich lustig?“

„Nein. Ich versuche nur herauszufinden, wie dein Gehirn funktioniert.“

Die Mühe hatte sich bisher noch niemand gemacht. Nina war sich nicht sicher, ob es ihr gefiel. Sie lief Gefahr, nicht nur ihre Karriere, sondern auch ihr Herz in Gregs Hände zu legen. Und weil sie sich bisher immer um sich selbst gekümmert hatte, machte ihr die Vorstellung, einem Mann so viel Macht zu geben, Angst.

„Ich habe einen Vorschlag“, sagte er. „Wir wäre es, wenn wir morgen zusammen Essen gehen und schauen, wie es so läuft?“

„Vielleicht habe ich schon eine Verabredung“, erwiderte sie.

Auch wenn es zu dunkel war, um sein Gesicht zu sehen, spürte sie, wie er sich versteifte. „Vielleicht? Wie, hattest du es bis eben vergessen, oder was?“

Ehrlich gesagt war es ein lockeres Angebot. Nils hatte gesagt, es gäbe immer eine freie Bowlingbahn am Pärchenabend.

„Tja, ich habe eine Verabredung“, sagte sie entschieden.

„Das hättest du mir sagen können, als ich das Thema angesprochen habe. Damit hättest du uns diese ganze Unterhaltung erspart.“

„Du hast mich unvorbereitet getroffen“, gab sie zu.

„Klar“, sagte er und wandte sich in Richtung Treppe. „Du bist niemals unvorbereitet, Nina.“

18. KAPITEL

Das Inn zu führen war genau so, wie Nina es sich vorgestellt hatte – aufregend, frustrierend, herausfordernd, befriedigend. Außerdem war sie der Erfüllung ihres Traumes noch nie näher gewesen. Sie liebte die stetig wechselnde Zusammensetzung der Gäste, von dem älteren Ehepaar, das sich hier an die Zeit erinnerte, als er ihr den Hof gemacht hatte, bis zu Frischverheirateten auf Hochzeitsreise. Sie genoss es auch, dass die Arbeit sie so auf Trab hielt, wie sie es wollte – nämlich viel zu beschäftigt, als dass sie sich mit Gedanken an Greg Bellamy herumschlagen konnte. Manchmal schaffte sie es, mehrere Tage in Folge neben ihm zu arbeiten, ohne dass einmal etwas Persönliches zur Sprache kam.

Sarah Moon hatte beim Frühstück nach verschiedenen Landkarten und einem Reiseführer der Gegend gefragt. Als Nina sie und ihren Mann Jack jetzt auf dem Rasen am See sitzen sah, beschloss sie, das Gewünschte persönlich vorbeizubringen.

Sie waren ein ungewöhnlich gut aussehendes Paar. Jack war auf eine dreiste, fast schon eingebildete Art selbstbewusst, während Sarah sehr ruhig und liebevoll war, beinahe ein wenig verträumt. Zumindest oberflächlich schien sie gar nicht zu ihrem Mann zu passen. Vielleicht ergänzen sie einander, spekulierte Nina. Sie hatte in sich ein unangebrachtes Interesse an anderen Pärchen entdeckt und weigerte sich, nach dem Grund dafür zu forschen.

Jack hatte Tennissachen an und sprach in ein Handy, während Sarah sich in einem Liegestuhl entspannte und etwas in einen großen Spiralblock malte oder schrieb. Nina reichte ihr die Karten und den Reiseführer von Ulster County und den Catskills. „Ich habe ein paar Vorschläge farbig markiert", sagte sie.

Sarah strahlte sie an. „Das ist nett von Ihnen, vielen Dank. Wir genießen unseren Aufenthalt hier wirklich sehr."

Jack war ein paar Schritte zur Seite gegangen, um sein Telefonat weiterzuführen. Nina fand das ziemlich ungehörig, aber Sarah lächelte nachsichtig. „Er hört nie auf. Er kann sich einfach nicht von seiner Arbeit trennen. Armer Kerl."

„Ist er Arzt?", fragte Nina. Sie nahm an, die Menschheit zu retten war es wert, ein paar Minuten seines Urlaubs zu opfern.

„Bauunternehmer", sagte Sarah. „Er baut ein Luxusdomizil außerhalb Chicagos namens Shamrock Downs. Eine Reitergemeinde – das ist ein ziemlicher Akt, die ganzen Subunternehmer zu koordinieren."

Ein paar Minuten später klappte er sein Telefon zu und schenkte Nina ein Lächeln, das sie blinzeln ließ. Die Augen hinter seinen langen

Wimpern waren so hell wie der Himmel. „Tut mir leid, den Anruf musste ich entgegennehmen."

Okay, so einer war er also, dachte Nina. Der gut aussehende, charismatische Typ, der wusste, wie er seine Vorzüge zu seinem Vorteil einzusetzen hatte. Sogar sie wurde ganz weich, als er jetzt seinen Charme anknipste.

„Landkarten." Sarah winkte ihm mit den Karten zu. „Wir können in den Nationalpark gehen oder auf einen Flohmarkt oder ... wow, sind wir wirklich so nah an Woodstock?"

„Ja, das einzig wahre Woodstock ist nur einen Katzensprung entfernt", bestätigte Nina. „Da gibt es allerdings nicht viel zu sehen. Aber die Stadt ist nett."

„Wir können heute Nachmittag hinfahren, wenn du willst", sagte Jack. „Heute Vormittag habe ich ein Tennismatch. Um genau zu sein, jetzt."

Er hatte sich mit einem anderen Gast zu einem Spiel verabredet. Kimberly Van Dorn stand oben auf dem Rasen und winkte ihm zu. Im frisch gestärkten Tennisdress sah sie aus wie der fleischgewordene Traum aller Männer und der Albtraum jeder Frau – langes, seidig rotes Haar zu einem Pferdeschwanz gebunden, große Brüste, die Beine eines Supermodels.

Nina warf einen nervösen Blick zu Sarah, aber die lächelte ihren Mann an und schien wegen seiner Tennispartnerwahl überhaupt keine Sorgen zu haben. „Viel Spaß – aber übertreib es nicht."

„Ich übertreibe es immer", sagte er grinsend. „Ist das nicht der Sinn der Sache?"

Sie lachte. „Klar, Ace. Feg die arme Frau vom Platz."

Wie ein gehorsamer Dobermann lief er auf Kimberly zu. Sarah widmete sich wieder ihrem Block und zeichnete mit einem Pantone-Marker. Nina war beeindruckt, wie gelassen Sarah die ganze Angelegenheit hinnahm. Entweder die Ehe war sehr stabil, oder es war ihr egal, mit wem ihr Mann Tennis spielte – oder sie war vollkommen ahnungslos.

„Sie spielen kein Tennis?", frage Nina.

„Sport ist nicht so meins. Jack lebt allerdings dafür. Ich bin einfach froh, zu sehen, dass er etwas tut, was ihm Freude macht. Was mich angeht, könnte er auch mit Paris Hilton spielen."

„Oh, ich wollte nicht ..."

„Ich weiß." Sarah lachte. „Es ist vermutlich schwer zu glauben, aber vor gar nicht langer Zeit waren wir nicht mal sicher, ob Jack noch hier sein würde, um Tennis zu spielen." Sie machte eine Pause und sagte dann: „Er hat gerade erst seine Krebsbehandlung beendet."

„Das tut mir leid – ich hatte ja keine Ahnung."

„Das zu hören würde ihn freuen. Er hasste es, krank auszusehen.“

Nina drehte sich um und sah, wie er das Tor zum Tennisplatz für Kimberly aufhielt. „Er sieht definitiv nicht krank aus.“

Sarah strahlte noch mehr. „Das sind unsere ersten Ferien seit der Diagnose. Wir sind hergekommen, um einander neu kennenzulernen. Weit weg von Krankenhäusern und Laboren und Arztbesuchen.“ Ihr Lächeln hatte mindestens tausend Watt. „Wir wollen als Paar wieder zusammenwachsen.“

Warum geht ihr Mann dann Tennis spielen? Nina schluckte die Frage hinunter. Das war nur ein weiterer Beweis dafür, dass sie noch nicht reif für eine Beziehung war. Sie neigte dazu, alles falsch zu interpretieren.

„Dafür haben Sie sich den perfekten Ort ausgesucht“, sagte sie und zeigte auf die Broschüren. Sie erklärte Sarah die schönsten Routen und die besten Einkaufsadressen in der Gegend. „In Phoenicia müssen sie bei Mystery Spot vorbeigehen – die erstaunlichste Sammlung an Antiquitäten und Grafiken, die ich je gesehen habe. Wenn Sie gerne frühstücken gehen, dann sollten sie die Pfannkuchen im Sweet Sue’s versuchen. Und natürlich Avalon – ich gebe zu, ich bin, was diese Stadt angeht, etwas voreingenommen. Hier kann man unglaublich viel unternehmen. Sie müssen unbedingt den Camelot Bookstore besuchen. Und das Apple Tree Inn ist der beste Platz für ein romantisches Abendessen. Die Sky River Bakery hingegen ist vermutlich die beste Bäckerei des gesamten Staates – vielleicht sogar des Landes.“

„Danke. Sie sind ja eine wandelnde Handelskammer.“

„Ich war vier Jahre Bürgermeisterin der Stadt“, erklärte Nina. „Und davor stellvertretende Bürgermeisterin.“

„Sie machen Witze. Das ist beeindruckend.“

„Es ist eine kleine Stadt mit einem dazu passenden kleinen Einkommen“, wiegelte Nina ab. „Die Menschen standen nicht gerade Schlange für den Posten. Aber es war ein sicherer Job, und das brauchte ich, während meine Tochter auf die Highschool ging.“

Sarah lachte auf. „Jetzt bin ich endgültig fasziniert. Sie haben eine Tochter in der Highschool?“

„Jetzt nicht mehr. Sie hat im Mai ihren Abschluss gemacht.“

„Sie sehen selber erst aus, als wären sie gerade aus der Highschool raus.“

„Sonnet fängt Ende des Sommers mit dem College an, und ich sitze dann auf einem leeren Nest.“ Nina fragte sich, ob es je leichter würde, diese Worte auszusprechen. „Verstehen Sie mich nicht falsch, ich freue mich riesig für sie. Sie liebt es, zu lernen und zu reisen. Sie lebt das Leben, das ich nie hatte.“

„Was, die Reisen? Das Lernen? Das könnten Sie auch jetzt noch. Dafür ist es nie zu spät."

„Der größte Witz ist, dass ich gar nicht erst woandershin fahren musste, um zu wissen, dass das Leben, das ich führen möchte, genau hier liegt."

„Dann haben Sie ganz schönes Glück. Manche Menschen sind Fremde in ihrem eigenen Leben."

Nina nahm an, dass dieser Kommentar auf Sarah selber gemünzt war. „Darf ich mal sehen, was Sie da zeichnen?"

Sarah drehte den Skizzenblock zu ihr um.

Nina war beeindruckt. Die Bilder waren Cartoons, aber irgendwie hatte Sarah es geschafft, mit ihren stilisierten Figuren verschiedene menschliche Gefühle auszudrücken. „Haben Sie je den Comicstrip ‚Just Breathe – Einfach atmen' mit Lulu und Shirl gelesen?", fragte Sarah.

„Lulu und Shirl? Die sind jeden Tag im *Avalon Troubadour*." Die beiden waren eine verkorkste Mutter und ihre Tochter, die Ältere war seit langer Zeit geschieden, und die Jüngere steckte in einer Ehe, die kurz vor dem Ende stand. „Sie meinen, Sie sind die Zeichnerin von Lulu und Shirl? Ich habe noch nie eine Cartoonistin getroffen."

„Ich habe Jack gesagt, es ist mir egal, wohin wir in den Urlaub fahren, solange die örtliche Zeitung meine Comics bringt. Ich bin auf meiner Internetsuche nach romantischen Hotels auf das Inn am Willow Lake gestoßen. Ich habe gezielt nach romantischen Hotels in Städten, in denen Just Breathe erscheint, gesucht. Das hat die Auswahl erheblich eingeschränkt. Ihre Website ist übrigens wunderschön."

„Das finde ich auch", stimmte Nina zu. „Die Fotos sind alle von der Tochter des Besitzers gemacht worden."

„Sie ist sehr talentiert."

„Sie wird sich freuen, das zu hören. Vor allem von einer Künstlerkollegin." Nina machte sich eine gedankliche Notiz, das Kompliment weiterzugeben. Sie wusste aus Erfahrung, dass Mädchen in Daisys Position jede positive Bestätigung brauchten, die sie kriegen konnten.

„Also arbeiten Sie gerade an einem neuen Comicstrip?", wollte Nina wissen.

„So in der Art. Ich mache ein wenig Vorplanung für einen zukünftigen Erzählstrang, sodass es sich nicht so sehr wie Arbeit anfühlt." Sie blätterte eine Seite um und drehte den Block wieder zu Nina. Die Figur namens Shirl schaute auf einen Schwangerschaftstest, ein Ausdruck höchster Konzentration und Hoffnung auf dem Gesicht.

„Ich bete, dass mein Leben meiner Kunst folgen wird", erklärte Sarah. „Jack und ich wollen beide so gerne Kinder, und ... nun ja, je eher, desto besser. Nach seiner Krankheit ist mir erst klar geworden, wie unvorhersehbar die Zukunft ist. Man sollte das, was man will, nicht aufschieben. Und jetzt halten Sie mal einen Augenblick still, damit ich eine Zeichnung für Sie machen kann."

„Wirklich? Danke." Nina dachte an Sarahs bedingungslose Hingabe an ihren Mann. Vielleicht war das Ninas Problem mit Beziehungen. Sie wollte alles. Sie wollte nicht nur die lang bewimperten Augen, sie wollte sie auch alleine auf sich gerichtet wissen. Vermutlich wollte sie etwas – jemanden –, das nicht existierte. Und vielleicht war das auch besser so. Wenn sie jemanden wollte, den es nicht gab, brauchte sie auch keine Zeit mit der Suche nach ihm zu verschwenden.

Was einer der erbärmlichsten Gedanken war, die sie je gehabt hatte. Sie sollte das Leben eines Singles führen, sich verabreden, sorgenfrei sein, mit Freunden ausgehen.

Während sie Sarah beim Zeichnen beobachtete, fragte sich Nina, wie es wohl war, sich mit einem solchen Eifer ein Kind zu wünschen. Auch wenn Nina das unverhoffte Geschenk einer Tochter zuteilgeworden war, wusste sie nicht, wie es sich anfühlte, ein Baby zu planen, auf seine Ankunft zu hoffen, sich nach ihm zu sehnen.

Sarah Moon erinnerte Nina daran, dass die Reise des Lebens überwältigende Schwierigkeiten bereithalten konnte und dass Liebe nicht immer einfach war. Manchmal gab es so fürchterliche Diagnosen wie Krebs oder Unfruchtbarkeit. Dennoch war klar, dass Bürden erträglicher und die Freuden süßer wurden, wenn man sich den Herausforderungen gemeinsam mit jemandem stellte, den man liebt. Zu schade, dass ihr Mann ein Arschloch ist, dachte Nina. Dann fühlte sie sich ob ihres Zynismus schuldig.

Sarah stellte die Zeichnung fertig. Auch wenn es eine Karikatur war, sah Nina darauf klug und gut gelaunt aus, sodass sie sich wegen ihrer kritischen Gedanken bezüglich Sarahs Mannes noch schlechter fühlte. „Das ist fantastisch", sagte sie. „Und Sie haben im Hintergrund das Inn gemalt. Das ist ein wunderschönes Andenken, Sarah."

„Dann bestehe ich darauf, dass Sie es behalten." Sie setzte schwungvoll ihre Unterschrift darunter und riss das Blatt vom Skizzenblock ab.

„Ich werde es rahmen lassen", versprach Nina ihr.

Sarah sammelte die Landkarten und Reiseführer ein. „Ich fühle mich geehrt. Und ich bin froh, dass wir dieses Hotel gefunden haben. Man fühlt sich hier wie in einer anderen Welt."

„Das habe ich auch immer gedacht. Es fühlte sich immer an wie *meine* Welt."

„Also leben Sie schon länger hier?"

„Jede Minute meines bisherigen Lebens. Ich will niemals irgendwo anders leben."

„Das kann ich Ihnen nicht verdenken. Ich bin heute Morgen aufgewacht und dachte, was für ein herrlicher Ort, um schwanger zu werden. Leider war Jack zu dem Zeitpunkt gerade auf seiner morgendlichen Joggingrunde, sprich, er hatte wohl nicht den gleichen Gedanken."

„Ich kann Ihnen versichern, dass kein Mann auf der Welt jemals diesen Gedanken gehabt hat", tröstete Nina sie.

19. KAPITEL

Daisy machte Fotos vom Camp Kioga. Obwohl es sich nicht so anfühlte, war es ein echter, bezahlter Job. Olivia und Connor waren von ihren Bildern des Inn am Willow Lake so beeindruckt gewesen, dass sie sie engagiert hatten, um das Camp zu fotografieren. Innerhalb des nächsten Jahres planten sie, es als Familienresort wiederzueröffnen. Ihre Aufgabe war es, seine wilde Pracht einzufangen, die sich über viele Hektar unberührter Wildnis am See erstreckte. Ein ganzes Netz an Wanderwegen schlängelte sich durch die Bäume, Berge und Bäche.

Julian hatte sie begleitet und die große Tasche getragen, in der sich alle ihre Sachen befanden, die sie hierfür brauchte. Sie waren einen Weg zu den Meerskill Falls hinaufgegangen, die in den Tiefen des Berges entsprangen und sich aus großer Höhe in ein mit Farn umwachsenes, natürliches Becken stürzten. Daisy machte ein paar Nahaufnahmen der Rhododendronblüten, wählte eine lange Belichtungszeit, um die Gischt des aufspritzenden Wassers aufzunehmen, und schoss mit dem Weitwinkelobjektiv ein Bild von der alten Betonbrücke, die sich über den Wasserfall spannte.

Das volle Sommerlaub der Bäume verbarg den Weg, der zum Gipfel des Berges und zu den vielen Höhlen führte, die sich in den Fels gegraben hatten. Es handelte sich um Eishöhlen, die in ihrem Innern so kalt waren, dass sie niemals tauten. Im letzten Winter hatten Daisy und ihre Freunde in einer der Höhlen eine düstere Entdeckung gemacht. Sie waren auf Überreste einer lang zurückliegenden Tragödie gestoßen. Sogar jetzt, in der warmen Sommerluft, überlief Daisy beim Gedanken daran ein Schauer.

„Geht es dir gut?“, fragte Julian besorgt.

Daisy gab sich einen mentalen Schubs. „Klar. Ich bin hier fertig.“

Sie richtete sich auf; die Bewegung verursachte ein scharfes Stechen in ihrem Kreuz.

„Ist wirklich alles in Ordnung?“, fragte Julian.

„Ja, ich bin es so leid, schwanger zu sein. Manchmal möchte ich einfach nur noch schreien.“

„Na dann los, schrei.“

„Das hilft nicht. Glaub mir, ich hab’s versucht.“ Sie setzte die Kappe auf die Linse. „Tut mir leid, ich leide ein wenig vor mich hin. Ich schätze, ich bin einfach müde.“ Gemeinsam machten sie sich auf den Rückweg. Julian war ihr in diesem Sommer so ein guter Freund gewesen, genauso wie im Sommer davor. Wusste er, wie viel sie von ihm gelernt hatte, darüber, wie man selbstständig und eigenverantwortlich war und die

Kontrolle über sein eigenes Leben übernahm? Merkte er, dass sie trotz ihrer Schwangerschaft immer noch in ihn verknallt war? Sie würde deswegen allerdings nichts unternehmen. Ihre Freundschaft bedeutete ihr zu viel, und zu versuchen, etwas anderes daraus zu machen, vor allem an diesem Punkt in ihrem Leben, würde vermutlich nur dazu führen, dass sie ihn ganz verlor.

Und das konnte sie sich nicht leisten. Wo Sonnet den Sommer über weg war, brauchte sie jemanden, mit dem sie reden konnte, dem sie vertraute. „Ich habe mich entschieden", sagte sie nach einer Weile. „Du weißt schon, die Sache, über die wir gesprochen haben."

„Du willst wegziehen."

Sie nickte. „Nicht jetzt gleich. Aber … bald. Vielleicht wenn das Baby ein paar Monate alt ist. Ich hab's meinen Eltern noch nicht erzählt."

„Warum nicht?"

„Oh je. Wenn du meinen Dad kennen würdest, wüsstest du, warum."

„Er wird es nicht wollen."

„Genau. Weißt du, ich hatte nie vor, nach der Highschool hierzubleiben. Ich meine, wie lahm ist das bitte, zu Hause zu wohnen?"

„Gar nicht lahm, wenn man bedenkt, was bei dir alles los ist."

„Vielleicht, aber ich muss das Gefühl haben, dass mein Leben weitergeht, anstatt bis in alle Ewigkeit von meinem Dad abhängig zu sein."

„Hast du schon einen Plan?"

„So in der Art."

„‚So in der Art' wird ihm nicht reichen. Er wird Einzelheiten wissen wollen."

„Ihm wird gar nichts reichen außer seinem Plan, aber zumindest fange ich an, mich mit dem Gedanken wohlzufühlen, allein zu leben. Bis vor Kurzem hatte ich noch Angst, wegzugehen. Nicht so sehr meinetwegen, sondern wegen meines Dads. Er schien nach der Scheidung so verloren. Ich hatte Angst, wenn ich auch gehe, würden er und Max … Ich weiß nicht, in sich zusammenfallen und weggepustet werden. Im übertragenen Sinne gesprochen. Ich meine, ich bin nicht das Zentrum ihres Universums, aber seitdem meine Mom gegangen ist, habe ich das Gefühl, für sie da sein zu müssen."

„Und was ist jetzt anders?"

„Mein Dad braucht mich nicht mehr so wie vorher. Ich glaube, er trifft sich mit Nina", sagte sie.

„Oooookay", erwiderte Julian.

„Nein, hör mal zu. Das ist wichtig. Ich weiß schon seit einiger Zeit, dass sie sich mögen. Ich glaube, inzwischen sind sie mehr als nur Freunde. Viel mehr." Sie wusste nicht, wann genau es angefangen hatte, aber es war ziemlich offensichtlich, dass ihr Vater und Nina Romano mehr als nur Freunde waren. Sehr viel mehr. Sie versuchten, es sich nicht anmerken zu lassen, doch wenn sie zusammen waren, war Daisys Dad anders. Fröhlicher und lebendiger. Und er zog sich in letzter Zeit auch immer richtig cool an. Sicher, er hatte immer gewusst, wie man sich fürs Geschäft gut anzog, aber jetzt machte er sich sogar Gedanken über seine Frisur. Als sie das letzte Mal einkaufen waren, hatte er volle fünf Minuten gebraucht, um ein Deo auszusuchen. An manchen Tagen passte sein Gürtel sogar zu seinen Schuhen.

Überraschenderweise hatte Daisy darauf von Anfang an positiv reagiert. Ihr Dad war vorher mit einigen Frauen ausgegangen, was sie immer komisch und unangenehm gefunden hatte. Doch die Vorstellung von ihm und Nina gefiel ihr. Vielleicht weil sie und Sonnet beste Freundinnen waren und sie Nina schon immer gemocht hatte. Was vermutlich daran lag, dass Nina jemand war, mit dem Daisy über das Baby sprechen konnte – eigentlich sogar über alles, wenn sie so darüber nachdachte. Und ganz bestimmt lag es daran, dass Nina eine alleinerziehende Mutter war und ihr Leben trotzdem nicht grauenhaft war. Daisy musste einfach die Gewissheit haben, dass für sie alles gut würde. Wenn sie sich Nina anschaute, sah sie, dass es möglich war.

Bisher hatte ihr Vater nichts darüber gesagt, dass er Nina mochte. Daisy fragte sich, worauf er noch wartete. Vielleicht brauchte er einen kleinen Schubs. Vielleicht musste er von Daisy hören, dass sie Nina mochte, ihr vertraute und sogar sehr persönliche Dinge mit ihr besprach.

„Ich verstehe das nicht“, sagte Julian. „Weil dein Dad eine Freundin hat, kannst du jetzt ausziehen?“

„Nein, ich meine nur, wenn er mit Nina zusammen ist, mache ich mir nicht mehr so große Sorgen.“

„Das musst du auch so nicht.“

Daisy erfasste eine Welle der Erleichterung. Von allen Menschen auf der Welt verstand Julian sie wohl am besten. Er wusste genau, wie es war, ein Kind zu sein, das sich um ein Elternteil sorgte. „Danke fürs Zuhören.“ Sie umfasste seinen Arm und lehnte sich an ihn. Das war allerdings das Dümmste, was sie tun konnte, ihn so zu berühren. Schnell ließ sie ihn wieder los. „Äh, tut mir leid …“

„Muss es nicht. Mir tut es auch nicht leid.“

„Ehrlich?“

„Ehrlich.“

Und nun? Das war eine sehr unerwartete Reaktion.

„Du siehst mich so komisch an“, sagte er. „Als wenn du mir nicht traust.“

„Ich vertraue dir total. Ich bin nur überrascht, dass du darüber hinwegsehen kannst, dass ich …“ Beschämt verstummte sie.

„Was, dass du schwanger bist?“, brachte er es auf den Punkt.

„Äh, ja, schätze schon.“

„Das wirst du doch aber nicht für immer bleiben.“

„Aber ich werde für immer ein Kind haben.“ In ihren optimistischeren Augenblicken stellte Daisy sich selbst als junge, heiße Mom vor, die ihr Kind wie das neueste Fashion-Accessoire mit sich herumschleppte, als wäre sie die Heldin einer Fernsehserie. Die Kurse, die sie besuchte, waren natürlich etwas realistischer und bereiteten sich auf nächtliche Fütterungen, Sicherheitsvorkehrungen und dreckige Windeln vor.

In angenehmem Schweigen fuhren sie zurück zum Inn. Als sie ausstieg und ihre Kameraausrüstung aus dem Kofferraum holte, sagte Daisy: „Ich habe endlich die Papiere verschickt. An Logan, meine ich. Ich habe ihm sogar eine Nachricht auf dem Anrufbeantworter hinterlassen und den Brief per Einschreiben mit dem Kurier geschickt. So weiß ich sicher, dass er ihn bekommen hat – und zwar heute Morgen, um genau zu sein.“

„Dann ist das erledigt“, sagte Julian. „Das ist gut. Jetzt kannst du weitermachen.“

„Hm-mh. Abgesehen von einer winzigen Kleinigkeit. Logan muss angeben, meinen Brief erhalten und kein Interesse daran zu haben, in die Erziehung des Kindes einbezogen zu werden. Sobald er das getan hat, werde ich mich viel besser fühlen.“

„Du lässt ihn ganz schön leicht davonkommen.“

„Ich finde nicht, dass er bestraft gehört.“ Sie wollte nicht, dass Logan irgendwelchen Anteil am Leben des Kindes hatte, das sie gemeinsam gezeugt hatten. Wenn er keine Verpflichtungen einging, hätte er auch keine elterlichen Rechte – die Logan O'Donnell sowieso niemals in Anspruch nehmen wollen würde.

Sie trugen ihre Sachen ins Haus und gingen dann in die Küche, um sich Limonade einzuschenken. Daisy stand an der Spüle, als ein tiefergelegtes BMW Z4 Cabrio dröhnend vorfuhr. Das eiskalte Glas glitt ihr aus den Fingern und zerschellte in der Spüle.

„Hey, alles okay?“, fragte Julian.

Daisy nickte und wischte sich die Hand an einem Geschirrtuch ab. „Ich räum das später auf“, sagte sie. „Ich, äh, ich glaube, ich habe Besuch.“ Sie ging nach draußen. Mit einem Mal hatte sie Angst, aber sie versteckte ihre Schwäche hinter Trotz.

Julian schaute sich den großen, rothaarigen Jungen genau an, der direkt auf Daisy zuging. „Wer zum Teufel …“

„Das ist Logan“, sagte sie.

„Wer zum Teufel ist er, dein Bodyguard?", wollte Logan mit einem grimmigen Blick auf Julian wissen.

Julian erwiderte den Blick. „Braucht sie denn einen?" Er stellte sich breitbeinig so hin, dass er ein wenig seitlich vor Daisy stand. Die gesamte Härte seiner rauen Kindheit zeigte sich auf seinem Gesicht.

Logan machte einen Schritt auf ihn zu. „Du willst mir lieber nicht drohen", warnte er. Seine Augen waren enge Schlitze, sein Körper angespannt. Er sah auf seine eigene Art gefährlich aus, kalt und wütend.

„Und du willst es lieber nicht mit mir aufnehmen, weißer Junge."

„Es reicht", sagte Daisy verärgert. „Hört auf damit, und zwar beide."

Sie bildeten einen interessanten Kontrast, um es milde auszudrücken. Das Kind von nirgendwo und der Erbe eines Reedereivermögens. Julian hatte dank seines Kopfes und seiner Fäuste überlebt und war gut darin, beides zu benutzen. Logan hingegen war von einer kleinen, aber gut ausgebildeten Armee an Kindermädchen, Tutoren, Coaches und der exzellenten Manhattan Dalton School erzogen worden. Er hatte Trophäen im Rugby, Hockey und Wrestling gewonnen, und wenn Daisy sich recht erinnerte, liebte er gewalttätige Wettkämpfe.

Sie legte Julian eine Hand auf den Arm. „Ist schon gut", versicherte sie ihm. „Wirklich. Ich muss mit ihm reden, okay?"

Julian warf Logan einen eisigen Blick zu. „Ich bleibe in der Nähe." Er stieß absichtlich gegen Logans Schulter, als er sich ohne jegliche Eile umdrehte und davonschlenderte.

Daisy sah, dass Logans Hände sich zu Fäusten ballten, und nahm seinen Arm. „Denk nicht mal daran", zischte sie und hielt ihn so lange fest, bis sie spürte, dass er sich entspannte. Dann nahm sie ihre Hand weg und schaute ihn an. Sie fühlte sich so befangen wie lange nicht. Nachdem über sie gelästert worden war, alle möglichen Ärzte sie untersucht, vermessen und gewogen hatten, hätte sich nicht erwartet, dass irgendwas oder irgendwer sie noch unsicher machen könnte.

Doch da lag sie falsch. Sie schaute Logan an und hatte das Gefühl, jemand hätte sie in Brand gesetzt.

Nein, nicht jemand. Logan. Mit seinem Blick brannte er ein Loch in sie hinein. Er warf den Briefumschlag weg und kümmerte sich nicht darum, wo er landete. „Hättest du nicht anrufen können?", wollte er wissen. „Ist es dir nie in den Sinn gekommen, mich in deine Pläne einzuschließen? Oder – Gott verhüte – mir ein Mitspracherecht einzuräumen?"

„Ich denke, das hier ist der Moment, wo du mich eine Schlampe nennst und deine Vaterschaft anzweifelst."

„Den Teil können wir überspringen."

Sie hob erstaunt die Augenbrauen. Das hatte sie nicht erwartet. „Können wir das?"

„Du glaubst, dass ich dich nicht kenne, Daisy", sagte er. „Aber da irrst du dich. Wir kennen uns seit Miss Deerings Kindergartengruppe." Er senkte seine Stimme zu einem rauen Flüstern. „Du warst nie so schlecht, wie du die Leute glauben machen wolltest."

Von allen Dingen, die er über sie hätte sagen können, hatte sie das nun am wenigsten erwartet. Die Leute dachten, sie wäre leicht zu haben, aber das war ein Trugschluss. Logan war der einzige Junge, mit dem sie je zusammen gewesen war. „Logan ..."

„Ich schätze, das ist jetzt auch egal", unterbrach er sie. „Meine Eltern bestehen natürlich auf einem Vaterschaftstest. Ich brauch das nicht, mir reicht dein Wort, und das habe ich."

„Waren sie ... waren deine Eltern ... sind sie ausgeflippt?"

Er lachte humorlos. „Was glaubst du?"

„Vollkommen ausgeflippt", sagte sie. „Dein Vater auf jeden Fall." Mr O'Donnell war ein großer, aufbrausender, trinkfester Mann, dessen Temperament seinen roten Haaren alle Ehre machte. Mrs O'Donnell war still, vielleicht sogar schüchtern, aber auch unermüdlich, wenn es darum ging, ihre Kinder zu bemuttern. Sie war ständig in der Schule, half freiwillig in der Bücherei oder in der Essenausgabe. Wobei ihre Anwesenheit jedoch nichts dazu beigetragen hatte, Logan in der Spur zu halten.

„Gut geraten." In seinem Blick lag jetzt etwas weniger Feindseligkeit. „Und deine?"

„Nach dem anfänglichen Schock waren sie toll. Vielleicht schon zu toll. Irgendwie wäre es tröstlich gewesen, wenn sie mir Hausarrest gegeben hätten oder so." Sie legte eine Hand auf ihren harten, runden Bauch. „Vermutlich haben sie gemerkt, dass sie das nicht mehr müssen, ich bin ja schon zu lebenslänglichem Hausarrest verdonnert."

Schmerz flackerte in seinen Augen auf. „Warum hast du so lange gewartet? Nach allem, was ich von dir wusste, hättest du auch auf einen anderen Planeten gezogen sein können. Ich habe dich nach dem Wochenende auf Long Island nie wiedergesehen."

„Das Wochenende auf Long Island" war natürlich nur ein Code für die Tatsache, dass sie total high gewesen waren und sich um Verhütung keine Gedanken gemacht hatten. Sie waren mehr als dumm gewesen, was ihnen vermutlich beiden damals schon klar gewesen war. Dennoch hatte es sie nicht interessiert. Sie war so verrückt gewesen, so durcheinander von der Scheidung und von der Unsicherheit, was sie mit sich anfangen sollte. Ihre Mom hatte gerade angekündigt, nach Den Haag zu ziehen. Daisy hatte einen epischen Streit mit ihr gehabt und war dann zu dem Wochenendhaus von Logan aufgebrochen. Sie hatte nicht nachgedacht. Sie war ein einziger großer Ball aus Schmerzen gewesen, und sie hatte festgestellt, dass mit Logan zusammen betrunken und high zu sein dafür sorgte, dass sie alles vergessen konnte.

Sie räusperte sich und zwang sich, ihn anzusehen. „Ich, äh, ich dachte, es wäre besser, wenn wir uns nicht wiedersehen."

„Besser für wen?", fragte er. „Ich habe dir an dem Wochenende gesagt, dass ich dich liebe. Ich hab gesagt, dass ich es schön fände, wenn wir zusammenbleiben, aufs gleiche College gehen, und du hast gesagt …"

„Ich weiß, was ich gesagt habe." An dem Wochenende war reichlich Alkohol getrunken und gefeiert worden. „Hör zu, ich glaube nicht an langfristige Beziehungen. Meine Eltern haben meinetwegen geheiratet. Ich bin sicher, dass sie die besten Absichten hatten, aber schließlich ist die Familie auseinandergebrochen." Sie wusste, dass sie das zu einfach darstellte. Ihre Familie war lange Zeit glücklich gewesen. Der schleichende Prozess bis zur Scheidung war keine jahrelange Tortur gewesen.

„Und dennoch hast du dich entschlossen, das Baby zu bekommen", sagte er. „Das nenne ich ziemlich langfristig."

„Das ist was anderes."

„Oh. Inwiefern?" Er steckte die Daumen in die hinteren Hosentaschen und ging angespannt auf und ab. „Ich habe Monate gebraucht, um über dich hinwegzukommen", sagte er. „Und ich habe es nie ganz geschafft, aber wenigstens habe ich aufgehört, jede einzelne Minute eines jeden verdammten Tages an dich zu denken. Ich tue es jetzt nur noch jede zweite Minute. Aber trotzdem – sogar jetzt wache ich noch jeden Morgen auf und erinnere mich an jede verdammte Einzelheit von dir. Wie es klingt, wenn du lachst, wie du deine Kamera hältst, wie sich dein Haar anfühlt, dein Gesichtsausdruck, wenn im Radio ein Lied gespielt wird, das du magst. Und dann haust du mir das hier um die Ohren." Er zeigte wütend auf den Umschlag mit den notariell beglaubigten Papieren. „Ich werde mich übrigens nicht raushalten", fügte er hinzu.

Daisys Mund wurde ganz trocken. „Das musst du aber."

Er lachte bitter. „Ja, klar."

„Ich meine, das ist nur fair. Ich habe dir gesagt, dass du weder mir noch dem Baby oder sonst wem irgendwas schuldest. Du hast keinerlei Verpflichtungen …"

„Tja, ich schätze, ich möchte aber welche haben", sagte er. „Wir sprechen hier über ein Baby. Einen Menschen. Jemanden, der total unschuldig ist. Was wolltest du dem Kind erzählen – tut mir leid, dass du keinen Vater hast?" Bevor sie etwas erwidern konnte, fuhr er fort: „Weißt du was? Damit bin ich nicht einverstanden."

Sie fragte sich, worauf er hinauswollte. „Was willst du, Logan? Willst du dieses Baby mit mir zusammen haben?"

Es so geradeheraus auszusprechen schien zu helfen. Sein Gesichtsausdruck verriet ihr alles, was sie wissen wollte. „Ja, das dachte ich mir", sagte sie. „Geh nach Hause, Logan. Fahr zurück in die Stadt. Du willst nicht hier bei mir sein und so tun, als würde es dich interessieren."

Er schaute sie wütend an. „Sag mir nicht, was ich will oder nicht will. Es geht hier um ein Kind, das wir zusammen gemacht haben und für das wir beide verantwortlich sind."

„Für den", entfuhr es ihr versehentlich. „Es wird ein Junge."

Ein leichtes Lächeln zuckte um seine Mundwinkel. „Echt?"

Sie nickte. „Ich möchte ihn gerne Emile nennen."

„Nach dem Buch von Rousseau", sagte er. „Das wir im Französischunterricht gelesen haben."

Sie hielt den Atem an. „Ich kann nicht glauben, dass du dich daran erinnerst."

„Du wärst überrascht, was ich noch alles weiß", erwiderte er. In seiner Stimme klang jedoch keinerlei Weichheit oder Gefühl mit, sondern nur Wut – und vielleicht ein wenig Schmerz. „Ich erinnere mich daran, meinen gesamten Kursplan so organisiert zu haben, dass wir im gleichen Französischkurs waren und gemeinsam Mittagspause hatten. Ich erinnere mich daran, die ganze Nacht lang für Tickets zum Rolling-Stones-Konzert angestanden zu haben. Ich erinnere mich …"

„Hör auf", unterbrach sie ihn. „Du wolltest nicht mal, dass irgendjemand erfährt, dass wir zusammen sind. Daran erinnere ich mich noch, dass du dich meinetwegen geschämt hast."

„Das ist nicht der Grund, und das weißt du."

„Tu ich das?" Sie war verwirrt. Sie hatte immer angenommen, seine Liebeserklärungen wären eine Mischung aus Weinseligkeit und jugendlichem Hormonüberschuss gewesen, daher hatte sie sie nie für voll genommen. Sie waren beide siebzehn Jahre alt, verwöhnt und dumm.

„Ich habe mich nie geschämt", sagte er. „Das stimmt nicht."

„Was dann?"

„Ich wollte nicht, dass du einen schlechten Ruf bekommst."

Sie brach in lautes Lachen aus. Das war so unglaublich … und untypisch. Logan O'Donnell machte sich Sorgen um ihren Ruf. In welchem alternativen Universum wäre das wohl wahrscheinlich? „Na dann, vielen Dank dafür", sagte sie. „Hat für mich ja super funktioniert."

„Du glaubst mir nicht."

„Natürlich glaube ich dir nicht."

„Dann gib mir die Chance, mich zu beweisen. Lass mich dir damit …", er zeigte auf ihren Bauch, „helfen. Meine Gefühle für dich … sie waren einfach sehr privat. Ich wollte sie mit niemandem teilen. Ich wollte nicht hören, dass wir zu jung sind, und die ganzen Gründe, wieso es nicht funktionieren kann. Aber wie ich sehe, bist die Skeptischste von allen du."

„Wir haben uns wie dumme Kinder benommen. Wir waren nicht die Ersten, und wir werden nicht die Letzten sein. Ich versuche, mit alldem so gut ich kann klarzukommen, okay?"

„Nein", sagte er mit versteinerter Miene. „Nicht okay. Ich werde einen Treuhandfonds für das Baby anlegen. Ich will ein regelmäßiges Besuchsrecht …"

„Logan, lass es. Ich habe versucht, es so unkompliziert wie möglich zu machen. Es gibt nichts, was ich von dir will oder brauche."

„Hier geht es aber nicht um dich. Es geht um … Emile."

Es war merkwürdig, ihn das Baby beim Namen nennen zu hören.

„Und außerdem", fügte er hinzu, „bin ich mir mit dem Namen für einen Jungen nicht so sicher. Die Leute werden nicht wissen, wie sie ihn aussprechen sollen, und ich will nicht, dass er ‚Emily' gerufen wird."

„Was hältst du dann von Jean-Jacques, wie der Autor?"

„Ja, das wäre super, zwei komische Namen statt nur einem. Weißt du, wie schnell er es leid sein wird, jedem zu erklären, wie sein Name ausgesprochen und geschrieben wird?"

Gutes Argument, dachte Daisy. „Sein zweiter Vorname wird Charles, nach meinem Großvater. Vielleicht rufe ich ihn einfach Charlie."

„Besser. Sehr viel besser." Logan nickte. Er hatte immer so viel mehr gelächelt und gelacht. Daisy war immer noch ziemlich geschockt, ihm hier gegenüberzustehen. Wie wahrscheinlich war das auch? fragte sie sich. Jeder andere Junge in seiner Situation wäre dankbar dafür gewesen, von allen Verpflichtungen entbunden zu sein. Doch Logan schien einer der wenigen zu sein, die zu ihrer Verantwortung standen. Was für ein Schlamassel.

„Wissen deine Eltern, dass du hier bist?", fragte sie.

„Sie wollen, dass ich deinen Bedingungen zustimme, das alles hinter mir lasse und mit meinem Leben weitermache."

„Weil sie wissen, dass das der richtige Lauf der Dinge ist."

„Es ist aber nicht ihre Entscheidung." Er nahm ihre beiden Hände in seine und hielt sie ganz fest. „Lass uns das nicht vermasseln, Daisy."

Seine Berührung fühlte sich … anders an. Irgendwie sicherer. „Was, du glaubst tatsächlich, das haben wir noch nicht längst getan?"

Er hielt ihre Hände weiter fest. „Du weißt, wo ich letzten Winter war, oder?" In seinen Augen zeigte sich etwas Gehetztes, Zerbrechliches, und das war neu. Wenn sie sonst in seine Augen geschaut hatte, hatte sie dort nichts als Lachen und Unsinn gesehen.

„In einem Internat zur Entziehung. Das habe ich zumindest gehört."

„Das ist kein Geheimnis. Es war echt ätzend, aber ich habe auch eine Menge gelernt. Einschließlich der Tatsache, dass ich die Verantwortung für mein Tun übernehmen muss. Ich kann nicht immer nur davonlaufen."

„Also sind das Baby und ich Teil deines Zwölf-Schritte-Programms, oder was?" Sie versuchte, ihm ihre Hände zu entziehen.

Er ließ nicht los. „Du bist ein Teil von mir. Von meinem Leben. Ich bitte dich um eine Chance, Daisy. Eine Chance, dir zu zeigen, dass ich gut für dich und das Baby sein kann. Wir sind zu jung, ja, und wir werden Fehler machen, aber wer tut das nicht?"

Eltern, die nicht bei ihren Kindern sind, dachte Daisy. Wenn sie nicht da sind, können sie es auch nicht verkorksen. Und das war doch schon mal was. Sie schaute auf ihre miteinander verbundenen Hände, dann wieder in Logans Gesicht. Hier war der Junge, nach dem sie auf der Highschool ganz verrückt gewesen war. Aber hinter diesen Augen lebte jetzt jemand anderes.

Ein Fremder.

Der Vater ihres Kindes.

20. KAPITEL

Nina saß in ihrem Büro neben dem Salon des Inn und überprüfte ungläubig ihre Kontoauszüge. Zum ersten Mal in ihrem Leben zuckte sie beim Anblick der letzten Zeile nicht zusammen. Sie hatte nicht nur genug, um ihre Ausgaben zu decken, sondern da war sogar ein kleines Plus übrig geblieben. Greg hatte ihr versprochen, sie großzügig zu entlohnen, und er hatte sein Versprechen gehalten. Trotzdem war das nicht das, was sie sich vorgestellt hatte – weder für sich noch für das Inn. Wieder einmal hatte ihr das Leben einen Knüppel zwischen die Beine geworfen. Sie war wirklich die erbärmlichste Person auf Erden – die Frau, die in ihren Chef verknallt war. Sie hatte versucht, es zu leugnen, aber sie war noch nie gut darin gewesen, sich selber zu belügen. Ihre schlimmsten Momente waren, wenn sie Seite an Seite arbeiteten, gemeinsam planten oder alles beaufsichtigten. Sie waren so ein gutes Team, und es war schwer, sich nicht von ihm angezogen zu fühlen.

Entschlossen knallte sie den Ordner zu und packte ihn weg. Sie hatte eine Wahl. Sie musste nicht diese Frau sein. Sie könnte einfach Frieden schließen mit der Tatsache, dass das hier ein Job war. Nicht ihr Leben. Nicht ihre Zukunft.

Durch das offene Fenster sah sie Max auf seinem Fahrrad vom Little-League-Training heimkommen. Der Besuch bei seiner Mutter war vorbei, und er war als wütender, unglücklicher Junge wieder nach Hause zurückgekehrt.

Das geht dich nichts an, sagte sie sich, während sie zusah, wie er beinahe einen Unfall baute, in letzter Sekunde noch absprang und das Fahrrad auf die Erde fallen ließ. Seine Tasche mit den Trainingsklamotten wurde weggeschleudert. Dann hob Max den Schläger auf und schwang in wütend durch die Luft.

Oh je, dachte Nina und eilte nach draußen. Als sie sich Max näherte und dabei seinen Namen rief, wurde ihr trotz der Hitze des Tages kalt.

Sie rief sich das Versprechen in Erinnerung, das sie gemacht hatte – die Grenze, die sie nicht überschreiten wollte. Sie würde sich nicht in Gregs Familie hineinziehen lassen. Das stand nicht in ihrer Arbeitsplatzbeschreibung.

Aber als sie Max' gequälten Gesichtsausdruck sah, schmolz etwas in ihrem Innern. Er befand sich in diesem unwiderstehlichen Alter zwischen Kindheit und Jugend. Er hatte noch die weichen, runden Wangen des Kindes, aber die langen, an ein Fohlen gemahnenden Gliedmaßen und großen Füße des Teenagers kurz vor einem gewaltigen Wachstumsschub.

Er hörte sie nicht. Er war zu sehr damit beschäftigt, alles in Sichtweite mit seinem Baseballschläger niederzumähen. Sein Brustkorb hob und senkte sich unter der Anstrengung, und in seinen Augen funkelte die Wut. Sein Trikot war zerrissen und fleckig, die schweißgetränkte Kappe saß schief. Sein rotes Gesicht war nass vor Tränen oder Schweiß – vermutlich beidem.

Es gab kaum etwas Explosiveres als einen wütenden Jungen. Es war eine so seltsame Mischung aus erwachsenen und kindlichen Zwängen. In einem Jungen von Max' Alter tobte eine Wildheit, die jederzeit kurz vor einem unkontrollierten Ausbruch stand.

„Max", rief sie jetzt lauter und warf einen Blick über ihre Schulter, um sicherzugehen, dass keiner der Gäste zuschaute.

Er drehte sich zu ihr um, den Schläger erhoben, die Augen brennend. Sie blieb auf Distanz. Der Schläger flog; er streifte niedrig hängende Äste und schreckte Vögel auf, bevor er mit einem dumpfen Aufprall einige Meter entfernt auf der Erde landete.

„Schlechten Tag beim Training erwischt?", fragte sie.

Er starrte sie böse an, seine Wut schien in Wellen von ihm auszustrahlen. „Wie hast du das nur erraten?"

Sie zuckte die Schultern. „Pures Glück. Was ist los?"

„Nichts", sagte er.

Er zitterte, ein Vulkan kurz vor dem Ausbruch. Sie wartete.

„Ich hab das Team geschmissen."

Nina nickte. „Das ist dein gutes Recht. Es ist schließlich nur ein Spiel." Sie wusste, dass es weniger um das Team als um seine Eltern ging und wie er sich mit sich selber fühlte. Aber andererseits bedeutete Baseball für ein Kind wie ihn in einer Stadt wie dieser alles. Sie konnte den Herzschmerz in seinen Augen sehen. Er liebte Baseball. Die einzige Zeit, in der er still saß, war während eines Spiels. Sein Zimmer war ein wahrer Schrein an Erinnerungsstücken, Andenken, Wimpeln und Programmheften. Er besaß Hunderte Baseballkarten und hatte sie alle auswendig gelernt. „Willst du darüber reden?", fragte sie.

„Nein." Er starrte auf den Boden. „Du bist nicht meine Mutter."

„Tja, weißt du was? Ich will auch gar nicht deine Mutter sein. Und das ist pures Glück für dich, denn wenn ich es wäre, würde ich dir ordentlich die Ohren lang ziehen, weil du diese teure Ausrüstung kaputt gemacht hast. Aber wenn du mal mit jemandem reden willst …"

„Alle wollen immer nur reden", gab er wütend zurück. „Mein Dad und meine Schwester. Die Schlimmste ist meine Mom. Immer nur reden, reden, reden." Er versetzte seiner Trainingstasche einen Tritt. „Ich nehme das zurück. Dr. Barnes ist der Schlimmste." Max nahm einen

Baseball in die Hand und schleuderte ihn in die Bäume. Das Kind hatte einen guten Wurf.

Dr. Barnes war der Familienberater, den Max jede Woche aufsuchte. „Warum ist er der Schlimmste?", wollte Nina wissen.

„Er will, dass ich an meinen Problemen arbeite und angemessene Strategien finde, um meine heftigen Gefühle in den Griff zu bekommen", zitierte Max den Therapeuten, während er einen weiteren Ball warf.

„Und, wie kommst du damit voran?", fragte Nina.

Er funkelte sie an.

„Warum hast du mit dem Baseball aufgehört?"

„Weil Coach Broadbent ein Idiot ist."

Sie kannte Jerry Broadbent. Max lag mit seiner Einschätzung nicht so verkehrt. Dennoch ... „Mit so einem Mundwerk ist es kein Wunder, dass er es dir schwer macht. Hat der Coach dir gesagt, dass du aus dem Team raus bist?"

„Ich bin in Baseball eine Niete", platzte es aus Max heraus. „Ich bin der Schlechteste im Team."

„Das verstehe ich nicht. Du bist stark und schnell. Du kannst werfen. Du kennst das Spiel besser als jedes Kind, das ich je getroffen habe. Du bist ein guter Sportler, Max."

„Ja, erzähl das mal Broadbent."

„Du übst doch regelmäßig mit deinem Dad."

„Das ist nicht das Gleiche, wie wirklich auf dem Spielfeld zu stehen. Ich hasse es, jede verfickte Minute angebrüllt zu werden."

„Mal sehen, ob ich das richtig verstehe. Du magst das Spiel, bist aber schlecht darin." Sein Gesichtsausdruck bestätigte ihre Annahme. „Wenn man etwas liebt, dann findet man auch einen Weg, es zu genießen. Lass dir das weder vom Coach noch von deinen Mitspielern wegnehmen. Was denkt dein Vater darüber?"

„Er interessiert sich einen Sch..., gar nicht dafür", sagte Max.

„Irgendwie klingt das gar nicht nach ihm."

Max zuckte mit den Schultern. „Ich habe die letzten beiden Spiele auf der Bank verbracht. Wenn ich nicht spiele, kann ich genauso gut aufhören."

Während Nina ihn beobachtete, spürte sie in sich ein hitziges, elementares Gefühl aufsteigen – mütterliche Empörung. Nein, sie war nicht seine Mutter, aber er berührte sie, dieser Junge, der so sehr versuchte, tapfer zu sein und seinen Vater nicht zu enttäuschen. Und Broadbent. Er war älter als Staub. Älter als die Felsen. Und offensichtlich war er heutzutage noch genauso unerträglich wie damals zu den Zeiten ihrer Brüder. Es juckte Nina in den Fingern, ihn anzurufen und ihm mal ordentlich die Meinung zu sagen. Eine Frau würde allen Schmerz der Welt ertragen, wenn nötig, aber ein verstörtes Kind weckte den Bären in ihr. *Warte nur.*

Sie spürte, dass weit mehr dahintersteckte, als er ihr erzählt hatte. Es lag nicht an seiner Sportlichkeit oder seinen Fähigkeiten. Hier ging es um etwas ganz anders. Max' Vater war hauptsächlich mit Daisy beschäftigt. Max selber war gerade von einem mehr als unglücklichen Ausflug zu seiner Mutter heimgekehrt. Nina nahm an, dass beim Training der Knoten geplatzt war.

Sie schaute auf die Uhr. Sie hatte innerhalb der nächsten zwanzig Minuten mindestens dreißig Dinge zu tun, sie hatte keine Zeit hierfür. Aber dann fiel ihr Blick auf das trotzig gereckte Kinn von Max, und sie hörte sich selber sagen: „Komm mit. Ich möchte dich mit jemandem bekannt machen." Sie wollte Max nicht für seinen Ausbruch belohnen, aber er musste mit eigenen Augen sehen, wie ein echtes Team funktioniert, dass nicht von Wut angetrieben wurde.

Er machte ein finsteres Gesicht und gab sich verstockt, und ihr fiel wieder ihre lange To-do-Liste ein. „Jetzt, Max", befahl sie und merkte, wie der scharfe Ton ihn sofort einknicken ließ. Er folgte ihr zu ihrem Auto.

Während der Fahrt kamen vertraute Gefühle in ihr hoch. Sie konnte einfach nicht anders – bei Max fühlte sie sich wie eine Mutter. Er weckte diesen Beschützerinstinkt in ihr, und es fühlte sich gut und klar und richtig an, auch wenn sie sich immer wieder sagte, dass sie das hinter sich hatte und nicht noch einmal durchmachen wollte.

Schweigend fuhren sie zu den Spielfeldern am Rande der Stadt. Auf dem Kiesparkplatz hielt sie an, stellte den Motor ab und drehte sich um, um Max' Gesicht zu sehen. Eine Mischung aus Vorsicht und Ungeduld zeigte sich darauf.

„Komm, ich will, dass du Dino kennenlernst."

"Dino Carminucci? Hör auf!"

Nina musste lächeln. Seine Laune war wie Quecksilber.

„Komm schon."

„Du kennst ihn?" Max konnte es nicht glauben. „Persönlich und so? Ich kann nicht glauben, dass du ihn kennst."

Dino war die größte politische Gefälligkeit ihrer Karriere. Dank etwas, das ihr Vater zwanzig Jahre zuvor getan hatte, hatte Dino sein Team in diese Stadt gebracht. Und nun stand Nina kurz davor, noch einen Gefallen einzufordern. Sie blieb stehen und wandte sich an Max. „Hör zu. Ich möchte, dass du weißt, es ist nicht in Ordnung, so auszuflippen, wie du es heute getan hast. Jeder wird mal böse, aber mit Dingen um sich zu werfen ist nicht die Lösung. Du könntest jemandem oder dir selber wehtun oder etwas zerbrechen, und das ist nicht okay."

Sein Gesicht war ganz weich vor Reue, aber er hielt den Blickkontakt. „Du hast recht."

„Ich will nur sichergehen, dass du das hier nicht als Belohnung für deinen Wutausbruch ansiehst."

„Wer hatte einen Wutausbruch?", fragte Dino, der gerade von der Spielerbank kam. „Ich wette, das war nur ein wenig überschüssige Energie." Das war seine Gabe – dieses sofortige Verständnis für einen unter Strom stehenden Jungen. Sie wusste, dass Max bei ihm in guten Händen war.

10. Teil

Damals

Die Stadt Avalon ist bekannt für ihren Gemeinsinn, der tief in der Geschichte wurzelt. Als die in der Nähe gelegene Stadt Kingston während der Amerikanischen Revolution von den britischen Truppen niedergebrannt wurde, öffnete Avalon seine Pforten für die Flüchtlinge und bot ihnen einen sicheren Zufluchtsort vor den Angreifern. Heute hingegen finden die Besucher ihre Helden eher auf den Baseballfeldern.

„Da beim Baseball einzig die Outs gezählt werden", schrieb einst der amerikanische Essayist Roger Angell im *New Yorker*, „muss man einfach nur zutiefst erfolgreich sein; einfach weiterschlagen, weiterlaufen, und schon hat man die Zeit besiegt. Man bleibt für immer jung."

21. KAPITEL

Bürgermeisterin Romano?"

Die Stimme der Sekretärin kam knackend aus der Gegensprechanlage auf Ninas Schreibtisch. Nina fuhr erschreckt hoch, nicht weil die Stimme Furcht einflößend war, sondern weil sie gerade zutiefst konzentriert gearbeitet hatte. Die letzte Bilanz der Stadtfinanzen war kein schöner Anblick, und das machte sie verrückt, weil sie und der Stadtrat alles nur Mögliche getan hatten, um das Ergebnis zu verbessern. Irgendwo gab es ein Leck, doch niemand schien es finden zu können. Nach der Hälfte ihrer Zeit als Bürgermeisterin hatte sie unzählige Arten entdeckt, auf die etwas schiefgehen konnte.

Sie holte tief Luft, um ihren Kopf frei zu machen, und drückte dann den Knopf der Gegensprechanlage. „Ja, Gayle?"

„Sie haben Besuch – Ihren Vater."

„Oh!" Nina sprang auf und fuhr sich mit der Hand ordnend durch die Haare. „Schicken Sie ihn rein."

Sekunden später schwang die Tür auf, und Pop stand in ihrem Büro. „Ich bin ein bisschen früh", sagte er. „Ich hoffe, das macht dir nichts aus."

Sie schloss die Datei mit den Finanzen auf ihrem Computer. „Nein, ganz und gar nicht. Ich muss nur noch schnell ein paar Sachen zusammensuchen." Hastig packte sie einige ausgedruckte Berichte und Schriftwechsel in eine Jutetasche. Dann klappte sie einen Taschenspiegel auf und überprüfte ihre Frisur. Einige ihrer Kritiker hatten sie „Hippie-Bürgermeister" genannt, was absoluter Schwachsinn war, aber seitdem achtete sie extrem darauf, wie sie sich anzog und ihre Haare trug. Sie hatte Dino Carminucci bisher noch nicht persönlich kennengelernt und wusste nicht, was sie zu erwarten hatte. Also hatte sie sich für ein knielanges, beigefarbenes Kleid und flache Pumps entschieden. Einer Frau, die Pumps trug, konnte man nicht vorwerfen, ein Hippie zu sein. „Kann ich so gehen?", fragte sie ihren Vater.

Er schenkte ihr das breite Lächeln, das in den vergangenen dreißig Jahren die Herzen aller Schüler der Avalon High im Sturm erobert hatte. „Du siehst toll aus. Ich könnte nicht stolzer auf dich sein."

„Ich habe lange darauf gewartet, das von dir zu hören, Pop."

„Was, dass ich stolz auf dich bin? Machst du Witze? Ich bin auf alle meine Kinder stolz. Vor allem auf dich. Auf dich und auf Sonnet. Vielleicht sage ich es dir nicht jeden Tag, aber jetzt hörst du es. Ich bin stolz. Schon immer gewesen."

„Danke. Ich bin ein wenig nervös wegen des Treffens. Die Stadt geht damit eine große Verpflichtung ein. Und ein großes Risiko."

„Seit wann hast du Angst vor Risiken und Verpflichtungen?“, fragte er.

„Seit ich die Verantwortung für eine ganze Stadt trage.“

Denn das war der Ruf, den sie hatte. Nina, die Macherin. Nina, die Zuverlässige. Nina, der kleine Motor, der alles schaffte. Niemand kannte die andere Nina, die manchmal mitten in der Nacht aufwachte, weil ihr Herz sich nach etwas sehnte, was sie nie gehabt hatte.

Gemeinsam verließen sie das Rathaus und stiegen in das Auto ihres Vaters. Den silbernen Prius Hybrid hatte er gekauft, als die Zwillinge ausgezogen waren, um aufs College zu gehen. „Mein Leeres-Nest-Mobil“, erklärte er Nina, als sie den Gurt anlegte. „Mann, ich konnte es kaum erwarten, ein Auto zu fahren, das nicht aussah wie ein Airportshuttle.“

„Und wie gefällt er dir jetzt?“, wollte sie wissen.

„Das ist ganz drollig. Der Wagen gefällt mir ganz gut, aber das mit dem leeren Nest ist nicht so toll, wie man immer denkt. Ich vermisse mein verrücktes, lautes Haus voller Kinder.“

Sie nickte. Jetzt, wo Sonnet nur so durch die Highschool sauste und einige Klassen übersprang, um früher ihren Abschluss zu machen, konnte Nina mit ihm mitfühlen. Sosehr sie sich nach einer neuen Phase in ihrem Leben sehnte, wenn Sonnet ausgezogen war, richtete sie sich doch auch darauf ein, eine Einsamkeit zu empfinden, die sie nie zuvor verspürt hatte.

Das Treffen fand im Apple Tree Inn statt, dem B&B mit angeschlossenem Restaurant, das direkt am Fluss in der Nähe der alten überdachten Holzbrücke lag, die wiederum eines der meistfotografierten Wahrzeichen der Stadt war. Mr Carminucci wohnte für die Zeit seines Besuches im Apple Tree Inn. Nina wünschte, sie könnte Besuchern das Inn am Willow Lake empfehlen, aber so gerne sie dieses Hotel auch hatte, es hatte ehrlich gesagt schon bessere Tage gesehen.

„Ich freue mich auf den Termin“, sagte ihr Vater. „Ich habe Dino nicht mehr gesehen, seit wir zusammen auf dem College waren.“ Nina hatte lernen müssen, dass Deals wie dieser so funktionieren. Es war alles eine Frage von Verbindungen und vergangenen Beziehungen.

„Weißt du“, sagte sie, „als ich den Bürgermeisterposten übernahm, hatte ich all diese großen Pläne und Ziele für die Stadt. Ich hatte keine Ahnung, wie schwer es ist, irgendwas erledigt zu kriegen, und sei es eine noch so kleine Sache. Ich dachte immer, wenn ich meine Chance erhalte, fallen alle Puzzleteile an ihren Platz. Ich war entschlossen, Avalon zur besten Kleinstadt des Ulster County zu machen. Ach, was sage ich, des ganzen Staates. Aber was wenn mein einziges Vermächtnis als

Bürgermeisterin darin besteht, dass ich ein Baseballteam in die Stadt geholt habe?“

„Machst du Witze?“ Ihr Vater schaute sie unter erhobenen Augenbrauen an. „Das wäre riesig, und das weißt du. Wenn du das hier hinbekommst, werden die Leute sich immer an dich erinnern als die Bürgermeisterin, die ihre Stadt zu einer Baseballstadt gemacht hat.“ Sie waren vor dem Apple Tree Inn angekommen, und er hielt ihr die Tür auf. „Denk dran, egal, was passiert, ich meinte das, was ich vorhin gesagt habe. Ich könnte nicht stolzer auf dich sein.“

Als sie in den wunderschönen – aber übermäßig dekorierten – Salon des Apple Tree Inn traten, verspürte Nina einen kleinen Stich des Bedauerns.

Das musste sich auf ihrem Gesicht abgezeichnet haben, denn ihr Vater fragte sofort: „Was ist los?“

Er kannte sie gut. „Ich mag es, Bürgermeisterin zu sein“, sagte sie. „Ich liebe diese Stadt, und es macht mir nichts aus, hart für sie zu arbeiten. Aber tief im Innern habe ich mir immer vorgestellt, an einem Ort wie diesem zu arbeiten.“

„Du wirst nicht für immer Bürgermeisterin sein“, erinnerte er sie.

„Aber im Moment bin ich es“, sagte sie und setzte ein Lächeln auf. „Komm, Pop. Stell mich deinem Freund vor.“

11. Teil

Heute

Sie werden es nie erleben, dass im Inn am Willow Lake irgendwelche Konferenzen oder Tagungen stattfinden. Nichts wird je die Ruhe und Behaglichkeit der Gäste stören. Was Sie hingegen erleben werden, sind ein herzliches Willkommen, ein beschaulicher Ort, um nachzudenken, ein wunderschöner Platz, um die Beziehung zu einem geliebten Menschen aufzufrischen, und Erinnerungen, die ein Leben lang anhalten. Wir sehen uns unten am Steg …

22. KAPITEL

Kurz nach Sonnenuntergang stand Greg mit Max und Daisy am Seeufer. Sie waren in der Hoffnung hinuntergegangen, hier eine leichte, vom See kommende Brise zu erhaschen, aber die Nachtluft lag still und warm wie eine Decke über der Landschaft. Es war vermutlich die wärmste Nacht des Jahres. Daisy richtete ihr kleines, tragbares Teleskop auf den Mond und versuchte, einen klaren Blick auf seine Oberfläche zu erhalten. Max wollte Steine über das Wasser flitschen lassen, doch sie gingen alle mit einem leisen Gluckern unter.

Es gab Augenblicke wie diesen, in denen Greg nicht wusste, was er zu seinen Kindern sagen, wie er mit ihnen reden sollte. Wenn er sie fragte, wie es ihnen ging, gaben sie ihm nichtssagende Antworten. Daisy war verständlicherweise angespannt und gereizt. Max war seit der Rückkehr vom Besuch bei seiner Mutter nicht mehr er selbst. Greg machte Sophie allerdings keinen Vorwurf wegen der Laune seines Sohnes. Max hatte sich den ganzen Sommer über schon damit schwergetan.

Jetzt beugte Max sich vor und hob noch ein paar Steine auf. „Mir gefällt es im Camp Kioga besser“, sagte er. „Erinnert ihr euch noch an letzten Sommer, als wir in den Hütten geschlafen und Lagerfeuer gemacht haben?“

„Du hast letzten Sommer gar nichts gemacht außer gejammert“, erinnerte ihn Daisy. „Du wolltest deine Xbox …“

„Und du hast geheult, weil du keinen Handyempfang hattest.“

„Und das Schockierende ist“, schaltete Greg sich ein, „die Welt ist trotzdem nicht untergegangen. Kommt, wir machen ein Feuer am Strand.“

„Es ist zu warm für ein Lagerfeuer. Es ist zu warm für alles.“

„Wir könnten schwimmen gehen“, schlug Greg vor.

„Ja, wenn die Elefantenfrau hier in den See geht, verursacht sie vermutlich eine Springflut“, kicherte Max.

„Halt den Mund, Trottel.“

„Halt selber den Mund.“

„Du …“

„Wie wäre es damit? Wir holen uns was Kaltes zu trinken, und ich bringe euch Texas Hold’em bei.“

Sie schnappten nicht gerade über bei seinem Vorschlag, aber sie waren wenigstens bereit, es mal zu probieren. Also setzten sie sich in die Korbsessel um den Tisch auf der Veranda. Ein Ventilator blies sachte kühlere Luft zu ihnen. Daisy spielte ein paar Hände, sie war mit dem

Spiel ganz offensichtlich schon vertraut, aber dann fing sie an zu gähnen und unruhig auf ihrem Stuhl herumzurutschen.

„Alles in Ordnung?", fragte Greg.

„Ja", sagte sie. „Und du musst mich das nicht alle fünf Minuten fragen."

„Sorry." Er ermahnte sich, ihre Gereiztheit nicht persönlich zu nehmen.

„Ist schon gut. Ich bin nur müde. Ich gehe ins Bett."

„Wir spielen doch noch", widersprach Max. „Mit nur zwei Spielern ist das langweilig."

Daisy machte eine müde Geste in Richtung Bootshaus. „Hol doch Nina dazu. Ich wette, sie spielt gerne mit." Mit einem Mal stieg ihre Laune merklich.

Greg schüttelte den Kopf. Wenn er ehrlich war, würde er nichts lieber tun, als Nina zu holen, aber er war entschlossen, auf Distanz zu bleiben.

„Ich mag Nina", fuhr Daisy so fröhlich fort, dass Greg sich fragte, worauf sie hinauswollte. „Ich finde es toll, dass sie das Inn managt. Angesichts der Umstände nimmt sie das Arbeiten hier ziemlich cool, finde ich."

„In Anbetracht welcher Umstände?", fragte Greg.

„Nun ja, mit ihrem Wunsch, das Inn selber zu besitzen …" Sie hielt inne und musterte ihn eine Sekunde. „Hast du das nicht gewusst? Sonnet hat mir das vor Jahren erzählt, also hatte ich angenommen … Dad, du hast es nicht gewusst? Das war schon immer ihr großer Plan für die Zeit, wenn Sonnet aufs College geht und Ninas Amtszeit als Bürgermeisterin vorbei ist."

Endlich verstand Greg, wieso Nina so wütend auf ihn gewesen war. Kein Wunder.

„Ich mag sie auch", sagte Max und schichtete seine Pokerchips zu kleinen Stapeln auf. „Vor allem nach heute."

„Was ist heute passiert?"

Max fuhr fort, die Chips zu stapeln, und konzentrierte sich sehr darauf, die gezahnten Ränder ordentlich übereinanderzulegen. „Ich höre mit Baseball auf", sagte er. „Keine Little League mehr für mich."

Hitze. Eine Hitzewelle war im Spätsommer hereingebrochen, wie der letzte Vorstoß einer Armee vor der Kapitulation. Die Temperaturen lagen um die dreißig Grad, was um Avalon herum ziemlich unerträglich war. Es war Ninas freier Abend, aber sie hatte nichts vor. In ihrem Haus herrschte das Chaos, doch sie hatte keine Lust, aufzuräumen. Hausarbeiten hatte sie schon immer eher widerwillig erledigt, und jetzt, wo

Sonnet nicht mehr da war, ließ Nina ihrer inneren Schlampe freien Lauf. Wenn es so heiß war, sollte niemand Hausarbeit erledigen müssen.

Sie war unruhig und verschwitzt. Sogar mit offenem Fenster und auf höchster Stufe laufenden Ventilatoren war es stickig. Sie machte sich eine Schüssel Cornflakes und stellte sich damit auf ihre Veranda, um die Sterne zu betrachten, die am samtenen Himmel funkelten. Schließlich ertrug sie es nicht mehr, also zog sie einen Badeanzug an und ging schwimmen, ganz allein im Dunkeln. Als sie sich unter die Wasseroberfläche gleiten ließ, dachte sie daran, wie sich ein Bad im See angefühlt hatte, als sie noch jünger gewesen war – kalt und befreiend und leicht verboten. Sie schwebte auf dem Rücken und schaute zu den Sternen hinauf.

Wieder einmal war sie allein. Sie mochte es, allein zu sein. Sie müsste es nicht, wenn sie nicht wollte. Es gab genügend Gelegenheiten. Bo Crutcher, der Star-Pitcher der Hornets, hatte sie für heute auf ein Date eingeladen. Na ja, er hatte es nicht Date genannt, aber er hatte sie gefragt, ob sie Lust hätte, mit zur Hill Top Tavern zu kommen. Bo war lustig – vielleicht etwas zu lustig –, und einen Moment lang war Nina versucht gewesen, die Einladung anzunehmen. Er war weiß Gott attraktiv, groß und athletisch und durch und durch Texaner, sowohl was seinen Charme anging als auch seine Fähigkeit, ein Bier nach dem anderen zu trinken, bis er ganz weich wurde und romantische Sachen sagte, die er nicht meinte. Es wäre ihm gegenüber allerdings nicht fair. Sie wäre keine gute Gesellschaft, denn sosehr sie es auch versuchte, sie konnte nicht aufhören, an Greg Bellamy zu denken.

Sie tauchte unter und kam zum Luftholen wieder hoch, ließ sich durch das kühle Wasser gleiten und beobachtete den langen, silbrigen Pfad, den das Mondlicht auf die Oberfläche warf. Die tiefe Einsamkeit, die sie in diesem Moment überfiel, ließ sie ihre Meinung ändern – vielleicht würde sie doch noch in die Hill Top Tavern gehen, ein wenig Billard oder Darts spielen. Entschlossen, ihre düstere Stimmung abzuschütteln, ging sie nach oben und duschte schnell, wobei sie das Lied im Radio lauthals mitsang. Sie hatte sich gerade ein Handtuch um den Kopf gewickelt, als sie ein Klopfen an der Tür hörte.

Mit einem Fluch zog sie sich ein Hornets-T-Shirt über und suchte in der Schublade nach einer Unterhose. Kein Glück – ihre ganze Unterwäsche lag in dem Wäschekorb im Wohnzimmer und wartete darauf, zusammengelegt und weggeräumt zu werden. Es klopfte wieder, und dieses Mal klang es laut und dringend. Sie schlüpfte in ein Paar abgeschnittene Jeans und ging zur Tür.

Auf dem Weg durchs Haus fiel ihr Blick auf die Unordnung. Ihre innere Schlampe hatte keinen Besuch erwartet. Da stand ein Korb mit halb gefalteter Wäsche, eine Spüle voller Geschirr, das sie noch nicht abgewaschen hatte, ein Stapel ungeöffneter Post, und jeder ihrer Schritte wirbelte Staubmäuse auf. Mit einer Hand hielt sie den Handtuchturban fest, mit der anderen schaltete sie das Verandalicht an. Auf der anderen Seite der Fliegengittertür stand Greg Bellamy.

„Ich hatte gerade eine interessante Unterhaltung mit meinen Kindern“, sagte er, und sein Ton klang nicht sonderlich freundlich. „Kann ich reinkommen?“

Nina erstarrte. Normalerweise passierte es nur in ihrer Fantasie, dass ein Mann, der aussah wie der hier, darum bat, hereinkommen zu dürfen. Vor allem nachdem sie das Thema Verabredungen mehr oder weniger ad acta gelegt hatte. Anfangs hatte sie Greg die Schuld dafür gegeben, aber später hatte sie vor sich – und nur vor sich – zugegeben, dass mit einem anderen Mann auszugehen für sie einfach nicht funktionierte.

Und hier war er nun, Greg, der Verabredungen mit anderen Männern für sie vollkommen sinnlos gemacht hatte, und fragte, ob er hineinkommen dürfe.

Ohne ein Wort trat sie beiseite, hielt die Tür auf und schloss sie hinter ihm.

„Ich nehme nicht an, dass es dir in den Sinn gekommen ist, mit mir zu sprechen, bevor du Max gesagt hast, dass er aus der Mannschaft austreten und für die Hornets arbeiten soll“, sagte er.

Oh. Ups. „Nein“, gab sie zu. Sie glaubte nicht, Max gesagt zu haben, er solle aufhören, aber sie hatte ihm auch nicht davon abgeraten.

„Er ist nicht einmal dein Kind.“

„Ich denke, das war mir bewusst. Und du hast recht, Greg, ich hätte mich mit dir absprechen sollen – oder besser noch, ich hätte dich die Situation regeln lassen sollen.“ Sein Gesichtsausdruck brachte sie zum Lächeln, sie konnte einfach nicht anders. „Was? Hast du gedacht, ich würde jetzt mit dir einen Streit anfangen, oder was?“

„Äh, ja, ehrlich gesagt hatte ich das erwartet.“

Sie erzählte ihm nicht, dass Max sie absichtlich in die Irre geführt hatte und glauben ließ, Greg wüsste um die Situation. Das war etwas, das Max mit seinem Vater ausmachen musste. „Ich streite mich nicht, wenn ich weiß, dass ich im Unrecht bin“, erklärte sie. „Ich suche auch keine Ausreden, aber Fakt ist, dass ich nie einen Partner in der Kindererziehung hatte. Ich habe alle Entscheidungen ganz alleine getroffen. Der Gedanke, mich mit jemandem abzusprechen – überhaupt diese ganze partnerschaftliche Nummer –, ist für mich ein vollkommen fremdes Konzept.“

„Wir sind Geschäftspartner. Wenn es ums Inn geht, sind wir gleichberechtigt. Aber wenn es um meine Kinder geht …“

„Halte ich mich besser zurück?“ Sie biss sich auf die Unterlippe. Es gab so viel, was sie sagen könnte, so viel, was sie sah, wenn sie Greg und seine Kinder anschaute ... Das, wovor sie sich immer gefürchtet hatte, war passiert. Sie fühlte sich zu dieser Familie hingezogen. Nicht nur zu Greg, sondern auch zu Max und Daisy. Das geht dich nichts an, rief sie sich ins Gedächtnis. „Okay“, sagte sie. „Ich halt mich da raus.“

Ihr Einverständnis schien ihn zu überraschen. „Äh, okay.“

„Aber ich brauche ein wenig Klarheit, Greg. Wenn es um deine Kinder geht, willst du da nun meine Meinung hören oder nicht? Oder nur, wenn es dir in den Kram passt?“

„Hey, ich habe dich nicht gebeten ...“

„Doch“, sagte sie. „Hast du. Vielleicht nicht wegen Max’ Little-League-Team, aber wegen anderer Sachen, und das weißt du.“ Sie nahm das Handtuch vom Kopf und musterte ihn verstohlen. Trotz der Wärme sah er in seinen Shorts und dem Hawaiihemd kühl und gelassen aus. Warum musste er so verdammt ... alles sein?

Sie versuchte, wegen des Zustands ihrer Wohnung nicht allzu gehemmt zu sein. Doch das war schwer, wünschte sie sich doch, sich die paar Minuten genommen zu haben, die sie brauchte, um das Geschirr zu spülen, den Stapel halb gelesener Bücher auf dem Wohnzimmertisch zu richten, die Wäsche, die sie vor – ups – zwei Tagen aus dem Trockner genommen hatte, zusammenzulegen und wegzupacken.

Greg konzentrierte sich allerdings ganz auf sie. Er schien nicht mehr weiterzuwissen.

„Lass mich raten“, sagte sie. „Du bist hierhergekommen, weil du dich auf einen schönen Streit gefreut hast, und nun weißt du nicht, was du mit all der überschüssigen Energie anfangen sollst.“

Er zuckte mit den Schultern. „So in der Art.“

„Das mit Max tut mir wirklich leid“, sagte sie. „Für Dino Carminucci und Bo Crutcher verbürge ich mich. Ich kann für jeden im Team die Hand ins Feuer legen. Max wird eine Menge von ihnen lernen – nicht nur ihre schlechten Angewohnheiten. Es hat mich drei Jahre gekostet, das Team zu überzeugen, nach Avalon zu kommen, und in der Zeit habe ich einige von ihnen sehr gut kennengelernt.“

Greg nickte. An seinem Kiefer zuckte es. „Ich weiß nicht, wie mir das entgehen konnte“, sagte er. „Wie konnte ich übersehen, wie unglücklich mein Sohn in seinem Team war? Ich meine, ich wusste, dass er seine guten und schlechten Phasen hatte, aber ich habe nicht geahnt, dass er bereit war, alles hinzuschmeißen. Deshalb war ich so auf Krawall gebürstet. Ich war wütend auf mich selber.“

„Kinder können eine ganze Welt vor ihren Eltern verstecken, das weißt du.“ Sie machte eine Pause und betrachtete seine angespannten Schultern und die zu Fäusten geballten Hände. „Setz dich, Greg.“

Er schüttelte den Kopf. „Heute ist dein freier Abend. Ich nahm an, du würdest ausgehen."

„Was dich allerdings nicht davon abgehalten hat, zu mir zu kommen."

„Ich gehe, wenn ..."

„Ich habe dich gerade eingeladen, dich hinzusetzen. Was möchtest du trinken? Das Übliche?"

„Ich habe was Übliches?"

„Das Sommer-Ale der örtlichen Brauerei."

Sie ging zum Kühlschrank, holte eine Flasche heraus und schnappte sich auf dem Rückweg eine Tüte Salzbrezel vom Tresen. „Du sollst dich hinsetzen."

Ohne sie aus den Augen zu lassen, öffnete er das Bier und nahm einen Schluck. „Wir sollten uns beide hinsetzen."

Sie gingen zum Sofa. Nina versuchte, ganz ungezwungen zu wirken, als sie einen Stapel Bücher und den Wäschekorb beiseiteräumte, um Platz für sie beide zu schaffen. Eines ihrer Lieblingslieder der Dixie Chicks erklang aus der Stereoanlage, traurig und zugleich schön und weise und tröstend. Nina wandte sich Greg zu und zog ein Knie an die Brust. „Was tun wir hier, Greg?"

„Ich bin mir nicht sicher. Ich weiß nur, dass ich vermutlich explodiere, wenn du mit noch einem einzigen anderen Kerl ausgehst."

Das war sehr ehrlich von ihm. „Also sollte ich meine freien Abende alleine verbringen, um dich vor dem Explodieren zu bewahren."

„Nein. Du solltest deine freien Abende mit mir verbringen."

„Das könnte allerdings mich zum Explodieren bringen", gestand sie ebenso freimütig.

„Ja, man sagt, ich hätte diesen Effekt auf Frauen."

Sie warf ein Kissen nach ihm. „Ich dachte, du wärst gekommen, um über Max zu reden."

„Das haben wir doch. Über Max geredet. Ich hab gesagt, dass ich wütend bin über das, was passiert ist, und du hast es erklärt, und nun müssen wir uns der Tatsache zuwenden, dass du mir nie erzählt hast, welche eigenen Pläne du für das Inn hattest."

Ihre Wangen wurden ganz heiß, und das lag nicht an der Nachtluft. Er wusste es. Wie hatte er es herausgefunden? „Ich weiß nicht, wovon du sprichst."

„Daisy hat es mir heute Abend erzählt. Sie hat es von Sonnet – der Grund, warum du so wütend warst, dass ich das Anwesen von der Bank gekauft habe, war, weil du es selber haben wolltest." Er nahm einen tiefen Schluck Bier und stellte die Flasche beiseite.

Sie sträubte sich, es zuzugeben. „Und was wäre, wenn?"

„Du hättest was sagen können."

„Und mich damit noch mitleiderregender machen, als ich es sowieso schon bin?"

„Nina, du bist noch nie mitleiderregend gewesen."

Doch, dachte sie, bin ich wohl. Und sie war naiv gewesen, hatte gedacht, die Welt würde nur darauf warten, dass sie das Inn selber kaufen könnte. Hatte sie wirklich geglaubt, in der Zwischenzeit würde niemand auftauchen? Warum hatte sie es dem Zufall überlassen? Warum hatte sie ihren Plan nicht abgesichert?

„Du hättest es mir sagen sollen", sagte Greg.

„Hättest du dann deine Meinung geändert?"

„Ich glaube nicht."

„Dann gibt es nichts weiter zu besprechen. Ich habe immer davon geträumt, das Inn eines Tages zu besitzen. Nachdem du es gekauft hattest, musste ich einen anderen Traum finden."

„Und, hast du?"

„Ich gucke noch ..."

Er schaute sie an, wie sie dasaß in ihrem zu großen Baseball-Hemd. Ihr Haar war noch feucht und ungekämmt. Sie versuchte, nicht an ihre bloßen Füße zu denken, den abgesplitterten Nagellack. „Ich will nicht mehr darüber sprechen."

„Okay. Themenwechsel. Also, willst du heute Abend ausgehen? Vielleicht irgendwohin, wo es eine Klimaanlage gibt?"

Sie schüttelte den Kopf. Das hier lief nicht gut – wie alle ihre Versuche mit Männern. Sie war zu ungeschickt, zu geradeheraus, zu fordernd und definitiv zu schlampig. Außerdem sollten erste Dates in einem eleganten Setting stattfinden, mit Duftkerzen und sanfter Musik, die das in goldenes Licht getauchte Pärchen umschwebte. Sie hätte drei Stunden damit zubringen sollen, sich fertig zu machen und aufzuhübschen. Ein Sprung in den See zählte nicht.

Und das Essen. Es sollte Champagner und etwas Leichtes, Elegantes geben, wie Vichyssoise oder Sushi, nicht Bier und Brezel.

„Komm schon, Nina, was meinst du?", fragte er. „Haben wir ein Date?"

„Nichts daran stimmt", platzte es aus ihr heraus.

Er starrte sie an. „Du hast recht. Du hast absolut recht." Er trank das Bier in einem Zug aus und stand auf. „Schön, dass wir das mit Max geklärt haben. Danke fürs Bier. Wir sehen uns."

Er war so schnell verschwunden, dass sie mit offenem Mund auf dem Sofa saß und keinen Ton herausbrachte. „Unglaublich", murmelte sie schließlich und stand auf, um die Flaschen in die Küche zu bringen. Sie sagte sich, dass es keinen Grund gab, sich verletzt zu fühlen – aber sie tat es trotzdem. Aber warum? Sie hatte ihm einen Korb gegeben und war nur verletzt, dass er gegangen war, obwohl er damit doch nur das getan hatte, worum sie ihn gebeten hatte.

Nein, warte. Er hätte die Bedeutung hinter *Nichts daran stimmt* erkennen müssen. Er hätte ihr nicht zustimmen und dann abhauen dürfen. Er hätte bleiben müssen und ... was?

Sie wusch die Bierflaschen aus und stellte sie in die übervollen Recyclingeimer. Dann stand sie an der Spüle und starrte auf das dreckige Geschirr. Eine Müslischale und ein Löffel, die traurigen Überbleibsel eines einsamen Abendessens.

Der Anblick drückte irgendeinen Knopf bei Nina, und sie fiel in sich zusammen. Sie war nie jemand gewesen, der schnell weint, aber jetzt wurde sie von schmerzhaften Gefühlen übermannt. Greg schien es nichts auszumachen, sie von einer Sekunde auf die andere fallen zu lassen. Das war nicht fair. Endlich hatte sie jemanden getroffen, in den sie sich richtig verlieben könnte, und dann war er der Falsche für sie. Nicht nur das, er interessierte sich noch nicht einmal für sie. Er war nur bereit, mit ihr zu flirten und sich dann abzuwenden, einfach zu gehen. Für ihn war es nur ein Spiel. Er hatte keine Ahnung, was er ihr damit antat. Schluchzer erschütterten ihren Körper, und Tränen brannten auf ihren Wangen. Es war keine Erleichterung für Nina, kein wohltuender Ausbruch, nach dem man sich gereinigt und emotional gesund fühlte. Es war ein Augenblick des Schmerzes und einer so tiefen Verzweiflung, dass sie beinahe das Telefonklingeln überhört hätte.

Sie entschied sich, es zu ignorieren. Sie brach nicht oft zusammen und weinte. Dieser Luxus war einer alleinerziehenden Mutter nicht vergönnt. Also würde sie das jetzt durchziehen und sich durch nichts davon ablenken lassen.

Doch das hielt sie nicht durch. Sie warf einen Blick auf die Anruferkennung und sah *Bellamy, G.* und seine Nummer.

Oh Gott. Wenn sie jetzt ranginge, würde er die Verzweiflung in ihrer Stimme hören. Vielleicht würde er sie sogar danach fragen, oder schlimmer noch, ihm würde bewusst, dass er der Grund dafür war. Andererseits, wenn sie nicht ranging, würde er wissen, dass sie ihm aus dem Weg ging, und ebenfalls wissen, dass sie am Boden zerstört war. Was bedeuten würde, er käme zurück und würde sehen, in welchem Zustand sie sich befand und ...

„Hallo?" Sie ging nach dem neunten Klingeln ran.

„Nina, ich bin's, Greg."

„Ja?" Sie machte eine Pause, schluckte einmal und versuchte, so normal wie möglich zu klingen. „Hast du was vergessen?"

„Und ob ich das hab." Er lachte unterdrückt. „Ich habe die grundlegendste Dating-Regel vergessen. Tauche niemals unangekündigt auf."

„Wir daten nicht."
„Ich weiß. Meine Schuld."
„Greg ..."
„Deshalb rufe ich an. Ich habe mich gefragt, ob du mit mir ausgehen würdest."
„Was?"
„Ausgehen. Mit mir. Du weißt schon, eine offizielle Verabredung. Für unser erstes offizielles Date bin ich dir eine formelle Einladung schuldig. Eine erste Verabredung sollte etwas Besonderes sein, für den Fall, dass etwas daraus wird; dann kann man den Enkelkindern davon erzählen, wenn sie fragen, wie das erste Date war, und muss ihnen nicht sagen, dass es ein Abend mit verschwitztem Sex auf einem Sofa war – nicht, dass damit irgendwas nicht in Ordnung wäre. Ich persönlich finde das anturnend, aber ich wollte dich fragen ..."
„Nein." Tränen stiegen ihr wieder in die Augen. Sein Versuch, das Ganze mit Humor zu sehen, tat weh. Alles tat weh. „Ich werde nirgendwo mit dir hingehen, Greg. Aber danke."
„Das ist nicht die Antwort, die ich mir erhofft hatte", sagte er.
„Es ist aber die einzige Antwort, die ich für dich habe." Sie zitterte unter dem Versuch, ihre Stimme unter Kontrolle zu bringen. Während sie sprach, tigerte sie unruhig auf und ab und kämpfte mit ihren Emotionen. Sie hasste es, sich in dieser Position zu befinden. Hasste die Tatsache, dass es eine Qual war, ihre Gefühle zurückzuhalten und ihre Sehnsucht nach etwas, das einfach unmöglich war.

Er sagte noch was, aber sie hörte ihm nicht zu. „Tschüss, Greg", sagte sie leise und legte auf. Als sie das Telefon in seine Basis stellte, zitterte sie. Reiß dich zusammen, sagte sie sich. Es war gut, dass sie es jetzt endlich mal angesprochen hatten, diese zum Scheitern verurteilte Anziehung. Es machte ihr noch einmal deutlich, was sie genau zu tun hatte, also sollte sie dankbar sein.

Aber sie war nicht dankbar. Sie fühlte sich leer, beraubt. Und einsamer, als sie es je in ihrem Leben gewesen war. Und wessen Schuld war das? Sie hatte ihn gerade vertrieben. Es war an der Zeit, sich den Tatsachen zu stellen. Ganz offensichtlich funktionierte diese Sache mit Greg nicht und würde auch nie funktionieren. Das musste sie einfach akzeptieren und weitermachen, sogar wenn das bedeutete, eventuell das Inn am Willow Lake zu verlassen. Sie konnte einfach nicht bleiben. Dieses Gefühl der Klarheit wurde von einem neuen Schwall Tränen begleitet. Sie hasste es; hasste es, zusammenzubrechen und die Kontrolle zu verlieren. Sie fühlte sich betrogen von ihren eigenen Gefühlen.

Als sie die schweren Schritte auf der Veranda vor ihrer Tür hörte, erstarrte sie. Sie war zu überrascht, um irgendetwas anderes zu tun, als einfach dazustehen, während Greg zu ihr zurückkehrte. Er machte sich nicht die Mühe, zu klopfen, sondern stieß einfach die Tür auf und kam herein. Wie Rhett Butler, dachte sie. Aber sie stand trotzdem noch erstarrt da – in ihren alten Klamotten, mit nackten Füßen, das Gesicht rot und verquollen vom Weinen. Und auch wenn sie ihre Stimme wiederfand, waren die Worte, die sie sprach, total dumm. „Ich dachte, du hättest eine neue Regel, was unangekündigte Besuche angeht."

„Ich habe gelogen." Er trat zu ihr und packte sie, als stünde sie kurz davor, von einer Klippe zu fallen. Und dann schob er sie rückwärts durchs Zimmer bis zum Sofa, drückte sie hinunter und küsste sie – ein langer, hungriger Kuss, der sich mehr wie Sex anfühlte als jeder Sex, den sie je gehabt hatte. In diesem Moment vergaß sie alles. Vor allem vergaß sie, sich Sorgen zu machen oder die Kontrolle behalten zu wollen. Es dauerte eine ganze Weile, bis sie den Kuss unterbrachen, um Luft zu holen, und als sie es taten, fühlte Nina sich schwindelig und hilflos. Überrascht stellte sie fest, dass ihr das Gefühl gefiel. „So hatte ich mir unser Zusammenkommen nicht vorgestellt", platzte sie heraus.

„Nicht? Erzähl, wie hattest du es dir dann vorgestellt?"

Ertappt. Sie floh vom Sofa. „Ich werde gar nichts tun."

„Ach komm. Das lag doch schon lange in der Luft."

Sie wandte den Blick ab und hoffte, so würde er nicht sehen, dass sie geweint hatte. „Was meinst du damit?"

„Das weißt du ganz genau. Glaubst du, ich erinnere mich nicht mehr an all die Male, in denen wir *aus Versehen* aneinandergestoßen sind? Oh doch, das tue ich. Ich habe nur so getan, als hätte ich es nicht bemerkt, weil es so sinnlos schien. Ich erinnere mich an dein Lächeln, als wir uns das erste Mal getroffen haben. Ich erinnere mich, wie es sich angefühlt hat, dich mit diesem West-Point-Kadetten zu sehen und zu wissen, was ihr gerade getan hattet. Ich erinnere mich daran, dich mit deiner kleinen Tochter beobachtet zu haben. Nur weil ich geschwiegen habe, heißt das nicht, dass ich nichts gesehen habe und mich nicht erinnere. Es war zwecklos, mit dir zu sprechen, dich wissen zu lassen, dass du mir etwas bedeutest. Wir hatten verschiedene Leben. Ich war verheiratet und hatte Kinder, du hattest Sonnet und deine Familie und deinen Job. Was hätte es gebracht, dich wissen zu lassen, wie viel mir an dir liegt?"

Nina schaute ihn aus staunend aufgerissenen Augen an. Sie versuchte gar nicht so zu tun, als wüsste sie nicht, wovon er redete.

„Jetzt ist es anders", fuhr er fort und zog sie wieder in seine Arme. „Ich muss nichts mehr vorspielen. Ich kann dir freiheraus sagen, dass mir sehr viel an dir liegt."

Er beugte sich vor und benutzte seine Zähne, um ihr das T-Shirt von der Schulter zu schieben und ihre nackte Haut mit glühender, hoch konzentrierter Aufmerksamkeit zu küssen. Dann wanderten seine Lippen zu ihrem Mund, und er küsste sie, während seine Finger sich an dem Knopf ihrer Hose zu schaffen machten. Er gab ein zischendes Geräusch von sich, als hätte er sich an ihr verbrannt.

„Stimmt was nicht?“, flüsterte sie an seinen Lippen.

„Du trägst keine Unterwäsche.“

Sie errötete. „Das ist, äh, keine Angewohnheit von mir.“

„Das sollte es aber sein. Versprich mir, dass du dich immer so anziehen wirst. Ich flehe dich an. Ich werde alles tun …“ Seine Worte gingen in einem heißen, hungrigen Kuss unter.

Männer sind so schlicht, dachte sie. *Zumindest manchmal.*

„Was macht dich an, Nina Romano?“, fragte er, die Lippen dicht an ihren, während er langsam den Reißverschluss ihrer Hose öffnete.

Alles. Glücklicherweise konnte sie sich nicht daran erinnern, wie man sprach, und selbst wenn, hätte sie nicht gewusst, was sie ihm sagen sollte. Das war alles so neu für sie, dieses Gefühl der Sehnsucht und Kapitulation.

„Wenn ich darüber nachdenke“, flüsterte er und ließ seine Hand in ihrem T-Shirt verschwinden, „sag's mir lieber nicht.“ Und damit drückte er sie wieder in die Sofakissen und sorgte dafür, dass der Stapel zusammengelegter Wäsche sich über sie ergoss. „Ich finde es lieber selber heraus.“

Als Greg im Morgengrauen mit Nina in seinen Armen aufwachte, sprach er nicht aus, was ihm als Erstes durch den Kopf schoss. *Ich hab's dir doch gesagt.* Er *wusste*, dass der Sex mit ihr umwerfend sein würde. Er hatte den ganzen Sommer über Zeit gehabt, darüber nachzudenken und es sich vorzustellen und davon zu träumen. Aber die Tatsache, dass sie keine Unterwäsche getragen hatte … guter Gott. Das war etwas, wovon ein Mann nicht mal zu träumen wagte. Er konnte nicht glauben, dass sie so lange gebraucht hatten, um an diesen Punkt zu kommen.

Sie schlief, als wäre sie in den weichsten aller Träume eingehüllt. Ihr Atem ging leicht, ihre Arme und Beine waren mit seinen verschränkt. Vorsichtig, um sie nicht aufzuwecken, rieb er sich die Augen und schaute sich um. Irgendwann gestern Abend waren sie ins Schlafzimmer umgezogen und hatten auf dem Boden eine Spur aus Klamotten hinterlassen. Unpassenderweise stand dort eine Flasche Ahornsirup – man konnte ihnen nicht vorwerfen, keine Fantasie zu haben –, und Handtücher lagen zwischen Bad und Bett verstreut. Es war eine lange, unglaubliche Nacht gewesen, die er niemals vergessen würde. Eine, die er am liebsten so schnell wie möglich wiederholen wollte.

Doch zur gleichen Zeit wurde er von einer ungewohnten Zärtlichkeit für Nina übermannt. Er mochte sie. Er fing an, sie zu lieben, nicht nur wegen ihres Einfallsreichtums beim Einsatz von Ahornsirup. Er mochte ihre Unabhängigkeit und ihre unbeirrbare Loyalität. Er mochte ihre Leidenschaft und Entschlossenheit, sogar wenn sie sich mit ihm stritt. Und er mochte – nein, hier war „lieben" definitiv das richtige Wort: Er *liebte* die Art, wie sie beim Sex war: verletzlich und forsch zugleich. Und wie sie in seinen Armen schlief.

Er stahl sich aus dem Bett und ließ sie schlafen. Kurz hielt er inne, um eine dünne Decke über sie breiten. Dann schlüpfte er in seine Shorts und ging in die Küche, wobei er auf dem Weg die Kondomverpackungen einsammelte, die überall herumlagen.

Er guckte auf die Uhr – sechs Uhr früh. Die Kinder würden noch ein paar Stunden schlafen. Gut. Er versuchte, so leise wie möglich zu sein, und fand schließlich den Moka – die einzige Kaffeemaschine, deren Anschaffung sich laut Nina lohnte – und einen Beutel Lavazza-Kaffee, bei denen es sich offensichtlich um einen Direktimport aus Italien handelte. Okay, sie ist definitiv kein Ordnungsfreak, dachte er, als er die Kaffeepulverreste von gestern aus dem Sieb schüttelte. In Gregs Augen war das eine positive Eigenschaft. Sophie war unglaublich ordentlich gewesen. So ordentlich sogar, dass er manchmal das Gefühl gehabt hatte, einen Raum in Unordnung zu versetzen, nur weil er darin geatmet hatte.

Entschlossen verbannte er Sophie aus seinen Gedanken und stellte die Espressokanne auf die Flamme des Gasherds. Während das Wasser anfing zu kochen, suchte er im Kühlschrank nach etwas Essbarem und stieß dabei auf so inakzeptable Dinge wie fettfreie Sojamilch, Weintrauben, die die Hälfte des Weges zur Rosine schon hinter sich hatten, und ein beängstigendes Stück von etwas, das einem wissenschaftlichen Experiment ähnelte. Er wollte gerade aufgeben, da schob er noch einmal die Milch beiseite und erspähte einen weißen Karton der Sky River Bakery. Bingo. Ein halbes Dutzend Sfogliatelle – mit süßem Ricotta gefüllte Teigtaschen. Greg hielt eine mit den Zähnen fest, während er zwei Tassen ausspülte, die er in der Spüle gefunden hatte, und den Kaffee eingoss. Dann stellte er die Tassen auf den Karton. In dem Moment hörte er ein Geräusch hinter sich. Er richtete sich auf und drehte sich um.

Nina stand da, nur in ein Laken gewickelt, und schaute ihn an. Sie sah aus wie eine Miniaturgöttin, mit den kurzen, verwuschelten Haaren, der weichen, olivfarbenen Haut und dem wie eine Tunika um sich geschlungenen Betttuch. Er spürte, wie ihr überraschter Blick von dem Teilchen in seinem Mund über seine nackte Brust zu den beiden Kaffeetassen wanderte, die er auf dem Karton balancierte.

„Mmm", sagte er und ging mit dem Kaffee voran ins Schlafzimmer, wobei er ihr mit einer Kopfbewegung bedeutete, ihm zu folgen. Er stellte alles ab und nahm das Gebäck aus dem Mund. „Geh zurück ins Bett", befahl er zwischen zwei Bissen Sfogliatelle. „Ich bring dir Kaffee."

„Tust du nicht", sagte sie von der Tür.

„Zu spät." Er nahm ihre Hand und zog Nina zu dem ungemachten Bett. „Schon passiert."

„Greg ..."

„Kaffee", sagte er. „Du trinkst ihn schwarz, richtig?" Er reichte ihr eine Tasse und hielt ihr dann den Bäckereikarton hin. „Hungrig?"

„In einer Minute." Sie lehnte sich gegen die Kissen und gab acht, dass das Laken nicht verrutschte. „Ich muss das erst einen Augenblick genießen. So etwas passiert mir nicht jeden Tag – ein Mann, der mir Kaffee ans Bett bringt. Ehrlich gesagt glaube ich, das ist das erste Mal."

Er stieß mit seiner Kaffeetasse an. „Aber nicht das letzte, wenn du bei mir bleibst." Mist, dachte er, sobald die Worte seinen Mund verlassen hatten. Das klang nicht nur kitschig, es deutete auch an, dass sie eine Wahl hatte. Schnell verbarg er den Fehler, indem er sich übers Bett beugte und ihr einen langen, süßen Gutenmorgenkuss gab, den er erst beendete, als er fühlte, wie sich ihre Lippen unter seinen zu einem Lächeln verzogen. „Du bist schön, weißt du", sagte er.

Sie lachte leise und hob eine Hand an ihre zerzausten Haare. „Ja, ich weiß."

„Wirklich, ich meine es ernst."

„Okay, meinetwegen. Wegen so etwas fängt eine Frau keinen Streit an." Sie nippte an ihrem Kaffee und sah aus dem Fenster, während er sie anschaute. Sie seufzte zufrieden. „Ich liebe diesen Ausblick", sagte sie.

Einen Augenblick lang war Greg sich sicher, dass sie sagen würde: „Ich liebe dich", und selbst diese eingebildete Liebeserklärung hob seine Welt aus den Angeln. Dann fasste er sich wieder und realisierte, worüber sie wirklich sprach. Innerlich lachte er über sich.

Er wandte sich auch der Aussicht über den See zu. Die Sonne war noch nicht aufgegangen. Ein schmaler, pinkfarbener Streifen zeigte sich am Horizont über den Hügeln und suchte sich seinen Weg hinunter zum Wasser. Ein paar kleine Nebelbänke hatten sich hier und da über dem See gebildet, und eine tiefe Stille lag über allem. Doch Greg wusste, dass das tiefe Gefühl der Zufriedenheit an diesem Morgen weniger mit dem Blick aus dem Fenster, sondern vielmehr mit der Frau in dem Bett hinter ihm zu tun hatte. So hatte sich sein Herz seit … noch nie angefühlt. Er selber hatte sich noch nie so gefühlt. Er hatte sich immer auf die Sophies und Brookes dieser Welt konzentriert. Aber Nina ließ ihn etwas empfinden. Irgendwie schaffte sie es, die Stelle in ihm zu finden, die vor ihr noch nie jemand hatte berühren dürfen.

Er drehte sich zu ihr um und genoss ihren Anblick. Sie war noch ein wenig verschlafen und offensichtlich sehr dankbar für den Kaffee. Ihre Augen schienen verschleiert, ein wenig unfokussiert, und ihr Mund war so weich, als würde er sich jede Sekunde zu einem Lächeln verziehen. Er konnte einfach nicht widerstehen. Mit wenigen Schritten hatte er das Zimmer durchquert und schlüpfte zu ihr unter die Decke. Ein kleiner Spalt im Laken zwischen ihren Brüsten zog ihn magisch an. „Nina …“

„Greg, ich …“

Sie sprachen beide gleichzeitig und zögerten dann. „Tut mir leid“, sagte er. „Sag du.“

Sie stellte ihre Kaffeetasse bedächtig auf den Nachttisch. „Ich dachte nur, du solltest wissen, das hier verändert einiges.“

Er machte es sich neben ihr gemütlich, stützte sich auf einen Ellbogen und berührte mit der anderen Hand verschiedene Stellen an ihrem Körper. Dabei beobachtete er sie. „Gut. Ich bin bereit für was anderes.“

Sie zitterte ein wenig, schob ihn aber nicht weg. „Das ist es also für dich? Eine kleine Veränderung, die die Langeweile vertreibt?“

Er konnte ein Lächeln nicht unterdrücken. „Ja, genau das ist es.“

Sie legte ihre Hand auf seine und unterband damit seine Streicheleinheiten unter der Decke. „Ich kann nicht reden, wenn du das machst.“

„Dann geht mein Plan ja auf.“

„Werden wir wirklich nicht darüber reden?“

Das wäre zu schön, um wahr zu sein, dachte er. Aber er merkte, dass es ihr wichtig war, und wurde ernst. „An dem Tag auf dem Dachboden, als du mich gefragt hast, wieso ich dir von meiner Ehe erzähle. Ich wollte, dass du weißt, dass ich es verstanden habe. Ich weiß, was schiefgelaufen ist. Und ich weiß, wie ich es richtig machen kann.“

„Das ist alles irgendwie ein bisschen zu schnell für mich.“

Er dachte an all die Male, als sich ihre Wege in den letzten Jahren gekreuzt hatten. „Für mich nicht.“

„Ich komme mit Veränderungen nicht so gut klar“, gab sie zu.

„Glaub mir, Veränderungen sind nichts Schlimmes.“

„Das kommt darauf an, in was es sich verändert. In etwas Gutes, Starkes, Erfüllendes – oder in etwas Kompliziertes und Chaotisches und Trauriges.“

„Du tust gerade so, als hätten wir keine Wahl. Bekomm jetzt keine kalten Füße, Nina. Dafür ist es zu spät." Mit seinem Zeigefinger fuhr er die Linie ihrer Wange nach. Er wollte jeden Teil von ihr kennenlernen, die Landschaft ihres Körpers ebenso wie die Geheimnisse ihres Herzens.

Sie drehte sich zu ihm. Unsicherheit lag in ihrem Blick. „Was tun wir hier, Greg?"

„Uns verlieben."

„Haha, sehr lustig."

„Ich mache keine Witze. Wir verlieben uns. Sag mir, dass du es nicht auch fühlst."

„Du kannst nicht einfach ..."

„Sicher kann ich, Liebste. Es ist mir schon mal passiert. Ich weiß, wie es sich anfühlt. Ich erkenne alle Zeichen. Und das hier ist ... wow. Besser als alles, was ich je zuvor gefühlt habe."

„Okay, ich bin in diesen Dingen vielleicht nicht so erfahren, aber ich bin mir sicher, dass ich das Gefühl erkennen würde, wenn es auftaucht." Sie duckte sich, während sie sprach, als wollte sie nicht, dass er ihr Gesicht sah.

„Es fällt dir vermutlich schwer, es zuzugeben, aber mein Gott, Nina, letzte Nacht gab es Momente ..." Sein Körper reagierte allein auf die Erinnerung, und er rutschte näher zu ihr heran, fing ihr überraschtes Keuchen mit einem Kuss auf, schmeckte sie, fuhr mit seinen Händen über ihren Körper. „Es gibt Dinge, die können selbst im Dunkeln, wenn alle Lichter aus sind, nicht verborgen bleiben."

Ein kleiner Schauer überlief sie, als er sie streichelte und näher an sich zog.

Greg gefiel die Richtung nicht, die ihre Unterhaltung eingeschlagen hatte. Reden war in dieser Situation nicht angemessen. Es gab Dinge, die er ihr sagen musste, aber nicht mit Worten. Er kannte einen Weg, die Diskussion abzuwenden. Mehrere Wege sogar. Ein paar davon hatten sie letzte Nacht ausprobiert. Vielleicht würden sie heute Morgen noch ein paar weitere entdecken.

23. KAPITEL

Okay, Nina, sagte sie sich, als sie aus dem Auto stieg und sich auf die Suche nach Jenny und Olivia machte. Sie hatte eingewilligt, ihnen heute im Camp Kioga zu helfen, kleine Vogelfutterbeutel für die Hochzeit vorzubereiten. Konzentrier dich, befahl sie sich. *Sei cool. Und benimm dich um Himmels willen nicht so, als wäre etwas anders als sonst.*

„Irgendwas an dir ist anders“, bemerkte Jenny, als Nina das Haupthaus betrat. Jenny hatte die ganzen Materialien auf einem Tisch ausgebreitet – Rollen von weißem Satinband, kleine Tüllquadrate, ein großer Sack mit Vogelfutter.

Nina versuchte, sich lässig zu geben. Okay, vielleicht war ihr Gang ein wenig vorsichtig. Vielleicht hatte sie einen leicht dümmlichen, zufriedenen Ausdruck auf dem Gesicht. Sie und Greg hatten die letzte Woche über jede Nacht miteinander verbracht und waren dabei nicht viel zum Schlafen gekommen. Und sie liebte es. Sie liebte jeden kleinen Schmerz und Stich, den sie spürte, während sie tagsüber ihrer Arbeit nachging und ihr köstliches Geheimnis tief in sich bewahrte. Es gab Augenblicke, in denen sie sich auch verletzlich fühlte und Angst davor hatte, was als Nächstes passieren würde, aber auch das behielt sie für sich.

„Ich war beim Friseur“, sagte sie zu Jenny.

„Nein, das ist es nicht ... Oh, du hattest Sex.“

„Hatte ich ni...“

„Doch, hattest du. Und das wurde auch langsam mal Zeit. Es ist Greg, oder?“

„Was ist Greg?“, fragte Olivia, die gerade mit einem Korb voll weiterer Sachen hereinkam. Ihr kleiner Hund folgte ihr auf dem Fuß.

„Nina hat mit Greg geschlafen.“

„Das wurde auch langsam Zeit.“ Olivia grinste Jenny an. „Sie sieht wütend aus.“ Der Hund ließ sich zu ihren Füßen auf die Erde fallen und rollte sich für ein Schläfchen zusammen.

„Sie ist wütend. Sie wollte es für sich behalten, bis sie entschieden hat, ob es nur eine kurzfristige Affäre oder was Ernstes ist. Und jetzt ist sie wütend, weil wir ihr Geheimnis erraten haben.“

„*Du* hast es erraten, Miss Superschlau. Erinnere mich daran, mich von dir fernzuhalten, wenn ich ein Geheimnis habe.“ Trotz ihrer Worte schaute Olivia Jenny mit offener Zuneigung an. Ab und zu sah Nina die Familienähnlichkeit zwischen ihnen und wurde daran erinnert, dass sie beide die Töchter von Philip Bellamy waren. Und im Moment steckten sie unter einer Decke und waren ihre Feinde.

„Können wir bitte nicht darüber reden?“, fragte sie.

„Wo bleibt denn da der Spaß?“, fragte Jenny.

„Es geht nicht um Spaß. Es geht um … Gott, ich weiß nicht, worum es geht.“

„Natürlich weißt du das – endlich“, widersprach Jenny. „Du hast schon seit ewigen Zeiten eine Schwäche für Greg. Und jetzt mag er dich auch. Wo ist also das Problem?“

„Überall, wo ich hinsehe“, gestand Nina. „Ich sehe nichts als Probleme auf uns zukommen.“

„Das sieht dir so gar nicht ähnlich“, wunderte sich Jenny. „Du bist doch das Mädchen mit den Lösungen. Das warst du schon immer.“

„Aber jetzt nicht mehr. Ich weiß nicht, wie so was geht, wie ich diese Person sein kann. Es war so einfach, als es nur Sonnet und mich gab, weißt du?“ Sie versuchte, ein kleines Säckchen mit Vogelfutter zu füllen, verteilte das Futter dabei aber über den ganzen Tisch.

„Einfach? Eine alleinerziehende Mutter zu sein ist einfach?“ Vorsichtig setzte Jenny ein Häufchen Vogelfutter mittig auf ein Stück Taft und zog die Ecken hoch.

„Eigene Entscheidungen zu treffen ist einfach“, stellte Nina klar. Sie schnappte sich eine Schere, schnitt ein Stück Band ab und band Jennys Säckchen zu. „Ich musste mich mit niemandem abstimmen oder irgendeinen Mann in meine Überlegungen mit einbeziehen.“

Jenny lächelte. „Ich hätte nie gedacht, dass du vor einer Herausforderung zurückscheust.“

„Ich weiß einfach nicht, wie das alles geht.“ Nina warf Jenny und Olivia einen verzweifelten Blick zu. Die Liebe hatte diese beiden Frauen verändert. Und sie wusste, dass es für beide von ihnen nicht leicht gewesen war. Jenny hatte alles, was sie besaß, bei einem Feuer verloren. Olivia hatte einem Leben den Rücken gekehrt, das für sie nicht mehr funktionierte – und beide Frauen hatten einfach etwas gewagt. Auf eine Art schien es, als hätte die Liebe sie tatsächlich gerettet, ihnen ein neues Leben gegeben. Ein besseres Leben. Dennoch sah Nina sich nicht das Gleiche tun. Loslassen, ein so großes Risiko mit ihrem Herzen eingehen. Das erschien ihr einfach unmöglich. „Okay, den Teil mit dem ‚sich verlieben‘ kapiere ich. Das ist auch nicht so schwer, vor allem nicht mit jemandem wie Greg. Was ich allerdings nicht verstehe, ist, was es braucht, um ihn zu halten, und wie man es vermeidet, verletzt zu werden“, erklärte sie. „Und vor allem mit Greg Bellamy. Ich sehe all die Komplikationen, und … sie machen mir Angst.“

Jenny und Olivia tauschten einen Blick. „Das sollte es nicht“, sagte Jenny. „Du lebst das Leben bereits, und du machst das ganz prima.“

Nein, dachte Nina, das mache ich nicht. Vielleicht war das mit Greg nur ein Strohfeuer, ein One-Night-Stand, der ein wenig zu lang dauerte.

Nein, es war etwas so Schönes, dass es wehtat, etwas, nachdem sie sich sehnte wie eine Abhängige. Etwas zu Zerbrechliches und Gefährliches, als dass es halten könnte.

„Wisst ihr was?“, sagte sie zu den beiden. „Ich werde heute nicht darüber nachdenken. Wir bereiten hier eine Hochzeit vor, um Himmels willen, und sich dabei Sorgen um mein Liebesleben zu machen ist einfach nicht richtig.“

„Mir macht es nichts aus“, sagte Olivia. „Aber …“

„Hier kommt die Braut“, sangen zwei Frauen und schritten gemessen in den Speisesaal. Es handelte sich um Olivias und Jennys Cousinen Dare und Francine, wie Nina sich erinnerte. Sie hatten das gute Aussehen der Bellamys und die sportliche, unangestrengte Leichtigkeit derer, die privilegiert aufgewachsen waren. Hinter ihnen kam Freddy Delago, Olivias bester Freund und Geschäftspartner aus der Stadt. Er war einfach hinreißend, mit den blonden Haarspitzen und den Hip-Hop-Klamotten, die an ihm einfach aussahen wie auf den Leib geschnitten. Und er stand ganz eindeutig auf Dare, die ihn auf eine Bank dirigierte und ihm den Kleidersack reichte, den sie in der Hand hielt.

„Da ist es“, erklärte Francine. „Zurück von den finalen Änderungen.“

Olivia schob ihre Hand in Jennys und hielt sie ganz fest, während Dare mit einer Verbeugung den Kleidersack öffnete. Als Freddy ehrfürchtig das Kleid samt Schleier hervorholte, war sogar Nina berührt. Es war einfach wunderschön, ein Designerkleid aus elfenbeinfarbener Seide mit einer Korsage, die mit Kristallperlen und zauberhaften Girlanden aus zartestem Tüll verziert war.

„Es ist unglaublich“, sagte Jenny. „Das ist das schönste Kleid, das ich je gesehen habe.“

Olivia lachte erleichtert auf. Nina nahm an, dass sie sich Sorgen gemacht hatte, ob ihre Schwester neidisch sein würde, aber das war völlig überflüssig. Jenny und Rourke hatten sich entschieden, schnell und in aller Stille zu heiraten – und Nina wusste, dass Jenny ihrer Schwester all den Wirbel und die Aufregung überhaupt nicht neidete. Olivia kletterte neben Freddy auf die Bank und setzte sich den Schleier auf, während sie sich das Kleid anhielt. Nina war erstaunt, einen leichten Kloß im Hals zu verspüren. Irgendwas am Anblick einer Braut … Olivia da so stehen zu sehen, strahlend vor Freude, einen Traum verkörpernd, den Nina sich nie zu träumen erlaubt hatte.

Sie sah zu, wie die anderen sich um Olivia versammelten und das Kleid gebührend bestaunten. Aus keinem anderen Grund als ihrer eigenen Unsicherheit fühlte sie sich in dieser Gruppe wie eine Außenseiterin. Die angeheuerte Hilfe und nicht ein Teil der Familie. Es war diese uralte, unsichtbare Grenze, die in einer Stadt wie Avalon immer existierte – die Sommerleute und die Einheimischen. Sie wusste, dass es eine falsche Trennung war, vor allem jetzt, aber dennoch war sie sich ihrer nur zu bewusst.

Während alle durcheinandersprachen, kam noch jemand. Anfangs bemerkte nur Nina sie. Sie war groß und selbstbewusst, trug einen beigefarbenen Designeranzug, eine große Designersonnenbrille und eine Chanel-Handtasche. Jedes blonde Haar saß an seinem Platz, und ihr Make-up war perfekt und doch leicht. Sie hätte direkt aus den Society-Seiten der Zeitung entstiegen sein können. Als Nina dämmerte, wer das war, geriet ihre Welt ins Wanken.

„Sophie!“ Francine hatte sie gesehen und schrie erfreut auf. „Du hast es geschafft? Hey, Leute, Sophie ist da.“

Die Ohs und Ahs verlagerten sich von dem Kleid auf den Neuankömmling – Sophie Bellamy, Gregs Exfrau. Sie kam in ihre Mitte, lächelte, umarmte alle und verteilte Luftküsschen. Jenny und Nina tauschten einen Blick, dann schauten sie sehnsüchtig auf die Schwingtüren zur Küche. Jenny schüttelte den Kopf. Sie hat recht, dachte Nina. Es war das Beste, es hinter sich zu bringen. Aber, oh Mann. An der Art, wie die Leute sie mit kaum verhohlener Anspannung beobachteten, wusste sie, dass sich alle auf ein Drama gefasst machten. Verdammt, dachte sie. Wusste denn jeder im Raum über sie und Greg Bescheid? Oh Gott – wusste Sophie es womöglich?

„Das hier ist Jenny“, sagte Olivia und zog ihre Schwester zu sich. „Meine Halbschwester. Und das ist Jennys Freundin Nina.“

„Nett, Sie kennenzulernen“, sagte Nina. Ihr Lächeln war breit und ehrlich, ein Trick, den sie in ihren Tagen als Politikerin perfektioniert hatte. „Nina Romano.“

Sie wurde mit einem ebenso ehrlichen Lächeln begrüßt. Ganz offensichtlich war Sophie die Politik auch nicht fremd. „Es ist so schön, Sie persönlich kennenzulernen. Sonnet ist ein echter Sonnenschein. Als sie mich in Den Haag besucht hat, hat sie mir so viel von Ihnen erzählt.“

Okay, sie hatte die Neuigkeiten also noch nicht gehört. Entweder das, oder ihrer Vorstellung gebührte ein Oskar. Ninas Hals juckte, aber sie unterdrückte den Drang, sich zu kratzen. Sie wünschte, sie hätte sich heute die Zeit genommen, sich besser anzuziehen. Vielleicht zehn Sekunden, um ein wenig Lippenstift aufzulegen. Denn Sophie war umwerfend auf eine so elegante Weise, dass Nina sich wie die letzte Schlampe fühlte. „Danke“, sagte Nina. „Und auch vielen Dank, dass Sie sich die Zeit genommen haben, ihr Den Haag zu zeigen.“

„Glauben Sie mir, das war mir ein Vergnügen. Ich wünschte nur, meine Kinder würden sich so für die Stadt interessieren, in der ich lebe.“

Wie wäre es, wenn du dich erst mal für deine Kinder interessierst? Der Gedanke schoss Nina ungefragt durch den Kopf.

Doch als Sophie sich jetzt umdrehte, um das Brautkleid zu bewundern, musste Nina sie für ihre Haltung bewundern. Sie war freundlich und kühl, wie eine leichte Brise vom See. Die Sonnenbrille ließ gerade genug Licht durch, dass man die Form ihrer Augen erkennen konnte. Langsam nahm sie die Brille ab und schaute sich im Speisesaal um. „Wow", sagte sie. „Das weckt Erinnerungen."

Hier hatte Sophies eigene Hochzeit stattgefunden. Die Zeremonie draußen auf dem Steg und der Empfang und die Feier hier in der Halle. Eine Band hatte dort hinten in der Ecke auf einem Podest gespielt. Und der Bräutigam hatte zu viel getrunken und ein Loch in die Wand geschlagen. Da Nina nicht sicher war, ob Sophie zu ihr sprach, erwiderte sie nichts. Sie war überzeugt, dass Sophie sich nicht an sie erinnerte. Warum sollte sie sich auch an die Aushilfskellnerin erinnern?

„Olivia, ich weiß es sehr zu schätzen, dass du mich mit einbezogen hast", sagte Sophie.

„Aber das ist doch selbstverständlich", erwiderte Olivia.

„Ich hatte befürchtet, wegen der Scheidung …"

„Denk nicht mal daran. Ich fühle mich geehrt, dass du gekommen bist. Und ich bin so begeistert wegen des Babys."

„Begeistert." Auch was dieses Thema anbelangte, blieb Sophie cool. Ruhig und in Gedanken versunken. Die Frau war eine Eiskönigin. „Ja, natürlich."

„Ich gehe jetzt mal besser", sagte Nina, überzeugt, einen Idioten aus sich zu machen, wenn sie länger bliebe. „Wir sehen uns, Sophie. Olivia, dein Kleid ist wunderschön. Wir sehen uns an deinem großen Tag."

Jenny begleitete sie hinaus auf den Parkplatz, wo es sofort aus ihr herausbrach. „Oh. Mein. Gott. Ist diese Frau zu fassen? Wie seltsam war das denn wohl?"

„Zu seltsam für meinen Geschmack." Nina warf einen Blick über ihre Schulter zurück. „Ich denke, ich werde die Hochzeit ausfallen lassen …"

„Oh nein, das wirst du nicht", widersprach Jenny. „Schon gar nicht wegen dieser Frau."

„Es ist Olivias Tag."

„Ja, das ist es, weshalb du hier kein Drama veranstalten wirst, indem du ihre Hochzeit boykottierst."

„Das wäre kein Boykott. Ich …"

„Schluss damit. Du kommst. Und Sophie wird da sein, genau wie Greg, und alles wird gut, weil wir alle erwachsen sind, richtig?"

„Als ich das letzte Mal nachgeschaut habe, war es noch so." Nina öffnete die Autotür.

Jenny hielt sie fest. „Warte", sagte sie und musterte ihre Freundin. „Du bist ein Wrack."

Es hatte keinen Sinn, es zu leugnen. „Ich bin … ich bin es nur einfach nicht gewöhnt, mit so etwas umzugehen."

Jenny, die schon immer ein weiches Herz gehabt hatte, zog Nina in eine Umarmung. „Süße, du warst immer so stoisch. Seitdem du mit deinem kleinen Baby in die Highschool gegangen bist. Es ist okay, ab und zu mal verletzlich zu sein."

Nina trat zurück und nickte. „Das ist einfacher gesagt als getan. Im Laufe der Jahre habe ich mich so daran gewöhnt, auf mich allein gestellt zu sein, dass ich einfach nicht weiß, wie man es anders macht. Weißt du, ich schaue zurück und frage mich, ob ich etwas bereue. Ich sage mir, nein. Wenn man in der Situation ist, in der ich war, fühlt man sich immer wie auf dem Präsentierteller. Manche Leute verunglimpfen dich, aber andere bewundern dich dafür, dass du Verantwortung übernimmst, Opfer bringst. Man gibt Dinge auf wie Bildung und Karrierechancen, und vielleicht auch ein wenig Privatsphäre. Aber das zerstört dich nicht. Es gibt nur eine Sache, die dich zerstört – dass man die Liebe verpasst, die alles anders macht, die Art von Liebe, die dich von den Füßen fegt und die nur zu ganz bestimmten Zeiten in dein Leben tritt. Und wenn man ein Kind hat und darum kämpft, alles irgendwie hinzukriegen, verpasst man diese besonderen Momente – sie vergehen, und man weiß gar nicht, was einem entgangen ist. Und ich dachte, diese Gelegenheiten wären für mich vorbei, dass ich sie in meinen Zwanzigern irgendwann hinter mir gelassen habe. Deshalb ist Greg so eine Überraschung für mich. Ich habe jetzt Gefühle, die ich niemals zuvor kannte. Für andere mag das alter Kram sein, aber für mich ist es brandneu. Deshalb habe ich solche Angst."

Nun weinten sie beide. Nina holte eine Packung Taschentücher aus ihrem Auto und bot sie Jenny an. „Und wenn du ein Wort davon deiner Schwester gegenüber erwähnst …"

„Das würde ich niemals tun. Ich will für dich nur, was ich mir schon immer für dich gewünscht habe", sagte Jenny. „Rede dir das nicht aus, Nina. Nur weil es kompliziert ist, heißt das nicht, dass es für dich nicht das Richtige ist."

24. KAPITEL

Greg bog auf den Parkplatz des Krankenhausanbaus ein, fand einen freien Platz und wandte sich an Daisy. „So“, sagte er. „Der letzte Kurs vor dem großen Ereignis.“

Sie nickte, schien aber abgelenkt zu sein, als sie sich aus dem Auto hievte. Greg vermutete, dass es daran lag, dass ihre Mutter gefragt hatte, ob sie sie heute begleiten dürfe. Sophie hatte versprochen, dabei zu sein, wenn das Baby kam, und um das zu dürfen, musste sie mindestens eine Kursstunde mitmachen. Sophie stieg aus dem Fond des Wagens, und Greg sah Angst in ihren Augen aufflackern. Willkommen in meiner Welt, dachte er. Zum Teufel, er fühlte die gleiche Furcht, fühlte sie jeden einzelnen Tag. Aber er wusste, dass ihr auszuweichen sie nicht verschwinden lassen würde.

Als die drei zusammen den Anbau des Krankenhauses betraten, fühlte er sich seltsam losgelöst von allem. Er hatte nicht gewusst, wie es sein würde, wenn Sophie käme. Er hatte sich gegen einen Ansturm schmerzhafter Gefühle gewappnet, die Art Schmerz, die sich bis auf die Seele durchbrannte. Denn so hatte er sich in dem letzten Jahr vor der Scheidung gefühlt, als ihnen beiden klar wurde, dass ihre Ehe vorüber war. Indes der Schmerz kam nicht. Er stellte fest, dass er Sophie anschauen konnte und einen Menschen sah, den er einst geliebt hatte, aber nun nicht mehr. Als Mutter seiner Kinder gehörten ihr ganze Kapitel seines Lebens, aber er selber gehörte ihr nicht. Sie kannten einander wie niemanden sonst, und das war auch in Ordnung. Er war nicht länger nur der Kinder wegen höflich zu ihr, sondern weil er sich weiterentwickelt hatte.

Wann das passiert war, konnte er nicht genau sagen. Er nahm an, es war ein schleichender Prozess gewesen, herauszufinden, wer er war, wenn er nicht mehr Teil eines Paares war. Und in letzter Zeit war er natürlich auch noch von etwas wesentlich Erfreulicherem abgelenkt worden – Nina.

„Du siehst sehr zufrieden mit dir aus“, merkte Daisy an, als sie hineingingen.

„Wirklich?“ Greg hatte gar nicht bemerkt, dass er lächelte.

„Ich schätze, du bist ziemlich froh, dass das hier bald vorüber ist“, sagte Daisy und bot ihm damit eine perfekte Ausrede.

„Ach, ich freue mich einfach auf den nächsten Schritt“, log er und hielt die Tür für Daisy und ihre Mutter auf. Der Gedanke ernüchterte ihn allerdings sofort, auch wenn sein Kopf immer noch bei Nina weilte. Seine Gefühle für sie waren nicht über Nacht explodiert. Sie waren seit langer Zeit gewachsen, aber an einem dunklen, unbekannten Ort.

Nachdem er sie dann aber mal entfesselt hatte, waren sie wie eine Macht außerhalb seiner Kontrolle, wie ein Waldbrand, eine Obsession.

Er dachte die ganze Zeit an sie, sogar jetzt, während er mit seiner Exfrau und seiner schwangeren Tochter auf Gymnastikmatten zuging, die vor der Videoleinwand auf dem Boden lagen.

Konzentrier dich, Greg, ermahnte er sich. Hier ging es um Daisy. Er stellte Sophie der Kursleiterin Barbara Machesky vor. Auf den ersten Blick war Barbara die typische sich ihr Müsli selber mischende, Birkenstock tragende New-Age-Hebamme – zumindest vermittelte sie diesen Eindruck. Später lernten die Schüler dann ihre sachliche, an einen Drillsergeanten gemahnende Art kennen. Trotzdem, der Unterschied zwischen ihr und Sophie in ihrem europäischen Designeroutfit und den sorgfältig blondierten Haaren war beinahe komisch, und Greg spürte, wie Sophie sich eine Meinung über Barbara bildete.

Er erinnerte sich daran, dass seine Ex die Angewohnheit hatte, andere Menschen abzuschätzen und mit der Schnelligkeit einer fallenden Guillotine ein Urteil über sie zu fällen. Ihm gefiel es immer am besten, wenn sie danebenlag, so wie jetzt mit Barbara. „Daisy hat mir erzählt, dass sie so viel von Ihnen gelernt hat", sagte Sophie in dem Tonfall, den sie bei ungenügenden Lehrern und Haushaltshilfen einzusetzen pflegte.

„Was Sie nicht sagen", erwiderte Barbara. Die Herablassung war ihr offensichtlich nicht entgangen. Ihre Schüler, Greg eingeschlossen, waren ihr vollkommen ergeben. Sie schaffte es, in allen von ihnen Selbstvertrauen zu wecken – von dem Immigrantenpärchen aus Korea bis zu Daisy, die die Jüngste in dem Kurs war. „Setzt euch bitte alle. Wir sind heute ein Paar weniger. Randy und Gretchen haben letzten Mittwoch eine kleine Tochter bekommen, und alle sind wohlauf."

Die Neuigkeit wurde mit zustimmendem Gemurmel aufgenommen. Zwischen den Kursteilnehmern war eine Bindung entstanden, was angesichts der Tatsache, dass ihnen allen das gleiche lebensverändernde Ereignis ins Haus stand, nur natürlich war. Es war eine interessante Mischung – verheiratete Großstadtpflanzen, die neu hierhergezogen waren, ein schwules Pärchen und ihre immer fröhliche Leihmutter, ein unglückliches Paar, das fest davon ausging, dass ihr ungeborenes Kind ihre Ehe retten würde, eine tätowierte Teenagerin, die so viele Piercings im Gesicht hatte, dass sie aussah, als wäre sie kopfüber in eine Köderkiste gefallen. Randy und Gretchen hatten den Spitznamen *die Flitterwöchner* bekommen, weil sie sich mit gleicher Leidenschaft stritten und liebten. Sophie ließ einmal ihren Blick über die Runde gleiten und nahm alles in sich auf.

Greg war dabei gewesen, als sein Sohn auf die Welt gekommen war. Er hatte geweint, aber ein Teil von ihm war selig ignorant gewesen, was den ganzen Vorgang von Schwangerschaft und Geburt anging. Jede Woche mit Daisy hierherzukommen war ein ganz anderes Erlebnis. Er stellte fest, dass er sich auf all die Dinge konzentrierte, die schieflaufen konnten – eine abgedrückte Nabelschnur, Anomalien, Blutungen, Infektionen … Sein Kopf war voll mit all den Ängsten der Welt, und er musste trotzdem so tun, als wäre alles gut.

„Nachdem das hier heute die letzte Stunde in diesem Kurs ist, sprechen wir heute über die letzte Phase der Wehen und die Geburt selber." Barbaras forscher Ton und ihr scharfer Akzent verbargen, was für ein weiches Herz sie hatte. Auf der Leinwand erschien eine Liste. „Konzentrieren wir uns aufs Pressen …"

Greg fiel es schwer, sich zu konzentrieren, selbst als Barbara sich anderen Themen zuwandte, wie dem ersten Tag des Babys zu Hause im neuen Heim. Mit jedem vergehenden Tag wurde die Vorstellung, dass Daisy ein Kind zur Welt bringen würde, für ihn immer realer. Der Gedanke an ein Baby im Haus – ein Neugeborenes – war überwältigend.

Das wird so cool, dachte er.

Daisy erhaschte einen Blick auf sich im Schaufenster des Ladens, an dem sie auf dem Rückweg vom Geburtsvorbereitungskurs angehalten hatten. Wie immer erschreckte sie ihr Anblick. Ich sehe aus wie ein Football-Spieler, dachte sie und musterte ihr fülliges Gesicht, ihren Hals, ihre dicken Beine und Knöchel, die unter einem Sommerkleid von der Größe eines Zirkuszelts herausschauten.

„Geht es dir gut, Honey?", fragte ihre Mutter und nahm ihre Hand.

Bis vor einer Sekunde ja. Daisy sagte es nicht laut, aber verdammt, es war schwer genug, dem ganzen Gewicht ins Auge zu sehen, das sie im Laufe der letzten Monate zugelegt hatte. Wenn dabei aber noch ihre Mutter, ihre wunderschöne, perfekte, dünne Mutter neben ihr stand, sah Daisy aus wie ein Festwagen.

„Ja, alles gut", sagte sie. „Lass uns reingehen."

Sie beobachtete, wie sich ihre Eltern wie höfliche Fremde benahmen, und es machte sie unglaublich traurig. Das Schlimme an dieser Scheidung war, dass es keinen Bösewicht gab. Nur zwei Leute, die nicht länger miteinander leben konnten, egal wie. Auch wenn das Auseinanderbrechen ihrer Familie beinahe ein ganzes Jahr her war, verspürte Daisy doch ab und zu noch einen stechenden Schmerz. Vielleicht würde der nie vergehen. Sie fühlte sich immer noch schlecht wegen der Art, wie es für ihre Mutter gelaufen war. Im letzten Herbst, als alle zerbrochenen Stücke endlich gefallen waren, hatte es endlose Diskussionen – okay, lautstarke Auseinandersetzungen – darüber gegeben, wo Daisy und Max wohnen würden und wer die Verantwortung für sie trüge und was das Beste für sie wäre. Sophie hatte natürlich gewollt, dass Max und Daisy mit ihr kommen. Da die Mutter beinahe immer die sorgerechtsberechtigte Person war, war entschieden worden, dass sie mit ihr gehen.

Aber die Sache hatte einen Haken. Ihre Mutter rettete die Welt. Genauer gesagt, sie rettete ein kleines Fürstentum im Süden Afrikas, indem sie einen Warlord wegen Verbrechen gegen die Menschlichkeit anklagte. Von dem Ausgang des Prozesses hing ab, ob Menschen leben oder sterben würden. Damit sie also ihre Arbeit zu Ende führen konnte, musste sie in Den Haag leben, dem Sitz des Internationalen Kriegsgerichtshofs. Sie hatte schon die entsprechende Schule für Daisy und Max herausgesucht, eine internationale Schule, auf die zu gehen jedes Kind sich glücklich schätzen könnte. Es hätte so einfach sein sollen – eine Scheidung, die Kinder gehen mit der Mutter. Das passierte jeden Tag.

Was für ein Desaster. Max hatte nur wenige Tage in der feindlichen Umgebung durchgehalten, bevor er zusammengebrochen war. Daisy schaffte es nicht viel länger, dann wurde sie fürchterlich krank. Später stellte sich dann heraus, dass es an ihrer Schwangerschaft gelegen hatte. Daisy verfolgte immer noch der Ausdruck auf dem Gesicht ihrer Mutter, als sie und Max ihr gesagt hatten, sie wollten – mussten – bei ihrem Dad leben und zu ihm nach Avalon ziehen. Die Bellamys hatten eine lange, angesehene Geschichte in dieser Stadt. Es war ein sicherer Ort, um sich an die Veränderungen in ihrem Leben zu gewöhnen. Und Sophie, normalerweise so eine Kämpferin, hatte Stunden mit dem Familientherapeuten verbracht und dann gesagt, dass sie es versteht. Angesichts des Traumas der Scheidung wollte sie die Sache nicht noch schlimmer machen, indem sie ihre Kinder zwang, auf der anderen Seite des Ozeans unter lauter Fremden zu leben. Aber genauso wenig konnte sie dem Fall, dem sich sie verpflichtet hatte, einfach den Rücken kehren, auch wenn sie sagte, dass sie es tun würde.

Daisy erinnerte sich noch an das Zittern in der Stimme ihrer Mutter, als sie sagte: „Ich bleibe bei euch in den Staaten." Sowohl ihr als auch Max war ihr innerer Aufruhr aufgefallen.

Und beide hatten gewusst, dass es nicht funktionieren würde, wenn ihre Mutter sich von ihrer Mission zurückzog. In einem Augenblick der Gemeinheit, für den sie sich immer noch schämte, hatte Daisy ihren Teil dazu beigetragen, indem sie ihrer Mutter sagte, es wäre völlig sinnlos, wieder zurück in die Staaten zu ziehen, wenn sie und Max doch sowieso bei ihrem Vater leben wollten.

Also unternahm ihre Mutter alle paar Wochen den Transatlantikflug, um sie zu sehen, und sammelte Unmengen an Bonusmeilen. Die Besuche waren oft angestrengt und gezwungen, niedergedrückt von den Schuldgefühlen ihrer Mutter, Max' Schmerz und Daisys Abwehr. Max hatte seine Mutter ein paarmal besucht, aber Daisy nicht, auch wenn die Einladung noch stand. Daisy dachte zynisch, die Tatsache, dass sie und Max nach der Scheidung zu ihrem Vater gezogen waren, kollidierte fürchterlich mit dem ewigen Kampf ihrer Mutter um Perfektion. Die perfekte Frau, die perfekte Mutter, die perfekte, in der Weltgeschichte herumreisende Anwältin, die die Welt rettete. Ihre Mutter hatte schließlich einsehen müssen, dass sie nicht in allem perfekt sein konnte. Nur in einigen Dingen.

Was sie aber nicht davon abhielt, zu versuchen, die perfekte Großmutter zu werden. Das war der Hauptgrund für ihren heutigen Einkaufstrip.

Der Laden hieß New Beginnings und behauptete, alles zu haben, was werdende Eltern für den Neuanfang brauchten. Daisy besaß bereits die Grundausstattung – Wiege, Autositz, Kinderwagen –, und ihre Cousinen hatten ihr eine Babyparty ausgerichtet, die einer Prinzessin würdig gewesen wäre. Aber ihre Mutter hatte darauf bestanden, die Babyerstausstattung zu kaufen.

Als sie nun so zwischen ihren Eltern durch den Laden ging, empfand Daisy ein falsches Gefühl von Sicherheit, das sie zurück in ihre Kindheit transportierte, wo alles so viel einfacher gewesen war. Nachdem ihre Eltern sich getrennt hatten, hatte Daisy noch gehofft, sie würden ihre Meinung ändern, würden doch wieder zusammenkommen. Jetzt allerdings wusste sie es besser. Nicht so Max. Er lebte immer noch für seinen Traum, dass seine Eltern sich wieder zusammentäten. Bald schon würde er lernen, was ihre Mutter schon vor langer Zeit erkannt hatte. Eine Wiedervereinigung stand nicht mehr zur Debatte. Der Zug war abgefahren.

Daisy wusste, dass das, was sie seit einiger Zeit vermutete, worauf sie seit einiger Zeit sogar hoffte, wahr geworden war. Dad war mit Nina zusammen. Vor ein paar Tagen war Daisy nachts für den gefühlten hundertvierundsiebzigsten Badezimmerbesuch aufgestanden und hatte ein Geräusch gehört. Es war ihr Dad, der um vier Uhr morgens durch die Hintertür kam. Er hatte ihr erzählt, er hätte Waschbären an den Mülltonnen gehört.

Ja, klar.

Sie sah, dass eine Verkäuferin sie und ihre Eltern musterte. Vermutlich versuchte sie herauszufinden, was das für eine Konstellation war. Ihre Eltern sahen einfach noch nicht wie zukünftige Großeltern aus. Ein zufälliger Beobachter konnte durchaus denken, dass sie die Adoptiveltern waren und Daisy ihnen ihr Baby überlassen würde.

Doch das war nie infrage gekommen. Der Familienberater hatte sie ermutigt, auch eine Adoption ins Auge zu fassen, ruhig auch innerhalb der Familie. Daisy hatte sich mit dem Gedanken spielerisch für ungefähr, sagen wir, zehn Sekunden beschäftigt, bevor sie entschied, dass das nicht funktionieren würde. Es war eine der wenigen Entscheidungen, die ihr in alldem leichtgefallen war. Ganz am Anfang hatte sie auch darüber nachgedacht, die Schwangerschaft abzubrechen, aber das hatte sie nicht übers Herz gebracht. Und nachdem sie sich einmal entschlossen hatte, das Baby zu behalten, war sie auch entschlossen, es wirklich zu behalten.

Sie wünschte, sie würde eine unanfechtbar feste Überzeugung haben, was ihre eigene Zukunft anging. Ein so starkes Gefühl, das wie Musik in ihrem Kopf spielte, so wie es den Mädchen in den Fernsehfilmen immer ging. Aber das Glück hatte sie nicht. Sicher, sie hatte die Entscheidung getroffen und würde dabei bleiben, aber das hieß nicht, dass sie wusste, was zum Teufel sie da eigentlich machte.

Sie hatte versucht, einen Weg zu finden, ihren Eltern mitzuteilen, dass Logan O'Donnell sich geweigert hatte, auf seine elterlichen Rechte zu verzichten. Er war aus dem Nichts bei ihr aufgetaucht, und seine Reaktion auf ihren Brief war total unerwartet gewesen. Er weigerte sich nicht nur, ihre Bedingungen zu akzeptieren, sondern stellte auch noch eigene auf. Die Daisy natürlich nicht einmal in Erwägung ziehen würde. Also hatten sie eine Pattsituation, und Daisy wusste nicht, was sie tun sollte. Sie war noch nicht bereit, das mit ihren Eltern zu besprechen.

Aber es gab ein anderes Thema, das sie mit den beiden bereden musste. Ihre Zukunft. Doch auch das schob sie vor sich her, sicher, dass ihr Dad ausflippen würde, wenn er hörte, was sie vorhatte.

Ihre Mom hielt einen Matrosenanzug in Puppengröße hoch. „Was meinst du dazu?“

„Wie süß.“ Vielleicht waren es die Hormone, aber der Anblick von Babykleidung ließ Daisy innerlich ganz weich und schmalzig werden.

„Also gefällt dir das maritime Thema?“, fragte ihre Mom.

„Klar.“

Ihr Dad guckte sich Mobiles zum über die Krippe Hängen an und schien sich mehr auf das Golfthema eingeschossen zu haben. Die Spannung zwischen ihren Eltern summte in der Luft wie ein herannahendes Gewitter. Daisy fühlte sich zwischen ihnen wie eine dieser Puppen mit Gummiarmen, die man für Zerrspiele benutzte. Warum hatte sie nur gedacht, hierherzukommen wäre eine gute Idee?

Weil die beiden – verheiratet oder nicht – ihre Eltern waren. Sie waren Emiles Großeltern. Und sollten sich besser langsam an den Gedanken gewöhnen.

25. KAPITEL

Es war der Abend vor Olivias Hochzeit, und Nina war ganz schwindelig vor Glück, weil Sonnet endlich zu Hause war. Gemeinsam mit ihr und Daisy saß Nina auf der Terrasse des Bootshauses, trank Eistee und genoss den milden Abend. Die Hitzewelle war etwas abgeebbt – eine kleine Gnade, die Nina nicht mehr für selbstverständlich nahm. Sie hatte sich gefragt, ob die glühende Hitze etwas mit ihren vollkommen verrückten Gefühlen für Greg zu tun hatte. Doch jetzt, wo die Temperaturen etwas gefallen waren, merkte sie, dass das Wetter keinen Einfluss hatte. Sie war immer noch verrückt nach ihm. Sie hatte so lange versucht, es zu leugnen, hatte versucht, zu verhindern, sich an einen Mann zu binden, dessen Leben so kompliziert war.

Das Problem war jedoch, dass Nina die Komplikationen gefielen.

Ganz bewusst lenkte sie ihre Gedanken auf ihre Tochter. Sie musste mit Sonnet darüber sprechen, und zwar bald. Erst jedoch musste sie überlegen, was genau sie ihr sagen wollte.

Im Moment war sie einfach nur zufrieden damit, ihren Eistee zu trinken und die beiden Mädchen zu beobachten. Sie waren beste Freundinnen und erinnerten Nina an sich selbst und Jenny Majesky vor vielen Jahren; zwei junge Frauen, die einander liebten und vertrauten. Sonnet lag ausgestreckt auf der Sonnenliege. Sie litt noch unter Jetlag und hatte Schwierigkeiten, die Augen offen zu halten. Jedes der Mädchen stand vor einem großen Einschnitt in ihrem Leben. Sonnet würde mit dem College anfangen, Daisy ein Kind bekommen. Beide strahlten eine Mischung aus Jugend, Torheit, Angst und Aufgeregtheit aus. Teenager, dachte Nina, waren die „Rain Mans“ der menschlichen Rasse. In einigen Dingen so klug und in anderen komplett ahnungslos.

„Wie auch immer“, sagte Daisy gerade. „Ich kann es kaum erwarten, dass du ihn kennenlernst.“ Sie sprach über Julian Gastineaux, eines ihrer Lieblingsthemen. „Ich weiß, ich hab dir Bilder geschickt, aber in echt ist er noch viel unglaublicher.“

„Was hast du ihm über mich erzählt?“, wollte Sonnet wissen.

„Dass du ekelerregend perfekt bist, aber man dir das nicht übel nehmen sollte“, erwiderte Daisy.

„Klar“, sagte Sonnet. „Ich und perfekt.“

„Totales Wunderkind, Einserschülerin, und sieh dir nur mal all die Sachen an, die du diesen Sommer während eines Praktikums gemacht hast. Du bist eine internationale Frau voller Geheimnisse.“

Sonnet gähnte. „Das kauf ich dir nicht ab. Ich klinge ja total langweilig.“

„Hast du irgendwelche Jungs kennengelernt?“

„Hallo? Das war eine Militärbasis. Da wimmelt es nur so von Männern. Allerdings hat sich keiner von denen für mich interessiert. Sie haben alle nach Mädels Ausschau gehalten, die … abenteuerlustiger waren, wenn du weißt, was ich meine." Sonnet hatte während der Highschool entschieden, dass sie keinen Sex vor der Ehe haben würde, eine Idee, die Nina aus vollem Herzen befürwortete.

„Oh ja", sagte Daisy. „Ich weiß genau, was du meinst."

„Okay, ihr zwei", sagte Nina mit übertriebener Fröhlichkeit, weil ihr dieses Thema nicht behagte. „Ich bringe mal die Gläser rein und lasse euch ein wenig Zeit für euch." Sie ging in die Küche und machte extra viel Lärm beim Abwaschen der Gläser. Sonnet machte keine große Sache aus ihrem Abstinenzschwur, aber Nina wusste, dass sie es sehr ernst meinte. Und warum auch nicht? Nachdem sie gesehen hatte, welchen Einfluss vorehelicher Geschlechtsverkehr auf ihr eigenes Leben gehabt hatte, war Sonnet entschlossen, einen anderen Weg einzuschlagen.

Nina stellte das Radio an und summte mit, während sie die Wäsche aus dem Trockner zusammenlegte und den Stapel in Sonnets Zimmer brachte. Wobei Zimmer übertrieben war, es war eher eine Schlafkoje mit einem Fenstersitz, der als Doppelbett fungierte. Anders als Nina mochte Sonnet es ordentlich und aufgeräumt. Sie hatte ihren Koffer bereits ausgepackt und alle Sachen mit einer militärischen Präzision aufgehängt, die sie vermutlich von ihrem Vater geerbt hatte. Die Geschenke, die sie mitgebracht hatte, standen fein säuberlich auf einem Regal – kleine Andenken aus Delfter Porzellan und ein Stückchen handgeklöppelter Spitze.

Als Nina wieder nach draußen kam, war es erstaunlich still. Daisy schaute zu ihr auf. „Sie schläft tief und fest. Der Jetlag hat sie schließlich doch noch eingeholt. Meinst du, wir sollten versuchen, sie ins Bett zu bringen?"

Nina strich mit der Hand über Sonnets Haar. „Das mache ich später."

Daisys Augen strahlten, sie schien voller Energie zu stecken. „Ich bin froh, dass sie zurück ist."

„Ich auch." Nina weigerte sich, daran zu denken, dass Sonnet schon bald wieder abreisen würde. „Du musst wegen der Hochzeit ganz schön aufgeregt sein", sagte sie.

„Ich bin wegen einer ganzen Menge Dinge ziemlich aufgeregt."

„Das ist gut. Du hast auch vieles, worauf du dich freuen kannst." Nina spürte, dass Daisy aus einem bestimmten Grund noch hier war. „Ist alles in Ordnung bei dir?"

„Klar. Ich meine, es ist ein bisschen komisch, jetzt, wo meine Mutter da ist, aber das war zu erwarten. Man merkt, dass sie sich hier in Avalon wie ein Fisch auf dem Trockenen fühlt."

„Na ja, es ist ja auch ein ganz schöner Sprung von den Hauptstädten Europas zu einer Stadt wie dieser. Ich bin sicher, sie wird es gut überstehen."

Schweigen breitete sich zwischen ihnen aus. Es gab ein paar Sachen, die Nina Daisy gerne fragen würde, aber sie hielt sich zurück. Sie hatte sich schon zu sehr mit dieser Familie verstrickt. Aber sie konnte abwarten und zuhören.

Sie musste nicht lange warten. Daisy sagte: „Weißt du, ich dachte, ich würde für immer bei meinem Vater wohnen bleiben müssen, weil er mich braucht. Und ich schulde ihm das, das weiß ich, aber ich wünschte, ich würde wissen, dass er auch ohne mich glücklich wird."

Nina war überrascht. Das hatte sie nicht erwartet. „Nur um das klarzustellen", sagte sie. „Du sprichst über deinen Vater?"

„Ja, über wen sonst?"

Nina war bewegt. Hatte Sonnet sich auch solche Gedanken über sie gemacht? Allerdings nahm sie an, dass noch eine tiefere Bedeutung hinter Daisys Aussage steckte. „Und ich vermute, du hast ihm gegenüber noch nichts davon erwähnt."

„Er würde mir nur sagen, dass es ihm gut geht, was totaler Quatsch ist. Oder gewesen wäre. Bevor du gekommen bist, habe ich mir echt Sorgen um meinen Dad gemacht."

„Was meinst du mit ‚gekommen bist'?", hakte Nina nach. „Ich bin schon mein ganzes Leben lang hier."

„Ich meine, jetzt, wo ich meinen Dad mit dir sehe, mache ich mir das erste Mal seit langer, langer Zeit keine Sorgen mehr."

Mit dir. Nina errötete und fragte sich, wie viel Daisy wusste. Sie entschied sich, sich dumm zu stellen.

„Daisy, ich will hier keinen falschen Eindruck erwecken. Ich arbeite für deinen Dad. Das muss nicht unbedingt für immer so sein."

„Na ja, noch nicht", sagte Daisy mit fröhlicher Zuversicht. „Es ist schön, ihn so glücklich zu sehen. Das ist gut für uns alle." Daisy starrte in die Flamme der Zitronenkerze, die fröhlich auf dem Tisch flackerte und die Mücken abhalten sollte. „Ich will nicht, dass mein Leben hier stattfindet." Sie flüsterte die Worte beinahe. „Ich will … etwas anderes für mich und das Baby, und das finde ich nicht hier. Ich will schon seit so langer Zeit fort von hier, alleine leben, aber ich habe mir immer Sorgen um Dad gemacht. Ich weiß, dass es ihm überhaupt nicht gefallen würde, wenn er es wüsste, aber ich kann nicht anders. Da ist dieses Gefühl, gefangen zu sein … ich wache nachts auf und kann nicht atmen. Ich fühle mich erstickt. Aber wenn ich ihn mit dir zusammen sehe …"

„Daisy, triff keine Entscheidungen auf Basis möglicher Gefühle deines Dads oder anderer Leute. Das Einzige, was für dich wichtig ist, sind das Baby und du. Ehrlich, du kannst dein Leben nicht für andere Menschen leben. Damit wirst du nur unglücklich."

„Das habe ich den ganzen Sommer über getan. Aber jetzt tue ich es nicht mehr. Aber danke, dass du mich daran erinnert hast, dass ich mein eigenes Leben finden muss."

„Ich habe dich nicht …"

„Ich gehe jetzt besser." Daisy gähnte und streckte sich. „Morgen ist ein großer Tag."

Nachdem sie gegangen war, deckte Nina Sonnet mit einer leichten Decke zu. Dann stand sie ruhelos an der Brüstung der Terrasse und schaute auf den See hinaus. Sie sah die Spiegelung des Mondes, vor dem Wolken dahinzogen, auf dem Wasser. *Wenn ich ihn mit dir zusammen sehe …* Was Daisy nicht verstand, war, dass Nina mit niemandem eine dauerhafte Verbindung eingehen wollte. Oder? Sie sollte es zumindest nicht wollen. Sie sollte jetzt vor allem sich selber finden. Ihren Träumen folgen. Herausfinden, wer sie war, jetzt, wo Sonnet aufs College ging. Am Anfang des Sommers hatte sie genau gewusst, was sie wollte – das Inn und ein neues Gefühl der Freiheit. Jetzt hatte sie weder noch, aber ihr Leben fühlte sich so viel reicher an, als sie es sich je erträumt hatte.

Es gab nur ein Problem. Und sie ertrug es kaum, es vor sich selber zuzugeben. Das Problem war, dass jedes Mal, wenn sie über die Zukunft nachdachte, Bilder von Greg Bellamy ihren Kopf überfluteten – und ihr Herz. Sie hatte den ganzen Sommer damit verbracht, sich Gründe zu überlegen, wieso er nicht richtig für sie war, und hatte dabei das einzig Wichtige übersehen.

Es war schockierend, wie schnell sie sich daran gewöhnt hatte, ihn in ihrem Leben zu haben. Wie sehr sie es genoss, abends darauf zu warten, dass er zu ihr kam. Jetzt vermisste sie ihn so sehr, dass sie zitterte. Sogar nun, wo ihre Tochter zu Hause war, vermisste sie seine Umarmung, sein Lachen, seinen Geruch und den Geschmack seiner Küsse. Sie vermisste einfach alles an ihm.

Und das Schreckliche war, sie hatte ihm nie gesagt, was er ihr bedeutete. Wovor hatte sie solche Angst? Worauf wartete sie? Die Uhr hinter ihr schlug Mitternacht. Sie sollte jetzt besser auch ins Bett gehen.

Morgen wäre der perfekte Tag, es ihm zu sagen. Immerhin ging sie morgen auf eine Hochzeit.

Am Tag von Connors und Olivias Hochzeit zog Greg sich in einer der ehemaligen Schlafbaracken des Camp Kioga um. Einst Kulisse für kindliche Streiche, nächtliche Fressorgien und Geistergeschichten, fungierte sie nun als Umkleideraum für die an der Hochzeit Beteiligten. Greg sah, dass Max mit seinem Smoking kämpfte, und ging rüber, um ihm zu helfen.

„Was soll das überhaupt mit diesen komischen Knöpfen?“ Max schaute grimmig auf sein frisch gestärktes weißes Hemd.

„Sie sind einfach schick“, sagte Greg. „Hey, Dad, Max braucht Hilfe mit seinen Hemdknöpfen.“

Charles Bellamy sah wie immer makellos aus – schlank, mit silberfarbenen Haaren, einer perfekten Haltung und einem liebevollen Lächeln für seinen jüngsten Enkelsohn. „Da sag noch mal einer, ich wäre zu nichts mehr nutze.“

„Das ist doch vollkommen sinnlos“, sagte Max. „Was ist denn mit normalen Knöpfen nicht in Ordnung? Oder mit einem Reißverschluss? Ja, das wär's doch. Ein Hemd mit einem Reißverschluss.“

„Junger Mann, du solltest wissen, dass es sich hier um Dunhill-Perlmutt-Schmuckknöpfe von der gleichen Art handelt, wie sie zu meiner Hochzeit getragen wurden. Das war vor einundfünfzig Jahren genau hier im Camp Kioga.“ Mit flinken Fingern, die sein Alter Lügen straften, befestigte Gregs Vater die Knöpfe an Max' Hemd. „Erzähl mal“, sagte er. „Wie war dein Sommer bisher?“

Max zuckte mit eleganter Lässigkeit die Schultern. „Okay.“

„Nur okay?“

„Ich habe einen Job bei den Hornets“, sagte er und taute langsam auf. „Das ist viel besser als nur okay.“

„Das würde ich wohl auch sagen. Du bist ein Glückspilz, dass du für ein professionelles Baseballteam arbeiten darfst.“

„Und ob. Nina hat mir den Job verschafft. Nina Romano – sie ist toll.“

Was du nicht sagst, dachte Greg. Er hatte sie in den letzten Tagen nicht so viel gesehen, wie es ihm lieb gewesen wäre, was kein Wunder war, mit Sonnet und Sophie in der Stadt und der kurz bevorstehenden Hochzeit. Das Inn war komplett ausgebucht, ein Großteil davon waren Hochzeitsgäste. Sie hatten so viel zu tun, dass er tagsüber nicht ausreichend Zeit gefunden hatte, sich mit Nina davonzustehlen. Wenn er alle Zeit der Welt hätte, würde er sie mit ihr verbringen – mit ihr reden und lachen und Liebe machen. Verliebt sein.

Max hielt eine silberne Fliege auf Armlänge von sich. „Wie wär's, wenn wir die einfach weglassen?“

„Da träumst du wohl von“, sagte Greg.

Charles stellte bereits den gestärkten Kragen von Max' Hemd auf. „Achtung“, sagte er. „Jetzt kommt's.“

„Das ist so schwul“, sagte Max.

Greg lachte. „Glaubst du, damit kommst du in dieser Familie durch?"

„Die Schuhe drücken." Er scharrte mit den Füßen, die in glänzenden Lackschuhen steckten.

„Damit auch nicht."

„Ich verstehe nicht, warum es so eine große Sache ist, zu heiraten", murmelte Max. „Die meisten Ehen werden ja doch wieder geschieden."

Greg wusste, dass Max nur eine Reaktion provozieren wollte. Aber jetzt war nicht der richtige Zeitpunkt für eine große Familiendiskussion. „Nette Einstellung, Kumpel."

„Stimmt doch", erwiderte Max.

Greg spürte, dass sein Vater ihn beobachtete, sie beide beobachtete. Seinen Eltern von der Scheidung zu erzählen war fast genauso schlimm gewesen, wie es den Kindern beizubringen. Er hatte sich an dem Tag wie der größte Versager gefühlt und sich so unglaublich geschämt. Sie hatten ihm alle ihre Unterstützung angeboten, aber letztlich fühlte Greg sich verantwortlich dafür, dass die Liebe in seiner Ehe unrettbar versandet war.

Er nahm seinem Vater die seidene Fliege aus der Hand und legte sie so um Max' Hals, dass sie sich in die Augen sehen konnten. „Schau mal, Kumpel. Niemand kann die Zukunft vorhersagen. Menschen verlieben sich, und manchmal hält es für immer, wie bei Nana und Grandpa. Manchmal verändern sich die Gefühle aber auch, so wie bei deiner Mom und mir. Das ist aber kein Grund, die Hoffnung aufzugeben. Und darum geht es bei einer Hochzeit. Sich zu lieben und sein Bestes zu geben, damit es funktioniert. Das ist es, was wir Olivia und Connor wünschen, und deshalb schließen wir unsere Hemden mit diesen seltsamen Knöpfen und tragen seidene Fliegen."

„Häh?"

Greg unterdrückte ein Lachen. „Halt einfach still, damit ich das hier fertig machen kann." Nachdem er die Fliege gebunden hatte, trat er einen Schritt zurück und verspürte einen Anflug von Stolz. „Guck dir meinen Jungen an, Dad. Sieht er nicht einfach großartig aus?"

Und das tat er. Max' Haare waren von einer seiner Cousinen frisiert worden, und sein Gesicht blitzte wie frisch geschrubbt. Im Laufe des vergangenen Jahres war er groß und stark geworden, und man sah, dass er an der Schwelle zum Mannsein stand.

„Kann ich jetzt nach draußen gehen?", fragte er.

„Mach dich nicht schmutzig." Greg und sein Vater tauschten einen Blick.

„Wann werde ich denn diese ‚tolle' Nina Romano kennenlernen?", fragte Charles.

„Sie wird sowohl bei der Hochzeit als auch bei der Feier dabei sein.“

„Wer?“, fragte Philip, der seinem Vater unglaublich ähnlich sah, als er sich nun an ihnen vorbei zum Spiegel drängte.

„Nina Romano, Gregs Geschäftspartnerin“, sagte Charles.

Philip beugte sich ein wenig zum Spiegel vor, um seine Fliege zu binden. „Ja, sie kommt auch. Greg ist ganz verrückt nach ihr. Er glaubt, dass es keiner weiß, aber wir wissen es alle.“

Greg packte Philips Ärmel und zog ihn daran vom Spiegel fort. „Mund halten“, sagte er. „Hast du nicht irgendwelche brautväterlichen Pflichten zu erledigen?“ Er schob sich an seinem Bruder vorbei, um seine eigene Fliege zu richten.

„Olivia ist bei ihrer Mutter.“ Philip setzte eine schmerzhafte Miene auf. Er war seit beinahe zwei Jahrzehnten geschieden, und seine Ex schaffte es immer noch, schwierig zu sein – eine Situation, die noch schlimmer wurde, als Philip herausfand, dass Jenny seine Tochter war. Greg schickte einen kurzen Dank an Sophie, die überhaupt nicht schwierig war. Sie war im Verlauf der Scheidung genauso gewesen wie in der Ehe – meistens abwesend.

Charles warf ihm einen neugierigen Blick zu. „Ich kann es kaum erwarten, sie kennenzulernen.“

Greg legte das lange Ende der Fliege in eine Schleife; seine Bewegungen waren präzise und geübt, was seltsam war, weil er seit Jahren keinen Smoking mehr getragen hatte. Ehrlich gesagt war das hier der gleiche verdammte Smoking, den er schon als Trauzeuge bei Philips Hochzeit getragen hatte und bei seiner eigenen. Beide Ehen waren gescheitert. Vielleicht war das ein Pech bringender Smoking. „Bin ich verrückt, wenn ich glaube, ich könnte das noch einmal machen?“

„Vielleicht. Aber wieso sollte dich das aufhalten?“

„Ich will es dieses Mal nicht vermasseln, Dad.“

„Dann halte dich an deinen eigenen Rat. Gib dein Bestes und versuche nicht, die Zukunft vorherzusagen.“

Über das Gelände zu schlendern, an den Spielfeldern, den Wanderwegen und den Schlafbaracken vorbei, erfüllte Greg mit Erinnerungen. Auf dem Ballspielfeld hatten Max und einige der anderen Jungs bereits ihre Jacken ausgezogen und warfen ein paar Körbe. Greg rief ihm nur zu, mit seinen Hochzeitssachen vorsichtig zu sein, und ging dann weiter. Er merkte, wie seine Gedanken zu Nina wanderten. Noch waren die Hochzeitsgäste nicht angekommen. Vielleicht sollte er Sophie aufsuchen. Immerhin war das hier der Ort, wo auch sie beide vor langer Zeit geheiratet hatten. Er fühlte sich seltsam losgelöst von der Vergangenheit und fragte sich, ob es Sophie genauso ging. Seit sie für die Hochzeit nach Avalon gekommen war, hatte er nur sehr wenig Zeit mit ihr zusammen verbracht. Die Wunden, die ihre Scheidung hinterlassen hatte, waren zwar vernarbt, aber sie taten immer noch weh, und keiner von ihnen verspürte das Bedürfnis, herauszufinden, wie weit die Heilung wirklich schon fortgeschritten war. Alles in allem schlugen er und Sophie sich aber ganz gut in ihrer Rolle als Expartner. Ganz sicher waren sie darin besser, als sie es als Verheiratete gewesen waren.

Er dachte daran, was Max vorhin gesagt hatte. War das alles, was der Junge behalten hatte? Greg hoffte, dass Max sich auch an die guten Zeiten, die glücklichen Momente erinnerte. Ja, die waren langsam immer weniger geworden, das konnte er nicht leugnen. Und niemand hatte es ansprechen wollen. Letzten Endes hatten sie jedoch alle den Schatten der Veränderung gesehen, der sich wie Sturmwolken über ihren Himmel gelegt hatte. Wenn sie alle vier zusammen waren, hatte es sich am Ende nicht mehr wie eine Familie angefühlt. Die grundlegende Verbindung, die selbst in ihren besten Zeiten äußerst dünn gewesen war, war nun vollkommen verschwunden. Sicher, es gab immer noch Liebe und Fürsorge – für die Kinder. Zwischen Greg und Sophie hingegen herrschte nur noch eine Art höflicher Respekt.

Sie schien sich verändert zu haben, auch wenn Greg nicht sagen konnte, wieso. Sie besaß immer noch diese beeindruckende nordische Schönheit, und wenn es um ihren Beruf ging, strahlte sie Selbstvertrauen aus. Aber in Gegenwart ihrer Kinder erschien sie bedrückt, beinahe demütig. Ob es nun gerecht war oder nicht, sie hatten sich von Sophie abgewendet. Ihre Zurückweisung hatte Sophie tief getroffen und eine verborgene Verletzlichkeit enthüllt, die sie normalerweise unter ihrer stählernen Reserviertheit verbarg.

Er hatte sie nicht gefragt, wie es ihr ging. Sollte er das? Die Rolle des Exmannes fiel ihm nicht leicht. Allerdings wusste er, wie man sich anständig benahm. Das war ein Anfang, von dem aus er alles Weitere lernen würde.

„Hey“, sagte er und betrat die Schlafbaracke. Im Innern war ein ganzer Frauenkosmos explodiert – Kleidersäcke und Bouquets, Seidenbänder, Haarspraydosen und allerlei Töpfe und Tiegel zum Cremen und Lacken und Anmalen.

Sophie war allein. Sie trug ein ärmelloses, hellblaues Kleid und bügelte gerade eine dazu passende Jacke. Sie war immer eine Meisterin am Bügeleisen gewesen. Mit effizienter Kompetenz schaffte sie es, jede Falte aus jedem Stoff herauszubügeln, sodass das Kleidungsstück danach wie neu aussah.

Greg dachte an Nina, die vermutlich noch nie in ihrem Leben irgendetwas gebügelt hatte – und es vermutlich auch niemals tun würde.

Er fuhr mit dem Finger in seinen Kragen und fragte sich, welche Etikette wohl in dieser Situation angemessen war. Schuldete er Sophie eine Erklärung? Er stand da und beobachtete sie, eine Fremde, die er mit versengender Intimität kannte. Sie kannte ihn genauso gut. Das hatte sie vermutlich schon immer. Er erinnerte sich an den Tag, an dem er ihr erzählt hatte, dass er seine Firma verkaufen und von Manhattan nach Avalon ziehen würde.

„Natürlich tust du das“, war alles, was sie gesagt hatte, und doch enthielten diese vier Worte eine ganze Welt des Verstehens. Jetzt, wo er darüber nachdachte, fiel Greg auf, dass diese vier Worte das offizielle Ende ihrer Ehe verkündet hatten.

Sophies Reaktion auf die Scheidung war eine andere gewesen. Irgendetwas in ihr drängte sie, wegzulaufen. Zu fliehen. Schnell und weit, sich unter Fremden zu verstecken. Vielleicht hatte sie sich neu erfunden, ihnen eine ganz andere Seite von sich gezeigt. Er wusste es nicht. Es ging ihn auch nichts an. Solange er Sophie kannte, war sie vor Ärger und Schmerz davongelaufen. Nachdem sie auf dem College Schluss gemacht hatten, war sie zum Studium nach Japan gegangen – und keiner von ihnen hatte gewusst, dass sie zu dem Zeitpunkt bereits mit Daisy schwanger war.

Und so setzte sich das Muster fort. Wenn es um ihr persönliches Leben ging, wich Sophie dem Ärger nicht aus, sondern floh.

„Brauchst du was, Greg?“, fragte sie.

„Ich wollte nur sichergehen, dass bei dir alles in Ordnung ist.“

Sie fuhr mit dem Bügeleisen über die Jacke. „Warum um alles in der Welt kommst du nur auf so eine Idee?“

„Weil es mich interessiert. Der Kinder wegen, Sophie, und wegen dem, was wir füreinander mal waren. Es … es tut mir leid, dass es dir nicht gut geht. Kann ich was für dich tun?“

Sie lächelte. „Nein, danke. Du hast bereits genug getan.“

„Hey Mom, Dad, kann ich kurz mit euch reden?“ Daisy machte einen zögerlichen Schritt in den Raum.

Sie sah in diesem Moment so fürchterlich jung aus, das Haar auf Papilloten gedreht, wie ein Kind, das sich verkleidet hat. Nur, dass sie nicht spielte. Alles war echt. Für immer. „Okay, es dauert vielleicht ein bisschen länger als eine Minute“, fügte sie hinzu. „Und es ist vermutlich nicht das beste Timing, aber es ist nicht leicht, euch beide mal zusammen zu erwischen.“

Er und Sophie hatten es ihr auch nicht leicht gemacht. Sie waren inzwischen Meister darin, einander aus dem Weg zu gehen.

Daisy schaute von ihm zu Sophie, dann wieder zu ihm. „Erst mal möchte ich euch beiden danken. Ich habe das bisher noch gar nicht richtig getan – einfach danke. Für alles, was ihr mir mein ganzes Leben über gegeben habt, und dafür, dass ihr so toll seid, was das Baby angeht. Danke. Ich hätte mir nicht mehr wünschen können."

Greg warf einen Blick zu Sophie. Daisy hatte schon lange nicht mehr freundlich zu ihrer Mutter gesprochen. Sophie blinzelte die Tränen weg, doch ansonsten blieb ihr Gesicht eine perfekte Maske.

„Liebes, du weißt, dass wir alles für dich tun würden", sagte er.

Sie nickte. „Ich muss dir was sagen, Dad. Ich weiß, du dachtest, ich würde hierbleiben und bei dir im Inn arbeiten. Aber ich habe viel darüber nachgedacht und mich entschlossen, etwas anderes zu machen."

Greg spürte, wie sich sein Magen zusammenzog. Er musste sich auf die Innenseite seiner Wange beißen, um sich von einer vorschnellen Reaktion zurückzuhalten.

Sophie sagte nichts.

„Wusstest du was davon?", wollte er wissen.

„Wage es nicht, mich zu beschuldigen ..."

„Hört auf", fuhr Daisy dazwischen. „Könntet ihr beide nur ein Mal mir zuhören, anstatt euch zu streiten?"

Greg biss die Zähne zusammen und verfiel in Schweigen, wobei er Sophie immer noch aus zusammengekniffenen Augen misstrauisch beobachtete. Er spürte, wie sie nur darauf wartete, sich auf die Gelegenheit zu stürzen, die Daisy da anbot. Vielleicht sah Sophie es als Chance, ihre Tochter doch noch mit sich nach Übersee nehmen zu können.

Auf gar keinen Fall, dachte er. *Nur über meine Leiche.*

„Ich werde aus dem Haus ausziehen", sagte Daisy.

„Daisy, jetzt ist nicht der richtige Zeitpunkt ..."

„Ich muss an mein eigenes Leben denken, meine Zukunft. Ich bin nicht sicher, wie sie aussieht, aber ich weiß, wie sie nicht aussehen soll. Sie ist nicht hier im Inn. Es ist die einzige Zukunft, die ich habe, und ich will sie nicht damit verbringen, etwas zu tun, nur weil ich denke, dass es von mir erwartet wird. Oder weil jemand anderes sagt, es wäre das Beste für mich."

Hundert Entgegnungen lagen Greg auf der Zunge. Er versuchte, sie zurückzuhalten, doch das gelang ihm nicht. „Dein Leben ist hier", sagte er.

„Ja, vielleicht ist es wirklich hier", sagte Daisy. „Vielleicht aber auch nicht. Der Punkt ist, ich muss es selber herausfinden."

Greg stieg der Geruch nach etwas Verbranntem in die Nase. „Soph", sagte er.

Sie riss das Bügeleisen hoch. Ein braunes Dreieck prangte auf der Jacke, die sie gerade gebügelt hatte. Sie nahm sie hoch und schüttelte den Kopf. „Ruiniert", sagte sie. „Und Daisy, du hast ein wundervolles

Zimmer und Kinderzimmer im Haus deines Vaters. Warum sagst du, dass du das nicht mehr willst?“

„Ich sagte ja, dass ich das alles zu schätzen weiß“, sagte Daisy schnell. „Aber ich will kein Zimmer. Ich will ein eigenes Leben. Ich werde auch nicht morgen ausziehen, aber ich *werde* ausziehen. Ich bleibe definitiv bis Weihnachten und warte bis zum Beginn des Frühlingssemesters. Ich will aufs College gehen. Ich habe meine Bewerbung schon nach New Paltz geschickt.“

Greg konnte sich nicht mehr zurückhalten. Das war genau die Art von verrücktem, idealistischem Plan, den er von der alten Daisy erwartet hätte. „Ich versteh das nicht. Himmel noch mal, ich habe das Inn gekauft, weil ich dachte, es wäre ein guter, sicherer Ort, an dem du dein Leben aufbauen kannst.“

„Vielleicht hättest du mich dann vorher fragen sollen“, gab sie schnippisch zurück.

„Vielleicht hättest du mich vorher fragen sollen, bevor du dich hast schwängern lassen“, gab er genauso schnippisch zurück. Oh Mist. Hatte er das wirklich gesagt? Er sah den Ausdruck auf dem Gesicht seiner Tochter. Ja. Er hatte es gesagt. „Daze, tut mir leid, das habe ich nicht so gemeint.“

„Ich weiß, Dad. Glaub mir, ich weiß.“ Sie verzog das Gesicht, als hätte sie Schmerzen, und drückte ihre Hand gegen ihr Kreuz.

„Das alles kommt für mich nur vollkommen überraschend. Liebes, weißt du, wie schwer das werden wird?“

„Viele Dinge sind schwer. Golf. Den Mount Everest zu besteigen. Ein Kind zu gebären. Das hält die Leute aber trotzdem nicht davon ab, es zu tun.“

Greg schaute Sophie an. „Könntest du bitte auch was dazu sagen?“

Sie reckte ihr Kinn. „Daisy ist eine erwachsene Frau. Ich werde ihr ganz gewiss nicht sagen, was sie tun soll.“

„Mom hat recht.“ Daisy schaltete sich ein, bevor die Situation zwischen den beiden eskalieren konnte. „Ich muss einfach alleine leben.“

„Das ist verrückt.“ Greg schüttelte den Kopf. „Du musst bei deiner Familie leben. Du wirst dich um ein Baby kümmern müssen.“

„Nur ein Wort, Dad“, erinnerte ihn Daisy. „Treuhandfonds. Grandpa hat jedem seiner Enkelkinder einen eingerichtet.“

Richtig, dachte Greg. Er knirschte mit den Zähnen, um sich von einer Erwiderung abzuhalten. Wieder ohne Erfolg. „Du bist zu jung. Ich lasse das nicht zu.“

„Dad, hör mir doch zu. Es ist mein Leben. Meine Entscheidung. Nina hat gesagt …“

„Nina?“, fragte Sophie. „Was hat sie damit zu tun, dass du dein Leben findest?“

Greg hatte das Gefühl, jemand hätte ihm in den Magen geboxt. Das war nicht das erste Mal, dass er diese Worte hörte. Daisy hatte mit Nina gesprochen. Das hatte sie ihm gesagt. Sie wusste, dass das hier passieren würde. Aber woher? „Nina hat dir geraten, so eine halb gare Aktion durchzuziehen?“

„Nein, die Entscheidung habe ich selber getroffen. Und sie ist nicht halb gar. Es ist, was ich will. Ich weiß, dass es sicher ist, bei dir zu bleiben – und zwar für lange Zeit. Ich habe versucht, mir einzureden, dass das der beste Plan ist. Dann ist mir aber bewusst geworden, der einzige Grund, warum ich blieb, ist, dass ich dachte, ich müsste für dich und Max da sein. Aber ich muss gehen, Dad. Für mich.“ Sie ging zu ihrer Mutter und umarmte sie. Dann umarmte sie Greg. „Nun, das wollte ich euch sagen. Damit ihr es wisst. Wir sehen uns nach der Trauung, ja?“

Nachdem sie gegangen war, wandte Greg sich an Sophie. Sie hob eine Hand, um ihn zum Schweigen zu bringen. „Bevor du irgendwas sagst, sollst du wissen, dass ich nichts damit zu tun habe. Überhaupt nichts.“

„Ich weiß“, sagte er. Er dachte an Nina und spürte, wie die Verärgerung langsam ihn ihm hochkochte.

Sophie hob die Augenbrauen. „Wie, du meinst, ich bin nicht an allem schuld?“

„Soph.“

„Dann machen wir ja tatsächlich Fortschritte. Und vielleicht zerschlägt sich das ja auch alles noch“, fügte sie hinzu. „Wir sollten uns keine Sorgen machen, bis es etwas gibt, worüber man sich sorgen kann.“

Doch der Fall war bereits eingetreten. Er musste sich Sorgen machen. Denn ihre Tochter war schon immer so gewesen. Sie hatte stets alles so lange für sich behalten, bis sie wusste, wie ihr nächster Schritt aussehen würde. Daisy hätte das Thema niemals angeschnitten, wenn sie sich ihrer Sache nicht hundertprozentig sicher wäre.

26. KAPITEL

Als sie auf dem Weg zur Hochzeit auf der Uferstraße des Sees entlangfuhren, versuchte Nina, ihre Nervosität zu verbergen. Zweimal ertappte sie sich dabei, wie sie die Hand hob, um mit einer Haarsträhne zu spielen.

Sonnet, die schon immer ein unglaubliches Gespür für die Stimmungen ihrer Mutter gehabt hatte, warf ihr vom Fahrersitz aus einen Blick zu. „Entspann dich, Mom. Ich habe während meines Aufenthalts in Belgien nicht verlernt, Auto zu fahren."

Nina war erleichtert, dass Sonnet den Grund für ihre Nervosität falsch einschätzte. „Ich weiß, aber man rostet ein, wenn man lange nicht gefahren ist. Deshalb wollte ich ja auch, dass du fährst. Um dich wieder daran zu gewöhnen. Mit Übung geht doch alles besser."

„Dad hat mich auf der Basis mit einem Mobylette herumfahren lassen", sagte Sonnet. „Das ist so eine Art Motorrad, aber mit einem winzigen Motor, sodass man nicht wirklich schnell fahren kann."

Nina gefror das Blut in den Adern. „Davon hast du mir gar nichts erzählt."

„Ich wollte nicht, dass du dir Sorgen machst."

„So etwas solltest du nicht tun", sagte Nina. „Du solltest mir nicht Dinge verschweigen, nur um mir die Sorgen zu ersparen."

„Mom. Das tust du mit mir andauernd. Und zwar schon seit immer."

Und in diesem Moment erkannte Nina, dass Sonnet sie auf eine Art verstand, die sie sich niemals vorgestellt hatte. Niemand liebte sie so wie Sonnet.

„Sag mal ehrlich, wie war es, Teil einer Familie mit zwei Elternteilen zu sein?"

„Ganz gut. Interessant."

„Inwiefern?"

„Ich habe noch nie eine Ehe aus der Nähe gesehen. Ich hatte keine Ahnung, wie so etwas wirklich funktioniert."

„Und wie findest du es?"

„Dad und Angela ... sie sind gut zusammen. Nicht perfekt, aber sie kümmern sich umeinander."

Sonnets wehmütiger Ton berührte Nina. „Genau das wünsche ich mir für dich eines Tages." Sie wollte, dass ihre Tochter lernte, wie Menschen einander lieben und, ja, auch wie sie einander wehtun konnten. Sie wollte, dass Sonnet herausfand, wie man das alles überlebte und trotzdem noch nach fünfzig Jahren die Hand des gleichen Mannes hielt.

Die Abzweigung zum Camp Kioga war mit einem Strauß perlweißer Luftballons markiert. „Und ich wünsche mir das für dich, Mom."

Nina wurde schon wieder von Gefühlen übermannt. Diese Sache mit Greg drohte sie in einen ständig tropfenden Wasserhahn zu verwandeln. Sie schaute aus dem Fenster, um ihre Reaktion zu verbergen. Als der tiefe, schattige Wald an ihnen vorbeiflackerte, atmete sie tief ein, blinzelte einmal schnell und versuchte, ihr Gleichgewicht wiederzuerlangen.

„Mom?“, fragte Sonnet.

„Das ist süß von dir“, sagte Nina.

Sie waren ein wenig zu früh für die Trauung. Camp Kioga war für den Anlass wunderschön hergerichtet worden, und der Parkplatz war voll. Die Leute hatten lange darauf gewartet, dass Olivia und Connor heirateten, und es wurden viele Gäste erwartet.

Nina schaute sich suchend nach Greg um, konnte ihn aber nirgendwo entdecken. Sie hatte letzte Nacht nicht sonderlich gut geschlafen, weil sie sich die ganze Zeit überlegt hatte, was sie zu ihm sagen würde. Er schien überzeugt, dass sie dabei waren, sich ineinander zu verlieben. Er hatte diese Feststellung mit einer solchen Lockerheit geäußert, als würde er die Wettervorhersage tätigen. Sie war sich allerdings nicht so sicher. Sie wusste nur, dass sie von ihm besessen war – auch wenn sie es nie zugeben würde. Okay, doch. Sie gab es zu. Sie war besessen von dem Mann. Sie hatte so etwas wie mit ihm noch nie erlebt – was auch immer es war. Es war zu weit mehr als einem One-Night-Stand geworden. Sie verbrachten jede mögliche freie Minute miteinander. War es also ein Techtelmechtel? Nein. Ein Techtelmechtel war leichtherzig, lustig und frivol. Und endlich. Alles Dinge, die nicht so recht auf das passten, was sie mit Greg hatte.

„Affäre“ klang zu düster und dramatisch. Nina hatte keine „Affären“. Sie traf sich mit Männern und lebte dann ihr Leben weiter. Und genau das sollte sie jetzt auch tun, wo ihr Nest leer war. Sich verabreden und weiterziehen. Stattdessen sehnte sie sich nach Greg und wünschte sich, die Welt würde weggehen, damit sie mit ihm allein sein könnte.

Auf dem Rasen waren Stuhlreihen für die Gäste aufgestellt worden. In der Mitte führte ein Gang zu einem blumengeschmückten Bogen über einem Podium. „Ich bin froh, dass sie nicht diese ‚Gäste der Braut, Gäste des Bräutigams‘-Einteilung haben“, sagte Sonnet, während Max sie zu ihren Plätzen führte.

„Ich auch“, sagte Nina. „Ich fand die Tradition schon immer doof. Vor allem weil das unweigerlich einen der beiden beliebter als den anderen aussehen lässt.“

„Danke Max“, sagte Sonnet. „Du siehst heute super aus.“

Er wurde rot bis zu den Ohrenspitzen. „Bitte während der Zeremonie nicht sprechen.“

„Und ich werde auf der Feier nachher so was von mit dir tanzen", fügte Sonnet hinzu.

„Wenn du Glück hast", entgegnete er.

„Ich habe immer Glück."

Nina schaute ihm nach, als er davoneilte, um weiteren Gästen zu helfen. „Du hast ihn rot werden lassen", sagte sie.

„Er ist klein, Mom. Da wird man von allem rot. Daisy hat erzählt, dass du ihm diesen Sommer sehr geholfen hast. Das war nett von dir."

„Es ist einfach, zu einem Kind wie Max nett zu sein." Sie versuchte, sich nicht zu offensichtlich umzuschauen. Vorne versammelte sich die Familie. Die Bellamys waren ein gut aussehender Haufen. Von Charles und Jane angefangen, dem ehrwürdigen Patriarchen mit seiner Frau, bis zu Max, dem jüngsten Enkelsohn, der bereits erste Anzeichen zeigte, auch zu einem Herzensbrecher heranzuwachsen. Dennoch waren sie genauso nur Menschen wie alle anderen, wie an den gedämpft wirkenden Eltern der Braut zu sehen war. Philip Bellamy war seit vielen Jahren von Pamela Lightsey geschieden, doch für den heutigen Tag trugen sie eine vereinte und liebende Einheit zur Schau. Nina wusste, dass die Harmonie zwischen ihnen hart erkämpft worden war. Mit der fehlgeleiteten Verzweiflung von Menschen, die alles tun würden, um ihre Tochter glücklich zu sehen, hatten die Eltern von Pamela vor Jahrzehnten massiv eingegriffen, um die Hochzeit zwischen ihr und Philip herbeizuführen. Wie jeder hätte voraussehen können, hatte die Ehe nicht gehalten. Aber die Konsequenzen der Einmischung durch die Lightseys dafür umso mehr. Dank ihnen hatte Philip nichts von Jennys Existenz gewusst. Nur durch einen Zufall hatte er letzten Sommer von ihr erfahren. Es ist erstaunlich, dachte Nina, was Menschen tun, um das Leben ihrer Kinder zu manipulieren.

Das vielleicht traurigste Opfer der ganzen Angelegenheit war Pamela selber, die Mutter der Braut. Sie hatte nie wieder geheiratet. Jenny zufolge lebte sie ein ziemlich einsames Leben in ihrem luxuriösen Apartment in der Fifth Avenue, besuchte nachmittägliche Spendenveranstaltungen, saß in verschiedenen Komitees und sammelte Kunst. Heute sah sie allerdings sehr stolz aus, wie sie mit dem Rest der Gäste auf die Braut wartete. Ihre Eltern waren nicht da. Ebenfalls Jenny zufolge war Mr Lightsey im Krankenhaus, und sie hatten ein aufwendiges Teeservice von Tiffany als Hochzeitgeschenk geschickt.

Nina spürte eine leichte Veränderung in der Luft, und als sie ihren Kopf drehte, sah sie Greg. Ihr Herz schlug einen Purzelbaum, und sie versuchte, ihn nicht anzustarren, aber in seinem Smoking sah er einfach zu gut aus. Wie ein wahr gewordener Traum. Sie versuchte, seinen Blick aufzufangen, aber er schien sehr ernst und abgelenkt. Kurz dachte sie, er hätte sie angeschaut, aber dann glitt sein Blick gleich weiter.

Sie nahm an, dass der Grund für seine Nervosität auf der anderen Seite des Ganges und relativ weit hinten saß – Sophie, seine Exfrau. Sie war auf eine kühle Art sehr schön in ihrem ärmellosen Leinenkleid und mit den offenen Schuhen. Sophie Bellamy sah aus wie die klassische Statur einer Göttin, nur besser angezogen. Nina wusste, wenn sie sich nur ein bisschen für Mode interessieren würde, würde sie den Designer des Kleides vermutlich kennen. Nina hatte achtgegeben, Sonnet nicht zu sehr über Sophie auszufragen. Doch jetzt fiel dem Mädchen Ninas prüfender Blick auf. „Ich wusste, dass du neugierig bist", sagte sie. „Sie ist wirklich klug und hat diesen unglaublichen Job. Du weißt, wie manche Kinder so tun, als hätten ihre Eltern diese großen, wichtigen Jobs, als wenn sie die Menschheit retten würden? Nun, Sophie tut es wirklich."

„Das habe ich gehört." Nina hatte angenommen, dass sie Sophie nicht würde leiden können. Immerhin hatte sie einen Ehemann und zwei verletzte Kinder zurückgelassen, um nach Europa abzudüsen, oder? Jetzt sah Nina sich allerdings gezwungen, in Erwägung zu ziehen, dass die Situation eventuell etwas komplizierter war.

Sonnet beugte sich zu ihr und sagte: „Mach dir keine Sorgen. Die Leute sind auch von dir beeindruckt. Seitdem ich zurückgekommen bin, höre ich nichts anderes, als welche unglaublichen Wunder du am Inn am Willow Lake bewirkt hast."

„Ich rette keine Menschenleben. Nur ihre Wochenenden – wenn ich Glück hab. Falls jemand von mir beeindruckt ist, dann nur wegen meiner unglaublichen Tochter." Nina drückte ihre Hand. Sonnet war aus Europa noch geschliffener und klüger zurückgekommen, als sie es sowieso schon war. Dennoch hatte sie das großäugige Staunen über die Welt und ihr weiches Herz nicht verloren. Gemeinsam mit ihr hier zu sitzen und auf den Beginn der Trauung zu warten, zeigte Nina ganz deutlich, was sie verlieren würde, wenn Sonnet für immer auszog. Niemand auf der Welt hatte die gleiche Liebe und den gleichen Respekt für Nina wie sie.

„Ich freue mich für dich, Mom. Das weißt du, oder?", flüsterte Sonnet. „Ich bin froh, dass Greg und du …"

„Dass Greg und ich was?" Nina war alarmiert. Sie hatte Sonnet gegenüber nichts gesagt. Sie und Greg hatten sich seit ihrer Rückkehr auch kaum gesehen.

„Ich finde ihn toll, Mom."

Das fünfköpfige Streichorchester beendete seine sanfte Darbietung von Pachelbels Kanon. In der folgenden Stille verebbten auch alle Gespräche. Die Menschen rutschten auf ihren Stühlen umher und räusperten sich noch einmal. Dann setzten die Musiker ihre Instrumente wieder an, und der Hochzeitsmarsch erklang. Köpfe drehten sich zum Gang, als der Hochzeitszug Einzug hielt. Nina erblickte Jenny am Arm vom Bruder des Bräutigams, Julian, und Tränen stiegen ihr in die Augen. Jenny sah so ätherisch und zauberhaft aus in ihrem Kleid und mit den violetten Freesien im Haar. Dazu trug sie ein Bukett aus weißen Rosen. Nina schossen Bilder aus ihrer gemeinsamen Kindheit durch den Kopf – die gegenseitigen Übernachtungen, die Kicheranfälle, die ernsten Pläne, die sie für ihre eigene Hochzeit geschmiedet hatten. Wie anders alles für sie beide gekommen war. Nina merkte, dass die Tränen ein Ausdruck ihrer jetzigen Gefühle waren, dessen, was sie zu Greg so gerne sagen würde, für ihre Hoffnungen und ihr Bedauern.

Olivia sah zugleich verletzlich und wunderschön aus. Connor gab einen umwerfenden Bräutigam ab – groß und beeindruckend, beinahe einschüchternd gut aussehend, bis er lächelte. Dann strahlte er nur so vor Glück, und das verwandelte ihn in den Mann, den Nina kannte – ein großartiger Kerl, der ein einsames Leben geführt hatte, bis er Olivia traf. Die beiden passten so gut zueinander. Selbst ein flüchtiger Beobachter konnte die Liebe in ihren Augen sehen und in ihren Stimmen hören, als sie ihre Gelübde sprachen.

Bei ihnen sah die Liebe so leicht aus. Nina wusste, dass es so nicht gewesen war – das war es nie –, aber jetzt waren sie das Sinnbild für Hoffnung und Zuversicht. Sie fragte sich, was die Zukunft für die beiden bereithielt. Ja, sie beteten einander jetzt an. Aber wessen bedurfte es, damit es so blieb? Was brauchte ein Paar, um verliebt zu bleiben? Sie dachte an ihre eigenen Eltern. Oberflächlich betrachtet sah es so aus, als wäre Pop der Träumer und Ma die Realistin. Nun fragte sie sich jedoch, ob nicht auch ihre Ma Träume hatte, von denen niemand etwas ahnte, weil Pops große Träume und Ziele sie überstrahlten. Zum ersten Mal in ihrem Leben konnte Nina verstehen, warum ihre Mutter damit zufrieden war, und es machte ihr Angst.

Mit so vielen Brüdern und Schwestern hatte Nina im Laufe der Jahre an vielen Hochzeiten teilgenommen. Sie versuchte, sich an alle zu erinnern, verlor aber den Überblick. Die erste Hochzeit war die ihrer Tante Isabella gewesen. Sie war damals fünf Jahre alt und Blumenmädchen. Sie erinnerte sich an eine Reihe glücklicher Bräute, weinender Mütter, stolzer Bräutigame, laute Partys. Sie liebte Hochzeiten von ganzem Herzen – die Musik, die Zeremonie, die Rituale, die Toasts, die Gefühle. Heute jedoch verspürte sie noch ein anderes Gefühl. Zum ersten Mal überhaupt wollte sie nicht nur auf die Braut anstoßen. Sie wollte die Braut *sein*.

Der Gedanke flößte ihr Angst ein, und so hörte sie das erste Mal aufmerksam den Worten und Gebeten einer Trauung zu. Bisher war sie immer bewegt gewesen, aber auch zur gleichen Zeit furchtbar skeptisch. Wie konnten zwei rational denkende Menschen da vorne stehen und sich gegenseitig ihre lebenslange Zuneigung versprechen? Waren die verrückt? Wussten sie denn nicht, dass das Leben voller Überraschungen steckte, von denen einige nicht unbedingt schön waren?

Doch heute sah sie Braut und Bräutigam mit anderen Augen. Zum ersten Mal in ihrem Leben konnte sie die Hoffnung verstehen, die zwei Menschen dazu trieb, einander diese Versprechen zu geben. Zum ersten Mal konnte sie sich vorstellen, diese Wörter selber zu sagen, sie zu meinen und alles daranzusetzen, ihr Versprechen, jemanden für immer zu lieben, zu halten.

Als die Zeremonie zum Ende kam, versuchte Nina erneut, Blickkontakt mit Greg aufzunehmen. Er war inmitten seiner Familie, die vom Fotografen gerade für das Hochzeitsfoto zusammengetrieben wurde. Nun, dann würde sie ihn später auf dem Empfang treffen.

Aber auch der Empfang war ein reiner Wirbelsturm aus Toasts und Tanz. Die Musik war so laut, dass man schreien musste, um sich zu verständigen. Nina fühlte sich ungewohnt bedrückt. Nein, das war zu harmlos. Sie fühlte sich zurückversetzt in die Tage, als sie Mrs Romanos freche Tochter war, eine Außenseiterin, eine, die nicht dazu passte und niemals als Bellamy durchgehen würde.

„Hey, du“, sagte jemand. „Lass uns tanzen.“

„Connor! Herzlichen Glückwunsch“, sagte sie und legte ihre Hand in seine. „Welchem Umstand verdanke ich diese Ehre?“

„Mein Vater hat mir die Braut gestohlen, und ich brauche etwas Trost.“ Er zeigte auf die Tanzfläche, wo Olivia mit Terry Davis tanzte. Olivias Vater Philip hatte sich Laura Tuttle von der Bäckerei geschnappt, und der Anblick der beiden brachte Nina zum Lächeln. Sie waren so offensichtlich voneinander angetan. Wie jeder in der Stadt hatte Nina immer angenommen, Laura würde ihr Leben lang Single bleiben. Doch jetzt, in einem Alter, wo andere die Jahre bis zum Ruhestand zählten, wagte sie noch einmal den entscheidenden Schritt.

„Liebe liegt in der Luft, was?“, bemerkte Connor, während er Nina auf die Tanzfläche führte.

„Wie ein Virus.“

Er lachte und nahm seine Tanzposition ein. Mit Humor machte er wett, was ihm an Eleganz fehlte. „Ha, du bist gar nicht tough, wie du tust.“

Nina ließ ihren Blick durch den Saal schweifen. Sie bewunderte Olivias Freunde mit ihrem Upperclass-Akzent und ihrem geschliffenen

Benehmen. Was auch immer es war, was diese Leute hatten – Nina besaß es einfach nicht. Es war nicht nur die Abstammung, sondern etwas nicht Fassbares, das sie weder verstehen noch beschreiben konnte. „Ich passe hier nicht wirklich rein", gestand sie Connor.

Er lachte unterdrückt. „So habe ich mich anfangs auch gefühlt", sagte er. „Wie ein Elefant in einem Porzellanladen. Olivia und ich stammen aus zwei ziemlich unterschiedlichen Welten. Aber das ist nur eine Ausrede."

Das Lied endete, und sie bedankte sich bei ihm und sah ihm nach, wie er zu seiner Braut ging und sie in seine Arme zog. Seine Worte gingen ihr nicht aus dem Kopf, und sie gab zu, dass er recht hatte. Sie musste ihre alten Ängste überwinden. Einerseits konnte sie es kaum erwarten, mit Greg zu sprechen. Auf der anderen Seite hatte sie unglaubliche Angst davor. Sie stand kurz davor, unendlich glücklich werden zu können, doch sie fürchtete sich vor der damit verbundenen Verletzlichkeit. Der Raum war voller Menschen, und vielleicht war es nicht der beste Ort, um Greg ihre Gefühle zu gestehen. Sie probierte die Worte im Stillen. *Ich liebe dich, Greg. Ich liebe dich. Ich. Liebe. Dich. Ichliebedich …* Endlich ergaben die Worte für sie einen Sinn. Endlich fühlte sie etwas, das sie noch nie zuvor empfunden hatte, und es war wie ein freier Fall aus einem Flugzeug.

Greg wollte sich einfach nur entspannen und die Hochzeit genießen. Es kam nicht oft vor, dass alle Bellamys an einem Ort versammelt waren, und er wünschte, er könnte es mehr würdigen. Aber er war genervt und abgelenkt. Auf dem Empfang hatte er dem bunten Treiben zugeschaut. Er stand auf der obersten Stufe der Treppe, die zum Steg hinunterführte, und versuchte sich in Stimmung zu bringen, um mitzufeiern. Daisy saß an einem Tisch, vor sich einen vollen Teller, und sprach ernst mit ihrer Mutter. Zumindest reden sie miteinander, dachte er. Dann stieg Misstrauen in ihm auf. Vielleicht würde Sophie jetzt, im Fahrwasser von Daisys großer Enthüllung, versuchen, sie davon zu überzeugen, mit ihr nach Europa zu ziehen. Vielleicht … Verdammt, er hasste das. Warum konnte Daisy nicht einfach zulassen, dass er sich um sie kümmerte?

„Hey." Mit einem Mal stand Nina neben ihm.

Einen Moment lang fühlte er sich unglaublich zu ihr hingezogen. Er betrachtete ihr errötetes Gesicht, ihr funkelndes Lächeln.

„Champagner?" Sie nahm zwei Gläser vom Tablett eines vorbeikommenden Kellners. Die Bewegung weckte eine ganze Reihe Erinnerungen in Greg, die er schon längst vergessen hatte. Aber wo er jetzt hier stand und das Champagnerglas von ihr nahm, bemerkte er, dass sie auf einer anderen Hochzeit schon einmal genau an dieser Stelle gestanden hatten. Auf seiner eigenen. Die war ebenfalls im Camp Kioga abgehalten worden. Er hatte sich betrunken und mit der Faust ein Loch in die Wand geschlagen. Man konnte die leichte Narbe noch sehen, wo die Holzverkleidung repariert worden war. Es würde nie wieder so sein. Ein unheilvoller Anfang, und doch hatte er gedacht, es könnte funktionieren. Genau wie Sophie.

Diesen Sommer hatte Nina ihn erneut zu einem wahren Gläubigen gemacht. Er war nur Millimeter davon entfernt gewesen, ihr sein Herz zu öffnen. Dann hatte ihm Daisy den notwendigen Realitätscheck verpasst. Jetzt stand Nina hier und sah wundervoll und vollkommen unschuldig aus. Seitdem er sie das erste Mal getroffen hatte, verkörperte sie für ihn das Unerreichbare. Das, was er nicht haben konnte. Er war dumm gewesen, zu glauben, dass sich etwas verändert hätte.

Er hatte vorgehabt, bis nach der Hochzeit zu warten, bevor er sie zur Rede stellte. Aber nachdem sie ihn nun schon mal gestellt hatte, konnten sie es auch genauso gut gleich hier und jetzt austragen. Er hielt die Tür auf, und sie ging nach draußen und die Treppen hinunter, die zum Wasser führten. Die Sonne ging gerade unter und ließ den See wie Feuer glühen, wie um Gregs Laune zu verhöhnen.

Nina drehte sich zu ihm um. Ihre vollen Lippen glänzten feucht, als erwarte sie, dass er sie jetzt küsste.

„Daisy sagt, dass sie ausziehen will“, sagte er geradeheraus. „Nachdem das Baby da ist.“

Nina blinzelte überraschte. „Wirklich?“

„Ja, genau, wie du gesagt hast. Ich frage mich, woher du das wusstest.“

Sie wich vor der Wut zurück, die von ihm ausstrahlte. Er zwang sich, den Schmerz in ihren Augen zu ignorieren. „Ich habe keine Ahnung, wovon du redest“, sagte sie.

„Ja, klar. Sie geht, um ihr eigenes Leben zu finden.“

„Und das ist was Schlimmes?“

„Zum Teufel, ja, das ist schlimm. Sie gehört ins Inn. Zu mir.“

„Also geht es jetzt um dich.“

Er funkelte sie an. „Das ist Blödsinn. Es geht darum, meiner Tochter Sicherheit zu geben.“

„Es geht darum, sie da zu behalten, wo du sie kontrollieren kannst.“ Nina stieß ein bitteres Lachen aus. „Weißt du, ich wollte eigentlich über etwas ganz anderes mit dir sprechen, aber du hast mir die Mühe gerade erspart.“

„Was in Gottes Namen soll das jetzt wieder heißen?“, verlangte er zu wissen.

Ihr Gesicht wirkte merkwürdig steif, als wenn sie versuchte, ihre Gefühle im Zaum zu halten. „Glaub mir, das willst du nicht wissen."

„Behalte deine Ratschläge für Daisy in Zukunft für dich, okay?", sagte er. „Sie ist nicht du, Nina. Sie ist noch nicht bereit, es mit der Welt aufzunehmen."

„Und du glaubst, ich war es damals?"

„Ich glaube – verdammt –, ich wünschte einfach, du würdest dich zurückhalten, wenn es um meine Tochter geht."

Ihre Augen verengten sich zu schmalen Schlitzen, aber er konnte immer noch ihr Temperament darin aufleuchten sehen. „Hast du jemals daran gedacht, dass *du* dich zurückhalten solltest, wenn es um deine Tochter geht?"

„Ach, leck mich, Nina." Aus Angst schlug er um sich und schockierte sogar sich selber mit seiner Wut. Es brauchte nur drei kleine Worte, um alles zu zerstören, was sie sich den Sommer über aufgebaut hatten. Er sah, wie sie blass wurde, ihre Augen sich weiteten und Verärgerung sich in Schmerz verwandelte. „Sieh mal, es funktioniert nicht – das hier, das Inn. Es wäre besser, wenn wir einander nicht mehr sehen."

Sie verschränkte die Arme schützend vor ihrer Brust. „Das wird eine ganz schöne Herausforderung. Ich bin gespannt, wie das gehen soll, wenn wir weiterhin zusammenarbeiten."

Mach schon, sagte er sich. *Wirf es alles weg.* „Vielleicht muss sich das auch ändern."

„Das ist nicht dein Ernst." Sie stützte ihre Hände in die Hüften und lenkte damit die Aufmerksamkeit auf die Tatsache, dass sie heute Abend umwerfend aussah. „Okay, du meinst es ernst. Wie bequem für dich, dass du mit jemandem Schluss machen und ihn gleichzeitig auch feuern kannst, alles in einem Schwung."

Er spürte den Bruch zwischen ihnen, was unglaublich deprimierend war. Sie hatten doch kaum eine Chance gehabt. Vielleicht war es besser so, besser, den Schaden zu begrenzen. Hier ging es um Daisy. Darauf musste er sich konzentrieren. Gleichzeitig hasste er sich für das, was er gerade getan hatte. „Nina", sagte er.

Sie war schon halb die Treppe hinauf. Sie hielt an, drehte sich aber nicht zu ihm um. Dann straffte sie die Schultern und ging weiter.

Greg musterte die glatte Wand, ballte die Hand zur Faust. Oben an der Treppe wurde die Tür aufgestoßen. Sophie kam heraus. Sie sah Nina kaum an. Eine Sekunde fühlte Greg sich zwischen ihnen gefangen; eine von ihnen seine Vergangenheit, eine seine Zukunft und keine von beiden glücklich mit ihm.

„Es ist Daisy", sagte Sophie. „Wir müssen ins Krankenhaus."

27. KAPITEL

Sie hätten es nicht schlechter planen können. Sie hätten davon ausgehen müssen, dass die Wehen jederzeit einsetzen könnten. Doch keiner von ihnen hatte angenommen, dass das Baby ausgerechnet am Tag der Hochzeit kommen wollte. Sophie war mit ihrem Mietwagen zum Camp gekommen – ein zweitüriger Kleinwagen, an den sie sich in Europa gewöhnt hatte. Und Greg hatte seinen Truck dabei. Also liehen sie sich schließlich Philips SUV, weil der im Fond am meisten Platz hatte. Greg schnappte sich einen Stapel sauberer Tischdecken und Handtücher aus dem Lieferwagen des Cateringunternehmens, wobei er irgendjemandem zurief, dass er sie ersetzen würde. Sie brauchten dringend Handtücher. In dem Geburtsvorbereitungskurs war ihnen eingebläut worden, immer welche im Auto zu haben. Die Kursleiterin hatte sogar eine Abdeckplane empfohlen.

Nichts verlief nach Plan. Die Abreise sollte geordnet erfolgen, Anrufe sollten ruhig und ohne zu schreien getätigt werden. Ein vorab gepackter Koffer würde ins Auto geladen, und sie würden mit vernünftiger Geschwindigkeit zum Krankenhaus fahren.

Stattdessen brüllte Greg frustriert auf, weil er kein Handysignal hatte, und schickte seine Mutter los, per Festnetzanschluss aus dem Büro im Krankenhaus anzurufen, während er und Sophie Daisy ins Auto halfen. Währenddessen kamen die Wehen schnell und schmerzhaft, und Daisy fing an zu weinen. Jeder ihrer Schluchzer fachte Gregs Panik nur noch mehr an.

Er startete den Motor, aber Sophie erschien an seiner Tür. „Ich fahre."

„Aber …"

„Dad …" Daisys angestrengte Stimme drang an sein Ohr.

Greg fluchte und stieg aus. So sollte das alles nicht ablaufen. Aber er hatte sich als ihr Geburtscoach eingetragen, und die Pflicht konnte er nicht erfüllen, wenn er das Auto lenkte. Also kletterte er auf die Rückbank und erkannte, wieso die Kursleiterin Abdeckfolie empfohlen hatte. Tut mir leid wegen deiner Polster, Bruder, dachte er.

Jennys Ehemann, Rourke McKnight, war der Polizeichef und hatte angeboten, sie mit Sirenen zu eskortieren, aber Daisy hatte sich geweigert. Zwischen zwei Schmerzanfällen schien sie etwas verlegen wegen all der Aufmerksamkeit. „Heute ist Olivias Tag", stieß sie zwischen zusammengebissenen Zähnen aus. „Lasst uns so still und leise wie möglich verschwinden. Nur wir drei."

Sophie lenkte den Wagen aus dem Parkplatz und in Richtung Straße. Die Reifen wirbelten Staub und Kies auf. Greg schaute zurück und sah gerade noch, wie Max dort oben alleine stand und dann zu Nina ging. Sie zögerte nicht, sondern zog ihn sofort in eine feste Umarmung. Dann verdeckte eine große Staubwolke die Sicht auf die kleine Gruppe von Familienmitgliedern und Hochzeitsgästen. Daisy lag in ihrem nun ruinierten Brautjungfernkleid quer über der Rückbank und stemmte ihre Hände in die Rückenlehne des Vordersitzes. „Es wird alles gut, Baby", sagte er. „Gleich sind wir im Krankenhaus."

Sie wurde vor Schmerz und Angst ganz steif. Ihr Gesicht glühte weiß wie der Mond, und ihr Atem kam in flachen Zügen. Als eine neue Wehe kam, schaute Greg auf sein Handy, um sich die Zeit zu merken, und begleitete seine Tochter dann durch die Atemübung, die sie in ihrem Kurs gelernt hatten.

„Es ist … zu schlimm", sagte sie. „Ich kann nicht … ich kann nicht …" Wilde Panik blitzte in ihren Augen auf.

Er merkte, dass einen Kurse nur ungenügend auf das vorbereiten konnten, was wirklich passierte. Niemand hatte die wahnsinnige Angst angesprochen, die er jetzt bei ihr sah, oder sein eigenes Gefühl der absoluten Hilflosigkeit. „Wir sind gleich da", sagte er erneut, obwohl er wusste, wie unzureichend dieser Zuspruch war. „Der Arzt wird dir was gegen die Schmerzen geben."

„Es tut aber jetzt weh. Ich ertrage es nicht." Ihre Stimme hatte einen hysterischen Unterton.

Greg schaute zu Sophie. Sie behielt ihren Blick stur auf die Straße gerichtet und fuhr mit grimmiger Entschlossenheit. Ihre Hände umklammerten das Lenkrad. Ein kleiner Schweißtropfen lief über ihre Schläfe, und er sah, dass sie nicht entschlossen, sondern genau wie Daisy zu Tode verängstigt war.

„Daddy, hilf mir. Mach, dass es aufhört. Es soll aufhören, es soll aufhören." Wie ein Mantra wiederholte Daisy die Worte durch ihre zusammengebissenen Zähne.

Wenn es eine Definition für die Hölle auf Erden gab – hier war sie. Das Gefühl, machtlos zu sein, seinem Kind nicht helfen zu können, wenn es einen darum bittet, die Schmerzen aufhören zu lassen.

„Bald, Liebes", sagte er. „Halt durch."

„Ich kann nicht … ich … Ich muss …"

Er sah es kommen, kurz bevor es aus ihr herausbrach. Instinktiv drückte er sich rückwärts gegen die Tür, aber es gab kein Entkommen. Sie erbrach alles über ihn, was sie auf der Hochzeit gegessen hatte. Er flippte nicht aus. Er ekelte sich nicht. Er reichte ihr nur eine Handvoll Geschirrtücher, die er von dem Caterer mitgenommen hatte, und sagte: „Ist okay, Daze. Ganz ruhig."

Sie wischte sich ihr Gesicht mit einem der Leinentücher ab. „Ich war vor dem Empfang kurz vorm Verhungern. Ich habe alles gegessen, was ich finden konnte."

Ach was, dachte Greg und putzte sich mit einem weiteren Handtuch seine Hose und Schuhe ab. An Sophie gewandt, sagte er: „Gleich wird die Straße etwas holprig. Es ist noch eine Viertelmeile bis zum Highway."

„Ich konzentriere mich aufs Fahren, und du kümmerst dich um Daisy, Greg", murmelte sie. In dem Moment piepte ihr Handy und zeigte damit an, dass es wieder Empfang hatte. Sie klappte es auf. Ohne ihre Augen von der Straße zu nehmen, wählte sie die Nummer vom Krankenhaus.

So war Sophie, dachte Greg. Superkompetent, wenn es darum ging, aus dem Gedächtnis eine Telefonnummer zu wählen. Sie sagte, dass es Daisy ganz gut ginge, sie sich aber übergeben hätte. Dann gab sie ihre ungefähre Ankunftszeit durch und legte auf.

„Sie sind bereits von Grandma Jane informiert worden", sagte sie zu Daisy. „Wir sind gleich da, versprochen."

Es war eher unwahrscheinlich, dass Daisy das gehört hatte, denn sie war gerade fest im Griff einer weiteren schmerzhaften Wehe.

„Atme, Honey", sagte er genauso, wie er es im Kurs gelernt hatte, aber was er nicht tun konnte, war, ihr die Schmerzen zu nehmen. Sie packte Gregs Hand und drückte sie, und ihm war, als würde sie sein Herz zerdrücken. Sein kleines Mädchen tat ihm so leid, er ertrug es kaum, sie so verängstigt und solchen Qualen ausgesetzt zu sehen. In dem Moment wusste er, dass er sie nicht gehen lassen würde, trotz allem, was sie ihm vorher erklärt hatte. Er wollte – musste – sie bei sich in Sicherheit wissen.

Sophie hielt unter dem überdachten Eingang des Krankenhauses an. Greg sprang heraus und lief um den Wagen, um Daisy zu helfen. Zwischen zwei Wehen machte sie einen seltsam betäubten, verwirrten Eindruck. Die Türen glitten zischend auf, doch es schien niemand da zu sein. Sophie kurbelte das Fenster herunter. „Warum wartet ihr nicht hier, und ich hole jemanden mit einer Trage oder einem Rollstuhl?"

Daisy stöhnte leise. Greg würde nicht auch nur eine weitere Sekunde warten. „Stell einfach das verdammte Auto ab, Sophie", bellte er und hob Daisy auf seine Arme, als wäre sie wieder fünf Jahre alt, und trug sie durch die Tür.

Eine Krankenschwester zeigte Greg, wo er sich sauber machen und einen Kittel anziehen konnte. So schnell er konnte zog er den Smoking aus und steckte ihn in eine Tonne mit der Aufschrift „Biogefährdung". Das passt, dachte er. Er hätte es besser wissen und nicht diesen verdammten Smoking anziehen sollen. Der brachte nur Unglück, so viel stand mal fest. Und tschüss!

Über die Füße zog er Einmalschlappen und schlitterte dann den

Gang hinunter in Richtung Kreißsaal. Das effiziente Personal hatte Daisy bereits geholfen, in ein Krankenhaushemd zu schlüpfen, und jemand versicherte ihm, dass Arzt und Anästhesist bereits auf dem Weg waren. Daisy sah klein und schwach aus, gefangen in dem vergitterten Bett und zwischen all den Überwachungsgeräten. In ihrem Haar steckten immer noch die verwelkten Blumen von der Hochzeit, die ihm jetzt vorkam, als wäre sie hundert Jahre her. Greg quetschte sich zwischen einen auf einem Rollwagen stehenden Monitor und das Kopfteil des Bettes. Er berührte Daisys Schulter. „Wie geht es dir, Daze?“

Es dauert nicht lange, und die Ärztin kam. Es war nicht Daisys normale Ärztin, sondern die aus dem nächtlichen Bereitschaftsdienst, aber sie wirkte genauso ruhig und effizient, als sie die Krankenakte anschaute und einen Computerausdruck überprüfte. „Sind Sie der Vater?“, fragte sie Greg.

„Ja“, sagte er. „Ich meine, nein, ich bin, äh, Daisys Vater. Der Vater der Patientin.“

„Er ist mein Vater“, sagte Daisy, „und mein Geburtscoach.“

Trotzdem wurde Greg gebeten, draußen zu warten, während die Ärztin die Untersuchung vornahm. Während er wartete, kam Sophie, jetzt ebenfalls in einen Krankenhauskittel gehüllt. Ihr Gesicht hob sich porzellanblass gegen den grünen Stoff ab.

„So weit, so gut, denke ich“, sagte er.

„Wann können wir reingehen?“, fragte sie.

„Dauert nicht mehr lang.“

Sie nickte und blickte auf die glänzenden Fußbodenfliesen. Greg schaute sie an und verspürte leichtes Bedauern. „Du bist verdammt gut gefahren, Sophie“, sagte er. „Ich hatte gar keine Gelegenheit, dir das zu sagen. Und du wusstest sogar den Weg.“

„Ich habe ihn auswendig gelernt.“

Natürlich hatte sie das.

Er räusperte sich. „Und, äh, was ich vorhin gesagt habe … ich wollte dich auf dem Parkplatz eben nicht anschreien.“

Sie nickte wieder, was nicht unbedingt ein Anzeichen für Vergebung oder Verständnis war. Vermutlich bedeutete es eher: „Aber du hast es trotzdem getan.“

„Alles in allem“, sagte er mit erzwungener Herzlichkeit, „geben wir ein ganz gutes Team ab.“

Sie starrte ihn an. „Nein“, sagte sie. „Tun wir nicht. Aber wir stehen beide auf Daisys Seite, und ich nehme an, das ist genau das, was sie im Moment von uns braucht.“

Die Tür wurde geöffnet, und beide traten ein. Die Ärztin gab ihnen einen kurzen Überblick. Daisy machte Fortschritte. Das Baby befand sich in der richtigen Position, alle Lebenszeichen waren normal, und Daisy würde gleich eine Epiduralanästhesie bekommen. „Es könnte eine lange Nacht werden", sagte die Ärztin.

Greg stellte sich auf die eine Seite des Bettes, Sophie auf die andere. Über ihre in den Wehen liegende Tochter sahen sie einander an, für den Augenblick verbunden in wortloser Solidarität.

Aus Minuten wurden Stunden. Greg bot Daisy Eiswürfel und kalte Tücher an. Krankenhauspersonal kam und ging und sah nach ihr. Die Betäubungsspritze wurde gesetzt. Sophie ging ab und zu raus, um Max anzurufen und ihm zu versichern, dass alles gut war. Daisy schlief ein wenig, weinte ein wenig und verbrachte die meiste Zeit damit, einfach geradeaus auf ein Foto vom Ayers Rock zu starren, das völlig unpassend an der gegenüberliegenden Wand hing. Irgendwann mitten in der Nacht wies die Ärztin an, dass es jetzt an der Zeit war, zu pressen. Das Bett wurde neu positioniert, die untere Hälfte weggerollt, Fußrasten und Griffe angebaut.

Daisy nickte. Sie packte Gregs Hand, und endlich sah er, dass die Angst und der Schmerz fort waren. Sie trug eine Miene stählerner Entschlossenheit, und einen Moment lang sah sie Sophie so ähnlich, dass er glaubte, Halluzinationen zu haben.

„Los geht's, Daddy-O", sagte sie.

„Ich bin bereit, Daisy-O", erwiderte er.

Sie presste wie eine Weltmeisterin, koordinierte ihre Bemühungen mit den Wehen, genau, wie man es ihr beigebracht hatte. Gregs Welt schrumpfte auf den Anblick seiner Tochter zusammen – das Gesicht rot und verkrampft, die Zähne zusammengebissen, Tränen in den Augen und schweißnasses Haar. Es brach ihm das Herz, sie so zu sehen, aber er wankte nicht und flüsterte ihr weiter Ermutigungen zu. Er hörte die Ärztin den Fortschritt kommentieren, und endlich, als es schien, dass Daisy vor lauter Erschöpfung aufgeben würde, schnappten alle kollektiv nach Luft. „Da ist er ja", verkündete die Ärztin. Es gab ein leicht gurgelndes Geräusch, gefolgt von einem dünnen, vibrierenden Schrei. „Er sieht fabelhaft aus."

Sophie fing an zu schluchzen. Das Geräusch war Greg so fremd, dass er erst nicht wusste, wo es herkam. Dann sah er, wie sie den Mundschutz vom Gesicht schob und sich vorbeugte, um Daisy einen Kuss auf die Stirn zu geben.

Ein blutverschmiertes Bündel lag auf Daisys Brust. Den Bruchteil einer Sekunde zeigte sich pure Panik in ihren Augen. Dann umfingen ihre Arme das kleine Menschlein in einer mächtigen Umarmung. „Hallo, Baby", flüsterte sie. „Hallo, mein wundervolles kleines Baby."

Gregs Knie wurden ganz weich. Und auch der Rest seines Körpers schien sich aufzulösen, als er voller Staunen auf das schaute, was er vor sich sah. Jemand legte ihm ein Instrument in die Hände.

„Wollen Sie das tun?"

Er schaute auf seine zitternden Hände. Oh, ja. Oh, Mist. Er musste die Nabelschnur durchschneiden. Er biss die Zähne zusammen, zwang seine Hand, mit dem Zittern aufzuhören, und trat nach vorn. Jemand hielt die abgebundene Nabelschnur zwischen behandschuhten Händen. Ruhig wie ein Felsen trennte er sie mit einem entschlossenen Schnitt durch.

Unter ihren Freunden und der Familie erlangte Daisy vorübergehend einen kleinen Promistatus. Bis zum nächsten Abend war beinahe jeder, den sie kannte, mit Blumen oder einem Geschenk vorbeigekommen, um sie zu beglückwünschen. Auf der Wöchnerinnenstation des Krankenhauses wurden die Patienten nicht wie Kranke behandelt. Besucher durften zu beinahe jeder Tageszeit kommen und gehen. Sie wurden lediglich angewiesen, sich die Hände mit Desinfektionsmittel zu waschen und ansonsten die Wünsche der jungen Mutter zu respektieren.

Greg und Sophie wechselten sich damit ab, bei ihrer Tochter zu sitzen. Emile Charles Bellamy war ein perfekter Gesundheitszustand attestiert worden, und so durfte er im Zimmer seiner Mutter sein. Er war untersucht, geimpft, gebadet und gewickelt worden und schlief nun in einem Bettchen mit durchsichtigen Seitenteilen. Sein kleines Köpfchen wurde von einer hellblauen Mütze bedeckt. Etwas roter Flaum schaute unter der Mütze hervor. Der Anblick war ein kleiner Schock für alle, die das Baby das erste Mal sahen. Es war der erste konkrete Beweis für etwas, worüber die Bellamys nie wirklich nachgedacht hatten – das Baby hatte irgendwo auch einen Vater. Einen Vater mit roten Haaren.

Sophie kehrte in ihr Hotel zurück, um zu duschen und sich umzuziehen, und Max kam zusammen mit Gregs Eltern. Die drei standen um das Bettchen herum und schauten den Kleinen in stummer Faszination an. Endlich schaute Gregs Mutter Jane auf. Sie strahlte und weinte gleichzeitig. „Er ist einfach fabelhaft."

Max stimmte zu. „Er ist ziemlich süß."

Daisy grinste. „Findest du?"

„Total. Wann wird er aufwachen?"

„Ich denke, er soll jetzt erst einmal eine Weile schlafen. Wir hatten eine lange Nacht."

Für Greg fühlte es sich surreal an, hier zu stehen und zu hören, wie seine Kinder sich mal nicht stritten, sondern sich wie Erwachsene unterhielten. Sein Herz fühlte sich enorm an, als wenn es zu groß für seine Brust geworden war. Er war vollkommen erledigt; er wagte es kaum, seine Eltern anzuschauen. Denn wenn er es täte, würde er vielleicht zusammenbrechen, wie alle anderen um ihn herum es auch schon getan hatten.

„Kannst du mir einen Gefallen tun?“, fragte Daisy Max. „Sag Olivia bitte, dass es mir leid tut, ihre Hochzeit unterbrochen zu haben.“

„Machst du Witze? Sie freut sich für dich. Sie sagt, sie kann es kaum erwarten, dich zu besuchen. Sie und Connor wollen vorbeikommen und das Baby anschauen, bevor sie sich auf den Weg nach St. Croix machen.“

„Oh, ja, hoffentlich tun sie das.“

„Können wir ihn jetzt aufwecken?“, fragte Max.

„Wag es ja nicht“, warnte Daisy ihn. „Aber … gib ihn mir mal, ja? Mir ist grad danach, ihn in den Armen zu halten.“

Max streckte die Hände aus, dann trat er einen Schritt zurück. „Ich weiß nicht, wie ich ihn hochheben soll.“

Greg klopfte ihm auf die Schulter. „Genau so, wie du bei einem Baby alles machst. Ganz, ganz vorsichtig.“ Er beugte sich vor und schob seine Hände unter das weiche Bündel. Wärme sickerte bis in seine Knochen, als er Max das Baby reichte. „Achtung“, sagte er. „Du wirst überrascht sein, wie leicht er ist.“

„So leicht sind neun Pfund nun auch wieder nicht“, sagte Gregs Mutter. „Liebes, wir freuen uns so für dich, nicht wahr, Charles?“

„Wir sind die stolzesten Urgroßeltern auf der Welt“, stimmte Gregs Vater zu.

Max hielt das Baby ein wenig unsicher und tippelte zum Bett seiner Schwester, als hielte er eine Stange Dynamit in Händen. „Bitte schön“, sagte er.

„Da bist du ja.“ Daisy nahm ihren Sohn in Empfang und kuschelte ihn in ihre Armbeuge. Das Baby rührte sich, legte den Kopf in den Nacken und stieß einen kleinen Laut aus, wachte jedoch nicht auf. Seine kleinen roten Fäuste umklammerten den Rand der Decke. Daisy schaute ihn an und lächelte. In der einen Minute hatte sie noch so verletzlich ausgesehen wie das Baby, und in der nächsten so leidenschaftlich und beschützend wie eine Bärenmutter.

Ihre Großeltern küssten sie und das Baby und gingen dann mit Max zusammen in die Cafeteria, um etwas zu essen. Greg blieb im Zimmer und warf immer wieder verstohlene Blicke auf das Baby. Mit jeder Minute, die verging, spürte er, wie etwas in seinem Herzen wuchs. Eine ganz besondere Art von Freude, die ihn beinahe schweben ließ und mit der alles auf einmal so leicht erschien. Daisy schien das auch zu fühlen. Sie hielt den eingepackten Kleinen und schaute ihn mit einem Ausdruck an, der Greg an alle Weihnachtsmorgen erinnerte, die sie gemeinsam erlebt hatten.

Dann hob sie den Blick, und das Lächeln verschwand, als sie an Greg vorbeischaute. Er drehte sich um und sah einen Fremden in der Tür stehen.

„Logan“, sagte Daisy.

Greg versteifte sich. Das war also Logan O'Donnell. Al O'Donnells Junge. Er sah aus wie sein Vater – breit und gut aussehend, mit blauen Augen und dichtem, flammend rotem Haar. Gregs Beschützerinstinkt machte sich bemerkbar.

„Logan, das ist mein Dad“, sagte Daisy.

„Mr Bellamy.“ Logan streckte die Hand aus.

Greg zögerte. Er verspürte einen Anflug von Antipathie. Dann erinnerte er sich, wie er selber vor achtzehn Jahren überraschend Vater geworden war und das erste Mal Sophies Eltern gegenübergestanden hatte. Also nahm er die angebotene Hand. „Logan.“

„Sir, ich bin nicht hier, um Ärger zu machen“, sagte Logan. „Ich wollte einfach nur Daisy sehen und ... das Baby.“

„Es ist okay, Dad“, sagte Daisy. „Ich habe ihn angerufen.“

Äußerst widerstrebend ließ er die beiden alleine. Als er sich umdrehte, um die Tür hinter sich zu schließen, näherte Logan sich gerade dem Bett, wie man sich einem wilden Tier nähert – langsam, ohne den Blick abzuwenden. Daisy drehte das Baby so, dass er es sehen konnte, und sagte etwas. Daraufhin trat er einen Schritt näher. Ehrfurcht zeigte sich auf seinem Gesicht.

Greg schloss leise die Tür. Die Freude, die er über das Baby empfand – seinen Enkel! –, verebbte, denn er meinte zu spüren, wie Daisy ihm entrissen wurde. Sie hatte Logan O'Donnell angerufen. Sie traf bereits ihre eigenen Entscheidungen, knüpfte eigene Verbindungen, ohne vorher seinen Rat einzuholen. Auf der einen Seite verstand Greg, dass das gesund war. Ein notwendiger Schritt fort von ihm, von ihrem Zuhause. Sie musste die Kontrolle übernehmen und eigene Entscheidungen treffen.

Genau, wie Nina es ihm vorhergesagt hatte. Oh Mann. *Nina.* Er litt Höllenqualen, als er nun über den Krankenhausflur tigerte. Er hatte jegliches Zeitgefühl verloren und war tief in Gedanken versunken, als Logan wieder aus Daisys Zimmer kam. Er sah gedrückt aus, seine Augen waren feucht. „Ich will, dass Sie wissen, dass Daisy und ich einen Weg finden werden, das hinzubekommen“, sagte er. „Ich weiß, Sie wollen nur das Beste für sie. Und das will ich auch.“

Greg rieb sich über das Kinn. Er hatte sich seit gefühlten hundert Jahren nicht rasiert. „Du sagst die richtigen Sachen, Logan. Ich hoffe, das bedeutet, dass du auch die richtigen Sachen tun wirst.“

„Das werde ich“, versicherte der Junge. Er schaute auf eine handgeschriebene Liste, die er in den Händen hielt. „Sie will eine Pizza.“

Greg nickte. „Das ist schon mal ein Anfang.“

Sobald Logan weg war, kehrte Greg zu Daisy zurück. Ihre Augen waren ebenfalls feucht, aber sie wirkte ruhig. „Mir geht es gut, Dad“, sagte sie. „Wir kriegen das alles hin.“

„Ich hoffe es, Daze. Nur tu mir bitte einen Gefallen: Überstürze nichts.“

„Das werde ich nicht. Logan und ich haben noch nichts entschieden. Wir müssen noch viel mehr miteinander reden.“ Sie drückte das schlafende Baby an sich. „Anfangs dachte ich, ich wollte ihn nie wiedersehen. Ich wollte nicht, dass er irgendwas mit Charlie zu tun hat.“

„Charlie?“

„Logan meint, die Leute könnten Emile falsch aussprechen.“

„Glaubst du das auch?“

Ein Schleier legte sich über ihre Augen, und sie lehnte sich in die Kissen zurück. „Wie auch immer, Dad. Du bedeutest mir alles auf der Welt. Ich kann mir nicht vorstellen, wie mein Leben ohne dich gewesen wäre, und deshalb denke ich mir, was ist mit Emile? Was, wenn er Logan so braucht, wie ich dich immer gebraucht habe?“

Greg musste sich räuspern. Er betete, dass seine Stimme nicht brechen würde. „Du weißt, dass ich immer für dich da sein werde, egal, was passiert.“

„Ich weiß, Dad. Und … du kannst ruhig gehen, das weißt du, oder?“

„Ich weiß.“ Aber er blieb, wo er war.

„Wir kommen schon klar, dieser kleine Kerl und ich.“

„Das weiß ich auch. Ich dachte, ich warte, bis deine Mutter zurück ist.“

„Das musst du nicht.“ Sie spielte mit einem Zipfel der Babydecke. „Ich war so froh, dass ihr beide letzte Nacht bei mir wart.“

„Wir werden immer bei dir sein.“

„Ich dachte, ich weiß nicht, eine Minute oder so dachte ich, das Baby und ich würden euch wieder zusammenbringen, etwas zwischen euch heilen.“

„Wir sind nicht zusammen“, erwiderte er. „Aber es stimmt, es ist etwas geheilt worden.“

Sie lächelte. „Das ist gut. Und ehrlich, ich möchte, dass du weißt, trotz allem, was gestern passiert ist, gilt das noch, was ich dir und Mom vor der Hochzeit gesagt habe.“

„Daze, darüber müssen wir doch nicht jetzt sprechen.“

„Vielleicht nicht, aber ich will nicht, dass du es vergisst oder so tust, als wäre es ganz neu für dich, dass ich auf eigenen Beinen stehen will.“ Er wollte etwas sagen, doch sie brachte ihn mit einem Blick zum Verstummen. „Ich kenne dich. Du wirst so tun, als hättest du davon noch nie was gehört. Ich will sicherstellen, dass das hier nicht in die hinterste Ecke geschoben wird. Es ist mein Leben. Ich liebe dich, Daddy, und einiges ist viel leichter, wenn ich bei dir bleibe. Aber das ist dann nicht mein Leben. Das ist, deine Tochter zu sein. Ich muss aber mein eigener Mensch sein – für mich und für Emile."

„Dagegen habe ich ja auch gar nichts", sagte er.

„Hast du doch. Aber du wirst dich daran gewöhnen müssen. Und noch was. Sei nicht wütend auf Nina, weil sie mir einen Rat gegeben hat." Sie lächelte auf eine Art, wie es nur Frauen mit ihrem sechsten Sinn für alles konnten. „Ich weiß alles über Nina."

„Ich habe keine Ahnung, wovon du sprichst", behauptete er, auch wenn sein Magen brannte. Wie zum Teufel machte sie das nur? Er schien einen Kopf aus Glas zu haben.

„Wir wissen es beide. Hör zu, wenn du mit anderen Frauen ausgegangen bist, wusste ich nie genau, wieso es so schwer für mich war, sie zu mögen. Ich dachte, vielleicht wollte ich tief im Innern, dass du nur mit Mom zusammen bist. Oder alleine. Und jetzt gibt es Nina."

Nina, dachte er. Zum Teufel mit Nina. Zum Teufel mit jedem, der Daisy sagte, sie solle ausziehen und ihr eigenes Leben leben. In einem Augenblick wie diesem sollte er nicht einmal an Nina denken, aber aus irgendeinem Grund spukte sie ständig durch seinen Kopf. Sie hatte auf der Hochzeit so glücklich und atemlos ausgesehen – nur Augenblicke, bevor er auf sie losgegangen war. Sie hatte feuchte Augen und einen Gesichtsausdruck gehabt, den er bei ihr nur sehr selten gesehen hatte – zum Beispiel, wenn sie sich geliebt hatten. Warum konnte sie nicht die Frau sein? Seine Geliebte, seine Vertraute? Anstatt jemand zu sein, der seine Tochter dazu ermutigte, ihr Zuhause zu verlassen.

Andererseits … Greg sah ihr Lächeln vor sich. Wie sie sich über Sachen freuen konnte. Ihre offene Art mit jedem, den sie traf. Ihr Temperament, ihr Lachen und ihre schnelle, ehrliche Leidenschaft für das, was sie tat … und für ihn.

„Ich freue mich für dich, Dad." Daisys Gesicht glühte, als wäre sie im Besitz irgendeines mystischen weiblichen Wissens. „Wirklich, ich finde, du und Nina, ihr passt großartig zusammen. Ich sehe, dass ihr verrückt nacheinander seid, und ich fühle, dass es dieses Mal anders ist. Ich mag es, euch zusammen zu sehen. Mit ihr bist du so lebendig, Dad, wirklich."

Oh. Tja, Pech.

„Was ist das für ein Blick, Dad?"

„Ich, äh, hab mit ihr auf der Hochzeit Schluss gemacht."

„Sag mir, dass das nicht stimmt. Sag mir, dass du nicht so etwas unglaublich Dummes getan hast."

„Doch, ich habe etwas so unglaublich Dummes getan."

„Dann mach es rückgängig, Dad. Beeil dich!"

28. KAPITEL

Spät am Abend stand Nina zum vielleicht letzten Mal auf dem Steg des Inns am Willow Lake. Sie sagte nicht nur ihrem lang gehegten Traum Auf Wiedersehen, sondern auch etwas Tieferem, Reicherem. Der Liebe, die sie mit Greg gefunden hatte. Sie nahm an, dass sein „Du bist gefeuert" etwas übereilt ausgesprochen war, aber sie hatte die Worte auch gar nicht hören müssen. In ihrem Herzen hatte sie die Entscheidung schon getroffen, bevor ihr Gehirn sie hatte begreifen können – *ich kann hier nicht bleiben.*

Es war auf jeder erdenklichen Ebene schwer, sich zu verabschieden. Aber das Inn am Willow Lake ist nur ein Ort, versuchte sie sich zu trösten. Ein Ort, von dem sie geträumt hatte, ein Ort, an dem sie für eine Weile gelebt und gearbeitet hatte. Jetzt war es an der Zeit, weiterzuziehen, ihre Träume mitzunehmen. Sie hoffte, sie würde sich immer an den Klang der Seetaucher auf dem Wasser erinnern, daran, wie der Vollmond über den Himmel zog, an die leichte Brise, die durch die Ahornbäume fuhr und die Wasseroberfläche kräuselte.

Es war eine wunderschöne Sommernacht von der Art, die sich um einen legt und einem ein Gefühl von Sicherheit gibt. Aber heute verspürte sie nichts davon. Sie ging bis ans äußerste Ende des Stegs, das Herz angefüllt mit Erinnerungen. Es war, als hätte man ihre Ketten durchtrennt. Sie flog frei, ziellos, ohne einen Gedanken daran, wo sie landen würde. Vielleicht war das gut, aber es fühlte sich nicht gut an. Sie fühlte sich überwältigt und … irgendwie beschädigt, als wäre ein Teil von ihr ausgerissen worden – nicht durch den Gedanken, diesen Ort hier aufzugeben, sondern durch den Gedanken, Greg Bellamy zu verlassen.

Wie verrückt war es bitte, sich in ihn zu verlieben? Sie hatte den ganzen Sommer damit verbracht, es sich auszureden, und am Ende hatte ihr Herz sie Hals über Kopf hineingezogen. Liebe. Sie dachte, sie würde sie kennen. Sie liebte ihre Familie, ihre Freunde. Sie liebte ihre Tochter mit einer unendlichen Tiefe und Hingabe. Aber das hier war etwas ganz anderes. Berauschend und vereinnahmend und dennoch … zerbrechlich. Unsicher. Warum hatte sie sich erlaubt, zu glauben, Greg Bellamy zu lieben würde reichen, um zusammenzuhalten?

Sie war nicht sicher, wie lange sie dort gestanden hatte, als sie jemanden hinter sich hörte. Einer der Gäste? Nein, es war …

„Nina." Greg kam zu ihr. Sie erkannte seine Stimme, seinen leichten, lockeren Gang. Das Mondlicht zeichnete seine Gestalt in äußerster Präzision nach. Der silberne Schein tauchte alles in Schattierungen von Grau, als wenn sie Bilder aus einem alten Film wären.

Sie spürte, wie ihr Herz schneller schlug. Sogar jetzt noch machte allein sein Anblick sie glücklich. Doch zur gleichen Zeit stand sie am Rand der Tränen. Hör auf, rief sie sich zur Ordnung. *Hör sofort auf.* Sie räusperte sich und fragte: „Wie geht es Daisy?"

„Fabelhaft. Dem Baby auch." Er schien frisch aus der Dusche zu kommen, denn statt des Smokings trug er ein Hawaiihemd und Shorts, seine Haare waren feucht und dufteten gut. „Sie hat ihn Emile genannt. Das ist französisch."

„Ich weiß."

„Keine Ahnung, wie sie darauf gekommen ist. Sein zweiter Vorname ist Charles, nach meinem Vater."

„Das ist gut." Stumm bat sie ihn, aufzuhören, ihr von seinem Leben zu erzählen. Sie musste lernen, sich nicht mehr für diese Dinge zu interessieren. „Und wie geht es dir?"

„Erleichtert. Glücklich. Komplett durchgedreht. Um Himmels willen, ich habe einen Enkel!"

„Gratuliere, Greg. Das wird ganz wundervoll, für euch alle. Das weiß ich einfach."

Ein langes, angespanntes Schweigen breitete sich zwischen ihnen aus, und plötzlich sehnte Nina sich wieder nach dem nichtssagenden Geplapper von eben. Sie versuchte, nicht daran zu denken, dass sie so viel über diesen Mann wusste und ihm so viel von sich gegeben hatte. Sie hatte ihm die Tür zu ihrem Herzen geöffnet und ihn an Orte in ihrem Innern gelassen, die niemand je zuvor besucht hatte. Sie wollte das nicht bereuen. Und sie hoffte, dass sie es auch nie würde.

„Nina ..."

„Greg ..."

Sie sprachen gleichzeitig. Okay, sagte sie sich. *Atme tief durch. Bring es hinter dich, so wie man ein Pflaster abreißt.* „Ich habe versucht, mir zu überlegen, wo ich als Nächstes hingehe."

„Geh nicht. Ich habe nicht gemeint, was ich gesagt habe. Ich war ein komplettes Arschloch. Es tut mir leid."

Es tut mir leid. Welche süßen, einfachen Worte. Sie kamen aus seinem Herzen, und sie glaubte ihm. Aber sie glaubte ebenso, dass das, was sie miteinander verband, zu dünn war, zu zart. Sie hatte keine Erfahrungen darin, mit jemandem so intim zu sein, und sie musste einfach glauben, dass es einen Grund dafür gab. „Ich bin nicht böse, Greg, aber ich muss gehen. Wir müssen nicht darüber sprechen. Es ist einfach etwas, das passieren muss." Sie weigerte sich, zu sagen: „Ich hab's dir doch gesagt", aber stimmte es nicht? Hatte sie ihm nicht gesagt, dass, wenn sie etwas miteinander anfangen würden, ihre privaten Probleme Einfluss auf ihre gemeinsame Arbeit im Inn haben würden?

„Du gehst nicht", sagte er.

„Doch. Lass uns nicht darüber streiten."

„Okay, wir streiten nicht. Aber es gibt etwas, das du wissen musst. Was ich auf der Hochzeit gesagt habe … das entstand aus einer Mischung aus Panik und Angst und Wut, die nichts mit dir zu tun hatte."

„Das weiß ich. Was du gesagt hast, war ziemlich gemein."

„Es tut mir leid", wiederholte er. „Ich bin ausgeflippt und war sauer, und bei beidem ging es nicht um dich."

Gott verbitte, dass sie ihre eigene Wichtigkeit in seinem Leben falsch einschätzte. „Greg, was versuchst du, mir zu sagen?"

„Du kannst nicht gehen. Du liebst diesen Ort. Du gehörst hierher."

Sie fühlte sich ganz ausgehöhlt vor Schmerz. Sie wollte hören, dass sie zu *ihm* gehörte. Sie wollte es fühlen, ohne jeden Zweifel wissen. „Das ist egal", sagte sie.

„Verdammt noch mal, das ist es nicht. Wenn das egal ist, weiß ich nicht, was überhaupt noch wichtig ist."

Ein schreckliches, von Zweifeln schweres Schweigen legte sich über sie. Nina hörte das Wasser an die Pfähle des Steges schlagen, das Säuseln des Windes in den Bäumen. Dann stieß Greg ein wortloses, gequältes Geräusch aus und zog sie in seine Arme. Sie widersetzte sich erst, aber dann ließ irgendwas sie in ihrem Innern schmelzen, und sie hob ihr Gesicht zu seinem. Lass mich glauben, dachte sie.

Er küsste sie, und es war ein Kuss von einer solchen Ehrlichkeit, dass er sie atemlos machte und verwirrte. Er ließ sie an die Art denken, wie Greg sie berührt hatte, die Male, in denen sie zusammen gelacht, und die Male, in denen sie einfach nur still beieinandergelegen und der Nacht gelauscht hatten. Als er den Kuss schließlich unterbrach, sagte er: „Das ist so ungefähr das, was ich versucht habe zu sagen. Ich bin nur nicht so gut mit Worten."

Für einen kurzen Moment, einen Herzschlag der Hoffnung, schwebte sie. Dann erinnerte sie sich an all die Hindernisse, die ihnen im Weg lagen. „Es geht nicht um Worte", stieß sie in einem gebrochenen Flüstern hervor. Sie versuchte, sich ihm zu entziehen. „Es geht darum, dass wir uns an verschiedenen Standorten in unserem Leben befinden."

„Verdammt, Nina, du hast den ganzen Sommer damit verbracht, dir alle Gründe zu überlegen, weshalb wir nicht zusammen sein können. Alle Gründe, die gegen uns sprechen. Und während du das getan hast, hat alles funktioniert. Abgesehen von gestern. Ich sagte, dass es mir leid tut, aber du hast keinen Grund, mir das zu glauben. Bleib, Nina. Bitte, bleib … und ich zeige dir, dass du mir glauben kannst. Ich schwöre es."

Sie schaute zu ihm auf und fragte sich, wie er ihre Gedanken erraten hatte. *Lass mich glauben.* Langsam, aber unleugbar füllte sich der leere

Raum in ihrem Innern. Das war seine große Stärke, der Teil an ihm, dem sie nie widerstehen konnte. Er hatte die unglaubliche Fähigkeit, sich nach einer gescheiterten Ehe und einer schmerzhaften Scheidung wieder kopfüber in die Liebe zu stürzen. Er hatte keine Angst vor einer Beziehung, zumindest nicht so wie Nina. Wenn es um Angelegenheiten des Herzens ging, brauchte sie seinen Mut. Sie brauchte *ihn*. Dieser Sommer ist erstaunlich gewesen, gab sie zu, und voller Überraschungen. Das war nichts Neues für sie. Noch nie war bei ihr etwas so gekommen, wie sie es erwartet hatte. Das schien einfach die Art zu sein, wie ihr Leben verlief.

Sie schaute ihn an und dachte, nein, es kommt nicht so wie erwartet, es kommt immer besser. Sie hatte das Inn gewollt und stattdessen einen Partner gefunden. Sie hatte ihre Unabhängigkeit gewollt und sich stattdessen Hals über Kopf in Greg Bellamy *und* seine Kinder verliebt. Im Laufe der letzten Wochen waren Nina und Greg jeden Tag näher zusammengewachsen. Sie hatte keine Angst mehr vor dieser Beziehung, und sie machte sich nicht länger Sorgen wegen der Komplikationen in seinem Leben.

Sie atmete tief ein und sagte: „Ich lebe mein ganzes Leben lang in der gleichen Stadt. Ich dachte heute Abend, dass ich vielleicht ein ganz anderes Leben führen, etwas anderes tun muss."

„Du hast sehr viel getan, Nina. Aber ich weiß etwas, was du noch nicht getan hast."

„Ja? Was denn?"

„Du hast dich nie verliebt. Erinnerst du dich? Das hast du mir vor langer Zeit einmal erzählt."

„Das stimmt aber nicht mehr." Das platzte einfach so aus ihr heraus. Nun waren die Worte raus – so hatte sie zwar nicht vorgehabt, es ihm zu sagen, aber sie konnte es nicht mehr zurücknehmen. Und das wollte sie auch gar nicht. Von vorne anzufangen bedeutete nicht, dass sie genauso würde kämpfen müssen wie früher. Dieses war ein fröhlicher, leichter Neuanfang.

Er sah nicht einmal überrascht aus. „Es wurde auch langsam mal Zeit, dass du was sagst. Ich warte schon lange darauf."

„Du wusstest es?"

Er lachte. *Lachte.* „Du hast nicht gerade das beste Pokerface."

„Warum hast du dann nichts gesagt?"

„Ich will dich nicht anlügen. Ich war sehr lange verheiratet." Er grinste. „Wir können nicht alle Jungfrauen sein, weißt du?"

„Sehr lustig."

„Nina. Ich habe gesagt, dass ich sehr lange verheiratet gewesen bin. Und offensichtlich hat das übel geendet. Eine Zeit lang hatte ich den

Glauben in meine Fähigkeit, jemandem zu vertrauen, verloren. Inklusive mir und meinen Gefühlen.“

„Die genau welche sind?“ Sie wusste, dass es riskant war, diese Frage zu stellen, aber sie musste einfach herausfinden, was er dachte.

„Was ich sagen will, ist, man kann nicht so etwas durchmachen und nichts daraus lernen. Ich weiß, was Liebe ist. Und was sie nicht ist.“ Er hielt sie ganz zärtlich fest und beugte sich vor, um ihr ins Ohr zu flüstern. „Ich weiß, dass ich unglaublich verliebt in dich bin. Und ich habe vor, es für immer zu bleiben, also gewöhn dich besser daran.“

Sie hatte nicht gemerkt, dass sie ihren Atem angehalten hatte, bis sie ihn in einem erleichterten Seufzer ausstieß. Das ist genug, dachte sie. *Das ist alles, was zählt.*

EPILOG

Nina hörte, wie ein Kofferraumdeckel zugeschlagen wurde. Sie sah, dass Greg die Schultern straffte, als wenn er sich gegen einen Schlag wappnete. Sie standen im Foyer seines Hauses und bereiteten sich darauf vor, Daisy Auf Wiedersehen zu sagen.

Draußen stiegen die Abgase von Daisys laufendem Auto in den verhangenen Himmel des Winternachmittags. Die Abenddämmerung setzte bereits ein, und eine kalte Stille hatte sich über die Landschaft gelegt. Greg hatte den halben Tag damit zugebracht, wieder und wieder zu prüfen, ob das Auto auch winterfest war. Reifen, Scheibenwischer, Frostschutzmittel. Er tat beinahe so, als würde seine Tochter zu einer Fahrt quer durchs Land aufbrechen und nicht nur auf die andere Seite des Flusses fahren, zu einem kleinen Häuschen an der Straße nach New Paltz, in dem sie ab heute mit ihrem Sohn leben würde.

Es ging nicht um die Entfernung. Nina verstand das. Es ging darum, dass Daisy Gregs Haus verließ. Das war eine Veränderung, die viel herzzerreißender und komplizierter war als ein einfacher Umzug. Nach der Geburt ihres Kindes hatte Daisy noch fünf Monate zu Hause gelebt, aber jetzt konnte sie es kaum erwarten, zu ihrem neuen Leben aufzubrechen. Sie hatte die letzten Stunden damit verbracht, ihre restlichen Sachen zusammenzupacken und ins Auto zu laden. Das Baby, dick eingemummelt in seinem Autositz, schlief bereits tief und fest. In ein paar Minuten wären sie auf dem Weg.

Nina schaute Greg an. Ihr fiel die Anspannung in seinem Gesicht auf, und sie wünschte, sie könnte etwas sagen, was es ihm leichter machte. Sie wussten schon länger, dass Daisy gehen würde. Doch jetzt, wo der Tag gekommen war, war seine Besorgnis beinahe greifbar.

Ihr Herz zog sich vor Mitgefühl zusammen. Jemanden zu lieben bedeutete mehr als Blumen und Herzen. Manchmal hieß es auch, Schmerz zu fühlen, wenn den anderen etwas schmerzte. Es hatte eine Zeit gegeben, in der sie sich genau davor gefürchtet hatte – vor den Komplikationen in seinem Leben. Doch das war vorbei. Sie schloss den Reißverschluss ihres Parkas und ging mit Greg zusammen zur Tür.

„Alles wird gut“, sagte sie. „Das weißt du doch, oder?“

Er zog sie an sich und gab ihr einen Kuss auf die Schläfe. „Ja, ich weiß.“

„Sie hat von dir alles bekommen, was sie brauchte.“

Sie dachte an Sonnet, die so weit weg auf dem College war. Sie gab sich jedes Mal den gleichen Rat, wenn ihr Magen sich vor Sorge zusammenzog und ihr Herz schmerzte, weil sie ihre Tochter so sehr vermisste.

Greg nahm ihre Hand, und gemeinsam traten sie in die kalte Nachmittagsluft hinaus, um Daisy Auf Wiedersehen zu sagen. Nina beugte sich in den Wagen und streichelte vorsichtig den schlafenden Kleinen. Emile – den Gott sei Dank alle Charlie nannten – war der Mittelpunkt von Daisys Welt, und Nina wusste, dass das immer so bleiben würde.

Greg zog seine Tochter in eine lange, feste Umarmung. Dann legte er seine Hände um ihren Hinterkopf, wie er es vermutlich immer getan hatte, als sie noch ein kleines Mädchen gewesen war, und sah ihr in die Augen. „Fahr vorsichtig", sagte er.

„Immer", versicherte sie ihm. „Sag Max, er soll mich anrufen, wenn er aus der Schule zurück ist. Wir sehen uns, Daddy-O."

„Darauf kannst du wetten."

Und einfach so war sie fort. Die Reifen knirschten auf der Auffahrt. Nina und Greg schauten dem Wagen nach, bis er hinter der Kurve zur Hauptstraße verschwand und eine ohrenbetäubende Stille hinterließ.

Es waren derzeit keine Gäste im Inn, die Saison hatte noch nicht wieder begonnen, und der Parkplatz war leer. Ein paar Lichter brannten im Bootshaus am Steg und erinnerten Nina daran, dass sie heute Nachmittag am Computer hatte arbeiten wollen.

Sie zitterte und schaute zu Greg, der sie mit einem sonderbaren Ausdruck in den Augen ansah.

„Geht es dir gut?", fragte sie.

„Ja."

„Bist du sicher?"

Er nickte und legte seine Hände auf ihre Schultern. „Ich bin so verdammt froh, dass du hier bist, Nina."

Lächelnd neigte sie den Kopf und versuchte herauszufinden, was mit ihm los war.

„Nina", sagte er. „Als ich dich das erste Mal gesehen habe, warst du nur ein Kind, das im Camp Kioga herumhing. Aber sogar damals wusste ich schon, dass du für mich was Besonderes bist. Und das warst du. Und bist es immer noch. Jeden Tag wache ich noch verliebter in dich auf als am Tag zuvor, und das wird auch niemals aufhören."

Sie vergaß, zu atmen. Sie wusste, wo seine Rede hinführen würde, und konnte sich nicht mehr rühren. Sie hoffte, dass ihr Mund nicht vor Erstaunen offen stand und dass ihr Gesichtsausdruck die gleiche Liebe ausstrahlte wie seiner.

Er war so liebenswert angespannt, als er sich auf ein Knie sinken ließ, seine Hand in die Hosentasche steckte und mit einem Ring wieder herauszog.

Seine Hand zitterte, und er lachte kurz auf. „Tut mir leid, ich bin so nervös. Ich trage ihn schon seit Tagen mit mir herum, immer auf der Suche nach dem perfekten Moment, um dich zu fragen."

„Jetzt wäre ziemlich gut", flüsterte sie. Ihr Atem bildete kleine Wolken in der Winterluft. „Frag mich jetzt. *Bitte.*"

Er drückte seine Lippen auf ihren Handrücken und schaute ihr dann direkt in die Augen. „Ich habe so etwas noch nie gemacht, und ich habe auch nicht vor, es noch einmal zu machen. Du bist mein einziger Versuch. Nina Romano, willst du mich heiraten?"

Seit dem letzten Sommer hatte sie sich diesen Moment so oft vorgestellt. Sie hatte davon geträumt, ihn herbeigesehnt. Sie wusste, dass sie von Gefühlen überwältigt werden würde, sobald sie die Worte in echt hörte, aber sie hatte nicht geahnt, dass sie zu glücklich wäre, um zu sprechen. Also nickte sie nur, und dann kamen die Tränen. Tränen, die sie geschworen hatte, nicht zu weinen.

Schließlich schaffte sie es, ihm zu antworten. „Ja, ich will dich heiraten. Ich liebe dich, Greg, und werde es immer tun."

Ohne sie aus den Augen zu lassen, erhob er sich und steckte ihr den Ring an den Finger – ein goldener Ring mit einem schlichten Diamanten.

„Er passt perfekt", sagte Greg. Er küsste sie sanft, und sie spürte, wie seine Lippen sich zu einem Lächeln verzogen.

Er löste sich von ihr und sagte: „Wow, das lief richtig gut."

Sie schlang ihre Arme um seine Hüften und lachte vor Freude laut auf. „Das kann man wohl sagen."

Dann trat sie zurück und schaute auf ihre miteinander verschränkten Hände und ihren Finger, der nun von seinem Ring umschlossen wurde; ein glitzerndes Versprechen für die Zukunft.

Ihr war überhaupt nicht mehr kalt, denn sie war in reine Glückseligkeit gehüllt und stellte sich vor, wie sie miteinander in dem kastenförmigen, altmodischen Haus neben dem Inn am Willow Lake alt werden würden.

„Lass uns hineingehen", sagte Greg.

Er nahm sie an der Hand und führte Nina den Weg hinauf zum Haus. „Ich habe noch große Pläne für uns."

– ENDE –

Linda Howard
Gegen alle Gefahr

Liebesnächte in Mexiko: Durch den Urwald kämpfen sich Jane und Grant Sullivan, der sie aus der Gewalt des Gangsters Turego befreit hat. Fast scheinen sie gerettet, da wird Grant von Turego gefangen genommen.

Das einsame Stadthaus: Allein lebt Rachel in einem Haus am Meer, da wird eines Tages ein bewusstloser Mann mit Schusswunden angespült. Wem rettet sie das Leben? Etwa dem Mann, der ihr bestimmt ist?

Zweimal Himmel und zurück: Wie konnte sie sich von Johns Küssen verführen lassen? Jetzt wird ein Mordanschlag auf ihn verübt, und Michelle ahnt, wer dahintersteckt: ihr brutaler Ex. Wird sie ihm je entkommen können?

Die Farbe der Lüge: Tag für Tag sitzt Jay am Krankenbett ihres Exmannes. Doch als er aus dem Koma erwacht, erkennt Jay, dass sie die Hand eines Fremden hält!

Band-Nr. 95045
14,99 € (D)
ISBN: 978-3-86278-737-1
624 Seiten

Band-Nr. 95044
12,99 € (D)
ISBN: 978-3-86278-709-8
656 Seiten

Linda Lael Miller
Die Männer der McKettricks

Jesse – So frei wie der Himmel: Jesse McKettricks Herz schlägt für das Land, das seine Vorfahren einst urbar gemacht haben. Nichts kann ihn von hier vertreiben. Doch dann kommt die schöne Cheyenne nach Indian Rock die ihn mit allen Mitteln dazu bringen soll, einen Teil seines Besitzes zu verkaufen

Rance – Echo der Liebe: Rance McKettrick will Indian Rock mitsamt seinen schmerzlichen Erinnerungen verlassen. Kurz vor der Abreise begegnet er der hübschen Echo. Plötzlich ist für Rance der Gedanke an einen Abschied unerträglich. Was, wenn Echo die Frau ist, die seine verletzte Seele heilen kann?

Keegan – Sturm über der Wüste: Liebe? Nur eine Illusion für Keegan McKettrick. Bis die mysteriöse Molly in Indian Rock auftaucht. Keegan beschließt, sie nicht aus den Augen zu lassen. Riskant! Denn in einer einzigen Nacht, vergisst er, was er über Liebe zu wissen glaubte und sein Herz gerät in Gefahr.

Tess Gerritsen
Nah am Herzen

Verrat in Paris: Wie sind Beryls Eltern, französische Geheimagenten, damals in Paris wirklich ums Leben gekommen? Richard Wolf hilft ihr nicht nur bei ihren Nachforschungen …

Die Meisterdiebin: Clea Rice kann es nicht fassen. Sie ist nicht die einzige Einbrecherin im Haus! Bevor sie jedoch fliehen kann, findet sie sich in den Armen des Fremden wieder … Wer ist dieser faszinierende Mann?

Band-Nr. 95033
12,99 € (D)
ISBN: 978-3-86278-322-9
720 Seiten

Das Geheimlabor: Brisantes Material über illegale Forschungen bringt Cathy Weaver in Lebensgefahr – nur durch seine Schuld. In Dr. Victor Holland erwacht der Beschützerinstinkt für die Frau, die er liebt …

Tödliche Spritzen: Kate wird wegen eines tödlichen Kunstfehlers angeklagt – doch ist sie wirklich schuldig? Als eine weitere Frau stirbt, wächst in Anwalt David Ransom die Sorge, dass die schöne Kate selbst in Gefahr ist …